Jane Austen
OBRAS ESCOLHIDAS

Jane Austen
OBRAS ESCOLHIDAS

A abadia de Northanger

Razão e sentimento

Orgulho e preconceito

L&PM EDITORES

Texto de acordo com a nova ortografia.

A abadia de Northanger (Northanger Abbey)
Tradução de Rodrigo Breunig e *Apresentação* de Ivo Barroso

Razão e sentimento (Sense and Sensibility)
Tradução e apresentação de Rodrigo Breunig

Orgulho e preconceito (Pride and Prejudice)
Tradução de Celina Portocarrero e *Apresentação* de Ivo Barroso

Estes títulos também estão publicados na Coleção **L&PM** POCKET

Capa: Marco Cena sobre ilustração de Birgit Amadori
Revisão: Bianca Pasqualini, Jó Saldanha, Patrícia Yurgel, Lívia Borba, Lolita Beretta, Simone Borges e Fernanda Lisbôa

CIP-Brasil. Catalogação na fonte
Sindicato Nacional dos Editores de Livros, RJ

A95j

Austen, Jane, 1775-1817
Jane Austen: obras escolhidas / Jane Austen; tradução Rodrigo Breunig, Celina Portocarrero; apresentação Ivo Barroso, Rodrigo Breunig. – 1. ed. – Porto Alegre, RS: L&PM, 2013.
768 p. ; 23 cm.

Tradução de: *Northanger Abbey*; *Sense and Sensibility*; *Pride and Prejudice*. Conteúdo: *A abadia de Northanger* / tradução de Rodrigo Breunig e apresentação de Ivo Barroso - *Razão e sentimento* / tradução e apresentação de Rodrigo Breunig - *Orgulho e preconceito* / tradução de Celina Portocarrero e apresentação de Ivo Barroso

ISBN 978.85.254.2918-6

1. Romance inglês. I. Breunig, Rodrigo. II. Portocarrero, Celina. III. Barroso, Ivo. IV. Título.

13-01775   CDD: 823
                            CDU: 821.111-3

© das traduções, apresentações e notas, L&PM Editores, 2013

Todos os direitos desta edição reservados a L&PM Editores
Rua Comendador Coruja, 314, loja 9 – Floresta – 90220-180
Porto Alegre – RS – Brasil / Fone: 51.3225.5777 – Fax: 51.3221.5380

Pedidos & Depto. Comercial: vendas@lpm.com.br
Fale conosco: info@lpm.com.br
www.lpm.com.br

Impresso no Brasil
Inverno de 2013

Sumário

A ABADIA DE NORTHANGER
    Apresentação
        A abadia de Northanger ou a rejeitada Susan – *Ivo Barroso* | 9
    A abadia de Northanger | 15

RAZÃO E SENTIMENTO
    Apresentação
        "Todo mundo se preocupa com isso" ou três ou quatro maneiras de amar – *Rodrigo Breunig* | 199
    Razão e sentimento | 205

ORGULHO E PRECONCEITO
    Apresentação
        Jane Austen, a "boa tia de Steventon" – *Ivo Barroso* | 491
    Orgulho e preconceito | 497

A ABADIA DE NORTHANGER

Tradução de Rodrigo Breunig
Apresentação de Ivo Barroso

APRESENTAÇÃO

A abadia de Northanger ou a rejeitada Susan

Ivo Barroso[1]

JANE AUSTEN NASCEU A 16 de dezembro de 1775 em Steventon, pequena cidade do condado de Hampshire, no sudeste da Inglaterra, a 90 quilômetros de Londres, sétima filha do reverendo George Austen (1731-1805) e de sua esposa, Cassandra Leigh Austen (1739-1827). A família, originária da burguesia rural, era formada por oito irmãos, sendo Jane e sua irmã mais velha, Cassandra (1773-1845), as únicas mulheres. Durante a infância, Jane jamais se ausentou de sua cidade natal, cuja paisagem bucólica constituía para ela "a imagem do paraíso". O pai era pastor anglicano em exercício no priorato de Steventon, funções eclesiásticas que acumulava com as de professor de alunos particulares. Para sustentar família tão numerosa, o reverendo Austen também criava e vendia animais domésticos (porcos, ovelhas, etc.), mas seus rendimentos mais significativos talvez proviessem do pensionato que mantinha em casa para alguns de seus alunos mais aquinhoados, e esta será talvez uma das razões que o levaram a mandar em 1783 as duas filhas para um educandário em Southampton, cerca de 30 quilômetros dali. Como educador, o reverendo Austen considerava necessárias à formação da personalidade dos jovens essas mudanças de ambiente e de convívio social; além disso, o deslocamento das filhas disponibilizaria mais dois quartos para acomodar seus alunos pagantes. As meninas (Jane estava com oito anos e Cassandra com dez) ficariam sob os cuidados da sra. Crawley, que era aparentada com sua mulher. O educandário estava voltado principalmente para o ensino das boas maneiras e das atividades domésticas femininas, visando à formação do que se chamava então de uma moça "prendada". A permanência fora de casa, no entanto, resultou desastrosa, pois houve na cidade um surto de crupe (doença infecciosa da garganta, descrita então como *putrid sore throat* [infecção pútrida da laringe]) e as meninas foram gravemente infectadas, embora tenham sido salvas a tempo, graças à intervenção de uma prima, Jane Cooper, ao comunicar o fato à família, que acorreu pressurosa.

---

1. Tradutor e poeta. Traduziu, entre muitos outros livros, *Razão e sentimento* (Nova Fronteira, 1982) e *Emma* (Nova Fronteira, 1996).

APRESENTAÇÃO

Uma nova ausência do lar verificou-se entre 1785 e 1786, quando ambas foram alunas internas da Abbey School de Reading, cidade distante também uns 30 quilômetros de Steventon. Lá ficaram sob a égide de Mme. Latourelle, uma velha senhora que impressionava fisicamente por ter uma perna, não de pau, mas de cortiça.

A evocação desse tempo terá inspirado Jane a descrever, em seu romance *Emma*, o internato ficcional da sra. Goddard "onde as nossas jovens são enviadas para se formar, para saber abrir seu caminho na vida e adquirir uma cultura média sem o perigo de voltarem gênios para casa". No entanto, o que decerto terá calado mais fundo na sensibilidade e na imaginação de Jane será o fato de a escola funcionar na parte térrea das ruínas de uma antiga abadia, fundada em 1121 por Henrique I e praticamente destruída em 1538 com a dissolução dos mosteiros empreendida por Henrique VIII. Já sonhadora com as leituras dos romances "góticos" da época, Jane terá imaginado tramas envolvendo o primitivo mosteiro do passado, com seus monges, cânticos e peregrinações. Além disso, nas proximidades da abadia, estava o imponente edifício da prisão de Reading, com seus dramas e mistérios (Lá, pouco mais de um século depois, Oscar Wilde, ali prisioneiro, estaria escrevendo seu poema famoso, a "Balada do Cárcere de Reading").

Mas a formação cultural de Jane Austen não pode ser creditada a nenhuma dessas instituições educacionais que ela, aliás, frequentou muito esporadicamente, e que não teriam alicerçado seu gosto pela literatura; foi certamente em sua própria casa, no prazer que a família tinha pelas leituras conjuntas em voz alta, pelos ensinamentos do pai-professor e pelo acesso aos livros de sua ampla (para a época) biblioteca, que Jane se iniciou na leitura dos livros de Walpole, Fielding e Richardson, embora também lesse os da autora Frances Burnay, de cujo romance *Cecilia* ela tirou o título para o seu *Orgulho e preconceito*. Crescendo nesse ambiente propício à leitura e aos estudos, aberto a discussões e ensinamentos, Jane logo desenvolveu seu pendor para a escrita, tornando-se profícua missivista e compositora de pequenos trechos em prosa, à guisa de diário, e divertidas peças de teatro, que interpretava com a irmã e os primos.

Entre 1795 e 1798, Jane Austen começou a redigir seus primeiros romances: *Elinor and Marianne* (que seria depois *Razão e sentimento*), *First Impressions* (*Orgulho e preconceito*) e *Susan* (*A abadia de Northanger*). Os originais circulavam apenas no âmbito familiar, mas o reverendo Austen, com sua acuidade crítica, achou que a filha era de fato uma escritora digna de ser publicada. Em novembro de 1797, escreveu a seguinte carta ao editor londrino George Cadell:

Apresentação

Prezado Senhor,
Tenho em minha posse o manuscrito de um romance, compreendendo três volumes com a extensão aproximada da *Eveline*, da srta. Burnay. Por estar perfeitamente cônscio do significado que teria uma obra desse gênero se lançada por um editor de respeito é que me dirijo ao senhor. Ficaria, portanto, muito agradecido se o senhor me informasse, caso esteja interessado nela, quais seriam os custos de publicação a expensas do autor, e qual seria o adiantamento que o senhor estaria propenso a pagar por sua aquisição, na hipótese de vir a ser ela aceita. Caso o senhor demonstre algum interesse, estarei pronto a lhe enviar a obra. De seu humilde servidor,
George Austen.

O sr. Cadell, ao rejeitar a oferta, não imaginava que seu nome ficaria perpetuado na história literária como o editor que recusou *Orgulho e preconceito*!

Em fins de 1800, o reverendo Austen transferiu seu priorato ao filho mais velho, James, e se mudou com o restante da família para a cidade de Bath, a mais elegante estação balneária da Inglaterra. Segundo alguns biógrafos, a mudança tinha como objetivo principal proporcionar às filhas moças (Jane estava então com 25 anos) a oportunidade de encontrar um bom partido, já que a estação de águas era frequentada por gente de posses e até mesmo pela aristocracia inglesa. Essa transferência não agradou muito a Jane, que amava o bucolismo de Steventon, sua paisagem rural e o convívio apenas das amigas chegadas ou de gente da família. Mas, ao mesmo tempo, morar num grande centro lhe permitiria expandir sua experiência de vida, com novos horizontes, diversidade de conhecimentos pessoais e a oportunidade dos bailes com que tanto sonhava e nos quais certamente se distinguiria como a exímia dançarina que era. Mas suas elaborações literárias não definharam com o novo ambiente mundano. Escrevia ativamente e em seus escritos ia registrando suas novas experiências. Contudo, foi ainda em Bath que lhe ocorreu uma nova frustração como autora: em 1803, um empregado de seu irmão Henry, um senhor de nome Seymour, escreveu aos senhores Crosby & Co., editores londrinos, para oferecer-lhes um manuscrito (*Susan*) que, para surpresa geral da família, foi aceito pela modesta soma de dez libras. Tudo indicava que Jane seria finalmente publicada e aquelas dez libras pareciam garantir que seus escritos, no futuro, seriam rentáveis. Mas, apesar de os editores terem anunciado o próximo aparecimento de *Susan: um romance em dois volumes*, o livro nunca saiu. Sem que se soubessem as razões da não publicação, o episódio permaneceu enigmático durante seis anos. Em 1809, Jane reviu e reformulou seu antigo *Elinor and Marianne* (anteriormente em forma de cartas) dando-lhe o título *Razão e sentimento* (*Sense and Sensibility*) e conseguiu publicá-lo, dois anos depois, a expensas próprias (ou seja, pagando os custos de impressão e recebendo o resultado das vendas menos um percentual atribuído ao editor). Tendo por autor "Uma Senhora" (by a Lady), e compreendendo três volumes, o livro saiu pela casa Thomas Egerton, de Londres, e, tendo grande aceitação do público, granjeou a Jane uma receita final de 140 libras (importância bastante considerável para a época), só na primeira edição.

Após o sucesso de *Sense and Sensibility* em 1809, Jane Austen, sob o esplêndido pseudônimo de sra. Asthon Dennis, escreveu aos editores Crosby & Co. a seguinte carta:

> Prezados senhores,
> Na primavera de 1803 o manuscrito de um romance em dois volumes intitulado *Susan* lhes foi vendido por um Senhor de nome Seymour, e a importância da venda, dez libras, foi recebida no ato. Seis anos se passaram, e esse trabalho do qual sou a própria Autora, tanto quanto eu tenha conhecimento, nunca foi editado, embora ficasse estipulado um prazo muito menor de publicação no momento da venda. Só posso admitir para tais extraordinárias circunstâncias que o manuscrito, por alguma negligência, tenha se extraviado; e se tal foi o caso, estou pronta a lhes fornecer uma nova cópia se estiverem dispostos a utilizá-la, e farei tudo para que não haja quaisquer atrasos em fazê-la chegar às suas mãos. Não estará a meu alcance, por motivos particulares, enviar-lhes esta cópia antes do mês de agosto, mas se aceitarem minha proposta podem contar que irão recebê-la. Tenham a bondade de me enviar uma breve resposta tão cedo quanto possível, já que minha permanência nesta cidade não será superior a uns poucos dias. Caso não receba nenhuma informação neste endereço, tomarei a liberdade de assegurar a publicação de meu trabalho, oferecendo-o a outrem.
>
> > Enviar a correspondência para
> > Sra. Ashton Dennis
> > Posta restante de Southampton.

A carta surtiu efeito: os editores preferiram devolver o manuscrito à "Sra. Asthon Dennis" mediante o recebimento das dez libras com que tinham adquirido o livro seis anos antes. É de se imaginar a situação de profundo desconforto quando souberam, anos depois, que a autora de *Susan* era a mesma *Lady* que estava obtendo grande sucesso literário com os romances *Razão e sentimento* e *Orgulho e preconceito*. (Curioso notar que, na história literária, o *editorial misjudgement* – apreciação incorreta do valor de um livro – daqueles editores ingleses tem sido mais frequente do que se possa imaginar: André Gide, leitor da Gallimard, recusou *Em busca do tempo perdido*, de Marcel Proust; e o best-seller de Frederick Forsyth, *O dia do chacal*, foi devolvido ao autor em 1970 pela W. H. Allen & Company, de Londres, com as seguintes palavras: "Seu livro não interessa a ninguém".)

A abadia de Northanger só veio a lume em 1818, depois da morte de Jane Austen, num volume conjunto com *Persuasão*, publicado por seu dedicado e entusiasta irmão Henry, no prefácio no qual finalmente revela ao público a identidade da novelista ao mesmo tempo em que noticia seu recente falecimento. O livro é uma paródia da chamada literatura "gótica", expressão pela qual os historiadores literários designam as histórias de mistério e terror que transcorrem em ambientes lúgubres, em castelos arruinados com suas passagens secretas, seus fantasmas e entidades sobrenaturais. Jane Austen usa a personagem Catherine Morland, uma jovem de dezessete anos, leitora assídua de tais romances, para arquitetar sua crítica a esse estilo literário. Catherine vive duplamente entre a imaginação e a realidade, criando com isto às vezes grandes embaraços para si mesma e para os outros. A ação transcorre em Bath, onde vai a convite da família Allen, que ali está de visita, e conhece igualmente os Tilney, cujo patriarca, general Tilney, a convida a conhecer sua propriedade ancestral designada Northanger Abbey, uma velha abadia em ruínas, sobre a qual Catherine fará as mais absurdas elucubrações, povoando-a de mistérios e fantasmas. Pode-se dizer que o livro é também um processo educativo, de advertência às moças que se deixam empolgar pelo fantástico e o maravilhoso, esquecendo-se da realidade cotidiana. Com sua habitual ironia, Jane se vale do texto para criticar vários comportamentos sociais. *A abadia* foi o primeiro romance escrito por ela e, a princípio, intentava ser apenas uma crítica, ou melhor, uma paródia ao livro *Os mistérios de Udolpho*, de Ann Radcliffe, autora a quem muito admirava, mas cuja história via como exagerada e de mau gosto, daí ter criado em seu romance uma personagem que é a perfeita antítese das "heroínas góticas": sua Catherine Morland é feia, sem quaisquer encantos pessoais e com total inabilidade para atrair os interesses masculinos; embora se defronte com situações perfeitamente normais e corriqueiras, está sempre imaginando e fantasiando eventos sobrenaturais. O romance, após ter sido engavetado pelo editor e devolvido à autora, sofreu constantes reescritas, em várias ocasiões posteriores, ganhando com isso a experiência que Jane foi adquirindo ao longo do tratamento dos temas de suas outras obras. Assim, se por um lado a narrativa parece diferir dos outros trabalhos mais "trabalhados" de Jane Austen, *A abadia*, se conservou sua intenção inicial de ridicularizar a literatura gótica, teve, por outro lado, sua trama enriquecida com as observações características de seu retratar de certas figuras da sociedade em que vivia e o entrelaçamento de várias histórias ditas secundárias, sem deixar escapar o leitmotiv de suas ficções, que era a permanente conquista de um casamento. Incluindo vários tipos de narrativa e de investigação psicológica, *A abadia* não deixa de ser igualmente um romance didático, já que nele a autora ensina e aconselha as jovens sobre o bom comportamento social e doméstico, além de discutir longamente o valor literário das leituras femininas da época.

Impossível, conhecendo-se os dias passados na Abbey School de Reading sob a tutela de Mme. Latourelle, com sua perna de cortiça, caminhando ritmicamente pelos corredores arruinados do antigo claustro, não pensar no quanto essa lembrança da juventude se impregnou em sua mente enquanto escrevia o livro que ora temos nas mãos.

A abadia de Northanger

Advertência,

PELA AUTORA,
PARA
A ABADIA DE NORTHANGER

    Esta pequena obra foi concluída no ano de 1803, com a intenção de que fosse publicada imediatamente. Ela foi vendida a um livreiro, foi até mesmo anunciada, e a autora jamais pôde saber por que motivo o negócio não foi adiante. Parece extraordinário que algum livreiro considere vantajoso comprar algo que ele não considera vantajoso publicar. Esse assunto, porém, não é da conta nem da autora e nem do público, exceto na ressalva de que é necessário observar os trechos da obra que se tornaram comparativamente obsoletos depois de treze anos. O público deve ter em mente que treze anos se passaram desde que ela foi concluída, muitos mais desde que foi iniciada, e que, ao longo desse período, lugares, costumes, livros e opiniões sofreram consideráveis transformações.

Capítulo 1

NINGUÉM QUE TIVESSE CONHECIDO no passado a menina Catherine Morland poderia ter presumido que ela nasceu para ser uma heroína. Sua condição de vida, as índoles do pai e da mãe, sua própria pessoa e seu temperamento, tudo isso a reprimia num mesmo obstáculo. O pai era clérigo, sem ser negligenciado nem pobre, e um homem muito respeitável, embora seu nome fosse Richard e nunca tivesse sido bonito; sua independência financeira era razoável, e ainda contava com dois bons benefícios eclesiásticos – e não era nem um pouco afeito a encarcerar suas filhas. A mãe era abençoada por uma proveitosa sensatez, tinha bom temperamento e, o que é mais surpreendente, boa constituição física. Ela tivera três filhos antes do nascimento de Catherine, e em vez de morrer ao trazer esta última ao mundo, como seria de se esperar, seguiu vivendo – viveu para ter mais seis crianças, para vê-las crescendo ao seu redor e para desfrutar ela mesma de excelente saúde. Uma família com dez crianças sempre será tida como uma bela família, quando as cabeças e as pernas e os braços estão todos em seus devidos lugares; mas os Morland tinham pouquíssimos outros atributos em matéria de formosura, porque de modo geral eram desprovidos de beleza, e Catherine foi, durante muitos anos de sua vida, tão desgraciosa quanto os outros. Seu corpo era franzino e esquisito, a pele era de um aspecto pálido e doentio, e ela tinha cabelos negros e lisos e feições um tanto rudes – isso era o que se podia dizer de sua aparência; sua mente parecia ser não menos avessa ao heroísmo. Ela gostava de todas as brincadeiras de meninos e estimava o críquete em grande medida, em detrimento não apenas das bonecas como também dos mais heroicos divertimentos da infância, como cuidar de um ratinho silvestre, alimentar um canário ou regar uma roseira. Catherine não tinha, de fato, apreço algum pela jardinagem; e se chegava mesmo a colher flores, ela o fazia antes de mais nada pelo prazer da travessura – ao menos era o que todos supunham, já que a menina escolhia sempre as flores nas quais era proibida de mexer. Tais eram suas propensões – e suas habilidades eram igualmente extraordinárias. Não aprendia ou compreendia nada se não lhe ensinassem bem, e às vezes nem mesmo assim, pois com frequência se mostrava desatenta, e por vezes estúpida. Sua mãe perdeu três meses na singela missão de lhe ensinar a recitar "A súplica do mendigo". Além disso, Sally, a irmã que viera depois dela, recitava melhor o poema. Não que Catherine fosse estúpida o tempo inteiro – de modo algum; decorou a fábula "A lebre e seus muitos amigos" tão rápido quanto qualquer menina na Inglaterra. Sua mãe quis que ela aprendesse música, e Catherine teve certeza de que apreciaria tal estudo, porque adorava martelar as teclas da velha espineta abandonada; sendo assim, foi iniciada aos oito anos. Teve aulas por um ano e não aguentou mais; e a sra. Morland, que não fazia questão de que as filhas concluíssem estudos quando demonstravam incapacidade ou aborrecimento, permitiu que ela desistisse. O dia da dispensa do professor de música foi um dos dias mais felizes da vida de Catherine. Seu pendor para o desenho também não era eminente; no entanto, fazia os melhores esboços de que era capaz sempre que tivesse em mãos a parte em branco de uma carta da mãe ou qualquer outro eventual pedaço de papel, desenhando casas e árvores, pintos e galinhas, todos muito parecidos uns com os outros. O pai a ensinou a escrever e fazer contas; a mãe lhe ensinou francês; sua competência não era digna de nota em nenhuma dessas coisas, e ela se esquivava das lições sempre que podia. Que personalidade estranha e inexplicável! Pois mesmo exibindo todos esses sintomas de desregramento aos dez anos de idade, Catherine tinha um bom coração, não ficava de mau humor, quase nunca era teimosa, muito raramente se irritava e era bastante carinhosa com os irmãos menores, cometendo uma ou outra tirania intermitente; além disso era barulhenta e incontrolável, detestava confinamento e asseio e amava, mais do que tudo no mundo, descer rolando o gramado em declive atrás da casa.

  Assim era Catherine Morland aos dez anos. Aos quinze, sua aparência se emendava; começou a fazer cachos nos cabelos e a suspirar por bailes; sua compleição melhorou, suas feições foram suavizadas com ganho de peso e de cor, seus olhos adquiriram mais vivacidade e sua figura se tornou mais notável. Seu amor pela sujeira deu lugar a uma inclinação para o refinamento, e ela ficou mais aprumada na mesma medida em que passou a ser mais asseada. Tinha às vezes, agora, o prazer de ouvir comentários do pai e da mãe acerca de seu aperfeiçoamento pessoal: "Catherine está se transformando numa garota um tanto charmosa, está quase bonita hoje"; tais palavras lhe chegavam aos ouvidos de vez em quando – e como soavam bem! Estar *quase* bonita é uma conquista do mais alto deleite para uma garota que teve aparência desgraciosa durante os primeiros quinze anos de vida; uma menina que é beldade desde o berço jamais terá o mesmo regozijo.

  A sra. Morland era uma mulher muito boa e queria que seus filhos se saíssem bem na vida, que contassem com apoio incondicional; mas seu tempo era exaurido nos longos descansos que se seguiam aos partos e no aprendizado dos pequenos, de modo que inevitavelmente as filhas mais velhas tinham de se arranjar por conta própria; e não era lá muito esplêndido o fato de que Catherine, que por natureza não tinha em si nada de heroico, aos catorze anos gostasse mais de críquete, beisebol, andar a cavalo e correr pelo campo do que de livros; ou pelo menos de livros informativos – pois desde que não fornecessem nada que se assemelhasse a conhecimento útil, desde que contivessem apenas narrativa e nenhum resquício de reflexão, ela jamais manifestou qualquer tipo de objeção aos livros. Mas dos quinze aos dezessete anos Catherine treinou para ser uma heroína: leu todas as obras que as heroínas precisam ler a fim de abastecer suas memórias com aquelas citações que são tão aproveitáveis e tranquilizadoras nas vicissitudes de suas vidas aventurosas.

Com Pope, aprendeu a censurar as pessoas
"que se entregam ao escárnio do infortúnio".
Com Gray, que
"Flores inúmeras vicejam despercebidas,
"E dissipam sua fragrância no ar do deserto".
Com Thompson, que
"É uma tarefa deliciosa
"Ensinar a ideia jovem a voar".
E com Shakespeare obteve uma fartura de informações.
Entre outras coisas, soube que
"Banalidades leves como o vento
"São, aos olhos do invejoso, preceitos incontestáveis,
"Verdades de Texto Sagrado".
Que
"O pobre besouro no qual pisamos
"Sofre no corpo aflição tão grande
"Quanto a dor de um gigante que morre".
E que uma jovem apaixonada sempre parece
"Um monumento de Paciência
"Sorrindo diante da Dor".

Nesse aspecto, seu aperfeiçoamento era suficiente – e em muitos outros pontos ela se saiu incrivelmente bem, porque, embora não tivesse talento para escrever sonetos, despendia tempo na leitura deles; e embora não existisse possibilidade aparente de que pudesse sentar ao piano e maravilhar toda a plateia de uma festa executando um prelúdio de autoria própria, era capaz de assistir a performances alheias sentindo pouquíssimo cansaço. Sua maior deficiência se encontrava no lápis – não tinha nenhuma noção de desenho, tanto que não teria condições de sequer esboçar o perfil de um namorado: o resultado não poderia ser chamado de desenho. Na arte do lápis, Catherine estava miseravelmente distante da verdadeira grandeza heroica. De momento, porém, ignorava essa sua penúria, pois não tinha namorado para retratar. Havia chegado aos dezessete anos sem ter topado com nenhum jovem amável que pudesse trazer à tona sua sensibilidade, sem ter inspirado uma única paixão real, e sem ter despertado nenhuma admiração que não fosse muito moderada e muito transitória. Isso era sem dúvida estranho! Mas coisas estranhas quase sempre podem ser esclarecidas quando as causas são razoavelmente investigadas. Não havia um único lorde nos arredores; não, nem mesmo um baronete. Não havia uma única família conhecida que tivesse adotado e amparado um menino encontrado certo dia na porta da frente – nenhum jovem cuja origem fosse desconhecida. O pai de Catherine não tinha um pupilo, e o maior fidalgo da paróquia não tinha filhos.

Contudo, quando o destino de uma jovem dama é ser uma heroína, nem mesmo a obstinação de quarenta famílias circundantes pode obstruir sua trajetória. Algo forçosamente ocorrerá para que um herói seja jogado em seu caminho.

O sr. Allen, dono da propriedade mais valiosa de Fullerton, o vilarejo em Wiltshire onde moravam os Morland, sofria de gota e foi aconselhado a passar algum tempo em Bath para atenuar a moléstia. Sua esposa – uma mulher espirituosa, afeiçoada à jovem Morland, e provavelmente ciente de que quando aventuras não caem do céu para uma garota em seu próprio vilarejo ela deve procurá-las em outro lugar – convidou Catherine a lhes fazer companhia na viagem. O sr. e a sra. Morland eram pura complacência, e Catherine era pura felicidade.

Capítulo 2

EM ACRÉSCIMO AO QUE já foi dito sobre os dotes pessoais e intelectuais de Catherine Morland às vésperas de sua exposição a todos os contratempos e perigos de uma permanência de seis semanas em Bath, podemos afirmar, para que o leitor inteire-se melhor, e a fim de evitar que as próximas páginas fracassem no propósito de fornecer alguma noção sobre como deve ser vista sua personalidade, que seu coração era afetuoso, que sua disposição era jovial e franca, sem presunção ou afetação de qualquer tipo (seus modos recém-emancipados do embaraço e da timidez de uma menina), que sua figura era agradável e, quando bem-arrumada, bonita – e que sua mente era tão ignorante e desinformada quanto costuma ser a mente feminina aos dezessete anos.

Quando a hora da partida se aproximou, a ansiedade maternal da sra. Morland, será de se supor, só poderia ter se manifestado no grau mais severo. Mil pressentimentos alarmantes, nos quais sua amada Catherine se via atacada por desgraças depois da medonha separação, por certo sufocariam seu coração com tristeza e a lançariam num mar de lágrimas nas últimas horas que teria para estar ao lado da filha. Conselhos com alto teor de relevância e utilidade sem dúvida brotariam em jorros de seus lábios sensatos na conversa de despedida, em seu gabinete. Advertências contra a violência de certos aristocratas e baronetes que se divertem forçando mocinhas a ingressar na obscuridade de remotas casas de fazenda deveriam aliviar, em tal momento, a asfixia de seu coração. Quem não pensaria o mesmo? Mas a sra. Morland sabia tão pouco a respeito de lordes e baronetes que não cogitava ideia alguma sobre a costumeira maldade deles e nem de longe suspeitava que sua filha pudesse enfrentar perigos devido a maquinações aristocráticas. Suas advertências se restringiram aos seguintes pontos:

– Imploro a você, Catherine: sempre agasalhe muito bem o pescoço quando sair dos salões à noite. E quero que tente manter algum registro do dinheiro que gastar; por isso vou lhe dar este caderno de anotações.

Sally, ou melhor, Sarah (pois não existe mocinha requintada que chegue aos dezesseis anos sem alterar seu nome até onde for possível) só pode ser, a esta altura, em tais circunstâncias, amiga íntima e confidente de sua irmã. É espantoso, no entanto, que ela não tenha obrigado Catherine a escrever a cada diligência postal e que não tenha exigido a promessa de que fossem enviados relatos sobre as peculiaridades de todos os novos conhecidos ou sobre cada detalhe de todas as conversas interessantes que Bath poderia ensejar. De parte dos Morland, na verdade, tudo o que se relacionava à importante viagem foi preparado com certa moderação e compostura, o que parecia condizer mais com os sentimentos comuns da vida comum do que com as suscetibilidades refinadas e emoções ternas que deveriam ser instigadas pelo primeiro afastamento entre uma heroína e sua família. O pai de Catherine, em vez de lhe abrir um crédito bancário ilimitado ou de ao menos lhe passar às mãos um bilhete de cem libras, apenas lhe deu dez guinéus e prometeu enviar mais quando ela pedisse.

Assim ocorreu a partida, com auspícios pouco promissores, e a jornada teve início. O caminho foi percorrido sem sobressaltos, em tranquilidade e com segurança. Nem ladrões nem tempestades apareceram; não houve o acidente de estrada no qual entra em cena o herói. O que houve de mais alarmante foi o temor da sra. Allen de que tivesse esquecido os tamancos numa estalagem, um temor que felizmente se mostrou infundado.

Chegaram a Bath. Catherine transbordava de ansiedade e deleite – seus olhos captavam todos os recantos da paisagem à medida que a carruagem se aproximava dos belos e impressionantes arredores da cidade e avançava, depois, pelas ruas que os conduziram ao hotel. Ela viera para ser feliz, e desde já se sentia feliz.

Os três foram logo instalados em aposentos confortáveis em Pulteney Street.

Será conveniente, agora, falar um pouco sobre a sra. Allen, de modo que o leitor tenha condições de julgar se de alguma maneira, daqui por diante, suas atitudes tenderão a promover a perturbação geral da narrativa, e se é provável que ela acabe por infligir a Catherine todos os desesperos e infortúnios de que um último volume é capaz – seja por imprudência, vulgaridade ou inveja, seja interceptando suas cartas, arruinando sua reputação ou a colocando para fora de casa.

A sra. Allen fazia parte da numerosa classe das mulheres cuja companhia não provoca emoção alguma, a não ser a surpresa de que possam existir homens no mundo que gostem delas o suficiente para que as admitam como esposas. Não tinha beleza e tampouco cultura, perspicácia ou refinamento. O ar de fidalga, um temperamento bondoso, calmo e inativo, e um espírito propenso à frivolidade – nada mais podia explicar o fato de que tivesse sido escolhida por um homem ajuizado e inteligente como o sr. Allen. Uma característica lhe conferia notável aptidão para introduzir uma jovem à sociedade: adorava estar em todos os lugares e ver tudo e todos, como se ela mesma fosse uma jovem. Sua paixão eram as roupas. Obtinha um prazer muito inocente em se vestir bem; e a nossa heroína só pôde empreender sua entrada na vida social depois de três ou quatro dias de aprendizado sobre os trajes mais usados, período no qual a sra. Allen se dedicou à compra de um vestido da última moda. Catherine também fez algumas aquisições. Finalizados todos esses preparativos, eis que chegou a importante noite em que ela seria introduzida aos Salões Altos. Seu cabelo foi cortado e enfeitado pelas melhores mãos, e ela vestiu-se com cuidado; tanto a sra. Allen quanto a criada declararam que ela estava apropriadamente encantadora. Com tal incentivo, Catherine considerou que ao menos passaria pela multidão sem sofrer críticas. Quanto à surpresa de que chegasse a ser admirada, seria sempre bem-vinda, mas não contava com ela.

A sra. Allen demorou tanto para vestir-se que já era tarde quando eles entraram no salão de baile. Era o auge da estação, e o salão estava lotado. As duas damas foram se espremendo pelo aglomerado de pessoas, na medida do possível. Quanto ao sr. Allen, refugiou-se de imediato na sala de jogos, para que elas se divertissem como bem quisessem em meio à turba. Dedicando mais cuidados à segurança de seu novo vestido do que ao conforto de sua protegida, a sra. Allen abriu caminho pelo tropel de homens junto à porta com a rapidez que sua necessária precaução permitia. Catherine, mesmo assim, conseguiu se manter bem perto, agarrada com firmeza ao braço da amiga para evitar que elas fossem separadas à força pelas oscilações típicas dos salões apinhados. Com enorme estupefação, porém, verificou que avançar pelo salão não era de modo algum o melhor meio de sair da multidão; na verdade, o aperto parecia aumentar à medida que as duas progrediam, e até então ela imaginara que bastava passar pela porta e encontrar com facilidade um lugar para sentar e assistir às danças em perfeita comodidade. Mas não era esse o caso, nem de longe, e, embora o empenho incansável as tivesse levado até a outra extremidade do salão, a situação não mudara em nada. Na compacta aglomeração da dança, só conseguiam enxergar as plumas altas dos penteados de algumas damas. Elas seguiram em frente, na esperança de algo melhor; e graças a uma contínua aplicação de força e engenho alcançaram, afinal, a passagem atrás dos assentos mais altos. Aqui, a multidão não era tão cerrada quanto no nível inferior; e daqui a srta. Morland pôde contemplar por inteiro a massa de pessoas abaixo, bem como todos os perigos de sua passagem por ela. Era um panorama esplêndido, e pela primeira vez, naquela noite, Catherine sentiu que estava num baile; teve vontade de dançar, mas não havia nenhum conhecido no salão. A sra. Allen fez o que estava a seu alcance em tal situação, dizendo com muita placidez, de quando em quando:

– Seria tão bom se você pudesse dançar, minha querida, se você pudesse arranjar um par.

E durante algum tempo sua jovem amiga se mostrou grata por esses desejos; mas eles eram repetidos com tamanha frequência, e provaram ser de tal maneira totalmente ineficazes, que Catherine acabou se cansando e parou de agradecer.

Elas não puderam, entretanto, fruir por muito tempo do repouso eminente que haviam conquistado com tanto labor. Todos logo começaram a se deslocar para o chá, e as duas tiveram de sair dali como os outros. Catherine começou a sentir uma espécie de frustração – estava cansada de ser continuamente imprensada por pessoas. Os inúmeros semblantes não eram nem um pouco interessantes, e eram todos tão desconhecidos que ela não tinha meio de diminuir o tédio do aprisionamento trocando uma palavra que fosse com qualquer um de seus companheiros de prisão; e quando chegou afinal à sala de chá sentiu mais do que nunca o embaraço de não ter um grupo ao qual se dirigir, nenhum conhecido a quem recorrer, nenhum cavalheiro que lhes fizesse companhia. Não viram qualquer sinal do sr. Allen; em vão, olharam ao redor, na procura por uma posição menos constrangedora, e viram-se obrigadas a se acomodar na extremidade de uma mesa que já estava ocupada por um grupo enorme, sem ter o que fazer ali, sem ter com quem conversar a não ser uma com a outra.

A sra. Allen felicitou a si mesma, assim que se sentaram, por ter mantido seu vestido a salvo de avarias.

– Seria muitíssimo chocante se ele se rasgasse – ela disse –, não seria? É uma musselina tão delicada. De minha parte, não vi nada de que gostasse tanto em todo o salão, garanto a você.

— Como é desconfortável — sussurrou Catherine — não ter um único conhecido aqui!

— Sim, minha querida — retrucou a sra. Allen, com perfeita serenidade —, é muito desconfortável, de fato.

— O que poderemos fazer? Os cavalheiros e as damas desta mesa dão impressão de que estão tentando descobrir o motivo de estarmos aqui; é como se estivéssemos invadindo sem convite o grupo deles.

— Sim, não há como negar. É muito desagradável. Seria tão bom se tivéssemos vários conhecidos aqui.

— Seria bom se tivéssemos *um* conhecido que fosse. Seria alguém a quem poderíamos nos dirigir.

— Você tem toda a razão, minha querida. E se conhecêssemos uma ou duas pessoas, recorreríamos a elas imediatamente. Os Skinner estiveram aqui no ano passado, seria tão bom se estivessem aqui agora.

— Não seria melhor irmos embora, então? Veja, aqui não temos nem mesmo utensílios para o chá.

— Não restou nada, de fato. Como é exasperante! Mas penso que será melhor se ficarmos sentadas, porque nos esbarram tanto numa multidão dessas! Como está o meu penteado, querida? Alguém me deu um empurrão, e temo que ele tenha sido danificado.

— Não, de modo algum, ele está ótimo. Mas, minha querida sra. Allen, tem certeza de que não conhece ninguém no meio de todo esse turbilhão? Creio que *pelo menos* uma pessoa a senhora deve conhecer.

— Ninguém mesmo, dou minha palavra, queria muito ter algum conhecido. Queria muito conhecer várias pessoas aqui, do fundo do coração, e então eu poderia lhe arranjar um par. Ficaria tão feliz se você pudesse dançar. Ali está indo uma mulher de aparência estranha! Que vestido excêntrico ela está usando! Como é antiquado! Observe a parte de trás.

Depois de algum tempo, um dos vizinhos lhes ofereceu chá; a oferta foi aceita com agradecimentos e assim se abriu a oportunidade de uma ligeira conversa com o gentil cavalheiro, e essa foi a única ocasião em que alguém lhes dirigiu a palavra ao longo da noite. O sr. Allen as encontrou e se juntou a elas quando as danças já haviam terminado.

— Bem, srta. Morland — disse ele, imediatamente —, espero que tenha desfrutado de um baile agradável.

— Foi mesmo muito agradável — ela respondeu, fazendo esforço, em vão, para esconder um grande bocejo.

— Queria tanto que Catherine pudesse ter dançado — disse a esposa dele. — Teria sido tão bom se tivéssemos arranjado um par. Já disse a ela o quanto eu ficaria feliz se os Skinner estivessem aqui neste inverno, como no último; ou se os Parry tivessem vindo, como prometeram certa ocasião; ela poderia ter dançado com George Parry. Sinto tanto que não tenha surgido um par!

– Teremos mais sorte numa outra noite, espero – foi o consolo do sr. Allen.

A turba começou a se dispersar quando a dança terminou – o suficiente para que os restantes pudessem caminhar com liberdade de movimentos. E agora chegara o momento no qual a heroína, que ainda não exercera um papel muito distinto nos acontecimentos da noite, deveria ser notada e admirada. A cada cinco minutos uma parte da multidão se dispersava, e surgia mais e mais espaço para que os encantos de Catherine se revelassem. Ela foi vista, agora, por muitos jovens que até então não haviam sequer passado perto dela. Nenhum deles, porém, ficou paralisado pela contemplação extasiante de sua formosura, nenhum sussurro com indagações inquietas percorreu o salão, e em nenhum momento alguém a chamou de divindade. E no entanto Catherine estava bastante charmosa; se aquelas pessoas a tivessem visto três anos antes, *agora* pensariam que ela se tornara extremamente bela.

Catherine *foi* observada, contudo, e com certa admiração; pois ela mesma pôde ouvir dois cavalheiros que a proclamaram bonita. Tais palavras produziram seu devido efeito. No mesmo instante, para ela, a noite passou a ter um sabor mais doce, sua humilde vaidade se contentara. Ela sentiu-se mais agradecida aos dois jovens por esse simples elogio do que uma autêntica heroína teria se sentido por quinze sonetos que celebrassem seus encantos, e encaminhou-se até sua charrete sorrindo para todos, perfeitamente satisfeita com sua parcela de atenção pública.

Capítulo 3

TODAS AS MANHÃS, AGORA, nasciam com seus deveres regulares: lojas precisavam ser visitadas; uma parte desconhecida da cidade tinha de ser vista; e era necessário comparecer ao Salão da Fonte, no qual as duas desfilavam de um lado ao outro por uma hora, observando todos e sem falar com ninguém. O desejo de fazer muitos novos conhecidos em Bath era ainda uma meta de suprema importância para a sra. Allen, e ela o reafirmava após cada nova prova, evidenciada a cada manhã, de que não conhecia absolutamente ninguém.

Elas fizeram sua primeira aparição nos Salões Baixos, e aqui a fortuna se mostrou mais favorável à nossa heroína. O mestre de cerimônias apresentou-lhe como par um jovem bastante cavalheiresco; seu nome era Tilney. Ele aparentava ter 24 ou 25 anos, era um tanto alto, tinha feições agradáveis e um olhar vivaz e muito inteligente; se não era exatamente bonito, estava bem perto de sê-lo. Sua conversa era interessante, e Catherine sentiu que tivera grande sorte. Houve pouco tempo livre para conversar enquanto dançaram; quando sentaram para o chá, porém, Catherine constatou que ele era tão simpático quanto lhe creditara de antemão. Tilney falava com fluência e entusiasmo – e havia algo de atraente em suas maneiras, um ar extrovertido e jocoso, embora ela não chegasse a compreendê-lo direito. Depois de discursar por algum tempo sobre temas corriqueiros suscitados pelo ambiente que os cercava, Tilney subitamente dirigiu-se a ela assim:

– Fui muito remisso até aqui, senhorita, nas atenções que são o dever de um par. Ainda não perguntei desde quando a senhorita encontra-se em Bath, se já esteve aqui alguma vez, se já frequentou os Salões Altos, o teatro e o concerto, e como lhe parece a cidade de modo geral. Fui muito negligente. Será que a senhorita estaria disposta, agora, a satisfazer essas minhas curiosidades? Se está, começarei a perguntar sem mais delongas.

– O senhor não precisa perder tempo com isso.

– Garanto que não será perda de tempo, senhorita.

Então, fixando um sorriso rígido no rosto e baixando a voz afetadamente, Tilney prosseguiu, com uma expressão tola no rosto:

– A senhorita encontra-se em Bath há muito tempo?

– Há cerca de uma semana, senhor – respondeu Catherine, tentando não rir.

– Não diga! – com espanto afetado.

– Não vejo motivo para surpresa, senhor.

– Ora, é verdade! – disse ele, em seu tom natural. – Mas é preciso que alguma emoção seja provocada pela sua resposta, e a surpresa pode ser simulada com mais facilidade, sendo tão razoável quanto qualquer outra. Mas sigamos em frente. Nunca esteve aqui antes, senhorita?

– Nunca, senhor.

– Não diga! Já honrou os Salões Altos com sua presença?

– Sim, estive lá na última segunda-feira.

– Já foi ao teatro?

– Sim, senhor, assisti à peça na terça-feira.

– Ao concerto?

– Sim, senhor, na quarta-feira.

– E Bath agrada-lhe de modo geral?

– Sim, me agrada muito.

– Agora vou dar um sorriso artificial, como convém, e então poderemos ser racionais novamente.

Catherine girou a cabeça, sem saber se poderia arriscar uma risada.

– Sei o que a senhorita pensa de mim – disse ele, com ar sério. – Serei descrito como uma figura insípida no seu diário amanhã.

– Meu diário!

– Sim, sei exatamente o que será escrito: "Sexta-feira, fui aos Salões Baixos, usei meu manto de musselina com ramos bordados e passamanes azuis, sapatos pretos, muito contente com minha aparência, mas fui estranhamente atormentada por um homem excêntrico e imbecil que me obrigou a dançar com ele e que me afligiu com suas tolices".

– Ora, não vou dizer nada disso.

– Posso sugerir o que a senhorita deveria dizer?

– Como o senhor quiser.

– "Dancei com um jovem muito agradável, apresentado pelo sr. King; conversamos durante longo tempo; parece ter uma inteligência extraordinária, espero que possa saber mais sobre ele." *Isso*, senhorita, é o que *desejo* que diga.

– Mas talvez eu não tenha um diário.

– Talvez a senhorita não esteja sentada neste salão, e eu não esteja sentado a seu lado. São questões nas quais a dúvida é igualmente possível. Não ter um diário! De que modo suas primas ausentes conhecerão o teor de sua vida em Bath sem um diário? De que modo as cortesias e os elogios de todos os dias serão relatados com a precisão necessária, se não forem anotados todas as noites num diário? De que modo os seus vários vestidos serão lembrados, e o estado peculiar de sua compleição e os cachos de seus cabelos serão descritos em suas incontáveis diversidades, se a senhorita não puder recorrer a um diário? Cara senhorita, não sou tão ignorante em relação aos costumes de jovens damas quanto devo lhe parecer: o encantador hábito de manter um diário contribui em grande medida para formar o fluente estilo de escrita pelo qual as damas são tão celebradas em geral. Não há quem negue que o talento de escrever cartas apuradas seja particularmente feminino. A natureza pode ter contribuído um pouco, mas o estímulo essencial, estou certo disso, é a prática de manter um diário.

– Já me ocorreu pensar – disse Catherine, com hesitação – que porventura não se possa afirmar que damas escrevam cartas tão melhores que as dos cavalheiros! Quero dizer, não creio que a superioridade tenha estado sempre ao nosso lado.

– Até onde tive condições de julgar, parece a mim que o estilo habitual da elaboração de cartas é impecável entre as mulheres, exceto em três características.

– E quais são elas?

– Uma costumeira carência de assunto, um descaso total com a pontuação e uma ignorância gramatical muito recorrente.

— Então é assim! Eu não devia ter temido rejeitar o elogio. O senhor não nos concede tanto valor na arte da escrita.

— Pois bem, não vou estabelecer como regra geral que mulheres escrevam cartas que sejam melhores que as dos homens, nem que cantem melhores duetos ou que desenhem melhores paisagens. Nas capacidades que têm por base o bom gosto, a excelência é dividida com bastante equidade entre os sexos.

Os dois foram interrompidos pela sra. Allen:

— Minha querida Catherine – disse ela –, queira me fazer a bondade de tirar este alfinete da minha manga; temo que ele já tenha aberto um buraco; se abriu mesmo, ficarei muito desconsolada, porque este é um vestido favorito, embora não tenha custado mais do que nove xelins a jarda.

— Isso é exatamente o que eu teria estimado, senhora – disse o sr. Tilney, observando a musselina.

— O senhor entende de musselinas?

— Particularmente bem. Sempre compro minhas próprias gravatas, e minhas opiniões são tidas como excelentes. Minha irmã confiou em mim repetidas vezes na escolha de vestidos. Outro dia lhe comprei um que foi reconhecido como barganha prodigiosa por todas as damas que o viram. Não paguei por ele mais do que cinco xelins a jarda, e era uma autêntica musselina indiana.

A sra. Allen ficou assombrada com a perspicácia do jovem.

— Os homens costumam prestar tão pouca atenção nessas coisas – disse ela. – Nunca consigo fazer com que o sr. Allen diferencie um vestido meu de outro. O senhor por certo proporciona grande contentamento à sua irmã.

— Espero que sim, senhora.

— E me diga, por favor, o que pensa do vestido da srta. Morland?

— É muito bonito, senhora – disse ele, examinando o vestido com seriedade. – Mas creio que não passará bem pela lavagem. Receio que vá se desgastar.

— Como é possível que o senhor seja tão... – disse Catherine, rindo; quase dissera "estranho".

— Tenho essa mesma opinião, senhor – retrucou a sra. Allen. – E disse o mesmo à srta. Morland quando ela o comprou.

— Mas a senhora deve saber bem que a musselina sempre se presta para úteis transformações; a srta. Morland terá tecido suficiente para um lenço, uma touca ou uma capa. Não há como desperdiçar musselina: já ouvi minha irmã proferir essa verdade quarenta vezes, nas ocasiões em que comprou mais do que queria ou foi descuidada nos cortes.

— Bath é um lugar adorável, senhor; existem tantas lojas boas aqui. Nós moramos longe de tudo no campo, infelizmente. Não que não tenhamos lojas ótimas em Salisbury, mas o caminho é tão longo... é uma grande distância, oito milhas. O sr. Allen diz que são nove, nove exatas, mas estou certa de que não são mais do que oito; e é tão penoso... volto para casa morta de cansaço. Aqui é diferente, podemos sair para a rua e comprar qualquer coisa em cinco minutos.

O sr. Tilney era cortês o suficiente para fingir ter interesse no que a sra. Allen dizia, e ela o reteve no assunto das musselinas até a dança recomeçar. Ouvindo a conversa, Catherine considerou, com receio, que ele talvez tolerasse um pouco demais as fraquezas dos outros.

– A senhorita está pensando no quê, com tanta seriedade? – perguntou ele, enquanto caminhavam de volta até o salão de baile. – Não no seu par, espero, porque, de acordo com os movimentos de sua cabeça, suas meditações não são nada satisfatórias.

Catherine corou e disse:

– Eu não estava pensando em nada.

– Uma resposta ardilosa e profunda, sem dúvida; mas seria melhor se me dissesse logo que não quer me contar.

– Pois bem, não quero contar.

– Obrigado, pois agora nos conheceremos melhor, na medida em que estou autorizado a importuná-la com esse assunto sempre que nos encontrarmos, e nada no mundo aprofunda tanto a intimidade.

Eles dançaram outra vez e, encerrado o baile, despediram-se com uma grande disposição, ao menos por parte da dama, de levar adiante a amizade. Que Catherine tenha pensado muito no sr. Tilney enquanto bebia seu vinho quente com água e se preparava para dormir, a ponto de vir a sonhar com ele, não podemos assegurar; se sonhou, foi apenas em meio a uma sonolência leve, espero, ou durante a modorra matinal, em último caso; porque se for verdade, como um celebrado escritor sustentou, que nenhuma jovem dama tem o direito de se apaixonar antes que lhe seja declarado o amor do cavalheiro[2], certamente é muito impróprio que uma jovem dama sonhe com um cavalheiro antes que se saiba que o cavalheiro já sonhou com ela. Ainda não passara pela cabeça do sr. Allen a ideia de avaliar o sr. Tilney como namorado ou sonhador apropriado, mas ele se certificara, por inquirição, de que o jovem não era censurável na condição de simples conhecido de sua protegida; pois se dera o trabalho, no início da noite, de investigar quem era o par de Catherine, e descobrira que o sr. Tilney era clérigo e pertencia a uma família muito respeitável de Gloucestershire.

---

2. Vide uma carta do sr. Richardson, nº 97, vol. II, *Rambler*. (N.A.)

Capítulo 4

CATHERINE CORREU PARA O Salão da Fonte no dia seguinte com ansiedade acentuada, certa de que veria o sr. Tilney no decorrer da manhã e pronta a recebê-lo com um sorriso; mas não houve necessidade de sorrir – o sr. Tilney não apareceu. Todas as criaturas de Bath, exceto ele, podiam ser vistas no salão em diferentes momentos daquelas horas elegantes; a todo instante, pessoas e mais pessoas passavam para lá e para cá, subiam e desciam as escadas; pessoas com as quais ninguém se importava e que ninguém queria ver; e só ele não se fazia presente.

– Bath é mesmo um lugar encantador! – disse a sra. Allen enquanto elas sentavam-se perto do grande relógio, cansadas de perambular pelo salão. – E como seria agradável se tivéssemos conhecidos aqui.

Esse desejo já fora proferido em vão tantas vezes que a sra. Allen não tinha nenhum motivo específico para crer que seria atendido com mais presteza agora; mas devemos nos lembrar do conselho de "não desesperar de nossa prece", porque a "diligência incansável nos favorece"; e a diligência incansável com a qual ela ansiou todos os dias pela mesma coisa recebeu afinal sua justa recompensa, pois estava sentada não fazia nem dez minutos quando uma dama aparentando ter sua mesma idade, que estava sentada perto dela e lhe dirigira olhares atentos por vários minutos, pronunciou com grande afabilidade as seguintes palavras:

– Creio, senhora, que não posso estar enganada; já se passou muito tempo desde a última ocasião em que tive o prazer de vê-la. Seu nome não seria Allen?

Respondida a pergunta com natural prontidão, a estranha anunciou que se chamava Thorpe. A sra. Allen imediatamente reconheceu as feições de uma antiga colega de escola e amiga íntima, com a qual se encontrara apenas uma vez, e muitos anos atrás, desde que ambas haviam se casado. O reencontro provocou intensa alegria, na medida do possível, visto que ambas haviam se conformado em não ter qualquer notícia uma da outra ao longo de quinze anos. Elogios sobre suas boas fisionomias foram trocados; a seguir, elas comentaram o quanto o tempo passara despercebido desde que haviam se encontrado pela última vez, o quanto era inesperado o reencontro em Bath, e como era prazeroso rever uma velha amiga. Então se puseram a fazer interrogações e esclarecimentos sobre suas famílias, irmãs e primas, falando as duas ao mesmo tempo, muito mais dispostas a dar do que a receber informações, e cada uma ouvindo bem pouco o que a outra dizia. A sra. Thorpe, no entanto, dispunha de uma grande vantagem sobre a sra. Allen na condição de falante: tinha descendentes; e quando passou a discorrer sobre os talentos de seus filhos e sobre a beleza de suas filhas, quando enunciou suas diferentes perspectivas de vida, contando que John estava em Oxford, Edward em Merchant Taylors' e William no mar – e os três eram mais estimados e respeitados em suas diferentes ocupações do que qualquer criatura que já nascera –, a sra. Allen não pôde fornecer informações semelhantes, não pôde torturar com triunfos semelhantes os ouvidos incrédulos e relutantes da amiga, e se viu forçada a manter silêncio e simular consideração por toda aquela efusão maternal, encontrando consolo, no entanto, em uma evidência logo verificada por seu olhar aguçado: a renda na túnica da sra. Thorpe era dez vezes menos bonita do que a sua.

– Eis que se aproximam minhas queridas meninas – exclamou a sra. Thorpe, apontando para três vistosas garotas que, de braços dados, caminhavam em sua direção. – Cara sra. Allen, estou tão ansiosa por apresentá-las; elas ficarão encantadas em conhecê-la. A mais alta é Isabella, que é a mais velha; não é uma bela jovem? As outras também são muito admiradas, mas penso que Isabella é a mais bonita.

As senhoritas Thorpe foram apresentadas, e a srta. Morland, que fora esquecida por alguns instantes, foi igualmente apresentada. O nome pareceu impressionar as irmãs. Depois de trocar palavras muito gentis com Catherine, a garota mais velha observou em voz alta:

– A semelhança da srta. Morland com seu irmão é extraordinária!

– Um verdadeiro retrato dele! – exclamou a mãe.

E todas repetiram "Eu a reconheceria como irmã dele em qualquer lugar!", duas ou três vezes. Catherine ficou surpresa por um momento; a sra. Thorpe e suas filhas mal haviam começado a contar a história de como conheciam o sr. James Morland, quando ela recordou que seu irmão mais velho recentemente se tornara íntimo de um colega chamado Thorpe e que ele havia passado a última semana das férias de Natal com a família do amigo, perto de Londres.

Com tudo esclarecido, muitas coisas amáveis foram ditas pelas senhoritas Thorpe acerca de como desejavam conhecê-la melhor e de como já se consideravam amigas por causa da amizade dos irmãos etc. Catherine ouviu tudo com prazer e respondeu com todas as expressões adoráveis que pôde evocar. Numa primeira prova de benevolência, foi logo convidada a tomar o braço da mais velha das irmãs Thorpe e a dar uma volta com ela pelo salão. Catherine estava encantada com aquela ampliação de seu círculo de conhecidos em Bath e quase esqueceu-se do sr. Tilney enquanto conversava com a srta. Thorpe. A amizade é certamente o melhor bálsamo para as aflições do amor desiludido.

A conversa girou em torno dos assuntos nos quais a livre discussão age com tanta eficácia no aperfeiçoamento de uma súbita intimidade entre duas jovens damas: vestidos, bailes, galanteios e gracejos. A srta. Thorpe, no entanto, sendo quatro anos mais velha que a srta. Morland, e pelo menos quatro anos mais experiente, contava com uma vantagem muito decisiva na discussão de tais questões: podia comparar os bailes de Bath com os de Tunbridge, suas modas com as modas de Londres; podia retificar as opiniões de sua jovem amiga em muitos aspectos do bom gosto em vestimentas; podia reconhecer o galanteio entre um cavalheiro e uma dama que apenas trocassem sorrisos; e podia identificar um bom gracejo no emaranhado de uma multidão. Tais poderes mereceram a devida admiração por parte de Catherine, para quem eles eram inteiramente novos, e o respeito que naturalmente inspiraram poderia ter sido forte demais para o surgimento da familiaridade, não fosse o fato de que os modos joviais da srta. Thorpe, assim como suas frequentes manifestações de que se deleitava com a nova amizade, tivessem suavizado todos os sentimentos de intimidação, estimulando apenas a mais terna afeição. A afinidade entre as duas, cada vez maior, não poderia ser aplacada com somente meia dúzia de voltas pelo Salão da Fonte, e exigiu, quando todas foram embora juntas, que a srta. Thorpe acompanhasse a srta. Morland até a porta da casa dos Allen e que se despedissem com o mais afetuoso e prolongado aperto de mãos, após descobrirem, para alívio mútuo, que se veriam em camarotes opostos no teatro, naquela noite, e que rezariam na mesma capela na manhã seguinte. Em seguida, Catherine subiu as escadas correndo e observou, pela janela da sala de visitas, o avanço da srta. Thorpe na descida da rua; admirou seu modo gracioso de caminhar, o aspecto requintado do corpo e do vestido; e sentiu-se grata, tanto quanto pôde, pelo acaso que a brindara com tal amiga.

A sra. Thorpe era viúva, uma viúva não muito rica; era uma mulher bem-humorada e bondosa e uma mãe muito indulgente. Sua filha mais velha era dotada de grande beleza, e as mais novas, fingindo que eram tão bonitas quanto a irmã, imitando seus modos e se vestindo com o mesmo estilo, não se saíam mal.

Esta breve descrição da família tem como intenção suplantar a necessidade de uma longa e minuciosa exposição da personalidade da sra. Thorpe e das aventuras e desgraças do seu passado, o que de outro modo poderia ocupar três ou quatro capítulos, nos quais seria evidenciada a vilania de lordes e homens da lei, e nos quais seriam minuciosamente repetidas conversas ocorridas vinte anos antes.

Capítulo 5

No teatro, naquela noite, Catherine não se dedicou com tanto afinco a responder aos acenos e sorrisos da srta. Thorpe, embora eles tenham lhe tomado um bom tempo; pois não deixou de procurar pelo sr. Tilney, com olhos curiosos, em todos os camarotes que sua visão alcançava. Mas procurou em vão. Se o sr. Tilney não apreciava o Salão da Fonte, tampouco apreciava a arte da representação. Ela teve esperança de que seria mais venturosa no dia seguinte; e quando suas preces por tempo bom foram atendidas no vislumbre de uma linda manhã, sua confiança ganhou mais força, porque um belo domingo, em Bath, faz com que todas as casas se esvaziem de habitantes, e o mundo inteiro aparece à luz do sol para passear, e todos dizem a seus conhecidos que o dia está maravilhoso.

Assim que terminou o serviço religioso, as famílias Thorpe e Allen se reuniram ansiosamente. Depois, permaneceram no Salão da Fonte tempo suficiente para constatar que a multidão era insuportável e que não havia um único rosto distinto à vista, uma constatação inevitável em todos os domingos da temporada, e se dirigiram às pressas para o Crescent, a fim de respirar o ar fresco de uma companhia mais agradável. Aqui, de braços dados, Catherine e Isabella mais uma vez saborearam as delícias da amizade numa conversa franca; falaram muito, e com muito divertimento; mais uma vez, porém, Catherine se viu frustrada na esperança de rever seu par. Tilney não podia ser encontrado em lugar nenhum; todas as buscas por ele resultavam no mesmo fracasso, fosse nos passeios da manhã ou nos eventos noturnos; não se via sinal dele, tampouco, nos Salões Altos ou nos Baixos, nem em bailes formais ou informais; muito menos entre os passantes, cavaleiros ou cocheiros do período matinal. Seu nome não aparecia no livro de registros do Salão da Fonte, e a curiosidade não tinha mais por onde seguir. Tilney só podia ter ido embora de Bath. E no entanto não mencionara que sua permanência seria tão curta! Essa espécie de mistério, sempre tão conveniente num herói, fez com que a imaginação de Catherine atribuísse um encanto renovado à pessoa e às maneiras de Tilney e intensificou sua sofreguidão por conhecê-lo melhor. Da sra. Thorpe e de suas filhas não havia como extrair nada, pois tinham chegado a Bath apenas dois dias antes do encontro com a sra. Allen. Aquele era um tema, entretanto, que Catherine discutia frequentemente com sua adorável amiga, de quem recebia todos os encorajamentos possíveis para continuar pensando em Tilney; e a impressão fantasiosa que ele despertara não sofreu, portanto, abalo algum. Isabella tinha certeza quase absoluta de que ele era um jovem fascinante, e também estava convencida de que ele se encantara com a cativante Catherine e retornaria, portanto, em breve. Gostava de Tilney mais ainda por ser ele um clérigo, porque era obrigada a admitir que a profissão a seduzia, e algo como um suspiro lhe escapou quando fez tal confissão. Talvez fosse um erro, por parte de Catherine, não perguntar qual era a causa dessa meiga emoção, mas ela não era experiente o bastante nas sutilezas do amor ou nos deveres da amizade e não sabia quando era apropriado articular uma zombaria delicada, ou quando uma confidência deveria ser arrancada à força.

A sra. Allen estava agora muito feliz, muito satisfeita com Bath. Encontrara pessoas conhecidas, tendo a sorte de encontrar, nelas, a família de uma velha e estimável amiga. Sua ventura era completa: essas conhecidas não se vestiam com tanto requinte quanto ela, de maneira alguma. Suas exclamações diárias não eram mais: "Seria tão bom se tivéssemos conhecidos em Bath!". Passaram a ser: "Como estou contente por termos encontrado a sra. Thorpe!". E ela se empenhava em promover aproximações entre as duas famílias tanto quanto se empenhavam Isabella e sua jovem protegida. O dia não seria satisfatório se ela não o passasse, na maior parte, ao lado da sra. Thorpe, gozando de algo que as duas chamavam de conversações, nas quais, porém, raramente ocorria alguma troca de opiniões, muitas vezes não existindo sequer algo que se assemelhasse a um assunto, pois a sra. Thorpe falava principalmente sobre seus filhos, e a sra. Allen, sobre seus vestidos.

O progresso da amizade entre Catherine e Isabella foi veloz, na mesma medida em que seu início fora caloroso, e elas passaram tão rapidamente por todas as gradações crescentes da ternura que em breve já não havia nenhuma manifestação nova de carinho que pudessem exibir para os outros ou para si mesmas. Chamavam uma à outra pelos nomes de batismo, andavam sempre de braços dados, prendiam as caudas de seus vestidos uma na outra durante as danças e não se separavam na quadrilha; e se uma manhã chuvosa as privava de outros divertimentos, ainda assim se encontravam, resolutas, desafiando água e lama, e se trancavam para ler romances. Sim, romances; porque não vou adotar o costume imprudente e mesquinho, tão comum entre autores de romances, de degradar, com censura insolente, as obras que eles mesmos estão ajudando a multiplicar – fazendo coro com seus maiores inimigos, aplicando epítetos cruéis a tais livros, quase nunca permitindo que sejam lidos pelas heroínas que eles mesmos criaram; se por acidente a heroína abrir um romance, certamente vai folhear com desgosto suas insípidas páginas. Ora! Se a heroína de um romance não for apadrinhada por outra heroína, de quem poderá esperar proteção e consideração? Não aprovo. Que fique com os críticos a tarefa de abusar à vontade dessas efusões de fantasia, de desprezar cada novo romance com variações surradas do discurso ordinário que faz gemer os prelos. Não podemos abandonar nossos companheiros: somos um corpo ferido. Embora nossas obras tenham proporcionado mais prazer genuíno do que qualquer outra corporação literária no mundo, nenhum tipo de composição foi tão depreciado. Por causa do orgulho, da ignorância ou da moda, nossos adversários são quase tão numerosos quanto nossos leitores. E enquanto as habilidades do noningentésimo abreviador da história da Inglaterra, ou do homem que colige e publica num volume algumas dúzias de versos de Milton, Pope e Prior, com um artigo do *Spectator* e um capítulo de Sterne, são louvadas por mil penas, parece existir um desejo quase generalizado de depreciar as capacidades e desvalorizar o trabalho do romancista, de menosprezar as obras cujos únicos atributos são o talento, a perspicácia e o bom gosto. "Não sou leitor de romances"; "Raramente abro um romance"; "Não pense que *eu* leia romances com frequência"; "Não é nada mau, para um romance". Essa é a cantilena habitual. "Que livro está lendo, senhorita ...?" "Ah! É apenas um romance!", responde a jovem dama, fechando o livro com indiferença afetada ou com vergonha momentânea. "É apenas *Cecilia*, ou *Camilla*, ou *Belinda*"; ou, para resumir, é apenas um livro qualquer no qual são ostentados os maiores poderes da mente, no qual são transmitidos ao mundo, na linguagem mais esmerada, o conhecimento mais profundo da natureza humana, o esboço mais apurado de suas variedades, as mais vivas efusões da perspicácia e do humor. Agora, se a mesma jovem dama estivesse ocupada com uma edição do *Spectator*, e não com um romance qualquer, mostraria o volume com orgulho e diria seu nome. É pouco provável, porém, que ela estivesse lendo qualquer parte dessa volumosa publicação, pois tanto seus temas quanto seu estilo enojariam uma pessoa jovem e judiciosa: a substância de seus artigos consiste muitas vezes na apresentação de acontecimentos inverossímeis, personagens fictícios e tópicos de conversação que já não dizem respeito a nenhuma pessoa viva; sua linguagem, além disso, é frequentemente tão grosseira que nos passa uma ideia nada favorável da época que a suportou.

Capítulo 6

A CONVERSA A SEGUIR, que foi conduzida pelas duas amigas certa manhã, no Salão da Fonte, após oito ou nove dias de amizade, servirá como exemplo da calorosa afinidade que sentiam e também para ressaltar a delicadeza, a discrição, a originalidade de pensamento e o bom gosto literário que marcavam a razoabilidade de tal afeição.

O encontro havia sido marcado. Como Isabella chegara quase cinco minutos antes de sua amiga, sua primeira declaração foi, naturalmente:

— Criatura amada, como é possível que tenha demorado tanto? Estou esperando por você faz pelo menos um século!

— Verdade? Sinto muito pelo atraso, mas realmente pensei que chegaria a tempo. É uma hora, neste momento. Você chegou faz muito tempo?

— Ah! Cheguei dez séculos atrás, no mínimo. Estou certa de que fiquei esperando por meia hora. Pois bem, sentemos no outro lado do salão, vamos nos entreter. Tenho cem coisas para lhe dizer. Em primeiro lugar, fiquei com tanto medo de que fosse chover hoje de manhã, bem no momento de sair; o céu estava muito fechado, eu morreria de aflição! Ouça, você não pode imaginar, acabei de ver um chapéu fabuloso na janela de uma loja, bem parecido com o seu, mas as fitas não eram verdes, tinham cor de *coquelicot*; fiquei tão cobiçosa por ele! Mas, minha amada Catherine, o que você andou fazendo a manhã inteira? Avançou com *Udolpho*?

— Sim, fiquei lendo desde que acordei, e já cheguei ao véu negro.

— Chegou? Que magnífico! Ah! Por nada no mundo lhe contarei o que há por trás do véu negro! Você não está morta de curiosidade?

— Ah, sim, muito! O que será? Mas não me conte; não quero que me conte de maneira nenhuma. Sei que só pode ser um esqueleto, estou certa de que é o esqueleto de Laurentina. Ah, estou encantada com o livro! Poderia passar minha vida inteira lendo-o. Garanto a você: se eu não precisasse vir ao nosso encontro, não largaria o livro por nada no mundo.

— Criatura amada! Fico-lhe tão grata! Quando você terminar *Udolpho*, vamos ler juntas o *Italiano*; e fiz para você uma lista com dez ou doze outros do mesmo tipo.

— Não diga! Como fico feliz! Quais são eles?

— Vou ler os títulos agora mesmo; aqui estão eles, no meu caderno de anotações: *O castelo de Wolfenbach, Clermont, Sinais misteriosos, O necromante da Floresta Negra, O sino da meia-noite, A órfã do Reno* e *Mistérios horrendos*. Teremos ocupação por algum tempo.

— Sim, muito bem; mas são todos horrendos, você está certa de que são todos horrendos?

— Sim, tenho certeza; porque certa amiga minha, a srta. Andrews, uma garota adorável, uma das criaturas mais adoráveis do mundo, leu todos eles. Queria que você conhecesse a srta. Andrews, você ficaria encantada com ela. Ela está fazendo sozinha um manto adorável, você não imagina. Eu a considero linda como um anjo, e fico tão irritada com os homens, que não demonstram admiração por ela! Eu os repreendo estupendamente por causa disso, todos eles.

— Repreende? Você os repreende porque eles não demonstram admiração por ela?

— Sim, faço exatamente isso. Não há nada que eu não faria por aquelas que são de verdade minhas amigas. Não sei como amar pessoas pela metade; não é da minha natureza. As minhas afinidades são sempre excessivamente fortes. Eu disse ao capitão Hunt, numa das nossas reuniões neste inverno, que se ele ficasse me importunando a noite inteira eu não dançaria com ele, a não ser que ele admitisse que a srta. Andrews é linda como um anjo. Veja, os homens pensam que somos incapacitadas para uma verdadeira amizade, e estou determinada a lhes mostrar que não é assim. Ora, se eu ouvisse alguém falando de você com menosprezo, ficaria inflamada no mesmo instante. Mas isso não é nada provável, porque *você* é exatamente o tipo de garota que se torna uma grande favorita entre os homens.

— Ah, querida! — exclamou Catherine, corando. — Como pode dizer isso?

— Eu a conheço muito bem; você tem tanta animação, e isso é justamente o que falta à srta. Andrews, pois preciso confessar que há nela alguma coisa estupendamente insípida. Ah! Preciso lhe contar que ontem, logo depois da nossa despedida, vi um jovem que não tirava os olhos de você... Estou certa de que ele está apaixonado por você.

Catherine voltou a corar e descrer. Isabella riu.

— É a mais absoluta verdade, juro pela minha honra; mas sei como é; você é indiferente à admiração de todos, exceto à de um determinado cavalheiro que ficará sem nome. Não, não posso culpá-la — (falando com mais seriedade) —, seus sentimentos são bastante compreensíveis. Quando o coração está realmente comprometido, sei muito bem como não nos agradam as atenções de qualquer outra pessoa. Tudo é tão insípido e tão desinteressante quando não diz respeito à pessoa amada! Compreendo perfeitamente os seus sentimentos.

— Mas você não deveria me convencer a pensar tanto no sr. Tilney, porque talvez eu nunca mais o veja.

— Não vê-lo nunca mais? Minha amada criatura, nem fale nisso. Estou certa de que você sofrerá muito se pensar dessa maneira.

— Não, na verdade não é assim. Não quero dizer que ele não tenha me agradado intensamente; mas enquanto eu tiver *Udolpho* para ler, sinto que ninguém poderá me fazer infeliz. Ah! O tenebroso véu negro! Minha querida Isabella, estou certa de que só pode ser o esqueleto de Laurentina por trás dele.

— É tão estranho, para mim, que você nunca tenha lido *Udolpho* antes; mas suponho que a sra. Morland tenha restrições quanto a romances.

— Não, não tem. Ela mesma lê *Sir Charles Grandison* com muita frequência; mas livros novos não chegam até nós.

— *Sir Charles Grandison*! É um livro estupendamente horrendo, não é? Lembro que a srta. Andrews não conseguiu terminar o primeiro volume.

— Ele não é nem um pouco como *Udolpho*; mesmo assim, penso que é um livro muito envolvente.

— Verdade? Você me surpreende; eu julgava que não fosse legível. Mas, minha amada Catherine, você já pensou em como vai enfeitar o cabelo hoje à noite? Estou determinada a fazer um arranjo exatamente igual ao seu. Os homens reparam *nisso* às vezes, você sabe?

— Mas não importa se eles reparam ou não — disse Catherine, com muita inocência.

— Não importa? Céus! Eu sigo a regra de jamais dar importância ao que os homens dizem. Eles são, com muita frequência, estupendamente impertinentes se você não os trata com altivez, para que fiquem a uma certa distância.

— Eles são? Bem, nunca observei *isso*. Eles sempre se comportam muito bem comigo.

— Ah! Eles exibem certas posturas... São as criaturas mais presunçosas do mundo e se julgam pessoas muito importantes! A propósito, embora eu já tenha pensado nisso cem vezes, sempre esqueço de lhe perguntar qual é a sua compleição favorita num homem. Você os prefere morenos ou louros?

— Difícil responder. Nunca pensei muito no assunto. Algo entre os dois, creio. Castanho... não louro, e... e não muito moreno.

— Muito bem, Catherine. É exatamente ele. Não esqueci a descrição que você fez do sr. Tilney: "pele morena, olhos escuros e cabelos um tanto escuros". Bem, meu gosto é diferente. Prefiro olhos claros, e, quanto à compleição, veja, gosto mais de uma tez pálida do que de qualquer outra. Não vá me trair se um dia encontrar entre os seus conhecidos alguém que corresponda a essa descrição.

— Trair? O que você quer dizer?

— Nada, não me incomode. Creio que já falei mais do que devia. Deixemos de lado o assunto.

Catherine concordou, com certo espanto, e, depois de permanecer calada por alguns instantes, estava a ponto de retornar ao assunto que mais lhe interessava naquele momento, mais do que qualquer outra coisa no mundo — o esqueleto de Laurentina —, quando sua amiga a impediu, dizendo:

— Pelo amor de Deus, vamos sair deste lado do salão. Veja, aqueles dois jovens detestáveis ficaram olhando para mim por meia hora. Eles realmente me fazem perder a compostura. Vamos olhar a lista de recém-chegados. Dificilmente nos seguirão até lá.

E lá se foram as duas, na direção do livro. Enquanto Isabella examinava os nomes, a missão de Catherine era vigiar os procedimentos dos dois assustadores jovens.

– Eles não estão vindo para cá, estão? Espero que não sejam impertinentes a ponto de nos seguirem. Por favor, me avise se eles estiverem vindo. Estou determinada a não levantar os olhos.

Dentro de alguns instantes, com prazer sincero, Catherine assegurou sua amiga de que não havia mais motivo para inquietação, visto que os cavalheiros tinham acabado de sair do salão.

– E seguiram por qual caminho? – perguntou Isabella, olhando em volta, agitada. – Um deles era um rapaz muito bonito.

– Seguiram na direção do pátio da igreja.

– Bem, estou estupendamente feliz por ter me livrado deles! E agora poderíamos ir até Edgar's Buildings para olhar o meu novo chapéu, não? Você me disse que gostaria de vê-lo.

Catherine concordou prontamente. E afirmou:

– Mas correremos o risco de passar pelos dois jovens.

– Ah! Não se atormente com isso. Se nos apressarmos, deixaremos os dois para trás em pouco tempo, e vou morrer se não mostrar a você o meu chapéu.

– Se esperarmos apenas alguns minutos, porém, não haverá perigo, não os veremos de modo algum.

– Não dou tanta importância a eles, tenha certeza disso. Eu jamais admitiria tratar homens com *tal* respeito. Eles já se julgam superiores.

Catherine não teve como se opor a esse raciocínio. Assim sendo, para reafirmar a independência da srta. Thorpe e sua resolução de humilhar o sexo oposto, elas puseram-se a caminhar com a maior rapidez possível, em perseguição aos dois jovens.

Capítulo 7

MEIO MINUTO AS CONDUZIU da saída do salão até o local da arcada de Union Passage; aqui, porém, elas tiveram de parar. Quem quer que conheça Bath lembrará como é difícil atravessar Cheap Street nessa altura; essa rua é de fato tão impertinente por natureza, tão desgraçadamente conectada às grandes estradas de Londres e Oxford e à principal estalagem da cidade, que não se passa um dia sem que dezenas de senhoras, por mais importantes que sejam suas ocupações, estejam elas em busca de pastelaria, de chapéus ou até mesmo (como no caso em questão) de jovens cavalheiros, vejam-se detidas num lado ou no outro por carruagens, cavaleiros ou carroças. Tal infortúnio vinha sendo experimentado e lamentado por Isabella, desde sua chegada a Bath, ao menos três vezes por dia; e sua sina, agora, era experimentá-lo e lamentá-lo mais uma vez, pois no exato momento em que as amigas passavam por Union Passage, entrando no campo de visão dos dois cavalheiros, que avançavam pela multidão, e enfrentando a sarjeta da interessante viela, elas foram impedidas de fazer a travessia pela aproximação de um cabriolé, guiado por um cocheiro aparentemente hábil, naquele pavimento ruim, com uma veemência que colocava em conveniente perigo as vidas dele mesmo, de seu companheiro e de seu cavalo.

– Ah, esses cabriolés odiosos! – disse Isabella, olhando para o céu. – Como os detesto.

Esse ódio, porém, mesmo sendo tão justo, teve pouca duração, pois ela baixou os olhos novamente e exclamou:

– Magnífico! O sr. Morland e o meu irmão!
– Deus do céu! É James! – proferiu Catherine ao mesmo tempo.

Quando os jovens enxergaram as duas, o cavalo foi imediatamente estacado, com tamanha violência que por pouco não se empinou; os cavalheiros saltaram e deixaram o veículo aos cuidados do criado, que se aproximara galopando.

Catherine, para quem tal encontro era totalmente inesperado, recebeu seu irmão com o mais vívido prazer, e ele, por sua parte, tendo um temperamento afável e sendo sinceramente apegado à irmã, deu todas as provas de que estava também satisfeito, na medida do possível, já que os olhos radiantes da srta. Thorpe lhe solicitavam incessante atenção. Ele rapidamente apresentou seus cumprimentos a Isabella, com uma mistura de alegria e embaraço que poderia ter revelado a Catherine, fosse ela mais atenta aos sentimentos manifestos das outras pessoas e não tão fixada apenas nos seus, que seu irmão, assim como ela, considerava sua amiga muito bonita.

John Thorpe, que enquanto isso estivera dando ordens a propósito dos cavalos, logo se juntou a eles, e dele Catherine recebeu, imediatamente, os respeitos que lhe cabiam: ele tocou a mão de Isabella com brevidade e secura; a ela, porém, dedicou um recuo completo do pé e uma meia mesura. John era um jovem corpulento, de estatura mediana; tendo um rosto comum e formas desgraciosas, parecia ter receio de ficar muito elegante a menos que usasse um traje de cavalariço, e de ser cavalheiresco demais se não estivesse à vontade quando deveria ser cortês, ou insolente quando poderia estar à vontade. Ele tirou seu relógio:

– Srta. Morland, quanto tempo calcula que levamos de Tetbury até aqui?
– Não sei qual é a distância.

Ela foi informada pelo irmão de que eram 23 milhas.

– Vinte e *três*! – exclamou Thorpe. – Vinte e cinco, e nem uma polegada a menos.

Morland protestou, defendeu a autoridade de mapas, estalajadeiros e marcos de estrada. Mas seu amigo desdenhava de tudo isso: ele seguia uma medição mais confiável.

– Sei que são 25 – disse ele – por causa da duração da viagem. É uma e meia agora; saímos do pátio da estalagem em Tetbury quando o relógio da cidade bateu onze horas; e desafio qualquer homem na Inglaterra a fazer com que o meu cavalo, arreado, percorra menos de dez milhas por hora; são exatamente 25, portanto.

– Você eliminou uma hora – disse Morland. – Eram apenas dez horas quando partimos de Tetbury.

– Dez horas! Eram onze, juro por minha alma! Contei cada batida. Esse seu irmão quer me levar à loucura, srta. Morland; olhe bem para o meu cavalo; já viu, em toda a sua vida, um animal tão talhado para a velocidade? – (O criado havia acabado de subir na carruagem e já estava indo embora.) – Um puro-sangue! Ora, três horas e meia, e percorrer apenas 23 milhas! Olhe para aquela criatura e tente imaginar se isso é possível.

– Ele *parece* estar transpirando bastante, de fato.

– Transpirando? Ele sequer ofegou até que chegássemos a Walcot Church. Mas observe as patas dianteiras, os quadris, veja só como ele anda. Aquele cavalo *não pode* percorrer menos que dez milhas por hora; amarre suas patas e ele não deixará de andar. E o que me diz do meu cabriolé, srta. Morland? Um belo veículo, não? Bem-aparelhado, versátil; faz menos de um mês que o comprei. Foi construído para um cavalheiro de Christchurch, amigo meu, um excelente sujeito. Ele utilizou o carro por algumas semanas e então, creio eu, decidiu que era mais conveniente se desfazer dele. Ocorreu que na mesma época eu estava procurando por algo leve, desse tipo, embora também estivesse bastante determinado a comprar um coche de duas rodas; mas encontrei o sujeito por acaso em Magdalen Bridge, quando ele seguia para Oxford, no último semestre; "Ah! Thorpe", disse ele, "você não teria interesse por um carrinho como este? É um cabriolé dos melhores, mas estou cansado dele." "Maldição!", disse eu, "Você encontrou a pessoa certa; quanto quer por ele?" Quanto calcula que ele me pediu, srta. Morland?

– Jamais poderei adivinhar.

– Aparelhamento completo de coche, veja: assento, bagageiro, porta--espada, para-lama, lanternas, frisos de prata, tudo em perfeita ordem; e uma ferragem boa como se fosse nova, ou até melhor. Ele pediu cinquenta guinéus; fechei o negócio no mesmo instante, entreguei o dinheiro e a carruagem era minha.

– Posso garantir – disse Catherine – que sei muito pouco sobre essas coisas; não saberia dizer se foi barato ou caro.

– Nem barato e nem caro. Ouso dizer que poderia ter feito a compra por menos, mas detesto regatear, e o pobre Freeman estava precisando de dinheiro.

– Foi generoso de sua parte – disse Catherine, bastante satisfeita.

– Ah! Que diabo; quando se pode fazer uma coisa boa por um amigo, detesto ser mesquinho.

Em seguida os rapazes quiseram saber qual era o rumo que as jovens damas pretendiam tomar; o itinerário foi revelado, e ficou decidido que eles acompanhariam as duas até Edgar's Buildings e que apresentariam seus cumprimentos à sra. Thorpe. James e Isabella seguiram na frente, e esta última estava tão contente com sua sorte, com tanta alegria se empenhava em proporcionar uma caminhada agradável ao cavalheiro que tinha a dupla recomendação de ser amigo de seu irmão e irmão de sua amiga, tão puros e ponderados eram seus sentimentos, que procurou não atrair a atenção dos dois jovens ofensores ao passar por eles em Milsom Street: olhou para trás, na direção deles, apenas três vezes.

John Thorpe acompanhou Catherine, é claro, e, depois de alguns minutos de silêncio, retomou sua conversa sobre o cabriolé.

– A senhorita verá, no entanto, que muitas pessoas dirão que o negócio foi vantajoso, porque eu poderia ter vendido o carro por dez guinéus a mais no dia seguinte; Jackson, de Oriel, ofereceu-me sessenta imediatamente; Morland estava comigo na ocasião.

– Sim – disse Morland, que ouviu de longe essa afirmação. – Mas você não menciona que seu cavalo estava incluído.

– Meu cavalo? Mas que diabo! Eu não venderia meu cavalo por cem. Gosta de carruagens abertas, srta. Morland?

– Sim, gosto muito. Tive poucas oportunidades de andar numa, mas tenho grande apreço por elas.

– Fico feliz; vou levá-la para passear na minha todos os dias.

– Obrigada – disse Catherine, com certa perturbação, sem saber se era apropriado aceitar tal oferta.

– Vou subir Lansdown Hill amanhã.

– Obrigada; mas seu cavalo não vai precisar de repouso?

– Repouso! Ele só percorreu 23 milhas hoje; tolice; não há nada que estrague tanto os cavalos quanto o repouso; nada os esgota com mais rapidez. Não, não; vou exercitar o meu numa média de quatro horas por dia enquanto estiver por aqui.

– Não diga! – exclamou Catherine, com muita seriedade. – Serão quarenta milhas por dia.

– Quarenta! Ora, que sejam cinquenta, pouco me importa. Bem, vou subir Lansdown amanhã; comprometo-me.

— Será magnífico! – disse Isabella, voltando-se para trás. – Minha amada Catherine, tenho tanta inveja de você; mas receio, meu irmão, que você não terá espaço para uma terceira pessoa.

— Uma terceira pessoa! Não, não; não vim a Bath para carregar minhas irmãs para lá e para cá; seria ridículo, palavra! Morland tomará conta de você.

Isso propiciou um diálogo de amabilidades entre os outros dois; mas Catherine não ouviu nem os pormenores e nem a conclusão. O discurso de seu companheiro decaiu do tom animado e se limitou a ligeiras sentenças categóricas de louvor ou condenação diante de todas as mulheres que passavam; e Catherine, depois de ouvir e concordar pelo maior tempo possível, com toda a deferente cortesia de uma jovem mente feminina, temerosa de arriscar uma opinião própria que contrariasse aquele homem tão seguro de si, especialmente no que dizia respeito à beleza de seu próprio sexo, aventurou-se, por fim, a trocar de assunto, com uma questão que desde muito tempo era a principal ocupação de seus pensamentos. Ela perguntou:

— Por acaso já leu *Udolpho*, sr. Thorpe?

— *Udolpho*? Deus! Eu não, nunca leio romances, tenho coisas mais importantes para fazer.

Catherine, constrangida e envergonhada, pensou em se desculpar pela pergunta, mas ele a impediu, dizendo:

— Todos os romances são tão repletos de tolices e coisas sem sentido. Desde *Tom Jones* não se publica nada que seja razoavelmente decente, exceto *O monge*, que li outro dia. Quanto a todos os outros, são as coisas mais estúpidas na face da Terra.

— Creio que você gostaria de *Udolpho*, se o lesse; é tão interessante.

— Eu não, palavra! Não; se quiser ler romances, lerei os da sra. Radcliffe; são curiosos o bastante, fazem valer a leitura; *neles* há um pouco de diversão e inteligência.

— *Udolpho* foi escrito pela sra. Radcliffe – disse Catherine, com alguma hesitação, temendo constrangê-lo.

— Não pode ser; foi? Ah, lembrei, foi sim; eu estava pensando naquele outro livro estúpido, escrito por aquela mulher sobre a qual tanto falam, aquela que se casou com um emigrante francês.

— O senhor se refere a *Camilla*?

— Sim, esse mesmo; tanta coisa inverossímil! Um velho brincando de gangorra; peguei o primeiro volume certa vez e o folheei, mas logo vi que seria perda de tempo. De fato, adivinhei que era tolice antes mesmo de começar a ler; assim que soube que ela se casara com um emigrante, tive certeza de que jamais seria capaz de ler o livro até o fim.

— Nunca o li.

– Não perdeu nada, eu lhe garanto; é a tolice mais horrível que a senhorita poderia imaginar; não há nele absolutamente nada além de um velho brincando de gangorra e aprendendo latim; juro por minha alma que não há nada mais.

Essa crítica, cuja justiça infelizmente não pôde ser avaliada pela pobre Catherine, acompanhou os dois até a porta dos aposentos da sra. Thorpe; e os sentimentos do leitor perspicaz e imparcial de *Camilla* deram lugar aos sentimentos do filho obediente e afetuoso assim que eles se encontraram com a sra. Thorpe, que os espreitara do andar de cima.

– Mamãe! Como vai? – disse ele, com um vigoroso aperto de mão. – Onde arranjou esse chapéu extravagante? A senhora parece uma bruxa velha com ele. Morland veio comigo, e vim passar alguns dias aqui, portanto a senhora precisa procurar por duas boas camas nas redondezas.

E tais palavras aparentemente contentaram todos os mais ternos desejos do coração da senhora, pois ela recebeu o filho com deleitada e exultante afeição. A suas duas irmãs mais novas ele consagrou uma porção idêntica de seu carinho fraternal, perguntando a elas se passavam bem e observando que ambas estavam muito feias.

Esses modos não agradaram Catherine; mas ele era amigo de James e irmão de Isabella; e seu julgamento foi mais corrompido ainda pela afirmação de Isabella, quando elas se retiraram para olhar o chapéu, de que John a considerava a garota mais encantadora do mundo, e pelo convite de John, no momento da despedida, para que dançasse com ele naquela noite. Fosse Catherine mais velha ou mais vaidosa, tais galanteios poderiam ter resultado em nada; quando juventude e falta de confiança estão unidas, porém, somente uma firmeza de raciocínio fora do comum poderá resistir a tantas atrações: ela fora classificada como a garota mais encantadora do mundo e convidada para dançar com muita presteza. Como consequência, quando os dois Morland se puseram a caminho da casa do sr. Allen, depois de uma hora em companhia dos Thorpe, James perguntou, assim que a porta foi fechada atrás deles, "Bem, Catherine, o que pensa do meu amigo Thorpe?", e em vez de responder, como seria mais provável, não houvesse amizade e lisonja no caso, "Não gosto nem um pouco dele", ela retrucou imediatamente:

– Gosto muito dele; parece ser uma pessoa muito agradável.

– É um sujeito de bom temperamento como nunca vi; um pouco tagarela, mas isso o recomenda ao sexo feminino, eu creio. E o que você pensa do resto da família?

– Gosto muito de todas elas, muito mesmo; especialmente de Isabella.

– Fico muito feliz ouvindo isso. A srta. Thorpe é uma amiga perfeita para você, na minha opinião; ela tem tanto bom senso, e é completamente adorável e desprovida de afetação; eu sempre quis que você a conhecesse; e ela parece gostar muito de você. Ela disse as coisas mais elevadas do mundo em seu louvor; e o louvor de uma garota como a srta. Thorpe é algo de que até mesmo você, Catherine – (pegando a mão da irmã com afeto) –, pode ficar orgulhosa.

– De fato, eu fico – ela retrucou. – Tenho veneração por Isabella, e fico encantada por saber que você também gosta dela. Você não a mencionou quando me escreveu depois de sua visita.

– É porque pensei que veria você em breve. Espero que vocês passem bastante tempo juntas enquanto estiverem em Bath. Ela é uma garota adorável; um discernimento superior! Toda a família gosta tanto dela; ela é evidentemente a favorita, e deve ser tão admirada num lugar como este... não é?

– Sim, muito admirada, imagino; o sr. Allen a considera a garota mais bonita em Bath.

– Deve considerar, de fato; e não conheço um homem que possa julgar a beleza melhor do que o sr. Allen. Não preciso perguntar se você está satisfeita aqui, minha querida Catherine; com uma companheira e amiga como Isabella Thorpe, seria impossível que não estivesse. E os Allen, tenho certeza, são muito gentis com você.

– Sim, muito gentis. Nunca fui tão feliz, e, agora que você veio, a vida será maravilhosa como nunca. Como é bondoso de sua parte vir de tão longe com o propósito de me ver.

James aceitou esse tributo de gratidão e permitiu que sua consciência o aceitasse também, dizendo com perfeita sinceridade:

– Sim, Catherine, gosto de você com todo o meu coração.

Perguntas e informações sobre irmãos e irmãs, a situação de alguns, a evolução dos demais e outras questões de família foram trocadas agora por eles, e tiveram prosseguimento, com uma pequena digressão por parte de James em louvor à srta. Thorpe, até os dois chegarem a Pulteney Street, onde ele foi recebido com grande afabilidade pelo sr. e pela sra. Allen, convidado pelo primeiro para jantar com eles e convocado pela segunda a adivinhar o preço e estimar as qualidades de um regalo e de uma palatina comprados recentemente. Um compromisso em Edgar's Buildings o impediu de aceitar o convite do primeiro e o obrigou a sair correndo assim que satisfez as exigências da segunda. Tendo sido corretamente ajustado o horário em que os dois grupos se encontrariam no Salão Octogonal, Catherine pôde então entregar-se à luxúria de uma imaginação sublime, impaciente e aterrorizada nas páginas de *Udolpho*, esquecida de todas as aflições mundanas sobre vestido e jantar, incapaz de acalmar a sra. Allen, que se atormentava devido ao atraso de uma costureira, e dedicando um só minuto a cada hora para refletir sobre sua própria felicidade, sobre o fato de já ter um par para o baile da noite.

Capítulo 8

APESAR DE *UDOLPHO* E da costureira, o grupo de Pulteney Street chegou aos Salões Altos com atraso ínfimo. Os Thorpe e James Morland haviam chegado apenas dois minutos antes; Isabella executou a cerimônia habitual de saudar sua amiga com uma pressa sorridente e carinhosa, admirar o corte de seu vestido e invejar os cachos de seu cabelo, e com braços dados elas seguiram suas damas de companhia salão adentro, sussurrando uma para a outra sempre que lhes ocorresse um pensamento e substituindo a declaração de muitas ideias por um aperto na mão ou por um sorriso afetuoso.

Eles ficaram sentados durante alguns poucos minutos e a dança começou. James, que tinha par havia quase tanto tempo quanto sua irmã, não parava de importunar a srta. Thorpe para que levantassem, mas John fora conversar com um amigo na sala de jogos, e Isabella declarou que de nenhuma maneira sairia dançando antes que sua querida Catherine pudesse dançar também.

– Eu lhe garanto – disse ela – que não me levantaria sem a sua querida irmã por nada no mundo, porque se eu o fizesse ela ficaria separada de mim durante toda a noite.

Catherine aceitou essa benevolência com gratidão. Elas permaneceram sentadas por mais três minutos, e então Isabella, que estivera conversando com James no lado oposto, voltou-se de novo para a irmã dele e sussurrou:

– Minha amada criatura, creio que terei de abandoná-la, seu irmão está tão estupendamente impaciente por começar. Sei que você não vai se importar se eu for, e ouso dizer que John voltará num instante, e então você poderá me encontrar com facilidade.

Catherine, embora estivesse um pouco desapontada, era bondosa demais e não faria qualquer objeção; os outros já se levantavam, e Isabella só teve tempo para apertar a mão da amiga e dizer "Até logo, minha amada", antes de sair às pressas. Como as senhoritas Thorpe mais novas também estavam dançando, Catherine foi deixada à mercê da sra. Thorpe e da sra. Allen, entre as quais ficou sentada. Ela não pôde deixar de se sentir vexada com o desaparecimento do sr. Thorpe, pois não apenas queria muito dançar como também tinha consciência de que a legítima dignidade de sua situação não poderia ser conhecida, e de que portanto compartilhava com dezenas de outras damas ainda sentadas o grande descrédito de não ter um par. Cair em desgraça aos olhos do mundo, assumir uma aparência de infâmia enquanto o coração é absoluta pureza e as ações são pura inocência, sendo que a má conduta de outra pessoa é a verdadeira causa do aviltamento: eis uma circunstância peculiarmente comum na vida de uma heroína; sua firmeza em meio à provação é o que particularmente dignifica seu caráter. Catherine também tinha firmeza; sofreu, mas nenhum murmúrio escapou de seus lábios.

Ela foi despertada desse estado de humilhação por um sentimento mais agradável, ao fim de dez minutos, quando viu não o sr. Thorpe, e sim o sr. Tilney, a menos de três jardas de onde estava sentada. Ele parecia estar vindo em sua direção, mas não a viu, e portanto passaram despercebidos, sem macular a grandeza heroica, o sorriso e o rubor que aquele súbito reaparecimento estampara em Catherine. Ele estava bonito e animado como sempre, e conversava, interessado, com uma jovem elegante e atraente que se apoiava em seu braço, e que Catherine de imediato julgou ser sua irmã. Assim, sem pensar, jogou fora uma boa oportunidade de considerá-lo perdido para sempre porque já seria um homem casado. Sendo guiada, porém, apenas por indícios simples e prováveis, nunca lhe passou pela cabeça que o sr. Tilney poderia ser casado; ele nunca se comportara e nunca falara como os homens casados aos quais ela estava habituada; nunca mencionara uma esposa, e já contara que tinha uma irmã. De tais circunstâncias emergiu a conclusão instantânea de que Tilney estava acompanhado pela irmã. Desse modo, em vez de empalidecer como um cadáver e cair convulsa nos braços da sra. Allen, Catherine permaneceu sentada e ereta, com perfeito domínio de seus sentidos e com as faces apenas levemente avermelhadas.

O sr. Tilney e sua companheira, que continuavam a se aproximar, embora com lentidão, eram imediatamente precedidos por uma dama que a sra. Thorpe conhecia; essa dama parou para conversar com ela, e eles, acompanhando a dama, também pararam. Catherine, percebendo que o sr. Tilney a vira, recebeu dele no mesmo instante o sorridente tributo do reconhecimento. Ela sorriu de volta com prazer, e a seguir, chegando mais perto ainda, ele começou a falar com Catherine e com a sra. Allen, por quem foi cumprimentado com grande cortesia.

– Fico tão feliz por vê-lo novamente. Temia que o senhor tivesse deixado Bath.

Tilney agradeceu a ela por seus temores e disse que apenas saíra da cidade por uma semana, na manhã seguinte ao baile em que tivera o prazer de conhecê-la.

– Bem, ouso dizer que o senhor não deve estar lamentando o fato de ter voltado, pois este é o lugar certo para os jovens... e também para todos os outros, na verdade. Eu digo ao sr. Allen, quando ele afirma que está cansado de Bath, que ele de modo algum deveria se queixar, porque este lugar é tão agradável, é muito melhor estar aqui do que em casa nesta época enfadonha do ano. Digo que ele tem muita sorte de ter sido enviado para cá para cuidar da saúde.

— E eu espero que o sr. Allen se sinta obrigado a gostar da cidade, ao constatar que ela lhe foi benéfica.

— Muito obrigada. Não tenho dúvida de que será esse o caso. Um vizinho nosso, o dr. Skinner, esteve aqui no último inverno para cuidar da saúde e voltou para casa totalmente restabelecido.

— Essa circunstância é certamente um grande incentivo.

— Sem dúvida; e o dr. Skinner esteve aqui com sua família por três meses, por isso digo ao sr. Allen que ele não deve ter pressa de ir embora.

Aqui eles foram interrompidos por um pedido que a sra. Thorpe fez à sra. Allen, para que ela se movesse um pouco de modo a providenciar assentos para a sra. Hughes e a srta. Tilney, que tinham concordado em se juntar ao grupo. Feito isso, o sr. Tilney continuou de pé diante de todas; depois de alguns minutos de consideração, pediu a Catherine que dançasse com ele. Essa lisonja, por mais sedutora que fosse, causou severa mortificação a Catherine; recusando o convite, ela expressou seu pesar com grande fervor. Thorpe apareceu pouco depois; se tivesse chegado meio minuto antes, teria pensado que o sofrimento de Catherine era um tanto demasiado. A tranquilidade com que Thorpe afirmou que a fizera esperar não a reconciliou com sua sorte de maneira alguma; e tampouco a interessou o discurso que ele encetou quando os dois se encaminharam para a dança, sobre os cavalos e cães do amigo com o qual acabara de conversar, e sobre uma ideia deles de trocar terriers, de modo que ela ficou olhando, com muita insistência, para o canto do salão no qual deixara o sr. Tilney. De sua querida Isabella, para quem ansiava revelar o ressurgimento de Tilney, não via nada. Elas estavam dançando em quadrilhas diferentes. Catherine se encontrava separada de todo o seu grupo, longe de todos os seus conhecidos. Uma mortificação era sucedida por outra, e ela extraiu de todas uma lição prática: dispor de um par previamente estabelecido, num baile, não aprimora necessariamente a dignidade ou a diversão de uma jovem dama. Ela foi despertada dessa cogitação moralizante por um toque em seu ombro. Voltando-se, viu a sra. Hughes logo atrás dela, acompanhada pela srta. Tilney e por um cavalheiro.

— Peço perdão, srta. Morland, por tomar esta liberdade — disse ela —, mas não consigo de maneira alguma encontrar a srta. Thorpe, e a sra. Thorpe disse ter certeza de que a senhorita não faria qualquer objeção se eu lhe pedisse para fazer companhia a esta jovem.

A sra. Hughes não teria encontrado em todo o salão uma criatura mais obsequiosa do que Catherine. As jovens damas foram apresentadas. A srta. Tilney expressou um justo reconhecimento diante de tanta bondade; a srta. Morland desmereceu sua própria caridade com a típica delicadeza de uma mente generosa; e a sra. Hughes, satisfeita por ter assegurado uma companhia respeitável para sua protegida, retornou ao seu grupo.

A srta. Tilney tinha um porte distinto, um rosto bonito e uma fisionomia muito agradável. Embora não transparecesse a vaidade segura e o requinte resoluto da srta. Thorpe, era dotada de uma elegância mais genuína. Suas maneiras revelavam bom senso e boa educação, não mostravam nem timidez e nem desenvoltura afetada; e ela parecia capaz de ser jovem e atraente sem exigir, num baile, a atenção fixa de todos os homens a seu redor, e sem exagerar sentimentos de enlevo ou de constrangimento inconcebível a cada acontecimento insignificante. Catherine, imediatamente interessada por sua aparência e por sua ligação com o sr. Tilney, desejou criar alguma intimidade, e por isso procurou ser eloquente, falando sempre que lhe ocorresse algo para dizer e tivesse coragem e oportunidade para dizê-lo. A frequente ausência de um ou mais desses requisitos, porém, atuou como um obstáculo no caminho de uma amizade acelerada e impediu que elas fizessem mais do que estabelecer os primeiros rudimentos de uma intimidade. Uma informou à outra se gostava de Bath, o quanto admirava seus edifícios e a paisagem circundante, se desenhava, tocava um instrumento ou cantava, e se gostava de andar a cavalo.

As duas danças mal haviam acabado quando o braço de Catherine foi suavemente agarrado por sua fiel Isabella, que com grande vivacidade exclamou:

– Finalmente a encontrei! Minha amada criatura, fiquei procurando por você durante uma hora. Como é possível que tenha dançado nesta quadrilha, se sabia que eu estava na outra? Eu me senti tão miserável sem você!

– Minha querida Isabella, de que modo eu poderia ter chegado até você? Eu não conseguia nem mesmo ver onde você estava.

– Foi o que eu disse ao seu irmão o tempo inteiro, mas ele não acreditava em mim. "Vá procurá-la, por favor, sr. Morland", eu dizia, mas em vão, ele não saía do lugar. Não foi assim mesmo, sr. Morland? Mas vocês, homens, são todos tão imoderadamente preguiçosos! Minha amada Catherine, eu repreendi o seu irmão com todas as minhas forças, você ficaria espantada. Você sabe que eu não faço cerimônia com os homens.

– Veja aquela jovem com as contas brancas no cabelo – sussurrou Catherine, tirando sua amiga da companhia de James. – É a irmã do sr. Tilney.

– Céus! Não diga uma coisa dessas! Deixe-me olhar para ela. Que garota encantadora! Nunca vi ninguém com a metade de sua beleza! Mas onde está o irmão dela, o grande conquistador? Ele está no salão? Mostre-me onde ele está agora mesmo. Vou morrer se não vê-lo. Afaste-se, sr. Morland, nossa conversa é reservada. Não estamos falando sobre o senhor.

– Mas qual é o motivo para tantos sussurros? O que houve?

– Aí está, eu sabia que seria assim. Vocês, homens, são tão incansavelmente curiosos! E ainda falam sobre a curiosidade das mulheres, ora! Não é nada de importante. Mas fique satisfeito: o senhor não será informado sobre o assunto.

– E a senhorita pensa que isso é satisfatório para mim?

– Bem, posso afiançar que nunca vi nada igual ao senhor. Que importância poderá ter, para o senhor, o tema da nossa conversa? Talvez estejamos falando sobre o senhor; se for verdade, eu o aconselho a não ouvir mais, caso contrário acabará ouvindo algo não muito agradável.

Nessa conversa trivial, que perdurou por certo tempo, o assunto original parecia estar completamente esquecido. Catherine, embora estivesse contente por tê-lo abandonado por algum tempo, não pôde deixar de ver com suspeita a total suspensão do impaciente desejo que Isabella manifestara por ver o sr. Tilney. Quando a orquestra anunciou uma nova dança, James quis levar consigo sua bela parceira, mas ela resistiu.

– Vou lhe dizer uma coisa, sr. Morland – ela exclamou –, eu não aceitaria o seu convite por nada neste mundo. O senhor não se cansa de me aborrecer? Tente imaginar, minha querida Catherine, o que o seu irmão está me pedindo. Quer que eu dance com ele novamente, embora eu lhe diga que é a coisa mais inadequada, algo totalmente incompatível com as regras. Nós seríamos escarnecidos em todo o salão se não trocássemos de par.

– Juro por minha honra – disse James. – Em reuniões como esta, a troca de par é tão admitida quanto ignorada.

– Tolice! Como pode dizer algo assim? Vocês, homens! Quando querem provar alguma coisa, não há nada que os faça mudar de ideia. Minha doce Catherine, por favor, me ajude; convença o seu irmão de que é impossível. Diga a ele que você ficaria chocada se me visse fazendo algo assim; não ficaria?

– Não, de maneira alguma; se você julga que não é correto, porém, fará bem em trocar de par.

– Aí está! – exclamou Isabella. – O senhor está ouvindo o que a sua irmã diz e no entanto não lhe dá importância. Bem, lembre que não será culpa minha se pusermos todas as senhoras de Bath em alvoroço. Venha, minha amada Catherine, pelo amor de Deus, e fique ao meu lado.

E lá se foram elas, retornando aos assentos. John Thorpe, nesse meio tempo, havia desaparecido, e Catherine, disposta como nunca a dar ao sr. Tilney uma oportunidade de repetir o lisonjeiro convite que tanto lhe agradara pouco antes, quase correu na direção da sra. Allen e da sra. Thorpe, com a esperança de ainda encontrá-lo na companhia delas. Quando a busca se provou infrutífera, ela reconheceu, em seu íntimo, que acalentara uma esperança injustificada.

— Bem, minha querida – disse a sra. Thorpe, impaciente por ouvir elogios ao filho –, espero que seu par tenha se mostrado agradável.

— Muito agradável, senhora.

— Fico feliz. John tem uma vivacidade cativante, não tem?

— Encontrou o sr. Tilney, minha querida? – perguntou a sra. Allen.

— Não, onde está ele?

— Esteve conosco até pouco tempo atrás e disse que se cansara de não fazer nada, que decidira dançar; então pensei que ele talvez fosse convidá-la, se a encontrasse.

— Onde ele pode estar? – perguntou Catherine, olhando em volta.

Ela não precisou procurar por muito tempo: logo o viu, e ele levava uma dama para a dança.

— Ah! Ele já tem par. Seria tão bom se tivesse convidado *você* – disse a sra. Allen, fazendo uma pequena pausa antes de voltar a falar. – Ele é um jovem muito agradável.

— Sem dúvida ele é – disse a sra. Thorpe, com um sorriso complacente. – Não posso negar, embora seja *mãe* dele, que não há em todo o mundo um rapaz mais agradável.

Essa afirmação inaplicável poderia ser vista como disparatada por muitas pessoas, mas não confundiu a sra. Allen, que sussurrou para Catherine, depois de um instante de reflexão:

— Ela pensou, ouso dizer, que eu estava falando de seu filho.

Catherine estava desapontada e aborrecida. Ela parecia ter perdido por muito pouco a realização do desejo que tinha em vista; e tal convicção não a predispôs a responder com graciosidade quando John Thorpe veio até ela, logo depois, e disse:

— Bem, srta. Morland, suponho que não nos resta alternativa a não ser levantar e bailar mais um pouco.

— Não, não. Fico muito grata ao senhor, mas nossas duas danças já se acabaram; além disso estou cansada, não pretendo dançar novamente.

— Não pretende? Poderíamos apenas caminhar pelo salão e zombar das pessoas. Venha comigo, vou lhe mostrar as quatro pessoas mais ridículas do baile: minhas duas irmãs mais novas e seus pares. Ri deles sem parar por meia hora.

Ela se escusou outra vez e, por fim, John foi zombar de suas irmãs sozinho. O resto da noite foi muito enfadonho; durante o chá, o sr. Tilney acompanhou o grupo de seu par; a srta. Tilney, embora fizesse parte do grupo de Catherine, não se sentou perto dela, e James e Isabella estavam tão absortos em conversação que esta última não pôde oferecer para sua amiga mais do que um sorriso, um gesto premente e um "amada Catherine".

Capítulo 9

VEREMOS, AGORA, DE QUE modo se agravou a infelicidade de Catherine em função dos acontecimentos da noite. Ela sentiu primeiro, ainda nos salões, um grande desgosto em relação a todas as pessoas que a cercavam, o que lhe causou um considerável cansaço e um violento desejo de ir para casa. Em Pulteney Street, tal desejo se transformou numa fome extraordinária; saciada a fome, sobreveio uma vontade incontornável de ir para a cama; esse foi o auge de sua aflição, pois ela caiu de imediato num sono profundo que durou nove horas, do qual acordou perfeitamente restabelecida, com excelente ânimo, novas esperanças e novos planos. O primeiro desejo de seu coração era estreitar a amizade com a srta. Tilney; com esse propósito em mente, uma de suas primeiras resoluções foi a de que procuraria por ela no Salão da Fonte naquela tarde. No Salão da Fonte, encontrar alguém que chegara a Bath tão recentemente era infalível, e Catherine já constatara que aquele prédio favorecia em grande medida a descoberta de virtudes femininas e o aprofundamento da intimidade feminina, além de se prestar, como nenhum outro local, a conversas secretas e confidências ilimitadas. Sendo assim, teve motivos para acreditar que entre aquelas paredes surgiria mais uma amiga. Estabelecido o plano matinal, ela se sentou calmamente com seu livro depois do desjejum, decidida a permanecer no mesmo lugar, com a mesma ocupação, até que o relógio batesse uma hora; já estava habituada a quase não se incomodar com as observações e exclamações de sua protetora. A mente da sra. Allen era tão vazia e avessa ao pensamento que ela jamais conseguia ficar totalmente quieta, mesmo que não tivesse muito o que dizer; se perdesse sua agulha ou sua linha rebentasse enquanto tecia, se ouvisse uma carruagem na rua ou enxergasse uma manchinha em seu vestido, precisava forçosamente fazer algum comentário em voz alta, houvesse ou não alguém que pudesse lhe responder. Por volta do meio-dia e meia, um ruído estrondoso a fez correr até a janela, e ela mal teve tempo de informar Catherine sobre a chegada de duas carruagens abertas, na primeira apenas um criado, na segunda o irmão dela e a srta. Thorpe, antes que John Thorpe subisse as escadas em velocidade, bradando:

— Bem, srta. Morland, aqui estou eu. Esperou por muito tempo? Não conseguimos vir antes; um segeiro velho e imprestável demorou uma eternidade procurando uma coisa que prestasse para o seu irmão usar, e agora temos uma chance em dez mil de que ela não quebre na primeira esquina. Como vai, sra. Allen? Tivemos um ótimo baile ontem à noite, não? Venha, srta. Morland, precisamos nos apressar, os outros dois estão terrivelmente ansiosos por partir. Querem sair o quanto antes.

– Não estou entendendo – disse Catherine. – Para onde vão vocês todos?

– Para onde? Ora, não diga que se esqueceu do nosso compromisso. Não tínhamos concordado em fazer um passeio hoje de manhã? Que cabeça a sua! Vamos subir Claverton Down.

– Algo foi dito sobre isso, eu lembro – disse Catherine, olhando para a sra. Allen, como que pedindo uma opinião. – Mas eu realmente não estava esperando pelo senhor.

– Não estava esperando? Está zombando de mim! A senhorita teria feito um escândalo se eu não tivesse aparecido.

O apelo de Catherine a sua amiga, enquanto isso, não serviu absolutamente para nada, pois a sra. Allen, ignorando por completo o hábito de transmitir qualquer expressão pelo olhar, não tinha consciência de que o olhar de outra pessoa pudesse significar alguma coisa; e Catherine, cujo desejo de rever a srta. Tilney era capaz de admitir uma breve delonga em favor de um passeio, e que considerou não ser impróprio acompanhar o sr. Thorpe, visto que Isabella iria junto acompanhando James, viu-se obrigada, portanto, a falar com mais clareza.

– Bem, sra. Allen, o que me diz sobre o passeio? Devo ir? A senhora pode me dispensar por uma hora ou duas?

– Faça como bem quiser, minha querida – respondeu a sra. Allen, com a mais plácida indiferença.

Catherine acatou o conselho e correu para se arrumar. Reapareceu poucos minutos depois, mal permitindo que os dois tivessem tempo de emitir algumas frases em louvor a ela, sendo que Thorpe já tinha conquistado a admiração da sra. Allen por seu cabriolé. Depois de uma despedida fraterna, Catherine e John desceram a escada às pressas.

– Minha amada criatura! – gritou Isabella, para quem os deveres da amizade exigiam uma conversa imediata, antes mesmo que Catherine subisse na carruagem. – Você levou no mínimo três horas para se arrumar. Fiquei com medo de que estivesse doente. Que baile maravilhoso nós tivemos ontem à noite. Tenho mil coisas para lhe dizer; mas entre de uma vez, quero partir agora mesmo.

Catherine obedeceu e se dirigiu para o cabriolé, mas ainda pôde ouvir a voz alta de sua amiga, que disse a James:

– Que garota magnífica ela é! Morro de amor por ela.

– Não fique assustada, srta. Morland – disse Thorpe, ajudando Catherine a subir –, se o meu cavalo menear um pouco assim que partirmos. É bem provável que ele salte uma ou duas vezes e que talvez se detenha por um minuto, mas logo vai sujeitar-se ao dono. Ele é muito vigoroso, espirituoso como nunca vi, mas não tem nenhum vício.

Catherine pensou que o quadro não se mostrava muito sedutor, mas era tarde demais para recuar, e ela era jovem demais para confessar que estava assustada. Assim, resignada com seu destino e confiando na alardeada intimidade entre dono e animal, sentou-se calmamente, enquanto Thorpe sentava-se a seu lado. Tudo estando arranjado, o criado que segurava o cavalo foi orientado, por voz autoritária, a "deixá-lo partir", e lá se foram eles, em tranquilidade plena, sem nada de saltos ou travessuras ou qualquer coisa do tipo. Catherine, maravilhada ao se ver livre de perigo, expressou sua satisfação em voz alta, com surpresa e gratidão; e seu companheiro logo garantiu que a questão era muito simples, tudo se explicava pela maneira particularmente judiciosa com que ele havia segurado as rédeas e por sua destreza, por seu singular discernimento no manejo do chicote. Catherine, apesar de não entender por que motivo o dono do animal, sendo um condutor tão perfeito, teria julgado necessário alarmá-la com uma exposição das artimanhas do cavalo, ficou sinceramente feliz por encontrar-se aos cuidados de um cocheiro irrepreensível; ao perceber que o animal seguia em frente com calma inabalável, sem mostrar a menor propensão a qualquer vivacidade desagradável, sem nenhuma indicação de velocidade alarmante (considerando que seu ritmo inevitável era de dez milhas por hora), ela entregou-se por completo à fruição revigorante do lazer e do ar livre, num dia belo e ameno de fevereiro, com a consciência de que estava segura.

Um silêncio de vários minutos sucedeu o curto diálogo inicial e foi interrompido quando Thorpe disse, muito abruptamente:

– O velho Allen é rico como um judeu, não é?

Catherine não entendeu o que o jovem dissera, e ele repetiu a pergunta, acrescentando uma explanação:

– O velho Allen, o sujeito com quem a senhorita está.

– Ah, o sr. Allen. Sim, acredito que ele seja muito rico.

– E nada de filhos?

– Não, nenhum filho.

– Isso é ótimo para os herdeiros mais próximos. Ele é *seu* padrinho, não é?

– Meu padrinho? Não.

– Mas a senhorita passa tanto tempo com eles.

– Sim, muito tempo.

– Pois então, foi o que eu quis dizer. Ele parece ser um ótimo sujeito, ouso dizer que viveu muito bem na juventude; não é por acaso que sofre de gota. Deve beber uma garrafa por dia, não?

– Uma garrafa por dia? Não. O que leva o senhor a pensar algo assim? Ele é um homem muito moderado; o senhor por acaso considerou que ele estivesse embriagado ontem à noite?

– Que Deus proteja a senhorita! Vocês, mulheres, sempre julgam que os homens estão embriagados. Ora, a senhorita pensa que uma garrafa é capaz de derrubar um homem? Tenho certeza de *uma coisa*: se todos bebessem uma garrafa por dia, não teríamos nem a metade dos problemas que assolam o mundo. Seria uma coisa ótima para todos nós.

– Não posso acreditar nisso.

– Ah! Meu Deus, seria a salvação de milhares. Neste reino não se consome nem um centésimo da quantidade de vinho que seria aconselhável. Nosso clima nebuloso implora por algum remédio.

– E no entanto ouvi dizer que se bebe uma grande quantidade de vinho em Oxford.

– Em Oxford? Não se bebe nada em Oxford hoje em dia, eu lhe garanto. Ninguém bebe por lá. Dificilmente encontraríamos um homem que ultrapassasse seus dois litros, quando muito. Ora, eis um exemplo: na última festa que tivemos nos meus aposentos, o fato de que esvaziamos cerca de dois litros e meio por cabeça, em média, foi visto como algo extraordinário. Consideraram que aquilo era fora do comum. O *meu* vinho é ótimo, evidentemente. É muito raro encontrar algo parecido em Oxford, e isso pode servir como explicação. Mas agora a senhorita já pode ter uma ideia sobre o quanto se bebe por lá.

– Sim, já tenho uma boa ideia – disse Catherine, calorosamente. – Já sei que vocês todos bebem muito mais vinho do que eu pensava. Entretanto, estou certa de que James não bebe tanto assim.

Essa declaração acarretou uma réplica ruidosa e esmagadora, na qual nada era muito distinto, exceto um ornamento de frequentes exclamações que quase chegavam a ser profanidades; terminado o discurso, Catherine sentiu-se ainda mais convencida de que se bebia uma grande quantidade de vinho em Oxford, com a mesma certeza satisfeita a respeito da comparativa sobriedade de seu irmão.

As ideias de John se voltaram, então, para os méritos de sua própria equipagem, e Catherine foi forçada a admirar o ânimo e a liberdade com que o cavalo voava pela estrada e a naturalidade dos passos cadenciados, a excelência das molas, o movimento harmônico de tudo. Ela secundou a admiração do companheiro tanto quanto podia. Elogiar ou criticar por conta própria era impossível. Os conhecimentos dele, a ignorância dela acerca do assunto, a loquacidade dele e a insegurança dela, tudo isso a tornava incapaz de formular qualquer coisa; ela não tinha condições de enunciar um comentário original, mas prontamente ecoava todas as afirmações dele, e por fim ficou estabelecido entre ambos, sem nenhuma dificuldade, que aquela equipagem era sem dúvida a mais completa de seu tipo na Inglaterra, a carruagem a mais impecável, o cavalo o melhor corredor, e ele mesmo o melhor cocheiro.

— O senhor não pensa realmente — disse Catherine, arriscando-se, depois de algum tempo, a considerar que a questão estava totalmente definida e procurando variar um pouco o assunto — que o cabriolé de James vai quebrar?

— Quebrar? Deus! A senhorita já viu alguma coisa mais vacilante na sua vida? Não há naquela ferragem uma única peça em bom estado. As rodas já se desgastaram por pelo menos dez anos de uso... E a estrutura do carro, então! Dou minha palavra, seria possível fazê-la em pedaços com um toque da mão. É o negócio mais infernal e instável que já vi com meus próprios olhos. Graças a Deus o nosso é melhor. Eu não andaria duas milhas naquele cabriolé, nem que me pagassem cinquenta mil libras.

— Deus do céu! — gritou Catherine, bastante assustada. — Retornemos, então, eu imploro; eles certamente se acidentarão se prosseguirmos. Permita que retornemos, sr. Thorpe. Pare agora e fale com o meu irmão, diga a ele que é muito perigoso.

— Perigoso? Por Deus! Qual é o risco que os dois correm? Se o veículo quebrar, eles apenas cairão na estrada; e o chão está bem lamacento, será ótimo cair. Ora, que diabo! A carruagem é segura o bastante, se o sujeito sabe conduzi-la; em boas mãos, uma coisa velha assim ainda pode durar mais uns vinte anos. Meu bom Deus! Por cinco libras eu me encarregaria de conduzi-la até York e trazê-la de volta, e não perderia um prego.

Catherine ouviu com assombro; não sabia como reconciliar duas considerações tão diferentes a respeito da mesma coisa, pois não fora educada de modo a compreender as propensões de um tagarela, ou para saber a quantas declarações negligentes ou falsidades desavergonhadas o excesso de vaidade pode levar. Sua própria família era composta por pessoas comuns, prosaicas, que raramente faziam uso de alguma espirituosidade; seu pai se contentava com um trocadilho, quando muito, e sua mãe com um provérbio; não tinham, portanto, o hábito de mentir para parecerem mais importantes, ou de afirmar algo que desmentiriam momentos depois. Ela refletiu sobre o assunto por algum tempo, com grande perplexidade, e mais de uma vez esteve a ponto de solicitar ao sr. Thorpe que dissesse com mais clareza qual era a sua verdadeira opinião sobre aquele assunto; mas se conteve, porque lhe parecia que ele não primava pela clareza ou pela capacidade de dizer de modo mais inteligível aquilo que pouco antes afirmara com ambiguidade; considerou, além disso, que ele não permitiria que sua irmã e seu amigo fossem expostos a um risco do qual poderia facilmente preservá-los, e concluiu, afinal, que ele mesmo deveria saber muito bem que a carruagem era perfeitamente segura; decidiu que não se assustaria mais, portanto. Thorpe, por sua vez, parecia ter esquecido de vez o problema; e todo o resto de sua conversa, ou melhor, de seu discurso, girou em torno dele próprio e de seus interesses. Ele falou sobre os cavalos que comprara por uma ninharia e vendera por somas inacreditáveis; sobre corridas nas quais seu discernimento prenunciara infalivelmente o vencedor; sobre disputas de tiro nas quais ele matara mais pássaros (sem ter feito um único disparo decente) do que todos os seus companheiros juntos; e descreveu para ela um dia inesquecível de caça à raposa, no qual corrigiu os erros dos mais experientes caçadores com sua presciência e sua habilidade na condução dos cães, e no qual sua equitação arrojada, embora não tenha colocado sua vida em perigo em nenhum momento, fez com que os outros enfrentassem constantes dificuldades, as quais, concluiu ele, já haviam quebrado o pescoço de muitos.

Embora não costumasse fazer julgamentos por conta própria e não tivesse noções firmes sobre como deveriam ser os homens, Catherine não pôde reprimir uma desconfiança, enquanto acolhia aquelas intermináveis efusões de presunção, de que Thorpe talvez não fosse inquestionavelmente agradável. Tratava-se de uma suposição audaciosa, porque ele era o irmão de Isabella; e James havia afirmado que os modos dele o recomendavam a todo o sexo feminino; apesar disso, por causa do supremo aborrecimento de estar na companhia dele, do tédio que se consolidou com menos de uma hora de passeio e que aumentou sem cessar até o momento do regresso a Pulteney Street, ela sentiu-se inclinada, em certa medida, a rechaçar a autoridade do jovem e a descrer em seu poder de proporcionar prazer universal.

Quando eles pararam em frente à porta do sr. Allen, o assombro de Isabella mal pôde ser expressado quando se constatou que já era tarde demais para que ela entrasse na casa com sua amiga.

– Chegamos depois das três horas!

Era inconcebível, inacreditável, impossível! E ela não quis acreditar em seu próprio relógio, tampouco no de seu irmão ou no do criado; não quis acreditar em nenhuma indicação que fosse fundada em razão ou realidade, até que Morland exibiu seu relógio e confirmou o fato; duvidar por mais um minuto, *então*, teria sido inconcebível da mesma maneira, inacreditável e impossível; ela pôde apenas protestar, repetidas vezes, que nunca antes duas horas e meia haviam passado com tanta rapidez, e pediu a Catherine que validasse essa verdade. Catherine não era capaz de dizer uma falsidade, mesmo que fosse para contentar Isabella, mas a srta. Thorpe foi poupada da desgraça de ouvir a voz discordante da amiga ao não esperar pela resposta. Seus próprios sentimentos não lhe deixavam espaço para mais nada: descobrir que teria de seguir diretamente para casa era um amargo infortúnio. Séculos haviam se passado desde que ela tivera, pela última vez, oportunidade de conversar por um momento com sua amada Catherine; tinha mil coisas para contar, e era como se elas nunca mais fossem se encontrar novamente. Assim, com sorrisos que denotavam pesar infinito, com olhares de puro desalento, ela disse adeus e foi embora.

A sra. Allen acabara de retornar de seu atarefado ócio matinal e imediatamente saudou sua protegida dizendo:

— Ah, minha querida, você voltou.

Catherine não saberia contestar tal fato, e tampouco estava disposta para tanto.

— O passeio deve ter sido muito agradável, não?

— Sim, obrigada; o dia estava magnífico.

— Foi o que me disse a sra. Thorpe. Ela ficou muitíssimo feliz com a excursão de vocês.

— A senhora a viu hoje, então?

— Sim. Fui ao Salão da Fonte assim que vocês saíram e lá encontrei a sra. Thorpe, e nós conversamos bastante. Ela disse que quase não havia vitela no mercado hoje de manhã, a carne está estranhamente escassa.

— A senhora viu outros conhecidos nossos?

— Sim; decidimos dar uma volta no Crescent, e lá encontramos a sra. Hughes; o sr. e a srta. Tilney estavam caminhando com ela.

— Não diga! E eles falaram com a senhora?

— Sim, nós caminhamos juntos pelo Crescent durante meia hora. Eles parecem ser pessoas muito agradáveis. A srta. Tilney estava usando uma belíssima musselina pontilhada, e suponho, até onde posso avaliar, que ela sempre se vista com grande requinte. A sra. Hughes me contou muitas coisas sobre a família.

— E o que disse sobre eles?

— Ah! Muitas e muitas coisas, creio que não falou de outro assunto.

— Ela lhe contou de que parte de Gloucestershire eles vêm?

— Sim, contou, mas não consigo lembrar agora. Mas eles são muito distintos e muito ricos. A sra. Tilney chamava-se srta. Drummond antes do casamento, e ela e a sra. Hughes foram colegas de escola; e a srta. Drummond tinha uma enorme fortuna; e quando ela se casou, seu pai lhe deu vinte mil libras, e quinhentas libras para a compra do enxoval. A sra. Hughes viu todas as roupas, quando vieram do empório.

— E o sr. e a sra. Tilney estão em Bath?

— Sim, imagino que estejam, mas não tenho muita certeza. Pensando melhor, porém, tenho impressão de que os dois já estão mortos; a mãe, ao menos, está; sim, estou certa de que a sra. Tilney já morreu, porque a sra.

Hughes me disse que o sr. Drummond deu à filha um belíssimo conjunto de pérolas, que ficou guardado para a srta. Tilney quando a mãe morreu.

– E o meu par, o sr. Tilney, é o único filho homem?

– Não posso afirmar com segurança, minha querida; tenho impressão de que seja. Contudo, segundo a sra. Hughes, ele é um jovem excelente, com futuro muito promissor.

Catherine não fez mais perguntas; ouvira o suficiente para perceber que a sra. Allen não tinha nenhuma informação útil para dar, e que ela mesma era particularmente desafortunada por ter perdido aquele encontro com irmão e irmã. Se pudesse ter previsto tal circunstância, nada a teria persuadido a sair com os outros; de qualquer forma, só lhe restava lamentar sua má sorte e refletir sobre o que perdera, e por fim lhe ficou claro que o passeio não fora de maneira alguma muito aprazível, e que o próprio John Thorpe era bastante desagradável.

Capítulo 10

OS ALLEN, OS THORPE e os Morland se reuniram todos no teatro naquela noite. Como Catherine e Isabella sentaram juntas, a última teve oportunidade para proferir algumas das dez mil coisas que tinham de ser comunicadas e que vinham se acumulando em seu íntimo no incomensurável período que mantivera as duas separadas.

– Céus! Minha amada Catherine, você será minha, afinal? – foi o que ela disse a Catherine quando entrou no camarote e sentou-se ao lado dela. – Caro sr. Morland – (pois ele estava junto à irmã, no outro lado) –, não pretendo lhe dirigir outra palavra por todo o restante da noite; recomendo ao senhor, portanto, que não espere nada de mim. Minha doce Catherine, você ficou bem durante este longo século? Mas não preciso perguntar, pois você está encantadora. Você de fato arrumou o seu cabelo melhor do que nunca, num estilo divino. Criatura maliciosa, quer seduzir todos os homens? Eu lhe garanto, meu irmão já está bastante apaixonado por você; quanto ao sr. Tilney, ora, está *tudo* definido, Catherine, nem mesmo a *sua* modéstia pode negar que ele está interessado; o retorno dele a Bath deixa tudo muito evidente. Ah, eu daria tudo para vê-lo! Estou realmente morrendo de impaciência. Minha mãe diz que ele é o rapaz mais encantador do mundo; ela o viu hoje de manhã, sabia? Procure em todos os cantos, pelo amor de Deus! Eu lhe garanto, mal conseguirei existir até que possa vê-lo.

– Não – disse Catherine –, ele não está aqui. Não o vejo em nenhum lugar.

— Ah, que terrível! Será que não vou conhecê-lo nunca? O que você pensa do meu vestido? Creio que ele não é nenhum desastre; as mangas ocuparam todos os meus pensamentos. Ouça, estou ficando insuportavelmente enfastiada com Bath; seu irmão e eu compartilhamos a mesma opinião: embora seja perfeitamente aceitável ficar aqui por algumas semanas, não viveríamos aqui nem por milhões. Logo descobrimos que o nosso gosto era exatamente o mesmo, porque preferimos o campo a qualquer outro lugar. De fato, nossas opiniões eram tão exatamente idênticas, foi ridículo! Não havia um único ponto em que discordássemos. Catherine, eu não teria admitido a sua presença por nada no mundo; você é uma coisinha tão ardilosa, tenho certeza de que faria um ou outro gracejo a respeito.

— Não, não faria, de modo algum.

— Ah, faria sim, não tenho dúvida; eu a conheço melhor do que você mesma. Você diria que nós parecíamos ter nascido um para o outro, ou alguma tolice do gênero, e eu teria ficado aflita além de todos os limites; meu rosto ficaria tão vermelho quanto as suas rosas; eu não teria admitido a sua presença por nada no mundo.

— Você está sendo muito injusta comigo; em hipótese alguma eu teria feito uma observação tão imprópria; além disso, estou certa de que algo assim nem me passaria pela cabeça.

Isabella sorriu com incredulidade e passou o restante da noite conversando com James.

A resolução de Catherine de que tentaria encontrar novamente a srta. Tilney se manteve com pleno vigor na manhã seguinte. Até o habitual momento de seguir para o Salão da Fonte, ela sentiu-se um pouco alarmada, temendo um segundo contratempo. Mas não surgiu nenhum estorvo, não apareceram visitas que os atrasassem, e todos os três partiram no horário certo para o Salão da Fonte, onde se desenrolou a costumeira sucessão de acontecimentos e conversações; o sr. Allen, depois de beber seu copo d'água, foi se reunir com alguns cavalheiros para falar sobre atualidades políticas e confrontar as leituras dos jornais, e as damas se puseram a caminhar, prestando atenção em cada novo rosto e em quase todos os novos gorros que apareciam no salão. A parte feminina da família Thorpe, acompanhada por James Morland, surgiu no meio da multidão em menos de quinze minutos, e Catherine imediatamente assumiu seu lugar ao lado da amiga. James, já sendo um companheiro constante, manteve uma posição similar; separados do restante do grupo, eles caminharam assim por algum tempo, até que Catherine começou a duvidar dos auspícios da situação; totalmente confinada entre sua amiga e seu irmão, ganhava muito pouca atenção de ambos. Os dois estavam sempre engajados em alguma discussão sentimental ou disputa enérgica, mas os sentimentos eram manifestados em vozes sussurrantes, e a vivacidade estimulava risadas ardorosas; embora o préstimo da opinião de Catherine fosse não raro invocado por um deles, ela nunca tinha condições de dar qualquer parecer, pois não ouvira sequer uma palavra sobre o assunto. Passado algum tempo, no entanto, foi capaz de se libertar da amiga pela confessa necessidade de falar com a srta. Tilney, que ela vira, para sua grande felicidade, entrando no salão com a sra. Hughes, e para quem correu no mesmo instante, com firme determinação de estabelecer amizade, com uma coragem que não saberia comandar se não a impelisse a frustração do dia anterior. A srta. Tilney a saudou com grande cortesia, retribuindo suas investidas com a mesma boa vontade, e elas caminharam juntas durante todo o tempo em que ambos os grupos permaneceram no salão; e embora, de acordo com todas as probabilidades, as duas não tenham feito nenhuma observação original, não tenham recorrido a nenhuma expressão que já não tivesse sido usada milhares de vezes sob aquele teto, em Bath, temporada após temporada, o mérito de que suas palavras fossem ditas com simplicidade e verdade, e sem vaidade pessoal, podia ser visto como algo incomum.

"Como o seu irmão dança bem!", foi uma singela exclamação de Catherine perto do final da conversa, um comentário que sua companheira julgou ser tão surpreendente quanto divertido.

– Henry? – retrucou a srta. Tilney, sorrindo. – De fato, ele dança muito bem.

– Ele deve ter considerado muito estranho ouvir de mim que eu estava comprometida naquela noite, quando me viu sentada. Mas eu realmente estava comprometida desde o início do dia com o sr. Thorpe.

A srta. Tilney apenas inclinou de leve a cabeça. Depois de um momento de silêncio, Catherine acrescentou:

– A senhorita não imagina o quanto fiquei surpresa ao vê-lo novamente. Eu tinha tanta certeza de que ele não voltaria mais.

– Quando Henry teve o prazer de conhecê-la, ele estava em Bath somente por alguns dias. Ele viera apenas para alugar aposentos.

– *Isso* nunca me ocorreu. É claro, como não o vi mais em lugar algum, pensei que não voltaria mais. A jovem que dançou com ele na segunda-feira não era uma srta. Smith?

– Sim, uma conhecida da sra. Hughes.

– Ouso dizer que ela estava muito feliz com a dança. A senhorita a considera bonita?

– Não muito.

– Suponho que ele não venha com frequência ao Salão da Fonte.

– Ele vem às vezes, mas nesta manhã ele saiu a cavalo com meu pai.

A sra. Hughes se aproximou delas nesse momento e perguntou à srta. Tilney se ela estava pronta para partir.

— Espero poder ter o prazer de vê-la novamente em breve — disse Catherine. — A senhorita estará no baile do cotilhão, amanhã?

— Talvez nós... Sim, creio que certamente estaremos lá.

— Fico muito feliz, porque todos estaremos lá.

A cortesia de Catherine foi devidamente retribuída, e elas se separaram — por parte da srta. Tilney, com alguma intuição sobre os sentimentos de sua nova conhecida; por parte de Catherine, sem a menor consciência de que pudesse ter ocorrido uma revelação.

Ela foi para casa muito alegre. A manhã renovara todas as suas esperanças, e a noite do dia seguinte era o novo marco da expectativa, a bonança futura. Sua obsessão, agora, era escolher o vestido e o penteado para a grande ocasião. Não se tratava de um escrúpulo inocente. O zelo em relação ao traje é por vezes sinal de frivolidade, e a dedicação excessiva frequentemente aniquila as melhores intenções. Catherine sabia tudo isso muito bem; pouco tempo antes, no Natal, sua tia-avó a recriminara nesse tema. No entanto, ela permaneceu acordada na cama por dez minutos naquela noite de quarta-feira, tentando decidir se seria melhor usar musselina estampada ou bordada, e somente a escassez de tempo impediu-a de comprar um vestido novo para o baile. Ela incorria num erro de julgamento, grave porém comum, do qual poderia ser prevenida por alguém do sexo oposto (mais do que por uma mulher) ou por um irmão (mais do que por uma tia-avó), pois apenas um homem pode ter ideia de como o homem é insensível diante de um novo vestido. Muitas damas cairiam em grande mortificação se chegassem a entender o quão pouco o coração do homem é afetado por peças dispendiosas ou novas nas vestes femininas; o quão pouco é influenciado pela textura de uma musselina, e como é impassível e incapaz de fazer distinção entre tecidos finos ou de algodão, estampados ou bordados. A mulher se veste bem para satisfazer apenas a si mesma. Nenhum homem terá mais admiração por ela, nenhuma mulher lhe dedicará mais apreço. O asseio e a elegância bastam para o primeiro, e um aspecto andrajoso ou inadequado será bastante apreciado pela segunda. Mas nenhuma dessas sérias reflexões transtornou a calma de Catherine.

Ela entrou nos salões, na noite de quinta-feira, com sentimentos muito diversos daqueles que a tinham acompanhado até o local três dias antes. Na segunda-feira, chegara ao baile exultante por ter Thorpe como par, e agora se aflige com a possibilidade de encontrá-lo, temerosa de que ele a capturasse novamente, porque embora não pudesse, e nem ousasse esperar que o sr. Tilney a convidasse para dançar pela terceira vez, seus desejos, suas esperanças, todos os seus planos se concentravam exatamente nisso. Toda jovem dama poderá ter compaixão por minha heroína, pois toda jovem dama já experimentou, em determinado momento, a mesma agitação. Todas elas já foram vítimas, ou pelo menos acreditavam ser, da perigosa perseguição de alguém que desejavam evitar; e todas já ansiaram pelas atenções de alguém a quem gostariam de agradar. A agonia de Catherine começou no instante em que chegaram os Thorpe. Ela angustiava-se caso John Thorpe se aproximasse, procurava fugir do olhar dele tanto quanto possível; quando o jovem lhe dirigia a palavra, fingia não ouvi-lo. Os cotilhões já haviam terminado, a contradança tinha início, e Catherine não via nenhum sinal dos Tilney.

– Não se assuste, minha querida Catherine – sussurrou Isabella –, mas eu vou mesmo dançar outra vez com o seu irmão. Eu sei que é uma coisa muito chocante. Eu fico repetindo que ele deveria se envergonhar, mas você e John precisam nos ajudar. Não perca tempo, minha amada, e venha até nós. John acaba de sair, mas voltará num instante.

Catherine não teve nem tempo e nem disposição para responder. Os outros se afastaram, John Thorpe ainda podia ser visto, e ela pensou que estava perdida. Mesmo assim, para não passar a impressão de que observava ou de que aguardava o irmão de Isabella, manteve os olhos fixos em seu leque. E mal lhe passara pela cabeça uma recriminação a si mesma pela insensatez de ter imaginado que em meio a tal multidão seria factível encontrar os Tilney a tempo, quando de súbito se viu chamada e convidada para dançar por ninguém menos que o sr. Tilney. Não será difícil adivinhar que ela cedeu ao pedido com olhos cintilantes e que o acompanhou na quadrilha com uma deliciosa palpitação no peito. Ter escapado e, segundo acreditava, ter escapado de John Thorpe por tão pouco, e ser convidada, com tamanha urgência, convidada pelo sr. Tilney, como se ele a tivesse procurado propositalmente! Não lhe parecia que a vida poderia prover uma felicidade maior.

Os dois mal haviam obtido a quieta posse de um lugar, no entanto, quando a atenção de Catherine foi solicitada por John Thorpe, que se encontrava atrás dela.

– Ora essa, srta. Morland! – disse ele. – Qual é o significado disso? Pensei que dançaríamos juntos.

– É estranho que pense isso, porque o senhor não me convidou.

– Essa é boa, pois sim! Eu a convidei assim que entrei no salão e estava prestes a fazer o convite outra vez, mas quando me virei a senhorita havia desaparecido! Um truque ordinário, maldição! Vim ao baile com o único objetivo de dançar com *a senhorita*, e acredito firmemente que estávamos comprometidos desde a segunda-feira. Sim, eu lembro, fiz o convite quando a senhorita estava no vestíbulo, esperando por seu manto. E eis que fiquei contando a todos os meus conhecidos que dançaria com a garota mais bonita do salão. Quando eles perceberem que a senhorita está acompanhada por outro, zombarão de mim tremendamente.

– Não, não; jamais pensarão que se trata de *mim*, depois de tal descrição.

– Pelo amor de Deus, se não pensarem, chuto todos para fora do salão, os imbecis. Quem é esse sujeito que está com a senhorita?

Catherine satisfez a curiosidade de Thorpe.

– Tilney – ele repetiu. – Hum... não o conheço. Um homem interessante; tem boa aparência. Ele não quer comprar um cavalo? Porque há um amigo meu, Sam Fletcher, que está vendendo um cavalo que seria do agrado de qualquer pessoa. Um animal tremendamente esperto para a estrada, apenas quarenta guinéus. Eu mesmo já estive a ponto de comprá-lo umas cinquenta vezes, pois uma de minhas máximas é comprar um bom cavalo sempre que surgir a oportunidade, mas esse não serviria ao meu propósito, não teria utilidade no campo. Eu daria qualquer soma por um bom caçador. Tenho três no momento, não há quem tenha montado cavalos melhores. Não os venderia nem por oitocentos guinéus. Fletcher e eu pretendemos alugar uma casa em Leicestershire para a próxima temporada. Morar numa estalagem é um desconforto infernal.

Essa foi a última frase com que Thorpe atormentou os ouvidos de Catherine, pois naquele exato momento ele foi levado embora pelo magnetismo irresistível de uma longa procissão de damas. Tilney se aproximou e disse:

– Aquele cavalheiro teria esgotado a minha paciência se permanecesse ao seu lado meio minuto a mais. Ele não tem autorização para afastar de mim minha companheira de dança. Nós firmamos um contrato de amabilidade recíproca pela duração de uma noite, e toda a nossa amabilidade pertence somente a nós nesse espaço de tempo. Se alguém roubar as atenções de um dos dois, prejudicará os direitos do outro. Considero a contradança como sendo um emblema do casamento. A fidelidade e a complacência são os principais deveres em ambos os casos, e os homens que optam por não dançar ou não casar estão proibidos de perseguir as companheiras de dança ou as esposas dos outros.

– Mas são coisas tão diferentes!

– E a senhorita acredita que não pode haver comparação.

– Sem dúvida. Pessoas que se casam não se separam jamais, devem viver na mesma casa. Pessoas que dançam não fazem mais do que se manter de pé por meia hora, uma diante da outra, num grande salão.

– Então é assim que a senhorita define matrimônio e dança. Vistas sob essa luz, as duas coisas não se assemelham tanto, mas creio que posso situá-las na sua visão. A senhorita terá de admitir que em ambas o homem dispõe da vantagem de escolher, e a mulher só tem o poder da recusa; que em ambas temos um compromisso entre homem e mulher, estabelecido para favorecer os dois; e que o pacto, ao ser consolidado, determina que eles devem pertencer um ao outro, exclusivamente, até o momento da dissolução; que cada um tem por obrigação tentar não dar ao outro um motivo que leve ao desejo de que ele ou ela tivessem procurado outra companhia, e que é do interesse dos dois que suas próprias imaginações se abstenham de especular sobre as qualidades dos outros ou de fantasiar que seria melhor estar com outra pessoa. A senhorita admite tudo isso?

– Sim, sem dúvida, tudo isso soa muito bem na sua explanação. Mesmo assim, são duas coisas muito diferentes. Não consigo, de modo algum, vê-las sob a mesma luz ou acreditar que requeiram as mesmas obrigações.

– Num aspecto, existe certamente uma diferença. No casamento, o homem é responsável por providenciar o sustento da mulher, e a mulher deve fazer com que o lar se torne agradável para o homem; ele precisa prover, e ela precisa sorrir. Na dança, porém, tais deveres simplesmente trocam de lado; dele são esperadas amabilidade e complacência, enquanto ela fornece o leque e a água de lavanda. *Essa*, eu suponho, seria a diferença de deveres que ocorreu à senhorita, impossibilitando uma comparação entre as duas condições.

– Não, de maneira nenhuma; nem cheguei a pensar nisso.

– Se é assim, estou absolutamente perdido. Uma coisa, entretanto, preciso observar. Essa disposição de sua parte é um tanto alarmante. A senhorita não reconhece qualquer similaridade nas obrigações. Não poderei inferir, por tal razão, que suas noções a respeito dos deveres da instituição da dança não têm o rigor que o seu par poderia desejar? Não terei motivo para temer que, caso retornasse o cavalheiro que falou com a senhorita há pouco ou se qualquer outro cavalheiro lhe dirigisse a palavra, não haveria nada que a impedisse de conversar com ele por tanto tempo quanto quisesses?

– O sr. Thorpe é um amigo muito íntimo de meu irmão e, se ele fala comigo, não posso me abster de falar com ele; mas dificilmente existirão neste salão três jovens cavalheiros, além dele, com os quais eu tenha alguma familiaridade.

– E essa seria a minha única segurança? Ai de mim, ai de mim!

– Ora, estou certa de que é a melhor das seguranças: se não conheço ninguém, é impossível que eu venha a ter alguma conversação. Além disso não *quero* conversar com ninguém.

– Agora estou em posse de uma segurança adequada e vou proceder com coragem. A senhorita ainda considera Bath agradável, como na ocasião em que tive a honra de fazer a pergunta pela primeira vez?

– Sim, bastante... até mais, na verdade.

— Até mais! Tome cuidado, ou se esquecerá de ficar aborrecida com a cidade no momento oportuno. A senhorita estará devidamente aborrecida ao fim de seis semanas.

— Creio que não ficaria aborrecida se tivesse de ficar aqui por seis meses.

— Bath, em comparação com Londres, tem pouca variedade. É o que todos acabam descobrindo, todos os anos. "Por até seis semanas, reconheço que Bath é agradável o bastante; depois *disso*, no entanto, é o lugar mais enfadonho do mundo"; pessoas de todas as procedências lhe diriam isso. Elas vêm regularmente a cada inverno, estendem suas seis semanas para dez ou doze e por fim vão embora porque não suportam permanecer um dia a mais.

— Bem, cada pessoa deve julgar por si própria, e aquelas que conhecem Londres podem desdenhar de Bath. Eu, porém, vivo em um vilarejo isolado no campo e jamais poderei encontrar, num lugar como este aqui, a monotonia à qual estou acostumada; porque em Bath existe uma variedade de divertimentos, uma variedade de coisas para ver e fazer o dia inteiro, e lá não há nada que se assemelhe.

— A senhorita não gosta do campo.

— Eu gosto. Sempre morei lá e sempre fui muito feliz. Mas decerto há muito mais monotonia na vida no campo do que na vida em Bath. No campo, cada dia é exatamente igual aos outros.

— Mas então a senhorita passa o tempo com muito mais racionalidade no campo.

— Eu passo?

— Não passa?

— Creio que não há muita diferença.

— Aqui, a senhorita não faz mais do que ficar o dia inteiro à procura de divertimento.

— Em casa, faço o mesmo; porém não encontro muita coisa. Passeio a pé aqui, e faço o mesmo lá. Aqui, no entanto, eu vejo uma variedade de pessoas em cada rua, e lá só posso visitar a sra. Allen.

O sr. Tilney estava se divertindo muito.

— "Só posso visitar a sra. Allen!" — ele repetiu. — Que retrato da pobreza intelectual! Entretanto, quando a senhorita despencar outra vez naquele abismo, terá mais coisas para dizer. Poderá falar sobre Bath, sobre tudo o que fez aqui.

— Ah, sim! Nunca mais terei o problema da falta de assunto quando conversar com a sra. Allen ou com qualquer outra pessoa. Na verdade, acredito que falarei sobre Bath o tempo todo quando voltar para casa... Gosto *tanto* daqui! Se pudesse apenas ter papai e mamãe e os outros aqui comigo, creio que eu ficaria muitíssimo feliz! A vinda de James, meu irmão mais velho, foi adorável, especialmente com a surpresa de que a família da qual acabamos de ficar tão íntimos já era íntima dele. Ah! Como é possível que alguém se canse de Bath?

– Quem chega com novos sentimentos de todo tipo, como a senhorita, não se cansa. Mas papais e mamães e irmãos e amigos íntimos já não têm muita importância para a maioria dos frequentadores de Bath; e a genuína apreciação de bailes e espetáculos e passeios diários desperta menos interesse ainda.

Aqui a conversa teve fim, as demandas da dança se tornando agora muito importunas para uma atenção dividida.

Assim que os dois chegaram à extremidade da quadrilha, Catherine percebeu que era observada atentamente por um cavalheiro situado entre os espectadores, logo atrás de Tilney. Era um homem muito bonito, de aspecto imponente, que já deixara para trás a flor da idade mas tinha ainda uma aparência vigorosa. Mantendo os olhos fixos em Catherine, ele se apressou em dizer algo ao sr. Tilney, num sussurro confidente. Embaraçada pelo olhar do cavalheiro e corando ao temer que chamara atenção por causa de algo errado em sua aparência, ela virou o rosto. Enquanto fazia isso, porém, o cavalheiro retirou-se, e Tilney se aproximou e disse:

– Percebo que senhorita tenta adivinhar o que acabam de me perguntar. Aquele cavalheiro sabe qual é o seu nome, e a senhorita tem o direito de saber qual é o dele. É o general Tilney, meu pai.

A resposta de Catherine foi um mero "Ah!", mas um "Ah!" que expressou tudo o que era indispensável: atenção às palavras dele e perfeita confiança na veracidade da afirmação. Com real interesse e ardente admiração, seus olhos seguiram o general, que avançava pela multidão, e seu comentário secreto foi: "Como é bonita a família!".

Conversando com a srta. Tilney antes que a noite se encerrasse, Catherine sentiu que lhe surgia uma nova fonte de felicidade. Ela não fizera nenhuma caminhada no campo desde que chegara a Bath. A srta. Tilney, para quem todos os arredores mais frequentados eram familiares, falou deles com exaltação, de modo que Catherine ficou muito ansiosa por conhecê--los. Quando Catherine confessou seu receio de que talvez não conseguisse encontrar ninguém para acompanhá-la, irmão e irmã propuseram lhe fazer companhia em uma caminhada matinal, num dia qualquer.

– Isso me faria mais contente do que qualquer coisa no mundo! – ela exclamou. – Mas não deixemos para depois, podemos fazer o passeio amanhã.

Os irmãos concordaram prontamente, com a ressalva, por parte da srta. Tilney, de que não chovesse – e Catherine estava certa de que não choveria. Eles a buscariam em Pulteney Street ao meio-dia, e "Lembre-se: meio-dia" foram as palavras com as quais ela se despediu da nova amiga. De sua outra amiga, mais antiga, mais estabelecida, Isabella, cuja fidelidade e cujo valor pudera comprovar ao longo de duas semanas, praticamente não viu sinal durante o baile. Embora quisesse muito informá-la de sua felicidade, Catherine submeteu-se com alegria ao desejo do sr. Allen de que fossem embora mais cedo, e sua alma dançou em seu íntimo, dançou como a charrete que a levou para casa.

Capítulo 11

O DIA SEGUINTE TROUXE uma manhã que aparentava sobriedade, o sol esforçando-se um pouco para aparecer, e Catherine pressentiu, assim, que tudo favorecia seus desejos. Naquele período inicial do ano, manhãs claras geralmente terminavam em chuva; uma manhã nublada, porém, prenunciava que o tempo melhoraria no correr do dia. Ela recorreu ao sr. Allen para confirmar suas esperanças, mas o sr. Allen, distante dos céus que conhecia e não tendo consigo seu barômetro, declinou de se arriscar numa promessa infalível de que o dia seria ensolarado. Recorreu à sra. Allen, e a opinião da sra. Allen foi mais positiva. Ela não tinha a mais remota dúvida de que o dia seria belíssimo, desde que as nuvens se afastassem e o sol se mantivesse exposto.

Por volta das onze horas, porém, os olhos vigilantes de Catherine distinguiram algumas poucas gotinhas de chuva fraca nas janelas, e o lamento "Ah, não!, creio que vai chover mesmo", rompeu dela num tom de prostração completa.

— Eu sabia que seria assim — disse a sra. Allen.

— Nada de passeio para mim hoje — suspirou Catherine. — Mas talvez não tenhamos chuva forte, ou pode ser que ela pare antes do meio-dia.

— Pode ser, mas nesse caso, minha querida, haverá muita lama.

— Ah, isso não será um problema; não me importo com lama.

— Sim — replicou sua amiga, com muita placidez —, sei que você não se importa com lama.

Houve uma pequena pausa.

— A chuva está ficando mais e mais forte! — disse Catherine, parada diante de uma janela, observando.

— Está mesmo. Se continuar chovendo, as ruas ficarão inundadas.

— Já vi quatro guarda-chuvas abertos. Como detesto ver um guarda-chuva!

— Carregar um é uma coisa muito desagradável. Prefiro mil vezes tomar uma charrete.

— A manhã estava tão bonita! Eu tinha tanta convicção de que teríamos tempo seco!

— Qualquer um teria pensado o mesmo, não há dúvida. Não teremos quase ninguém no Salão da Fonte, se chover a manhã toda. Espero que o sr. Allen vista seu sobretudo quando sair, mas ouso dizer que não vestirá, pois ele é capaz de qualquer coisa no mundo, menos de andar na rua usando um sobretudo; é uma estranha aversão por parte dele, deve ser tão confortável.

A chuva continuou – constante, mas sem muita força. Catherine consultava o relógio a cada cinco minutos, ameaçando, a cada cinco minutos, abandonar todas as esperanças se a chuva prosseguisse por mais cinco minutos. O relógio bateu doze horas e a chuva não tinha parado.

— Você não terá como sair, minha querida.

— Não cheguei ao desespero ainda. Não vou desistir antes das doze e quinze. É neste horário que o dia costuma clarear, e penso mesmo que já temos menos nuvens. Pronto, são doze e vinte, e agora só me resta desistir *totalmente*. Ah! Se tivéssemos aqui o tempo bom que eles têm em Udolpho, ou ao menos na Toscana ou no sul da França. A noite em que o pobre St. Aubin morreu! Um tempo tão lindo!

Às doze e meia, quando Catherine já deixara de observar ansiosamente o tempo e não podia mais reivindicar o mérito de regenerá-lo, o céu começou a clarear voluntariamente. Um raio de sol a pegou de surpresa. Ela olhou em volta: as nuvens estavam se dispersando. Ela retornou à janela instantaneamente para vigiar e favorecer a venturosa aparição. A passagem de mais dez minutos confirmou que uma tarde luminosa se seguiria, e corroborou a opinião da sra. Allen, que nunca deixara "de crer que o tempo melhoraria". No entanto, se Catherine ainda podia esperar por seus amigos, se não chovera demais para que a srta. Tilney se aventurasse a sair, essa era uma questão sem resposta.

A sra. Allen não poderia acompanhar seu marido até o Salão da Fonte, porque havia muita lama. Consequentemente, ele partiu sozinho. Catherine o viu descendo a rua por um instante, e então lhe chamou atenção o fato de que se aproximavam duas carruagens abertas – as mesmas carruagens com os mesmos três passageiros que tanto a tinham surpreendido algumas manhãs antes.

— Isabella, meu irmão e o sr. Thorpe, ora essa! Estão vindo me buscar, talvez. Mas não posso ir com eles, não posso ir de modo algum, a senhora sabe, porque a srta. Tilney ainda pode aparecer.

A sra. Allen concordou. John Thorpe não demorou a surgir no aposento, e sua voz demorou menos ainda, pois na escada ele já vinha gritando, pedindo à srta. Morland que se apressasse.

— Corra! Corra! — (ele escancarou a porta.) — Coloque o seu chapéu agora mesmo; não podemos perder tempo; faremos uma excursão até Bristol. Como vai, sra. Allen?

— Até Bristol? A distância não é grande demais? Mesmo assim, porém, não posso ir com vocês hoje, porque tenho um compromisso; estou esperando amigos, vão chegar a qualquer momento.

Esse motivo foi desdenhado com veemência, é claro, por ser de todo irrelevante. Ele pediu pelo apoio da sra. Allen, e os outros dois entraram para ajudá-lo.

— Minha doce Catherine, não é magnífico? Faremos um passeio sublime. Você deve agradecer ao seu irmão pelo plano. A ideia nos ocorreu durante o desjejum, estou convicta de que ocorreu ao mesmo tempo; e teríamos saído duas horas atrás, não fosse essa chuva detestável. Mas não importa, as noites têm luar, tudo será magnífico. Ah! Fico extasiada só de pensar num pouquinho de ar do campo e silêncio. É tão melhor do que os Salões Baixos. Iremos sem parar até Clifton e jantaremos lá. Assim que o jantar estiver terminado, se houver tempo, seguiremos para Kingsweston.

— Duvido que consigamos fazer tanto — disse Morland.

— Você não passa de um ranzinza! — exclamou Thorpe. — Conseguiremos fazer dez vezes mais. Kingsweston, sim! E o Castelo de Blaize também, e qualquer outro lugar que nos pareça interessante. Mas eis aqui sua irmã, dizendo que não irá conosco.

— Castelo de Blaize! — exclamou Catherine. — O que é isso?

— É o lugar mais bonito na Inglaterra; vale a pena percorrer cinquenta milhas só para vê-lo, a qualquer momento.

— Mas como? É realmente um castelo, um castelo antigo?

— O mais antigo do reino.

— Mas é como aqueles dos livros?

— Isso mesmo; absolutamente igual.

— É verdade? Ele tem torres e longos corredores?

— Dezenas.

— Se é assim, gostaria muito de vê-lo; mas não posso... não posso ir.

— Não pode? Minha amada criatura, o que você quer dizer?

— Não posso ir porque... — (olhando para baixo enquanto falava, temendo o sorriso de Isabella) — estou esperando pela srta. Tilney e pelo irmão dela, que virão me buscar para uma caminhada no campo. Eles prometeram vir às doze, porém choveu; mas agora o tempo está muito melhor, ouso dizer que logo estarão aqui.

— Eles não virão, de forma alguma — exclamou Thorpe. — Porque quando virávamos para entrar em Broad Street eu os vi. Ele não possui um faeton com cavalos castanho-claros?

— Realmente não sei.

— Sim, eu sei que possui, eu o vi. A senhorita se refere ao homem com o qual dançou ontem à noite, não é?

— Sim.

— Bem, naquele momento eu o vi subindo Lansdown Road, levando consigo uma garota elegante.

— O senhor tem certeza?

— Juro por minha alma. Eu o reconheci no mesmo instante, e me parece que ele arranjou belos animais também.

— É muito estranho! Pois imaginei que eles considerariam impraticável uma caminhada, com toda essa lama.

— E fariam muito bem, porque jamais vi tanta lama em minha vida. Caminhada! Caminhar seria tão fácil quanto voar! Em todo o inverno não tivemos tanta lama; o sujeito afunda até os tornozelos em qualquer lugar.

Isabella reforçou essa opinião:

— Minha adorada Catherine, você não faz ideia da quantidade de lama. Venha, você precisa vir, você não pode deixar de ir conosco agora.

— Eu gostaria de ver o castelo; mas podemos percorrê-lo por inteiro? Podemos subir todas as escadas, entrar em cada um dos aposentos?

— Sim, sim, cada buraco e cada canto.

— Mas pode ser que eles tenham saído apenas por uma hora, até que fique mais seco, e em seguida venham me buscar.

— Fique tranquila, a senhorita não corre esse risco, pois ouvi Tilney falando em voz alta com um homem que passava num cavalo, dizendo que eles seguiriam até Wick Rocks.

— Então eu vou. Devo ir, sra. Allen?

— Faça como quiser, minha querida.

— A sra. precisa persuadi-la — foi a súplica de todos.

A sra. Allen não ignorou o pedido:

— Bem, minha querida — ela disse —, talvez você deva ir.

E em dois minutos eles partiram.

Os sentimentos de Catherine, quando ela entrou na carruagem, encontravam-se numa situação muito incerta: divididos entre o pesar pela perda de um grande prazer e a esperança de fruir em breve um outro que era quase igual em grau, embora fosse diferente em gênero. Não lhe parecia que os Tilney tivessem agido bem com ela, renegando tão prontamente o compromisso sem mandar qualquer mensagem de desculpa. Já se passara uma hora, agora, desde o horário fixado para o começo da caminhada, e apesar do que ouvira sobre a prodigiosa acumulação de lama no decorrer dessa hora, Catherine não podia deixar de pensar, a partir de sua própria observação, que eles poderiam ter caminhado com muito pouco incômodo. Sentir-se menosprezada por eles era muito doloroso. Por outro lado, o deleite de explorar um edifício como Udolpho, no feitio com que o Castelo de Blaize aparecia em sua imaginação, era um contrapeso que serviria de consolação diante de praticamente qualquer coisa.

Eles desceram Pulteney Street e passaram por Laura Place em velocidade, sem trocar muitas palavras. Thorpe falava com seu cavalo, e ela meditava, vez por outra, em promessas desfeitas e abóbadas desfeitas, faetons e reposteiros falsos, Tilneys e alçapões. Quando entraram em Argyle Buildings, no entanto, ela foi sobressaltada por esta interrogação de seu companheiro:

– Quem é essa garota que olhou para a senhorita com tanta insistência enquanto passava?

– Quem? Onde?

– No passeio da direita. Ela já deve estar quase fora de vista agora.

Catherine se virou e viu a srta. Tilney, que se apoiava no braço do irmão e caminhava lentamente rua abaixo. Viu que ambos se voltavam, olhando para ela.

– Pare, pare, sr. Thorpe! – ela gritou, impaciente. – É a srta. Tilney; é ela, sem dúvida. Como o senhor foi capaz de me dizer que eles haviam saído da cidade? Pare, pare, vou descer agora mesmo e ir até eles.

Mas qual era a utilidade de protestar? O que Thorpe fez foi fustigar o cavalo, obtendo um trote mais veloz. Os Tilney, que já tinham deixado de olhar para ela, desapareceram de vista num instante, atrás da esquina de Laura Place, e no instante seguinte ela mesma se viu transportada até Market Place. Mesmo assim, e durante o percurso de outra rua, Catherine implorou a ele que parasse.

– Por favor, pare, por favor, sr. Thorpe. Não posso prosseguir. Não irei prosseguir. Preciso voltar para falar com a srta. Tilney.

Mas o sr. Thorpe apenas riu, estalou seu chicote, deu ordens ao cavalo, fez ruídos estranhos e seguiu em frente; e Catherine, furiosa e envergonhada como estava, não tendo poderes para escapar, foi obrigada a ceder e desistir de seu objetivo. Suas recriminações, contudo, não deixaram de ser aplicadas.

– Como pôde me enganar dessa maneira, sr. Thorpe? Como pôde dizer que os viu subindo Lansdown Road num carro? Por nada no mundo eu teria deixado que algo assim ocorresse. Eles decerto estarão pensando que é muito estranho, que é uma grande descortesia minha! E passar por eles, ainda, sem dizer sequer uma palavra! O senhor não sabe o quanto estou envergonhada; nada me agradará em Clifton, ou em qualquer outro lugar. Seria melhor, seria mil vezes melhor descer agora e voltar até eles. Como o senhor pôde dizer que os viu saindo da cidade num faeton?

Thorpe se defendeu com enorme convicção, declarou que jamais vira em sua vida dois homens tão parecidos e quase recusou-se a admitir que não vira Tilney em pessoa.

O passeio, agora, mesmo que o assunto estivesse encerrado, não se prenunciava muito agradável. Catherine já não se mostrava tão complacente quanto fora na excursão anterior. Ela ouvia com relutância, e suas respostas eram breves. O Castelo de Blaize seguia sendo seu único consolo e pensar em *tal perspectiva*, de quando em quando, ainda lhe dava prazer. No entanto, se fosse possível remediar a frustração da caminhada prometida e evitar, acima de tudo, a desaprovação por parte dos Tilney, ela prontamente abdicaria de toda a felicidade que o interior do castelo poderia prover – a felicidade de avançar por uma longa sequência de aposentos imponentes que exibem magníficas mobílias remanescentes, embora desabitados por muitos anos, a felicidade de ter o caminho interrompido, em galerias estreitas e sinuosas, por uma porta baixa e gradeada; ou mesmo de ter a lamparina, a única lamparina, apagada por um repentino sopro de vento, e de então ter em volta uma escuridão total. Enquanto isso, eles prosseguiam em sua jornada sem qualquer contratempo, e já podiam ver a cidade de Keynsham quando um grito de Morland, que estava atrás deles, fez com que Thorpe parasse para saber qual era o problema. Os outros se aproximaram o suficiente para que pudessem se fazer ouvir e Morland disse:

– Seria melhor se voltássemos, Thorpe; já está muito tarde para seguirmos adiante hoje; sua irmã pensa o mesmo que eu. Já faz uma hora que saímos de Pulteney Street, bem pouco mais do que sete milhas, e suponho que ainda temos ao menos outras oito por percorrer. É simplesmente impraticável. Nós partimos tarde demais. Faríamos muito melhor se deixássemos para um outro dia e fôssemos embora.

– Sou absolutamente indiferente – retrucou seu amigo, um tanto enraivecido.

Thorpe voltou seu cavalo no mesmo instante, e eles puseram-se a caminho de Bath.

– Se o seu irmão não tivesse esse maldito animal na condução – disse ele, logo em seguida –, teríamos nos saído muito bem. Meu cavalo teria trotado até Clifton em menos de uma hora, se estivesse desimpedido, e eu quase quebrei meu braço para que ele se mantivesse no ritmo daquele cavalo velho e esbaforido. Morland é um tolo por não possuir um cabriolé e um cavalo.

– Não, não é – disse Catherine, acalorada –, pois tenho certeza de que ele não teria condições para tanto.

– E ele não tem condições por quê?

– Porque não tem dinheiro suficiente.

— E de quem é a culpa por isso?
— De ninguém, que eu saiba.

Thorpe, então, disse alguma coisa, no modo estrondoso e incoerente ao qual recorria com frequência, sobre como a avareza era uma coisa amaldiçoada; e que se as pessoas que nadavam em dinheiro não tinham condições de possuir bens, ele não sabia quem as tinha, algo que Catherine nem mesmo tentou compreender. Privada do que deveria ter servido de consolo para sua primeira privação, Catherine ficava menos e menos disposta a ser agradável ela mesma ou a esperar que seu companheiro o fosse; e os dois retornaram a Pulteney Street sem que ela proferisse vinte palavras.

Quando Catherine entrou em casa, o lacaio lhe disse que um cavalheiro e uma dama haviam batido à porta, perguntando por ela, poucos minutos depois de sua partida; que os informou de que ela tinha saído com o sr. Thorpe, e que a dama perguntou se havia alguma mensagem para ela; ele respondeu que não; ela verificou se tinha consigo um cartão mas afirmou que não tinha, e se foi. Ponderando sobre essas tribulações mortificantes, Catherine subiu lentamente as escadas. No último degrau ela encontrou o sr. Allen, e este, ao tomar conhecimento de qual era a razão do apressado retorno, disse:

— Fico contente pelo bom senso do seu irmão; fico contente por vê-la de volta. Tratava-se de um plano estranho e desvairado.

Todos passaram a noite na residência dos Thorpe. Catherine estava perturbada e abatida. Isabella, porém, dedicava-se às negociações de um jogo de cartas e, em sua parceria privada com Morland, encontrara algo equivalente ao tranquilo ar campestre de uma estalagem em Clifton. Além disso, sua satisfação por não estar nos Salões Baixos foi manifestada mais de uma vez.

— Como tenho pena das pobres criaturas que estarão lá! Como fico feliz por não estar entre elas! Fico imaginando se será um baile completo! Eles ainda não começaram a dançar. Eu não iria a esse baile por nada no mundo. É tão maravilhoso termos uma noite só para nós vez por outra. Ouso dizer que não será um baile muito bom. Sei que as senhoritas Mitchell não estarão lá. Posso afirmar com segurança que tenho pena de todos que estarão. Mas ouso dizer, sr. Morland, que o senhor gostaria muito de ir ao baile, não é verdade? Estou certa de que gostaria. Bem, por favor, não permita que ninguém aqui seja um obstáculo à sua vontade. Ouso dizer que passaríamos muito bem sem o senhor; mas vocês, homens, pensam que são importantíssimos.

Catherine quase poderia ter acusado Isabella de negligenciar compaixão para com ela e com seus padecimentos, tão minúsculo era o lugar que eles pareciam ocupar na mente da amiga e tão inadequado era o conforto que ela oferecia.

– Não fique tão entristecida, minha querida criatura – ela sussurrou. – Você me dá um aperto no coração. Foi estupendamente deplorável, não há dúvida. Mas a culpa recai inteiramente sobre os Tilney. Por que não foram eles mais pontuais? Havia muita lama, de fato, mas qual era o problema nisso? Garanto que John e eu não teríamos nos importado. Jamais dou importância, enfrento qualquer coisa quando a questão envolve uma amiga; essa é a minha disposição, e com John ocorre o mesmo: ele tem uma sensibilidade estupendamente forte. Deus do céu! Que cartas maravilhosas você tem! Reis, veja só! Jamais fiquei tão feliz em minha vida! Prefiro cinquenta vezes que você as tenha antes do que eu.

E assim posso encaminhar minha heroína para o leito insone, que é o legítimo paradeiro de uma heroína; para um travesseiro repleto de espinhos e molhado de lágrimas. E ela poderá se julgar afortunada se tiver outra boa noite de descanso no decurso dos três meses que virão.

Capítulo 12

– Sra. Allen – disse Catherine na manhã seguinte –, será inoportuno se eu fizer uma visita à srta. Tilney hoje? Não ficarei tranquila antes de ter explicado tudo.

– Vá sem hesitar, minha querida, apenas coloque um vestido branco; a srta. Tilney sempre veste branco.

Catherine a obedeceu alegremente. Estando adequadamente vestida, quis chegar o quanto antes ao Salão da Fonte, para que pudesse informar-se sobre o alojamento do general Tilney, pois, embora acreditasse que eles estivessem hospedados em Milsom Street, não sabia ao certo qual era a casa, e as vacilantes convicções da sra. Allen complicavam a questão ainda mais. E Milsom Street foi o destino de Catherine. Tendo em mente o número exato da casa, ela seguiu seu rumo, com passos rápidos e coração palpitante, para fazer sua visita, explicar sua conduta e ser perdoada. Cruzou com discrição o pátio da igreja, desviando resolutamente os olhos para que não fosse obrigada a vislumbrar a amada Isabella com sua querida família, a qual, tinha motivos para crer, devia estar numa loja nas proximidades. Chegou à casa sem enfrentar qualquer embaraço, conferiu o número, bateu à porta e perguntou pela srta. Tilney. O homem que atendeu acreditava que a srta. Tilney estivesse em casa, mas não tinha muita certeza. A senhorita faria o obséquio de enviar seu nome? Catherine forneceu seu cartão. Dentro de poucos minutos o criado retornou e, com um semblante que não chegava a confirmar suas palavras, afirmou que se enganara, pois a srta. Tilney havia saído. Catherine, corando de humilhação, afastou-se da casa. Sentiu-se quase convencida de que a srta. Tilney *encontrava-se* em casa e não a recebera por estar muito ofendida. Enquanto andava rua abaixo, não pôde abster-se de olhar rapidamente para as janelas da sala de visitas, julgando que a veria, mas ninguém se fez visível. Perto da esquina, no entanto, olhou para trás mais uma vez e então, não numa janela, mas saindo pela porta, viu a srta. Tilney em pessoa. Com ela vinha um cavalheiro, que Catherine imaginou ser seu pai, e eles subiram a rua na direção de Edgar's Buildings. Catherine, profundamente mortificada, seguiu seu caminho. Ela mesma quase ficou zangada diante de uma deselegância tão zangada, mas refreou esse sentimento rancoroso. Recordou-se de sua própria ignorância. Não sabia de que modo uma ofensa como a sua podia ser classificada pelas leis da cortesia mundana, a que grau apropriado de imperdoabilidade aquilo poderia chegar, nem a que rigores punitivos ela poderia vir a ser devidamente submetida.

Deprimida e humilhada, Catherine cogitou até mesmo não ir ao teatro com os outros naquela noite; mas devemos confessar que não acalentou a ideia por muito tempo, pois logo se lembrou, em primeiro lugar, de que não tinha nenhuma desculpa para ficar em casa; em segundo, que se tratava de uma peça que estava muito interessada em ver. Consequentemente, foram todos ao teatro. Nenhum Tilney apareceu para flagelar ou contentar Catherine; entre as inúmeras perfeições da família, ela temeu, talvez não pudesse ser incluída uma predileção por espetáculos. Era possível, porém, que eles estivessem habituados às performances mais refinadas do palco londrino, diante das quais, como Isabella afirmara, todo o resto era "absolutamente horrendo". Catherine não se enganara em sua própria expectativa de satisfação: a comédia reteve tão bem suas atenções que ninguém que a tivesse observado durante os quatro primeiros atos poderia imaginar que ela estivesse enfrentando alguma situação calamitosa. No início do quinto, entretanto, ela viu de repente o sr. Tilney e seu pai, que haviam se unido a um grupo no camarote oposto, e rememorou sua ansiedade e sua aflição. O palco já não era capaz de lhe despertar uma felicidade genuína – já não era capaz de absorver por completo sua atenção. Sempre que tirava os olhos do palco, ela os direcionava para o camarote oposto; no decorrer de duas cenas inteiras observou Henry Tilney assim, e constatou que não fora observada por ele em nenhum momento. Já não era mais possível suspeitar que ele fosse indiferente a espetáculos teatrais; sua atenção jamais se desviou do palco durante duas cenas inteiras. Depois de um certo tempo, no entanto, Tilney afinal olhou para ela, e lhe fez uma mesura – mas que mesura! Não houve nenhum sorriso, não houve nenhum olhar mais prolongado; os olhos dele retornaram imediatamente ao alvo anterior. Catherine caíra num desespero irrequieto; estava a ponto de correr todo o trajeto até o camarote em que ele estava para forçá-lo a ouvir suas explicações. Sentimentos mais instintivos do que heroicos se apossaram dela; em vez de considerar que sua própria dignidade havia sido ferida por essa pronta condenação – em vez de optar orgulhosamente, em sua inocência consciente, por ostentar seu ressentimento em relação à pessoa que era capaz de alimentar dúvidas, delegar a ele o trabalho de buscar uma explicação e esclarecer-lhe o que se passara evitando olhar para ele, ou flertando com outra pessoa –, Catherine assumiu para si toda a vergonha da conduta imprópria, ao menos na aparência de tal conduta, e seu único desejo era encontrar a todo custo uma oportunidade para se explicar.

A peça se encerrou – a cortina desceu –, Henry Tilney já não podia ser visto onde sentara até então, mas seu pai permanecera no lugar, e agora talvez ele estivesse vindo em direção ao camarote dela. Catherine estava certa: dentro de poucos minutos ele apareceu, abrindo caminho entre as fileiras que já decresciam, e cumprimentou de maneira tranquila e polida a sra. Allen e sua amiga. Esta lhe dirigiu a palavra com menos calma:

– Ah! Sr. Tilney, estive desesperada por falar com o senhor e apresentar minhas desculpas. O senhor deve ter considerado muito rude a minha atitude, mas de fato não foi culpa minha, não é mesmo, sra. Allen? Não me disseram que o sr. Tilney e sua irmã tinham saído juntos num faeton? E então, o que me restava fazer? Mas eu teria preferido dez mil vezes estar com o senhor. Ora, não é verdade, sra. Allen?

– Minha querida, assim você amassa o meu vestido – foi a resposta da sra. Allen.

Mesmo desprovida de amparo, sua justificação, no entanto, não foi desperdiçada: fez surgir um sorriso mais cordial e mais natural no semblante de Tilney, e ele respondeu num tom que retinha apenas uma ligeira e afetada reserva:

– Ficamos muito agradecidos à senhorita, de todo modo, por ter nos desejado um passeio agradável quando a vimos passar por nós em Argyle Street: a senhorita teve a gentileza de olhar para trás com essa intenção.

– De maneira nenhuma desejei a vocês um passeio agradável. Sequer cheguei a pensar em tal coisa, mas implorei tanto ao sr. Thorpe para que ele parasse; fiz esse pedido a ele no momento exato em que os vi. Ora, sra. Allen, não foi... Ah! A senhora não estava lá, mas fiz sim, e se o sr. Thorpe apenas tivesse parado, eu teria descido num salto e teria corrido atrás de vocês.

Existirá no mundo um Henry que pudesse se mostrar insensível frente a tal declaração? Henry Tilney, ao menos, não se mostrou. Com um sorriso ainda mais doce, ele disse tudo o que era necessário dizer sobre o tormento e o pesar de sua irmã, sobre o quanto ela confiava na honra de Catherine.

— Ah, não diga que a srta. Tilney não ficou zangada — exclamou Catherine —, pois sei que ficou; porque ela não quis me ver hoje de manhã, quando fui lhes fazer uma visita. Eu mal tinha me afastado da casa quando a vi saindo; fiquei magoada, mas não me senti insultada. Talvez o senhor não saiba que estive lá.

— Eu não estava em casa na ocasião, mas Eleanor me contou, e desde então ela deseja encontrar a senhorita para explicar a razão de tamanha descortesia. Talvez eu possa fazê-lo no lugar dela. Ocorreu apenas que o meu pai (eles estavam se preparando para sair, e ele não podia perder tempo e não queria deixar para depois) insistiu em mandar o recado de que ela saíra. Foi só esse o motivo, eu lhe garanto. Eleanor ficou muito aborrecida e decidiu que lhe pediria desculpas assim que possível.

Essa informação trouxe grande alívio ao espírito de Catherine, porém restava um pouco de inquietude, da qual derivou a seguinte questão, completamente singela em si, mas um tanto intrigante para o cavalheiro:

— Mas, sr. Tilney, que motivo *o senhor* tinha para ser menos generoso do que sua irmã? Se ela demonstrou ter tanta confiança em minhas boas intenções, e só pôde supor que se tratava de um engano, como foi que *o senhor* se ofendeu tão prontamente?

— Eu? Eu, me ofender?

— Ora, pelo seu olhar, quando entrou no camarote, eu tive certeza de que o senhor estava zangado.

— Eu, zangado! Eu não teria motivo.

— Bem, ninguém que tivesse visto o seu rosto poderia pensar que o senhor não tinha motivo.

Em resposta a isso, Tilney pediu a Catherine que lhe concedesse um assento e começou a falar sobre a peça.

Tilney permaneceu no camarote por algum tempo e se portou com tanta afabilidade que Catherine não pôde ficar contente quando ele se foi. Antes da despedida, porém, ficou definido que a prometida caminhada deveria ser realizada assim que possível; e se deixarmos de lado a desgraça causada pela ausência do cavalheiro, Catherine acabou retendo, de um modo geral, a sensação de que era uma das criaturas mais felizes do mundo.

Enquanto falou com o jovem, ela observou com certa surpresa que John Thorpe, que era incapaz de permanecer na mesma parte do teatro por dez minutos seguidos, conversava com o general Tilney, e sentiu enorme surpresa ao constatar que ela mesma era perceptivelmente objeto da atenção e da discussão dos dois. O que teriam a dizer sobre ela? Catherine temia que o general Tilney não gostasse de sua presença: isso podia ser inferido pela determinação de que a filha não a recebesse, quando bastaria ter adiado a saída por alguns minutos.

– Como foi que o sr. Thorpe veio a conhecer o seu pai? – Catherine perguntou sofregamente, apontando os dois para o companheiro.

Ele nada sabia a respeito, mas seu pai, como todo militar, conhecia uma vasta quantidade de pessoas.

Encerrado o programa da noite, Thorpe veio acompanhá-los na saída. Catherine era o alvo imediato de seu galanteio. No vestíbulo, enquanto esperavam por uma charrete, Thorpe antecipou-se à pergunta que saíra do coração e já chegara à ponta da língua de Catherine, ao indagar, com presunção, se ela o vira conversando com o general Tilney.

– O velho é um ótimo sujeito, juro por minha alma! Robusto, ativo... parece ser tão jovem quanto o filho. Tenho grande consideração por ele, eu lhe garanto; um grande cavalheiro, um sujeito como poucos.

– Mas como o senhor veio a conhecê-lo?

– Conhecê-lo? Nesta cidade existem pouquíssimas pessoas que eu não conheço. Eu já o vi mil vezes no Bedford; e reconheci seu rosto, hoje, no momento em que ele entrou na sala de bilhar. Um dos melhores jogadores que temos, a propósito; e nos enfrentamos na mesa, embora eu quase estivesse com medo dele, a princípio: as chances a favor dele eram de cinco contra quatro; e se eu não tivesse desferido uma das tacadas mais certeiras de que já se teve notícia neste mundo... atingi em cheio a bola dele... mas sem uma mesa eu não conseguiria lhe explicar; de todo modo, *venci* o general. Um ótimo sujeito, rico como um judeu. Gostaria de jantar com ele; ouso dizer que os jantares que ele promove são excelentes. Mas a senhorita não imagina de quem estávamos falando. Da senhorita, por Deus! E o general a considera a garota mais bonita em Bath.

– Ah! Tolice! O senhor não pode dizer tal coisa!

– Pois a senhorita não imagina o que eu disse – (ele baixou sua voz). – "Muito bem, general", eu disse. "Tenho a mesmíssima opinião."

E aqui, Catherine, para quem a veneração do rapaz gratificava muito menos do que a do general Tilney, não ficou triste ao ser chamada pelo sr. Allen. Thorpe, entretanto, quis acompanhá-la até a charrete e, até o último momento possível, insistiu naquele mesmo galanteio, apesar das súplicas de Catherine para que a deixasse em paz.

Que o general Tilney tivesse admiração por ela, e não aversão, era algo sublime; e ela constatou, com alegria, que agora não havia ninguém que temesse conhecer na família. A noite fizera por ela mais, muito mais do que se poderia esperar.

Capítulo 13

Segunda, terça, quarta, quinta, sexta e sábado já passaram pela consideração do leitor; os acontecimentos de cada dia, suas esperanças e seus medos, as mortificações e os prazeres, tudo foi distintamente exposto, e só nos resta descrever as aflições do domingo e fechar a semana. O plano de ir a Clifton fora protelado e abandonado, e voltou à tona na tarde desse dia, durante uma caminhada pelo Crescent. Numa conferência privada entre Isabella e James em que a primeira determinara com todas as suas forças que fariam a excursão, e o segundo, com não menos ânsia, a fim de agradá-la, juntou suas forças às dela, ficou decidido que o passeio seria realizado na manhã seguinte, contanto que o tempo estivesse bom; e eles deveriam partir muito cedo, de modo que pudessem estar de volta em horário adequado. Definida em tais termos a questão, restava apenas que Catherine fosse notificada. Ela os deixara por alguns minutos para conversar com a srta. Tilney. O esquema foi armado nesse intervalo e, assim que ela voltou, seu consentimento foi solicitado. No entanto, em vez de concordar com entusiasmo, como esperava Isabella, Catherine ficou séria; ela sentia muito, mas não poderia ir. O compromisso que devia ter impedido sua presença no primeiro passeio impossibilitava de fato, agora, sua participação. Catherine acertara naquele momento, com a srta. Tilney, que a caminhada planejada ocorreria no dia seguinte; era um compromisso definitivo, e ela não voltaria atrás de modo algum. Ambos os Thorpe, porém, bradaram que era *necessário* e *inevitável* que ela voltasse atrás; era imperativo ir a Clifton naquela segunda, não iriam sem ela, seria muito simples adiar por um dia uma mera caminhada, e não admitiriam recusa. Catherine ficou desolada, mas não cedeu.

– Não insista, Isabella. Estou comprometida com a srta. Tilney. Não posso ir.

O pedido não teve efeito algum. Catherine foi acossada pelos mesmos argumentos: ela precisava ir, ela iria, e eles não admitiriam recusa.

– Seria tão fácil dizer à srta. Tilney que acabaram de lhe trazer à memória que você tinha um compromisso anterior, e apenas pedir a ela que a caminhada fosse transferida para terça-feira.

– Não, não seria fácil. Não posso fazer isso. Não existe compromisso anterior.

Mas Isabella apenas se tornou mais e mais insistente, fazendo os mais afetuosos apelos, chamando-a pelos mais carinhosos nomes. Estava certa de que sua amada e doce Catherine não rejeitaria, reiteradamente, uma súplica tão insignificante de uma amiga que lhe dedicava tamanho amor. Sabia que sua amada Catherine, dona de um coração tão sensível, de um temperamento tão doce, não seria intolerante com as pessoas que amava. Mas tudo em vão; Catherine julgava que tinha razão e, embora lhe fosse dolorosa aquela súplica tão terna, tão lisonjeira, não se deixaria influenciar por ela. Isabella, então, experimentou outro método. Acusou Catherine de ter mais afeição pela srta. Tilney, embora a conhecesse havia tão pouco tempo, do que por seus melhores e mais antigos amigos, de ter se tornado, em suma, fria e indiferente em relação a ela.

— Não posso deixar de sentir inveja, Catherine, quando percebo que sou desprezada em favor de estranhos, eu, que amo tanto você! Uma vez que minhas afeições estão firmadas, nada é capaz de removê-las. Mas creio que meus sentimentos são mais fortes do que os de qualquer outra pessoa; estou certa de que são até fortes demais para a minha paz de espírito; e perceber que sou suplantada por estranhos em nossa amizade me fere no fundo da alma, eu confesso. Esses Tilney parecem engolir tudo em volta.

Catherine julgou que essa acusação era ao mesmo tempo estranha e rude. Era esse, então, o papel de uma amiga? Expor diante de todos os sentimentos da outra? Isabella lhe pareceu mesquinha e egoísta, indiferente a tudo o que não lhe proporcionasse gratificação pessoal. Essas ideias dolorosas lhe passaram pela cabeça, mas ela não disse nada. Isabella, enquanto isso, cobrira os olhos com seu lenço, e Morland, consternado com tal visão, viu-se obrigado a dizer:

— Ora, Catherine, creio que você já não pode mais declinar. O sacrifício não é tão grande, e fazer um favor a uma grande amiga... Você será muito indelicada, a meu ver, se continuar irredutível.

Era a primeira vez em que seu irmão se colocava abertamente contra ela. Empenhada em não lhe causar desgosto, Catherine propôs um acordo. Se eles ao menos postergassem o plano para terça-feira, algo que poderiam fazer com facilidade, porque só dependia deles, ela poderia lhes fazer companhia, e então todos ficariam satisfeitos. Mas "Não, não, não!" foi a resposta imediata, isso não era possível, pois Thorpe não sabia se não teria de ir à cidade na terça-feira. Catherine lamentava, mas era o máximo que podia fazer. Seguiu-se um breve silêncio, interrompido então por Isabella, que afirmou, numa voz fria e ressentida:

— Muito bem, temos assim o fim do passeio. Se Catherine não vai, não posso ir. Não posso ser a única mulher. Eu não faria uma coisa tão imprópria por nada no mundo, jamais.

— Catherine, você precisa ir – disse James.

— Mas o sr. Thorpe não poderia levar consigo uma de suas irmãs? Ouso dizer que qualquer uma delas gostará de ir.

— Obrigado — exclamou Thorpe —, mas não vim a Bath para carregar minhas irmãs de um lado para outro e fazer papel de tolo. Não, se a senhorita não for, que diabo, não vou de modo algum. Só vou se for para levar a senhorita.

— É uma lisonja que não me causa nenhum prazer.

Mas as palavras de Catherine não chegaram até Thorpe, que se afastara abruptamente.

Os outros três seguiram caminhando juntos, numa situação que se tornava cada vez mais desconfortável para a pobre Catherine; por vezes palavra alguma era dita, por vezes ela se via novamente atacada por súplicas e recriminações, e seu braço se mantinha unido ao de Isabella, embora seus corações estivessem em guerra. Catherine se compadecia num momento, e em outro irritava-se, sempre aflita, mas sempre inflexível.

— Não pensei que você pudesse ser tão obstinada, Catherine — disse James. — Você não costumava ser assim, tão difícil de persuadir. Eu a tinha como a mais bondosa e moderada das minhas irmãs.

— Creio que sou a mesma de sempre — ela retrucou, muito magoada. — Mas realmente não posso ir. Se estou errada, estou fazendo o que me parece ser mais correto.

— Talvez — disse Isabella, em voz baixa — você não esteja tão angustiada.

O coração de Catherine quase parou; ela retirou seu braço, e Isabella não se opôs. Assim se passaram dez longos minutos, e então Thorpe voltou até eles; exibindo uma expressão mais jovial, o rapaz disse:

— Bem, resolvi o assunto, e amanhã todos poderemos fazer o passeio com a consciência tranquila. Estive com a srta. Tilney e apresentei suas desculpas a ela.

— O senhor não fez isso! — gritou Catherine.

— Eu fiz, juro por minha alma. Estive com ela agora mesmo. Eu disse que a senhorita tinha pedido a mim que lhe desse um recado: tendo acabado de se recordar de um compromisso anterior, a nossa excursão até Clifton amanhã, a senhorita não teria o prazer de caminhar com ela antes de terça-feira. Ela disse que não havia problema, terça-feira lhe convinha da mesma maneira. Temos assim o fim de todas as nossas dificuldades. Uma bela ideia de minha parte... não é?

O semblante de Isabella era todo sorrisos outra vez, e James também parecia feliz novamente.

— Uma ideia simplesmente divina! Agora, minha doce Catherine, todas as nossas aflições se acabaram; você fica livre de culpa de uma forma honrosa, e nós faremos um passeio simplesmente magnífico.

— Não pode ser assim — disse Catherine. — Não vou me submeter a isso. Preciso correr até a srta. Tilney agora mesmo para esclarecer tudo.

Isabella, no entanto, pegou uma de suas mãos, Thorpe a outra, e os três lançaram sobre ela uma enxurrada de protestos. Até mesmo James ficou bastante zangado. Se tudo já estava resolvido, se a própria srta. Tilney dissera que a terça-feira lhe convinha muito bem, era um tanto ridículo, um tanto absurdo, fazer qualquer objeção posterior.

– Pouco me importa. O sr. Thorpe não tinha o direito de inventar esse recado. Se julgasse que o correto era adiar, eu mesma poderia ter falado com a srta. Tilney. Esse artifício é uma grosseria a mais; e como poderei saber se o sr. Thorpe não... ele pode ter se enganado de novo, talvez; ele já me fez cometer uma grosseria por engano seu, na sexta-feira. Deixe-me ir, sr. Thorpe; Isabella, não me segure.

Thorpe disse a Catherine que seria inútil ir atrás dos Tilney; eles estavam entrando em Brock Street quando os alcançou, e já estariam em casa a esta altura.

– Pois irei atrás deles – disse Catherine. – Onde quer que estejam, irei atrás deles. De nada adianta argumentar. Se não fui persuadida a fazer algo que considero errado, jamais serei convencida por trapaças.

E com tais palavras ela os deixou e se foi às pressas. Thorpe quis sair correndo atrás dela, mas Morland o deteve.

– Deixe, deixe, se ela quer ir.
– Ela é obstinada como...

Thorpe não chegou a terminar a comparação, que dificilmente teria sido decorosa.

Catherine seguiu seu caminho em grande agitação, com a rapidez que a multidão lhe permitia, temendo ser perseguida, mas determinada a perseverar. Enquanto andava, refletia sobre o que se passara. Era doloroso para ela decepcionar e desagradar seus amigos, e particularmente desagradar seu irmão, mas não se arrependia de sua resistência. Deixando de lado sua própria disposição, ter falhado uma segunda vez no compromisso com a srta. Tilney, ter cancelado uma promessa feita voluntariamente apenas cinco minutos antes, e ainda sob um falso pretexto, só podia estar errado. Ela não se opusera apenas em função de princípios egoístas, não levara em consideração meramente sua própria gratificação, que poderia ter sido assegurada, em certa medida, pela excursão em si, pelo prazer de admirar o Castelo de Blaize; não, ela dera importância ao que era devido aos outros e à opinião que poderiam formar sobre o seu caráter. A convicção de que estava certa, no entanto, não foi suficiente para restaurar sua calma; enquanto não falasse com a srta. Tilney, não poderia ficar à vontade. Acelerando seu ritmo ao deixar para trás o Crescent, quase correu a distância remanescente até ganhar o topo de Milsom Street. Catherine caminhara com enorme rapidez e, apesar da vantagem inicial dos Tilney, eles mal chegavam à entrada da residência quando os avistou. Com o criado ainda parado na porta aberta, ela limitou-se à cerimônia de dizer que precisava falar com a srta. Tilney naquele instante, e logo passou por ele e se lançou escada acima. A seguir, abrindo a primeira porta diante dela, a porta certa, imediatamente Catherine se viu na sala de estar com o general Tilney, seu filho e sua filha. Sua explicação, defeituosa apenas – em função de seus nervos irritados e da respiração ofegante – por não ser explicação nenhuma, foi apresentada prontamente.

– Vim com muita pressa... foi tudo um engano... eu disse a eles desde o começo que não poderia ir... saí correndo com muita pressa para me explicar... não me importei com o que vocês pudessem pensar de mim... não quis esperar pela apresentação do criado.

A questão toda, no entanto, mesmo que não perfeitamente elucidada por tal discurso, logo deixou de ser um enigma. Catherine descobriu que John Thorpe *dera* de fato o recado. E a srta. Tilney não teve qualquer escrúpulo em confessar que ficara muito surpresa. Se o irmão dela, por sua vez, a tinha ultrapassado em ressentimento, Catherine, embora se dirigisse instintivamente tanto para um como para a outra em sua justificação, não tinha meios de saber. Fossem ou não fossem rancorosos os sentimentos antes de sua chegada, suas ávidas declarações foram rapidamente retribuídas, tanto quanto ela podia desejar, com olhares e declarações amigáveis.

Resolvido de modo satisfatório o caso, a srta. Tilney apresentou seu pai a Catherine, que foi saudada por ele com uma polidez espontânea e solícita que lhe trouxe à mente a informação de Thorpe e a fez pensar, com prazer, que vez por outra era possível confiar nele. A civilidade do general foi expressada num zelo fervoroso: não sabendo que a garota ingressara na casa com agilidade extraordinária, ele ficou bastante zangado com o criado, cuja negligência obrigara Catherine a abrir ela mesma a porta do aposento. Por que motivo William agira assim? Ele faria questão de investigar o assunto. E se Catherine não tivesse afiançado calorosamente sua inocência, era provável que William fosse perder para sempre as graças de seu patrão, ou até mesmo seu emprego, devido à impaciência da jovem.

Depois de sentar com eles por um quarto de hora, Catherine levantou-se para sair e teve uma surpresa agradabilíssima quando o general Tilney perguntou se ela lhe concederia a honra de jantar e passar o resto do dia com sua filha. A srta. Tilney reforçou o convite. Catherine se mostrou muito agradecida, mas não tinha condições de aceitar. O sr. Allen e sua esposa já esperavam que ela voltasse a qualquer momento. O general declarou que não insistiria, pois os direitos do sr. Allen e de sua esposa não deviam ser suplantados. Ele acreditava, porém, que num outro dia, quando houvesse a possibilidade de um aviso antecipado, eles não deixariam de dispensar Catherine aos cuidados da amiga. Não, não; Catherine tinha certeza de que não fariam objeção nenhuma, e ela teria grande prazer em vir. O general fez questão de acompanhá-la até a porta da rua, dizendo as coisas mais galantes enquanto desciam as escadas, admirando a elasticidade do caminhar de Catherine, que lembrava perfeitamente seu modo gracioso de dançar, e fazendo, quando se despediram, uma das reverências mais elegantes que ela já vira.

Catherine, deleitada com tudo o que se passara, prosseguiu alegremente para Pulteney Street, caminhando, como deduzia, com grande elasticidade, embora jamais tivesse pensado nisso antes. Entrou em casa sem ter visto qualquer sinal do grupo ofendido, e agora que triunfara por completo, cumprira seu objetivo e garantira sua caminhada, começou (à medida que sua agitação de espírito se abrandava) a duvidar de que agira com perfeita correção. Um sacrifício era sempre nobre; e se Catherine tivesse cedido às súplicas deles, estaria livre da perspectiva angustiante de uma amiga descontente, de um irmão irritado e da destruição de um plano que traria grande felicidade aos dois, talvez por culpa dela. Para aliviar sua mente e avaliar, por meio da opinião de uma pessoa imparcial, os méritos reais de sua conduta, ela aproveitou a ocasião para mencionar, na presença do sr. Allen, o plano inacabado de seu irmão e dos Thorpe para o dia seguinte. O sr. Allen se manifestou no mesmo instante:

– Pois bem – disse ele –, e a senhorita pretende acompanhá-los?

– Não, eu tinha acabado de prometer à srta. Tilney que faria uma caminhada com ela, quando soube da excursão. Portanto, eu não poderia ir com eles, poderia?

– Não, certamente não; e é ótimo que a senhorita pense assim. Essas excursões não são coisa boa. Rapazes e moças passeando pelo campo em carruagens abertas! Vez por outra está muito bem, mas frequentar estalagens e lugares públicos em grupo! Não é correto; e não sei como a sra. Thorpe pode permiti-lo. É ótimo que a senhorita nem considere ir; tenho certeza de que a sra. Morland ficaria descontente. Sra. Allen, não está certo o meu raciocínio? Não é verdade que esquemas desse tipo são condenáveis?

– Sim, são de fato muito condenáveis. Carruagens abertas são coisas detestáveis. Um vestido limpo não resiste cinco minutos nelas. Você fica salpicada quando entra e quando sai; e o vento joga o seu cabelo e o seu gorro em todas as direções. Eu mesma odeio uma carruagem aberta.

– Eu sei disso, mas essa não é a questão. Não fica bem que moças sejam frequentemente conduzidas, nessas carruagens, por rapazes com os quais elas não têm sequer parentesco.

— De fato, meu querido, não fica nada bem. Não suporto ver essas coisas.

— Minha senhora — exclamou Catherine —, se é assim, por que não me avisou antes? Se soubesse que era inadequado, eu não teria saído com o sr. Thorpe de modo algum; mas sempre julguei que a senhora me diria, se pensasse que minha conduta era imprópria.

— E direi sempre, minha querida, não duvide disso, pois prometi à sra. Morland, quando nos despedimos, que faria por você tudo o que estivesse ao meu alcance. Mas não devemos nos ater a pequenos detalhes. Jovens *sempre* serão jovens, como sua boa mãe costuma dizer. Quando chegamos, você sabe bem, eu não quis que você comprasse aquela musselina bordada, mas você insistiu. Os jovens não querem ser contrariados o tempo inteiro.

— Mas o caso em questão é muito mais importante, e creio que não teria sido difícil me persuadir.

— Não houve prejuízo até o momento — disse o sr. Allen. — Tenho apenas um conselho, minha querida: não saia mais com o sr. Thorpe.

— Era isso mesmo o que eu estava a ponto de dizer — acrescentou a esposa dele.

Catherine, aliviada por si, sentiu-se inquieta por Isabella. Após pensar por um momento, perguntou ao sr. Allen se não seria ao mesmo tempo correto e gentil, por parte dela, escrever à srta. Thorpe e lhe fazer entender a indecência da situação, que lhe devia ser igualmente imperceptível, pois acreditava que, se não o fizesse, Isabella poderia acabar indo a Clifton no dia seguinte, apesar do que se passara. O sr. Allen, no entanto, a desencorajou de fazer tal coisa.

— Fará melhor não se intrometendo, minha querida; ela tem idade suficiente para saber bem o que faz e, se não sabe, tem uma mãe para aconselhá-la. A sra. Thorpe é indulgente demais, não resta dúvida, mas será melhor não interferir. Se ela e James querem tanto ir, a senhorita vai apenas se indispor com eles.

Catherine condescendeu e, embora lamentasse pensar que Isabella estivesse agindo mal, sentiu grande alívio por ter sua própria conduta aprovada pelo sr. Allen, e verdadeiramente regozijou-se ao se ver salva, pelos conselhos dele, do perigo de incorrer ela mesma em tal erro. Ter escapado do grupo que iria a Clifton era de fato uma salvação; pois o que pensariam os Tilney se ela tivesse rompido a promessa que lhes fizera e em seguida participasse de algo que era errado em si, se tivesse cometido uma violação de decoro apenas para se tornar culpada por outra?

Capítulo 14

A MANHÃ SEGUINTE ESTAVA bonita, e Catherine quase esperava um novo ataque por parte dos excursionistas. Com o sr. Allen para lhe dar apoio, tal possibilidade não lhe causava medo, mas ela preferia ser poupada de uma disputa na qual a vitória era dolorosa em si, e sentiu profundo júbilo, consequentemente, por não vê-los nem ouvir falar deles. Os Tilney vieram buscá-la na hora marcada; e sem surgimento de novas dificuldades, sem recordações repentinas, sem convocação inesperada ou qualquer intromissão impertinente que malograsse suas providências, minha heroína foi, extraordinariamente, capaz de honrar seu compromisso, muito embora o próprio herói estivesse envolvido. Eles resolveram andar pelo entorno de Beechen Cliff, aquela nobre colina que, com sua formosa vegetação e seus matagais suspensos, propicia um belo panorama em quase todas as janelas de Bath.

– Nunca olho para a colina – disse Catherine, enquanto caminhavam ao longo do rio – sem pensar no sul da França.

– A senhorita já esteve no estrangeiro, então? – perguntou Henry, um pouco surpreso.

– Não! Eu me refiro a coisas que já li. Sempre me vem à mente a região que Emily e seu pai percorreram, em *Os mistérios de Udolpho*. Mas ouso dizer que o senhor nunca lê romances.

– Por quê?

– Porque eles não são inteligentes o bastante para o senhor. Cavalheiros preferem leituras melhores.

– A pessoa que não sente prazer com um bom romance, seja cavalheiro ou dama, só pode ser intoleravelmente estúpida. Li todas as obras da sra. Radcliffe, e a maioria delas com grande prazer. *Os mistérios de Udolpho*, uma vez que o comecei, não pude mais deixá-lo de lado. Lembro que o terminei em dois dias... com os cabelos em pé o tempo todo.

– Sim – acrescentou a srta. Tilney –, e lembro que você se comprometeu a ler o livro em voz alta para mim e, quando tive de sair por apenas cinco minutos para responder um bilhete, em vez de esperar por mim você levou o livro para o passeio do eremitério, e fui obrigada a esperar até que você o terminasse.

– Obrigado, Eleanor, pelo testemunho enobrecedor. Perceba, srta. Morland, o quanto suas suspeitas são injustas. Ali estava eu, em minha avidez por seguir em frente, sequer admitindo esperar cinco minutos por minha irmã, desfazendo minha promessa de ler o livro em voz alta e mantendo sua curiosidade em suspenso, num trecho interessantíssimo, ao cometer o crime de fugir com o volume, o qual, observe bem, pertencia a ela, exclusivamente a ela. Sinto orgulho ao pensar no caso, e creio que a senhorita terá uma opinião mais favorável a meu respeito.

— Fico muito feliz ao saber disso, e agora jamais sentirei vergonha por gostar pessoalmente de *Udolpho*. Mas sempre pensei, de fato, que os rapazes desprezassem estupendamente os romances.

— *Estupendamente*, sim, é sem dúvida *estupendo* esse desprezo, porque eles leem quase tantos romances quanto as mulheres. Eu mesmo já li centenas e centenas. Não pense que pode competir comigo em conhecimento sobre Julias e Louisas. Se avançássemos para pormenores e levássemos adiante as intermináveis inquirições do tipo "Já leu este?", "Já leu aquele?", eu logo a deixaria para trás tanto quanto... como posso dizer... quero uma comparação apropriada... tanto quanto sua amiga Emily, ela mesma, quando partiu com a tia para a Itália, deixando para trás o pobre Valancourt. Considere quantos anos eu tenho de vantagem. Quando iniciei meus estudos em Oxford, a senhorita não passava de uma boa menininha confeccionando seus primeiros bordados!

— Não tão boa assim, eu receio. Mas, realmente, o senhor não concorda que *Udolpho* é o livro mais perfeito do mundo?

— Perfeito? Suponho que a senhorita quis dizer "bem-acabado". Isso dependerá da encadernação.

— Henry — disse a srta. Tilney —, você é muito impertinente. Srta. Morland, ele trata a própria irmã com procedimento idêntico. Está sempre me censurando por alguma incorreção de linguagem, e agora toma a mesma liberdade em relação à senhorita. A palavra "perfeito", empregada como foi, não pareceu conveniente a ele, e seria melhor escolher outra assim que possível, ou seremos esmagadas com Johnson e Blair durante todo o caminho.

— Estou certa — exclamou Catherine — de que não quis dizer nada de errado, mas *é* um livro perfeito, e por qual motivo eu não deveria usar a palavra?

— A senhorita tem toda a razão — disse Henry —, e o dia está perfeito, e estamos fazendo um passeio perfeito, e vocês duas são moças perfeitas. Ah! É uma palavra perfeita, de fato! Serve para tudo. Originalmente, talvez, ela fosse utilizada apenas para expressar exatidão, plenitude, acabamento, correção. As pessoas compravam um traje perfeitamente acabado, ou eram perfeitas em suas resoluções. Agora, porém, essa única palavra abrange qualquer tipo de louvor em qualquer assunto.

— Na verdade — exclamou sua irmã —, ela deveria ser aplicada apenas a você, sem qualquer espécie de louvor. Você se comporta com muita perfeição e pouca sabedoria. Srta. Morland, deixemos que ele medite o quanto quiser sobre os nossos indesculpáveis deslizes nas normas da fala e enalteçamos *Udolpho* com os termos que forem do nosso agrado. É uma obra interessantíssima. A senhorita gosta desse tipo de leitura?

– Para dizer a verdade, não gosto muito de nenhum outro tipo.
– Não diga!
– Bem, às vezes leio poesia, drama, coisas assemelhadas, e também não tenho aversão por relatos de viagens. Mas por história, pela história real e solene, não consigo me interessar. A senhorita consegue?
– Sim, tenho muito apreço por história.
– Gostaria de poder dizer o mesmo. Leio um pouco por dever, mas os textos não me dizem nada que não seja cansativo ou irritante. As rixas de papas e reis, com guerras ou pestilências em todas as páginas; os homens sempre tão imprestáveis, e praticamente nenhuma mulher... é ao extremo enfadonho. Mas muitas vezes me parece estranho que a história seja tão insípida, porque grande parte só pode ser invenção. As palavras que são colocadas na boca dos heróis, seus pensamentos e projetos... a maior parte disso tudo só pode ser invenção, e a invenção é o que me encanta nos outros livros.
– Historiadores, a senhorita crê – disse Eleanor –, não são felizes em seus voos imaginativos. Criam fantasias sem despertar interesse. Tenho apreço por história e fico satisfeita o bastante se o falso vem acompanhado pelo verdadeiro. Nos fatos mais importantes, eles dispõem de fontes de informação em histórias e registros anteriores, que podem ser tão confiáveis, suponho, quanto qualquer coisa que não tenha sido de fato testemunhada pessoalmente; e quanto aos pequenos embelezamentos de que a senhorita fala, são embelezamentos, e gosto deles como tais. Se um discurso é bem-composto, eu o leio com prazer, pouco importando quem seja seu autor; e o prazer é provavelmente muito maior quando se trata de uma criação do sr. Hume ou do sr. Robertson, em vez das palavras genuínas de Carataco, Agrícola ou Alfredo, o Grande.
– A senhorita gosta de história! O sr. Allen e o meu pai também gostam; e tenho dois irmãos que se interessam pelo tema. É notável que existam tantos casos em meu pequeno círculo de amigos! Pensando bem, não voltarei a ter pena dos historiadores. Se as pessoas gostam de ler seus livros, tudo se justifica, mas passar tanto trabalho compondo enormes volumes, os quais, eu costumava pensar, ninguém jamais abriria de vontade própria, e labutar apenas em nome do tormento de meninos e meninas, isso sempre me pareceu ser um destino cruel; e embora saiba que é tudo muito correto e necessário, já refleti muitas vezes sobre a coragem da pessoa que é capaz de tal dedicação.
– Que meninos e meninas precisam ser atormentados – disse Henry – é algo que não pode ser negado por ninguém que tenha uma mínima familiaridade com a natureza humana em estado civilizado. Em nome de nossos mais ilustres historiadores, porém, devo observar que eles poderão muito

bem se sentir ofendidos com a suposição de que não possuem objetivo mais elevado; por método e por estilo, são perfeitamente qualificados para atormentar leitores de raciocínio muito mais avançado, do mais maduro período da vida. Utilizo o verbo "atormentar" em vez de "instruir", assim como faz a senhorita, segundo observei, supondo que os dois possam ser admitidos, agora, como sinônimos.

– O senhor me toma por tola porque considero instrução e tormento a mesma coisa. Entretanto, se estivesse acostumado, como eu, a ouvir pobres criancinhas primeiro aprendendo o alfabeto e então aprendendo a soletrar, se alguma vez tivesse visto como elas podem ficar entorpecidas durante uma manhã inteira, e o quanto minha mãe fica cansada no final, como costumo ver quase todos os dias de minha vida em casa, o senhor admitiria que as palavras "atormentar" e "instruir" podem ser usadas, às vezes, como sinônimas.

– Muito provavelmente. Mas os historiadores não são responsáveis pela dificuldade de aprender a ler, e até mesmo a senhorita, que não parece ser particularmente afeita a um devotamento muito severo, muito intenso, talvez possa ser levada a reconhecer que é muitíssimo vantajoso sermos atormentados por dois ou três anos de nossa vida quando a recompensa é sermos capazes de ler pela vida inteira. Considere: se a leitura não fosse ensinada, a sra. Radcliffe teria escrito em vão, ou talvez nem tivesse chegado a escrever.

Catherine concordou – e um caloroso panegírico seu, sobre os méritos daquela dama, encerrou o assunto. Os Tilney logo se engajaram em outro, sobre o qual ela nada tinha a dizer. Eles admiravam os arredores com os olhos de pessoas acostumadas ao desenho e avaliavam, com toda a vivacidade do bom gosto, o quanto o cenário merecia ser retratado. Aqui, Catherine se viu um tanto perdida. Ela não sabia nada sobre desenho – nada sobre bom gosto; e ouvia aquela conversa com uma atenção que lhe trazia pouco benefício, pois eles empregavam argumentos que mal lhe transmitiam alguma ideia. O pouco que pôde compreender, no entanto, pareceu contradizer as pouquíssimas noções que ela tinha sobre o tema. Aparentemente, o topo de uma colina alta já não proporcionava um bom panorama, e um céu claro e azul já não era prova de que o dia estava bonito. Catherine sentiu profunda vergonha de sua ignorância. Uma vergonha equivocada. Quando as pessoas desejam se aproximar de outras, deveriam sempre se manter ignorantes. Exibir uma mente bem-informada é exibir uma incapacidade de administrar a vaidade dos outros, algo que uma pessoa sensata desejaria evitar a todo custo. Uma mulher, especialmente, se tiver a infelicidade de saber alguma coisa, deveria esconder tal fato tão bem quanto possível.

As vantagens da tolice natural em uma bela garota já foram estabelecidas pela pena superior de uma autora irmã, e ao tratamento que ela dispensa ao assunto acrescentarei apenas, para fazer justiça aos homens, que, embora aos olhos da maioria frívola do sexo a imbecilidade seja um grande realce para os encantos pessoais femininos, existem alguns que são eles mesmos racionais e bem-informados demais para que desejem mais do que ignorância em uma mulher. Mas Catherine não era ciente de suas próprias vantagens – não era ciente de que uma garota de boa aparência, com um coração afetuoso e uma mente muito ignorante, jamais deixará de atrair um jovem inteligente, a menos que as circunstâncias sejam particularmente desfavoráveis. No caso presente, ela confessou e lamentou sua carência de conhecimento, declarou que daria qualquer coisa no mundo para ser capaz de desenhar. Seguiu-se imediatamente uma aula sobre o pitoresco, na qual as instruções do sr. Tilney eram tão claras que Catherine logo começou a enxergar beleza em tudo o que era admirado por ele, e sua atenção era tão intensa que Tilney ficou perfeitamente satisfeito ao constatar que ela dispunha de uma grande dose de bom gosto natural. Henry falou sobre primeiros planos, distâncias e segundas distâncias, cantos de tela e perspectivas, luzes e sombras, e Catherine era uma aluna tão promissora que, quando eles ganharam o topo de Beechen Cliff, ela voluntariamente rejeitou toda a cidade de Bath, considerando-a indigna de fazer parte de uma paisagem. Deleitado com o progresso da garota e temendo que pudesse enfastiá-la de uma só vez com sabedoria excessiva, Henry foi se afastando aos poucos do assunto e, numa suave transição, partindo de um fragmento rochoso e de um carvalho sem vida que ele situara no alto de seu panorama, passando para carvalhos em geral, para florestas, cercamento de florestas, terras improdutivas, terras da coroa e o governo, chegou em breve à política; da política, foi fácil passar para o silêncio. A pausa total que sucedeu sua curta especulação sobre o estado da nação foi interrompida por Catherine, que, num tom de voz um tanto solene, pronunciou as seguintes palavras:

– Ouvi dizer que algo realmente muito assombroso vai aparecer em Londres dentro de pouco tempo.

A srta. Tilney, para quem fora principalmente dirigida tal afirmação, sobressaltou-se e retrucou no mesmo instante:

– Não diga! E de que natureza?

– Isso eu não sei dizer, e tampouco sei quem é o autor. Ouvi dizer apenas que será mais horrível do que qualquer coisa que já tenhamos visto.

– Deus do céu! Onde ouviu dizer uma coisa dessas?

– Uma amiga minha soube do caso por uma carta que chegou de Londres ontem. Espera-se que seja excepcionalmente terrível. Prevejo assassinatos e coisas do tipo.

– A senhorita fala com uma serenidade espantosa! Mas espero que as informações de sua amiga tenham sido exageradas; e se um projeto como esse é conhecido de antemão, medidas adequadas serão tomadas pelo governo, sem dúvida, para impedir que ele seja levado a efeito.

– O governo – disse Henry, fazendo esforço para não sorrir – não deseja e tampouco ousa interferir em tais questões. Assassinatos são necessários; o governo não quer saber se são muitos ou poucos.

As damas o encaravam. Ele riu e continuou:

– Ora, devo fazer com que vocês duas se entendam? Ou será melhor que tentem descobrir alguma explicação? Não, serei generoso. Vou provar que sou homem, não menos pela generosidade de minha alma do que pela clareza de minha mente. Não tenho paciência com os integrantes do meu sexo que desdenham se rebaixar, por vezes, ao mundo da compreensão feminina. Talvez as habilidades das mulheres não sejam nem razoáveis e nem aguçadas; nem vigorosas e nem penetrantes. Talvez lhes falte observação, discernimento, bom senso, fogo, gênio e sagacidade.

– Srta. Morland, não preste atenção ao que ele diz, mas tenha a bondade de me esclarecer esse terrível distúrbio.

– Distúrbio? Que distúrbio?

– Minha querida Eleanor, o distúrbio só existe na sua cabeça. Trata-se de uma confusão escandalosa. O acontecimento terrível a que se refere a srta. Morland é apenas uma nova publicação que sairá em breve, com três volumes em formato duodécimo e 276 páginas em cada um, e no frontispício do primeiro duas lápides e uma lanterna, entendeu? Srta. Morland: minha estúpida irmã interpretou mal suas claríssimas expressões. A senhorita falou sobre horrores iminentes em Londres; e em vez de concluir no mesmo instante, como qualquer criatura racional teria feito, que tais palavras só poderiam dizer respeito a uma nova coleção de livros, imediatamente ela imaginou uma turba com três mil homens reunidos em St. George's Fields, o banco atacado, a torre ameaçada, as ruas de Londres transbordando de sangue, um destacamento dos Twelfth Light Dragoons (a esperança da nação) convocado a vir de Northampton para subjugar os insurgentes e o galante capitão Frederick Tilney, arremetendo à frente de sua tropa, derrubado de seu cavalo ao ser atingido por um fragmento de tijolo que foi lançado de uma janela alta. Perdoe tanta estupidez. Os temores da irmã se somaram à fraqueza da mulher, mas ela não é, de modo algum, uma simplória rematada.

Catherine exibia uma expressão séria.

– E agora, Henry – disse a srta. Tilney –, proporcionado o nosso entendimento mútuo, será muito bom se você mesmo puder ser entendido pela srta. Morland; a menos que você queira que ela o veja como alguém que trata a própria irmã com intolerável grosseria e que tem pelas mulheres em geral um desprezo bruto. A srta. Morland não está habituada aos seus modos extravagantes.

— Será uma grande felicidade, para mim, fazer com que ela conheça melhor os meus modos.

— Não duvido, mas isso não serve como explicação no momento.

— Devo fazer o quê?

— Você sabe o que deveria fazer. Diante dela, com delicadeza, apresente o seu verdadeiro caráter. Diga que você tem o mais alto respeito pela inteligência das mulheres.

— Srta. Morland, tenho o mais alto respeito pela inteligência de todas as mulheres do mundo, especialmente no caso daquelas, quem quer que sejam, que por acaso me façam companhia.

— Isso não basta. Fale com mais seriedade.

— Srta. Morland, ninguém tem mais respeito do que eu pela inteligência das mulheres. Em minha opinião, a natureza lhes deu tanto que elas nunca julgam necessário usar mais do que a metade.

— Será impossível ouvir algo mais sério no momento, srta. Morland. Meu irmão não está com disposição para a sobriedade. Mas garanto-lhe que ele jamais estará falando a verdade se disser algo injusto sobre qualquer mulher ou se falar comigo de modo indelicado.

Não foi difícil, para Catherine, acreditar que Henry Tilney fosse incapaz de cometer incorreções. O comportamento dele era por vezes espantoso, mas a intenção devia ser sempre justa; e ela acabava por admirar o que não compreendia quase tanto quanto o resto. O passeio inteiro foi magnífico; embora tenha terminado cedo demais, seu fim foi também magnífico: Catherine entrou em casa acompanhada pelos amigos, e a srta. Tilney, antes da despedida, dirigindo-se de maneira respeitosa tanto à sra. Allen quanto à srta. Morland, manifestou seu desejo de que a jovem lhe desse o prazer de jantar com ela dentro de dois dias. A sra. Allen não opôs nenhuma dificuldade; quanto a Catherine, teve dificuldade apenas em dissimular o excesso de alegria.

A manhã decorrera de forma encantadora para ela, a ponto de extinguir sua antiga amizade e sua natural afeição, pois durante a caminhada não lhe ocorrera nenhum pensamento sobre Isabella ou James. Quando os Tilney se foram, ela voltou a ter consideração pelos dois; tal consideração, entretanto, de nada valeu por algum tempo: a sra. Allen não dispunha de notícias que pudessem suavizar sua inquietação, não ouvira nada a respeito deles. Contudo, mais para o fim da manhã, Catherine, tendo ocasião de sair em busca de uma indispensável jarda de fita que precisava ser comprada com a maior urgência, caminhou até a cidade, e em Bond Street topou com a segunda srta. Thorpe, que se arrastava na direção de Edgar's Buildings, ladeada por duas das mais queridas garotas do mundo, as quais lhe tinham feito adorável companhia por toda a manhã. Por ela, Catherine logo soube que ocorrera de fato a excursão para Clifton.

— Eles partiram hoje às oito — disse a srta. Anne —, e estou certa de que não os invejo pelo passeio. Creio que eu e a senhorita temos muita sorte por estarmos livres desse embaraço. Deve ser a coisa mais enfadonha do mundo, porque não há uma única alma em Clifton nesta época do ano. Belle acompanhou o seu irmão, e John levou Maria.

Catherine declarou que ficava muito satisfeita por saber que o arranjo se dera dessa maneira.

— Sim! — retrucou a outra. — Maria foi com eles. Estava ávida por ir. Pensou que seria algo excelente. Não posso dizer que admiro as preferências dela; e de minha parte, decidi desde o começo que não iria, se chegassem a me pressionar muito.

Catherine, duvidando um pouco disso, não pôde deixar de responder:

— Queria que a senhorita pudesse ter ido. É uma pena que vocês todas não tenham ido.

— Obrigada, mas o assunto é um tanto indiferente para mim. Na verdade, eu não teria ido em hipótese alguma. Era o que eu estava dizendo para Emily e Sophia quando a senhorita nos alcançou.

Catherine ainda não estava convencida; feliz, porém, com o fato de que Anne tivesse como consolo a amizade de Emily e Sophia, despediu-se dela sem maiores incômodos. Voltou para casa satisfeita porque a excursão não fora frustrada por sua recusa em participar e desejando com todas as forças que tudo se passasse muito agradavelmente, de modo que nem James e nem Isabella pudessem continuar se ressentindo de sua resistência.

Capítulo 15

CEDO NO DIA SEGUINTE, um bilhete de Isabella, exprimindo paz e ternura em cada linha e solicitando a imediata presença de sua amiga em função de um assunto da mais extrema importância, arrebatou Catherine, num felicíssimo ânimo de confiança e curiosidade, na direção de Edgar's Buildings. As duas Thorpe mais novas estavam sozinhas na sala de estar; quando Anne saiu para chamar sua irmã, Catherine aproveitou a oportunidade para pedir à outra alguns detalhes da excursão do dia anterior. Maria não poderia desejar prazer maior do que falar a respeito; e Catherine logo soube que se tratara sem dúvida da coisa mais deliciosa do mundo, que ninguém poderia imaginar o quão encantador havia sido o passeio e que tudo se passara de modo inconcebivelmente delicioso. Tais foram as informações dos primeiros cinco minutos; os cinco seguintes revelaram pormenores: que eles seguiram diretamente para o York Hotel, tomaram sopa e encomendaram um jantar antecipado, caminharam até o Salão da Fonte, provaram da água e gastaram alguns xelins em quinquilharias e pedrinhas ornamentais, depois foram tomar sorvete numa confeitaria; correndo de volta para o hotel, engoliram apressadamente o jantar para evitar que voltassem no escuro, e então fizeram um retorno delicioso, no entanto a lua não apareceu e choveu um pouco, e o cavalo do sr. Morland estava tão cansado que mal tinha condições de andar.

Catherine ouvia com franca satisfação. Parecia que o Castelo de Blaize não fora sequer considerado. Quanto a todo o resto, não havia nada que a fizesse se arrepender por um instante sequer. O relato de Maria terminou com uma terna efusão de piedade por sua irmã Anne, a quem descreveu como insuportavelmente ressentida por ter sido excluída do grupo.

– Ela nunca me perdoará, estou certa disso; mas a senhorita certamente me entende, eu não podia evitar. John me obrigou a ir, ele jurou que não a levaria porque ela tem tornozelos grossos. Ouso dizer que ela não estará de bom humor novamente por um mês, mas estou determinada a não ficar aborrecida; não vou perder a serenidade por causa de uma insignificância.

E naquele momento Isabella entrou na sala a passos ávidos, com um semblante feliz e superior que atraiu todas as atenções de sua amiga. Maria foi dispensada sem grande cerimônia, e Isabella, abraçando Catherine, disse o seguinte:

– Sim, minha querida Catherine, é isso mesmo; sua perspicácia não a enganou. Ah, esses seus olhos maliciosos! Eles enxergam através de tudo.

Catherine respondeu apenas com um olhar de ignorância perplexa.

– Não, minha amada, queridíssima amiga – continuou a outra –, componha-se. Estou incrivelmente agitada, como você pode perceber muito bem. Vamos nos sentar e conversar confortavelmente. Bem, então você adivinhou tudo no mesmo instante em que leu meu bilhete? Que criatura astuta! Ah, minha querida Catherine, só você, que conhece o meu coração, pode avaliar minha felicidade neste momento. Seu irmão é o mais encantador de todos os homens. Eu gostaria apenas de ser mais merecedora dele. Mas o que dirão os seus excelentes pai e mãe? Ah, céus! Só de pensar neles fico tão agitada!

Catherine começou a compreender tudo: uma noção da verdade logo surgiu no interior de sua mente; e com o rubor natural de uma emoção tão nova, exclamou:

– Deus do céu! Minha querida Isabella, o que você quer dizer? É possível? É possível que você esteja realmente apaixonada por James?

Essa ousada premissa, porém, ela logo soube, compreendia apenas metade do fato. A ansiosa afeição que ela foi acusada de ter continuamente observado em cada olhar e em cada ação de Isabella tinha, no decorrer da excursão do dia anterior, recebido a deliciosa confissão de um amor recíproco. Seu coração e sua lealdade estavam igualmente devotados a James. Catherine jamais ouvira algo com tanto interesse, deslumbramento e alegria. Seu irmão e sua amiga, noivos! Tais circunstâncias eram inéditas: o acontecimento parecia ser indescritivelmente grandioso, e ela o contemplava como um daqueles grandes eventos dos quais o curso ordinário da vida mal pode proporcionar um retorno. A força de seus sentimentos não podia ser expressada em palavras; a natureza deles, porém, contentou sua amiga. A felicidade de ter uma irmã como aquela foi a primeira das efusões, e as duas belas damas se uniram em abraços e lágrimas de alegria.

Por mais que Catherine se deleitasse sinceramente com a perspectiva daquela união, deve-se reconhecer, todavia, que Isabella foi muito mais longe em suas ternas expectativas.

– Você será infinitamente mais querida para mim, minha Catherine, do que Anne ou Maria: sinto que vou me afeiçoar muito mais à minha querida família Morland do que à minha própria.

Esse era um grau de amizade que escapava à compreensão de Catherine.

– Você é tão parecida com o seu querido irmão – continuou Isabella – que eu acabei me apaixonando por você no primeiro momento em que a vi. Mas é sempre assim comigo; o primeiro momento determina tudo. No primeiro dia em que Morland nos visitou, no Natal, no primeiro momento em que o vi, meu coração estava irrecuperavelmente fisgado. Lembro que usava meu vestido amarelo, com meu cabelo trançado; e quando cheguei à sala de estar e John me apresentou a ele, pensei que jamais tinha visto alguém tão bonito antes.

Aqui, Catherine reconheceu secretamente o poder do amor, pois, embora adorasse muitíssimo seu irmão e fosse parcial a todos os seus encantos, nunca em sua vida o julgara bonito.

– Também me lembro que a srta. Andrews tomou chá conosco naquela noite, usando seu vestido castanho-avermelhado de seda fina, e ela parecia tão divina que pensei que seu irmão com absoluta certeza se apaixonaria por ela. Não fui capaz de dormir direito nem por um segundo, de tanto pensar nisso. Ah, Catherine, as muitas noites insones que enfrentei por causa do seu irmão! Não queria que você sofresse metade do que sofri! Fiquei miseravelmente magra, eu sei. Mas não vou incomodá-la descrevendo minha ansiedade; você já viu mais do que o suficiente. Sinto que eu me traía continuamente, tão imprudente ao falar de minha parcialidade pela igreja! Mas sempre estive certa de que o meu segredo estaria sempre muito bem guardado com *você*.

Catherine considerou que nada poderia ter estado mais seguro; no entanto, envergonhada por causa de uma ignorância um tanto imprevista, não ousou contestar a questão e tampouco recusar que tivesse demonstrado, segundo julgava Isabella, profunda perspicácia e afetuosa simpatia. Seu irmão, ela descobriu, estava se preparando para partir em máxima velocidade para Fullerton a fim de comunicar sua situação e solicitar consentimento; e aqui havia, de certa forma, uma agitação real nos pensamentos de Isabella. Catherine tentou convencê-la, já que ela mesma estava convencida disso, de que seu pai e sua mãe jamais se oporiam aos desejos de James.

– É impossível – ela disse – que existam pais mais bondosos ou que desejem mais felicidade para seus filhos; não tenho dúvida de que consentirão imediatamente.

– Morland diz exatamente a mesma coisa – retrucou Isabella. – E no entanto não ouso esperar por isso. Meu dote será tão pequeno, eles nunca consentirão. E justamente o seu irmão, que poderia se casar com quem quisesse!

Aqui, Catherine discerniu novamente a força do amor.

– Isabella, você é sem dúvida muito humilde. A diferença de dotes não deveria ter a mínima importância.

– Ah, minha doce Catherine, em *seu* generoso coração sei que isso não teria a mínima importância, mas não encontraremos esse mesmo desinteresse em muitas pessoas. Quanto a mim mesma, posso afirmar com certeza que queria apenas que as nossas situações fossem invertidas. Tivesse eu milhões a meu dispor, fosse eu a dona do mundo inteiro, e o seu irmão seria minha única escolha.

Esse sentimento encantador, recomendado tanto pelo sentimento quanto pela novidade, brindou Catherine com uma lembrança muito agradável de todas as heroínas que conhecia; e ela julgou que sua amiga nunca se mostrara mais amável do que no momento em que proferiu aquela grandiosa ideia. "Estou certa de que consentirão" era a sua declaração frequente; "Estou certa de que ficarão maravilhados com você."

– De minha própria parte – disse Isabella –, meus desejos são tão moderados que a menor renda possível seria suficiente para mim. Quando as pessoas são realmente unidas, a pobreza, em si, é uma riqueza; e detesto a grandeza; não moraria em Londres por nada no universo. Um chalé em algum vilarejo remoto seria, para mim, um êxtase. E existem algumas casas de campo encantadoras perto de Richmond.

– Richmond! – exclamou Catherine. – Você precisa morar perto de Fullerton. Você deveria ficar perto de nós.

– Estou certa de que serei muito infeliz se não ficarmos. Se puder ficar perto de *você*, estarei satisfeita. Mas nós estamos discutindo à toa! Não me permitirei pensar em tais coisas até que recebamos a resposta do seu pai. Segundo Morland, se o envio for feito hoje à noite para Salisbury, poderemos tê-la amanhã. Amanhã? Sei que jamais terei coragem para abrir a carta. Sei que morrerei se fizer isso.

Um devaneio sucedeu essa convicção e, quando Isabella falou novamente, foi para especular sobre a qualidade de seu vestido de casamento.

A conversa foi encerrada pelo ansioso namorado em pessoa, que veio dar seu suspiro de despedida antes de partir para Wiltshire. Catherine quis felicitá-lo, mas não soube o que dizer, e sua eloquência se restringiu a seus olhos. Neles, porém, as oito partes do discurso brilharam com muita expressividade, e James pôde facilmente juntá-las. Impaciente pela realização de seus desejos em casa, seu adeus não foi longo, e até seria ainda mais breve, caso ele não fosse constantemente detido pelos urgentes pedidos de sua donzela para que partisse. Duas vezes ele foi chamado, quase da porta, pela ânsia de Isabella por vê-lo partir.

– Sim, Morland, preciso obrigá-lo a sair. Considere a distância que você terá de percorrer. Não suporto vê-lo se demorando tanto. Pelo amor de Deus, não perca mais tempo. Pronto, vá, vá, eu insisto.

As duas amigas, com os corações agora mais unidos do que nunca, não se separaram durante todo o dia, e as horas voaram em projetos de felicidade fraterna. A sra. Thorpe e seu filho, que sabiam de tudo e que pareciam apenas esperar pelo consentimento do sr. Morland, considerando que o noivado de Isabella era a circunstância mais afortunada que se poderia imaginar para a família deles, tiveram permissão de contribuir com seus conselhos e de acrescentar sua cota de olhares significativos e expressões misteriosas, para intensificar a curiosidade que era despertada entre as irmãs mais novas e menos privilegiadas. Catherine, com seus sentimentos puros, julgou que aquela estranha discrição não parecia ser nem bondosa e nem consistente; e ela não teria deixado de apontar o que havia de injusto naquilo se a inconsistência não fosse tão acentuada. Mas Anne e Maria logo tranquilizaram seu coração com a sagacidade de seus "já sei o que é", e a noite se passou numa espécie de guerra de inteligência, numa exibição da engenhosidade da família: de um lado, em torno do mistério de um segredo afetado; de outro, em torno de uma descoberta indefinida; e todas as intuições eram perspicazes.

Catherine estava novamente ao lado de sua amiga no dia seguinte, tentando fortalecer suas esperanças e preencher as muitas horas de tédio que viriam antes da entrega das cartas – um esforço necessário: enquanto se aproximava o horário da mais razoável expectativa, Isabella ia ficando mais e mais desanimada, e, enquanto a carta não chegou, debateu-se num estado de verdadeira perturbação. Quando a carta por fim chegou, no entanto, onde estava a perturbação? "Não tive nenhuma dificuldade em ganhar o consentimento de meus bons pais e obtive a promessa de que farão tudo em seu poder para proporcionar minha felicidade" eram as três linhas iniciais; de um momento para o outro, tudo era segurança e felicidade. O mais radiante brilho espalhou-se instantaneamente pelas feições de Isabella, e já parecia não haver aflição ou ansiedade, seu ânimo quase lhe fugiu ao controle de tão efusivo, e ela disse, sem hesitação, que era agora a mais feliz das mortais.

A sra. Thorpe, com lágrimas de alegria, abraçou sua filha, seu filho, sua visitante, e poderia ter abraçado metade dos habitantes de Bath com grande satisfação. Seu coração transbordava de ternura. Ela pronunciava um "querido John" e um "querida Catherine" a todo instante; "a querida Anne e a querida Maria" deveriam compartilhar de imediato daquela felicidade, e um duplo "querida" precedeu o nome de Isabella, na justa medida do enorme merecimento daquela amada filha. O próprio John não se acovardou em sua manifestação de alegria. Ele não apenas dedicou ao sr. Morland a alta recomendação de ser um dos melhores sujeitos do mundo, como ainda praguejou muitas outras sentenças de louvor a ele.

A carta da qual nascera toda essa felicidade era breve, contendo pouco mais do que aquela declaração de sucesso, e todos os pormenores foram adiados até que James pudesse escrever novamente. Pelos pormenores, porém, Isabella poderia muito bem esperar. O mais necessário estava contido na promessa do sr. Morland. Ele assumira como questão de honra que facilitaria tudo. Quanto aos meios para constituir a renda do casal, se alguma propriedade de terra seria transferida, se alguma reserva de dinheiro lhes seria estendida, essas eram questões que não diziam respeito ao espírito desinteressado da jovem. Ela sabia o suficiente para estar segura de que ocorreria um arranjo honroso e veloz, e sua imaginação alçou um ligeiro voo sobre as felicidades iminentes. Ela se via, ao fim de poucas semanas, sendo observada e admirada por todos os novos conhecidos em Fullerton, sendo invejada por todas as antigas e estimáveis amigas em Putney, com uma carruagem a seu dispor, um novo nome em seus cartões e uma brilhante exibição de anéis em seu dedo.

Quando o conteúdo da carta já estava devidamente averiguado, John Thorpe, que estivera apenas esperando pelas notícias de James para iniciar sua viagem a Londres, preparou-se para partir.

– Bem, srta. Morland – ele disse, ao encontrá-la sozinha na sala de estar –, vim me despedir.

Catherine desejou-lhe uma boa viagem. Aparentando não tê-la ouvido, ele caminhou até a janela, mexeu aqui e ali, cantarolou uma melodia e pareceu estar totalmente absorto.

— O senhor não vai chegar atrasado em Devizes? — perguntou Catherine.

Ele não respondeu; depois de um minuto de silêncio, no entanto, irrompeu assim:

— Uma coisa ótima, essa história de casamento, juro por minha alma! Uma bela ideia por parte de Morland e Belle. Qual é a sua opinião a respeito, srta. Morland? *Eu* digo que não é um mau plano.

— Tenho certeza de que é um plano muito bom.

— É o que pensa? Que franqueza, céus! De todo modo, fico feliz por saber que a senhorita não é inimiga do matrimônio. A senhorita alguma vez ouviu aquela velha canção "Quem vai ao casamento acaba se casando"? Quero dizer, a senhorita vai comparecer ao casamento de Belle, eu espero.

— Sim, prometi à sua irmã que estaria ao lado dela, se possível.

— Então a senhorita sabe — (retorcendo o corpo e forçando um riso tolo) —, quero dizer, a senhorita sabe, poderemos testar a veracidade dessa mesma velha canção.

— Poderemos? Mas eu jamais canto. Bem, desejo uma boa viagem ao senhor. Vou jantar com a srta. Tilney hoje, e preciso voltar para casa.

— Ora, mas que pressa abominável! Quem sabe quando poderemos estar juntos outra vez? A questão é que só estarei de volta daqui a duas semanas, e serão duas semanas longas e infernais para mim.

— Se é assim, por que se ausentar por tanto tempo? — replicou Catherine, constatando que ele aguardava uma resposta.

— É muito gentil de sua parte... gentil e bondoso. Não me esquecerei disso tão cedo. Mas a senhorita tem mais bondade, e tudo mais, do que qualquer pessoa na face da Terra, creio eu. Uma quantidade monstruosa de bondade, e não apenas bondade, mas a senhorita tem tanto, tem um pouco de tudo, e também a senhorita é tão... juro por minha alma, não conheço ninguém como a senhorita.

— Ora essa, existem inúmeras pessoas como eu, ouso dizer, e elas são muitíssimo melhores. Bom dia para o senhor.

— Mas ouça, srta. Morland, farei uma visita em Fullerton o quanto antes, se não for desagradável.

— Pois faça a sua visita, por favor. Meu pai e minha mãe ficarão muito felizes em vê-lo.

— E eu espero... espero que *a senhorita* não lamente me ver.

— Ora essa, de modo algum. Existem pouquíssimas pessoas que eu lamentaria ver. Ter companhia é sempre um prazer.

— É exatamente assim que eu penso. Se eu tiver alguma companhia prazerosa, se apenas puder ter a companhia das pessoas que amo, se puder apenas estar onde quiser e com quem quiser, o resto que vá para o diabo, é o que eu digo. E fico sinceramente feliz ao ouvir o mesmo da senhorita. Mas tenho a impressão, srta. Morland, de que nós dois pensamos de modo muito semelhante na maioria dos assuntos.

– É possível; mas nunca cheguei a pensar tanto a respeito. E quanto à *maioria dos assuntos*, para dizer a verdade, não há muitos sobre os quais eu saiba bem o que pensar.

– Por Deus, comigo ocorre o mesmo. Não é do meu feitio quebrar a cabeça com problemas que não me dizem respeito. Minha noção das coisas é bastante simples. Se eu puder ter a garota da qual gosto, com uma casa confortável sobre a minha cabeça, pouco me importa todo o resto. Riqueza não é nada. Estou certo de que terei uma boa renda; e se ela não tiver nem um pêni, tanto melhor.

– Eis uma verdade. Nesse ponto, eu penso como o senhor. Se existe uma riqueza de um lado, não há necessidade de mais uma do outro. Não importa quem a tenha, desde que seja suficiente. Detesto a ideia de uma grande riqueza procurando por outra. E casar por dinheiro, em minha opinião, é a coisa mais perversa que pode existir. Bom dia. Ficaremos muito felizes recebendo o senhor em Fullerton, quando lhe for conveniente.

E Catherine foi embora. Detê-la por mais tempo já não estava ao alcance de todas as seduções de John Thorpe. Com as notícias que Catherine tinha para comunicar, e com a visita para a qual devia se preparar, sua partida não podia ser atrasada por nenhuma insistência que ocorresse ao rapaz; e ela afastou-se às pressas, deixando Thorpe sozinho na inabalável certeza de seu próprio discurso venturoso e de um explícito encorajamento por parte dela.

A agitação que ela experimentara, ao tomar conhecimento do noivado de seu irmão, a fez imaginar que o sr. e a sra. Allen sentiriam uma emoção igualmente considerável quando soubessem do maravilhoso acontecimento. Como foi grande a sua frustração! O importante enlace, introduzido por muitas palavras de preparação, já era previsto por eles desde a chegada do irmão dela; e tudo o que sentiram, na ocasião, foi expressado num desejo pela felicidade dos dois jovens, com uma observação, por parte do cavalheiro, em louvor à beleza de Isabella, e outra, por parte da dama, sobre a grande sorte da garota. Tratou-se, para Catherine, da mais surpreendente insensibilidade. Causou alguma emoção na sra. Allen, porém, a revelação do grande segredo de que James partira para Fullerton no dia anterior. Ela não foi capaz de ouvir aquilo com perfeita calma e repetidamente lamentou a necessidade de que a informação tivesse sido escondida; desejou que pudesse ter sido avisada da intenção do rapaz e que pudesse tê-lo visto antes de sua partida, já que certamente o teria importunado com atenciosas saudações para seu pai e sua mãe, e com gentis cumprimentos para toda a família Skinner.

Capítulo 16

Catherine esperou que sua visita em Milsom Street fosse lhe proporcionar um prazer desmedido, de modo que uma frustração era inevitável. Consequentemente, embora o general Tilney a tivesse recebido de forma muito amável, embora a filha dele tivesse lhe dedicado muita gentileza, embora Henry estivesse em casa e não houvesse ninguém mais do grupo deles, ela considerou, ao retornar para casa, sem perder muitas horas no exame de seus sentimentos, que se dirigira ao compromisso preparando-se para uma felicidade que não encontrara. Em vez de descobrir uma intimidade mais aprofundada com a srta. Tilney em relação ao intercurso do dia, pareceu-lhe que essa intimidade seguia sendo praticamente a mesma; em vez de encontrar Henry em condições mais vantajosas do que nunca, na tranquilidade do ambiente familiar, ocorreu que ele nunca falara tão pouco nem fora tão pouco agradável; e apesar das grandes amabilidades do general – apesar dos agradecimentos, convites e cumprimentos –, Catherine sentira-se aliviada ao se ver longe dele. A explicação para tudo isso era um mistério. A culpa não podia ser do general. Não se podia duvidar de que ele era perfeitamente agradável e bondoso, um homem absolutamente encantador, pois era alto e bonito, e pai de Henry. *Ele* não podia ser responsabilizado pela apatia dos filhos ou pelo fato de sua companhia não a deixar muito à vontade. Catherine esperava que a primeira questão fosse acidental, e a segunda ela só podia atribuir à sua própria estupidez. Isabella, ao tomar conhecimento dos pormenores da visita, deu uma explicação diferente: "Foi tudo por orgulho, orgulho, uma altivez e um orgulho insuportáveis!". Ela havia muito suspeitava de que se tratava de uma família arrogante, e agora estava tudo provado. Nunca em sua vida ela tinha ouvido falar de uma insolência como a da srta. Tilney! Não fazer as honras da casa com um mínimo de boa educação! Tratar sua convidada com tamanha soberba, mal falando com ela!

– Mas não foi tão ruim assim, Isabella. Não houve soberba, ela foi muito gentil.

– Ah, não a defenda! E o irmão, então, que parecia gostar tanto de você! Deus do céu! Bem, os sentimentos de certas pessoas são incompreensíveis. E então ele mal olhou para você durante todo o dia?

– Eu não diria isso, mas ele não parecia estar muito animado.

– Que desprezível! De todas as coisas no mundo, tenho aversão pela inconstância. Imploro que nunca mais pense nele, minha querida Catherine, pois ele é sem dúvida indigno de você.

– Indigno? Não me parece que ele sequer chegue a pensar em mim.

— É precisamente isso o que estou dizendo: ele jamais pensou em você. Quanta volubilidade! Ah! Que diferença em relação ao seu irmão e ao meu! Eu realmente acredito que John tenha um coração mais constante.

— Mas quanto ao general Tilney, eu lhe asseguro que era impossível que qualquer pessoa me tratasse com mais cortesia e atenção. Parecia que seu único cuidado era me divertir e me fazer feliz.

— Ah, até onde sei, ele não é má pessoa; não creio que seja orgulhoso. Acredito que seja um perfeito cavalheiro. John tem muita consideração por ele, e a opinião de John...

— Bem, verei como se portam comigo esta noite; vamos certamente encontrá-los nos salões.

— E eu devo ir?

— Você não pretende ir? Pensei que isso já estivesse decidido.

— Ora, já que é tão importante para você, não posso lhe recusar nada. Mas não me obrigue a ser muito agradável, porque o meu coração, você sabe, estará quarenta milhas distante. E quanto a dançar, nem fale nisso, eu imploro, está *fora* de questão. Charles Hodges vai me aborrecer até a morte, ouso dizer, mas vou cortar suas garras o quanto antes. Há uma chance de dez contra um de que ele adivinhe o motivo, e é precisamente isso o que eu quero evitar, de forma que farei o possível para que ele guarde suas conjecturas para si mesmo.

A opinião de Isabella sobre os Tilney não influenciou sua amiga. Ela estava convencida de que não houvera insolência nos modos do irmão ou da irmã e não acreditava que houvesse qualquer orgulho em seus corações. A noite recompensou sua confiança; a irmã tratou-a com a mesma gentileza de sempre, e o irmão com a mesma atenção: a srta. Tilney se esforçou para ficar ao lado dela, e Henry convidou-a para dançar.

Tendo ouvido no dia anterior, em Milsom Street, que o irmão mais velho deles, o capitão Tilney, era esperado para chegar a qualquer momento, Catherine estava certa de que aquele nome só podia pertencer a um rapaz muito elegante e bonito que ela nunca vira, e que agora, evidentemente, fazia parte do grupo deles. Ela o observou com grande admiração e pensou até mesmo que algumas pessoas o pudessem considerar mais bonito que o irmão, embora, aos olhos dela, o seu aspecto fosse mais presunçoso, e as feições, menos cativantes. Seus gostos e suas maneiras eram sem sombra de dúvida inferiores, pois, ao alcance dos ouvidos de Catherine, ele não apenas rechaçou qualquer hipótese de que fosse dançar, como também riu de Henry, que julgou que a possibilidade existia. Por esta última circunstância se pode presumir que, qualquer que fosse a opinião de nossa heroína a respeito do cavalheiro, a admiração dele por ela não era de natureza muito perigosa, nada que pudesse gerar animosidade entre os irmãos ou perseguições à dama. *Ele* não pode ser o instigador dos três vilões em casacos de cocheiro pelos quais ela será forçada a entrar numa carruagem de quatro cavalos que partirá com velocidade inacreditável. Catherine, enquanto isso, intocada pelos pressentimentos de tamanha desgraça, ou de qualquer desgraça que não fosse a duração muito breve de uma dança, desfrutou de sua habitual felicidade com Henry Tilney, ouvindo com olhos reluzentes tudo o que ele dizia. Julgando Tilney irresistível, julgou que ela mesma o era também.

Ao fim da primeira dança, o capitão Tilney se aproximou deles outra vez e, para grande insatisfação de Catherine, puxou o irmão consigo e se afastou. Os dois se retiraram sussurrando; e embora sua delicada sensibilidade não tenha se alarmado logo, tomando como fato que o capitão Tilney devia ter ouvido alguma malévola falsidade a respeito dela, algo que agora ele se apressava em comunicar ao irmão com a esperança de separá-los para sempre, ela não podia ter Henry longe de vista sem experimentar sensações muito desconfortáveis. Seu suspense teve uma duração de cinco minutos completos, mas ela já estava pensando que um longo quarto de hora havia passado quando ambos retornaram, e então surgiu uma explicação: Henry lhe perguntou se julgava que sua amiga, a srta. Thorpe, tinha alguma objeção em dançar, visto que o irmão dele teria muito prazer em ser apresentado à garota. Catherine, sem hesitação, respondeu que tinha certeza absoluta de que a srta. Thorpe não aceitaria dançar. A cruel resposta foi repassada ao outro, que foi embora imediatamente.

– O seu irmão não se importará, eu sei – disse ela –, porque o ouvi dizendo, faz pouco, que detestava dançar. Mas foi muito bondoso, da parte dele, ter pensado nisso. Suponho que viu Isabella sentada e imaginou que minha amiga pudesse precisar de um par; mas ele está um tanto enganado, porque ela não dançaria por nada no mundo.

Henry sorriu e disse:

– Como é possível que a senhorita se esforce tão pouco para compreender os motivos das ações dos outros?

– Por quê? O que o senhor está querendo dizer?

– Com a senhorita não é "Como determinada pessoa poderá ser influenciada?" ou "Qual é a persuasão que mais provavelmente vai agir sobre os sentimentos de uma pessoa em sua idade e situação, levados em consideração seus presumíveis hábitos na vida?", e sim "Como serei *eu* influenciada?", "De que modo *eu* seria persuadida a agir assim e assim?"

– Não compreendo.

– Então estamos em termos muitos desiguais, porque eu a compreendo perfeitamente bem.

— A mim? Sim, pois não sei falar suficientemente bem a ponto de me tornar ininteligível.

— Bravo! Uma excelente sátira da linguagem moderna.

— Mas, por favor, explique-me o que o senhor quer dizer.

— Devo fazê-lo? Deseja mesmo isso? Mas a senhorita não está ciente das consequências. Isso lhe trará um embaraço muito cruel, e certamente haverá um desentendimento entre nós.

— Não, não; não será uma coisa nem outra; não estou com medo.

— Pois bem, eu só quis dizer que o fato de a senhorita ter atribuído o desejo do meu irmão de dançar com a srta. Thorpe a uma mera bondade me convenceu de que a senhorita é superior, em bondade, a todo o resto do mundo.

Catherine corou e fez objeção, e as suposições do cavalheiro foram confirmadas. Alguma coisa nas palavras dele, porém, amenizou a dor da confusão; e isso ocupou sua mente de tal modo que ela se manteve alheia por algum tempo, esquecendo-se de responder e de ouvir, quase esquecendo onde estava. Então foi acordada pela voz de Isabella, ergueu o olhar e a viu com o capitão Tilney, preparando-se para lhe dar as mãos.

Isabella encolheu os ombros e sorriu, a única explicação que podia ser dada, naquele momento, para uma mudança tão extraordinária. No entanto, como aquilo não era suficiente para que ela fosse compreendida, Catherine revelou seu assombro para seu parceiro, em termos muito claros:

— Não sei como isso pode ter acontecido! Isabella estava tão determinada a não dançar.

— E Isabella nunca mudou de ideia antes?

— Oh! Porque... E o seu irmão! Se o senhor contou a ele o que eu disse, como ele se atreveu a convidá-la?

— Não posso me surpreender por causa dele. A senhorita espera que eu me surpreenda com o procedimento de sua amiga, e já estou surpreendido. Quanto ao meu irmão, por outro lado, devo admitir que sua conduta nesse caso, não é diferente do que acredito que ele seja perfeitamente capaz de fazer. A beleza de sua amiga era uma atração incontornável, e a firmeza dela, veja bem, só poderia ser compreendida pela senhorita.

— O senhor está rindo; mas asseguro-lhe que Isabella é muito firme, em geral.

— Pode-se dizer o mesmo de qualquer outra pessoa. Ser sempre firme significa muitas vezes ter persistência. O verdadeiro teste é saber quando se pode relaxar de modo apropriado; e sem me referir ao meu irmão, realmente acredito que a srta. Thorpe não fez mal escolhendo o presente momento.

As duas amigas não tiveram condições de se reunir para uma conversa mais confidencial antes que a dança estivesse terminada. Então, enquanto caminhavam pelo salão de braços dados, Isabella se explicou da seguinte maneira:

– Não me admiro com o seu espanto, e de fato estou morta de cansaço. Ele simplesmente não para de falar! Seria até bastante divertido, se minha mente não estivesse em outro lugar; mas eu teria feito qualquer coisa para poder apenas sentar quieta.

– Então por que não sentou?

– Ah! Minha querida! Teria chamado tanta atenção; e você sabe o quanto eu detesto que algo assim aconteça. Recusei até onde me foi possível, mas ele não aceitava respostas negativas. Você não faz ideia de como ele insistiu. Pedi a ele que me desculpasse e que fosse arranjar outra parceira; mas não, ele não, pois uma vez que minha mão era a escolhida, ele não conseguia pensar em mais ninguém em todo o salão; e ele não queria apenas dançar, queria ficar *comigo*. Ah! Quanta tolice! Eu afirmei que ele havia lançado mão de um método muito ineficaz para me convencer, porque não há nada no mundo que eu deteste mais do que belas palavras e elogios, e então... então constatei que eu não teria paz se não me levantasse. Além disso, pensei que a sra. Hughes, que o apresentou para mim, poderia se ressentir se não o fizesse; e o seu querido irmão, Catherine, tenho certeza de que não gostaria que eu ficasse a noite inteira sentada. Estou tão feliz que a dança tenha terminado! Fiquei um tanto esgotada ouvindo as tolices dele; além disso, sendo ele um sujeito tão elegante, vi que todos os olhares estavam sobre nós.

– Ele é de fato muito bonito.

– Bonito? Sim, suponho que seja. Ouso dizer que as pessoas em geral provavelmente o admiram, mas ele não se encaixa de maneira nenhuma em meu modelo de beleza. Detesto compleição rosada e olhos escuros num homem. Entretanto, ele não se sai nada mal. Estupendamente presunçoso, tenho certeza. Eu o coloquei em seu devido lugar várias vezes, você sabe, a meu modo.

Quando as jovens damas voltaram a se encontrar, tinham um assunto bem mais importante para discutir. Fora então recebida a segunda carta de James Morland; as boas intenções de seu pai ganharam explicação completa. Um benefício eclesiástico anual de cerca de quatrocentas libras, do qual o sr. Morland era ele mesmo patrocinador e beneficiado, seria repassado ao filho assim que ele tivesse idade suficiente para recebê-lo; não se tratava de uma redução insignificante dos rendimentos da família, não era uma doação avara para um entre dez filhos. Uma propriedade de valor semelhante, além disso, foi assegurada como herança futura para o rapaz.

James expressou-se na ocasião com adequada gratidão; e a necessidade de esperar mais dois ou três anos antes que pudessem se casar, apesar de indesejada, não era mais do que algo já esperado, e foi tolerada por ele sem descontentamento. Catherine, cujas expectativas tinham sido tão indefinidas quanto suas ideias sobre os rendimentos do pai e cujo discernimento era agora inteiramente induzido por seu irmão, sentiu-se igualmente satisfeita e sinceramente congratulou Isabella, na medida em que tudo se encontrava tão bem arranjado.

– É magnífico, sem dúvida – disse Isabella, com expressão séria.

– O sr. Morland se comportou maravilhosamente bem, sem dúvida – disse a gentil sra. Thorpe, olhando com ansiedade para a filha. – Eu apenas gostaria de poder fazer o mesmo! Não se pode esperar mais dele, não é? Se mais tarde ele considerar que *pode* fazer mais, ouso dizer que fará, pois estou certa de que ele deve ser um homem de excelente coração. Quatrocentas libras é de fato uma renda pequena para se começar, mas os seus desejos são tão moderados, minha querida Isabella, que você nem leva em consideração o quão pouco deseja.

– Não é por minha causa que desejo mais. Mas não posso suportar que isso seja motivo de dor para o meu querido Morland, que ele tenha de lidar com uma renda que dificilmente corresponde às necessidades comuns da vida. Para mim mesma, isso não quer dizer nada; jamais penso em mim mesma.

– Eu sei que não pensa, minha querida; e você sempre encontrará recompensa na afeição que, por isso, todos sentem por você. Nunca houve uma garota que fosse tão amada, como você é, por todos que a conhecem; e ouso dizer que quando o sr. Morland a conhecer, minha querida filha... Mas não aborreçamos a nossa querida Catherine falando de tais coisas. O sr. Morland se comportou de maneira tão maravilhosa, não é mesmo? Sempre ouvi dizer que ele era um homem excelente; e você sabe, minha querida, não devemos ficar fazendo suposições, mas, se você tivesse um dote razoável, ele acabaria oferecendo um tanto mais, pois estou certa de que ele é um homem muito generoso.

– Ninguém tem mais consideração pelo sr. Morland do que eu, tenho certeza. Mas todas as pessoas têm suas falhas, não é mesmo, e todos têm o direito de fazer o que quiserem com seu próprio dinheiro.

Catherine sentiu-se magoada com as insinuações.

– Tenho absoluta certeza – disse ela – de que o meu pai prometeu fazer o máximo a seu alcance.

Isabella reconsiderou:

– Quanto a isso, minha doce Catherine, não pode haver dúvida, e você me conhece bem o bastante para saber que eu ficaria satisfeita até mesmo com uma renda bem menor. Não é a vontade de ter mais dinheiro o que me deixa um pouco abatida no momento; detesto dinheiro; e se a nossa união pudesse ser realizada agora com apenas cinquenta libras ao ano, todos os meus desejos seriam correspondidos. Ah, minha Catherine, você leu minha alma. Eis o que me machuca. Os longos, longos, intermináveis dois anos e meio que deverão se passar até que o seu irmão possa dispor da renda.

– Sim, sim, minha amada Isabella – disse a sra. Thorpe –, enxergamos perfeitamente o que se passa no seu coração. Você não consegue disfarçar. Entendemos bem qual é a perturbação; e todos sentirão ainda mais amor por você, por essa afeição tão honesta e nobre.

Os sentimentos desconfortáveis de Catherine começaram a se amenizar. Ela tentou acreditar que a demora do casamento era o único motivo para o pesar de Isabella; e quando a viu no encontro seguinte, alegre e cordial como sempre, tentou esquecer que havia por um minuto pensado de outro modo. James chegou não muito depois de sua carta, e foi recebido com a mais gratificante amabilidade.

Capítulo 17

OS ALLEN HAVIAM ENTRADO agora em sua sexta semana de permanência em Bath. Eles discutiram por algum tempo se deveria ser a última, um impasse ao qual Catherine prestou atenção com coração palpitante. Ter sua amizade com os Tilney encerrada tão cedo era um malefício que nada poderia compensar. Toda a sua felicidade parecia estar a perigo enquanto o assunto se manteve em suspense, e sua segurança foi restabelecida quando se determinou que os aposentos seriam alugados por mais duas semanas. O que esses quinze dias adicionais poderiam vir a lhe proporcionar, além do prazer de ver às vezes Henry Tilney, correspondia a não mais do que uma pequena parte das especulações de Catherine. Uma ou duas vezes, de fato, quando o noivado de James lhe mostrou o que *podia* acontecer, ela chegou até mesmo a se deixar levar por um secreto "talvez". Em geral, porém, a felicidade de estar com ele limitava, no momento, suas perspectivas: o presente significava agora três semanas a mais, e sua felicidade estava assegurada por todo esse período, o restante de sua vida estando a tal distância que despertava muito pouco interesse. No decorrer da manhã na qual foi decidido esse arranjo, Catherine visitou a srta. Tilney e falou impetuosamente de seus jubilosos sentimentos. Aquele dia estava condenado a ser um dia de provação. Ela tinha acabado de manifestar o deleite que lhe causava a permanência estendida do sr. Allen quando a srta. Tilney lhe disse que o general acabara de se decidir por deixar Bath ao fim de mais uma semana. Um golpe duro! O suspense experimentado na manhã se mostrava moderado e suave se comparado à frustração que surgia agora. O rosto de Catherine se fechou e, com uma voz que exprimia a mais sincera aflição, ela repetiu as palavras finais da srta. Tilney: "Ao fim de mais uma semana!".

– Sim, meu pai resiste em dar às águas o que, a meu ver, seria uma justa avaliação. Ele ficou desapontado porque alguns dos amigos que esperava encontrar não puderam vir e, como está muito bem agora, está com pressa de voltar para casa.

– Lamento muito – disse Catherine, com desânimo. – Se eu soubesse disso antes...

– Talvez – disse a srta. Tilney, de uma maneira um tanto constrangida – a senhorita queira ser muito boa comigo, e me faria tão feliz se...

A entrada de seu pai interrompeu a amabilidade pela qual Catherine esperava, na qual deveria ser manifestado o desejo de que as duas se correspondessem. Depois de se dirigir a ela com sua polidez habitual, ele se voltou para a filha e disse:

– Bem, Eleanor, posso felicitá-la por ter obtido êxito no pedido que fez à sua bela amiga?

– Eu estava começando a fazer o pedido quando o senhor entrou.

– Bem, siga em frente, por favor. Sei o quanto seu coração o deseja. Minha filha, srta. Morland – ele continuou, sem permitir que sua filha tivesse tempo para falar –, vem considerando um desejo muito ousado. Deixaremos Bath, como provavelmente ela já tenha dito à senhorita, daqui a sete noites. Uma carta de meu administrador afirma que minha presença é solicitada em casa e, como tive frustradas as minhas esperanças de que pudesse encontrar aqui o marquês de Longtown e o general Courteney, que são dois velhos amigos meus, não há nada que possa me deter por mais tempo em Bath. E se conseguirmos convencê-la com nossa proposta egoísta, poderemos partir sem um único lamento. A senhorita consideraria, em suma, ir embora deste cenário de triunfo público e satisfazer sua amiga Eleanor com sua companhia em Gloucestershire? Fico quase envergonhado ao fazer este pedido, mesmo que a presunção contida nele certamente pudesse vir a parecer maior para qualquer criatura em Bath que não fosse a senhorita. Uma modéstia como a sua... Mas por nada no mundo eu a incomodaria com elogios embaraçosos. Se a senhorita puder nos honrar com uma visita, nos fará mais felizes do que quaisquer palavras poderão exprimir. É verdade, não podemos lhe oferecer nada que se assemelhe às folias deste agitado lugar; não podemos tentá-la com diversões nem com esplendor, porque o nosso modo de vida, como a senhorita vê, é simples e despretensioso. No entanto, não pouparemos esforços para fazer com que a Abadia de Northanger não seja totalmente desagradável.

A Abadia de Northanger! Aquelas eram palavras excitantes, e os sentimentos de Catherine foram tomados pelo mais poderoso êxtase. Seu coração agradecido e gratificado mal conseguia restringir suas expressões numa linguagem toleravelmente calma. Receber um convite tão lisonjeiro! Ser requisitada como companhia tão calorosamente! A proposta encerrava em si tudo o que havia de mais digno e deleitável, todas as fruições imediatas, todas as esperanças futuras; e tendo apenas o consentimento de papai e mamãe como cláusula de ressalva, Catherine prontamente respondeu que aceitava.

– Vou escrever para casa agora mesmo – disse ela. – Se eles não fizerem objeção, e ouso dizer que não o farão...

O general Tilney não se mostrou menos confiante, tendo já visitado seus excelentes amigos em Pulteney Street e obtido deles a sanção de seu desejo.

– Visto que os dois admitem separar-se da senhorita – disse ele –, podemos esperar uma reação serena por parte de todos.

A srta. Tilney foi fervorosa em suas cortesias subsequentes, mas de um modo gentil, e em poucos minutos a questão já estava praticamente decidida, na medida em que a necessária consulta a Fullerton permitisse.

As circunstâncias da manhã tinham conduzido os sentimentos de Catherine por variações de suspense, segurança e frustração; agora, porém, eles estavam alojados, a salvo, em perfeita bem-aventurança; e com o espírito exultante de euforia, com Henry em seu coração e a Abadia de Northanger em seus lábios, ela correu para casa a fim de escrever sua carta. O sr. e a sra. Morland, confiando na sabedoria dos amigos a cujos cuidados entregaram sua filha, não tiveram dúvidas a respeito da decência de uma amizade que se formara sob os olhos deles, e enviaram no retorno do correio, portanto, sua pronta aprovação à visita de Catherine a Gloucestershire. Tal indulgência, embora não fosse mais do que o desenlace pelo qual Catherine esperava, fortaleceu sua convicção de que estava sendo mais favorecida do que toda e qualquer criatura humana, em amigos e sorte, circunstância e acaso. Tudo parecia cooperar a seu favor. Graças à benevolência de seus primeiros amigos, os Allen, ela conhecera cenários nos quais vieram a seu encontro prazeres de todos os tipos. Suas emoções e suas preferências foram todas premiadas pela felicidade de uma retribuição. Onde quer que tenha experimentado alguma ligação afetiva, ela fora capaz de criá-la. A afeição de Isabella lhe seria assegurada na existência de uma nova irmã. E os Tilney, pelos quais, acima de todos, Catherine desejava ser vista com bons olhos, superaram suas mais altas esperanças nas condições promissoras em que seria levada adiante a intimidade com ela. Catherine seria a visitante escolhida por eles, passaria semanas sob o mesmo teto com a pessoa cuja companhia ela mais prezava – e como remate para todo o resto, esse teto seria o teto de uma abadia! Sua paixão por edifícios só era menos intensa do que sua paixão por Henry Tilney

– e castelos e abadias costumavam configurar o fascínio dos devaneios que não fossem dominados pela imagem dele. Poder ver e explorar os baluartes e a torre central de um, ou os claustros de outra, vinha sendo por muitas semanas um desejo dileto; uma visita que se estendesse por mais de uma hora, contudo, parecia ser um anseio praticamente impossível. E isso, no entanto, se tornaria realidade. Com todas as chances contra Catherine de que fosse casa, mansão, palácio, casa de campo ou chalé, Northanger calhou ser uma abadia, e ela viria a ser sua habitante. Os corredores compridos e úmidos, as celas estreitas e a capela arruinada estariam diariamente a seu alcance, e ela não foi capaz de subjugar por completo a esperança de entrar em contato com certas lendas tradicionais, certos memoriais escabrosos de uma freira ferida e desafortunada.

Era espantoso que seus amigos parecessem tão pouco enlevados pela posse de uma residência como essa, que a consciência de tal fato fosse ostentada com tamanha humildade. Somente a força do hábito precoce podia servir de explicação. Uma distinção em meio à qual haviam nascido não era motivo de orgulho. A superioridade em domicílio, para eles, não era mais do que a superioridade pessoal de que dispunham.

Muitas eram as perguntas que Catherine ansiava por fazer à srta. Tilney; seus pensamentos eram tão irrequietos, porém, que tais perguntas foram respondidas e ela mal pôde ter certeza de que a Abadia de Northanger havia sido um convento ricamente dotado no tempo da Reforma, de que caíra nas mãos de um antepassado dos Tilney no período da Dissolução, de que uma grande parte do antigo edifício integrava ainda a residência atual, embora o resto estivesse deteriorado, ou de que o prédio se erguia no fundo de um vale, resguardado ao norte e ao leste por altas matas de carvalho.

Capítulo 18

Assim, com a mente repleta de felicidade, Catherine mal tinha noção de que dois ou três dias haviam passado sem que tivesse visto Isabella por mais do que uns poucos minutos ao todo. Começou a sentir falta da amiga e a suspirar por uma conversa com ela, enquanto caminhava pelo Salão da Fonte certa manhã ao lado da sra. Allen, sem ter nada para dizer ou para ouvir. Esse desejo ardente por alguma intimidade não durou nem mesmo cinco minutos até o momento em que o objeto do desejo apareceu e, convidando Catherine para uma conferência secreta, abriu caminho até um assento.

– Este é o meu lugar favorito – Isabella disse, enquanto as duas sentavam-se num banco entre as portas, o qual fornecia uma razoável visão de todos que entrassem por qualquer uma das passagens. – Fica tão afastado do movimento.

Catherine, percebendo que os olhares de Isabella alternavam-se continuamente entre uma porta e outra, como que obedecendo a uma enorme expectativa, e recordando as muitas vezes em que ela mesma fora falsamente acusada de agir com malícia, considerou que aquele instante lhe oferecia uma bela oportunidade para agir assim. Portanto disse, com jovialidade:

– Você não precisa ficar inquieta, Isabella, James logo estará conosco.

– Pff! Minha amada criatura – ela retrucou –, não pense que eu seja tão simplória a ponto de querer que ele esteja sempre pendurado em meu cotovelo. Seria horrível se ficássemos juntos o tempo inteiro, seríamos a pilhéria da cidade. E então você está indo para Northanger! Isso me deixa estupendamente feliz. Aquele velho lugar é um dos mais bonitos de toda a Inglaterra, pelo que sei. Aguardarei com ansiedade por uma descrição detalhadíssima.

– Farei tudo o que estiver em meu poder para atender ao seu pedido. Mas quem você está procurando? Suas irmãs virão?

– Não estou procurando ninguém. Os olhos de uma pessoa estão sempre em algum ponto, e você conhece minha tola mania de fixar os meus quando meus pensamentos estão a cem milhas de distância. Estou estupendamente distraída, creio que sou a criatura mais distraída do mundo. Tilney diz que esse é sempre o caso com mentes de certa estirpe.

– Mas eu pensei, Isabella, que você tinha algo em particular para me contar.

– Ah! Sim, e como tenho. Mas eis aqui uma prova do que eu estava dizendo. Minha pobre cabeça, eu tinha quase esquecido. Bem, a questão é a seguinte: acabei de receber uma carta de John; você deve imaginar o conteúdo.

– Não, não imagino.

– Meu grande amor, não seja tão abominavelmente dissimulada. Qual será o tema de uma carta dele, senão você? Você sabe que ele está perdidamente apaixonado por você.

– Por *mim*! Querida Isabella!

– Ora, minha adorada Catherine, isso está ficando um tanto absurdo! Agir com modéstia, e assim por diante, é uma coisa muito boa, mas uma dose de simples honestidade pode ser igualmente recomendável, às vezes. Não entendo a necessidade de resistir tanto! Você está querendo pescar elogios. As atenções de John eram tão evidentes que até uma criança teria percebido. E foi precisamente meia hora antes do momento em que ele deixou Bath que você lhe deu o mais positivo encorajamento. Ele diz isso em sua carta, diz que por muito pouco não a pediu em casamento, e que você recebeu os avanços dele do modo mais amável; e agora ele quer que eu favoreça suas intenções, e que eu diga todas as coisas mais lindas para você. Sendo assim, fingir ignorância é inútil.

Catherine, com todo o ardor da verdade, manifestou a perplexidade que sentia diante de tal acusação, protestando sua inocência em ter sequer uma mínima ideia de que o sr. Thorpe estivesse apaixonado por ela, e a consequente impossibilidade de que ela jamais tivesse tencionado encorajá-lo.

– Quanto a quaisquer atenções de parte dele, eu declaro, por minha honra, que nunca as reconheci, nem por um momento, com a exceção do convite que ele me fez para o baile, no dia em que chegou. E quanto ao pedido de casamento, ou qualquer coisa semelhante, só pode haver um engano inexplicável. Eu não poderia ter interpretado mal uma coisa desse tipo, não é mesmo? E como quero muito que você acredite em mim, protesto solenemente que não foi trocada entre nós sequer uma sílaba a respeito do assunto. A última meia hora antes da viagem! Só pode ser o mais completo e perfeito engano, pois não vi John em nenhum momento em toda aquela manhã.

– Não pode haver dúvida de que o *viu*, porque você passou toda a manhã em Edgar's Buildings (foi o dia no qual chegou o consentimento do seu pai), e tenho absoluta certeza de que John e você ficaram sozinhos na sala de estar pouco antes de você ir embora.

– Tem certeza? Bem, se você diz, foi mesmo assim, ouso dizer; mas juro por minha vida, não consigo me recordar. *Estou* lembrando agora que estive com você, e que vi John e também as outras... mas só ficamos sozinhos por cinco minutos. Entretanto, não vale a pena discutir, não importa o que se passa na cabeça dele. Você precisa se convencer, pelo fato de que eu não tenho qualquer recordação, de que jamais considerei ou esperei ou desejei qualquer coisa desse tipo por parte dele. É extremamente aflitivo que ele tenha alguma estima por mim, mas de fato não tive qualquer intenção, jamais tive a menor ideia. Esclareça tudo com John, por favor, e lhe diga que peço perdão, ou melhor, não sei o que eu deveria dizer, mas faça com que ele compreenda o que quero dizer, da maneira mais apropriada. Eu jamais falaria desrespeitosamente de um irmão seu, Isabella, estou certa disso, mas você sabe muito bem que se eu fosse gostar mais de um homem do que de outro... *ele* não seria esse homem.

Isabella permaneceu em silêncio.

– Minha querida amiga, você não pode ficar zangada comigo. Não posso imaginar que o seu irmão se importe tanto assim comigo. E, você sabe, nós sempre seremos irmãs.

– Sim, sim – (ruborizando-se) –, se não formos irmãs por algum motivo, seremos por outro. Mas estou me perdendo em devaneios. Bem, minha querida Catherine, o caso parece indicar que você se posiciona firmemente contra o pobre John, não é isso?

– Eu certamente não posso retribuir a afeição que ele tem por mim, e com certeza jamais pretendi encorajá-la.

– Se é esse o caso, garanto que não vou mais importuná-la. John pediu que eu conversasse com você a respeito do assunto, e foi o que fiz. Mas devo confessar: no instante em que li a carta dele, julguei que se tratava de uma ideia muito imprudente e tola, algo que não teria condições de promover o bem de ambas as partes, pois vocês viveriam com o quê, supondo que se unissem? Ambos têm alguma coisa, não resta dúvida, mas não é uma ninharia o que vai amparar uma família hoje em dia; e por mais que os romancistas possam dizer o contrário, não há como passar bem sem dinheiro. Só não entendo o que fez com que John tenha acalentado tal ideia; ele não teria o meu apoio final.

– *Estou* absolvida, então, de qualquer coisa errada? Você se convenceu de que jamais pretendi enganar seu irmão, de que jamais suspeitei, até este momento, que ele gostasse de mim?

– Ah! Quanto a isso – respondeu Isabella, rindo –, não é minha intenção adivinhar quais possam ter sido, no passado, seus pensamentos e planos. Só você mesma poderá saber. Um certo galanteio inofensivo sempre ocorre, e a pessoa muitas vezes acaba concedendo algum encorajamento, mais do que gostaria. Mas fique segura de que eu seria a última pessoa no mundo a julgá-la com severidade. Todas essas coisas deveriam ser atribuídas à juventude e ao entusiasmo. Pensamos de certa maneira num determinado dia, você sabe, e no dia seguinte já podemos pensar de modo diferente. As circunstâncias mudam, as opiniões se alteram.

– Mas minha opinião sobre o seu irmão jamais se alterou, foi sempre a mesma. Você está descrevendo algo que nunca aconteceu.

– Minha adorada Catherine – continuou a outra, sem ter ouvido uma palavra do que Catherine dissera –, por nada no mundo eu tentaria lhe forçar um noivado antes que você soubesse o que pretende fazer. Creio que eu não teria nenhuma justificativa em desejar que você sacrificasse toda a sua felicidade para meramente favorecer meu irmão, apenas por ele ser meu irmão, pois talvez, afinal, ele pudesse ser feliz da mesma maneira sem você, porque as pessoas raramente sabem o que querem, em especial os rapazes, que são tão inconstantes e volúveis. O que estou dizendo é: a felicidade de um irmão precisa ser mais importante, para mim, do que a felicidade de uma amiga? Você sabe que eu tenho uma consideração bastante elevada pela amizade. Mas acima de tudo, minha querida Catherine, não tenha tanta pressa. Ouça bem o meu conselho: se você tiver muita pressa, certamente acabará se arrependendo. De acordo com Tilney, não há nada que engane mais as pessoas do que a intensidade de suas próprias afeições, e creio que ele tem toda a razão. Ah! Ali vem ele; fique tranquila, ele não vai nos enxergar, tenho certeza.

Catherine, levantando os olhos, viu o capitão Tilney; Isabella, fixando o olhar nele com grande determinação enquanto falava, foi logo percebida. Ele se aproximou imediatamente, e tomou o assento para o qual foi atraído pelos acenos da garota. Sua primeira afirmação sobressaltou Catherine. Embora fossem palavras ditas em voz baixa, ela pôde distinguir:

– O quê? Sempre vigiada, em pessoa ou por representante!

– Pff, tolice! – foi a resposta de Isabella, no mesmo tom de meio sussurro. – Por que o senhor fica colocando essas coisas na minha cabeça? Se eu pudesse acreditar... meu espírito, saiba o senhor, é bastante independente.

– Quem me dera se o seu coração fosse independente. Isso seria o suficiente para mim.

– Meu coração, ora essa! Que interesse o senhor pode ter por corações? Vocês, homens, não têm nada que se assemelhe a um coração.

– Se não temos coração, temos olhos; e eles já nos atormentam o suficiente.

– Atormentam? Sinto muito por isso; lamento que eles vejam em mim algo tão desagradável. Vou olhar para o outro lado. Espero que o senhor fique satisfeito assim – (dando as costas para ele) –, espero que os seus olhos não estejam atormentados agora.

– Estão, mais do que nunca, porque o contorno esbelto de uma face ainda pode ser visto; é muito e é pouco ao mesmo tempo.

Catherine escutou tudo isso e, um tanto aborrecida, não quis ouvir mais nada. Incapaz de compreender como Isabella podia suportar aquilo, e ciosa por seu irmão, ela se levantou, disse que precisava encontrar a sra. Allen e propôs que se fossem juntas. Isabella, porém, não demonstrou a menor inclinação para tanto. Ela estava tão cansada, e era tão detestável ficar desfilando pelo Salão da Fonte; e caso se afastasse de seu assento ela perderia a chegada de suas irmãs, que chegariam a qualquer momento; de forma que sua amada Catherine devia desculpá-la, devia sentar-se outra vez e ter calma. Mas Catherine também sabia ser teimosa; naquele mesmo instante a sra. Allen veio até ela, a fim de propor que retornassem para casa, e ela concordou e foi embora, deixando Isabella ainda sentada com o capitão Tilney. Foi com muito desconforto que os deixou em tal circunstância. Ela tinha a impressão de que o capitão Tilney estava se apaixonando por Isabella, e de que Isabella o encorajava inconscientemente; só podia ser algo inconsciente, porque seu compromisso com James era tão certo e reconhecido quanto seu noivado.

Duvidar de sua honestidade ou de suas boas intenções era impossível; e no entanto ela se comportara de maneira estranha durante todo o tempo em que as duas conversaram. Catherine desejou que Isabella tivesse falado mais sobre seus assuntos rotineiros, e não tanto sobre dinheiro, e que não tivesse manifestado tanto agrado ao ver o capitão Tilney. Como era estranho que ela não percebesse a admiração dele! Catherine ansiava por fazer alguma alusão, por pedir a ela que tomasse cuidado e por prevenir toda a dor que o comportamento muito vívido da amiga pudesse vir a causar, tanto para o capitão quanto para seu irmão.

A lisonja da afeição de John Thorpe não compensava essa negligência de sua irmã. Acreditar que o sentimento de John era sincero era quase tão difícil, para Catherine, quanto desejar que o fosse, pois ela não esquecera que ele habitualmente se enganava, e a segurança dele a respeito da proposta e de um encorajamento a convenceu de que seus enganos podiam ser, por vezes, clamorosos. Em vaidade, portanto, ela pouco ganhou; seu maior proveito foi a perplexidade. Que ele julgasse que valia a pena imaginar-se apaixonado por ela era matéria para o mais vívido assombro. Isabella falara sobre as atenções do irmão; *ela* jamais notara coisa alguma; mas Isabella dissera muitas coisas com precipitação, coisas que nunca seriam ditas novamente. Com esse pensamento, Catherine deu o assunto por encerrado, e tratou de se contentar com seu sossego e seu bem-estar.

Capítulo 19

ALGUNS DIAS SE PASSARAM, e Catherine, embora não se permitisse suspeitar de sua amiga, não pôde deixar de vigiá-la com cuidado. O resultado de suas observações não foi agradável. Isabella parecia ser outra pessoa. Quando Catherine a via cercada apenas por seus amigos mais íntimos em Edgar's Buildings ou Pulteney Street, a mudança em seu modo de agir era tão insignificante que, não tivesse passado disso, teria passado despercebida. Uma espécie de lânguida indiferença, ou aquela alardeada distração da qual Catherine nunca ouvira falar antes, tomava conta de Isabella ocasionalmente; não tivesse aparecido algo pior, porém, *esse* comportamento poderia ter apenas conferido a ela um novo encanto, um interesse mais vivo. Mas quando Catherine a viu em público, aceitando as atenções do capitão Tilney no mesmo instante em que elas eram oferecidas e dedicando a ele olhares e sorrisos numa quantidade que quase se equiparava ao quinhão recebido por James, a transformação se tornou tão patente que não podia ser ignorada. O verdadeiro significado de uma conduta tão instável e as possíveis intenções da amiga eram enigmas que estavam além de sua compreensão. Não era possível que Isabella tivesse consciência da dor que estava infligindo, mas havia naquilo uma dose de negligência intencional que causava em Catherine um desgosto inevitável. A vítima era James. Ela o percebia sério e inquieto; e por mais que o bem-estar dele pudesse estar sendo menosprezado pela mulher que lhe entregara o coração, para *ela* isso era sempre motivo de interesse. E ela também temia pelo pobre capitão Tilney. Embora não lhe agradasse a aparência do cavalheiro, o nome dele era um salvo-conduto de aprovação, e Catherine pensava, com sincera compaixão, no desapontamento que ele sofreria em breve; pois apesar do que acreditava ter ouvido no Salão da Fonte, o comportamento do capitão era de tal forma incompatível com um conhecimento do noivado de Isabella que ela não concebia, refletindo a respeito, que ele pudesse estar ciente do fato. Podia ser que ele invejasse seu irmão na condição de rival; se algo mais ficara insinuado, a culpa devia ser de um mal-entendido por parte dela. Catherine desejava, por meio de uma gentil censura, fazer com que Isabella se apercebesse de sua situação e tomasse conhecimento da dupla crueldade. Entretanto, na aplicação da censura, porém, tanto a oportunidade quanto a compreensão se colocavam sempre contra ela: quando Catherine conseguia sugerir alguma coisa, Isabella era incapaz de compreendê-la. Em meio a tanta angústia, a partida prevista da família Tilney se tornou sua maior consolação, pois a viagem para Gloucestershire seria realizada dentro de poucos dias, e a saída do capitão Tilney acabaria, no mínimo, por restaurar a paz em todos os corações que não o dele. Mas o capitão Tilney não tinha nenhuma intenção de deixar Bath naquele momento; não tomaria parte no grupo que seguiria para Northanger, e permaneceria em Bath. Quando Catherine soube disso, tomou prontamente uma decisão: falou com Henry Tilney a respeito do assunto, lastimando a evidente predileção do irmão dele pela srta. Thorpe e pedindo-lhe que o fizesse tomar conhecimento do compromisso anterior da moça.

— Meu irmão tem conhecimento disso — foi a resposta de Henry.

— Ele tem? E vai permanecer aqui por quê?

Henry não respondeu, e começou a falar sobre outro tema. Mas ela continuou, com sofreguidão:

— Por que o senhor não o convence a viajar? Quanto mais tempo o seu irmão permanecer, pior será para ele no final. Por favor, pelo bem dele, e pelo bem de todos, aconselhe o capitão a deixar Bath imediatamente. O afastamento vai lhe restituir o sossego com o tempo; aqui, no entanto, não existe esperança para ele, e ficar é optar pela infelicidade.

Henry sorriu e disse:

— Estou certo de que meu irmão não faria essa escolha.

— O senhor vai persuadi-lo a partir, então?

— A persuasão não poderá ser empregada, mas me perdoe se não posso sequer tentar persuadi-lo. Eu mesmo disse a ele que a srta. Thorpe está comprometida. Ele sabe o que está fazendo e deve responder por suas próprias ações.

— Não, ele não sabe o que está fazendo! — exclamou Catherine. — Ele não tem ideia da dor que está causando ao meu irmão. Não que James tenha falado comigo a respeito, mas estou certa de que a situação é muito desconfortável para ele.

— E a senhorita tem certeza de que o responsável é o meu irmão?

— Sim, tenho certeza absoluta.

— O que provoca a dor são as atenções que a srta. Thorpe ganha do meu irmão ou o fato de que a srta. Thorpe as aceita?

— Não é a mesma coisa?

— Creio que o sr. Morland reconheceria que existe uma diferença. Nenhum homem se ofende quando outro homem admira a mulher que ele ama; somente a mulher pode fazer disso um tormento.

Catherine corou por sua amiga e disse:

— Isabella está agindo mal. Mas estou certa de que atormentar não é sua intenção, pois ela é muito afeiçoada ao meu irmão. Ela se apaixonou por James assim que o conheceu e, enquanto era incerto o consentimento de meu pai, afligiu-se de um modo quase febril. O senhor sabe que Isabella só pode ser muito afeiçoada a ele.

— Estou entendendo: ela está apaixonada por James e flerta com Frederick.

— Ora! Não, não flerta. Uma mulher apaixonada por um homem não pode flertar com outro.

— É provável que não vá nem amar tão bem e nem flertar tão bem, já que não pode fazer exclusivamente uma ou outra coisa. Cada um dos cavalheiros deve ceder um pouco.

Depois de uma breve pausa, Catherine prosseguiu:

— O senhor não acredita, então, que Isabella goste tanto assim do meu irmão?

— Não posso emitir opinião sobre esse assunto.

— Mas quais serão as intenções do seu irmão? Se tem conhecimento do noivado de Isabella, qual será sua intenção com tal comportamento?

— A senhorita é uma interrogadora muito exigente.

— Sou? Só pergunto o que quero que me respondam.

— Mas a senhorita só pergunta o que espera que eu possa responder?

— Sim, creio que sim; porque o senhor certamente conhece o coração do seu irmão.

— O coração do meu irmão, para usar suas palavras, é um assunto a respeito do qual, eu lhe garanto, posso fazer apenas suposições, no presente momento.

— Pois bem?

— Pois bem! Ora, se vamos fazer suposições, cada um que faça a sua. Seria lamentável que nos deixássemos levar por conjecturas de segunda mão. As premissas estão diante da senhorita. Meu irmão é um jovem muito animado, por vezes imprudente, talvez; ele foi apresentado à sua amiga cerca de uma semana atrás, e conhece o noivado dela quase tão bem quanto conhece a própria Isabella.

— Bem — disse Catherine, depois de alguns instantes de consideração —, *o senhor* pode ser capaz de supor quais são as intenções de seu irmão a partir de tudo isso; eu, porém, tenho certeza de que não consigo. Mas seu pai não fica incomodado? Ele não quer que o capitão Tilney viaje? Se o seu pai conversasse com ele, certamente ele iria.

— Minha querida — disse Henry —, a senhorita não poderá estar um pouco enganada em toda essa amável solicitude pelo bem-estar do seu irmão? Será que ele ficaria agradecido à senhorita, em nome dele mesmo ou no da srta. Thorpe, pela suposição de que o afeto dela, ou ao menos seu bom comportamento, só estará assegurado se ela não tiver o capitão Tilney por perto? Ele só terá segurança se estiver sozinho? Ou será que o coração de Isabella só pode lhe ser fiel enquanto não for solicitado por mais ninguém? Não é possível que James pense assim, e tenha certeza de que não seria do agrado dele que a senhorita pensasse assim. Não direi "Não se aflija", porque sei que a senhorita está aflita no momento, mas tente se afligir o menos que puder. A senhorita não tem nenhuma dúvida sobre a afeição mútua entre seu irmão e sua amiga. Confie, portanto, que o verdadeiro ciúme jamais poderá existir entre eles e confie que nenhum desentendimento entre eles poderá durar. Seus corações estão abertos um para o outro, e não se abrirão para a senhorita na mesma medida; eles sabem exatamente quais são os requisitos e o que pode ser tolerado; e a senhorita pode estar certa de que os dois jamais vão importunar um ao outro além dos limites do agradável.

Percebendo que Catherine tinha ainda uma expressão hesitante e séria, ele acrescentou:

— Embora Frederick não vá sair de Bath conosco, ele provavelmente permanecerá por muito pouco tempo, talvez fique apenas mais alguns dias depois de nossa partida. Seu período de licença vai logo se expirar, e ele precisará retornar para seu regimento. E qual será, a partir de então, a convivência deles? O refeitório vai beber à saúde de Isabella por quinze dias, e ela e James vão rir por um mês da paixão do pobre Tilney.

Catherine desistiu de lutar contra sua paz de espírito. Ela resistira aos ataques durante todo o decorrer de um discurso, mas fora capturada afinal. Henry Tilney devia saber do que estava falando. Ela culpou a si mesma pela extensão de seus temores e resolveu que nunca mais pensaria seriamente no assunto.

Sua resolução foi amparada pelo comportamento de Isabella na ocasião em que as duas se despediram. Os Thorpe passaram em Pulteney Street a última noite da estadia de Catherine, e nada ocorreu entre os namorados que avivasse seu desconforto ou que a tivesse deixado apreensiva ao fim do encontro. James revelou excelente ânimo, e a srta. Thorpe se mostrou plácida e cativante. A ternura de Isabella pela amiga parecia ser até mesmo o maior sentimento de seu coração; mas isso era admissível naquela circunstância; e houve um momento em que ela contradisse abertamente o namorado, e outro em que evitou que sua mão fosse tocada por ele; mas Catherine se lembrou das instruções de Henry e atribuiu tudo a um afeto judicioso. Podem ser imaginados os abraços, as lágrimas e as promessas das belas damas na despedida.

Capítulo 20

O SR. E A SRA. ALLEN lamentaram perder sua jovem amiga, que se fizera uma valiosa companheira com seu bom humor e sua jovialidade, e que lhes proporcionara diversão na mesma medida em que ela própria pudera se divertir. A felicidade advinda da viagem com a srta. Tilney, no entanto, os impediu de desejar que Catherine ficasse; e como eles mesmo permaneceriam em Bath por mais uma semana apenas, a separação, naquele momento, não seria sentida por tanto tempo. O sr. Allen acompanhou Catherine até Milsom Street, onde ela tomaria o desjejum, e a viu sentada, com a mais amável recepção, entre seus novos amigos; mas foi tão grande a inquietação que ela sofreu ao se ver integrada à família, e tão intenso o seu temor de que não fosse fazer exatamente o que era correto, de que não fosse capaz de preservar a boa opinião que tinham dela, que, no embaraço dos primeiros minutos, esteve a ponto de desejar que tivesse retornado com ele para Pulteney Street.

Os modos da srta. Tilney e o sorriso de Henry logo eliminaram, em parte, alguns de seus pensamentos desagradáveis, mas ela ainda estava longe de ficar tranquila; e tampouco as incessantes atenções do próprio general lhe forneciam total segurança. Ora, por mais que parecesse impróprio, ela imaginou se não teria se sentido melhor caso tivesse sido tratada com menos atenção. O zelo do general por seu conforto, suas contínuas solicitações para que ela comesse e seus receios frequentemente manifestados de que ela não visse nada que fosse de seu agrado – embora jamais em sua vida ela tivesse contemplado nem metade daquela abundância numa mesa de desjejum – faziam com que fosse impossível, para ela, esquecer sequer por um momento que era uma visitante. Ela sentia que absolutamente não merecia tamanha consideração, e não sabia como responder a ela. Sua tranquilidade também não foi favorecida pela impaciência do general de que aparecesse logo seu filho mais velho, e tampouco pelo desprazer que ele expressou, em função do atraso, quando o capitão Tilney finalmente desceu. Catherine sentiu-se um tanto abalada pela severidade da repreensão do general, que parecia ser desproporcional à ofensa; e sua perturbação aumentou ainda mais quando descobriu ser ela mesma a causa principal da reprimenda, e que o desleixo dele era lamentado principalmente porque era desrespeitoso para com ela. Isso a colocou numa situação bastante desconfortável, e ela sentiu grande compaixão pelo capitão Tilney, sem que fosse capaz de esperar dele alguma benevolência.

O capitão escutou seu pai em silêncio e não esboçou nenhuma tentativa de defesa, o que confirmou o temor de Catherine de que pensamentos inquietos, por causa de Isabella, poderiam, com uma insônia prolongada, ter sido o verdadeiro motivo que o fizera levantar tarde. Era a primeira ocasião em que Catherine estava de fato em companhia dele, e ela esperava agora ter condições para formar uma opinião a seu respeito. Entretanto, mal pôde ouvir sua voz enquanto o pai dele permaneceu no recinto, e mesmo depois (de tal maneira o capitão se mostrava abatido) ela não pôde distinguir senão as seguintes palavras, num sussurro dirigido a Eleanor:

– Como ficarei feliz quando todos vocês já tiverem viajado.

O alvoroço da partida não foi agradável. O relógio bateu dez horas enquanto os baús eram carregados para baixo, e o general determinara que eles já deveriam ter deixado Milsom Street naquele horário. Seu sobretudo, em vez de ter sido trazido para que ele pudesse vesti-lo ali mesmo, foi jogado no coche em que ele acompanharia seu filho. Na carruagem, o assento do meio não foi baixado, embora três pessoas fossem viajar no veículo, e a criada da srta. Tilney o enchera de embrulhos a tal ponto que Catherine não teria espaço para se sentar. O general se consternou tanto com esse problema, quando a ajudou a entrar, que ela teve certa dificuldade em evitar que sua nova escrivaninha fosse arremessada na rua. Finalmente, a porta foi fechada com as três mulheres acomodadas, e eles partiram no ritmo sóbrio com o qual os belos e muito bem alimentados quatro cavalos de um cavalheiro geralmente percorrem uma jornada de trinta milhas: era essa a distância de Bath até Northanger, um trajeto que seria dividido em dois períodos com a mesma duração. O espírito de Catherine reanimou-se enquanto eles se afastavam do portão, porque com a srta. Tilney ela não se sentia coibida. Interessada por uma estrada que era-lhe completamente nova, tendo uma abadia diante de si e um coche na retaguarda, ela viu Bath pela última vez, à distância, sem qualquer arrependimento, e deparava-se com os marcos da estrada quando menos esperava. O tédio de uma parada de duas horas para alimentar os animais em Petty-France, onde não havia nada para se fazer exceto comer sem estar com fome e gastar tempo sem que houvesse nada para ver, veio a seguir; e Catherine admirou a sofisticação com que viajavam, a elegante carruagem de quatro cavalos – postilhões uniformizados com elegância que se elevavam regularmente em seus estribos, e numerosos batedores montados de forma apropriada, observados com menos interesse devido àquela consequente inconveniência. Fosse o grupo deles realmente agradável, o atraso teria sido uma coisa insignificante, mas o general Tilney, embora fosse um homem tão encantador, parecia ser sempre um estorvo no estado de espírito de seus filhos, e ele era quase o único a falar. A observação de tal circunstância, com o descontentamento do general a respeito de tudo o que a estalagem proporcionava e sua nervosa impaciência com os funcionários, fez com que Catherine ficasse cada vez mais estupefata diante de suas atitudes, e pareceu transformar as duas horas em quatro. Por fim, no entanto, foi dada a ordem de partida; e Catherine ficou muito surpresa, então, com a proposta do general de que ela tomasse o lugar dele no coche do filho durante o resto da viagem: o dia estava bonito, e ele fazia questão de que Catherine visse o campo tanto quanto possível.

    A lembrança da opinião da sra. Allen quanto a carruagens abertas com rapazes fez com que ela corasse diante da menção de tal plano, e seu primeiro pensamento foi o de declinar dele; o segundo, contudo, foi de maior deferência ao discernimento do general Tilney, pois não era possível que ele fosse propor algo impróprio para ela; e dentro de alguns minutos ela se viu ao lado de Henry no coche, feliz como nenhuma outra criatura. Um brevíssimo exame a convenceu de que aquele coche era o mais belo veículo do mundo; a carruagem de quatro cavalos rodava com certo esplendor, não havia dúvida, mas era pesada e incômoda, e ela não podia perdoar facilmente o fato de que tivera de ficar parada por duas horas em Petty-France. Metade do tempo teria sido suficiente para o coche, e os leves cavalos se dispunham a correr com tanta agilidade que, não tivesse o próprio general determinado que sua própria carruagem liderasse o caminho, o teriam ultrapassado com facilidade em meio minuto. Mas o mérito do coche não pertencia de todo aos cavalos: Henry o conduzia tão bem – tão calmamente –, sem causar qualquer perturbação, sem se pavonear para ela ou vociferar contra os animais; tão diferente do único cavalheiro-cocheiro com o qual ela tinha condições de compará-lo!

E além disso seu chapéu se assentava tão bem, e as inúmeras capas de seu sobretudo tinham um ar tão adequado e eminente! Ser conduzida por ele, depois de ter dançado com ele, era certamente a maior felicidade do mundo. Em acréscimo a todos os outros deleites, Catherine tinha agora o prazer de ouvir elogios; de receber agradecimentos, ao menos em nome da irmã dele, por sua bondade em ter aceitado visitar Northanger; de ouvir que tal amizade era tida como verdadeira, e de ser descrita como motivadora de real gratidão. Sua irmã, segundo ele, encontrava-se em circunstância desconfortável – ela não dispunha de nenhuma companhia feminina –, e, na frequente ausência de seu pai, ficava às vezes sem companhia alguma.

– Mas como isso é possível? – perguntou Catherine. – O senhor não fica com ela?

– Northanger é meu lar apenas na metade do tempo. Tenho minha residência em Woodston, que fica a quase vinte milhas de distância da casa de meu pai, e parte do meu tempo eu necessariamente passo lá.

– O senhor deve ficar tão triste com isso!

– Sempre fico triste por ter de deixar Eleanor.

– Sim, mas além de sua afeição por ela, o senhor deve gostar tanto da abadia! Quando a pessoa está acostumada a viver num lar como a abadia, uma residência paroquial comum deve ser muito desagradável.

Ele sorriu e disse:

– A senhorita criou para si uma imagem muito favorável da abadia.

– Por certo que sim. Não é um desses belos lugares antigos, exatamente igual àqueles sobre os quais lemos nos livros?

– E a senhorita está preparada para encontrar todos os horrores que poderão surgir num edifício igual "àqueles sobre os quais lemos nos livros"? A senhorita tem um coração forte? Nervos capazes de enfrentar estantes e tapeçarias que escondem passagens?

– Sim! Não creio que ficarei assustada com tanta facilidade, porque teremos tantas pessoas na casa. Além do mais, ela nunca esteve desabitada e abandonada por anos, para que de repente a família voltasse sem desconfiar de nada, sem dar aviso algum, como geralmente acontece.

– Não, claro que não. Não precisaremos explorar nosso caminho por um corredor mal iluminado pelas brasas moribundas de uma fogueira, nem seremos obrigados a preparar nossas camas no chão de um aposento sem janelas, portas ou mobília. Mas a senhorita deve ter em mente que, quando uma jovem dama é introduzida (quaisquer que sejam os meios) em uma habitação desse tipo, seu alojamento é sempre separado do restante da família. Enquanto eles se retiram confortavelmente para seu próprio recanto da casa, ela é formalmente conduzida por Dorothy, a antiga governanta, por uma escadaria diferente e ao longo de muitas passagens sombrias até o interior de um quarto jamais usado desde que algum primo ou parente morreu nele cerca de vinte anos antes. A senhorita consegue suportar uma cerimônia assim? Sua mente não vai ser tomada pelo pavor quando a senhorita estiver no interior desse quarto escuro, muito alto e amplo para apenas uma pessoa, dispondo apenas dos débeis raios de uma única lamparina para que possa estimar seu tamanho, suas paredes cobertas por tapeçarias que exibem vultos humanos em tamanho real, e a cama, com estofamento verde-escuro ou de veludo púrpura, apresentando uma aparência até mesmo fúnebre? Seu coração não vai parar no peito?

– Ah! Mas isso não acontecerá comigo, estou certa.

– Com que temores a senhorita vai examinar a mobília de seu quarto! E encontrará o quê? Nada de mesas, toaletes, guarda-roupas ou gavetas; num canto, talvez, a senhorita verá os restos de um alaúde quebrado, em outro um pesado baú que esforço nenhum consegue abrir, e sobre a lareira o retrato de algum belo guerreiro, cujas feições vão espantá-la de uma maneira tão incompreensível que a senhorita não será capaz de tirar dele os olhos. Dorothy, enquanto isso, não menos espantada com a sua aparência, a observa em grande agitação, e deixa escapar algumas poucas sugestões ininteligíveis. A fim de elevar o seu ânimo, além disso, ela lhe dá razões para supor que a parte da abadia que a senhorita habita é indubitavelmente assombrada e informa que a senhorita não terá um único criado ao alcance da voz. Com essa estimulante despedida ela faz uma mesura e se vai (a senhorita escuta o som dos passos que se afastam até que o último eco a alcance), e quando, com espírito enfraquecido, a senhorita tenta trancar a porta, descobre, com alarme cada vez maior, que ela não tem fechadura.

– Ah, sr. Tilney, que horrível! É exatamente como um livro! Mas isso não acontecerá comigo de verdade. Estou certa de que, na verdade, a sua governanta não se chama Dorothy. Bem, e então?

– Nada que possa causar mais alarme ocorrerá, talvez, na primeira noite. Depois de superar o *indescritível* horror que sente pela cama, a senhorita vai se entregar ao repouso e obter algumas poucas horas de sono inquieto. Entretanto, na segunda, ou quando muito na *terceira* noite após sua chegada, a senhorita enfrentará provavelmente uma violenta tempestade. Estrondos de trovão tão altos que parecem estremecer até as fundações do edifício rolarão pelas montanhas vizinhas, e, durante as tenebrosas rajadas de vento que os acompanham, a senhorita provavelmente pensará ter visto (pois sua lamparina não se apagou ainda) que uma parte dos reposteiros se agitou mais do que o resto. Incapaz, é claro, de reprimir sua curiosidade num momento que tanto favorece o estímulo dela, a senhorita se levantará imediatamente e, colocando às pressas seu vestido, tratará de investigar o mistério. Depois de um brevíssimo exame, descobrirá uma divisão na tapeçaria, engenhosamente arranjada para confundir a mais minuciosa inspeção. Pela abertura, uma porta aparecerá imediatamente (uma porta que, vedada apenas por barras maciças e um cadeado, a senhorita conseguirá abrir com algum esforço), e, com sua lamparina na mão, passará por ela e entrará num pequeno aposento abobadado.

– Não, de maneira nenhuma; eu estaria assustada demais para fazer algo assim.

– Ora! Não, porque Dorothy lhe deu a entender que existe uma secreta comunicação subterrânea entre o seu quarto e a capela de St. Anthony, apenas duas milhas distante dali. Seria possível que a senhorita recuasse diante de uma aventura tão simples? Não, não, a senhorita entrará nesse pequeno aposento abobadado, e depois desse passará por vários outros, sem perceber nada de extraordinário em qualquer um deles. Num deles talvez encontre um punhal, em outro algumas gotas de sangue e num terceiro os restos de algum instrumento de tortura. No entanto, visto que nada disso representa uma grande anormalidade, e sua lamparina estando quase apagada, a senhorita retornará ao seu próprio quarto. Passando outra vez pelo pequeno aposento abobadado, porém, seus olhos serão atraídos na direção de um enorme e antiquado armário de ébano e ouro, pelo qual, mesmo que tenha antes examinado minuciosamente a mobília, a senhorita passara sem dar atenção. Impelida por um pressentimento irresistível, a senhorita avançará até ele avidamente, destrancará suas portas de dobradiça e examinará todas as gavetas, mas sem descobrir, por algum tempo, nada de muito importante, talvez nada além de um considerável mealheiro de diamantes. Afinal, contudo, ao tocar uma mola secreta, um compartimento interno se abre; um rolo de papel aparece; a senhorita o toma nas mãos; ele contém muitas folhas de um manuscrito; a senhorita corre para o seu quarto levando consigo o precioso tesouro, mas mal conseguiu decifrar "Oh! Tu... quem quer que sejas tu, em cujas mãos porventura caíram estas memórias da desditosa Matilda" quando sua lamparina subitamente se apaga no receptáculo, e a deixa imersa em total escuridão.

– Ah! Não, não... não diga isso. Bem, continue.

Mas Henry estava deleitado demais com o interesse que instigara para que quisesse levar adiante a história. Já não era capaz de exprimir solenidade, fosse no assunto ou no tom de voz, e lhe restou pedir a ela que usasse sua própria imaginação no exame atento das aflições de Matilda. Catherine, recompondo-se, ficou envergonhada por sua curiosidade impetuosa e tratou de garantir ao sr. Tilney, com seriedade, que sua atenção se prendera ao relato sem que ela tivesse o menor receio de que fosse realmente passar pelas situações que ele descreveu. A srta. Tilney, ela tinha certeza, jamais a instalaria num quarto naquelas condições! Ela não estava com medo de modo algum.

Enquanto se aproximava o fim da viagem, sua impaciência por enxergar ao longe a abadia – interrompida, durante algum tempo, pela conversa de Henry acerca de temas muito diferentes – retornou com total força, e ela aguardava, com solene reverência, que cada curva da estrada pudesse fornecer um vislumbre de suas sólidas paredes de pedra cinzenta, erguendo-se em meio a um bosque de carvalhos centenários, com os últimos raios do sol brincando, em belíssimo esplendor, nas altas janelas góticas. O prédio era tão baixo, no entanto, que ela se viu passando pelos grandes portões da propriedade e entrando de fato no terreno de Northanger sem ter enxergado nem mesmo uma antiga chaminé.

Catherine não sabia se tinha o direito de ficar surpresa, mas havia uma coisa, na facilidade com que chegaram ao local, que ela certamente não tinha previsto. Passar por residências de aparência moderna, adentrar com tamanha tranquilidade os arredores da abadia e avançar tão rapidamente ao longo de uma estrada macia e plana, coberta com bom cascalho, sem obstáculo, susto ou solenidade de qualquer espécie, era algo que parecia estranho e inconsistente. Ela não dispôs de muito tempo, entretanto, para tais considerações. Uma precipitação súbita de chuva, que lhe vinha diretamente ao rosto, tornou impossível qualquer observação adicional. Catherine fixou todos os seus pensamentos na integridade de seu novo gorro de palha. E ela estava realmente diante das paredes da abadia, estava saltando da carruagem com assistência de Henry, estava sob o telhado do velho alpendre e tinha até mesmo ingressado no saguão, onde sua amiga e o general a esperavam para saudá-la, e não sentira um único presságio de futura desgraça para si mesma, não suspeitara nem por um momento que alguma cena de horror pudesse ter se desenrolado, no passado, no interior do solene edifício. O vento não dera impressão de soprar para Catherine os suspiros da pessoa assassinada; o que ele soprou de mais horrível foi um chuvisco compacto. Tendo dado uma boa sacudida em suas roupas, ela estava pronta para ser introduzida na sala de visitas comum, e já era capaz de avaliar onde estava.

Uma abadia! Sim, estar de fato em uma abadia era magnífico! Mas Catherine duvidava, ao passar os olhos pelo aposento, que qualquer coisa em seu campo de observação pudesse lhe proporcionar tal consciência. A mobília revelava uma exuberância e um requinte dignos do gosto moderno. A lareira, na qual ela nutrira expectativa de encontrar uma enorme largura e os ponderosos entalhes de tempos passados, tinha em seu lugar um pequeno modelo Rumford, e tinha também lajes de um mármore simples mas bonito que exibiam lindas porcelanas inglesas. As janelas, para as quais Catherine dirigiu seu olhar com peculiar confiança por ter ouvido o general afirmar que as preservara em sua forma gótica com reverente cuidado, frustraram ainda mais suas prévias fantasias. Não havia dúvida de que as arcarias terminando em ponta haviam sido preservadas – a forma era gótica – elas podiam até mesmo ser batentes –, mas todas as vidraças eram tão grandes, tão claras, tão iluminadas! Para uma imaginação que ansiara por compartimentos minúsculos e pela mais pesada cantaria, por vidros pintados, sujeira e teias de aranha, a diferença era bastante penosa.

O general, identificando o percurso dos olhos de Catherine, começou a falar sobre a pequenez do aposento e sobre a simplicidade da mobília, sendo que tudo, prestando-se ao uso diário, visava apenas ao conforto etc. Gabou-se, entretanto, de que existiam alguns quartos, na abadia, que talvez fossem dignos da atenção de Catherine – e estava mencionando a preciosa douradura de um deles em particular quando, tirando seu relógio do bolso, interrompeu-se para pronunciar, com surpresa, que faltavam vinte minutos para as cinco! Parecia ser um sinal de que nada mais podia ser dito, e Catherine se viu levada às pressas pela srta. Tilney, convencendo-se de que seria esperada, em Northanger, a mais estrita pontualidade em relação aos horários da família.

Retornando pelo amplo e elevado saguão, elas subiram por uma larga escadaria de carvalho brilhante, a qual, após muitos degraus e muitas plataformas, levou as duas até um corredor longo e espaçoso. Num dos lados do corredor havia uma sequência de portas, e o outro lado era iluminado por janelas; Catherine teve tempo apenas para descobrir que elas davam vista para um pátio quadrangular. A srta. Tilney a fez segui-la para dentro de um quarto de dormir e, permanecendo apenas o suficiente para desejar que ela o considerasse confortável, foi embora deixando-lhe o ansioso pedido de que fizesse tão poucas alterações quanto possível em seu vestido.

Capítulo 21

UM BREVE RELANCE BASTOU para que Catherine tivesse certeza de que seu quarto não era nada semelhante àquele com cuja descrição Henry tentara assustá--la. Ele não era de maneira alguma exageradamente grande e não continha tapeçarias nem veludo. As paredes eram cobertas com papel, e o piso era carpetado; as janelas não eram menos perfeitas e tampouco mais opacas do que as janelas da sala de visitas abaixo; a mobília, embora não pertencesse à moda mais recente, era bonita e confortável, e o aposento possuía uma atmosfera que estava muito longe de ser tristonha. Tendo o coração instantaneamente tranquilizado nesse tópico, ela decidiu não perder tempo em examinações específicas, já que tinha um grande temor de que pudesse desagradar o general com algum atraso. Portanto, seu traje foi tirado com a maior pressa possível, e ela estava se preparando para abrir seu pacote de linho, depositado sobre a espreguiçadeira para sua imediata acomodação, quando seus olhos descobriram uma grande arca elevada, recuada num profundo recesso ao lado da lareira. A visão de tal objeto a sobressaltou; esquecendo todo o resto, Catherine ficou olhando para ele num pasmo imóvel, enquanto os seguintes pensamentos lhe ocorreram: "Isso é realmente estranho! Eu não esperava uma visão como esta! Uma imensa e pesada arca! O que haverá dentro dela? Por que deveria estar aqui? Empurrada para trás também, como se precisasse ficar fora de vista! Vou olhar o que há dentro dela... Custe o que custar, vou olhar o que há dentro dela... e imediatamente, à luz do dia. Se eu esperar até a noite, minha vela poderá se apagar".

Ela se aproximou e a examinou de perto: a arca era de cedro, curiosamente incrustada com alguma madeira mais escura, e estava suspensa, a mais ou menos um pé do chão, por um suporte entalhado do mesmo material. A fechadura era de prata, embora estivesse manchada devido ao tempo; em cada extremidade podiam ser vistos os restos imperfeitos de alças, também de prata, talvez quebradas prematuramente por alguma violência estranha; e no centro do tampo havia uma cifra misteriosa, no mesmo metal. Catherine inclinou-se sobre ela atentamente, mas não foi capaz de distinguir nada com clareza. Não importando a direção a partir da qual olhasse, não podia acreditar que a última letra fosse um *T*; no entanto, a probabilidade de que fosse qualquer outra letra, naquela casa, era uma circunstância que despertava um espanto bastante incomum. Se a arca não pertencia a eles originalmente, por quais estranhos eventos teria caído nas mãos da família Tilney? Sua temerosa curiosidade ficava maior a cada momento. Segurando com mãos trêmulas o ferrolho da fechadura, ela decidiu, contra todos os perigos, descobrir qual era o conteúdo. Com dificuldade, porque alguma coisa parecia resistir aos seus esforços, ergueu o tampo algumas polegadas; naquele mesmo instante, porém, um bater súbito na porta do quarto a sobressaltou e a fez soltar o ferrolho, e o tampo se fechou com alarmante violência. A inoportuna intrusa era a criada da srta. Tilney, enviada por sua patroa para ser útil à srta. Morland. Embora Catherine a tenha dispensado imediatamente, o incidente lhe devolveu a consciência do que deveria estar fazendo e a forçou, apesar do ávido desejo por penetrar naquele mistério, a continuar vestindo-se sem mais atraso. Ela prosseguiu sem grande rapidez, porque seus pensamentos e seu olhar se dirigiam ainda para aquele objeto, tão bem situado para causar interesse e surpresa; e mesmo que não ousasse despender um só momento numa segunda tentativa, não conseguia manter-se a muitos passos da arca. Passado algum tempo, entretanto, tendo deslizado um braço para dentro do vestido, sua toalete parecia estar praticamente pronta, de maneira que sua curiosidade impaciente poderia ser saciada com segurança. Alguns instantes poderiam ser despendidos, sem dúvida; e tão desesperado seria o emprego de sua força que, a menos que estivesse preso por meios sobrenaturais, o tampo seria escancarado de uma só vez. Com essa disposição de espírito Catherine se lançou para a frente, e sua confiança não a decepcionou. Seu resoluto esforço abriu o tampo e ofereceu a seus olhos atônitos a visão de uma colcha branca de algodão, adequadamente dobrada, repousando num canto da arca, inquestionavelmente disponível para quem quisesse fazer uso dela!

Catherine olhava para a colcha com o primeiro rubor da surpresa quando a srta. Tilney entrou no quarto, ansiosa por ver pronta sua amiga; à crescente vergonha de ter acalentado por alguns minutos uma expectativa absurda somou-se, então, a vergonha de ter sido apanhada numa investigação tão ociosa.

– É curiosa essa velha arca, não é? – disse a srta. Tilney, enquanto Catherine a fechava apressadamente e se dirigia para a janela. – É impossível dizer há quantas gerações ela está aqui. Como ela veio dar neste quarto pela primeira vez eu não sei, mas pedi que não a mudassem de lugar, pois pensei que poderia ser útil, às vezes, para guardar chapéus e gorros. O problema é que seu peso a torna difícil de abrir. Naquele canto, porém, ao menos ela fica fora do caminho.

Catherine não tinha condições de falar, porque ao mesmo tempo corava, amarrava o laço do vestido e formulava sábias decisões com a mais violenta presteza. A srta. Tilney deu a entender, com gentileza, seu temor de que estivessem atrasadas, e em meio minuto elas correram juntas escada abaixo, numa inquietação não totalmente infundada, porque o general Tilney caminhava de um lado ao outro pela sala de visitas, com o relógio na mão. Tendo tocado a sineta com violência no mesmo instante em que elas entraram, ele ordenou:

– Jantar na mesa, *imediatamente*!

Catherine tremeu diante da ênfase com que ele deu a ordem e sentou-se, pálida e sem fôlego, adotando a mais humilde postura, aflita pelos filhos dele e detestando todas as velhas arcas; e o general, retomando sua polidez ao olhar para ela, passou o resto de seu tempo repreendendo sua filha por ter apressado de modo tão tolo sua bela amiga, que estava absolutamente ofegante por causa daquela afobação, quando não havia nenhum motivo no mundo para que se apressassem, mas Catherine não conseguiu, de modo algum, superar a dupla perturbação de ter submetido sua filha a uma repreensão e de ter sido ela mesma uma grande simplória, até que todos estivessem alegremente sentados à mesa de jantar, quando os sorrisos complacentes do general e o bom apetite que ela teve restauraram sua paz de espírito. O salão de jantar era um aposento nobre, servindo, em suas dimensões, para uma sala de visitas bem maior do que aquela de que se fazia uso comum, e decorado num estilo luxuoso e dispendioso que quase não foi percebido pelos olhos inexperientes de Catherine, que não viam quase nada além da amplidão e do número de criados. Quanto ao primeiro aspecto, ela manifestou em voz alta sua admiração; e o general, com um semblante muito gracioso, reconheceu que aquele não era, de modo nenhum, um aposento de tamanho inadequado, e foi adiante e confessou que, embora fosse tão descuidado em tais assuntos quanto a maioria das pessoas, ele de fato tinha para si que uma sala de jantar razoavelmente grande era uma das necessidades da vida; ele supunha, entretanto, "que Catherine devia estar acostumada com cômodos de tamanho muito mais apropriado, na casa do sr. Allen." "Não, pelo contrário", foi a sincera afirmação de Catherine; "a sala de jantar do sr. Allen não chegava nem à metade do tamanho daquela", e ela jamais vira em sua vida um aposento tão grande. O bom humor do general aumentou. Ora, *dispondo* de tais aposentos, ele considerava que seria mais simples não fazer uso deles; no entanto, palavra de honra, ele acreditava que aposentos até duas vezes menores poderiam ser mais confortáveis. A casa do sr. Allen, ele tinha certeza, certamente tinha o tamanho exato para uma felicidade racional.

A noite prosseguiu sem perturbações adicionais e, na ausência ocasional do general Tilney, com uma jovialidade acentuada. Era apenas na presença dele que Catherine sentia um mínimo de fadiga em função da viagem; e mesmo então, mesmo em momentos de langor ou contenção, preponderava uma sensação geral de felicidade, e ela podia pensar em seus amigos em Bath sem ter nenhum desejo de estar com eles.

A noite estava tempestuosa; o vento ganhara força aos poucos, ao longo de toda a tarde; e quando todos já tinham se retirado, ventava e chovia violentamente. Atravessando o saguão, Catherine ouviu a tempestade com uma sensação de pavor; quando escutou seus estrondos de fúria num canto do antigo edifício, com o súbito bater de uma porta distante, sentiu pela primeira vez que estava, de fato, em uma abadia. Sim, aqueles eram sons característicos; eles lhe traziam à lembrança uma incontável variedade de situações tenebrosas que construções como aquela haviam testemunhado e que tempestades como aquela propiciavam; e no fundo de seu coração ela regozijou-se com as felizes circunstâncias que acompanhavam seu ingresso num ambiente tão solene. *Ela* não tinha nada a temer quanto a assassinos da meia-noite ou sedutores embriagados. Henry certamente apenas zombara dela com o relato que lhe fizera naquela manhã. Numa casa tão provida e tão segura não havia nada para explorar e nenhum motivo de angústia, e ela poderia ir para a cama tranquilamente, como se estivesse em seu próprio quarto, em Fullerton. Assim, apaziguando sua mente com grande sensatez enquanto subia as escadas, ela teve condições, e ainda mais ao constatar que a srta. Tilney dormia a apenas duas portas de distância, de entrar em seu quarto com um coração toleravelmente destemido; e sua disposição de espírito foi logo amparada pelo alegre fulgor de um fogo aceso.

— É tão melhor assim — disse ela, caminhando em direção à lareira —, é tão melhor encontrar um fogo já aceso, em vez de ter de esperar, tremendo de frio, até que toda a família esteja na cama, como tantas pobres garotas tiveram de fazer, e então ter um velho e fiel criado que nos assusta entrando de súbito, trazendo um feixe de lenha! Como fico feliz por Northanger ser o que é! Se fosse como alguns outros lugares, não sei se eu teria coragem suficiente para enfrentar uma noite como esta, mas agora, estou certa disso, não há nada que possa me assustar.

Ela passou os olhos ao redor do quarto. As cortinas da janela pareciam estar se movendo. Aquilo não devia ser nada mais do que a violência do vento penetrando pelas divisões das venezianas, e ela avançou bravamente, cantarolando uma melodia com indiferença, para se assegurar de que a explicação era aquela mesma. Espiou corajosamente por baixo de cada cortina, nada viu que a assustasse em nenhum dos parapeitos baixos e, colocando a mão de encontro à veneziana, teve a mais enérgica confirmação da força do vento. Um olhar de relance à velha arca, enquanto ela retornava desse exame, não foi de todo inútil. Catherine desdenhou dos infundados temores de uma imaginação ociosa e começou, com a mais alegre indiferença, a se preparar para deitar. Ela dispunha de muito tempo; não precisava se apressar; pouco se importaria se fosse a última pessoa acordada na casa. Mas não reforçaria seu fogo; *isso* seria demonstração de covardia, como se ela desejasse ter a proteção da luz depois que estivesse na cama. O fogo foi se apagando, portanto, e Catherine, tendo empregado quase uma hora inteira em seus preparativos, já começava a pensar em se acomodar na cama quando, ao dar uma olhadela de despedida em volta do quarto, foi surpreendida pela aparição de um alto e antiquado armário negro, o qual, embora estivesse posicionado de modo bastante conspícuo, ainda não havia chamado sua atenção. As palavras de Henry, sua descrição do armário de ébano que escaparia da observação dela a princípio, assaltaram sua mente no mesmo instante; e embora não pudesse realmente haver algo de anormal nele, havia uma certa característica extravagante. Era certamente uma coincidência espantosa! Catherine pegou sua vela e observou atentamente o armário. Ele não era, de modo algum, feito de ébano e ouro, mas era recoberto de verniz japonês, um verniz amarelo-escuro do mais belo tom. Enquanto ela segurava no alto sua vela, o amarelo produzia um efeito que se assemelhava muito ao ouro. A chave estava na porta, e ela sentiu uma estranha necessidade de olhar o que havia dentro dele; não tinha, contudo, a mínima expectativa de que fosse encontrar algo, mas aquilo era muito esquisito, levando-se em conta o que Henry dissera. Para resumir, Catherine não conseguiria dormir antes que tivesse examinado o armário. Assim, firmando a vela com grande cuidado em uma cadeira, ela agarrou a chave com uma mão muito trêmula e tentou girá-la, mas a chave resistiu a seus maiores esforços. Desconcertada, mas sem perder sua confiança, tentou novamente de outra maneira; uma lingueta se deslocou, e ela acreditou que triunfara. Mas aquilo era muito estranho e misterioso! A porta permanecia imóvel. Catherine parou por um momento, sem fôlego, atônita. O vento rugia por dentro da chaminé, a chuva fustigava as janelas em torrentes, e era como se tudo exprimisse a atrocidade de sua situação. Ir para a cama, no entanto, de tal forma insatisfeita, seria inútil, já que dormir era impossível com a percepção de que havia, em proximidade imediata, um armário tão misteriosamente fechado. Mais uma vez, portanto, ela empenhou-se com a chave. Depois de girá-la de todas as maneiras possíveis, com a celeridade resoluta dos derradeiros esforços da esperança, a porta cedeu em sua mão; seu coração quase explodiu, jubiloso, diante de tal vitória; ela escancarou as duas portas de dobradiça, sendo que a segunda era retida apenas por linguetas que não tinham a complexidade primorosa da fechadura – neste lado, porém, seus olhos não distinguiram nenhuma anormalidade –, e apareceram dois conjuntos de pequenas gavetas e algumas gavetas maiores acima e abaixo; no centro, uma pequena porta, também trancada com fechadura e chave, escondia muito provavelmente um compartimento de grande importância.

O coração de Catherine batia com rapidez, mas sua coragem não lhe faltou. Com as faces inflamadas pela esperança e os olhos estreitados pela curiosidade, seus dedos agarraram a alça de uma gaveta e a puxaram. Estava totalmente vazia. Com menos temor e maior avidez ela abriu uma segunda, uma terceira, uma quarta; todas estavam igualmente vazias. Uma por uma, foram todas esquadrinhadas, e ela nada encontrou em nenhuma. Bem versada na arte de esconder tesouros, não se esqueceu da possibilidade de que existissem revestimentos falsos nas gavetas, e tateou cada uma delas com ansioso zelo, em vão. Somente o compartimento do meio restava inexplorado agora; e embora ela jamais tivesse acalentado, desde o começo, a menor expectativa de que pudesse encontrar alguma coisa em qualquer parte do armário, e não estivesse nem um pouco desapontada com seu insucesso até então, seria tolice não examiná-lo por inteiro, faltando tão pouco. Passou-se algum tempo, contudo, até que ela conseguisse destrancar a pequena porta, com a fechadura interna oferecendo tanta dificuldade de manejo quanto a externa. Mas a porta se abriu afinal, e esse último esquadrinhamento não se revelou vão como os anteriores: os vivos olhos de Catherine descobriram de imediato um rolo de papel, depositado no fundo da cavidade aparentemente para que ficasse oculto, e seus sentimentos, naquele momento, eram indescritíveis. Seu coração palpitava, seus joelhos tremiam, sua face ficou pálida. Ela pegou com mão vacilante o precioso manuscrito, porque era nitidamente perceptível que ele continha caracteres escritos; e ao mesmo tempo que reconhecia, com medonhas sensações, a impressionante exemplificação do que Henry prenunciara, decidiu imediatamente que leria tudo, linha por linha, antes de tentar dormir.

A luz fraca que sua vela emitia a fez virar-se para trás, alarmada, mas não havia o perigo de uma extinção súbita; a vela queimaria ainda por algumas horas. Quanto à possibilidade de que fosse enfrentar, para decifrar a escrita, grandes dificuldades além das eventuais obscuridades de um texto antigo, ela se apressou em espevitar a vela. Ai dela! No ato de espevitar, Catherine extinguiu a chama. Uma lamparina não teria se apagado com tão medonho efeito. Ela permaneceu inerte por alguns momentos, tomada de horror. O infortúnio era completo; não restava um único vestígio de luz no pavio, nada que desse esperança ao sopro renovador. Uma escuridão impenetrável e definitiva tomou conta do quarto. Uma violenta rajada de vento, surgindo com súbita fúria, acrescentou à cena um novo terror. Catherine tremia dos pés à cabeça. Na pausa que se sucedeu, seus ouvidos aterrorizados captaram um som que lembrava passos retrocedentes e o bater de uma porta distante. Nenhum ser humano suportaria aquilo por mais tempo. Um suor frio brotara em sua fronte, o manuscrito caiu de suas mãos. Tateando seu caminho, ela pulou rapidamente na cama e procurou atenuar seu sofrimento arrastando-se o mais que podia por baixo das cobertas. Estava inteiramente fora de questão, Catherine sentia, fechar os olhos para dormir naquela noite. Com uma curiosidade despertada tão recentemente, com seus sentimentos alvoroçados de todas as maneiras, o repouso era absolutamente impossível. A tempestade era feroz, terrível! Ela não costumava se assustar com o vento; agora, contudo, cada rajada parecia estar carregada de anúncios tenebrosos. O manuscrito encontrado tão fantasticamente, confirmando tão fantasticamente o presságio da manhã, como isso podia ser explicado? Qual seria o conteúdo? A quem pertenceria? De que modo ele pôde permanecer escondido por tanto tempo? E como era peculiarmente estranho que coubesse a ela descobri-lo! Até que tivesse lido tudo, no entanto, não teria nem descanso e nem paz de espírito. Tomou a resolução de que o leria com os primeiros raios do sol. Mas muitas eram as horas tediosas que ainda teriam de se passar. Catherine tinha calafrios, remexia-se na cama e invejava cada um dos silenciosos adormecidos. A tempestade rugia ainda, e muitos eram os ruídos, mais terríveis até mesmo do que o vento, que chegavam de tempos em tempos a seus ouvidos assustados. As cortinas de sua cama pareceram se agitar a certa altura, e em outro momento a fechadura da porta se mexeu, como se alguém quisesse entrar. Murmúrios abafados pareciam se arrastar pelo corredor, e mais de uma vez seu sangue gelou com o som de gemidos distantes. Horas e horas se passaram, e Catherine, exausta, ouviu todos os relógios da casa proclamarem três horas, e só então a tempestade amainou, ou ela mesma, sem perceber, caiu rapidamente no sono.

Capítulo 22

O RUÍDO QUE PRIMEIRO despertou Catherine, às oito da manhã no dia seguinte, foi o som da criada abrindo as venezianas. Ela abriu os olhos, espantada com o fato de que eles pudessem ter se fechado, e ficou alegre com o que viu: seu fogo já estava ardendo, e uma manhã luminosa sucedera a tempestade da noite. Com a percepção da existência, retornou imediatamente a recordação do manuscrito; pulando da cama no exato instante em que a criada saiu do quarto, Catherine recolheu avidamente todas as folhas dispersas que haviam se soltado do rolo quando ele caíra no chão, e voou até a cama para fruir, em seu travesseiro, o luxo de uma leitura meticulosa. Ela via com clareza, agora, que não podia esperar por um manuscrito de extensão considerável, que se assemelhasse aos textos que a faziam estremecer nos livros, porque o rolo, parecendo consistir inteiramente de pequenas folhas desconjuntadas, tinha um tamanho quase insignificante, sendo muito menor do que ela supusera a princípio.

Seus olhos vorazes passaram rapidamente por uma página. O conteúdo a sobressaltou. Seria possível? Ou seus sentidos a ludibriavam? Catherine tinha diante de si, aparentemente, em caracteres vulgares e modernos, um inventário de roupa branca e nada mais! Se a evidência da visão era digna de confiança, ela tinha nas mãos uma listagem de lavanderia. Pegou outra folha e viu os mesmos itens, com pouca variação; uma terceira, uma quarta e uma quinta não exibiram nada de novo. Camisas, meias, gravatas e coletes se apresentavam em cada uma. Duas outras, escritas pela mesma mão, registravam uma despesa – não menos destituída de interesse – com cartas, pó de cabelo, cadarços de sapato e sabão para manchas. E a maior das folhas, aquela que envolvera as demais, parecia ser, segundo a mal traçada linha inicial, "Aplicar cataplasma na égua castanha", um bilhete de ferrador! Era essa a coleção de papéis (talvez esquecida no lugar de onde a tirara devido à negligência de um criado, como ela podia supor agora) que a enchera de expectativa e alarme, e que roubara dela metade de sua noite de sono! Sentiu-se humilhada no mais alto grau. A aventura da arca não poderia ter lhe conferido alguma sabedoria? Uma quina da arca, surgindo na visão de Catherine enquanto ela se mantinha deitada, pareceu assumir uma postura de reprovação. Nada poderia ser mais claro, agora, do que o caráter absurdo de suas recentes fantasias. Presumir que um manuscrito produzido muitas gerações antes pudesse ter permanecido oculto num aposento como aquele, tão moderno, tão habitável! Ou que lhe coubesse ser a primeira a ter aptidão para destrancar um armário cuja chave estava disponível para qualquer pessoa!

Como ela podia ter enganado tanto a si mesma? Deus queira que Henry Tilney jamais tome conhecimento de seu desatino! E a culpa era em grande medida do próprio Henry, pois, não tivesse o armário aparecido tão exatamente de acordo com a descrição de aventuras que ele fizera, Catherine jamais teria sentido a menor curiosidade em torno do assunto. Esse era o único consolo que lhe ocorria. Impaciente para se ver livre das detestáveis evidências de seu desatino, dos detestáveis papéis que estavam dispersos por sobre a cama, ela se levantou imediatamente e, dobrando-os na medida do possível até obter o formato original, devolveu-os ao mesmo lugar dentro do armário, com o mais ardoroso desejo de que nenhum acidente adverso jamais os trouxesse à luz novamente e a desgraçasse inclusive consigo mesma.

A enorme dificuldade que tivera para abrir as fechaduras era ainda uma questão intrigante, porque agora conseguia manejá-las com perfeita naturalidade. Nesse ponto havia alguma coisa misteriosa, por certo, e Catherine admitiu a sedutora hipótese por meio minuto, até despontar em sua mente, custando-lhe mais um rubor, a possibilidade de que a porta estivesse a princípio destrancada, e de que ela mesma a tivesse chaveado.

Catherine saiu assim que pôde de um quarto no qual sua conduta acabara por ocasionar reflexões tão desagradáveis e tratou de seguir em máxima velocidade até a sala de desjejum, de acordo com as orientações que a srta. Tilney lhe passara na noite anterior. Henry estava sozinho na sala; ele manifestou imediatamente, de modo bastante perturbador, seu desejo de que a tempestade não a tivesse incomodado, com uma referência maliciosa aos atributos do prédio que eles habitavam. Por nada no mundo ela permitiria que surgisse qualquer suspeita de sua fraqueza; e no entanto, incapaz de expressar falsidades absolutas, sentiu-se compelida a reconhecer que o vento a mantivera acordada por algum tempo.

– Mas temos uma manhã encantadora depois de tudo – ela acrescentou, desejando se ver livre do assunto. – E as tempestades e a falta de sono não são nada quando acabam. Que lindos jacintos! Aprendi a amar os jacintos há bem pouco tempo.

— E de que modo a senhorita aprende? Por acidente ou por convencimento?

— Sua irmã me ensinou; não sei dizer como. A sra. Allen costumava fazer grandes esforços, ano após ano, para que eu passasse a gostar deles, mas nunca consegui, até que os vi em Milsom Street outro dia. Sou indiferente por natureza em relação às flores.

— Mas agora a senhorita adora um jacinto. Tanto melhor. A senhorita ganhou uma nova fonte de divertimento, e é bom que tenhamos a maior quantidade possível de caminhos para a felicidade. Além disso, o gosto pelas flores é sempre desejável no seu sexo, como um pretexto que a leve a sair de casa, que a provoque a fazer exercício com mais frequência do que faria de outra maneira. E embora o amor por um jacinto possa ser um tanto inofensivo, nunca se sabe. Uma vez que o sentimento foi despertado, a senhorita talvez poderá, com o tempo, aprender a amar uma rosa.

— Mas não quero que essa espécie de ocupação me faça sair de casa. O prazer de caminhar e respirar ar fresco é suficiente para mim, e quando o dia está bom fico fora de casa na maior parte do meu tempo. Mamãe diz que nunca estou em casa.

— De qualquer forma, porém, fico satisfeito ao ver que a senhorita aprendeu a amar um jacinto. O mero costume de aprender a amar é a questão, e a disposição para aprender, numa jovem dama, é uma grande bênção. É agradável o método de instrução da minha irmã?

Ela foi poupada do embaraço de esboçar uma resposta pela chegada do general, cujas sorridentes saudações anunciaram um alegre estado de espírito, mas cuja polida alusão ao fato de que Catherine simpaticamente se levantara cedo não assegurou a serenidade dela.

A elegância da louça do desjejum avultou aos olhos de Catherine quando sentaram à mesa; e se tratava claramente de uma escolha do general. Ele ficou encantado ao ter seu bom gosto aprovado por ela, confessou que era um conjunto bom e simples, considerava que era correto promover as manufaturas de seu país; e de sua parte, segundo seu paladar acrítico, a argila de Staffordshire dava tanto sabor ao chá quanto as de Dresden ou Sèvres. Aquele, porém, era um conjunto bastante antigo, comprado dois anos antes. A fabricação se desenvolvera muito de lá para cá; ele vira alguns exemplares belíssimos na última vez em que estivera na cidade; não fosse o fato de que era um homem completamente desprovido desse tipo de vaidade, poderia ter cedido à tentação de encomendar outro conjunto. Ele acreditava, no entanto, que em breve haveria de surgir a oportunidade de comprar um novo. Catherine foi provavelmente a única na mesa que não o compreendeu.

Logo após o desjejum, Henry os deixou e partiu para Woodston, onde negócios exigiam sua presença e sua permanência por dois ou três dias. Todos compareceram ao saguão para vê-lo montar seu cavalo. Quando retornaram à sala de desjejum, Catherine prontamente encaminhou-se até uma janela, na esperança de obter um derradeiro vislumbre de sua figura.

– É uma provação um tanto dura para o desprendimento de seu irmão – observou para Eleanor o general. – Woodston terá um aspecto quase lúgubre no dia de hoje.

– É um lugar bonito? – perguntou Catherine.

– O que diz você, Eleanor? Exprima sua opinião, porque somente as damas conhecem bem o gosto das damas, tanto a respeito de lugares quanto a respeito de homens. Creio que até o mais imparcial dos observadores reconhecerá que Woodston tem muitos atributos. A casa fica situada entre belas campinas, de frente para o sudeste, e dispõe de uma horta excelente, com o mesmo aspecto; os muros que a cercam eu mesmo os construí e cultivei cerca de dez anos atrás, em proveito de meu filho. É um benefício eclesiástico da família, srta. Morland; e como a propriedade pertence principalmente a mim, a senhorita pode bem imaginar que tomo todos os cuidados para que não perca seu valor. Se os rendimentos de Henry dependessem unicamente dessa propriedade, ele não estaria mal provido. Talvez pareça estranho que eu, tendo apenas dois filhos mais jovens, possa pensar que uma profissão é necessária para ele, e certamente existem momentos nos quais todos nós gostaríamos de vê-lo desimpedido de qualquer ligação com os negócios. Mas mesmo que eu não consiga converter jovens damas como vocês, estou certo de que o seu pai, srta. Morland, concordaria comigo na crença de que é recomendável dar a todos os rapazes alguma ocupação. O dinheiro não é nada, não entra em questão; a ocupação, porém, é fundamental. Veja, até mesmo Frederick, meu filho mais velho, que vai herdar uma extensão de terra tão considerável quanto as maiores propriedades privadas do condado, tem sua profissão.

O efeito imponente desse último argumento correspondeu aos desejos do general. O silêncio da dama provou que a questão era incontestável.

Houvera um comentário, na noite anterior, de que Catherine deveria ser apresentada a todos os pontos da casa, e o general se oferecia, agora, como seu condutor; e embora Catherine tivesse nutrido a esperança de que fosse explorá-la acompanhada unicamente pela filha dele, aquela era uma proposta que em qualquer circunstância continha em si grande felicidade, e só lhe restou aceitar alegremente, pois ela se encontrava na abadia havia já dezoito horas e vira bem poucos aposentos. A caixa de costura, que ela acabara de acomodar no colo, foi fechada com jovial presteza, e no instante seguinte ela estava pronta para acompanhá-lo. E quando eles tivessem percorrido toda a casa, ele teria o prazer adicional de acompanhá-la pelos arbustos e no jardim. Catherine fez uma mesura aquiescente. Mas talvez lhe fosse mais agradável se a levassem primeiro até o jardim. O tempo era favorável no momento e, naquela época do ano, havia muito pouca certeza de que seguiria assim. Qual era a preferência dela? Ele estava à disposição de Catherine. Na opinião de sua filha, qual das opções estaria mais de acordo com os interesses de sua bela amiga? Ele julgava, porém, que podia discernir. Sim, ele certamente lia nos olhos da srta. Morland o judicioso desejo de fazer uso do momentâneo céu sorridente. E acaso ela faria uma escolha errônea? A abadia se manteria sempre segura e seca. Ele se submetia implicitamente, e buscaria seu chapéu e as acompanharia num instante. O general saiu da sala, e Catherine, com um semblante desapontado e ansioso, começou a dizer que lhe desagradava que ele as levasse para fora de casa contrariando suas próprias inclinações, sob uma falsa ideia de que a deixaria satisfeita; mas foi interrompida pela srta. Tilney, que disse, de modo um tanto confuso:

– Creio que será mais prudente aproveitar a manhã, enquanto durar o tempo bom. E não se incomode em função de meu pai, ele sempre sai para caminhar nesta hora do dia.

Catherine não entendeu muito bem como aquilo deveria ser interpretado. Qual era o motivo do embaraço da srta. Tilney? Poderia existir má vontade, por parte do general, em conduzi-la pela abadia? A proposta partira dele mesmo. E não era estranho que ele saísse para caminhar *sempre* tão cedo? Nem seu pai e tampouco o sr. Allen o faziam. Aquilo era sem dúvida exasperante. Catherine era toda impaciência por ver a casa, e mal tinha curiosidade por conhecer os terrenos. Se Henry estivesse com eles, sim! Agora, porém, ela não saberia sequer dizer se algo que via era pitoresco. Tais eram seus pensamentos, mas ela os guardou para si, e colocou seu gorro com paciente desgosto.

Em detrimento de suas expectativas, no entanto, ela ficou impressionada com a magnificência da abadia, vendo-a do gramado pela primeira vez. O prédio inteiro circundava um grande pátio; e dois lados do quadrângulo se mostravam, admiráveis, ricos em ornamentos góticos. O restante ficava encoberto por cômoros de velhas árvores ou plantações luxuriantes, e as íngremes colinas arborizadas que assomavam por trás, servindo de abrigo, eram belas até mesmo no desfolhado mês de março. Catherine nunca vira nada que se comparasse àquilo. Seu deleitamento era tão intenso que ela irrompeu em atrevidos louvores, maravilhada, sem esperar por pareceres mais autorizados.

O general a ouviu com gratidão condescendente, e parecia que sua própria estima por Northanger se mantivera incerta até a chegada daquele momento.

A horta era o local a ser admirado em seguida, e o general indicou o caminho por um pequeno trecho do parque.

A quantidade de acres que o jardim continha era tal que Catherine não pôde ouvi-la sem assombro, tendo ele mais que o dobro da extensão dos jardins do sr. Allen ou de seu pai, incluídos o pátio e o pomar. Os muros eram aparentemente incontáveis em número, intermináveis em comprimento. Um vilarejo de estufas parecia surgir entre eles, e era como se uma paróquia inteira trabalhasse no interior do cercamento. O general envaideceu-se com os olhares surpresos de Catherine, os quais, sendo quase tão literais quanto as palavras que ele logo extraiu dela à força, revelaram que ela jamais vira antes um jardim que sequer se assemelhasse àquele; e ele então confessou, modestamente, que sem qualquer ambição do tipo por parte dele – sem qualquer solicitude a respeito –, de fato acreditava que seu jardim não tinha rival em todo o reino. Podia-se afirmar que *aquele* era o seu brinquedo favorito. Ele adorava jardins. Embora fosse um tanto descuidado, quase sempre, em matéria de comida, ele adorava uma boa fruta – quando não gostava, seus amigos e filhos gostavam. Tomar conta de um jardim tão vasto implicava, no entanto, grandes aborrecimentos. Muitas vezes, a máxima dedicação não assegurava uma abundância de frutas. A estufa de abacaxis produzira somente cem frutos no ano anterior. O sr. Allen, ele supunha, certamente sofria, tanto quanto ele, com tais inconveniências.

Não, de modo algum. O sr. Allen não dava nenhuma importância ao jardim, e nem mesmo o frequentava.

Exibindo um sorriso triunfante, satisfeito consigo mesmo, o general afirmou que gostaria de poder fazer o mesmo, pois ele nunca passeava pelo seu sem se aborrecer de um modo ou de outro, já que suas expectativas se frustravam.

Como eram mantidas as estufas de sucessão do sr. Allen? (descrevendo as condições de suas próprias estufas, enquanto entravam nelas).

O sr. Allen possuía não mais do que uma estufa pequena, que a sra. Allen utilizava para suas plantas no inverno, e vez por outra havia uma fogueira dentro dela.

– Ele é um homem feliz! – disse o general, com um desprezo felicíssimo no olhar.

Tendo conduzido Catherine por todos os recantos, e depois de lhe mostrar todos os interiores, a tal ponto que ela ficara exausta de tanto ver e admirar, o general permitiu às garotas que fizessem uso de uma porta externa. Então, exprimindo seu desejo de examinar o efeito de certas alterações realizadas recentemente na casa de chá, propôs, como uma extensão nada desagradável da caminhada, que fossem até lá, se a srta. Morland não estivesse cansada.

– Mas aonde vai você, Eleanor? Por que escolher esse caminho frio, úmido? A srta. Morland acabará se molhando. Faremos melhor atravessando o parque.

– Gosto tanto de passear por ali – disse a srta. Tilney – que sempre o considero como sendo o melhor caminho, e o mais curto. Mas talvez esteja úmido.

Tratava-se de um caminho estreito e sinuoso, que avançava por um denso bosque de pinheiros-da-escócia, e Catherine, impressionada pelo aspecto sombrio daquela via e ávida por entrar no bosque, não pôde deixar de avançar, mesmo que enfrentasse a desaprovação do general. Ele notou a inclinação da jovem e, tendo mais uma vez empregado, em vão, o pretexto da saúde, teve a delicadeza de não seguir objetando. Escusou-se, contudo, de acompanhá-las: os raios do sol não eram muito animadores, e ele as encontraria por outra rota. O general se foi, e Catherine chocou-se ao constatar o alívio que sentiu no espírito com a separação. O choque, no entanto, foi menos real do que o alívio e não acarretou desconforto. Ela então começou a falar, com serena alegria, sobre a deliciosa melancolia que um bosque como aquele inspirava.

– Tenho imensa estima por este lugar – disse sua companheira, suspirando. – Era o passeio favorito de minha mãe.

Catherine jamais ouvira alguém da família mencionando a sra. Tilney, e o interesse estimulado por aquela recordação se mostrou no mesmo instante em seu semblante alterado, e na pausa atenta com a qual quis saber mais.

– Eu e ela costumávamos caminhar aqui com tanta frequência! – acrescentou Eleanor. – Naquele tempo, porém, meu amor por este trajeto não era tão grande quanto passou a ser depois. Eu encarava com estranhamento aquela preferência por ele, na verdade. Mas a memória dela me faz estimá-lo agora.

"E não deveria ocorrer o mesmo", refletiu Catherine, "na estima do marido? O general se recusa, no entanto, a seguir por este caminho." Como a srta. Tilney permaneceu em silêncio, ela se arriscou a dizer:

– A morte dela deve ter sido uma terrível aflição!

– Uma aflição terrível e cada vez maior – retrucou a outra, em voz baixa. – Eu tinha apenas treze anos quando aconteceu e, embora tenha sentido a perda tanto quanto qualquer pessoa teria sentido nessa idade, não compreendi, não pude compreender, na época, o que aquela perda significava.

Ela parou por um momento e então acrescentou, com grande firmeza:

— Veja, não tenho irmã... e embora Henry... embora meus irmãos sejam muito afetuosos e Henry fique aqui grande parte do tempo (sou muito grata por isso), é impossível que eu não me sinta muitas vezes solitária.

— Sem dúvida, a senhorita deve sentir muito a falta dele.

— Uma mãe teria estado sempre presente. Uma mãe teria sido uma amiga constante; sua influência teria superado a de qualquer outra pessoa.

"Ela era uma mulher distinta? Era bonita? Existia algum retrato dela na abadia? E por que motivo ela gostava tanto daquele bosque? Por causa de um temperamento melancólico?" – tais perguntas jorraram sofregamente. As três primeiras receberam pronta confirmação, as outras duas foram desconsideradas; e o interesse de Catherine pela falecida aumentava a cada pergunta, houvesse ou não uma resposta. Ela estava convencida de que a sra. Tilney tivera um casamento infeliz. O general certamente havia sido um marido insensível. Ele não amava o passeio favorito da esposa: poderia ter amado a ela, então? E além disso, mesmo que fosse um homem bonito, alguma coisa em suas feições denunciava que ele não a tratara bem.

— O retrato dela, suponho – (corando com o consumado ardil de sua própria pergunta) –, está pendurado no quarto do seu pai?

— Não. O destino original era a sala de visitas, mas meu pai não ficou satisfeito com a pintura, e durante algum tempo não houve lugar para o quadro. Logo depois da morte dela eu o retive para mim e o pendurei no meu quarto de dormir, onde terei muito prazer em mostrá-lo à senhorita; o retrato é muito fiel.

Surgia aqui mais uma prova. Um retrato – muito fiel – de uma esposa falecida, desprezado pelo marido! Ele decerto havia sido terrivelmente cruel com ela!

Catherine já não tentava esconder de si mesma o teor dos sentimentos que o general despertara nela previamente, apesar de todas as gentilezas; e o que antes fora medo e desagrado era agora absoluta aversão. Sim, aversão! A crueldade com que ele tratara uma mulher tão encantadora o fazia odioso a seus olhos. Catherine já encontrara muitos personagens assim nos livros, personagens que o sr. Allen costumava classificar como artificiais e exagerados; aqui, porém, havia uma prova inquestionável no sentido contrário.

Ela acabara de concluir tal pensamento quando o fim do caminho as defrontou com o general. Apesar de toda a sua indignação virtuosa, Catherine viu-se mais uma vez obrigada a caminhar com ele, a ouvi-lo e até mesmo a sorrir quando ele sorria. Por já não ser capaz, entretanto, de contemplar com prazer os objetos em volta, ela logo começou a caminhar com lassidão. O general o percebeu e, receoso pela saúde da srta. Morland, o que parecia desacreditar a opinião que ela formara dele, pediu com veemência que as duas voltassem para casa. Ele as encontraria dentro de um quarto de hora. Houve uma nova separação – mas Eleanor foi chamada pelo pai, em meio minuto, e recebeu ordem estrita de que não deveria, até o retorno dele, conduzir sua amiga pelo interior da abadia. Era a segunda ocasião em que o general demonstrava um anseio por protelar o que ela tanto desejava fazer. Catherine ficou muito impressionada.

Capítulo 23

ATÉ QUE O GENERAL ENTRASSE em casa passou-se uma hora, que foi empregada, por parte de sua hóspede, em considerações não muito favoráveis em torno de seu caráter. Essa ausência prolongada e essa perambulação solitária não eram indícios de uma mente tranquila ou de uma consciência isenta de vergonhas. Por fim, o general apareceu; e por mais taciturnas que fossem suas meditações, ele podia ainda sorrir com *elas*. A srta. Tilney, compreendendo, em parte, a curiosidade que sua amiga tinha por ver a casa, logo retomou o assunto; e seu pai, que já não dispunha, contrariando a expectativa de Catherine, de qualquer pretexto para maiores protelações, exceto o de despender cinco minutos ordenando que refrescos estivessem à disposição quando regressassem, pôde afinal acompanhá-las.

O percurso teve início com postura majestosa e com passos elegantes, sinais que eram perceptíveis mas não abalavam as suspeitas de Catherine, que era leitora experiente, o general as conduziu pelo saguão, pela sala de visitas de uso comum e por uma inútil antecâmara até o interior de um grande aposento, esplêndido tanto por seu tamanho quanto por sua mobília – a verdadeira sala de visitas, utilizada apenas com pessoas muito importantes. Era uma sala sublime, formidável, encantadora! Isso foi tudo o que Catherine teve para dizer, porque seus olhos indiscriminados mal discerniam a cor do cetim; e todos os louvores minuciosos, todos os louvores mais significativos foram fornecidos pelo general: o preço elevado ou o requinte da decoração de um aposento não significavam nada para Catherine; ela desconsiderava qualquer mobília que pertencesse a uma data posterior ao século XV. Quando o general terminou de satisfazer sua própria curiosidade, num rigoroso exame de todos os bem conhecidos ornamentos, os três seguiram para a biblioteca, um aposento que exibia, a seu modo, igual magnificência, com uma coleção de livros que qualquer homem modesto teria contemplado com orgulho. Catherine ouviu, admirou e se maravilhou com um sentimento que era agora mais genuíno – coletou o que pôde daquele depósito de conhecimento, passando os olhos pelos títulos da metade de uma estante, e então seguiu em frente. Mas aquela sequência de aposentos não correspondia aos seus desejos. Por maior que fosse o prédio, Catherine já visitara a maior parte dele. Mesmo assim, informada de que, com a inclusão da cozinha, os seis ou sete compartimentos que ela acabara de ver abrangiam três lados do pátio, quase não quis acreditar ou se desfazer da suspeita de que existiam muitos quartos secretos. Oferecia um certo alívio, no entanto, o fato de que eles voltariam para as salas de uso comum passando por alguns aposentos menos importantes, com vista para o pátio, os quais, por meio de passagens ocasionais, não pouco intrincadas, conectavam os diferentes lados. Catherine se acalmou ainda mais, em seu avanço, ao ser informada de que pisava, naquele momento, o que fora um dia o chão de um claustro; ao observar vestígios de celas que lhe foram apontados; ao perceber várias portas que não foram abertas, sobre as quais nada foi explicado para ela; ao encontrar-se sucessivamente em uma sala de jogos e no aposento privado do general sem entender a conexão entre as peças, ou sem que fosse capaz de se localizar saindo delas; e por último ao passar por um pequeno quarto escuro, pertencente a Henry e abarrotado com sua desordenada profusão de livros, armas e sobretudos.

Da sala de jantar, cuja dimensão, embora se tratasse de uma peça conhecida, que podia ser vista às cinco horas todos os dias, o general não se furtou ao prazer de medir com passos, para melhor instruir a srta. Morland – uma dimensão de que ela não duvidava e à qual não dava nenhuma importância –, eles seguiram por uma curta comunicação até a cozinha, a antiga cozinha do convento, solene em suas paredes maciças e nas fumaças do passado, bem como nos fornos e nos armários quentes do presente. A mão aperfeiçoadora do general não perdera tempo aqui: todas as modernas invenções que facilitavam o trabalho das cozinheiras haviam sido adotadas neste espaçoso palco da culinária e, onde o gênio alheio falhara, a mão dele produzira a perfeição requerida. As dádivas que ele concedera apenas àquela cozinha o teriam situado, em qualquer momento, entre os mais pródigos benfeitores do convento.

Nas paredes da cozinha chegava ao fim toda a antiguidade da abadia; o quarto lado do quadrângulo fora removido pelo pai do general, em função de seu estado decrépito, e a construção atual tomara o seu lugar. A atmosfera venerável cessava aqui. O novo edifício não era apenas novo, mas declarava-se como tal; destinado unicamente aos serviços de manutenção da casa e sucedido por estábulos na parte de trás, não apresentava, intencionalmente, nenhuma uniformidade arquitetônica. Catherine teria decerto vociferado contra a mão que arrasara, por mero propósito de economia doméstica, um prédio que talvez tivesse mais valor do que todo o resto; e teria prontamente evitado a mortificação de um passeio por um cenário tão decadente, caso contasse com a permissão do general; se havia uma vaidade nele, porém, ela consistia na organização das dependências de manutenção da casa; e como ele estava convencido de que, para uma mente como a da srta. Morland, seria sempre gratificante uma inspeção das acomodações e dos confortos que suavizavam o trabalho dos subalternos, não apresentou nenhuma desculpa para levá-la até lá. Eles empreenderam uma rápida vistoria de tudo, e Catherine impressionou-se, além de sua expectativa, com a multiplicidade e com a comodidade das instalações. Os propósitos para os quais bastavam, em Fullerton, algumas despensas disformes e uma desconfortável copa ganhavam aqui divisões apropriadas, espaçosas e cômodas. Os inúmeros criados que continuamente apareciam não lhe chamaram menos atenção do que suas inúmeras ocupações. Aonde quer que os três fossem, alguma garota em tamancos parava e fazia reverência, ou algum criado em trajes comuns fugia de vista. E se tratava, no entanto, de uma abadia! Eram inexprimivelmente diversos, aqueles arranjos domésticos, dos serviços sobre os quais ela tanto lera – das abadias e dos castelos nos quais, embora os prédios fossem certamente maiores do que Northanger, todo o trabalho sujo da casa era feito por, no máximo, dois pares de mãos femininas. A sra. Allen muitas vezes intrigara-se com o fato de que essas mãos conseguissem dar conta de tudo; quando Catherine viu o que era necessário fazer ali, ela própria começou a ficar intrigada.

Eles retornaram ao saguão para que pudessem subir a escadaria principal a fim de saudar a beleza de sua madeira e os ornamentos de magnífico entalhe. Tendo chegado ao topo, tomaram caminho oposto em relação à passagem na qual ficava o quarto de Catherine, e logo em seguida, no mesmo nível, entraram em outro corredor, maior em comprimento e largura. Ela foi introduzida sucessivamente a três enormes quartos de dormir, cada qual com seu toucador, decorados por completo, belíssimos. Em conforto e elegância, tais quartos dispunham de tudo o que podiam fazer por eles o dinheiro e o bom gosto; e como haviam sido mobiliados nos últimos cinco anos, eram perfeitos em tudo o que costuma ser agradável e deficientes em tudo o que satisfazia Catherine. Enquanto eles inspecionavam o último, o general, depois de nomear modestamente algumas das distintas personalidades com cujas presenças a casa se vira por vezes honrada, voltou-se para Catherine, com semblante sorridente, e aventurou-se a desejar que, dali por diante, entre os primeiros visitantes da abadia estivessem "os nossos amigos de Fullerton". Ela foi sensível àquela inesperada cortesia e lamentou profundamente a impossibilidade de ver com bons olhos um homem que era tão gentil com ela e que se referia com tanta civilidade a toda a sua família.

O corredor terminava em portas de dobradiça, que a srta. Tilney, avançando, abrira e atravessara. Ela parecia estar prestes a fazer o mesmo na primeira porta à esquerda, na direção de mais uma longa passagem, quando o general, aproximando-se, chamou-a de volta bruscamente e, com certa agressividade (segundo pareceu a Catherine), perguntou para onde ela estava indo. O que mais havia para ver, ali? A srta. Morland já não vira tudo o que era digno de sua atenção? E ela não supunha que sua amiga poderia desejar um refresco, depois de tanto exercício?

A srta. Tilney logo recuou, e as pesadas portas se fecharam por trás da mortificada Catherine, que, tendo visto adiante, num vislumbre momentâneo, uma passagem mais estreita, aberturas mais numerosas e indícios de uma escada em espiral, acreditou que tinha a seu alcance, afinal, algo que era digno de sua atenção. Ela sentiu, retornando a contragosto pelo corredor, que gostaria muito mais de ter autorização para examinar aquela extremidade do que de ver todos os vistosos ornamentos do restante da casa. O evidente desejo do general de impedir tal exame era um estímulo adicional. Certamente existia alguma coisa escondida; a imaginação de Catherine, mesmo que a tivesse logrado uma ou duas vezes recentemente, não podia iludi-la aqui; e uma breve frase da srta. Tilney pareceu revelar o que era essa coisa oculta, enquanto elas desciam as escadas um pouco atrás do general:

– Eu queria mostrar à senhorita o quarto que foi de minha mãe... o quarto em que ela morreu...

Tais foram todas as suas palavras; por poucas que fossem, transmitiram páginas de informação para Catherine. Não era de se admirar que o general retrocedesse diante dos objetos que aquele quarto devia conter; um quarto no qual muito possivelmente ele jamais ingressara desde que ocorrera a terrível cena que libertou sua moribunda mulher e o entregou aos suplícios da consciência.

Ela arriscou-se, quando ficou sozinha outra vez com Eleanor, a manifestar seu desejo de que lhe fosse permitido ver o quarto, assim como todo o resto daquele lado da casa; e Eleanor prometeu que a levaria até lá logo que surgisse oportunidade. Catherine a compreendeu: teriam de ver o general saindo de casa para que pudessem entrar naquele aposento.

– O quarto não foi modificado, eu suponho – disse ela, num tom compassivo.

– Não, de modo algum.

– E quanto tempo atrás sua mãe faleceu?

– Já se passaram nove anos desde que ela morreu.

E nove anos, Catherine sabia, era um tempo irrisório se comparado ao período que geralmente se passava, depois da morte de uma esposa maltratada, até que seu quarto fosse colocado em ordem.

– A senhorita esteve com ela, eu suponho, até o último instante?

– Não – disse a srta. Tilney, suspirando. – Eu não estava em casa, infelizmente. A doença foi súbita e breve; quando cheguei, já estava tudo acabado.

O sangue de Catherine gelou com as pavorosas sugestões que emanaram naturalmente de tais palavras. Seria possível? Poderia o pai de Henry...? E contudo eram tantos os exemplos que justificavam até mesmo as mais negras suspeitas! E naquela mesma noite, enquanto trabalhava com sua amiga, quando o viu lentamente caminhando de um lado ao outro pela sala de visitas, ao longo de uma hora inteira, em silenciosa meditação, com os olhos no chão e fronte enrugada, teve certeza absoluta de que a interpretação que fizera não podia estar errada. Ele tinha a aparência e a atitude de um Montoni! Nada poderia expor com mais clareza as soturnas maquinações de uma mente na qual não morrera totalmente um senso de humanidade e que recordava, amedrontada, cenas de um passado criminoso. Miserável homem! Com grande ansiedade em seu espírito, Catherine olhava para ele tão repetidamente que chamou a atenção da srta. Tilney.

– Meu pai – ela sussurrou – costuma andar assim pela sala, não é nada incomum.

"Tanto pior!", pensou Catherine; aquele exercício fora de hora assemelhava-se ao estranho despropósito de suas caminhadas matinais e não prenunciava nada de bom.

Depois de uma noite fastidiosa e aparentemente interminável, que a fez constatar, acima de tudo, o quanto era importante a presença de Henry, ela ficou mais do que satisfeita ao ser dispensada. Com um olhar discreto, que não deveria ter sido notado pela hóspede, o general mandou sua filha soar a sineta. Quando o mordomo quis acender a vela de seu patrão, no entanto, não teve permissão. O general não iria se recolher.

– Tenho muitos panfletos por terminar – ele disse para Catherine – antes que possa fechar meus olhos, e talvez ainda rumine por horas sobre questões nacionais enquanto a senhorita já estiver dormindo. Haverá uma ocupação mais apropriada para nós dois? *Meus* olhos ficarão quase cegos pelo bem dos outros, e o *seus* estarão se preparando, no descanso, para seduções futuras.

Mas nem a tarefa alegada e nem o magnífico elogio puderam derrotar o pensamento de Catherine de que decerto algum objetivo muito diferente exigia esse grave adiamento do repouso adequado. Perder tempo com panfletos estúpidos, por horas a fio, com a família na cama, era bastante improvável. Existia certamente um motivo mais forte: o general precisava fazer algo que só poderia ser feito enquanto a casa inteira dormia; e a probabilidade de que a sra. Tilney estivesse ainda viva, aprisionada por causas desconhecidas, recebendo das impiedosas mãos de seu marido um suprimento noturno de comida intragável, foi a conclusão que necessariamente adveio. Por mais espantosa que fosse, tal ideia era melhor, ao menos, do que uma morte injustamente precipitada, e, no decorrer natural do tempo, ela acabaria por ser libertada. O caráter brusco de sua suposta doença, a ausência de sua filha e provavelmente de seus outros filhos na ocasião – tudo favorecia a hipótese de seu aprisionamento. A causa – ciúme, talvez, ou crueldade gratuita – ainda tinha de ser decifrada.

Ponderando tais questões enquanto se despia, Catherine concluiu de repente que era bem possível que naquela manhã tivesse passado perto do exato local de confinamento da desgraçada mulher – que tivesse ficado a poucos passos da cela em que ela definhava aos poucos –, pois que parte da abadia serviria melhor a tal propósito do que aquela que ostentava ainda vestígios de divisão monástica? Naquele corredor abobadado, pavimentado com pedras que ela pisara com peculiar intimidação, ela bem recordava ter visto as portas cuja função o general não elucidara. Que segredos essas portas não guardariam? Em socorro à plausibilidade de tal conjectura, ocorreu-lhe também que a galeria proibida na qual ficavam os aposentos da desgraçada sra. Tilney devia estar situada, se sua memória não lhe falhava, exatamente acima dessa presumida série de celas, e que a escada ao lado dos aposentos, da qual captara um ligeiro vislumbre, poderia muito bem ter favorecido os bárbaros procedimentos do marido, oferecendo alguma espécie de comunicação secreta com as celas. Ela fora carregada para baixo, talvez, por aquela escada, num estado de providencial inconsciência!

Catherine por vezes sobressaltava-se com a ousadia de suas próprias suposições e por vezes desejava ou temia ter ido longe demais; elas eram amparadas, contudo, por evidências que as faziam incontornáveis.

Segundo lhe parecia, o lado do quadrângulo onde estava localizado o suposto palco da cena criminosa se defrontava com o lado em que ficava seu quarto, e ela foi assaltada pela ideia de que, numa atenta vigilância, alguns raios de luz da lamparina do general poderiam bruxulear por entre as janelas mais baixas quando ele se dirigisse à prisão de sua esposa. Duas vezes, antes de se deitar, ela saiu furtivamente do quarto e foi até a janela correspondente no corredor, para ver se surgiria a luz; mas lá fora estava tudo escuro, e decerto era ainda muito cedo. Os vários ruídos que lhe chegavam convenceram-na de que os criados seguiam trabalhando. Considerou que seria inútil fazer vigilância antes da meia-noite; mas depois, quando o relógio batesse doze horas e tudo estivesse quieto, ela sairia furtivamente, caso superasse a tenebrosa escuridão, e olharia mais uma vez. O relógio bateu doze horas – e Catherine já estava dormindo havia meia hora.

Capítulo 24

O DIA SEGUINTE NÃO proporcionou qualquer oportunidade para a planejada investigação dos misteriosos aposentos. Era domingo, e todo o período entre os serviços religiosos da manhã e da tarde foi empregado, por requerimento do general, em exercícios ao ar livre ou no consumo de carnes frias em casa; e por mais que crescesse a curiosidade de Catherine, sua coragem não foi tão intensa quanto o desejo de explorá-los depois do jantar, nem sob a luz agonizante que vinha do céu entre as seis e as sete horas e tampouco sob a claridade restrita, porém mais forte, de uma lamparina traiçoeira. O dia não foi marcado, portanto, por nada que despertasse seu interesse, com exceção de um magnífico monumento dedicado à memória da sra. Tilney, adjacente ao compartimento da família na igreja. O monumento atraiu seu olhar imediatamente e o reteve por longo tempo. A leitura do afetadíssimo epitáfio, no qual inúmeras virtudes eram atribuídas a ela pelo inconsolável marido, que certamente lhe destruíra a vida de um modo ou de outro, fez com que Catherine derramasse lágrimas comovidas.

Que o general, tendo erigido tal monumento, fosse capaz de o encarar, não era, talvez, tão estranho; no entanto, que conseguisse sentar-se com tamanha serenidade junto a ele, manter uma compostura tão altiva, olhar em volta de maneira tão destemida, ora, que chegasse a entrar na igreja, tudo isso era espantoso aos olhos de Catherine. Não que não existissem muitos casos de criaturas igualmente endurecidas pela culpa. Ela lembrava-se de dezenas que haviam perseverado em todos os vícios possíveis, progredindo de crime em crime, assassinando quem lhes cruzasse o caminho sem qualquer sentimento de humanidade ou remorso; até que uma morte violenta ou um retiro religioso encerrasse suas sinistras carreiras.

A própria existência do monumento não chegava a enfraquecer suas dúvidas sobre a verdadeira doença da sra. Tilney. Se pudesse entrar na catacumba da família, onde supostamente descansavam as cinzas da falecida, se contemplasse o caixão no qual, segundo se dizia, elas estavam guardadas – que proveito isso traria? Catherine já lera muitos livros para não ter perfeita consciência da facilidade com que um boneco de cera podia ser utilizado na encenação de um funeral fraudulento.

O dia seguinte amanheceu com melhores auspícios. A caminhada matutina do general, despropositada em todos os outros aspectos, era agora propícia; e quando soube que ele saíra de casa, ela solicitou imediatamente à srta. Tilney que cumprisse sua promessa. Eleanor obedeceu prontamente. No caminho, Catherine a fez recordar outra promessa. Assim, a primeira parada ocorreu no quarto da amiga, diante do retrato. Ele representava uma mulher adorável, de semblante meigo e pensativo, o que justificava, até ali, as expectativas de sua nova observadora; mas não houve resposta para tudo, porque Catherine acreditara que veria uma aparência, um ar e uma compleição que seriam a contraparte exata, a imagem exata, se não de Henry, de Eleanor; nos retratos em que costumava pensar, havia sempre uma grande semelhança entre mãe e filha. A imagem de um rosto perdurava por gerações. Aqui, porém, ela se viu obrigada a observar e refletir e examinar, na busca por alguma similitude. Ela contemplou o quadro, no entanto, apesar do revés, com forte emoção e, não houvesse um interesse maior, não teria tirado os olhos dele tão cedo.

Sua agitação quando elas entraram no grande corredor era forte demais para que tentasse conversar; ela só conseguia olhar para a companheira. O rosto de Eleanor se mostrava abatido, mas impassível; tal compostura revelava uma familiaridade com todos os lúgubres objetos na direção dos quais elas avançavam. Outra vez ela passou pelas portas sanfonadas, outra vez sua mão tocou a memorável fechadura, e Catherine, mal podendo respirar, virou-se para fechar as portas, com temerosa cautela, quando o vulto, o medonho vulto do general apareceu em sua visão, na extremidade do corredor! No mesmo instante, no mais alto tom de voz, o nome "Eleanor" ressoou pelo prédio; o general apresentava para a filha, assim, a primeira intimação de sua presença, e para Catherine, um terror infinito. Seu primeiro movimento, ao ver o vulto, foi o de tentar esconder-se, mas mal tinha esperança de que houvesse passado despercebida aos olhos dele. Quando sua amiga passou por ela às pressas, com um pedido de desculpas no olhar, e desapareceu na companhia do pai, ela correu para o refúgio de seu próprio quarto e, chaveando a porta, pensou que jamais teria coragem de descer novamente. Permaneceu ali por pelo menos uma hora, na maior das aflições, comiserando-se profundamente pela situação de sua pobre amiga e aguardando ela mesma que o general a convocasse para um encontro privado. Mas não houve convocação nenhuma, entretanto; e por fim, ao avistar uma carruagem que se aproximava da abadia, reuniu coragem para descer e se defrontar com ele sob a proteção dos recém-chegados. A sala de desjejum se animara com os visitantes, e Catherine lhes foi apresentada pelo general como amiga de sua filha. Ele utilizou palavras lisonjeiras, que ocultaram muito bem sua ira rancorosa, e ela sentiu que naquele momento, ao menos, sua vida não corria perigo. Eleanor, por sua vez, demonstrando um autocontrole que validava seus receios quanto ao caráter do general, aproveitou a primeira oportunidade para lhe dizer:

– Meu pai queria apenas que eu respondesse um bilhete.

E Catherine começou a ter esperança de que não fora vista pelo general, ou de que deveria ser levada a pensar assim em função de alguma estratégia ardilosa. Tendo isso em mente, atreveu-se a permanecer na companhia dele quando os visitantes se foram, e não ocorreu nada que abalasse sua convicção.

No decorrer das reflexões dessa manhã, Catherine decidira que faria sozinha sua próxima expedição à porta proibida. Seria melhor, em todos os aspectos, que Eleanor não soubesse de nada. Submetê-la ao risco de um segundo flagrante, fazê-la entrar num aposento que decerto lhe cortava o coração – uma amiga não podia proceder assim. A fúria do general seria menos acerba com ela do que com sua filha; além de tudo isso, seria mais proveitoso empreender a investigação sem companhia. Seria impossível dar a Eleanor uma explicação sobre suspeitas de cujo conhecimento, ao que tudo indicava, ela estivera felizmente livre até então; e assim Catherine não poderia, na presença *da amiga*, procurar por indícios da crueldade do general, os quais, por mais que tivessem escapado de qualquer descoberta, ela acreditava que acabariam vindo à tona sob a forma de algum diário fragmentado, mantido até o último suspiro. Quanto ao caminho que levava ao aposento, Catherine o dominava com perfeição. Como ela queria cumprir sua missão antes do retorno de Henry, que era esperado para o dia seguinte, não podia perder tempo. O dia estava claro, e sua coragem era imensa; às quatro da tarde o sol estava duas horas acima do horizonte, e ela só precisaria se retirar para trocar de vestido meia hora mais cedo do que o habitual.

Catherine seguiu seu plano; os relógios soavam ainda e ela já estava no corredor, sozinha. Não havia tempo para reflexões. Ela acelerou o passo, deslizou do modo mais silencioso pelas portas de dobradiça e, sem parar para olhar em volta ou respirar, correu até a porta em questão. A fechadura cedeu em sua mão e, afortunadamente, não emitiu nenhum som funesto que pudesse alarmar um ser humano. Catherine entrou na ponta dos pés. O interior do aposento descortinou-se, mas passaram-se alguns minutos até que ela arriscasse outro passo. Contemplou o cenário que a fixava no chão e a perturbava por inteiro. O que viu foi um quarto amplo e bem-proporcionado, uma bonita cama com fustão listrado que parecia fora de uso e arranjada por arrumadeira, uma brilhante lareira Bath, guarda-roupas de mogno e cadeiras magnificamente pintadas, nas quais incidiam, festivos, os tépidos raios de um sol poente, filtrados por duas janelas de guilhotina! Catherine alimentara uma expectativa de que seus sentimentos seriam abalados, e abalados eles foram. O pasmo e a dúvida tomaram conta deles a princípio, e um subsequente raio de bom senso adicionou amargas doses de vergonha. Ela não poderia estar enganada em relação ao quarto. Mas como se enganara no resto! No significado das palavras da srta. Tilney, em suas próprias conjecturas! Este aposento, ao qual determinara uma data tão remota, uma posição tão tenebrosa, provou ser uma extremidade da ala que o pai do general construíra. Existiam duas outras portas no cômodo, que levavam, provavelmente, a quartos de vestir; mas ela não quis abrir nenhuma delas. Estariam ali ainda o véu com o qual a sra. Tilney caminhara pela última vez, ou o último livro que lera, anunciando aquilo que não se podia sequer sussurrar? Não: quaisquer que fossem os crimes do general, ele certamente era astucioso demais para deixar-se apanhar. Catherine estava cansada de suas investigações; queria apenas retornar ao refúgio de seu quarto, tendo apenas seu coração como confidente daquele desatino; e estava prestes a retroceder, furtiva como entrara, quando um soar de passos, de origem indefinível, fez com que ela parasse, estremecendo. Ser encontrada ali, mesmo que fosse por um criado, seria um tanto desagradável; mas pelo general (e ele parecia estar sempre por perto quando menos se desejava sua presença) seria muito pior! Ela prestou atenção – o som cessara. Decidindo que não perderia um único segundo, atravessou o quarto e fechou a porta. Naquele mesmo instante, uma porta foi subitamente aberta no andar de baixo; aparentemente alguém vinha subindo a escada com passos apressados, e Catherine teria de passar pelo topo dessa escada antes de alcançar o corredor. Ela não tinha forças para se mover. Com uma vaga sensação de terror, fixou seus olhos na escadaria, da qual saiu, logo em seguida, o vulto de Henry.

– Sr. Tilney! – ela exclamou, num tom de voz que revelava um espanto desmesurado; ele também parecia estar espantado. – Santo Deus! – prosseguiu, sem dar ouvidos à fala do cavalheiro. – Como chegou aqui? Por que subiu essa escada?

– Por que subi essa escada? – retrucou ele, com enorme surpresa. – Porque é o caminho mais curto entre os estábulos e o meu quarto. E por que não a subiria?

Catherine se recompôs, corou e não soube dizer mais nada. Henry parecia procurar, no semblante dela, a explicação que seus lábios não forneciam. Ela tomou o caminho do corredor.

– E não posso eu, por minha vez – disse ele, enquanto fechava as portas de dobradiça –, perguntar como *a senhorita* veio parar aqui? Esta passagem, como ligação entre a sala de desjejum e o seu aposento, é no mínimo tão extraordinária quanto o caminho entre os estábulos e o meu.

– Eu fui ver – disse Catherine, baixando os olhos – o quarto de sua mãe.

– O quarto de minha mãe! E há para se ver nele alguma coisa extraordinária?

– Não, não há nada. Pensei que o senhor só fosse voltar amanhã.

– Eu não esperava ter condições de regressar antes, quando parti. Mas três horas atrás tive o prazer de descobrir que nada me detinha. A senhorita está pálida. Creio que a deixei assustada ao subir correndo as escadas. Talvez a senhorita não soubesse... não estivesse ciente de que elas se conectam ao setor de manutenção.

– Não, não estava ciente. O senhor teve um belo dia para viajar.

– É verdade. E Eleanor, então, permite que a senhorita perambule sozinha, perdida, por todos os aposentos da casa?

– Não! Ela me mostrou quase tudo no sábado... e nós estávamos vindo para os aposentos deste lado... porém... – (baixando a voz) – o seu pai estava conosco.

– E isso as impediu. – disse Henry, olhando para ela com seriedade. – A senhorita já viu todos os aposentos nessa passagem?

– Não, eu só queria ver... Já não está muito tarde? Preciso ir me vestir.

– São apenas quatro e quinze – (mostrando seu relógio) –, e a senhorita não está mais em Bath. Não há teatro, não há salões para os quais se preparar. Em Northanger, meia hora deve bastar.

O fato era incontestável, e Catherine, portanto, não teve opção senão permanecer, embora seu temor por novos questionamentos a fizesse, pela primeira vez desde que o conhecera, querer fugir de Henry. Eles caminharam lentamente corredor acima.

– A senhorita recebeu alguma carta de Bath desde que a vi pela última vez?

– Não, e fico muito surpresa com isso. Isabella prometeu com tanta fidelidade que escreveria o quanto antes.

– Prometeu com tanta fidelidade! Uma promessa fiel! É intrigante. Já ouvi falar de uma performance fiel. Uma promessa fiel, porém... a fidelidade do ato de prometer! Trata-se de um poder que não vale a pena compreender, entretanto, já que ele pode nos enganar e nos causar dor. O quarto de minha mãe é bastante cômodo, não é? Espaçoso, alegre, e os quartos de vestir dispostos de um modo tão apropriado! Sempre o considerei o aposento mais confortável da casa, e me deixa perplexo o fato de que Eleanor não o queira para si. Ela mesma sugeriu à senhorita que fosse vê-lo, eu suponho.

– Não.

– A senhorita tomou sozinha essa iniciativa?

Catherine não disse nada. Depois de um breve silêncio, durante o qual Henry olhou fixamente para ela, ele acrescentou:

– Como não há no quarto nenhum objeto que possa despertar curiosidade, a senhorita certamente se deixou levar por um sentimento de respeito pelo caráter de minha mãe, a partir da descrição de Eleanor, o que é uma honra à memória dela. Creio que o mundo jamais viu uma mulher mais virtuosa. Mas não é sempre que a virtude pode se gabar de um interesse como esse. Os singelos méritos familiares de uma pessoa jamais conhecida não costumam gerar esse tipo de ternura fervorosa e reverente que estimula uma visita como a sua. Eleanor, eu suponho, falou muito sobre ela.

– Sim, muito. Ou melhor... não, nem tanto, mas o que chegou a dizer foi muito interessante. A morte tão repentina... – (Catherine falava devagar, com hesitação) – e vocês... nenhum de vocês estando em casa... e o seu pai, eu pensei... talvez não gostasse muito dela.

– E a partir de tais circunstâncias – ele retrucou (sem tirar dela seus olhos perspicazes) –, a senhorita deduz a probabilidade de alguma negligência... de alguma... – (ela balançou a cabeça involuntariamente) – ou até mesmo... de algo mais imperdoável ainda.

Catherine olhou para ele com uma ânsia que jamais demonstrara.

– A enfermidade de minha mãe – ele continuou –, a disfunção que acabou por matá-la, *foi* mesmo repentina. A doença em si, da qual ela sofria com frequência, era uma febre biliosa, a causa vindo, portanto, de sua constituição física. No terceiro dia, para resumir, assim que pôde ser persuadida, ela foi atendida por um médico, um homem muito respeitável, no qual ela sempre depositara muita confiança. O médico considerou que ela corria perigo; dois outros foram chamados no dia seguinte e prestaram por 24 horas um atendimento quase constante. No quinto dia ela morreu. Durante o progresso da moléstia, Frederick e eu (*estávamos* ambos em casa) a vimos repetidas vezes; e a partir de nossa própria observação podemos testemunhar que ela recebeu todas as atenções possíveis que lhe poderiam ser dedicadas pela afeição dos que a cercavam ou que sua situação de vida poderia exigir. A pobre Eleanor *estava* ausente, e a uma distância tão grande que, quando retornou, só pôde ver sua mãe no caixão.

– Mas o seu *pai* – disse Catherine –, ele se afligiu muito?

– Muitíssimo, por algum tempo. A senhorita enganou-se ao supor que meu pai não gostava dela. Ele amava minha mãe, estou certo disso, tanto quanto lhe era possível (nem todos temos, a senhorita sabe, o mesmo temperamento afetuoso), e não tenho a pretensão de afirmar que, enquanto viveu, ela não tenha sofrido muitas afrontas; mas mesmo que ele a ferisse com seu comportamento, sua estima por ela jamais se alterou. Seu apreço por ela era sincero e, embora tenha superado o sofrimento, ficou verdadeiramente abatido com a morte dela.

– Se é assim, fico muito feliz – disse Catherine. – Seria uma coisa tão horrível...

– Se entendi corretamente, a senhorita imaginou uma história tão pavorosa que sequer posso descrever... Cara srta. Morland, considere a natureza tenebrosa das suspeitas que lhe passaram pela cabeça. Quais eram as suas premissas? Lembre-se do país e do século em que vivemos. Lembre-se de que somos ingleses, de que somos cristãos. Consulte o seu próprio discernimento, a sua própria noção das probabilidades, a sua própria observação do que se passa em volta. A nossa educação nos conduz a tais atrocidades? As nossas leis são coniventes com elas? É possível que sejam perpetradas e permaneçam ignoradas, num país como este, onde as relações sociais e literárias estão de tal forma avançadas, onde cada homem vive cercado por uma vizinhança de espiões voluntários e onde estradas e periódicos escancaram tudo? Minha caríssima srta. Morland, que ideias sua fantasia admitiu?

Eles haviam chegado ao fim do corredor e, com lágrimas de vergonha, Catherine correu para o seu quarto.

Capítulo 25

AS VISÕES ROMÂNTICAS SE acabaram. Catherine despertara completamente. Por mais breve que tivesse sido, o discurso de Henry abrira seus olhos, muito mais do que os diversos contratempos recentes, para todas as fantasiosas extravagâncias que vinha imaginando. Do modo mais doloroso ela sentiu-se humilhada. Do modo mais amargo ela chorou. Catherine não estava triste apenas consigo mesma, mas também por causa de Henry. Seu desatino, que parecia até mesmo criminoso agora, estava exposto por inteiro, e ele certamente a desprezaria para sempre. A liberdade que sua imaginação ousara tomar em relação ao caráter de seu pai – ele a perdoaria por isso algum dia? O teor absurdo de sua curiosidade e de seus temores – isso poderia ser esquecido algum dia? Catherine sentia por si mesma um ódio que não era capaz de expressar. Henry demonstrara, ao menos aparentemente, em uma ou duas ocasiões antes daquela manhã fatal, alguma espécie de afeição por ela. Mas agora... Em resumo, ela sentiu-se a mais infeliz das criaturas por cerca de meia hora, desceu quando o relógio bateu cinco horas, com o coração em pedaços, e mal pôde fornecer uma resposta inteligível quando Eleanor quis saber se ela estava bem. O aterrador Henry apareceu na sala logo depois, e a única diferença, em seu comportamento para com ela, foi a de que lhe deu muito mais atenção do que habitualmente. Catherine nunca quis tanto ser consolada, e ele parecia ter consciência disso.

A noite desenrolou-se sem qualquer redução dessa balsâmica cortesia, e seu espírito foi assumindo, gradualmente, uma modesta tranquilidade. Ela não chegou a esquecer ou aceitar o passado, mas conquistou a esperança de que seu desatino não seria difundido e não lhe custaria uma perda irrecuperável da estima de Henry. Como seus pensamentos se concentravam principalmente no que ela sentira e fizera ao se deixar levar por um terror sem causa, logo lhe veio a certeza de que tudo não passara de uma ilusão que ela forjara voluntariamente, cada circunstância insignificante sendo sobrevalorizada por uma imaginação propensa ao alarme. Tudo isso forçosamente ajustado num único propósito por uma mente que, antes mesmo de entrar na abadia, implorava por sustos. Ela lembrou-se dos sentimentos com os quais se preparara para conhecer Northanger. Compreendeu que a obsessão se formara, que sua maldade ganhara corpo muito antes de ela ter saído de Bath, e tudo se devia, aparentemente, à influência daquela espécie de leitura à qual se entregara.

Por mais adoráveis que fossem todas as obras da sra. Radcliffe, e por mais adoráveis que fossem as obras de todos os seus imitadores, não era nelas, talvez, ao menos nos condados centrais da Inglaterra, que devia ser procurada a natureza humana. Dos Alpes e dos Pirineus, com seus pinhais e seus vícios, essas obras poderiam fornecer um esboço fiel; e os tantos horrores que elas retratavam talvez fossem de fato abundantes na Itália, na Suíça e no sul da França. Catherine não ousava lançar dúvidas sobre regiões da Inglaterra que não fossem a sua e, se não lhe restasse saída, concederia as extremidades norte e oeste. Na região central do país, porém, até mesmo uma esposa não amada dispunha de razoáveis condições de segurança nas leis da terra, nos costumes do tempo. O assassinato não era tolerado, criados não eram escravos, e nem veneno e tampouco poções soníferas eram vendidas como se fossem ruibarbo por todos os boticários. Nos Alpes e nos Pirineus talvez não existissem temperamentos indefinidos, e os que não fossem imaculados como anjos talvez tivessem na alma uma índole diabólica. Na Inglaterra, porém, não era assim. Entre os ingleses, Catherine pensava, em seus corações e nos seus hábitos, existia uma mistura generalizada, embora desigual, de bondade e maldade. Tendo em mente essa convicção, ela não ficaria surpresa se mesmo em Henry ou Eleanor aparecesse, dali por diante, alguma leve imperfeição; e tendo em mente essa convicção, não temeria admitir a existência de máculas verdadeiras no caráter do general, de quem, embora estivesse livre das suspeitas grosseiras e ofensivas cuja cogitação jamais deixaria de envergonhá-la, ela não podia dizer, refletindo seriamente, que fosse perfeitamente amável.

Tendo solucionado essas várias questões e decidido que suas opiniões e ações seriam sempre guiadas por impecável bom senso no futuro, só lhe restava perdoar a si mesma e ser feliz como nunca; e a clemente mão do tempo a favoreceu muito, em gradações insensíveis, no decorrer de um novo dia. A conduta espantosamente generosa e nobre de Henry, que de modo algum aludiu ao que se passara, foi de grande auxílio para ela; e com mais antecedência do que poderia ter imaginado no início de sua tribulação, seu espírito serenou-se por inteiro e tornou-se capaz, como outrora, de seguir melhorando diante de qualquer coisa que ele dissesse. Alguns assuntos, sem dúvida, sempre a estremeceriam – a menção de uma arca ou de um armário, por exemplo –, e ela já não tinha muito apreço por nenhuma espécie de verniz amarelo; mas *ela mesma* reconhecia que uma ocasional lembrança de seus desatinos passados, por mais dolorosa que fosse, não deixaria de ter utilidade.

As ansiedades da vida comum logo começaram a suplantar os temores românticos. O desejo de receber notícias de Isabella crescia diariamente. Catherine estava um tanto impaciente por saber como andavam as coisas em Bath e o que vinha ocorrendo nos salões; e estava especialmente ansiosa pela confirmação de que sua amiga cumprira a incumbência de encontrar para ela um belíssimo tecido de bordar e de que continuava em bons termos com James. Isabella era sua única correspondente, quaisquer que fossem as informações. James afirmara que não escreveria antes de retornar a Oxford, e a sra. Allen não lhe dera sinal de que mandaria notícias até que voltasse a Fullerton. Mas Isabella prometera e prometera outra vez; e quando ela fazia uma promessa, era tão escrupulosa na execução! Seu silêncio era tão particularmente estranho!

Por nove manhãs sucessivas, Catherine refletiu sobre a repetição de um desapontamento que se tornava mais severo a cada manhã; na décima, porém, quando entrou na sala de desjejum, a primeira coisa que viu foi uma carta, estendida pela mão prestimosa de Henry. Agradeceu calorosamente, como se ele mesmo a tivesse escrito.

– Ora, quem me escreveu foi James – (reconhecendo a letra do irmão).

Ela abriu a carta, que vinha de Oxford com a seguinte finalidade:

Querida Catherine,

Deus é testemunha de que mal tenho disposição para escrever, mas creio que é minha obrigação comunicar a você está tudo acabado entre a srta. Thorpe e mim. Ontem deixei Bath e ela para trás, e jamais os verei novamente. Não entrarei em pormenores – que lhe seriam apenas dolorosos. Você logo saberá, por outra fonte, onde reside a culpa; e absolverá seu irmão por tudo, menos pela loucura de ter acreditado, com tamanha facilidade, que seu afeto era correspondido. Graças a Deus! Fui desiludido a tempo! Mas o golpe é duro! Quando já tínhamos o generoso consentimento de meu pai... mas paremos por aqui. Ela arruinou minha vida para sempre! Mande notícias o quanto antes, Catherine; você é minha única amiga, seu amor é meu porto seguro. Espero que sua estadia em Northanger já esteja encerrada quando o capitão Tilney anunciar seu noivado, ou você enfrentará uma situação desconfortável. O pobre Thorpe está na cidade; não posso sequer pensar em vê-lo; seu coração sincero sofreria muito. Escrevi para ele e para o meu pai. O fingimento dela me machuca mais do que tudo. Até o último instante, se eu tentava argumentar, ela declarava gostar de mim tanto quanto antes e ria de meus temores. É humilhante pensar que tolerei tudo isso por tanto tempo; se alguma vez, porém, existiu um homem com motivos para crer que era amado, esse homem era eu. Nem mesmo agora consigo entender quais eram as intenções dela, pois não era necessário enganar-me para que Tilney fosse seduzido. Separamo-nos de comum acordo, por fim – eu seria tão feliz se não tivéssemos nos conhecido! Espero que jamais apareça em minha vida outra mulher assim! Amada Catherine, tome muito cuidado ao entregar seu coração.

Do seu... etc.

Catherine não lera sequer três linhas e seu semblante se alterou subitamente. Ligeiras exclamações de admiração pesarosa revelaram que recebia notícias desagradáveis. Henry, olhando atentamente para ela durante toda a leitura, viu com clareza que a carta não terminava melhor do que começara; não chegou nem mesmo a transparecer sua surpresa, no entanto, porque seu pai apareceu na sala. O desjejum teve início imediatamente, mas Catherine mal pôde tocar na comida. Lágrimas cobriam seus olhos e até mesmo correram por seu rosto em meio à refeição. A carta ficou por um momento em sua mão, depois em seu colo, depois em seu bolso, e ela parecia não saber o que estava fazendo. O general, entre seu chocolate e seu jornal, felizmente não tinha tempo para prestar atenção nela. Para os outros dois, porém, a perturbação de Catherine era bastante visível. Assim que se atreveu a retirar-se da mesa, ela correu para o seu quarto, mas as criadas estavam trabalhando nele; não teve alternativa senão descer novamente. Dirigiu-se à sala de visitas em busca de privacidade, mas Henry e Eleanor haviam escolhido o mesmo local e travavam, naquele momento, uma séria discussão a respeito dela. Catherine recuou, tentando se desculpar, mas com gentil insistência foi forçada a retornar. Eleanor expressou o desejo de oferecer conselhos e consolo, e os irmãos então se retiraram.

Após meia hora de livre abandono em desgosto e reflexão, Catherine sentiu que já tinha condições de rever seus amigos; se deveria lhes revelar seu tormento, essa era outra questão. Se fosse questionada a respeito, talvez lhes desse somente uma ideia – somente uma vaga sugestão –, e nada mais. Expor uma amiga, a amiga que Isabella havia sido para ela – e o irmão deles estando tão diretamente envolvido! Ela concluiu que deveria fugir totalmente do assunto. Henry e Eleanor estavam sozinhos na sala de desjejum, e os dois a encararam ansiosamente quando ela entrou. Catherine tomou seu lugar na mesa e, depois de um breve silêncio, Eleanor disse:

– Não são ruins as notícias que chegam de Fullerton, eu espero? O sr. e a sra. Morland, seus irmãos e irmãs, estão todos bem de saúde?

– Sim, muito obrigada – (suspirando enquanto falava) –, estão todos muito bem. A carta que recebi foi enviada de Oxford por meu irmão.

Nada mais foi dito durante alguns minutos, e então, falando entre lágrimas, ela acrescentou:

– Creio que nunca mais desejarei receber uma carta novamente!

– Eu sinto muito – disse Henry, fechando o livro que acabara de abrir. – Se suspeitasse que continha alguma coisa indesejada, eu lhe teria entregado a carta com sentimentos muito diferentes.

– Ela continha algo pior do que qualquer suposição! O pobre James está tão infeliz! Vocês logo saberão por quê.

– Ter uma irmã tão bondosa, tão afetuosa – retrucou Henry, com carinho –, é certamente um consolo para ele, em qualquer tribulação.

– Eu lhes peço um favor – disse Catherine, instantes depois, de maneira agitada. – Se o irmão de vocês estiver vindo para Northanger, avisem-me, para que eu possa ir embora.

– Nosso irmão? Frederick?

– Sim; tenho certeza de que ficarei muito triste por deixá-los tão cedo, mas algo ocorreu, e seria terrível, para mim, permanecer na mesma casa com o capitão Tilney.

Olhando para Catherine com crescente perplexidade, Eleanor interrompeu seu trabalho; mas Henry começou a suspeitar da verdade e proferiu algumas palavras, entre as quais figurou o nome da srta. Thorpe.

– O senhor é muito sagaz! – exclamou Catherine. – Ora essa, adivinhou! E no entanto, quando conversamos a respeito do assunto em Bath, o senhor sequer pensava que tudo terminaria assim. Isabella... não é de se admirar, *agora*, que ela não tenha mandado notícias... Isabella abandonou meu irmão e vai se casar com o irmão de vocês! O senhor teria imaginado tanta inconstância e volubilidade, e tudo o que há de ruim no mundo?

— Quero crer que, no que se refere ao meu irmão, a senhorita esteja mal informada. Quero crer que ele não teve nenhuma participação efetiva no ocasionamento da frustração do sr. Morland. Não é provável que ele se case com a srta. Thorpe. Creio que a senhorita deve estar enganada nesse aspecto. Lamento muito pelo sr. Morland e lamento que uma pessoa estimada pela senhorita esteja infeliz, mas nenhuma parte dessa história me causaria mais espanto do que a hipótese de que Frederick se case com ela.

— Mas é a mais pura verdade. Leia o senhor mesmo a carta de James. Espere... há uma parte... – (recordando, com o rosto vermelho, a última linha).

— A senhorita nos faria o favor de ler em voz alta os trechos que se referem ao meu irmão?

— Não, leia o senhor mesmo – exclamou Catherine, que pensou com mais clareza num segundo instante. – Não sei o que me passou pela cabeça – (corando novamente por ter corado antes) –, James quer apenas me dar um bom conselho.

Ele recebeu de bom grado a carta; tendo lido tudo com grande atenção, devolveu-a dizendo:

— Bem, se é mesmo assim, posso apenas dizer que lamento muito. Frederick não será o primeiro homem a escolher uma esposa de modo não muito sensato, contrariando sua família. Não invejo sua situação, como namorado ou como filho.

A convite de Catherine, a srta. Tilney leu por sua vez a carta. Tendo também manifestado seu desassossego e sua surpresa, começou a perguntar pelas relações e pelos recursos da srta. Thorpe.

— A mãe dela é uma ótima mulher – foi a resposta de Catherine.

— O pai dela era o quê?

— Um advogado, creio eu. Eles moram em Putney.

— É uma família abastada?

— Não, não muito. Não creio que Isabella disponha de qualquer dote. Mas isso não será importante na família de vocês: o general é tão generoso! Ele me contou outro dia que só valorizava o dinheiro na medida em que seu propósito fosse proporcionar a felicidade de seus filhos.

Irmão e irmã trocaram olhares.

— Todavia – disse Eleanor, depois de uma breve pausa –, autorizá-lo a casar-se com essa garota por acaso lhe proporcionaria felicidade? Trata-se sem dúvida de uma moça sem princípios, caso contrário ela não teria abusado de James dessa maneira. E por parte de Frederick, que paixão estranha! Uma garota que, diante de seus olhos, viola voluntariamente um compromisso firmado com outro homem! Não é algo inconcebível, Henry?

Justamente Frederick, que sempre expôs seus sentimentos com tanto orgulho! Que nunca encontrava uma mulher que merecesse seu amor!

– Essa é a circunstância mais desfavorável, a presunção mais forte contra ele. Pensando em certas coisas que Frederick disse no passado, desisto dele. Além disso, levo muito em conta a prudência da srta. Thorpe para supor que ela fosse separar-se de um cavalheiro antes que outro estivesse assegurado. Está tudo acabado para Frederick, de fato! Ele é um homem morto, defunto em seu discernimento. Prepare-se para a sua cunhada, Eleanor, uma cunhada com a qual você ficará encantada! Franca, sincera, inexperiente, desprovida de malícia, moça de sentimentos fortes mas simples, uma garota modesta, que não conhece a dissimulação.

– Uma cunhada assim, Henry, seria sem dúvida encantadora – disse Eleanor, com um sorriso.

– Mas talvez – observou Catherine –, embora tenha se portado mal com nossa família, Isabella se porte melhor com a de vocês. Agora que realmente tem o homem que quer, ela poderá se mostrar mais fiel.

– Temo que sim, na verdade – retrucou Henry. – Temo que será bastante fiel, a menos que um baronete lhe cruze o caminho; é a única chance de Frederick. Vou pegar o jornal de Bath e conferir quem são os recém-chegados.

– O senhor pensa que é tudo por ambição, então? Dou minha palavra: algumas coisas indicam que se trata disso mesmo. Não esqueço que, quando ela soube o que meu pai faria por eles, deu impressão de ficar um tanto desapontada por não ganhar mais. Em toda a minha vida, nunca me enganei tanto em relação ao caráter de uma pessoa.

– De toda a grande variedade de pessoas que a senhorita já conheceu e analisou.

– A perda e a frustração que eu mesma sofri é muito grande; quanto ao pobre James, porém, suponho que jamais vá recuperar-se completamente.

– A situação de seu irmão é certamente lastimável no momento, mas não devemos, em nossa apreensão pelos sofrimentos dele, desprezar os seus. A meu ver, a senhorita sente que, ao perder Isabella, perde metade de si mesma: sente no coração um vazio que nada mais poderá preencher. A vida social vai se tornando aborrecida. Quanto aos divertimentos que vocês costumavam compartilhar em Bath, a própria ideia de desfrutá-los sem ela é detestável. Por exemplo: nada no mundo a faria frequentar um baile. A senhorita sente que já não dispõe de nenhuma amiga com quem pode conversar sem restrições, em cujas atenções pode confiar, com cujos conselhos pode contar, em qualquer dificuldade. Não sente tudo isso?

– Não – disse Catherine, depois de refletir por alguns instantes. – Não sinto; deveria? Para dizer a verdade, embora esteja magoada e abatida, a perspectiva de não sentir mais nada por ela, de nunca mais ter notícias dela, de talvez jamais voltar a vê-la, não é tão, tão imensamente aflitiva quanto se poderia imaginar.

– A senhorita experimenta, é natural, um sentimento que é inerente à natureza humana. Tais sentimentos precisam ser investigados para que sejam melhor conhecidos.

Catherine, por alguma razão, ficou a tal ponto aliviada com a conversa que não pôde se arrepender por ter sido levada, de modo tão inexplicável, a mencionar a circunstância que oprimira seu espírito.

Capítulo 26

Daí por diante, o assunto foi frequentemente escrutinado pelos três jovens, e Catherine descobriu, com alguma surpresa, que seus dois amigos partilhavam a convicção de que a condição irrelevante e despossuída de Isabella provavelmente seria um grande estorvo no caminho de seu casamento com Frederick. Eles argumentavam que o general, considerando somente esse aspecto, sem levar em conta a objeção que se pudesse fazer ao caráter da garota, rejeitaria a união, e faziam com que os sentimentos de Catherine se voltassem, com certo temor, contra si mesma. Ela era tão insignificante e, talvez, tão desprovida de dote quanto Isabella; e se o herdeiro da família Tilney já não tinha grandeza e patrimônio suficientes para si, em quais alturas repousariam as demandas de seu irmão mais novo? As dolorosíssimas reflexões ocasionadas por tal pensamento só podiam ser dissipadas por uma confiança no efeito daquela particular predileção que, afortunadamente, segundo lhe foi possível deduzir tanto pelas palavras dele quanto por suas ações, ela obtivera do general desde o começo; e pela recordação de alguns pontos de vista muito generosos e desinteressados que ele mais de uma vez manifestara com relação a dinheiro e que a tentavam a pensar que, na consideração de tais assuntos, ele não era compreendido por seus filhos.

Eles estavam tão convencidos, no entanto, de que o irmão não teria coragem de solicitar em pessoa o consentimento do general, e tantas vezes garantiram a Catherine que era mais implausível do que nunca, naquele momento, a vinda dele a Northanger, que ela pôde tranquilizar sua mente quanto a qualquer necessidade de ir embora subitamente. Porém, como não se podia supor que o capitão Tilney, quando quer que ele fizesse seu pedido, fosse passar a seu pai uma ideia justa da conduta de Isabella, ocorreu-lhe o oportuno expediente de que Henry expusesse a questão toda em sua crua verdade, habilitando o general, desse modo, a preparar suas objeções com fundamentos mais legítimos do que a mera desigualdade de recursos. Catherine propôs a ele o expediente, mas Henry não aprovou a medida com a prontidão que ela havia esperado.

– Não – disse ele –, não é preciso dar mais munição ao meu pai, e não há necessidade de antecipar a confissão do desatino de Frederick.

– Mas ele só vai contar a metade.

– Um quarto seria suficiente.

A passagem de um ou dois dias não trouxe notícias do capitão Tilney. Seus irmãos não sabiam o que pensar. Por vezes lhes parecia que aquele silêncio era o resultado natural do presumido noivado, e por vezes o silêncio e o noivado pareciam ser totalmente incompatíveis. O general, enquanto isso, embora se aborrecesse todas as manhãs com a contínua incomunicabilidade de Frederick, não sentia ansiedade alguma em função do filho, e seu mais urgente afã era fazer com que a estadia de Catherine em Northanger transcorresse de modo agradável. Ele com frequencia expressava sua inquietude nesse tópico, temia que a mesmice das companhias e atividades de todos os dias a fizesse desgostar do lugar, desejava que as damas Fraser estivessem na região, falava vez por outra em promover um jantar com muitos convidados, e em uma ou duas ocasiões começou até mesmo a calcular o número de jovens dançantes da vizinhança. Mas aquela era uma época morta do ano, sem aves selvagens, sem caça, e as damas Fraser não estavam na região. Assim, o general acabou dizendo a Henry certa manhã que, quando ele fosse novamente para Woodston, seria apanhado de surpresa por uma visita em algum momento, e que eles comeriam carne de carneiro juntos. Henry ficou muito grato e muito feliz, e Catherine ficou encantada com o plano.

– E o senhor sabe me dizer qual é o dia em que poderei esperar por esse agrado? Preciso estar em Woodston na segunda-feira, para comparecer à reunião paroquial, e provavelmente terei de permanecer por dois ou três dias.

– Pois bem, pois bem, trataremos de ir num desses dias. Não há necessidade de fazer preparativos. Não deixe de cumprir seus compromissos por nenhum motivo. Qualquer coisa que você tiver em casa será suficiente. Creio que posso falar em nome das garotas: elas perdoarão uma mesa de solteiro. Deixe-me ver; a segunda-feira será um dia cheio para você, não iremos nesse dia; e a terça-feira será cheia para mim. Meu agrimensor chegará de Brockham de manhã com seu relatório; e mais tarde não será nem um pouco adequado se eu deixar de comparecer ao clube. Eu não poderia sequer olhar para os meus conhecidos se me afastasse agora, pois, como todos sabem que estou por aqui, isso seria visto como algo extremamente impróprio, e é uma regra minha, srta. Morland, jamais ofender qualquer um dos meus vizinhos quando um pequeno sacrifício de tempo e de atenção pode evitá-lo. Eles são homens muito valorosos. Recebem carne de veado de Northanger duas vezes por ano, e janto com eles sempre que posso. Podemos dizer, portanto, que a terça-feira está fora de questão. Mas creio que na quarta-feira, Henry, você pode esperar por nós. Chegaremos cedo, para que possamos ter tempo de olhar tudo. Duas horas e 45 minutos nos levarão até Woodston, eu suponho; estaremos na carruagem por volta das dez; você pode considerar, portanto, que chegaremos quinze minutos antes da uma hora.

Para Catherine, nem mesmo um baile seria tão bem-vindo quanto essa pequena excursão, tão forte era seu desejo de conhecer Woodston. Seu coração ainda dava saltos de alegria quando Henry, cerca de uma hora depois, com botas e sobretudo, entrou na sala em que ela e Eleanor estavam sentadas e disse:

— Venho aqui, jovens damas, imbuído de uma disposição muito moralizante, com o fim de comentar que nossos prazeres neste mundo cobrarão sempre seu preço, e que muitas vezes os compramos em situação de grande desvantagem, entregando uma felicidade vigente em troca de um projeto futuro que pode acabar não se tornando realidade. Eu mesmo sou prova disso, no presente momento. Visto que esperarei pela satisfação de vê-las em Woodston na quarta-feira, algo que poderá não ocorrer em função de mau tempo ou de vinte outras causas, devo partir imediatamente, dois dias antes do previsto.

— Partir! — disse Catherine, com expressão aflita. — E por quê?

— Por quê? Como a senhorita pode fazer tal pergunta? Porque não há tempo a perder e preciso aterrorizar minha velha governanta, porque preciso preparar um jantar para vocês, ora essa.

— Ah! Não pode ser verdade!

— É uma triste verdade, porque ficar me agradaria muito mais.

— Mas por que proceder assim, depois do que o general disse? Ele pediu ao senhor com tanta insistência que não se desse nenhum trabalho, pois *qualquer coisa* serviria.

Henry apenas sorriu.

— Estou certa de que é um tanto desnecessário, tanto por mim quanto por sua irmã, e o general fez questão de ressaltar que nada de extraordinário precisaria ser providenciado. Além do mais, mesmo que não tivesse dito tudo isso, ele tem sempre excelentes jantares em casa, e uma única refeição mais vulgar não terá importância.

— Eu gostaria muito de poder raciocinar como a senhorita, pelo bem dele e pelo meu. Adeus. Como amanhã é domingo, Eleanor, não retornarei.

Ele se foi; e como em qualquer circunstância era sempre muito mais simples, para Catherine, colocar em dúvida o seu próprio discernimento e não o de Henry, ela logo em seguida se viu obrigada a lhe dar razão, por mais desagradável que fosse sua partida. Ela não parava de pensar, porém, na inexplicabilidade da conduta do general. Já constatara sozinha, com seus próprios olhos, que ele era muito exigente em relação a comida; mas era simplesmente incompreensível que dissesse com tanta firmeza uma coisa e que sua intenção fosse, no fundo, outra! Nesse contexto, como entender as pessoas? Quem, além de seu filho, poderia adivinhar o que o general queria?

Do sábado até quarta-feira, no entanto, elas teriam de ficar sem Henry. Era essa a triste conclusão de todas as reflexões; e a carta do capitão Tilney certamente chegaria em sua ausência; e na quarta-feira, ela tinha certeza, choveria muito. O passado, o presente e o futuro igualavam-se numa mesma treva. Seu irmão tão infeliz, e a perda de Isabella tão grande, e o ânimo de Eleanor sempre afetado pela ausência de Henry! O que mais poderia interessá-la ou distraí-la? Catherine estava cansada das matas e dos arbustos – uma atmosfera tão serena e tão seca. E a própria abadia, agora, não lhe valia mais do que uma casa qualquer. A dolorosa recordação do desatino que o edifício a fizera acalentar e rematar era a única emoção que lhe vinha quando pensava nele. Que revolução em suas ideias! Ela, que tanto ansiara por estar numa abadia! Agora, não havia nada mais sedutor, em sua imaginação, do que o singelo conforto de uma funcional residência paroquial, parecida com Fullerton, porém melhor: Fullerton possuía seus defeitos, e Woodston, provavelmente, não tinha nenhum. A quarta-feira não chegaria nunca!

Pois chegou, exatamente quando se poderia esperar que chegasse. Chegou – com tempo bom –, e Catherine caminhava nas nuvens. Às dez horas, a carruagem de quatro cavalos transportou as duas para fora da abadia. Depois de uma prazerosa viagem de quase vinte milhas, entraram em Woodston, um vilarejo grande e populoso, situado em bela paisagem. Catherine teve vergonha de revelar o quanto julgara bonito o panorama, já que o general parecia pensar que era preciso pedir desculpas pela insipidez da região, pelo tamanho do vilarejo. Em seu coração, contudo, aquele lugar era superior a todos os que jamais vira; ela olhava com grande admiração para todas as belas casas que não pertencessem à categoria dos chalés e para todas as pequenas mercearias pelas quais passavam. Na extremidade mais afastada do vilarejo, e toleravelmente desconectada dele, situava-se a residência paroquial, uma imponente casa de pedra recém-construída, com seu terreno semicircular e seus portões verdes. A carruagem foi se aproximando da porta e Henry, com seus companheiros de solidão, um enorme filhote terra-nova e dois ou três terriers, estava pronto para lhes oferecer a mais calorosa recepção.

A mente de Catherine estava ocupada demais, quando ela entrou na casa, para que pudesse observar ou dizer muita coisa. Até o momento em que o general lhe pediu sua opinião a respeito, nem chegou a formar uma impressão sobre a sala em que estava sentada. Olhando em volta, então, percebeu num instante que aquela era a sala mais confortável do mundo, mas estava cautelosa demais para dizê-lo, e a frieza de seu louvor desapontou o general.

– Não diremos que é uma boa casa – afirmou ele. – Não diremos que se pode compará-la com Fullerton e Northanger; diremos que se trata de uma mera residência paroquial, pequena e limitada, reconhecemos, mas decente, talvez, e habitável; e tão boa quanto a maioria, sem dúvida; ou, em outras palavras, creio que poucas casas paroquiais de campo, na Inglaterra, possuem metade de seus atributos. Algumas melhorias lhe fariam bem, no entanto. Longe de mim dizer que não. E qualquer coisa nos limites do possível... uma sacada em curva, talvez... entretanto, aqui entre nós, se há uma coisa que me causa repugnância é uma sacada improvisada.

Catherine não ouviu esse discurso o bastante para compreendê-lo ou atormentar-se com ele; outros assuntos foram cuidadosamente introduzidos e sustentados por Henry, ao mesmo tempo que uma bandeja cheia de refrescos foi trazida por sua criada. O general logo retomou sua complacência, e Catherine ganhou de volta sua natural paz de espírito.

O aposento em questão era espaçoso, bem-proporcionado, elegantemente mobiliado como sala de jantar. Quando eles saíram para caminhar pelo terreno, Catherine foi conduzida primeiro por um cômodo menor, que pertencia especificamente ao dono da casa e que estava, de momento, excepcionalmente bem-arrumado, e depois pelo aposento que seria a sala de visitas, cujo aspecto, mesmo que não houvesse mobília, agradou Catherine de tal forma que o general pôde se dar por satisfeito. Esse aposento era primoroso, as janelas alcançando o chão, a vista delas muito bonita, embora a paisagem se limitasse a verdes campinas; e ela manifestou seu enlevo, então, com toda a sincera simplicidade de seu juízo.

– Ah! Por que não arruma esta sala, sr. Tilney? Que lástima que não se possa utilizá-la! É a sala mais bonita que já vi; é a sala mais bonita do mundo!

– Acredito – disse o general, com o mais satisfeito dos sorrisos – que ela será mobiliada muito em breve. Falta-lhe somente o bom gosto de uma dama!

– Bem, se esta fosse a minha casa, eu jamais ficaria em qualquer outro lugar. Ah, estou vendo um chalezinho encantador em meio às árvores... ora, são macieiras! É um chalé tão lindo!

– A senhorita gosta dele; é um objeto digno de sua aprovação; isso basta. Henry, certifique-se de que Robinson seja avisado. O chalé permanece.

Essa lisonja reavivou a consciência de Catherine e a silenciou imediatamente. Quando o general lhe pediu, intencionalmente, que escolhesse a cor predominante do papel de parede e dos reposteiros, não pôde obter dela nada que se assemelhasse a uma opinião. A influência do ar fresco e de novos panoramas, no entanto, foi muito útil para que Catherine deixasse de pensar naquelas embaraçosas associações. Tendo chegado à parte ornamental da propriedade, que consistia num caminho que contornava dois lados de uma campina e que recebera os primeiros toques do gênio de Henry mais ou menos meio ano antes, ela já estava suficientemente recuperada e constatou que aquele era o parque mais bonito em que já estivera, mesmo que não se visse nele nenhum arbusto maior do que o banco verde que havia num canto.

Houve um passeio por outras campinas e por parte do vilarejo, com uma visita aos estábulos para examinar algumas melhorias, e uma encantadora brincadeira com uma ninhada de cachorrinhos que mal sabiam rolar pelo chão, e subitamente eram quatro da tarde, quando Catherine não imaginava que já pudessem ser três. O jantar estava previsto para as quatro, e às seis eles partiriam na viagem de retorno. Nunca um dia se passara com tanta rapidez!

Catherine não pôde deixar de perceber que a abundância do jantar não causou, aparentemente, o menor espanto no general; ora, ele chegou a procurar, na mesa lateral, por uma inexistente carne fria. As impressões do filho e da filha foram diferentes. Eles poucas vezes o tinham visto comer com tamanha voracidade numa mesa que não fosse a dele e jamais o tinham visto tão pouco desconcertado com a oleosidade da manteiga derretida.

Às seis horas, o general já tendo bebido seu café, a carruagem os recebeu novamente; ele se comportara de modo tão gratificante durante toda a visita, e tão segura estava Catherine no que dizia respeito às expectativas dele, que, se pudesse ter a mesma confiança em relação aos desejos do filho, ela teria saído de Woodston com pouquíssima ansiedade quanto a *como* ou *quando* retornaria.

Capítulo 27

A MANHÃ SEGUINTE TROUXE esta muito inesperada carta de Isabella:

Bath, abril

Minha amada Catherine,

Recebi suas duas amáveis cartas com a maior alegria, e lhe peço mil desculpas por não tê-las respondido mais cedo. Estou realmente muito envergonhada por meu desleixo; mas neste horrendo lugar ninguém consegue encontrar tempo para nada. Desde que você se foi de Bath, empunhei minha pena para começar a escrever-lhe uma carta quase todos os dias, mas fui sempre impedida por alguma pessoa inútil. Escreva-me o quanto antes, por favor, e remeta à minha própria casa. Graças a Deus, deixaremos este sórdido lugar amanhã. Desde que você foi embora, não há nada que me agrade aqui; a poeira toma conta de tudo; e todas as pessoas queridas já se foram. Se pudesse tê-la comigo, eu sei que não me importaria com o resto, porque ninguém poderá conceber o quanto gosto de você. Estou bastante inquieta quanto ao seu irmão, pois não tive notícias dele desde sua partida para Oxford; tenho medo de algum mal-entendido. Uma ajuda sua, Catherine, consertará tudo: ele é o único homem que jamais amei ou pude amar, e tenho certeza de que você vai convencê-lo disso. Começaram a chegar as modas da primavera, e os chapéus são as coisas mais horrorosas que você pode imaginar. Espero que você esteja se divertindo, mas temo que jamais pense em mim. Não direi o que deveria dizer sobre a família que a hospeda, pois não quero ser mesquinha ou fazê-la descontentar-se com as pessoas que estima; mas é muito difícil saber em quem podemos confiar, e os rapazes não são capazes de manter uma opinião por dois dias seguidos. É uma grande felicidade, para mim, poder dizer que o mais abominável de todos os rapazes foi embora de Bath. Você deduzirá, por essa descrição, que só posso estar falando do capitão Tilney, que se mostrou sempre disposto a me seguir e me provocar, você mesma foi testemunha. E depois ele piorou, ficou andando atrás de mim como uma sombra. Muitas garotas se deixariam enganar com aquelas atenções desmedidas, mas eu conheço muito bem o sexo volúvel. Ele foi se unir a seu regimento dois dias atrás, e acredito que nunca mais terei o desgosto de vê-lo. Ele é o sujeito mais presunçoso que já conheci, uma pessoa estupendamente desagradável. Nos dois últimos dias, ficou o tempo inteiro ao lado de Charlotte Davis; lamentei tal demonstração de mau gosto, mas nem lhe dei atenção. Encontrei-o pela última vez em Bath Street e imediatamente entrei numa loja para que ele não viesse falar comigo; eu não queria vê-lo na minha frente. Ele foi para o Salão da Fonte depois, mas eu não o seguiria por nada no mundo. Que contraste entre ele e James! Mande-me alguma notícia de seu irmão, por favor, estou muito triste por causa dele. Ele parecia estar tão abatido quando foi embora, como se estivesse resfriado, desanimado por algum motivo. Eu mesma escreveria para James, mas perdi seu endereço e, como sugeri acima, tenho medo de que ele tenha interpretado mal alguma atitude minha. Por favor, esclareça tudo em meu nome.

Caso não desapareçam as dúvidas, basta que ele me escreva, ou que me visite em Putney na primeira oportunidade, e o assunto poderá ser resolvido. Não vou aos salões faz um século, nem ao teatro, exceto ontem à noite, quando fui ver, com a família Hodge, uma tolice pela metade do preço – insistiram muito comigo, e eu estava determinada a não permitir que dissessem que eu me trancara em casa porque Tilney partira. Acabamos nos sentando ao lado das senhoritas Mitchell, que fingiram grande admiração quando me viram. Elas são pérfidas, sei muito bem: houve um tempo em que nem me cumprimentavam, e agora querem ser minhas melhores amigas, mas não sou ingênua, a mim elas não enganam. Você sabe que sou bastante perspicaz. Anne Mitchell se arriscou a colocar um turbante, porque eu fizera o mesmo dias antes no concerto, mas obteve um péssimo resultado; creio que o enfeite favorece o meu estranho rosto, pelo menos foi o que Tilney me disse, assegurando que todos os olhos se voltavam para mim; mas ele é o último homem em cujas palavras eu acreditaria. Estou usando somente vestidos de cor púrpura; sei que fico horrorosa, mas pouco importa – é a cor favorita do seu querido irmão. Não perca tempo, amada Catherine, e escreva para ele e para mim,
Que serei sempre etc.

Nem mesmo Catherine se deixaria enganar por essa impostura mal dissimulada. Ela percebeu desde o princípio que estava lendo uma carta inconsistente, contraditória e falsa. Sentiu vergonha por Isabella e por ter gostado dela um dia. As declarações de amizade da garota eram agora repugnantes na mesma medida em que suas desculpas eram vazias e seus pedidos, insolentes. Escrever para James em favor dela! Não, James nunca mais teria de ouvir aquele nome.

Quando Henry chegou de Woodston, Catherine comunicou aos dois irmãos que o capitão estava fora de perigo e os felicitou sinceramente por isso, lendo em voz alta, com forte indignação, os trechos mais substanciais da carta. Quando parou de ler:

– Tanto pior para Isabella – exclamou – e para a nossa grande amizade! Ela deve pensar que sou idiota, ou não teria escrito uma carta dessas. Mas isso serviu, talvez, para que eu conhecesse seu verdadeiro caráter, sendo que ela não conhece o meu. Sei bem quais eram suas intenções. Isabella não passa de uma coquete vaidosa, e suas artimanhas não tiveram êxito. Não acredito que ela alguma vez tenha nutrido qualquer sentimento por James ou por mim, e seria melhor se eu jamais a tivesse conhecido.

— Dentro de pouco tempo a senhorita nem saberá mais quem ela é – disse Henry.

— Ainda não consigo entender uma única coisa. Sei que ela planejou conquistar o capitão Tilney, sem resultado; mas não compreendo qual era o interesse do capitão Tilney nesse tempo todo. Que motivo ele teria para cortejá-la tanto, a ponto de tirar meu irmão do caminho, e desaparecer em seguida?

— Não tenho muito a dizer sobre os motivos de Frederick, sobre minhas suposições a respeito. Ele tem suas vaidades assim como a srta. Thorpe, e a principal diferença é a seguinte: sendo mais experiente, suas intenções não o prejudicaram. Se os *efeitos* de sua conduta não o justificam, será melhor não procurar pela causa.

— O senhor supõe, então, que em nenhum momento ele se importou com Isabella?

— Estou convencido de que jamais se importou.

— E apenas fingiu interesse, por travessura?

Henry assentiu com a cabeça.

— Bem, se é assim, devo dizer que não gosto dele nem um pouco. Mesmo que o fim da história nos seja favorável, não gosto dele nem um pouco. A verdade é que não houve nenhum dano irreparável, porque não creio que Isabella tenha de fato um coração. Por outro lado, não é possível que ela tenha se apaixonado perdidamente pelo capitão?

— Mas precisaríamos supor que ela tem de fato um coração e, por consequência, que seja uma pessoa muito diferente; nesse caso, ela teria recebido um tratamento muito diferente.

— O senhor está certo em defender seu irmão.

— E se a senhorita defendesse o *seu*, não ficaria tão aflita com a desilusão da srta. Thorpe. Mas sua mente é deformada por um senso inato de retidão e não é acessível, portanto, aos frios raciocínios do sectarismo familiar ou de um desejo de vingança.

Esse elogio libertou Catherine de amargores adicionais. Com Henry se mostrando tão agradável, Frederick não merecia a mais imperdoável das culpas. Ela decidiu que não responderia a carta de Isabella e tentou não pensar mais no assunto.

Capítulo 28

Pouco tempo depois, o general se viu obrigado a passar uma semana em Londres. Ele saiu de Northanger lamentando gravemente que um compromisso qualquer lhe roubasse a companhia da srta. Morland por uma hora que fosse e recomendando avidamente a seus filhos que fizessem, em sua ausência, os maiores esforços para proporcionar a ela conforto e divertimento. A partida do general forneceu a Catherine sua primeira convicção experimental de que uma perda podia ser, por vezes, um ganho. A felicidade com que passavam o tempo agora, a espontaneidade de todas as ocupações, a liberdade de todas as risadas, cada refeição um momento de sossego e bom humor, poder caminhar sem direção e sem hora para voltar, o desregrado comando do tempo, dos prazeres e das fadigas, tudo isso lhe deu condições de perceber que a presença do general impunha inibições, e de usufruir, com alegria, a momentânea libertação. Tal sossego e tais deleites a faziam amar o lugar e as pessoas cada vez mais; e não fosse pelo temor de que logo seria conveniente deixar o lugar e pelo receio de não ser igualmente amada pelas pessoas, Catherine teria sido perfeitamente feliz em todos os momentos, todos os dias; mas ela já entrara na quarta semana de sua visita; quando o general retornasse, a quarta semana teria terminado, e uma permanência mais delongada talvez começasse a parecer intrusão. Esse pensamento jamais deixava de ser doloroso. Ansiosa por tirar de sua mente tal peso, ela rapidamente decidiu que conversaria com Eleanor assim que possível, proporia que era hora de partir e guiaria seus passos de acordo com a maneira com que sua proposta fosse recebida.

    Ciente de que, caso esperasse muito tempo, seria mais difícil enunciar um assunto tão desagradável, aproveitou a primeira oportunidade que teve de estar subitamente sozinha com Eleanor – enquanto Eleanor falava sobre coisas muito diferentes – para sugerir sua obrigação de partir muito em breve. Eleanor aparentou e manifestou aflição. Ela esperava ter o prazer de sua companhia por muito mais tempo; enganara-se (talvez por causa de seus desejos) supondo que a visita haveria de ser muito mais demorada e estava certa de que, se o sr. e a sra. Morland soubessem o quanto a companhia de Catherine lhes dava prazer, eles certamente fariam a bondade de não apressar o retorno da filha. Catherine explicou: ah! Quanto a *isso*, papai e mamãe não tinham pressa nenhuma. Desde que ela estivesse feliz, estariam satisfeitos.

    Então por que, se podia perguntar, ela mesma queria ir embora tão cedo?

    Ah! Porque ela já ficara lá por tanto tempo.

    – Ora, se essa é a sua avaliação, não insistirei. Se pensa que foi tempo demais...

    – Ah, não, não penso, de maneira alguma. Se eu pudesse ficar um mês a mais com vocês, o prazer seria todo meu.

    E ficou decidido naquele mesmo instante que, enquanto não se passasse um mês, a partida de Catherine não seria sequer mencionada. Com a reconfortante eliminação de uma das duas angústias, a outra, por sua vez, perdeu força. A gentileza, o ardor com que Eleanor lhe pediu sua permanência e o olhar gratificado de Henry, quando soube que a permanência estava assegurada, eram doces provas de como ela lhes era importante, e restou nela apenas a pequena dose de inquietude que é essencial ao bem-estar da mente humana. Catherine acreditava de fato – quase sempre – que era amada por Henry, e mais ainda que o general e Eleanor amavam-na e até mesmo desejavam que ela pudesse pertencer à família. Com essas crenças, suas dúvidas e ansiedades passaram a ser meras irritações joviais.

Henry não pôde obedecer à prescrição do pai de que não saísse de Northanger enquanto ele estivesse em Londres e de que fizesse companhia permanente às damas: os compromissos da paróquia de Woodston obrigaram-no a viajar no sábado, para voltar dentro de algumas noites. Perder Henry não foi tão penoso, agora que o general não estava em casa; os momentos de alegria passaram a ser menos frequentes, mas o sossego era o mesmo. Apreciando as mesmas ocupações e desfrutando de maior intimidade, as duas garotas se viram tão aptas a fazer uso do tempo de que dispunham que já eram mais de onze da noite, um horário um tanto avançado na abadia, quando saíram da sala de jantar no dia em que Henry partiu. Elas haviam acabado de chegar ao topo da escadaria quando constataram, tanto quanto as espessas paredes lhes permitiam ouvir, que uma carruagem se aproximava da casa, e a suposição confirmou-se no instante seguinte, com o ruidoso soar da campainha de entrada. Quando o primeiro susto de perturbação se passou, num "Deus do céu! Quem será?", Eleanor concluiu rapidamente que se tratava de seu irmão mais velho, cujas chegadas costumavam ser repentinas, mas nem sempre tão inoportunas. Assim, ela desceu às pressas para recebê-lo.

Catherine encaminhou-se para o seu quarto, procurando aceitar, na medida do possível, a perspectiva de uma convivência maior com o capitão Tilney e consolando-se, apesar da desagradável impressão que lhe ficara de sua conduta e da convicção de que um cavalheiro tão distinto a reprovaria, com o fato de que o encontro com ele não seria efetivamente doloroso, consideradas as circunstâncias. Tinha esperança de que o capitão jamais fosse mencionar a srta. Thorpe; e não havia perigo nesse ponto, de fato, porque ele decerto já sentia vergonha, naquela altura, do papel que desempenhara; desde que fossem evitadas quaisquer referências aos acontecimentos de Bath, ela julgava que poderia se portar muito bem ao lado dele. Com tais considerações o tempo passou, e o capitão certamente merecia o contentamento com que Eleanor o recebia e que ela tivesse tanto para lhe dizer, pois já se passara quase meia hora desde sua chegada e Eleanor não subira ainda.

Catherine pensou, naquele instante, que ouvira os passos de sua amiga no corredor, e aguardou pelos passos subsequentes, mas tudo era silêncio.

Ela mal se convencera de sua ilusão, no entanto, quando sobressaltou-se com o ruído de algo que se aproximava de seu quarto; era como se alguém estivesse tocando a porta – no momento seguinte, um leve movimento da fechadura comprovou que uma mão repousava ali. Catherine estremeceu diante da ideia de um visitante tão cauteloso. Decidindo, porém, que não se deixaria dominar novamente por alarmes triviais e aparentes, e que não seria enganada por uma imaginação exaltada, avançou com calma e abriu a porta. Quem estava ali era Eleanor, Eleanor e ninguém mais. O coração de Catherine, no entanto, tranquilizou-se apenas por um instante, pois Eleanor, pálida, mostrou-se muito agitada; seu objetivo era entrar no quarto, evidentemente, mas ela parecia não ter forças para tanto e, quando entrou, pareceu não ter forças para falar. Catherine, supondo algum desconforto por parte do capitão Tilney, só conseguiu expressar seu tormento por meio de um zelo silencioso; fez com que Eleanor se sentasse, esfregou suas têmporas com água de lavanda e curvou-se sobre ela com a mais afetuosa solicitude.

– Minha querida Catherine, você não deve... não deve de maneira alguma – foram as primeiras palavras inteligíveis de Eleanor. – Estou muito bem. Seus cuidados me perturbam... Não posso suportar... o recado que tenho para lhe dar!

– Um recado? Para mim?

– Como poderei lhe dizer? Ah! Como poderei lhe dizer?

Uma nova ideia assaltou a mente de Catherine; empalidecendo como sua amiga, ela exclamou:

– É um mensageiro de Woodston!

– Não, você está enganada – retorquiu Eleanor, olhando para ela com muita compaixão. – Não é ninguém que tenha vindo de Woodston. É o meu pai.

Sua voz falhou, e seus olhos miravam o chão quando mencionou o pai. O indesejado regresso do general bastava, por si mesmo, para fazer com que o coração de Catherine desfalecesse, e por alguns momentos ela supôs que dificilmente haveria algo pior que pudesse ouvir. Ela não disse nada; e Eleanor, tentando se recompor e falar com firmeza, logo prosseguiu:

– Você é boa demais, tenho certeza, para me detestar pela tarefa que me obrigaram a cumprir. Eu sou, na verdade, uma mensageira muito desgostosa. Depois de tudo o que se passou tão recentemente, da decisão que tomamos tão recentemente (com tanta felicidade, com tanta gratidão de minha parte!) para que você permanecesse aqui por muitas e muitas semanas, como eu desejara, de que modo poderei lhe dizer que sua bondade será rejeitada, e que a alegria que sua companhia nos deu até aqui será recompensada com... mas minhas palavras não lhe farão justiça. Minha querida Catherine, nós vamos nos separar. Meu pai recordou-se de um compromisso que exige a saída de toda a família na segunda-feira. Visitaremos o lorde Longtown, perto de Hereford, por duas semanas. Explicações e desculpas são igualmente impossíveis. Não me sinto capaz de oferecê-las.

– Minha querida Eleanor – exclamou Catherine, reprimindo seus sentimentos tanto quanto podia –, não fique tão aflita. Um segundo compromisso deve dar lugar ao primeiro. Lamento muitíssimo que tenhamos de nos separar... tão cedo, e tão subitamente também, mas não estou ofendida, garanto que não estou. Posso encerrar minha visita, você sabe, em qualquer momento; ou posso desejar que você venha até mim. Você poderia, quando retornar desse lorde, ir a Fullerton?

– Não cabe a mim decidir, Catherine.

– Venha quando puder, então.

Eleanor não respondeu, e Catherine, uma questão de interesse mais imediato surgindo em sua mente, acrescentou, pensando em voz alta:

– Segunda-feira... já na segunda-feira; e *todos* vocês irão. Bem, estou certa de que... Terei condições de partir de qualquer maneira. Não precisarei ir embora até a véspera de sua viagem. Não fique aflita, Eleanor, posso muito bem partir na segunda-feira. Não tem importância que meus pais nada saibam a respeito. O general vai enviar um criado comigo, ouso dizer, até metade do caminho; e então já estarei em Salisbury, e de lá só restarão nove milhas para que eu chegue em casa.

– Ah, Catherine! Se o arranjo fosse esse, sua situação seria um pouco menos intolerável, mesmo que com tais cuidados você só fosse receber metade do que merece. Mas... como poderei lhe dizer? Foi determinado que você vai nos deixar amanhã de manhã, e você não pode escolher nem mesmo a hora. A carruagem já foi solicitada, e você será levada às sete horas, e nenhum criado será oferecido.

Catherine sentou-se, sem fôlego e sem fala.

– Mal pude acreditar, quando ouvi; e nenhum desagrado, nenhum ressentimento que você puder ter neste momento, por maior e mais justo que seja, será mais intenso do que a minha sensação quando... mas não devo falar sobre o que senti. Ah! Se eu pudesse sugerir alguma solução atenuante! Meu bom Deus! O que dirão seu pai e sua mãe! Você foi afastada da proteção de seus verdadeiros amigos, foi atraída para cá, um local cuja distância de sua casa é quase duas vezes maior, apenas para ser expulsa de casa, sem direito sequer às considerações da mais simples cortesia! Querida, querida Catherine: sendo portadora de uma mensagem como essa, sei que eu mesma pareço culpada pelo insulto que ela contém; mas acredito que terei sua absolvição, pois você certamente permaneceu nesta casa o bastante para constatar que não passo de uma portadora nominal, e que meu real poder é nulo.

— Eu ofendi o general? — perguntou Catherine, com voz trêmula.
— Ai de mim! Quanto aos meus sentimentos como filha, tudo o que sei, tudo o que posso afirmar, é que você não pode ter dado a ele nenhum motivo justo para que houvesse ofensa. Ele certamente está muito, muitíssimo transtornado; poucas vezes o vi assim. Meu pai é taciturno por natureza, e alguma coisa, agora, despertou sua ira numa intensidade fora do comum; alguma frustração, algum aborrecimento que possa lhe parecer mais importante neste momento; mas não há como supor que você esteja envolvida, pois de que modo isso seria possível?

Foi a muito custo que Catherine conseguiu falar, e fez esse esforço apenas em favor de Eleanor.

— Garanto a você — disse ela — que lamento muito se ofendi seu pai. Seria a última coisa que eu teria feito de vontade própria. Mas não fique triste, Eleanor. Um compromisso, você sabe, precisa ser mantido. Lamento apenas que a recordação não tenha ocorrido antes, para que eu pudesse escrever para casa. Mas é uma questão de pouquíssima importância.

— Espero, sinceramente espero, que sua segurança nem entre em questão; quanto ao restante, porém, tudo tem muitíssima importância: o conforto, as aparências, a decência, sua família, o mundo inteiro. Se os seus amigos, os Allen, estivessem ainda em Bath, você poderia ir até eles com relativa facilidade; umas poucas horas a levariam até lá; mas uma viagem de setenta milhas, em carruagem de posta, na sua idade, sozinha, desacompanhada!

— Ora, a viagem não é nada. Não pense nisso. E se vamos mesmo nos separar, algumas horas a mais ou a menos, você sabe, não farão diferença. Posso estar pronta às sete. Basta que me chamem a tempo.

Eleanor percebeu que ela desejava ficar sozinha. Acreditando que seria melhor para ambas que evitassem seguir conversando, despediu-se:

— Eu a verei pela manhã.

O pesado coração de Catherine necessitava de alívio. Na presença de Eleanor, a amizade e o orgulho haviam reprimido suas lágrimas na mesma medida; assim que a porta se fechou, porém, elas romperam em torrentes. Posta na rua, e sem nenhuma consideração! Sem qualquer razão que pudesse justificar, sem qualquer desculpa que pudesse reparar a brusquidão, a grosseria — ora, a insolência do ato. E Henry distante — ela não poderia nem mesmo lhe dar adeus. Todas as esperanças, todas as expectativas em relação a Henry suspensas, no mínimo, e quem poderia dizer por quanto tempo? Quem poderia prever o dia em que voltariam a encontrar-se? E tudo isso por ação do general Tilney, tão polido, tão refinado, e que demonstrara, até ali, ter tanta estima por ela! Aquilo era tão incompreensível quanto era penoso e mortificante. A origem do problema e o fim que ele teria eram considerações que geravam ao mesmo tempo perplexidade e alarme. O procedimento todo, tão inteiramente rude; tudo às pressas, sem que lhe consultassem sobre sua conveniência, sem que lhe permitissem sequer a aparência de que podia escolher o horário e a modalidade de sua viagem. Entre dois dias, a opção pelo primeiro, e neste a opção pela hora mais adiantada, como se o general estivesse determinado a livrar-se dela antes mesmo de sair da cama, para que não fosse obrigado a vê-la. Qual seria o seu propósito, a não ser uma afronta intencional? Por algum meio ou por outro, ela decerto tivera o infortúnio de ofendê-lo. Eleanor quisera lhe poupar de uma ideia tão dolorosa, mas Catherine não podia acreditar que uma injúria ou desventura qualquer pudesse provocar tamanha hostilidade contra uma pessoa que não tinha ligação com o fato, ou presumivelmente não tinha.

A noite demorou a passar. O sono, ou um repouso que merecesse ser chamado de sono, estava fora de questão. O quarto em que a recém-chegada Catherine sofrera os suplícios de sua perturbada imaginação era novamente o cenário de um espírito aflito e de um desassossego insone. Mas como era diferente, agora, em comparação com a primeira noite, a causa da inquietude – como era lastimavelmente superior, em seu aspecto real e consequente! As novas ansiedades eram fundamentadas em fatos, e os temores, em probabilidades; e com a mente assim ocupada na contemplação de uma malignidade verdadeira e natural, Catherine sentia e considerava, sem a menor emoção, sua condição solitária, a escuridão do aposento, a antiguidade do edifício; e embora o vento fosse forte e produzisse, com frequência, estranhos e súbitos ruídos pela casa, ela ouvia tudo, acordada, hora após hora, sem curiosidade e sem pavor.

Eleanor entrou no quarto logo depois das seis, ávida por oferecer atenção ou auxílio onde houvesse necessidade, mas restava muito pouco a fazer. Catherine não perdera tempo: já estava quase vestida, e sua bagagem estava quase pronta. Com a chegada da filha, surgiu em sua mente a possibilidade de alguma mensagem conciliadora do general. Não seria natural que aquela raiva esfriasse e que o arrependimento a sucedesse? E só restaria saber em que medida, depois do que se passara, um pedido de desculpas poderia ser adequadamente aceito por ela. Mas essa constatação lhe seria inútil; o caso era outro, sua clemência e sua dignidade não entrariam em questão – Eleanor não trouxe mensagem alguma. O reencontro foi austero; ambas refugiaram-se no silêncio, e foram trocadas palavras esparsas e triviais enquanto as duas permaneceram no quarto, Catherine atarefada nos arranjos finais de seu vestido, e Eleanor, solícita mas inexperiente, empenhada em arrumar a mala. Tudo ficou pronto; elas saíram, Catherine demorando-se atrás de sua amiga, por meio minuto, para olhar pela última vez cada um dos conhecidos e amados objetos, e desceram para a sala de desjejum, onde o desjejum as esperava. Ela tentou comer, para poupar-se da dor de ser instada e para que sua amiga se sentisse confortável, mas não tinha apetite e não conseguiu engolir quase nada. O contraste entre este desjejum e o anterior, naquela mesma sala, renovou sua miséria e aprofundou seu desgosto quanto ao porvir. Menos de 24 horas antes elas haviam sentado ali para o mesmo repasto, mas em circunstâncias tão diversas! Ela olhara em volta com tranquilidade e leveza, com uma segurança feliz, embora falsa; o presente era fascinante, e o futuro não reservava nenhum revés que não fosse uma breve viagem de Henry para Woodston! Um desjejum tão feliz, tão feliz! Porque Henry estivera ali; Henry sentara ao lado dela e a serviría. Tais reflexões foram mantidas por muito tempo, sem qualquer interrupção por parte de sua companheira, que parecia estar tão mergulhada em pensamentos quanto ela mesma; e o aparecimento da carruagem foi o sobressalto que as despertou para o momento presente. Catherine ruborizou-se ao enxergar o veículo, e o tratamento indigno que recebia, ressurgindo em sua mente com excepcional força, fez com que sentisse apenas ressentimento por alguns instantes. Eleanor, agora, parecia ter encontrado disposição para falar.

– Você *precisa* escrever para mim, Catherine – ela suplicou. – *Mande-me* notícias assim que possível. Não terei um minuto de sossego até ter certeza de que você chegou em casa com segurança. Eu lhe peço *uma* única carta, sob todos os riscos, todos os perigos. Permita-me o consolo de saber que você já está em Fullerton e que seus familiares estão todos bem, e então, até que eu possa ter o direito de solicitar sua correspondência, ficarei satisfeita. Estarei no endereço do lorde Longtown, e preciso lhe pedir: destine a carta para Alice.

– Não, Eleanor. Se você não tem autorização para receber uma carta minha, estou certa de que será melhor não escrever. Não há dúvida de que chegarei bem em casa.

Eleanor disse apenas:

– Compreendo seus sentimentos. Não pretendo importuná-la. Confiarei no seu coração bondoso, enquanto estivermos separadas.

Essas palavras, porém, reforçadas por um semblante triste, bastaram para derreter imediatamente o orgulho de Catherine, e ela disse no mesmo instante:

– Ah, Eleanor, é *claro* que escreverei para você.

Restava um outro ponto que a srta. Tilney queria ansiosamente esclarecer, e que no entanto lhe causava certo embaraço. Ela imaginara que, depois de estar longe de casa por tanto tempo, Catherine talvez não dispusesse do dinheiro necessário para as despesas de sua viagem. Quando lhe fez tal sugestão, com a mais generosa oferta de empréstimo, verificou que o receio era plenamente justificado. Catherine sequer pensara no assunto até então e, examinando sua bolsa, convenceu-se de que, não fosse a bondade de sua amiga, teria viajado sem dispor dos mínimos recursos para chegar em casa. A tribulação que ela poderia ter enfrentado ocupou as mentes de ambas, e pouquíssimas palavras foram pronunciadas até o momento da separação. Mas esse momento chegou logo. Elas foram avisadas de que a carruagem estava pronta; Catherine se levantou imediatamente, um longo e afetuoso abraço suplantando as palavras de despedida. Enquanto passavam pelo saguão, incapaz de deixar a casa sem aludir ao nome que elas não haviam mencionado ainda, Catherine parou por um momento e, com lábios trêmulos, balbuciou que mandava "lembranças a seu amigo ausente". Essa menção, porém, acabou com todas as possibilidades de que ela reprimisse seus sentimentos por mais tempo; escondendo o rosto tão bem quanto podia com seu lenço, atravessou correndo o saguão, saltou para dentro da carruagem e, no momento seguinte, foi levada para longe da casa.

Capítulo 29

CATHERINE ESTAVA DESOLADA DEMAIS para sentir medo. A viagem em si não inspirava terrores, e ela partira sem temer a distância e sem sofrer a solidão. Recostada num canto da carruagem, banhada por um jorro de lágrimas, só levantou a cabeça quando já estava algumas milhas distante dos muros da abadia; e o terreno mais elevado do parque já estava quase fora de vista quando teve coragem de olhar em sua direção. Desastrosamente, a estrada que ela percorria agora era a mesma pela qual passara apenas dez dias antes, com tanta alegria, indo e vindo de Woodston. Ao longo de catorze milhas, seus amargos sentimentos tornaram-se ainda mais severos com o ressurgimento de paisagens que ela observara, na primeira ocasião, sob impressões tão diferentes. Cada milha, aproximando-a de Henry, agravava seus padecimentos. Quando passou pela bifurcação que distava cinco milhas de Woodston, pensou nele, tão próximo, porém tão inconsciente, e mal pôde suportar sua dor.

Naquele lugar Catherine passara um dos dias mais felizes de sua vida. Foi ali, foi naquele dia que o general fizera uso de certas expressões que a ligavam a Henry, falara e agira de modo a lhe dar a mais positiva convicção de que desejava, de fato, que os dois se casassem. Sim, apenas dez dias antes ele a deixara embevecida com suas atenções premeditadas – e até mesmo a confundira com evidentes sugestões! E agora – o que fizera ela, ou o que deixara de fazer, para merecer tamanha mudança?

A única ofensa que ela julgava ter cometido dificilmente teria chegado ao conhecimento do general. Seu próprio coração e Henry eram os únicos sabedores das escandalosas suspeitas que ela nutria tão absurdamente; e seu segredo, ela acreditava, estava seguro com ambos. Propositalmente, ao menos, Henry não a teria traído. Se de fato, por algum estranho infortúnio, o general tivesse tomado conhecimento das coisas que ela ousara pensar e procurar, de suas despropositadas fantasias e infamantes investigações, ele teria todos os motivos para ficar furioso. Se soubesse que ela o tomara por assassino, teria todos os motivos, também, para expulsá-la de sua casa. Mas era pouco provável, Catherine acreditava, que o general dispusesse de tal justificativa, tão torturante para ela.

Por mais aflitivas que fossem todas as suas conjecturas nesse ponto, Catherine era dominada por angústias maiores. Havia um pensamento mais imediato, uma perturbação mais predominante, mais impetuosa. O que Henry pensaria e sentiria, como reagiria quando retornasse a Northanger, no dia seguinte, e descobrisse que ela se fora? Essa questão superava todas as outras em potência e interesse, nunca cessava, era por vezes irritante e por vezes confortadora; num momento, sugeria o pânico de uma calma aquiescência por parte dele; em outro, era respondida pela mais doce confiança de que ele ficaria mortificado e ressentido. Com o general, é claro, ele não ousaria falar, mas com Eleanor... O que não diria, para Eleanor, a respeito dela?

Nessa incessante recorrência de dúvidas e questionamentos em torno de temas dos quais sua mente só conseguia se libertar momentaneamente, as horas passaram e sua viagem progrediu muito mais rapidamente do que previra. As prementes agonias que a impediram de ver o que se passava em volta, nas cercanias de Woodston, eximiram-na, ao mesmo tempo, de controlar seu avanço; e embora nada, naquela estrada, fosse digno de um momento de atenção, nenhuma etapa lhe foi tediosa. Um segundo motivo a poupava do tédio: ela não ansiava pela conclusão da viagem; pois retornar de tal modo para Fullerton era destruir, de certa forma, o prazer de reencontrar as pessoas que mais amava, mesmo depois de uma ausência como a sua – uma ausência de onze semanas. O que poderia dizer que não fosse resultar em humilhação para si, em pesar para sua família? Que não fosse intensificar sua própria dor no momento da confissão, ampliar um ressentimento inútil e misturar, talvez, os inocentes e o culpado numa hostilidade indistinta? Ela jamais faria justiça aos méritos de Henry e Eleanor, pois a gratidão que sentia era inexprimível. Se surgisse algum desgosto contra eles, se passassem a ser vistos desfavoravelmente por causa do pai, seu coração ficaria dilacerado.

Com tais sentimentos, Catherine mais temia do que aguardava o aparecimento daquele tão conhecido pináculo que anunciaria uma distância de vinte milhas até sua casa. Ela saíra de Northanger sabendo que viajava na direção de Salisbury; depois da primeira parada, porém, tivera de perguntar aos mestres de posta quais eram os nomes das localidades seguintes, tão grande era sua ignorância quanto ao trajeto. Não defrontou-se com nada, porém, que lhe causasse perturbação ou medo. Sua juventude, seus modos educados e suas generosas gratificações lhe garantiram todas as atenções que uma viajante como ela poderia requerer. Parando apenas para trocar cavalos, seguiu viagem por mais ou menos onze horas, sem sustos nem acidentes, e chegou a Fullerton antes das sete da noite.

Uma heroína retornando a seu vilarejo natal no encerramento de sua carreira, no pleno triunfo da reconquista de sua reputação, na plena dignidade de uma condessa, tendo atrás de si uma longa comitiva de nobres parentes em seus vários faetons e três criadas pessoais numa carruagem de quatro cavalos, é um acontecimento no qual a pena de uma criadora terá prazer em se deter, e que valoriza o final de qualquer história; a autora deve tomar parte na glória que generosamente concede. Minha tarefa, porém, é completamente diferente; trago minha heroína de volta para casa em solidão e desgraça, e nem a mais doce disposição de espírito me fará recair em pormenores. Uma heroína dentro de uma carruagem de posta alugada é um tremendo fracasso sentimental; grandeza e *páthos* de nada servem. Rapidamente, portanto, seu postilhão adentrará o vilarejo, entre os olhares dos transeuntes de domingo, e rapidamente ela descerá do carro.

Contudo, qualquer que fosse a perturbação da mente de Catherine enquanto avançava na direção de sua residência, e qualquer que seja a humilhação de sua biógrafa ao relatá-lo, ela prenunciava um júbilo incomum para seus familiares – primeiro, quando chegasse a carruagem; depois, quando ela mesma aparecesse. O carro de um viajante era uma rara visão em Fullerton, de forma que a família inteira correu para a janela; e ver o carro parar diante do portão era um prazer que abrilhantava todos os olhos e absorvia todas as imaginações – um prazer bastante inesperado para todos, menos para as duas crianças mais novas, um menino e uma menina de seis e quatro anos de idade, que esperavam a chegada de um irmão em todas as carruagens. Felizes os olhos que primeiro distinguiram Catherine! Feliz a voz que proclamou a descoberta! Se tal felicidade era posse legítima de George ou Harriet, ninguém jamais pôde saber.

Seu pai, sua mãe, Sarah, George e Harriet, todos reunidos na porta para saudá-la com afetuosa prontidão: eis uma cena capaz de reavivar os melhores sentimentos no coração de Catherine. Sendo abraçada por todos, ao sair da carruagem, ela se viu invadida por um alívio que ultrapassava todas as suas expectativas. Cercada por todos, recebendo tantos afagos, ela estava até mesmo feliz! No enlevo do amor familiar, tudo se amainou por algum tempo. O prazer de ver Catherine não lhes concedeu tempo, a princípio, para o calmo esclarecimento das circunstâncias, e todos se sentaram em volta da mesa de chá que a sra. Morland providenciara para o conforto da pobre viajante, cujo semblante pálido e cansado logo chamara sua atenção, sem que tivessem feito ainda qualquer pergunta que exigisse resposta direta.

Relutantemente, e com muita hesitação, ela começou a discorrer sobre algo que talvez, ao fim de meia hora, pudesse ser admitido, pela cortesia dos ouvintes, como explicação. Durante esse tempo, porém, eles mal conseguiram identificar a causa ou coletar os pormenores daquele repentino retorno. Eles estavam longe de ser pessoas irascíveis; não costumavam acolher afrontas instantaneamente, ou com amargura ressentida; mas o presente caso, já devidamente destrinçado, era um insulto que não podiam desprezar, que não podiam, na primeira meia hora, perdoar facilmente. Desconsiderando qualquer alarme romântico acerca da longa e solitária viagem da filha, o sr. e a sra. Morland julgaram, naturalmente, que a jornada lhe causara um intenso dissabor, um sofrimento que eles jamais teriam permitido voluntariamente, e que o general Tilney, impondo a ela tal castigo, não demonstrara decência e tampouco sensibilidade – nem como cavalheiro, nem como pai. Que motivação tivera ele? Qual seria a causa de tamanha ruptura de hospitalidade, de uma cordial estima transformada tão subitamente em hostilidade franca? A resposta era, no mínimo, tão obscura para eles quanto para Catherine, mas não os atormentou por tanto tempo, de modo algum. Depois de um razoável debate de conjecturas inúteis, no qual se disse que "aquele era um caso muito estranho, e que o general era decerto um homem muito estranho", a indignação e o assombro perderam força, embora Sarah insistisse em saborear esse doce enigma, exclamando e conjecturando com ardor juvenil.

– Minha querida, você se atormenta sem necessidade – disse por fim sua mãe. – Acredite, trata-se de um problema que não vale a pena esmiuçar.

– Compreendo que ele quisesse mandar Catherine embora quando lembrou-se do compromisso – disse Sarah –, mas por que não fazê-lo com civilidade?

– Lamento pelos jovens – retrucou a sra. Morland. – A situação deles é certamente difícil. Com todas as outras questões, porém, não devemos nos importar; Catherine está em casa, protegida, e a nossa tranquilidade não depende do general Tilney.

Catherine suspirou.

– Bem – prosseguiu sua filosófica mãe –, fico feliz por não ter sido informada de sua viagem antes, mas está tudo acabado agora, e creio que não houve maior dano. É sempre proveitoso que os jovens se vejam obrigados a enfrentar obstáculos; e você, minha querida Catherine, foi sempre uma criaturinha muito desmiolada; mas agora, forçosamente, você teve de agir com destreza, com tanta troca de carruagens e assim por diante; e espero não constatarmos que você deixou algo para trás em algum bagageiro.

Catherine esperava o mesmo, e tentou interessar-se por seu aperfeiçoamento pessoal, mas sentia uma grande prostração de espírito. Seu único desejo passou a ser o de ficar sozinha, em silêncio, e aceitou prontamente o conselho seguinte de sua mãe, de que deveria ir mais cedo para a cama. Seus pais, considerando que seu aspecto abatido e sua comoção não eram nada mais do que as naturais consequências de uma sensibilidade mortificada e dos esforços e cansaços incomuns de uma jornada como aquela, despediram-se dela com a certeza de que o sono remediaria tudo; e embora na manhã seguinte, quando todos reencontraram-se, Catherine não tenha exibido a recuperação esperada, eles continuaram perfeitamente convictos de que o mal não era grave. Não pensaram nem por um instante no coração da filha, algo que, para os pais de uma garota de dezessete anos que acabara de retornar de sua primeira excursão para longe de casa, era bastante estranho!

Tão pronto acabou-se o desjejum, ela tratou de cumprir a promessa que fizera para Eleanor, cuja crença nos efeitos do tempo e da distância sobre a disposição de sua amiga se provara justificada, porque Catherine já se recriminava por ter despedido-se da srta. Tilney com tanta frieza, por jamais ter valorizado justamente seus méritos e sua bondade, e por jamais ter se compadecido pelas coisas que ela enfrentaria em seguida. A força de tais sentimentos, no entanto, nem de longe auxiliou sua pena, e nunca lhe fora mais difícil dizer algo para Eleanor Tilney. Conceber uma carta que fizesse justiça tanto aos sentimentos quanto à situação de sua amiga, transmitisse gratidão sem arrependimento servil, fosse cautelosa sem frieza e honesta sem ressentimento – uma carta cuja leitura não fosse dolorosa para Eleanor –, e, acima de tudo, que não a fizesse corar ela mesma, caso Henry chegasse a ver, era um empreendimento que paralisava todos os seus poderes de composição. Depois de demorada reflexão e de muita perplexidade, ser breve foi a única decisão que ela pôde tomar com firmeza e confiança. O dinheiro que Eleanor adiantara foi anexado, portanto, a pouco mais do que sinceros agradecimentos e mil desejos de felicidade por parte do mais afetuoso coração.

– Essa foi uma estranha amizade – observou a sra. Morland, quando a carta já estava terminada. – Começou depressa e terminou depressa. Lamento que assim seja, porque a sra. Allen os tinha como jovens maravilhosos; e você passou por uma triste adversidade, também, com a sua Isabella. Ah! Pobre James! Bem, devemos viver e aprender; e quanto aos próximos novos amigos que você fizer, espero que de fato mereçam a sua estima.

Ruborizando-se, Catherine calorosamente respondeu:
— Nenhuma amiga merece tanto a minha estima quanto Eleanor.
— Se é assim, minha querida, ouso dizer que vocês voltarão a se encontrar mais cedo ou mais tarde; não se aflija. Posso apostar que o acaso acabará por uni-las novamente com o passar de alguns anos; e como será bom, então!

A sra. Morland não foi feliz em sua tentativa de consolação. A esperança de um encontro no decorrer de alguns anos fez apenas com que Catherine imaginasse o que poderia ocorrer, ao longo desse tempo, para que o encontro se tornasse temível. Ela jamais esqueceria Henry Tilney ou pensaria nele com menos ternura do que pensava naquele momento, mas ele poderia esquecê-la, e um encontro, nesse caso... Seus olhos encheram-se de lágrimas com a perspectiva de uma amizade renovada em tais circunstâncias; e a sra. Morland, percebendo que suas sugestões de consolo não haviam obtido bom resultado, propôs, como expediente alternativo para restaurar o ânimo da filha, que elas fossem visitar a sra. Allen.

As duas casas eram separadas por apenas um quarto de milha. Durante a caminhada, a sra. Morland despachou rapidamente todos os seus sentimentos a respeito da desilusão de James.

— Lamentamos por ele — disse ela. — Por outro lado, não é nenhuma desgraça o rompimento que houve, pois não seria tão desejável que ele se casasse com uma garota com a qual não tínhamos a mínima intimidade e que era tão inteiramente desprovida de dote; e agora, com o comportamento que exibiu, não podemos de maneira alguma vê-la com bons olhos. No momento, James não deixará de sofrer, mas isso não vai durar para sempre. Ouso dizer que ele será um homem mais prudente a vida toda por causa da tolice de sua primeira escolha.

Catherine pôde ouvir até o fim a opinião de sua mãe graças ao caráter sumário da exposição; uma frase a mais reduziria sua complacência, obteria uma reação menos racional; pois todos os seus poderes mentais foram logo engolidos pelo exame da transformação sentimental e espiritual que ela mesma sofrera desde que percorrera pela última vez aquele tão conhecido caminho. Menos de três meses antes, arrebatada por alegres expectativas, ela passava por ali correndo, umas dez vezes por dia, indo e vindo, com um coração leve, feliz e independente, antevendo prazeres puros e jamais experimentados, sem temer e sem conhecer qualquer maldade. Assim era ela três meses antes; e agora, tendo retornado, era outra pessoa!

Ela foi recebida pelos Allen com todas as amabilidades que sua chegada inesperada, estimulando um afeto permanente, naturalmente provocaria. Houve grande surpresa e caloroso desgosto quando souberam do tratamento que ela recebera – mesmo que o relato da sra. Morland não fosse nenhuma simulação exagerada, nenhum apelo deliberado à compaixão.

– Catherine nos pegou de surpresa ontem à noite – disse ela. – Ela fez a viagem inteira sozinha, em carruagem de posta, e soube na noite de sábado que teria de partir, porque o general Tilney, movido por alguma ideia extravagante, de uma hora para a outra cansou-se de tê-la como hóspede e praticamente a expulsou da casa. Bem pouco amistoso, sem dúvida. Ele deve ser um homem muito esquisito, mas estamos tão felizes por tê-la conosco novamente! E é um grande consolo saber que ela não é uma pobre criatura indefesa, e que consegue se arranjar muito bem sozinha.

O sr. Allen manifestou-se a respeito com o razoável ressentimento de um amigo sensato, e a sra. Allen gostou tanto de suas palavras que fez questão de repeti-las imediatamente. O pasmo, as conjecturas e as explanações do marido passaram a pertencer à esposa, com o acréscimo de um único comentário – "Não tenho a menor paciência com o general" – para preencher todas as pausas eventuais. E "Não tenho a menor paciência com o general" foi proferido duas vezes depois que o sr. Allen saiu da sala, sem qualquer arrefecimento da raiva, sem qualquer digressão substancial do pensamento. Uma dose mais considerável de devaneio acompanhou a terceira repetição; depois da quarta, ela acrescentou imediatamente:

– Imagine, minha querida, que aquele horroroso rasgo na minha melhor renda de Malines pôde ser remendado tão magnificamente, ainda em Bath, que mal se pode perceber o reparo. Preciso lhe mostrar um dia desses. Apesar de tudo, Catherine, Bath é um belo lugar. Asseguro-lhe que fiquei mais triste do que feliz ao ir embora. A presença da sra. Thorpe foi um conforto tão grande para nós, não foi? Você sabe bem, nós duas estávamos um tanto desamparadas no começo.

– Sim, mas *não* por muito tempo – disse Catherine, seus olhos brilhando com a recordação de suas primeiras exaltações de espírito em Bath.

– É verdade: logo encontramos a sra. Thorpe, e a partir de então não nos faltou nada. Minha querida, você não concorda que estas luvas de seda estão muito bem conservadas? Eu as tinha na primeira noite em que fomos aos Salões Baixos, e depois voltei a usá-las várias vezes. Você se lembra daquela noite?

– E como! Ah, perfeitamente!

– Foi muito agradável, não foi? O sr. Tilney bebeu chá conosco, e sempre julguei que ele é uma ótima companhia, ele é tão agradável. Tenho a impressão de que você dançou com ele, mas não estou certa disso. Lembro que usei meu vestido favorito.

Catherine não foi capaz de responder. Depois de uma rápida incursão por outros assuntos, a sra. Allen retomou:

— Não tenho a menor paciência com o general! Ele parecia ser um homem tão agradável, tão digno! Não creio, sra. Morland, que a senhora alguma vez tenha visto um homem tão refinado. Os aposentos que ele alugara não permaneceram desocupados por mais do que um dia, Catherine. Mas não é de se admirar; Milsom Street, você sabe.

No retorno para casa, a sra. Morland tentou realçar, aos olhos da filha, a felicidade de ter sempre à disposição a bondade de pessoas como o sr. e a sra. Allen, e o descaso com que deveriam ser vistas a negligência ou a crueldade de amigos superficiais como os Tilney, já que era possível preservar o amparo e o afeto dos amigos mais antigos. Havia uma bela dose de bom senso nisso tudo, mas existem algumas situações em que o bom senso não é forte o bastante para vencer a mente humana; e os sentimentos de Catherine se opuseram a quase todos os pontos de vista que sua mãe apresentou. Sua felicidade dependia justamente de como se comportariam esses amigos superficiais; e enquanto a sra. Morland habilmente confirmava suas próprias opiniões com a sensatez de seus próprios argumentos, Catherine silenciosamente refletia que Henry devia ter chegado *agora* em Northanger; que *agora* decerto soube que ela havia partido; e que *agora*, talvez, todos eles seguissem para Hereford.

Capítulo 30

CATHERINE NÃO ERA UMA garota sedentária por natureza, mas jamais se mostrara muito industriosa. Contudo, quaisquer que fossem os seus defeitos nesse ponto, sua mãe não pôde deixar de perceber que eles haviam se agravado seriamente. Ela não conseguia parar quieta e tampouco ocupar-se em qualquer coisa por dez minutos seguidos; caminhava para lá e para cá no jardim e no pomar, como se somente o movimento lhe fosse tolerável, e tinha-se a impressão de que até mesmo andar pela casa lhe dava mais prazer do que permanecer sentada por alguns instantes na sala de estar. Seu desânimo constituía uma mudança ainda mais notável. Nas perambulações e na ociosidade, Catherine não passava de uma caricatura de si mesma; no silêncio e na tristeza, porém, ela exibia o exato reverso de sua índole habitual.

Por dois dias a sra. Morland deixou a questão de lado, sem fazer qualquer alusão; mas quando uma terceira noite de sono não lhe restaurou a jovialidade, não lhe deu maior aptidão para ocupações úteis e não a tornou mais interessada nos trabalhos de costura, ela já não pôde abster-se desta gentil repreensão:

— Minha querida Catherine, temo que você esteja se transformando em uma moça muito refinada. Não sei quando estariam prontas as gravatas de Richard, se ele só tivesse você como amiga. Sua cabeça está em Bath o tempo inteiro. Mas para tudo existe um momento: temos o momento dos bailes e dos espetáculos e o momento do trabalho. Você teve uma longa temporada de diversões e agora deve se esforçar para ser útil.

Catherine retomou seu trabalho prontamente, dizendo, com voz tristonha, que sua cabeça não estava em Bath... tanto assim.

— Então você está se remoendo por causa do general Tilney, e isso é muito estúpido de sua parte, pois posso apostar que você nunca mais vai vê-lo. Não devemos jamais remoer ninharias.

E depois de um breve silêncio:

— Espero, minha Catherine, que você não esteja perdendo o prazer de estar em casa apenas porque tudo é tão maravilhoso em Northanger. Isso seria transformar sua visita num mal verdadeiro. Você deveria estar sempre contente em qualquer lugar, mas acima de tudo em casa, porque é onde você vai passar a maior parte do seu tempo. Não gostei muito, no desjejum, de ouvi-la falando tanto sobre o pão francês de Northanger.

— Posso afirmar que não dou a mínima importância para o pão. Não faz diferença se eu como isto ou aquilo.

— Consta num dos livros lá em cima um ensaio muito inteligente que trata precisamente deste assunto, sobre garotas que passam a desprezar seus lares porque conheceram residências mais nobres... *The Mirror*, creio eu. Vou procurá-lo um dia desses, estou certa de que será proveitoso para você.

Catherine não disse mais nada e, empenhada em se corrigir, dedicou-se ao trabalho. Mas depois de alguns minutos, sem que percebesse, afundou de novo em langor e desatenção, movendo-se na cadeira, irritada por seu enfado, muito mais do que movia sua agulha. A sra. Morland acompanhou o progresso de tal recaída; e vendo, na expressão insatisfeita e ausente de sua filha, uma prova cabal daquele espírito desgostoso ao qual vinha atribuindo, agora, a tristeza que não cedia, saiu apressadamente da sala para buscar o livro em questão, ávida por não perder tempo em seu ataque a tão terrível moléstia. Passou-se algum tempo antes que ela conseguisse encontrar o que procurava. Com a lembrança de outros problemas familiares, que acabaram tomando seu tempo, um quarto de hora transcorreu até que ela descesse as escadas com o volume que tanta esperança lhe dava. Suas distrações no andar de cima tendo abafado todos os ruídos que não fossem aqueles que ela mesma criara, não tinha ideia de que um visitante havia chegado minutos antes, e então, ao entrar na sala, a primeira coisa que contemplou foi um jovem cavalheiro que jamais vira antes. Com uma expressão muito respeitosa, ele levantou-se no mesmo instante; sendo apresentado a ela por sua constrangida filha como "sr. Henry Tilney", ele começou, no embaraço de uma sensibilidade genuína, a desculpar-se por seu aparecimento ali, reconhecendo que depois de tudo o que se passara mal tinha direito de esperar por uma recepção amigável em Fullerton e declarando, como motivo de sua intrusão, sua impaciência por assegurar-se de que a srta. Morland havia chegado em casa com segurança. Ele não tinha diante de si uma juíza implacável ou um coração ressentido. Longe de culpar Henry ou sua irmã pelo erro que o pai deles cometera, a sra. Morland sempre vira ambos com simpatia; satisfeita com a visita, imediatamente o recebeu com a modesta manifestação de uma benevolência sincera: agradecendo-lhe pelo atencioso interesse por sua filha, assegurando-lhe que os amigos de seus filhos eram sempre bem-vindos ali e rogando-lhe que não mais dissesse qualquer palavra sobre o passado.

Henry não se mostrou indisposto a obedecer tal pedido, pois, embora seu coração ficasse bastante aliviado por essa inesperada brandura, ainda não estava em seu poder, naquele momento, dizer o que fosse em torno do assunto. Portanto, voltando a se sentar em silêncio, ficou respondendo durante alguns minutos, com muita cortesia, a todos os banais comentários da sra. Morland sobre o tempo e as estradas. Catherine, enquanto isso – a ansiosa, agitada, feliz, febril Catherine –, não disse uma única palavra, mas suas faces incandescentes e seus olhos brilhantes fizeram com que sua mãe confiasse que aquela bem-intencionada visita sossegaria o coração da filha, ao menos por algum tempo, e com prazer, portanto, ela deixou de lado, para uma futura oportunidade, o primeiro volume do *Mirror*.

Desejosa de contar com a ajuda do sr. Morland, tanto para encorajar quanto para fornecer assunto ao hóspede, por cujo embaraço em função do general ela tinha sincera compaixão, a sra. Morland despachara, no primeiro instante, uma de suas crianças para chamá-lo. Mas o sr. Morland não estava em casa – e encontrando-se, assim, desprovida de qualquer auxílio, ao fim de um quarto de hora ela já não tinha nada para dizer. Depois de alguns minutos de silêncio ininterrupto, Henry, dirigindo-se a Catherine pela primeira vez desde a chegada da mãe dela, perguntou-lhe, com repentina vivacidade, se o sr. e a sra. Allen encontravam-se naquele momento em Fullerton. Depreendendo o sentido da resposta em meio à confusão de palavras desconexas que ouviu, quando uma breve sílaba teria bastado, manifestou imediatamente a intenção de lhes apresentar seus cumprimentos e, ruborizando-se, perguntou a Catherine se ela teria a bondade de lhe mostrar o caminho. "O senhor pode ver a casa por esta janela", foi a informação que Sarah forneceu, e que obteve apenas uma mesura de agradecimento por parte do cavalheiro e um aceno de censura por parte da mãe; porque a sra. Morland, julgando provável, como objetivo secundário daquele desejo de visitar os estimáveis vizinhos, que ele tivesse alguma explicação a dar sobre o comportamento de seu pai e que lhe fosse mais confortável dá-la apenas para Catherine, não quis impedir, de maneira alguma, que sua filha o acompanhasse. Eles puseram-se a caminho, e a sra. Morland não estava inteiramente enganada quanto ao propósito do sr. Tilney. Ele precisava fazer, de fato, um esclarecimento a respeito de seu pai; mas sua primeira intenção era explicar-se ele mesmo. Os dois não haviam alcançado ainda a propriedade do sr. Allen, e Henry já se justificara tão bem que, para Catherine, ele poderia repetir a explicação quantas vezes quisesse. O afeto de Henry por Catherine se confirmara; e ele pediu para si um coração que, como talvez ambos soubessem igualmente, já lhe pertencia por inteiro; pois embora Henry estivesse agora sinceramente apegado a ela, embora se deleitasse com todos os méritos de seu caráter e adorasse verdadeiramente sua companhia, devo confessar que tal afeição originou-se de nada mais que um sentimento de gratidão, ou, em outras palavras, que a convicção de que Catherine gostava dele fora o único motivo que o fizera considerá-la seriamente. Trata-se de uma nova circunstância romântica, reconheço, terrivelmente depreciativa para a dignidade de uma heroína; mas se for nova também na vida comum, o crédito de uma ousada imaginação será todo meu.

Uma visita muito breve à sra. Allen, na qual Henry falou à toa, sem propósito nem lógica, enquanto Catherine, arrebatada na contemplação de sua própria felicidade inexprimível, mal abriu os lábios, permitiu-lhes que retornassem aos êxtases de um novo tête-à-tête; e antes que este terminasse ela teve condições de julgar o quanto Henry fora sancionado, em seu atual pedido, pela autoridade paterna. Regressando de Woodston, dois dias antes, ele fora recebido por seu impaciente pai nos arredores da abadia, sendo informado às pressas, em palavras furiosas, de que a srta. Morland partira, e recebendo a ordem de que não voltasse a pensar nela.

Com tal consentimento ele oferecia agora sua mão. Catherine, intimidada pelos terrores da expectativa enquanto ouviu o relato, não pôde deixar de regozijar-se com a gentil precaução com a qual Henry a salvara da necessidade de enfrentar uma rejeição inevitável, fortalecendo de antemão sua confiança; e quando ele prosseguiu em pormenores, explicando os motivos da conduta de seu pai, os sentimentos de Catherine logo se converteram num deleite ainda mais triunfante. O general não tinha contra ela nenhuma acusação, nenhuma culpa que não fosse o fato de ela ter sido causadora involuntária e inconsciente de um engano que seu orgulho não era capaz de perdoar e que um orgulho mais decente teria vergonha de assumir. A única culpa de Catherine era ser menos rica do que ele a supusera. Nutrindo uma ideia equivocada dos bens e direitos da garota, ele a cortejara em Bath, solicitara sua companhia em Northanger e a designara como nora. Quando descobriu seu erro, expulsá-la de casa lhe pareceu ser o melhor expediente, mesmo que lhe parecesse uma forma inadequada de exprimir o rancor que sentia por Catherine e o desprezo por sua família.

John Thorpe o conduzira ao engano. O general, percebendo certa noite no teatro que seu filho dedicava considerável atenção à srta. Morland, perguntara para Thorpe, casualmente, se ele conhecia dela mais do que o nome. Thorpe, felicíssimo por trocar palavras com um homem importante como o general Tilney, se mostrara jubilosa e orgulhosamente comunicativo; e acalentando, naquele momento, não apenas uma expectativa diária de que Morland noivasse com Isabella, como também sua própria certeza de que casaria com Catherine, sua vaidade o induziu a dizer que a família dispunha de uma fortuna ainda maior do que aquela que sua vaidade e sua cobiça o tinham levado a imaginar. Com quem quer que ele estivesse ou parecesse ter relações, seu próprio prestígio exigia que o de seus conhecidos fosse grande; quanto mais ficava íntimo de uma pessoa, tanto mais crescia a fortuna dela. A imagem que tinha de seu amigo Morland, portanto, exagerada desde o princípio, crescera gradualmente a partir do instante em que ele conhecera Isabella; e meramente multiplicando tudo em função da grandeza do momento, duplicando o que ele considerava ser o valor da renda honorífica do sr. Morland, inventando uma tia rica e subtraindo metade das crianças, foi capaz de apresentar toda a família ao general sob a mais respeitável luz. Para Catherine, no entanto, principal objeto da curiosidade do general e de suas próprias especulações, ele reservara uma qualidade ainda mais especial: as dez ou quinze mil libras que ela poderia receber do pai seriam um belo acréscimo ao patrimônio do sr. Allen. A intimidade de Catherine com os Allen o fizera ter absoluta certeza de que ela ganharia um formidável legado no futuro; foi natural, portanto, falar dela como herdeira praticamente legítima de Fullerton. Munido de tais informações, o general se pusera em ação, pois nunca lhe ocorrera duvidar da veracidade delas. O interesse de Thorpe pela família, a união iminente entre sua irmã e um dos filhos e seu próprio desejo por uma das filhas (circunstâncias das quais se gabava com franqueza quase igual) pareciam ser garantias suficientes; e a elas foram somados os incontestáveis fatos de que os Allen eram abastados, de que não tinham filhos, de que protegiam a srta. Morland e – assim que a intimidade o permitira julgar – de que a tratavam com bondade parental. Sua resolução logo se formou. Já discernira, no semblante de seu filho, uma simpatia pela srta. Morland; grato pelas informações do sr. Thorpe, decidiu quase imediatamente que não pouparia esforços no propósito de enfraquecer os declarados interesses do rapaz e de arruinar suas mais diletas esperanças. A própria Catherine, naquele momento, ignorava tudo isso tanto quanto os filhos dele. Henry e Eleanor, considerando que nada na situação de Catherine justificava tamanha reverência por parte dele, testemunharam com assombro a brusquidão, o prosseguimento e a extensão das atenções do general; e embora mais tarde, a partir de algumas alusões que acompanharam a ordem quase direta de que deveria fazer tudo em seu poder para conquistá-la, Henry tivesse se convencido de que seu pai pensava que aquela era uma união vantajosa, foi somente depois da explanação em Northanger que eles tiveram uma mínima ideia dos falsos cálculos que o tinham impelido. O general soubera que eles eram falsos por meio da mesma pessoa que os sugerira, Thorpe em pessoa, a quem reencontrara por acaso na cidade, e o qual, influenciado por sentimentos exatamente opostos, irritado com a rejeição de Catherine, e mais ainda com o fracasso de uma recentíssima tentativa de reconciliar Morland e Isabella, convencido de que estavam separados para sempre e desdenhando de uma amizade que não lhe serviria mais, apressou-se em contradizer tudo o que dissera antes em favor dos Morland; confessou que estivera totalmente enganado em sua opinião sobre a condição e o renome da família, levado pela fanfarronice de seu amigo a crer que o pai dele era um homem de reputação e posses, sendo que as negociações das últimas duas ou três semanas haviam provado que não tinha nem uma coisa nem outra; porque depois de prometer vivamente as mais generosas ofertas na primeira proposta de casamento entre as famílias, o sr. Morland se vira compelido, pela perspicácia do narrador, a reconhecer que era incapaz de fornecer aos jovens sequer um sustento decente. Tratava-se, na verdade, de uma família necessitada, e numerosa como poucas vezes se viu; de maneira alguma respeitada em sua própria vizinhança, como ele mesmo pôde descobrir, em recentes ocasiões; almejando um estilo de vida que sua fortuna não autorizava; procurando subir de posição graças a conhecidos ricos; uma gente petulante, vaidosa, manipuladora.

Com um semblante inquisidor, o aterrorizado general pronunciou o nome Allen; e Thorpe enganara-se aqui também. Os Allen, Thorpe acreditava, haviam morado perto deles por muito tempo, e ele conhecia o jovem a quem o espólio de Fullerton seria transmitido. O general não precisava ouvir mais nada. Enfurecido com o mundo inteiro, menos consigo, retornou no dia seguinte à abadia, onde suas performances puderam ser vistas.

Transfiro à sagacidade dos meus leitores o encargo de determinar o quanto de tudo isso Henry pôde comunicar a Catherine naquele momento, o quanto poderia ter sido informado por seu pai, em que pontos suas próprias conjecturas o auxiliaram e a porção que restara por ser dita numa carta de James. Juntei, em nome do conforto deles, o que eles devem dividir em nome do meu. Catherine, de todo modo, ouviu o suficiente para sentir que, suspeitando que o general Tilney ou assassinara ou aprisionara sua esposa, mal pecara contra o seu caráter ou magnificara sua crueldade.

    Tendo tais fatos para relatar sobre seu pai, Henry sentiu-se quase tão abatido quanto no momento em que soube deles. Ruborizou-se por causa do conselho tacanho que tinha obrigação de revelar. A conversa com seu pai em Northanger tivera um tom muito hostil. Henry manifestara com franqueza e ousadia sua indignação com o tratamento que Catherine recebera, com os pontos de vista do pai e com a ordem de que deveria submeter-se a eles. O general, acostumado a ter a última palavra em qualquer discussão na família, sem esperar qualquer relutância que não fosse sentimental, qualquer desejo de contestação que se atrevesse a trajar-se em palavras, não aceitaria uma oposição de seu filho, por mais que ela fosse sancionada pela razão e pelos preceitos da consciência. Naquele caso, porém, sua poderosa ira não pôde intimidar Henry, que era movido pela convicção de um propósito justo. Ele sentia-se ligado à srta. Morland tanto por honra quanto por afeição e, como sabia que já era seu o coração que deveria ter conquistado à força, nenhuma ignóbil retratação de um consentimento tácito, nenhum decreto reversivo de uma ira injustificável abalaria sua fidelidade ou influenciaria as resoluções dessa fidelidade.

    Ele recusou-se firmemente a ir com seu pai para Herefordshire, um compromisso arranjado às pressas para favorecer a dispensa de Catherine, e firmemente declarou a intenção de oferecer sua mão. O general ficou furioso, e eles se separaram em terrível desentendimento. Henry, num desassossego que só pôde ser amenizado depois de muitas horas solitárias, retornara quase que imediatamente para Woodston e viajara para Fullerton na tarde do dia seguinte.

Capítulo 31

A SURPRESA DO SR. E DA SRA. MORLAND, quando o sr. Tilney lhes pediu consentimento para se casar com a filha deles, foi, durante alguns minutos, considerável, nunca lhes tendo ocorrido a ideia de que um dos dois pudesse estar apaixonado. Mas como nada, afinal, podia ser mais natural do que o fato de que Catherine fosse amada, logo passaram a considerar o assunto com a feliz agitação de um orgulho gratificado e, no que dizia respeito apenas a eles, não tiveram uma única objeção a fazer. Os modos simpáticos e o bom senso do sr. Tilney eram recomendações evidentes por si mesmas; como nunca ouviram falar de qualquer procedimento maligno do rapaz, não tinham como supor que algum procedimento maligno poderia vir a ocorrer. Com a boa vontade assumindo o lugar da experiência, o caráter do noivo não precisava ser testado. Catherine se mostraria uma jovem dona de casa desatenta e desastrada, sem dúvida, foi o comentário agourento de sua mãe, mas logo surgiu a consolação de que não havia nada como a prática.

Em resumo, era preciso mencionar um obstáculo apenas, e até que ele fosse removido seria impossível que os pais de Catherine sancionassem o noivado. Eles eram brandos em temperamento, mas eram firmes em seus princípios. Enquanto o pai do sr. Tilney proibisse com tanta veemência o enlace, não poderiam cometer a imprudência de encorajá-lo. Não eram exigentes a ponto de ostentar a condição de que o general se apresentasse para solicitar a aliança, ou até mesmo de que devesse aprová-la com entusiasmo, mas um razoável arremedo de consentimento precisava ser outorgado e, uma vez que fosse obtido – e em seus próprios corações eles confiavam que não poderia ser negado por muito tempo –, concederiam prontamente sua calorosa aprovação. O *consentimento* do general era a única coisa que lhes interessava. Não tinham direito e tampouco inclinação por demandar o *dinheiro* dele. De um dote muito considerável o filho dele estaria seguro no devido tempo, por acordos matrimoniais. A renda atual de Henry era uma renda de conforto e independência, e, sob todos os aspectos pecuniários, tratava-se de um casamento mais do que vantajoso para a filha deles.

Os jovens não puderam ficar surpresos diante de uma decisão como essa. Lastimaram e deploraram – mas não podiam ficar ressentidos; e se separaram, aventurando-se a esperar que uma formidável mudança na opinião do general, algo que ambos julgavam que era quase impossível, pudesse ocorrer rapidamente, para que se unissem novamente na plenitude de uma afeição privilegiada. Henry retornou àquela que era agora sua única casa, para cuidar de suas plantações recentes e estender suas melhorias em nome de Catherine, que em breve, como ele aguardava ansiosamente, compartilharia de tudo; e ela permaneceu em Fullerton para chorar. Se os tormentos da ausência eram suavizados por uma correspondência clandestina, faremos melhor em não perguntar. O sr. e a sra. Morland jamais perguntaram – haviam tido a bondade de não exigir nenhuma promessa; e quando quer que Catherine recebesse uma carta, o que ocorria com bastante frequência naquele período, eles sempre desviavam o olhar.

A ansiedade que, nesse impasse do noivado, inevitavelmente sentiam Henry e Catherine e todos que os amavam, na insegurança quanto ao capítulo final, dificilmente alcançará, eu receio, o peito de meus leitores, que perceberão, na delatora escassez de páginas diante deles, que estamos todos nos precipitando na direção de uma perfeita felicidade. Os meios pelos quais realizou-se o casamento antecipado serão a única dúvida: que provável circunstância poderia agir sobre uma índole como a do general? A circunstância que mais contribuiu foi o casamento de sua filha com um homem rico e importante, ocorrido no verão – um acréscimo de dignidade que o lançou num acesso de bom humor, do qual não se recuperou antes que Eleanor tivesse obtido dele seu perdão a Henry e sua permissão para que o filho fosse "um tolo, se quisesse!"

    O casamento de Eleanor Tilney, sua saída de uma casa como Northanger, tomada por sombras malignas desde o banimento de Henry, sua entrada na casa que escolhera, com o homem que escolhera, é um acontecimento que, creio eu, deixa muito satisfeitos todos os seus conhecidos. Minha própria alegria, nesse caso, é bastante sincera. Não conheço ninguém que tenha mais direito de receber e desfrutar felicidade, por mérito despretensioso, ou que tenha melhor preparo para tanto, por sofrimento contínuo. Sua preferência por esse cavalheiro não era recente; e ele somente se absteve por muito tempo de propor casamento a ela devido à sua posição inferior. Sua inesperada ascensão a título e fortuna lhe removera todas as dificuldades; e o general amou Eleanor mais do que nunca, mais do que em todas as horas de companheirismo, auxílio e paciente resignação da filha, no momento em que a saudou pela primeira vez assim: "Vossa Senhoria!". Seu marido era realmente digno dela; independentemente de sua nobreza, sua riqueza e seu afeto, tratava-se sem dúvida do jovem mais encantador do mundo. Qualquer definição adicional de seus méritos será desnecessária: o jovem mais encantador do mundo aparece instantaneamente em nossas imaginações. A propósito do jovem em questão, portanto, acrescento apenas – ciente de que as regras da composição proíbem a introdução de um personagem que não esteja conectado à minha fábula – que esse era precisamente o cavalheiro cujo negligente criado deixara para trás aquela coleção de listagens de lavanderia, resultante de uma longa visita em Northanger, com a qual minha heroína se viu envolvida em uma de suas mais assustadoras aventuras.

    A influência do visconde e da viscondessa em favor do irmão foi amparada pelo correto esclarecimento das condições financeiras do sr. Morland, as quais, assim que o general se permitiu saber, os dois puderam informar com autoridade. Ele pôde constatar que o engano ao qual fora induzido pela primeira bravata de Thorpe, sobre a riqueza da família, não era muito maior do que o logro subsequente, que maliciosamente destruiu essa mesma riqueza. Constatou que em hipótese alguma eles eram necessitados ou pobres, e que Catherine teria três mil libras à disposição. Esse melhoramento era tão substancial que contribuiu em muito para suavizar o declínio de seu orgulho; e de maneira nenhuma deixou de produzir efeito a informação confidencial, que ele esforçou-se por obter, de que o patrimônio mais valioso de Fullerton, pertencendo inteiramente ao atual proprietário, estava, consequentemente, aberto a todos os tipos de especulação gananciosa.

Em vista disso, o general permitiu que seu filho retornasse a Northanger pouco depois do casamento de Eleanor, e fez dele, ali, o portador de seu consentimento, muito cortesmente expresso em palavras numa página repleta de declarações vazias para o sr. Morland. O evento que essa página autorizou foi realizado dentro de pouco tempo: Henry e Catherine se casaram, os sinos soaram e todos sorriram; e como a cerimônia ocorreu menos de doze meses depois do dia em que os dois se conheceram, será razoável supor, depois de todo o terrível retardamento ocasionado pela crueldade do general, que eles não chegaram a sofrer grandes martírios com a demora. Começar uma vida de perfeita felicidade nas respectivas idades de 26 e 18 anos não é nada mau; e professando, além disso, minha certeza de que a injusta interferência do general, bem longe de realmente prejudicar a felicidade deles, talvez os tenha até mesmo conduzido a ela, permitindo que os dois se conhecessem melhor e que se tornasse cada vez mais forte o afeto que os unia, transmito a quem estiver interessado a responsabilidade de decidir se a tendência deste livro é, de modo geral, recomendar a tirania dos pais ou recompensar a desobediência dos filhos.

Razão e sentimento

Tradução e apresentação de Rodrigo Breunig

Apresentação

"Todo mundo se preocupa com *isso*" ou três ou quatro maneiras de amar

Rodrigo Breunig[1]

JANE AUSTEN COMEÇOU A moldar a história de *Razão e sentimento* (*Sense and Sensibility*) por volta de 1795, quando tinha dezenove anos, morando ainda em seu vilarejo natal, Steventon, no sul da Inglaterra. Até ali, compusera somente novelas ligeiras, esquetes despretensiosos de juvenília, paródias que ela lia em voz alta para entreter os familiares. *Razão...* é seu primeiro romance de fôlego e seu primeiro livro publicado.

Ela remexeu, aprimorou e atualizou com afinco suas principais obras no decorrer dos anos. Além da póstuma edição conjunta de *A abadia de Northanger* e *Persuasão* (1818), as versões definitivas que temos de seus grandes romances, nas quais ela chegou a dar o toque derradeiro, são as primeiras edições de *Orgulho e preconceito* (1813) e *Emma* (1816) e as segundas edições de *Mansfield Park* (1816) e *Razão...* (1813).

Entre o embrião e a forma final de *Razão e sentimento*, portanto, houve um intervalo de quase vinte anos. Nesse meio-tempo, Jane escreveu *First Impressions*, cujo manuscrito, oferecido para publicação por iniciativa de seu pai, foi rejeitado sem nem mesmo ser lido; finalizou *Susan* – o futuro *A abadia de Northanger* – e o vendeu por meras dez libras para um editor que, sem maiores explicações, jamais o publicaria; iniciou *The Watsons* e o deixou inacabado; conseguiu finalmente que uma obra sua chegasse às livrarias; transformou *First Impressions* em *Orgulho e preconceito*, sua obra-prima; publicou *Orgulho...*, obtendo imenso êxito; delineou e terminou *Mansfield Park*. E viveu quase a metade de sua curta existência: enfrentou o trauma de abandonar a residência de Steventon quando seu pai clérigo se aposentou (a propriedade ficou com o irmão mais velho); morando em Bath, perdeu o pai; passou por dificuldades financeiras com a mãe e com a única irmã, solteira como ela; teve de procurar por moradias mais baratas; dependeu do amparo de

---

1. Mestre em Letras pela Universidade Federal do Rio Grande do Sul, é tradutor de Jane Austen (*A abadia de Northanger*, L&PM, 2011), Edgar Allan Poe (*O escaravelho de ouro*, L&PM, 2011) e H.G. Wells (*Uma breve história do mundo*, L&PM, 2012), entre outros.

familiares e conhecidos abastados; dividiu aposentos apertados com a família de outro irmão em Southampton; por fim se fixou num chalé em Chawton, providenciado às senhoras Austen por outro irmão, homem rico; vivenciou aproximações amorosas que não deram em nada; conformou-se com a certeza de que jamais casaria. Quando saiu a segunda edição de *Razão e sentimento*, Jane completara 37 anos, e tinha menos de quatro anos de vida pela frente.

A história da qual derivou *Razão...* se chamara originalmente, de acordo com os Austen, "Elinor e Marianne", e nascera provavelmente em forma epistolar – gênero muito comum nos romances populares da época –, com troca de correspondências entre as irmãs protagonistas e talvez terceiros. Caroline Austen, sobrinha da escritora, recordaria meio século depois da morte da tia: "A memória é traiçoeira, mas não posso estar enganada em afirmar que *Razão e sentimento* foi primeiro escrito em cartas, e assim lido para sua família". Segundo Cassandra, a irmã, a redação da nova versão começara em novembro de 1797. Sabe-se que Jane voltou a fazer alterações significativas no texto doze anos depois. Na iminência do lançamento, em meio à correção das provas do livro, numa carta de abril de 1811 que mandou de Londres para Cassandra (existem muitas lacunas na correspondência dos meses anteriores), ela escreveu: "Eu nunca estou ocupada demais para deixar de pensar em *S. & S.* Não consigo esquecê-lo, não mais do que uma mãe consegue esquecer seu filho de peito".

Aquela era sua terceira tentativa de se lançar como autora. Henry Austen, o irmão favorito, registraria: "Foi com extrema dificuldade que os amigos [...] a convenceram a publicar seu primeiro trabalho". Sem vender os direitos autorais, Jane pagou pela impressão, comprometendo-se a destinar uma comissão dos lucros ao editor. Ainda segundo Henry, ela não acreditava que as vendas do livro lhe reembolsariam o custo da publicação, e até mesmo reservara uma parte de sua "muito moderada renda" para compensar o "esperado prejuízo". Assinado por "uma dama" – como seus outros romances lançados em vida –, impresso em três pequenos volumes, *Razão e sentimento* teve seu primeiro anúncio pago na imprensa londrina em 30 de outubro de 1811, sendo propagandeado como romance "interessante" (história de amor) e "extraordinário". A primeira tiragem, com algo entre quinhentos e oitocentos exemplares, esgotou-se por volta de um ano e meio depois. Jane escreveria para o irmão Francis em 6 de julho de 1813: "Você vai ficar feliz em saber que todas as cópias de *S. & S.* estão vendidas, e que o negócio me rendeu 140 libras – além dos direitos autorais, se é que algum dia eles terão algum valor".

A recepção nos periódicos especializados foi bastante positiva. Em fevereiro de 1812, o *Critical Review* reclama dos "numerosos romances" que aparecem "continuamente", tão idênticos em "estilo" e "substância" que nas primeiras três páginas deixam claro "não apenas como terminarão", como também já sugerem os "vários incidentes que vão ocorrer, as dificuldades e os perigos que devem advir, com todos os dissabores e reencontros constrangedores etc. etc., que são tão altamente necessários na criação de um romance da moda". E certifica que *Razão e sentimento*, com seus incidentes "prováveis" e personagens vívidos, merece como poucos outros o elogio de ser ao mesmo tempo divertido e instrutivo.

O *British Critic* afirma em maio: "estimamos tão favoravelmente esta performance que é com alguma relutância que declinamos inseri-la entre nossos principais artigos"; "o objetivo da obra é representar os efeitos na conduta da vida de um discreto e quieto bom senso, por um lado, e de uma suscetibilidade ultrarrefinada e excessiva por outro"; "um íntimo conhecimento da vida e do caráter feminino é exemplificado nos vários personagens e incidentes"; "nossas amigas leitoras [...] poderão aprender [...] muitas máximas sóbrias e salutares". O resenhista ressalva que a genealogia do começo do livro é um tanto desnorteante, com seu emaranhado de "meias-irmãs, primas, e assim por diante", mas conclui dizendo que para "insignificantes defeitos existe ampla compensação".

A primeira edição francesa, de 1815, uma versão estapafúrdia, em "tradução livre", ganhou o título *Razão e sensibilidade, ou As duas maneiras de amar*. A tradutora, Isabelle de Montolieu, trocou nomes e alterou características de personagens, suprimiu ironias e inventou situações e desdobramentos como bem quis, em nome de um didatismo sentimental. Já no primeiro capítulo, por exemplo, a pequena Margaret se transforma em Emma; em vez de dar indícios de que não vai "se igualar a suas irmãs em um período mais avançado da vida", ela promete "ser em poucos anos tão bela e tão amável quanto suas irmãs".

A poesia, por aquele tempo, ainda era considerada uma arte muitíssimo superior ao patamar frívolo e recreativo dos romances. O escritor de prosa comum era uma figura vulgar, uma espécie de reles comerciante. Walter Scott, citado em *Razão...* como um dos poetas favoritos de Marianne (ele ainda não iniciara sua fase romancista, que o faria ser o primeiro autor de língua inglesa lido mundialmente em vida), publicaria em 1816, no *Quarterly Review*, o primeiro estudo relevante das ficções de Jane Austen, numa crítica não assinada de *Emma*. Na originalidade de seu olhar sobre a vida real, opinou Scott, a autora de *Orgulho e preconceito* despontava "praticamente sozinha". Depois de comentar que os romances em geral são o "pão comido em segredo", e antes de louvar o "conhecimento do mundo" por parte da escritora e o "peculiar tato com que ela apresenta personagens que o leitor não pode deixar de reconhecer", o futuro autor de *Ivanhoé* expõe o enredo de *Razão*... assim:

> Razão e sentimento [...] contém a história de duas irmãs. A mais velha [Elinor, a srta. Dashwood], uma jovem dama prudente, de sentimentos regulados, torna-se gradualmente atraída por um homem de excelente coração e talentos limitados [...]. Na irmã mais nova [a srta. Marianne], a influência da sensibilidade e da imaginação predomina; e ela, como era de se esperar, também se apaixona, mas com uma paixão mais desenfreada e obstinada. [...] O interesse e o mérito da obra dependem totalmente do comportamento da irmã mais velha, enquanto é obrigada ao mesmo tempo a suportar seu próprio desapontamento com fortitude e amparar sua irmã, que se abandona, com sentimentos irreprimidos, à indulgência da dor.

A época na qual Jane Austen criou seus seis grandes romances, o longo período da maturação de *Razão*... e *Orgulho*... e os poucos anos que ela teve como escritora publicada, foi uma época de traumas e turbulências nacionais. A Inglaterra militarizada e rural em que ela viveu, na perspectiva indeterminada do novo século, era um mundo de privilégios ameaçados e de fissuras nas prerrogativas aristocráticas. A classe mais alta sempre mantivera benefícios e pompa num cotidiano sem trabalho definível, numa vida baseada em títulos de nobreza, rendimentos herdados, dividendos de uma ordem social instituída. No passado recente havia o terror que derrubara o monarquismo francês na Revolução de 1789 e a Guerra da Independência dos Estados Unidos (1775-1783). No presente – ao longo das três décadas em que Jane Austen escreveu –, os ingleses disputavam intermináveis conflitos armados com a França. As Guerras Napoleônicas só teriam fim em 1815. Nas décadas seguintes, o crescimento violento da industrialização revolucionaria o mundo inteiro. Aqueles eram anos de tremenda instabilidade econômica. Quem tinha terras lucrava com a guerra – vender madeira era um belo negócio. Viver com pouco dinheiro, no entanto, ia ficando mais e mais complicado. E o primeiro obstáculo que desola Elinor e Marianne, na abertura de *Razão e sentimento*, é um desespero financeiro.

Havia um esquema na lei inglesa para que os aristocratas (os menos abastados com frequência faziam o mesmo) tentassem perpetuar seu patrimônio *intocado* no nome paterno da família. O autor do testamento deixava tudo ao filho ou herdeiro homem mais velho, mas a este cabia não mais do que administrar os bens, cujo dono efetivo seria somente o herdeiro homem seguinte. Nos três primeiros parágrafos de *Razão...*, lemos que o sr. Dashwood, sua segunda esposa e as filhas deles – Elinor, Marianne e Margaret – estão morando faz alguns anos em Norland Park, com um tio do sr. Dashwood, proprietário das extensas e valiosíssimas terras em volta. O sr. Dashwood tem um filho de seu primeiro casamento, John, que já é rico pela herança da mãe e por seu próprio casamento. Quando morre o velho tio, o sr. Dashwood constata que o legado é assegurado "a seu filho e ao filho de seu filho, uma criança de quatro anos" – o filho de John, o herdeiro mais distante possível. Quando morre o sr. Dashwood, John assume o controle de tudo. A viúva e as filhas ficam no limiar da miséria (miséria para quem vinha morando num palácio com inúmeros criados, cavalos e carruagens).

A primeira manifestação direta de um personagem, na narrativa, ocorre na exposição de um pensamento de John: "Sim, ele lhes doaria 3 mil libras". Contudo, por influência de sua mulher, ele acaba não doando nada para suas meias-irmãs. Elas e a sra. Dashwood passam de moradoras da mansão a hóspedes indesejadas. Serão praticamente enxotadas pela esposa de John, e terão de depender da bondade de um parente distante, indo morar num chalé longe dali, uma moradia "pequena e pobre".

O primeiro diálogo do romance ocupa o segundo capítulo por inteiro, e é uma longa conversa sobre dinheiro. Além dos criados, nenhum personagem trabalha para ganhar a vida. A preocupação com fortunas herdadas e acordos matrimoniais está no centro de todos os sobressaltos dramáticos. O dote da srta. Grey, uma herdeira que surge na metade do livro, a jovem dama mais dotada dos romances de Jane Austen, é de 50 mil libras. Quem se casar com ela terá um rendimento anual garantido, num investimento com juros de cinco por cento, de 2.500 libras. Só poderemos ter uma noção adequada do valor de uma renda como essa, porém, se levarmos em conta que um trabalhador ou agricultor ganhava em média vinte libras por ano para sustentar sua família, e que um cavalheiro distinto precisava de no mínimo trezentas individualmente. Mil por ano já propiciavam um certo relevo social. Cem por ano impunham um cotidiano penoso. Não era raro que criadas, ganhando quatro ou cinco vezes menos do que os homens, recebessem pagamentos anuais de cinco libras. Quando a sra. Dashwood e suas filhas saem de Norland, elas dispõem de mais ou menos 120 libras anuais para cada uma (um rendimento, no total, quase idêntico ao das damas Austen por volta de 1810). Mesmo assim, uma vez que pagarão um preço amigável pelo aluguel do chalé, terão condições de manter duas criadas e um criado.

No início da história, lemos que a sra. Dashwood rejeitava categoricamente "a lei segundo a qual uma diferença de dotes deveria manter qualquer casal separado quando existisse atração por semelhança de temperamentos".

Apresentação

No final, ao cogitar um pretendente rico e de temperamento contrastante para uma de suas filhas, ela declara, referindo-se à fortuna dele: "todo mundo se preocupa com *isso*". Na visão inicial de Marianne, "o dinheiro só pode proporcionar felicidade quando não há nada mais que a proporcione". Para Elinor, o bem-estar financeiro "tem muito a ver com ser feliz". A última manifestação direta de um personagem será novamente uma expressão do pensamento de John, agora pronunciada, numa conversa com Elinor: ele afirma que sentiria "grande prazer" em ter um cunhado rico. E uma das melhores ilustrações do antissentimentalismo da narrativa, num acatamento sereno da implacável realidade, aparece também nas páginas finais: "nenhum dos dois estava tão apaixonado a ponto de pensar que 350 libras por ano lhes propiciariam os confortos da vida".

Mas o dinheiro é apenas uma entre as incontáveis complexidades de *Razão e sentimento*. Ao longo do século XX, o romance foi estudado em seus feitios de psicologia sexual, alusão literária, autobiografia, ideologia, filosofia, feminismo, conservadorismo, radicalismo. A leitura do livro nos oferece: frases longas e prodigiosas; diálogos espirituosos; pessoas ridículas; pessoas ruins que não são desprovidas de qualidades da mente ou do coração; pessoas boas que mentem; ilusões esmagadas; reviravoltas folhetinescas; noivados secretos, assumidos, rompidos; e três ou quatro maneiras de amar.

Razão e sentimento

Capítulo 1

A FAMÍLIA DASHWOOD SE estabelecera em Sussex havia muito tempo. Suas terras eram extensas e sua residência era Norland Park, no centro da propriedade, onde, por muitas gerações, eles tinham vivido de um modo tão respeitável que acabaram por conquistar a opinião favorável de todos os conhecidos circundantes. O mais recente proprietário dessas terras era um homem solteiro que viveu até uma idade bastante avançada, e que por muitos anos de sua vida teve a irmã como governanta e companheira constante. Mas a morte dela, que ocorreu dez anos antes de sua própria morte, produziu grande alteração em sua casa, pois para suprir a perda da irmã ele convidou e recebeu em seu lar a família de seu sobrinho, o sr. Henry Dashwood, herdeiro legal de Norland e pessoa para quem pretendia legar a propriedade. Na companhia do sobrinho, da sobrinha e das filhas deles, os dias do velho cavalheiro se passaram confortavelmente. O apego por todos eles aumentou. A constante atenção do sr. e da sra. Henry Dashwood a seus desejos, derivando não de um mero interesse, mas sim de corações bondosos, lhe deu todos os graus de sólido conforto que sua idade poderia receber; e a jovialidade das crianças conferiu um sabor adicional a sua existência.

De um casamento anterior, o sr. Henry Dashwood tinha um filho; com sua presente senhora, três filhas. O filho, um jovem firmado e respeitável, era amplamente provido pela fortuna de sua mãe, uma soma grande, metade da qual lhe foi transferida quando ele atingiu a maioridade. Também por seu próprio casamento, que ocorreu logo depois, ele fez crescer sua riqueza. Para ele, portanto, a sucessão dos bens de Norland não era tão importante quanto para suas irmãs, porque a fortuna delas, independente dos ganhos que pudessem vir a ter quando a propriedade fosse herdada pelo pai, só poderia ser pequena. A mãe não tinha nada; e o pai dispunha pessoalmente de apenas 7 mil libras, porque a fração restante da fortuna de sua primeira esposa estava legalmente assegurada também ao filho dela, e somente em vida ele poderia ter usufruto de tal fração.

O velho cavalheiro morreu; seu testamento foi lido e, como quase todos os testamentos, gerou decepção e prazer na mesma medida. Ele não foi tão injusto ou tão ingrato a ponto de não deixar suas propriedades para seu sobrinho – mas as deixou em termos tais que metade do valor do legado se perdeu. O sr. Dashwood desejara receber a herança mais por causa de sua esposa e das filhas do que por si mesmo ou por seu filho – mas o legado foi assegurado a seu filho e ao filho de seu filho, uma criança de quatro anos, de tal forma que se viu sem condições de prover sustento àquelas que eram muitíssimo queridas para ele, e que precisavam muitíssimo de uma provisão através de qualquer custódia sobre as terras ou qualquer venda de suas valiosas matas. O conjunto foi amarrado em benefício dessa criança, a qual, por meio de visitas ocasionais com seu pai e sua mãe em Norland, ganhara o afeto de seu tio graças aos atrativos que não são nem um pouco incomuns em crianças de dois ou três anos de idade – articulação imperfeita, um sincero desejo de validar suas próprias vontades, muitos truques astuciosos e uma grande quantidade de ruído, como que para superar o valor de todas as atenções que, durante anos, ele recebera de sua sobrinha e das filhas dela. O velho, no entanto, não quis ser indelicado e, em sinal de seu afeto pelas três meninas, lhes deixou mil libras para cada uma.

A decepção do sr. Dashwood foi, a princípio, severa; mas seu temperamento era jovial e otimista; ele podia esperar razoavelmente que fosse viver ainda muitos anos e, vivendo economicamente, guardar uma soma considerável a partir da produção de uma propriedade já extensa, capaz de melhoria quase imediata. Mas a fortuna, que lhe chegara tão tarde, foi sua por apenas doze meses. Ele não sobreviveu a seu tio mais do que isso; e 10 mil libras, incluídos os recentes legados, foi tudo que restou para sua viúva e suas filhas.

Seu filho foi chamado assim que se soube que sua vida corria perigo. A ele o sr. Dashwood recomendou, com a máxima força e urgência que a doença lhe podia permitir, os interesses da madrasta e das irmãs.

O sr. John Dashwood não tinha os fortes sentimentos que caracterizavam o resto da família, mas ficou afetado por uma recomendação de tal natureza num momento como aquele; prometeu fazer tudo em seu poder para lhes garantir conforto. Seu pai se tranquilizou com essa garantia, e assim o sr. John Dashwood teve ocasião para considerar o quanto, de maneira prudente, lhe seria possível fazer por elas.

Ele não era um jovem de más intenções, a menos que possuir um coração bastante frio e ser um tanto egoísta signifique ter más intenções; mas era, de modo geral, bem respeitado, porque se conduzia com propriedade no exercício de seus deveres normais. Se tivesse desposado uma mulher mais amável, poderia ter se tornado ainda mais respeitável do que era – poderia inclusive ter se tornado amável ele mesmo, pois era muito jovem quando se casou e gostava muito de sua esposa. Mas a sra. John Dashwood era uma forte caricatura dele mesmo – mais tacanha e egoísta.

Quando fez a promessa para seu pai, meditou em seu íntimo que poderia incrementar os dotes das irmãs com um presente de mil libras para cada uma. Realmente pensou que tinha condições para tanto. A perspectiva de 4 mil por ano, em acréscimo aos rendimentos atuais de que dispunha, além da metade restante da fortuna de sua própria mãe, aqueceu seu coração e fez com que se sentisse capaz de generosidade. "Sim, ele lhes doaria 3 mil libras; isso seria uma bela demonstração de liberalidade! Seria suficiente para que elas ficassem completamente tranquilas. Três mil libras! Ele poderia dispensar essa considerável soma com bem pouca inconveniência." Pensou o dia todo nisso, e por muitos dias sucessivamente, e não se arrependeu.

O funeral do sogro mal terminara e a sra. John Dashwood, sem enviar qualquer aviso de sua intenção para sua sogra, apareceu com seu filho e seus criados. Ninguém podia contestar seu direito de vir; seu marido era dono da casa desde o momento da morte do pai dele; a indelicadeza de sua conduta, porém, se mostrou maior do que nunca e, para uma mulher na situação da sra. Dashwood, com seus naturais sentimentos, seria decerto muito desagradável. Mas em *sua* mente havia um senso de honra tão aguçado, uma generosidade tão romântica, que qualquer ofensa desse tipo, independente de quem a causasse ou recebesse, era para ela uma fonte de desgosto irremovível. A sra. John Dashwood jamais obtivera qualquer simpatia na família do marido; mas não tivera chance, até ali, de lhes mostrar como era capaz de agir, quando a ocasião exigia, com atenção quase nula pelo conforto de outras pessoas.

Tão profundamente a sra. Dashwood sentiu esse comportamento descortês, e tão sinceramente desprezou sua nora por isso, que com a chegada desta última teria deixado a casa para sempre, não fosse o fato de que a súplica de sua filha mais velha incutiu em sua mente a necessidade de refletir, primeiro, sobre a propriedade de partir; e seu terno amor por suas três garotas fez com que por fim decidisse permanecer e, pelo bem das filhas, evitar uma ruptura com o irmão delas.

Elinor, essa filha mais velha cujo conselho foi tão eficaz, era dotada de um poder de compreensão e uma frieza de julgamento que a qualificavam, embora tivesse apenas dezenove anos, para ser conselheira de sua mãe, e lhe permitiam frequentemente combater, para vantagem de todas elas, o temperamento teimoso da sra. Dashwood, que em geral abria caminho a imprudências. Elinor tinha um coração excelente. Sua disposição era sempre afetuosa e seus sentimentos eram fortes, mas ela sabia como governá-los; esse era um conhecimento que sua mãe ainda tinha de aprender, e que uma de suas irmãs resolvera que nunca lhe seria ensinado.

As habilidades de Marianne eram, em muitos aspectos, bastante semelhantes às de Elinor. Ela era sensata e astuta, mas ansiosa em tudo; suas tristezas e suas alegrias jamais tinham moderação. Era generosa, amável, interessante; era tudo, menos prudente. A semelhança entre Marianne e sua mãe era notavelmente grande.

Elinor via com inquietação esse excesso de sensibilidade na sua irmã, mas a sra. Dashwood o valorizava e o apreciava. Elas encorajavam-se, agora, na violência das aflições que enfrentavam. A pungente agonia que as dominara no início foi voluntariamente renovada, foi procurada, foi recriada várias e várias vezes. Elas se entregaram inteiramente à tristeza, buscando um agravamento da miséria em cada reflexão que pudesse proporcioná-la, e resolveram que nunca mais admitiriam consolo no futuro. Elinor também ficou profundamente aflita, mas mesmo assim conseguiu lutar, conseguiu empenhar-se. Ela conseguiu se consultar com seu irmão, conseguiu receber a cunhada em sua chegada e tratá-la com as devidas atenções; e conseguiu esforçar-se para instigar em sua mãe um empenho similar e para incentivar nela uma paciência similar.

Margaret, a outra irmã, era uma garota bem-humorada e bem-disposta; mas como assimilara uma boa dose do romantismo de Marianne sem ter muito de seu bom senso, não oferecia, aos treze anos, a perspectiva de que fosse se igualar a suas irmãs em um período mais avançado da vida.

Capítulo 2

A SRA. JOHN DASHWOOD tinha se colocado agora no posto de soberana de Norland, e sua sogra e suas cunhadas foram degradadas à condição de visitantes. Como tais, no entanto, foram tratadas por ela com tranquila civilidade; de seu marido, receberam a bondade que ele era capaz de sentir em relação a qualquer ser humano além de si mesmo, sua esposa e o filho. Ele realmente lhes pediu, com certa seriedade, que considerassem Norland como lar; visto que nenhum plano parecia mais conveniente à sra. Dashwood do que permanecer ali até que ela pudesse se acomodar em uma casa nas vizinhanças, o convite foi aceito.

A permanência num lugar onde tudo a fazia lembrar prazeres antigos foi exatamente o que satisfez seu espírito. Em momentos de alegria, nenhum temperamento podia ser mais alegre do que o dela, ou possuir, em maior grau, a otimista expectativa de felicidade que é a própria felicidade. Mas na tristeza ela era igualmente arrebatada pela fantasia, e perdia qualquer possibilidade de consolo, tanto quanto, nos momentos de prazer, perdia seu equilíbrio.

A sra. John Dashwood não aprovava de maneira nenhuma o que o marido pretendia fazer por suas irmãs. Tirar 3 mil libras da fortuna de seu querido menino seria empobrecê-lo no mais terrível grau. Implorou para que ele pensasse novamente sobre o assunto. Como ele poderia justificar para si mesmo roubar seu filho, e além disso seu único filho, em tão enorme quantia? E que possível direito as senhoritas Dashwood, que eram aparentadas dele apenas na metade do sangue, algo que ela não considerava parentesco, poderiam ter sobre a generosidade do irmão para merecer tão enorme montante? Era muito bem sabido que afeição nenhuma jamais deveria existir entre os filhos de qualquer homem por casamentos diferentes; e por que precisava ele se arruinar, e arruinar seu pobre pequeno Harry, doando todo seu dinheiro para suas meias-irmãs?

– Foi o último pedido de meu pai para mim – retrucou seu marido – que eu amparasse sua viúva e suas filhas.

– Ele não sabia o que estava falando, ouso dizer; aposto dez contra um que estava meio fora de si no momento. Estivesse ele no seu juízo perfeito, não poderia ter pensado no absurdo de pedir que você desse de presente metade da fortuna de seu próprio filho.

– Ele não estipulou nenhuma soma em particular, minha cara Fanny; apenas pediu a mim, em termos gerais, que as amparasse, e que tornasse a situação delas mais confortável do que estava ao alcance dele fazer. Daria no mesmo, talvez, se ele tivesse deixado tudo a meu critério. Ele dificilmente imaginaria que eu fosse negligenciá-las. No entanto, como exigiu uma promessa, eu não poderia fazer menos do que lhes dar dinheiro; pelo menos foi o que pensei no momento. A promessa, portanto, foi dada, e precisa ser cumprida. Algo precisa ser feito por elas quando quer que venham a sair de Norland e se acomodar num novo lar.

– Bem, então *que se faça* por elas algo; mas *esse* algo não precisa ser 3 mil libras. Considere – acrescentou ela – que uma vez que nos desfizermos do dinheiro ele nunca mais irá retornar. Suas irmãs se casarão, e o dinheiro terá desaparecido para sempre. Se, de fato, ele pudesse ser restituído ao nosso pobre menino...

– Ora, com toda certeza – disse o marido dela, muito sério – isso faria grande diferença. Chegará o tempo em que Harry vai lamentar o fato de que nos desfizemos de tão grande soma. Se ele acabar tendo uma família numerosa, por exemplo, seria um acréscimo muito conveniente.

– Com toda certeza seria.

– Talvez, então, fosse melhor para todas as partes se a soma se reduzisse pela metade. Quinhentas libras seria um aumento prodigioso para seus dotes!

– Ah! Grandioso além de qualquer medida! Que outro irmão na face da Terra faria metade disso por suas irmãs, mesmo que fossem *realmente* suas irmãs? E sendo como é... somente a metade do sangue! Mas você tem um espírito tão generoso!

– Eu não desejaria cometer nenhuma baixeza – ele retrucou. – A pessoa deveria, em tais ocasiões, fazer antes muito do que muito pouco. Ninguém, pelo menos, pode pensar que eu não tenha feito bastante por elas; e minhas próprias irmãs, elas mesmas dificilmente poderiam esperar mais.

— Não há como saber o que *elas* poderiam esperar — disse a dama —, mas não devemos ficar pensando nas expectativas delas. A questão é: você pode se permitir fazer o quê?

— Sem dúvida; e creio que posso me permitir lhes dar quinhentas libras para cada uma. Seja como for, sem qualquer adição de minha parte, elas terão cada uma cerca de 3 mil libras quando a mãe morrer, uma fortuna muito confortável para qualquer mulher jovem.

— Certamente que sim; e de fato me parece que elas podem não precisar de adição nenhuma. Terão 10 mil libras divididas entre si. Caso venham a se casar, terão a certeza de que tudo está bem; se não se casarem, poderão viver juntas, no maior conforto, com os rendimentos de 10 mil libras.

— Isso é muito verdadeiro; sendo assim, não sei se, considerando tudo, não seria mais aconselhável fazer algo pela mãe delas enquanto está viva, em vez de fazer por elas; alguma coisa em forma de anuidade, quero dizer. Minhas irmãs sentiriam os efeitos positivos disso tanto quanto ela mesma. Cem por ano as deixaria perfeitamente confortáveis.

Sua esposa hesitou um pouco, no entanto, em dar consentimento a esse plano.

— Com toda certeza — disse ela —, é melhor do que jogar fora 1.500 libras de uma só vez. Mas então, se a sra. Dashwood acabar vivendo mais quinze anos, seremos completamente passados para trás.

— Quinze anos! Minha cara Fanny, a vida dela não nos custaria nem metade desse valor.

— Certamente que não; mas se você reparar, as pessoas sempre vivem para sempre quando contam com o pagamento de uma anuidade; além do mais, ela é muito robusta e saudável, e mal tem quarenta anos. Uma anuidade é um negócio muito sério; vem sempre todos os anos, sem parar, e não há como nos livrarmos disso. Você não tem noção do que vai fazer. Eu conheci muito bem os problemas das anuidades, porque minha mãe ficou soterrada com o pagamento de três para criados antigos e aposentados, por exigência do testamento do meu pai, e é incrível como aquilo lhe foi desagradável. Duas vezes por ano essas anuidades precisavam ser pagas; então tínhamos a dificuldade de lhes fazer chegar o dinheiro; e depois alguém dizia que um deles tinha morrido; e mais tarde verificávamos que não era nada disso. Minha mãe ficava muitíssimo aborrecida com aquilo. Sua renda não lhe pertencia, dizia ela, com aqueles direitos perpétuos em cima do legado; e a exigência foi tão mais cruel por parte do meu pai porque, de outro modo, o dinheiro teria estado inteiramente à disposição da minha mãe, sem nenhuma espécie de restrição. Isso me deu uma terrível aversão por anuidades, tão grande que, tenho certeza, eu não me deixaria prender ao pagamento de uma por nada neste mundo.

— É sem dúvida uma coisa desagradável – retrucou o sr. Dashwood – termos esses drenos anuais em nossa renda. A fortuna de uma pessoa, como sua mãe afirma com razão, *não* lhe pertence. Permanecer amarrado ao pagamento regular de um montante assim, em todos os dias de arrecadação, não é de forma alguma desejável... Isso acaba com a independência de uma pessoa.

— Sem dúvida; e depois de tudo você não recebe sequer um obrigado por isso. Eles pensam que estão seguros, você não faz nada mais do que o esperado, e isso não gera gratidão nenhuma. Se eu fosse você, o que quer que eu fizesse seria feito inteiramente a meu próprio critério. Eu não assumiria o compromisso de lhes permitir qualquer valor anualmente. Pode vir a ser muito inconveniente, em determinados anos, subtrair cem ou até mesmo cinquenta libras de nossas próprias despesas.

— Creio que você está certa, meu amor; será melhor se não houver anuidade nenhuma nesse caso; o que quer que eu possa lhes dar ocasionalmente será um auxílio muito maior do que um subsídio anual, porque elas ficariam apenas enriquecendo seu estilo de vida se tivessem a certeza de uma renda maior, e não seriam nem um pingo mais ricas por causa disso no final do ano. Assim será certamente muitíssimo melhor. Um presente de cinquenta libras, de vez em quando, vai impedir que jamais se vejam aflitas por falta de dinheiro, e isso, penso eu, vai quitar amplamente minha promessa ao meu pai.

— Certamente que sim. De fato, para dizer a verdade, estou convencida em meu íntimo de que seu pai não pretendia que você lhes doasse qualquer quantia em dinheiro. O auxílio no qual pensou, ouso dizer, era somente algo que poderia ser razoavelmente esperado de você; por exemplo, algo como procurar uma casinha confortável para elas, ajudando-as a transportar suas coisas, enviando-lhes presentes de peixe ou caça, e assim por diante, sempre que fosse época de peixe ou caça. Dou minha vida como garantia de que ele não desejou nada mais do que isso; na verdade, seria muito estranho e desproposital se tivesse desejado. Pois apenas considere, meu caro sr. Dashwood, como sua madrasta e as filhas dela poderão viver numa situação de conforto extremo com os rendimentos de 7 mil libras, além das mil libras pertencentes a cada uma das garotas, o que lhes dá cinquenta libras anuais para cada uma, e naturalmente elas vão pagar sua mãe, com isso, pela moradia. Ao todo, juntas elas terão quinhentas libras por ano, e de quanto mais quatro mulheres podem precisar neste mundo? Elas vão ter uma vida tão barata! Seus gastos em manutenção doméstica serão absolutamente desprezíveis. Não terão carruagem, não terão cavalos e praticamente nenhum criado; não terão qualquer companhia, e não poderão ter despesas de nenhum tipo! Tente conceber o quanto estarão confortáveis! Quinhentas libras por ano! Tenho certeza de que não posso imaginar como conseguirão gastar metade disso; e quanto à possibilidade de você lhes dar mais, é completamente absurdo pensar nisso. Elas é que terão muito mais condições de dar alguma coisa *para você*.

– Dou minha palavra – disse o sr. Dashwood –, acredito que você está perfeitamente certa. Meu pai certamente não poderia ter desejado nada mais, em seu pedido a mim, do que isso que você diz. Entendo tudo agora com muita clareza, e vou cumprir rigorosamente meu compromisso através desses atos de ajuda e bondade em favor delas, bem como você descreveu. Quando minha mãe se transferir para outra casa, meus serviços serão prontamente oferecidos com o fim de acomodá-la, tanto quanto me for possível. Algum pequeno presente em mobília também poderá ser aceitável, então.

– Certamente – retornou a sra. John Dashwood. – No entanto, mesmo assim, *uma* coisa precisa ser considerada. Quando seu pai e sua mãe se mudaram para Norland, embora o mobiliário de Stanhill tenha sido vendido, foram guardadas todas as porcelanas, as pratarias e a roupa branca, e agora isso tudo passou às mãos da sua mãe. A casa dela estará, portanto, quase que completamente equipada tão logo a transferência seja realizada.

– Eis uma consideração substancial, sem dúvida. Um legado valioso, de fato! E no entanto algumas peças da prataria teriam proporcionado um acréscimo bastante agradável ao nosso próprio estoque, aqui.

– Sim, e o conjunto da porcelana de desjejum é duas vezes mais bonito do que aquele que temos na nossa casa. Bonito até demais, na minha opinião, para qualquer lugar em que *elas* puderem se dar ao luxo de viver. Entretanto, assim é que ficaram as coisas. Seu pai pensou somente *nelas*. E devo dizer isto: que você não deve nenhuma gratidão especial a ele, e tampouco atenção a seus desejos, porque nós sabemos muito bem que, se ele pudesse, teria deixado quase tudo neste mundo para *elas*.

Esse argumento era irresistível. Forneceu às intenções do sr. Dashwood uma dose qualquer de decisão que estivera faltando antes; e ele afinal decidiu que seria completamente desnecessário, se não altamente indecoroso, fazer pela viúva e pelas filhas de seu pai mais do que esses atos de boa vizinhança que sua própria mulher indicava.

Capítulo 3

A SRA. DASHWOOD PERMANECEU durante vários meses em Norland; não porque sentisse pouca inclinação por se mudar quando a visão de todos os recantos bem conhecidos deixou de suscitar a emoção violenta que produzira por um tempo; pois quando seu espírito começou a ganhar novo ânimo e sua mente se tornou capaz de algum esforço que não fosse o de agravar o tormento através de lembranças melancólicas, ficou impaciente por ir embora e procedeu de modo incansável em suas inquirições por alguma habitação adequada nas vizinhanças de Norland; pois uma mudança para longe daquele lugar amado era impossível. Mas ela não soube de nenhuma localização que ao mesmo tempo correspondesse a suas noções de conforto e sossego e recebesse o aval da prudência de sua filha mais velha, cujo julgamento mais rigoroso rejeitou várias casas – que sua mãe aprovaria – por serem grandes demais para os rendimentos delas.

A sra. Dashwood havia sido informada por seu marido sobre a solene promessa em favor delas que seu filho lhe fizera, o juramento que lhe dera conforto em suas últimas reflexões terrenas. Não duvidava da sinceridade desse compromisso mais do que ele próprio duvidara, e pensava no assunto, pelo bem de suas filhas, com satisfação, embora estivesse convencida, no que lhe dizia respeito, de que uma provisão muito menor do que 7 mil libras a sustentaria de modo abundante. Pelo bem do irmão de suas filhas, também, e pelo bem de seu próprio coração, a sra. Dashwood alegrou-se, e censurou-se por ter sido injusta em relação aos méritos dele antes, por ter acreditado que ele era incapaz de generosidade. O comportamento atencioso do sr. John Dashwood com ela mesma e com as irmãs a persuadiu de que o bem-estar delas era importante para ele. Durante um longo tempo, a sra. Dashwood confiou com grande firmeza na liberalidade de suas intenções.

O desprezo que ela sentira por sua nora desde o primeiro instante em que se conheceram foi muito intensificado pelo conhecimento posterior de seu caráter, proporcionado pela convivência de meio ano com sua família; e talvez, a despeito de toda consideração de polidez ou afeição materna por parte da primeira, as duas senhoras acabassem constatando que era impossível que tivessem morado juntas por tanto tempo, não fosse o fato de que uma circunstância particular ocorreu para conferir razoabilidade ainda maior, de acordo com as opiniões da sra. Dashwood, à permanência de suas filhas em Norland.

Essa circunstância foi um afeto cada vez maior entre sua garota mais velha e o irmão da sra. John Dashwood, um jovem cavalheiresco e agradável que lhes foi apresentado logo depois do estabelecimento da irmã em Norland e que desde então vinha passando ali a maior parte de seu tempo.

Algumas mães poderiam ter incentivado essa intimidade por motivos de puro interesse, porque Edward Ferrars era o filho mais velho de um homem que morrera muito rico; e algumas a teriam reprimido por motivos de prudência, porque, excetuando-se uma soma insignificante, o total de sua fortuna dependia do testamento de sua mãe. Mas a sra. Dashwood não se deixou influenciar nem pela primeira e nem pela segunda consideração. Eram suficientes, para ela, os sinais de que o jovem parecia ser amável, de que gostava muito de sua filha, e de que Elinor tinha por ele a mesma parcialidade. Contrariava todas as suas doutrinas a lei segundo a qual uma diferença de dotes deveria manter qualquer casal separado quando existisse atração por semelhança de temperamentos; e era impossível, em seu entendimento, que os méritos de Elinor não pudessem ser admitidos por todos que a conheciam.

Edward Ferrars não se recomendou ao juízo favorável das novas amigas devido a quaisquer graças peculiares de sua pessoa ou de seus modos. Ele não era bonito, e suas maneiras solicitavam alguma intimidade para que se tornassem agradáveis. Era tímido demais para que se saísse bem num primeiro contato; contudo, quando seu acanhamento natural era superado, seu comportamento dava todas as indicações de um coração aberto e afetuoso. Era um jovem inteligente, e a educação lhe proporcionara sólidos aprimoramentos. Mas não era dotado nem da disposição e tampouco das habilidades necessárias para responder aos desejos da mãe e da irmã, que ansiavam por vê-lo na condição de homem distinto... como um... elas mal sabiam o quê. As duas queriam que ele fizesse uma boa figura no mundo, de alguma maneira ou de outra. Sua mãe queria fazê-lo tomar interesse por assuntos políticos, levá-lo ao parlamento, ou vê-lo tendo relações com alguns dos grandes homens da atualidade. A sra. John Dashwood queria o mesmo, mas enquanto isso, até que alguma dessas bênçãos superiores pudesse ser alcançada, sua ambição teria se aquietado se o visse conduzindo uma caleche. Mas Edward não tinha nenhuma predileção por grandes homens ou caleches. Todos os seus desejos se concentravam no conforto doméstico e na quietude da vida privada. Felizmente ele tinha um irmão mais novo que se mostrava mais promissor.

Edward já passara várias semanas em Norland quando começou a granjear um pouco das atenções da sra. Dashwood; pois ela estava de tal modo mergulhada em aflição, naquele período, que se tornara descuidada com as coisas que a cercavam. Ela percebia somente que o jovem era quieto e discreto, e gostava dele por causa disso. Edward não ficava perturbando sua mente atormentada com conversas inoportunas. Ela só foi observá-lo e aprová-lo de verdade mais adiante, impelida por uma reflexão que Elinor proferiu certo dia, ao acaso, sobre a diferença entre Edward e a irmã dele. Tratava-se de um contraste que o recomendava muito forçosamente aos olhos da sra. Dashwood.

– Isso é suficiente – disse ela. – Dizer que ele é diferente de Fanny é suficiente. Isso implica todas as qualidades mais amáveis. Eu já o amo.

– Creio que a senhora vai gostar de Edward – disse Elinor – quando souber mais sobre ele.

– Gostar dele!? – retrucou sua mãe com um sorriso. – Não reconheço nenhum sentimento de aprovação inferior ao amor.

– A senhora poderá ter estima por ele.

– Eu nunca soube até hoje se seria possível separar a estima do amor.

A sra. Dashwood começou a fazer um esforço, então, para conhecê-lo melhor. Empregou maneiras cativantes, que logo desmancharam a postura reservada do jovem. Compreendeu num instante todos os seus méritos; a persuasão de que ele gostava de Elinor talvez tenha cooperado nessa intuição; mas realmente se sentiu segura de que estava lidando com uma pessoa de grande valor: e até mesmo aqueles modos comedidos, que militavam contra todas as ideias estabelecidas que ela tinha sobre como deveria se portar em sociedade um jovem cavalheiro, deixaram de ser desinteressantes quando soube que seu coração era caloroso e que seu temperamento era muito afável.

Mal notou um leve sintoma de amor no comportamento de Edward em relação a Elinor, a sra. Dashwood considerou como certo um afeiçoamento sério entre os dois e passou a enxergar um casamento que se aproximava rapidamente.

– Dentro de poucos meses, minha querida Marianne – disse ela –, Elinor vai, com a maior probabilidade, fixar sua vida para sempre. Vamos sentir falta dela, mas *ela* vai ser feliz.

– Ah! Mamãe, como poderemos viver sem ela?

– Meu amor, mal será uma separação. Vamos morar a poucas milhas de distância e nos encontrar a cada dia de nossas vidas. Você vai ganhar um irmão, um irmão verdadeiro e afetuoso. Tenho a mais elevada opinião deste mundo sobre o coração de Edward. Mas você parece estar séria, Marianne; você desaprovou a escolha de sua irmã?

– Talvez – disse Marianne – eu a esteja considerando com alguma surpresa. Edward é um jovem adorável, e eu gosto dele com muita ternura. E no entanto... ele não é o tipo de cavalheiro que... Existe alguma coisa faltando... A figura dele não é impactante, não tem nem um pouco da graça que eu esperaria do homem que poderia seriamente seduzir minha irmã. Faltam nos olhos dele o espírito e o fogo que anunciam ao mesmo tempo a inteligência e a virtude. E além de tudo isso eu receio, mamãe, que ele não disponha de um verdadeiro bom gosto. A música parece atraí-lo muito pouco; e embora ele admire bastante os desenhos de Elinor, não se trata da admiração de uma pessoa que possa entender o valor deles. É evidente, apesar de suas atenções frequentes a Elinor enquanto ela desenha, que na verdade ele não sabe nada sobre a matéria. Ele admira como um enamorado, não como um *connoisseur*. Para que eu fique satisfeita, essas duas características precisam estar unidas. Eu não poderia ser feliz com um homem cujo gosto não coincidisse em todos os pontos com o meu próprio gosto. Ele precisa ser capaz de penetrar todos os meus sentimentos; os mesmos livros, as mesmas músicas devem encantar a nós dois. Ah, mamãe, com quanto desânimo, com quanta mansidão Edward fez a leitura para nós na noite passada! Senti pena da minha irmã, da maneira mais dolorosa. E no entanto ela suportou tudo com tamanha compostura, parecia mal perceber aquilo. Eu quase não consegui me manter parada em meu assento. Ouvir aqueles versos lindos, que tantas vezes já me deixaram num estado próximo ao êxtase, pronunciados com uma calma tão impenetrável, uma indiferença tão terrível!

– Ele certamente teria se saído melhor com uma prosa simples e elegante. Foi o que eu pensei naquele momento; mas você *precisava* lhe dar Cowper.

– Ora, mamãe, se ele não é capaz de se animar nem com Cowper! Mas devemos fazer uma concessão na diferença de gosto. Elinor não tem sentimentos iguais aos meus e, portanto, pode desconsiderar a questão e ser feliz com ele. Mas teria despedaçado o *meu* coração, se eu estivesse apaixonada por Edward, ouvi-lo ler com tão pouca sensibilidade. Mamãe, quanto mais eu sei sobre o mundo, mais fico convencida de que nunca encontrarei um homem a quem eu possa realmente amar. Eu tenho tantas exigências! Ele precisa ter todas as virtudes de Edward, e sua pessoa e suas maneiras precisam enfeitar sua bondade com todos os charmes possíveis.

– Lembre-se, meu amor, de que você não tem dezessete anos. É ainda muito cedo na vida para desesperar de uma felicidade como essa. Por que você deveria ser menos afortunada do que a sua mãe? Que apenas numa circunstância, minha Marianne, o seu destino possa ser diferente do destino dela!

Capítulo 4

– Que lástima, Elinor – disse Marianne –, que Edward não tenha nenhum gosto pelo desenho.

– Nenhum gosto pelo desenho!? – retrucou Elinor. – De onde você tirou essa ideia? Ele mesmo não desenha, de fato, mas tem grande prazer em apreciar as performances de outras pessoas, e eu lhe garanto que ele não é de maneira nenhuma deficiente em bom gosto natural, embora não tenha encontrado oportunidades de aprimorá-lo. Se Edward alguma vez tivesse passado por um aprendizado, creio que desenharia muito bem. Ele desconfia de seu próprio julgamento em tais assuntos, a tal ponto que se mostra sempre pouco disposto a emitir sua opinião sobre qualquer imagem, mas tem, como qualidades inatas, um decoro e uma simplicidade de gosto que em geral o conduzem perfeitamente bem.

Marianne receou que pudesse estar sendo ofensiva e não disse mais nada em torno do tema; mas o tipo de aprovação que inspiravam nele os desenhos de outras pessoas, de acordo com o que dissera Elinor, ficava muito distante do deleite arrebatado que, em sua opinião, poderia ser verdadeiramente chamado de bom gosto. Mesmo assim, embora sorrindo em seu íntimo diante de tal equívoco, respeitou sua irmã por aquela parcialidade cega por Edward, origem do equívoco.

– Espero, Marianne – prosseguiu Elinor –, que você não o considere deficiente em bom gosto de um modo geral. Na verdade, creio que posso dizer que não é esse o caso, porque seu comportamento com ele é perfeitamente cordial, e se *essa* fosse a sua opinião, tenho certeza de que você jamais conseguiria tratar Edward com cortesia.

Marianne ficou sem saber o que dizer. Não pretendia ferir os sentimentos da irmã por nenhum motivo; no entanto, dizer algo em que não acreditava era impossível. Por fim ela retrucou:

– Não se ofenda, Elinor, se o meu louvor a Edward não é, em todos os aspectos, idêntico ao juízo que você faz dos méritos dele. Não tive muitas oportunidades de avaliar as mais minuciosas propensões de sua mente, suas inclinações e seus gostos, como você teve, mas tenho a mais elevada opinião deste mundo sobre a sensatez e a bondade que o distinguem. Eu penso todas as coisas mais dignas e amáveis a respeito dele.

– Tenho certeza – retrucou Elinor com um sorriso – de que os mais queridos amigos dele não poderiam ficar insatisfeitos diante de um elogio como esse. Não me parece ser possível que você consiga se expressar mais calorosamente.

Marianne regozijou-se por ver que sua irmã se contentava com tamanha facilidade.

– Da sensatez e da bondade que o distinguem – prosseguiu Elinor – nenhuma pessoa poderá ter a menor dúvida, penso eu, se o tiver visto com frequência suficiente para engajá-lo numa conversa sem reservas. A excelência de seu discernimento e de seus princípios só poderá ser ocultada por essa timidez que muitas vezes o mantém calado. Você já o conhece o bastante para fazer justiça aos seus sólidos atributos. Em razão de circunstâncias peculiares, porém, você se manteve mais ignorante do que eu quanto a suas propensões mais minuciosas, como você as chama. Eu e Edward passamos um bom tempo juntos vez por outra, enquanto você vem se mantendo totalmente absorvida por minha mãe, na mais carinhosa das condutas. Já pude observá-lo de modo prolongado, estudei seus sentimentos e ouvi seus pareceres sobre temas da literatura e do bom gosto; levando tudo em conta, atrevo-me a pronunciar que sua mente é bem informada, que o prazer que ele obtém dos livros é extremamente grande, que sua imaginação é vívida, que suas observações são justas e corretas, e que seu gosto é delicado e puro. Suas habilidades em todos os quesitos melhoram quando passamos a conhecê-lo, tanto quanto suas maneiras e sua pessoa. À primeira vista, seu modo de agir certamente não é notável; e sua figura dificilmente poderá ser descrita como bonita, mas somente até o instante em que percebemos a expressão de seus olhos, que são excepcionalmente bondosos, e a doçura perene de seu semblante. No momento, eu o conheço tão bem que creio que ele é realmente bonito, ou pelo menos quase bonito. O que você diz, Marianne?

– Eu hei de considerá-lo bonito muito em breve, Elinor, se não o considero agora. Quando você pede a mim que o ame como se fosse um irmão, eu por certo não verei mais imperfeições em seu rosto do que aquelas que vejo agora em seu coração.

Elinor sobressaltou-se com essa declaração e lamentou o fervor com o qual se traíra falando do amigo. Ela sentia que Edward se elevava muito alto em sua opinião. Acreditava que a consideração era mútua; mas precisava ter mais certeza disso para que se tornasse agradável, a seu ver, a convicção de Marianne sobre seu relacionamento com ele. Sabia que aquilo que Marianne e sua mãe conjecturavam num determinado momento elas passavam a tomar como fato consumado no momento seguinte – que para elas desejar era ter esperança, e ter esperança era viver em expectativa. Ela tentou explicar o estado real do caso para sua irmã.

– Não tentarei negar – disse ela – que penso as melhores coisas sobre Edward, que o estimo muitíssimo, que gosto dele.

Marianne, aqui, irrompeu com indignação:

– Estima muitíssimo!? Gosta dele!? Elinor, quanta frieza em seu coração! Ah, pior do que frieza! Vergonha de sentir algo bem diferente. Use essas palavras mais uma vez e eu saio da sala neste exato instante.

Elinor não pôde deixar de rir.

– Eu lhe peço desculpa – disse ela. – E tenha certeza de que não quis ofendê-la falando, de maneira tão despreocupada, sobre os meus próprios sentimentos. Creia que eles são mais fortes do que declarei; creia, em suma, que são os devidos sentimentos que os méritos dele... e a suspeita... a esperança de seu afeto por mim podem justificar, sem qualquer imprudência ou desatino. Em algo mais do que isso, contudo, você não deve acreditar. Não estou nem um pouco segura quanto ao interesse de Edward por mim. Há momentos em que o alcance desse mesmo interesse parece ser duvidoso; e antes que seus sentimentos sejam totalmente conhecidos, você não deveria se espantar em saber o quanto eu gostaria de evitar um encorajamento da minha própria parcialidade, para que eu não acabe acreditando demais ou nomeando algo que não existe. Em meu coração sinto bem pouca... mal sinto qualquer dúvida sobre a preferência dele por mim. Mas existem outros pontos que devem ser considerados além de sua inclinação. Ele está muito longe de ser um homem independente. O que sua mãe realmente pode ser, isso não podemos adivinhar, mas, se nos basearmos nas menções ocasionais de Fanny sobre sua conduta e suas opiniões, nunca ficaremos dispostas a pensar que ela possa ser uma pessoa amável; e estarei muito enganada se o próprio Edward não tiver plena noção de que apareceriam muitas dificuldades em seu caminho se ele demonstrasse querer se casar com uma mulher que não tivesse nem uma grande fortuna e nem uma posição elevada.

Marianne ficou estupefata por constatar o quanto a imaginação de sua mãe e dela mesma tinha ultrapassado a verdade.

— E você realmente não contraiu noivado com Edward! — disse ela. — Mesmo assim, isso certamente vai ocorrer muito em breve. Mas duas vantagens surgirão desse retardamento. Não vou perder você tão cedo, e Edward terá maiores oportunidades de aprimorar aquele gosto natural pelo passatempo favorito da minha irmã, algo que deve ser tão indispensavelmente necessário à futura felicidade dela. Ah! Se ele chegasse ao ponto de ser estimulado por seu gênio, Elinor, e conseguisse aprender a desenhar... Como seria maravilhoso!

Elinor dissera o que verdadeiramente pensava para sua irmã. Ela não podia considerar sua parcialidade por Edward numa situação tão próspera quanto aquela que Marianne supusera. Havia, por vezes, uma falta de animação nas atitudes dele que, se não denotava indiferença, revelava algo que era igualmente pouco promissor, quase no mesmo nível. Uma dúvida sobre o interesse dela, supondo-se que Edward a sentisse, não lhe causaria mais do que apenas inquietude. Não era provável que essa dúvida desse origem ao desânimo de espírito que muitas vezes o acompanhava. Uma causa mais razoável podia ser encontrada na situação de dependência que lhe proibia favorecer aquele afeto. Elinor sabia que a mãe de Edward não vinha se comportando com ele de modo a lhe proporcionar um lar confortável nos últimos tempos, e que tampouco lhe dava qualquer garantia de que ele estava autorizado a formar um lar para si mesmo sem que rigorosamente atendesse aos objetivos dela quanto a seu engrandecimento. Com tal conhecimento, era impossível que Elinor se sentisse tranquila nesse assunto. Ela estava longe de contar com o que poderia resultar da preferência dele, com a consequência que sua mãe e sua irmã consideravam ainda como certa. Não; quanto mais tempo eles passavam juntos, tanto mais duvidosa parecia ser a natureza do interesse dele, e às vezes, durante alguns minutos dolorosos, Elinor acreditava que os sentimentos de Edward não eram mais do que amizade.

Quaisquer que fossem os verdadeiros limites da relação, contudo, eles foram suficientes, quando percebidos pela irmã de Edward, para fazer com que ela ficasse um tanto incomodada e, ao mesmo tempo (o que era mais comum ainda), procedesse com descortesia. A sra. John Dashwood aproveitou a primeira oportunidade que teve para confrontar sua sogra, discorrendo muito expressivamente sobre as grandes expectativas de seu irmão, sobre a resolução da sra. Ferrars de que seus dois filhos deveriam casar bem, e sobre o perigo que acometeria qualquer jovem dama que tentasse *enfeitiçá-lo*; por sua vez, a sra. Dashwood não pôde fingir que não estava ciente, ou tentar manter a calma. Ela lhe deu uma resposta que salientava seu desprezo e no mesmo ato saiu da sala, decidindo que, quaisquer que fossem os inconvenientes ou as despesas de uma mudança tão repentina, sua amada Elinor não seria exposta mais a tais insinuações, e que não esperaria nem mesmo uma semana.

Em meio a esse tormento de seu espírito, a sra. Dashwood recebeu pelo serviço postal uma carta que continha uma proposta particularmente oportuna. Tratava-se da oferta de uma pequena casa, em condições bastante vantajosas, pertencente a um parente seu, um cavalheiro abastado e importante, em Devonshire. A carta provinha desse mesmo cavalheiro e vinha escrita num verdadeiro espírito de amigável prestimosidade. O cavalheiro sabia que ela estava precisando de um lugar para morar e, embora essa casa que agora oferecia fosse meramente um chalé, lhe garantia que todos os ajustes que ela pudesse considerar necessários seriam efetuados, caso a localização lhe agradasse. Insistia com determinação, depois de fornecer os pormenores sobre a casa e o quintal, para que a sra. Dashwood viesse com suas filhas a Barton Park, local de sua própria residência, de onde ela poderia julgar por si mesma se Barton Cottage (porque as casas eram situadas na mesma paróquia) teria condições de lhe propiciar conforto depois de quaisquer alterações. Ele parecia estar realmente ansioso por acomodá-las; de modo geral, sua carta vinha escrita num estilo tão amigável que não poderia deixar de deleitar sua prima, especialmente num momento em que ela sofria sob o comportamento insensível e frio de seus parentes mais próximos. Ela não precisou de tempo nenhum para deliberar ou questionar. Sua resolução foi tomada enquanto durou a leitura. A localização de Barton, num condado tão distante de Sussex como Devonshire, algo que apenas algumas horas antes teria representado impedimento suficiente para superar todas as possíveis vantagens relativas ao lugar, era sua primeira recomendação agora. Sair dos arredores de Norland não era mais um mal; era um objeto de desejo; era uma bênção, em comparação com a desgraça de continuar sendo hóspede de sua nora; e se afastar para sempre daquele lugar amado seria menos doloroso do que habitá-lo ou visitá-lo enquanto uma mulher como aquela fosse sua soberana. Ela escreveu no mesmo instante para Sir John Middleton, agradecendo a benevolência e aceitando a proposta; em seguida, apressou-se para mostrar ambas as cartas a suas filhas, de modo que pudesse estar segura do consentimento das garotas antes que sua resposta fosse enviada.

Elinor sempre pensara que seria mais prudente, para elas, que fixassem seu novo lar a uma boa distância de Norland, em vez de permanecer nas proximidades imediatas de seus atuais conhecidos. *Nesse* aspecto, portanto, não lhe cabia contrariar a intenção de sua mãe quanto a uma mudança para Devonshire. E além do mais, segundo as informações de Sir John, a casa era tão singela em seu tamanho, e o aluguel era tão extraordinariamente moderado, que não lhe restava nenhum direito de levantar oposição sob qualquer ponto de vista; sendo assim, embora aquele não fosse um plano que evocasse encantamentos em sua fantasia, embora se tratasse de um afastamento das vizinhanças de Norland que superava sua vontade, ela não fez nenhuma tentativa para dissuadir sua mãe de mandar uma carta de consentimento.

Capítulo 5

Tão logo sua resposta foi despachada, a sra. Dashwood usufruiu do prazer de anunciar ao enteado e à esposa dele que lhe fora providenciada uma casa, e que ela deixaria de os importunar assim que tudo estivesse preparado para que pudesse habitá-la. Os dois ouviram-na com surpresa. A sra. John Dashwood não disse nada, mas seu marido respeitosamente professou o desejo de que ela não fosse fixar residência muito longe de Norland. A sra. Dashwood teve grande satisfação em responder que estava se mudando para Devonshire. Edward voltou-se bruscamente na direção dela quando ouviu isso e, numa voz marcada por surpresa e preocupação – algo que não precisava de explicação para ela –, repetiu:

– Devonshire!? A senhora está de fato se mudando para lá? Tão longe daqui! Em que parte de Devonshire?

Ela explicou a localização. A casa ficava cerca de quatro milhas ao norte de Exeter.

– É apenas um chalé – a sra. Dashwood continuou –, mas espero poder ver muitos de meus amigos nele. Um quarto ou dois podem ser facilmente adicionados e, se meus amigos não encontrarem alguma dificuldade em viajar tão longe para me ver, tenho certeza de que não terei nenhuma em acomodá-los.

Ela concluiu com um convite muito gentil para que o sr. e a sra. John Dashwood a visitassem em Barton; para Edward, estendeu um convite ainda mais carinhoso. A recente conversa com sua nora, embora tivesse feito com que se determinasse a não permanecer em Norland mais do que o inevitável, não produzira sobre ela o menor efeito naquilo que havia sido a intenção principal do confronto. Separar Edward e Elinor estava mais longe do que nunca de ser seu objetivo; e ela quis mostrar à sra. John Dashwood, com esse proposital convite ao irmão dela, o quanto desconsiderava por completo sua desaprovação à união dos dois.

O sr. John Dashwood repetiu várias vezes para sua mãe o quão extremamente triste ficava por ela ter escolhido uma casa tão distante de Norland, tão longínqua que obstava que ele pudesse lhe prestar qualquer serviço no transporte da mobília. Ele de fato se sentiu sinceramente vexado na ocasião, porque o mísero esforço ao qual limitara o cumprimento da promessa que fizera para seu pai se tornava, com esse arranjo, impraticável. A mobília foi enviada toda por água. O conjunto consistia principalmente de roupa branca, prataria, porcelana e livros, com um belo pianoforte de Marianne. A sra. John Dashwood viu os pacotes partirem com um suspiro: não pôde deixar de lamentar profundamente que, dispondo de uma renda insignificante na comparação com a deles, a sra. Dashwood devesse ter direito a qualquer peça de mobília refinada.

A sra. Dashwood alugou a casa por um período de doze meses. O chalé já estava mobiliado, e ela poderia tomar posse quando bem quisesse. Nenhuma dificuldade surgiu de ambos os lados no acordo, e ela esperou somente pela liberação de seus bens em Norland, e pela determinação dos arranjos domésticos de seu futuro lar, antes de partir na direção oeste; e isso, visto que ela era extremamente veloz na execução de todas as coisas que mobilizavam seu interesse, foi logo realizado. Os cavalos deixados por seu marido haviam sido vendidos logo após a morte dele; aparecendo agora uma oportunidade de passar adiante sua carruagem, ela concordou em vendê-la também, depois de ouvir o zeloso conselho de sua filha mais velha. Em nome do conforto de suas garotas, caso tivesse consultado apenas seus próprios desejos, ela teria ficado com o veículo; mas o critério de Elinor prevaleceu. A sabedoria *desta* última também limitou o número de empregados a três: duas criadas e um homem, com os quais elas foram rapidamente providas dentre aqueles que haviam formado sua equipe doméstica em Norland.

O homem e uma das criadas foram enviados sem mais delongas para Devonshire, a fim de preparar a casa para quando sua patroa chegasse, porque, uma vez que a sra. Dashwood desconhecia totalmente Lady Middleton, ela preferiu ir morar diretamente no chalé a permanecer como visitante em Barton Park; e ela confiou tão cegamente na descrição que Sir John fizera da casa que não sentiu curiosidade de examiná-la por conta própria antes de entrar nela na condição de dona. Sua ânsia por fugir de Norland foi preservada de um arrefecimento pela evidente satisfação de sua nora com a perspectiva da mudança, uma satisfação que ela tentou esconder apenas debilmente, sob um frio convite à sra. Dashwood para que adiasse a partida. E agora chegava o momento em que a promessa do sr. John Dashwood para seu pai poderia ser cumprida com particular propriedade. Como ele se omitira de fazê-lo quando aparecera em Norland Park, o abandono daquela casa por parte das damas podia ser encarado como a ocasião mais adequada para fazer valer o compromisso. Mas a sra. Dashwood logo começou a desistir de qualquer esperança desse tipo e a ficar convencida, observando a tendência errante do discurso de seu enteado, de que o amparo prometido já se restringia somente à manutenção delas por seis meses em Norland. Ele falava com tanta frequência nas despesas cada vez maiores dos serviços domésticos e nas perpétuas demandas que esvaziavam seu bolso, às quais um homem de mínima relevância neste mundo ficava exposto num nível incalculável, que parecia antes estar necessitado de mais dinheiro para si do que ter qualquer intenção de doar dinheiro.

Passadas bem poucas semanas desde o dia que trouxera para Norland a primeira carta de Sir John Middleton, tudo já estava tão organizado na moradia futura que a sra. Dashwood e suas filhas tiveram condições de começar sua viagem.

Muitas foram as lágrimas derramadas por elas em seu último adeus a um lugar tão amado.

– Querida, querida Norland! – disse Marianne, enquanto vagava sozinha diante da casa, na última noite que passariam ali. – Quando deixarei de sentir sua falta? Quando conseguirei me sentir em casa em outro lugar? Ah! Feliz casa, se pudesse saber o quanto sofro vendo você daqui, de onde talvez eu jamais a veja outra vez! E vocês, ó bem conhecidas árvores! Mas vocês não mudarão. Nenhuma folha decairá porque fomos embora, e tampouco qualquer ramo quedará imóvel, embora já não possamos mais observá-las! Não; vocês não mudarão, inconscientes do prazer ou do pesar que causam e insensíveis a qualquer alteração entre os que andam sob sua sombra! Mas quem permanecerá para desfrutar de vocês?

Capítulo 6

A PRIMEIRA PARTE DA viagem transcorreu numa disposição demasiado melancólica para que pudesse ser outra coisa que não tediosa e desagradável. Quando elas se aproximaram do final do caminho, porém, o interesse pelo aspecto da região que habitariam suplantou a tristeza, e a visão de Barton

Valley lhes infundiu alegria enquanto adentravam aquelas partes. Era um lugar agradável e fértil, bem arborizado, e rico em pastagens. Depois de serpentear ao longo do vale por mais de uma milha, alcançaram sua própria casa. Um pequeno pátio verde abrangia o domínio da frente, e um bonito postigo as admitiu na entrada.

Na condição de casa, embora fosse pequena, Barton Cottage era confortável e compacta; na condição de chalé, contudo, era deficiente, porque a edificação era regular, o topo era coberto por telhas, as venezianas das janelas não estavam pintadas de verde nem tampouco as paredes eram cobertas por madressilvas. Uma passagem estreita levava diretamente, por dentro da casa, ao quintal na parte de trás. Em ambos os lados da entrada se tinha uma sala de estar com cerca de vinte metros quadrados; e depois das salas ficavam as áreas de manutenção e as escadas. Quatro quartos de dormir e dois sótãos formavam o resto da casa, que não havia sido construída muitos anos antes e se mostrava em bom estado de conservação. Em comparação com Norland, era pequena e pobre, de fato! Mas as lágrimas que a lembrança evocara quando as novas moradoras entraram na casa logo se secaram. Elas se animaram com o regozijo dos criados por sua chegada, e cada uma, pelo bem das outras, decidiu aparentar felicidade. Setembro mal começara; a estação estava muito aprazível; vendo aquele lugar pela primeira vez sob a luz vantajosa do tempo bom, elas tiveram uma impressão favorável que lhes foi da maior importância na recomendação de suas aprovações duradouras.

A casa contava com boa localização. Colinas altas erguiam-se logo atrás, e também a uma distância não muito grande de ambos os lados; algumas dessas elevações eram morros relvados, e as outras eram cultivadas e arborizadas. O vilarejo de Barton situava-se na maior parte numa dessas colinas e formava um agradável panorama nas janelas do chalé. A perspectiva em frente era mais extensa; abarcava o vale todo e alcançava o campo mais além. As colinas que cercavam a casa interrompiam Barton Valley nessa direção; sob outro nome, e num outro caminho, o vale se ramificava novamente entre duas das mais íngremes elevações.

Com o tamanho e o mobiliário do chalé a sra. Dashwood ficou bastante satisfeita de um modo geral, porque, embora seu estilo de vida anterior fizesse com que muitas adições se tornassem agora indispensáveis, acrescentar e aprimorar, mesmo assim, era sempre um deleite para ela; e ela tinha naquele momento quantia suficiente, em dinheiro disponível, para fornecer aos aposentos todos os itens que fossem necessários em matéria de elegância superior.

– Quanto à casa em si, não há dúvida – disse ela – de que é muito pequena para nossa família, mas conseguiremos nos acomodar de maneira toleravelmente confortável por enquanto, porque o ano já vai tarde demais para melhorias. Quem sabe na primavera, se eu tiver bastante dinheiro (e ouso dizer que terei), possamos pensar em reformas. Estas salas são ambas muito pequenas para receber os grupos de nossos amigos que espero ver muitas vezes reunidos aqui; e acalento algumas ideias de abrir a passagem para dentro de uma delas, talvez com uma parte da outra, e assim deixar o restante dessa outra servindo de entrada; isso, com uma nova sala de visitas que pode ser facilmente adicionada, e um quarto de dormir e um sótão acima, fará com que tenhamos um chalezinho muito aconchegante. Eu bem queria que as escadas fossem bonitas. Mas não devemos esperar que tudo vá ficar perfeito; mesmo assim, suponho que não teríamos grande complicação em alargá-las. Vou verificar de antemão qual será minha situação financeira na primavera, e planejaremos nossas melhorias de acordo.

No meio-tempo, até que todas essas alterações pudessem ser executadas com as economias de uma renda de quinhentas libras ao ano por uma mulher que jamais economizara em sua vida, elas foram sábias o suficiente para que se contentassem com a casa como era; cada uma delas se ocupou em arranjar seus interesses particulares e se esforçou, distribuindo livros e outros bens ao redor de si, para criar um lar. O pianoforte de Marianne foi desembrulhado e instalado adequadamente; e os desenhos de Elinor foram afixados nas paredes da sala de estar.

No desempenho de afazeres como esses elas foram interrompidas logo após o desjejum, no dia seguinte, pela entrada do senhorio, que as visitava para lhes dar as boas-vindas a Barton e lhes oferecer todas as acomodações de sua própria casa e de sua horta, se por algum acaso a casa e a horta das damas se mostrassem momentaneamente deficientes. Sir John Middleton era um homem bem-apessoado e tinha cerca de quarenta anos. Ele as visitara previamente em Stanhill, mas muito tempo já transcorrera para que suas jovens primas se lembrassem dele. Seu semblante transparecia um bom humor irredutível, e suas maneiras eram tão amigáveis quanto o estilo de sua carta. A chegada das damas parecia lhe causar verdadeira satisfação, e o conforto delas parecia ser motivo de verdadeira solicitude para ele. Sir John expressou com fervor o sincero desejo de que elas convivessem nos mais sociáveis termos com sua família e as instou cordialmente a jantar em Barton Park todos os dias até que estivessem mais bem estabelecidas no chalé, de modo que, por mais que as súplicas tivessem alcançado um nível de perseverança que ultrapassava uma mera civilidade, elas não puderam fazer oposição. A bondade do senhorio não se limitou às palavras, porque, menos de uma hora depois de sua saída, um grande cesto cheio de frutas e legumes lhes chegou do parque, seguido, antes do final do dia, por um presente de caça. Sir John insistia, além do mais, em levar e trazer todas as cartas do serviço postal para elas, e não se furtaria da satisfação de lhes enviar seu jornal todos os dias.

Lady Middleton enviara pelo marido uma mensagem muito cortês, indicando sua intenção de visitar a sra. Dashwood assim que pudesse ter certeza de que a visita não seria inconveniente; como essa mensagem foi respondida por um convite igualmente educado, sua senhoria foi apresentada no chalé um dia depois.

Elas estavam, naturalmente, muito ansiosas por conhecer uma pessoa de quem seu conforto tanto dependeria em Barton; e a elegância com que a dama se apresentou foi favorável aos desejos que haviam nutrido. Lady Middleton não tinha mais do que 26 ou 27 anos; seu rosto era bonito, sua figura era alta e imponente, e seu modo de agir era gracioso. Suas maneiras exibiam todas as qualidades elegantes que faltavam a seu marido, mas teriam sido aperfeiçoadas se ganhassem alguma dose da franqueza e do calor de Sir John; e sua visita foi longa o bastante para depreciar um pouco a reverência que produzira inicialmente, mostrando que, embora perfeitamente bem-educada, ela era reservada e fria, e que não tinha nada para dizer por si mesma senão as mais corriqueiras perguntas ou observações.

Temas para conversa, contudo, não faltaram, porque Sir John era muito loquaz, e porque Lady Middleton havia tomado a sábia precaução de trazer consigo seu filho mais velho, um belo menininho com cerca de seis anos, de maneira que sempre haveria um assunto ao qual as damas podiam recorrer em caso de desespero, pois tinham de perguntar seu nome, sua idade, admirar sua beleza e lhe fazer questionamentos que sua mãe respondia por ele, ao passo que o próprio garoto se mantinha o tempo todo ao lado dela e ficava de cabeça baixa, para grande surpresa de sua senhoria, que se espantou com tamanha timidez diante de outras pessoas, já que o filho costumava fazer barulho de sobra em casa. Em todas as visitas formais, uma criança deveria obrigatoriamente acompanhar o grupo visitante, na condição de provedora de assunto. No presente caso, foram empregados dez minutos para determinar se o menino se parecia mais com o pai ou com a mãe, e em quais detalhes particulares ele lembrava cada um dos dois, pois é claro que todos divergiam, e todos ficaram estupefatos com as opiniões dos outros.

Uma oportunidade surgiria em breve para que as Dashwood debatessem sobre as demais crianças, uma vez que Sir John se recusou a deixar a casa sem obter a promessa de que suas parentes jantariam no parque no dia seguinte.

Capítulo 7

BARTON PARK DISTAVA MAIS ou menos meia milha do chalé. As Dashwood haviam passado perto da mansão em seu caminho ao longo do vale, mas a visão dela lhes era obstruída, no chalé, pela projeção de uma colina. A casa era bonita e grande; e os Middleton viviam num estilo em que havia tanto de hospitalidade quanto de elegância. O primeiro atributo gratificava Sir John, e o segundo, sua esposa. Eles muito raramente não contavam com alguns amigos lhes fazendo companhia na casa, e recebiam visitas de toda espécie mais do que qualquer outra família na vizinhança. Isso era necessário à felicidade de ambos; pois por mais que fossem diferentes em temperamento e comportamento social, eles assemelhavam-se bastante na total falta de talento e bom gosto que lhes confinava num âmbito muito estreito as atividades que não fossem relacionadas com aquelas que a vida social demandava. Sir John era um desportista, e Lady Middleton, uma mãe. Ele caçava e praticava tiro ao alvo, e ela ficava fazendo as vontades de seus filhos; e eram esses os seus únicos recursos. Lady Middleton dispunha da vantagem de ser capaz de mimar seus filhos durante o ano inteiro, ao passo que as ocupações independentes de Sir John existiam apenas na metade do tempo. Compromissos contínuos em Barton Park e fora de casa, no entanto, compensavam todas as deficiências da natureza e da educação, incentivavam o bom humor de Sir John e exercitavam as boas maneiras de sua esposa.

Lady Middleton se vangloriava pela elegância de sua mesa e de todos os seus arranjos domésticos, e esse tipo de vaidade era seu maior prazer em qualquer uma de suas recepções. Mas a satisfação de Sir John em ter companhia era muito mais genuína; ele se deleitava em reunir a seu redor mais jovens do que sua casa podia suportar; quanto mais ruidosos fossem, tanto mais ele ficava satisfeito. Sir John era uma bênção à população juvenil da vizinhança, porque no verão ele estava sempre organizando encontros para comer frango e presunto frio ao ar livre, e no inverno seus bailes privados eram numerosos o bastante para qualquer jovem dama que não estivesse sofrendo do insaciável apetite dos quinze anos.

A chegada de uma nova família na região era sempre um motivo de alegria para Sir John, e sob todos os pontos de vista ele estava encantado com as moradoras que tinha obtido agora para seu chalé em Barton. As senhoritas Dashwood eram jovens, bonitas e desprovidas de afetação. Isso bastava para conquistar sua boa opinião; pois não ter afetação era tudo que uma garota bonita poderia querer para que sua mente se tornasse tão cativante quanto sua pessoa. A típica cordialidade de Sir John o fazia feliz em acomodar pessoas cuja situação poderia ser considerada, em comparação com o passado, como desafortunada. Demonstrando benevolência com suas primas, portanto, ele sentia o verdadeiro contentamento de um coração bondoso; instalando uma família formada somente por mulheres em seu chalé, sentia também o contentamento de um desportista; porque um desportista, embora estime apenas os integrantes de seu sexo que são semelhantes a ele nesse aspecto, não se mostra muitas vezes desejoso de promover o gosto de outros desportistas admitindo que habitem uma residência dentro de seu próprio solar.

A sra. Dashwood e suas filhas foram recebidas na porta da casa por Sir John, que lhes deu boas-vindas a Barton Park com desafetada sinceridade; enquanto as acompanhou até a sala de visitas, reafirmou às jovens damas a inquietação que o mesmo assunto despertara nele no dia anterior, o problema de sua incapacidade de obter quaisquer rapazes interessantes que as pudessem conhecer. Elas encontrariam ali, disse Sir John, somente um cavalheiro além dele mesmo: um certo amigo que estava hospedado no parque, mas que não era nem muito jovem e nem muito alegre. Ele esperava que todas elas pudessem desculpar a pequenez da reunião, e lhes garantiu que aquilo nunca mais haveria de ocorrer. Visitara várias famílias naquela manhã, com a esperança de conseguir algum acréscimo ao número de convidados, mas a noite era de luar e todos estavam cheios de compromissos. Felizmente, a mãe de Lady Middleton havia chegado a Barton na última hora; sendo esta uma mulher muito jovial e agradável, Sir John esperava que as jovens damas não fossem considerar tudo tão enfadonho quanto poderiam ter imaginado. As jovens damas, bem como sua mãe, estavam perfeitamente satisfeitas em ter dois completos estranhos entre os convidados e não precisavam de mais nada.

A sra. Jennings, mãe de Lady Middleton, era uma idosa bem-humorada, brincalhona e gorda, que falava o tempo inteiro e parecia ser muito feliz e bastante vulgar. Ela soltava gracejos e risadas sem parar, e antes que o jantar tivesse terminado já dissera muitas coisas espirituosas no tópico dos namorados e maridos; esperava que as jovens não tivessem deixado seus corações para trás em Sussex e simulava que as via corando, corassem elas ou não. Marianne ficou incomodada com isso por causa de sua irmã, e voltou os olhos para Elinor a fim de ver como ela tolerava esses ataques, mas o fez com um afinco que causou em Elinor muito mais dor do que poderiam ter causado as zombarias banais da sra. Jennings.

O coronel Brandon, aquele amigo de Sir John, não parecia talhado para ser seu amigo por semelhança de modos, não mais do que Lady Middleton o era para ser sua esposa, ou a sra. Jennings para ser mãe de Lady Middleton. Ele era calado e grave. Seu aspecto, contudo, não era desagradável, muito embora ele fosse, na opinião de Marianne e Margaret, um solteirão rematado, porque já estava no lado errado dos 35; mas mesmo que seu rosto não fosse bonito, sua fisionomia era sensata, e seu trato era particularmente cavalheiresco.

Não havia nada em nenhum dos convivas que pudesse recomendá-los como companheiros às damas Dashwood; mas a gélida insipidez de Lady Middleton era tão particularmente repulsiva que, em comparação, a gravidade do coronel Brandon e até mesmo a hilaridade turbulenta de Sir John e de sua sogra se mostravam interessantes. Lady Middleton pareceu ser despertada para uma leve sensação de prazer apenas com a entrada de seus quatro barulhentos filhos depois do jantar, os quais a ficaram puxando de um lado ao outro, desfizeram seu vestido e puseram fim a qualquer tipo de conversa, exceto aquela que se relacionasse a eles mesmos.

À noite, quando surgiu a descoberta de que Marianne possuía dons musicais, pediram que ela tocasse. O instrumento foi aberto, todos se prepararam para uma sessão encantadora, e Marianne, que cantava muito bem, enfrentou a pedido de todos a maior parte das canções com que Lady Middleton presenteara sua família quando de seu casamento e que talvez tivessem permanecido, desde então, na mesma posição em cima do pianoforte, porque sua senhoria tinha comemorado aquele evento abandonando a música, muito embora, segundo sua mãe, ela tivesse tocado muito bem, e fosse, segundo ela mesma, muito afeiçoada pelo piano.

A performance de Marianne foi muito aplaudida. Sir John exprimiu sua reverência em voz alta no final de cada canção, assim como conversou em voz alta com os outros enquanto durou cada canção. Lady Middleton inúmeras vezes ordenou que ele se comportasse de modo adequado, não conseguiu entender como era possível que as atenções de uma pessoa pudessem ser desviadas da música por um momento sequer, e pediu a Marianne que cantasse uma determinada música que Marianne acabara de cantar. Somente o coronel Brandon, entre todos os convivas, ouviu a performance sem entrar em êxtase. O coronel lhe prestou apenas o elogio da atenção, e Marianne sentiu por ele, em função disso, um respeito que os outros haviam razoavelmente perdido por causa de uma vergonhosa falta de bom gosto. O prazer do coronel em ouvir música, embora não atingisse um deleite arrebatado que em si mesmo poderia coincidir com o dela, se revelava estimável quando contrastado com a horrível insensibilidade dos outros, e Marianne era sensata o suficiente para reconhecer que um homem de 35 anos poderia muito bem ter já sobrevivido a todas as intensidades de sentimento e a todos os mais requintados poderes de desfrute. Ela não via nenhum problema, quando pensava no estágio avançado da vida do coronel, em conceder a máxima tolerância que um senso de humanidade poderia requerer.

Capítulo 8

A SRA. JENNINGS ERA uma viúva possuidora de amplo patrimônio dotal. Ela tinha somente duas filhas, vivera para ver ambas respeitavelmente casadas, e agora não tinha, portanto, nada para fazer senão casar todas as outras pessoas do mundo. Na promoção desse objetivo ela era zelosamente ativa, tanto quanto suas habilidades lhe permitiam; e não perdia nenhuma oportunidade para planejar casamentos entre todos os jovens do seu círculo de conhecidos. Era incrivelmente ágil na descoberta de relações amorosas, e desfrutara da vantagem de acentuar o rubor e a vaidade de muitas jovens damas através de insinuações acerca do poder que a jovem em questão exerce sobre determinado rapaz; e esse tipo de discernimento lhe permitiu, logo depois de sua chegada em Barton, pronunciar decisivamente que o coronel Brandon estava bastante apaixonado por Marianne Dashwood. A sra. Jennings suspeitou fortemente que assim fosse logo na primeira noite em que estiveram juntos, porque o coronel ouvira tão atentamente enquanto Marianne cantou para todos; além disso, quando a visita foi retribuída pelos Middleton, que foram jantar no chalé, o fato ficou confirmado com mais uma audição atenta por parte dele. Só podia ser isso. Ela estava perfeitamente convencida. Os dois formariam um excelente casal, porque *ele* era rico e *ela* era bonita. A sra. Jennings ansiara por ver o coronel Brandon bem casado desde que a união de sua filha com Sir John o trouxera para seu grupo de amigos, e era sempre ansiosa por arranjar um bom marido para todas as garotas bonitas.

A vantagem imediata para si mesma não era de forma alguma desprezível, porque o caso a deixou abastecida com gracejos sem fim contra ambos. No parque ela riu do coronel, e no chalé, de Marianne. Aos olhos do primeiro sua zombaria foi, com a maior probabilidade, até onde dissesse respeito apenas a ele mesmo, perfeitamente indiferente, mas aos olhos da segunda foi, num primeiro momento, incompreensível; assim que o objetivo ficou esclarecido, Marianne mal soube se deveria em primeiro lugar rir de seu absurdo ou censurar sua impertinência, pois considerou que aquilo resultava de uma reflexão insensível sobre a idade avançada do coronel, e sobre sua condição desamparada de velho solteirão.

A sra. Dashwood, que não conseguia pensar que um homem cinco anos mais novo do que ela mesma pudesse ser tão extremamente velho como ele figurava na fantasia juvenil de sua filha, procurou livrar a sra. Jennings da hipótese de pretender ridicularizar a idade do coronel.

— Mas no mínimo, mamãe, a senhora não pode negar o absurdo de uma acusação como essa, muito embora também não possa pensar que se trate de algo propositalmente mal-intencionado. O coronel Brandon é certamente mais jovem do que a sra. Jennings, mas tem idade suficiente para ser *meu* pai; se ele alguma vez animou-se o suficiente para estar apaixonado, já deve ter deixado para trás todas as sensações desse tipo. É ridículo demais! Quando é que um homem vai estar a salvo dessas insinuações espirituosas, se a idade e a enfermidade não o protegerem?

– Enfermidade!? – exclamou Elinor. – Você chama o coronel Brandon de homem enfermo? Suponho com grande facilidade que a idade dele pode parecer muito maior para você do que para minha mãe, mas você dificilmente poderia se enganar quanto à capacidade que ele tem para fazer uso de seus membros!

– Você não ouviu o coronel reclamando do reumatismo? E essa não é, por acaso, a enfermidade mais comum de uma vida que já vai chegando perto do fim?

– Minha querida criança – disse sua mãe, rindo –, pelo visto você decerto vive num estado de constante terror por causa da *minha* decadência, e deve lhe parecer um milagre que a minha vida se tenha prolongado até a idade avançada dos quarenta anos.

– Mamãe, a senhora não está me fazendo justiça. Sei muito bem que o coronel Brandon não é tão velho assim para fazer com que seus amigos já fiquem apreensivos de que venham a perdê-lo por causas naturais. Ele tem todas as condições para viver mais vinte anos ainda. Mas 35 anos não têm nada que ver com matrimônio.

– Talvez – disse Elinor – seja melhor mesmo que 35 e dezessete, juntos, não tenham qualquer coisa que ver com matrimônio. Mas se por algum acaso vier a surgir uma mulher que é solteira com 27, eu não pensaria que o coronel Brandon, tendo 35, fosse fazer qualquer objeção em se casar com *ela*.

– Uma mulher com 27 – disse Marianne, depois de fazer uma pausa momentânea – nunca poderá esperar sentir ou inspirar afeto novamente; além do mais, se sua casa for desconfortável, ou seu dote for pequeno, posso supor que ela de bom grado aceitaria se submeter ao desempenho dos serviços de uma enfermeira, em nome da provisão e da segurança de uma esposa. No casamento do coronel com uma mulher como essa, portanto, não haveria nenhum aspecto inadequado. Seria um acordo de conveniência, e todo mundo ficaria satisfeito. A meu ver, esse não seria um casamento verdadeiro de modo algum, mas isso não tem nenhuma importância. Para mim, isso parece tão somente uma troca comercial, na qual cada um quer ser beneficiado às custas do outro.

– Seria impossível, eu sei – retrucou Elinor –, convencê-la de que uma mulher com 27 anos poderia sentir por um homem de 35 qualquer coisa que se aproximasse o bastante do amor, de modo que o homem se tornasse um companheiro desejável para ela. Mas me vejo na obrigação de discordar quando você condena o coronel Brandon e sua mulher ao confinamento constante de um quarto de doente meramente porque ele por acaso reclamou ontem (um dia muito frio e úmido) de uma ligeira sensação reumática num dos ombros.

— Mas ele falou de coletes de flanela — disse Marianne. — Para mim, um colete de flanela invariavelmente faz lembrar dores, cãibras, reumatismos e todas as espécies de doenças que costumam afligir os velhos e os debilitados.

— Se o coronel estivesse sofrendo apenas uma febre violenta, você o teria desprezado dez vezes menos. Confesse, Marianne, não existe algo de muito interessante para você no semblante avermelhado, nos olhos fundos e no pulso acelerado de uma febre?

Pouco depois, assim que Elinor saiu da sala:

— Mamãe — disse Marianne —, estou com um receio, nesse tema da doença, que não posso esconder da senhora. Tenho certeza de que Edward Ferrars não passa bem. Já estamos aqui faz quase duas semanas, e no entanto ele não aparece. Nada, senão uma verdadeira indisposição, poderia ocasionar essa demora extraordinária. O que mais pode detê-lo em Norland?

— Você tinha alguma ideia de que ele viesse tão depressa? — perguntou a sra. Dashwood. — *Eu* não tinha nenhuma. Pelo contrário, se senti qualquer ansiedade nesse ponto, foi ao recordar que ele por vezes demonstrou ter pouco prazer ou desembaraço em aceitar meu convite, quando eu afirmava que ele devia vir para Barton. Será que Elinor já está esperando a chegada de Edward?

— Não cheguei a mencionar esse assunto para ela, mas é claro que deve estar esperando.

— Eu penso, no entanto, que você está enganada, porque, quando falei com Elinor ontem sobre comprar uma nova lareira para o quarto de dormir desocupado, ela comentou que não precisávamos nos apressar muito quanto a isso, já que não era provável que o uso do quarto fosse ser necessário durante algum tempo.

— Como é estranho! Qual poderá ser o significado disso? Mas a maneira com que os dois trataram um ao outro, de um modo geral, foi inexplicável! Que frio, que formal foi o último adeus deles! Que lânguida foi a conversa na última noite que passaram juntos! Na despedida de Edward, não houve distinção entre mim e Elinor: houve a boa vontade de um irmão carinhoso no trato de ambas. Duas vezes eu propositadamente os deixei sozinhos no decorrer da última manhã, e nas duas vezes ele muito inexplicavelmente me seguiu para fora da sala. E Elinor, deixando Norland e Edward para trás, não chorou como eu chorei. Mesmo agora, seu autocontrole jamais fraqueja. Quando é que ela fica desanimada ou melancólica? Quando é que procura evitar companhias, ou parece estar inquieta e insatisfeita na presença de outras pessoas?

Capítulo 9

As Dashwood estavam instaladas em Barton, agora, em condições de tolerável conforto para si mesmas. A casa e o quintal, com todos os objetos circundantes, haviam se tornado agora familiares, e as atividades ordinárias que costumavam conferir a Norland metade de seus encantos foram adotadas novamente, com um prazer muitíssimo maior do que aquele que Norland pudera proporcionar desde a morte do pai delas. Sir John Middleton, que as visitou todos os dias durante as primeiras duas semanas, e que não tinha por hábito testemunhar muitas atividades em sua casa, não conseguia esconder seu espanto em encontrá-las sempre atarefadas.

Os visitantes, sem contar os de Barton Park, não eram muitos, porque, apesar das súplicas urgentes de Sir John para que elas interagissem mais com os vizinhos, e das repetidas garantias de que sua carruagem estava sempre à disposição das primas, o espírito independente da sra. Dashwood superava o desejo de vida social para suas filhas, e ela mostrava firmeza em se negar a visitar qualquer família que morasse além da distância de uma caminhada. Existiam não mais do que poucas que podiam ser classificadas assim, e nem todas eram alcançáveis. A cerca de uma milha e meia do chalé, ao longo do estreito e sinuoso vale de Allenham, que se projetava do vale de Barton, como descrito anteriormente, as garotas haviam encontrado, num de seus primeiros passeios, uma mansão de aparência respeitável e muito antiga que, por lhes fazer lembrar um pouco de Norland, interessou suas imaginações e fez com que quisessem conhecê-la melhor. Mas elas souberam, pedindo por detalhes, que a dona da mansão, uma senhora idosa de excelente reputação, era infelizmente doente demais para poder interagir com o mundo e jamais colocava os pés fora de casa.

A região inteira em torno delas abundava em belos passeios. Os elevados morros relvados que de quase todas as janelas do chalé as convidavam a buscar a primorosa fruição do ar livre em seus cumes ofereciam uma feliz alternativa quando a lama dos vales abaixo calava suas belezas superiores; e no rumo de uma dessas colinas Marianne e Margaret dirigiram seus passos numa manhã memorável, atraídas pela parcial luz solar de um céu carregado e incapazes de suportar por mais um minuto sequer o confinamento que a chuva constante dos dois dias anteriores ocasionara. O clima não era tentador o suficiente para fazer com que as outras duas se afastassem do lápis e do livro, apesar da declaração de Marianne de que o dia teria tempo bom de maneira duradoura, e de que todas as nuvens ameaçadoras seriam varridas para longe das colinas; e as duas garotas partiram juntas.

Elas subiram os morros em grande contentamento, regozijando-se com seus próprios poderes intuitivos em cada vislumbre de céu azul; quando sentiram em seus rostos os sopros animadores de um vento sudoeste alto, lamentaram os receios que haviam impedido sua mãe e Elinor de compartilhar aquelas sensações deliciosas.

– Existe alguma felicidade no mundo – perguntou Marianne – que seja superior a isso? Margaret, precisamos caminhar por aqui durante no mínimo duas horas.

Margaret concordou, e elas seguiram seu caminho contra o vento, resistindo às rajadas com risonho deleite por cerca de vinte minutos ainda, quando de súbito as nuvens se condensaram sobre suas cabeças e uma chuva forte começou a cair em cheio no rosto delas. Mortificadas e apanhadas de surpresa, elas se viram obrigadas, embora o fizessem a contragosto, a tomar o caminho de volta, porque não havia nenhum abrigo que fosse mais próximo do que o próprio chalé. Um consolo lhes restou, porém, e se tratava de um recurso que a exigência do momento qualificava com algo mais do que a propriedade usual: descer correndo, na maior velocidade possível, o lado íngreme da colina que levava diretamente ao portão do quintal de casa.

Elas se lançaram na descida. Marianne teve vantagem no início, mas um passo em falso a jogou de repente no chão, e Margaret, incapaz de deter sua corrida para lhe prestar ajuda, precipitou-se de maneira involuntária declive abaixo e chegou ao pé da colina em segurança.

Um cavalheiro que carregava uma arma, com dois pointers brincando em torno dele, vinha subindo essa elevação e estava poucas jardas distante de Marianne quando ocorreu o acidente. Ele largou a arma e correu para lhe dar amparo. Marianne se levantara do chão, mas o tornozelo se torcera na queda e ela mal conseguia ficar de pé. O cavalheiro lhe ofereceu seus serviços e, percebendo que a modéstia da dama recusava o auxílio que sua situação tornava necessário, a levantou em seus braços sem mais demora e a carregou morro abaixo. Em seguida, depois de passar pelo quintal, cujo portão fora deixado aberto por Margaret, ele a levou diretamente para dentro da casa, onde Margaret acabara de chegar, e não soltou Marianne até que a tivesse sentado em uma poltrona na sala.

Elinor e sua mãe se colocaram de pé com perplexidade quando os dois entraram; enquanto os olhos de ambas se fixavam nele com um evidente deslumbramento e uma secreta admiração que surgiram a um só tempo com tal aparição, o cavalheiro se desculpou por sua intromissão e relatou seu motivo de uma maneira tão franca e tão graciosa que sua figura, que era extraordinariamente bonita, recebeu os encantos adicionais da voz e da expressão. Fosse ele até mesmo velho, feio e vulgar, a gratidão e a bondade da sra. Dashwood teriam sido granjeadas por qualquer ato de atenção à filha dela; mas a influência da juventude, da beleza e da elegância enriqueceram essa ação com um interesse que calou fundo nos sentimentos da senhora.

Ela fez inúmeros agradecimentos e, com a doçura que a caracterizava, convidou o cavalheiro a se sentar. Mas ele declinou, pois estava sujo e molhado. A sra. Dashwood, então, quis saber a quem devia seus cumprimentos. Seu nome, ele respondeu, era Willoughby, e sua presente residência se situava em Allenham, de onde esperava que a senhora lhe poderia permitir a honra de vir, amanhã, para fazer uma visita e perguntar sobre a srta. Dashwood. A honra foi prontamente concedida e então ele partiu, para se tornar ainda mais interessante, em meio a uma chuva pesada.

Sua beleza máscula e sua graciosidade fora do comum se constituíram instantaneamente no tema da veneração geral, e o riso que sua galantaria levantou contra Marianne ganhou vivacidade particular por causa desses atrativos exteriores. A própria Marianne vira menos da figura dele do que as demais, porque a confusão que afogueara seu rosto, quando ele a pegara nos braços, roubara dela qualquer capacidade de observá-lo quando já estavam na casa. Mas vira dele o suficiente para que fizesse coro à unânime veneração das outras, e com uma energia que sempre adornava seus louvores. A figura e o porte do sr. Willoughby eram iguais ao esboço que sua fantasia já desenhara para personificar o herói de uma história favorita; e a façanha de carregá-la para dentro de casa com tão pouca formalidade prévia transparecia uma rapidez de pensamento que lhe causava uma impressão particularmente favorável. Todas as circunstâncias que diziam respeito ao sr. Willoughby eram interessantes. Seu nome era bom, sua residência se localizava naquele que era o vilarejo favorito entre elas, e Marianne logo concluiu que, de todas as vestimentas masculinas, a jaqueta de caça era o que havia de mais vistoso. A imaginação da garota estava ocupada, suas reflexões eram agradáveis, e a dor de uma torção no tornozelo foi desconsiderada.

Sir John as visitou assim que o intervalo seguinte de tempo bom lhe permitiu sair de casa naquela manhã; o acidente de Marianne lhe tendo sido relatado, suas primas perguntaram ansiosamente se ele conhecia um cavalheiro com o nome de Willoughby em Allenham.

– Willoughby!? – exclamou Sir John. – Mas como, *ele* já está por aqui? Essa é uma boa notícia, no entanto. Amanhã vou cavalgar até lá e convidá-lo para jantar conosco na quinta-feira.

– O senhor o conhece, então – disse a sra. Dashwood.

– Se o conheço? Certamente que o conheço. Ora, ele desce para cá todos os anos.

– E que tipo de jovem ele é?

— Um dos melhores sujeitos que já pude encontrar, eu lhe garanto. Um atirador muito decente, e não existe nenhum cavaleiro mais ousado na Inglaterra.

— E *isso* é tudo que o senhor pode dizer por ele? — Marianne exclamou, indignada. — Mas quais são suas maneiras, a partir de um conhecimento mais íntimo? Seus objetivos, seus talentos, seu gênio?

Sir John ficou um tanto confuso.

— Juro por minha alma — disse ele —, não sei muito sobre Willoughby no que se refere a *isso tudo*. Mas ele é um sujeito agradável e bem-humorado, e possui a mais adorável cadelinha que já vi, uma pointer preta. Ela estava com ele hoje?

Mas Marianne já não tinha condições de satisfazê-lo quanto à cor da pointer do sr. Willoughby, não mais do que Sir John lhe poderia descrever as inclinações da mente do cavalheiro.

— Mas quem é ele? — perguntou Elinor. — De onde ele vem? Ele tem uma casa em Allenham?

Nesse ponto Sir John pôde fornecer uma informação mais precisa, e lhes disse que o sr. Willoughby não possuía propriedade particular no campo, que ele ali moraria somente enquanto estivesse visitando uma velha senhora em Allenham Court com quem tinha parentesco e cujas posses herdaria, acrescentando:

— Sim, sim, posso lhe dizer que qualquer jovem dama sairia correndo atrás dele, srta. Dashwood. Ele tem para si uma propriedade muito bonitinha em Somersetshire, além disso; se eu fosse a senhorita, não o deixaria nas mãos da minha irmã mais nova, por mais que ela despenque do alto das colinas. A srta. Marianne não pode pensar que terá todos os homens para si. Brandon ficará ciumento, se ela não tomar cuidado.

— Eu não creio — disse a sra. Dashwood, com um sorriso bem-humorado — que o sr. Willoughby vá ser incomodado pelas tentativas de qualquer uma das *minhas* filhas nisso que o senhor chama de *correr atrás dele*. Elas não foram criadas com vistas a esse tipo de ocupação. Os homens estão bastante seguros conosco, eles que fiquem cada vez mais ricos. Fico feliz por saber, no entanto, a partir das informações que o senhor nos passa, que ele é um jovem respeitável, alguém com quem não será inadequado fazer amizade.

— Ele é um dos melhores sujeitos, creio eu, que já pude encontrar — repetiu Sir John. — Eu recordo que no Natal passado, num pequeno baile no parque, ele dançou das oito até as quatro horas e não se sentou sequer uma vez.

— Não diga! — exclamou Marianne, com brilho nos olhos. — E dançou com elegância, com vivacidade?

– Sim, e às oito horas já estava de pé novamente, para pegar o cavalo e sair em caça.

– É disso que eu gosto. Assim é que deve ser um jovem cavalheiro. Quaisquer que sejam seus objetivos, sua ânsia por eles não pode conhecer moderação, e tampouco lhe causar qualquer sensação de fadiga.

– Pois sim, já estou vendo como será – disse Sir John. – Estou vendo como será. A senhorita vai ficar de olho somente nele agora, e nunca mais pensará no pobre Brandon.

– Eis uma expressão, Sir John – disse Marianne, calorosamente –, que eu particularmente detesto. Abomino todos os fraseados corriqueiros com os quais se subentende a sagacidade; e "ficar de olho num homem" ou "fazer uma conquista" são os mais odiosos de todos. A tendência deles é grosseira e mesquinha; além do mais, se sua construção pôde ser considerada inteligente alguma vez, o tempo destruiu sua engenhosidade num passado muito distante.

Sir John não entendeu direito essa reprovação, mas riu com muito gosto, como se tivesse entendido, e então retrucou:

– Pois sim, a senhorita vai fazer ótimas conquistas, ouso dizer, de uma maneira ou de outra. Pobre Brandon! Ele já está um tanto enamorado, e valeria muito a pena ficar de olho nele, posso lhe dizer, por mais que a senhorita despenque das colinas e machuque os tornozelos.

Capítulo 10

O SALVADOR DE MARIANNE, como Margaret – com mais elegância do que precisão – alcunhou Willoughby, visitou o chalé bem cedo na manhã seguinte para fazer suas indagações pessoais. Ele foi recebido pela sra. Dashwood com mais do que polidez – com uma bondade motivada pela descrição que Sir John fizera do amigo e por sua própria gratidão. Todos os detalhes que marcaram a visita tenderam a dar garantias ao cavalheiro sobre a sensatez, a elegância, o afeto mútuo e o conforto doméstico da família em cujo meio aquele acidente o tinha introduzido agora. Quanto aos encantos pessoais das jovens damas, ele não precisara de uma segunda entrevista para estar convencido.

A srta. Dashwood tinha tez delicada, feições normais e uma figura notavelmente bonita. Marianne era ainda mais bela. Suas formas, embora não fossem tão corretas quanto as de sua irmã, eram mais impressionantes por contarem com a vantagem da altura, e seu rosto era tão adorável que, nas ocasiões em que era chamada de linda por louvores formais de uso rotineiro, a verdade era menos violentamente ultrajada do que costuma ser.

Sua pele era muito morena, mas, devido a uma qualidade transparente, sua tez tinha um brilho incomum; seus traços eram todos bons, seu sorriso era doce, atraente, e nos seus olhos, que eram muito escuros, havia uma vida, um entusiasmo, uma impetuosidade, coisas que dificilmente poderiam ser observadas sem deleite. A livre manifestação dessas características foi ocultada de Willoughby, a princípio, por causa do embaraço que a lembrança de seu auxílio criara. Mas quando passou o embaraço, quando a disposição de Marianne se recompôs, quando ela viu que à perfeição das boas maneiras Willoughby unia franqueza e vivacidade, e acima de tudo quando ouviu o rapaz declarar que tinha grande paixão por música e dança, lhe dirigiu um significativo olhar de aprovação, de modo que garantiu a maior parte do discurso dele para si mesma durante o resto da visita.

Bastava mencionar qualquer divertimento favorito para engajá-la numa conversa. Ela não conseguia permanecer em silêncio quando tais temas eram introduzidos, e não tinha nem timidez e nem reserva na discussão deles. Os dois rapidamente descobriram que o gosto por dança e música era mútuo, e que esse gosto advinha de uma conformidade geral de julgamento em todas as coisas que fossem relacionadas a uma dessas artes. Encorajada por isso a fazer um exame mais aprofundado das opiniões de Willoughby, Marianne começou a questioná-lo no assunto dos livros; apresentou e discutiu seus autores favoritos com um deleite tão arrebatado que qualquer cavalheiro de 25 anos teria se mostrado verdadeiramente insensível caso não se tornasse um convertido imediato na glorificação da excelência de tais obras, por mais que tivessem sido desconsideradas antes. O gosto dos dois era surpreendentemente similar. Os mesmos livros, os mesmos trechos eram idolatrados por ambos – ou então, se qualquer diferença se fizesse ver, se qualquer objeção surgisse, não durava mais do que o tempo necessário para que a força dos argumentos de Marianne e o brilho de seus olhos pudessem ser exibidos. Ele concordou com todas as decisões da garota, absorveu todo seu entusiasmo; muito antes do término da visita eles já conversavam com uma familiaridade de amigos de longa data.

– Bem, Marianne – disse Elinor, assim que o visitante as deixou –, para *uma* manhã eu creio que você se saiu muito bem. Você já tem a opinião do sr. Willoughby averiguada em quase todas as matérias importantes. Sabe o que ele pensa de Cowper e Scott; está certa de que ele sabe apreciar as belezas desses autores como deveria, e recebeu todas as garantias de que ele admira Pope não mais do que na medida certa. Mas de que modo a amizade entre vocês poderá ser suportada por muito tempo, com esse despacho tão extraordinário de todos os assuntos possíveis para conversa? Vocês logo vão esgotar todos os tópicos favoritos. Outro encontro será suficiente para que o sr. Willoughby explique seus sentimentos sobre a beleza pitoresca e sobre segundos casamentos, e então você poderá não ter nada mais para perguntar.

– Elinor – exclamou Marianne –, por acaso isso é razoável? Isso é justo? Será que minhas ideias são tão escassas? Mas eu entendi o que você quer dizer. Fiquei à vontade demais, fui feliz demais, franca demais. Errei diante de todas as noções mais banais de decoro, fui aberta e sincera quando deveria ter sido reservada, desanimada, apagada, enganadora... Se eu tivesse falado apenas do tempo e das estradas, e tivesse falado apenas uma vez em dez minutos, essa repreensão me teria sido poupada.

– Meu amor – disse sua mãe –, você não deve se sentir ofendida por Elinor, ela estava somente fazendo uma brincadeira. Eu mesma repreenderia sua irmã, se ela fosse capaz de querer reprimir o deleite de sua conversa com nosso novo amigo.

Marianne ficou logo mais calma.

Willoughby, por sua vez, dava todas as provas de que estava encantado em conhecê-las, as melhores provas que poderiam ser oferecidas por um desejo evidente de aprofundar essa relação de amizade. Ele vinha visitá-las todos os dias. Perguntar sobre Marianne foi a primeira desculpa, mas o incentivo de seu acolhimento, que a cada dia merecia maior bondade, fez com que tal desculpa se tornasse desnecessária – antes mesmo que deixasse de ser possível pela perfeita recuperação de Marianne. Ela permaneceu confinada em casa por alguns dias, mas jamais qualquer confinamento resultara menos cansativo. Willoughby era um jovem de boas habilidades, imaginação penetrante, espírito animado, maneiras abertas e afetuosas. Ele parecia ter nascido com o único propósito de seduzir de modo infalível o coração de Marianne, pois a tudo isso juntava não somente uma pessoa cativante como também um natural ardor intelectual que agora despertara e aumentara perante o exemplo do ardor de Marianne, e que o recomendava ao afeto dela mais do que qualquer outra coisa.

A companhia do jovem tornou-se, gradualmente, o mais delicioso prazer de Marianne. Os dois liam, conversavam, cantavam juntos; os talentos musicais de Willoughby eram consideráveis, e ele lia com uma sensibilidade, com um ânimo que Edward infelizmente não demonstrara ter.

Na estima da sra. Dashwood, ele era tão desprovido de defeitos quanto na de Marianne; e Elinor não viu nada que fosse censurável no rapaz a não ser uma propensão, na qual ele se assemelhava fortemente a Marianne, e peculiarmente a deleitava, de dizer em demasia o que pensava em todas as ocasiões, sem dar atenção para pessoas ou circunstâncias. Na pressa de formar e pronunciar seus pareceres sobre outras pessoas, de sacrificar a polidez normal em benefício do desfrute de atenções ininterruptas sempre que seu coração estivesse envolvido, e de menosprezar com muita facilidade as regras do decoro mundano, Willoughby exibia uma falta de cuidado que Elinor não era capaz de aprovar, apesar de todas as coisas que Marianne e ele pudessem dizer a favor dessa propensão.

Marianne começou a perceber agora que o desespero que tomara conta dela em seus dezesseis anos e meio, de que jamais fosse encontrar um homem que pudesse satisfazer seus ideais de perfeição, tinha sido precipitado e injustificável. Willoughby contava com todas as qualidades que sua imaginação delineara naquele momento infeliz – e em todas as horas mais resplandecentes – como capazes de seduzi-la, e o comportamento dele declarava sua vontade de ser, nesse aspecto, tão sério quanto suas habilidades eram elevadas.

Também a mãe dela, em cuja mente não surgira um único pensamento especulativo sobre o casamento dos dois que fosse atrelado à perspectiva de que o jovem teria muito dinheiro, foi levada, antes do fim de uma semana, a desejar essa união, a esperar por ela, e a secretamente felicitar-se por ter ganhado dois genros como Edward e Willoughby.

A parcialidade do coronel Brandon por Marianne, identificada tão depressa pelos amigos dele, tornou-se perceptível para Elinor pela primeira vez agora, quando já deixara de ser notada por todos. As atenções e os ditos espirituosos foram transferidos para seu rival mais afortunado; e a zombaria na qual incorrera o outro antes que surgisse qualquer parcialidade foi removida quando seus sentimentos começaram de fato a chamar atenção ao ridículo que é tão justamente atribuído à sensibilidade. Elinor foi obrigada, mesmo que a contragosto, a crer que os sentimentos que a sra. Jennings (para sua própria satisfação) havia imputado ao coronel eram agora realmente provocados por sua irmã, e que, por mais que uma semelhança geral de disposição entre as partes pudesse promover o afeto do sr. Willoughby, certa oposição de temperamentos igualmente marcante não era empecilho ao interesse do coronel Brandon. Ela ponderava sobre essa questão com desassossego, pois quais esperanças poderia nutrir um homem calado de 35 anos, quando contraposto a um jovem bastante animado de 25? E como não podia nem mesmo lhe desejar sucesso, desejou do fundo de seu coração que ele fosse indiferente. Gostava dele; apesar de sua gravidade ou de sua reserva, vislumbrava nele um objeto de interesse. Seus modos, embora sérios, eram suaves, e sua reserva parecia ser antes o resultado de alguma opressão de espírito do que de qualquer melancolia natural de seu temperamento. Sir John deixara escapar sugestões sobre mágoas e decepções do passado que justificavam, para Elinor, a convicção de que o coronel era um homem infeliz, e ela o via com respeito e compaixão.

Talvez Elinor sentisse pena do coronel e o estimasse mais porque ele era menosprezado por Willoughby e Marianne, os quais, eivados de preconceito contra um homem que não era nem animado e nem jovem, pareciam decididos a depreciar seus méritos.

– Brandon é precisamente o tipo de homem – disse Willoughby certo dia, quando todos estavam conversando sobre ele – de quem todos falam bem, e com quem ninguém se importa; a quem todos ficam muito satisfeitos de ver, e com quem ninguém se lembra de conversar.

– Isso é exatamente o que eu penso dele – exclamou Marianne.

– Não fiquem se vangloriando disso, no entanto – disse Elinor –, pois é uma injustiça por parte de vocês dois. O coronel é apreciado em alta conta pela família toda no parque, e eu mesma jamais o vejo sem tomar o cuidado de conversar com ele.

– O fato de que o coronel é protegido pela *senhorita* – retrucou Willoughby – certamente depõe a favor dele. Mas se pensarmos na estima dos outros, teremos então uma censura em si mesma. Quem gostaria de se submeter à indignidade de ser aprovado por mulheres como Lady Middleton e a sra. Jennings, algo que poderia recomendar a indiferença de qualquer outra pessoa?

– Mas quem sabe o abuso vindo de pessoas como Marianne e o senhor acabe por compensar a consideração de Lady Middleton e da mãe dela. Se o louvor delas é censura, a censura de vocês pode ser louvor, porque elas não são mais desprovidas de discernimento do que o senhor e Marianne são preconceituosos e injustos.

– Em defesa de seu protegido, a senhorita consegue até mesmo ser atrevida.

– Meu protegido, como diz o senhor, é um homem sensato, e a sensatez sempre será um atrativo para mim. Sim, Marianne, mesmo num homem entre seus trinta e quarenta anos. Ele já viu grande parte do mundo; esteve no exterior, leu, e tem uma mente pensante. Posso afirmar que o coronel foi capaz de me fornecer muitas informações sobre vários assuntos; e ele sempre respondeu minhas perguntas com a presteza de uma pessoa que tem boas maneiras e boa índole.

– Ou seja – exclamou Marianne com desdém –, ele lhe contou que nas Índias Orientais o clima é quente e os mosquitos incomodam muito.

– Ele *teria* me contado isso, não tenho dúvida, se eu tivesse feito qualquer pergunta desse tipo, mas acontece que esses eram pontos sobre os quais eu já tivera esclarecimentos anteriores.

– Quem sabe – disse Willoughby – as observações do coronel se estenderam até a existência de nababos, moedas indianas de ouro e palanquins.

– Posso me arriscar a dizer que as observações *dele* foram muito mais longe do que a candura *do senhor*. Mas o senhor não gosta dele por quê?

– Não é que eu não goste dele. Pelo contrário, eu o vejo como um homem muito respeitável, que merece as melhores palavras de todas as pessoas e as atenções de ninguém; que tem mais dinheiro do que pode gastar, um tempo infindável que não sabe como empregar, e dois casacos novos a cada ano.

– Acrescente a isso – exclamou Marianne – que ele não tem nem talento, nem gosto e nem espirituosidade. Que seu discernimento não tem brilho nenhum, seus sentimentos, nenhum ardor, e sua voz, nenhuma expressão.

– Vocês determinam quais são as imperfeições do coronel com tanta magnitude – retrucou Elinor –, e recorrendo tanto à força da imaginação, que a recomendação que *eu* sou capaz de fazer por ele é relativamente fria, insípida. Só posso proclamar que ele é um homem sensato, bem-educado, bem informado, de modos gentis e, creio eu, dono de um coração amável.

– Srta. Dashwood – exclamou Willoughby –, isso, agora, é me usar de maneira cruel. A senhorita está tentando me desarmar pela razão e me convencer contrariando a minha vontade. Mas não vai dar certo. Verá que posso ser tão teimoso quanto a senhorita pode ser astuciosa. Tenho três razões incontestáveis para não gostar do coronel Brandon: ele me ameaçou com chuva quando eu queria que o tempo fosse bom, fez ressalvas à suspensão do meu coche de duas rodas, e não consigo convencê-lo a comprar minha égua marrom. Se servir como satisfação à senhorita, no entanto, saber que eu acredito que o caráter do coronel é irrepreensível em outros aspectos, estou disposto a confessá-lo. Assim, em troca de um reconhecimento que deve me causar alguma dor, a senhorita não pode me negar o privilégio de não gostar dele tanto quanto sempre.

Capítulo 11

A sra. Dashwood e suas filhas mal haviam imaginado, assim que chegaram a Devonshire, que surgiriam para tomar seu tempo todos aqueles compromissos que logo se apresentaram, ou que elas receberiam convites tão frequentes e visitantes tão constantes, numa quantidade que as deixaria dispondo de pouco tempo livre para trabalhos sérios. Todavia, foi justamente esse o caso. Quando Marianne se recuperou, os esquemas de diversão em casa e ao ar livre que Sir John estivera planejando previamente foram colocados em execução. Os bailes privados no parque começaram a ser realizados, e passeios na água eram organizados e efetuados sempre que um outubro chuvoso permitisse. Willoughby era incluído em todas as reuniões desse tipo;

e a paz e a familiaridade que naturalmente acompanhavam tais encontros eram exatamente calculadas para fortalecer com intimidade crescente a relação do rapaz com as Dashwood, para lhe dar oportunidade de testemunhar as excelências de Marianne, de salientar sua vivaz admiração pela garota e de receber, no tratamento que ela lhe dedicava, a mais positiva garantia de um carinho recíproco.

    Elinor não pôde ficar surpresa com tal aproximação dos dois. Queria somente que a relação fosse menos ostensiva; uma ou duas vezes, aventurou-se a sugerir a Marianne o quanto seria conveniente um pouco de autocontrole. Mas Marianne detestava toda espécie de ocultação quando nenhuma desgraça verdadeira poderia derivar de um relacionamento sem reservas; e procurar conter sentimentos que não eram em si mesmos indignos de louvor lhe parecia ser não apenas um esforço desnecessário como também uma sujeição vergonhosa da razão a noções banais e equivocadas. Willoughby pensava o mesmo, e o comportamento de ambos, em todos os momentos, era uma ilustração de tais opiniões.

    Quando Willoughby estava presente, ela não tinha olhos para mais ninguém. Qualquer coisa que ele fizesse era correta. Qualquer coisa que dissesse era inteligente. Se as noites no parque fossem concluídas com jogo de cartas, ele tratava de lograr a si mesmo e a todos os demais no grupo com o fim de obter para ela uma boa mão. Se a dança constituísse a diversão da noite, os dois eram parceiros durante a metade do tempo e, quando se viam obrigados a ficar separados por uma ou duas danças, tomavam o cuidado de não se afastar um do outro e praticamente não falavam uma palavra sequer com mais ninguém. Tal conduta fazia com que fossem, é claro, motivo de risos intermináveis; mas o ridículo não lhes causava vergonha, e parecia nem mesmo chegar a exasperá-los.

    A sra. Dashwood dissecou todos os sentimentos do casal com um fervor que não lhe deixava nenhuma inclinação para reprimir a exposição excessiva. Para ela, essa era não mais do que a consequência natural de uma forte afeição numa mente jovem e ardente.

    Aquela era uma temporada de felicidade para Marianne. Seu coração estava devotado a Willoughby, e o apaixonado apego por Norland, que ela trouxera consigo de Sussex, tinha mais chances de arrefecer do que ela julgara possível antes, devido aos encantos com que a companhia do jovem agraciava seu novo lar.

    A felicidade de Elinor não era tão grande. Seu coração não estava tão tranquilo, e tampouco sua satisfação com aqueles divertimentos era tão pura. Eles não lhe proporcionavam nenhuma companhia que pudesse reparar o que ela deixara para trás, ou que a pudesse ensinar a pensar em Norland com menos pesar do que sempre. Nem Lady Middleton e nem a sra. Jennings podiam lhe suprir a conversação que lhe fazia falta, por mais que a segunda fosse uma conversadora irrefreável e a tivesse considerado desde o início com uma benignidade que lhe garantia grande parcela de seu discurso. A sra. Jennings já repetira sua própria história para Elinor três ou quatro vezes. Fosse a memória de Elinor comparável a seus recursos de aprimoramento, ela poderia ter conhecido muito cedo, desde os primeiros momentos de convivência, todos os detalhes da última doença do sr. Jennings, e o que dissera ele para sua esposa poucos minutos antes de morrer. Lady Middleton era mais agradável do que sua mãe apenas por ser mais quieta. Elinor não precisou de muita observação para perceber que sua reserva era uma mera calma em seu modo de ser, uma característica que não tinha nada que ver com sensatez. Quanto a seu marido e sua mãe, ela os tratava como tratava todas as outras pessoas; e uma intimidade, portanto, não deveria ser nem buscada e nem desejada. Lady Middleton não tinha nada para dizer, num determinado dia, que já não tivesse dito no dia anterior. Sua insipidez era invariável, porque até mesmo seu estado de espírito era sempre o mesmo. Embora não se opusesse aos encontros organizados por seu marido, desde que tudo fosse conduzido em grande estilo e seus dois filhos mais velhos ficassem com ela, Lady Middleton jamais parecia obter mais diversão com esses encontros do que poderia ter experimentado permanecendo sentada em casa; e tão pouco sua companhia estimulava o prazer dos outros, por meio de qualquer participação nas conversas, que as pessoas por vezes só recordavam que ela se fazia presente por causa de sua solicitude quanto a seus turbulentos meninos.

Somente no coronel Brandon, dentre todos os seus novos conhecidos, Elinor encontrou de fato uma pessoa que podia, em maior ou menor grau, reivindicar o respeito das habilidades, instigar o interesse da amizade, ou oferecer uma companhia prazerosa. Willoughby estava fora de questão. A admiração e a consideração de Elinor, e até mesmo sua consideração fraternal, pertenciam a Willoughby por direito; mas ele era um apaixonado; suas atenções eram dirigidas totalmente a Marianne, e um homem muito menos agradável poderia ter sido mais amável de um modo geral. O coronel Brandon, para sua própria infelicidade, não tinha nenhum incentivo para pensar apenas em Marianne. Nas conversas com Elinor, encontrou sua maior consolação à indiferença da irmã dela.

A compaixão de Elinor pelo coronel aumentou, uma vez que ela tinha motivos para suspeitar que ele já sofrera o infortúnio do amor frustrado. A suspeita foi sugerida por algumas palavras que ele deixou escapar acidentalmente certa noite no parque, com os dois sentados juntos por mútuo consentimento enquanto os outros dançavam. Os olhos do coronel estavam fixados em Marianne e, após um silêncio de alguns minutos, ele disse, com um débil sorriso:

– Sua irmã, eu acredito, não aprova segundos relacionamentos amorosos.

– Não – retrucou Elinor –, as opiniões dela são todas românticas.

– Ou antes, como acredito, ela os considera impossíveis de existir.

– Acredito que considera; contudo, de que modo ela pode chegar a essa conclusão sem refletir sobre o caráter de seu próprio pai, que teve duas esposas, isso eu não sei. Alguns poucos anos, no entanto, vão esclarecer melhor suas opiniões com uma base razoável de bom senso e observação; e então elas poderão ser mais fáceis de definir e de justificar do que são agora por outra pessoa que não a própria Marianne.

– Esse será provavelmente o caso – ele retrucou. – E no entanto existe algo de tão adorável nos preconceitos de uma mente jovem que ficamos tristes por vê-los dando lugar à recepção de opiniões mais comuns.

– Não posso concordar com o senhor nesse ponto – disse Elinor. – Existem inconveniências, atreladas a sentimentos como esses de Marianne, que nem mesmo todos os encantos do entusiasmo e da ignorância neste mundo poderão compensar. Os sistemas de Marianne têm todos uma tendência infeliz de transformar decoro em nada; e um melhor conhecimento do mundo é o que posso esperar como a maior vantagem possível para ela.

Depois de uma breve pausa, ele retomou a conversa dizendo:

– Será que sua irmã não faz nenhuma distinção em suas objeções contra um segundo relacionamento? Ou o segundo relacionamento é igualmente criminoso para todas as pessoas? Será que aqueles que se decepcionaram em sua primeira escolha, seja por causa da inconstância da pessoa amada ou por causa da perversidade das circunstâncias, vão permanecer igualmente indiferentes durante o resto de suas vidas?

– Dou minha palavra, não tenho grande familiaridade com as minúcias dos princípios de Marianne. Sei apenas que jamais a ouvi admitindo em qualquer instância que um segundo relacionamento fosse perdoável.

– Isso – disse ele – não poderá durar. Mas uma mudança, uma mudança total de sentimentos... Não, não, não queira isso, porque, quando os refinamentos românticos de uma mente jovem são obrigados a ceder, com que frequência são sucedidos por opiniões que são apenas demasiado comuns, e demasiado perigosas! Falo por experiência própria. Certa vez conheci uma dama que em temperamento e intelecto muito tinha de semelhante à sua irmã, que pensava e julgava como ela, mas que, a partir de uma mudança forçada, a partir de uma série de circunstâncias infelizes...

Aqui ele parou de repente, pareceu pensar que havia falado demais e, a julgar por seu semblante, começou a fazer conjecturas que não poderiam, de outra maneira, ter chegado ao conhecimento de Elinor. A dama provavelmente teria passado sem causar desconfiança, se ele não tivesse convencido a srta. Dashwood de que aquilo que dizia respeito a ela não deveria escapar de seus lábios. Sendo assim, só se fazia necessário um ligeiro esforço de imaginação para conectar a emoção do coronel Brandon à terna lembrança de um amor do passado. Elinor não tentou ir além. Mas Marianne, em seu lugar, não teria feito tão pouco. A história toda teria rapidamente tomado forma com a força de sua imaginação ativa, e tudo teria ficado disposto na mais melancólica ordem do amor desastroso.

Capítulo 12

ENQUANTO ELINOR E MARIANNE caminhavam juntas, na manhã seguinte, a segunda comunicou à irmã uma notícia que, apesar de tudo que ela sabia de antemão sobre a imprudência e a falta de ponderação de Marianne, surpreendeu-a por seu testemunho extravagante de ambas. Marianne lhe disse, com o maior deleite do mundo, que Willoughby lhe dera um cavalo, um animal que ele mesmo havia criado em sua propriedade em Somersetshire e que era exatamente calculado para poder carregar uma mulher. Sem considerar que não estava nos planos de sua mãe a manutenção de qualquer cavalo e que, se ela fosse alterar sua resolução em favor desse donativo, precisaria comprar outro para o criado, manter um criado para montá-lo e por fim construir um estábulo para recebê-los, Marianne aceitara o presente sem hesitação, e o referiu a sua irmã no maior dos êxtases.

– Willoughby pretende enviar seu cavalariço a Somersetshire imediatamente, para buscar o animal – acrescentou ela. – Quando chegar o cavalo, vamos cavalgar todos os dias. Você vai compartilhar o uso dele comigo. Imagine, minha querida Elinor, o deleite de um galope num desses morros.

Marianne se mostrava muito relutante quanto a despertar de tamanho sonho de felicidade para compreender todas as verdades infelizes que acompanhavam o caso; e durante algum tempo rejeitou submeter-se a elas. No tocante a um criado adicional, a despesa seria uma ninharia; mamãe, ela tinha certeza, jamais faria oposição a isso, e qualquer cavalo serviria para *ele*. O criado sempre poderia tomar emprestado algum dos cavalos do parque. Quanto ao estábulo, um mero telheiro seria suficiente. Elinor, em seguida, aventurou-se a duvidar do decoro de que Marianne recebesse um presente como aquele de um homem tão pouco, ou pelo menos tão recentemente conhecido por ela. Isso passava dos limites.

– Você comete um engano, Elinor – disse ela calorosamente –, em supor que conheço Willoughby muito pouco. Eu não o conheço muito, de fato, mas tenho mais intimidade com ele do que com qualquer outra criatura neste mundo, exceto você mesma e mamãe. O tempo ou a oportunidade não são os fatores que determinam uma intimidade; importa somente a personalidade. Sete anos não seriam o bastante para fazer com que certas pessoas se conhecessem, e sete dias são mais do que suficientes para outras. Eu me consideraria culpada de uma impropriedade maior em aceitar um cavalo do meu irmão do que em ganhá-lo de Willoughby. De John eu sei muito pouco, embora tenhamos vivido juntos por anos; no que se refere a Willoughby, porém, meu julgamento está formado faz muito tempo.

Elinor concluiu que seria mais prudente não voltar a tocar nesse ponto. Ela conhecia o temperamento de sua irmã. Apresentar oposição num assunto tão delicado só a faria se aferrar ainda mais em sua própria opinião. Mas através de um apelo ao afeto dela por sua mãe, através de uma exposição das inconveniências com que essa mãe indulgente teria de castigar a si mesma se (como provavelmente seria o caso) ela consentisse com aquele acréscimo de despesas, Marianne foi logo vencida. E ela prometeu que não tentaria sua mãe a cometer uma bondade tão imprudente mencionando a oferta, e que diria para Willoughby, quando novamente o visse, que o presente precisava ser recusado.

Marianne foi fiel a sua palavra; quando Willoughby visitou o chalé naquele mesmo dia, Elinor a ouviu expressar para ele, com voz baixa, seu desapontamento em se ver na obrigação de renunciar ao presente. As razões daquela mudança foram relatadas ao mesmo tempo, e eram tais que tornavam impossível qualquer rogo adicional por parte do cavalheiro. A consternação dele, porém, ficou muito evidente; depois de expressá-la com fervor, ele acrescentou, com a mesma voz baixa:

– Mas, Marianne, o cavalo ainda é seu, embora você não possa usá-lo agora. Vou ficar com ele apenas até que você possa reivindicá-lo. Quando você deixar Barton para estabelecer sua própria residência num lar mais duradouro, Queen Mab haverá de recebê-la.

Tudo isso foi ouvido pela srta. Dashwood; ao longo da sentença toda, na forma de pronunciá-la, e naquele modo de tratar sua irmã somente pelo primeiro nome, ela de pronto identificou uma intimidade muito decidida e um significado muito direto, de maneira que lhe saltou aos olhos um perfeito entendimento entre os dois. A partir daquele momento, não teve dúvida de que os dois estavam comprometidos um com o outro; e tal certeza não gerou nenhuma outra surpresa senão a constatação de que ela ou qualquer um dos amigos deles precisassem ser deixados, por duas pessoas de temperamento tão aberto, na necessidade de fazer a descoberta por acidente.

Margaret lhe relatou, no dia seguinte, um fato que situou esse assunto sob uma luz ainda mais clara. Willoughby havia passado a noite anterior com elas, e Margaret, por ter sido deixada certo tempo na sala somente com o rapaz e Marianne, tivera oportunidade de fazer observações que, com um semblante de muita gravidade, ela comunicou a sua irmã mais velha na primeira ocasião em que as duas ficaram sozinhas.

– Ah, Elinor! – ela exclamou. – Eu tenho um tremendo segredo para lhe contar sobre Marianne. Tenho certeza de que ela vai se casar com o sr. Willoughby muito em breve.

– Você vem dizendo isso – retrucou Elinor – quase todos os dias desde que os dois se conheceram em High-Church Down; e eles não se conheciam não fazia nem uma semana, creio eu, quando você teve certeza de que Marianne estava usando uma imagem dele no pescoço; mas no fim ficou provado que era somente uma miniatura do nosso tio-avô.

– Mas isso agora é, sem dúvida, uma coisa completamente diferente. Estou certa de que os dois estarão casados muito em breve, porque ele tem uma mecha do cabelo de Marianne.

– Tome cuidado, Margaret. Pode ser que se trate de nada mais do que o cabelo de algum tio-avô *dele*.

– Mas é de Marianne sem dúvida, Elinor. Tenho quase certeza de que é, porque o vi cortando a mecha. Na noite passada, depois do chá, quando você e mamãe saíram da sala, eles estavam cochichando e conversando tão rápido quanto podiam, e o sr. Willoughby parecia estar pedindo alguma coisa para Marianne, e logo em seguida pegou a tesoura dela e cortou uma mecha comprida de seu cabelo, que estava todo caído nas costas dela, e beijou a mecha e a dobrou num pedaço de papel branco, e a guardou em sua caderneta.

Diante de tantos pormenores, anunciados com tanta autoridade, Elinor não pôde lhe negar crédito; e tampouco tinha disposição para fazê-lo, porque a circunstância se apresentava em perfeita harmonia com o que ela mesma ouvira e testemunhara.

A sagacidade de Margaret não era sempre exibida para sua irmã assim, de uma maneira tão satisfatória. Quando a sra. Jennings atacou-a certa noite no parque, para que desse o nome do jovem que era o favorito particular de Elinor, algo que vinha sendo desde muito tempo uma questão de grande curiosidade para ela, Margaret respondeu olhando para sua irmã e dizendo:

– Eu não devo contar, Elinor, será que devo?

Isso, é claro, fez com que todos rissem; e Elinor procurou rir também. Mas o esforço foi doloroso. Elinor estava convencida de que Margaret se fixara numa pessoa cujo nome ela não podia tolerar com serenidade que se tornasse um alvo recorrente nos gracejos da sra. Jennings.

Marianne se compadeceu dela com grande sinceridade, mas fez à causa mais mal do que bem, ficando muito vermelha e dizendo de maneira zangada para Margaret:

– Tenha em mente que, quaisquer que sejam as suas conjecturas, você não tem o direito de repeti-las.

– Eu nunca fiz nenhuma conjectura em torno disso – retrucou Margaret –, foi você mesma quem me falou.

Isso estimulou ainda mais hilaridade entre os ouvintes, e Margaret foi avidamente pressionada para que dissesse algo mais.

– Ah! Por favor, srta. Margaret, permita que saibamos de tudo – disse a sra. Jennings. – Qual é o nome do cavalheiro?

– Eu não devo contar, senhora. Mas sei muito bem qual é o nome. E sei onde ele está também.

– Sim, sim, podemos adivinhar onde ele está; em sua própria casa, em Norland, com toda certeza. Ele é o cura da paróquia, ouso dizer.

– Não, *isso* ele não é. Ele absolutamente não tem nenhuma profissão.

– Margaret – disse Marianne, de um modo bastante acalorado –, você sabe que tudo isso é uma coisa que você mesma inventou, e que essa pessoa simplesmente não existe.

– Bem, então ele morreu recentemente, Marianne, pois estou certa de que houve uma vez um homem assim, e seu nome começa com F.

Elinor sentiu-se muitíssimo grata pela observação de Lady Middleton de que, naquele momento, "chovia muito forte", embora pensasse que a interrupção tivesse procedido menos de qualquer atenção a ela e mais do grande desgosto que sua senhoria nutria por todos aqueles deselegantes temas de zombaria que deleitavam seu marido e sua mãe. Entretanto, a ideia iniciada por ela foi adotada de pronto pelo coronel Brandon, que era, em todas as ocasiões, um tanto consciente em relação aos sentimentos dos outros; e muito foi dito por ambos sobre o assunto da chuva. Willoughby abriu o pianoforte, pedindo a Marianne que fosse sentar-se ao instrumento; e assim, em meio a várias tentativas de diferentes pessoas para que se abandonasse aquela discussão, o constrangimento começou a desaparecer. Mas não foi com facilidade que Elinor recuperou-se, de fato, do alarme no qual a discussão a mergulhara.

Um grupo foi formado, nessa noite, com o fim de que saíssemos no dia seguinte para ver um lugar muito bonito a cerca de doze milhas de Barton, pertencente a um cunhado do coronel Brandon, sem cujo interesse o lugar não poderia ser visto, na medida em que o proprietário, que se encontrava então viajando, tinha deixado ordens estritas a esse respeito. As terras foram declaradas lindíssimas, e Sir John, que se mostrou particularmente acalorado em seu louvor a elas, podia ser admitido como juiz aceitável, porque formara grupos para visitá-las pelo menos duas vezes a cada verão durante os últimos dez anos. Elas contavam com uma esplêndida extensão de água; um passeio de barco, ali, constituiria grande parte das diversões da manhã; provisões de comidas frias deveriam ser levadas, apenas carruagens abertas deveriam ser utilizadas, e tudo deveria ser realizado no estilo habitual de uma completa e prazerosa excursão.

No entender de alguns poucos integrantes do grupo aquilo pareceu ser, na verdade, um empreendimento ousado, considerando-se a época do ano e que chovera todos os dias durante as últimas duas semanas; e a sra. Dashwood, que já tinha um resfriado, foi persuadida por Elinor a ficar em casa.

Capítulo 13

A PLANEJADA EXCURSÃO PARA Whitwell teve um desfecho muito diferente daquele que Elinor havia esperado. Ela estava preparada para se molhar dos pés à cabeça e ficar cansada e assustada; mas o evento foi ainda mais desafortunado, porque eles nem chegaram a sair.

Às dez horas o grupo todo estava reunido no parque, onde deveriam fazer o desjejum. A manhã era bastante favorável – embora tivesse chovido a noite toda –, visto que as nuvens iam se dispersando através do céu naquele momento e o sol aparecia com frequência. Estavam todos de bom humor e com grande animação de espírito, ansiosos por um passeio feliz e, em troca de qualquer outra situação, determinados a se submeter às maiores inconveniências e dificuldades.

Enquanto faziam o desjejum, as correspondências lhes foram trazidas. Entre as demais, havia uma para o coronel Brandon; ele a pegou, reconheceu quem era o remetente, mudou de cor e imediatamente saiu da sala.

– Qual é o problema com Brandon? – perguntou Sir John.

Ninguém foi capaz de dizer.

– Espero que ele não tenha recebido más notícias – disse Lady Middleton. – Somente um acontecimento extraordinário poderia fazer com que o coronel Brandon abandonasse a minha mesa de desjejum tão repentinamente.

Em cerca de cinco minutos ele retornou.

– Nenhuma má notícia, coronel, eu espero – disse a sra. Jennings, tão logo ele entrou na sala.

– Absolutamente nenhuma, senhora, eu lhe agradeço.

– Era uma mensagem vinda de Avignon? Espero que a informação não seja de que sua irmã está pior.

– Não, senhora. A mensagem veio da cidade, e é meramente uma carta sobre negócios.

– Mas como foi que o senhor pôde ficar tão descomposto ao reconhecer o remetente, se era somente uma carta de negócios? Ora, ora, isso não vai ficar assim, coronel; vamos, nos permita saber qual é a verdade.

– Minha cara senhora – disse Lady Middleton –, pense melhor antes de falar.

– Talvez quisessem contar ao senhor que sua prima Fanny se casou? – sugeriu a sra. Jennings, sem dar ouvidos à reprovação da filha.

– Não, não é nada disso.

– Pois bem, então já sei quem mandou a carta, coronel. E eu espero que ela esteja bem.

– A quem a senhora se refere? – perguntou ele, corando um pouco.

– Ah! O senhor sabe a quem me refiro.

– Fico particularmente triste, senhora – disse ele, dirigindo-se a Lady Middleton –, por ter recebido esta carta hoje, pois ela trata de um negócio que exige minha presença imediata na cidade.

– Na cidade!? – exclamou a sra. Jennings. – Que assunto o senhor teria para resolver na cidade nesta época do ano?

– Minha própria perda é enorme – prosseguiu ele –, quando me vejo obrigado a desistir de uma excursão tão agradável; mas fico ainda mais aflito por temer que minha presença seja necessária para que vocês obtenham ingresso em Whitwell.

Que golpe foi esse para todos eles!

– Mas escrever um bilhete à governanta, sr. Brandon – disse Marianne com ansiedade –, não seria suficiente?

Ele balançou a cabeça.

– Fiquemos com o passeio – disse Sir John. – Não podemos cancelar tudo quando estamos tão perto de sair. Você tem até amanhã para ir à cidade, Brandon, isso é tudo.

– Eu gostaria muito que a questão pudesse ser resolvida com essa facilidade. Mas não depende de mim adiar minha viagem por um dia!

– Se o senhor apenas nos permitisse saber qual é esse seu negócio – disse a sra. Jennings –, teríamos condições de analisar se ele poderia ser adiado ou não.

– O senhor sairia tão somente seis horas mais tarde, ou nem isso – disse Willoughby –, se tivesse de adiar sua viagem até o nosso retorno.

— Eu não posso me dar ao luxo de perder sequer *uma* hora.

Então Elinor ouviu Willoughby dizendo, em voz baixa, para Marianne:

— Há certas pessoas que não são capazes de suportar um passeio prazeroso. Brandon é uma delas. Ele ficou com medo de apanhar um resfriado, ouso dizer, e inventou esse truque para se safar. Eu apostaria cinquenta guinéus que a carta era de seu próprio punho.

— Não tenho dúvida disso — respondeu Marianne.

— Eu sei faz muito tempo que não há como persuadi-lo a mudar de ideia, Brandon — disse Sir John —, uma vez que você se determinou a fazer alguma coisa. Porém, mesmo assim, espero que você pense melhor. Veja bem, aqui estão as duas senhoritas Carey, vindas de Newton, as três senhoritas Dashwood, que vieram caminhando do chalé, e o sr. Willoughby, que se levantou duas horas antes de seu horário habitual com o propósito de ir para Whitwell.

O coronel Brandon reafirmou novamente sua tristeza em ser o culpado por frustrar a excursão, mas declarou ao mesmo tempo que a situação era inevitável.

— Pois bem, então; quando é que você vai voltar?

— Espero que vejamos o senhor em Barton — acrescentou sua senhoria — assim que lhe for conveniente sair da cidade; e teremos de adiar a excursão para Whitwell até que o senhor retorne.

— A senhora é muito amável. Mas saber quando terei condições de retornar é tão incerto que não ouso assumir esse compromisso de maneira nenhuma.

— Ah! Ele deve voltar, e há de voltar — exclamou Sir John. — Se não estiver aqui até o final da semana, hei de partir atrás dele.

— Pois sim, faça isso mesmo, Sir John — exclamou a sra. Jennings —, e então quem sabe o senhor consiga descobrir qual é o negócio dele.

— Eu não quero intrometer-me nos problemas de outros homens. Suponho que seja algo que lhe causa vergonha.

Os cavalos do coronel Brandon foram anunciados.

— Você não vai à cidade a cavalo, vai? — acrescentou Sir John.

— Não. Somente até Honiton. De lá eu sigo em carruagem de posta.

— Pois bem, como você está decidido a ir, eu lhe desejo uma boa viagem. Mas seria melhor se você mudasse de ideia.

— Eu lhe asseguro que não está em meu poder.

O coronel se despediu, então, do grupo todo.

— Não há chance de eu encontrar a senhorita e suas irmãs na cidade neste inverno, srta. Dashwood?

— Absolutamente nenhuma, eu receio.

— Então devo lhes dar o meu adeus por um tempo maior do que eu desejaria.

Para Marianne, ele simplesmente fez uma mesura e não disse nada.

— Vamos lá, coronel – disse a sra. Jennings –, antes de partir, nos permita saber qual é o motivo de sua ida.

O coronel desejou a ela um bom dia e, acompanhado por Sir John, saiu da sala.

As queixas e lamentações que a polidez até então contivera irromperam agora por todos os lados, e todos concordaram repetidas vezes como era exasperante que fossem decepcionados daquela maneira.

— Eu posso adivinhar qual é o negócio dele, no entanto – disse a sra. Jennings, de modo exultante.

— A senhora pode? – indagaram quase todos.

— Sim; envolve a srta. Williams, tenho certeza.

— E quem é a srta. Williams? – perguntou Marianne.

— O quê!? Pois não sabe quem é a srta. Williams? Tenho certeza de que a senhorita já deve ter ouvido falar dela antes. É uma moça que tem parentesco com o coronel, minha querida; um parentesco muito próximo. Não vamos dizer o quão próximo por medo de chocar as jovens damas.

Então, baixando um pouco a voz, a sra. Jennings disse para Elinor:

— Ela é filha ilegítima do coronel.

— Não diga!

— Ah, sim; e tão parecida com ele quanto pode ser. Ouso dizer que o coronel vai lhe deixar sua fortuna toda.

Quando Sir John retornou, ele juntou-se com o maior pesar ao lamento geral sobre tão infeliz evento, concluindo, no entanto, com a observação de que, como eles estavam todos reunidos, precisavam fazer algo para que ficassem felizes; e depois de algumas consultas houve um acordo indicando que, embora uma verdadeira felicidade só pudesse ser apreciada em Whitwell, eles poderiam obter uma tolerável paz de espírito passeando de carro pelo campo. As carruagens foram então solicitadas; a de Willoughby saiu na frente, e Marianne jamais parecera estar mais feliz do que no momento em que entrou no veículo. Ele conduziu o carro pelo parque muito depressa, e os dois logo sumiram de vista; e nada mais foi visto deles até que retornassem, o que não ocorreu antes que todos os demais já tivessem retornado. Ambos pareciam estar deleitados com o passeio, mas disseram apenas, em termos gerais, que haviam se mantido nos caminhos demarcados enquanto os outros tomavam o rumo dos morros.

Ficou decidido que deveria ser realizada uma dança naquela noite, e que todos deveriam ficar extremamente alegres durante o dia todo. Mais alguns convivas da família Carey apareceram para jantar, e eles tiveram o prazer de sentar cerca de vinte pessoas à mesa, algo que Sir John observou com grande contentamento. Willoughby tomou seu lugar de costume entre as duas senhoritas Dashwood mais velhas. A sra. Jennings sentou-se à direita de Elinor, e os convidados não estavam sentados havia muito tempo quando ela inclinou-se por trás dela e de Willoughby e disse para Marianne, numa voz alta o bastante para que ambos a ouvissem:

– Eu a desmascarei apesar de todos os seus truques. Já sei onde a senhorita passou a manhã.

Marianne corou, e respondeu muito rapidamente:

– Onde, por favor?

– A senhora não sabia – perguntou Willoughby – que tínhamos saído no meu coche?

– Sim, sim, sr. Descaramento, sei disso muito bem, e eu não descansaria enquanto não descobrisse *para onde* vocês tinham ido. Espero que goste de sua casa, srta. Marianne. É uma casa muito grande, eu sei. Quando eu for lhe fazer uma visita, espero que a senhorita tenha mobiliado a residência com peças novas, pois ela estava muito necessitada disso quando estive lá seis anos atrás.

Marianne afastou o rosto em grande confusão. A sra. Jennings riu com gosto, e Elinor constatou que, em sua resolução de que descobriria por onde os dois tinham andado, ela de fato fizera com que sua própria criada interrogasse o cavalariço do sr. Willoughby, e que por esse método havia sido informada de que eles tinham ido para Allenham e passado lá um tempo considerável, passeando pelo jardim e percorrendo a casa toda.

Elinor mal podia crer que aquilo fosse verdade, pois parecia muito improvável que Willoughby pudesse propor, ou que Marianne consentisse, que entrassem na casa enquanto a sra. Smith estava lá, uma pessoa com quem Marianne não tinha familiaridade nenhuma.

Assim que eles deixaram a sala de jantar, Elinor a questionou a respeito, e grande foi sua surpresa quando soube que todas as circunstâncias relatadas pela sra. Jennings eram perfeitamente verdadeiras. Marianne ficou bastante zangada com ela por duvidar do fato.

– Por que você imaginaria, Elinor, que não fomos lá, ou que não vimos a casa? Não é uma coisa que você mesma muitas vezes quis fazer?

– Sim, Marianne, mas eu não entraria na casa enquanto a sra. Smith estivesse lá, e sem nenhuma outra companhia senão o sr. Willoughby.

– O sr. Willoughby, no entanto, é a única pessoa que pode ter o direito de mostrar aquela casa; e além disso, como nós fomos até lá numa carruagem aberta, era impossível ter qualquer outra companhia. Eu nunca passei uma manhã mais agradável na minha vida.

– Receio – respondeu Elinor – que o caráter prazeroso de uma atividade nem sempre possa evidenciar a sua decência.

– Pelo contrário, não há nada que possa ser uma prova mais forte disso, Elinor, porque, se houvesse qualquer indecência verdadeira no que fiz, eu teria percebido na ocasião, porque sempre sabemos quando estamos agindo errado, e com essa convicção eu não poderia ter tido nenhum prazer.

– Mas, minha querida Marianne, na medida em que a sua própria conduta já expusera você a certas observações muito impertinentes, você não começa, agora, a duvidar da prudência dessa conduta?

– Se as observações impertinentes da sra. Jennings devem servir como prova de indecência na conduta de uma pessoa, todos nós estaremos agindo ofensivamente a cada momento de nossas vidas. Eu não dou valor à censura dela, tanto quanto não dou a seus louvores. Não tenho consciência de ter feito nada de errado em caminhar pelas terras da sra. Smith, ou em ver a casa dela. Um dia elas vão pertencer ao sr. Willoughby, e...

– Se elas estivessem destinadas a pertencer a você mesma no futuro, Marianne, você não teria justificativa para fazer o que fez.

Marianne corou com a sugestão, mas tal possibilidade era visivelmente gratificante para ela; após um intervalo de dez minutos de séria reflexão, ela se aproximou de sua irmã outra vez e disse, com muito bom humor:

– Talvez, Elinor, ir para Allenham *foi* mesmo um tanto impensado de minha parte, mas o sr. Willoughby queria me mostrar o lugar pessoalmente; e se trata de uma casa encantadora, eu lhe garanto. Há uma sala de estar incrivelmente bonita no andar de cima, de um tamanho bom e confortável, para uso constante, e com mobília moderna ela ficaria maravilhosa. É uma sala de canto e tem janelas em dois lados. De um lado você olha, depois do campo de bocha atrás da casa, para uma bela mata suspensa, e no outro você tem uma vista da igreja, do vilarejo e, mais além, daquelas bonitas colinas íngremes que tantas vezes admiramos. Eu não a vi com tanta vantagem, pois nada poderia estar mais acabado do que aquela mobília... Mas uma decoração nova... Algumas centenas de libras, segundo Willoughby, fariam desse aposento uma das salas de verão mais agradáveis da Inglaterra.

Se Elinor pudesse ter ouvido sua irmã sem que os outros interrompessem, ela teria descrito todos os cômodos da casa com igual deleite.

Capítulo 14

A CESSAÇÃO SÚBITA DA estadia do coronel Brandon no parque, com sua perseverança em esconder a causa, ocupou os pensamentos e agitou as especulações da sra. Jennings por dois ou três dias. Ela era uma grande especuladora, como costumam ser as pessoas que nutrem um interesse muito vivo por todas as idas e vindas de todos os seus conhecidos. Ela ficava especulando, com poucas interrupções, quais poderiam ser os motivos do coronel; tinha certeza de que devia ter surgido alguma má notícia, e considerava todos os tipos de tormentos que poderiam tê-lo acometido com uma firme determinação de que ele não escaparia de todos eles.

– Algo muito deprimente deve estar em questão, tenho certeza – disse ela. – Pude ver isso no rosto dele. Pobre homem! Receio que suas circunstâncias possam ser muito ruins. A propriedade em Delaford nunca rendeu mais de 2 mil por ano, e o irmão dele deixou tudo arranjado da maneira mais triste. Penso mesmo que o coronel deve ter sido chamado por causa de problemas de dinheiro, pois o que mais pode ser? Fico me perguntando se é isso mesmo. Eu daria qualquer coisa para saber a verdade. Talvez a srta. Williams seja o motivo e, a propósito, ouso dizer que é, porque ele pareceu ficar tão embaraçado quando eu a mencionei. Pode ser que ela esteja doente na cidade; nada neste mundo seria mais provável, pois tenho certa noção de que ela está sempre um tanto enferma. Eu apostaria qualquer soma em afirmar que se trata da srta. Williams. Não é assim tão provável que o coronel fosse ficar perturbado em suas circunstâncias financeiras *agora*, pois ele é um homem muito prudente, com toda certeza deve ter saneado a propriedade a esta altura. Fico me perguntando qual pode ser a causa! Talvez sua irmã esteja pior em Avignon e mandou chamá-lo. Sua partida numa fuga tão apressada parece indicar justamente isso. Bem, eu desejo do fundo do meu coração que ele se livre de todos os problemas, e que ainda por cima seja premiado com uma boa esposa.

Assim especulava, assim falava sem parar a sra. Jennings; sua opinião variando com cada nova conjectura, e todas parecendo igualmente prováveis à medida que surgiam. Elinor, embora se sentisse realmente interessada pelo bem-estar do coronel Brandon, não conseguia contemplar com muito espanto aquele súbito desaparecimento, não tanto quanto a sra. Jennings desejava que ela sentisse, porque, sem contar que a circunstância não justificava, em sua opinião, uma perplexidade tão duradoura ou tamanha variedade especulativa, sua imaginação se ocupava de outro modo. Elinor estava mais absorvida pelo extraordinário silêncio de sua irmã e de Willoughby quanto a um assunto que era, como ambos deviam saber, peculiarmente interessante para todos. Como nenhum dos dois dava mostras de que romperia o segredo, cada dia fazia com que esse silêncio parecesse mais estranho e mais incompatível com a disposição de ambos. Por que não podiam eles reconhecer abertamente para sua mãe e para ela mesma o ato que o comportamento constante dos dois um com o outro declarava que ocorrera, isso Elinor não era capaz de adivinhar.

Ela conseguia entender com muita facilidade que o casamento poderia não estar imediatamente ao alcance deles, porque, embora Willoughby fosse independente, não havia razão para crer que fosse rico. Seu patrimônio tinha sido avaliado por Sir John em cerca de seiscentas ou setecentas libras por ano; mas ele vivia com gastos aos quais essa renda dificilmente poderia se equiparar, e ele próprio várias vezes queixara-se de sua pobreza. Mas essa estranha espécie de sigilo que eles mantinham em relação ao noivado, um estratagema que na verdade não ocultava nada, Elinor não era capaz de explicar; e aquilo era de tal forma totalmente contraditório às opiniões e práticas de Marianne e Willoughby que uma dúvida por vezes invadia sua mente quanto a terem realmente assumido um compromisso de noivado, e essa dúvida bastava para impedi-la de fazer qualquer indagação a Marianne.

Nada poderia ser mais indicativo de uma ligação a todas elas do que o comportamento de Willoughby. Com Marianne tal comportamento tinha o mais distinto carinho que o coração de um apaixonado poderia dar, e com o resto da família se constituía no cuidado afetuoso de um filho e de um irmão. O chalé parecia ser considerado e amado por ele como seu lar; suas horas se passavam muito mais ali do que em Allenham; se nenhum compromisso habitual os reunisse no parque, o exercício que o fazia sair ao ar livre no período da manhã terminava com regularidade quase absoluta justamente ali, onde o resto do dia se passava com ele mesmo ao lado de Marianne e com seu pointer favorito aos pés dela.

Numa noite em particular, mais ou menos uma semana depois de o coronel Brandon ter ido embora do campo, o coração de Willoughby pareceu estar mais aberto do que de costume a todos os sentimentos de apego pelos objetos a seu redor; e quando a sra. Dashwood por acaso mencionou seu projeto de fazer melhorias no chalé durante a primavera, ele calorosamente contestou toda e qualquer alteração num lugar que o afeto lhe marcara como sendo perfeito.

– O quê!? – exclamou ele. – Fazer melhorias neste querido chalé! Não. Com *isso* eu nunca vou concordar. Sequer uma pedra deve ser adicionada em suas paredes, e sequer uma polegada em seu tamanho, se meus sentimentos forem levados em conta.

— Não se assuste — disse a srta. Dashwood —, nada do tipo será feito, porque minha mãe jamais terá dinheiro suficiente para tentar.

— Fico sinceramente feliz com isso — ele afirmou. — Que ela seja pobre para sempre, se não sabe como empregar melhor suas riquezas.

— Obrigada, Willoughby. Mas tenha certeza de que eu não sacrificaria um sentimento seu de afeição local, ou de qualquer pessoa que eu ame, por nenhuma melhoria neste mundo. Fique seguro de que qualquer que for a soma não empregada remanescente, quando eu fizer as minhas contas na primavera, vou preferir até mesmo deixá-la inutilmente de lado antes de me desfazer dela de uma forma que é tão dolorosa para você. Mas você realmente se apegou tanto a este lugar que não enxerga defeitos nele?

— Sim — disse ele. — Para mim, esta casa é impecável. Não, mais ainda, eu a considero como a única forma de construção na qual a felicidade é atingível; se eu tivesse dinheiro suficiente, no mesmo instante colocaria Combe por terra e construiria tudo de novo na estrutura exata deste chalé.

— Com escadas escuras e estreitas e uma cozinha que enche tudo de fumaça, eu suponho — disse Elinor.

— Isso mesmo — ele exclamou no mesmo tom de avidez —, com todas as características que lhe pertencem, uma por uma. Em nenhuma conveniência ou *in*conveniência nesse sentido deveria resultar a menor variação perceptível. Então, e apenas então, sob um teto assim, eu poderia talvez ser tão feliz em Combe como fui em Barton.

— Eu fico lisonjeada — retrucou Elinor — sabendo que, mesmo sob a desvantagem de melhores aposentos e de uma escadaria mais ampla, o senhor daqui por diante vai julgar sua própria casa como sendo tão desprovida de defeitos quanto julga hoje a nossa.

— Existem certamente circunstâncias — disse Willoughby — que a poderiam tornar muitíssimo querida para mim; mas este lugar terá sempre uma parcela do meu afeto, de um modo que nenhum outro poderia possivelmente ter.

A sra. Dashwood olhou com prazer para Marianne, cujos belos olhos estavam fixados em Willoughby com tal expressividade que claramente denotavam que ela o entendia muito bem.

— Quantas vezes desejei — acrescentou ele —, quando estive em Allenham por esta época doze meses atrás, que Barton Cottage estivesse habitado! Sempre que passasse por perto e pudesse vê-lo, eu admirava sua localização e lamentava que ninguém morasse nele. Nem me passava pela cabeça, então, que a primeiríssima coisa que ouviria da sra. Smith seria, quando eu viesse ao campo novamente, a notícia de que Barton Cottage estava ocupado; e senti uma satisfação imediata e um interesse por esse acontecimento, algo que somente poderia ser explicado por uma espécie de presciência do grau de felicidade que eu iria experimentar a partir dele. Não deve ter sido isso mesmo, Marianne? – (falando com ela em voz baixa).

Em seguida, retomando seu tom anterior, Willoughby disse:

– E mesmo assim estragaria sua casa, sra. Dashwood? A senhora privaria este chalé de sua simplicidade através de melhorias imaginárias! E esta querida sala em que a nossa amizade teve início, na qual tantas horas felizes já passamos juntos desde então, a senhora iria degradar à condição de uma entrada comum, e todos ficariam ansiosos por atravessar um espaço que até agora continha dentro de si uma acomodação e um conforto mais verdadeiros do que qualquer outro aposento com as mais belas dimensões do mundo poderia possivelmente oferecer.

A sra. Dashwood novamente assegurou-lhe que nenhuma alteração do tipo seria empreendida.

– A senhora é uma boa mulher – ele calorosamente retrucou. – Sua promessa me deixa tranquilo. Vá um pouco mais longe nela e me deixará feliz. Diga-me não apenas que a sua casa continuará sendo a mesma, mas que eu sempre encontrarei a senhora e suas filhas tão inalteradas quanto sua moradia; e que vai sempre me considerar com a bondade que tornou tudo que pertence à senhora tão querido para mim.

A promessa foi feita prontamente, e o comportamento de Willoughby ao longo da noite toda declarou a um só tempo seu carinho e sua felicidade.

– Vamos vê-lo amanhã no jantar? – perguntou a sra. Dashwood, quando ele estava indo embora. – Não peço que você venha de manhã, porque temos de caminhar até o parque para visitar Lady Middleton.

Willoughby se comprometeu a estar com elas às quatro horas.

Capítulo 15

A VISITA DA SRA. Dashwood a Lady Middleton foi realizada no dia seguinte, e duas de suas filhas acompanharam-na; mas Marianne escusou-se de tomar parte no grupo sob algum insignificante pretexto de afazeres, e sua mãe, concluindo que Willoughby fizera uma promessa, na noite anterior, de que a visitaria enquanto as outras estivessem ausentes, ficou perfeitamente satisfeita com sua permanência em casa.

No retorno do parque elas encontraram o coche e o criado de Willoughby à espera diante do chalé, e a sra. Dashwood se convenceu de que sua conjectura havia sido correta. Até aquele momento, tudo correra como ela tinha previsto; no entanto, ao entrar na casa, ela contemplou algo que nenhuma previsão a permitira esperar. Elas mal haviam entrado no vestíbulo quando Marianne saiu às pressas da sala, aparentemente em aflição violenta, com o lenço nos olhos, e subiu correndo as escadas sem dar atenção à presença delas. Surpreendidas e alarmadas, elas seguiram diretamente até o aposento do qual Marianne acabara de sair, onde encontraram apenas Willoughby, que estava encostado na cornija da lareira, de costas para elas. O cavalheiro virou-se quando as damas entraram, e seu semblante mostrou que ele compartilhava fortemente da emoção que sobrepujara Marianne.

– Aconteceu alguma coisa com ela? – a sra. Dashwood exclamou enquanto se aproximava. – Ela está passando mal?

– Espero que não – retrucou Willoughby, tentando parecer jovial.

Com um sorriso forçado, ele logo acrescentou:

– Eu é que deveria, na verdade, esperar passar mal... pois estou sofrendo, neste momento, sob uma decepção muito pesada!

– Decepção?

– Sim, porque não tenho condições de manter meu compromisso com vocês. A sra. Smith exerceu nesta manhã o privilégio dos ricos em relação aos primos pobres e dependentes, enviando-me a Londres para tratar de um negócio. Acabei de receber os meus despachos e me despedi de Allenham; para fins de satisfação, venho aqui me despedir de vocês.

– Para Londres!? E você está indo embora nesta manhã?

– Praticamente neste momento.

– Isso é muito triste. Mas a vontade da sra. Smith precisa ser cumprida; e o seu negócio não vai mantê-lo afastado de nós por muito tempo, eu espero.

Ele corou ao responder:

– A senhora é muito gentil, mas não tenho perspectiva de voltar a Devonshire imediatamente. Minhas visitas à sra. Smith nunca se repetem em menos de doze meses.

– E a sra. Smith é a sua única amiga? Allenham é a única casa da vizinhança na qual você será bem-vindo? Tenha vergonha, Willoughby, será que você pode estar esperando por um convite nosso?

O jovem ficou ainda mais corado e, com os olhos fixos no chão, respondeu apenas:

– A senhora é muito bondosa.

A sra. Dashwood olhou para Elinor com surpresa. Elinor sentiu consternação idêntica. Por alguns instantes, todos permaneceram em silêncio. A sra. Dashwood foi quem primeiro falou.

– Quero apenas acrescentar, meu querido Willoughby, que em Barton Cottage você será sempre bem-vindo; pois eu não vou insistir que retorne até nós imediatamente, porque somente você pode julgar o quanto *isso* poderia ser agradável à sra. Smith; e nesse ponto não terei mais motivos para questionar seu julgamento do que para duvidar de sua inclinação.

– Meus compromissos no momento – retrucou Willoughby, confuso – são de tal natureza que não ouso ter a lisonja de...

Ele parou de súbito. A sra. Dashwood estava demasiado atônita para falar, e outra pausa se sucedeu. Esta foi rompida por Willoughby, que disse com um débil sorriso:

– É um desatino continuar assim. Eu não vou me atormentar por mais tempo permanecendo entre amigas de cuja companhia se tornou impossível para mim, agora, desfrutar.

Willoughby então se despediu às pressas de todas elas e saiu da sala. As damas o viram entrar em sua carruagem, e dentro de um minuto ele já estava fora de vista.

A sra. Dashwood ficara emocionada demais para poder falar, e no mesmo instante saiu da sala para deixar que tomassem conta dela, na solidão, a inquietação e o alarme que aquela partida repentina ocasionara.

O desconforto de Elinor era no mínimo idêntico ao de sua mãe. Ela pensava no que acabara de ocorrer com desconfiança e ansiedade. O comportamento de Willoughby quando se despediu delas, seu constrangimento, sua simulação de contentamento e, acima de tudo, sua relutância em aceitar o convite da mãe dela, uma hesitação tão diferente do que se esperaria de um apaixonado, tão diferente do que se esperaria dele mesmo, tudo isso perturbou Elinor profundamente. Num momento ela receava que nenhuma intenção séria jamais se formara por parte dele, e no momento seguinte temia que alguma briga infeliz tivesse ocorrido entre o rapaz e sua irmã; a perturbação com que Marianne saíra da sala era de um tipo que uma briga séria poderia explicar de maneira bastante razoável. Porém, quando considerava o que era o amor de Marianne por Willoughby, uma briga parecia ser quase impossível.

Mas quaisquer que fossem as particularidades da separação entre os dois, o desalento de sua irmã era indiscutível; e ela pensou com a mais terna compaixão naquela tristeza violenta que Marianne estava, com toda probabilidade, não apenas deixando afluir por alívio, mas também nutrindo e encorajando por dever.

Mais ou menos meia hora depois, a mãe de Elinor retornou; embora seus olhos estivessem vermelhos, o semblante não se mostrava de todo abatido.

– Nosso querido Willoughby está neste instante algumas milhas distante de Barton, Elinor – disse ela, enquanto se sentava para trabalhar –, e com que dor no coração ele deve estar viajando!

– É tudo muito estranho. Ter ido embora tão de repente! Parece ser algo que se deu de um momento para outro. E ontem à noite ele estava conosco tão feliz, tão alegre, tão afetuoso! E agora, depois de meros dez minutos de aviso... Viajou, ainda por cima, sem ter intenção de retornar! Deve ter acontecido algo mais do que isso que ele nos contou. Willoughby não falou, não se comportou como de costume. *A senhora* deve ter visto a diferença, tanto quanto eu. O que pode ser? Será que eles podem ter brigado? Por que mais ele mostraria tanta relutância em aceitar o seu convite para nos visitar?

– Vontade não faltou a Willoughby, Elinor, eu pude ver *isso* claramente. Aceitar não dependia dele. Pensei e repensei tudo, eu lhe garanto, e posso perfeitamente explicar todas as coisas que a princípio pareceram estranhas tanto a mim quanto a você.

– A senhora pode?

– Sim. Expliquei tudo para mim mesma da maneira mais satisfatória; mas quanto a *você*, Elinor, que gosta de duvidar sempre que pode, essa explicação não a deixará satisfeita, eu sei; mas você não vai tirar de *mim* a confiança nela. Estou convencida de que a sra. Smith suspeita do interesse de Willoughby por Marianne, de que o desaprova (talvez porque tem outros planos para ele) e por isso anseia por levá-lo embora, e de que o negócio que o mandou transacionar foi inventado como desculpa para dispensá-lo. Isso é o que eu acredito que tenha ocorrido. Willoughby está, além disso, ciente de que ela *de fato* reprova o relacionamento, e portanto ele não ousa, no presente momento, confessar o noivado com Marianne, e se sente obrigado, por causa de sua situação de dependência, a ceder aos esquemas dela, e a ficar ausente de Devonshire por algum tempo. Você vai me dizer, eu sei, que isso pode ou *não* ter acontecido, mas não vou dar ouvidos a nenhum sofisma, a menos que você possa me apontar qualquer outro método de compreensão do caso que seja igualmente satisfatório. E agora, Elinor, você tem a dizer o quê?

– Nada, porque a senhora já antecipou minha resposta.

– Então você teria dito que isso poderia ou não ter acontecido. Ah, Elinor, como são incompreensíveis os seus sentimentos! Você dá crédito antes à maldade do que à bondade. Você prefere antever a desgraça de Marianne, e a culpa do pobre Willoughby, em vez de esperar por uma desculpa que absolva o rapaz. Você se determinou a pensar nele como culpado porque ele se despediu de nós com menos carinho do que costumávamos ver em seu comportamento usual. E não há uma tolerância que devemos conceder à inadvertência, ou a um espírito deprimido pela recente decepção? Não há probabilidades que possamos aceitar, simplesmente porque não são certezas? Será que nada devemos ao homem a quem todas nós temos tanta razão para estimar, e de quem não temos nenhuma razão neste mundo para pensar mal? Ou à possibilidade de motivações que sejam irrespondíveis em si, embora inevitavelmente secretas por algum tempo? E afinal de contas, o que você suspeita nele?

— Eu mal posso dizer a mim mesma. Mas a suspeita de alguma coisa desagradável é a consequência inevitável de uma transformação como essa que acabamos de testemunhar nele. Existe uma grande verdade, entretanto, nisso que a senhora exortou agora sobre a tolerância que deveria lhe ser concedida, e é meu desejo ser imparcial em meu julgamento de qualquer pessoa. Willoughby pode sem dúvida ter razões mais do que suficientes para sua conduta, e só posso esperar que ele as tenha. Mas teria sido mais típico de Willoughby se ele as tivesse reconhecido de pronto. O sigilo pode ser aconselhável, mas mesmo assim não posso deixar de ficar admirada quando vejo que ele o pratica.

— Não o culpe, no entanto, por se afastar de seu temperamento habitual onde o desvio é necessário. Mas você realmente admite a justiça do que eu disse em defesa dele? Eu fico feliz, e ele fica absolvido.

— Não inteiramente. Pode ser adequado esconder da sra. Smith o noivado (se eles *estiverem* em compromisso de noivado); sendo esse o caso, deve ser altamente conveniente para Willoughby permanecer senão muito pouco em Devonshire no presente momento. Mas isso não é desculpa para que eles escondam tudo de nós.

— Que eles escondam tudo de nós!? Minha filha querida, você por acaso acusa Willoughby e Marianne de ocultação? Isso é realmente estranho, considerando-se que seus olhos os recriminaram por descuido todos os dias.

— Não preciso de nenhuma prova do afeto entre eles — disse Elinor —, mas do noivado eu preciso.

— Estou perfeitamente satisfeita com ambas as coisas.

— E no entanto sequer uma sílaba lhe foi dita sobre o assunto por nenhum dos dois.

— Não precisei de sílabas onde as ações me falaram muito claramente. Será que o comportamento de Willoughby com Marianne e com todas nós, pelo menos nos últimos quinze dias, não declarou que ele amava Marianne e a considerava sua futura esposa, e que sentia por nós o afeto do mais próximo parentesco? Será que não nos entendemos perfeitamente? Será que o meu consentimento não foi diariamente solicitado pelos olhares do rapaz, por seu modo de agir, por seu respeito atencioso e carinhoso? Minha Elinor, é concebível duvidar do noivado? Como é possível que um pensamento como esse tenha ocorrido a você? Como é que você pode supor que Willoughby, convencido como deve estar quanto ao amor da sua irmã, quisesse abandoná-la, e abandoná-la talvez por meses, sem lhe dizer nada sobre seu afeto... que os dois fossem se separar sem uma troca mútua de confidências?

— Confesso – respondeu Elinor – que todas as circunstâncias, exceto *uma*, se colocam a favor do noivado, mas *essa* específica circunstância é o silêncio total de ambos em torno do assunto, e para mim ela quase supera todas as outras.

— Como isso é estranho! Você de fato deve pensar as piores coisas de Willoughby se, depois de tudo que se passou abertamente entre eles, consegue ainda duvidar da natureza dos termos em que os dois se uniram. Por acaso ele andou interpretando algum papel no comportamento dele com a sua irmã durante todo esse tempo? Você supõe que Willoughby é realmente indiferente em relação a Marianne?

— Não, eu não posso pensar assim. Ele deve amá-la e a ama de verdade, estou certa disso.

— Mas o faz com uma estranha espécie de ternura, se é capaz de abandoná-la com tamanha indiferença, com esse imenso desprezo pelo futuro que você atribui a ele.

— A senhora precisa lembrar, minha querida mãe, que eu nunca considerei essa questão como certa. Tive as minhas dúvidas, confesso; mas elas são mais fracas do que já foram, e em breve pode ser que sejam totalmente abolidas. Se descobrirmos que os dois se correspondem, todos os meus medos serão removidos.

— Uma concessão poderosa, sem dúvida! Se você pudesse vê-los no altar, acabaria supondo que eles estavam se casando. Minha bruta garota! Mas não necessito de uma prova como essa. Nada ocorreu, em minha opinião, que pudesse justificar dúvidas; não houve nenhuma tentativa de fazer segredo, tudo tem se desenrolado de uma maneira uniformemente aberta e sem reservas. Você não tem como duvidar dos desejos de sua irmã. Só pode ser de Willoughby, portanto, que você suspeita. Mas por quê? Ele não é um homem honrado, de sentimentos? Houve alguma inconsistência da parte dele para criar alarme? Por acaso ele pode estar nos enganando?

— Espero que não, acredito que não – exclamou Elinor. – Eu amo Willoughby, sinceramente o amo; e uma suspeita quanto a sua integridade não poderia causar mais dor à senhora do que a mim mesma. Foi uma reação involuntária, e não vou incentivá-la. Fiquei sobressaltada, confesso, pela transformação em seus modos hoje de manhã... Ele falava como se fosse outra pessoa, e não retribuiu a sua gentileza com nenhuma cordialidade. Mas tudo pode ser explicado por essa situação que ele enfrenta, como a senhora supôs. Willoughby acabara de se separar da minha irmã, a tinha visto se afastar dele na maior das aflições; e se ele sentiu-se obrigado, por causa de um medo de ofender a sra. Smith, a resistir à tentação de retornar para nossa casa em breve, tendo no entanto consciência de que ao recusar o seu convite, dizendo que ia embora por algum tempo, acabaria por parecer assumir um papel mesquinho e suspeito perante nossa família, ele poderia muito bem estar envergonhado e perturbado. Nesse caso, uma franca e simples admissão de suas dificuldades teria sido mais honrosa para ele, creio eu, assim como teria sido mais consistente com seu temperamento habitual... Mas eu não pretenderia levantar objeções à conduta de nenhuma pessoa com fundamentos tão rasos, como uma diferença de julgamento em relação a mim mesma, ou um desvio daquilo que eu possa considerar como correto e consistente.

– Você fala muito apropriadamente. Willoughby por certo não merece que suspeitemos dele. Mesmo que *nós* não o conheçamos há muito tempo, ele não é nenhum estranho aqui nesta parte do mundo; e quem alguma vez já falou de modo desfavorável sobre o rapaz? Estivesse ele numa situação de agir com independência e de se casar assim que quisesse, poderia ter sido estranho que nos deixasse sem reconhecer tudo para mim prontamente... Mas não é esse o caso. Trata-se de um noivado que, em determinados aspectos, não começou auspiciosamente, porque o casamento deve estar a uma distância muito incerta; e inclusive o segredo, na medida em que puder ser guardado, talvez seja muito aconselhável agora.

Elas foram interrompidas pela entrada de Margaret, e Elinor teve então liberdade para meditar sobre as representações de sua mãe, para reconhecer a probabilidade de muitas e esperar pela justiça de todas.

Não viram sinal de Marianne até a hora do jantar, quando ela entrou na sala e tomou seu lugar à mesa sem dizer uma única palavra. Seus olhos estavam vermelhos e inchados, e parecia que suas lágrimas eram, até mesmo naquele momento, contidas com dificuldade. Ela evitou os olhares de todas, não pôde nem comer e nem falar. Depois de algum tempo, quando sua mãe silenciosamente lhe pressionou a mão com terna compaixão, sua pequena fortitude foi derrubada por completo, e ela rompeu em lágrimas e saiu da sala.

Essa violenta opressão de seu ânimo prosseguiu pela noite inteira. Marianne estava destituída de qualquer força, porque não demonstrava nenhum desejo de dominar a si mesma. A menor menção de qualquer coisa que dissesse respeito a Willoughby abatia seu espírito num instante; embora sua família se mostrasse muito atenta e ansiosa por seu conforto, era impossível a elas, se chegassem a falar algo, que se mantivessem afastadas de todos os assuntos que os sentimentos de Marianne ligavam ao cavalheiro.

Capítulo 16

MARIANNE TERIA JULGADO SUA própria postura como muito indesculpável se tivesse sido capaz de dormir, um pouco que fosse, na primeira noite depois do adeus de Willoughby. Teria tido vergonha de olhar sua família no rosto na manhã seguinte, se não tivesse levantado de sua cama com maior necessidade de repouso do que quando deitara nela. Mas os sentimentos que faziam de tal compostura uma desgraça também a livravam do perigo de incorrer nela. Marianne não pegou no sono a noite inteira e chorou durante a maior parte do tempo. Levantou-se com dor de cabeça, não foi capaz de falar e não teve vontade de ingerir alimento algum, afligindo a todo instante sua mãe e suas irmãs e proibindo toda tentativa de consolo por parte de qualquer uma delas. Sua sensibilidade já era potente o bastante!

Quando o desjejum terminou, ela saiu de casa sozinha e perambulou pelo vilarejo de Allenham, entregando-se a uma recordação das diversões do passado e chorando pelo revés do presente ao longo da manhã.

A noite transcorreu nessa mesma indulgência de sentimentos. Marianne tocou todas as canções favoritas que havia se acostumado a tocar para Willoughby, todas as árias nas quais suas vozes mais frequentemente haviam se unido, e permaneceu sentada junto ao instrumento contemplando cada linha de música que o jovem escrevera para ela, até que seu coração ficou tão pesado que nenhuma tristeza maior poderia ser admitida; e essa nutrição da dor era efetuada todos os dias. Ela passava horas inteiras no pianoforte, alternadamente cantando e chorando – sua voz, muitas vezes, totalmente anulada por suas lágrimas. Em livros também, assim como na música, Marianne cortejava o infortúnio que um contraste entre o passado e o presente gerava de modo inevitável. Ela não lia nada senão as obras que os dois tinham se acostumado a ler juntos.

Essa calamidade aflitiva de fato não poderia ser suportada para sempre; dissolveu-se, dentro de poucos dias, numa serena melancolia; mas aquelas atividades às quais Marianne recorria diariamente, suas caminhadas solitárias e suas meditações silenciosas, ainda produziam ocasionais efusões de tristeza, vívidas como sempre.

Nenhuma carta de Willoughby chegou, e Marianne parecia não esperar por nenhuma. Sua mãe ficou surpresa, e Elinor voltou a sentir inquietude. Mas a sra. Dashwood conseguia encontrar explicações sempre que as queria, o que ao menos a deixava pessoalmente satisfeita.

– Lembre, Elinor – disse ela –, que com grande frequência Sir John busca nossas cartas no serviço postal e também as leva. Nós já concordamos que o sigilo pode ser necessário, e devemos reconhecer que não teria como ser mantido se a correspondência deles precisasse passar pelas mãos de Sir John.

Elinor não podia negar a verdade dessa circunstância, e tentou encontrar nela um motivo suficiente para o silêncio de Willoughby e Marianne. Mas havia um método tão direto, tão simples e, em sua opinião, tão conveniente para revelar o estado real do caso, e para desfazer de uma só vez o mistério todo, que ela não pôde deixar de sugeri-lo para sua mãe.

– Por que não pergunta para Marianne agora mesmo – propôs Elinor – se ela assumiu ou não assumiu um noivado com Willoughby? Vindo da senhora, mãe dela, e uma mãe tão amável, tão indulgente, a indagação não poderia ofender. Seria o resultado natural de seu afeto por ela. Marianne costumava ser totalmente despida de reservas, ainda mais com a senhora.

– Eu não faria essa pergunta por nada no mundo. Supondo que seja possível que eles não tenham assumido um noivado, que sofrimento uma indagação desse tipo não infligiria! De qualquer forma, seria uma coisa extremamente mesquinha. Eu nunca mais seria merecedora de sua confiança novamente, depois de lhe arrancar à força uma confissão sobre algo que pretende permanecer, de momento, longe do conhecimento de qualquer pessoa. Conheço bem o coração de Marianne: sei que ela me ama com o maior carinho, e que não serei a última pessoa que vai ficar sabendo do caso quando as circunstâncias fizerem com que a revelação se torne conveniente. Eu jamais tentaria forçar a confidência de ninguém; e de uma filha muito menos, porque um senso de dever acabaria por impedir a negação que seus desejos poderiam ordenar.

Elinor pensou que tal generosidade era excessiva, considerando a juventude de sua irmã, e instou que o assunto fosse levado adiante, mas em vão; a sensatez mais comum, o cuidado mais comum, a prudência mais comum, tudo se dissolvia na romântica delicadeza da sra. Dashwood.

Passaram-se vários dias antes que o nome de Willoughby fosse mencionado na presença de Marianne por suas irmãs ou sua mãe; Sir John e a sra. Jennings, na verdade, não se mostraram tão bondosos; seus ditos espirituosos acrescentaram dor a muitas horas dolorosas. Certa noite, porém, a sra. Dashwood, acidentalmente tomando nas mãos um volume de Shakespeare, exclamou:

– Nós nunca terminamos *Hamlet*, Marianne; o nosso querido Willoughby se foi antes que pudéssemos chegar ao fim. Vamos deixá-lo de lado, de modo que quando ele aparecer de novo... Mas pode ser que se passem meses, talvez, antes que *isso* aconteça.

– Meses!? – gritou Marianne, com forte surpresa. – Não, nem mesmo muitas semanas.

A sra. Dashwood se arrependeu de seu comentário; mas suas palavras foram motivo de satisfação para Elinor, na medida em que produziram uma resposta de Marianne que era bastante reveladora de uma confiança em Willoughby e de um conhecimento de suas intenções.

Numa determinada manhã, cerca de uma semana depois de Willoughby ter ido embora do campo, Marianne aceitou fazer a costumeira caminhada na companhia de suas irmãs, em vez de sair vagueando sozinha. Até então, ela tinha cuidadosamente evitado qualquer companhia em suas perambulações. Se suas irmãs quisessem andar pelos morros, ela se dirigia diretamente, furtiva, aos caminhos demarcados; se elas mencionavam o vale, empregava igual rapidez em subir as colinas, e jamais podia ser encontrada quando as outras partiam. Mas com o tempo foi sendo vencida pelos esforços de Elinor, que muito desaprovava uma reclusão tão contínua. Elas caminharam ao longo da estrada por dentro do vale, mantendo silêncio na maior parte do tempo porque a *mente* de Marianne não podia ser controlada, e Elinor, satisfeita em ganhar um ponto, não tentaria ir mais além. Depois da entrada do vale, onde o campo, embora fosse ainda opulento, era menos selvagem e mais aberto, estendeu-se diante delas um longo trecho da estrada pela qual tinham viajado quando chegaram a Barton; alcançando esse ponto, elas detiveram o passo para olhar em volta e examinar, a partir de um local que nunca haviam conseguido alcançar em nenhum dos passeios anteriores, uma perspectiva que formava o panorama distante da vista que tinham no chalé.

Entre os componentes do cenário, logo descobriram um objeto animado; era um homem cavalgando na direção delas. Em poucos minutos puderam distinguir que se tratava de um cavalheiro, e um momento depois Marianne gritou arrebatadamente:

– É ele, é ele mesmo... eu sei que é!

Marianne se apressava em ir ao encontro do cavalheiro quando Elinor exclamou:

– Na verdade, Marianne, creio que você comete um engano. Não é Willoughby. A pessoa não é alta o suficiente para ser ele, e não tem o mesmo o porte.

– Ele tem, ele tem – exclamou Marianne –, tenho certeza de que tem. Seu porte, seu casaco, seu cavalo. Eu sabia que ele viria logo.

Ela caminhava sofregamente enquanto falava, e Elinor, para proteger Marianne de maior particularidade, porque tinha quase certeza de que não se tratava de Willoughby, apressou o passo e se manteve ao lado da irmã. Elas logo se viram a menos de trinta jardas do cavalheiro. Marianne olhou novamente; seu coração desfaleceu em seu peito; voltando-se abruptamente, começou a correr o caminho de volta quando as vozes de suas duas irmãs ergueram-se para detê-la; uma terceira, quase tão bem conhecida quanto a de Willoughby, juntou-se às outras pedindo que Marianne parasse, e ela virou-se com surpresa para ver e dar boas-vindas a Edward Ferrars.

Ele era de fato a única pessoa no mundo que poderia, naquele momento, ser perdoado por não ser Willoughby; a única que poderia ter merecido um sorriso de Marianne; mas ela esfregou suas lágrimas de modo a sorrir para *ele* e, na felicidade de sua irmã, esqueceu por algum tempo seu próprio desapontamento.

Edward desmontou e, após entregar o cavalo a seu criado, caminhou de volta com elas até Barton, para onde estava indo com o propósito de visitá-las.

O jovem foi saudado pelas três com grande cordialidade, mas sobretudo por Marianne, que exibiu um respeito muito caloroso em sua recepção a ele, superando até mesmo Elinor. Para Marianne, de fato, o encontro entre Edward e sua irmã não passava de uma continuação daquela frieza inexplicável que ela tinha muitas vezes observado em Norland no comportamento mútuo de ambos. Por parte de Edward, mais particularmente, houve uma deficiência de tudo que um apaixonado deveria dizer e aparentar numa ocasião como aquela. Ele estava confuso, parecia mal sentir qualquer satisfação em vê-las, não parecia estar nem arrebatado e nem alegre, falou pouco além daquilo que lhe foi arrancado à força por perguntas e não distinguiu Elinor com nenhum sinal de afeto. Marianne via e ouvia com surpresa crescente. Ela começou a sentir quase um desgosto por Edward, e isso, como necessariamente ocorria com todos os seus sentimentos, terminou por encaminhar seus pensamentos de volta para Willoughby, cujas maneiras formavam um contraste suficientemente notável quando comparadas aos modos do irmão eleito.

Depois de um breve silêncio que sucedeu a primeira surpresa e os questionamentos habituais de um encontro, Marianne perguntou a Edward se ele vinha diretamente de Londres. Não, ele estava em Devonshire fazia duas semanas.

– Duas semanas!? – ela repetiu, surpreendida por Edward estar havia tanto tempo no mesmo condado em que estava Elinor sem tê-la procurado antes.

Ele pareceu ficar um tanto embaraçado quando acrescentou que vinha se hospedando com alguns amigos perto de Plymouth.

– O senhor esteve recentemente em Sussex? – perguntou Elinor.

– Estive em Norland mais ou menos um mês atrás.

– E como lhe pareceu a nossa queridíssima Norland? – quis saber Marianne.

– A queridíssima Norland – disse Elinor – decerto se mostrou como sempre se mostra nesta época do ano. As matas e os passeios densamente cobertos com folhas mortas.

– Ah – exclamou Marianne –, com que grande sensação de êxtase eu as via cair antigamente! Como eu me deleitava, nas minhas caminhadas, ao vê-las carregadas em torvelinhos ao meu redor pelo vento! Que sentimentos inspiravam a estação, a atmosfera como um todo! Agora não há ninguém para observar isso tudo. As folhas são vistas apenas como um incômodo, são varridas com rapidez para qualquer canto e conduzidas, tanto quanto possível, para fora de vista.

– Não é para qualquer pessoa – disse Elinor – essa sua paixão por folhas mortas.

– Não; meus sentimentos não são frequentemente compartilhados, não são frequentemente compreendidos. Mas *de vez em quando* eles são.

Dizendo isso, Marianne mergulhou num devaneio por alguns instantes; mas despertou de novo:

– Pois bem, Edward – disse ela, para fazer com que ele desse atenção à paisagem –, eis aqui o vale de Barton. Olhe por todos os lados, e fique tranquilo se for capaz. Observe aquelas colinas! Você alguma vez viu outras iguais? Na esquerda temos Barton Park, entre aquelas matas e plantações. Você pode ver a extremidade da casa. E ali, embaixo daquela colina mais distante que se eleva com tanta grandiosidade, temos o nosso chalé.

– É uma linda região – ele retrucou –, mas estes baixios devem ficar lamacentos no inverno.

– Como você consegue pensar em lama, tendo esse panorama diante de si?

– Porque – retrucou ele, sorrindo – entre os demais componentes do panorama diante de mim, eu vejo uma estradinha muito lamacenta.

– Como é estranho! – Marianne disse consigo mesma, enquanto seguia caminhando.

– Vocês têm uma vizinhança satisfatória por aqui? Os Middleton são pessoas amáveis?

– Não, nem um pouco – respondeu Marianne. – Não poderíamos estar morando numa localização mais infeliz.

– Marianne – exclamou sua irmã –, como você pode dizer uma coisa dessas? Como pode ser tão injusta? Eles são uma família muito respeitável, sr. Ferrars, e se comportaram conosco da maneira mais amigável. Você já esqueceu, Marianne, os muitos dias agradáveis que devemos a eles?

– Não – disse Marianne, em voz baixa –, e tampouco esqueci os muitos momentos dolorosos.

Elinor não chegou a ouvir isso; dirigindo suas atenções ao visitante, esforçou-se para manter algo que se assemelhasse a uma conversa com ele, falando da residência em Barton, de suas conveniências etc., extorquindo-lhe perguntas e observações ocasionais. A frieza e a reserva do jovem a mortificavam severamente; ela estava vexada e meio zangada; entretanto, decidindo-se a regular seu comportamento frente a ele mais de acordo com o passado do que com o presente, evitou transparecer qualquer sinal de ressentimento ou desgosto, e o tratou como julgava que ele deveria ser tratado em função da ligação familiar.

Capítulo 17

A SRA. DASHWOOD FICOU surpresa apenas por um momento ao vê-lo, porque a vinda dele para Barton era, em sua opinião, o mais natural dos acontecimentos. Seu júbilo e sua manifestação de apreço perduraram muito mais do que seu espanto. Edward recebeu a mais gentil saudação por parte dela; e a timidez, a frieza e a reserva não poderiam agir contra tal recepção – elas haviam começado a desaparecer de seus modos antes mesmo que ele entrasse na casa, e foram praticamente derrotadas pelas maneiras cativantes da sra. Dashwood. Sem dúvida, um homem não conseguiria com muito sucesso se apaixonar por uma das filhas sem estender a paixão a ela; e Elinor teve a satisfação de vê-lo se transformar, dentro de pouco tempo, na pessoa que costumava ser. Os carinhos de Edward com elas pareceram se reanimar, e seu interesse pelo bem-estar de todas voltou a ser perceptível. Ele não aparentava grande animação, no entanto; elogiou a casa, admirou a paisagem que se via dela, foi atencioso e gentil; mas mesmo assim não aparentou grande animação. A família toda percebeu isso, e a sra. Dashwood, atribuindo esse abatimento a certa falta de liberalidade na mãe dele, sentou-se à mesa indignada com todos os pais egoístas.

– Quais são os planos da sra. Ferrars para você atualmente, Edward? – perguntou ela, quando terminara o jantar e eles haviam se retirado para sentar junto ao fogo. – Você tem ainda obrigação de ser um grande orador, contra sua própria vontade?

– Não. Espero que minha mãe esteja agora convencida de que tenho tão pouco talento quanto pouca inclinação para uma vida pública!

– Mas como sua fama será estabelecida? Porque famoso é o que você precisa ser, para satisfazer sua família por inteiro; e sem qualquer inclinação por uma vida dispendiosa, sem afeição por estranhos, sem profissão e sem nenhuma segurança, você poderá constatar que é uma questão difícil.

– Não vou sequer tentar. Não tenho nenhum desejo de me tornar distinto, e tenho todas as razões para esperar que nunca me tornarei. Graças a Deus! Não posso ser forçado ao gênio e à eloquência.

— Você não tem ambição, eu sei bem. Seus desejos são todos moderados.

— Tão moderados quanto os desejos do resto do mundo, eu creio. Eu desejo, assim como todas as outras pessoas, ser perfeitamente feliz; no entanto, como no caso de todas as outras pessoas, isso deve ocorrer a meu modo. A grandeza não vai me trazer felicidade.

— Seria estranho se trouxesse! — exclamou Marianne. — O que é que a riqueza ou a grandeza têm a ver com felicidade?

— A grandeza tem bem pouco — disse Elinor —, mas a riqueza tem muito a ver com ser feliz.

— Elinor, que vergonha! — disse Marianne. — O dinheiro só pode proporcionar felicidade quando não há nada mais que a proporcione. Além de uma subsistência, ele não pode oferecer nenhuma satisfação autêntica, na medida em que um mero interesse pessoal está em causa.

— Talvez — disse Elinor, sorrindo — possamos chegar a um mesmo ponto de entendimento. A *sua* subsistência e a *minha* riqueza são muito semelhantes, ouso dizer, e sem elas, com o mundo que temos hoje, ambas concordaremos que todos os tipos de conforto externo estarão indisponíveis. Suas ideias são apenas mais nobres do que as minhas. Diga-me, qual é a sua subsistência?

— Cerca de 1.800 ou 2 mil libras por ano, não mais do que *isso*.

Elinor riu.

— *Duas* mil libras por ano! *Mil* é a minha riqueza! Imaginei como isso acabaria.

— E no entanto 2 mil libras por ano é uma renda muito moderada — disse Marianne. — Uma família não tem condições de se manter muito bem com uma renda menor. Tenho certeza de que não sou extravagante nas minhas exigências. Um efetivo adequado com criados, uma carruagem, talvez duas, e cavalos de caça, não pode ser sustentado com menos.

Elinor sorriu de novo por ouvir sua irmã descrevendo com tanta precisão as despesas futuras em Combe Magna.

— Cavalos de caça!? — repetiu Edward. — Mas por que razão você precisa ter cavalos de caça? Nem todo mundo caça.

Marianne corou ao retrucar:

— Mas a maioria das pessoas caça.

— Eu gostaria — disse Margaret, enveredando por um novo pensamento — que alguém nos desse a todas uma grande fortuna para cada uma!

— Ah, se alguém nos desse! — Marianne exclamou, os olhos faiscando de animação, seu rosto brilhando com o deleite dessa felicidade imaginária.

— Somos todas unânimes nesse desejo, eu suponho — disse Elinor —, a despeito da insuficiência da riqueza.

— Minha nossa! – exclamou Margaret. – Como eu ficaria feliz! Eu nem saberia o que fazer com tanto dinheiro!

Marianne deu impressão de que não tinha nenhuma dúvida nesse ponto.

— Eu mesma ficaria confusa sobre como gastar uma fortuna tão grande – disse a sra. Dashwood – se todas as minhas filhas se tornassem ricas sem a minha ajuda.

— A senhora deveria iniciar suas melhorias nesta casa – observou Elinor –, e suas dificuldades logo sumiriam.

— Que magníficas ordens de compra viajariam desta família para Londres – disse Edward – num evento como esse! Que dia feliz para livreiros, vendedores de música e lojas de gravuras! A srta. Dashwood pagaria uma comissão genérica para cada nova gravura digna de mérito que lhe fosse remetida... E quanto a Marianne, eu conheço sua grandeza de alma, não haveria música suficiente em Londres que a contentasse. E livros! Thomson, Cowper, Scott... ela os compraria todos, várias e várias vezes; compraria todas as cópias, eu acredito, para impedir que caíssem em mãos indignas; e possuiria todos os livros que lhe dissessem como se pode admirar uma árvore velha e retorcida. Não seria esse o caso, Marianne? Perdoe-me se sou muito atrevido. Mas quis mostrar a você que eu não tinha esquecido as nossas antigas disputas.

— Eu adoro que me façam lembrar o passado, Edward, seja ele melancólico ou alegre... adoro recordá-lo... E você jamais me ofenderia falando de tempos passados. Você tem toda razão em supor de que maneira o meu dinheiro seria utilizado... em parte, pelo menos... O meu dinheiro excedente sem dúvida seria empregado em melhorar minha coleção de músicas e livros.

— E o grosso da sua fortuna seria disponibilizado em anuidades aos autores ou seus herdeiros.

— Não, Edward, eu teria um outro fim para esse dinheiro.

— Talvez, então, você pudesse doá-lo como um prêmio à pessoa que escrevesse a mais hábil defesa de sua máxima favorita, segundo a qual ninguém jamais pode se apaixonar mais do que uma vez na vida... A sua opinião nesse ponto não mudou, eu presumo?

— Claro que não. Nesta altura da minha vida, as opiniões estão razoavelmente estabelecidas. Não seria provável que eu fosse agora ver ou ouvir qualquer coisa que as transformasse.

— Marianne exibe a mesma firmeza de sempre, veja – disse Elinor –, ela não mudou nem um pouco.

— Ela ficou somente um pouco mais séria do que costumava ser.

— Nada disso, Edward – disse Marianne –, *você* não precisa me repreender. Você mesmo não se mostra muito contente.

— Que motivo você tem para pensar assim? — retrucou ele com um suspiro. — Ora, o contentamento nunca fez parte do *meu* caráter.

— E penso que tampouco faça parte do caráter de Marianne — disse Elinor. — Eu dificilmente a chamaria de garota jovial... Ela é muito zelosa, muito determinada em tudo que faz, às vezes fala muito, e sempre com animação... Mas não é com frequência uma pessoa realmente alegre.

— Creio que a senhorita está certa — retrucou Edward —, e no entanto eu sempre a tive como uma garota jovial.

— Eu diversas vezes detectei em mim mesma esse tipo de engano — disse Elinor —, num completo equívoco em compreender o temperamento de alguém nesse ou naquele ponto, imaginando que certas pessoas fossem muito mais alegres, ou sérias, ou engenhosas ou estúpidas do que realmente eram, e mal posso dizer o porquê ou de onde a ilusão se originou. Às vezes você se deixa guiar por aquilo que as pessoas dizem de si mesmas, e muito frequentemente por aquilo que os outros dizem delas, sem se permitir um tempo para deliberar e julgar.

— Mas eu pensei que fosse correto, Elinor — disse Marianne —, sermos guiados inteiramente pela opinião de outras pessoas. Pensei que nossos julgamentos nos eram concedidos apenas para que pudessem ser subservientes aos dos nossos próximos. Essa foi sempre a sua doutrina, estou certa disso.

— Não, Marianne, nunca. Minha doutrina nunca visou à sujeição do entendimento. Tudo que sempre tentei influenciar foi o comportamento. Você não deve confundir o que quero dizer. Sou culpada, confesso, de ter desejado muitas vezes que você tratasse os nossos conhecidos, de um modo geral, com maior atenção; mas quando foi que aconselhei a você que adotasse os sentimentos deles ou se conformasse ao julgamento deles em assuntos sérios?

— A senhorita não foi capaz de trazer sua irmã para dentro do seu plano de civilidade geral — disse Edward para Elinor. — A senhorita não ganha nenhum terreno?

— Muito pelo contrário — retrucou Elinor, olhando expressivamente para Marianne.

— O meu julgamento — ele falou — está totalmente a seu lado nessa questão; mas receio que minha prática pende muito mais para o lado da sua irmã. Jamais será minha intenção ofender, mas sou tão estupidamente tímido que muitas vezes pareço negligente, sendo que somente me mantenho reprimido por causa da minha natural falta de desenvoltura. Muitas vezes pensei que devo ter sido levado naturalmente a gostar de companhias comuns, porque fico tão pouco à vontade em meio a estranhos da nobreza!

— Marianne não tem timidez que lhe desculpe qualquer desatenção — disse Elinor.

– Ela conhece muito bem seu próprio valor para ter falsa vergonha – retrucou Edward. – A timidez é apenas o efeito de um sentimento de inferioridade, de alguma forma ou de outra. Se eu pudesse me convencer de que meus modos eram perfeitamente naturais e graciosos, eu decerto não seria tímido.

– Mas ainda seria reservado – disse Marianne –, e isso é pior.

Edward sobressaltou-se:

– Reservado!? Por acaso sou reservado, Marianne?

– Sim, muito.

– Eu não entendo – retrucou ele, corando. – Reservado!? Como, de que maneira? O que posso lhe dizer? Você supõe o quê?

Elinor pareceu ficar surpresa com a emoção de Edward; porém, tentando fugir do assunto com humor, disse a ele:

– O senhor por acaso não conhece minha irmã o bastante para entender o que ela quer dizer? Não sabe que ela chama de reservado qualquer um que não fale tão rápido e não admire o que ela admira tão arrebatadamente quanto ela mesma?

Edward não respondeu. Seu ensimesmamento e sua gravidade lhe retornaram no máximo grau, e ele permaneceu sentado, por algum tempo, silencioso e soturno.

Capítulo 18

ELINOR OBSERVAVA O ABATIMENTO de seu amigo com grande desassossego. A companhia de Edward lhe propiciava não mais do que uma satisfação muito parcial, ao passo que o prazer que ele mesmo sentia com a visita parecia ser um tanto incompleto. Era evidente que ele estava infeliz; Elinor desejava que fosse igualmente evidente que ele a distinguisse ainda com o mesmo carinho que no passado ela sem dúvida inspirara; até ali, porém, a continuidade da preferência de Edward parecia ser muito incerta; e o caráter reservado de seus modos com ela contradizia num momento aquilo que um olhar mais animado intimara no momento precedente.

Ele se juntou a Elinor e Marianne na sala de desjejum, na manhã seguinte, antes que as outras descessem; e Marianne, sempre ávida por promover a felicidade dos dois tanto quanto pudesse, os deixou sozinhos logo em seguida. Mas antes que chegasse à metade da escada ela ouviu a porta da sala sendo aberta; voltando-se, ficou atônita por ver que Edward estava saindo.

– Estou indo ao vilarejo para ver meus cavalos – disse ele –, já que vocês ainda não se aprontaram para o desjejum. Estarei de volta logo mais.

......

Edward retornou ao chalé com admiração renovada pelo campo circundante; em sua caminhada ao vilarejo, observara com melhor proveito muitos pontos do vale; e o próprio vilarejo, numa localização muito mais alta do que o chalé, proporcionava uma visão geral de tudo, algo que o agradara extraordinariamente. Esse era um assunto que prendia o interesse de Marianne, e ela estava começando a descrever sua própria veneração por tais cenários, e a questioná-lo mais minuciosamente a respeito dos objetos que o tinham impressionado em particular, quando Edward interrompeu-a dizendo:

— Você não deveria ir muito longe em suas perguntas, Marianne; lembre que não tenho conhecimento nenhum sobre o pitoresco, e eu vou acabar ofendendo-a com a minha ignorância e falta de gosto se passarmos aos pormenores. Direi que as colinas são íngremes, embora devessem ser escarpadas; que as superfícies são estranhas e rudes, embora devessem ser irregulares e acidentadas; e que objetos distantes estão fora de vista, embora devessem apenas estar indistintos por baixo do suave véu de uma atmosfera nebulosa. Você precisa ficar satisfeita com o nível de admiração que eu posso fornecer honestamente. Digo que temos uma bela região, que as colinas são íngremes, as matas parecem ser repletas de boa madeira e o vale parece ser confortável e acolhedor, com ricos prados e várias graciosas casinhas de fazenda espalhadas aqui e ali. Isso responde com exatidão à minha ideia de uma região bonita, porque une beleza com utilidade, e ouso dizer que se trata de uma região pitoresca também, porque você tem admiração por ela; posso facilmente acreditar que ela seja repleta de rochas e promontórios, musgo cinzento e matagais, mas essas coisas todas me escapam. Eu não sei nada sobre o pitoresco.

— Receio ver nisso a mais pura verdade — disse Marianne —, mas por que você deveria se vangloriar?

— Eu suspeito que, com o fim de evitar uma espécie de afetação — disse Elinor —, Edward cai aqui numa outra. Porque crê que muitas pessoas fingem ter mais admiração pelas belezas da natureza do que realmente sentem, e porque não gosta de tais pretensões, ele afeta ter mais indiferença e menos discriminação em vê-las do que realmente possui. Edward é muito exigente, e quer ter uma afetação que pertença somente a ele.

— É a mais pura verdade — disse Marianne — a circunstância de que o ato de admirar a paisagem passou a ser um mero jargão. Todo mundo finge sentir e tenta descrever com o bom gosto e a elegância de quem primeiro definiu o que era essa beleza pitoresca. Detesto jargões de todos os tipos, e por vezes guardei para mim meus sentimentos porque eu não conseguia encontrar as palavras para descrevê-los, a não ser numa linguagem gasta e banal, desprovida de todo sentido e significado.

— Estou convencido – disse Edward – de que você realmente sente todo esse deleite por um belo panorama que você professa sentir. No entanto, em compensação, sua irmã deveria me permitir sentir não mais do que aquilo que eu professo. Eu gosto de um belo panorama, mas não a partir de princípios pitorescos. Não gosto de árvores curvadas, retorcidas e desmoronadas. Eu as admiro muito mais se elas forem altas, retas e floridas. Não gosto de chalés arruinados e caindo aos pedaços. Não tenho apreço por urtigas ou cardos ou florações de charneca. Sinto mais prazer estando numa confortável casa de fazenda do que numa torre de vigia, e um bando de camponeses felizes e asseados me agrada mais do que os melhores bandidos do mundo.

Marianne olhou com espanto para Edward, com compaixão para sua irmã. Elinor apenas riu.

O assunto não teve prosseguimento, e Marianne permaneceu em silêncio, pensativa, até que um novo objeto atraiu subitamente seu interesse. Ela estava sentada ao lado de Edward; quando ele pegou seu chá das mãos da sra. Dashwood, sua mão passou diretamente na frente dela, de modo a fazer com que um anel, com uma trança de cabelo no centro, se tornasse muito visível num de seus dedos.

— Eu nunca o vi usar um anel antes, Edward – ela exclamou. – É o cabelo de Fanny? Lembro que Fanny prometeu lhe dar uma mecha. Mas eu pensava que o cabelo dela fosse mais escuro.

Marianne falou de maneira inconsiderada o que realmente sentia – mas quando percebeu como causara dor a Edward, seu próprio aborrecimento por esse descuido não pôde ser superado pelo dele. Edward corou profundamente; lançando um olhar momentâneo para Elinor, ele retrucou:

— Sim; é o cabelo da minha irmã. O engaste sempre confere um tom diferente a ele.

Elinor lhe respondera o olhar, e parecia compartilhar o mesmo conhecimento. Que o cabelo era dela mesma, ela instantaneamente soube com tanta certeza quanto Marianne; a única diferença em suas conclusões foi que Marianne considerou aquilo como um presente gratuito de sua irmã, enquanto Elinor estava consciente de que o cabelo devia ter sido obtido mediante algum roubo ou artifício que ela mesma desconhecia. Ela não estava disposta, no entanto, a encarar o caso como afronta; fingindo não tomar conhecimento do que se passava, imediatamente começando a falar de outra coisa, ela decidiu em seu íntimo que dali por diante aproveitaria todas as oportunidades para observar o cabelo e se certificar, além de qualquer dúvida, de que o tom era exatamente o dela.

O embaraço de Edward perdurou por algum tempo, e terminou num ensimesmamento ainda mais imutável. Ele permaneceu particularmente sério durante a manhã toda. Marianne censurou-se com severidade por causa do que dissera, mas seu próprio perdão poderia ter chegado mais rápido se ela soubesse o quão pouco sua irmã se ofendera.

Antes da metade do dia elas foram visitadas por Sir John e a sra. Jennings, os quais, tendo ouvido falar da chegada de um cavalheiro ao chalé, vieram verificar quem era o hóspede. Com ajuda de sua sogra, Sir John não demorou a descobrir que o nome Ferrars começava com F., e isso preparou um futuro manancial de zombaria no assédio à condenada Elinor, e nada senão o caráter recente da familiaridade deles com Edward poderia ter impedido que esse manancial jorrasse ali mesmo. Entretanto, levada em conta essa situação, ela soube apenas, a partir de alguns olhares muito significativos, o quanto a intuição deles, fundada em instruções de Margaret, era capaz de se aprofundar.

Sir John jamais visitava suas primas sem que as convidasse ou para jantar no parque no dia seguinte ou para beber chá com eles na mesma noite. Na presente ocasião, para melhor entreter o recém-chegado, com cuja diversão ele se sentia obrigado a contribuir, estendeu seu convite para ambas as atividades.

— Vocês *precisam* tomar chá conosco esta noite – disse ele –, pois estaremos muito sozinhos, e amanhã é imprescindível que vocês jantem conosco, pois seremos um grande grupo.

A sra. Jennings reforçou tal necessidade.

— E quem sabe o senhor pode promover uma dança – disse ela. – E isso será uma tentação para *uma* das convidadas: a srta. Marianne.

— Uma dança!? – exclamou Marianne. – Impossível! Quem é que vai dançar?

— Quem!? Ora, vocês, e os Carey e os Whitaker, com toda certeza. O quê!? A senhorita pensava que ninguém poderia dançar porque certa pessoa que ficará sem nome foi embora?

— Eu queria, do fundo da minha alma – exclamou Sir John –, que Willoughby estivesse entre nós outra vez.

Isso, e o rubor de Marianne, forneceu novas suspeitas para Edward.

— E quem é Willoughby? – perguntou ele, em voz baixa, à srta. Dashwood, ao lado de quem estava sentado.

Elinor lhe deu uma breve resposta. O semblante de Marianne se mostrou mais comunicativo. Edward viu o suficiente para compreender não apenas o significado de outras como também as expressões de Marianne que o tinham intrigado antes; e assim que os visitantes os deixaram ele se aproximou dela e disse, num sussurro:

— Estou tentando adivinhar. Devo lhe dizer qual é o meu palpite?

– O que você quer dizer?
– Devo lhe dizer?
– Certamente.
– Pois bem; creio que o sr. Willoughby caça.

Marianne ficou surpresa e confusa, mas não pôde deixar de sorrir diante da quieta malícia de Edward; depois de um momento de silêncio, ela disse:

– Ah, Edward! Como você pode? Mas virá o tempo, eu espero... Tenho certeza de que você vai gostar dele.

– Eu não duvido – Edward retrucou, um tanto atônito com a franqueza e o tom acalorado de Marianne; porque se não tivesse imaginado que se tratara de um gracejo para divertir as pessoas que a conheciam, fundado apenas em algo de pouca ou nenhuma importância entre o sr. Willoughby e ela, não teria se aventurado a mencioná-lo.

Capítulo 19

EDWARD PERMANECEU NO CHALÉ por uma semana; ele foi fervorosamente pressionado pela sra. Dashwood a ficar mais tempo; contudo, como se fosse movido apenas por mortificação, pareceu decidir que partiria quando suas horas felizes ao lado das amigas eram desfrutadas ao máximo. Seu estado de espírito durante os últimos dois ou três dias, embora se mostrasse ainda muito desigual, apresentara uma grande melhora – ele se tornava mais e mais afeiçoado à casa e aos arredores, nunca falava em ir embora sem um suspiro, declarava que seu tempo estava totalmente descompromissado e até mesmo não conseguia imaginar o lugar para onde poderia ir quando as deixasse, mas mesmo assim precisava partir. Nunca antes uma semana terminara tão rapidamente; Edward mal podia crer na passagem dos dias. Dizia isso repetidas vezes; dizia outras coisas, também, que assinalavam a transformação de seus sentimentos e não correspondiam a suas ações. Ele não sentia prazer algum estando em Norland; detestava estar na cidade; no entanto, fosse para Norland, fosse para Londres, precisava partir. Prezava em suas amigas acima de tudo a bondade, e sua maior felicidade era estar com elas. Entretanto, era obrigado a deixá-las ao final de uma semana, apesar dos desejos delas e dele mesmo, e sem qualquer restrição de tempo.

Elinor culpou a mãe de Edward por todos os aspectos surpreendentes desse modo de agir; e era uma felicidade que ele tivesse uma mãe cujo caráter era conhecido por ela de maneira tão imperfeita, uma mãe que servia como desculpa generalizada para todas as atitudes estranhas por parte do filho. Decepcionada, no entanto, e vexada como estava, e por vezes descontente com o comportamento incerto de Edward com ela, Elinor se mostrava bastante disposta, de um modo geral, a considerar as ações do rapaz com as mesmas sinceras condescendências e generosas qualificações que lhe tinham sido arrancadas pela mãe, muito dolorosamente, a serviço de Willoughby. A falta de ânimo, de franqueza e de coerência em Edward era imputada quase sempre a seu estado dependente, a seu melhor conhecimento das disposições e dos planos da sra. Ferrars. A brevidade de sua visita e a firmeza do seu propósito de deixá-las se originavam da mesma tendência entravada, da mesma necessidade inevitável de contemporizar com sua mãe. A velha e bem estabelecida injúria do dever contra o desejo, dos pais contra os filhos, era o que causava tudo. Ela teria ficado contente se pudesse saber em que momento essas dificuldades terminariam, em que momento essa oposição cederia – em que momento a sra. Ferrars iria se corrigir, de sorte que seu filho tivesse liberdade para ser feliz. Mas forçou-se a descartar tais desejos vãos para se consolar na renovação de sua confiança no afeto de Edward, na lembrança de todo sinal de consideração que escapou dele nos olhares ou nas palavras enquanto esteve em Barton, e acima de tudo naquela lisonjeira prova de estima que ele usava constantemente em seu dedo.

– Eu creio, Edward – disse a sra. Dashwood, durante o desjejum na última manhã –, que você seria um homem mais feliz caso tivesse alguma profissão com a qual pudesse empregar seu tempo e tornar mais interessantes os seus planos e suas ações. Poderiam resultar disso alguns transtornos para seus amigos, de fato... Você não seria capaz de lhes conceder tanto de seu tempo. Mas – (com um sorriso) – você seria substancialmente beneficiado em pelo menos uma questão específica: você saberia para onde ir quando se afastasse deles.

– Eu lhe garanto – ele respondeu – que venho pensando sobre esse ponto faz muito tempo, assim como a senhora o pensa agora. Tem sido, e continua sendo, e provavelmente será sempre um pesado infortúnio, para mim, que eu não tenha contado com nenhum trabalho necessário que me desse ocupação, nenhuma profissão com a qual eu empregasse meu tempo ou que me desse qualquer coisa que se assemelhasse a uma independência. Infelizmente, porém, minha própria meticulosidade e a meticulosidade dos meus amigos fizeram de mim o que sou, uma criatura ociosa, incorrigível. Nós nunca conseguíamos concordar nas nossas escolhas de uma profissão. Sempre preferi a igreja, como ainda prefiro. Mas isso não era nobre o bastante para minha família. Eles recomendaram o exército. Isso já era nobre demais para mim. A lei era tolerada como suficientemente distinta; muitos jovens que tinham aposentos no Temple apareciam de maneira bastante favorável nos primeiros círculos, e andavam pela cidade em cabriolés muito vistosos. Mas eu não tinha nenhuma inclinação pela lei, nem mesmo nesse estudo menos abstruso dela que os meus familiares aprovavam. Quanto à marinha, a moda lhe dava brilho, mas eu já era velho demais quando a sugestão de optar por ela foi abordada pela primeira vez... E por fim, como não havia necessidade de que eu tivesse qualquer profissão que fosse, como eu poderia ser do mesmo modo arrojado e dispendioso tendo ou não nas minhas costas uma capa vermelha, a ociosidade se pronunciou, de modo geral, como muitíssimo vantajosa e digna, e um jovem de dezoito anos não é, em regra, tão sinceramente empenhado em se manter ocupado a ponto de resistir aos apelos de seus amigos para que não faça nada. Ingressei em Oxford, portanto, e me mantive devidamente ocioso desde então.

— E a consequência disso é previsível — disse a sra. Dashwood. — Uma vez que o lazer não promoveu a sua própria felicidade, os seus filhos homens serão criados de modo a buscar muitas atividades, ocupações, profissões e ofícios, tanto quanto os filhos de Columella.

— Eles serão criados — disse ele, num tom sério — para que sejam tão diferentes de mim quanto possível. Nos sentimentos, nas ações, nas condições, em todas as coisas.

— Ora, ora, isso tudo não passa da efusão de um desânimo passageiro, Edward. Você está numa disposição melancólica, e fica imaginando que qualquer pessoa que for diferente de você só poderá ser feliz. Mas lembre que a dor de se separar dos amigos será sentida por todos, em certos casos, qualquer que seja sua educação ou condição social. Conheça melhor a sua própria felicidade. Você não precisa de nada mais do que paciência... Ou use um nome mais fascinante para isso, chame de esperança. Sua mãe vai lhe garantir, no tempo devido, essa independência que você está tão ansioso por obter; é um dever dela, e será, há de se tornar sem muita demora uma felicidade, para ela, impedir que a sua juventude toda seja desperdiçada em descontentamento. Quantas coisas alguns meses não podem fazer?

— Eu penso — retrucou Edward — que posso desafiar a possibilidade de que vários meses produzam qualquer bem para mim.

Esse desalentado curso de seu pensamento, embora não pudesse ser comunicado à sra. Dashwood, causou mais dor a todas elas na despedida, que ocorreu pouco depois e deixou uma impressão desconfortável sobretudo nos sentimentos de Elinor, uma impressão que demandou algum trabalho e certo tempo para que fosse subjugada. Mas como sua determinação era subjugá-la e evitar que pessoalmente parecesse sofrer mais do que sua família toda na partida de Edward, ela não adotou o método tão judiciosamente adotado por Marianne, numa ocasião semelhante, de aumentar e corrigir sua tristeza recorrendo ao silêncio, à solidão e à ociosidade. Os meios de Elinor e

Marianne eram tão diferentes quanto suas causas, e eram igualmente apropriados ao avanço de ambas.

Elinor se sentou diante de sua mesa de desenho assim que Edward saiu da casa, se manteve intensamente atarefada o dia todo, não buscou e nem evitou a menção do nome dele, pareceu interessar-se quase tanto quanto sempre pelos assuntos cotidianos da família e, se não diminuiu seu próprio sofrimento com essa conduta, preveniu pelo menos um aprofundamento desnecessário, e sua mãe e suas irmãs foram poupadas de muita solicitude por causa dela.

Um comportamento como esse, tão exatamente o reverso do seu próprio modo de agir, não pareceu ser mais meritório aos olhos de Marianne, não mais do que o comportamento dela mesma lhe parecera ser defeituoso. A questão do autocontrole ela resolvia muito facilmente – com fortes afeições era impossível, e com afeições serenas não poderia ter mérito. Que as alterações de sua irmã *eram* serenas, isso ela não ousava negar, embora corasse ao reconhecê-lo; e da força de suas próprias alterações ela deu prova muito forte ainda respeitando e amando essa irmã, a despeito de sua mortificante convicção.

Sem sumir da vista de sua família, sem sair de casa em resoluta solidão para fugir de companhia, sem permanecer acordada na cama durante a noite inteira para se entregar a meditações, Elinor descobriu que todos os dias lhe proporcionavam tempo livre suficiente para pensar sobre Edward, e sobre o comportamento de Edward, em todas as variedades possíveis que os diferentes estados de sua alma poderiam ensejar em diferentes ocasiões – com ternura, compaixão, aprovação, censura e dúvida. Havia momentos abundantes nos quais, se não pela ausência de sua mãe e suas irmãs, ao menos devido à natureza das ocupações da família, a conversa era inviável entre elas, e todos os efeitos da solidão eram produzidos. Sua mente se tornava inevitavelmente livre; seus pensamentos não podiam ficar acorrentados em outros lugares; e o passado e o futuro, em torno de um assunto tão interessante, só poderiam se colocar diante dela, só poderiam atrair forçosamente suas atenções e absorver sua memória, suas reflexões e sua imaginação.

De um devaneio desse tipo, quando estava sentada diante da mesa de desenho, Elinor foi despertada certa manhã, pouco tempo depois da partida de Edward, pela chegada de visitantes. Ocorreu que ela estava totalmente sozinha. O fechamento do pequeno portão na entrada do gramado, na frente da casa, atraiu seus olhos à janela, e ela viu um grande grupo caminhando na direção da porta. Entre os visitantes estavam Sir John, Lady Middleton e a sra. Jennings, mas havia dois outros, um cavalheiro e uma dama, que eram completamente desconhecidos. Elinor estava sentada perto da janela; assim que Sir John a viu ali, ele delegou ao resto do grupo a cerimônia de bater na porta e, avançando pelo gramado, fez com que Elinor abrisse o batente para falar com ele, embora o espaço entre a porta e a janela fosse tão pequeno que se tornava quase impossível falar em uma sem se fazer ouvir na outra.

– Pois bem – disse ele –, nós trouxemos alguns estranhos para vocês. Como lhe parecem?

– Mais baixo! Eles vão ouvi-lo.

– Não importa que ouçam. São apenas os Palmer. Charlotte é muito bonita, eu posso lhe dizer. A senhorita poderá vê-la se olhar por aqui.

Como Elinor estava certa de que a veria dentro de alguns minutos sem que precisasse tomar essa liberdade, ela se escusou de fazê-lo.

– Onde está Marianne? Será que ela saiu correndo por causa da nossa chegada? Eu vejo que o instrumento dela está aberto.

– Ela está caminhando, eu creio.

Aos dois se uniu então a sra. Jennings, que não teve paciência suficiente para esperar até que a porta fosse aberta e pudesse contar a *sua* história. Ela veio fazendo saudações na direção da janela:

– Como vai, minha querida? Como vai a sra. Dashwood? E onde estão suas irmãs? O quê!? Totalmente sozinha! A senhorita vai ficar feliz por ter um pouco de companhia com quem sentar e conversar. Eu trouxe minha outra filha e meu genro para que a conhecessem. Imagine uma coisa dessas, eles terem vindo tão de repente! Pensei ter ouvido uma carruagem na noite passada, enquanto estávamos bebendo nosso chá, mas nem passou pela minha cabeça que pudessem ser eles. Eu pensei somente que poderia ser o coronel Brandon retornando; por isso eu disse para Sir John: "Creio que estou ouvindo uma carruagem; talvez seja o coronel Brandon retornando...".

Elinor precisou dar as costas a ela, no meio da história, para receber o resto do grupo; Lady Middleton apresentou os dois estranhos; a sra. Dashwood e Margaret desceram as escadas ao mesmo tempo, e todos se sentaram para que olhassem uns aos outros enquanto a sra. Jennings continuava sua história caminhando do vestíbulo até a sala, acompanhada por Sir John.

A sra. Palmer era vários anos mais jovem do que Lady Middleton, e totalmente diferente dela em todos os aspectos. Era baixa e rechonchuda, e tinha um rosto muito bonito, marcado pela melhor expressão de bom humor que poderia existir. Suas maneiras não eram de modo algum tão elegantes quanto as de sua irmã, mas eram muito mais cativantes. Ela chegou com um sorriso, sorriu o tempo todo durante sua visita, exceto quando riu, e sorriu quando foi embora. Seu marido era um jovem de aparência grave com 25 ou 26 anos, e no seu porte havia mais elegância e mais sensatez do que na esposa, mas transparecia menos vontade de agradar ou de ser agradado. Ele entrou na sala com um olhar de quem se considera muito importante, inclinou-se ligeiramente perante as damas sem falar uma única palavra e, tendo inspecionado brevemente as moradoras e os aposentos, pegou um jornal da mesa e o seguiu lendo ao longo de sua permanência na casa.

A sra. Palmer, ao contrário, fortemente favorecida pela natureza com uma tendência de ser uniformemente cortês e alegre, mal tinha se sentado e não conteve suas palavras de admiração pela sala e por todas as coisas que havia nela.

– Ora! Que sala encantadora vocês têm! Nunca vi nada tão charmoso! Considere, mamãe, o quanto ela ficou melhor desde que eu estive aqui da última vez! Sempre pensei que esta sala era um lugar tão doce, minha senhora! – (voltando-se à sra. Dashwood). – Mas a senhora transformou-a em algo tão charmoso! Considere, minha irmã, como todas as coisas são encantadoras! Eu gostaria tanto de ter uma casa como esta para mim! Também não gostaria, sr. Palmer?

O sr. Palmer não lhe deu resposta, e sequer levantou os olhos do jornal.

– O sr. Palmer não me ouve – disse ela rindo. – Ele nunca me ouve às vezes, é tão ridículo!

Essa era uma ideia um tanto nova no entender da sra. Dashwood; ela nunca soubera que se podia ver espirituosidade na desatenção de uma pessoa, e não pôde deixar de olhar com surpresa para os dois.

A sra. Jennings, enquanto isso, falava tão alto quanto podia, e continuou seu relato sobre sua surpresa em ver os amigos na noite anterior, sem cessar até que todos os detalhes fossem informados. A sra. Palmer riu com gosto diante da lembrança do assombro que haviam provocado, e todos concordaram, duas ou três vezes, que se tratara de uma surpresa bastante agradável.

– A senhorita decerto imagina o quanto todos nós ficamos felizes por vê-los – acrescentou a sra. Jennings, inclinando-se na direção de Elinor e falando em voz baixa, como se não quisesse ser ouvida por mais ninguém, ainda que as duas estivessem sentadas em lados opostos da sala. – Entretanto, de todo modo, não posso deixar de desejar que não tivessem viajado tão depressa, e que não tivessem feito uma jornada tão longa, porque vieram o caminho todo desde Londres por causa de algum negócio, porque, veja – (acenando significativamente com a cabeça e apontando sua filha) –, isso não foi correto, na situação dela. Eu quis que ela ficasse em casa e descansasse esta manhã, mas ela insistiu em vir conosco; ansiava tanto por ver todas vocês!

A sra. Palmer riu e disse que aquilo não lhe faria mal nenhum.

– Ela espera o nascimento para fevereiro – continuou a sra. Jennings.

Lady Middleton não conseguiu suportar mais tal conversa, e portanto empenhou-se em perguntar ao sr. Palmer se havia alguma notícia no jornal.

— Não, absolutamente nenhuma – ele respondeu, e continuou a ler.

— Aqui vem Marianne – exclamou Sir John. – Agora, Palmer, você vai ver uma garota monstruosamente bonita.

Ele foi prontamente até o vestíbulo, abriu a porta da frente, e a trouxe para dentro ele mesmo. A sra. Jennings perguntou a Marianne, logo que ela apareceu, se não tinha estado em Allenham; e a sra. Palmer riu vivamente com a pergunta, revelando que a entendera. O sr. Palmer levantou os olhos quando Marianne entrou na sala, olhou para ela por alguns minutos, e depois voltou a seu jornal. O olhar da sra. Palmer foi então atraído pelos desenhos que pendiam em volta da sala. Ela se levantou para examiná-los.

— Ah! Minha nossa, como são lindos! Ora! Como são encantadores! Não deixe de ver, mamãe, a doçura que eles são! Posso dizer que são muito charmosos; eu poderia ficar olhando para sempre.

Depois de se sentar novamente, em bem pouco tempo ela esqueceu que havia qualquer espécie de desenho na sala.

Quando Lady Middleton se ergueu para ir embora, o sr. Palmer também se ergueu, largou o jornal, se espreguiçou e olhou para todos em volta.

— Meu amor, o senhor esteve dormindo? – perguntou sua esposa, rindo.

Ele não lhe deu resposta, e apenas observou, depois de examinar outra vez a sala, que o pé-direito era muito baixo, e que o teto estava torto. Fez então sua mesura e partiu com os demais.

Sir John solicitara com muito ímpeto a todas elas que passassem o dia seguinte no parque. A sra. Dashwood, que optava por não jantar com eles mais frequentemente do que eles jantavam no chalé, absolutamente recusou por sua conta; suas filhas poderiam fazer o que quisessem. Mas elas não tinham curiosidade por ver de que maneira o sr. e a sra. Palmer comiam seu jantar, e não acalentavam nenhuma expectativa de sentir prazer com eles de qualquer outra forma. Elas tentaram, portanto, igualmente se escusar; o tempo se mostrava incerto, e tinha grande probabilidade de não ser bom. Mas Sir John não ficou satisfeito – a carruagem lhes seria enviada e elas precisavam vir. Lady Middleton, também, embora não tenha pressionado a mãe delas, pressionou-as. A sra. Jennings e a sra. Palmer uniram-se nas súplicas, todos pareciam estar igualmente ansiosos por evitar uma reunião de família; e as jovens damas foram obrigadas a ceder.

— Por que razão eles precisam nos convidar? – perguntou Marianne assim que os visitantes se afastaram. – O aluguel deste chalé supostamente é baixo, mas nós o pagaremos em condições muito difíceis se tivermos de jantar no parque toda vez que qualquer pessoa estiver hospedada com eles ou conosco.

— Eles não querem nada mais do que ser polidos e bondosos conosco agora — disse Elinor — com esses convites frequentes, tanto quanto quiseram com os outros que recebemos deles algumas semanas atrás. A transformação não ocorre neles, se seus visitantes estão se tornando tediosos e maçantes. Devemos procurar pela mudança em outro lugar.

Capítulo 20

No dia seguinte, quando as senhoritas Dashwood entraram por uma porta na sala de visitas do parque, a sra. Palmer entrou correndo pela outra, parecendo estar tão bem-humorada e alegre quanto antes. Ela pegou todas pela mão de maneira muitíssimo carinhosa, e expressou grande deleite em vê-las novamente.

— Estou tão contente em vê-las! — disse ela, sentando-se entre Elinor e Marianne. — Pois o dia está tão feio que eu temia que vocês pudessem não vir, o que seria uma coisa chocante, já que amanhã nós vamos embora. Nós precisamos partir porque os Weston virão nos visitar na próxima semana. Foi uma coisa um tanto repentina que tenhamos viajado, eu nem desconfiava de nada quando a carruagem apareceu na nossa porta, e de repente o sr. Palmer me perguntou se eu gostaria de sair com ele para Barton. Ele é tão engraçado! Ele nunca me diz nada! Eu sinto muito por não podermos ficar mais tempo; no entanto, vamos encontrá-las novamente muito em breve, eu espero, na cidade.

Elas eram obrigadas a destruir essa expectativa.

— Não ir à cidade!? — exclamou a sra. Palmer com uma risada. — Vou ficar muito decepcionada se vocês não forem. Eu poderia conseguir a casa mais bonita do mundo para vocês, ao lado da nossa, em Hanover Square. Vocês precisam vir, sem dúvida. Tenho certeza de que vou ficar muito feliz lhes fazendo companhia o tempo inteiro até que eu fique de cama, se a sra. Dashwood não quiser aparecer em público.

Elas agradeceram, mas eram obrigadas a resistir a todas as súplicas.

— Ah, meu amor — exclamou a sra. Palmer para seu marido, que naquele minuto entrava na sala —, o senhor precisa me ajudar a convencer as senhoritas Dashwood de que devem ir à cidade neste inverno.

Seu amor não lhe deu resposta e, depois de fazer às damas uma ligeira mesura, começou a reclamar do tempo.

— Como tudo isso é horrível! — disse ele. — Um tempo assim deixa todas as coisas e todas as pessoas repugnantes. O enfado se acumula tanto dentro de casa quanto fora por causa da chuva. Faz com que a pessoa deteste todos os seus conhecidos. Que diabo Sir John tem na cabeça para não dispor de uma sala de bilhar em sua casa? Pouquíssimas pessoas de fato sabem o que é o conforto! Sir John é tão estúpido quanto esse tempo.

O resto do grupo logo apareceu.

– Eu receio – Sir John disse para Marianne – que hoje a senhorita não foi capaz de fazer sua costumeira caminhada para Allenham.

Marianne pareceu ficar muito séria e não disse nada.

– Ah, não seja tão dissimulada na nossa frente – disse a sra. Palmer –, porque nós sabemos tudo a respeito, eu lhe garanto. E eu admiro bastante o seu bom gosto, porque penso que o rapaz é extremamente bonito. Nós não moramos a uma grande distância dele no campo, sabe? Não mais do que dez milhas, ouso dizer.

– Muito mais perto de trinta – disse seu marido.

– Ah, ora, não há muita diferença. Eu nunca estive na casa dele; mas dizem que é bem bonitinha, uma doçura.

– O lugar mais abominável que já vi na minha vida – disse o sr. Palmer.

Marianne permaneceu perfeitamente quieta, embora seu rosto revelasse seu interesse no que se dizia.

– A casa é muito feia? – continuou a sra. Palmer. – Então só pode ser algum outro lugar que é tão bonito, eu suponho.

Quando já estavam sentados na sala de jantar, Sir John observou com pesar que eles eram apenas oito ao todo.

– Minha querida – disse ele para sua senhora –, é muito exasperante que sejamos tão poucos. Por que não pediu aos Gilbert que viessem hoje?

– Eu não lhe disse, Sir John, quando conversamos sobre isso antes, que não poderia ser feito? Eles jantaram conosco na última ocasião.

– O senhor e eu, Sir John – disse a sra. Jennings –, não deveríamos nos deter por causa desse tipo de cerimônia.

– Nesse caso a senhora seria muito mal-educada – exclamou o sr. Palmer.

– Meu amor, o senhor quer contrariar todo mundo – disse a esposa dele, com sua risada usual. – Não percebe que está sendo um tanto rude?

– Eu não sabia que poderia deixar alguém contrariado por chamar sua mãe de mal-educada.

– Ora, o senhor pode abusar de mim como quiser – disse a benévola idosa. – O senhor tomou Charlotte das minhas mãos, e não pode mais devolvê-la. Com isso eu dou de chicote no senhor.

Charlotte riu com gosto diante da ideia de que o marido não poderia se livrar dela, e falou, exultante, que não fazia mal que o sr. Palmer fosse rabugento com ela, afinal de contas eles tinham de viver juntos. Era impossível que uma pessoa fosse mais completamente benévola, ou mais determinada em ser feliz, do que a sra. Palmer. A indiferença, a insolência e o descontentamento do marido não lhe causavam nenhuma dor; quando ele a repreendia ou insultava, ela se divertia como nunca.

– O sr. Palmer é tão engraçado! – disse ela, num sussurro, para Elinor. – Ele está sempre de mau humor.

Elinor não ficou inclinada, depois de observar um pouco, a dar ao sr. Palmer o crédito de ser tão desafetada e genuinamente mal-humorado ou mal-educado quanto ele queria parecer. O temperamento dele poderia ser talvez um pouco azedado pela constatação, comum a muitos outros de seu sexo, de que por causa de uma inexplicável propensão em favor da beleza ele era o marido de uma mulher muito tola; mas ela sabia que esse tipo de erro era comum demais para que qualquer homem sensato se deixasse ferir por ele de maneira duradoura. Era antes de tudo um desejo de distinção, Elinor acreditava, o que gerava o tratamento desdenhoso que ele dispensava para todas as pessoas e o abuso generalizado de todas as coisas que encontrava pela frente. Era o desejo de parecer superior às outras pessoas. O motivo era comum demais para que causasse espanto; mas os meios, por mais que pudessem ter sucesso em estabelecer sua superioridade na má educação, tornavam pouco provável que qualquer pessoa se afeiçoasse a ele, exceto sua esposa.

– Ah, minha querida srta. Dashwood – disse a sra. Palmer pouco tempo depois –, eu tenho um favor tão grande para pedir a você e sua irmã. Aceitariam passar algum tempo em Cleveland neste Natal? Ora, venham, por favor, e venham enquanto os Weston estão conosco. Vocês não podem imaginar como ficarei feliz! Vai ser tão maravilhoso! Meu amor – (dirigindo-se a seu marido) –, o senhor não anseia por receber uma visita das senhoritas Dashwood em Cleveland?

– Certamente – retrucou ele, com um olhar de escárnio –, eu vim para Devonshire não tendo nada mais em vista.

– Pois vejam – disse a esposa dele –, o sr. Palmer as espera; de modo que vocês não podem recusar.

Ambas declinaram de seu convite de pronto, resolutamente.

– Mas sem dúvida vocês precisam vir, e hão de vir. Tenho certeza de que vão gostar como jamais gostaram de qualquer outra coisa. Os Weston estarão conosco, e vai ser tão maravilhoso. Vocês não podem imaginar a doçura de lugar que é Cleveland; e estamos tão felizes agora, porque o sr. Palmer fica sempre viajando pelo campo, angariando votos para se eleger; e aparecem para jantar conosco tantas pessoas que eu nunca tinha visto antes, é tão encantador! No entanto, pobre coitado, é muito cansativo para ele! Porque ele é forçado a fazer com que todo mundo goste dele.

Elinor mal conseguiu manter a compostura concordando com a dificuldade de tal obrigação.

— Como vai ser encantador — disse Charlotte — quando ele chegar ao parlamento! Não é mesmo? Como vou rir! Será tão ridículo ver todas as cartas destinadas a ele com um M.P. Mas vocês sabem de uma coisa? Ele diz que nunca vai franquear as minhas cartas. Garante que não vai. Não é mesmo, sr. Palmer?

O sr. Palmer não deu a menor atenção a ela.

— Ele não suporta escrever — continuou a sra. Palmer. — Ele diz que é uma coisa tenebrosa.

— Não — disse ele –, eu jamais disse uma coisa tão irracional. Não jogue todos os seus abusos de linguagem em cima de mim.

— Pois vejam; observem como o sr. Palmer é engraçado. É sempre assim com ele. Às vezes ele fica sem falar comigo durante a metade de um dia, e então se sai com algo tão engraçado... a respeito de qualquer coisa neste mundo.

A sra. Palmer deixou Elinor muito surpresa, enquanto eles retornavam à sala de visitas, perguntando-lhe se ela não gostava excessivamente do sr. Palmer.

— Certamente — disse Elinor –, ele parece ser muito agradável.

— Ora... Eu fico muito feliz por saber que a senhorita gosta dele. Pensei mesmo que gostaria, ele é tão agradável; e o sr. Palmer ficou excessivamente encantado com a senhorita e com suas irmãs, posso lhe garantir, e a senhorita não pode imaginar como ele ficará decepcionado se vocês não vierem para Cleveland. Não consigo entender por que motivo vocês deveriam fazer qualquer objeção a isso.

Elinor se viu novamente na obrigação de declinar, e deu fim àquelas súplicas mudando de assunto. Ela pensou que era provável que, como eles moravam no mesmo condado, a sra. Palmer pudesse ser capaz de fornecer algum relato mais detalhado do caráter de Willoughby, mais completo do que aquele que podia ser obtido a partir da familiaridade parcial dos Middleton com ele; e estava ansiosa por receber de quem quer que fosse uma confirmação dos méritos dele, de modo a remover a possibilidade de temer por Marianne. Começou perguntando se eles costumavam ver com frequência o sr. Willoughby em Cleveland, e se tinham intimidade com ele.

— Minha nossa, sim, o conheço muito bem — retrucou a sra. Palmer. — Não que alguma vez eu tenha falado com ele de fato, mas já o vi milhares de vezes na cidade. De uma forma ou de outra, nunca aconteceu que eu estivesse hospedada em Barton enquanto ele estava em Allenham. Mamãe o viu aqui uma vez; mas eu estava com meu tio em Weymouth. No entanto, ouso dizer que o teríamos visto inúmeras vezes em Somersetshire, se não tivesse acontecido, de maneira muito desafortunada, que jamais estivemos ao mesmo tempo no campo. O sr. Willoughby permanece muito pouco tempo em Combe, eu acredito; porém, se ele chegasse mesmo a permanecer bastante tempo por lá, não creio que o sr. Palmer o visitaria, pois ele está na oposição, não é mesmo, e além do mais fica tão distante. Sei muito bem por que razão a senhorita pergunta pelo sr. Willoughby; sua irmã vai se casar com ele. Fico monstruosamente feliz por isso, pois então a terei como vizinha, claro.

– Dou minha palavra – retrucou Elinor –, a senhora sabe muito mais sobre esse assunto do que eu, se tem motivo para esperar tal enlace.

– Não queira negar o fato, porque a senhorita sabe que todo mundo faz comentários a esse respeito. Asseguro-lhe que ouvi falar disso no meu caminho pela cidade.

– Minha cara sra. Palmer!

– Juro pela minha honra, ouvi sim. Encontrei o coronel Brandon na segunda-feira de manhã em Bond Street, pouco antes de sairmos da cidade, e ele me contou pessoalmente.

– A senhora me deixa bastante surpresa. O coronel Brandon lhe falar a respeito! Certamente a senhora comete um engano. Dar essa informação a uma pessoa que não poderia estar interessada nela, mesmo que fosse verdade, não é algo que eu esperaria que o coronel Brandon fizesse.

– Mas eu lhe garanto que foi assim mesmo, apesar de tudo isso, e vou lhe dizer como aconteceu. Quando encontramos o coronel, ele se voltou e caminhou conosco, e então começamos a falar do meu irmão e da minha irmã, e disso e daquilo, e eu disse para ele: "Pois bem, coronel, há uma nova família morando em Barton Cottage, ouvi falar, e mamãe me mandou notícia de que elas são muito bonitas, e de que uma delas vai se casar com o sr. Willoughby de Combe Magna. Isso é verdade, o senhor pode me dizer? Porque é claro que o senhor deve saber, por ter estado tão recentemente em Devonshire".

– E o coronel disse o quê?

– Ah, ele não disse muita coisa; mas deu impressão de que sabia que era verdade, portanto a partir daquele momento eu considerei a questão como sendo certa. Será maravilhoso, será sim! Quando teremos o casamento?

– O sr. Brandon estava bem, eu espero.

– Ah, sim, muito bem; e tão cheio de louvores à senhorita, ele não fez nada senão dizer coisas boas sobre a senhorita.

– Fico lisonjeada pelos elogios do coronel. Ele parece ser um homem excelente. Penso que se trata de uma pessoa notavelmente afável.

– Eu penso do mesmo modo. Ele é um homem tão encantador que é uma lástima completa que seja tão carrancudo e tão maçante. Mamãe afirma que *ele* era apaixonado pela sua irmã também. Eu lhe garanto que houve grande lisonja se ele foi apaixonado mesmo, porque ele quase nunca se apaixona por alguém.

– O sr. Willoughby é muito conhecido na parte de Somersetshire em que a senhora mora? – perguntou Elinor.

– Ah, sim! Extremamente conhecido. Quero dizer, não acredito que muitas pessoas o conheçam, porque Combe Magna fica tão distante; mas todos pensam que ele é um homem extremamente agradável, eu lhe garanto. Ninguém é tratado com mais carinho do que o sr. Willoughby onde quer que ele vá, e a senhorita pode assegurar sua irmã quanto a isso. Ela é uma garota monstruosamente afortunada por conquistar o sr. Willoughby, juro pela minha honra; mas não que ele não seja muito mais afortunado por conquistar Marianne, porque Marianne é tão linda e agradável que nada poderá ser suficientemente bom para ela. No entanto, não creio que ela seja nem um pouco mais bonita do que a senhorita, eu lhe garanto; pois considero vocês duas excessivamente bonitas, e o sr. Palmer pensa o mesmo, tenho certeza, embora não tenhamos conseguido fazê-lo reconhecer isso na noite passada.

As informações da sra. Palmer sobre Willoughby não foram muito substanciais; mas qualquer testemunho em favor dele, por menor que fosse, era satisfatório para Elinor.

– Estou tão feliz por termos nos conhecido afinal – continuou Charlotte. – E agora espero que sejamos sempre grandes amigas. A senhorita não pode imaginar o quanto eu ansiava por vê-las! É tão maravilhoso que vocês estejam morando no chalé! Nada pode se comparar a isso, com toda certeza! E fico tão feliz por saber que sua irmã vai se casar tão bem! Espero que vocês passem muito tempo em Combe Magna. É uma doçura de lugar, sob qualquer ponto de vista.

– A senhora conhece o coronel Brandon faz bastante tempo, não é mesmo?

– Sim, um enorme tempo; desde que a minha irmã se casou. O coronel era um amigo íntimo de Sir John. Eu acredito – acrescentou ela em voz baixa – que ele teria ficado muito contente se pudesse ter casado comigo. Sir John e Lady Middleton desejavam muito isso. Mas mamãe não considerava que o enlace fosse bom o bastante para mim, caso contrário Sir John teria mencionado a possibilidade ao coronel e teríamos nos casado imediatamente.

– E o coronel Brandon não soube da proposta de Sir John à sua mãe antes que fosse feita? Ele nunca confessou seu afeto à senhora?

– Ah, não; no entanto, se mamãe não tivesse objetado, ouso dizer que ele teria gostado de se casar comigo acima de qualquer coisa. Ele não tinha me visto, na época, mais do que duas vezes, pois isso foi antes de eu sair da escola. Entretanto, estou muito mais feliz em minha situação atual. O sr. Palmer é o tipo de homem que me agrada.

Capítulo 21

Os Palmer retornaram a Cleveland no dia seguinte, e as duas famílias de Barton ficaram novamente à vontade para se entreter mutuamente. Mas isso não durou muito tempo; Elinor mal havia tirado da cabeça os últimos visitantes, mal deixara de pensar no paradoxo de que Charlotte pudesse ser tão feliz sem uma causa, no modo de agir tão simplório do sr. Palmer, com suas boas habilidades, e na estranha inadequação que muitas vezes existe entre marido e mulher, quando a laboriosa diligência de Sir John e da sra. Jennings pela causa da boa companhia forneceu outras novas pessoas para ver e observar.

Numa excursão matinal para Exeter eles haviam encontrado duas jovens damas nas quais a sra. Jennings teve a satisfação de descobrir aparentadas suas, e isso bastou para que Sir John as convidasse imediatamente para uma visita no parque, assim que os atuais compromissos das duas em Exeter estivessem terminados. Os compromissos em Exeter instantaneamente desapareceram diante de tal convite, e Lady Middleton foi lançada num alarme um tanto considerável, quando do retorno de Sir John, ao saber que ela muito em breve haveria de receber uma visita de duas garotas que jamais vira na vida, e de cuja elegância, de cuja tolerável nobreza inclusive, não podia ter nenhuma prova, pois as garantias de seu marido e de sua mãe a respeito desse ponto não serviam para nada. Que fossem aparentadas também era uma questão que tornava tudo ainda pior; e as tentativas de consolação da sra. Jennings se mostraram, portanto, infelizmente despropositadas quando aconselhou à filha que não desse importância ao problema de que as garotas fossem ou não tão elegantes, porque todas elas eram primas e precisavam se aceitar umas às outras. No entanto, na medida em que era impossível, agora, impedir a vinda delas, Lady Middleton resignou-se com a ideia da visita recorrendo à bagagem filosófica de uma mulher bem-educada, contentando-se em meramente aplicar a seu marido uma suave repreensão em torno do assunto cinco ou seis vezes por dia.

As jovens damas chegaram: o aspecto delas não era de forma alguma pouco nobre ou deselegante. Seus vestidos eram muito graciosos, suas maneiras eram muito educadas; elas ficaram encantadas com a casa e arrebatadas com a mobília, e ocorreu que eram tão apaixonadamente afeiçoadas por crianças que a boa opinião de Lady Middleton foi conquistada em seu favor antes que tivessem permanecido uma hora no parque. Lady Middleton declarou que elas eram garotas de fato muito agradáveis, algo que, para sua senhoria, significava veneração entusiástica. A confiança de Sir John em seu próprio julgamento elevou-se com esse louvor animado, e ele se encaminhou diretamente ao chalé para informar as senhoritas Dashwood sobre a chegada das senhoritas Steele, e para lhes assegurar de que aquelas eram as mais doces garotas do mundo. Num louvor como esse, no entanto, não havia muita coisa para levar em consideração; Elinor sabia muito bem que as mais doces garotas do mundo podiam ser encontradas em todos os cantos da Inglaterra, sob todas as variações possíveis de forma, rosto, temperamento e inteligência. Sir John queria que a família toda caminhasse até o parque naquele mesmo instante para contemplar as convidadas. Que homem filantrópico e benevolente! Seria doloroso, para ele, deixar de compartilhar até mesmo uma prima de terceiro grau.

– Venham agora – disse ele –, por favor, venham... vocês precisam vir... Afirmo que virão sem dúvida... Não podem imaginar o quanto vão gostar delas. Lucy é monstruosamente bonita, e tão bem-humorada e agradável! As crianças já estão todas girando em volta dela, como se fosse uma velha conhecida. E ambas anseiam por vê-las mais do que qualquer outra coisa, porque ficaram sabendo, em Exeter, que vocês são as criaturas mais lindas do mundo; e eu lhes disse que isso é a mais pura verdade, e ainda muitíssimo mais. Vocês vão ficar encantadas com elas, estou certo disso. Elas trouxeram o carro inteiro repleto de brinquedos para dar às crianças. Como vocês podem ser tão rabugentas, preferindo ficar em casa? Ora, elas são suas primas, sim, de uma certa maneira. *Vocês* são minhas primas, e elas são primas da minha esposa, então vocês devem ter algum parentesco.

Mas Sir John não conseguiu fazer valer sua vontade. Ele pôde somente obter uma promessa de que as Dashwood visitariam o parque dentro de um ou dois dias e depois foi embora, estupefato com aquela indiferença, caminhando para casa com o fim de reafirmar ostensivamente às senhoritas Steele os encantos das vizinhas, assim como acabara de alardear para elas os encantos das senhoritas Steele.

Quando se deu a prometida visita no parque, com a consequente apresentação a essas jovens damas, elas não encontraram na fisionomia da mais velha, que tinha quase trinta anos e um rosto muito feio e nem um pouco sábio, nada que se pudesse admirar; mas na outra, que não tinha mais do que 22 ou 23, reconheceram uma considerável beleza; seus traços eram bonitos, e ela tinha um olhar rápido e penetrante, e um ar de astúcia que, apesar de não lhe conferir elegância ou graça verdadeiras, conferia distinção para sua pessoa. Os modos das duas eram particularmente corteses, e Elinor logo lhes concedeu o crédito de alguma espécie de sensatez quando percebeu o grau de atenção criteriosa e constante com que elas iam se tornando agradáveis para Lady Middleton. Com os filhos desta elas se mantinham em êxtase contínuo, exaltando sua beleza, cortejando suas atenções e cedendo a seus caprichos; e a quantidade de tempo que podia ser poupada das demandas importunas que essa polidez criava era empregada em admirar qualquer coisa que sua senhoria estivesse fazendo, ou em copiar algum elegante vestido novo com o qual o garbo de sua senhoria, no dia anterior, as havia mergulhado em incessante deleite. Felizmente para quem faz seu cortejo explorando tais fraquezas, uma mãe amorosa, embora seja, na busca por elogios para seus filhos, a mais voraz das criaturas humanas, é também a mais crédula; suas demandas são exorbitantes; mas ela engolirá qualquer coisa; e o excesso de afeto e de tolerância das senhoritas Steele com sua prole era encarado por Lady Middleton, portanto, sem a menor surpresa ou desconfiança. Ela via com complacência materna todas as transgressões e travessuras impertinentes às quais suas primas se submetiam. Via suas cintas desamarradas, seus cabelos puxados por sobre as orelhas, suas bolsas de trabalho devassadas e suas lâminas e tesouras roubadas, e não sentia nenhuma dúvida de que se tratava de um prazer recíproco. As brincadeiras não sugeriam nenhuma surpresa senão o pasmo de que Elinor e Marianne pudessem permanecer sentadas tão serenamente sem que reivindicassem uma participação no que se passava em volta.

— John está tão animado hoje! — disse ela, quando seu filho tirou o lenço de bolso da srta. Steele e o atirou para fora da janela. — Ele não cansa de fazer macaquices.

E logo em seguida, quando seu segundo menino beliscou violentamente um dos dedos da mesma dama, ela comentou com carinho:

— Como William está brincalhão!

— E eis aqui a minha pequena e doce Annamaria — acrescentou ela, acariciando com ternura uma menininha de três anos de idade que não tinha feito barulho algum ao longo dos últimos dois minutos. — E ela é sempre tão meiga e quietinha... Nunca houve uma coisinha mais quieta!

Porém, infelizmente, no ato de conceder esses abraços, um alfinete no arranjo do cabelo de sua senhoria arranhou de leve o pescoço da criança e produziu, neste modelo de meiguice, gritos violentíssimos, que dificilmente poderiam ser superados por qualquer criatura que fosse professadamente ruidosa. A consternação da mãe foi excessiva, mas não pôde ultrapassar o alarme das senhoritas Steele, e tudo que era possível foi feito por parte de todas as três em meio a tão crítica emergência, tudo que o carinho pudesse sugerir como provável abrandamento às agonias da pequena sofredora. Ela foi sentada no colo de sua mãe, coberta de beijos, sua ferida foi banhada com água de lavanda por uma das senhoritas Steele, que se colocara de joelhos para lhe prestar auxílio, e sua boca foi recheada com bombons pela outra. Com tal recompensa por suas lágrimas, a criança se mostrou astuta o bastante para continuar chorando. Ela seguiu gritando e soluçando com vontade, chutou seus dois irmãos por se oferecerem a tocá-la, e todas as tentativas unidas de consolação foram ineficazes até que Lady Middleton afortunadamente recordou que, numa similar cena de sofrimento na semana anterior, uma pequena quantidade de geleia de damasco tinha sido aplicada com sucesso numa têmpora machucada, e o mesmo remédio foi ansiosamente proposto para o desastrado arranhão, e uma pequena interrupção dos gritos da jovem dama, quando ela ouviu a proposta, deu-lhes razão para esperar que o remédio não seria rejeitado. Ela foi carregada para fora da sala nos braços de sua mãe, portanto, em busca do medicamento; uma vez que os dois meninos optaram por segui-las, embora severamente instados por sua mãe para que permanecessem onde estavam, as quatro jovens damas foram deixadas numa quietude que a sala não testemunhara por muitas horas.

– Pobre criaturinha! – disse a srta. Steele, tão logo eles se afastaram. – Poderia ter acontecido um acidente muito triste.

– Entretanto, não consigo entender como – exclamou Marianne –, a menos que tivesse sido em circunstâncias totalmente diferentes. Mas esse é o modo habitual de exagerar o alarme, quando na realidade não há nenhum motivo para qualquer alarme.

– Que mulher doce é Lady Middleton! – disse Lucy Steele.

Marianne ficou em silêncio; era impossível, para ela, dizer algo que não sentia, por mais trivial que fosse a ocasião; e sobre Elinor, portanto, recaía sempre a tarefa de dizer mentiras quando a polidez exigia. Ela fez o melhor que pôde ao ser assim solicitada, falando sobre Lady Middleton com mais ardor do que sentia, mas com muito menos ardor do que a srta. Lucy.

– E Sir John também – exclamou a irmã mais velha –, que homem encantador ele é!

Aqui, também, os elogios da srta. Dashwood, sendo apenas simples e justos, apareceram sem o menor lustro. Elinor apenas observou que ele era perfeitamente bem-humorado e amigável.

– E que família encantadora eles têm! Nunca vi crianças mais adoráveis na minha vida. Posso garantir que já estou completamente apaixonada por elas, e na verdade sou sempre loucamente apaixonada por crianças.

– Eu teria sido capaz de adivinhar – disse Elinor, sorrindo –, com o que presenciei nesta manhã.

– Tenho certa ideia – disse Lucy – de que vocês consideram que os pequenos Middleton são um pouco mimados demais; talvez eles sejam além da conta; mas isso é tão natural em Lady Middleton e, de minha parte, adoro ver crianças cheias de vida e de animação, não consigo suportá-las quando elas são mansas e quietas.

– Confesso que, enquanto fico em Barton Park – respondeu Elinor –, jamais penso em crianças mansas e quietas com qualquer aversão.

Uma pequena pausa sucedeu essa fala e foi rompida pela srta. Steele, que parecia ter uma enorme vontade de conversar, e que agora disse abruptamente:
– E o que pensa de Devonshire, srta. Dashwood? Suponho que tenha ficado muito triste por deixar Sussex.

Com alguma surpresa em função da familiaridade dessa pergunta, ou pelo menos em função da maneira com que foi expressada, Elinor respondeu que ficara triste.

– Norland é um lugar prodigiosamente lindo, não é não? – acrescentou a srta. Steele.

– Ouvimos Sir John afirmar o quanto admira Norland excessivamente – disse Lucy, que parecia pensar que alguma desculpa era necessária para tal liberdade de sua irmã.

– Creio que *todos* que já viram o lugar não podem deixar de admirá-lo – retrucou Elinor –, embora não se possa supor que qualquer pessoa vá estimar suas belezas como nós.

– E vocês tinham um grande número de galantes bonitos por lá? Suponho que não tenham tantos assim aqui nesta parte do mundo; de minha parte, creio que eles são sempre uma grande adição.

– Mas por que é que você pensaria – questionou Lucy, olhando com vergonha para sua irmã – que não existem tantos jovens distintos em Devonshire como em Sussex?

– Não, querida, tenho certeza que não pretendo dizer que não existem. Tenho certeza que temos um vasto número de galantes bonitos em Exeter; mas veja bem, de que maneira eu saberia quantos galantes podem ser encontrados em Norland? E eu estava somente com medo que a srta. Dashwood pudesse pensar que as coisas eram aborrecidas em Barton caso elas não tivessem tantos quanto costumavam ter. Mas talvez vocês não façam caso dos galantes, e aceitem de bom grado ficar tanto com ou sem eles. De minha parte, creio que são vastamente agradáveis, desde que se vistam com elegância e se comportem de modo educado. Mas não consigo suportar se os vejo sujos e indecentes. Por exemplo, em Exeter temos o sr. Rose, um jovem prodigiosamente bem-apessoado, muitíssimo galante, funcionário do sr. Simpson, e no entanto, se a gente encontra ele de manhã, ele não é uma figura digna de ser vista. Suponho que antes de se casar, srta. Dashwood, o seu irmão fosse tão galante quanto era rico.

– Dou minha palavra – retrucou Elinor – de que não posso lhe dizer, porque não compreendo perfeitamente o significado da palavra. Mas isto eu posso afirmar: se ele chegou a ser um galante antes de se casar, ainda o é, porque não houve nele a menor alteração.

– Ah! Minha nossa! Não dá pra pensar em homens casados como sendo galantes... Eles têm outras coisas pra fazer.

– Santo Deus! Anne – exclamou sua irmã –, você não consegue falar sobre nada mais a não ser galantes; vai fazer com que a srta. Dashwood acredite que não pensa em mais nada.

E então, para dar outro rumo à conversa, ela tratou de admirar a casa e os móveis.

Tal amostra das senhoritas Steele era suficiente. A liberdade vulgar e a tolice da mais velha não lhe faziam nenhuma recomendação; e como Elinor não se deixou cegar pela beleza ou pelo olhar perspicaz da mais jovem ao avaliar sua falta de verdadeira elegância ou naturalidade, ela se afastou da casa sem qualquer desejo de conhecê-las melhor.

Não foi assim com as senhoritas Steele. Elas vieram de Exeter bem providas de admiração para o uso de Sir John Middleton, de sua família e de todos os seus parentes, e uma proporção nem um pouco avara foi agora distribuída para suas belas primas, que elas declararam serem as garotas mais bonitas, elegantes, talentosas e agradáveis que jamais haviam contemplado, e as quais estavam particularmente ansiosas por conhecer melhor. E que se conhecessem melhor, portanto, Elinor logo descobriu, era o destino inevitável que lhes cabia, porque, como Sir John estava inteiramente ao lado das senhoritas Steele, o grupo seria forte demais para qualquer oposição, e elas também teriam de se submeter àquele tipo de intimidade que consiste em sentar junto uma ou duas horas, na mesma sala, quase todos os dias. Sir John não podia fazer nada mais; mas não sabia que algo mais era necessário: estar junto era, em sua opinião, ser íntimo; na medida em que seus contínuos esquemas para formar encontros se revelavam eficazes, ele não tinha dúvida de que as damas eram amigas estabelecidas.

Justiça lhe seja feita, Sir John fez tudo em seu poder para impedir que as damas se mantivessem muito reservadas, propiciando que as senhoritas Steele se familiarizassem com tudo que ele sabia ou supunha sobre a situação de suas primas nos mais delicados pormenores – e Elinor não as vira mais de duas vezes quando a mais velha das duas manifestou seu júbilo pelo fato de Marianne ter tido a sorte de conquistar um galante muito bonito desde que chegara em Barton.

– Será ótimo ter sua irmã casada tão jovem, com toda certeza – disse ela –, e ouvi falar que ele é um galante dos bons, e prodigiosamente bonito. E eu espero que a senhorita pode ter a mesma boa sorte em breve, mas talvez a senhorita pode já ter um amigo por perto.

Elinor não podia supor que Sir John seria mais sutil em proclamar suas suspeitas da consideração que ela tinha por Edward, não mais do que havia sido com relação a Marianne; na verdade, esse era o seu gracejo favorito entre os dois, pela vantagem de ser um tanto mais novo e mais conjectural; e desde a visita de Edward eles nunca tinham jantado juntos sem que ele fizesse um brinde aos melhores afetos de Elinor, com tanto significado e tantos acenos e piscadelas que acabava chamando a atenção de todos em volta. A letra F vinha sendo evocada invariavelmente, e se mostrava uma fonte tal de gracejos incontáveis que sua condição como letra mais espirituosa do alfabeto já se fixara nos ouvidos de Elinor havia muito tempo.

As senhoritas Steele, como ela esperava, já contavam agora com o benefício irrestrito desses gracejos, e na mais velha das duas eles despertavam a curiosidade de saber o nome do cavalheiro a quem se aludia, algo que, embora muitas vezes fosse expresso de maneira impertinente, estava perfeitamente de acordo com sua indiscrição em averiguar tudo que dizia respeito à família. Mas Sir John não alimentou por muito tempo a curiosidade que tanto lhe deleitara despertar, pois teve ao menos tanto prazer em revelar o nome quanto a srta. Steele o teve em ouvi-lo.

– O nome do cavalheiro é Ferrars – disse ele, num sussurro bastante audível –, mas por favor não conte a ninguém, porque se trata de um grande segredo.

– Ferrars!? – repetiu a srta. Steele. – O sr. Ferrars é o homem de sorte, é isso mesmo? O quê!? O irmão da sua cunhada, srta. Dashwood? Um jovem muito agradável, com toda certeza; eu o conheço muito bem.

– Como você pode dizer isso, Anne? – exclamou Lucy, que geralmente fazia emendas a todas as afirmações de sua irmã. – Embora tenhamos visto ele uma ou duas vezes na casa do meu tio, é um pouco exagerado pretender que o conhece muito bem.

Elinor ouviu isso tudo com atenção e surpresa. "E quem era esse tio? Onde ele morava? Como se conheceram?" Desejou muito que o assunto tivesse prosseguimento, embora ela mesma optasse por não participar; mas nada mais foi dito a respeito, e pela primeira vez em sua vida ela pensou que a sra. Jennings demonstrava ou pouca curiosidade após informações fragmentadas, ou pouca disposição para comunicar essas informações. O modo com que a srta. Steele havia falado sobre Edward aumentara sua curiosidade; pois aquilo lhe pareceu ser algo um tanto mal-intencionado, e sugeriu a suspeita de que a dama sabia ou imaginava saber algo que o desabonasse. Mas sua curiosidade foi inútil, pois nenhum interesse adicional pelo nome do sr. Ferrars foi despertado na srta. Steele quando aludido ou mesmo quando abertamente mencionado por Sir John.

Capítulo 22

MARIANNE, QUE NUNCA TIVERA grande tolerância para qualquer coisa que se assemelhasse a impertinência, vulgaridade, inferioridade de talento ou até mesmo diferença de gosto em relação a seu próprio juízo, estava naquele momento particularmente indisposta, por causa de seu estado de espírito, a gostar das senhoritas Steele ou a incentivar seus avanços; e da invariável frieza de seu comportamento com elas, que barrava todos os esforços de intimidade por parte das senhoritas, Elinor deduziu principalmente uma preferência por ela mesma que logo se tornou evidente nos modos de ambas, mas sobretudo nos de Lucy, que não perdia nenhuma oportunidade de a engajar nas conversas, ou de se empenhar em aprofundar a intimidade através de uma comunicação fácil e franca de seus sentimentos.

Lucy era naturalmente astuta; seus comentários eram muitas vezes adequados e divertidos; enquanto companheira para um período de meia hora, Elinor frequentemente a vira como uma pessoa de fato agradável; mas seus poderes não haviam recebido nenhum amparo da educação: ela era ignorante, iletrada, e sua deficiência em todos os aspectos mais profundos do pensamento, sua falta de informação nos elementos mais comuns, não podiam ser escondidas da srta. Dashwood, a despeito de seu constante esforço para se fazer ver sob uma luz vantajosa. Elinor percebia (e se compadecia dela por isso) a negligência das habilidades que uma educação poderia ter tornado tão respeitáveis; mas percebia com menor ternura de sentimento a completa falta de delicadeza, retidão e integridade intelectual que suas atenções, suas assiduidades, suas lisonjas no parque traíam; e não poderia obter nenhuma satisfação duradoura na companhia de uma pessoa que unia pouca sinceridade com ignorância, cuja falta de instrução impedia o encontro das duas numa conversa em termos de igualdade, cuja conduta com os outros fazia com que todas as demonstrações de atenção e deferência para ela mesma se tornassem perfeitamente destituídas de valor.

– A senhorita vai julgar que a minha pergunta é um tanto estranha, ouso dizer – Lucy afirmou para ela certo dia, quando caminhavam juntas do parque até o chalé –, mas me diga, por favor, a senhorita conhece pessoalmente a mãe de sua cunhada, a sra. Ferrars?

Elinor *de fato* julgou que a pergunta era muito estranha, e seu semblante expressou isso quando respondeu que jamais havia encontrado a sra. Ferrars.

– Não diga! – retrucou Lucy. – Fico intrigada com isso, porque pensei que a senhorita devia ter visto a sra. Ferrars em Norland algumas vezes. Sendo assim, quem sabe, creio que a senhorita não poderia me dizer que tipo de mulher ela é?

– Não – falou Elinor, receosa de emitir sua verdadeira opinião sobre a mãe de Edward e não muito desejosa de satisfazer o que parecia ser uma impertinente curiosidade. – Não sei nada sobre ela.

– Tenho certeza que a senhorita me considera muito extravagante por perguntar sobre ela dessa tal maneira – disse Lucy, olhando para Elinor com atenção enquanto falava –, mas talvez podem existir razões, espero que eu posso me atrever a tanto. No entanto, espero que a senhorita me faça justiça na crença de que não pretendo ser impertinente.

Elinor lhe deu uma resposta educada, e elas seguiram caminhando durante alguns minutos em silêncio. O silêncio foi rompido por Lucy, que retomou o tema dizendo, com alguma hesitação:

– Eu não conseguiria suportar que a senhorita me considerasse uma curiosa impertinente. Tenho certeza que eu preferiria fazer qualquer coisa neste mundo antes de ser assim considerada por uma pessoa cuja boa opinião é tão valiosa como a sua. E tenho certeza que eu não deveria ter o menor medo de confiar *na senhorita*; de verdade, eu ficaria muito contente com seus conselhos sobre como administrar uma situação tão desconfortável quanto essa em que me vejo; no entanto, não há necessidade para perturbar *a senhorita*. Lamento que não tenha conhecido a sra. Ferrars.

– Eu lamento *não* a conhecer – disse Elinor com grande assombro –, se lhe pudesse ser de alguma utilidade saber minha opinião sobre ela. Mas realmente eu nunca soube que a senhorita fosse de alguma maneira relacionada com essa família, e portanto estou um pouco surpresa, confesso, diante de uma indagação tão séria sobre o caráter dela.

– Ouso dizer que é mesmo uma surpresa sob o seu ponto de vista, e tenho certeza que não fico nem um pouco espantada com isso. Mas se eu me atrevesse lhe contar tudo, a senhorita não ficaria tão surpresa. A sra. Ferrars não é, certamente, nada pra mim no momento... Mas *pode* chegar o tempo... a brevidade com que vai chegar vai depender dela mesma... o tempo em que nós poderemos nos tornarmos muito intimamente ligadas.

Ela olhou para baixo quando disse isso, amavelmente tímida, com somente um olhar de soslaio para sua companheira, procurando observar o efeito que se produzira.

– Deus do céu! – Elinor exclamou. – A senhorita quer dizer o quê? Conhece o sr. Robert Ferrars? Será possível?

E Elinor não se sentiu muito feliz com a ideia de uma cunhada como ela.

– Não – retrucou Lucy –, não o sr. *Robert* Ferrars... Eu nunca vi ele na minha vida, mas... – (fixando seus olhos em Elinor) – o irmão mais velho dele.

O que sentiu Elinor naquele instante? Uma estupefação que teria sido tão dolorosa quanto forte, não fosse que uma descrença imediata na informação acompanhou-a. Ela virou-se para Lucy com silencioso espanto, incapaz de adivinhar o motivo ou objetivo de tal declaração; embora sua cor tivesse se alterado, manteve-se firme na incredulidade, não sentindo nenhum perigo de sofrer um ataque histérico ou desmaiar.

– A senhorita pode muito bem ficar surpresa – continuou Lucy –, pois com toda certeza não poderia ter tido antes nenhuma noção a respeito; porque ouso dizer que ele jamais deixou escapar o menor indício disso conversando com a senhorita ou com qualquer familiar seu; porque a questão foi sempre concebida como um grande segredo e, tenho certeza, foi assim mantida fielmente por mim até agora. Nem sequer uma única alma entre todos os meus conhecidos sabe disso, a não ser Anne, e eu nunca teria feito qualquer menção à senhorita se não tivesse sentido a maior confiança do mundo no seu sigilo; e realmente pensei que o meu comportamento, fazendo tantas perguntas sobre a sra. Ferrars, terminaria por parecer tão estranho que precisaria ser explicado. E não creio que o sr. Ferrars poderá ficar contrariado quando souber que eu confiei na senhorita, porque sei que ele tem a mais alta opinião deste mundo sobre a sua família toda, e vê a senhorita mesma e as demais senhoritas Dashwood como se fossem suas próprias irmãs.

Ela fez uma pausa.

Elinor permaneceu em silêncio por alguns momentos. Seu assombro com o que ouvira foi, a princípio, grande demais para que pudesse dizer qualquer coisa; passado certo tempo, porém, forçando-se a falar, e falando com cautela, num proceder calmo que ocultava razoavelmente bem sua surpresa e solicitude, ela disse:

– Posso lhe perguntar se o seu noivado é de longa data?

– Estamos noivos nestes últimos quatro anos.

– Quatro anos!?

– Sim.

Elinor, embora muitíssimo chocada, ainda se sentia incapaz de acreditar.

– Eu nem mesmo sabia – disse ela – que vocês se conheciam, até outro dia.

– O nosso conhecimento, no entanto, data de muitos anos. Ele esteve sob os cuidados do meu tio, sabe, por um tempo considerável.

– Seu tio!?

– Sim; o sr. Pratt. A senhorita nunca ouviu falar do sr. Pratt?

– Creio que já ouvi falar – retrucou Elinor, com o máximo esforço de sua alma, intensificando a intensidade de sua emoção.

– Ele ficou quatro anos com meu tio, que mora em Longstaple, perto de Plymouth. Foi lá que começou nossa intimidade, porque minha irmã e eu nos hospedávamos muitas vezes com meu tio, e foi lá que o nosso noivado começou, embora não antes de um ano após Edward ter deixado de ser pupilo; mas ele esteve quase sempre conosco depois disso. Eu estava bem pouco disposta em assumir esse noivado, como a senhorita pode imaginar, sem que a mãe dele tomasse conhecimento e aprovasse; mas eu era jovem demais e amava ele bem demais pra ser prudente como deveria ter sido. Mesmo que a senhorita não conheça ele tão bem quanto eu, deve ter visto dele o suficiente pra compreender que Edward é muito capaz de fazer uma mulher ficar sinceramente afeiçoada por ele.

– Certamente – respondeu Elinor, sem se dar conta do que disse.

Mas depois de um momento de reflexão ela acrescentou, com renovada segurança quanto à honra e ao amor de Edward, e à falsidade de sua companheira:

– Noiva do sr. Edward Ferrars! Confesso que estou tão completamente surpresa com o que a senhorita me conta que... Realmente, me perdoe; mas sem dúvida deve haver algum engano quanto à pessoa ou ao nome. Nós não podemos estar nos referindo ao mesmo sr. Ferrars.

– Não podemos estar nos referindo a nenhum outro – exclamou Lucy, sorrindo. – O sr. Edward Ferrars, filho mais velho da sra. Ferrars, de Park Street, e irmão da sua cunhada, a sra. John Dashwood, é o jovem a quem me refiro. A senhorita decerto admite que não sou suscetível de cometer um engano quanto ao nome do homem de quem a minha felicidade toda depende.

– É estranho – retrucou Elinor, com a mais dolorosa perplexidade – que eu jamais o tenha ouvido sequer mencionar o seu nome.

– Não; considerando a nossa situação, não foi estranho. Nosso primeiro cuidado foi manter o assunto em segredo. A senhorita não sabia nada sobre mim, ou sobre a minha família, e portanto não poderia surgir *ocasião* pra que alguma vez ele lhe mencionasse o meu nome. E como ele foi sempre particularmente temeroso que a irmã pudesse suspeitar de qualquer coisa, *isso* era motivo suficiente para não mencioná-lo.

Ela ficou em silêncio. A segurança de Elinor dissolveu-se; mas seu autocontrole não se dissolveu junto.

– Faz quatro anos que vocês são noivos – disse ela com voz firme.

– Sim. E só Deus sabe quanto tempo mais poderemos ter de esperar. Pobre Edward! Isso é um peso e tanto em seu coração!

Em seguida, tirando uma pequena miniatura do bolso, ela acrescentou:

– Pra evitar a possibilidade de um engano, faça-me a bondade de olhar este rosto. O retrato não lhe faz justiça, com toda certeza, mas mesmo assim creio que a senhorita não poderá se confundir quanto à pessoa pra quem foi desenhado. Eu tenho isso comigo faz três anos.

Ela o colocou nas mãos de Elinor enquanto falava. Quando Elinor viu a pintura, quaisquer outras dúvidas que pudesse nutrir em seu medo de uma decisão precipitada, ou em seu desejo de detectar falsidade, e que pudessem permanecer ainda em sua mente, ela já não poderia nutrir nenhuma de que se tratava do rosto de Edward. Ela o devolveu quase no mesmo instante, reconhecendo a semelhança.

– Eu nunca fui capaz – continuou Lucy – de dar a ele um retrato meu em troca, o que me deixa muito aborrecida, pois ele sempre se mostrou tão ansioso por tê-lo! Mas estou determinada em resolver esse problema na primeira oportunidade.

– A senhorita tem todo direito – Elinor respondeu calmamente.

Elas avançaram alguns passos, então, em silêncio. Lucy falou primeiro.

– Tenho certeza – disse ela –, não tenho a menor dúvida neste mundo que a senhorita vai manter fielmente este segredo, porque a senhorita deve ter noção da importância que isso tem pra nós, que isso não chegue aos ouvidos da mãe dele, pois ela jamais aprovaria, eu ouso dizer. Não terei nenhum dote, e eu imagino que ela seja uma mulher extremamente orgulhosa.

– Eu certamente não pedi sua confidência – disse Elinor –, mas a senhorita não me faz mais do que justiça quando imagina que pode confiar em mim. Seu segredo está seguro comigo. Mas me perdoe se eu expresso alguma surpresa diante de uma comunicação tão desnecessária. A senhorita deve ter pelo menos considerado que o meu conhecimento do assunto não o dotaria de maior segurança.

Enquanto disse isso ela olhou seriamente para Lucy, na esperança de descobrir algo em seu semblante, talvez a falsidade da maior parte do que dissera, mas o rosto de Lucy não passou por mudança nenhuma.

– Temi que a senhorita pudesse pensar que eu estava tomando uma liberdade muito grande – disse ela – em lhe contar tudo isso. Eu não conheço a senhorita faz muito tempo, com toda certeza, pelo menos pessoalmente, mas conheci a senhorita e a sua família toda por descrição, bastante tempo atrás. Assim que a vi, senti quase como se a senhorita fosse uma velha conhecida. Além disso, no presente caso, eu realmente pensei que alguma explicação seria devida depois que eu fiz essas investigações específicas sobre a mãe de Edward. E sou tão desafortunada que não conto com nenhuma criatura cujo conselho eu possa pedir. Anne é a única pessoa que sabe de tudo, e ela não tem absolutamente nenhum juízo; na verdade, ela me faz muito mais mal do que bem, porque fico em constante temor que ela termine por me trair. Anne não sabe segurar a língua, como a senhorita deve perceber, e tenho certeza que tive o maior susto deste mundo outro dia, quando Sir John mencionou o nome de Edward, com a possibilidade que ela expusesse tudo. A senhorita não pode imaginar o quanto eu repasso tudo na minha mente. Eu só me pergunto como é que ainda estou viva depois do que sofri por causa de Edward nestes últimos quatro anos. Todas as coisas sempre num estado de tanto suspense, tanta incerteza... E ver Edward tão raramente... Dificilmente podemos nos encontrarmos mais do que duas vezes por ano. Tenho certeza que me pergunto como é que o meu coração não estourou de vez.

Aqui ela tirou seu lenço, mas Elinor não se sentiu muito compassiva.

– Às vezes – continuou Lucy, depois de enxugar os olhos – eu penso se não seria melhor, para nós dois, encerrar a questão definitivamente.

Enquanto disse isso, olhou diretamente para sua companheira.

– Mas depois, em outros momentos, não tenho resolução suficiente pra tanto. Não consigo suportar o pensamento de fazê-lo tão infeliz como sei que faria com a simples menção de uma coisa dessas. E por minha conta também, tão querido como ele é para mim, não creio que eu teria condições. Que conselho me daria nesse caso, srta. Dashwood? Pessoalmente a senhorita faria o quê?

– Perdoe-me – retrucou Elinor, sobressaltada com a pergunta –, mas não posso lhe dar nenhum conselho, nessas circunstâncias. Seu próprio julgamento deve guiá-la.

– Com toda certeza – continuou Lucy, depois de alguns minutos de silêncio em ambos os lados –, a mãe dele deverá provê-lo mais cedo ou mais tarde; mas o pobre Edward está tão abatido com isso! A senhorita não considerou que ele parecia estar num estado de espírito terrível quando ficou em Barton? Ele se mostrava tão tristonho quando nos deixou em Longstaple pra lhes fazer uma visita, e fiquei com medo que vocês pensariam que ele estava bastante doente.

– Ele veio da casa do seu tio, então, quando nos visitou?

– Ah, sim; ele havia ficado duas semanas conosco. A senhorita pensava que ele veio diretamente da cidade?

– Não – retrucou Elinor, sentindo com muita intensidade todas as novas circunstâncias em favor da veracidade de Lucy. – Lembro que ele nos disse que havia ficado duas semanas com alguns amigos perto de Plymouth.

Ela recordou também sua própria surpresa naquela ocasião, quando Edward não mencionara nada mais acerca desses amigos, seu silêncio total a respeito até mesmo dos nomes.

– A senhorita não pensou que ele estava tristemente abatido? – repetiu Lucy.

– Nós pensamos, de fato, sobretudo no momento em que ele chegou.

– Pedi a Edward que fizesse um esforço, por medo que vocês pudessem suspeitar qual era o problema; mas ele ficou tão melancólico: não poder ficar mais de duas semanas conosco, e me ver tão afetada. Coitado! Receio que ocorra o mesmo com ele agora; pois ele escreve com desalento. Tive notícias dele um pouco antes de eu ter saído de Exeter – (tirando uma carta do bolso e mostrando, de modo descuidado, o endereço para Elinor). – A senhorita conhece a letra dele, ouso dizer, uma letra encantadora. Mas esta aqui não veio tão bem escrita como de costume. Edward estava cansado, ouso dizer, pois acabara de esgotar a folha pra mim, tão completamente quanto possível.

Elinor viu que *era* mesmo a letra dele, e não pôde mais duvidar. Aquele retrato, ela se permitira crer, poderia ter sido obtido acidentalmente; poderia não ter sido presente de Edward; mas uma correspondência entre eles por carta somente poderia subsistir sob um positivo envolvimento, não poderia ser autorizada por mais nada. Por alguns instantes Elinor quase se deixou vencer – seu coração quase parou em seu peito, e ela mal conseguiu se manter de pé; mas um esforço era indispensavelmente necessário; e ela combateu tão resolutamente a opressão de seus sentimentos que seu sucesso foi rápido e, naquela situação, completo.

– Escrever um ao outro – disse Lucy, colocando a carta de volta no bolso – é o único conforto que temos em separações longas assim. Sim, *eu* disponho de um outro conforto no retrato dele, mas o pobre Edward não tem nem mesmo *isso*. Ele diz que ficaria mais tranquilo se apenas pudesse ter o meu retrato. Eu lhe dei uma mecha do meu cabelo, fixada num anel, quando ele esteve em Longstaple pela última vez, e isso lhe proporcionou algum conforto, ele disse, mas não era comparável a um retrato. Talvez a senhorita tenha notado esse anel quando viu Edward.

– Eu notei – disse Elinor, com certa compostura na voz, sob a qual ocultava uma emoção e um sofrimento que ultrapassavam qualquer coisa que jamais sentira antes; ela estava mortificada, chocada, confusa.

Felizmente, para Elinor, elas já tinham chegado ao chalé, e a conversa não pôde ter continuidade. Depois de se sentar com elas por alguns minutos, as senhoritas Steele voltaram ao parque, e Elinor teve, então, liberdade para pensar e se sentir miserável.

Capítulo 23

Por menor que ainda fosse a confiança de Elinor na veracidade de Lucy, era impossível para ela, numa reflexão séria, suspeitar de algo no caso presente, onde nenhuma tentação poderia ser responsável pela insensatez de inventar uma mentira em tal descrição. Daquilo que Lucy afirmara como sendo verdade, portanto, Elinor não podia, não ousava mais duvidar, apoiado como era de todos os lados, também, por tais probabilidades e provas, e contrariado por nada senão seus próprios desejos. A oportunidade de convivência na casa do sr. Pratt era um alicerce para o resto, ao mesmo tempo indiscutível e alarmante; e a visita de Edward perto de Plymouth, seu estado de espírito melancólico, sua insatisfação com suas próprias perspectivas, seu comportamento incerto com ela mesma, o íntimo conhecimento das senhoritas Steele sobre Norland e as conexões da família delas – o que muitas vezes a surpreendera –, o retrato, a carta, o anel, formavam um conjunto de evidências tão consistente que superavam todos os medos de condenar Edward injustamente, e estabeleciam como incontestável, algo que nenhuma parcialidade poderia deixar de lado, o tratamento ruim que recebera dele. O ressentimento de Elinor por causa desse comportamento, a indignação por ter sido seu joguete, durante um curto espaço de tempo a fizeram sentir-se mal somente por si mesma; mas logo surgiram outras ideias, outras considerações. Será que Edward a enganara intencionalmente? Será que fingira um interesse por ela que não sentia? Seu compromisso com Lucy por acaso era um compromisso do coração? Não; o que quer que uma vez pudesse ter sido, Elinor não podia crer que ainda o fosse no presente. O afeto dele era todo dela. Não podia estar enganada quanto a isso. Sua mãe, suas irmãs, Fanny, todas haviam tomado conhecimento do interesse de Edward por ela em Norland; isso não era uma ilusão de sua própria vaidade. Edward certamente se apaixonara por ela. Que alívio no coração, se deixar persuadir assim! O quanto não lhe sugeria uma tentação de perdoar! Ele era culpado, altamente culpado, por ter permanecido em Norland depois de sentir pela primeira vez a influência dela sobre si como sendo maior do que deveria ser. Nisso Edward não poderia ser defendido; mas se ele a tivesse magoado, tanto mais teria magoado a si mesmo; se o caso dela era lamentável, o dele não tinha nenhuma esperança. Sua imprudência deixou-a muito infeliz por um tempo, mas parecia tê-lo privado de todas as chances de que alguma vez viesse a ser algo que não infeliz. Ela poderia, com o tempo, recuperar sua tranquilidade; mas *ele*, o que tinha ele como perspectiva? Edward poderia em algum momento ser razoavelmente feliz com Lucy Steele? Poderia ele, estivesse seu afeto por ela mesma fora de questão, com sua integridade, sua suscetibilidade, sua inteligência elevada, ficar satisfeito com uma mulher como aquela, iletrada, maliciosa e egoísta?

O entusiasmo juvenil dos dezenove anos naturalmente o teria cegado para todas as outras coisas exceto sua beleza e afabilidade, mas os quatro anos seguintes – anos que, quando empregados de forma racional, proporcionam tamanho progresso no entendimento – teriam feito com que Edward abrisse os olhos aos defeitos de educação da garota, ao passo que o mesmo período de tempo, empregado por parte dela em companhias inferiores e outras atividades frívolas, talvez lhe tivesse roubado a simplicidade que no passado podia ter conferido um caráter interessante para sua beleza.

Se na suposição de que Edward quisesse casar com ela mesma suas dificuldades por causa da mãe pareceram grandes, quanto maiores não seriam decerto agora, quando a escolhida de seu noivado era sem dúvida inferior em conexões, e provavelmente inferior no dote em comparação com ela mesma? Essas dificuldades, de fato, com um coração tão alienado em relação a Lucy, poderiam não pressionar com muita severidade a paciência do noivo; mas a melancolia seria o fardo da pessoa por quem uma expectativa de oposição e crueldade da família podia ser sentida como alívio!

À medida que essas considerações lhe ocorriam em dolorosa sucessão, Elinor chorou por ele mais do que por si mesma. Apoiada pela convicção de não ter feito nada para merecer sua infelicidade atual, e consolada pela crença de que Edward não fizera nada para perder sua estima, pensou que conseguiria mesmo agora, sob o primeiro tormento do pesado golpe, controlar-se o suficiente para esconder por inteiro de sua mãe e suas irmãs a suspeita da verdade. E foi capaz de responder tão bem a suas próprias expectativas que, quando se juntou a elas no jantar apenas duas horas depois de ter sofrido a primeira extinção de todas as suas mais caras esperanças, ninguém teria deduzido, pelo aspecto das irmãs, que Elinor pranteava secretamente os obstáculos que a separariam para sempre do seu objeto de amor, e que Marianne se debruçava em seu íntimo sobre as perfeições de um homem por cujo coração ela se sentia completamente possuída, e a quem esperava ver em cada carruagem que passava perto da casa.

A necessidade de ocultar de sua mãe e de Marianne o que lhe fora revelado em confidência, mesmo que a obrigasse a um esforço incessante, não acarretou agravamento da perturbação de Elinor. Ao contrário: era um alívio, para ela, ser poupada de comunicar algo que causaria nelas aflição tremenda, e ficar a salvo, da mesma forma, de ouvir a condenação a Edward que provavelmente redundaria do excesso de parcial afeição que dedicavam a ela mesma, o que era mais do que ela se sentia capaz de suportar.

Do conselho delas, ou da conversa, Elinor sabia que não poderia ter recebido auxílio; a ternura e o pesar de ambas por certo aprofundariam seu sofrimento, enquanto que seu próprio autocontrole não receberia incentivo nem do exemplo e nem do louvor das duas. Ela era mais forte sozinha, e seu próprio bom senso a sustentava tão bem que sua firmeza se mostrava inabalável na mesma medida em que sua simulação de alegria se mostrava invariável, tanto quanto era possível que se mostrassem no enfrentamento de desgostos tão pungentes e tão novos.

Pelo tanto que havia sofrido por causa de sua primeira conversa com Lucy acerca do tema, ela logo sentiu um desejo ardente de renová-la; e o sentiu por mais razões do que apenas uma. Queria ouvir de novo muitos pormenores sobre o envolvimento entre eles, queria entender mais claramente o que Lucy de fato sentia por Edward, se havia uma sinceridade em sua declaração de terno carinho por ele, e queria particularmente convencer Lucy, com sua presteza em ingressar naquele assunto outra vez, e com sua calma em conversar sobre ele, de que não estava interessada na questão de nenhuma forma senão como amiga, algo que, como muito temia, seu involuntário desassossego durante o colóquio da manhã deveria ter estabelecido como pelo menos duvidoso. Que Lucy tinha propensão para ter ciúmes dela parecia ser muito provável: estava claro que Edward sempre falara muito em seu louvor, e não meramente a partir das afirmações de Lucy, mas pelo fato de que esta tivesse se aventurado a lhe confiar, num conhecimento pessoal tão recente, um segredo tão confessada e evidentemente importante. E até mesmo a informação brincalhona de Sir John deve ter tido algum peso. Mas de fato, na medida em que Elinor sentia-se tão segura, em seu íntimo, de ser realmente amada por Edward, não era necessária outra consideração de probabilidades para que se tornasse natural que Lucy tivesse ciúme; e de que tinha ciúme mesmo, sua confiança era em si uma prova. Que outra razão poderia existir para divulgar o caso, a não ser a de que Elinor podia ser informada, assim, dos direitos superiores de Lucy por Edward, e aprendesse a evitá-lo no futuro? Ela teve pouca dificuldade em compreender, portanto, o cerne das intenções de sua rival; como decidira com firmeza que agiria guiada por todos os princípios de honra e honestidade para combater seu próprio afeto por Edward e vê-lo tão pouco quanto possível, não poderia se negar o conforto de tentar convencer Lucy de que seu coração não estava ferido. E como agora não poderia ter nada mais de doloroso para ouvir sobre o assunto que já não tivesse sido dito, Elinor não desconfiou de sua própria capacidade de aguentar com compostura uma repetição de pormenores.

Mas não foi de imediato que uma oportunidade de proceder assim pôde ser aproveitada, embora Lucy estivesse tão inclinada quanto ela mesma por tirar vantagem de qualquer uma que se apresentasse; pois o tempo muitas vezes não era bom o suficiente para permitir que se unissem numa caminhada na qual pudessem mais facilmente se separar dos outros; e embora se encontrassem pelo menos a cada duas noites no parque ou no chalé, e principalmente no primeiro, elas não podiam esperar se encontrar com o motivo de uma conversa. Tal pensamento jamais passaria nem pela cabeça de Sir John e nem pela de Lady Middleton; e portanto pouquíssimas ocasiões se ofereciam para um diálogo corriqueiro, e nenhuma para um colóquio particular. Elas encontravam-se com a finalidade de comer, beber e rir em grupo, e para jogar cartas, ou "consequências", ou qualquer outro jogo que fosse suficientemente barulhento.

Uma ou duas reuniões desse tipo haviam ocorrido sem proporcionar a Elinor qualquer chance de engajar Lucy numa conversação privada quando Sir John visitou o chalé certa manhã para pedir, em nome da caridade, que fossem todas jantar com Lady Middleton naquele dia, visto que ele era obrigado a comparecer ao clube em Exeter, e sua esposa de outra forma ficaria muito sozinha, exceto por sua mãe mais as duas senhoritas Steele. Elinor, que previu uma abertura mais razoável à meta que tinha em vista num encontro como este provavelmente seria, numa liberdade maior entre elas sob o comando tranquilo e bem-educado de Lady Middleton do que quando seu marido as unia num só propósito barulhento, aceitou o convite na mesma hora; Margaret, com a permissão de sua mãe, condescendeu igualmente, e Marianne, embora nunca tivesse vontade de participar de qualquer um desses encontros, foi convencida por sua mãe, que não podia suportar vê-la desligada de qualquer chance de diversão, a ir também.

As jovens damas partiram, e Lady Middleton foi felizmente preservada da terrível solidão que ameaçara seu dia. A insipidez da reunião era exatamente aquela que Elinor esperava; não produziu uma única novidade de pensamento ou expressão, e nada poderia ser menos interessante do que as conversações tanto na sala de jantar quanto na sala de visitas. Nesta última elas foram acompanhadas pelas crianças; enquanto permaneceram ali, Elinor continuou convencida demais da impossibilidade de engajar as atenções de Lucy para que tentasse fazê-lo; elas saíram da sala somente após a remoção dos utensílios de chá. A mesa de carta foi então instalada, e Elinor começou a perguntar a si mesma como podia ter alguma vez acalentado a esperança de encontrar ocasião para uma conversa no parque. Todas se levantaram em preparação ao jogo de mesa redonda.

— Fico feliz — disse Lady Middleton para Lucy — por saber que a senhorita não irá terminar a cesta da pobre Annamaria esta noite, pois estou certa de que deve prejudicar os olhos fazer esse trabalho de filigrana sob uma luz de velas. E amanhã nós vamos dar à nossa queridinha uma compensação para seu desapontamento, e então espero que ela não vá mais fazer tanto caso.

Essa sugestão bastou; Lucy se recompôs de pronto e retrucou:

— Na verdade, a senhora está muito enganada, Lady Middleton; estou apenas esperando pra saber se a senhora pode formar seu grupo sem mim, de outro modo eu já estaria trabalhando na minha filigrana. Eu não decepcionaria o nosso anjinho por nada no mundo; e se a senhora me quiser na mesa de jogo agora, garanto que termino a cesta depois do jantar.

– A senhorita é muito boa, espero que não vá prejudicar os olhos... Poderia tocar a campainha para pedir algumas velas de trabalho? Minha pobre menininha ficaria tristemente decepcionada, eu sei, se amanhã sua cesta não estivesse concluída, porque, apesar de eu lhe ter dito que certamente não ficaria pronta, tenho certeza de que ela confia que ficará.

Lucy no mesmo instante puxou sua mesa de trabalho para junto de si, e sentou-se de novo com uma diligência e uma jovialidade que pareciam deixar claro que ela não conseguiria experimentar maior deleite do que o de confeccionar uma cesta de filigrana para uma criança mimada.

Lady Middleton propôs às demais uma partida de cassino. Ninguém fez objeção, a não ser Marianne, que exclamou, com sua típica desatenção às formas da civilidade geral:

– Sua senhoria será bondosa o bastante para me desculpar... É de seu conhecimento que eu detesto cartas. Vou me sentar ao pianoforte; não encostei nele desde que foi afinado.

E sem maior cerimônia ela se virou e caminhou até o instrumento.

Lady Middleton exibiu uma expressão de pasmo, como se agradecesse aos céus por *ela* jamais ter pronunciado uma fala tão rude.

– Marianne nunca consegue se manter longe daquele instrumento, como todos sabem, minha senhora – disse Elinor, esforçando-se para atenuar a ofensa –, e eu não me espanto muito com isso, porque se trata, absolutamente, do pianoforte mais bem afinado que já ouvi.

As cinco restantes foram agora tirar suas cartas.

– Talvez – continuou Elinor –, se puder ocorrer que eu me ausente, poderei ser de alguma utilidade à srta. Lucy Steele, enrolando seus papéis para ela; e há muito ainda para ser feito na cesta, de modo que deve ser impossível, eu creio, que ela trabalhe sozinha e consiga terminá-la nesta noite. Eu gostaria muitíssimo de auxiliar no trabalho, se ela me permitir uma participação.

– Sem dúvida, ficarei muito grata por ter ajuda – exclamou Lucy –, porque constato que há mais por ser feito nesta cesta do que pensei que havia; e seria uma coisa chocante decepcionar a querida Annamaria no fim das contas.

– Ah! Seria terrível, sem dúvida – disse a srta. Steele. – Doce alminha, como eu a amo!

– A senhorita é muito gentil – disse Lady Middleton para Elinor. – E como realmente gosta do trabalho, talvez fique satisfeita em não jogar até uma outra partida. Ou prefere tirar sua sorte agora?

Elinor alegremente se aproveitou da primeira dessas propostas, e assim, com um pouco da sabedoria social que Marianne jamais poderia se permitir praticar, conquistou seu próprio objetivo e agradou Lady Middleton ao mesmo tempo. Lucy abriu espaço para ela com pronto cuidado, e as duas belas rivais ficaram, dessa forma, sentadas lado a lado na mesma mesa, engajadas, com a maior harmonia, em fazer progredir o mesmo trabalho. O pianoforte no qual Marianne, mergulhada em sua própria música e seus próprios pensamentos, a essa altura esquecera que havia qualquer outra pessoa na sala que não ela mesma, estava situado felizmente tão perto delas que a srta. Dashwood julgou agora que poderia de forma segura, abrigada pelo ruído, introduzir o interessante assunto sem qualquer risco de que fosse ouvida na mesa de jogo.

Capítulo 24

Num tom firme, porém cauteloso, Elinor começou assim:
— Eu não deveria ser merecedora da confiança com a qual a senhorita me honrou se não sentisse um desejo de continuidade, ou não tivesse nenhuma curiosidade adicional sobre o assunto. Não vou pedir desculpas, portanto, por trazê-lo novamente à tona.
— Obrigada — exclamou Lucy calorosamente — por quebrar o gelo; a senhorita tranquiliza o meu coração desse jeito, porque eu estava de certa maneira ou outra com medo de ter ofendido a senhorita com o que eu disse naquela segunda-feira.
— Ofendido!? Como pôde supor uma coisa dessas? Creia-me — (e Elinor falava com a mais verdadeira sinceridade) —, nada poderia estar mais longe da minha intenção do que lhe dar essa ideia. A senhorita poderia ter um motivo para sua confiança que não fosse honrado e lisonjeiro para mim?
— E no entanto eu lhe garanto — retrucou Lucy, seus olhinhos penetrantes cheios de significado —, parecia que tinha uma frieza e um descontentamento na sua reação que me deixou bastante desconfortável. Eu tive certeza que a senhorita estava com raiva de mim; e fiquei discutindo comigo mesma, desde então, por ter tomado essa liberdade de incomodá-la com os meus problemas. Mas estou muito contente por verificar que era somente a minha própria imaginação, e que a senhorita realmente não me considera culpada. Se soubesse o consolo que representou, pra mim, aliviar meu coração falando sobre aquilo em que fico sempre pensando a cada momento da minha vida, sua compaixão lhe faria esquecer qualquer outra coisa, tenho certeza.
— Não há dúvida, posso facilmente acreditar que foi um alívio muito grande revelar sua situação para mim e ter certeza de que nunca terá motivos para se arrepender. Seu caso é muito infeliz; a senhorita me parece estar cercada de dificuldades, e vai precisar de todo esse mútuo afeto para que possa enfrentá-las. O sr. Ferrars, creio eu, é totalmente dependente da mãe.

— Ele tem apenas 2 mil libras que lhe pertencem; seria um disparate se nos casássemos tendo apenas isso, embora, de minha parte, eu pudesse desistir de toda perspectiva por algo mais sem soltar sequer um suspiro. Sempre estive acostumada com uma renda muito pequena, e eu poderia enfrentar qualquer pobreza por ele; mas amo ele bem demais pra ser o entrave egoísta que lhe roubaria, talvez, tudo que sua mãe poderia lhe dar caso ele se casasse com fim de agradá-la. Precisamos esperar, pode ser que vamos esperar por muitos anos. Com praticamente qualquer outro homem neste mundo, isso seria uma perspectiva tenebrosa; mas nada pode me privar do afeto e da constância de Edward, eu sei disso.

— Essa convicção deve ser tudo para suas esperanças, e ele é sem dúvida confortado pela mesma confiança na sua. Se a força do apego recíproco entre vocês tivesse falhado, como ocorre entre muitas pessoas, e em muitas circunstâncias normalmente falharia durante um noivado de quatro anos, sua situação teria sido muito lamentável, de fato.

Lucy levantou os olhos; mas Elinor foi cautelosa em tirar de seu semblante qualquer expressão que pudesse obscurecer suas palavras com uma tendência suspeita.

— O amor de Edward por mim — disse Lucy — foi colocado à prova de maneira bem satisfatória pelo nosso afastamento por um tempo muito, muito longo desde o instante em que assumimos o noivado, e tem resistido ao teste tão bem que seria imperdoável, de minha parte, duvidar dele agora. Posso dizer com segurança que ele nunca me causou alarme, nesse aspecto, desde o primeiro momento.

Elinor mal soube se deveria sorrir ou suspirar diante de tal afirmação.

Lucy prosseguiu.

— Sou de um temperamento um tanto ciumento por natureza e, por causa das nossas situações diferentes na vida, pelo fato que ele tem muito mais importância no mundo do que eu, pela nossa contínua separação, eu seria propensa o bastante a suspeitar, a ter desvendado a verdade num instante caso aparecesse a menor alteração em seu comportamento comigo quando nos encontrávamos, ou qualquer abatimento de espírito que eu não pudesse explicar, ou se ele tivesse falado mais sobre uma dama do que sobre outra, ou parecesse, em qualquer aspecto, menos feliz em Longstaple do que costumava ser. Não quero dizer que eu sou particularmente observadora ou que eu tenho um olho vivo de modo geral, mas nesse caso tenho certeza que eu não poderia estar enganada.

"Tudo isso", pensou Elinor, "é muito bonito; mas não pode ser imposto a nenhuma de nós duas."

— Mas qual — disse ela, depois de um breve silêncio — é a sua perspectiva? Ou não tem nenhuma senão esperar a morte da sra. Ferrars, o que seria um meio extremo, melancólico e chocante? Será que o filho dela estará determinado a se submeter a isso, e ao tédio dos muitos anos de suspense que poderão envolvê-los, em vez de correr o risco de desagradar a mãe, por algum tempo, confessando a verdade?

— Se pudéssemos ter certeza que seria somente por algum tempo! Mas a sra. Ferrars é uma mulher muito teimosa e orgulhosa, e em seu primeiro ataque de raiva, ouvindo algo assim, muito provavelmente acabaria transferindo tudo pra Robert, e a ideia dessa possibilidade, pelo bem de Edward, elimina pavorosamente a minha inclinação por medidas precipitadas.

— E também pelo seu próprio bem, ou a senhorita estaria levando seu desinteresse mais além do que seria racional.

Lucy olhou para Elinor novamente, e ficou em silêncio.

— A senhorita conhece o sr. Robert Ferrars? — perguntou Elinor.

— De jeito nenhum, jamais o vi; mas imagino que ele seja muito diferente do irmão: bobo, e um grande janota.

— Um grande janota!? — repetiu a srta. Steele, cujos ouvidos captaram essas palavras devido a uma pausa repentina na música de Marianne. — Ah, elas estão falando de seus galantes favoritos, ouso dizer.

— Não, irmã — exclamou Lucy —, você está enganada quanto a isso, os nossos galantes favoritos *não* são grandes janotas.

— Eu posso responder, nesse ponto, que o galante da srta. Dashwood não é — disse a sra. Jennings, gargalhando com gosto. — Porque ele é um dos jovens cavalheiros mais modestos, mais bem-comportados que jamais vi; mas no que diz respeito a Lucy, ela é uma criaturinha tão ardilosa que não há como descobrirmos de quem *ela* gosta.

— Ah — exclamou a srta. Steele, se virando e olhando significativamente para elas —, ouso dizer que o galante de Lucy é tão modesto e bem-comportado quanto esse que pertence à srta. Dashwood.

Elinor enrubesceu a contragosto. Lucy mordeu o lábio e olhou com raiva para sua irmã. Um silêncio mútuo se manteve por algum tempo. Lucy foi quem primeiro pôs fim a tal silêncio, dizendo num tom mais baixo, embora Marianne estivesse lhes dando a poderosa proteção de um magnífico concerto:

— Eu vou lhe falar honestamente sobre um esquema que ultimamente não sai da minha cabeça, e que cria problemas que preciso suportar; na verdade, me vejo na obrigação de lhe permitir conhecer o segredo, pois a senhorita é parte interessada. Ouso dizer que a senhorita já conheceu o suficiente de Edward pra saber que ele iria preferir antes a igreja do que qualquer outra profissão. Pois bem; meu plano é que ele deveria ser ordenado assim que possível, e depois, através da sua interferência, da qual tenho certeza que a senhorita seria bondosa o bastante pra fazer uso, por amizade a Edward e, espero, alguma consideração por mim, seu irmão poderia ser persuadido a dar pra ele o benefício eclesiástico de Norland, e se trata, se não me engano, de um benefício muito bom, sendo que o atual beneficiado muito provavelmente não vai viver por bastante tempo. Isso seria suficiente pra que nos casássemos, e poderíamos confiar o resto ao tempo e ao destino.

– Eu sempre ficaria feliz – retrucou Elinor – em demonstrar qualquer sinal de minha estima e amizade pelo sr. Ferrars; mas a senhorita não percebe que a minha interferência, em tal ocasião, seria perfeitamente desnecessária? Ele é irmão da sra. John Dashwood... *Isso* deve ser recomendação suficiente ao marido dela.

– Mas a sra. John Dashwood não aprovaria que Edward fosse ordenado.

– Então prefiro suspeitar que a minha interferência contribuiria muito pouco.

Elas ficaram de novo em silêncio por vários minutos. Afinal Lucy exclamou, num suspiro profundo:

– Acredito que o modo mais sábio de pôr fim ao assunto, de uma vez por todas, seria dissolver o noivado. Nós parecemos estar tão assaltados por dificuldades de todos os lados que, embora isso fosse nos fazer infelizes por algum tempo, acabaríamos sendo mais felizes, quem sabe, no fim. Mas não vai me dar o seu conselho, srta. Dashwood?

– Não – respondeu Elinor, com um sorriso que ocultava sentimentos muito agitados –, sobre tal assunto eu certamente não darei conselho. A senhorita sabe muito bem que minha opinião não teria nenhum peso em seu ponto de vista, a menos que favorecesse seus desejos.

– A senhorita está de fato errada em me ver assim – retrucou Lucy com grande solenidade. – Não conheço ninguém cuja sabedoria eu considere em tão alta conta quanto considero a sua; e realmente acredito que, se a senhorita me dissesse "Eu lhe dou o conselho de pôr fim ao seu noivado com Edward Ferrars de qualquer maneira, será melhor pra que vocês dois sejam felizes", eu haveria de me decidir a fazer isso imediatamente.

Elinor enrubesceu pela insinceridade da futura esposa de Edward, e retrucou:

– Esse elogio acabaria por efetivamente me fazer evitar, assustada, emitir qualquer opinião que eu tivesse formado sobre o tema. Ele eleva muito alto a minha influência; o poder de separar duas pessoas tão ternamente unidas é demasiado para uma pessoa indiferente.

– É porque a senhorita é uma pessoa indiferente – disse Lucy, com certo melindre, e colocando ênfase especial nas palavras – que o seu julgamento poderia justamente ter esse peso pra mim. Se a senhorita pudesse ser supostamente tendenciosa em qualquer aspecto devido a seus próprios sentimentos, não me serviria de nada conhecer sua opinião.

Elinor pensou que seria mais sensato não dar a isso resposta nenhuma, para que não pudessem provocar uma na outra um aumento inadequado de desembaraço ou franqueza, e ficou até mesmo parcialmente determinada por nunca mais voltar a mencionar o assunto. Outra pausa sucedeu essa fala, portanto, com duração de muitos minutos, e Lucy foi ainda quem primeiro rompeu o silêncio.

– Por acaso estará na cidade neste inverno, srta. Dashwood? – perguntou ela, com sua costumeira complacência.

– Certamente que não.

– Eu sinto muito por isso – devolveu a outra, enquanto seus olhos brilhavam com a informação –, teria me dado tanto prazer encontrá-la por lá! Mas ouso dizer que a senhorita irá, apesar de tudo. Com toda certeza seu irmão e a sua irmã vão lhe pedir pra ir ao encontro deles.

– Não estará em meu poder aceitar o convite, se o fizerem.

– Que lástima! Eu confiava tanto que a encontraria lá. Anne e eu, no fim de janeiro, devemos ir ter com alguns parentes que querem que os visitemos faz vários anos! Mas irei somente com fim de ver Edward. Ele vai estar lá em fevereiro, caso contrário Londres não teria encantos pra mim; não tenho disposição de espírito para Londres.

Elinor foi logo chamada pela mesa de jogo com a conclusão da primeira partida, e a conversa confidencial das duas damas ficou, portanto, encerrada, algo a que ambas se submeteram sem qualquer relutância, pois nada fora dito, de ambos os lados, para fazer com que desgostassem menos uma da outra do que desgostavam antes; e Elinor sentou-se à mesa de jogo com a melancólica persuasão de que Edward não era somente desprovido de afeto pela pessoa que se tornaria sua esposa, como também não contava com a menor chance de ser razoavelmente feliz no casamento – algo que um afeto sincero por parte *dela* teria proporcionado, porque apenas o interesse pessoal poderia induzir uma mulher a manter um homem preso a um noivado quando ela parecia estar tão completamente ciente de que ele não o suportava mais.

Dali em diante o assunto nunca mais foi retomado por Elinor; quando introduzido por Lucy, que raramente perdia uma oportunidade de mencioná-lo, e que era particularmente cuidadosa em informar sua confidente sobre sua felicidade sempre que recebia uma carta de Edward, o tema era tratado pela primeira com calma e cautela, e dispensado assim que a civilidade permitisse; pois ela sentia que essas conversas representavam uma indulgência que Lucy não merecia, e que eram perigosas para si mesma.

A visita das senhoritas Steele em Barton Park se alongou muito além do que implicara o primeiro convite. Os favores a elas aumentaram; os anfitriões não podiam ficar sem elas; Sir John não queria nem mesmo ouvir que pudessem partir e, apesar de seus compromissos inúmeros e desde muito tempo firmados em Exeter, apesar da necessidade absoluta de voltar para cumpri-los imediatamente, que reaparecia em pleno vigor ao final de cada semana, elas foram convencidas a permanecer quase dois meses no parque, e a dar assistência na devida celebração do festival que exige um compartilhamento mais do que ordinário de bailes privados e grandes jantares para proclamar sua importância.

Capítulo 25

AINDA QUE A SRA. Jennings tivesse o hábito de passar uma grande parte do ano nas casas de suas filhas e seus amigos, ela não era desprovida de uma moradia própria estabelecida. Desde a morte de seu marido, que comerciara com sucesso em uma parte menos elegante da cidade, ela residira todos os invernos numa casa em uma das ruas próximas a Portman Square. Para esta casa ela começou, com o mês de janeiro se aproximando, a direcionar seus pensamentos, e para lá certo dia, de forma abrupta e muito inesperada para elas, convidou as senhoritas Dashwood mais velhas a viajarem com ela. Elinor, sem observar a transformada fisionomia de sua irmã e o olhar de animação que não denotava indiferença pelo plano, imediatamente afirmou por ambas uma recusa total mas agradecida, na qual acreditou ter expressado suas inclinações conjuntas. O motivo alegado foi a determinada resolução de ambas em não abandonar sua mãe naquela época do ano. A sra. Jennings recebeu a recusa com alguma surpresa, e repetiu o convite de pronto.

– Deus! Estou certa de que sua mãe pode ficar sem vocês muito bem, e eu *imploro* que me concedam o favor de sua companhia, porque o meu coração já está dependente disso. Não imaginem que serão alguma inconveniência para mim, pois não deixarei de fazer nada por causa de vocês. Só precisaremos enviar Betty pela diligência, espero que *isso* eu possa me permitir. Nós três seremos capazes de viajar muito bem no meu carro; e quando estivermos na cidade, se vocês não quiserem ir aonde quer que eu for, muito bem, vocês podem sempre acompanhar uma de minhas filhas. Tenho certeza de que sua mãe não vai se opor a isso; porque eu tive tanta sorte em soltar minhas próprias filhas das minhas mãos que ela vai me considerar uma pessoa muito adequada para ter a guarda de vocês; e se eu não conseguir ter pelo menos uma de vocês bem casada antes da nossa despedida, não será culpa minha. Vou falar coisas boas das senhoritas para todos os jovens cavalheiros, podem contar com isso.

– Eu tenho uma certa ideia – disse Sir John – de que a srta. Marianne não faria oposição a esse esquema, caso sua irmã mais velha o aceitasse. É muito duro, mesmo, que ela não possa ter um pouco de prazer apenas porque a srta. Dashwood não o deseja. Então aconselho a vocês duas que tomem o rumo da cidade, quando ficarem cansadas de Barton, sem dizer à srta. Dashwood uma única palavra.

– Não – exclamou a sra. Jennings –, tenho certeza de que ficarei monstruosamente feliz com a companhia da srta. Marianne, ocorrendo ou não que a srta. Dashwood venha junto, porém quanto mais gente melhor, digo eu, e pensei que seria mais confortável para elas se fossem juntas, porque, caso se cansassem de mim, poderiam conversar uma com a outra, e rir de minhas velhas manias pelas minhas costas. Mas uma ou outra, se não as duas, eu preciso levar comigo. Deus me ajude! Como pensam que conseguirei viver me virando sozinha, eu que sempre estive acostumada, até este inverno, a ter Charlotte comigo. Vamos lá, srta. Marianne, apertemos as mãos nesse negócio, e se a srta. Dashwood acabar mudando de ideia com o passar do tempo, ora, tanto melhor.

– Eu lhe agradeço, minha senhora, sinceramente lhe agradeço – disse Marianne calorosamente –, seu convite assegurou minha gratidão para sempre, e me daria muita felicidade, sim, quase a maior felicidade que eu poderia ter, se eu fosse capaz de aceitá-lo. Mas minha mãe, minha querida e amável mãe... Eu sinto a justiça do argumento de Elinor, e se ela ficasse menos feliz, menos confortável com nossa ausência... Ah! Não, nada me faria deixá-la. Não deveria ser, não poderia ser um sacrifício.

A sra. Jennings repetiu sua garantia de que a sra. Dashwood poderia muito bem ficar sem elas, e Elinor, que agora entendeu sua irmã, e que percebeu o grau de indiferença por quase tudo mais ao qual ela era levada por sua ânsia de estar com Willoughby novamente, não fez nenhuma oposição adicional quanto ao plano, e apenas transferiu a decisão para sua mãe, de quem no entanto mal esperava receber qualquer apoio em seu esforço para impedir uma visita que ela não era capaz de aprovar por Marianne e que, por conta própria, tinha razões específicas para evitar. O que quer que Marianne desejasse, sua mãe faria questão de promover ansiosamente; ela não podia esperar influenciar nesta última uma cautela de conduta num caso a respeito do qual jamais tinha sido capaz de inspirá-la com desconfiança; e não se atreveu a explicar o motivo de sua própria relutância em ir a Londres. Que Marianne, exigente como era, completamente familiarizada com as maneiras da sra. Jennings e invariavelmente desgostosa com elas, pudesse negligenciar todos os inconvenientes desse tipo, pudesse desconsiderar o que mais feria seus sentimentos irritadiços em sua busca por um objetivo, era prova tamanha, tão forte, tão completa da importância desse objetivo para ela, que Elinor, apesar de tudo que acontecera, não estava preparada para testemunhá-la.

Ao ser informada do convite, a sra. Dashwood, convencida de que uma excursão como aquela seria fonte de muita diversão para suas duas filhas, e percebendo através de todas as atenções carinhosas com ela o quão desejoso estava o coração de Marianne, não quis ouvir que declinassem da oferta por *sua* conta; insistiu que ambas aceitassem-na imediatamente, e então começou a prever, com seu bom humor habitual, uma variedade de vantagens que resultaria para todas elas dessa separação.

— Estou encantada com o plano — exclamou ela —, isso é exatamente o que eu poderia desejar. Margaret e eu seremos beneficiadas por ele tanto quanto vocês mesmas. Quando vocês e os Middleton se forem, vamos ficar tão sossegadas e felizes juntas, com os nossos livros e as nossas músicas! Vocês vão encontrar Margaret tão melhor quando retornarem! Eu tenho um pequeno plano de alteração para os seus quartos também, e ele pode agora ser realizado sem qualquer inconveniente para ninguém. É mais do que certo que vocês *devem* viajar à cidade; eu faria com que todas as jovens na sua condição de vida se familiarizassem com os costumes e as diversões de Londres. Vocês estarão sob os cuidados de uma mulher boa como uma mãe, de cuja bondade com vocês eu não posso ter nenhuma dúvida. Além disso, com toda probabilidade, vocês vão ver seu irmão, e quaisquer que sejam os defeitos dele, ou os defeitos de sua esposa, quando considero de quem ele é filho, não consigo suportar tê-los tão completamente afastados uns dos outros.

— Ainda que com sua normal ânsia por nossa felicidade — disse Elinor — a senhora esteja eliminando todo e qualquer impedimento que lhe possa ocorrer quanto ao presente esquema, ainda resta uma objeção que, na minha opinião, não pode ser tão facilmente removida.

O semblante de Marianne se abateu.

— E a minha querida e prudente Elinor vai sugerir o quê? — perguntou a sra. Dashwood. — Que formidável obstáculo ela vai agora nos apresentar? Deixe-me ouvir uma palavra sobre o alcance do problema.

— Minha objeção é esta: embora eu pense as melhores coisas sobre o coração da sra. Jennings, ela não é uma mulher cuja companhia poderá nos proporcionar prazer, ou cuja proteção nos dará importância.

— Isso é muito verdadeiro — retrucou sua mãe —, mas a companhia dela, em separado das outras pessoas, vocês dificilmente terão de aguentar por mais do que alguns momentos, e vocês quase sempre vão aparecer em público com Lady Middleton.

— Se Elinor foge da viagem porque tem antipatia pela sra. Jennings — disse Marianne —, isso pelo menos não precisa impedir que *eu* aceite o convite. Não tenho tais escrúpulos, e estou certa de que poderia suportar todos os aborrecimentos desse tipo com muito pouco esforço.

Elinor não pôde deixar de sorrir com essa demonstração de indiferença pelas maneiras de uma pessoa em relação a quem ela sempre tivera dificuldade em persuadir Marianne de que devia se comportar com tolerável polidez; e resolveu em seu íntimo que, se sua irmã insistisse em ir, ela iria também, pois não considerava conveniente que Marianne fosse deixada na orientação exclusiva de seu próprio julgamento, ou que a sra. Jennings ficasse à mercê de Marianne em detrimento de todos os confortos de suas horas domésticas. Com essa determinação ela se reconciliou ainda mais facilmente ao lembrar que Edward Ferrars, de acordo com o relato de Lucy, não estaria na cidade antes de fevereiro, e que a visita delas, sem qualquer abreviação que fosse desproposital, poderia ser previamente encerrada.

— Eu farei com que *ambas* viajem — disse a sra. Dashwood. — Essas objeções não têm o menor sentido. Vocês terão muito prazer estando em Londres, e sobretudo estando juntas; e se Elinor alguma vez condescendesse em antecipar um prazer, ela o preveria com base numa variedade de fontes; ela esperaria, talvez, o prazer de aprofundar sua intimidade com a família de sua cunhada.

Elinor muitas vezes desejara uma oportunidade de tentar enfraquecer a confiança de sua mãe na ligação de Edward com ela, para que o choque pudesse ser menor quando a verdade toda fosse revelada, e agora, com esse ataque, embora quase sem esperança de obter sucesso, ela se forçou a começar seu desígnio dizendo, tão calmamente quanto pôde:

— Eu gosto muito de Edward Ferrars, e sempre ficarei feliz em vê-lo, mas quanto ao resto da família, é uma questão de perfeita indiferença para mim que eu seja conhecida por eles ou não.

A sra. Dashwood sorriu e não disse nada. Marianne levantou os olhos com espanto, e Elinor conjecturou que poderia muito bem ter segurado a língua.

Depois de pouquíssima conversa adicional, ficou finalmente decidido que o convite deveria ser totalmente aceito. A sra. Jennings recebeu a informação com uma grande efusão de alegria e muitas garantias de benevolência e cuidados; e tampouco foi uma questão de prazer apenas para ela. Sir John ficou encantado, porque, para um homem cuja preocupação dominante era o pavor de ficar sozinho, essa aquisição de duas pessoas ao número de habitantes em Londres era uma maravilha. Mesmo Lady Middleton se deu ao trabalho de ficar encantada, algo que praticamente jamais ocorria com ela; quanto às senhoritas Steele, e sobretudo Lucy, nunca tinham sido mais felizes em suas vidas do que quando tomaram conhecimento da novidade.

Elinor submeteu-se ao arranjo que contrariava seus desejos com menos relutância do que esperara sentir. Em relação a si mesma, agora era uma questão de indiferença que fosse à cidade ou não; quando viu sua mãe tão completamente satisfeita com o plano, e sua irmã empolgada no olhar, na voz e no modo de agir, tendo recuperado por completo seu ânimo habitual e tendo elevado em grande medida seu contentamento habitual, ela não pôde permanecer insatisfeita com a causa, e dificilmente se permitiria desconfiar da consequência.

O júbilo de Marianne pairava num grau que ia quase além da felicidade, tão fortes eram a perturbação do seu espírito e sua impaciência por partir. Sua relutância em abandonar a mãe era o único revigorante de sua calma; no momento da despedida, sua dor, nesse quesito, foi excessiva. A aflição de sua mãe dificilmente resultou menor, e Elinor foi a única das três que pareceu considerar a separação como algo que seria menos do que eterno.

A partida ocorreu na primeira semana de janeiro. Os Middleton as seguiriam dentro de mais ou menos uma semana. As senhoritas Steele mantiveram sua estadia no parque, e sairiam somente com o resto da família.

Capítulo 26

Elinor não pôde se ver na carruagem com a sra. Jennings, e começar uma viagem para Londres sob sua proteção, como sua convidada, sem espantar-se com sua própria situação, tão pequena era sua familiaridade com essa senhora, de tal modo eram elas totalmente incompatíveis em idade e disposição, e tantas tinham sido suas próprias objeções contra tal medida somente alguns dias antes! Mas essas objeções, com aquele ardor feliz da juventude que Marianne e sua mãe igualmente compartilhavam, estavam todas superadas ou deixadas de lado; e Elinor, apesar de todas as dúvidas ocasionais sobre a constância de Willoughby, não podia testemunhar o arrebatamento de deliciosa expectativa que preenchia por inteiro a alma e radiava nos olhos de Marianne sem sentir como era vazia sua própria perspectiva, como era triste o estado de espírito dela mesma em comparação, e como de bom grado ela tomaria parte na solicitude da situação de Marianne para ter o mesmo objetivo animador em vista, a mesma possibilidade de esperança. Um espaço de tempo curto, muito curto, porém, deveria decidir agora quais eram as intenções de Willoughby; com toda probabilidade ele já estava na cidade. A sofreguidão de Marianne por partir declarava sua confiança de que o encontraria, e Elinor estava decidida não somente por apreender cada nova luz quanto ao caráter dele que sua própria observação ou as informações dos outros pudessem lhe fornecer, mas também por observar o comportamento dele com sua irmã num cuidado bastante zeloso, de modo que averiguasse quem ele era e o que queria antes que muitas reuniões ocorressem. Se o resultado de suas observações se mostrasse desfavorável, ela determinara que, sob todas as circunstâncias, abriria os olhos de sua irmã; se fosse de outro modo, seus esforços seriam de uma natureza diferente – ela deveria, então, aprender a evitar todas as comparações egoístas e banir todos os lamentos que pudessem diminuir sua satisfação pela felicidade de Marianne.

Elas viajaram por três dias, e o comportamento de Marianne, enquanto progrediam na jornada, foi uma feliz amostra da complacência e do companheirismo vindouros que se poderiam esperar nas atenções à sra. Jennings. Ela ficou sentada em silêncio durante quase o caminho todo, envolta em suas próprias meditações, e quase nunca falando voluntariamente, exceto quando algum objeto de pitoresca beleza, dentro do campo de visão das viajantes, arrancava dela uma exclamação de deleite dirigida exclusivamente para sua irmã. De modo a reparar essa conduta, portanto, Elinor tomou posse imediata do encargo de civilidade que atribuíra para si mesma, comportou-se com a maior consideração à sra. Jennings, conversou com ela, riu com ela e a ouviu sempre que pôde. A sra. Jennings, por sua vez, tratou ambas com todas as gentilezas possíveis, foi solícita em todas as ocasiões ao prazer e à facilidade delas, e só se perturbou pelo fato de que não conseguia fazer com que escolhessem seus próprios jantares na estalagem, nem extorquir uma confissão de que preferiam salmão a bacalhau, ou aves cozidas a costeletas de vitela. Elas chegaram à cidade às três da tarde no terceiro dia, felizes por serem libertadas, depois de uma viagem como aquela, do confinamento de uma carruagem, e prontas para desfrutar do luxo de um bom fogo.

A casa era bela, e belamente decorada, e as jovens damas foram sem demora colocadas em posse de um aposento muito confortável. Ele havia pertencido antes a Charlotte, e ainda pendia sobre a lareira uma paisagem em sedas coloridas de sua autoria, como prova de ela ter passado sete anos numa grandiosa escola na cidade com algum proveito.

Visto que o jantar não estaria pronto em menos de duas horas depois da chegada, Elinor decidiu empregar o intervalo escrevendo para sua mãe, e sentou-se com esse fim. Alguns momentos depois, Marianne fez o mesmo.

– Estou escrevendo para casa, Marianne – disse Elinor –, não seria melhor você adiar a sua carta por um dia ou dois?

— Eu *não* estou escrevendo para minha mãe — respondeu Marianne às pressas, como se quisesse evitar qualquer questionamento adicional.

Elinor não disse mais nada. Imediatamente ocorreu-lhe que ela deveria, então, estar escrevendo para Willoughby; e a conclusão que também de modo instantâneo se seguiu foi de que, por mais misteriosamente que eles pudessem desejar conduzir o caso, só podiam estar noivos. Essa convicção, embora não fosse totalmente satisfatória, lhe deu prazer, e ela continuou sua carta com maior entusiasmo. Marianne concluiu a sua em poucos minutos; em comprimento, não poderia ser maior do que um bilhete; a carta foi então dobrada, selada e endereçada com ávida rapidez. Elinor pensou que conseguira distinguir um grande W no endereço; no mesmo instante em que este terminou de ser escrito, Marianne, tocando a campainha, solicitou ao lacaio que veio atendê-la que levasse a carta, para ela, ao correio londrino. Isso solucionou a questão de uma vez por todas.

Seu espírito continuava muito animado; mas havia uma vibração, nele, que o impedia de proporcionar muito prazer para sua irmã, e tal agitação aumentou enquanto a noite avançava. Marianne mal pôde comer qualquer coisa no jantar, e depois, quando elas voltaram até a sala de visitas, pareceu ansiosamente querer ouvir o som de cada carruagem.

Foi uma grande satisfação para Elinor que a sra. Jennings, por estar muito atarefada em seu próprio quarto, pouco pudesse ver o que estava se passando. Os utensílios do chá foram trazidos, e Marianne já tinha se decepcionado mais de uma vez com batidas em portas vizinhas quando uma batida forte foi subitamente ouvida, não podendo ser confundida com a de qualquer outra casa, e Elinor teve certeza de que era o anúncio de que Willoughby se aproximava, e Marianne, levantando, dirigiu-se até a porta. Tudo era silêncio; aquilo não poderia ser suportado por muitos segundos; ela abriu a porta, avançou alguns passos em direção à escada e, depois de ficar ouvindo por meio minuto, voltou à sala com o grau de agitação que seria naturalmente produzido pela convicção de ter ouvido Willoughby; no êxtase de seus sentimentos, naquele instante, ela não pôde deixar de exclamar:

— Ah, Elinor, é Willoughby, sem dúvida, é sim!

E parecia estar quase pronta para lançar-se nos braços dele quando apareceu o coronel Brandon.

Foi um choque grande demais para que pudesse ser suportado com calma, e ela imediatamente saiu da sala. Elinor também ficou desapontada, mas, ao mesmo tempo, seu respeito pelo coronel Brandon assegurou boas-vindas de parte dela; e se sentiu particularmente magoada com o fato de que um homem tão enamorado de sua irmã devesse perceber que ela experimentava nada mais do que tristeza e decepção por vê-lo. Elinor imediatamente viu que aquilo não passara despercebido pelo coronel, que ele até mesmo observou Marianne, quando esta saiu da sala, com um espanto e uma inquietação tais que quase se esqueceu da civilidade requerida por ela mesma.

– Sua irmã está doente? – ele perguntou.

Elinor respondeu com certa angústia que ela estava, e então falou de dores de cabeça, de desânimo e de fortes fadigas; e de todas as coisas às quais pudesse decentemente atribuir o comportamento de sua irmã.

Ele a ouviu com a mais séria das atenções, mas depois, parecendo se recompor, não disse mais nada sobre o assunto, e começou no mesmo instante a falar de seu prazer por vê-las em Londres, fazendo as indagações de praxe sobre a viagem delas, e sobre os amigos que elas tinham deixado para trás.

Nesse calmo proceder, com muito pouco interesse dos dois lados, eles continuaram a conversar, ambos desanimados, e os pensamentos de ambos pairando em outros lugares. Elinor queria muito perguntar se Willoughby estava naquele momento na cidade, mas tinha medo de o fazer sofrer com qualquer investigação sobre seu rival, e por fim, apenas para dizer alguma coisa, perguntou se havia estado em Londres desde que ela o vira pela última vez.

– Sim – ele retrucou, com algum embaraço –, quase sempre desde então. Estive uma ou duas vezes em Delaford por alguns dias, mas nunca esteve ao meu alcance poder voltar para Barton.

Isso, e a maneira em que foi dito, imediatamente recuperou na lembrança de Elinor todas as circunstâncias da saída do coronel daquele lugar, com o desconforto e as suspeitas que tinham causado à sra. Jennings, e ela ficou com medo de que sua pergunta deixara implícita muito mais curiosidade sobre o assunto do que ela de fato tinha sentido.

A sra. Jennings logo entrou.

– Ah, coronel! – disse ela, com sua costumeira jovialidade ruidosa. – Estou monstruosamente contente por ver o senhor, desculpe eu não poder vir antes, peço perdão, mas tive de ver as coisas um pouco, e resolver os meus assuntos. Pois faz um longo tempo que não estou em casa, e o senhor sabe que nós temos sempre um mundo de coisinhas extravagantes para fazer depois que ficamos longe por algum tempo. E então tive de resolver pendências com Cartwright... Deus, eu tenho andado tão ocupada quanto uma abelha desde o jantar! Mas me diga, coronel, como foi que adivinhou que eu estaria na cidade hoje?

– Eu tive o prazer de saber disso na casa do sr. Palmer, onde estive jantando.

– Ah, o senhor fez bem; ora, e como estão todos eles naquela casa? Como vai Charlotte? Posso garantir que ela já ganhou um belo peso por esta altura.

— A sra. Palmer pareceu estar muito bem, e eu fiquei encarregado de afirmar aqui que amanhã a senhora certamente vai vê-la.

— Pois sim, com toda certeza, eu pensei que sim. Bem, coronel, eu trouxe duas jovens damas comigo, veja... Isto é, o senhor vê apenas uma delas agora, mas há uma outra em algum canto. Sua amiga, a srta. Marianne, também... Julgo que o senhor não lamenta saber. Não sei o que o senhor e o sr. Willoughby farão entre vocês quanto a ela. Pois sim, é uma coisa boa ser jovem e bonita. Bem! Eu fui jovem uma vez, mas nunca fui muito bonita... Tanto pior para mim. No entanto, consegui um marido muito bom, e não sei se uma beleza maior poderia fazer mais. Ah, pobre homem! Ele está morto há mais de oito anos. Mas coronel, por onde o senhor andou desde que nos separamos? E como é que vão os seus negócios? Vamos, vamos, não guardemos segredos entre amigos.

Ele respondeu com a suavidade habitual a todos os inquéritos da sra. Jennings, mas sem satisfazê-la jamais. Elinor começou então a fazer o chá, e Marianne teve obrigação de comparecer novamente.

Com a entrada dela, o coronel Brandon ficou mais pensativo e silencioso do que antes, e a sra. Jennings não o convenceu a permanecer muito tempo. Nenhum outro visitante apareceu naquela noite, e as damas foram unânimes na ideia de que se deitassem cedo.

Marianne se levantou na manhã seguinte com espírito renovado e aparência feliz. A decepção da noite anterior parecia ter sido esquecida na expectativa do que ocorreria naquele dia. Elas haviam terminado seu desjejum fazia não muito tempo quando a caleche da sra. Palmer parou na porta, e dentro de poucos minutos ela entrou rindo na sala, tão feliz ao vê-las que era difícil dizer se ela sentia mais prazer por encontrar novamente sua mãe ou as senhoritas Dashwood; tão surpresa com a vinda delas à cidade, embora fosse o que tanto aguardara o tempo todo; tão zangada que tivessem aceitado o convite de sua mãe depois de terem recusado o dela própria, e ao mesmo tempo ela jamais as teria perdoado se não tivessem vindo!

— O sr. Palmer vai ficar tão feliz por vê-las — disse ela. — O que pensam que ele disse quando ouviu falar de sua vinda com mamãe? Esqueci agora o que foi, mas foi algo tão engraçado!

Depois de uma hora ou duas empregadas naquilo que sua mãe chamava de conversa confortável ou, dizendo de outro modo, em todas as variedades de questionamento sobre todos os conhecidos por parte da sra. Jennings, e em risadas sem motivo por parte da sra. Palmer, foi proposto por esta última que todas deveriam acompanhá-la em algumas lojas onde ela tinha negócios por resolver naquela manhã, ao que a sra. Jennings e Elinor consentiram prontamente, por terem também algumas compras para fazer por sua vez; e

Marianne, embora tivesse declinado num primeiro momento, foi induzida também a ir.

Onde quer que fossem ela ficava, evidentemente, sempre à espreita. Em Bond Street, especialmente, onde a maior parte dos negócios das damas se concentrava, os olhos de Marianne estiveram em constante investigação; e em qualquer loja onde o grupo se detivesse, sua mente ficava igualmente abstraída de qualquer coisa que estivesse de fato diante delas, de tudo que interessasse e ocupasse as outras. Inquieta e insatisfeita em todo lugar, sua irmã nunca conseguia obter sua opinião sobre qualquer artigo de compra, por mais que pudesse igualmente dizer respeito a ambas; ela não tinha prazer em nada, demonstrava somente impaciência por ir para casa novamente, e tinha dificuldade em governar seu aborrecimento com a tediosa sra. Palmer, cujo olhar era capturado por todas as coisas lindas, dispendiosas ou novas, que se mostrava louca para comprar tudo, não era capaz de optar por nada, e jogava fora seu tempo em indecisão e êxtase.

Foi somente no fim da manhã que elas voltaram para casa; tão logo entraram, Marianne, avidamente, subiu voando as escadas. Quando Elinor a seguiu, encontrou-a se voltando da mesa com um semblante triste, que declarava que nenhum Willoughby tinha estado ali.

— Nenhuma carta foi deixada para mim aqui desde que saímos? — ela perguntou ao lacaio que naquele momento entrava com os embrulhos.

Ela recebeu uma resposta negativa.

— Tem certeza disso? — retrucou. — Está certo de que nenhum criado, nenhum portador deixou qualquer carta ou bilhete?

O homem respondeu que ninguém aparecera.

— É tão estranho! — ela disse, numa voz baixa e desapontada, virando-se na direção da janela.

"Muito estranho, sem dúvida!", Elinor repetiu em seu íntimo, observando sua irmã com inquietação. "Se ela não soubesse que Willoughby estava na cidade, não teria escrito para ele como fez, teria escrito para Combe Magna; e se ele está na cidade, como é estranho que não apareça e nem escreva! Ah, minha querida mãe, a senhora só pode estar errada em permitir que um noivado entre uma filha tão jovem e um homem tão pouco conhecido seja levado adiante de uma maneira tão duvidosa, tão misteriosa! Anseio por investigar; e por saber como a *minha* interferência será tolerada."

Depois de alguma ponderação ela decidiu que, se por muitos dias mais as coisas continuassem exibindo um aspecto tão desagradável quanto exibiam agora, ela representaria do modo mais firme para sua mãe a necessidade de uma séria investigação do caso.

A sra. Palmer e duas senhoras idosas, conhecidas íntimas da sra. Jennings que ela encontrara e convidara naquela manhã, jantaram com elas. A primeira deixou-as logo depois do chá para cumprir seus compromissos noturnos, e Elinor teve de participar na composição de uma mesa de uíste com as outras. Marianne não tinha qualquer utilidade nessas ocasiões, visto que nunca demonstrava vontade de aprender o jogo; no entanto, embora seu tempo estivesse, assim, a seu próprio dispor, a noite não foi, de maneira nenhuma, mais garantidora de prazer para ela do que para Elinor, pois foi empregada na forte ansiedade da expectativa e na dor da decepção. Às vezes ela se empenhava por alguns minutos em ler, mas o livro era logo jogado de lado, e ela retomava o ato mais interessante de andar para lá e para cá pela sala, parando por um momento sempre que passasse diante da janela, na esperança de distinguir a batida na porta que havia tanto esperava.

Capítulo 27

– SE ESTE TEMPO aberto se mantiver – disse a sra. Jennings, quando elas se encontraram no desjejum na manhã seguinte –, Sir John não vai querer partir de Barton na próxima semana; é uma coisa triste, para os desportistas, perder um dia de prazer. Pobrezinhos! Eu sempre tenho piedade deles quando isso ocorre, eles parecem ficar tão pesarosos.

– É verdade – exclamou Marianne, com voz alegre, e caminhando até a janela enquanto falava, para examinar o dia. – Eu não tinha pensado *nisso*. Este tempo vai manter muitos desportistas no campo.

Era uma lembrança auspiciosa, e o seu ânimo foi completamente restaurado por ela.

– É um tempo encantador para *eles* de fato – ela continuou, sentando-se à mesa do desjejum com um semblante feliz. – Como eles devem se divertir! Mas – (com um certo retorno da ansiedade) – não se pode esperar que dure muito tempo. Nesta época do ano, e depois de tamanha série de chuvas, nós certamente teremos bem pouco tempo bom daqui por diante. Geadas vão em breve se abater, e severas, com toda probabilidade. Dentro de um ou dois dias, talvez; esta extrema amenidade dificilmente poderá durar mais tempo... Ou melhor, talvez tenhamos geada esta noite!

– De qualquer forma – disse Elinor, desejando impedir que a sra. Jennings enxergasse os pensamentos de sua irmã tão claramente quanto ela –, ouso dizer que teremos Sir John e Lady Middleton na cidade até o final da próxima semana.

— Pois sim, minha querida, eu lhe garanto que teremos. Mary sempre consegue o que quer.

"E agora", Elinor conjecturou silenciosamente, "ela vai escrever para Combe pelo serviço postal de hoje."

Mas se Marianne efetivamente o fez, a carta foi escrita e enviada com uma privacidade que iludiu sua máxima vigilância em verificar o fato. Qualquer que fosse a verdade nesse ponto, e longe como Elinor estava de sentir um completo contentamento a respeito, mesmo que visse Marianne num animado estado de espírito, ela mesma não conseguia ficar muito desconfortável. E Marianne estava de fato num animado estado de espírito, feliz com aquela amenidade do clima, e ainda mais feliz em sua expectativa de uma geada.

A manhã foi empregada principalmente em deixar cartões nas casas dos conhecidos da sra. Jennings, para informá-los de que ela se encontrava na cidade, e Marianne ficou o tempo todo ocupada em observar a direção do vento, vigiar as variações do céu e imaginar alguma alteração no ar.

— Você não concorda que está mais frio do que estava de manhã, Elinor? Me parece que há uma diferença muito marcada. Eu mal consigo manter minhas mãos quentes, mesmo no meu regalo. Não estava assim ontem, eu creio. As nuvens parecem estar partindo também, o sol vai aparecer num momento, e teremos uma tarde clara.

Elinor alternadamente se divertia e ficava pesarosa; mas Marianne perseverou, e viu todas as noites, no brilho do fogo, e todas as manhãs, no aspecto da atmosfera, certos sintomas de uma geada que se aproximava.

As senhoritas Dashwood não tinham maior razão para estar insatisfeitas com o estilo de vida da sra. Jennings e com seu grupo de conhecidos, não mais do que com o comportamento que ela lhes dedicava, que era invariavelmente bondoso. Tudo nos arranjos da casa era conduzido no mais generoso dos planos; com exceção de alguns velhos amigos da cidade, os quais, para o lamento de Lady Middleton, ela jamais abandonara, a sra. Jennings não visitava nenhuma pessoa cuja apresentação pudesse de alguma maneira descompor os sentimentos de suas jovens companheiras. Satisfeita por encontrar-se mais confortavelmente situada do que esperava nesse particular, Elinor estava bastante inclinada por se conformar com a falta de muita diversão verdadeira em qualquer uma das reuniões noturnas, as quais, fossem em casa ou fora dela, formadas apenas com o propósito de jogar cartas, pouco podiam oferecer para distraí-la.

O coronel Brandon, que tinha um convite permanente para vir à casa, estava com elas quase todos os dias; ele vinha com o fim de olhar para Marianne e falar com Elinor, que muitas vezes obtinha mais satisfação em conversar com ele do que em qualquer outra ocorrência diária, mas que ao mesmo tempo constatava, com muita inquietação, o continuado interesse que ele acalentava por sua irmã. Ela temia que se tratasse de um interesse cada vez mais forte. Era-lhe doloroso ver o fervor com o qual muitas vezes ele observava Marianne, e o estado de espírito do cavalheiro era certamente pior do que quando em Barton.

Cerca de uma semana depois da chegada das damas, ficou comprovado que Willoughby também chegara. Seu cartão estava sobre a mesa quando elas voltaram do passeio da manhã.

– Santo Deus! – exclamou Marianne. – Ele esteve aqui enquanto nós estávamos fora.

Elinor, regozijando-se por ter a certeza de que ele estava em Londres, então se aventurou a dizer:

– Confie nisso, ele vai nos visitar de novo amanhã.

Mas Marianne pareceu mal ouvi-la e, com a entrada da sra. Jennings, fugiu com o precioso cartão.

Esse acontecimento, que por um lado elevou o estado de espírito de Elinor, por outro restaurou no de sua irmã toda – e mais do que toda – a sua agitação anterior. Dali em diante, sua mente nunca parava quieta; a expectativa de vê-lo a cada hora do dia tornava Marianne imprestável para qualquer atividade. Ela insistiu em ser deixada para trás, na manhã seguinte, quando as outras saíram.

Os pensamentos de Elinor não se desviaram do que poderia estar se passando em Berkeley Street durante a ausência delas; mas um olhar rápido para sua irmã, quando elas voltaram, foi suficiente para informá-la de que Willoughby não fizera uma segunda visita. Um bilhete foi trazido naquele instante, e colocado sobre a mesa.

– Para mim!? – exclamou Marianne, avançando apressadamente.

– Não, senhora, para minha patroa.

Mas Marianne, não convencida, tomou o bilhete sem perda de tempo.

– É mesmo destinado à sra. Jennings; que exasperante!

– Você está esperando uma carta, então? – perguntou Elinor, incapaz de ficar em silêncio por mais tempo.

– Sim, um pouco... não muito.

Após uma breve pausa:

– Você não tem confiança em mim, Marianne.

– Ora, Elinor, essa afronta vindo de *você*... que não confia em ninguém!

– Eu!? – Elinor retrucou, com certa confusão. – De verdade, Marianne, não tenho nada para contar.

– Nem eu – Marianne respondeu, de modo enérgico. – Nossas situações, portanto, são iguais. Nenhuma de nós tem qualquer coisa para dizer; você, porque não se comunica, e eu, porque não estou escondendo nada.

Elinor, aflita com essa acusação de que agia com reserva, da qual não tinha condições de se desfazer, não soube como, em tais circunstâncias, pressionar Marianne por uma maior abertura.

A sra. Jennings logo apareceu; o bilhete lhe sendo repassado, ela o leu em voz alta. Era de Lady Middleton, anunciando a chegada deles em Conduit Street na noite anterior, e solicitando a companhia de sua mãe e suas primas na noite seguinte. Negócios por parte de Sir John e um resfriado violento por parte dela mesma impediam uma visita em Berkeley Street. O convite foi aceito; mas quando a hora do compromisso se aproximou, necessário como era – por simples civilidade com a sra. Jennings – que ambas devessem acompanhá-la em tal visita, Elinor teve alguma dificuldade em convencer sua irmã a ir, pois ela não tinha visto nenhum sinal de Willoughby ainda, e portanto não estava mais indisposta para uma diversão fora de casa do que temerosa de correr o risco de que ele as visitasse de novo em sua ausência.

Elinor descobriu, quando a noite acabou, que a disposição de uma pessoa não é substancialmente alterada por uma mudança de teto, porque, mesmo mal tendo chegado à cidade, Sir John havia cometido a façanha de coletar em torno dele cerca de vinte jovens, e de diverti-los com um baile. Isso era algo, no entanto, que Lady Middleton não aprovava. No campo, uma dança não premeditada era muito admissível; mas em Londres, onde a reputação de elegância era mais importante e menos facilmente alcançada, era por demais arriscado, para gratificar algumas poucas garotas, fazer com que todos soubessem que Lady Middleton havia dado uma pequena dança de oito ou nove casais, com dois violinos e uma mera refeição leve num aparador.

O sr. e a sra. Palmer fizeram parte do grupo; do primeiro, que elas ainda não haviam visto desde a chegada na cidade, já que ele tinha o cuidado de evitar passar a impressão de que desse qualquer atenção para sua sogra, e portanto nunca se aproximava dela, não receberam nenhum sinal de reconhecimento quando entraram. O sr. Palmer olhou para elas ligeiramente, sem parecer saber quem eram, e de onde estava, no outro lado da sala, ofereceu à sra. Jennings um mero aceno de cabeça. Marianne olhou em volta do aposento quando entrou; foi o suficiente – *ele* não estava lá. E ela sentou-se, igualmente sem vontade de receber ou comunicar prazer. Depois de já estarem reunidos por cerca de uma hora, o sr. Palmer se lançou na direção das senhoritas Dashwood para expressar sua surpresa por vê-las na cidade, muito embora o coronel Brandon tivesse sido informado da chegada das damas na casa dele, e ele próprio tivesse dito alguma coisa bastante engraçada quando soube que elas viriam.

– Eu pensei que estivessem ambas em Devonshire – disse ele.
– Pensou? – retrucou Elinor.

— Quando vocês voltam?
— Eu não sei.
E assim terminou a conversa entre eles.

Nunca em sua vida Marianne sentira tão pouca vontade de dançar quanto sentiu naquela noite, e nunca sentira tanta fadiga pelo exercício. Queixou-se disso enquanto elas retornavam para Berkeley Street.

— Pois sim, pois sim — disse a sra. Jennings —, conhecemos muito bem a razão de tudo isso; se uma determinada pessoa que ficará sem nome estivesse lá, a senhorita não teria ficado nem um pouco cansada. Para dizer a verdade, não foi muito bonito da parte dele não vir encontrá-la, uma vez que ele foi convidado.

— Convidado!? — exclamou Marianne.

— Foi o que me disse minha filha Middleton, pois parece que Sir John o encontrou em algum lugar na rua hoje de manhã.

Marianne não disse mais nada, mas pareceu estar extremamente magoada. Impaciente, em tal situação, por fazer algo que pudesse levar ao alívio de sua irmã, Elinor resolveu escrever na manhã seguinte para sua mãe, e esperou, despertando seus temores pela saúde de Marianne, conseguir obter aqueles inquéritos que haviam sido tão adiados; e ficou ainda mais ávida por tomar esta medida quando percebeu, após o desjejum no dia seguinte, que Marianne estava novamente escrevendo para Willoughby, pois não poderia supor que fosse para qualquer outra pessoa.

Por volta do meio-dia, a sra. Jennings saiu sozinha para tratar de seus negócios, e Elinor começou sua carta de imediato, enquanto Marianne, inquieta demais para se ocupar com algo, ansiosa demais para qualquer conversa, caminhava de uma janela para outra, ou sentava-se junto ao fogo em melancólica meditação. Elinor foi muito sincera em seu pedido para sua mãe, relatando tudo que se passara, suas suspeitas sobre a inconstância de Willoughby, instando-lhe, por todos os apelos do dever e do afeto, que exigisse de Marianne uma explicação de sua verdadeira situação em relação a ele.

Sua carta mal fora terminada quando uma batida na porta predisse um visitante, e o coronel Brandon foi anunciado. Marianne, que o vira da janela, e que detestou ter qualquer tipo de companhia, saiu da sala antes que ele entrasse. O coronel parecia mais grave do que de costume; apesar de manifestar satisfação por encontrar a srta. Dashwood sozinha, como se tivesse alguma coisa em particular para lhe contar, ficou sentado por certo tempo sem dizer uma única palavra. Elinor, convencida de que ele tinha alguma comunicação a fazer que envolvia sua irmã, esperou impacientemente que o coronel começasse a falar. Não era pela primeira vez que ela sentia esse mesmo tipo de convicção, pois em mais de uma ocasião anteriormente, começando com a observação de que "sua irmã parece não estar bem hoje", ou "sua irmã parece desanimada", ele dera impressão de estar a ponto de revelar ou inquirir algo em particular sobre ela. Depois de uma pausa de vários minutos, o silêncio entre os dois foi rompido, e o coronel lhe perguntou, com certa agitação na voz, quando é que deveria felicitá-la por ter adquirido um irmão. Elinor não estava preparada para uma pergunta como essa e, não dispondo de resposta pronta, teve de adotar o expediente simples e comum de perguntar o que ele quisera dizer. Ele tentou sorrir ao responder que "o envolvimento de sua irmã com o sr. Willoughby é muito conhecido por todos".

– Não pode ser conhecido por todos – retrucou Elinor –, pois a própria família dela não sabe disso.

Ele pareceu surpreso e disse:

– Peço perdão, receio que minha indagação foi impertinente; mas eu não supusera nenhum segredo intencional, uma vez que os dois se correspondem abertamente, e o casamento deles é comentado em todos os cantos.

– Como pode ser? De quem o senhor pode ter ouvido menção disso?

– De muitos... de alguns que a senhorita não sabe quem são, de outros com quem a senhorita tem grande intimidade, a sra. Jennings, a sra. Palmer, e os Middleton. Mas ainda assim eu poderia não ter acreditado... porque, quando a mente tem talvez pouca vontade de ser convencida, ela irá sempre encontrar alguma coisa para fortalecer suas dúvidas... se eu não tivesse, quando o criado me abriu a porta hoje, visto acidentalmente uma carta na mão dele, dirigida ao sr. Willoughby com a escrita de sua irmã. Eu vim indagar, mas fiquei convencido antes que pudesse fazer a pergunta. Está tudo finalmente decidido? Será impossível que... Mas não tenho esse direito, e eu não poderia ter chance de sucesso. Desculpe-me, srta. Dashwood. Creio ter agido errado em dizer tanto, mas mal sei o que fazer, e na sua prudência eu tenho a mais forte confiança. Diga-me que está tudo absolutamente resolvido, que qualquer tentativa, que a ocultação, em suma, se a ocultação for possível, é tudo que me resta.

Essas palavras, que transmitiram a Elinor uma confissão direta do amor dele por sua irmã, abalaram-na profundamente. Ela não foi capaz de dizer imediatamente qualquer coisa; mesmo quando sua serenidade foi recuperada, debateu consigo, por um curto tempo, sobre a resposta que seria mais adequada. O verdadeiro estado das coisas entre Willoughby e sua irmã era tão pouco conhecido por ela mesma que, no esforço por explicá-lo, ela poderia ser capaz de dizer tanto muito quanto pouco. No entanto, como estava convencida de que o afeto de Marianne por Willoughby não poderia dar nenhuma esperança de sucesso ao coronel Brandon, qualquer que fosse o resultado desse afeto, e ao mesmo tempo queria proteger sua conduta contra um tom de censura, pensou que seria mais amável e prudente, depois de certa consideração, dizer mais do que realmente sabia ou acreditava. Elinor reconheceu portanto que, apesar de nunca ter sido informada por eles sobre os termos em que haviam se comprometido um com o outro, de seu mútuo afeto não tinha dúvida, e que não ficava surpresa por saber de sua correspondência.

O coronel Brandon escutou-a com atenção silenciosa. Quando ela parou de falar, levantou-se no mesmo instante de seu assento e, depois de dizer com emoção na voz, "Para sua irmã eu desejo a maior felicidade que se possa imaginar; para Willoughby, que ele possa se esforçar por merecê-la", despediu-se, e foi embora.

Elinor não extraiu nenhum sentimento confortável dessa conversa para diminuir a inquietação de sua mente em outros pontos; reteve, pelo contrário, uma impressão melancólica da infelicidade do coronel Brandon, e foi até mesmo impedida de desejá-la removida, pois ansiava pelo próprio evento que a confirmaria.

Capítulo 28

NÃO HOUVE NADA, DURANTE os três ou quatro dias seguintes, que fizesse Elinor lamentar a medida que tomara, recorrendo à mãe; porque Willoughby não apareceu e tampouco escreveu. Elas estavam comprometidas, ao fim desse período, em acompanhar Lady Middleton numa reunião da qual a sra. Jennings absteve-se devido à indisposição de sua filha mais nova; e Marianne, totalmente desanimada, descuidada de sua fisionomia, parecendo do mesmo modo indiferente se fosse ou permanecesse, preparou-se para essa reunião sem qualquer olhar esperançoso ou expressão de prazer. Depois do chá, até a chegada de Lady Middleton, ela ficou sentada junto ao fogo na sala de visitas e sequer fez menção de levantar do assento ou alterar sua postura, perdida em seus próprios pensamentos, insensível à presença de sua irmã. Quando finalmente lhes foi dito que Lady Middleton as esperava na porta, sobressaltou-se como se tivesse esquecido que aguardavam alguém.

As damas chegaram no devido tempo ao local de destino; assim que a fileira de carruagens diante delas permitiu, desceram, subiram as escadas, ouviram seus nomes sendo anunciados de um ponto de espera para outro em voz audível, e entraram numa sala esplendidamente iluminada, repleta de pessoas, onde o calor era insuportável. Quando já tinham prestado seu tributo de polidez com delicadas mesuras à dona da casa, foram autorizadas a se misturar na multidão e a tomar parte no calor e no aperto, que sua chegada tornaria necessariamente mais acentuados. Depois de certo tempo despendido em falar pouco ou fazer menos ainda, Lady Middleton sentou-se para jogar cassino; como Marianne não dispunha de ânimo para se locomover, ela e Elinor tendo afortunadamente obtido cadeiras, as duas posicionaram-se a uma distância não muito grande da mesa.

Não tinham permanecido assim sentadas por longo tempo quando Elinor percebeu Willoughby, de pé a poucas jardas delas, em ardorosa conversação com uma jovem de aparência muito requintada. Ela logo foi vista pelo cavalheiro. Willoughby se curvou no mesmo instante, mas sem procurar falar com ela ou abordar Marianne, embora não pudesse deixar de vê-la; e depois prosseguiu seu colóquio com a mesma dama. Elinor se voltou involuntariamente para Marianne, querendo ver se aquilo poderia não estar sendo observado por ela. E nesse momento ela percebeu a presença de Willoughby. Com seu semblante incandescendo em súbito deleite, Marianne teria corrido até ele na mesma hora, não fosse sua irmã segurá-la.

– Deus do céu! – ela exclamou. – Lá está ele, lá está ele! Ah, por que será que ele não olha para mim? Não posso falar com ele?

– Por favor, por favor, se componha – exclamou Elinor –, não traia o que você sente para todas as pessoas presentes. Talvez ele não a tenha reparado ainda.

Isso, porém, era mais do que ela mesma poderia crer; e manter a compostura num momento como aquele não estava somente fora do alcance de Marianne, estava fora de suas intenções. Ela permaneceu sentada numa impaciente agonia que afetava todas as feições.

Por fim ele se voltou novamente, olhando as duas; ela se levantou e, ao mesmo tempo que pronunciava o nome dele num tom afetuoso, estendeu sua mão. Willoughby se aproximou e, dirigindo-se mais para Elinor do que para Marianne, como se quisesse evitar seu olhar, determinado a não observar sua postura, perguntou de modo apressado sobre a sra. Dashwood e quis saber por quanto tempo elas já estavam na cidade. Elinor perdeu completamente sua presença de espírito com tal abordagem, e não foi capaz de dizer sequer uma palavra. Mas os sentimentos de sua irmã se manifestaram imediatamente. Seu rosto ficou todo avermelhado, e ela exclamou, numa voz que revelava intensa emoção:

– Meu bom Deus! Willoughby, qual é o significado disso? Você não recebeu minhas cartas? Não vai apertar minha mão?

Willoughby não pôde se furtar a fazê-lo então, mas o toque de Marianne pareceu ser doloroso a ele; segurou a mão da dama por um momento apenas. Durante todo esse tempo ela ficou, evidentemente, lutando para manter a compostura. Elinor observou o semblante do rapaz, e viu sua expressão se tornando mais tranquila. Após um momento de pausa, ele falou com calma:

— Eu me concedi a honra de fazer uma visita em Berkeley Street na última terça-feira, e lamentei muitíssimo por não ter tido a sorte de encontrar as senhoritas e a sra. Jennings em casa. Meu cartão não foi perdido, eu espero.

— Mas você não recebeu meus bilhetes? — Marianne exclamou, na mais ardente ansiedade. — Existe aqui algum engano, eu tenho certeza, algum engano terrível. Qual pode ser o significado disso? Me diga, Willoughby; pelo amor de Deus, me diga, qual é o problema?

Ele não respondeu; a cor do seu rosto se transformou, e o embaraço lhe retornou com força. Porém, percebendo que era observado pela jovem dama com quem estivera conversando antes, sentiu a necessidade de empreender um esforço imediato. Recuperou a calma e, depois de dizer "Sim, eu tive o prazer de receber a informação de que haviam chegado na cidade, que a senhorita teve a bondade de me mandar", afastou-se às pressas com uma leve mesura e foi para junto de sua amiga.

Marianne, exibindo um rosto agora terrivelmente branco, e incapaz de permanecer em pé, desabou em sua cadeira, e Elinor, esperando a cada momento vê-la desmaiar, tentou escondê-la da observação dos outros enquanto a reavivava com água de lavanda.

— Vá ter com ele, Elinor — ela exclamou, assim que teve condições de falar —, e o force a vir até mim. Diga-lhe que preciso vê-lo de novo, preciso falar com ele imediatamente. Eu não posso descansar, não terei sequer um momento de paz até que tudo esteja explicado... Algum terrível equívoco ou algo assim. Por favor, vá ter com ele agora mesmo.

— E como isso pode ser feito? Não, minha querida Marianne, você precisa esperar. Este não é o lugar para explicações. Espere somente até amanhã.

Foi com dificuldade, no entanto, que Elinor conseguiu impedi-la de segui-lo. E persuadir Marianne a deixar passar sua agitação, a esperar, pelo menos, por uma compostura que fosse aparente, até que pudesse dirigir-se a Willoughby com mais efeito e mais privacidade, era impossível; pois ela continuou incessantemente a extravasar em voz baixa, com exclamações de desgraça, seus sentimentos miseráveis. Dentro de pouco tempo Elinor viu Willoughby sair da sala pela porta em direção à escada e, dizendo a Marianne que ele havia ido embora, insistiu na impossibilidade de falar com o jovem novamente naquela noite, encontrando nisso um novo argumento para que se acalmasse. Ela imediatamente pediu para sua irmã solicitar a Lady Middleton que as levasse para casa, visto que se sentia miserável demais para permanecer mais um minuto que fosse.

Lady Middleton, embora estivesse no meio de uma partida, mostrou-se polida o bastante ao ser informada de que Marianne não se sentia bem, e não objetou nem por um instante o desejo dela de partir; tendo repassado suas cartas a uma amiga, elas partiram assim que a carruagem pôde ser encontrada. Quase nenhuma palavra foi proferida durante o retorno a Berkeley Street. Marianne estava imersa em agonia silenciosa, oprimida demais até mesmo para derramar lágrimas; todavia, como a sra. Jennings por sorte ainda não regressara para casa, elas puderam seguir diretamente para seu próprio quarto, onde uma inalação de sais restaurou seu bem-estar em certa medida. Ela logo se despiu e deitou na cama; como parecia querer ficar sozinha, sua irmã então a deixou e, enquanto esperava pelo retorno da sra. Jennings, teve tempo suficiente para pensar sobre o que se passara.

De que alguma espécie de relação subsistira entre Willoughby e Marianne ela não podia duvidar, e que Willoughby se cansara de tal relação parecia estar igualmente claro; pois por mais que Marianne pudesse alimentar ainda seus próprios desejos, *ela* não conseguia relacionar tal comportamento a um engano ou mal-entendido de qualquer tipo. Nada senão uma profunda mudança de sentimento serviria como explicação. Sua indignação teria sido ainda mais forte do que era se ela não tivesse presenciado aquele constrangimento que parecia revelar nele uma consciência de sua própria má conduta, e que a impedia de acreditar que o rapaz fosse tão inescrupuloso a ponto de brincar com as afeições de Marianne desde o primeiro momento, sem nenhum desígnio que admitisse investigação. O afastamento poderia ter enfraquecido seu interesse, e a conveniência poderia tê-lo decidido a superá-lo, mas ela não conseguia duvidar de que tal interesse existira previamente.

Quanto a Marianne, sobre as dores que um encontro tão infeliz já deveria lhe ter infligido, e sobre aquelas ainda mais severas que poderiam aguardá-la em sua provável consequência, ela não foi capaz de refletir sem o mais profundo desassossego. Sua própria situação era melhor em comparação; pois ela podia *estimar* Edward tanto quanto sempre, por mais que vivessem separados no futuro, e sua mente estaria sempre consolada. Mas todas as circunstâncias que podiam amargar um mal como esse pareciam estar se unindo para intensificar a miséria de Marianne numa separação definitiva de Willoughby – numa ruptura imediata e irreconciliável com ele.

Capítulo 29

Antes que a criada doméstica tivesse acendido a lareira no dia seguinte, ou que o sol ganhasse qualquer predominância sobre aquela manhã gelada e sombria de janeiro, Marianne, meio vestida somente, já se ajoelhara sobre um dos assentos de janela em busca de todos os pequenos raios de luz que pudesse obter a partir dali, escrevendo tão depressa quanto um fluxo contínuo de lágrimas lhe permitia. Nessa posição, despertada do sono pelos soluços e movimentos agitados da irmã, Elinor primeiro a percebeu; e depois de a contemplar por alguns momentos com ansiedade silenciosa ela disse, num tom da mais atenciosa gentileza:

– Marianne, posso perguntar...?

– Não, Elinor – ela respondeu. – Não pergunte nada; em breve você vai saber de tudo.

A espécie de calma desesperada com que foi dito isso não durou mais do que o tempo que ela levou falando, e foi sucedida imediatamente por um retorno da mesma aflição excessiva. Passaram-se alguns minutos antes que Marianne pudesse prosseguir com sua carta, e as frequentes irrupções de dor que ainda obrigavam-na de quando em quando a deter sua pena eram suficientes provas de que sentia o quanto era mais do que provável que estava escrevendo para Willoughby pela última vez.

Elinor lhe devotou as mais silenciosas e discretas atenções de que foi capaz; e teria tentado acalmá-la e consolá-la mais ainda, não tivesse Marianne lhe suplicado, com uma sofreguidão da mais nervosa irritabilidade, que não falasse com ela por nada no mundo. Em tais circunstâncias, era melhor para ambas que não permanecessem muito tempo juntas; e o estado inquieto da mente de Marianne não apenas a impediu de ficar no quarto por um só momento depois de ter se vestido como também, exigindo ao mesmo tempo solidão e contínua mudança de lugar, a fez perambular até a hora do desjejum por diferentes pontos da casa, evitando a visão de todos.

No desjejum, ela não comeu e tampouco tentou comer qualquer coisa; e as atenções de Elinor foram empregadas todas, então, não no sentido de pressionar a irmã, não em ter pena dela e tampouco em parecer observá-la, e sim no esforço de direcionar os cuidados da sra. Jennings totalmente para si mesma.

Como aquela era uma refeição favorita da sra. Jennings, o desjejum perdurou por um tempo considerável, e elas começavam a se acomodar, depois, em volta da mesa de trabalho comum, quando foi entregue para Marianne uma carta que ela pegou avidamente das mãos do criado; assumindo uma palidez de morte, ela correu de pronto para fora da sala. Elinor, que viu com clareza, tanto quanto se tivesse visto quem a remetera, que a carta só podia vir de Willoughby, sentiu imediatamente um tal desfalecimento no coração que mal foi capaz de manter a cabeça erguida, e sofreu tamanho tremor no corpo inteiro que chegou a temer que seria impossível escapar à percepção da sra. Jennings. Essa boa senhora, porém, viu apenas que Marianne recebera uma carta de Willoughby, fato que lhe pareceu ser um ótimo gracejo e que tratou de acordo, desejando, com uma risada, que o conteúdo pudesse agradar a jovem. Quanto à perturbação de Elinor, estava ocupada demais em medir comprimentos de lã penteada para sua manta de viagem para que percebesse qualquer indício; e continuando sua conversa com calma, assim que Marianne desapareceu ela disse:

— Dou minha palavra, eu nunca vi uma jovem tão desesperadamente apaixonada na minha vida! *Minhas* meninas não eram nada perto dela, e no entanto costumavam ser tolas o bastante; mas quanto à srta. Marianne, ela é uma criatura um tanto alterada. Desejo, do fundo do meu coração, que ele não a mantenha esperando por muito mais tempo, pois é muito doloroso vê-la parecer tão desamparada e doente. Me diga, quando eles deverão se casar?

Elinor, apesar de nunca ter sentido menos disposição para falar do que naquele momento, obrigou-se a responder a um ataque como esse; portanto, tentando sorrir, retrucou:

— E a senhora realmente convenceu-se de que minha irmã estava noiva do sr. Willoughby? Eu pensei que tinha sido apenas um gracejo, mas uma pergunta tão séria parece implicar mais; e preciso pedir, portanto, que a senhora não se engane por mais tempo. Asseguro-lhe que nada me surpreende mais do que ouvir que os dois vão se casar.

— Que vergonha, que vergonha, srta. Dashwood! Como pode falar assim? Por acaso não sabemos muito bem que os dois formam um par perfeito, que ficaram perdidamente apaixonados desde o primeiro momento em que se conheceram? Por acaso eu não os vi juntos em Devonshire todos os dias, e o dia inteiro? E por acaso eu não sabia que sua irmã veio à cidade comigo de propósito para comprar roupas de casamento? Ora, ora, isso não vai me convencer. Porque a senhorita mesma é tão furtiva nessa questão, considera que ninguém mais tem qualquer perspicácia; mas não é bem assim, eu posso lhe dizer, pois tudo é do conhecimento de toda esta cidade já faz um bom tempo. Eu falo com todo mundo a respeito, e Charlotte faz o mesmo.

— Sem dúvida, minha senhora – disse Elinor, muito seriamente –, isso é um equívoco. A senhora está sem dúvida fazendo uma coisa muito indelicada divulgando essa informação, e vai acabar constatando que fez mesmo, embora não queira crer em mim agora.

A sra. Jennings riu novamente, mas Elinor não teve forças para dizer algo mais e, ansiosa por saber o que Willoughby escrevera custasse o que custasse, correu ao quarto delas, onde, abrindo a porta, viu Marianne estirada na cama, quase sufocada pela dor, uma carta na mão e duas ou três outras jogadas a seu lado. Elinor se aproximou, mas sem dizer uma única palavra; sentando-se na cama, pegou a mão dela, beijou-a carinhosamente várias vezes, e depois cedeu a um jorro de lágrimas que, no início, foi pouco menos violento que o de Marianne. Esta última, embora incapaz de falar, pareceu sentir por completo a ternura desse comportamento e, após algum tempo assim passado em aflição comum, colocou todas as cartas nas mãos de Elinor; em seguida, cobrindo seu rosto com um lenço, quase gritou de agonia. Elinor, sabendo que tal desespero, por mais chocante que fosse testemunhá-lo, precisava ser extravasado, vigiou a irmã até que o excesso de sofrimento se consumisse em certo grau, e então, voltando-se avidamente à carta de Willoughby, leu o que segue:

> Bond Street, janeiro.
> Minha cara senhora,
> Acabei de ter a honra de receber sua carta, pela qual peço para retribuir meus sinceros agradecimentos. Fico muito preocupado por saber que houve alguma coisa, em meu comportamento na noite passada, que não mereceu aprovação sua; e muito embora eu esteja completamente intrigado por querer descobrir em que ponto pude ser tão infeliz de modo a ofendê-la, peço seu perdão para uma circunstância que, eu posso lhe assegurar, foi perfeitamente impremeditada. Nunca refletirei sobre o conhecimento que travei com sua família em Devonshire sem o mais grato prazer, e sem lisonjear-me de que não será rompido por qualquer mal-entendido ou equívoco de minhas ações. Minha estima por sua família toda é muito sincera; mas se fui tão desafortunado a ponto de dar a entender uma crença em algo mais do que eu sentia ou pretendi expressar, devo censurar-me por não ter sido mais cauteloso nas minhas profissões de tal estima. Que eu alguma vez tivesse intenção maior a senhora vai reconhecer que é impossível quando entender que minhas afeições estão há muito tempo empenhadas em outro lugar, e não se passarão muitas semanas, acredito, antes que esse compromisso seja consumado. É com grande pesar que acato suas exigências de devolução das cartas com as quais fui honrado pela senhora, e da mecha de cabelo que tão gentilmente concedeu a mim.
> Eu sou, cara senhora,
Seu mais obediente
humilde servo,
John Willoughby.

Pode ser imaginado com quanta indignação uma carta como essa deve ter sido lida pela srta. Dashwood. Embora ciente, antes de começar a ler, de que a carta devia trazer uma confissão da inconstância do jovem, e confirmar a separação dos dois para sempre, ela não estava ciente de que uma linguagem assim poderia toleravelmente anunciá-lo; nem poderia ter imaginado que Willoughby fosse capaz de se afastar tanto da demonstração de todos os sentimentos honrosos e delicados – de se afastar tanto do decoro comum de um cavalheiro, a ponto de enviar uma carta tão despudoradamente cruel; uma carta que, em vez de trazer com seu desejo de uma libertação quaisquer profissões de arrependimento, não reconhecia nenhuma violação de confiança, negava todo e qualquer carinho peculiar – uma carta na qual cada linha era um insulto, e que proclamava seu autor como um homem afundado numa vilania endurecida.

Ela tirou os olhos da carta por algum tempo, com assombro indignado; então a releu uma e outra vez; mas cada leitura só serviu para tornar maior sua repulsa pelo homem; tão amargos eram os seus sentimentos contra Willoughby que ela não ousava confiar em si mesma o bastante para falar, temendo que pudesse ferir Marianne ainda mais profundamente se tratasse o rompimento não como uma perda para ela de qualquer ventura possível, mas como um salvamento do pior e mais irremediável de todos os males, uma conexão pela vida toda com um homem sem princípios, como a mais verdadeira libertação, a mais importante bênção.

Em suas sérias meditações sobre o conteúdo da carta, sobre a depravação da mente que poderia ditá-lo e, provavelmente, sobre a mente muito diferente de uma pessoa muito diferente, que não tinha qualquer outra conexão com o caso além daquilo que seu coração dera para ele com tudo que se passou, Elinor esqueceu o sofrimento imediato de sua irmã, esqueceu que tinha três cartas em seu colo ainda não lidas, e tão inteiramente esqueceu por quanto tempo permanecera no quarto que, ouvindo uma carruagem se aproximar da porta, foi até à janela para ver quem poderia estar chegando tão exageradamente cedo, e ficou surpresa por perceber o carro da sra. Jennings, o qual sabia que não tinha sido solicitado para estar disponível antes da uma hora. Determinada em não abandonar Marianne, embora sem esperança de contribuir na presente situação com seu bem-estar, ela saiu correndo para se escusar de acompanhar a sra. Jennings, por conta da indisposição de sua irmã. A sra. Jennings, com uma preocupação completamente bem-humorada pela causa da indisposição, aceitou a desculpa muito prontamente, e Elinor, depois de vê-la partir com segurança, retornou para Marianne, a qual encontrou tentando levantar-se da cama, e a qual alcançou bem em tempo de evitar que caísse no chão, fraca e tonta devido a uma longa privação de descanso e alimento adequados; pois fazia muitos dias desde que ela tivera qualquer apetite, e muitas noites desde a última vez em que de fato dormira; e agora, quando sua mente já não era mais mantida pela febre do suspense, a consequência de tudo isso foi sentida numa cabeça que doía, num estômago enfraquecido, e numa fraqueza nervosa generalizada. Uma taça de vinho que Elinor ofereceu-lhe logo em seguida deixou-a mais confortável, e ela foi afinal capaz de expressar algum sentimento de sua bondade, dizendo:

– Pobre Elinor! Quão infeliz eu a faço!

– Eu desejaria somente – retrucou sua irmã – que houvesse qualquer coisa que eu *pudesse* fazer que representasse um conforto para você.

Isso, como qualquer outro comentário teria sido, foi demais para Marianne, que só conseguiu exclamar, com seu coração angustiado, "Ah, Elinor, estou muito miserável, sem dúvida!", antes que sua voz fosse totalmente perdida em soluços.

Elinor não conseguiu testemunhar por mais tempo em silêncio essa torrente de sofrimento que não encontrava resistência.

– Faça um esforço, querida Marianne – ela exclamou –, se não quiser se matar e matar todos que amam você. Pense na sua mãe; pense na miséria dela enquanto *você* sofre. Por causa dela você precisa fazer um esforço.

– Não consigo, não consigo – exclamou Marianne –, me deixe, me deixe, se eu aflijo você; me deixe, me odeie, me esqueça! Mas não me torture assim. Ah, como é fácil, aos que não têm uma tristeza para si, falar em esforço! Feliz, feliz Elinor, *você* não pode ter ideia do quanto eu sofro.

– Você me considera feliz, Marianne? Ah, se você soubesse! E consegue acreditar que eu seja feliz, enquanto a vejo tão arrasada!?

– Me perdoe, me perdoe – (jogando seus braços em torno do pescoço da irmã). – Eu sei que você fica triste por mim; conheço esse coração que você tem; no entanto você é... você precisa ser feliz. Edward ama você... O que pode, o que pode desfazer uma felicidade como essa?

– Muitas, muitas circunstâncias – disse Elinor, de modo solene.

– Não, não, não – exclamou Marianne freneticamente –, ele ama você, e somente você. Você *não pode* ter nenhum motivo de tristeza.

– Eu não posso ter nenhum prazer enquanto vejo você nesse estado.

– E você nunca me verá de outra forma. A minha miséria é algo que nada pode desfazer.

– Você não deve falar assim, Marianne. Você não tem confortos? Não tem amigos? Por acaso sua perda é tão grande que não deixa qualquer abertura para consolação? Por mais que agora você sofra, pense no que teria sofrido se a descoberta sobre o caráter dele tivesse sido adiada para um momento posterior... se o noivado entre vocês fosse levado adiante ao longo de meses e meses, como bem poderia ter ocorrido, antes que ele decidisse pôr fim a tudo. Todos os dias adicionais de confiança infeliz, para você, teriam tornado esse golpe ainda mais terrível.

– Noivado!? – exclamou Marianne. – Não houve noivado nenhum.

– Noivado nenhum!?

– Não, Willoughby não é tão indigno quanto você crê que ele seja. Não rompeu nenhum compromisso comigo.

– Mas ele lhe falou que amava você.

– Sim... não... nunca efetivamente. Isso ficava implícito todos os dias, mas nunca foi declarado abertamente. Às vezes eu pensava que tinha sido de fato declarado, mas nunca foi.

– E mesmo assim você escreveu para ele?

– Sim... E depois de tudo que acontecera, poderia existir nisso algo de errado? Mas não consigo falar.

Elinor não disse mais nada e, voltando-se novamente às três cartas que agora suscitavam uma curiosidade muito mais forte do que antes, imediatamente correu os olhos pelo conteúdo de todas. A primeira, a carta que sua irmã mandara para Willoughby quando elas chegaram à cidade, dizia o seguinte:

Berkeley Street, janeiro.
Você vai ficar tão surpreso, Willoughby, ao receber esta carta; e creio que vai sentir algo mais do que surpresa, quando souber que estou na cidade. Uma oportunidade de vir para cá, embora em companhia da sra. Jennings, foi uma tentação à qual não pudemos resistir. Espero que você possa receber esta mensagem em tempo para vir aqui hoje à noite, mas não vou contar com isso. De qualquer forma, aguardarei amanhã sua vinda. Por enquanto, adieu.
M.D.

Seu segundo bilhete, escrito na manhã depois da dança na casa dos Middleton, continha estas palavras:

Não posso expressar minha decepção em por pouco não o ter visto anteontem, tampouco meu espanto por não ter recebido qualquer resposta para um bilhete que lhe mandei há mais de uma semana. Fiquei esperando receber notícias suas, e mais ainda, encontrar você, a cada hora do dia. Por favor nos visite novamente o mais depressa possível, e explique a razão de eu ter esperado em vão. Seria melhor chegar mais cedo na próxima ocasião, porque nós geralmente saímos à uma hora. Estivemos ontem à noite na casa de Lady Middleton, onde houve uma dança. Me disseram que você foi convidado a fazer parte do grupo. Mas ocorreu o convite de fato? Você deve estar de fato muito mudado desde que nos separamos, se o caso foi esse mesmo e você não apareceu. Mas não vou supor que isso seja possível, e espero que muito em breve eu possa receber sua garantia pessoal de que não é assim.

M.D.

O conteúdo de seu último bilhete para ele era este:

O que devo imaginar, Willoughby, a partir de seu comportamento na noite passada? Mais uma vez, exijo uma explicação sobre isso. Eu estava preparada para encontrá-lo com o prazer que a nossa separação naturalmente produziu, com a familiaridade que a nossa intimidade em Barton me pareceu justificar. Fui repelida, de fato! Passei uma noite horrível na tentativa de desculpar uma conduta que dificilmente pode ser chamada de menos que um insulto; mas embora eu ainda não tenha sido capaz de formar qualquer escusa razoável ao seu comportamento, estou perfeitamente pronta para ouvir sua justificação. Você talvez tenha sido mal informado ou propositadamente enganado em algo a meu respeito, algo que possa ter me rebaixado na sua opinião. Diga-me o que é, explique os motivos pelos quais você agiu, e ficarei satisfeita em ser capaz de satisfazê-lo. Eu ficaria muito entristecida, de fato, em obrigar-me a pensar mal de você; mas se devo fazê-lo, se devo tomar conhecimento de que você não é o que acreditamos que fosse até agora, que a sua consideração por nós todas não era sincera, que o seu comportamento comigo tinha por intenção apenas iludir-me, que isso seja dito o mais rapidamente possível. Meus sentimentos encontram-se, atualmente, num estado de terrível indecisão; quero absolver você, mas a certeza de uma ou de outra coisa será um alívio no que eu sofro agora. Se os seus sentimentos não são mais o que eram, você devolverá os meus bilhetes e a mecha do meu cabelo que está em sua posse.

M.D.

Que tais cartas, tão cheias de afeto e confidência, pudessem ter sido respondidas daquela forma, Elinor, no tocante a Willoughby, teria custado a crer. Mas sua condenação do rapaz não a cegava quanto à impropriedade de terem sido escritas antes de mais nada; e ela lastimava silenciosamente a imprudência que arriscara essas provas não solicitadas de ternura, não justificadas por qualquer fato precedente, e muito severamente condenadas pela consequência, quando Marianne, percebendo que ela terminara de ler as cartas, observou-lhe que não continham nada senão aquilo que qualquer pessoa teria escrito na mesma situação.

– Eu me senti – acrescentou ela – como se estivesse solenemente comprometida com ele, como se a mais estrita e legal aliança nos unisse um ao outro.

– Posso acreditar nisso – disse Elinor –, mas infelizmente ele não sentia o mesmo.

– Ele *sentia* o mesmo, Elinor... Por várias e várias semanas ele sentiu. Eu sei que ele sentiu. O que quer que possa ter mudado nele agora (e nada senão o mais negro dos ardis aplicado contra mim pode ter causado isso), eu cheguei a ser tão querida para ele quanto a minha própria alma poderia desejar. Esta mecha de cabelo, da qual agora ele pôde abrir mão tão facilmente, me foi implorada com a mais sincera súplica. Se você tivesse visto seus olhares, sua postura, se tivesse ouvido sua voz naquele momento! Você esqueceu a última noite que passamos juntos em Barton? A manhã em que nos despedimos também! Quando ele me disse que poderiam se passar muitas semanas antes de nos encontrarmos de novo... sua perturbação... Será que poderei esquecer sua perturbação?

Por alguns instantes ela não conseguiu dizer mais nada; mas quando essa emoção já tinha passado, acrescentou, num tom mais firme:

– Elinor, fui usada cruelmente; mas não por Willoughby.

– Querida Marianne, quem senão Willoughby? Por quem ele pode ter sido instigado?

– Pelo mundo inteiro, mas não por seu próprio coração. Eu acreditaria que todas as criaturas que conheço se juntaram para me arruinar na opinião dele, antes de acreditar que pudesse ser da natureza de Willoughby cometer tamanha crueldade. Essa mulher sobre quem ele escreve... quem quer que ela seja... ou qualquer pessoa, em suma, menos você, mamãe, ou Edward, poderia ter sido tão bárbara que chegasse a me difamar. Além de vocês três, existe alguma criatura no mundo de quem eu não suspeitaria maldade antes de Willoughby, cujo coração conheço tão bem?

Elinor não quis contestá-la, e apenas retrucou:

– Quem quer que possa ter agido tão detestavelmente como seu inimigo, deixemos que veja frustrado seu triunfo maligno, minha querida irmã, ao perceber com que nobreza uma consciência de sua própria inocência e de suas boas intenções ampara o seu espírito. É razoável e louvável um orgulho que resiste a tal malevolência.

– Não, não – exclamou Marianne –, uma miséria como a minha não tem orgulho. Eu não me importo com quem souber que estou arrasada. O triunfo de me ver assim pode muito bem ficar acessível ao mundo inteiro.

Elinor, Elinor, as pessoas que sofrem pouco podem ser orgulhosas e independentes como bem quiserem... podem resistir a insultos, ou rechaçar mortificações... Mas eu não consigo. Preciso sentir dor... preciso ficar arrasada... E as pessoas que puderem que desfrutem à vontade dessa percepção.

– Mas pelo bem de minha mãe e pelo meu...

– Eu faria mais do que pelo meu próprio bem. Mas parecer feliz quando estou tão infeliz... Ah, quem pode exigir isso?

Mais uma vez as duas ficaram em silêncio. Elinor se ocupava em caminhar, pensativa, do fogo até a janela, da janela de volta ao fogo, sem saber que recebia o calor de um e sem discernir objetos através da outra; e Marianne, sentada ao pé da cama, com a cabeça encostada numa das colunas, pegou a carta de Willoughby de novo e, depois de estremecer lendo cada uma das frases, exclamou:

– É demasiado! Ah, Willoughby, Willoughby, pudesse isso ser seu! Cruel, cruel... Nada pode absolver você. Elinor, nada pode. Qualquer coisa que ele tenha ouvido falar contra mim... Ele não deveria ter suspendido sua crença? Não deveria ter me contado, ter me dado a chance de fazer um esclarecimento? A "mecha de cabelo – (repetindo esse trecho da carta) – que tão gentilmente concedeu a mim"... Isso é imperdoável. Willoughby, onde estava o seu coração quando você escreveu essas palavras? Ah, um insolente bárbaro! Elinor, ele pode ser justificado?

– Não, Marianne, de nenhuma maneira possível.

– E no entanto essa mulher... Como vamos adivinhar o ardil que ela pode ter tramado? Por quanto tempo isso pode ter sido premeditado, e quão profundamente inventado por ela!? Quem é ela? Quem é que ela pode ser? Sobre quem eu alguma vez ouvi Willoughby falar como sendo jovem e atraente entre as mulheres que ele conhece? Ah, ninguém, ninguém! Ele falava comigo só de mim mesma.

Seguiu-se outra pausa; Marianne estava muito agitada, e a conversa terminou assim:

– Elinor, eu preciso ir para casa. Preciso confortar mamãe. Será que não podemos partir amanhã?

– Amanhã, Marianne!?

– Sim, eu deveria ficar aqui por quê? Eu vim apenas em função de Willoughby, e agora quem se importa comigo? Quem me considera?

– Seria impossível partir amanhã. Devemos à sra. Jennings muito mais do que civilidade; e mesmo a mais comum civilidade deveria impedir uma retirada precipitada como essa.

– Pois bem, mais um dia ou dois, talvez; mas eu não posso ficar aqui por muito tempo, não posso ficar para suportar as perguntas e observações de todas essas pessoas. Os Middleton e os Palmer... Como vou conseguir tolerar tanta piedade? A piedade de uma mulher como Lady Middleton!? Ah, o que diria *ele* sobre isso!?

Elinor aconselhou Marianne a se deitar de novo, e por um momento ela o fez; mas postura nenhuma podia lhe dar tranquilidade; numa irrequieta dor mental e física, ela se mexia de uma posição para outra; depois, ficando cada vez mais histérica, sua irmã teve dificuldade até mesmo em mantê-la na cama, e por certo tempo teve medo de se ver na obrigação de pedir ajuda. Algumas gotas de lavanda, no entanto, que Elinor a persuadiu afinal a tomar, resultaram úteis; e a partir dali, até que a sra. Jennings retornou, ela permaneceu na cama, imóvel e quieta.

Capítulo 30

A SRA. JENNINGS VEIO imediatamente ao quarto delas quando retornou; sem esperar resposta para seu pedido de admissão, abriu a porta e entrou com uma fisionomia de verdadeira consternação.

– Como se sente, minha querida? – perguntou ela, numa voz de grande compaixão, para Marianne, que virou o rosto sem tentar responder.

– Como ela está, srta. Dashwood? Pobrezinha! Tem aparência péssima. Não é de se admirar. Pois sim, mas a verdade é mesmo essa. Ele está para se casar muito em breve, um sujeito que não presta para nada! Não tenho a menor paciência com ele. A sra. Taylor me contou tudo faz meia hora, e tudo lhe foi contado por uma amiga especial da própria srta. Grey, caso contrário tenho certeza de que eu não teria acreditado; e sendo assim, fiquei quase prestes a cair dura no chão. Bem, eu disse, tudo que posso dizer é que, se isso for verdade, ele usou uma jovem dama do meu conhecimento de modo abominavelmente torpe, e desejo com todas as forças da minha alma que essa futura esposa acabe por envenenar o coração dele. E isso mesmo eu sempre direi, minha querida, a senhorita pode contar com isso. Não tenho nenhuma consideração por homens que agem dessa maneira; e se alguma vez eu me encontrar com ele novamente, lhe passarei uma reprimenda como ele não deve ter recebido igual nos últimos tempos. Mas existe um conforto, minha querida srta. Marianne: ele não é o único jovem neste mundo que vale a pena ter; e com seu lindo rosto você nunca vai ficar sem admiradores. Pois bem, pobrezinha! Não vou perturbá-la por mais tempo, porque seria melhor ela botar todo seu choro para fora de uma vez e dar o assunto por encerrado. Os Parry e os Sanderson felizmente virão hoje à noite, e isso vai diverti-la.

Ela então foi embora, saindo do quarto na ponta dos pés, como se supusesse que as aflições de sua jovem amiga poderiam ser intensificadas pelo ruído.

Marianne, para surpresa de sua irmã, determinou-se a jantar com elas. Elinor até mesmo aconselhou-a contra isso. Mas "não, ela fazia questão de descer; ela poderia suportar aquilo muito bem, e o alvoroço sobre ela seria menor". Elinor, satisfeita em vê-la controlada por certo tempo graças a tal motivo, embora crendo que dificilmente seria possível que ela fosse conseguir se manter sentada durante o jantar todo, não disse mais nada; e ajustando para ela o vestido tão bem quanto pôde, com Marianne descansando ainda na cama, estava pronta para acompanhar a irmã até a sala de jantar assim que foram convocadas.

Enquanto permaneceu ali, se bem que apresentasse uma lastimável aparência, ela comeu mais e se mostrou mais calma do que sua irmã tinha esperado. Se tivesse tentado falar, ou se tivesse tomado conhecimento de metade das atenções bem-intencionadas mas impensadas que a sra. Jennings lhe dedicou, essa calma não poderia ter sido mantida; mas nem mesmo uma sílaba escapou de seus lábios; e tal abstração de seus pensamentos a preservou na ignorância de tudo que se passava diante dela.

Elinor, fazendo justiça aos cuidados amáveis da sra. Jennings, embora suas efusões fossem muitas vezes angustiantes e às vezes quase ridículas, prestou a ela os agradecimentos e lhe retribuiu as civilidades que sua irmã não poderia prestar ou retribuir por si mesma. A bondosa amiga percebia que Marianne estava infeliz, e sentia que era seu dever fazer tudo que pudesse para que ela ficasse um pouco melhor. Tratou-a, portanto, fazendo uso do mais indulgente carinho com que uma mãe afaga uma filha favorita no último dia de suas férias. Marianne tinha de merecer o melhor lugar perto do fogo, tinha de ser tentada por todas as iguarias disponíveis a se alimentar, e tinha de se divertir com o relato de todas as notícias do dia. Não tivesse Elinor encontrado no semblante triste de sua irmã um obstáculo para toda e qualquer alegria, ela poderia ter sido entretida pelos esforços da sra. Jennings em curar uma desilusão amorosa, por uma variedade de guloseimas e azeitonas e por um bom fogo. No entanto, assim que a consciência de tudo isso foi forçada em Marianne por contínua repetição, ela não conseguiu permanecer ali por mais tempo. Com uma exclamação apressada de miséria, e fazendo sinal a sua irmã para que não a seguisse, ela se levantou de pronto e correu para fora da sala.

– Pobrezinha! – exclamou a sra. Jennings, logo que ela se afastou. – Como me entristece vê-la! E vejam só se ela não foi embora sem terminar seu vinho! E as cerejas cristalizadas também! Deus! Nada parece lhe fazer bem.

Tenho certeza de que, se eu soubesse de alguma coisa de que ela pudesse gostar, mandaria buscar em qualquer canto da cidade. Bem, é a coisa mais estranha, para mim, que um homem use uma garota tão bonita de maneira tão torpe! Mas quando existe muito dinheiro de um lado, e praticamente nada do outro, Deus nos abençoe! As pessoas nem querem mais saber dessas coisas!

– Essa dama, então... srta. Grey, como creio que a senhora chamou-a... é muito rica?

– Cinquenta mil libras, minha querida. Já viu a srta. Grey alguma vez? Uma garota fina e elegante, segundo dizem, mas não bonita. Eu me lembro da tia dela muito bem, Biddy Henshawe; ela se casou com um homem muito abastado. Mas a família toda é muito rica. Cinquenta mil libras! E segundo todos os relatos, o dinheiro não virá mais cedo do que o necessário, porque dizem que ele está todo quebrado. Não é de se admirar! Correndo por aí com seu coche, com cavalos de caça! Bem, não adianta nada falar; mas quando um jovem cavalheiro, seja ele quem for, vem e faz uma garota bonita se apaixonar e depois promete casamento, ele não tem nada que voltar atrás em sua palavra só porque começou a empobrecer e uma garota rica está pronta para tê-lo. Por que será, em tal caso, que ele não vende seus cavalos, aluga sua casa, dispensa os criados e faz uma profunda reforma, tudo ao mesmo tempo? Eu lhe garanto, a srta. Marianne teria encontrado disposição para esperar até que as coisas se ajeitassem. Mas isso não funciona hoje em dia; nada que diga respeito ao prazer jamais pode ser abandonado pelos jovens dessa idade.

– A senhora sabe que tipo de garota é a srta. Grey? Ela é considerada uma pessoa amável?

– Eu nunca ouvi nenhuma coisa ruim sobre ela; na verdade, quase nunca ouvi a srta. Grey ser mencionada; exceto que a sra. Taylor disse de fato esta manhã que certa vez a srta. Walker sugeriu, para ela, que acreditava que o sr. e a sra. Ellison não ficariam tristes em ver a srta. Grey casada, pois ela e a sra. Ellison nunca conseguiam entrar em acordo.

– E quem são os Ellison?

– Seus tutores, minha querida. Mas agora ela é maior de idade, pode escolher por si mesma; e uma bela escolha ela fez! E agora – (após fazer uma pausa momentânea) – sua pobre irmã se foi para seu quarto, eu suponho, para gemer sozinha. Não existe nada que se possa obter para confortá-la? Pobre queridinha, parece ser bastante cruel deixá-la sem companhia. Bem, logo mais teremos alguns amigos, e isso vai diverti-la um pouco. Vamos jogar o quê? Ela odeia uíste, eu sei; mas não há nenhum jogo de mesa que seja do interesse dela?

– Minha querida senhora, essa bondade é completamente desnecessária. Marianne, ouso dizer, não vai deixar seu quarto novamente nesta noite.

Vou convencê-la, se eu puder, a deitar cedo, porque tenho certeza de que ela quer descansar.

— Sim, acredito que será melhor para ela. Deixemos que ela nomeie sua própria ceia e se deite. Deus! Não admira que ela tenha exibido uma aparência tão ruim e tão abatida nesta última semana ou mais, pois esse assunto, eu suponho, tem pairado sobre sua cabeça ao longo de todo esse tempo. E assim a carta que chegou hoje terminou com tudo! Pobrezinha! Tenho certeza de que, se eu tivesse deduzido alguma noção a respeito, eu não teria brincado com ela sobre isso, nem que me tirassem todo meu dinheiro. Mas então, veja bem, como é que eu poderia ter adivinhado uma coisa dessas? Eu assumi a certeza de que não era nada senão uma carta de amor comum, e a senhorita sabe que os jovens gostam de ser ridicularizados por quem os cerca. Deus! Como Sir John e minhas filhas ficarão aflitos quando souberem! Se eu tivesse os meus sentidos em perfeito juízo, eu poderia ter parado em Conduit Street, no meu caminho para casa, e ter lhes contado. Mas vou vê-los amanhã.

— Seria desnecessário, estou certa disso, que a senhora devesse aconselhar a sra. Palmer e Sir John a jamais pronunciar o nome do sr. Willoughby, ou a fazer a menor alusão ao que se passou diante de minha irmã. A boa índole que eles mesmos possuem por certo lhes vai apontar a verdadeira crueldade de sugerir que sabem alguma coisa em torno do assunto quando ela estiver presente; e quanto menos puder ser dito a mim mesma nesse ponto, mais os meus sentimentos serão poupados, como poderá facilmente acreditar, minha querida senhora.

— Ah, meu Deus! Sim, nisso eu acredito, sem dúvida. Deve ser terrível, no entender da senhorita, ouvir falar sobre tal assunto; e quanto à sua irmã, tenho certeza de que eu não mencionaria uma única palavra sobre isso com ela, por nada neste mundo. A senhorita viu que eu não o fiz durante o jantar todo. E nem o faria Sir John, e tampouco minhas filhas, pois são todos muito prestativos e atenciosos; especialmente se eu lhes fizer advertência, como certamente farei. De minha parte, creio que, quanto menos for dito sobre tais coisas, melhor, e tanto mais cedo tudo se evapora e cai no esquecimento. E ficar falando nunca serve para nada, não é mesmo?

— Nesse caso, só pode fazer mal; talvez mais do que em muitos casos de um tipo semelhante, pois houve a presença de circunstâncias que, pelo bem de todos os envolvidos, tornam imprópria uma conversação pública. Preciso fazer *esta* justiça ao sr. Willoughby... ele não rompeu nenhum compromisso efetivo com a minha irmã.

— Ora essa, minha querida! Não queira defendê-lo. Nenhum compromisso efetivo, pois sim! Depois de levá-la por todos os cantos em Allenham House, e de decidir sobre os aposentos em que haveriam de viver dali por diante!

Elinor, pelo bem de sua irmã, não quis levar o assunto adiante, e desejou que nenhuma discussão adicional lhe fosse exigida pelo bem de Willoughby, já que, embora Marianne pudesse perder muito, ele mesmo ganharia bem pouco caso a genuína verdade fosse sancionada. Depois de um breve silêncio de ambos os lados, a sra. Jennings, em sua plena hilaridade natural, irrompeu novamente:

– Bem, minha querida, é verdadeiro isso que dizem sobre males que servem ao bem, pois será tanto melhor para o coronel Brandon. Ele a terá finalmente; pois sim, ele a terá sem dúvida. Aguarde para ver, agora, se eles não estarão casados na metade do verão. Deus! Como ele vai rir com essa notícia! Espero que ele venha hoje à noite. Esse vai ser sob todos os aspectos um enlace melhor para sua irmã. Dois mil por ano, sem dúvida ou abatimento, exceto a pequena menina ilegítima; pois é, eu tinha esquecido dela; mas ela pode ser internada como aprendiz sob um custo pequeno, e assim qual será o problema nisso? Delaford é um lugar adorável, posso lhe dizer; exatamente o que eu chamo de um lugar ótimo e antiquado, cheio de confortos e conveniências; bem fechado, com grandes paredes de jardim que são cobertas pelas melhores árvores frutíferas da região; e uma linda amoreira num canto! Deus! Como eu e Charlotte nos empanturramos na única vez em que estivemos lá! E há também um pombal, alguns encantadores tanques de peixes, e um canal muito bonito; e tudo, em suma, que se poderia desejar, e além disso fica perto da igreja, e dista somente um quarto de milha da estrada principal, por isso não é maçante nunca, porque basta você se sentar num velho caramanchão de teixo atrás da casa e você poderá ver todas as carruagens que vão passando. Ah, um lugar adorável! Um açougueiro por perto no vilarejo, e o presbitério na distância de uma pedrada. A meu ver, mil vezes mais bonito do que Barton Park, onde eles são obrigados a viajar três milhas para comprar sua carne, e não têm nenhum vizinho mais próximo do que a sua mãe. Pois bem, hei de animar o espírito do coronel assim que puder. Comer, como se sabe, aumenta o apetite. Se apenas *conseguirmos* tirar Willoughby da cabeça de Marianne!

– E se conseguirmos fazer *isso*, senhora – disse Elinor –, faremos muito bem, com ou sem o coronel Brandon.

Então, levantando-se, ela saiu para se juntar a Marianne, a quem encontrou, como esperava, em seu próprio quarto, inclinando-se, em silenciosa miséria, sobre os pequenos vestígios de um fogo, que antes da entrada de Elinor tinham sido sua única luz.

– Seria melhor me deixar sozinha – (foi o máximo de atenção que sua irmã recebeu dela).

– Vou deixá-la – disse Elinor – se você quiser se deitar.

Mas isso, devido à teimosia momentânea do sofrimento impaciente, ela inicialmente se recusou a fazer. A persuasão fervorosa mas gentil de sua irmã, no entanto, logo incutiu nela uma brandura obediente; Elinor a viu pousar a cabeça dolorida no travesseiro e, como esperava, de modo a obter um pouco de quieto descanso antes que a deixasse.

Na sala de visitas, para onde se retirou então, ela foi logo acompanhada pela sra. Jennings, que trazia uma taça de vinho, cheia com algo, em sua mão.

– Minha querida – disse ela, entrando –, acabo de recordar que tenho em casa um dos melhores vinhos Constantia que jamais foi provado, portanto eu trouxe uma taça para sua irmã. Meu pobre marido! Como gostava desse vinho! Sempre que sofria um acesso de suas velhas dores de gota, ele dizia que o Constantia lhe fazia mais bem do que qualquer outra coisa no mundo. Por favor, leve a taça para sua irmã.

– Querida senhora – retrucou Elinor, sorrindo diante da diferença das queixas às quais o vinho era recomendado –, sua bondade é imensa! Mas acabo de deixar Marianne na cama, e quase adormecida, espero; e como creio que nada será tão útil para ela quanto descansar, se a senhora me der licença, vou beber o vinho eu mesma.

A sra. Jennings, embora lamentando que não tivesse vindo cinco minutos antes, ficou satisfeita com a solução; e Elinor, engolindo a maior parte da bebida, refletiu que, embora seus efeitos sobre um acesso de dores de gota fossem, naquele momento, de pouca importância para ela, seus poderes de cura sobre um coração desiludido poderiam ser razoavelmente experimentados tanto em si mesma como na sua irmã.

O coronel Brandon entrou enquanto o grupo tomava chá; pelo seu modo de olhar em volta da sala, procurando Marianne, Elinor no mesmo instante imaginou que ele não esperava nem desejava vê-la e, em suma, que já estava ciente do fato que ocasionava essa ausência. A sra. Jennings não foi tomada pelo mesmo pensamento, porque logo após a entrada do cavalheiro ela atravessou a sala, indo até a mesa de chá presidida por Elinor, e sussurrou:

– O coronel parece tão grave como sempre, não é mesmo? Ele não sabe ainda de nada; por favor diga tudo a ele, minha querida.

Ele logo depois puxou uma cadeira para perto dela e, exibindo um semblante que assegurou-lhe perfeitamente de que estava bem informado, perguntou por sua irmã.

– Marianne não está bem – disse Elinor. – Ela se sentiu indisposta o dia inteiro, e nós a convencemos a dormir mais cedo.

– Talvez, então – o coronel retrucou, hesitante –, isso que ouvi nesta manhã pode ser... pode haver mais verdade nisso do que eu poderia crer que fosse possível inicialmente.

— O senhor ouviu o quê?

— Que um cavalheiro, que eu tinha razão para imaginar... Em suma, que um homem, que eu *sabia* estar comprometido... Mas como poderei lhe dizer? Se a senhorita já sabe, como certamente deve saber, eu posso ser poupado de dizê-lo.

— O senhor está se referindo – respondeu Elinor, com serenidade forçada – ao casamento do sr. Willoughby com a srta. Grey. Sim, nós *sabemos* de tudo. Este parece ter sido um dia de generalizado esclarecimento, pois justamente nesta manhã tudo começou a se desdobrar para nós. O sr. Willoughby é insondável! Onde o senhor ouviu falar disso?

— Numa papelaria em Pall Mall, onde eu tinha negócios. Duas damas esperavam por sua carruagem, e uma delas estava fazendo à outra o relato do planejado casamento, num tom de voz que não buscava qualquer tentativa de ocultação, tanto que foi impossível, para mim, deixar de ouvir tudo. O nome de Willoughby, John Willoughby, várias vezes repetido, foi o que me chamou atenção primeiro; e o que se seguiu foi uma positiva afirmação de que tudo estava finalmente resolvido no que diz respeito ao casamento dele com a srta. Grey... já não era para ser um segredo... que haveria de ocorrer até mesmo dentro de algumas semanas, com muitos pormenores dos preparativos e outros assuntos. De uma coisa eu me lembro em especial, porque serviu para identificar o homem ainda mais: assim que acabasse a cerimônia, eles deveriam partir para Combe Magna, a base dele em Somersetshire. O meu assombro! Mas seria impossível descrever o que senti. A senhora comunicativa, eu soube ao perguntar, porque fiquei na loja até que elas tivessem ido embora, era uma certa sra. Ellison, e esse, como eu fui mais tarde informado, é o nome da tutora da srta. Grey.

— É isso mesmo. Mas o senhor ouviu falar, da mesma forma, que a srta. Grey possui 50 mil libras? Nisso, mais do que em qualquer outra coisa, podemos encontrar uma explicação.

— Pode ser que sim, mas Willoughby é capaz... pelo menos eu creio... – ele parou por um instante. Depois acrescentou, numa voz que parecia desconfiar de si mesma: – E a sua irmã... como foi que ela...

— Seus sofrimentos foram muito severos. Só tenho a esperança de que possam ser proporcionalmente breves. Tem sido, continua sendo a mais cruel das aflições. Até ontem, acredito, ela jamais duvidou do interesse de Willoughby; e até mesmo agora, talvez... Mas estou quase convencida de que ele nunca foi realmente apegado a Marianne. Ele se portou de modo muito enganoso! Além disso, em alguns pontos, parece existir nele uma dureza de coração.

— Ah! – disse o coronel Brandon. – Existe, de fato! Mas a sua irmã não... creio que a senhorita disse isso... ela não considera o mesmo que a senhorita?

– O senhor conhece o temperamento dela, e pode bem acreditar o quão ansiosamente ela ainda o justificaria, se pudesse.

Ele não respondeu; logo em seguida, com a retirada dos utensílios de chá, e com o arranjo dos grupos de carta, o assunto foi necessariamente abandonado. A sra. Jennings, que os observara com prazer enquanto eles ficaram conversando, e que esperava ver o efeito da comunicação da srta. Dashwood numa grande manifestação de alegria instantânea por parte do coronel Brandon, na mesma intensidade em que poderia ter ocorrido a um homem na flor da juventude, da esperança e da felicidade, o viu, com incredulidade, permanecer a noite toda mais sério e mais pensativo do que o habitual.

Capítulo 31

DE UMA NOITE NA qual dormiu mais do que havia esperado Marianne acordou, na manhã seguinte, para ter a mesma consciência de miséria com que fechara seus olhos.

Elinor incentivou-a tanto quanto possível a falar sobre o que sentia; antes que o desjejum estivesse pronto, elas já tinham reavaliado tudo uma e outra vez e, como antes, com a mesma firme convicção e os mesmos conselhos carinhosos por parte de Elinor, com os mesmos sentimentos impetuosos e as mesmas opiniões diferentes por parte de Marianne. Por vezes Marianne conseguia crer que Willoughby podia ser tão infeliz e tão inocente quanto ela mesma, e por vezes perdia de todo a consolação na impossibilidade de o absolver. Num determinado momento ela declarava ser absolutamente indiferente à observação de todas as pessoas do mundo, e num outro queria isolar-se para sempre, e num terceiro momento era capaz de resistir ao mundo com energia. Numa coisa, porém, ela mostrou-se uniforme quando foi preciso: em evitar sempre que possível a presença da sra. Jennings, e num resoluto silêncio quando não tinha opção senão suportá-la. Seu coração endureceu-se contra crer que a sra. Jennings pudesse compartilhar suas mágoas com qualquer compaixão.

– Não, não, não, não pode ser – ela exclamou. – Ela não pode sentir senda. Sua bondade não é simpatia; sua boa índole não é ternura. Tudo que ela quer é praticar bisbilhotice, e ela só gosta de mim agora porque eu lhe sirvo como fonte.

Elinor não precisara de tal afirmação para ter certeza da injustiça na qual sua irmã muitas vezes se deixava levar, em sua opinião sobre os outros, pelo refinamento irritadiço de sua própria mente, e pela importância demasiada depositada por ela nas sutilezas de uma sensibilidade forte, nas graças de uma postura polida. Como metade do resto do mundo, se mais da metade for composta dos que são astutos e bons, Marianne, com excelentes habilidades e um excelente temperamento, não era nem razoável e nem imparcial. Ela esperava das outras pessoas as mesmas opiniões e os mesmos sentimentos que ela mesma nutria, e julgava os motivos delas pelo efeito imediato de suas ações sobre ela mesma. Assim uma circunstância ocorreu, enquanto as irmãs estavam juntas no quarto delas depois do desjejum, que afundou o coração da sra. Jennings ainda mais nos recessos inferiores de sua estima; porque através de sua própria fraqueza tal circunstância evidenciou uma nova fonte de dor para ela mesma, ainda que a sra. Jennings fosse governada, em seu ato, por um impulso da máxima boa vontade.

Com uma carta em sua mão estendida, e um semblante jovial e sorridente devido à convicção de que trazia conforto, ela entrou no quarto delas dizendo:

– Agora, minha querida, eu lhe trago uma coisa que, tenho certeza, vai lhe fazer bem.

Marianne ouviu o suficiente. De um momento para outro, sua imaginação colocou diante dela uma carta de Willoughby, cheia de ternura e contrição, explicativa de tudo que se passara, satisfatória, convincente, e sucedida imediatamente por Willoughby em pessoa, correndo ansiosamente quarto adentro para reforçar, a seus pés, pela eloquência de seus olhos, as garantias da carta. A obra de um momento foi destruída pelo próximo. A letra de sua mãe, jamais até então indesejada, estava diante dela; na intensidade da decepção que se seguiu a um êxtase tão forte que era mais do que esperança, ela sentiu como se, antes daquele instante, nunca tivesse sofrido.

Nenhuma linguagem a seu alcance, nem mesmo em seus momentos da mais feliz eloquência, poderia ter expressado a crueldade da sra. Jennings; e agora ela somente podia reprová-la nas lágrimas que escorriam de seus olhos com passional violência – uma reprovação, no entanto, tão completamente perdida por seu objeto de censura que, depois de muitas expressões de piedade, ela se retirou, ainda lhe referindo a carta de consolação. Mas a carta, quando Marianne ficou calma o bastante para lê-la, trouxe pouco consolo. Willoughby enchia cada página. Sua mãe, ainda confiante quanto ao noivado, e acreditando tão calorosamente quanto sempre na constância do cavalheiro, tinha sido apenas instigada, por solicitação de Elinor, a rogar de Marianne que se permitisse uma maior abertura com ambas; e o fazia com tanta ternura por ela, com tanto afeto por Willoughby, com tanta convicção da futura felicidade dos dois quando se unissem, que ela chorou em agonia do começo ao fim da leitura.

Sua impaciência por estar em casa novamente retornou agora com pleno vigor; sua mãe era mais querida para ela do que nunca, mais querida por causa do próprio excesso de sua confiança equivocada em Willoughby, e ela sentia uma feroz urgência por partir. Elinor, ela mesma incapaz de determinar se era melhor para Marianne estar em Londres ou em Barton, não ofereceu nenhum conselho pessoal senão o de ter paciência até que os desejos de sua mãe pudessem ser conhecidos, e por fim obteve o consentimento de sua irmã quanto a esperar por esse conhecimento.

A sra. Jennings as deixou mais cedo do que o habitual, pois não conseguiria ter tranquilidade até que os Middleton e os Palmer tivessem condições de sofrer tanto quanto ela mesma; recusando positivamente a companhia oferecida por Elinor, saiu sozinha pelo restante da manhã. Elinor, com um coração muito pesado, consciente da dor que comunicaria e percebendo, pela carta de Marianne, como havia obtido um mau resultado em dar fundamento a maiores indagações, então sentou-se para escrever à mãe um relato do que se passara, e para suplicar por suas orientações quanto ao futuro, enquanto Marianne, que veio à sala de visitas quando a sra. Jennings foi embora, permaneceu imóvel junto à mesa onde Elinor escrevia, observando o avanço de sua pena, sofrendo por ela em função das dificuldades de tal tarefa, e sofrendo ainda mais carinhosamente em função do efeito da carta sobre sua mãe.

Nesse proceder elas tinham continuado por cerca de um quarto de hora quando Marianne, cujos nervos não podiam suportar então qualquer ruído repentino, foi sobressaltada por uma batida na porta.

– Quem pode ser? – exclamou Elinor. – Tão cedo, também! Eu pensei que *estivéssemos* a salvo.

Marianne dirigiu-se até a janela.

– É o coronel Brandon! – disse ela, com aflição. – Nunca estamos a salvo da presença *dele*.

– Ele não vai entrar, já que a sra. Jennings não está em casa.

– Não vou confiar *nisso* – (retirando-se para seu quarto). – Um homem que não tem nada para fazer com seu próprio tempo não tem consciência de sua intromissão no tempo dos outros.

O desdobramento provou que sua conjectura foi correta, apesar de ter sido fundada na injustiça e no erro; pois o coronel Brandon *de fato* entrou; e Elinor, convencida de que uma solicitude por Marianne o fizera vir, e percebendo *essa* solicitude em seu olhar perturbado e melancólico, em sua indagação ansiosa embora breve por ela, não pôde perdoar sua irmã por estimá-lo de maneira tão superficial.

– Eu encontrei a sra. Jennings em Bond Street – disse ele, depois da primeira saudação –, e ela me encorajou a vir; e eu fui ainda mais facilmente encorajado porque pensei que seria provável que pudesse encontrar a senhorita sozinha, e queria muito que isso ocorresse. Meu objetivo... meu desejo... meu único desejo em querer que... eu espero, eu acredito que seja... é o de ser capaz de proporcionar conforto. Não, não devo dizer conforto... não conforto para este momento... mas convicção, uma convicção duradoura na mente da sua irmã. Meu respeito por ela, pela senhorita, por sua mãe... A senhorita poderá me permitir provar isso com o relato de algumas circunstâncias que nada senão um respeito *muito* sincero... nada senão um sincero desejo de ser útil... creio que estou justificado... Embora muitas horas tenham sido despendidas em convencer a mim mesmo de que estou certo, será que não há nenhuma razão para temer que eu possa estar errado?

Ele parou.

– Eu entendo – disse Elinor. – O senhor tem algo a me dizer, sobre o sr. Willoughby, que vai expor o caráter dele mais a fundo. Seu relato nesse respeito será o maior ato de amizade que pode ser demonstrado para Marianne. *Minha* gratidão vai ser assegurada imediatamente por qualquer informação tendendo a esse fim, e a *dela* será conquistada com o passar do tempo. Por favor, por favor, deixe-me ouvi-lo.

– A senhorita vai ouvi-lo; para ser breve, quando deixei Barton, em outubro passado... Mas isso não vai lhe dar a menor ideia... Eu devo recuar ainda mais. Vai encontrar em mim um narrador muito estranho, srta. Dashwood; mal sei por onde começar. Um breve relato sobre mim mesmo, creio eu, será necessário, e *será* um breve relato. Num assunto como esse – (suspirando pesadamente) –, não poderá ser grande a minha tentação de ser difuso.

Ele parou um momento para se recompor, e a seguir, com outro suspiro, continuou.

– A senhorita provavelmente já esqueceu completamente uma conversa (não é de se supor que pudesse ter deixado qualquer impressão sobre a senhorita)... uma conversa entre nós certa noite em Barton Park... Foi uma noite de dança... na qual aludi a uma dama que eu havia conhecido certa vez, e que se assemelhava, em alguma medida, com a sua irmã Marianne.

– Na verdade – respondeu Elinor –, eu *não* me esqueci dessa conversa.

Ele pareceu ficar contente com tal lembrança e acrescentou:

– Se não estou enganado pela incerteza, pela parcialidade da terna recordação, existe uma semelhança muito forte entre elas, tanto na mente quanto na fisionomia. O mesmo ardor no coração, a mesma sofreguidão da fantasia e do espírito. Essa dama era uma das pessoas mais próximas a mim na minha família, uma órfã desde a infância, e sob a tutela do meu pai. Nossas idades eram quase as mesmas; desde os primeiros anos, fomos amigos e companheiros de brincadeiras. Não consigo me lembrar de um tempo em que eu não amasse Eliza, e o meu carinho por ela, enquanto crescíamos, era tal que, talvez, a julgar pela minha gravidade atual, desesperada e triste, a senhorita poderia pensar que eu fosse incapaz de ter alguma vez sentido algo igual. O carinho dela por mim era, creio eu, fervoroso como é o apego da sua irmã pelo sr. Willoughby, e foi, mesmo tendo uma causa diferente, não menos infeliz. Aos dezessete anos, ela foi perdida de mim para sempre. Foi casada... casada contrariando sua inclinação... com o meu irmão. Seu dote era grande, e o nosso patrimônio familiar estava muito onerado. E isso, eu temo, é tudo que pode ser dito sobre a conduta do homem que ao mesmo tempo era seu tio e seu tutor. Meu irmão não a merecia; ele nem sequer amava Eliza. Eu tinha esperado que a consideração dela por mim acabaria por ampará-la em qualquer dificuldade, e por algum tempo amparou; contudo, por fim, a miséria de sua situação (pois ela experimentou grande crueldade) superou a resolução que lhe restara, e embora ela tivesse me prometido que nada... Mas como eu relato cegamente! Eu não cheguei a lhe dizer como isso acabou ocorrendo. Estávamos a poucas horas de fugir juntos rumo à Escócia. A traição ou a insensatez da criada da minha prima nos traiu. Eu fiquei banido na casa de um parente muito distante, e a ela não foi permitida nenhuma liberdade, nenhuma companhia, nenhuma diversão, até que o ponto de vista do meu pai prevaleceu. Eu tinha dependido demais da fortitude dela, e o golpe foi pesado... No entanto, tivesse seu casamento sido feliz, tão jovem como eu era então, alguns meses deveriam ter me reconciliado com aquilo, ou pelo menos eu não teria de lamentá-lo agora. Esse, porém, não foi o caso. Meu irmão não tinha nenhum respeito por ela; seus prazeres não eram o que deveriam ser, e desde o começo ele a tratou de maneira cruel. A consequência disso numa mente tão jovem, tão vivaz, tão inexperiente como a da sra. Brandon, foi apenas natural. Ela resignou-se, a princípio, com a vasta miséria de sua situação; e tudo teria terminado com alguma felicidade se ela não tivesse vivido para superar os lamentos que a lembrança de mim ocasionava. Mas será que podemos nos admirar de que, com um marido como aquele para provocar inconstância, e sem um amigo para dar conselho ou contê-la (pois o meu pai viveu apenas alguns meses após o casamento, e eu estava com meu regimento nas Índias Orientais), ela fosse decair? Se eu tivesse permanecido na Inglaterra, talvez... Mas eu quis promover a felicidade de ambos retirando-me do alcance dela durante anos, e com esse fim obtivera minha transferência. O choque que o casamento dela me causara – prosseguiu o coronel, numa voz de grande agitação – teve um peso insignificante... Não foi nada perto do que senti quando soube, cerca de dois anos depois, de seu divórcio. Foi *esse* o desencadeador dessa tristeza... Até mesmo agora, a lembrança do quanto eu sofri...

Ele não conseguiu dizer mais nada e, levantando-se apressadamente, caminhou por alguns minutos ao redor da sala. Elinor, afetada por seu relato, e ainda mais por sua angústia, não foi capaz de falar. O coronel percebeu essa inquietação e, vindo até ela, pegou sua mão, apertou-a e beijou-a com grato respeito. Mais alguns minutos de silencioso esforço lhe permitiram prosseguir com compostura.

– Passaram-se quase três anos, após esse período infeliz, antes de eu retornar à Inglaterra. Meu primeiro cuidado, quando *afinal* cheguei, foi, claro, procurar por ela; mas a busca se mostrou tão infrutífera quanto melancólica. Não consegui localizar seu paradeiro além de seu primeiro sedutor, e existiam todas as razões para temer que ela se afastara dele somente para mergulhar mais fundo ainda numa vida de pecado. Sua pensão legal não era correspondente a seu dote, tampouco era suficiente para sua confortável manutenção, e eu soube através do meu irmão que o poder de recebê-la tinha sido repassado, alguns meses antes, para outra pessoa. Ele imaginava, e com muita calma se permitia imaginar, que a extravagância de Eliza e sua consequente situação de apuro a tinham feito abrir mão do dinheiro para qualquer alívio imediato. Por fim, no entanto, e quando eu já estava na Inglaterra fazia seis meses, eu *de fato* a encontrei. A consideração por um antigo criado meu, que desde então caíra em desgraça, levou-me a visitá-lo numa casa de detenção, onde estava confinado por causa de dívida; e ali, na mesma casa, sob um confinamento similar, localizei a minha infeliz irmã. Tão alterada... tão esmaecida... desgastada por agudos sofrimentos de todos os tipos! Eu mal conseguia crer que a figura melancólica e doentia diante de mim era o que restava da garota encantadora, viçosa e saudável de quem eu tanto gostara no passado. O quanto eu sofri ao contemplá-la naquela situação... Mas não tenho direito de ferir os seus sentimentos tentando descrevê-lo... Eu já lhe causei dor o bastante. Que ela enfrentasse, ao que tudo indicava, o último estágio de uma consunção, foi... sim, em tal situação, foi o meu maior conforto. A vida não podia fazer nada por ela senão lhe dar tempo para uma melhor preparação diante da morte; e isso lhe foi concedido. Eu tomei providências para que ela fosse acomodada em aposentos confortáveis, e sob atendentes apropriados; eu a visitei todos os dias durante o resto de sua breve vida; eu estive com ela em seus últimos momentos.

Mais uma vez ele parou, a fim de se recuperar; e Elinor exprimiu seus sentimentos numa exclamação de terna consternação pelo destino de sua infeliz amiga.

– Sua irmã, eu espero, não poderá ficar ofendida – disse ele – pela semelhança que imaginei entre ela e minha pobre, desgraçada parente. Seus destinos, suas sortes, não podem ser os mesmos; e tivesse a doce disposição natural de uma sido preservada por uma mente mais firme, ou por um casamento mais feliz, ela poderia ter sido tudo que a senhorita vai viver para ver na outra. Mas para onde tudo isso nos leva? Eu pareço ter aborrecido a senhorita por nada. Ah, srta. Dashwood... Um assunto como esse... intocado por catorze anos... é perigoso lidar com ele um mínimo que seja! Eu *serei* mais abreviado, mais conciso. Ela deixou aos meus cuidados sua única filha, uma menininha, a descendência de sua primeira e culpada união, que tinha, na época, cerca de três anos de idade. Ela amava essa criança, e sempre a mantivera consigo. Foi um valioso e precioso encargo para mim; e de bom grado eu o teria levado em frente no sentido mais estrito, supervisionando eu mesmo sua educação, se a natureza de nossas situações tivesse permitido; mas eu não tinha família, não tinha um lar; e a minha pequena Eliza foi, portanto, internada em escola. Eu a via lá sempre que podia; depois da morte do meu irmão (que aconteceu cerca de cinco anos atrás, e que deixou para mim a posse da propriedade da família), ela passou a me visitar em Delaford. Eu deixava subentendido que ela era uma parente distante, mas estou bem ciente de que tenho, de modo geral, sido suspeito de uma conexão muito mais próxima com ela. Faz agora três anos (ela tinha acabado de chegar a seu décimo quarto ano) que a tirei da escola, para colocá-la sob os cuidados de uma mulher muito respeitável, residente em Dorsetshire, que abrigava quatro ou cinco outras meninas que tinham mais ou menos o mesmo tempo de vida; e por dois anos eu tive todos os motivos para estar satisfeito com sua situação. Mas em fevereiro passado, quase doze meses atrás, ela de repente desapareceu. Eu havia permitido que ela (imprudentemente, como depois ficou provado), em seu desejo fervoroso, fosse para Bath com uma de suas jovens amigas, que acompanharia seu pai até lá por motivo da saúde dele. Eu sabia que ele era um sujeito muito bom, e via com bons olhos sua filha... mais do que ela merecia, porque, num segredo bastante desajuizado e obstinado, ela não dizia nada, não dava nenhuma indicação, embora certamente soubesse de tudo. Ele, seu pai, um homem bem-intencionado, mas desprovido de um discernimento arguto, não poderia realmente, creio eu, fornecer qualquer informação; porque se via geralmente confinado à casa, enquanto as garotas ficavam circulando pela cidade, fazendo as amizades que bem escolhessem; e o sujeito tentou me convencer, tão completamente quanto ele mesmo estava convencido, de que sua filha não tivera nenhuma participação em absoluto no negócio. Em suma, eu não pude saber nada, a não ser que ela sumira; todos os demais pormenores, durante oito longos meses, ficaram restritos a conjecturas. O que pensei, o que temi, pode ser imaginado; e também o que sofri.

– Deus do céu! – exclamou Elinor. – Poderia ser... poderia Willoughby...!

— A primeira notícia que me chegou de Eliza — prosseguiu o coronel — veio numa carta dela mesma, em outubro passado. A carta me foi encaminhada de Delaford, e a recebi na mesma manhã da nossa planejada excursão para Whitwell; e essa foi a razão de eu ter deixado Barton tão repentinamente, o que naquele momento, estou certo disso, deve ter parecido estranho a todas as pessoas, e causou, acredito, ofensa em algumas. Mal imaginava o sr. Willoughby, suponho, quando seu olhar me censurou pela incivilidade de desfazer a excursão, que eu era chamado para socorrer a pessoa que ele abandonara em miseráveis condições; mas se *soubesse* disso, qual teria sido a diferença? Ele teria sido menos jovial ou menos feliz com os sorrisos da sua irmã? Não, ele já cometera o crime que nenhum homem que é *capaz* de sentir algo por outro cometeria. Havia deixado para trás a garota cuja inocência e juventude ele seduzira, numa situação de aflição extrema, sem moradia digna, sem ajuda, sem amigos, ignorante do endereço dele! Ele a deixara prometendo voltar; não voltou, nem escreveu, nem socorreu.

— Isso é mais do que inacreditável! — exclamou Elinor.

— O caráter dele se oferece agora diante da senhorita; dispendioso, dissipado, e pior do que ambas as coisas. Sabendo de tudo isso, como sei faz muitas semanas, tente adivinhar o que devo ter sentido ao ver sua irmã gostando dele tanto quanto sempre, e ao ser assegurado de que ela estava prestes a se casar com ele; tente adivinhar o que devo ter sentido pelo bem de todas vocês. Quando eu vim visitá-las na semana passada e encontrei a senhorita sozinha, vim decidido a conhecer a verdade; embora estivesse irresoluto quanto ao que fazer quando *fosse* conhecida. Meu comportamento deve ter parecido estranho à senhorita, então; mas agora vai compreendê-lo. Aceitar que vocês todas fossem tão enganadas; ver sua irmã... Mas o que é que eu podia fazer? Eu não tinha esperança de interferir com sucesso; e por vezes pensei que a influência da sua irmã poderia recuperá-lo ainda. Mas agora, depois de tal uso desonroso, quem pode dizer quais eram seus desígnios quanto a ela? O que quer que possam ter sido, no entanto, sua irmã pode agora... e daqui por diante sem dúvida ela *vai* encarar com gratidão sua própria condição, quando a comparar com a da minha pobre Eliza, quando considerar a situação desgraçada e sem esperança dessa pobre garota, e a imaginar com um afeto por ele tão forte, ainda tão forte quanto o dela própria, e com uma mente atormentada por um sentimento de autocensura que decerto vai acompanhá-la pela vida toda. Certamente essa comparação será de alguma utilidade para ela. Sua irmã vai sentir que seus próprios sofrimentos não são nada; não procedem de nenhuma má conduta, e não podem trazer nenhuma desgraça; pelo contrário, todos os amigos deverão passar a ser ainda mais seus amigos por causa deles. Uma preocupação por sua infelicidade, e um respeito por sua fortitude sob ela, deverão reforçar todas as afeições. Use o seu próprio critério, no entanto, em comunicar para ela o que eu lhe disse. A senhorita deve saber melhor qual será o efeito; mas se eu não tivesse seriamente acreditado, e do fundo do coração, que isso poderia servir de auxílio, que poderia diminuir seus lamentos, eu não teria me permitido incomodá-la com esse relato das aflições da minha família, com uma exposição que pode parecer ter a intenção de me elevar às custas dos outros.

Os agradecimentos de Elinor sucederam esse discurso com grato fervor, acompanhados, também, pela garantia de que esperava uma substancial vantagem para Marianne a partir da comunicação do que se passara.

– Eu fiquei mais compungida – disse ela – pelos esforços de Marianne em absolvê-lo do que por qualquer outra coisa, pois isso irrita sua mente mais do que uma perfeita convicção da indignidade do sr. Willoughby. Agora, embora no início ela vá sofrer muito, estou certa de que logo ficará mais tranquila. O senhor – continuou ela, depois de um breve silêncio – já viu alguma vez o sr. Willoughby desde que o deixou em Barton?

– Sim – retrucou ele com gravidade –, vi o sr. Willoughby numa ocasião. Um único encontro era inevitável.

Elinor, sobressaltada pela expressão do coronel, olhou para ele ansiosamente, dizendo:

– O quê!? O senhor o encontrou para...

– Eu não poderia encontrá-lo de nenhuma outra maneira. Eliza confessara para mim, se bem que com enorme relutância, o nome de seu amante; e quando ele retornou à cidade, o que ocorreu dentro de duas semanas após o meu retorno, nos vimos por encontro marcado, ele para defender, eu para punir sua conduta. Voltamos sem ferimentos, e o encontro, portanto, não chegou a ter repercussão.

Elinor suspirou quanto à imaginada necessidade de tal ato, mas num homem e num soldado ela presumiu não censurá-lo.

– Tão grande – disse o coronel Brandon, depois de uma pausa – foi a infeliz semelhança entre os destinos da mãe e da filha! E de modo tão imperfeito eu desempenhei meu encargo!

– Ela está na cidade ainda?

– Não. Tão logo se recuperou, depois do período em que ficou de cama (porque a encontrei às vésperas de seu parto), transferi Eliza e sua criança para o campo, e lá ela permanece.

Lembrando, logo a seguir, que provavelmente estava separando Elinor de sua irmã, o coronel deu por encerrada sua visita, recebendo dela novamente os mesmos gratos reconhecimentos, e deixando-a cheia de compaixão e estima por ele.

Capítulo 32

QUANDO OS PORMENORES DESSA conversa foram repetidos pela srta. Dashwood para sua irmã, e muito em breve o foram, o efeito sobre ela não chegou a ser aquele que a primeira tivera esperança de ver. Não que Marianne parecesse desconfiar da verdade de qualquer parte da conversa, pois ela ouviu tudo com a mais submissa e constante atenção, não fez qualquer objeção ou comentário, não fez nenhuma tentativa de vindicar Willoughby, e pareceu mostrar com suas lágrimas que sentia que isso era impossível. No entanto, embora esse comportamento garantisse a Elinor que a convicção de tal culpa estava *de fato* instalada em sua mente, embora Elinor visse com satisfação que algum efeito era surtido no fato de que ela já não evitava o coronel Brandon quando este as visitava, de que falava com ele, de que falava inclusive por sua própria iniciativa, com uma espécie de respeito compassivo, e embora visse seu estado de espírito menos violentamente irritado do que antes, não a viu menos arrasada. A mente de Marianne estava de fato decidida, mas decidida por uma depressão sombria. Ela sentiu a perda do caráter de Willoughby ainda mais fortemente do que sentiu a perda de seu coração; a sedução e o abandono da srta. Williams, a miséria daquela pobre garota, e a dúvida sobre quais desígnios ele poderia ter tido *alguma vez* em relação a ela mesma, abatiam tão completamente seu espírito que ela não tinha forças para revelar o que sentia nem mesmo para Elinor. Remoendo suas mágoas em silêncio, Marianne causava mais dor em sua irmã do que poderia ter causado pela mais franca e mais frequente confissão delas.

Comunicar os sentimentos ou a linguagem da sra. Dashwood quando recebeu e respondeu a carta de Elinor seria somente comunicar uma repetição do que suas filhas já tinham sentido e dito, de uma decepção dificilmente menos dolorosa do que a de Marianne, e de uma indignação ainda maior do que a de Elinor. Longas cartas enviadas por ela, sucedendo-se em velocidade umas às outras, lhes chegavam para expressar o que sofria e pensava, para manifestar sua solicitude ansiosa por Marianne, para suplicar que ela suportasse com fortitude o presente infortúnio. Péssima, de fato, devia ser a natureza das aflições de Marianne, quando sua mãe chegava ao ponto de falar em fortitude! Mortificante, humilhante devia ser a origem de tais pesares, aos quais *ela* podia desejar que a filha não se entregasse!

Em oposição ao interesse de seu próprio conforto individual, a sra. Dashwood determinara que seria melhor para Marianne estar em qualquer lugar, naquele momento, que não fosse Barton, onde tudo em seu campo de visão lhe traria de volta o passado da maneira mais aflitiva e mais forte, constantemente colocando Willoughby diante dela, como ela sempre o tinha visto ali. Recomendou a suas filhas, portanto, que por todos os meios não encurtassem sua estadia com a sra. Jennings, cuja duração, embora jamais tivesse sido precisamente fixada, era esperada por todos que compreendesse pelo menos cinco ou seis semanas. Uma variedade de ocupações, de objetivos e de companhias que não poderia ser obtida em Barton seria inevitável ali, e ainda poderia, ela esperava, enganar Marianne, por vezes, na criação de algum interesse que a fizesse se esquecer de si mesma, e até mesmo com algumas diversões, por mais que as ideias de ambas as coisas pudessem agora ser desprezadas por ela.

De qualquer perigo de ver Willoughby novamente, sua mãe considerou que ela estava pelo menos tão segura na cidade quanto no campo, já que a intimidade com ele deveria ser abandonada dali em frente por todos os que se dissessem amigos de Marianne. O planejamento jamais poderia colocá-los um no caminho do outro, a negligência jamais poderia deixá-los expostos a uma surpresa, e o acaso tinha menos chances a seu favor no meio da multidão de Londres do que até mesmo no retiro de Barton, onde poderia forçar Willoughby a surgir perante ela por meio de uma visita em Allenham quando do casamento dele, algo que a sra. Dashwood, tendo previsto no início que seria um acontecimento provável, agora esperava como sendo certo.

A sra. Dashwood tinha outra razão ainda para desejar que suas filhas permanecessem onde estavam; uma carta do enteado lhe comunicara que ele e sua esposa estariam na cidade antes de meados de fevereiro, e ela julgou ser adequado que as duas devessem, por vezes, encontrar o irmão.

Marianne prometera que se deixaria guiar pela opinião de sua mãe, e submeteu-se a ela, portanto, sem oposição, embora essa opinião tivesse se provado perfeitamente diversa do que desejava e esperava, embora sentisse que fosse totalmente errada, baseada em motivos equivocados, algo que, exigindo que ela permanecesse em Londres por mais tempo, a privava do único alívio possível de sua desgraça, a simpatia pessoal de sua mãe, e a condenava ao martírio de tantas companhias e tantas cenas que ela ficaria impedida de jamais desfrutar um momento de descanso.

Mas foi uma questão de grande consolo para Marianne a circunstância de que aquilo que trazia um mal para ela mesma traria um bem para sua irmã; e Elinor, por outro lado, suspeitando que não estaria em seu poder evitar Edward inteiramente, confortou-se ao pensar que, ainda que a estadia mais longa fosse acabar militando, por consequência, contra sua própria felicidade, seria melhor para Marianne do que um retorno imediato a Devonshire.

Seu cuidado em preservar sua irmã de jamais ouvir mencionarem o nome de Willoughby não foi deixado de lado. Marianne, embora sem sabê-lo, colheu todas as vantagens disso, pois nem a sra. Jennings, tampouco Sir

John e nem mesmo a própria sra. Palmer jamais falavam de Willoughby na presença dela. Elinor desejou que a mesma indulgência pudesse ter sido estendida para ela mesma, mas isso era impossível, e teve de ouvir, dia após dia, a indignação de todos eles.

    Sir John não conseguiria ter imaginado que fosse possível. "Um homem sobre o qual ele sempre teve tanta razão para pensar bem! Um sujeito de um temperamento tão amável! Ele não acreditava que existisse um cavaleiro mais ousado na Inglaterra! Tratava-se de um negócio inexplicável. Ele desejava que o sujeito fosse ao inferno, do fundo de seu coração. Não trocaria nem mesmo uma palavra com ele, onde quer que o encontrasse, por nada neste mundo! Não, nem se precisassem estar juntos numa caçada em Barton, e ficassem juntos em vigília durante duas horas. Um belo patife esse sujeito! Um cão mentiroso! Foi bem na última vez em que se viram que ele lhe oferecera um dos filhotes de Folly! E isso era o fim!"

    A sra. Palmer, a seu modo, ficou igualmente zangada. "Ela estava determinada por cortar laços com ele imediatamente, e era muito grata pela circunstância de que nunca se tornara íntima dele em nenhum grau. Desejava do fundo de seu coração que Combe Magna não ficasse tão perto de Cleveland; mas isso não tinha importância, pois era uma distância um tanto demasiada para uma visita; ela o detestava tanto que decidira nunca mais mencionar o nome do rapaz, e haveria de contar a todo mundo que visse o quanto ele não prestava para nada."

    A simpatia restante da sra. Palmer foi exibida em coletar todos os pormenores a seu alcance sobre o casamento que se aproximava, e na comunicação deles a Elinor. Ela pôde logo revelar com qual segeiro a nova carruagem estava sendo construída, por qual retratista o sr. Willoughby foi desenhado, e em qual estabelecimento as roupas da srta. Grey podiam ser vistas.

    A despreocupação calma e educada de Lady Middleton na ocasião foi um feliz alívio no espírito de Elinor, oprimido como muitas vezes estava pela bondade clamorosa dos outros. Foi um grande conforto, para ela, ter certeza de não despertar nenhum interesse em *uma* pessoa, pelo menos, no seu círculo de amigos; foi um grande conforto saber que havia *uma* pessoa que a encontraria sem sentir qualquer curiosidade por detalhes, ou qualquer ansiedade pela saúde de sua irmã.

    Toda qualificação pode às vezes ser elevada, pelas circunstâncias do momento, acima do seu valor real; e Elinor era por vezes importunada, por condolências oficiosas, a classificar a boa educação como sendo mais indispensável ao conforto do que uma boa índole.

    Lady Middleton manifestava sua percepção sobre o caso mais ou menos uma vez por dia, ou duas vezes se o tópico ocorresse com muita frequência, dizendo: "É muito chocante, de fato!"; por meio dessa contínua mas branda ventilação, foi capaz não apenas de ver as senhoritas Dashwood desde o primeiro momento sem a menor emoção, mas também, muito em breve, de as ver sem recordar sequer uma palavra sobre o assunto; e tendo assim apoiado a dignidade de seu próprio sexo, e tendo exprimido sua decidida censura sobre o que havia de errado no outro, julgou que tinha liberdade de atender ao interesse de suas próprias reuniões, e determinou, portanto (embora contrariando bastante a opinião de Sir John), considerando que a sra. Willoughby seria de uma só vez uma mulher de elegância e fortuna, que seu cartão fosse deixado com ela tão logo se casasse.

As indagações delicadas e discretas do coronel Brandon jamais resultavam indesejáveis à srta. Dashwood. Ele tinha obtido abundantemente o privilégio da discussão íntima sobre a decepção de sua irmã, através do zelo amigável com o qual se empenhara por suavizar o problema, e os dois sempre conversavam em confiança. Sua principal recompensa pelo doloroso esforço de revelar tristezas passadas e humilhações presentes era concedida no olhar piedoso com o qual Marianne às vezes o contemplava, e na suavidade de sua voz (embora isso não ocorresse com frequência) sempre que ela se via obrigada ou podia por si mesma se obrigar a falar com ele. *Essas* evidências asseguravam ao coronel que seu esforço produzira um acréscimo de boa vontade em relação a si mesmo, e *essas* evidências davam esperanças a Elinor de que o acréscimo poderia ser ainda maior dali por diante; mas a sra. Jennings, que nada sabia de tudo isso, que sabia somente que o coronel seguia sendo tão grave como sempre, e que não conseguia nem convencê-lo a fazer a proposta ele mesmo e tampouco se comissionar a fazê-la por ele, começou, ao fim de dois dias, a pensar que em vez de meados do verão eles não se casariam até o dia de São Miguel, e ao final de uma semana, que não iria em absoluto ocorrer um matrimônio. O bom entendimento entre o coronel e a srta. Dashwood parecia declarar agora que as honras da amoreira, do canal e do caramanchão de teixo seriam todas repassadas para *ela*; e a sra. Jennings tinha, durante algum tempo, deixado em absoluto de pensar no sr. Ferrars.

No início de fevereiro, duas semanas após o recebimento da carta de Willoughby, Elinor teve o doloroso encargo de informar sua irmã de que o jovem estava casado. Elinor tomara o cuidado de providenciar que a informação fosse transmitida para ela mesma tão logo se soubesse que a cerimônia estivesse terminada, pois era seu desejo que Marianne não devesse receber a primeira notícia do fato a partir dos periódicos públicos, os quais via sua irmã examinando ansiosamente todas as manhãs.

Ela recebeu a notícia com serenidade resoluta; não fez nenhuma observação a respeito e, no começo, não derramou lágrimas; mas passado pouco tempo elas viriam à tona. Durante o resto do dia, Marianne ficou num estado não menos lamentável do que quando primeiro soube que podia esperar pelo acontecimento.

Os Willoughby deixaram a cidade logo depois do casamento; e Elinor quis agora, como não poderia existir perigo de que ela visse qualquer um dos dois, convencer sua irmã, que ainda não tinha saído de casa nenhuma vez desde o golpe inicial, a sair novamente, de maneira gradual, como já fizera antes.

Por aqueles dias as duas senhoritas Steele, recentemente chegadas à casa de seu primo em Bartlett's Buildings, Holborn, apresentaram-se novamente diante de seus parentes mais ilustres em Conduit e Berkeley Street; e foram recebidas por todos com grande cordialidade.

Somente Elinor ficou pesarosa por vê-las. A presença delas sempre lhe causava dor, e ela mal soube como oferecer uma retribuição muito graciosa frente ao deleite avassalador de Lucy em *ainda* encontrá-la na cidade.

– Eu teria ficado bastante desapontada se não tivesse encontrado a senhorita por aqui *ainda* – disse ela repetidamente, com forte ênfase na palavra. – Mas sempre pensei que *de fato* encontraria. Eu estava quase *certa* que a senhorita não deixaria Londres ainda por algum tempo; se bem que a senhorita *tenha* dito pra mim, não é mesmo, em Barton, que não ficaria por mais de *um mês*. Mas eu pensei, na época, que a senhorita muito provavelmente mudaria de ideia quando chegasse o momento. Teria sido uma pena tão grande ter ido embora antes que seu irmão e sua irmã viessem. E agora, com toda certeza, a senhorita não terá nenhuma *pressa* em partir. Estou incrivelmente feliz por saber que não manteve a *sua palavra*.

Elinor a compreendia perfeitamente, e teve de recorrer a seu máximo autocontrole para fazer parecer que *não* compreendia.

– Bem, minha querida – disse a sra. Jennings –, e como as senhoritas viajaram?

– Não na diligência, eu lhe garanto – retrucou a srta. Steele, com viva exultação. – Viemos em carruagem de posta o caminho todo, e tivemos um galante muito garboso pra nos fazer companhia. O dr. Davies estava vindo à cidade, então nós pensamos que poderíamos acompanhá-lo num carro de posta; ele se comportou muito distintamente, e pagou dez ou doze xelins mais do que nós.

– Ah, ah! – exclamou a sra. Jennings. – Muito bonito, de fato! E o doutor é um homem solteiro, posso lhe assegurar.

– Ora essa – disse a srta. Steele, sorrindo afetadamente –, todo mundo ri tanto de mim no que se refere ao doutor, e eu não consigo imaginar por quê. Meus primos dizem ter certeza que fiz uma conquista; mas de minha parte eu declaro que não perco meu tempo pensando nele. "Deus! Eis o seu galante chegando, Nancy", minha prima me disse outro dia, quando ela viu o doutor atravessar a rua para vir até a casa. "Meu galante, desde quando?", eu falei. "Não consigo imaginar quem você se refere. O doutor não é meu galante de jeito nenhum."

– Pois sim, pois sim, muito bonito a senhorita falar desse modo... Mas não adianta nada... O doutor é o homem, estou vendo.

– Não, não mesmo! – retrucou sua prima, com seriedade afetada. – E eu lhe peço que diga o contrário, se alguma vez ouvir falar sobre isso.

A sra. Jennings no mesmo instante lhe deu a gratificante garantia de que certamente *não* o faria, e a srta. Steele ficou assim completamente feliz.

– Suponho que vão ficar com seu irmão e sua irmã, srta. Dashwood, quando eles vierem à cidade – disse Lucy, retornando, depois de uma cessação das sugestões hostis, ao ataque.

– Não, não creio que ficaremos.

– Ah, sim, ouso dizer que ficarão.

Elinor não quis agradá-la com maior oposição.

– Que coisa encantadora, que a sra. Dashwood aceite ficar separada das senhoritas por um tempo tão longo desse jeito!

– Um tempo muito longo, vejam só! – interveio a sra. Jennings. – Ora, a visita delas apenas começou!

Lucy calou-se.

– Lamento que não possamos ver a sua irmã, srta. Dashwood – disse a srta. Steele. – Lamento que ela não esteja bem – (pois Marianne saíra da sala quando elas chegaram).

– A senhorita é muito bondosa. Minha irmã ficará igualmente pesarosa por perder o prazer de vê-las; mas ela tem andado muito atormentada ultimamente com dores nervosas de cabeça, que a deixam incapacitada para companhia ou conversação.

– Ah, minha nossa, é uma grande lástima! Mas velhas amigas como eu e Lucy! Creio que *nós duas* ela pode ver; e tenho certeza que não diríamos sequer uma palavra.

Elinor, com grande civilidade, recusou a proposta. Sua irmã talvez estivesse deitada na cama, ou usando seu penhoar, não tendo condições, portanto, de vir até elas.

– Ah, se é esse o problema – exclamou a srta. Steele –, podemos muito bem ir até *ela*.

Elinor começou a ponderar que essa impertinência era demasiada para seu gosto; mas foi poupada do trabalho de rechaçá-la pela dura repreensão de Lucy, uma repreensão que agora, como em muitas ocasiões, apesar de não conferir aos modos de uma irmã muita doçura, foi proveitosa por governar os da outra.

Capítulo 33

Depois de alguma oposição, Marianne cedeu aos rogos de sua irmã, e consentiu em sair com ela e a sra. Jennings numa manhã, por meia hora. Ela expressamente estabeleceu a condição, no entanto, de que não realizassem nenhuma visita, e de que não faria mais do que acompanhá-las até a Gray's em Sackville Street, onde Elinor estava desenvolvendo uma negociação para trocar algumas joias antiquadas de sua mãe.

Quando pararam na porta, a sra. Jennings recordou que havia uma dama na outra extremidade da rua que ela precisava visitar; e como não tinha negócios a fazer na Gray's, ficou decidido que, enquanto as jovens amigas transacionavam os seus, ela prestaria sua visita e depois retornaria.

Tendo subido as escadas, a srta. Dashwood encontrou tantas pessoas diante delas, no recinto, que não havia uma única pessoa disponível para lhes atender os pedidos; e elas foram obrigadas a esperar. Tudo que podia ser feito era sentar junto à extremidade do balcão que parecia prometer a mais rápida sucessão; um cavalheiro apenas encontrava-se ali, e é provável que Elinor até tivesse alguma esperança de instigar nele a polidez de um despacho mais acelerado. Mas a precisão no olhar do cavalheiro e a delicadeza de seu gosto provaram superar sua polidez. Ele estava solicitando uma caixa de palitos de dente para si mesmo, e até que tamanho, forma e ornamentos ficassem determinados, características que, após discussão e análise por um quarto de hora sobre cada caixa de palitos de dente disponível na loja, foram finalmente arranjadas por seu próprio capricho inventivo, ele não teve tempo de sobra para conceder qualquer atenção às duas damas além daquela que pôde ser abrangida em três ou quatro olhares muito grosseiros, uma espécie de atenção que serviu para marcar em Elinor a lembrança de uma pessoa e uma fisionomia com forte, natural, genuína insignificância, ainda que adornadas no mais alto estilo da moda.

Marianne foi poupada dos incômodos sentimentos de desprezo e ressentimento em função daquele exame impertinente das feições delas, e daquela presunção com que o cavalheiro decidia sobre todos os diferentes horrores das diferentes caixas de palito de dente apresentadas para sua inspeção, permanecendo inconsciente a tudo isso; pois ela era tão capaz de coletar seus pensamentos em seu íntimo ali mesmo, na loja do sr. Gray, e de ser tão ignorante do que se passava em sua volta, quanto se estivesse em seu próprio quarto de dormir.

Por fim, o caso foi decidido. O marfim, o ouro e as pérolas, todos os detalhes receberam indicação; tendo nomeado qual era o último dia em que sua existência poderia ser continuada sem a posse da caixa de palitos de dente, o cavalheiro colocou de volta suas luvas com ocioso cuidado e, depois de conceder outro olhar às senhoritas Dashwood, mas um olhar que parecia mais exigir do que expressar admiração, foi-se embora com um ar feliz de verdadeira presunção e afetada indiferença.

Elinor não perdeu tempo na condução de seu negócio, e estava prestes a concluí-lo quando outro cavalheiro apresentou-se a seu lado. Ela voltou os olhos para o rosto do homem e constatou, com alguma surpresa, que se tratava do seu irmão.

O afeto e o prazer deles, naquele encontro, foram suficientes para compor uma cena muito meritória na loja do sr. Gray. John Dashwood se mostrou realmente longe de ficar triste por ver suas irmãs mais uma vez; isso lhes deu bastante satisfação; e suas indagações pela mãe foram respeitosas e atenciosas.

Elinor descobriu que seu irmão e Fanny já se encontravam na cidade havia dois dias.

– Eu queria muito visitá-las ontem – disse ele –, mas foi impossível, pois fomos obrigados a levar Harry para ver os animais selvagens em Exeter Exchange; e passamos o resto do dia com a sra. Ferrars. Harry ficou satisfeito como nunca. *Hoje* de manhã eu tinha uma firme intenção de visitá-las, se pudesse de alguma maneira encontrar uma meia hora livre, mas uma pessoa tem sempre tanta coisa para fazer quando acabou de chegar à cidade. Eu vim aqui com o propósito de encomendar um selo para Fanny. Mas amanhã creio que certamente serei capaz de fazer uma visita em Berkeley Street, e de ser apresentado a essa amiga de vocês, a sra. Jennings. Pelo que sei, ela é uma mulher de muito boa fortuna. E os Middleton também, vocês precisam me apresentar a *eles*. Como parentes de minha madrasta, ficarei feliz em lhes prestar todo meu respeito. Eles são vizinhos excelentes para vocês no campo, pelo que sei.

– Excelentes, de fato. As atenções que dedicam ao nosso conforto, a simpatia em todos os aspectos, representam mais do que posso expressar.

– Fico extremamente feliz em saber disso, dou minha palavra; extremamente feliz, de fato. Mas não poderia ser de outro modo; pois eles são pessoas de enorme fortuna, são aparentados seus, e todas as civilidades e acomodações que podem servir para tornar sua situação agradável deverão ser razoavelmente esperadas. E assim vocês estão muito confortavelmente instaladas no seu chalezinho, e não lhes falta nada! Edward nos trouxe o mais encantador relato sobre o lugar: a coisinha mais completa de seu tipo que jamais se viu, disse ele, e todas vocês pareciam apreciá-lo mais do que qualquer coisa. Saber disso foi uma grande satisfação para nós, eu lhes garanto.

Elinor se sentiu um pouco envergonhada de seu irmão; e não lamentou ser poupada da necessidade de lhe responder pela chegada do criado da sra. Jennings, que veio dizer que sua patroa esperava por elas na porta.

O sr. Dashwood as acompanhou escada abaixo, foi apresentado à sra. Jennings na porta da carruagem dela e, reafirmando sua esperança de ser capaz de visitá-las no dia seguinte, despediu-se.

Sua visita foi devidamente prestada. Ele veio trazendo um pretenso pedido de desculpas da cunhada delas, por não vir junto; "mas ela estava tão envolvida com sua mãe que realmente não tinha tempo livre para ir a qualquer lugar". A sra. Jennings, no entanto, garantiu-lhe na mesma hora que não faria cerimônia, porque elas eram todas primas, ou algo parecido, e certamente iria visitar a sra. John Dashwood muito em breve, e levar as irmãs dela para vê-la. Os modos do irmão com *elas*, embora calmos, eram perfeitamente gentis; com a sra. Jennings, eram muito atentamente polidos; e quando apareceu o coronel Brandon, logo depois dele mesmo, contemplou o recém-chegado com uma curiosidade que parecia dizer que ele só precisava saber que o coronel era rico para ser igualmente polido com *ele*.

Depois de ficar com elas por meia hora, o sr. John Dashwood pediu a Elinor que caminhasse com ele até Conduit Street, e que o apresentasse a Sir John e a Lady Middleton. O tempo estava notavelmente bom, e ela consentiu com prontidão. Assim que eles se viram fora da casa, as indagações do irmão começaram:

– Quem é o coronel Brandon? Ele é um homem abastado?

– Sim; ele tem uma propriedade muito boa em Dorsetshire.

– Fico contente com isso. Ele parece ser um homem bastante cavalheiresco; e eu creio, Elinor, que posso felicitá-la quanto à perspectiva de um estabelecimento muito respeitável na vida.

– Eu, meu irmão! O que você quer dizer?

– Ele gosta de você. Observei o homem bem de perto, e fiquei convencido disso. Qual é o montante da fortuna dele?

– Acredito que cerca de 2 mil libras por ano.

– Duas mil libras por ano.

E então, elevando-se até um patamar de entusiasmada generosidade, ele acrescentou:

– Elinor, eu desejaria do fundo do meu coração que fosse o *dobro*, pelo seu bem.

– Sem dúvida, eu acredito em você – retrucou Elinor –, mas estou absolutamente convencida de que o coronel Brandon não tem o menor desejo de se casar *comigo*.

– Você está enganada, Elinor; você está muito enganada. Um gesto muito pequeno, por sua parte, poderá lhe garantir o coronel. Talvez apenas no momento ele possa estar indeciso; o baixo valor do seu dote pode fazê-lo se manter recuado; pode ser que todos os amigos dele o aconselhem contra isso. Mas algumas dessas pequenas atenções ou estimulações que as damas podem promover tão facilmente vão dar um jeito nele, mesmo que ele não queira. E não pode haver nenhuma razão para que você não deva tentar conquistá-lo. Não é de se supor que qualquer envolvimento anterior, da parte de você... Em suma, você sabe que quanto a um envolvimento desse tipo, isso fica completamente fora de questão, as objeções são intransponíveis... Você tem sensatez o bastante para perceber tudo isso. O coronel Brandon há de ser o homem; e nenhuma civilidade vai faltar, da minha parte, para deixá-lo satisfeito com você e com sua família. Trata-se de um enlace que só poderá proporcionar satisfação universal. Em suma, é uma espécie de coisa que – (baixando sua voz num sussurro importante) – será extremamente bem-vinda para *todos os envolvidos*.

    Recompondo-se, no entanto, ele acrescentou:

    – Ou seja, eu quero dizer... Seus amigos estão todos verdadeiramente ansiosos por vê-la bem estabelecida, e Fanny particularmente, pois ela tem pelo seu interesse o maior carinho do mundo, eu lhe garanto. E quanto à mãe dela também, a sra. Ferrars, uma mulher de muito boa índole, tenho certeza de que isso lhe daria muito prazer; outro dia ela disse isso mesmo.

    Elinor não quis conceder qualquer resposta.

    – Seria uma coisa notável, agora – continuou ele –, uma coisa engraçada, se Fanny tivesse um irmão e eu uma irmã que se estabelecessem ao mesmo tempo. E no entanto não é muito improvável.

    – O sr. Edward Ferrars – disse Elinor, com resolução – por acaso vai se casar?

    – Não está realmente resolvido, mas existe algo se agitando nesse caminho. Ele tem a mais excelente das mães. A sra. Ferrars, com a máxima liberalidade, haverá de se apresentar e outorgar para ele mil por ano, se o enlace vier a ocorrer. A dama é a ilustre srta. Morton, filha única do falecido Lord Morton, com 30 mil libras. Uma conexão muito desejável para ambos os lados, e eu não tenho nenhuma dúvida sobre sua realização no tempo devido. Mil por ano é uma bela soma para uma mãe dar de presente, passar adiante para sempre; mas a sra. Ferrars é dotada de um espírito nobre. Para lhe dar um outro exemplo de sua liberalidade: outro dia, logo que chegamos à cidade, ciente de que o dinheiro não poderia ser muito abundante conosco no momento, ela colocou nas mãos de Fanny notas bancárias num montante de duzentas libras. E isso é extremamente aceitável, pois nós haveremos de viver com grandes despesas enquanto estivermos aqui.

    Ele fez uma pausa para obter o consentimento e a compaixão da irmã, e ela se forçou a dizer:

– Suas despesas, tanto na cidade quanto no campo, devem ser certamente consideráveis; mas o seu rendimento é grande.

– Não tão grande, ouso dizer, quanto muitas pessoas supõem. Não estou querendo reclamar, no entanto; trata-se sem dúvida de um rendimento confortável, e espero que com o tempo seja melhor. O cercamento de Norland Common, sendo efetivado agora, representa um dreno dos mais graves. E além disso eu fiz uma pequena compra neste último semestre: East Kingham Farm, você deve se lembrar do lugar, onde o velho Gibson morava. A terra era tão absolutamente desejável para mim sob todos os pontos de vista, tão imediatamente adjacente à minha propriedade, que senti que era meu dever comprá-la. Eu não poderia ter ficado com a consciência em paz se a deixasse cair em quaisquer outras mãos. Um homem deve pagar por sua conveniência; e isso *de fato* me custou uma vasta quantia de dinheiro.

– Mais do que aquilo que, na sua opinião, ela vale de verdade, intrinsecamente?

– Ora, espero que não. Eu poderia ter vendido a terra novamente, no dia seguinte, por mais do que paguei; contudo, no que diz respeito ao dinheiro da compra, eu poderia ter sofrido um grande desastre, de fato; porque as ações naquela ocasião estavam tão baixas que, se não tivesse acontecido de eu ter a quantia necessária nas mãos do meu banqueiro, eu precisaria ter liquidado meus papéis com um prejuízo muito grande.

Elinor pôde apenas sorrir.

– Outras despesas inevitáveis e grandes nós também tivemos quando chegamos a Norland. Nosso respeitado pai, como você bem sabe, legou todos os bens de Stanhill que permaneciam em Norland (e muito valiosos eles eram) à sua mãe. Longe de mim lamentar que tenha feito isso; ele tinha o direito inquestionável de dispor de sua propriedade como bem escolhesse, mas em consequência disso fomos obrigados a fazer grandes compras de roupa branca, porcelana etc., para suprir o lugar do que foi levado. Você pode imaginar, depois de todas essas despesas, como só podemos estar muito longe de ser ricos, e como é aceitável a bondade da sra. Ferrars.

– Certamente – disse Elinor. – Auxiliado por essa liberalidade, espero que você possa viver o suficiente para se ver em circunstâncias tranquilas.

– Mais um ou dois anos poderão fazer muito quanto a isso – ele retrucou gravemente –, no entanto ainda existe muito para ser feito. Não há uma pedra sequer assentada na estufa de Fanny, e nada mais do que as estacas no jardim de flores.

– Onde vai ficar a estufa?

– No cômoro atrás da casa. As velhas nogueiras foram todas colocadas abaixo para dar espaço. Será uma coisa muito agradável de se ver em várias partes do parque, e o jardim de flores vai descer pela encosta bem na frente, vai ser extremamente bonito. Acabamos com todos os velhos espinheiros que cresciam em trechos sobre a borda.

Elinor guardou sua consternação e sua censura para si mesma; e ficou muito grata por Marianne não estar presente para compartilhar da exasperação.

Já tendo dito mais do que o suficiente para deixar claro que era pobre, eliminando a necessidade de comprar um par de brincos para cada uma das irmãs na visita seguinte à Gray's, os pensamentos de John tomaram um rumo mais jovial, e ele começou a felicitar Elinor por ter uma amiga como a sra. Jennings.

– Ela parece ser uma mulher de muito valor, de fato... Sua casa, seu estilo de vida, tudo indica uma renda extremamente boa; e é uma conhecida que não apenas tem sido de grande utilidade para vocês, até aqui, como ainda pode se revelar, no fim das contas, materialmente vantajosa... Que as tenha convidado para uma estadia na cidade é certamente uma coisa de vasta importância em favor de vocês; e sem dúvida isso expressa categoricamente uma consideração tão grande por vocês que, com toda probabilidade, quando ela morrer, vocês não serão esquecidas... Ela deve ter bastante para deixar.

– Absolutamente nada, eu posso bem supor, porque possui somente seu patrimônio dotal, que descenderá para suas filhas.

– Mas não é concebível que ela faça uso de sua renda toda. Poucas pessoas em seu perfeito juízo fariam *isso*; e a soma que puder guardar ela terá condições de passar adiante.

– E você não julga mais provável que ela deverá deixar essa soma para suas filhas, e não para nós?

– As filhas da sra. Jennings são ambas extremamente bem casadas, e portanto não consigo perceber a necessidade de que ela se recorde das duas muito mais. Ao passo que, na minha opinião, ao dedicar tantas atenções a vocês, e ao tratá-las dessa maneira, ela lhes deu uma espécie de direito por sua futura consideração, algo que uma mulher consciensiosa não negligenciaria. Nada pode ser mais amável do que o comportamento da sra. Jennings; e dificilmente ela poderia fazer tudo isso sem ter consciência da expectativa que suscita.

– Mas ela não suscita expectativa nenhuma nas partes mais interessadas. Sem dúvida, meu irmão, essa sua sofreguidão pelo nosso bem-estar e pela nossa prosperidade o leva longe demais.

– Ora, com toda certeza – disse ele, parecendo se recompor –, as pessoas têm pouco, têm muito pouco em seu poder. Mas minha cara Elinor, qual é o problema com Marianne? Ela parece estar muito mal, perdeu a cor, e ficou um tanto magra. Ela está doente?

— Marianne não está bem, ela vem enfrentando uma aflição nervosa faz várias semanas.

— Eu lamento por isso. Nessa altura da vida, qualquer coisa que chegue a ser doença destrói o viço para sempre! O dela teve uma duração muito curta! Ela era uma garota tão bonita, em setembro passado, como jamais vi; e tinha grandes chances de atrair os homens. Havia certa coisa em seu estilo de beleza que servia particularmente para lhes agradar. Eu lembro que Fanny costumava dizer que ela se casaria mais cedo e melhor do que você; não que ela não seja extremamente afeiçoada por *você*, mas acontecia de ela ter esse pensamento. Fanny verá que estava errada, no entanto. Eu me questiono se Marianne, *agora*, conseguirá se casar com um homem que valha mais do que quinhentos, ou seiscentos por ano, no máximo, e estarei muito enganado se *você* não se sair melhor. Dorsetshire! Eu sei muito pouco sobre Dorsetshire; entretanto, minha querida Elinor, vou ficar extremamente feliz em saber mais; e creio poder afiançar que eu e Fanny estaremos entre os primeiros e mais satisfeitos visitantes seus.

Elinor tentou muito seriamente convencê-lo de que não havia possibilidade de um casamento dela com o coronel Brandon; mas essa expectativa era prazerosa demais para que seu irmão pudesse abandoná-la, e ele estava realmente decidido a buscar uma intimidade com o cavalheiro, e a promover o casamento com todas as atenções possíveis. O sr. Dashwood tinha compunção na medida exata para não ter feito nada por suas irmãs e viver extremamente ansioso para que todas as outras pessoas fizessem muito; e algo como uma proposta do coronel Brandon, ou um legado da sra. Jennings, era o meio mais fácil de reparar sua própria negligência.

Eles tiveram a sorte de encontrar Lady Middleton em casa, e Sir John chegou antes que a visita terminasse. Cortesias abundantes foram trocadas por todos os lados. Sir John gostava de qualquer pessoa que lhe surgisse na frente, e o sr. Dashwood, embora não parecesse saber muito sobre cavalos, logo foi tido por ele como um sujeito de muito boa índole, enquanto que Lady Middleton viu elegância o bastante, em sua figura, para pensar que se tratava de uma amizade proveitosa; e o sr. Dashwood foi embora deleitado com ambos.

— Vou ter um relato encantador para levar a Fanny – disse ele, enquanto caminhava de volta com sua irmã. – Lady Middleton é realmente uma mulher muitíssimo elegante! Fanny, tenho certeza, vai ficar feliz em conhecer uma mulher como ela. E a sra. Jennings também, uma mulher extremamente bem-comportada, se bem que não tão elegante quanto a filha. A sua irmã não precisa ter qualquer escrúpulo nem mesmo em visitar *ela*, o que vinha ocorrendo em certa medida, para dizer a verdade, e muito naturalmente; porque nós apenas sabíamos que a sra. Jennings era viúva de um homem que ganhou todo seu dinheiro de uma maneira baixa; e Fanny e a sra. Ferrars estavam ambas fortemente imbuídas da impressão de que nem ela nem suas filhas pertenciam à categoria das mulheres com as quais Fanny gostaria de se associar. Mas agora eu posso levar para ela uma descrição muitíssimo satisfatória de ambas.

Capítulo 34

A SRA. JOHN DASHWOOD teve tanta confiança no julgamento de seu marido que visitou, no dia seguinte mesmo, tanto a sra. Jennings quanto a filha desta; e sua confiança foi recompensada pela constatação de que até mesmo a primeira, até mesmo a mulher com quem suas irmãs estavam hospedadas, não era de forma nenhuma indigna de sua consideração; quanto a Lady Middleton, viu nela uma das mulheres mais encantadoras do mundo!

Lady Middleton ficou igualmente satisfeita com a sra. Dashwood. Havia uma espécie de frieza e egoísmo de coração, em ambos os lados, que as atraía mutuamente; e elas simpatizaram uma com a outra num insípido decoro de comportamento, e numa ausência geral de discernimento.

Entretanto, as mesmas maneiras que recomendavam a sra. John Dashwood à boa opinião de Lady Middleton não se adequaram ao pensamento da sra. Jennings, para quem ela pareceu ser nada mais do que uma mulher de aparência orgulhosa e de modos pouco cordiais, que encontrou as irmãs do marido sem nenhum afeto, e quase sem ter nada para lhes dizer, porque, no quarto de hora concedido em Berkeley Street, permaneceu sentada em silêncio durante pelo menos sete minutos e meio.

Elinor queria muito saber, embora tivesse optado por não perguntar, se Edward estava, naquela ocasião, na cidade; mas nada teria induzido Fanny a mencionar voluntariamente o nome do irmão diante dela, não antes de poder lhe contar que o casamento dele com a srta. Morton estava encaminhado, ou antes que as expectativas de seu marido quanto ao coronel Brandon fossem respondidas; porque acreditava que os dois eram ainda tão ligados um ao outro que não deveriam ser menos do que laboriosamente separados nas palavras e nas ações o tempo inteiro. A informação que *ela* não quis fornecer, no entanto, logo emergiu de outra parte. Lucy veio muito em breve solicitar a compaixão de Elinor por estar impedida de ver Edward, embora ele tivesse chegado à cidade com o sr. e a sra. Dashwood. Edward não ousava vir a Bartlett's Buildings por medo de que descobrissem tudo e, por mais que a impaciência mútua por um encontro fosse algo indizível, eles não podiam fazer nada no momento a não ser escrever.

Edward lhes assegurou em pessoa de sua presença na cidade dentro de bem pouco tempo, com duas visitas em Berkeley Street. Duas vezes seu cartão foi encontrado na mesa, quando elas retornavam dos compromissos da manhã. Elinor ficou satisfeita com o fato de que ele as tivesse visitado; e ainda mais satisfeita por não ter estado em casa.

Os Dashwood estavam tão prodigiosamente encantados com os Middleton que, embora não tivessem o costume de dar o que quer que fosse, decidiram que lhes dariam um jantar. A familiaridade com eles mal tivera começo e já os convidaram para jantar em Harley Street, onde haviam alugado uma casa muito boa por três meses. As irmãs e a sra. Jennings foram convidadas também, e John Dashwood teve o cuidado de garantir a presença do coronel Brandon, que por seu turno, sempre contente por estar onde as senhoritas Dashwood estivessem, recebeu as impetuosas cortesias do cavalheiro com certa dose de surpresa, mas com dose bem maior de prazer. Eles iriam conhecer a sra. Ferrars; mas Elinor não conseguiu saber se os filhos dela fariam parte do grupo. A expectativa de ver *a sra. Ferrars*, no entanto, era suficiente para fazer com que tivesse interesse pelo compromisso, porque, embora ela fosse agora capaz de conhecer a mãe de Edward sem aquela forte ansiedade que outrora marcaria infalivelmente o encontro, embora fosse agora capaz de olhar para ela com perfeita indiferença quanto à opinião que pudesse ter sobre ela mesma, seu desejo por se ver na companhia da senhora, e sua curiosidade por saber como ela era, eram vívidos como sempre.

Esse interesse com que Elinor antecipava o jantar aumentou pouco tempo depois, e de uma maneira mais intensa do que prazerosa, quando ela soube que as senhoritas Steele também estariam presentes.

Tão bem haviam se recomendado a Lady Middleton, tão agradáveis suas assiduidades as faziam parecer aos olhos dela, que, embora Lucy certamente não fosse muito elegante, e sua irmã, nem mesmo bem-educada, ela ficou tão disposta quanto Sir John a lhes pedir que passassem uma semana ou duas em Conduit Street; e ocorreu que foi particularmente conveniente às senhoritas Steele, assim que o convite dos Dashwood foi conhecido, que a visita tivesse início poucos dias antes da realização do jantar.

Os direitos que tinham por merecer as atenções da sra. John Dashwood, na condição de sobrinhas do cavalheiro que por vários anos tivera sob seus cuidados o irmão dela, não poderiam ter auxiliado muito, no entanto, em lhes obter assentos à mesa da dama; na condição de convidadas de Lady Middleton, porém, elas decerto eram bem-vindas; e Lucy, que havia muito queria ser pessoalmente conhecida pela família, ter uma visão mais aproximada de seus temperamentos e das dificuldades dela mesma, além de ter uma oportunidade para tentar agradá-los, raras vezes tinha sido, em sua vida, mais feliz do que foi quando recebeu o cartão da sra. John Dashwood.

Em Elinor, o efeito foi muito diferente. Ela teve desde o primeiro minuto a certeza de que Edward, morando com sua mãe, seguramente seria convidado, assim como sua mãe, para uma reunião promovida pela irmã. E vê-lo pela primeira vez, depois de tudo que se passara, na companhia de Lucy! Ela mal sabia como conseguiria suportar!

Tais apreensões não eram fundadas inteiramente na razão, talvez, e certamente não eram fundadas na verdade. Foram aliviadas, no entanto, não pela própria ponderação de Elinor, mas pela boa vontade de Lucy, que acreditou estar infligindo uma severa decepção quando lhe disse que Edward certamente não estaria em Harley Street na terça-feira, e que até mesmo esperou estar molestando ainda mais sua dor ao lhe persuadir de que Edward se mantinha distante por causa do extremo afeto por ela mesma, algo que ele não conseguia esconder quando se viam juntos.

Chegou a importante terça-feira que apresentaria essa sogra formidável às duas jovens damas.

– Tenha piedade de mim, querida srta. Dashwood! – disse Lucy, enquanto subiam juntos as escadas (porque os Middleton chegaram tão em seguida, logo depois da sra. Jennings, que todos seguiram o criado ao mesmo tempo). – Não há ninguém aqui, além da senhorita, que pode se compadecer de mim. Juro que mal consigo ficar de pé. Minha nossa! Em poucos instantes vou ver a pessoa de quem depende por inteiro a minha felicidade... e que há de ser minha mãe!

Elinor poderia ter proporcionado a ela um alívio imediato sugerindo a possibilidade de que fosse a mãe da srta. Morton, em vez da mãe dela, a pessoa que estavam prestes a contemplar; em vez de fazer isso, porém, assegurou-lhe, e com grande sinceridade, que de fato se compadecia – para o máximo espanto de Lucy, que, embora estivesse realmente desconfortável, esperava ser pelo menos objeto de uma irreprimível inveja por parte de Elinor.

A sra. Ferrars era uma mulherzinha magra, aprumada em seu porte ao ponto da formalidade, e grave em seu aspecto ao ponto do azedume. Sua tez era amarelada, e suas feições, pequenas, desprovidas de beleza, e naturalmente desprovidas de expressão; mas uma contração afortunada em sua testa resgatara seu semblante da desgraça da insipidez, conferindo-lhe as fortes características do orgulho e de um temperamento ruim. Não era uma mulher de muitas palavras, porque, ao contrário do que ocorre com as pessoas em geral, proporcionava suas falas ao número de suas ideias. Das poucas sílabas que chegaram a escapar dela, não houve sequer uma que admitiu interação com a srta. Dashwood, a quem ela encarou com a viva determinação de não lhe devotar simpatia em nenhuma hipótese.

Elinor não poderia, *agora*, ficar infeliz em função desse comportamento; alguns meses antes ele a teria magoado intensamente; mas não estava em poder da sra. Ferrars perturbá-la de tal modo agora – e a diferença de suas maneiras com as senhoritas Steele, uma diferença que parecia ser propositalmente exibida para humilhá-la mais, apenas a divertia. Ela não conseguia deixar de sorrir observando a graciosidade com que tanto mãe quanto filha tratavam a exata pessoa – pois Lucy era particularmente favorecida – que, acima de todas as outras, se soubessem tanto quanto ela, teriam se mostrado mais do que ansiosos por mortificar; enquanto ela mesma, que não tinha em comparação nenhum poder para feri-las, permanecia sentada, incisivamente desprezada por ambas. Mas enquanto sorriu diante de uma graciosidade tão mal aplicada, não conseguiu refletir sobre a tolice mesquinha que a originava, e tampouco observar as estudadas atenções com que as senhoritas Steele cortejavam sua continuidade, sem desprezar completamente todas as quatro.

Lucy era puro regozijo por receber tão honrosa distinção; e a srta. Steele só precisava ser provocada com referências ao dr. Davies para se sentir perfeitamente feliz.

O jantar foi grandioso, os criados eram numerosos, e tudo evidenciava o pendor da anfitriã pela ostentação, e a capacidade do anfitrião de sustentá-la. Apesar das melhorias e adições que vinham sendo efetuadas na propriedade de Norland, e mesmo que seu dono tivesse se visto a poucos milhares de libras de ser obrigado a liquidar seus papéis com prejuízo, não havia nada que salientasse qualquer sintoma daquela indigência que ele tentara inferir a partir de tais circunstâncias; nenhuma pobreza de qualquer tipo apareceu, exceto na conversação – mas nesse ponto a deficiência era considerável. John Dashwood, de sua parte, não tinha muito a dizer que valesse a pena ouvir, e sua esposa tinha menos ainda. Mas não ocorria nisso nenhuma desgraça peculiar, pois esse era precisamente o caso com a maioria dos visitantes, que quase na totalidade, com intenção de agradar, labutavam em uma ou outra das seguintes desqualificações: ausência de sensatez, natural ou aprimorada; ausência de elegância; ausência de espírito; ou ausência de caráter.

Quando as damas se retiraram à sala de visitas depois do jantar, essa pobreza ficou particularmente aparente, porque os cavalheiros *haviam* enriquecido a discussão com alguma variedade – a variedade da política, do cercamento de terras e da doma de cavalos –, mas dali em frente tudo se acabou; e um assunto apenas engajou as damas até que o café chegasse: as alturas comparadas de Harry Dashwood e do segundo filho de Lady Middleton, William, que eram quase da mesma idade.

Estivessem ambos os meninos ali, o caso poderia ter sido resolvido com muita facilidade, bastando que fossem medidos juntos; mas como somente Harry encontrava-se presente, tudo não passou de afirmações conjecturais de ambos os lados, e todas as damas tiveram o direito de ser igualmente positivas em suas opiniões, e de repeti-las várias e várias vezes, tanto quanto quisessem.

As partes dividiram-se assim:

As duas mães, embora cada uma estivesse realmente convencida de que seu próprio filho era o mais alto, educadamente se decidiram em favor do outro.

As duas avós, com não menos parcialidade, mas com mais sinceridade, se mostraram igualmente sérias no apoio do próprio descendente de cada uma.

Lucy, não tendo a menor vontade de agradar mais a uma genitora do que à outra, julgou que os meninos eram notavelmente altos para sua idade, não conseguindo conceber que pudesse existir entre eles a menor diferença neste mundo, e a srta. Steele se posicionou, com destreza maior ainda, tão depressa quanto pôde, em favor de ambos.

Elinor, tendo direcionado sua opinião para o lado de William, ofendendo assim a sra. Ferrars (e Fanny ainda mais), não viu necessidade de reforçá-la com qualquer afirmação adicional; e Marianne, quando seu parecer foi solicitado, ofendeu as damas todas, declarando que não tinha nenhuma opinião para dar, na medida em que nunca pensara nisso.

Antes de sua saída de Norland, Elinor pintara para sua cunhada duas telas muito bonitas que, recém-montadas e trazidas para casa, agora ornamentavam a sala de visitas em que as damas encontravam-se; e essas telas, chamando a atenção de John Dashwood enquanto ele seguia os outros cavalheiros recinto adentro, foram oficiosamente entregues por ele ao coronel Brandon para que este as admirasse.

– Estas aqui foram feitas por minha irmã mais velha – disse ele –, e o senhor, como um homem de bom gosto, só poderá ficar satisfeito com elas, ouso dizer. Não sei se o senhor já teve oportunidade de ver alguma de suas performances antes, mas todos reconhecem, de modo geral, que ela desenha muito bem.

O coronel, mesmo descartando todas as pretensões de ser um *connoisseur*, admirou as telas calorosamente, como teria feito com qualquer coisa pintada pela srta. Dashwood; a curiosidade dos demais tendo sido naturalmente despertada, elas foram repassadas em volta para uma inspeção geral. A sra. Ferrars, não estando ciente de que se tratava de um trabalho de Elinor, pediu em particular para ver as telas e, depois de terem recebido um gratificante testemunho de aprovação por parte de Lady Middleton, Fanny as apresentou para sua mãe, atenciosamente informando-lhe, ao mesmo tempo, que eram de autoria da srta. Dashwood.

– Hmm – disse a sra. Ferrars. – Muito bonito – e, sem observá-las nem por um segundo, devolveu as telas à filha.

Talvez, Fanny pensou por um momento, sua mãe tivesse sido um tanto rude demais – porque, corando um pouco, ela disse imediatamente:

– Elas são muito bonitas, senhora... não são?

Em seguida, no entanto, o pavor de ter sido demasiado cortês, incentivando-a também, provavelmente tomou conta dela, porque logo acrescentou:

– Não concorda que elas têm algo do estilo de pintura da srta. Morton, senhora? Ela *sem dúvida* pinta de modo muitíssimo encantador! Como ficou linda sua última paisagem!

– Ficou linda mesmo! Mas *ela* é boa em tudo que faz.

Marianne não conseguiu suportar aquilo. Já estava mais do que descontente com a sra. Ferrars; e aquele louvor inoportuno de outra, às custas de Elinor, embora ela não tivesse nenhuma noção de seu principal significado, provocou-a imediatamente a dizer, com ardor:

– Isso é admiração de um tipo muito particular! Qual é a relevância da srta. Morton para nós? Quem a conhece, ou quem se importa com ela? Elinor é sobre quem *nós* pensamos e falamos.

E assim dizendo Marianne tomou as telas das mãos de sua cunhada, a fim de admirá-las como deveriam ser admiradas.

A sra. Ferrars pareceu ficar extremamente zangada e, esticando-se numa postura mais rígida do que nunca, pronunciou como amarga retorta esta filípica:

– A srta. Morton é a filha de Lord Morton.

Fanny parecia estar muito zangada também, e seu marido ficou todo apavorado com essa audácia da irmã. Elinor sentiu-se muito mais magoada por causa do ardor de Marianne do que por aquilo que produzira o ardor; mas os olhos do coronel Brandon, que se mantinham fixos em Marianne, declaravam que ele percebia somente o que era amável em tal atitude, o coração afetuoso que não suportava ver uma irmã sofrer a menor desfeita que fosse.

Os sentimentos de Marianne não pararam por aqui. A fria insolência do comportamento ininterrupto da sra. Ferrars com sua irmã parecia, em seu entender, prenunciar tamanhas dificuldades e aflições para Elinor que seu próprio coração ferido a levou a pensar no futuro com horror; estimulada por um forte impulso de sensibilidade afetiva, depois de um momento ela foi até a poltrona de sua irmã e, colocando um braço em volta de seu pescoço e quase tocando a face dela com a sua, disse numa voz baixa mas impetuosa:

– Querida, querida Elinor, não dê importância para elas. Não permita que elas deixem *você* infeliz.

Marianne não conseguiu dizer mais nada; seu espírito estava bastante abatido; escondendo seu rosto no ombro de Elinor, ela irrompeu em lágrimas. O choro atraiu as atenções de todos, e quase todos ficaram preocupados. O coronel Brandon se levantou e foi para perto delas, sem saber o que fazer. A sra. Jennings, com um muito destro "Ah, pobrezinha!", sem a menor perda de tempo lhe deu seus sais; e Sir John sentiu-se tão desesperadamente enfurecido contra o responsável por esse sofrimento nervoso que no mesmo instante trocou seu assento por outro bem ao lado de Lucy Steele, e lhe fez, num sussurro, um breve relato de todo aquele chocante caso.

Em poucos minutos, no entanto, Marianne recuperou-se o bastante para dar fim ao alvoroço, e sentou-se entre os demais, embora seu espírito tenha retido ao longo da noite toda uma impressão do que se passara.

– Pobre Marianne! – o irmão dela disse ao coronel Brandon, em voz baixa, tão logo conseguiu lhe reivindicar atenção. – Ela não tem uma saúde tão boa quanto a de sua irmã... Ela é muito nervosa... não tem a constituição de Elinor. E precisamos admitir que existe algo de muito penoso numa jovem que *foi* uma beldade mas vai perdendo seus atrativos pessoais. O senhor não imaginaria, talvez, mas Marianne *era* notavelmente bonita poucos meses atrás; tão bonita quanto Elinor. Agora, veja, não resta nada.

Capítulo 35

A CURIOSIDADE DE ELINOR por ver a sra. Ferrars estava satisfeita. Encontrara nela tudo que poderia tender a fazer com que uma maior união entre as famílias se tornasse indesejável. Vira o bastante de seu orgulho, de sua mesquinhez, e de seu determinado preconceito contra ela mesma, para compreender todas as dificuldades que decerto teriam atribulado seu noivado com Edward e retardado um casamento, caso ele fosse um homem livre; e vira quase o bastante para ficar *pessoalmente* grata, visto que um obstáculo maior a preservou de sofrer sob qualquer outra maquinação da sra. Ferrars, e a preservou de qualquer dependência de seus caprichos, ou de qualquer solicitude por sua boa opinião. Ou então, pelo menos, se não chegou ao extremo de rejubilar-se com a contingência de que Edward estivesse acorrentado a Lucy, ela decidiu que, fosse Lucy mais amável, *teria* se rejubilado.

Elinor não entendia de que maneira o ânimo de Lucy podia ser tão elevado pela civilidade da sra. Ferrars; que seu interesse e sua vaidade a cegassem tão completamente a ponto de fazê-la imaginar que fosse um louvor o respeito que parecia lhe ser consagrado somente porque ela *não era Elinor* – ou de lhe permitir que deduzisse algum encorajamento a partir de uma preferência que somente recebia porque sua verdadeira situação era desconhecida. A confirmação de que se tratava disso mesmo, porém, não apenas ficara declarada nos olhos de Lucy na ocasião; foi declarada de novo na manhã seguinte, e mais abertamente, porque, atendendo a seu particular desejo, Lady Middleton a deixou em Berkeley Street para uma chance de ver Elinor sozinha e de lhe dizer o quão feliz ela se sentia.

A chance provou ser favorável, porque uma mensagem da sra. Palmer levou a sra. Jennings para longe delas logo depois de sua chegada.

– Minha querida amiga – exclamou Lucy, assim que ficaram sozinhas –, eu venho lhe falar da minha felicidade. Poderia qualquer coisa neste mundo ser tão lisonjeira quanto a forma que a sra. Ferrars me tratou ontem? Tão extremamente afável como ela foi! A senhorita sabe o quanto eu tinha pavor da ideia de vê-la; mas no momento exato que fui apresentada houve tão grande afabilidade em seu comportamento, houve algo que realmente parecia dizer que eu tinha caído em suas graças. Pois não foi assim mesmo? A senhorita viu tudo; não ficou impressionada com aquilo?

– Ela certamente foi muito cortês com a senhorita.

– Cortês!? A senhorita não viu nada mais do que uma mera cortesia? Eu vi muitíssimo mais. Uma generosidade que ninguém pôde usufruir mais do que eu! Nada de orgulho, nada de altivez, e com a sua irmã o mesmo... cheia de doçura e afabilidade!

Elinor quis falar de outra coisa, mas Lucy continuou insistindo que ela reconhecesse que havia razão para tanta felicidade; e Elinor teve de se forçar a prosseguir.

– Sem dúvida, se elas estivessem a par do seu noivado – disse ela –, nada poderia ser mais lisonjeiro do que o tratamento que lhe concederam; mas como não era esse o caso...

– Imaginei que a senhorita diria isso – Lucy retrucou rapidamente –, mas não havia nenhuma razão neste mundo pra que a sra. Ferrars parecesse gostar de mim caso não gostasse, e que ela gosta de mim é o que há de mais importante. A senhorita não vai me convencer a repensar minha satisfação. Tenho certeza que tudo vai acabar bem, e não haverá qualquer dificuldade, em relação ao que eu pensava antes. A sra. Ferrars é uma mulher encantadora, assim como a sua irmã. Ambas são mulheres maravilhosas, de fato! Fico me perguntando como é possível que eu nunca escute a senhorita dizer o quanto a sra. Dashwood é agradável!

Para isso Elinor não tinha resposta, e ela nem mesmo tentou responder.

— Por acaso está doente, srta. Dashwood? A senhorita parece abatida... quase não fala. Sem dúvida não está bem.

— Eu nunca estive com saúde melhor.

— Fico contente, do fundo do meu coração; mas realmente a senhorita não parecia estar bem. Eu lamentaria muito ver *a senhorita* doente; a senhorita, que tem sido pra mim o maior conforto neste mundo! Sabe Deus o que eu teria feito sem a sua amizade.

Elinor tentou responder com civilidade, apesar de duvidar de que teria sucesso. Mas pareceu deixar Lucy satisfeita, porque ela retrucou no mesmo instante:

— Sem dúvida estou perfeitamente convencida da sua consideração por mim; depois do amor de Edward, é o maior conforto que eu tenho. Pobre Edward! Mas agora surgiu uma circunstância positiva, nós teremos condições de nos encontrarmos, e com bastante frequência, porque Lady Middleton está encantada com a sra. Dashwood, de sorte que passaremos uma bela quantidade de tempo em Harley Street, ouso dizer, e Edward passa metade do seu tempo com a irmã... Além disso, Lady Middleton e a sra. Ferrars farão visitas agora; e a sra. Ferrars e a sua irmã tiveram a bondade de dizer mais de uma vez que sempre ficariam felizes em me ver. Elas são mulheres tão maravilhosas! Se alguma vez a senhorita contar pra sua irmã o que eu penso dela, estou certa que não conseguirá repetir todos os meus elogios.

Mas Elinor não quis lhe dar nenhum incentivo nessa expectativa de que *deveria* dizer algo para sua irmã. Lucy continuou:

— Tenho certeza que eu teria percebido no mesmo instante se a sra. Ferrars tomasse algum desgosto por mim. Se ela tivesse me feito somente um cumprimento formal, por exemplo, sem dizer sequer uma palavra, e depois jamais tivesse prestado qualquer atenção em mim, e jamais tivesse me olhado de um jeito agradável (a senhorita entende o que quero dizer), se eu tivesse assim sido tratada, de maneira proibitiva, eu teria jogado tudo pro alto, em desespero. Eu não conseguiria ter suportado. Porque quando ela *de fato* não gosta, eu sei que é a coisa mais violenta.

Elinor se viu impedida de replicar esse triunfo civil pela porta sendo escancarada, com o criado anunciando a chegada do sr. Ferrars, e com a entrada imediata de Edward.

A situação foi muito constrangedora; isso podia ser visto no semblante de cada um dos três. Eles pareciam todos extremamente tolos; e Edward dava impressão de ter, por sair da sala de novo, uma inclinação tão grande quanto a que tinha por avançar mais em seu interior. Do modo mais desagradável, caíra sobre eles a exata circunstância que cada um teria desejado evitar com a maior avidez. Não apenas estavam os três juntos, mas estavam juntos sem que tivessem o alívio de qualquer outra pessoa. As damas se recuperaram primeiro. Quanto a Lucy, não lhe cabia ostentar nada, e uma dissimulação de sigilo precisava ser ainda mantida. Ela poderia, portanto, somente deixar *transparecer* sua ternura; depois de se dirigir a Edward ligeiramente, não disse mais nada.

Mas Elinor tinha mais por fazer; e tão ávida estava por fazê-lo bem, por causa de Edward e de si mesma, que se obrigou, depois de se recompor durante um momento, a saudá-lo com olhares e modos que eram quase tranquilos, e quase francos; e outra luta, outro esforço permitiu que se saísse ainda melhor. Ela não deixaria que a presença de Lucy ou tampouco a consciência de alguma injustiça com ela mesma impedissem-na de dizer que ficava feliz em vê-lo, e que lamentara muito estar fora de casa quando ele fizera sua prévia visita em Berkeley Street. Nenhum temor a faria deixar de lhe dar as atenções que, na condição de amigo e quase parente, eram um direito dele; não temeu os olhos atentos de Lucy, mas logo percebeu que eles a vigiavam muito de perto.

As maneiras de Elinor transmitiram alguma tranquilidade para Edward, e ele teve coragem suficiente para sentar-se; mas seu embaraço ainda excedia o das damas numa proporção que o caso tornava razoável, embora seu sexo pudesse configurar tal fato como algo raro; pois seu coração não tinha o teor de indiferença que o de Lucy possuía, e nem sua consciência poderia ter tanta serenidade quanto a de Elinor.

Lucy, num ar de recato e firmeza, parecia determinada em não contribuir para o conforto dos outros dois, e não dizia uma única palavra; e quase tudo que *foi* dito procedeu de Elinor, que se obrigou a fornecer voluntariamente todas as informações sobre a saúde de sua mãe, sobre a estadia na cidade etc., a respeito das quais Edward deveria ter perguntado, mas não o fez.

Seus esforços não pararam por aqui, porque ela logo depois se sentiu tão heroicamente disposta que foi capaz de decidir, sob o pretexto de buscar Marianne, que deixaria os dois sozinhos; e ela realmente os deixou, e o *fez* da forma mais elegante, porque se demorou por vários minutos no patamar, com a mais altiva fortitude, antes de seguir de vez ao encontro da irmã. Feito isso, no entanto, chegara o momento em que os arroubos de Edward deveriam cessar; porque o júbilo de Marianne a fez correr até a sala imediatamente. Seu prazer em vê-lo foi semelhante a qualquer outro sentimento seu, forte em si mesmo, e manifestado com força. Ela o encontrou com uma mão que se oferecia e uma voz que expressava o carinho de uma irmã.

– Querido Edward! – Marianne exclamou. – Este é um momento de grande felicidade! Isso é quase uma reparação de tudo!

Edward tentou oferecer a retribuição que a bondade dela merecia, mas diante de tais testemunhas não se atreveu a dizer metade do que realmente sentia. Mais uma vez todos se sentaram, e por um momento todos permaneceram em silêncio, enquanto Marianne se manteve olhando, com a mais expressiva ternura, por vezes para Edward e por vezes para Elinor, lamentando apenas que o prazer que os dois obtinham daquele encontro devesse ser restringido pela presença indesejável de Lucy. Edward foi o primeiro a falar, e o fez para reparar na fisionomia transformada de Marianne, e para expor seu receio de que ela julgasse que Londres não lhe convinha.

– Ah, não pense em mim! – retrucou ela com animado fervor, embora seus olhos se enchessem de lágrimas enquanto falava. – Não pense na *minha* saúde. Veja, Elinor está bem. Isso deve ser suficiente para nós dois.

Esse comentário não foi calculado para fazer com que Edward ou Elinor ficassem mais à vontade, e tampouco para conciliar a benevolência de Lucy, que olhou para Marianne com uma expressão não muito benigna.

– Você está gostando de Londres? – perguntou Edward, inclinado a dizer qualquer coisa que pudesse introduzir um outro assunto.

– Nem um pouco. Eu esperava ter muitos prazeres aqui, mas não encontrei nenhum. Ver você, Edward, é o único conforto que a cidade propiciou. Graças aos céus, você continua sendo quem sempre foi!

Ela fez uma pausa; ninguém falou.

– Eu creio, Elinor – Marianne acrescentou em seguida –, que devemos encarregar Edward de cuidar de nós em nosso retorno a Barton. Em uma semana ou duas, eu suponho, nós estaremos partindo; e confio que Edward não vai se mostrar muito indisposto em aceitar a tarefa.

O pobre Edward murmurou algo, mas ninguém entendeu o que de fato disse, nem ele mesmo. Mas Marianne, que percebeu o desconforto do cavalheiro, e que pôde facilmente atribuí-lo a qualquer causa que fosse de seu agrado, ficou perfeitamente satisfeita e logo mudou de assunto.

– Passamos um dia e tanto em Harley Street ontem, Edward! Tão enfadonho, tão deploravelmente enfadonho! Mas tenho muito a lhe dizer, nesse tópico, que não pode ser dito agora.

E com essa discrição admirável ela conseguiu adiar a declaração de que considerava os parentes que ambos compartilhavam como sendo mais desagradáveis do que nunca – e de que tinha uma particular aversão pela mãe dele – até que estivessem mais em privado.

– Mas por que você não estava lá, Edward? Por que você não veio?

– Eu tinha um compromisso em outro lugar.

– Compromisso! Mas que compromisso era esse, quando amigas como nós podiam ser encontradas?

– Talvez, srta. Marianne – exclamou Lucy, ansiosa por exercer alguma vingança contra ela –, a senhorita pense que os jovens cavalheiros nunca respeitam compromissos uma vez que eles não têm preocupação em mantê-los, tanto os pequenos quanto os grandes.

Elinor ficou muito zangada, mas Marianne parecia totalmente insensível à ferroada, porque com grande calma retrucou:

– De fato não penso assim, porque, seriamente falando, estou convicta de que apenas a consciência manteve Edward longe de Harley Street. E realmente acredito que ele *tem* a consciência mais delicada deste mundo; a mais escrupulosa no cumprimento de cada compromisso, por menor que seja, e por mais que possa contrariar seu interesse ou seu prazer. Ele é muitíssimo temeroso de causar dor, de ferir expectativas, sendo a pessoa mais incapaz de agir com egoísmo entre todas as que já vi. Edward, é isso mesmo, e não vou deixar de dizê-lo. O quê!? Por acaso você não pode jamais ouvir elogios? Então você não deve ser amigo meu; porque aqueles que aceitam meu amor e minha estima precisam se submeter aos meus abertos louvores.

A natureza de seu louvor no presente caso, no entanto, calhou de ser particularmente inadequada para os sentimentos de dois terços de seus ouvintes, e foi tão pouco estimulante, para Edward, que ele logo depois se levantou para partir.

– Ir embora tão depressa!? – disse Marianne. – Meu querido Edward, não pode ser.

Puxando um pouco de lado seu amigo, ela sussurrou sua persuasão de que Lucy não poderia permanecer ali por muito mais tempo. Mas até mesmo esse último encorajamento falhou, pois ele queria de fato partir; e Lucy, que teria permanecido mais do que Edward se a visita dele tivesse durado duas horas, foi embora logo depois.

– O que faz com que ela nos visite tantas vezes? – perguntou Marianne, quando Lucy as deixou. – Será que ela não conseguia se dar conta de que queríamos nos ver livres dela? Que coisa inconveniente para Edward!

– Inconveniente por quê? Éramos todas amigas dele, e Lucy o conhece há mais tempo do que qualquer uma. É mais do que natural que ele queira vê-la tanto quanto a nós mesmas.

Marianne olhou fixamente para ela e disse:

– Você sabe, Elinor, que esse é um tipo de conversa que eu não posso suportar. Se você só espera que a sua declaração seja contrariada, e devo supor que é esse o caso, você precisa lembrar que eu serei a última pessoa no mundo a fazê-lo. Não vou me rebaixar ao logro de fazer afirmações que não são de fato desejadas.

Marianne então saiu da sala; e Elinor não se atreveu a segui-la para dizer algo mais, porque, amordaçada como estava por sua promessa de sigilo para Lucy, não poderia fornecer nenhuma informação que fosse convencer Marianne; por mais dolorosas que pudessem ser as consequências de persistir num erro, era obrigação sua submeter-se a ele. Tudo que podia esperar era que Edward não expusesse ambos frequentemente ao martírio de ouvir aquele ardor equivocado de Marianne, ou à repetição de qualquer parte da dor que marcara o recém-terminado encontro – e ela tinha todos os motivos para manter essa expectativa.

Capítulo 36

Poucos dias após esse encontro, os jornais anunciaram ao mundo que a esposa do ilustríssimo sr. Thomas Palmer havia dado à luz, com segurança, um filho e herdeiro; um parágrafo muito interessante e satisfatório, ao menos para todos os conhecidos íntimos que estavam inteirados de antemão.

Esse acontecimento, muito importante para promover a felicidade da sra. Jennings, ocasionou uma transformação temporária no emprego de seu tempo, e influenciou, em grau semelhante, os compromissos de suas jovens amigas, porque, como ela desejava estar o maior tempo possível com Charlotte, seguia para lá todas as manhãs, assim que terminava de se vestir, e não retornava senão tarde da noite; e as senhoritas Dashwood, atendendo a um pedido especial dos Middleton, passavam a maior parte dos dias em Conduit Street. Para seu próprio conforto, elas teriam preferido muito mais permanecer, pelo menos durante a manhã, na casa da sra. Jennings; mas não era uma coisa que podia ser instada, contrariando a vontade de todos. Suas horas eram, portanto, despendidas com Lady Middleton e as duas senhoritas Steele, pelas quais sua companhia, na verdade, era tão pouco valorizada quanto era declaradamente solicitada.

Elas eram sensatas demais para que a primeira pudesse desejá-las como companheiras, e pelas outras duas eram consideradas numa perspectiva ciumenta, como intrusas num território que era *delas*, e por compartilharem a bondade que queriam monopolizar. Embora nada pudesse ser mais polido do que o comportamento de Lady Middleton com Elinor e Marianne, a bem da verdade ela não gostava das duas nem um pouco. Porque não bajulavam nem a ela nem a seus filhos, não era capaz de acreditar que fossem de boa índole; e porque tinham apreço pela leitura, imaginava que fossem satíricas – talvez sem saber exatamente o que significava ser satírico; mas *isso* não importava. Era uma censura de uso comum, e facilmente conferida.

A presença das senhoritas Dashwood era uma restrição tanto para ela quanto para Lucy. Atrapalhava o ócio de uma e os afazeres da outra. Lady Middleton tinha vergonha de não fazer nada diante delas, e os elogios que Lucy elaborava e administrava com orgulho em outros momentos, agora ela temia que as duas a pudessem desprezar, se os oferecesse. Das três, a srta. Steele era quem menos ficava transtornada pela presença das visitantes; e estava em poder delas reconciliá-la totalmente com a situação. Se alguma das duas tivesse apenas feito a ela um relato completo e minucioso de tudo que houvera entre Marianne e o sr. Willoughby, a srta. Steele teria pensado que ficara amplamente recompensada pelo sacrifício do melhor lugar junto ao fogo depois do jantar, ocasionado pela chegada das jovens. Mas tal conciliação não foi deferida; pois embora ela muitas vezes distribuísse para Elinor expressões de piedade por sua irmã, e mais de uma vez tivesse proferido uma reflexão sobre a inconstância dos galantes diante de Marianne, nenhum efeito foi produzido, exceto um olhar indiferente da primeira ou desgostoso da segunda. Um esforço mais leve ainda poderia ter feito dela uma amiga. Se as duas tivessem apenas zombado dela quanto ao doutor! Mas elas não eram nem um pouco mais dispostas do que as outras a lhe fazer esse obséquio; e se Sir John jantasse fora de casa, a srta. Steele poderia passar um dia inteiro sem ouvir nenhum outro deboche nesse quesito, a não ser aquele que ela tivesse a bondade de conceder a si mesma.

Todos esses ciúmes e descontentamentos, no entanto, passavam totalmente despercebidos pela sra. Jennings, e ela inclusive pensava que era uma coisa deliciosa para todas as garotas a oportunidade de que estivessem juntas; e geralmente congratulava suas jovens amigas noite após noite por terem escapado da companhia de uma velha estúpida por tanto tempo. Ela lhes fazia companhia por vezes na casa de Sir John e por vezes em sua própria residência; porém, aonde quer que fosse, sempre aparecia com excelente humor, cheia de consequência e deleite, querendo atribuir o bem-estar de Charlotte ao seu próprio esmero, e pronta para fornecer um detalhamento tão exato e tão minucioso da situação dela que somente a srta. Steele tinha curiosidade suficiente para demonstrar interesse. Uma coisa *de fato* a perturbava; e disso ela fazia sua reclamação diária. O sr. Palmer mantinha uma opinião, comum entre os integrantes de seu sexo, mas pouco paternal, de que todas as crianças pequenas eram idênticas; e embora ela pudesse perceber claramente, em momentos diferentes, a mais notável semelhança entre aquele bebê e qualquer outro da família em ambos os lados, não havia como convencer o pai dele, não havia como incutir nele a persuasão de que não fosse exatamente igual a todos os outros bebês da mesma idade, e tampouco ele poderia ser levado até mesmo a reconhecer a simples proposição de que aquela só podia ser a criança mais adorável do mundo.

E agora chego ao relato de um infortúnio que por esse tempo se abateu sobre a sra. John Dashwood. Ocorreu que, enquanto suas duas irmãs e a sra. Jennings a visitavam pela primeira vez em Harley Street, outra de suas conhecidas aparecera – uma circunstância que por si só, aparentemente, não acarretava nenhum risco de lhe causar desgraça. Mas na medida em que as imaginações de outras pessoas as levam a formar julgamentos errados sobre nossa conduta, e a decidir a respeito desta com base nas mais reles aparências, a nossa felicidade se vê sempre, em maior ou menor grau, à mercê da sorte. No presente caso, a dama recém-chegada permitiu que sua imaginação alçasse voo e se afastasse tanto da verdade ou da probabilidade que, somente por ouvir o nome das senhoritas Dashwood, e entendendo que eram as irmãs do sr. Dashwood, imediatamente concluiu que estavam hospedadas em Harley Street; e essa interpretação incorreta fez chegar, um ou dois dias depois, cartões de convite às Dashwood, bem como ao irmão e à irmã delas, para uma pequena reunião musical em sua casa. Em consequência disso, a sra. John Dashwood se viu na obrigação de submeter-se não apenas à extrema inconveniência de enviar sua carruagem às senhoritas Dashwood, mas também, o que era pior ainda, de sujeitar-se a todos os dissabores de parecer tratá-las com atenção; e quem poderia dizer que as duas não esperariam sair com ela uma segunda vez? O poder de desapontá-las, era verdade, estaria sempre ao alcance dela. Mas isso não era suficiente; pois quando as pessoas estão determinadas a levar adiante um modo de conduta que sabem ser errado, sentem-se feridas pela expectativa de que alguma coisa melhor venha delas.

    Aos poucos, Marianne tinha se habituado a sair todos os dias, de modo que se tornara uma questão indiferente, para ela, ficar em casa ou não: preparava-se calma e mecanicamente para os compromissos de todas as noites, mas sem esperar a menor diversão de qualquer um deles – e muitas vezes sem saber, até o último minuto, para onde o compromisso a levaria.

    Em relação a vestidos e aparência Marianne assumira plena indiferença, tanto que, ao longo de todos os procedimentos de sua toalete, não dava para tal tarefa metade da consideração que ela recebia da srta. Steele nos primeiros cinco minutos que passavam juntas depois do embelezamento. *Dela* nada escapava; impelida por observação minuciosa e curiosidade inesgotável, a srta. Steele via tudo e perguntava sobre tudo; jamais ficava tranquila se não soubesse o preço de cada peça do traje de Marianne; teria sido capaz de adivinhar o número exato de seus vestidos com melhor juízo do que a própria Marianne, e tinha esperança de descobrir até mesmo, antes que partissem, quanto sua lavagem custava por semana, e de quanto dinheiro ela dispunha por ano para gastar consigo mesma. A impertinência dessa espécie de escrutínio, além disso, era geralmente concluída num elogio que, embora tivesse como intenção ser seu toque final de graciosidade, era tido por Marianne como a maior impertinência de todas, porque, depois de enfrentar um exame que determinava o valor e o corte de seu vestido, a cor de seus sapatos e o arranjo de seu cabelo, ela tinha quase certeza de que precisaria ouvir que a srta. Steele dava "sua palavra de que ela estava tremendamente esbelta, e ousava dizer que ela faria um grande número de conquistas".

Com incentivos como esse Marianne foi despachada, na presente ocasião, até a carruagem de seu irmão, e elas já estavam prontas para embarcar cinco minutos depois de o carro ter parado na porta, uma pontualidade não muito agradável no entender da cunhada, que as precedera no trajeto até a casa de seus conhecidos e lá esperava por algum atraso, da parte delas, que pudesse causar inconveniência para ela mesma ou para seu cocheiro.

Os acontecimentos dessa noite não se mostraram dignos de nota. O encontro, assim como outros encontros musicais, acolheu grande quantidade de pessoas que tinham verdadeiro gosto pela performance, e grande quantidade de pessoas que não tinham gosto nenhum; e os músicos eram, como de costume, em sua própria opinião e segundo seus amigos próximos, os principais músicos privados da Inglaterra.

Como Elinor não era uma pessoa musical e tampouco afetava sê-lo, não teve nenhum escrúpulo em desviar quando bem entendesse os olhos do piano de cauda e, sem se deixar conter nem mesmo pela presença de uma harpa e de um violoncelo, fixá-los à vontade em qualquer outro objeto na sala. Num desses olhares excursivos, ela percebeu entre um grupo de jovens cavalheiros ninguém menos do que o sujeito que lhes dera uma lição sobre caixas de palito de dentes na Gray's. Percebeu que logo em seguida o sujeito estava olhando para ela mesma e falando familiarmente com seu irmão; e acabara de decidir que descobriria com o segundo qual era o nome do primeiro quando ambos vieram em sua direção, e o sr. Dashwood apresentou a ela o sr. Robert Ferrars.

O cavalheiro se dirigiu a Elinor com desenvolta cortesia e torceu a cabeça numa medida exagerada, o que confirmava, tão claramente quanto palavras o teriam feito, que ele era precisamente o janota que Lucy lhe descrevera. Que felicidade ela teria experimentado, se sua estima por Edward dependesse menos do mérito dele, e mais do mérito dos parentes próximos! Porque nesse caso a mesura do irmão teria desferido um golpe final naquilo que começara com o mau humor da mãe e da irmã. Enquanto refletiu sobre a diferença dos dois jovens, porém, ela não chegou a concluir que a vaidade vazia de um anulasse por completo a caridade com que via o valor e a modéstia do outro. Ora, eles *eram* diferentes, Robert exclamou no decurso de quinze minutos de conversa com Elinor, porque, falando de seu irmão, e lamentando a extrema falta de desenvoltura que, como de fato acreditava, impedia Edward de se relacionar do modo adequado em sociedade, sincera e generosamente atribuiu tal problema muito menos a qualquer deficiência natural do que ao infortúnio de uma educação privada; ao passo que ele próprio, embora provavelmente sem qualquer particular ou substancial superioridade inata, por causa da mera vantagem de uma escola pública, era tão bem talhado para se relacionar no mundo quanto qualquer outro homem.

— Juro por minha alma — ele acrescentou —, acredito que não seja nada mais do que isso; é o que sempre digo para minha mãe, quando ela fica se atormentando. "Minha cara senhora", eu sempre digo a ela, "trate de se acalmar. O dano é agora irremediável, e se deu inteiramente por sua causa. Como é que a senhora pôde ser convencida por meu tio, Sir Robert, agindo contra o seu próprio julgamento, a colocar Edward sob instrução particular, no momento mais crítico da vida dele? Se a senhora somente o tivesse enviado para Westminster como fez comigo, em vez de enviá-lo ao sr. Pratt, tudo isso teria sido evitado". É assim que sempre analiso a questão, e minha mãe está perfeitamente convencida de seu erro.

Elinor não quis objetar essa opinião, porque, qualquer que fosse sua estimativa aproximada dos benefícios de uma escola pública, ela não conseguia pensar com nenhuma satisfação na estadia de Edward com a família do sr. Pratt.

— A senhorita reside em Devonshire, eu creio — foi a observação seguinte do cavalheiro —, num chalé perto de Dawlish.

Elinor lhe corrigiu a localização; e ele pareceu ficar bastante surpreso com o fato de que alguém pudesse morar em Devonshire sem morar perto de Dawlish. Ele concedeu sua entusiasmada aprovação, entretanto, a tal espécie de casa.

— De minha própria parte — disse ele —, gosto muitíssimo de um chalé; sempre encontramos neles tanto conforto, tanta elegância. E atesto que, se eu tivesse algum dinheiro de sobra, compraria uma pequena terra e construiria um eu mesmo, a uma curta distância de Londres, para onde eu pudesse descer a qualquer momento e reunir alguns amigos ao meu redor e ser feliz. Aconselho todas as pessoas que vão construir que construam um chalé. Meu amigo Lord Courtland me procurou outro dia com o propósito de pedir o meu conselho, e colocou diante de mim três diferentes plantas de Bonomi. Eu deveria decidir qual era melhor. "Meu caro Courtland", eu disse, imediatamente jogando todas no fogo, "não adote nenhuma delas, e sim, de qualquer maneira, trate de construir um chalé". E assim, eu imagino, ficou encerrada essa questão. Algumas pessoas imaginam que não pode haver acomodação nenhuma, espaço nenhum num chalé; mas tudo não passa de um equívoco.

Eu estava no mês passado visitando meu amigo Elliott, perto de Dartford. Lady Elliott tinha intenção de dar um baile. "Mas como isso pode ser feito?", perguntou ela. "Meu caro Ferrars, por favor me diga que providências devo tomar. Não existe neste chalé sequer uma sala na qual caibam dez casais, e onde poderemos ter a ceia?" Logo vi que não poderia existir dificuldade naquilo, então eu disse: "Minha cara Lady Elliott, não se aflija. A sala de jantar vai admitir dezoito casais com facilidade; mesas de jogo podem ser colocadas na sala de visitas; a biblioteca pode ficar aberta para o chá e outros refrescos; e deixe que a ceia seja oferecida no salão". Lady Elliott ficou encantada com a sugestão. Nós medimos a sala de jantar e descobrimos que nela caberiam exatamente dezoito casais, e o arranjo foi efetuado precisamente de acordo com meu plano. De modo que, de fato, como se pode ver, se as pessoas apenas souberem como proceder, todos os confortos poderão ser tão desfrutados num chalé quanto na mais espaçosa das habitações.

Elinor concordou com tudo, pois não pensava que ele merecesse o elogio de uma oposição racional.

Como John Dashwood não encontrava mais prazer na música do que sua irmã mais velha, sua mente ficou igualmente livre para se fixar em qualquer outra coisa; um pensamento lhe ocorreu durante a noite, e ele o comunicou à esposa, em busca de aprovação, quando chegaram em casa. A consideração do engano da sra. Dennison, em supor que as irmãs dele eram suas hóspedes, acabara por lhe sugerir a conveniência de que fossem realmente convidadas para tanto, na medida em que os compromissos da sra. Jennings a mantinham fora de casa. As despesas não seriam nada, o incômodo também; e se tratava sem dúvida de um cuidado que a delicadeza de sua consciência indicava ser indispensável para uma completa emancipação da promessa que havia feito ao pai. Fanny sobressaltou-se com a proposta.

– Eu não vejo como isso pode ser feito – disse ela – sem afrontar Lady Middleton, porque as duas passam todos os dias com ela; de outro modo eu ficaria extremamente feliz em fazê-lo. Você sabe que sempre estarei disposta por lhes dar qualquer atenção que estiver em meu poder, como demonstrou minha saída com elas esta noite. Mas as duas são visitantes de Lady Middleton. Como posso lhes pedir que se afastem dela?

Seu marido, embora com grande humildade, não viu força em sua objeção. "Elas já tinham passado uma semana dessa maneira em Conduit Street, e Lady Middleton não poderia ficar descontente se concedessem o mesmo número de dias a parentes tão próximos."

Fanny ficou em silêncio por um momento, e a seguir, com vigor renovado, disse:

— Meu amor, eu as convidaria com a maior boa vontade, se estivesse em meu poder. Mas eu acabara de me decidir, em meu íntimo, por pedir às senhoritas Steele que passassem alguns dias conosco. Elas são garotas muito bem-comportadas, do melhor tipo; e creio que lhes devemos tal atenção, já que o tio delas fez tanto por Edward. Podemos convidar suas irmãs num outro ano, não é mesmo? Mas as senhoritas Steele talvez não estejam mais na cidade. Tenho certeza de que você vai gostar delas; na verdade, você *já gosta* muito delas, assim como minha mãe; e elas são adoradas por Harry!

O sr. Dashwood se convenceu. Constatou a necessidade de convidar o quanto antes as senhoritas Steele, e sua consciência foi pacificada pela resolução de convidar suas irmãs num outro ano; ao mesmo tempo, no entanto, ele maliciosamente suspeitou que um outro ano faria com que o convite se tornasse desnecessário, trazendo Elinor à cidade na condição de esposa do coronel Brandon, e Marianne como visitante *deles*.

Fanny, rejubilada por sua libertação, e orgulhosa da pronta sagacidade com a qual a obtivera, escreveu a Lucy na manhã seguinte para requisitar a companhia dela e de sua irmã por alguns dias em Harley Street, assim que Lady Middleton pudesse dispensá-las. Isso foi o suficiente para deixar Lucy verdadeira e razoavelmente feliz. A sra. Dashwood parecia estar realmente trabalhando por ela, acalentando todas as suas esperanças, e promovendo todos os seus objetivos! Uma oportunidade como aquela de privar com Edward e sua família era, acima de tudo, a mais essencial para seus interesses, e um convite como aquele, o mais gratificante para seus sentimentos! Era uma vantagem que não poderia ser reconhecida senão com gratidão exorbitante, que não poderia ser aproveitada senão com rapidez excessiva; e a estadia com Lady Middleton, que antes não tivera quaisquer limites precisos, desde o começo estivera destinada, como logo se descobriu, a terminar em dois dias.

Quando foi mostrado para Elinor, o que ocorreu menos de dez minutos após a entrega, o bilhete ofereceu-lhe, pela primeira vez, algum compartilhamento das expectativas de Lucy; pois tal sinal de rara benevolência, outorgado a partir de tão recente amizade, parecia declarar que aquela boa vontade provinha de algo mais do que uma mera maldade contra ela mesma, e poderia por fim concretizar, com o tempo e as devidas deferências, todos os desejos de Lucy. Sua bajulação já subjugara o orgulho de Lady Middleton e abrira uma entrada no fechado coração da sra. John Dashwood; e esses eram efeitos que possibilitavam outros maiores.

As senhoritas Steele se mudaram para Harley Street, e tudo que chegou ao conhecimento de Elinor sobre a influência delas no novo endereço reforçou sua expectativa das posteriores consequências. Sir John, que as visitou mais de uma vez, transmitiu relatos da benevolência que recebiam que eram impressionantes sob qualquer ponto de vista. A sra. Dashwood jamais em sua vida se mostrara mais satisfeita com quaisquer jovens damas do que se mostrava com elas; presenteara cada uma com um estojo de agulhas confeccionado por alguma imigrante; chamava Lucy por seu nome de batismo; e não sabia se algum dia seria capaz de separar-se delas.

Capítulo 37

A SRA. PALMER ESTAVA tão bem, ao fim de quinze dias, que sua mãe sentiu que já não era necessário abrir mão de todo seu tempo por causa dela e, contentando-se em visitá-la uma ou duas vezes por dia, retornou dali em diante para sua própria casa, e para seus próprios hábitos, nos quais encontrou as senhoritas Dashwood bastante dispostas a retomar a participação anterior.

Por volta da terceira ou quarta manhã em que estavam assim reinstaladas em Berkeley Street, a sra. Jennings, ao retornar de sua corriqueira visitação à sra. Palmer, entrou na sala de visitas – onde Elinor encontrava-se sentada sozinha – com um ar de tamanha importância que preparou-a para ouvir algo maravilhoso; dando-lhe tempo apenas para formar essa ideia, começou diretamente a se justificar, dizendo:

– Deus! Minha querida srta. Dashwood! Soube das notícias?

– Não, senhora. O que houve?

– Uma coisa tão estranha! Mas a senhorita precisa ouvir tudo. Quando cheguei à casa do sr. Palmer, encontrei Charlotte bastante atarantada em função da criança. Charlotte tinha certeza de que ela estava muito mal... A criança chorava, e se atormentava, e tinha sua pele toda embolotada. Então olhei para ela de perto e "Deus! Minha querida", eu disse, "não é nada grave, é somente uma erupção de gengiva inflamada", e a ama disse o mesmo. Mas não havia como deixar Charlotte satisfeita, então mandamos chamar o sr. Donavan; e felizmente ocorreu que ele acabava de chegar de Harley Street, de modo que veio logo em seguida, e no mesmo instante em que botou os olhos na criança ele repetiu exatamente o que tínhamos dito, que não era nada grave, que era somente uma erupção de recém-nascido, e com isso Charlotte se acalmou. E assim, bem quando ele estava indo embora de novo, passou pela minha cabeça, estou certa de que não sei como aconteceu de eu ter pensado nisso, mas passou pela minha cabeça lhe perguntar se havia qualquer novidade. E com isso ele afetou um sorriso, e ficou sem jeito, e ficou sério, e parecia saber alguma coisa ou outra, e por fim disse num sussurro: "Temendo que qualquer informe desagradável chegue ao conhecimento das jovens damas sob seus cuidados no que se refere à indisposição da irmã das

mesmas, parece-me aconselhável dizer que acredito não existir grande razão para nenhum alarme; espero que a sra. Dashwood vá ficar muito bem".
— O quê!? Fanny está doente?
— Foi exatamente o que eu disse, minha querida. "Deus!", eu falei. "A sra. Dashwood está doente?" Então veio tudo à tona. E a questão toda, segundo aquilo que pude entender, parece se resumir ao seguinte: o sr. Edward Ferrars, o mesmíssimo jovem sobre quem eu costumava brincar com a senhorita (entretanto, posso afirmar agora, fico monstruosamente feliz por saber que nunca houve nada), o sr. Edward Ferrars, ao que parece, é noivo faz mais de doze meses da minha prima Lucy! Veja só, minha querida! E nenhuma criatura sabendo de uma sílaba em torno do assunto, exceto Nancy! A senhorita conseguiria ter acreditado que uma coisa dessas era possível? Não é nenhum espanto que gostem um do outro; mas que as coisas tenham sido levadas tão longe entre os dois, e ninguém suspeitando de nada! *Isso* é estranho! Nunca me aconteceu de vê-los juntos, caso contrário tenho certeza de que eu teria desvendado tudo no mesmo instante. Bem, e assim a questão foi mantida em grande segredo, por medo da sra. Ferrars, e nem ela nem o seu irmão ou sua irmã suspeitavam de uma palavra em torno do assunto... Até que hoje de manhã a pobre Nancy, que é, a senhorita sabe, uma criatura bem-intencionada, mas não é nenhuma conjuradora, rebentou e revelou tudo. "Senhor!", pensou ela consigo mesma, "eles gostam tanto de Lucy, com toda certeza não vão criar qualquer dificuldade diante disso"; e assim lá foi ela conversar com a sua cunhada, que estava sentada sozinha com seu trabalho de tapeçaria, sem ter a mínima suspeita do que estava por vir, porque acabara de dizer ao marido, apenas cinco minutos antes, que pensava em arranjar um enlace entre Edward e a filha desse ou daquele lorde, não lembro quem. De modo que a senhorita pode imaginar o golpe que aquilo representou no orgulho e na vaidade dela. No mesmo instante ela começou a ter violentos ataques histéricos, com gritos tão fortes que chegaram aos ouvidos do marido, que estava sentado em seu próprio quarto de vestir no andar de baixo, pensando em escrever uma carta para seu administrador no campo. Então ele voou escada acima sem perder tempo, e uma cena terrível se passou, porque Lucy viera para junto deles por essa altura, mal sonhando que aquilo estivesse acontecendo. Pobrezinha! Tenho pena *dela*. E devo dizer, creio que ela foi tratada com muita severidade, porque a sua cunhada lhe passou uma reprimenda furiosa, e logo a levou a sofrer um desmaio. Quanto a Nancy, caiu de joelhos e ficou chorando amargamente; e o seu irmão, este ficou andando pela sala, e disse que não sabia o que fazer. A sra. Dashwood declarou que elas não deviam permanecer nem um minuto mais na casa, e o seu irmão foi forçado a se colocar de joelhos *também*, para convencer a mulher a

deixar que permanecessem até que tivessem empacotado suas roupas. *Então* ela voltou a ter ataques histéricos, e o marido ficou tão assustado que mandou chamar o sr. Donavan, e o sr. Donavan apareceu na casa em meio a todo esse alvoroço. A carruagem estava diante da porta, pronta para levar embora minhas pobres primas, e elas estavam prestes a saltar para dentro quando ele desceu; a pobre Lucy numa tal condição, falou ele, ela mal conseguia andar; e quanto a Nancy, não parecia muito melhor. Eu juro, não tenho a menor paciência com a sua irmã; e espero, do fundo do meu coração, que tenhamos o casamento apesar dela. Deus! Que tremenda dor de cabeça o pobre sr. Edward terá quando souber a respeito! Seu amor ter sido abusado com tanto desdém! Pois dizem que ele é monstruosamente apaixonado por Lucy, tanto quanto pode ser. Eu não ficaria espantada se fosse uma paixão fortíssima! E o sr. Donavan pensa o mesmo. Eu e ele conversamos bastante em torno disso; e o melhor de tudo é que ele voltou para Harley Street, de modo que seus serviços possam ser requisitados quando a sra. Ferrars souber de tudo, pois ela foi chamada tão logo minhas primas deixaram a casa, pois a sua irmã teve certeza de que *ela* teria também ataques histéricos; e pode ser que os tenha mesmo, pouco me importo. Não tenho pena de nenhum deles. Não consigo entender como as pessoas podem fazer tanto tumulto por causa de dinheiro e grandeza. Não há motivo neste mundo para que o sr. Edward e Lucy não se casem; porque tenho certeza de que a sra. Ferrars dispõe de recursos para cuidar muito bem de seu filho, e por mais que Lucy não tenha quase nada de sua parte, ela sabe melhor do que qualquer um como extrair o máximo de todas as coisas; eu me atrevo a dizer que, se a sra. Ferrars conceder a ele somente quinhentos por ano, Lucy faria desse valor o mesmo bom proveito que outra pessoa faria com oitocentos. Deus! Eles poderiam viver com tanto aconchego num chalé como esse da senhorita... ou um pouco maior... com duas criadas e dois homens; e acredito que eu poderia lhes dar ajuda para encontrar uma doméstica, porque a minha Betty tem uma irmã sem emprego que serviria perfeitamente para eles.

Aqui a sra. Jennings parou, e Elinor, na medida em que tivera tempo suficiente para organizar seus pensamentos, foi capaz de fornecer a esperada resposta e formular as esperadas observações que o assunto poderia naturalmente suscitar. Feliz por constatar que não era suspeita de qualquer interesse extraordinário no tema; que a sra. Jennings (porque nos últimos tempos havia muitas vezes imaginado que poderia ser esse o caso) deixara de crer que ela tivesse uma mínima ligação com Edward; e feliz acima de tudo porque, com Marianne ausente, sentiu que tinha total capacidade de falar sobre o que se passara sem constrangimento e de manifestar com imparcialidade, como acreditava, seu julgamento da conduta de todos os envolvidos.

Ela mal conseguia determinar sua própria expectativa de que o evento se concretizasse; embora fervorosamente tentasse afastar a ideia de que fosse possível o caso terminar de outra forma, no fim das contas, senão com o casamento de Edward e Lucy. Tinha grande ansiedade por ouvir o que a sra. Ferrars iria dizer e fazer, embora não pudesse haver dúvida quanto ao teor; e ainda mais ansiedade por saber como Edward iria se conduzir. Por *ele* Elinor sentia bastante compaixão; por Lucy, muito pouca, e obter essa pouca compaixão lhe custava certo esforço; pelo restante do grupo, não sentia compaixão nenhuma.

Como a sra. Jennings não era capaz de falar sobre nenhum outro assunto, Elinor logo se deparou com a necessidade de preparar Marianne para tal discussão. Era preciso desiludi-la sem perder o menor tempo, revelar a dura verdade, e tentar fazer com que ouvisse as outras pessoas falando a respeito sem trair que sentia qualquer desconforto por sua irmã, ou qualquer ressentimento contra Edward.

O encargo de Elinor era doloroso. Ela destruiria o que de fato acreditava ser o principal consolo de sua irmã – lhe falando de pormenores sobre Edward que o arruinariam para sempre, ela temia, em sua boa opinião, e fazendo Marianne, por uma semelhança em suas situações, que na imaginação *dela* parecia ser muito grande, sentir por inteiro a sua própria decepção mais uma vez. Por mais indesejável que fosse, porém, a tarefa era necessária, e Elinor, portanto, apressou-se em cumpri-la.

Ela estava bem longe de querer se debruçar sobre seus próprios sentimentos, ou representar que passasse por enorme sofrimento, de qualquer outra forma que não fosse por meio de seu autocontrole – aquele que praticara desde que primeiro tomou conhecimento do noivado de Edward e que poderia sugerir o que era viável para Marianne. Sua narração foi clara e simples; embora não pudesse ser feita sem emoção, não foi acompanhada por agitação violenta nem por pesar impetuoso – *isso* era mais condizente com a ouvinte, pois Marianne ouviu com horror e chorou sem parar. Elinor consolava os outros em seus próprios momentos de aflição não menos do que nas aflições dos outros; e todo consolo que podia ser estendido através de garantias de sua própria paz de espírito, e numa defesa muito sincera de Edward, que o inocentava de todas as acusações, menos de ser imprudente, foi prontamente oferecido.

Mas Marianne, durante certo tempo, não quis dar crédito a nenhuma das duas coisas. Edward parecia ser um segundo Willoughby; reconhecendo *de fato* que o amara muito sinceramente, poderia Elinor sentir menos do que ela mesma? Quanto a Lucy Steele, considerou-a tão completamente inamistosa, tão absolutamente incapaz de atrair um homem sensato, que não pôde ser persuadida num primeiro momento a crer, e depois a perdoar, que Edward tivesse qualquer afeição anterior por ela. Não quis nem mesmo admitir que se tratasse de algo natural; e Elinor esperou que ela terminasse sendo convencida disso pela única circunstância que poderia convencê-la: um melhor conhecimento da humanidade.

Sua primeira comunicação alcançara somente o ponto de apresentar a realidade do noivado e o período de tempo em que existia. Os sentimentos de Marianne então se perturbaram, e deram fim a qualquer regularidade nos detalhes; e durante algum tempo tudo que pôde ser feito foi aliviar seu sofrimento, amenizar seus alarmes e combater seu ressentimento. A primeira pergunta de sua parte que levou a mais pormenores foi:

– Há quanto tempo você tem conhecimento disso, Elinor? Edward escreveu para você?

– Tenho conhecimento disso faz quatro meses. Quando Lucy chegou a Barton Park, em novembro passado, ela me falou em segredo sobre o noivado.

Diante dessas palavras, os olhos de Marianne expressaram a perplexidade que os lábios não conseguiram pronunciar. Depois de uma pausa de assombro, ela exclamou:

– Quatro meses!? Você já sabe disso faz quatro meses?

Elinor confirmou.

– O quê!? Você me amparava no auge da minha miséria tendo isso no seu coração? E eu a censurei por ser feliz!

– Não era conveniente que você soubesse, naquele momento, o quanto eu não era!

– Quatro meses! – exclamou Marianne outra vez. – Tão calma! Tão alegre! Como você suportou?

– Sentindo que eu estava cumprindo meu dever. Minha promessa para Lucy me obrigou a manter segredo. Minha obrigação com ela, portanto, era não deixar escapar nenhum indício da verdade; com minha família e meus amigos, era não criar neles uma solicitude por mim que não estivesse em meu poder satisfazer.

Marianne pareceu ficar muito impressionada.

– Eu quis muitas vezes desiludir você e minha mãe – acrescentou Elinor –, e em uma ou duas ocasiões tentei fazê-lo. Sem trair minha promessa, no entanto, eu jamais a teria convencido.

– Quatro meses! E no entanto você o amava!

– Sim. Mas eu não devotava somente a ele o meu amor; na medida em que o conforto dos outros era importante para mim, eu ficava feliz em poupá-los de saber o quanto eu sentia. Agora, posso pensar e falar sobre o assunto com pouca emoção. Eu não permitiria que você sofresse por minha causa;

porque lhe garanto que eu mesma já não sofro substancialmente. Tenho várias coisas nas quais posso me apoiar. Não estou ciente de ter provocado essa decepção com qualquer imprudência minha, e a suportei tanto quanto possível sem ampliá-la. Absolvo Edward de qualquer conduta essencialmente má. Desejo que ele seja muito feliz; e tenho tanta certeza de que cumprirá sempre seu dever que, embora possa nutrir algum pesar agora, por fim ele decerto será feliz. Lucy não é desprovida de sensatez, e esse é o alicerce sobre o qual tudo que há de bom pode ser construído. E apesar de tudo, Marianne, apesar de tudo que existe de sedutor na ideia de uma ligação única e constante, e de tudo que pode ser dito sobre a nossa felicidade depender inteiramente de uma pessoa em particular, não quer dizer... não é adequado... não é possível que deva ser assim. Edward vai se casar com Lucy; vai se casar com uma mulher que na sua pessoa e no seu discernimento é superior a metade do sexo feminino; e o tempo e o hábito vão ensiná-lo a esquecer que jamais pensou que outra fosse superior a *ela*.

— Se é assim que você pensa — disse Marianne —, se a perda daquilo que é mais valioso pode ser tão facilmente compensada por outra coisa, a sua resolução e o seu autocontrole são, talvez, um pouco menos espantosos. Minha compreensão os aceita melhor.

— Eu entendo. Você não supõe que eu tenha sentido muito. Por quatro meses, Marianne, eu tive tudo isso pairando em minha mente sem ter a liberdade de falar a respeito com uma única criatura; sabendo que você e minha mãe ficariam extremamente tristes quando quer que a explicação lhes fosse feita, mas incapaz de sequer começar a prepará-las para tanto. O caso me foi contado... me foi de certa maneira revelado à força pela própria pessoa cujo noivado anterior arruinou todas as minhas perspectivas; e revelado, segundo pensei, com triunfo. Tive de me opor às suspeitas dessa pessoa, portanto, tentando parecer indiferente onde eu estivera profundamente interessada; e não foi apenas uma vez; tive de ouvir suas esperanças e exultações várias e várias vezes. Eu me vi separada de Edward para sempre sem tomar conhecimento de uma única circunstância que pudesse me fazer desejar menos a união. Nada provou que ele fosse indigno, assim como nada declarou que fosse indiferente a mim. Tive de combater tanto a crueldade da irmã dele quanto a insolência de sua mãe, e sofri o castigo de um envolvimento sem desfrutar de suas vantagens. E tudo isso vem acontecendo numa época em que, como você sabe muito bem, tenho mais do que apenas esse motivo para ficar triste. Se puder pensar que sou capaz de ter sentimentos, você certamente *agora* vai supor que eu sofri. A paz de espírito com a qual consigo, neste momento, absorver o problema, o consolo que me dispus a tolerar, são efeitos de um esforço doloroso e constante; não surgiram do nada; não apareceram com o fim de acalmar meu espírito antes de mais nada. Não, Marianne. *Então*, se eu não estivesse na obrigação de manter silêncio, talvez nada me teria impedido inteiramente, nem mesmo tudo que eu devia para meus amigos mais queridos, de demonstrar abertamente que eu me sentia *muito* infeliz.

Marianne se deixara vencer.

– Ah, Elinor! – ela exclamou. – Você fez com que eu me odeie para sempre. Eu a tratei de forma bárbara! Você, que tem sido meu único conforto, que me amparou na minha grande miséria, que parecia estar sofrendo apenas por mim! Essa é a minha gratidão? Essa é a retribuição que posso lhe dar? Porque o seu mérito avulta sobre mim, venho tentando fazer pouco dele.

Sucederam a essa confissão as mais ternas carícias. No estado de espírito em que estava agora, Elinor não teria dificuldade em obter dela qualquer promessa que solicitasse; assim, a seu pedido, Marianne comprometeu-se a jamais falar com qualquer pessoa sobre o caso com o menor indício de amargura; a encontrar Lucy sem trair o menor acréscimo de aversão por ela; e até mesmo a encarar o próprio Edward, se o acaso os reunisse, sem qualquer diminuição de sua cordialidade habitual. Essas eram grandes concessões; onde Marianne sentiu que ela magoara, porém, nenhuma reparação lhe seria demasiada.

Ela cumpriu de modo admirável sua promessa de ser discreta. Acompanhava tudo que a sra. Jennings tinha para dizer sobre o assunto com uma cor imutável no rosto, não discordava dela em nada, e foi ouvida três vezes dizendo "Sim, senhora". Ouvia louvores a Lucy e somente mudava de uma poltrona para outra; quando a sra. Jennings falava sobre o afeto de Edward, isso lhe custava somente um espasmo na garganta. Tais avanços de sua irmã na direção do heroísmo fizeram com que Elinor se sentisse também capaz de qualquer feito.

A manhã seguinte trouxe uma provação a mais com a visita do irmão delas, que apareceu com o mais sério semblante para conversar sobre o terrível caso e lhes trazer notícias de sua esposa.

– Vocês ouviram falar, eu suponho – disse ele com grande solenidade, assim que se sentou –, da descoberta muito chocante que se deu ontem sob o nosso teto.

Elas deixaram transparecer seu assentimento; a ocasião parecia ser medonha demais para que pudessem falar.

– A irmã de vocês – ele continuou – sofreu terrivelmente. A sra. Ferrars também... Em suma, foi uma cena tão complicada e cheia de angústia... Mas vou esperar que a tempestade possa ser superada sem que qualquer um de nós se deixe derrotar. Pobre Fanny! Ela ficou histérica o dia todo, ontem.

Mas não quero alarmá-las demais. Donavan diz que não há nenhum motivo substancial para temor; ela tem constituição boa, e uma resolução sem igual. Ela suportou tudo com a fortitude de um anjo! Afirma que nunca mais verá ninguém com bons olhos; e não é de se admirar, depois de ter sido tão enganada! Deparar com tamanha ingratidão quando tanta bondade tinha sido demonstrada, tanta confiança tinha sido depositada! Foi mesmo na benevolência de seu coração que Fanny convidara essas jovens para que ficassem em sua casa; simplesmente porque julgava que mereciam atenção em certa medida, que eram garotas inofensivas, bem-comportadas, e que seriam companhias agradáveis; porque de outro modo nós dois desejávamos muito ter convidado você e Marianne para ficarem conosco, enquanto sua gentil amiga estivesse cuidando da filha. E agora, ser assim recompensada! "Eu queria, do fundo do meu coração", diz a pobre Fanny, com seu jeito carinhoso, "que tivéssemos convidado suas irmãs, em vez delas."

Aqui ele parou para receber agradecimentos; feito isso, prosseguiu:

– O sofrimento da pobre sra. Ferrars, quando Fanny lhe fez a revelação, não pode ser descrito. Enquanto ela planejava com o mais verdadeiro afeto uma união das mais qualificadas para Edward, seria de se supor que ele podia estar por todo aquele tempo, secretamente, noivo de outra pessoa? Uma suspeita como essa jamais poderia ter passado por sua cabeça! Se ela tivesse suspeitado de *qualquer* predisposição em outro lugar, não haveria de ser *naquela* parte. "*Ali*, com toda certeza", disse ela, "eu teria pensado que não me surgiria nenhum problema." A sra. Ferrars ficou tomada de agonia. Deliberamos, no entanto, quanto à providência que deveria ser efetuada, e por fim ela determinou que chamássemos Edward. Ele veio. Mas lamento relatar o que se seguiu. Tudo que a sra. Ferrars conseguiu dizer para fazê-lo dar um fim ao noivado, tendo também o reforço, como vocês bem podem imaginar, dos meus argumentos e das súplicas de Fanny, de nada valeu. Dever, afeição, tudo foi desconsiderado. Eu nunca tinha pensado que Edward fosse tão teimoso, tão insensível. Sua mãe explicou-lhe seus projetos generosos, caso ele se casasse com a srta. Morton; disse que o instalaria na propriedade de Norfolk, a qual, livre de imposto territorial, rende uma bela soma de mil por ano; ofereceu até mesmo, quando a situação se tornou desesperadora, subir para 1.200; em oposição a isso, se ele ainda persistisse naquela união vulgar, descreveu para seu filho a penúria certa que acompanharia o casamento. Suas próprias 2 mil libras, ela protestou, seriam tudo que ele teria; ela nunca o veria novamente; iria tão longe no esforço de lhe proporcionar a menor assistência possível que, se ele quisesse entrar em alguma profissão, tendo em vista um melhor sustento, faria tudo em seu poder para impedi-lo de prosperar nela.

Aqui Marianne, num êxtase de indignação, juntou as mãos num estalo e clamou:

— Deus misericordioso! Não pode ser possível!

— Pois você pode muito bem se assombrar, Marianne — retrucou seu irmão —, diante da obstinação que foi capaz de resistir a tais argumentos. A sua exclamação é muito natural.

Marianne esteve a ponto de replicar, mas lembrou-se de sua promessa e se conteve.

— Tudo isso, no entanto — ele continuou —, foi instado em vão. Edward falou muito pouco; quando falou, porém, ele o fez da maneira mais determinada. Nada o convenceria de que devia desistir de seu noivado. Ele se manteria firme, por mais que lhe custasse.

— Então — exclamou a sra. Jennings com abrupta sinceridade, incapaz de permanecer em silêncio — ele agiu como um homem honesto! Peço perdão, sr. Dashwood, mas se ele tivesse agido de outra forma eu o teria tomado por um canalha. Eu tenho certo interesse no negócio, assim como tem o senhor, porque Lucy Steele é minha prima, e acredito que não existe melhor espécie de garota neste mundo, nem alguma que mais mereça um bom marido.

John Dashwood ficou completamente atônito; mas sua natureza era calma, não se deixava abalar por provocação, e ele jamais desejaria ofender alguém, especialmente uma pessoa de grande fortuna. Ele respondeu, portanto, sem qualquer ressentimento:

— De forma nenhuma eu falaria desrespeitosamente de qualquer parente seu, minha senhora. A srta. Lucy Steele, ouso dizer, é uma jovem muito merecedora, mas no presente caso, a senhora sabe, a união é decerto impossível. E ter assumido um noivado secreto com um rapaz que estava sob os cuidados do tio dela, e ainda por cima filho de uma mulher de vasta fortuna como a sra. Ferrars, isso talvez seja, de modo geral, um pouco extraordinário. Em suma, não é intenção minha refletir sobre o comportamento de qualquer pessoa por quem tiver consideração, sra. Jennings. Todos nós desejamos que ela seja extremamente feliz; e a conduta da sra. Ferrars ao longo de todo esse caso foi a mesma que toda mãe boa e conscienciosa decerto adotaria, em circunstâncias similares. Foi algo digno e generoso. Edward arriscou sua própria sorte, e eu receio que ele vá se dar mal.

Marianne suspirou sua similar apreensão; e o coração de Elinor sufocou-se devido aos sentimentos de Edward, no enfrentamento às ameaças de sua mãe, por uma mulher que não podia recompensá-lo.

— Pois bem, senhor — disse a sra. Jennings —, e como tudo terminou?

— Eu lamento dizer, senhora, que o caso terminou na mais infeliz ruptura: Edward está descartado para sempre da consideração de sua mãe.

O jovem deixou a casa dela ontem, mas para onde foi, ou se ainda está na cidade, eu não sei; porque *nós*, é claro, não podemos sair por aí perguntando.
– Pobre rapaz! E o que será dele?
– De fato, senhora, o quê? É uma consideração melancólica. Nascido numa perspectiva de tamanha riqueza! Não posso conceber uma situação mais deplorável. Os juros de 2 mil libras... Como pode um homem viver com essa soma? E quando a isso acrescentamos a lembrança de que dentro de três meses ele poderia, não fosse sua própria insensatez, passar a receber 2.500 libras por ano (porque a srta. Morton tem 30 mil libras), eu mesmo não consigo imaginar uma condição mais lamentável. Devemos todos sentir por ele; e tanto mais porque está totalmente fora de nosso alcance poder ajudá-lo.
– Pobre rapaz! – exclamou a sra. Jennings. – Tenho certeza de que ele seria muito bem-vindo se quisesse cama e comida em minha casa; e eu lhe diria isso se pudesse encontrá-lo. Não é adequado que ele fique se virando agora por sua própria conta, em alojamentos e tabernas.
O coração de Elinor agradeceu-lhe por essa bondade com Edward, embora ela não conseguisse deixar de sorrir perante tal forma de benevolência.
– Se somente tivesse feito por si mesmo – disse John Dashwood – o bem que todos os seus amigos estavam dispostos a fazer por ele, Edward poderia estar agora em situação adequada, e nada lhe faltaria. Não sendo assim, ajudá-lo acaba ficando fora do alcance de qualquer um. E existe mais uma coisa se voltando contra ele, algo que decerto será pior do que tudo: sua mãe decidiu, numa propensão de espírito muito natural, transferir imediatamente para Robert *essa mesma* propriedade que poderia ter sido de Edward em condições adequadas. Eu deixei a sra. Ferrars nesta manhã com seu advogado, conversando sobre o negócio.
– Pois bem! – disse a sra. Jennings. – Essa é a vingança *dela*. As pessoas agem cada qual a seu modo. Mas não creio que a minha atitude seria tornar um filho independente porque o outro me atormentou.
Marianne se levantou e caminhou pela sala.
– Pode alguma coisa ser mais irritante, no espírito de um homem – John continuou –, do que ver seu irmão mais novo na posse de uma propriedade que poderia ter sido dele? Pobre Edward! Sinto por ele sinceramente.
Mais alguns minutos, empregados no mesmo tipo de efusão, concluíram a visita do cavalheiro; e com repetidas garantias a suas irmãs de que realmente acreditava não existir substancial perigo na indisposição de Fanny, e de que elas não precisavam, portanto, ficar muito inquietas nesse tópico, ele foi embora, deixando as três damas em unanimidade de sentimentos, na presente ocasião, no tocante às condutas da sra. Ferrars, dos Dashwood e de Edward.

A indignação de Marianne prorrompeu assim que ele saiu da sala; como sua veemência tornava qualquer reserva impossível em Elinor e desnecessária na sra. Jennings, as três se uniram numa crítica bastante entusiasmada em relação ao grupo.

Capítulo 38

A SRA. JENNINGS FOI muito calorosa em seu louvor à conduta de Edward, mas apenas Elinor e Marianne compreenderam seu verdadeiro mérito. Apenas *elas* sabiam o quão pouco ele tinha que o tentasse a ser desobediente, e o quão pequena era, além da consciência de agir corretamente, a consolação que poderia permanecer com ele na perda de amigos e fortuna. Elinor rejubilou-se por sua integridade, e Marianne perdoou todas as suas ofensas em compaixão por sua punição. Entretanto, ainda que a confiança entre elas estivesse, graças à revelação pública, restaurada em seu estado apropriado, esse não era um assunto sobre o qual nenhuma das duas gostava de se deter quando estavam sozinhas. Elinor o evitava por princípio, como se o tema tendesse a fixar ainda mais em seus pensamentos, pelas garantias muito calorosas e muito positivas de Marianne, a crença quanto ao afeto continuado de Edward por ela mesma, da qual preferia se ver livre; e a coragem de Marianne logo lhe faltou na tentativa de conversar sobre um tópico que sempre a deixava mais insatisfeita do que nunca consigo mesma, pela comparação que necessariamente se fazia notar entre a sua conduta e a de Elinor.

Ela sentia de todo a força dessa comparação, mas não de um modo que a incitasse a fazer um esforço agora, como sua irmã desejara; sentia com uma imensa dor de autocensura contínua, lamentava muito amargamente que nunca tivesse se exortado antes; mas essa dor trazia somente a tortura da penitência, sem a esperança de um aperfeiçoamento. Sua mente estava tão enfraquecida que ela julgava impossível um esforço naquele momento, e portanto isso apenas a deixava mais desanimada.

Nada de novo chegou ao conhecimento delas, ao longo de um dia ou dois, sobre a situação em Harley Street ou Bartlett's Buildings. No entanto, embora tanto já fosse conhecido por elas, tanto que a sra. Jennings contava com informação suficiente para difundir tal conhecimento sem que precisasse investigar mais, esta última resolvera desde o primeiro minuto que brindaria suas primas com uma visita de conforto e inquérito assim que pudesse; e somente o estorvo de ter mais visitantes do que de costume pudera impedi-la de correr ao encontro delas no decorrer desse período.

O terceiro dia que se seguiu às revelações foi um domingo tão agradável e tão bonito que acabou por arrastar um bom número de pessoas ao Kensington Gardens, se bem que aquela fosse apenas a segunda semana de março. A sra. Jennings e Elinor fizeram parte do número, mas Marianne, sabendo que os Willoughby encontravam-se na cidade outra vez e tendo um pavor constante de deparar com o casal, optou por ficar em casa em vez de aventurar-se num lugar tão público.

Uma conhecida íntima da sra. Jennings juntou-se a elas quando haviam entrado no Gardens, e Elinor não lamentou que a dama seguisse com elas e se envolvesse em todas as conversas da sra. Jennings, permitindo que ela mesma se demorasse em reflexão silenciosa. Elinor não viu nenhum sinal dos Willoughby, nenhum sinal de Edward e, durante certo tempo, nenhum sinal de ninguém que pudesse ser, num acaso grave ou alegre, interessante para ela. Mas afinal se viu, com alguma surpresa, abordada pela srta. Steele, a qual, embora parecendo um pouco tímida, expressou grande satisfação por encontrá-las e, ao receber o incentivo da particular gentileza da sra. Jennings, abandonou seu próprio grupo por um instante para se juntar ao delas. A sra. Jennings sussurrou imediatamente para Elinor:

— Arranque tudo dela, minha querida. Ela dirá qualquer coisa que a senhorita pedir. Veja bem, eu não posso me separar da sra. Clarke.

Entretanto, para sorte da curiosidade da sra. Jennings e também de Elinor, ela se dispôs a dizer qualquer coisa *sem* ser perguntada; porque nada teria sido conhecido de outro modo.

— Estou tão feliz por encontrá-la – disse a srta. Steele, levando-a pelo braço com intimidade –, porque eu queria vê-la mais do que tudo neste mundo.

E logo em seguida, baixando a voz:

— Suponho que sra. Jennings soube de tudo a respeito. Ela está zangada?

— Nem um pouco, creio, com a senhorita.

— Isso é uma coisa boa. E Lady Middleton, será que *ela* está zangada?

— Não consigo supor que seja possível.

— Fico monstruosamente feliz. Graças a Deus! Passei por maus momentos! Nunca vi Lucy tão raivosa na minha vida. Ela jurou no início que jamais iria me ataviar um gorro novo enquanto vivesse, ou tampouco fazer qualquer outra coisa por mim novamente; mas agora ela está bastante refeita, e somos boas amigas como sempre. Veja, ela me fez este laço pro meu chapéu, e colocou a pena ontem à noite. Pronto, agora *a senhorita* vai rir de mim também. Mas por que razão eu não deveria usar fitas cor-de-rosa? Eu não me importo que essa seja *de fato* a cor favorita do doutor. Tenho certeza, de minha parte, que eu nunca teria tomado conhecimento que ele *gostava* mais dessa que de qualquer outra cor, se ele não tivesse por acaso afirmado isso. Meus primos ficam me atormentando! Eu juro, às vezes não sei pra onde olhar quando estou com eles.

Ela se desviara por um assunto sobre o qual Elinor não tinha nada para dizer, e portanto logo julgou conveniente tomar um caminho que retornasse ao primeiro.

– Mas então, srta. Dashwood – (falando de modo triunfante) –, as pessoas podem dizer o que bem entender sobre o sr. Ferrars ter declarado que não quer ficar com Lucy, porque não é nada disso, eu posso lhe dizer; e é uma grande vergonha que tais relatos mal-intencionados sejam difundidos. O que quer que a própria Lucy pode pensar a respeito, veja, não era da conta de ninguém dar como certa essa questão.

– Eu nunca ouvi qualquer coisa desse tipo sendo sugerida, eu lhe garanto – disse Elinor.

– Ah, nunca ouviu? Mas isso *foi* dito, sei muito bem, e por mais de uma pessoa; porque a srta. Godby disse à srta. Sparks que ninguém em sua sã consciência poderia esperar que o sr. Ferrars abrisse mão de uma mulher como a srta. Morton, com 30 mil libras em seu dote, por Lucy Steele, que não tinha simplesmente nada; e eu mesma fiquei sabendo disso através da srta. Sparks. Além do mais, meu primo Richard chegou a dizer que, quando chegasse o momento decisivo, ele temia que o sr. Ferrars fosse romper o noivado; e quando Edward não nos deu sinal de vida por três dias eu mesma fiquei sem saber o que pensar; e acredito do fundo do meu coração que Lucy deu tudo por perdido; porque saímos da casa do seu irmão na quarta-feira e não vimos nem sinal dele ao longo de quinta, sexta e sábado, e não soubemos que fim tinha levado ele. Em determinado momento Lucy pensou em escrever pra ele, mas em seguida seu espírito rechaçou essa ideia. Entretanto, hoje de manhã ele apareceu bem quando chegávamos da igreja; e então foi tudo esclarecido: como ele tinha sido chamado para Harley Street na quarta-feira e ouvido discursos da mãe e de todos eles, e como ele tinha declarado diante de todos que não amava ninguém exceto Lucy, e que não ficaria com ninguém exceto Lucy. E como ele tinha se preocupado tanto com o que havia acontecido que, assim que tinha saído da casa de sua mãe, tinha saltado em cima de seu cavalo e cavalgou campo afora, nessa ou naquela direção; e como tinha permanecido numa estalagem durante o período todo de quinta e sexta-feira, com propósito de superar aquilo. E depois de repensar tudo inúmeras vezes, disse ele, pareceu-lhe que, agora que não tinha dote nenhum, e não tendo absolutamente nada, seria um tanto cruel manter ela presa no noivado, porque ela teria muito a perder, pois ele não tinha nada mais do que 2 mil libras, e nenhuma esperança de ter mais nada; e se ele fosse ser ordenado, como andava pensando, ele não poderia obter nada mais do que um curato, e como é que eles viveriam dependendo disso? Ele não podia suportar a ideia de que Lucy não arranjasse algo melhor, e portanto implorou pra ela que, se tivesse a menor inclinação para tanto, colocasse o quanto antes um fim naquele assunto, e deixasse ele se virar por conta própria. Pude ouvi-lo dizendo tudo isso com a maior clareza possível. E foi totalmente pelo bem *dela*, e por causa *dela*, que ele foi capaz de sugerir uma ruptura, e não por causa dele mesmo. Eu lhe garanto sob juramento que ele não disse sequer uma sílaba sobre ter se cansado dela, sobre querer se casar com a srta. Morton ou qualquer coisa desse gênero. No entanto, com toda certeza, Lucy não quis dar ouvidos a esse tipo de conversa; então ela lhe disse no mesmo instante (com uma grande dose de doçura e amor, veja, e tudo que... ah, ora!, não se pode repetir esse tipo de coisa, não é mesmo), ela lhe disse no mesmo instante que não tinha qualquer inclinação neste mundo pra pensar numa ruptura, pois ela poderia viver com ele recebendo uma ninharia, e por menor que fosse a quantia que ele pudesse vir ter ela ficaria muito feliz em aceitar tudo, ou algo do tipo. Então ele ficou monstruosamente feliz e falou por algum tempo sobre o que deviam fazer, e eles concordaram que Edward deveria receber a ordem o quanto antes, e os dois deviam esperar pra se casar até que ele obtivesse o benefício eclesiástico. E bem naquele momento eu não consegui ouvir mais, porque a minha prima me chamou do andar de baixo pra dizer que a sra. Richardson havia chegado em seu coche, e que ela queria levar uma de nós no Kensington Gardens, por isso precisei entrar na sala e interromper os dois, pra perguntar para Lucy se ela gostava de ir, mas ela não estava com nenhuma vontade de deixar Edward; então eu somente subi correndo as escadas e coloquei um par de meias de seda e saí com os Richardson.

– Eu não entendi o que a senhorita quis dizer com interromper os dois – disse Elinor. – Vocês todos estavam juntos na mesma sala, não estavam?

– Não, de fato, nós não. Ora! Srta. Dashwood, por acaso pensa que as pessoas fazem amor quando uma terceira está por perto? Ah, que vergonha! Com toda certeza, a senhorita deve saber disso muito bem – (rindo afetadamente). – Não, não, eles estavam fechados juntos na sala de visitas, e tudo que eu ouvi foi apenas escutando na porta.

– Como!? – exclamou Elinor. – A senhorita ficou me repetindo aquilo que somente soube porque ficou ouvindo atrás da porta? Eu sinto muito que não soubesse disso antes; porque eu certamente não teria permitido que me desse detalhes de uma conversa da qual a senhorita mesma não deveria ter tomado conhecimento. Como pôde se comportar tão injustamente com a sua irmã?

— Ah, ora! Não há nenhum problema *nisso*. Eu somente fiquei parada na porta, e ouvi o que pude. E tenho certeza que Lucy teria feito a mesma coisa por mim; porque um ou dois anos atrás, quando Martha Sharpe e mim tínhamos tantos segredos juntas, ela nunca tinha vergonha nenhuma em ficar escondida num quartinho, ou atrás de um guarda-fogo, com propósito de ouvir o que nós dizíamos.

Elinor tentou falar sobre outra coisa; mas a srta. Steele não podia ser mantida por mais do que alguns minutos afastada do que era predominante em sua mente.

— Edward fala em ir pra Oxford em breve – disse ela. – Mas agora ele alugou aposentos no número ..., em Pall Mall. Que mulher mal-intencionada é a mãe dele, não é mesmo? E o seu irmão e a sua irmã não foram muito gentis! No entanto, não vou dizer nada contra eles diante *da senhorita*; e com toda certeza eles de fato nos mandaram pra casa em seu próprio carro, o que foi mais do que eu esperava. E de minha parte eu estava totalmente apavorada pelo receio que a sua irmã fosse nos pedir de volta os estojinhos de costura que ela nos deu um ou dois dias antes; no entanto, nada foi dito sobre eles, e eu tomei o cuidado de manter o meu fora de vista. Edward tem algum negócio em Oxford, ele falou; então ele deve ficar lá por algum tempo, e depois *disso*, logo que puder topar com algum bispo, ele vai ser ordenado. Eu me pergunto que curato ele terá! Deus meu! – (rindo enquanto falava). – Eu daria minha vida pra saber o que os meus primos vão dizer, quando ouvirem falar nesse respeito. Eles me dirão que eu deveria escrever ao doutor, com fim de obter pra Edward o curato do seu novo benefício eclesiástico. Eu sei que dirão isso; mas tenho certeza que eu não faria tal coisa por nada neste mundo. "Ora!", direi eu na mesma hora. "Eu fico espantada: como vocês poderiam pensar em tal coisa? Eu escrevendo ao doutor, desde quando!"

— Bem – disse Elinor –, é um conforto estar preparado para o pior. A senhorita tem sua resposta pronta.

A srta. Steele estava prestes a retrucar no mesmo tema, mas a percepção de que seu próprio grupo se aproximava fez com que um outro se tornasse mais necessário.

— Ah, ora! Aqui vêm os Richardson. Eu tinha mais um monte de coisas pra lhe dizer, mas não devo ficar longe deles por mais tempo. Garanto-lhe que eles são pessoas muito distintas. Ele ganha uma quantidade monstruosa de dinheiro, e eles mantêm seu próprio coche. Eu mesma não tenho tempo pra falar com a sra. Jennings nesse respeito, mas por favor diga para ela que fico muito feliz por saber que ela não está com raiva de nós, e para Lady Middleton o mesmo; e se acontecer alguma coisa que leve pra longe a senhorita e sua irmã, e se a sra. Jennings por acaso quiser companhia, tenho certeza que ficaremos muito contentes em vir e ficar com ela por quanto tempo ela quiser. Suponho que Lady Middleton não vai nos convidar mais desta vez. Até logo; lamento que a srta. Marianne não tenha vindo. Dê pra ela minhas sinceras lembranças. Ora! Se a senhorita não está usando a sua musselina pontilhada! Não entendo como não teve medo que pudesse se rasgar.

E essa foi sua preocupação de despedida; pois a seguir ela teve tempo apenas para conceder seu adeus elogioso à sra. Jennings antes que sua companhia fosse reivindicada pela sra. Richardson; e Elinor ficou na posse de conhecimentos que podiam alimentar seus poderes de reflexão por algum tempo, embora tivesse aprendido bem pouco mais do que aquilo que já tinha sido previsto e planejado de antemão em sua própria mente. O casamento de Edward com Lucy estava determinado com tamanha firmeza, e o dia de sua realização permanecia sendo tão absolutamente incerto quanto ela já tinha concluído; tudo dependia, exatamente de acordo com suas expectativas, de que Edward obtivesse uma nomeação, a qual, no momento, não parecia ter a menor chance de ocorrer.

Tão logo elas entraram de volta na carruagem, a sra. Jennings se mostrou ansiosa por receber informações; mas como Elinor desejava disseminar tão pouco quanto possível novidades que tinham sido obtidas em primeiro lugar tão injustamente, ela limitou-se à breve repetição de simples pormenores os quais Lucy, ela tinha certeza, concordaria que fossem conhecidos, para o bem de sua própria posição relevante. A continuidade do noivado, e os meios que podiam ser tomados para promover o seu fim, constituíram por inteiro a comunicação de Elinor, e levaram a sra. Jennings a fazer o seguinte natural comentário:

– Esperar que ele obtenha um benefício eclesiástico! Pois sim, todos nós sabemos como *isso* vai acabar: eles vão esperar doze meses e, constatando que nada de bom aparece, vão se contentar com algum curato de cinquenta libras por ano, com os rendimentos de suas 2 mil libras, e a coisinha de nada que o sr. Steele e o sr. Pratt puderem dar para ela. Depois eles terão um filho a cada ano! E Deus que os ajude! Como serão pobres! Preciso ver o que posso lhes dar para mobiliar a casa. Duas criadas e dois homens, de fato, como eu falei outro dia. Não, não, eles precisam ter uma garota robusta que faça de tudo. A irmã de Betty jamais serviria para eles *agora*.

A manhã seguinte trouxe para Elinor, pelo correio londrino, uma carta da própria Lucy. Dizia o que se segue:

Bartlett's Buildings, março.
Espero que a minha querida srta. Dashwood possa desculpar a liberdade que tomo de escrever para ela; mas eu sei que a sua amiza-

de por mim vai fazer com que a senhorita tenha o prazer de receber um relato tão bom de mim e do meu querido Edward, depois de todos os problemas que atravessamos ultimamente, portanto não darei maiores desculpas, mas continuarei para dizer que, graças a Deus, embora tenhamos sofrido terrivelmente, nós dois estamos muito bem agora, e tão felizes como devemos ficar sempre no amor um do outro. Tivemos grandes provações, e grandes perseguições, entretanto, ao mesmo tempo, devotamos gratidão a muitos amigos, a senhorita sendo não menos importante entre eles, de cuja grande bondade eu sempre lembrarei agradecida, assim como fará também Edward, com quem falei a respeito. Tenho certeza que a senhorita ficará contente em saber, como também a querida sra. Jennings, que passei duas felizes horas com ele na tarde de ontem, ele não quis nem saber de nos despedirmos, embora eu tenha insistido seriamente, como pensei que era meu dever, por prudência, e teria me despedido dele para sempre ali mesmo, se ele concordasse com isso; mas Edward disse que nunca seria desse jeito, ele não dava importância que sua mãe estivesse zangada, desde que pudesse dispor dos meus afetos; nossas perspectivas não são muito brilhantes, com toda certeza, mas precisamos esperar, e esperar pelo melhor; ele será ordenado em breve; e caso pode estar em poder da senhorita recomendá-lo para qualquer pessoa que dispuser de um benefício eclesiástico para conceder, estou muito certa que a senhorita não vai se esquecer de nós, e a querida sra. Jennings também, confio que ela terá para Sir John uma boa palavra por nós, ou para sr. Palmer, ou qualquer amigo que pode ser capaz de nos ajudar. A pobre Anne foi muito culpada pelo que fez, mas ela fez pelo melhor, então não digo nada; espero que a sra. Jennings não pense que representa muita dificuldade nos fazer uma visita, caso passe aqui por perto numa manhã dessas, seria uma grande bondade, e os meus primos ficariam orgulhosos de conhecê-la. Meu papel lembra-me que devo concluir e, pedindo com grande gratidão e respeito que minhas lembranças sejam recebidas por ela, e por Sir John e Lady Middleton, e pelas queridas crianças, quando a senhorita por acaso encontrá-los, e amor para srta. Marianne,

Eu sou etc.

Assim que terminou a leitura, Elinor desempenhou o que concluíra ser a verdadeira concepção da escritora, colocando a carta nas mãos da sra. Jennings, que a leu em voz alta com muitos comentários de satisfação e de louvor.

– Muito bem mesmo! Como ela escreve lindamente! Pois sim, foi muito apropriado deixá-lo pedir o rompimento se quisesse. Isso foi típico de Lucy. Pobrezinha! Eu gostaria de *poder* arranjar para Edward um benefício eclesiástico, do fundo do meu coração. Ela me chama de querida sra. Jennings, veja só. Lucy é uma garota de bom coração como poucas. Muito bem mesmo, dou minha palavra. Esta frase está muito bem composta. Sim, sim, irei vê-la, com a maior certeza. Como ela é atenciosa, pensando em todo mundo! Obrigada, minha querida, por me mostrar a carta. É uma das cartas mais bonitas que já vi, e dá grande crédito à cabeça e ao coração de Lucy.

Capítulo 39

As senhoritas Dashwood já estavam havia mais de dois meses na cidade, e a impaciência de Marianne por ir embora crescia todos os dias. Ela suspirava pelo ar, pela liberdade, pela tranquilidade do campo; e imaginava que, se algum lugar podia lhe dar sossego, Barton o faria. Elinor não se mostrava menos ansiosa do que ela para que se mudassem, e era somente menos inclinada por partir imediatamente na medida em que estava consciente das dificuldades de uma viagem tão longa, algo que Marianne não aceitava reconhecer. Ela começou, no entanto, a direcionar seriamente seus pensamentos no rumo de tal partida, e já mencionara seus desejos para sua gentil anfitriã, que lhes resistia na eloquência máxima de sua boa vontade, quando foi sugerido um plano que, ainda que as detivesse longe de casa por algumas semanas adicionais, pareceu ser para Elinor, sem dúvida, muito mais conveniente do que qualquer outro. Os Palmer iriam se mudar para Cleveland por volta do fim de março, para que passassem lá o feriado de Páscoa; e a sra. Jennings, com ambas as suas amigas, recebeu de Charlotte um convite muito caloroso para que partissem com eles. Isso não teria sido, em si, suficiente à suscetibilidade da srta. Dashwood; mas o convite foi reforçado com tanta polidez autêntica pelo próprio sr. Palmer que por fim, junto com o melhoramento acentuado das maneiras deste com as duas desde que se soubera que a irmã dela estava infeliz, a induziu a consentir com prazer.

Quando ela contou a Marianne o que fizera, no entanto, a primeira réplica da irmã não foi muito auspiciosa.

– Cleveland!? – ela exclamou, com grande agitação. – Não, eu não posso ir para Cleveland.

– Você esquece – disse Elinor com suavidade – que sua localização não é... que não fica na vizinhança de...

– Mas fica em Somersetshire. Eu não posso entrar em Somersetshire. Lá, para onde eu estava tão ansiosa por ir... Não, Elinor, você não pode esperar que eu vá para lá.

Elinor não discutiria sobre a relevância de superar tais sentimentos; ela somente tentou neutralizá-los recorrendo a outros; representou aquilo, portanto, como um recurso que haveria de corrigir o tempo de seu retorno aos braços da mãe querida, a quem ela tanto desejava ver, de uma forma mais aceitável, mais confortável, do que qualquer outro plano poderia fazer, e talvez sem maior demora. De Cleveland, que distava poucas milhas de Bristol, a distância para Barton não ultrapassava um dia, embora fosse de fato uma longa jornada de um dia; e o criado de sua mãe poderia facilmente vir até lá para lhes dar escolta; e como não poderia existir chance de que ficassem acima de uma semana em Cleveland, elas poderiam agora estar em casa em pouco mais de três semanas. Como as afeições de Marianne por sua mãe eram sinceras, isso decerto triunfaria com pouca dificuldade sobre os males imaginários nos quais ela incorrera.

A sra. Jennings estava tão longe de se cansar das hóspedes que as pressionou com muito fervor para retornarem com ela novamente de Cleveland. Elinor ficou grata por tal atenção, mas o pedido não pôde alterar seu desígnio; e o apoio anuente de sua mãe tendo sido facilmente adquirido, tudo em relação ao regresso delas ficou arranjado da melhor maneira concebível; e Marianne encontrou certo alívio esboçando uma enumeração das horas que haviam de separá-la de Barton ainda.

– Ah, coronel! Eu não sei o que o senhor e eu vamos fazer sem as senhoritas Dashwood – foi como a sra. Jennings o recebeu quando ele primeiro a visitou depois que a partida das irmãs se confirmara. – Porque elas estão bastante decididas a ir para casa depois dos Palmer; e como ficaremos desamparados, quando eu voltar! Deus! Teremos de ficar sentados, bocejando um para o outro, tão entediados quanto dois gatos.

Talvez a sra. Jennings nutrisse uma esperança de, através desse vigoroso retrato de seu aborrecimento futuro, provocá-lo a fazer a proposta que poderia proporcionar para ele próprio uma salvação; e se o caso foi esse mesmo, ela logo em seguida teve boa razão para pensar que seu objetivo havia sido atingido; porque, quando Elinor encaminhou-se à janela para tomar mais expeditamente as dimensões de uma gravura que ela copiaria para sua amiga, ele a seguiu até ali com um semblante de particular significado, e conversou ali com ela por vários minutos. O efeito de tal abordagem sobre a dama também não pôde escapar de sua observação, porque, embora ela fosse honrada demais para ouvir, e tivesse até mesmo mudado de lugar com o propósito de que *não* pudesse ouvir, sentando-se perto do pianoforte no qual

Marianne estava tocando, não conseguiu deixar de ver que Elinor mudara de cor, que ouvia com agitação e se mostrava por demais absorvida no que ele dizia para que pudesse perseguir sua tarefa. Avançando ainda mais na confirmação de suas esperanças, inevitavelmente alcançaram seus ouvidos, no intervalo em que Marianne trocava de uma lição para outra, certas palavras do coronel em que ele parecia estar se desculpando pela precariedade da casa dele. Isso confirmou a questão além de qualquer dúvida. Ela não entendeu direito, de fato, que ele pensasse ser necessário se desculpar; mas supôs que fosse a etiqueta mais apropriada. O que Elinor disse em resposta ela não conseguiu distinguir, mas julgou, a partir do movimento de seus lábios, que ela não considerava *tal problema* uma objeção relevante; e a sra. Jennings a reverenciou em seu coração por ser tão honesta. Eles então seguiram conversando por mais alguns minutos sem que ela captasse sequer uma sílaba, até que outra interrupção afortunada na performance de Marianne trouxe estas palavras na voz calma do coronel:

– Receio que não possa ocorrer muito em breve.

Atônita e chocada com uma fala tão pouco característica de um apaixonado, a sra. Jennings ficou na iminência de gritar "Deus! O que poderia impedi-lo?"; refreando sua vontade, porém, limitou-se a este silencioso derramamento:

– Isso é muito estranho! Para ficar mais velho ele sem dúvida não precisa esperar.

Esse retardamento de parte do coronel, no entanto, não pareceu ofender ou humilhar sua bela companheira nem um pouco, porque quando eles encerraram sua conferência logo depois e se dirigiram para diferentes lados, a sra. Jennings muito claramente ouviu Elinor dizer, e numa voz que salientava que ela sentia o que dizia:

– Eu sempre vou considerar que devo muito ao senhor.

A sra. Jennings ficou encantada com sua gratidão, e apenas admirou-se com o fato de que, depois de ouvir tal sentença, o coronel pudesse ser capaz de se despedir delas, como fez imediatamente, com o máximo sangue-frio, e de partir sem dar a ela qualquer resposta! Ela jamais pensara que seu velho amigo poderia se sair um pretendente tão indiferente.

O que se passara na realidade entre eles teve o seguinte teor:

– Eu soube – disse ele, com grande compaixão – da injustiça que o seu amigo, sr. Ferrars, sofreu nas mãos da família; porque se eu entendi bem o que houve, ele foi rejeitado inteiramente por eles por perseverar seu noivado com uma jovem muito merecedora. Terei sido corretamente informado? É isso mesmo?

Elinor disse a ele que sim.

— A crueldade, a imprudente crueldade — ele retrucou, com grande sentimento — de separar, ou a tentativa de separar, dois jovens muito ligados um ao outro, é terrível. A sra. Ferrars não sabe o que pode estar fazendo... o que pode induzir seu filho a fazer. Eu vi o sr. Ferrars duas ou três vezes em Harley Street, e fiquei muito satisfeito com ele. Ele não é um jovem com quem possamos estar intimamente familiarizados em pouco tempo, mas eu vi o suficiente dele para lhe desejar felicidade por seu próprio bem e, na condição de amigo da senhorita, desejo ainda mais. Entendo que ele pretende ser ordenado. A senhorita poderia fazer a bondade de lhe dizer que o benefício eclesiástico de Delaford, vago faz pouco tempo, como fui informado pelo correio de hoje, é dele, se ele julgar que lhe convém aceitá-lo... Mas quanto a *isso*, talvez, na circunstância tão desafortunada que o envolve agora, pode ser absurdo que tal escolha cause dúvida; eu só gostaria que fosse mais valioso. Trata-se de uma residência paroquial, mas pequena; o recém-falecido titular, creio eu, não fazia mais do que duzentas libras *per annum*; ainda que seja por certo capaz de melhorar, receio que não será num montante que possa lhe proporcionar uma renda muito confortável. Tal como é, no entanto, o meu prazer em lhe transmitir o benefício será muito grande. Por favor, certifique-se de que ele esteja seguro disso.

O espanto de Elinor com essa incumbência dificilmente poderia ter sido maior, tivesse o coronel feito mesmo uma proposta de casamento. A nomeação, que apenas dois dias antes ela tinha considerado impossível para Edward, já estava providenciada para capacitá-lo a se casar; e *ela*, entre todas as pessoas no mundo, estava designada para concedê-la! Sua emoção era tal que a sra. Jennings lhe atribuía uma causa muito diferente; mas quaisquer que fossem os sentimentos inferiores, menos puros ou menos agradáveis que pudessem participar dessa emoção, sua estima pela benevolência irrestrita, e sua gratidão pela particular amizade que, juntas, levavam o coronel Brandon a promover tal ato, foram fortemente sentidas e calorosamente expressas. Ela agradeceu-lhe do fundo de seu coração, falou dos princípios e do caráter de Edward com o louvor que sabia que eles mereciam, e prometeu desempenhar a incumbência com prazer, se fosse de fato seu desejo repassar tão agradável tarefa para outra pessoa. Mas ao mesmo tempo não podia deixar de pensar que ninguém seria capaz de fazê-lo tão bem quanto ele próprio. Era uma tarefa da qual, em suma, não querendo causar em Edward a dor de receber um obséquio *dela*, Elinor teria ficado muito feliz em ser poupada — mas o coronel Brandon, com motivos de semelhante delicadeza, declinando da mesma forma, parecia na verdade tão desejoso de que fosse realizado através de seus meios que ela não pretenderia de maneira nenhuma levantar maior oposição. Edward, Elinor acreditava, ainda estava na cidade, e felizmente ela tinha ouvido a srta. Steele citar seu endereço.

Ela poderia cumprir o encargo de informá-lo, portanto, no decorrer daquele dia. Estando isso resolvido, o coronel Brandon começou a discorrer sobre sua própria vantagem na obtenção de tão respeitável e agradável vizinho, e foi *então* que ele mencionou, com pesar, que a casa era pequena e medíocre – um mal no qual Elinor, como a sra. Jennings supôs que ela faria, não viu grande problema, pelo menos no tocante a seu tamanho.

– Não posso imaginar – disse ela – que o tamanho reduzido da casa represente qualquer inconveniente para eles, pois estará de acordo com família e renda.

Ouvindo isso, o coronel ficou surpreso ao descobrir que *ela* considerava o casamento do sr. Ferrars como a consequência certa da nomeação; pois não julgava possível que o benefício de Delaford pudesse prover um rendimento com o qual qualquer um, no estilo de vida do sr. Ferrars, se arriscaria em viver – e manifestou essa opinião.

– Essa pequena residência paroquial *não poderá* fazer mais do que deixar o sr. Ferrars confortável na condição de solteiro; não pode capacitá-lo a se casar. Lamento dizer que o meu patrocínio termina nisso; e o meu interesse não vai muito além. Se, no entanto, por um acaso imprevisto, estiver em meu poder servi-lo mais, terei de pensar dele algo muito diferente do que penso agora se eu não estiver, então, tão pronto a lhe ser útil quanto sinceramente desejo que poderia estar no presente. O que agora estou fazendo de fato parece não ser nada, uma vez que somente lhe pode apressar muito pouco do que deve ser sua principal, sua única meta de felicidade. Seu casamento deve ser ainda uma bem-aventurança distante; no mínimo, receio que não possa ocorrer muito em breve.

Essa foi a frase que, quando mal entendida, tão justamente ofendeu os delicados sentimentos da sra. Jennings; mas depois dessa narração do que realmente se passou entre o coronel Brandon e Elinor enquanto eles permaneceram na janela, a gratidão expressa pela última quando se despediram talvez possa parecer, de modo geral, não menos razoavelmente animada e nem menos adequadamente formulada do que se tivesse surgido de uma proposta de casamento.

Capítulo 40

– Bem, srta. Dashwood – disse a sra. Jennings, sorrindo com sagacidade, assim que o cavalheiro se retirou –, não vou perguntar o que o coronel andou lhe dizendo; pois embora, juro por minha honra, eu *tentasse* me abster de ouvir, não pude deixar de captar o suficiente para entender o que ele queria.

E eu lhe garanto que jamais fiquei tão satisfeita na minha vida, e desejo do fundo do meu coração que isso lhe traga felicidade.

– Obrigada, senhora – disse Elinor. – *É* uma questão de grande alegria para mim; e meus sentimentos ficam muito tocados pela bondade do coronel Brandon. Não existem muitos homens que agiriam como ele. Poucas pessoas têm um coração tão compassivo! Eu jamais fiquei tão atônita na minha vida.

– Deus! Minha querida, a senhorita é muito modesta. Eu não estou nem um pouco atônita por causa disso, porque andei pensando muitas vezes, nos últimos tempos, que não havia nada mais passível de acontecer.

– A senhora fez esse julgamento por conhecer a costumeira benevolência do coronel; mas no mínimo a senhora não podia prever que a oportunidade se apresentasse assim tão depressa.

– Oportunidade!? – repetiu a sra. Jennings. – Ah! Quanto a isso, uma vez que um homem colocou na cabeça uma coisa dessas, de um jeito ou de outro ele logo encontra uma oportunidade. Bem, minha querida, desejo que isso lhe traga felicidade sempre, sempre; e se alguma vez existiu um casal feliz neste mundo, creio que em breve saberei onde procurá-lo.

– A senhora pretende ir ver o casal em Delaford, eu suponho – disse Elinor, num leve sorriso.

– Pois sim, minha querida, pretendo mesmo, de fato. E quanto à casa ser ruim, não sei o que o coronel quis dizer, pois é uma das melhores que já vi.

– Ele falou que a casa precisava de reformas.

– Bem, e de quem é a culpa? Ele não a reforma por quê? Quem deveria fazê-lo senão ele mesmo?

Elas foram interrompidas pela entrada do criado com o anúncio de que a carruagem estava na porta, e a sra. Jennings imediatamente se preparou para partir, dizendo:

– Bem, minha querida, preciso sair antes de ter chegado ao fim da conversa. Todavia, poderemos discutir tudo de novo nesta noite; pois estaremos completamente sozinhas. Não lhe peço para vir comigo, pois ouso dizer que sua mente está compenetrada demais nesse assunto para que queira ter companhia; além disso, a senhorita decerto anseia por contar tudo para sua irmã.

Marianne saíra da sala antes que a conversa tivesse começado.

– Certamente, senhora, terei essa conversa com Marianne; mas não vou mencionar nada, por enquanto, para ninguém mais.

– Ah, muito bem! – disse a sra. Jennings, um tanto decepcionada. – Então não será do seu interesse que eu conte para Lucy, pois estou pensando em ir até Holborn hoje.

– Não, senhora, nem mesmo para Lucy, por favor. Adiar por um dia não será muito grave; e enquanto eu não escrever ao sr. Ferrars, creio que o assunto não deve ser mencionado para ninguém mais. *Isso* eu farei o quanto antes. É importante que nenhum tempo seja perdido com ele, pois ele terá, é claro, muito a fazer a respeito de sua ordenação.

Essa fala deixou a sra. Jennings extremamente confusa num primeiro instante. Ela não conseguiu entender de pronto a necessidade de escrever ao sr. Ferrars sob tal pretexto e com tanta pressa. Alguns momentos de reflexão, no entanto, produziram uma ideia muito feliz, e ela exclamou:

– Mas claro! Entendi a senhorita. O sr. Ferrars será o homem. Bem, tanto melhor para ele. E com toda certeza ele precisa ser ordenado com a maior presteza; e fico muito contente por saber que as coisas estão assim tão avançadas entre vocês. Mas, minha querida, isso não é um pouco fora de propósito? Não deveria o próprio coronel escrever? Claro, é ele a pessoa mais adequada.

Elinor não entendeu muito bem o início da fala da sra. Jennings, e tampouco considerou que valesse a pena pedir esclarecimento; e portanto respondeu somente à conclusão:

– O coronel Brandon é um homem tão delicado que preferiu que uma outra pessoa devesse anunciar suas intenções ao sr. Ferrars em lugar dele.

– E assim *a senhorita* terá de fazê-lo forçosamente. Bem, *esse* é um tipo estranho de delicadeza! No entanto, não vou incomodá-la – (vendo que ela se preparava para escrever). – A senhorita sabe cuidar de seus interesses. Então até logo, minha querida. Eu não soube de nada que tenha me deixado tão satisfeita desde que Charlotte ficou de cama.

E lá se foi ela, para retornar um momento depois:

– Acabo de pensar na irmã de Betty, minha querida. Eu ficaria muito feliz em arranjar para ela uma patroa tão boa. Mas se ela serviria como criada pessoal de uma dama, estou certa de que não posso dizer. Ela é uma doméstica excelente, trabalha muito bem com sua agulha. No entanto, a senhorita poderá pensar nisso tudo sem a menor pressa.

– Certamente, senhora – retrucou Elinor, sem ouvir muito do que ela dissera, e mais ávida por ficar sozinha do que por ser patroa de alguém.

Como ela deveria começar? Como deveria se expressar em seu bilhete para Edward? Isso era o que constituía seu interesse agora. As peculiares circunstâncias entre eles revestiam de dificuldade aquilo que para qualquer outra pessoa teria sido a coisa mais fácil do mundo; mas ela temia igualmente dizer muito ou pouco, e ficou sentada deliberando diante do papel, com a pena na mão, até que foi interrompida pela entrada de Edward em pessoa.

Edward havia encontrado a sra. Jennings na porta, a caminho da carruagem, enquanto ele entrava para deixar seu cartão de despedida; e ela, depois de pedir desculpas por não poder retornar, insistira que ele entrasse, dizendo que a srta. Dashwood estava em casa e queria falar com ele sobre um negócio muito particular.

Elinor acabara de congratular a si mesma, no meio de sua perplexidade, pela constatação de que, por mais difícil que pudesse ser expressar-se corretamente por carta, isso ao menos era preferível a ter de prover a informação de corpo presente, quando seu visitante entrou e a forçou justamente a tal esforço, o maior de todos. Seu assombro e sua confusão foram muito grandes com essa aparição tão repentina. Ela não o tinha visto ainda desde que seu noivado se tornara público, e desde que Edward soubera, portanto, que ela tomara conhecimento do fato, o que, com a consciência daquilo que estivera pensando, e do que tinha para lhe dizer, fez com que se sentisse particularmente desconfortável por alguns minutos. Ele também estava muito angustiado; e os dois sentaram-se juntos na mais promissora situação de constrangimento. Se pedira perdão por sua intrusão no instante em que entrara na sala, Edward não conseguia lembrar; entretanto, determinado a proceder com firmeza, apresentou seu pedido formal de desculpas assim que foi capaz de dizer alguma coisa, depois de tomar um assento.

– A sra. Jennings me falou – disse ele – que a senhorita queria conversar comigo, pelo menos isso foi o que ela me deu a entender... De outro modo eu certamente não teria invadido a sua privacidade de tal maneira; não obstante, ao mesmo tempo, eu teria ficado extremamente triste em sair de Londres sem ver a senhorita e a sua irmã; especialmente na medida em que será bastante possível que durante um bom tempo... Não é provável que muito em breve eu possa ter o prazer de as encontrar novamente. Estou partindo para Oxford amanhã.

– O senhor não teria partido, no entanto – disse Elinor, recuperando-se, e com a determinação de se ver livre daquilo que tanto temia com a maior rapidez possível –, sem receber os nossos votos de felicidade, mesmo se não tivéssemos sido capazes de os desejar pessoalmente. A sra. Jennings estava bastante certa no que disse. Tenho para lhe transmitir uma informação importante, que eu estava prestes a comunicar por papel. Estou encarregada de uma tarefa muitíssimo agradável – (respirando um tanto mais rápido do que o normal enquanto falava). – O coronel Brandon, que esteve aqui apenas dez minutos atrás, desejou que eu dissesse que, entendendo que o senhor pretende ser ordenado, ele tem grande prazer em lhe designar o benefício eclesiástico de Delaford, recém-vago, e desejando somente que fosse mais valioso. Permita que eu congratule o senhor por contar com tão respeitável e judicioso amigo, e que eu me junte ao desejo dele de que o benefício, girando em torno de duzentos por ano, fosse muito mais considerável, e tal que pudesse melhor capacitá-lo para... que pudesse significar ao senhor mais do que acomodação temporária... tal, em suma, que pudesse concretizar todas as suas metas de felicidade.

O que Edward sentiu, visto que ele mesmo não conseguiu dizê-lo, não se pode querer que qualquer outra pessoa deva dizer em seu lugar. Ele *aparentou* no semblante o imenso assombro que uma informação tão inesperada e tão incogitada não poderia deixar de suscitar, mas disse apenas estas três palavras:

— O coronel Brandon!?

— Sim — continuou Elinor, reunindo mais coragem, porque um pouco do pior havia passado —, o coronel Brandon pretende assim dar testemunho de sua preocupação com o que se passou recentemente... com a cruel situação na qual o comportamento injustificável de sua família o colocou... uma preocupação que, tenho certeza, Marianne, eu e todos os seus amigos devemos compartilhar; e também dar prova de alta estima por seu caráter de um modo geral, e de particular aprovação do seu comportamento na presente ocasião.

— O coronel Brandon dar *para mim* um benefício!? Será possível?

— A maldade de seus próprios parentes fez o senhor ficar espantado por encontrar amizade em algum lugar.

— Não — retrucou ele, com súbita consciência —, não por encontrá-la *na senhorita*; porque não posso ignorar que à senhorita, à sua bondade, devo tudo. Eu sinto... Gostaria de expressar se pudesse... Porém, como a senhorita bem sabe, não sou nenhum orador.

— Está muito enganado. Eu lhe garanto que o senhor o deve totalmente, ao menos quase totalmente, ao seu próprio mérito, e ao discernimento do coronel Brandon a respeito. Não tive nenhuma participação. Eu nem mesmo sabia, até tomar conhecimento do plano dele, que o benefício estava vago; e também nunca me ocorreu que ele pudesse ter a dádiva de um benefício como esse. Na condição de amigo meu, da minha família, o coronel pode, talvez... eu sei, na verdade, que ele *tem* um prazer ainda maior em concedê-lo; contudo, dou minha palavra, o senhor nada deve à minha solicitação.

A verdade a obrigou a reconhecer algum pequeno quinhão no feito, mas ao mesmo tempo ela sentia tão pouca vontade de aparecer como benfeitora de Edward que reconheceu o fato com hesitação, o que provavelmente contribuiu para fixar na mente dele a suspeita que ali entrara pouco antes. Por um breve tempo ele permaneceu mergulhado em pensamentos, depois que Elinor havia parado de falar; por fim, e como se fosse antes um esforço, ele disse:

— O coronel Brandon parece ser um homem de grande valor e respeitabilidade. Sempre ouvi falar dele nesses termos, e o irmão da senhorita, eu sei, lhe tem alta estima. Ele é sem dúvida um homem sensato e, em seus modos, um perfeito cavalheiro.

— De fato — retrucou Elinor —, acredito que o senhor vai encontrar nele, quando conhecê-lo melhor, tudo que ouviu falar que ele é; e como vocês serão vizinhos muito próximos (pois entendo que o presbitério fica quase ao lado da mansão), é particularmente importante que ele *deva* ser tudo isso.

Edward não respondeu; quando Elinor virou a cabeça, porém, o rapaz lançou para ela um olhar tão sério, tão grave, tão entristecido que pareceu dizer que dali por diante ele poderia desejar que a distância entre o presbitério e a mansão fosse muito maior.

— O coronel Brandon, creio eu, está instalado em St. James Street — ele disse logo em seguida, levantando-se da poltrona.

Elinor lhe disse o número da casa.

— Eu preciso sair correndo, então, para fazer a ele os agradecimentos que *a senhorita* não quer aceitar de mim; para lhe garantir que ele fez de mim um homem muito... um homem extremamente feliz.

Elinor não fez nenhuma menção de detê-lo; e os dois se despediram com uma garantia muito séria da parte *dela* quanto a seus incessantes votos por sua felicidade em cada mudança de situação que pudesse lhe suceder; da parte *dele*, mais com uma tentativa de retribuir a mesma boa vontade do que com o poder de expressá-la.

— Quando eu vê-lo novamente — disse Elinor para si mesma, enquanto atrás dele a porta se fechava —, vou vê-lo como marido de Lucy.

E com tal agradável antecipação ela sentou-se para reconsiderar o passado, recordar as palavras e tentar compreender todos os sentimentos de Edward, e também, é claro, para refletir com descontentamento sobre os sentimentos dela mesma.

Quando a sra. Jennings chegou em casa, embora retornasse de ver pessoas que nunca tinha visto antes, sobre as quais, portanto, devia ter vários comentários para fazer, sua mente estava muito mais ocupada pelo importante segredo em sua posse do que por qualquer outra coisa, de modo que o abordou novamente assim que Elinor apareceu.

— Bem, minha querida — ela exclamou. — Pedi que o jovem subisse. Não fiz certo? E suponho que a senhorita não teve nenhuma grande dificuldade. Ele não se mostrou muito indisposto em aceitar sua proposta?

— Não, senhora; *isso* não era muito provável.

— Bem, mas em quanto tempo ele vai estar pronto? Pois parece que tudo depende disso.

— Realmente — disse Elinor —, eu sei tão pouco sobre esses tipos de formalidade que mal consigo sequer conjecturar quanto ao tempo ou à preparação necessária; mas creio que dois ou três meses vão completar sua ordenação.

– Dois ou três meses! – exclamou a sra. Jennings. – Deus! Minha querida, com que serenidade a senhorita fala disso; e pode o coronel esperar dois ou três meses? Deus me abençoe! Tenho certeza de que *eu* perderia totalmente a paciência! E embora qualquer pessoa fosse ficar muito contente por fazer uma bondade pelo pobre sr. Ferrars, eu creio que não vale a pena esperar dois ou três meses por ele. Claro que poderia ser encontrado um outro homem que serviria do mesmo jeito; alguém que já esteja ordenado.

– Minha querida senhora – disse Elinor –, o que pode estar passando por sua cabeça? Ora, o único objetivo do coronel Brandon é ser útil ao sr. Ferrars.

– Deus a abençoe, minha querida! Claro que não pretende me convencer de que o coronel somente se casa com a senhorita no propósito de dar dez guinéus ao sr. Ferrars!

O equívoco não poderia ter prosseguimento depois disso; e ocorreu de imediato uma explicação com a qual ambas obtiveram considerável diversão momentânea, sem qualquer perda significativa de felicidade para nenhuma das duas, pois a sra. Jennings apenas trocou uma forma de prazer por outra, e sem perder ainda sua expectativa da primeira.

– Pois sim, pois sim, o presbitério não deixa de ser pequeno – disse ela, quando a primeira ebulição de surpresa e satisfação se passou –, e muito provavelmente *pode* estar precisando de reparos; mas ouvir um homem se desculpando, como pensei, por uma casa que até onde sei tem cinco salas de estar no piso térreo, e creio que a governanta me disse que podia contar com quinze camas... E além disso diante da senhorita, que tinha se acostumado a morar em Barton Cottage! Parece bastante ridículo. Mas, minha querida, é preciso convencer o coronel a fazer alguma coisa com o presbitério e torná-lo confortável para eles, antes que Lucy se mude para lá.

– Mas o coronel Brandon parece não ter nenhuma convicção de que o benefício seja suficiente para permitir que eles se casem.

– O coronel é um bobinho, minha querida; só porque tem 2 mil por ano para si, ele pensa que ninguém mais pode se casar com menos do que isso. Guarde minhas palavras: se eu estiver viva, hei de fazer uma visita em Delaford Parsonage antes do dia de São Miguel; e tenho certeza de que não irei se Lucy não estiver lá.

Elinor concordou de todo com a sra. Jennings quanto à probabilidade de que não esperassem por nada mais.

Capítulo 41

EDWARD, TENDO LEVADO SEUS agradecimentos ao coronel Brandon, prosseguiu com sua felicidade ao encontro de Lucy; e tal era o excesso dessa felicidade, no momento em que ele chegou a Bartlett's Buildings, que ela foi capaz de assegurar à sra. Jennings, que a visitou de novo no dia seguinte com suas congratulações, que nunca em sua vida o tinha visto tão entusiasmado.

Sua própria felicidade e o seu próprio entusiasmo eram, no mínimo, inquestionáveis; e ela se uniu à sra. Jennings com o maior dos fervores na expectativa de que fossem estar todos confortavelmente juntos em Delaford Parsonage antes do dia de São Miguel. Tão longe ela estava, ao mesmo tempo, de ter qualquer hesitação em dar a Elinor o crédito que Edward *quis* lhe dar, que falou da amizade que esta tinha por ambos da maneira mais calorosa e agradecida, reconheceu com prontidão todas as obrigações que tinham perante ela, e declarou abertamente que nenhum esforço de parte da srta. Dashwood pelo bem deles, presente ou futuro, jamais a surpreenderia, pois acreditava que ela fosse capaz de fazer qualquer coisa neste mundo por aqueles que realmente prezava. Quanto ao coronel Brandon, não somente mostrou disposição para venerá-lo como santo mas também desejou, com verdadeira sofreguidão, que fosse tratado como tal em todos os aspectos mundanos; desejou que seus dízimos recebessem o máximo aumento; e secretamente decidiu que tiraria proveito em Delaford, até onde lhe fosse possível, dos empregados do coronel, de sua carruagem, de suas vacas e de suas aves domésticas.

Já se passara mais de uma semana, agora, desde que John Dashwood as visitara em Berkeley Street; visto que desde então elas não tiveram nenhuma notícia sobre a indisposição de sua esposa que não fosse uma única consulta verbal, Elinor começou a sentir que era necessário visitá-la. Tratava-se de uma obrigação, no entanto, que não apenas contrariava sua própria inclinação como não dispunha do auxílio de qualquer incentivo de suas companheiras. Marianne, não contente em absolutamente se recusar a ir, foi muito imperativa em evitar que sua irmã fizesse de fato a visita; e a sra. Jennings, embora sua carruagem estivesse de todo modo ao dispor de Elinor, nutria uma antipatia tão forte pela sra. John Dashwood que nada, nem mesmo sua curiosidade por ver como ela estava depois da recente descoberta, e tampouco seu vigoroso desejo de afrontá-la defendendo a posição de Edward, podia superar sua relutância em ficar novamente na companhia dela. Por consequência, Elinor saiu sozinha com o propósito de prestar uma visita pela qual ninguém poderia, sem dúvida, sentir maior aversão, bem como para correr o risco de um tête-à-tête com uma mulher de quem nenhuma das outras tinha tanta razão para não gostar.

A sra. Dashwood não estava; antes que a carruagem começasse a se afastar da casa, porém, seu marido acidentalmente saiu. Ele expressou grande prazer por encontrar Elinor, disse a ela que estivera justamente se preparando para fazer uma visita em Berkeley Street e, assegurando-lhe que Fanny ficaria muito feliz em vê-la, pediu que ela entrasse.

Subiram as escadas e entraram na sala de visitas. Não havia ninguém ali.

— Fanny está em seu próprio quarto, eu suponho — disse ele. — Vou agora mesmo buscá-la, porque tenho certeza de que ela não vai ter a menor objeção neste mundo em ver *você*. Bem longe disso, na verdade. *Agora*, especialmente, não pode haver... Entretanto, você e Marianne foram sempre grandes favoritas. Por que foi que Marianne não quis vir?

Elinor deu a melhor desculpa que pôde por ela.

— Não fico triste por vê-la sozinha — ele retrucou —, porque tenho muita coisa para dizer a você. Esse benefício eclesiástico do coronel Brandon... Pode ser verdade? Ele realmente o deu para Edward? Ouvi falar disso ontem, por acaso, e eu estava indo ao seu encontro com a ideia de perguntar mais a respeito.

— É a mais pura verdade. O coronel Brandon deu o benefício de Delaford para Edward.

— Não diga! Bem, isso é muito espantoso! Nenhum parentesco! Nenhuma conexão entre eles! E agora que os benefícios alcançam um preço tão alto! Qual era o valor desse?

— Cerca de duzentos por ano.

— Muito bem... E na próxima nomeação de um benefício desse valor... supondo que o último beneficiado fosse velho e doente, com boa chance de o desocupar em breve... Ele poderia ter obtido, ouso dizer... 1.400 libras. E como foi que ele não resolveu a questão antes da morte dessa pessoa? *Agora*, de fato, seria tarde demais para vendê-la, mas um homem com o juízo do coronel Brandon! Fico admirado que ele seja tão imprevidente num ponto cujo interesse é tão comum, tão natural! Bem, estou convencido de que existe uma vasta dose de inconsistência em quase todas as personalidades humanas. Suponho, no entanto... recordando agora... que o caso provavelmente é *o seguinte*: Edward deverá manter o benefício somente até que a pessoa para quem o coronel realmente vendeu a nomeação esteja velha o suficiente para tomar posse. Sim, sim, eis o fato, não tenha dúvida.

Elinor contradisse tal fato, contudo, de maneira muito positiva; relatando que havia sido encarregada de transmitir pessoalmente a oferta do coronel Brandon para Edward, e que portanto devia compreender bem os termos da concessão, obrigou John a se submeter frente a sua autoridade.

— É verdadeiramente espantoso! – ele exclamou, depois de ouvir o que ela disse. – Qual poderia ser a motivação do coronel?

— Uma motivação muito simples: ser útil ao sr. Ferrars.

— Pois bem, pois bem; o que quer que o coronel Brandon possa ser, Edward é um homem de muita sorte. Você não vai mencionar nada para Fanny, no entanto, porque, ainda que eu a tenha deixado a par do assunto, e ela o tolera muitíssimo bem... ela não vai gostar muito de ouvir falar disso.

Elinor teve certa dificuldade, aqui, em deixar de manifestar seu pensamento de que Fanny deveria ter suportado com compostura uma obtenção de riqueza por seu irmão pela qual nem ela nem seu filho poderiam ser possivelmente empobrecidos.

— A sra. Ferrars – acrescentou ele, baixando a voz até um tom mais apropriado para tão importante tema – não tem conhecimento disso ainda, e acredito que será melhor que absolutamente nada chegue a seus ouvidos pelo maior tempo possível. Quando o casamento for realizado, receio que decerto ela ficará sabendo de tudo.

— Mas por que tomar essa precaução? Embora não seja de se supor que a sra. Ferrars possa ter a menor satisfação em saber que seu filho tem dinheiro suficiente para se manter, porque *isso* está sem dúvida fora de questão; no entanto, por que razão, considerando seu comportamento recente, se deve supor que ela sente alguma coisa? Ela deu as costas ao filho, e o abandonou para sempre, e fez com que todos aqueles sobre os quais ela tem qualquer influência o abandonassem da mesma maneira. Claro que, depois de tal atitude, não podemos imaginar que ela seja vulnerável a qualquer impressão de tristeza ou alegria por conta dele. Ela não pode ter interesse por nada que se passe com Edward. Não teria esse tipo de fraqueza, o de poder destruir o conforto de um filho e ainda manter as ansiedades de uma mãe!

— Ah, Elinor! – disse John. – Seu raciocínio é muito bom, mas é fundado na ignorância da natureza humana. Quando esse infeliz enlace de Edward for realizado, não tenha dúvida de que os sentimentos da sra. Ferrars serão tocados como se ela jamais o tivesse descartado; portanto, todas as circunstâncias que puderem acelerar esse acontecimento tenebroso devem ser escondidas dela tanto quanto possível. A sra. Ferrars nunca vai conseguir esquecer que Edward é seu filho.

— Você me surpreende; eu imaginaria que, a *esta* altura, isso já deveria ter quase sumido da memória dela.

— Você comete uma enorme injustiça com ela. A sra. Ferrars é uma das mães mais afetuosas do mundo.

Elinor ficou em silêncio.

— Pensamos que *agora* – disse o sr. Dashwood, depois de uma breve pausa – *Robert* acabe se casando com a srta. Morton.

Elinor, sorrindo perante o tom importante, decisivo e grave de seu irmão, respondeu com calma:

— A dama, eu suponho, não tem escolha nesse caso.

— Escolha!? O que você quer dizer?

— Quero apenas dizer que suponho, pelo modo como você fala, que deve dar no mesmo, no entender da srta. Morton, casar-se com Edward ou com Robert.

— Certamente, não pode haver diferença; porque Robert vai ser considerado agora, para todos os efeitos, o filho mais velho; e quanto a todos os outros aspectos, ambos são jovens muito agradáveis: não sei dizer qual dos dois é superior ao outro.

Elinor não disse mais nada. John também ficou em silêncio por um breve tempo; suas reflexões terminaram assim:

— *Uma* coisa, minha querida irmã – (pegando suavemente a mão dela, e falando num sussurro medonho) –, eu posso lhe garantir; e *vou* fazê-lo, porque sei que você vai ficar agradecida. Tenho boas razões para pensar... Na verdade tenho base na melhor autoridade, e somente assim o repito, porque de outra forma seria muito errado dizer qualquer coisa sobre isso... Mas tenho base na melhor das autoridades... Não que eu tenha em algum momento ouvido a sra. Ferrars dizendo precisamente isso... mas sua filha o *disse*, e me baseio nela... Em suma, quaisquer que possam ser as objeções contra certa... certa união... você me entende... Essa união teria sido muito mais preferível para ela, não teria lhe causado metade do aborrecimento que *esta* causa. Fiquei extremamente satisfeito por saber que a sra. Ferrars o considerava sob essa luz... Uma circunstância muito gratificante, veja, para todos nós. "Esse seria, sem comparação", disse ela, "o menor dos dois males, e ela ficaria feliz em transigir *agora* e evitar algo pior." Entretanto, isso está totalmente fora de questão... nem deve ser pensado ou mencionado... Em relação a qualquer envolvimento amoroso, veja bem... jamais poderia ser... Tudo já ficou no passado. Mas pensei que seria bom somente lhe dizer isso, porque eu sabia o quanto seria do seu agrado. Não que você tenha qualquer motivo para se lamentar, minha cara Elinor. Não há dúvida de que você está se saindo muito bem... tão bem quanto, ou até melhor, talvez, considerando-se tudo. O coronel Brandon esteve com você recentemente?

Elinor ouvira o bastante, se não para gratificar sua vaidade ou elevar sua presunção, para perturbar seus nervos e ocupar sua mente; e ficou feliz, portanto, em ser poupada da necessidade de dizer muita coisa em resposta, e do perigo de ouvir qualquer coisa mais de seu irmão, pela entrada do sr.

Robert Ferrars. Passados alguns instantes de conversa, John Dashwood, lembrando que Fanny ainda estava desinformada da presença de sua irmã, saiu da sala em busca dela; e Elinor teve assim oportunidade de aprofundar sua intimidade com Robert, o qual, pela despreocupação alegre, pela feliz presunção de seus modos enquanto desfrutava de tão injusta divisão do amor e da generosidade de sua mãe, em prejuízo de seu irmão banido, adquirida somente em função de sua própria conduta dissipada na vida e da integridade do irmão, confirmou a opinião muito desfavorável que ela tinha de seu discernimento e de seu coração.

Eles mal tinham ficado dois minutos sozinhos quando Robert começou a falar de Edward; pois ele também ouvira falar do benefício eclesiástico, e se mostrou bastante curioso em torno do assunto. Elinor repetiu todos os pormenores, os mesmos que comunicara para John; e o efeito sobre Robert, embora muito diferente, não foi menos impressionante do que havia sido com *ele*. Robert riu com a maior imoderação. A ideia de que Edward pudesse ser um clérigo e viver numa pequena residência paroquial o divertiu além de toda medida; e quando a isso se acrescentaram as imagens fantásticas de Edward lendo orações numa sobrepeliz branca, e registrando proclamas de casamento entre John Smith e Mary Brown, ele não conseguiu conceber nada que fosse mais ridículo.

Elinor, enquanto esperou em silêncio e com imóvel gravidade pela conclusão de tamanha tolice, não pôde evitar que seu olhar se fixasse nele com uma expressão que revelava o supremo desprezo que aquilo suscitava. Esse olhar foi muito bem aplicado, no entanto, pois aliviou seus próprios sentimentos e não forneceu nenhuma informação ao cavalheiro. Robert despencou da sagacidade à sabedoria não por causa de qualquer repreensão dela, mas por causa de sua própria sensibilidade.

– Podemos tratar a questão como uma brincadeira – disse ele, finalmente, recuperando-se do riso afetado que havia prolongado consideravelmente a graça genuína do momento –, mas, juro por minha alma, o negócio é muito sério. Pobre Edward! Ele se arruinou para sempre. Fico extremamente triste, porque sei que ele tem o melhor coração do mundo; um sujeito bem-intencionado como poucos, talvez. Procure não julgá-lo, srta. Dashwood, partindo do conhecimento superficial entre *vocês*. Pobre Edward! Seus modos certamente não são os mais felizes por natureza. Mas não nascemos todos, a senhorita sabe, com os mesmos poderes, com a mesma postura. Pobre sujeito! Vê-lo inserido num círculo de pessoas estranhas, com toda certeza, já era bastante lamentável! Mas juro por minha alma, eu acredito que ele tem um coração tão bom quanto qualquer outro neste reino; e lhe declaro e protesto que nunca fiquei mais chocado em minha vida do que quando tudo isso irrompeu. Não pude acreditar. Minha mãe foi a primeira pessoa que me contou a respeito; e eu, sentindo-me chamado a proceder com resolução, imediatamente disse a ela: "Minha cara senhora, não sei o que pode pretender fazer nesta ocasião, mas quanto a mim devo dizer que, caso Edward se case com essa jovem dama, nunca mais o verei". Isso foi o que eu disse de imediato. Eu estava chocado como poucas vezes fiquei, de fato! Pobre Edward! Ele se aniquilou completamente, isolou-se para sempre de toda sociedade decente! Contudo, como eu disse no mesmo instante para minha mãe, não estou nem um pouco surpreso com isso; levando em conta seu estilo de educação, isso sempre foi de se esperar. Minha pobre mãe ficou meio desvairada.

– O senhor viu alguma vez a dama?

– Sim; uma vez, enquanto ela estava hospedada nesta casa, aconteceu de eu intrometer-me por dez minutos; e pude ver o bastante dela. Uma mera garotinha do campo, esquisita, sem estilo ou elegância, e quase sem beleza. Eu me lembro dela perfeitamente. O exato tipo de garota que teria todas as chances, a meu ver, de cativar o pobre Edward. Eu me ofereci no mesmo instante, assim que minha mãe me relatou o caso, para falar pessoalmente com ele, e dissuadi-lo do enlace; mas *já* era tarde demais, constatei, para fazer qualquer coisa, pois infelizmente eu não estive por perto desde o começo, e de nada soube até que o rompimento tivesse ocorrido, quando não cabia mais a mim, claro, interferir. Mas se eu tivesse sido informado algumas horas antes, creio que é muitíssimo provável que eu pudesse ter acertado alguma coisa. Eu certamente teria representado a questão para Edward sob uma luz muito forte. "Meu caro amigo", eu teria dito, "considere o que está fazendo. Você está levando adiante a mais vergonhosa união, e uma união que seus familiares são unânimes em desaprovar." Não posso deixar de pensar, em suma, que algum meio poderia ter sido encontrado. Mas agora é tarde demais. Ele deve estar passando fome, imagine... Isso é certo; absolutamente passando fome.

Ele acabara de proclamar esse ponto com muita serenidade quando a entrada da sra. John Dashwood pôs fim ao tema. Contudo, embora *ela* jamais falasse do assunto a não ser com sua própria família, Elinor pôde ver a influência do tormento em sua mente, em algo semelhante a uma confusão no rosto que trouxe consigo, e numa tentativa de ser cordial em seu comportamento com ela mesma. A dama chegou inclusive a ficar consternada por descobrir que Elinor e sua irmã deixariam a cidade em tão pouco tempo, já que esperava poder vê-las mais – um esforço no qual seu marido, que entrara com ela na sala e se desmanchava de amores pela cadência de suas frases, pareceu distinguir todas as mais afetuosas e graciosas qualidades.

Capítulo 42

OUTRA BREVE VISITA EM Harley Street, na qual Elinor recebeu as congratulações de seu irmão por viajarem o percurso até Barton sem nenhuma despesa, e com o coronel Brandon devendo segui-las para Cleveland dentro de um ou dois dias, completou a relação do irmão com suas irmãs na cidade; e um desanimado convite de Fanny para que viessem a Norland sempre que lhes acontecesse passarem por perto, o que era de todas as coisas a mais improvável de ocorrer, com uma garantia mais calorosa – embora menos pública – de John para Elinor quanto à prontidão com que ele a encontraria em Delaford, foi tudo que pôde predizer qualquer encontro no campo.

Ela se divertiu reparando que todos os seus amigos pareciam determinados a mandá-la para Delaford, um lugar que era, de todos os outros, o último que agora escolheria para visitar ou no qual desejaria residir; pois Delaford não era considerado como seu futuro lar apenas por seu irmão e pela sra. Jennings, mas até mesmo Lucy, quando se despediram, lhe fez um insistente convite para que a visitasse lá.

Bem no início de abril, e toleravelmente no início do dia, os dois grupos de Hanover Square e Berkeley Street partiram de suas respectivas casas e se encontraram, com hora marcada, na estrada. Em nome da conveniência de Charlotte e seu filho, deveriam passar mais de dois dias no trajeto, e o sr. Palmer, viajando em maior velocidade com o coronel Brandon, estaria em Cleveland logo após a chegada das damas.

Marianne, poucas como tinham sido suas horas de conforto em Londres, e ávida como desde muito antes se mostrara por ir embora, não pôde, quando chegou a ocasião, dar adeus à casa na qual apreciara pela última vez as esperanças e a confiança em Willoughby, agora extintas para sempre, sem experimentar grande dor. Tampouco pôde deixar o lugar em que Willoughby permanecia, ocupado em novos compromissos e novos planos, nos quais *ela* não poderia ter participação, sem derramar muitas lágrimas.

A satisfação de Elinor no momento da mudança foi mais positiva. Ela não tinha um objeto como aquele no qual pudesse fixar pensamentos persistentes, não deixava para trás nenhuma criatura da qual se separar para sempre lhe pudesse causar sequer um instante de arrependimento, estava contente em se ver livre da perseguição amistosa de Lucy, estava grata por levar sua irmã embora sem que tivesse sido vista por Willoughby desde o casamento dele, e aguardava o futuro com a esperança de que alguns meses de tranquilidade em Barton fariam muito para restaurar a paz de espírito de Marianne e confirmar sua própria paz.

A viagem foi efetuada com segurança. O segundo dia introduziu-as no amado (ou proibido) condado de Somerset – pois assim o abordava de modo alternado a imaginação de Marianne; e na manhã do terceiro elas subiram para Cleveland.

Cleveland era uma casa espaçosa, de feitio moderno, situada num gramado em declive. Não contava com parque, mas os jardins eram razoavelmente extensos; como qualquer outra propriedade do mesmo nível de relevância, possuía seu caminho de arbustos aberto e alamedas arborizadas mais fechadas, uma estrada de cascalho liso circundava uma plantação e dava na parte da frente, o gramado era todo pontilhado de árvores, a própria casa se resguardava sob a tutela de abetos, tramazeiras e acácias, e uma espessa tela de todas essas árvores, entremeada por altos choupos-da-lombardia, mantinha fora de vista o setor de manutenção.

Marianne entrou na casa com o coração sufocando de emoção, consciente de que eram apenas oitenta milhas desde Barton, e nem mesmo trinta desde Combe Magna; ela não permaneceu sequer cinco minutos no interior de suas paredes, enquanto as outras se ocupavam ajudando Charlotte a mostrar seu filho à governanta, e então se retirou, escapando furtivamente por entre os arbustos sinuosos, somente agora começando a mergulhar na beleza, a ganhar uma eminência distante; e ali, do templo grego, seu olhar, vagando por uma vasta extensão de campo na direção sudeste, pôde ternamente descansar na mais distante cordilheira do horizonte, e sonhar que, do alto de seus cumes, Combe Magna poderia ser vista.

Em tais momentos de preciosa, inestimável miséria, ela se rejubilou em lágrimas de agonia por estar em Cleveland; e quando voltou por um circuito diferente até a casa, sentindo inteiramente o feliz privilégio da liberdade campestre, de poder vagar de um lugar para outro em luxuriosa e livre solidão, decidiu que passaria quase todas as horas de todos os dias, enquanto permanecesse com os Palmer, na indulgência de tais caminhadas solitárias.

Marianne retornou bem a tempo de se juntar às outras enquanto elas saíam da casa numa excursão pelos arredores mais imediatos; e o resto da manhã foi tranquilamente desfrutado em passatempos como descansar na horta, examinar as florações dos muros e ouvir as lamentações do jardineiro sobre pragas, vadiar dentro da estufa, onde a perda de suas plantas preferidas, expostas de maneira descuidada e beliscadas pela geada prolongada, provocou o riso de Charlotte, e visitar seu galinheiro, onde, nas esperanças frustradas da criada encarregada, com galinhas abandonando seus ninhos, ou sendo roubadas por uma raposa, ou na rápida diminuição de uma ninhada promissora, ela encontrou novas fontes de divertimento.

A manhã estava bonita e seca, e Marianne, em seu plano de atividades ao ar livre, não havia se preparado para nenhuma mudança de clima durante sua estadia em Cleveland. Com grande surpresa, portanto, ela se viu impedida por uma constante chuva de sair outra vez depois do jantar. Ela confiara que faria um passeio crepuscular ao templo grego, e talvez pelo terreno todo, e uma noite meramente fria ou úmida não a teria dissuadido; numa chuva pesada e constante, porém, nem mesmo *ela* poderia fantasiar que houvesse clima seco ou agradável para caminhar.

O grupo era pequeno, e as horas passavam em sossego. A sra. Palmer tinha seu filho, e a sra. Jennings, seu trabalho de tapeçaria; elas conversavam sobre os amigos que haviam deixado para trás, arranjavam os compromissos de Lady Middleton e questionavam se o sr. Palmer e o coronel Brandon chegariam mais longe do que Reading naquela noite. Elinor, por mais que estivesse pouco interessada, juntava-se a elas na discussão; e Marianne, que tinha o dom de encontrar o caminho da biblioteca em todas as casas, por mais que fosse geralmente evitado pela família, logo conseguiu para si um livro.

Nada faltava, de parte da sra. Palmer, que um bom humor amigável e constante não pudesse compensar e as fazer sentir que eram bem-vindas. A franqueza e a calidez de seus modos mais do que reparavam aquela falta de compostura e de elegância que a tornava muitas vezes deficiente nas formas da polidez; sua bondade, recomendada por um rosto tão bonito, era cativante; sua tolice, embora evidente, não era repugnante porque não era pretensiosa; e Elinor poderia lhe ter perdoado tudo, exceto seu riso.

Os dois cavalheiros chegaram no dia seguinte para um jantar muito tardio, proporcionando um agradável alargamento do grupo e uma variedade muito bem-vinda na conversa das damas, que se reduzira em grande proporção depois de uma longa manhã sob a mesma chuva contínua.

Elinor havia visto tão pouco do sr. Palmer, e nesse pouco havia visto tanta variedade em seu modo de tratar sua irmã e ela mesma, que não sabia o que esperar ao vê-lo cercado por sua própria família. Viu nele, contudo, um perfeito cavalheiro em seu comportamento com todos os visitantes, apenas ocasionalmente rude com sua esposa e a mãe dela; viu nele um homem bastante capaz de ser um companheiro agradável, apenas impedido de ser sempre assim por uma grande aptidão para imaginar-se muito superior às pessoas em geral, como decerto se sentia em relação à sra. Jennings e a Charlotte. Quanto ao resto de seu caráter e seus hábitos, não era marcado, tanto quanto Elinor podia perceber, por quaisquer traços que não fossem típicos de seu sexo e sua idade. Ele era meticuloso quando comia, incerto em seus horários; gostava de seu filho, se bem que afetasse fazer pouco dele; e desperdiçava no bilhar as manhãs que deveriam ter sido devotadas aos negócios.

Elinor gostou dele, no entanto, de um modo geral, muito mais do que havia esperado, e não sentiu no coração nenhum pesar por não poder estimá-lo mais; nenhum pesar por ser induzida, observando seu epicurismo, seu egoísmo e sua presunção, a repousar na complacente lembrança do temperamento generoso de Edward, com seu gosto simples e sentimentos tímidos.

De Edward, ou pelo menos de algumas coisas que lhe diziam respeito, ela recebeu agora informações do coronel Brandon, que estivera recentemente em Dorsetshire e que, a um só tempo tratando-a como amiga desinteressada do sr. Ferrars e como boa confidente dele mesmo, lhe fez alentados relatos sobre o presbitério em Delaford, descreveu suas deficiências, e lhe disse o que pretendia fazer por sua conta no sentido de eliminá-las. Seu comportamento com ela nesses relatos, assim como em todos os outros aspectos, seu franco prazer em encontrá-la depois de um afastamento de apenas dez dias, sua disponibilidade para conversar e sua deferência quanto à opinião dela, tudo isso poderia muito bem justificar a persuasão da sra. Jennings de que havia um envolvimento, e talvez teria sido suficiente – não acreditasse Elinor ainda, como acreditara desde o começo, que era Marianne sua verdadeira favorita – para suscitar nela essa mesma suspeita. Não sendo assim, tal noção quase nunca lhe passara pela cabeça, a não ser por sugestão da sra. Jennings; e ela não podia deixar de acreditar que era das duas a mais arguta observadora; pois vigiava os olhos dele, ao passo que a sra. Jennings pensava somente em seu comportamento; e enquanto seus modos aparentes de ansiosa solicitude pelo fato de que de Marianne sentira, na cabeça e na garganta, o início de um forte resfriado escaparam completamente à observação da senhora porque não foram expressos por palavras, *ela* pôde descobrir neles os sentimentos abruptos e o alarme desnecessário de um apaixonado.

Duas deliciosas caminhadas crepusculares na terceira e na quarta noite da estadia, não apenas no cascalho seco dos arbustos, mas pelo terreno todo, e principalmente nas partes mais distantes dele, onde existiam trechos mais selvagens do que no resto, onde as árvores eram as mais antigas e a relva, a mais longa e mais úmida, haviam – com ajuda da imprudência maior ainda de sentar sem tirar sapatos e meias molhados – infligido a Marianne um resfriado tão violento que, embora negado ou tratado como ninharia durante um ou dois dias, acabou atraindo por força de padecimentos cada vez maiores a preocupação de todos e a percepção da própria doente. Prescrições choveram de todos os cantos e, como de costume, foram todas recusadas. Embora estivesse abatida e febril, com dores nos membros, e uma tosse, e dor de garganta, uma boa noite de sono a deixaria completamente curada, e foi com dificuldade que Elinor a convenceu, quando ela se deitou, a tomar um ou dois dos mais simples remédios.

Capítulo 43

Marianne levantou-se na manhã seguinte em seu horário habitual; a todas as perguntas respondeu que se sentia melhor, e tentou dar prova disso se envolvendo em suas atividades corriqueiras. Mas passar um dia sentada junto ao fogo, tremendo, tendo na mão um livro que ela não era capaz de ler, ou deitada num sofá, esgotada e lânguida, não parecia favorecer muito sua convalescença; e quando afinal ela foi cedo se deitar, cada vez mais indisposta, o coronel Brandon ficou simplesmente atônito diante do ar sereno de sua irmã, a qual, ainda que a tivesse acompanhado e atendido durante o dia inteiro, contrariando a vontade de Marianne e forçando nela medicamentos apropriados durante a noite, acreditou, como Marianne, na certeza e na eficácia do sono, e não se deixou alarmar.

Uma noite muito inquieta e febril, no entanto, frustrou a expectativa de ambas; e quando Marianne, após insistir em levantar-se, confessou não ser capaz de ficar sentada e retornou voluntariamente à cama, Elinor demonstrou grande prontidão em adotar o conselho da sra. Jennings de mandar chamar o boticário dos Palmer.

Ele veio e examinou sua paciente; embora incentivando a srta. Dashwood a esperar que bem poucos dias restaurariam a saúde de sua irmã, mesmo assim, ao pronunciar que seu distúrbio tinha tendência pútrida, e ao permitir que a palavra "infecção" lhe passasse pelos lábios, causou alarme instantâneo na sra. Palmer por conta do bebê. A sra. Jennings, que desde o começo inclinara-se a pensar que a enfermidade de Marianne era mais séria do que supunha Elinor, reagiu agora de modo muito grave ao relatório do sr. Harris e, confirmando a cautela e os temores de Charlotte, exortou a necessidade da remoção imediata desta última com seu bebê; e o sr. Palmer, embora tratando tais apreensões como inúteis, constatou que a importunação e a ânsia de sua esposa eram fortes demais para que as pudesse contestar. A partida de Charlotte, portanto, foi determinada, e menos de uma hora depois da chegada do sr. Harris ela saiu, com seu pequeno menino e a ama, com destino à casa de um parente próximo do sr. Palmer que morava do outro lado de Bath, poucas milhas além, para onde seu marido prometeu que acorreria dentro de um dia ou dois, cedendo a fervoroso apelo, no propósito de se juntar a ela, e para onde a dama quase com o mesmo ardor insistiu que sua mãe seguisse com ela. A sra. Jennings, no entanto, com um coração bondoso que fez Elinor realmente amá-la, declarou sua resolução de não tirar os pés de Cleveland enquanto Marianne permanecesse doente, e de tentar, através de seu próprio cuidado atencioso, suprir o lugar da mãe da qual a tinha separado; e Elinor viu nela uma colaboradora muitíssimo disposta e ativa em todas as ocasiões, desejosa de compartilhar todas as fadigas e se mostrando muitas vezes, com sua maior experiência em enfermagem, de substancial utilidade.

A pobre Marianne, lânguida e fraca devido à natureza de sua moléstia, e sentindo-se totalmente doente, já não podia ter esperança de que o dia seguinte a veria recuperada; e a ideia daquilo que o dia seguinte teria proporcionado, não fosse essa doença desafortunada, fazia cada padecimento ser mais severo; porque naquele dia elas começariam sua viagem para casa e, acompanhadas no caminho todo por um criado da sra. Jennings, teriam apanhado sua mãe de surpresa na manhã posterior. O pouco que ela disse foi somente uma lamúria por esse retardamento inevitável, embora Elinor tentasse animar seu espírito e fazer com que acreditasse, como ela *então* de fato acreditava, que a demora seria muito passageira.

O dia seguinte produziu pouca ou nenhuma transformação no estado da paciente; ela certamente não estava melhor e, excetuando-se que não houve progresso, não parecia pior. O grupo ficou agora mais reduzido; porque o sr. Palmer, embora muito indisposto a viajar tanto em função de verdadeira benevolência e boa índole quanto de uma objeção em parecer que cedia por temer sua esposa, foi convencido afinal pelo coronel Brandon a cumprir sua promessa de segui-la; enquanto ele se preparava para sair, o próprio coronel Brandon, num esforço muito maior, começou a falar sobre partir também. Aqui, no entanto, a bondade da sra. Jennings intercedeu do modo mais aceitável; pois enviar o coronel para longe quando sua mulher amada experimentava tamanho desassossego por conta da irmã seria privá-los ambos, pensou ela, de qualquer conforto; e assim, dizendo-lhe sem demora que sua estadia em Cleveland era necessária para ela mesma, que precisaria dele para jogar *piquet* no período da noite quando a srta. Dashwood estivesse no andar de cima com sua irmã etc., pediu-lhe com tanto vigor para permanecer que o cavalheiro, que gratificava o primeiro desejo de seu coração sendo complacente, não conseguiu nem mesmo afetar indecisão por muito tempo, ainda mais porque a súplica da sra. Jennings foi calorosamente secundada pelo sr. Palmer, que pareceu sentir alívio por deixar para trás uma pessoa com tamanha capacidade de ajudar ou aconselhar a srta. Dashwood em qualquer emergência.

Marianne foi, naturalmente, mantida na ignorância de todos esses arranjos. Ela não sabia que motivara o afastamento dos proprietários de Cleveland cerca de sete dias depois de sua chegada. Não lhe causou nenhuma surpresa não ver sinal da sra. Palmer; uma vez que também não sentiu a menor preocupação diante disso, sequer mencionou seu nome.

Dois dias se passaram desde a partida do sr. Palmer, e a situação de Marianne seguiu sendo, com pouca variação, a mesma. O sr. Harris, que lhe prestava seu atendimento todos os dias, ainda falava ousadamente de uma veloz recuperação, e a srta. Dashwood se mostrava igualmente otimista; mas a expectativa dos outros não era de modo algum tão entusiasmada. A sra. Jennings determinara nos primeiros estágios da crise que Marianne jamais a superaria, e o coronel Brandon, sempre prestativo em ouvir os pressentimentos da sra. Jennings, não teve ânimo para resistir à influência deles. O coronel tentou desfazer racionalmente tais temores, que pareciam ser absurdos sob o julgamento diferente do boticário; mas as muitas horas de cada dia nas quais ele era deixado completamente sozinho não faziam senão favorecer que fossem admitidas as mais melancólicas ideias, e ele não conseguia expulsar de sua mente a convicção de que nunca mais veria Marianne.

Na manhã do terceiro dia, no entanto, as sombrias previsões de ambos foram praticamente aniquiladas, porque, quando chegou, o sr. Harris declarou que sua paciente estava significativamente melhor. Seu pulso estava muito mais forte, e todos os sintomas revelavam ser mais favoráveis do que na visita anterior. Elinor, vendo suas mais doces esperanças confirmadas, era puro contentamento; ela regozijou-se porque nas cartas para sua mãe tinha seguido seu próprio julgamento e não o de sua amiga, fazendo muito pouco da indisposição que as mantinha por mais tempo em Cleveland e quase se atrevendo a fixar o momento em que Marianne teria condições de viajar.

Mas o dia não terminou tão auspiciosamente como começou. Ao anoitecer Marianne piorou de novo, sentindo-se mais abatida, inquieta e desconfortável do que antes. Sua irmã, no entanto, ainda otimista, preferiu atribuir a transformação a nada mais que o cansaço de ter de sentar enquanto a cama era preparada. Administrando cuidadosamente os tônicos prescritos, Elinor a viu, com satisfação, cair finalmente num torpor do qual esperava os mais benéficos efeitos. Seu sono, embora não exibisse a tranquilidade que Elinor desejava ver, perdurou por um tempo considerável; ansiosa por observar com seus próprios olhos o resultado, ela resolveu sentar-se ao lado da irmã e aguardar. A sra. Jennings, nada sabendo sobre qualquer alteração na paciente, foi se deitar mais cedo do que de costume; sua criada, que era uma das principais enfermeiras, estava se distraindo no quarto da governanta, e Elinor ficou a sós com Marianne.

O repouso desta última tornou-se mais e mais perturbado; e a irmã, que vigiava com incessante atenção suas contínuas mudanças de postura e ouvia os frequentes mas inarticulados sons de queixa que escapavam de seus lábios, estava quase desejando despertá-la de tão doloroso sono quando Marianne, acordada de súbito por algum barulho acidental na casa, ergueu-se num sobressalto e, com febril impetuosidade, exclamou:

– Mamãe está vindo?

— Ainda não — exclamou a outra, ocultando seu terror e ajudando Marianne a deitar-se novamente —, mas ela vai estar aqui, espero, dentro de não muito tempo. É uma grande distância, você sabe, daqui até Barton.

— Mas ela não deve passar por Londres no caminho — exclamou Marianne, na mesma maneira precipitada. — Eu não vou poder vê-la, se ela passar por Londres.

Elinor percebeu com alarme que ela não estava nada bem e, enquanto tentava acalmá-la, sentiu seu pulso com sofreguidão. Estava mais baixo e mais acelerado do que nunca! Com Marianne falando ainda sobre a mamãe de maneira descontrolada, seu alarme cresceu com tanta impetuosidade que ela decidiu mandar chamar o sr. Harris o quanto antes e despachar a Barton um mensageiro para sua mãe. Consultar o coronel Brandon sobre o melhor meio de efetuar a segunda decisão foi o pensamento que sucedeu imediatamente a resolução de que seria desempenhada; tão logo tocou a sineta para que a criada tomasse seu lugar ao lado da irmã, ela desceu correndo até a sala de visitas, onde sabia que quase sempre ele podia ser encontrado em horas bem mais avançadas do que a presente.

Não havia tempo para hesitação. Os medos e as dificuldades de Elinor assomaram imediatamente diante dele. Quanto aos medos, o coronel não teve coragem ou confiança para tentar suprimi-los, e os ouviu num desalento silencioso; mas as dificuldades foram remediadas no mesmo instante, porque, numa prontidão que parecia condizer com a ocasião, o serviço estando arranjado de antemão em sua mente, ele mesmo se ofereceu para ser o mensageiro que devia buscar a sra. Dashwood. Elinor não recorreu a nenhuma resistência que não tenha sido facilmente superada. Agradeceu-lhe com gratidão sucinta mas fervorosa e, enquanto ele foi pedir a seu criado que saísse às pressas com uma mensagem ao sr. Harris e solicitasse cavalos de posta com urgência, ela escreveu algumas linhas para sua mãe.

O conforto de ter naquele momento um amigo tão bom quanto o coronel Brandon — ou um companheiro tão bom para sua mãe — foi sentido com tanta gratidão! Um companheiro cujo julgamento a guiaria, cujos cuidados seriam decerto um alívio, e cuja amizade poderia lhe trazer calma! Até onde lhe *pudessem* abrandar o choque de uma intimação como aquela, a presença dele, seu auxílio, seus modos o abrandariam.

Ele, enquanto isso, por mais que seus sentimentos se abalassem, agiu com a firmeza de quem tem a mente no lugar, fez todos os arranjos necessários com a máxima presteza e calculou com exatidão o momento em que ela poderia esperar seu retorno. Sequer um instante foi perdido em qualquer espécie de demora. Os cavalos chegaram inclusive antes do esperado, e o coronel Brandon, apenas pressionando a mão dela com um semblante solene, e tendo falado algumas palavras num tom baixo demais para que alcançassem seu ouvido, correu para dentro da carruagem. Era então por volta da meia-noite, e ela retornou ao aposento de sua irmã com o fim de aguardar a chegada do boticário e vigiá-la pelo resto da noite. Foi uma noite de sofrimento quase idêntico para ambas. Hora após hora se passava em dores e delírios insones, por parte de Marianne, e na mais cruel ansiedade, por parte de Elinor, sem que o sr. Harris aparecesse. As apreensões de Elinor, uma vez evocadas, pagaram na mesma moeda o excesso de segurança que ela sentira antes; e a criada que lhe fez companhia na vigília, pois ela não permitira que a sra. Jennings fosse chamada, somente a torturou ainda mais, com sugestões daquilo que sua patroa tinha sempre pensado.

De quando em quando, as ideias de Marianne ainda se fixavam de modo incoerente em sua mãe e, sempre que ela mencionava seu nome, causava uma pontada no coração da pobre Elinor, que por sua vez, reprovando-se por ter menosprezado tantos dias de doença, e desesperada por algum alívio imediato, imaginou que qualquer alívio poderia de nada servir em breve, que tudo havia sido adiado por tempo demais, e previu sua mãe padecente chegando tarde demais para que pudesse ver a filha querida, ou vê-la racional.

Ela estava prestes a mandar chamar o sr. Harris novamente, ou, se *ele* não pudesse vir, algum outro aconselhamento, quando o primeiro – mas não antes das cinco horas – chegou. Sua opinião, no entanto, compensou um pouco seu atraso, porque, embora reconhecendo uma transformação muito inesperada e desagradável na paciente, não admitiu que o perigo fosse considerável, e falou sobre o alívio que um novo modo de tratamento decerto provocaria com uma confiança que, em menor grau, pôde ser absorvida por Elinor. Ele prometeu fazer outra visita no decorrer de três ou quatro horas, e deixou tanto a paciente quanto sua inquieta assistente mais serenas do que as encontrara.

Com forte preocupação, e com várias repreensões por não ter sido chamada para lhes prestar auxílio, a sra. Jennings ouviu naquela manhã o que se passara. Suas apreensões anteriores, agora restauradas com maior razão, não lhe deixaram nenhuma dúvida em relação à consequência; embora tentasse transmitir palavras de conforto para Elinor, sua convicção quanto ao perigo que corria Marianne não lhe permitiu oferecer o conforto da esperança. Seu coração estava realmente pesaroso. A veloz decadência, a morte prematura de uma garota tão jovem, tão adorável como Marianne teria deixado em grande aflição até mesmo uma pessoa menos interessada. E pela compaixão da sra. Jennings ela tinha outros direitos. Marianne havia sido por três meses sua companheira, encontrava-se ainda sob seus cuidados, e era sabido que sofrera grande mágoa e delongada tristeza. A angústia de sua irmã, uma particular favorita, também se colocava diante dela; quanto à mãe das duas, quando a sra. Jennings cogitou que Marianne devia provavelmente ocupar no coração da sra. Dashwood o lugar que Charlotte ocupava no dela, sua simpatia por *seus* sofrimentos foi muito sincera.

O sr. Harris foi pontual em sua segunda visita; mas ele veio para ficar desapontado em suas esperanças sobre aquilo que deveria ter resultado da primeira. Seus medicamentos haviam fracassado; a febre não cedera; e Marianne estava somente mais quieta – não voltara mais a si –, permanecia num estupor pesado. Elinor, captando de súbito todos – e mais do que todos – os temores do cavalheiro, propôs chamar aconselhamento adicional. Mas ele julgou desnecessário fazê-lo: tinha algo mais a tentar ainda, mais alguma aplicação nova, em cujo sucesso confiava tanto quanto na última, e sua visita terminou com garantias alentadoras que chegaram aos ouvidos mas não puderam penetrar o coração da srta. Dashwood. Ela se mantinha calma, exceto quando pensava em sua mãe; mas estava quase perdendo as esperanças, e nesse estado permaneceu até o meio-dia, mal se mexendo junto à cama de sua irmã, seus pensamentos vagando de uma imagem de tristeza para outra, de um amigo em sofrimento para outro, seu espírito oprimido ao máximo pela conversa da sra. Jennings, que não tinha escrúpulos em atribuir o perigo e a severidade do ataque às muitas semanas de prévia indisposição que a decepção de Marianne provocara. Elinor admitiu a completa razoabilidade da ideia, e um tormento renovado tomou conta de suas reflexões.

Por volta do meio-dia, no entanto, ela começou – mas com cautela, num pavor de se frustrar que durante certo tempo a manteve silenciosa, até mesmo com sua amiga – a imaginar, a ter a esperança de que conseguia perceber uma ligeira melhora no pulso de sua irmã; esperou, observou e o examinou uma e outra vez; por fim, com uma agitação que era mais difícil de soterrar sob uma calma exterior do que a enorme perturbação precedente, aventurou-se a comunicar suas esperanças. A sra. Jennings, embora forçada depois de um exame a reconhecer um restabelecimento temporário, tentou impedir sua jovem amiga de acalentar o pensamento de que haveria continuidade; e Elinor, assimilando qualquer injunção de desconfiança, disse a si mesma que deveria descrer também. Mas era tarde demais. A esperança já entrara; sentindo todo esse alvoroço afoito em seu íntimo, ela inclinou-se sobre sua irmã para observar... mal sabia o quê. Meia hora se passou, e o sintoma favorável abençoava Marianne ainda; outros até surgiram para confirmá-lo. Sua respiração, sua pele, seus lábios, tudo adulava Elinor com sinais de melhora; e Marianne fixou os olhos nela numa contemplação racional, embora lânguida. Esperança e ansiedade a oprimiam agora em graus idênticos, e não lhe permitiram nenhum momento de tranquilidade até a chegada do sr. Harris às quatro horas, quando as garantias dele, as felicitações por uma recuperação de sua irmã que chegava mesmo a superar as expectativas, deram-lhe confiança, conforto e lágrimas de alegria.

Marianne estava substancialmente melhor em todos os aspectos, e ele a declarou totalmente fora de perigo. A sra. Jennings, talvez satisfeita com a justificação parcial de seus pressentimentos que havia sido verificada no mais recente alarme, permitiu-se confiar no julgamento do boticário e admitiu, com alegria genuína e logo com inequívoca jovialidade, a probabilidade de uma recuperação completa.

Elinor não conseguia estar alegre. Seu contentamento era de um tipo diferente, e ocasionava tudo menos o júbilo. Marianne recuperando a vida, a saúde, os amigos e a mãe amorosa: a ideia enchia seu coração com sensações de primoroso conforto e o aquecia com fervorosa gratidão, mas não ocasionava nenhuma manifestação exterior de alegria, nenhuma palavra, nenhum sorriso. Tudo que havia dentro do peito de Elinor era uma silenciosa e forte satisfação.

Ela permaneceu ao lado de Marianne com poucas interrupções durante a tarde inteira, acalmando todos os medos, satisfazendo todas as perguntas do espírito enfraquecido de sua irmã, fornecendo todos os socorros e vigiando praticamente cada olhar e cada respiração. A possibilidade de uma recaída em alguns momentos a fazia lembrar, é claro, o que era sentir aflição – mas quando ela viu, em seus exames frequentes e minuciosos, que todos os sintomas de recuperação se mantinham, e quando viu às seis horas que Marianne mergulhava num sono tranquilo, ininterrupto e, ao que tudo indicava, confortável, silenciou todas as dúvidas.

Aproximava-se agora o momento em que a volta do coronel Brandon poderia ser esperada. Às dez horas, Elinor acreditava, ou pelo menos não muito além disso, sua mãe se veria livre do terrível suspense em que decerto agora viajava na direção delas. E o coronel também! Talvez não menos merecedor de piedade! Ah, quão vagaroso era o progresso do tempo que ainda os mantinha na ignorância!

Às sete horas, deixando Marianne adormecida no mesmo sono doce, ela se juntou à sra. Jennings na sala de visitas para tomar um chá. No desjejum ela se abstivera por seus temores, e no jantar pela reversão deles, de comer muito; e o presente refresco, portanto, com os sentimentos de satisfação que ela trazia consigo, era particularmente bem-vindo. A sra. Jennings quis convencê-la, depois do chá, a descansar um pouco antes da chegada de sua mãe, e a permitir que *ela* tomasse o seu lugar ao lado de Marianne; mas Elinor não tinha naquele momento nenhuma sensação de fadiga, nenhuma capacidade de dormir, e não ficaria longe de sua irmã nem mesmo por um instante se não fosse necessário. A sra. Jennings, assim, subindo as escadas com ela e entrando no quarto da doente para se certificar de que tudo continuava bem, a deixou ali novamente com seu encargo e seus pensamentos, e se retirou para seu próprio quarto para escrever cartas e dormir.

A noite era fria e tempestuosa. O vento rugia em volta da casa e a chuva batia nas janelas, mas Elinor, pura felicidade em seu íntimo, desconsiderava tudo isso. Marianne não despertou com nenhuma das rajadas; quanto aos viajantes, os aguardava uma rica recompensa para todos os atuais inconvenientes.

O relógio bateu oito horas. Se tivesse batido dez, Elinor teria ficado convencida de que naquele momento escutara uma carruagem se aproximando da casa; e tão forte foi a persuasão de que *de fato* escutou, apesar da *quase* impossibilidade de que já tivessem chegado, que ela se deslocou até o adjacente quarto de vestir e abriu uma veneziana da janela para certificar-se da verdade. Ela percebeu no mesmo instante que seus ouvidos não a tinham enganado. As lâmpadas fulgurantes de uma carruagem se tornaram imediatamente visíveis. Com o auxílio dessas luzes incertas ela pensou poder discernir que o veículo era puxado por quatro cavalos; e isso, ao mesmo tempo em que revelava o excesso de alarme de sua pobre mãe, proveu alguma explicação àquela rapidez inesperada.

Nunca em sua vida Elinor tivera tanta dificuldade para ficar calma como naquele momento. A noção das coisas que sua mãe devia estar sentindo enquanto a carruagem parava diante da porta – de sua dúvida – de seu pavor – talvez de seu desespero! E daquilo que *ela* tinha para dizer! Com tal noção era impossível ter calma. Tudo que lhe restava fazer era ser ágil, e portanto, esperando apenas o tempo necessário para deixar sua irmã sob os cuidados da criada da sra. Jennings, ela desceu correndo as escadas.

O alvoroço no vestíbulo, enquanto ela passava por uma antecâmara, assegurou-lhe que eles já estavam dentro da casa. Ela correu até a sala de visitas – entrou nela – e viu apenas Willoughby.

Capítulo 44

ELINOR, RECUANDO COM UMA expressão de horror ao vê-lo, obedeceu ao primeiro impulso de seu coração e virou-se no mesmo instante para sair do aposento; sua mão já estava na fechadura, e somente deixou de acioná-la porque o cavalheiro avançou precipitadamente, dizendo numa voz que era mais de comando do que de súplica:

– Srta. Dashwood, por meia hora... por dez minutos... eu imploro que fique.

– Não, senhor – ela respondeu com firmeza –, *não vou* ficar. Seu compromisso não pode ter qualquer relação *comigo*. Os criados, eu suponho, se esqueceram de lhe dizer que o sr. Palmer não estava em casa.

– Se tivessem dito a mim – exclamou ele com veemência – que o sr. Palmer e todos os seus familiares estavam no inferno, nem assim teriam feito com que eu me afastasse da porta. Meu compromisso é com a senhorita, e apenas com a senhorita.

– Comigo!? – (com o máximo espanto). – Bem, senhor, seja breve... E, se puder... menos violento.

– Sente-se, e eu serei ambas as coisas.

Elinor hesitou; não sabia o que fazer. A possibilidade de que o coronel Brandon chegasse ali e o encontrasse lhe passou pela cabeça. Mas ela prometera que o ouviria, e sua curiosidade, não menos que sua honra, estava empenhada. Esperando um momento até recobrar a compostura, portanto, concluindo que a prudência requeria pressa, e que sua aquiescência seria o melhor meio de promovê-la, ela caminhou silenciosamente na direção da mesa e se sentou. Ele tomou a cadeira oposta, e durante meio minuto sequer uma palavra foi dita por ambos.

– Por favor seja breve, senhor – disse Elinor, impaciente. – Eu não tenho tempo de sobra.

Ele estava sentado numa postura de meditação profunda, e parecia não ouvi-la.

– Sua irmã – disse ele, de modo abrupto, um instante depois – está fora de perigo. Eu soube com o criado. Deus seja louvado! Mas é verdade? É verdade mesmo?

Elinor não quis falar. Ele repetiu a pergunta com avidez ainda maior.

– Pelo amor de Deus, me diga, ela está fora de perigo ou não está?

– Esperamos que esteja.

Ele se levantou e caminhou pela sala.

– Se eu soubesse disso meia hora atrás... Mas como *estou* aqui – (falando com forçada vivacidade ao retornar para seu assento) –, qual é o problema? Ao menos uma vez, srta. Dashwood... e vai ser a última vez, quem sabe... sejamos joviais um com o outro. Estou com ótima disposição para o contentamento. Diga-me honestamente – (um rubor mais vivo inundando suas faces) –, a senhorita me considera mais um patife ou um tolo?

Elinor olhou para ele com mais assombro do que nunca. Começou a pensar que ele devia estar sob influência de bebida; a estranheza de uma visita como aquela e daquele modo de agir não parecia ser, de outra forma, compreensível; e com essa impressão ela se levantou imediatamente, dizendo:

– Sr. Willoughby, sugiro que por ora retorne para Combe. Não disponho de mais tempo para ficar com o senhor. Seja qual for o seu compromisso comigo, será melhor lembrado e explicado amanhã.

– Entendi – ele retrucou, com um sorriso expressivo e uma voz perfeitamente calma. – Sim, estou bastante bêbado. Uma caneca de cerveja preta com a minha carne fria em Marlborough foi o suficiente para me tirar do prumo.

– Em Marlborough! – exclamou Elinor, cada vez mais perdida em sua tentativa de entender o que ele queria.

– Sim, eu saí de Londres nesta manhã às oito horas, e os únicos dez minutos que passei fora do meu carro desde então me proporcionaram uma pequena refeição em Marlborough.

A firmeza de seus modos e a inteligência de seus olhos enquanto falava convenceram Elinor de que, qualquer que fosse a loucura imperdoável que o trouxera para Cleveland, ele não viera impelido por intoxicação, e ela disse, recobrando a compostura:

– O senhor *deve* sentir, e eu *certamente* o sinto, que, depois do que se passou, vir para cá dessa maneira, e forçar sua presença diante de mim, requer uma desculpa muito particular. O que é isso, qual é a sua intenção com isso?

– Minha intenção – disse ele, com energia e gravidade –, se eu puder, é fazer com que a senhorita tenha por mim um pouco menos de ódio do que tem *agora*. Quero apresentar alguma espécie de explicação, alguma espécie de desculpa, ao que se passou; abrir meu coração por inteiro à senhorita e, convencendo-a de que, embora eu tenha sido sempre um cabeça-dura, não fui sempre um canalha, obter algo próximo de um perdão de Ma... de sua irmã.

– É esse o verdadeiro motivo de sua vinda?

– Juro por minha alma que é – foi a resposta dele, num ardor que trouxe o antigo Willoughby à lembrança de Elinor e a fez, a contragosto, pensar que ele estava sendo sincero.

– Se isso é tudo, o senhor já pode ficar satisfeito, porque Marianne *o perdoa...* o perdoou faz *muito* tempo.

– Perdoou? – exclamou ele no mesmo tom ansioso. – Então ela me perdoou antes do tempo. Mas vai me perdoar outra vez, e com fundamentos mais razoáveis. *Agora* a senhorita pode me ouvir?

Elinor assentiu com a cabeça.

– Não sei – ele disse, após uma pausa de expectativa por parte dela e de ponderação por parte dele – como *a senhorita* pode ter explicado meu comportamento com sua irmã, ou que motivo diabólico pode ter imputado a mim. Talvez a senhorita dificilmente vá ter uma opinião mais favorável de mim... Não custa nada tentar, no entanto, e a senhorita vai saber de tudo. Quando me tornei íntimo de sua família, eu não tinha nenhuma outra intenção, nenhum outro objetivo, nessa amizade, que não fosse passar meu tempo agradavelmente enquanto eu era obrigado a permanecer em Devonshire, mais agradavelmente do que eu jamais passara. A figura encantadora e as maneiras interessantes da sua irmã não poderiam deixar de me agradar; e o comportamento dela comigo quase desde o começo era de um tipo... É espantoso, quando reflito sobre o que era, e sobre o que *ela* era, que o meu coração tenha sido tão insensível! Mas em primeiro lugar eu preciso confessar que somente minha vaidade se elevou com isso. Ignorando a felicidade dela, pensando apenas em minha própria diversão, dando vazão a sentimentos que eu sempre tivera o hábito de favorecer, eu procurei, através de todos os meios em meu poder, me fazer agradável aos olhos dela, sem a menor intenção de retribuir seu afeto.

A srta. Dashwood, nesse ponto, voltando seu olhos para ele com o mais raivoso desprezo, o interrompeu dizendo:

– Quase não vale a pena, sr. Willoughby, que o senhor continue seu relato, ou que eu ouça por mais tempo. Um começo como esse não pode ser seguido por nada. Não me deixe ter a dor de ouvir qualquer coisa mais sobre o assunto.

– Eu insisto que a senhorita ouça tudo – ele retrucou. – Minha fortuna nunca foi grande, e eu sempre gastei muito dinheiro, sempre tive o hábito de me associar a pessoas com melhor renda do que eu. Cada ano desde a minha maioridade, ou até antes, acredito, aumentara minhas dívidas; mesmo que a morte da minha velha prima, a sra. Smith, devesse me libertar, esse acontecimento seguia sendo incerto, possivelmente bem distante, e durante algum tempo tinha sido intenção minha restabelecer minha situação casando com uma mulher de fortuna. Que eu me ligasse com a sua irmã, portanto, era impensável; e com sordidez, egoísmo, crueldade... Nenhum olhar de desprezo ou indignação, nem mesmo de sua parte, srta. Dashwood, jamais poderá me reprovar o bastante... Eu procedia dessa maneira, tentando atrair o afeto dela sem pensar em retribuí-lo. Mas uma coisa pode ser dita de mim: mesmo nesse horrendo estado de vaidade egoísta, eu não tinha ideia da extensão do mal que eu infligia, porque eu não sabia *então* o que era amar. Mas será que alguma vez eu soube? Bem se pode duvidar, porque, se tivesse realmente amado, será que eu poderia ter sacrificado meus sentimentos em nome da vaidade, da avareza? Ou, o que é pior, eu poderia ter sacrificado os sentimentos dela? Mas eu o fiz. A fim de evitar uma pobreza relativa, da qual seu afeto e sua companhia teriam retirado todos os horrores, eu perdi, indo atrás da riqueza, tudo que poderia fazer da pobreza uma bênção.

— Em algum momento, então – disse Elinor, um pouco suavizada –, o senhor acreditou ter afeição por ela?

— Ter resistido a tantas atrações, ter rechaçado tanta ternura!? Existe um homem na Terra que possa fazer isso? Sim, eu me vi, em gradações imperceptíveis, afeiçoado de verdade a ela; e as horas mais felizes da minha vida foram aquelas que passei com ela quando senti que minhas intenções eram estritamente honradas e meus sentimentos, inocentes. Mesmo *então*, contudo, estando plenamente determinado por fazer minhas declarações a ela, eu me permiti de modo muito indevido protelar, com o passar dos dias, o momento de fazê-las, por causa de uma relutância em assumir um noivado quando as minhas circunstâncias eram tão profundamente complicadas. Não vou argumentar aqui, e tampouco vou fazer uma pausa para que *a senhorita* possa discorrer sobre o absurdo, e pior do que absurdo, de eu ter algum escrúpulo em empenhar minha fé onde a minha honra já estava comprometida. O caso provou que eu era um tolo ardiloso, preparando com grande circunspecção uma possível oportunidade de me tornar desprezível e desventurado para sempre. Por fim, porém, minha resolução foi tomada, e eu me determinara, assim que pudesse ficar sozinho com ela, a justificar as atenções que eu lhe dedicara tão invariavelmente, e a lhe dar francas garantias de um carinho que eu já tinha me esforçado tanto para demonstrar. Mas nesse ínterim... no ínterim das pouquíssimas horas que se passariam, antes que eu pudesse ter uma oportunidade de falar com ela em privado, uma circunstância ocorreu... Uma circunstância infeliz, que arruinou por completo a minha resolução e, com ela, o meu conforto. Uma descoberta ocorreu – (aqui ele hesitou e olhou para baixo). – A sra. Smith havia sido informada de uma forma ou de outra, imagino que por algum parente distante, cujo interesse era me privar de sua proteção, sobre um caso, uma ligação... Mas não preciso me explicar além disso – ele acrescentou, olhando para Elinor com um rubor acentuado e um olhar interrogador. – A sua particular intimidade... A senhorita provavelmente soube da história toda faz muito tempo.

— Eu soube – replicou Elinor, ruborizando da mesma forma, e endurecendo seu coração de novo contra qualquer compaixão por ele –, eu soube de tudo. E de que maneira o senhor vai justificar qualquer parte de sua culpa nesse negócio terrível? Confesso que isso escapa da minha compreensão.

— Lembre – exclamou Willoughby – quem foi que lhe fez o relato. Poderia ser uma pessoa imparcial? Eu reconheço que a situação dela e sua reputação deveriam ter sido respeitadas por mim. Não pretendo me justificar, mas ao mesmo tempo não posso deixar que a senhorita suponha que eu não tenho como argumentar... e que, porque ela foi prejudicada, ela era irrepreensível, e porque *eu* era um libertino, *ela* devia ser uma santa. Se a violência de suas paixões, a fraqueza do seu entendimento... Não pretendo, no entanto, me defender. O carinho dela por mim merecia um tratamento melhor, e com grande autocensura eu muitas vezes recordei a ternura que, por um tempo muito curto, teve o poder de criar alguma retribuição. Eu gostaria... eu sinceramente gostaria que jamais tivesse sido assim. Mas eu prejudiquei não apenas a ela; prejudiquei uma outra cujo carinho por mim (devo dizer?) era dificilmente menos caloroso que o dela; e cuja mente... Ah, quão infinitamente superior!

— Sua indiferença, no entanto, em relação a essa garota desventurada... Preciso dizê-lo, por mais desagradável que seja para mim a discussão de um assunto como esse... sua indiferença não é desculpa para o seu cruel abandono dela. Não se considere desculpado por qualquer fraqueza, qualquer defeito natural de compreensão da parte dela, na crueldade deliberada tão evidente de sua parte. O senhor deve ter tomado conhecimento de que, enquanto estava se divertindo em Devonshire, correndo atrás de novos esquemas, sempre jovial, sempre feliz, ela estava jogada na mais extrema indigência.

— Mas juro por minha alma, eu *não sabia* disso – ele retrucou calorosamente. – Não recordo que eu tivesse deixado de lhe dar meu endereço; e o bom senso poderia ter dito a ela como encontrá-lo.

— Bem, senhor, e o que disse a sra. Smith?

— Ela me culpou pela ofensa de imediato, e a minha confusão pode ser imaginada. A pureza de sua vida, a formalidade de suas noções, sua ignorância do mundo... tudo se colocava contra mim. A questão em si eu não podia negar, e vãos foram todos os esforços de amenizá-la. Ela tinha uma predisposição, creio eu, para duvidar da moralidade da minha conduta em geral, e além disso estava descontente com as diminutas atenções, com a diminuta parcela do meu tempo que eu lhe concedera na minha presente visita. Em suma, o resultado foi um rompimento total. Com *uma* medida eu poderia ter me salvado. No auge de sua moralidade, boa mulher, ela se ofereceu para perdoar o passado se eu me casasse com Eliza. Isso não era possível... E eu fui formalmente dispensado de sua proteção e de sua casa. Na noite que se seguiu (eu partiria na manhã seguinte) o caso foi repensado por mim numa deliberação sobre qual deveria ser a minha conduta futura. A luta foi grande... mas terminou muito depressa. Meu afeto por Marianne, minha profunda convicção de seu apego por mim, isso tudo não era suficiente para compensar aquele pavor da pobreza, ou para vencer aquelas ideias falsas sobre necessidade de riqueza que eu era naturalmente inclinado a sentir e que a sociedade dispendiosa me fizera sentir ainda mais. Eu tinha razão para crer que minha presente esposa estaria assegurada, se eu decidisse pedir sua mão, e fiquei convencido de que nada mais me restava fazer se eu quisesse ser prudente. Uma cena pesada me aguardava, no entanto, antes que eu pudesse deixar Devonshire; eu tinha o compromisso de jantar com vocês naquele mesmo dia; alguma desculpa era portanto necessária para que eu rompesse tal compromisso. Refleti por muito tempo, porém, se eu deveria escrever esse pedido de desculpas ou entregá-lo pessoalmente. Ver Marianne, eu sentia, seria terrível, e eu até mesmo duvidava de que pudesse vê-la novamente sem desfazer minha resolução. Nesse aspecto, contudo, subestimei minha própria magnanimidade, como acabou ficando claro; porque fui, e a vi, e a vi ficar miserável, e a deixei miserável... E a deixei esperando não vê-la nunca mais.

– O senhor nos visitou por quê? – perguntou Elinor, de modo reprovador. – Um bilhete teria cumprido todos os propósitos. Era necessário nos visitar?

– Era necessário ao meu próprio orgulho. Eu não conseguia suportar a ideia de deixar o campo de uma forma que poderia levar vocês, ou o resto da vizinhança, a ter a menor suspeita sobre o que realmente se passara entre mim e a sra. Smith... E resolvi, por isso, visitar o chalé no meu caminho para Honiton. A visão de sua querida irmã, no entanto, foi realmente terrível; e para piorar tudo, encontrei-a sozinha. Vocês todas tinham saído não sei para onde. Eu a deixara, na noite anterior, tão completamente, tão firmemente decidido em meu íntimo a fazer o que era certo! Dentro de poucas horas eu a teria unido a mim para sempre; e lembro como era feliz, como era alegre o meu estado de espírito quando caminhei do chalé para Allenham, satisfeito comigo, deleitado com todos! Mas naquilo, na nossa última conversa de amizade, eu me aproximei dela com uma sensação de culpa que quase tirou de mim o poder de dissimular. Sua tristeza, sua decepção, seu profundo lamento, quando eu lhe disse que era obrigado a deixar Devonshire tão imediatamente... jamais vou esquecer... Com acréscimo também de tanta dependência, tanta confiança em mim! Meu Deus! Que patife sem coração eu fui!

Ambos ficaram em silêncio por alguns instantes. Elinor retomou o diálogo.

– O senhor disse a ela que logo retornaria?

– Não sei o que eu disse a ela – retrucou Willoughby, impaciente. – Menos do que era devido ao passado, sem sombra de dúvida, e com grande probabilidade muito mais do que foi justificado pelo futuro. Não consigo lembrar. Nada me ocorre. Depois veio a sua querida mãe me torturar ainda mais, com toda aquela confiança e bondade. Graças aos céus! Isso *de fato* me torturou. Eu fiquei miserável. A senhorita não pode ter ideia do conforto que sinto trazendo à lembrança minha própria desgraça. Guardo tanto rancor por mim mesmo, pela idiotice canalha e estúpida do meu próprio coração, que todos os meus sofrimentos consequentes representam apenas exultação e triunfo para mim agora. Bem, lá fui eu, deixei tudo que eu amava, e fui ao encontro daqueles aos quais, na melhor das hipóteses, eu era apenas indiferente. Minha viagem até a cidade... viajando com meus próprios cavalos e portanto de modo tão tedioso... nenhuma criatura com quem falar... minhas próprias reflexões tão joviais... Quando eu projetava o futuro, tudo tão convidativo! Quando eu recordava Barton, uma imagem tão tranquilizadora! Ah, foi uma viagem abençoada!

Ele parou.

– Bem, senhor – disse Elinor, que, apesar de sentir pena dele, ficou impaciente por vê-lo partir –, e isso é tudo?

– Ah! Não, a senhorita esqueceu o que se passou na cidade? Aquela carta infame... Ela lhe mostrou a carta?

– Sim, eu vi cada bilhete enviado.

– Quando a primeira carta dela chegou a mim (e chegou imediatamente, pois eu estava na cidade o tempo todo), o que senti, como se diz, não pode ser expresso em palavras; expressando de um modo simples, talvez simples demais para despertar qualquer emoção, meus sentimentos foram muito, muito dolorosos. Todas as linhas, todas as palavras eram, na metáfora banal que a querida autora delas, estivesse ela aqui, proibiria, um punhal no meu coração. Saber que Marianne estava na cidade era, na mesma linguagem, como se eu fosse atingido por um raio. Raios e punhais! Que repreensão eu teria recebido dela! Seu gosto, seus juízos... Creio que são mais conhecidos por mim do que os meus, e tenho certeza de que me são mais caros.

O coração de Elinor, que sofrera muitas mudanças no decorrer dessa conversa extraordinária, suavizou-se novamente agora; mesmo assim, ela sentiu que era seu dever reprimir ideias como as últimas que seu companheiro professara.

– Isso não está certo, sr. Willoughby. Lembre que o senhor é casado. Relate apenas aquilo que, na sua consciência, o senhor julga necessário que eu ouça.

– O bilhete de Marianne, assegurando que eu ainda era tão caro a ela como nos primeiros tempos, que apesar das muitas e muitas semanas em que estivéramos separados ela permanecia tão constante em seus próprios sentimentos, e tão cheia de fé na constância dos meus quanto sempre, despertou todos os meus remorsos. Eu digo "despertou" porque o tempo, Londres, os negócios e a dissipação em alguma medida os tinham aquietado, e eu vinha me tornando um vilão rematado, imaginando que eu era indiferente a ela, e optando por imaginar que ela também devia ter se tornado indiferente a mim; dizendo a mim mesmo que a nossa relação acabada não passara de uma mera bobagem, de uma coisa insignificante, dando de ombros como prova de que era isso mesmo, e silenciando cada repreensão, superando cada escrúpulo no expediente de dizer em segredo, de vez em quando, "ficarei sinceramente feliz quando souber que ela está bem casada". Mas esse bilhete fez com que eu me conhecesse melhor. Senti que ela era infinitamente mais cara para mim do que qualquer outra mulher neste mundo, e que eu a estava usando de modo infame. Mas justo naquele momento tudo estava resolvido entre mim e a srta. Grey. Recuar era impossível. Tudo que eu tinha de fazer era evitar vocês duas. Não mandei nenhuma resposta para Marianne, pretendendo com isso me preservar de outras atenções por parte dela; e durante algum tempo eu estive até mesmo determinado a não visitá-las em Berkeley Street, mas afinal, julgando que afetar o ar de um conhecido desinteressado e comum seria mais inteligente do que qualquer outra coisa, eu as observei saindo de casa com segurança, certa manhã, e apresentei meu nome.

– Nos observou saindo de casa!?

– Até mesmo isso. A senhorita ficaria surpresa se soubesse quantas vezes eu as observei, quantas vezes estive a ponto de ser apanhado por vocês. Entrei em muitas lojas a fim de evitar que me vissem, enquanto a carruagem passava. Instalado como eu estava em Bond Street, quase não havia um dia em que não vislumbrasse uma ou outra de vocês; e somente a mais constante vigilância de minha parte, o mais invariável e preponderante desejo de permanecer fora de vista, pôde nos manter separados por tanto tempo. Eu evitava os Middleton tanto quanto possível, bem como todos os outros que pudessem ter um conhecido em comum. Sem saber que estavam na cidade, no entanto, esbarrei em Sir John, acredito, no primeiro dia de sua chegada, e um dia depois de eu ter visitado a casa da sra. Jennings. Ele me convidou para uma reunião, uma dança em sua casa naquela noite. Se ele *não* tivesse me contado como estímulo que a senhorita e sua irmã estariam lá, eu teria sentido a certeza de que poderia me aventurar perto dele. A manhã seguinte trouxe outro pequeno bilhete de Marianne, ainda carinhoso, aberto, puro, confiante... tudo que podia tornar a *minha* conduta mais odiosa. Não fui capaz de respondê-lo. Tentei... mas não consegui formar sequer uma frase. Mas eu pensava nela, acredito, em todos os momentos do dia. Se *puder* ter pena de mim, srta. Dashwood, tenha pena da situação que eu enfrentei *naquele momento*. Com sua irmã ocupando por inteiro minha cabeça e meu coração, fui forçado a interpretar o amante feliz de outra mulher! Aquelas três ou quatro semanas foram as piores de todas. Bem... por fim, como não preciso dizer, me vi forçado a um encontro com vocês, e que bela figura eu fiz! Que noite de agonia foi aquela! Marianne, linda como um anjo num canto, me chamando de Willoughby num tom... Meu Deus! Estendendo a mão para mim, me pedindo uma explicação, e aqueles olhos sedutores fixados no meu rosto com tão reveladora solicitude! E Sophia, por outro lado, ciumenta como um demônio, olhando tudo que estava... Bem, isso não tem importância; está tudo acabado agora. Que noite! Eu fugi de vocês todas assim que pude, mas não antes de ter visto que o doce rosto de Marianne estava branco como a morte. *Esse* foi o último, o último olhar que recebi dela. A última imagem dela diante de mim. Uma visão horrenda! Contudo, quando pensei hoje que Marianne estava realmente morrendo, foi uma espécie de conforto, para mim, imaginar que eu sabia exatamente o aspecto que ela teria perante aqueles que a viam pela última vez neste mundo. Ela estava diante de mim, constantemente diante de mim enquanto eu viajava, com a mesma feição e o mesmo matiz.

Sucedeu-se uma pequena pausa para mútua reflexão. Willoughby, levantando-se primeiro, rompeu o silêncio assim:

– Bem, preciso me apressar e partir. Sua irmã está sem dúvida melhor, sem dúvida fora de perigo?

– Estamos seguras disso.

– Sua pobre mãe, também! Ela tem adoração por Marianne.

– Mas a carta, sr. Willoughby, a sua própria carta; o senhor tem alguma coisa para dizer sobre isso?

– Sim, sim, *isso* em particular. Sua irmã me escreveu de novo na manhã seguinte. A senhorita viu o que ela disse. Eu estava fazendo meu desjejum na casa dos Ellison, e a carta dela, com algumas outras, me foi trazida do local que eu alugara. Ocorreu que a carta despertou a atenção de Sophia antes de despertar a minha, e seu tamanho, a elegância do papel, a caligrafia, tudo lhe provocou imediata suspeita. Algum vago rumor já lhe chegara antes aos ouvidos sobre uma ligação minha com certa jovem dama de Devonshire, e o que ficara registrado em sua observação na noite anterior indicara quem era essa jovem, e a deixara mais ciumenta do que nunca. Assim, afetando aquele ar jocoso que é encantador numa mulher que amamos, ela abriu a carta sem perder tempo e leu seu conteúdo. Foi bem recompensada por seu descaramento. Leu o que a fez infeliz. Sua infelicidade eu poderia ter suportado, mas sua fúria... sua malícia... Aquilo precisava ser apaziguado de qualquer maneira. E para resumir... qual é a opinião da senhorita sobre o estilo com que minha esposa escreve cartas? Delicado... terno... verdadeiramente feminino... não foi assim?

– Sua esposa! A caligrafia da carta era de autoria do senhor.

– Sim, mas eu tive apenas o crédito de servilmente copiar frases sob as quais me enchia de vergonha colocar o meu nome. O original era todo dela... seus próprios pensamentos felizes e sua dicção suave. Mas o que é que eu poderia fazer? Éramos noivos, tudo em preparação, o dia quase marcado... Mas estou falando como um tolo. Preparação! Dia marcado! Para ser honesto, o dinheiro dela se fazia necessário para mim e, numa situação como a minha, era preciso ceder a qualquer coisa com o fim de evitar uma ruptura. Afinal de contas, que diferença fazia, para o meu conceito na opinião de Marianne e seus amigos, a linguagem em que minha resposta era redigida? O objetivo deveria ser um só. Meu propósito era me declarar um patife, e pouco importava se eu fizesse isso com educação ou com grosseria. "Estou arruinado para sempre na opinião delas", eu dizia comigo, "estou excluído para sempre de sua companhia, elas já me tomam por um sujeito sem qualquer princípio, esta carta só vai fazer com que me considerem o inimigo número um." Eram esses os meus raciocínios enquanto, numa espécie de descuido desesperado, eu ia copiando as palavras da minha esposa e me despedia das últimas relíquias de Marianne. Quanto a seus três bilhetes... estavam todos infelizmente na minha caderneta, ou eu decerto teria negado sua existência, e os teria guardado para sempre como tesouros... Fui obrigado a mandá-los junto, e nem sequer consegui beijá-los. E a mecha de cabelo... a mecha também eu vinha sempre carregando comigo na mesma caderneta, que agora era vasculhada por Madame com a mais graciosa virulência, a querida mecha... Tudo, todas as lembranças foram arrancadas de mim.

– Isso é muito errado, sr. Willoughby, muito condenável – disse Elinor, enquanto sua voz, a contragosto, denunciava uma emoção compassiva. – O senhor não deveria falar dessa forma, seja da sra. Willoughby ou de minha irmã. O senhor fez sua própria escolha. Não foi forçado a nada. Sua esposa tem o direito de ser tratada pelo marido com boas maneiras, com um mínimo de respeito. Ela por certo lhe tem afeição, ou não teria casado com o senhor. Tratá-la com grosseria, falar dela com desprezo não serve de reparação para Marianne... E tampouco posso supor que seja um alívio na sua própria consciência.

– Não me fale da minha esposa – disse ele, num suspiro pesado. – Ela não merece sua compaixão. Sophia sabia que eu não tinha nenhum interesse por ela quando nos casamos. Bem, casados estávamos, e fomos a Combe Magna para que fôssemos felizes, e depois retornamos à cidade para que fôssemos alegres. Tem pena de mim agora, srta. Dashwood? Ou eu disse tudo isso sem propósito nenhum? Por acaso sou... um pouco que seja... Por acaso sou menos culpado, na sua opinião, do que era antes? Minhas intenções não foram sempre maldosas. Consegui justificar alguma parte da minha culpa?

– Sim, o senhor certamente apagou alguma coisa... um pouco. O senhor provou ser, de um modo geral, menos criminoso do que eu imaginara. Provou que o seu coração é menos perverso, bem menos perverso. Mas eu mal sei... A desgraça que o senhor infligiu... Eu mal sei se de alguma forma poderia ter sido pior.

– A senhorita poderia repetir para sua irmã, quando ela estiver recuperada, as coisas que eu lhe disse? Permita que eu seja um pouco aliviado na opinião dela também, assim como na sua. A senhorita me diz que ela já me perdoou. Permita-me ser capaz de crer que um melhor conhecimento do meu coração e dos meus atuais sentimentos vá obter dela um perdão mais espontâneo, mais natural, mais suave, menos altivo. Conte a ela sobre a minha miséria e a minha penitência, conte a ela que meu coração lhe foi sempre constante; se puder, conte que neste momento ela é mais querida do que nunca para mim.

– Vou contar a ela tudo que for necessário ao que pode ser chamado, comparativamente, de uma justificativa sua. Mas o senhor não me explicou o particular motivo de sua vinda justo agora, nem como ficou sabendo da doença de Marianne.

– Ontem à noite, no saguão do Drury Lane, dei de encontro com Sir John Middleton e, quando ele viu quem eu era, falou comigo pela primeira vez em dois meses. Que ele vinha me evitando desde o meu casamento, disso eu me dera conta sem surpresa ou ressentimento. Agora, no entanto, com seu espírito bondoso, honesto, estúpido, cheio de indignação contra mim e de preocupação por Marianne, não pôde resistir à tentação de me dizer algo que, sabia ele, deveria (embora provavelmente não pensasse que *de fato* iria) me vexar horrendamente. Da maneira mais abrupta que lhe foi possível, portanto, ele me disse que Marianne Dashwood estava morrendo de febre pútrida em Cleveland... uma carta da sra. Jennings, recebida naquela manhã, declarava que o perigo era muito iminente, que os Palmer todos fugiram de tanto medo etc. Eu fiquei chocado demais para ter condições de passar por insensível, mesmo perante a falta de discernimento de Sir John. O coração dele se compadeceu quando viu que o meu sofria, e uma parcela tão grande de sua má vontade desapareceu que, quando nos separamos, ele quase me apertou a mão enquanto me lembrava de uma velha promessa sobre um filhote de pointer. O que eu senti quando soube que a sua irmã estava morrendo... e que morria, além disso, acreditando que eu era o maior vilão na face da Terra, desprezando-me, odiando-me nos seus últimos momentos... Pois como eu poderia saber quais horríveis planos não teriam sido imputados? *Uma* pessoa, eu tinha certeza, me representaria como sendo capaz de qualquer coisa... O que senti foi terrível! Minha resolução foi logo tomada, e às oito horas desta manhã eu estava em minha carruagem. Agora, portanto, a senhorita sabe tudo.

Elinor não respondeu. Seus pensamentos se fixavam silenciosamente no mal irreparável que uma independência prematura demais e os consequentes hábitos de ociosidade, dissipação e luxo tinham causado na mente, no caráter, na felicidade de um homem que, a todas as vantagens de sua pessoa e de seus talentos, juntava uma disposição naturalmente franca e honesta, e um temperamento sensível, afetuoso. O mundo fizera dele um homem vaidoso e extravagante... A extravagância e a vaidade o tornaram frio e egoísta. A vaidade, na procura de seu próprio triunfo culpado às custas de outra pessoa, o envolvera numa relação verdadeira, que a extravagância, ou pelo menos a descendência dela, a necessidade, exigira que fosse sacrificada. Cada propensão defeituosa que o conduzira no caminho da maldade o conduzira também à punição. A relação de amor, que Willoughby despedaçara contrariando honra, contrariando sentimento, contrariando todos os melhores interesses, agora, não mais admissível, governava cada pensamento; e a união em função da qual, com poucos escrúpulos, ele havia deixado a irmã dela em situação de desgraça provavelmente lhe provaria ser uma fonte de infelicidade de natureza bem mais incurável. De um devaneio desse tipo ela foi resgatada depois de alguns minutos por Willoughby, o qual, despertando de um devaneio no mínimo igualmente doloroso, começou a preparar-se para partir, e disse:

– Não adianta nada ficar aqui; preciso partir.

– O senhor vai voltar à cidade?

– Não, vou para Combe Magna. Tenho negócios por lá; de Combe eu irei à cidade dentro de um ou dois dias. Adeus.

Ele estendeu a mão. Elinor não pôde se recusar a lhe dar a sua; ele apertou-a com carinho.

– E a senhorita me *vê* com um pouco mais de benevolência do que antes? – ele perguntou, deixando a mão cair e recostando-se na cornija da lareira, como se tivesse esquecido que devia partir.

Elinor assegurou-lhe que sim; que o perdoava, que se apiedava dele, desejava que ficasse bem, estava inclusive interessada em sua felicidade, e acrescentou alguns gentis conselhos quanto ao comportamento mais adequado para promovê-la. A resposta de Willoughby não foi muito animadora.

– Quanto a isso – ele disse –, devo me arrastar pelo mundo tão bem quanto puder. A felicidade doméstica está fora de questão. Se no entanto eu estiver autorizado a pensar que a senhorita e os seus entes queridos terão algum interesse no meu destino e nas minhas ações, isso poderá servir como... poderá me prevenir... vai me ajudar a viver, pelo menos. Marianne para mim, tenho certeza, está perdida para sempre. Se mesmo por algum acaso abençoado eu pudesse novamente ter a liberdade...

Elinor o deteve com uma censura.

– Bem – ele retrucou –, mais uma vez adeus. Vou partir agora e viver sob o medo de um acontecimento.

– O senhor se refere a quê?

– Ao casamento de sua irmã.

– O senhor está muito enganado. Ela jamais poderá estar mais perdida para o senhor do que está agora.

– Mas ela será conquistada por outro. E se esse outro vier a ser aquele que, entre todos os demais, eu menos poderia suportar... Mas não vou permanecer e me privar inteiramente de sua compaixão e boa vontade, demonstrando que onde mais feri eu menos posso perdoar. Até logo, fique com Deus!

E com essas palavras ele praticamente saiu correndo da sala.

Capítulo 45

Elinor, durante algum tempo depois que ele a deixara, durante algum tempo até mesmo depois que o som de sua carruagem desaparecera, permaneceu bastante oprimida por uma multidão de ideias muito diferentes entre si, mas das quais a tristeza foi o resultado geral, de modo que mal conseguiu pensar em sua irmã.

Willoughby, ele que apenas meia hora antes Elinor abominara como se fosse o mais desprezível dos homens, Willoughby, apesar de todos os seus defeitos, incitava um grau de comiseração pelos sofrimentos produzidos por eles que a fazia pensar nele, na condição de alguém agora separado para sempre de sua família, com uma ternura e um pesar que, como ela logo reconheceu em seu íntimo, diziam respeito mais aos desejos dele do que a seus méritos. Elinor sentiu que a influência dele sobre sua mente era intensificada por circunstâncias que, do ponto de vista da razão, não deveriam ter peso, por aquela pessoa de atrativos incomuns, aquelas maneiras francas, afetuosas e animadas que não era mérito nenhum possuir, e por aquele amor ainda fervoroso por Marianne ao qual não era nem mesmo inocente que ele se entregasse. Mas sentiu que o era durante muito, muito tempo antes que pudesse sentir que a influência dele se reduzia.

Quando afinal ela retornou à inconsciente Marianne, encontrou-a despertando justamente naquele minuto, revigorada, por um sono tão longo e doce, na medida de suas esperanças. O coração de Elinor exultou. O passado, o presente, o futuro, a visita de Willoughby, a segurança de Marianne e a esperada chegada de sua mãe a lançaram num estado de espírito agitado que manteve afastados todos os indícios de fadiga e a fez ter medo somente de que se traísse perante sua irmã. Breve foi o tempo, contudo, em que esse medo pôde afetá-la, porque menos de meia hora depois de Willoughby ter saído da casa ela foi novamente chamada ao andar de baixo pelo som de outra carruagem. Ávida por poupar sua mãe de cada momento desnecessário daquele horrível suspense, correu imediatamente até o vestíbulo e alcançou a porta exterior bem a tempo de recebê-la e ajudá-la enquanto ela entrava.

A sra. Dashwood, cujo terror enquanto se aproximavam da casa revelara quase uma convicção de que Marianne não mais existia, não teve voz para perguntar por ela, não teve voz nem mesmo para Elinor; mas *ela*, não esperando nem saudação nem inquérito, ali mesmo forneceu o rejubilante alívio; e sua mãe, assimilando a notícia com todo seu ardor costumeiro, ficou num instante tão tomada de felicidade quanto estivera tomada antes por seus medos. Ela entrou na sala de visitas apoiada pela filha e por seu amigo; e ali, derramando lágrimas de alegria, embora incapaz ainda de falar, abraçou Elinor várias e várias vezes, voltando-se nos intervalos para pressionar a mão do coronel Brandon com um olhar que ao mesmo tempo proclamava sua gratidão e sua convicção de que ele compartilhava sua bem-aventurança naquele instante. Ele a compartilhou, todavia, num silêncio ainda maior que o da própria sra. Dashwood.

Tão logo a sra. Dashwood se recuperou, ver Marianne foi seu primeiro desejo; e em dois minutos ela se viu diante de sua amada filha, tornada mais querida do que nunca por causa do afastamento, da tristeza e do perigo. O deleite de Elinor, quando ela viu o que cada uma sentia no encontro, foi reprimido apenas por um temor de que Marianne seria privada de mais sono; mas a sra. Dashwood sabia ser calma, sabia ser até mesmo prudente quando estava em jogo a vida de uma filha, e Marianne, satisfeita por ver que sua mãe estava perto dela, e ciente de que estava fraca demais para poder conversar, prontamente se submeteu ao silêncio e ao sossego prescritos pelas enfermeiras ao seu redor. A sra. Dashwood *quis* ficar sentada ao lado dela durante a noite toda; e Elinor, em conformidade com a súplica de sua mãe, foi dormir. Mas o resto, aquilo que uma noite inteiramente insone e muitas horas da mais exaustiva ansiedade pareciam impor como necessário, foi impedido por uma irritação de espírito. Willoughby, o "pobre Willoughby", como ela agora se permitia chamá-lo, aparecia constantemente em seus pensamentos; ela não teria ouvido sua justificação por nada neste mundo, e ora se culpava, ora se absolvia por tê-lo julgado tão duramente antes. Mas a promessa de relatar tudo para Marianne era invariavelmente dolorosa. Ela temia pela execução desse relato, temia o efeito que ele poderia ter sobre Marianne; duvidava que depois dessa explicação ela jamais viesse a ser feliz com outro; e por um momento desejou ver Willoughby viúvo. Então, lembrando-se do coronel

Brandon, censurou-se, sentiu que a recompensa de sua irmã era devida muito mais aos sofrimentos e à constância *dele* do que aos de seu rival, e desejou qualquer coisa que não fosse a morte da sra. Willoughby.

O choque da incumbência do coronel Brandon em Barton havia sido bastante atenuado pelo pânico que a sra. Dashwood vinha sentindo de antemão; porque seu desconforto em relação a Marianne era tão grande que ela já decidira partir para Cleveland naquele mesmo dia, sem esperar por nenhuma informação adicional, e tinha preparado sua viagem a tal ponto, antes da chegada do coronel, que os Carey eram então esperados a qualquer momento para virem buscar Margaret, visto que sua mãe não queria levá-la consigo ao encontro de uma possível infecção.

Marianne ficava melhor a cada dia, e o brilhante júbilo que transparecia no rosto e no ânimo da sra. Dashwood provou que ela era, como declarava repetidas vezes, uma das mulheres mais felizes do mundo. Elinor não podia ouvir essa declaração ou testemunhar suas comprovações sem às vezes especular se sua mãe em algum momento se recordava de Edward. Mas a sra. Dashwood, confiando no relato comedido que Elinor lhe enviara sobre aquela frustração, era levada pela exuberância de sua felicidade a pensar apenas nas alegrias maiores que viriam. Marianne lhe era devolvida de um perigo no qual, como ela estava começando a sentir agora, seu próprio julgamento equivocado em incentivar a desventurada relação com Willoughby contribuíra para colocá-la; e na recuperação da filha ela tinha também uma outra fonte de alegria, impensada por Elinor, que lhe foi assim comunicada, tão logo ocorreu a primeira oportunidade de uma conferência privada entre as duas:

– Afinal estamos sozinhas. Minha Elinor, você não tomou conhecimento ainda do alcance da minha felicidade. O coronel Brandon ama Marianne. Ele mesmo me disse isso.

Sua filha, sentindo alternadamente prazer e dor, surpresa e nenhuma surpresa, era somente atenção e silêncio.

– Se você não fosse tão diferente de mim, querida Elinor, eu me espantaria com a sua compostura neste instante. Se eu pudesse ter desejado a melhor bem-aventurança possível à minha família, meu maior objeto de desejo teria sido que o coronel Brandon se casasse com uma de vocês duas. E acredito que, entre as duas, Marianne será mais feliz com ele.

Elinor teve vontade de lhe perguntar que razão ela tinha para pensar assim, porque estava certa de que não podia ser apresentado nenhum motivo fundado em consideração imparcial de suas idades, personalidades ou sentimentos; mas sua mãe sempre se deixaria levar pela imaginação em qualquer assunto interessante, e portanto, em vez de fazer a pergunta, ela se limitou a sorrir.

– Ele me abriu seu coração por inteiro ontem, durante a viagem. A revelação surgiu de maneira muito inesperada, muito casual. Eu, você pode bem imaginar, não conseguia falar de nada que não fosse minha filha; ele não conseguia esconder sua perturbação, e constatei que a dele era equiparável à minha. O coronel, talvez pensando que uma simples amizade, sendo as coisas como são, não justificava tão calorosa simpatia, ou melhor, nem mesmo pensando, creio eu, e dando vazão a sentimentos irresistíveis, me fez conhecer sua fervorosa, terna e constante afeição por Marianne. Ele amou-a, minha Elinor, desde o primeiro momento em que a viu.

Aqui, no entanto, Elinor não percebeu nem a linguagem e nem as declarações do coronel Brandon, e sim os naturais embelezamentos da imaginação fantasiosa de sua mãe, que moldava tudo no modo que lhe parecesse mais encantador.

– Seu interesse por ela, infinitamente superior a qualquer coisa que Willoughby jamais sentiu ou fingiu, bem como muito mais caloroso, sincero ou constante, não importa como vamos denominá-lo, subsistiu durante todo esse tempo em que ele soube da infeliz predisposição de Marianne por aquele rapaz inútil! E sem egoísmo, sem ter um motivo de esperança! Ele teria sido capaz de a ver feliz com outro? Uma mente tão nobre! Tanta franqueza, tanta sinceridade! Ninguém pode se enganar com *ele*.

– A reputação do coronel Brandon como excelente homem – disse Elinor – é muito bem estabelecida.

– Eu sei que é – retrucou a mãe com seriedade. – Se não fosse assim, depois de tal advertência, eu haveria de ser a última pessoa no mundo a incentivar esse afeto, ou até mesmo a ficar satisfeita com ele. Mas a maneira com que o coronel se dirigiu a mim, com essa amizade tão ativa, tão pronta, é suficiente para provar que ele é um homem dos mais dignos.

– Sua reputação, entretanto – respondeu Elinor –, não tem por base *um* ato de bondade, ao qual seu afeto por Marianne, estivesse a humanidade fora de questão, o teria impelido. Pela sra. Jennings, pelos Middleton ele é intimamente conhecido faz muito tempo; eles igualmente o amam e o respeitam; e até mesmo meu próprio conhecimento dele, embora recentemente adquirido, é bastante considerável; e eu o prezo e estimo em tão alta conta que, se Marianne puder ser feliz com ele, estarei tão disposta quanto a senhora por considerar que nossa conexão é a maior bênção do mundo para nós. Que resposta deu a ele? Permitiu que ele tivesse esperança?

– Ah! Meu amor, eu não podia, ali, falar de esperança com ele ou comigo mesma. Marianne poderia estar morrendo naquele momento. Mas ele não solicitou esperança ou incentivo. Sua confidência foi involuntária, uma efusão irreprimível para uma amiga que precisava se acalmar, e não um requerimento a uma mãe. Porém depois de um tempo eu *de fato* disse, pois no começo fiquei um tanto paralisada, que caso ela vivesse, e eu confiava que viveria, minha maior felicidade residiria na promoção de tal casamento; e desde a nossa chegada, desde a nossa encantadora segurança, venho lhe repetindo isso com mais vigor e lhe dei todos os incentivos de que sou capaz. O tempo, um espaço bem curto de tempo, digo a ele, vai ajeitar tudo; o coração de Marianne não deve ser desperdiçado para sempre num homem como Willoughby. Seus próprios méritos o conquistarão em breve.

– A julgar pela disposição de espírito do coronel, no entanto, a senhora não o deixou ainda igualmente otimista.

– Não. Ele pensa que o afeto de Marianne está enraizado demais para que possa sofrer qualquer mudança por um grande período de tempo e, mesmo supondo que seu coração fique livre novamente, não confia o bastante em si mesmo para crer que, com tal diferença em idade e temperamento, jamais fosse conseguir conquistá-la. Nisso, porém, o coronel está bastante equivocado. Em idade, ele supera Marianne apenas o bastante para que a diferença lhe seja uma vantagem, tendo seu caráter e seus princípios bem firmados; e seu temperamento, estou bastante convencida disso, é talhado na medida exata para fazer a sua irmã feliz. E sua pessoa, suas maneiras também, tudo depõe a favor dele. Minha parcialidade não me cega; ele certamente não é tão bonito quanto Willoughby, mas, ao mesmo tempo, existe algo muito mais agradável em seu semblante. Talvez você lembre que havia sempre alguma coisa nos olhos de Willoughby, por vezes, de que eu não gostava.

Elinor *não* lembrava; mas sua mãe, sem esperar por seu assentimento, continuou:

– E seus modos, os modos do coronel não somente me agradam mais do que os de Willoughby jamais agradaram, mas também são de um tipo que, como bem sei, oferece atrativos mais sólidos para Marianne. A doçura, o interesse genuíno pelas outras pessoas, a simplicidade viril e espontânea são muito mais condizentes com o verdadeiro temperamento de Marianne do que a vivacidade muitas vezes artificial e muitas vezes inoportuna do outro. Eu mesma estou muito certa de que, tivesse Willoughby provado ser realmente amável, como provou ser o contrário, nem assim Marianne teria sido tão feliz com *ele* quanto será com o coronel Brandon.

Ela fez uma pausa. Sua filha não conseguia concordar com ela; mas sua discordância não foi ouvida, e portanto não ofendeu.

– Em Delaford, ela vai ficar a uma distância cômoda de mim – acrescentou a sra. Dashwood –, mesmo se eu permanecer em Barton, e com toda probabilidade (pois ouvi falar que é um grande vilarejo), certamente *deve* haver nas proximidades, de fato, alguma pequena casa ou chalé que nos serviria tão bem quanto a nossa presente situação.

Pobre Elinor! Aqui estava um novo plano para fazê-la ir parar em Delaford! Mas seu espírito era obstinado.

– A fortuna dele também! Porque na idade que tenho, você sabe, todo mundo se preocupa com *isso*; e embora eu nem saiba e nem queira saber qual é o valor exato, tenho certeza de que deve ser um valor muito bom.

Aqui elas foram interrompidas pela entrada de uma terceira pessoa, e Elinor se retirou para refletir a respeito de tudo em privado, para desejar sucesso a seu amigo e no entanto, ao desejá-lo, sentir angústia por Willoughby.

Capítulo 46

A doença de Marianne, embora fosse de um tipo debilitante, não havia durado tempo suficiente para tornar lenta sua recuperação e, com ajuda da juventude, do vigor natural e da presença de sua mãe, progrediu de forma tão suave que a capacitou a se transferir, quatro dias após a chegada desta última, ao quarto de vestir da sra. Palmer. Uma vez ali, a seu próprio pedido, pois ela estava impaciente para cobri-lo de agradecimentos por buscar sua mãe, o coronel Brandon foi convidado a visitá-la.

A emoção do coronel ao entrar no quarto, ao ver sua fisionomia transformada e ao receber a mão pálida que ela imediatamente lhe estendeu foi tal que, na conjectura de Elinor, devia resultar de algo mais do que o afeto que tinha por Marianne ou a consciência de que outras pessoas o soubessem; e ela logo descobriu, nos olhos melancólicos e na tez alterada com que o cavalheiro contemplava sua irmã, a provável recorrência de muitas cenas pretéritas de tristeza na mente dele, trazidas de volta por aquela semelhança já reconhecida entre Marianne e Eliza, agora reforçada nos olhos fundos, no aspecto doentio da pele, na postura de fraqueza reclinada e no caloroso reconhecimento de uma peculiar obrigação.

A sra. Dashwood, não menos atenta do que sua filha em relação ao que se passava, mas com uma mente que sofria influências muito diferentes e portanto obtinha resultados muito diferentes em sua observação, não viu nada no comportamento do coronel a não ser aquilo que surgia de sensações muito simples e evidentes em si mesmas, enquanto que nas ações e palavras de Marianne ela se convenceu a pensar que algo mais do que gratidão já despontava.

Ao fim de mais um ou dois dias, com Marianne visivelmente ganhando força de doze em doze horas, a sra. Dashwood, exortada igualmente por seus próprios desejos e pelos desejos de sua filha, começou a falar em um deslocamento para Barton. De *suas* medidas dependiam as de seus dois amigos: a sra. Jennings não podia sair de Cleveland durante a permanência das Dashwood; e o coronel Brandon foi logo levado, a pedido de todas elas, a considerar sua própria estadia como sendo igualmente determinada, se não igualmente indispensável. Em troca, a pedido do coronel e da sra. Jennings, a sra. Dashwood se permitiu aceitar o uso da carruagem dele na viagem de retorno, para melhor acomodação de sua filha doente; e o coronel, a convite da sra. Dashwood e também da sra. Jennings, cuja natureza bondosa fazia com que fosse amigável e hospitaleira tanto por outras pessoas quanto por si mesma, comprometeu-se com prazer a resgatar o veículo através de uma visita ao chalé no decorrer de algumas semanas.

O dia da separação e da partida chegou; e Marianne, depois de se despedir da sra. Jennings de um modo bastante particular e prolongado, com os mais fervorosos agradecimentos, com o respeito e os votos de felicidade que lhe pareciam devidos em seu próprio coração num secreto reconhecimento de uma desatenção anterior, e dando adeus ao coronel Brandon com a cordialidade de uma amiga, foi cuidadosamente ajudada por ele a entrar na carruagem, na qual ele pareceu ansiar que ela devesse ocupar pelo menos a metade. A sra. Dashwood e Elinor entraram em seguida, e os outros restaram sozinhos para falar das viajantes e sentir seu próprio fastio, até que a sra. Jennings foi convocada para subir em seu carro e ser confortada nas bisbilhotices de sua criada pela perda de suas duas jovens companheiras; e o coronel Brandon logo em seguida tomou o solitário caminho para Delaford.

As Dashwood ficaram dois dias na estrada, e Marianne suportou a jornada em ambos sem fadiga substancial. Tudo que o mais zeloso carinho e os mais solícitos cuidados poderiam fazer para deixá-la confortável constituía o ofício das duas companheiras vigilantes, e as duas encontravam recompensa no bem-estar físico da convalescente, na paz de seu espírito. Para Elinor, observar esta última condição foi particularmente gratificante. Ela, que a vira semana após semana sofrendo tão constantemente, oprimida por uma angústia no coração que não tinha nem coragem de mencionar e nem fortitude para esconder, agora via, num júbilo que ninguém mais poderia igualmente compartilhar, uma compostura mental aparente que, sendo resultado de uma reflexão séria, como acreditava, decerto a levaria eventualmente ao contentamento e à felicidade.

Enquanto se aproximavam de Barton, de fato, e adentravam cenários nos quais todos os campos e todas as árvores evocavam alguma lembrança peculiar ou dolorosa, ela foi ficando quieta e pensativa e, virando seu rosto para que não a vissem, manteve-se olhando pela janela com afinco. Aqui, porém, Elinor não pôde se espantar e tampouco culpar; e quando viu, enquanto ajudava Marianne a descer da carruagem, que ela estivera chorando, viu somente uma emoção demasiado natural em si mesma para suscitar qualquer coisa senão piedade carinhosa e, por sua discrição, merecedora de elogios. Em todas as suas ações subsequentes, identificou o procedimento de uma mente despertada para esforços razoáveis; porque tão logo elas entraram na sala de estar de uso comum, Marianne passou os olhos ao redor com uma expressão de resoluta firmeza, como se tivesse decidido se acostumar o quanto antes à visão de todos os objetos com os quais a lembrança de Willoughby pudesse ser associada. Ela falava pouco, mas cada frase procurava ser jovial; embora por vezes um suspiro escapasse de seus lábios, tal suspiro jamais terminava sem o reparo de um sorriso. Depois do jantar, ela quis experimentar o pianoforte. Sentou-se junto ao instrumento; mas a música em que primeiro pousou seus olhos foi uma ópera que Willoughby obtivera para ela, contendo alguns dos duetos favoritos dos dois e ostentando na folha de rosto seu próprio nome na caligrafia dele. Não daria certo. Ela balançou a cabeça, colocou a música de lado e, depois de correr as mãos sobre as teclas por um minuto, reclamou de fraqueza nos dedos e fechou novamente o piano, mas declarando com firmeza, ao fazê-lo, que haveria de praticar muito no futuro.

 A manhã seguinte não produziu nenhuma minoração nesses alegres sintomas. Pelo contrário; estando revigorada tanto na mente quanto no corpo graças ao repouso, ela se comportava e conversava com animação mais genuína, antecipando a satisfação do retorno de Margaret e falando do querido grupo familiar que seria então restaurado, de suas mútuas ocupações e do deleite de estarem juntas, como a única felicidade digna de ser desejada.

 – Quando o tempo estiver firme, e eu tiver recuperado a minha força – disse ela –, nós vamos fazer longas caminhadas juntas todos os dias. Vamos caminhar até a fazenda na beira da colina e ver como vão as crianças; vamos caminhar até as novas plantações de Sir John em Barton Cross, e até Abbeyland; e várias vezes iremos até as antigas ruínas do priorato, e tentaremos identificar suas fundações até onde nos disserem que uma vez existiram. Sei que seremos felizes. Sei que o verão vai passar alegremente. Não pretendo jamais me levantar depois das seis, e desse horário até o jantar vou dividir todos os momentos entre a música e a leitura. Formei meu plano, e me determinei a ingressar num regime de estudo sério. Conheço bem demais a nossa própria biblioteca para que eu possa tirar dela qualquer coisa que não seja mero divertimento. Mas existem no parque muitas obras cuja leitura seria bastante proveitosa; e existem outras de produção mais moderna que sei que posso emprestar do coronel Brandon. Lendo somente seis horas por dia, ganharei no decorrer de doze meses uma grande quantidade de instrução que hoje, eu sinto, me falta.

Elinor a reverenciou por um plano que se originava de modo tão nobre, embora sorrisse ao ver a mesma sôfrega fantasia que a conduzira por extremos de indolência lânguida e lamentação egoísta introduzir o excesso, agora, num esquema de ocupação racional e autocontrole virtuoso. Seu sorriso, no entanto, transformou-se num suspiro quando ela recordou que a promessa para Willoughby estava por ser ainda cumprida, e temeu que aquilo que tinha para comunicar poderia perturbar outra vez a mente de Marianne, arruinando, pelo menos por certo tempo, essa bela perspectiva de tranquilidade atarefada. Disposta, por isso, a retardar a hora maldita, resolveu esperar até que a saúde de sua irmã estivesse mais assegurada antes de escolher o momento certo. Mas tal resolução foi tomada somente para ser desfeita.

Marianne permaneceu em casa por dois ou três dias antes que o tempo ficasse bom o suficiente para que uma inválida como ela pudesse se aventurar ao ar livre. Mas por fim uma manhã amena e agradável apareceu, apropriada para seduzir os desejos da filha e a confiança da mãe; e Marianne, apoiada no braço de Elinor, teve autorização para caminhar, até o instante em que sentisse fadiga, pela vereda diante da casa.

As irmãs partiram em ritmo lento, como era exigido pela debilidade de Marianne num exercício até então não praticado desde sua doença; e haviam avançado além da casa somente o bastante para possibilitar uma visão completa da colina, a importante colina do lado de trás, quando Marianne parou e, com os olhos voltados naquela direção, disse calmamente:

– Lá, exatamente lá – (apontando com uma mão) –, naquele monte proeminente... Foi lá que eu caí; e foi lá que pela primeira vez eu vi Willoughby.

Sua voz sumiu com a menção da palavra, mas ela logo se recuperou e acrescentou:

– Fico grata por constatar que consigo contemplar esse lugar com tão pouca dor! Deveríamos jamais conversar em torno do assunto, Elinor? – (falando de modo hesitante). – Ou será um erro? Eu *posso* falar sobre isso agora, espero, como devo fazer.

Elinor ternamente lhe pediu que fosse franca.

– Quanto ao pesar – disse Marianne –, eu superei tudo, no tocante a *ele*. Não pretendo lhe dizer o que meus sentimentos por ele foram, e sim o que são *agora*. De momento, se um ponto pudesse ser esclarecido para mim, se me pudesse ser permitido pensar que ele não estava interpretando *sempre* um papel, não estava *sempre* me enganando, mas, acima de tudo, se eu pudesse ter certeza de que ele nunca foi *tão* perverso como meus temores por vezes o definiram, desde a história daquela menina desventurada...

Ela parou. Elinor estimou com júbilo aquelas preciosas palavras enquanto respondeu:

— Se pudesse ter certeza disso, você crê que ficaria mais tranquila?

— Sim. Minha paz de espírito depende duplamente disso; pois não apenas é horrível suspeitar que uma pessoa que foi o que *ele* foi para *mim* pudesse ter tais intenções, mas o que é que vou pensar de mim mesma? O quê, numa situação como a minha, a não ser um afeto muito vergonhosamente incauto, poderia me expor a...

— Como, então – perguntou sua irmã –, você explica o comportamento dele?

— Eu gostaria de supor que ele... Ah, com que felicidade eu gostaria de saber que ele foi apenas volúvel, muito, muito volúvel.

Elinor não disse mais nada. Estava debatendo em seu íntimo a conveniência de começar sua história imediatamente ou de esperar até que Marianne tivesse a saúde mais fortalecida; e elas se arrastaram em silêncio por alguns minutos.

— Não estou desejando a ele nada de muito bom – disse Marianne afinal, num suspiro – quando desejo que suas reflexões secretas possam ser mais desagradáveis do que as minhas. Ele vai sofrer o bastante com elas.

— Você compara sua conduta com a dele?

— Não. Eu a comparo com o que deveria ter sido; eu a comparo com a sua.

— Nossas situações comportaram pouca semelhança.

— Comportaram mais do que a nossa conduta. Queridíssima Elinor, não permita que sua bondade defenda aquilo que, como sei, seu julgamento deve censurar. Minha doença me fez pensar... me deu tempo e calma para rememorar com seriedade. Bem antes de me ver recuperada o bastante para falar eu já era perfeitamente capaz de refletir. Considerei o passado: vi no meu próprio comportamento, desde o início de nossa amizade com ele no outono passado, nada mais que uma série de imprudências em relação a mim mesma e uma falta de bondade na relação com os outros. Vi que meus próprios sentimentos haviam criado meus sofrimentos, e que a minha falta de fortitude sob eles quase me levou ao túmulo. Minha doença, eu bem sabia, havia sido provocada inteiramente por mim mesma, e com tanta negligência por minha própria saúde que até mesmo naquele momento eu sentira que se tratava de algo errado. Se eu tivesse morrido, teria sido por autodestruição. Não tive noção do meu perigo até que o perigo foi removido; com os sentimentos que essas reflexões me propiciaram, porém, eu me espanto com minha recuperação, e me causa espanto que o próprio ímpeto do meu desejo de viver, de ter tempo para uma reconciliação com meu Deus, com todas vocês, não tenha me matado de uma vez. Se tivesse morrido, eu a teria deixado no mais profundo tormento, você, minha enfermeira, minha amiga, minha irmã!

Você, que testemunhara todo aquele egoísmo rabugento dos meus últimos dias, que conhecera todos os rumores do meu coração! Como eu teria vivido na *sua* lembrança!? Minha mãe também! Como você a teria consolado!? Não consigo expressar minha repulsa por mim mesma. Sempre que olhava o passado, eu via um dever negligenciado, ou alguma fraqueza tolerada. Todos pareciam ter sido magoados por mim. A bondade, a incessante bondade de sra. Jennings eu retribuíra com desprezo ingrato. Com os Middleton, os Palmer, as Steele, e até mesmo com todos os conhecidos comuns, eu me mostrara insolente ou injusta, lhes exibindo um coração endurecido contra seus méritos e um temperamento irritado diante de todas as atenções. Para John, para Fanny... sim, até mesmo para eles, por menos que merecessem, eu dera menos do que lhes era devido. Mas você... você acima de todos, acima da minha mãe, tinha sido injustiçada por mim. Eu, e somente eu, conhecia seu coração e suas tristezas; e no entanto qual foi a influência que isso teve sobre mim? Não gerou nenhuma compaixão que pudesse beneficiar você ou eu mesma. Seu exemplo estava diante de mim; mas com que propósito? Por acaso me tornei mais atenciosa com você ou com seu conforto? Imitei sua paciência, ou reduzi suas restrições tomando qualquer parte em todas aquelas tarefas de complacência geral ou particular gratidão que você até então tivera de cumprir sozinha? Não; nem quando eu acreditara que você estava bem, e tampouco quando sabia que você estava infeliz, deixei de me afastar de todo esforço de dever ou amizade; mal permitindo que existisse tristeza se não fosse comigo, deplorando apenas *aquele* coração que me abandonara e injustiçara, e deixando que você, por quem eu professava um afeto ilimitado, ficasse miserável por minha causa.

Aqui cessou o rápido fluxo do seu furor de autocensura; e Elinor, impaciente por acalmar, embora honesta demais para lisonjear, lhe concedeu no mesmo instante o louvor e o apoio que sua franqueza e sua contrição tanto merecem. Marianne apertou sua mão e respondeu:

– Você é muito boa. O futuro será minha prova. Estabeleci meu plano, e se eu for capaz de aderir a ele... Meus sentimentos serão controlados e meu temperamento vai melhorar; eles vão parar de preocupar os outros, e também de me torturar. Vou agora viver exclusivamente para minha família. Você, minha mãe e Margaret serão daqui por diante o mundo todo para mim; vão compartilhar meus afetos apenas entre vocês. De vocês, da minha casa, eu nunca mais terei o menor estímulo para me afastar; e se eu me associar a outras companhias, será somente para mostrar que o meu espírito ficou mais humilde, que o meu coração se corrigiu, e que posso praticar as cortesias e os deveres menores da vida com mansidão e paciência. Quanto a Willoughby, seria despropositado dizer que o esquecerei logo, ou que algum dia o esquecerei. Sua lembrança não poderá ser superada por nenhuma mudança de circunstâncias ou opiniões. Mas será regulada, será reprimida pela religião, pela razão, pela constante ocupação.

Ela fez uma pausa, e acrescentou em voz baixa:

– Se eu pudesse apenas conhecer o coração *dele*, tudo se tornaria fácil.

Elinor, que já vinha refletindo por algum tempo sobre a propriedade ou impropriedade de arriscar sua narrativa o quanto antes, sem que se sentisse nem um pouco mais perto de tomar uma decisão do que no começo, ouviu isso e, percebendo que, como a reflexão não fazia nada, a resolução deveria fazer tudo, logo se viu indo direto ao ponto.

Ela conseguiu proferir sua récita, como esperava, com habilidade; preparou com cautela sua ouvinte ansiosa; relatou de forma simples e honesta os principais pontos em que Willoughby baseara seu pedido de desculpas; fez justiça ao arrependimento dele, e suavizou somente seus protestos de presente interesse. Marianne não disse sequer uma palavra. Ela tremia, seus olhos permaneceram fixados no chão, e seus lábios se tornaram ainda mais brancos do que a doença os deixara. Mil perguntas brotavam de seu coração, mas não se atreveu a precipitar nenhuma. Apreendia cada sílaba com avidez ofegante; sua mão, sem que ela mesma se desse conta, apertou a mão da irmã com força, e lágrimas lhe cobriram o rosto.

Elinor, temendo que ela estivesse cansada, levou-a para casa; até que chegassem à porta do chalé, facilmente conjecturando que sua curiosidade devia ser intensa mesmo que nenhum questionamento a declarasse, falou somente de Willoughby e da conversa que haviam tido, e foi cuidadosamente minuciosa em todos os detalhes de discurso e expressão nos quais a minúcia pudesse ser empregada com segurança. Assim que entraram na casa, Marianne, com um beijo de gratidão e apenas estas três palavras articuladas em meio às lágrimas, "conte para mamãe", afastou-se de sua irmã e subiu lentamente as escadas. Elinor não tentaria perturbar uma solidão tão razoável como essa que ela então procurava; com uma mente ansiosa por arranjar de antemão o resultado, e decidindo que retomaria o assunto caso Marianne não o fizesse, tomou o caminho da sala para cumprir sua ordem de despedida.

Capítulo 47

A SRA. DASHWOOD não ouviu sem se comover a justificação de seu antigo favorito. Ela se alegrou com o fato de que Willoughby estivesse livre de alguma parte da culpa que lhe tinha sido imputada; ficou triste por ele; desejou que fosse feliz. Mas os sentimentos do passado não poderiam ser trazidos de volta.

Nada lhe poderia restituir uma fé inquebrantável e um caráter sem mácula sob o ponto de vista de Marianne. Nada poderia desfazer o conhecimento daquilo que esta última sofrera por causa de seus atos, e tampouco remover a culpa de sua conduta com Eliza. Nada, portanto, poderia lhe devolver a prévia estima de Marianne ou ferir os interesses do coronel Brandon.

Tivesse a sra. Dashwood, como sua filha, ouvido a história do próprio Willoughby – tivesse ela testemunhado sua angústia, e sofrido a influência de sua fisionomia e seus modos, é provável que a compaixão teria sido maior. Mas não estava em poder de Elinor e nem era seu desejo despertar em outra pessoa, com sua explanação pormenorizada, os sentimentos que a princípio haviam sido evocados nela mesma. A reflexão lhe permitira julgar com calma, e abrandara sua própria opinião quanto aos méritos de Willoughby; ela desejou, portanto, declarar apenas a simples verdade, bem como expor os fatos que eram realmente devidos ao caráter dele, sem qualquer embelezamento que pudesse desviar a imaginação.

À noite, quando todas as três estavam juntas, Marianne começou voluntariamente a falar dele de novo; mas não falou sem esforço, como mostraram claramente a reflexão irrequieta e agitada na qual ela se mantivera por certo tempo, sentada, e seu crescente rubor enquanto falava e sua voz trêmula.

– Quero lhes assegurar – disse ela – que vejo tudo... como podem desejar que eu veja.

A sra. Dashwood a teria interrompido no mesmo instante com ternura confortadora, não tivesse Elinor, que realmente queria ouvir a opinião imparcial de sua irmã, solicitado seu silêncio num sinal impetuoso. Marianne continuou lentamente:

– É um grande alívio para mim... o que Elinor me disse hoje de manhã... Já pude ouvir exatamente o que eu queria ouvir.

Por alguns momentos sua voz se perdeu. Recuperando-se, porém, Marianne acrescentou, e com maior calma do que antes:

– Estou agora perfeitamente satisfeita, não desejo nenhuma mudança. Eu jamais poderia ter sido feliz com ele depois de tomar conhecimento, como mais cedo ou mais tarde ocorreria, de tudo isso. Eu acabaria não tendo nenhuma confiança, nenhuma estima. Nada reverteria o dano em meus sentimentos.

– Eu sei, eu sei – exclamou sua mãe. – Feliz, com um homem de práticas libertinas! Com alguém que tanto prejudicou a paz do mais querido dos nossos amigos, e o melhor dos homens! Não, minha Marianne não tem um coração que possa ser feliz com um homem assim! Sua consciência, sua delicada consciência, teria sentido tudo aquilo que a consciência de seu marido deveria ter sentido.

Marianne suspirou e repetiu:

– Eu não desejo nenhuma mudança.
– Você considera o assunto – disse Elinor – exatamente como alguém com boa cabeça e sólido entendimento deve considerá-lo; e ouso dizer que percebe, assim como eu, não apenas nessa mas em muitas outras circunstâncias, razão suficiente para estar convencida de que seu casamento decerto a teria envolvido em vários problemas e desapontamentos assegurados, nos quais você teria sido amparada deficientemente por um afeto, de parte dele, bem menos assegurado. Se tivesse se casado, você seria pobre para sempre. Os gastos extravagantes de Willoughby são reconhecidos por ele próprio, e sua conduta como um todo declara que "desprendimento" é uma palavra que ele mal compreende. As demandas dele, a inexperiência que você teria e uma renda muito, muito pequena, em conjunto, acabariam provocando aflições que não lhe seriam *menos* penosas nem mesmo se levarmos em conta que você jamais as conhecera ou pensara nelas antes. Você, com *seu* senso de honra e honestidade, seria levada, eu sei, quando ciente de sua situação, a tentar recorrer a todas as economias que lhe parecessem possíveis; e talvez, na medida em que a sua frugalidade cerceasse apenas o seu próprio conforto, você tivesse permissão para praticá-la, mas mais do que isso... E que mínima diferença poderia fazer o máximo de seu solitário manejo de gastos no estancamento da ruína que começara bem antes do seu casamento? Se fosse viável fazer mais do que *isso* e você tivesse tentado, pelos mais razoáveis meios, abreviar os prazeres do seu marido, não seria de se temer que, em vez de preponderar sobre sentimentos egoístas, que não o consentiriam, você teria diminuído sua própria influência sobre o coração dele, fazendo com que se arrependesse da união que o envolvera em tais dificuldades?

Os lábios de Marianne tremeram, e ela repetiu a palavra "egoístas?", num tom que implicava: "Você realmente o considera egoísta?".

– O comportamento dele como um todo – retrucou Elinor –, do começo ao fim do caso, teve por base o egoísmo. O egoísmo, a princípio, foi o que o fez brincar com as suas afeições, que depois, quando também as dele já estavam envolvidas, o fizeram adiar sua confissão e por fim o levaram a sair de Barton. Seu próprio prazer, ou sua própria comodidade, em todos os aspectos, foi seu princípio dominante.

– Não há como negar. A *minha* felicidade jamais foi seu objetivo.

– Agora – prosseguiu Elinor – ele lamenta o que fez. E lamenta por quê? Porque considera que o resultado não lhe foi proveitoso. Não o fez feliz. Suas circunstâncias estão agora desembaraçadas... Ele não sofre de nenhum mal desse tipo; e pensa somente que se casou com uma mulher de temperamento menos amável do que o seu. Mas por acaso isso quer dizer que, caso tivesse se casado com você, ele teria sido feliz? As inconveniências teriam sido diferentes. Willoughby teria então padecido sob as aflições pecuniárias que, porque foram removidas, agora reconhece que nada são. Ele teria desposado uma mulher de cujo temperamento não poderia fazer nenhuma queixa, mas teria vivido sempre necessitado, sempre pobre; e provavelmente aprenderia dentro de pouco tempo a classificar os confortos de uma propriedade sem dívidas e de um bom rendimento como sendo muito mais importantes, mesmo na felicidade doméstica, do que o mero temperamento de uma esposa.

– Não tenho a menor dúvida disso – disse Marianne –, e não tenho nada para lamentar... Nada, exceto meu próprio desatino.

– Cite antes a imprudência de sua mãe, minha filha – disse a sra. Dashwood. – *Ela* deve ser tida como responsável.

Marianne não a deixou prosseguir; e Elinor, satisfeita por constatar que cada uma sentia seu próprio erro, desejou evitar qualquer revisão do passado que pudesse debilitar o espírito de sua irmã; por isso, retornando ao primeiro assunto, ela imediatamente continuou:

– *Uma* observação, penso eu, pode ser razoavelmente deduzida dessa história: que todas as dificuldades de Willoughby surgiram no momento em que ele primeiro ofendeu a virtude, em seu comportamento com Eliza Williams. Esse crime foi a origem de todos os crimes menores, e de todos os seus descontentamentos atuais.

Marianne aprovou de maneira muito comovida esse comentário, e sua mãe foi levada por ele a fazer uma enumeração dos danos e méritos do coronel Brandon, calorosa como a podiam ditar ao mesmo tempo a intenção e a amizade. Sua filha não deu mostras, no entanto, de que muito do que dissera tivesse sido ouvido por ela.

Elinor, de acordo com sua expectativa, percebeu nos dois ou três dias seguintes que Marianne não continuou ganhando força como viera fazendo. Contudo, visto que sua resolução se mantinha intacta e ela ainda tentava parecer sossegada e alegre, sua irmã podia seguramente confiar nos efeitos do tempo sobre sua saúde.

Margaret retornou, e a família estava mais uma vez recomposta, mais uma vez instalada tranquilamente no chalé; se não desempenhavam seus estudos costumeiros com tanto vigor como nos dias em que haviam acabado de chegar a Barton, ao menos planejavam um vigoroso desempenho deles para mais adiante.

Elinor ficou impaciente por alguma novidade sobre Edward. Não tivera nenhuma notícia dele desde que saíra de Londres, não ouvira nada de novo sobre seus planos, nada que confirmasse nem mesmo sua presente residência. Algumas cartas haviam sido trocadas entre ela e seu irmão, em consequência da doença de Marianne. Na primeira carta de John ela pudera ler a seguinte frase: "Não sabemos nada sobre o nosso desventurado Edward, e não podemos fazer perguntas a respeito de tão proibido assunto, mas concluímos que ele decerto permanece em Oxford ainda". Essa foi a única informação sobre Edward que a correspondência lhe proporcionou, porque seu nome não foi sequer mencionado em nenhuma das cartas posteriores. Elinor não estava condenada, no entanto, a ser mantida por longo tempo na ignorância das ações dele.

O criado do chalé tinha sido enviado a Exeter certa manhã para tratar de negócios, e quando, cuidando da mesa, ele satisfizera os questionamentos da patroa quanto à realização de sua incumbência, esta foi sua voluntária comunicação:

– Suponho que minha senhora sabe que o sr. Ferrars casou.

Marianne teve um sobressalto violento, fixou os olhos em Elinor, a viu empalidecendo e se recostou na cadeira, histérica. A sra. Dashwood, cujos olhos, quando respondeu à indagação do criado, haviam tomado intuitivamente a mesma direção, chocou-se ao perceber pelo rosto de Elinor o quanto ela realmente sofria; um momento depois, igualmente angustiada pela situação de Marianne, não soube para qual filha deveria consagrar sua principal atenção.

O criado, notando apenas que a srta. Marianne passara mal, teve bom senso suficiente para chamar uma das criadas, a qual, com ajuda da sra. Dashwood, a carregou até a outra sala. Por essa altura Marianne já estava bem melhor, e sua mãe, a deixando aos cuidados de Margaret e da criada, voltou até Elinor, que por sua vez, embora parecesse ainda bastante desorientada, conseguira recuperar o uso da razão e da voz a ponto de estar justamente começando a interrogar Thomas quanto à fonte de sua informação. De pronto a sra. Dashwood assumiu todo esse trabalho para si própria, e Elinor teve o benefício da informação sem precisar do esforço de sair em busca dela.

– Quem lhe disse que o sr. Ferrars estava casado, Thomas?

– Eu vi o sr. Ferrars eu mesmo, minha senhora, nesta manhã em Exeter, e a mulher dele também, a srta. Steele que era. Eles estavam parando numa carruagem na porta do London New Inn, quando eu ia lá com mensagem da Sally do parque pro irmão dela, que é um dos postilhões. Aconteceu que eu olhei pra cima quando passei pela carruagem, e assim eu vejo na mesma hora que a srta. Steele mais jovem era quem era; e assim eu tirei meu chapéu, e ela me conheceu e me chamou, e perguntou por minha senhora, e pelas jovens damas, especialmente a srta. Marianne, e pediu que eu mandasse os cumprimentos dela e do sr. Ferrars, os melhores cumprimentos e préstimos, e como lamentavam que não tinham tempo pra vir e visitar, mas estavam com muita pressa pra seguir em frente, pois iam descer por um tempo, mas entanto, quando eles voltassem, eles com certeza vinham visitar.

– Mas ela disse a você que estava casada, Thomas?

– Sim, minha senhora. Ela sorriu, e falou como tinha mudado de nome desde que andou por estes lados. Ela foi sempre uma jovem dama muito afável e sem reserva, e se comportando com muita cortesia. Então eu tomei liberdade de lhe desejar tudo de bom.

– O sr. Ferrars estava na carruagem com ela?

– Sim, minha senhora, eu pude ver ele recostado ali dentro, mas ele nem olhou pra mim; ele nunca foi o tipo de cavalheiro que gosta muito de falar.

O coração de Elinor podia facilmente explicar que ele não se fizesse aparecer; e a sra. Dashwood encontrou provavelmente a mesma explicação.

– Não havia mais ninguém na carruagem?

– Não, minha senhora, só eles dois.

– Você sabe de onde vinham?

– Eles vinham direto da cidade, como a srta. Lucy... a sra. Ferrars me disse.

– E vão seguir mais para oeste?

– Sim, minha senhora, mas a demora não vai ser grande. Eles logo vão estar de volta, e então eles com certeza vêm fazer uma visita.

A sra. Dashwood olhou agora para sua filha, mas Elinor sabia muito bem que não deveria esperar por tal visita. Ela reconheceu Lucy por inteiro na mensagem, e tinha grande confiança de que Edward jamais passaria perto delas. Comentou com sua mãe em voz baixa que eles provavelmente estavam descendo até a casa do sr. Pratt, perto de Plymouth.

As informações de Thomas pareciam estar esgotadas. Elinor dava impressão de que queria ouvir mais.

– Você os viu partindo, antes de se afastar?

– Não, minha senhora... Os cavalos vinham justamente saindo, mas eu não podia demorar mais; eu estava com medo de me atrasar.

– A sra. Ferrars parecia estar bem?

– Sim, minha senhora, ela disse como estava muito bem; e no meu entender ela foi sempre uma jovem dama muito bonita... E parecia estar contente como nunca.

A sra. Dashwood não conseguiu pensar em nenhuma outra pergunta, e Thomas e a toalha de mesa, igualmente desnecessários agora, foram logo em seguida dispensados. Marianne já mandara dizer que não comeria mais nada. Os apetites da sra. Dashwood e de Elinor se viram também perdidos, e Margaret até poderia pensar que se saía bastante bem, tamanho era o mal-estar que suas duas irmãs haviam experimentado recentemente, tanto motivo elas muitas vezes tiveram para que descuidassem de suas refeições, por nunca ter enfrentado antes a obrigação de ficar sem seu jantar.

Quando a sobremesa e o vinho foram dispostos, e a sra. Dashwood e Elinor foram deixadas sozinhas, elas permaneceram longo tempo juntas numa similaridade de reflexão e silêncio. A sra. Dashwood teve receio de arriscar qualquer observação, e não tentou oferecer consolo. Ela constatou, agora, que cometera um erro ao confiar na representação que Elinor fizera de si mesma; e concluiu com justiça que tudo lhe tinha sido expressado de maneira suavizada, na ocasião, para poupá-la de um aprofundamento de sua infelicidade, para que não sofresse como sofrera por Marianne. Constatou que a filha, com sua dedicação atenciosa e cuidadosa, a tinha induzido ao engano de pensar que aquele envolvimento, que em determinado momento ela compreendera tão bem, fosse na verdade muito mais superficial do que até então imaginara, ou do que ficava provado agora. Temeu que, sob essa persuasão, tinha sido injusta, desatenta, ou mais do que isso, quase cruel com sua Elinor; que as aflições de Marianne, porque mais reconhecidas, situadas de modo mais evidente diante dela, haviam absorvido por demais sua ternura e a fizeram esquecer que em Elinor ela podia ter uma filha que sofria quase na mesma intensidade, certamente com menos autopunição e maior fortitude.

Capítulo 48

Elinor agora constatava que havia uma diferença entre a expectativa de um acontecimento desagradável, por mais certo que a mente pudesse aceitar considerá-lo, e a certeza em si. Agora constatava que, a contragosto, admitira sempre uma esperança, enquanto Edward permanecera solteiro, de que algo ocorreria para impedir seu casamento com Lucy; de que alguma resolução dele próprio, alguma mediação de amigos, ou alguma oportunidade de união que aprouvesse melhor à dama, surgiria para facilitar a felicidade de todos. Mas agora ele estava casado; e ela condenou seu coração por tal lisonja oculta, que aumentava tanto a dor da notícia.

Que Edward estivesse casado tão cedo, antes (como Elinor imaginava) que pudesse ser ordenado e, consequentemente, antes que pudesse tomar posse do benefício eclesiástico, a princípio lhe causou certa surpresa. Mas ela logo percebeu o quanto era provável que Lucy, com seu furor por seus objetivos pessoais e com sua pressa por garanti-lo como marido, negligenciasse qualquer coisa, menos o risco de um retardamento. Os dois casaram-se, casaram-se na cidade, e agora descem às pressas até a casa do tio dela.

Que sentimentos Edward decerto experimentara estando a menos de quatro milhas de Barton, e quando viu o criado da mãe dela, e ouviu a mensagem de Lucy!

Logo, ela supôs, os dois estariam instalados em Delaford. Delaford – o lugar no qual tantas coisas conspiravam para provocar seu interesse, com o qual queria se familiarizar e que no entanto desejava evitar. Elinor os viu num instante na residência paroquial; enxergou em Lucy a gerente ativa e maquinadora, unindo ao mesmo tempo um desejo de aparência requintada e a máxima frugalidade, e tendo vergonha de que alguém pudesse suspeitar de metade de suas práticas econômicas; perseguindo seus próprios interesses em cada pensamento, cortejando as opiniões favoráveis do coronel Brandon, da sra. Jennings e de todos os amigos ricos. Em Edward, não sabia o que enxergava, nem o que desejava enxergar; feliz ou infeliz, nada parecia satisfatório para ela; afastou os olhos de qualquer esboço dele.

Elinor acalentou a esperança de que alguém de suas relações em Londres fosse lhes escrever com o fim de anunciar o evento e fornecer mais detalhes, porém dias e mais dias se passaram e não trouxeram nenhuma carta, nenhuma notícia. Mesmo sem ter certeza de que alguém devesse ser culpado, viu omissão em cada um dos amigos ausentes. Eram todos desatentos ou indolentes.

– Quando a senhora vai escrever ao coronel Brandon? – foi uma pergunta que surgiu da impaciência de sua mente por ver algo acontecer.

– Escrevi para ele, meu amor, na semana passada, e espero antes vê-lo do que ter notícias dele novamente. Insisti seriamente que ele viesse nos ver, e não ficaria surpresa se o visse aparecendo aqui hoje ou amanhã, ou qualquer dia.

Isso era ganhar alguma coisa, algo que podia ser aguardado. O coronel Brandon *decerto* teria informações para dar.

Ela mal determinara que assim seria quando a figura de um homem a cavalo atraiu seus olhos na janela. Ele parou diante do portão. Era um cavalheiro, era o coronel Brandon em pessoa. Agora conseguiu ouvir mais; e tremeu de expectativa. Porém... *não* era o coronel Brandon – tampouco seu porte – tampouco sua altura. Se fosse possível, Elinor diria que só podia ser Edward. Olhou de novo. Ele acabara de desmontar; não podia estar enganada, *era* Edward. Ela se afastou e se sentou. "Edward vem da casa do sr. Pratt com o propósito de nos ver. *Vou* ficar calma; *vou* saber me controlar."

Num instante ela percebeu que as outras estavam também cientes do equívoco. Viu que sua mãe e Marianne enrubesceram; viu que olharam para ela e sussurraram algumas frases entre si. Teria dado qualquer coisa neste mundo para ser capaz de falar – e fazê-las entender que esperava que nenhuma frieza, nenhum menosprezo aparecesse no comportamento das duas com ele; mas nada saiu de seus lábios, e teve de deixar tudo a critério delas.

Sequer uma sílaba foi dita em voz alta. Todas aguardaram em silêncio pelo aparecimento do visitante. Seus passos foram ouvidos ao longo do caminho de cascalho; ele logo chegou ao vestíbulo, e um momento depois estava diante delas.

Seu semblante, quando ele entrou na sala, não parecia ser muito feliz, nem mesmo para Elinor. Sua pele estava branca de agitação, e ele dava impressão de que temia pela recepção que teria, como que sabendo não merecer um acolhimento amigável. A sra. Dashwood, no entanto, em conformidade, como acreditava, com os desejos de sua filha, por quem agora pretendia, no ardor de seu coração, ser guiada em tudo, o recebeu com um olhar de complacência forçada, estendeu sua mão e lhe desejou tudo de bom.

Ele corou e balbuciou uma resposta ininteligível. Os lábios de Elinor haviam se mexido com os de sua mãe; depois que o momento de agir já terminara, ela desejou que tivesse apertado a mão dele também. Mas era tarde demais e, com um semblante que tencionava franqueza, sentou-se outra vez e falou sobre o tempo.

Marianne recuara fora de vista tanto quanto possível, para esconder sua perturbação; Margaret, compreendendo uma parte, mas não a totalidade do caso, pensou que lhe competia exibir uma postura digna, e por isso sentou-se tão longe dele quanto conseguiu, e manteve um silêncio rigoroso.

Quando Elinor parou de se regozijar pela secura da estação, assomou uma pausa tenebrosa. Quem primeiro falou foi a sra. Dashwood, que se sentiu na obrigação de desejar que a sra. Ferrars estivesse muito bem quando se despedira dele. De modo precipitado, Edward respondeu afirmativamente.

Outra pausa.

Elinor, resolvendo fazer um esforço, embora temesse o som de sua própria voz, agora disse:

— A sra. Ferrars se encontra em Longstaple?

— Em Longstaple! — ele retrucou, com um ar de surpresa. — Não, minha mãe se encontra na cidade.

— Eu estava me referindo — disse Elinor, apanhando na mesa um trabalho qualquer — à sra. *Edward* Ferrars.

Ela não se atreveu a levantar o rosto, mas tanto sua mãe quanto Marianne voltaram os olhos para ele. O cavalheiro corou, pareceu ficar perplexo, não soube como proceder e, depois de alguma hesitação, disse:

— Talvez a senhorita esteja se referindo... ao meu irmão... esteja se referindo... à sra. *Robert* Ferrars.

— A sra. Robert Ferrars!? — repetiram Marianne e sua mãe, num tom do máximo assombro.

Quanto a Elinor, embora não fosse capaz de falar, até os olhos *dela* estavam fixos em Edward com o mesmo espanto impaciente. Ele se levantou de seu assento e caminhou até a janela, aparentemente porque não sabia o que fazer; pegou uma tesoura que ali encontrou e, estragando ao mesmo tempo a tesoura e sua bainha, cortando esta última em pedaços enquanto falava, disse numa voz precipitada:

— Talvez vocês não saibam... Pode ser que não tenham tomado conhecimento de que o meu irmão se casou recentemente com... com a mais nova... com a srta. Lucy Steele.

Suas palavras foram ecoadas num assombro indescritível por parte de todas exceto Elinor, que permaneceu sentada, com a cabeça inclinada sobre seu trabalho, num estado de agitação tão forte que ela mal sabia onde estava.

— Sim — disse Edward —, eles se casaram na semana passada, e se encontram agora em Dawlish.

Elinor não suportou ficar sentada por mais tempo. Praticamente correu para fora da sala e, assim que a porta se fechou, irrompeu em lágrimas de alegria que, a princípio, pensou que jamais cessariam. Edward, que até então olhara para todos os lugares, menos para ela, a viu sair às pressas e talvez viu — ou até mesmo escutou — sua emoção, pois logo em seguida ele caiu num devaneio que nenhum comentário, nenhuma pergunta, nenhum tratamento afetuoso da sra. Dashwood conseguiu penetrar, e por fim, sem dizer uma única palavra, abandonou a sala e saiu caminhando na direção do vilarejo — deixando as outras num ápice de assombro e perplexidade pela mudança da situação dele, tão espantosa e tão súbita; uma perplexidade que não tiveram condições de diminuir, exceto em suas próprias conjecturas.

Capítulo 49

POR MAIS INEXPLICÁVEIS, NO entanto, que as circunstâncias de sua libertação pudessem parecer à família toda, era certo que Edward estava livre; e o propósito com que tal liberdade seria empregada foi facilmente predeterminado por todas; porque depois de experimentar as bênçãos de *um* noivado imprudente, contraído sem o consentimento de sua mãe, como ele já fizera por mais de quatro anos, nada menos se podia esperar dele, no fracasso do *primeiro*, do que a contração imediata de um segundo.

A incumbência de Edward em Barton, na verdade, era simples. Era somente pedir a Elinor que se casasse com ele; e considerando-se que ele não era de todo inexperiente nessa solicitação, pode parecer estranho que se sentisse tão desconfortável no presente caso, como realmente se sentiu, com tamanha necessidade de encorajamento e ar fresco.

Quanto tempo ele caminhou até chegar à resolução adequada, no entanto, em quanto tempo uma oportunidade de exercê-la se apresentou, de que maneira ele se expressou e como foi recebido, nada disso precisa ser dito em particular. Isto apenas precisa ser dito: que quando às quatro horas se sentaram todos à mesa, cerca de três horas depois de sua chegada, ele conquistara sua dama e já era, não apenas na confissão extasiada do apaixonado mas também na realidade da razão e da verdade, um dos homens mais felizes do mundo. Sua situação, de fato, era mais do que comumente alegre. Ele tinha mais do que um ordinário triunfo do amor correspondido para enfunar o coração e elevar o espírito. Sem qualquer censura que lhe pudesse ser feita, foi libertado de um enlace que por muito tempo causara seu infortúnio, de uma mulher que havia muito ele deixara de amar; e de pronto foi elevado à segurança com outro enlace, no qual deve ter pensado quase com desespero logo ao perceber que o considerava com desejo. Foi levado não da dúvida ou do suspense, mas do infortúnio à felicidade; e a mudança foi abertamente manifestada numa jovialidade genuína, torrencial e agradecida que suas amigas jamais haviam testemunhado nele antes.

Seu coração estava de todo aberto para Elinor agora, todas as suas fraquezas e todos os seus erros confessados, seu primeiro apego pueril a Lucy tratado com a imensa dignidade filosófica dos 24 anos.

— Foi uma inclinação tola e ociosa de minha parte — disse ele —, consequência da ignorância do mundo... e da falta de ocupação. Tivesse a minha mãe me permitido alguma profissão ativa quando fui destituído, aos dezoito anos, dos cuidados do sr. Pratt, creio que... ou melhor, tenho certeza, isso nunca teria ocorrido; pois embora eu tenha saído de Longstaple com o que julgava ser, na época, a mais invencível preferência pela sobrinha dele, se eu então contasse com qualquer atividade, qualquer objetivo que ocupasse o meu tempo e me mantivesse distante dela por alguns meses, eu teria muito em breve superado aquele apego imaginário, especialmente depois de uma interação maior com o mundo, algo que, nesse caso, decerto aconteceria comigo. Mas em vez de ter qualquer coisa para fazer, em vez de ter qualquer profissão escolhida para mim ou de ter o direito de escolher alguma por minha conta, voltei ao meu lar para ficar completamente ocioso; e durante os doze meses que se seguiram não tive sequer a ocupação nominal que me caberia por pertencer à universidade, porque não entrei em Oxford antes de chegar aos dezenove anos. Eu não tinha, portanto, nada no mundo para fazer, exceto fantasiar que estava apaixonado; e visto que minha mãe não fazia do meu lar um lugar confortável em todos os aspectos, visto que eu não tinha nenhum amigo, nenhum companheiro em meu irmão, e não gostava de fazer novas amizades, era natural que eu estivesse com grande frequência em Longstaple, onde sempre me senti em casa e tive sempre certeza de que seria bem-vindo; assim, passei ali a maior parte do meu tempo dos dezoito aos dezenove anos; Lucy representava tudo que havia de amável e prestativo. Ela era bonita, também... Pelo menos eu assim pensava *na época*; eu vira tão pouco de outras mulheres que não poderia fazer comparações ou ver defeitos. Considerando-se tudo, portanto, espero eu, por mais tolo que fosse, por mais tolo que desde então tenha provado ser em todos os sentidos, nosso noivado não chegou a ser, naquele momento, uma tolice anormal ou imperdoável.

A mudança que em poucas horas se forjara nas mentes e na felicidade das Dashwood foi tamanha – foi tão grande – que lhes prometeu a todas a satisfação de uma noite insone. A sra. Dashwood, demasiado feliz para estar confortável, não soube como amar Edward ou louvar Elinor o suficiente, como ser grata o suficiente pela libertação dele sem ferir sua suscetibilidade, ou como a um só tempo lhes conceder espaço para uma conversa irrestrita e ainda desfrutar, como desejava, do prazer de vê-los e permanecer ao lado deles.

Marianne conseguiu expressar *sua* felicidade somente através de lágrimas. Comparações ocorriam, lamentos surgiam; e seu contentamento, embora fosse sincero como seu amor pela irmã, foi de um tipo que não lhe deu nem ânimo e nem linguagem.

Mas Elinor – como descrever os sentimentos *dela*? Do momento em que soube que Lucy se casara com outro, que Edward estava livre, ao momento em que ele justificou as esperanças que haviam se seguido no mesmo instante, ela sentiu alternadamente tudo, menos calma. Mas quando passara o segundo momento, quando ela viu removidas todas as dúvidas e todas as solicitudes, comparou sua situação com aquela que vivera tão recentemente – viu Edward libertado de maneira tão honrada de seu envolvimento anterior, o viu se aproveitar imediatamente da libertação para se dirigir a ela e declarar o afeto terno e constante que ela sempre supusera existir –, sentiu-se oprimida, sentiu-se subjugada por sua própria felicidade; e na feliz disposição que a mente humana possui para facilmente se familiarizar com qualquer mudança para melhor, foram necessárias várias horas para que houvesse serenidade em seu espírito, ou um mínimo grau de tranquilidade em seu coração.

Edward agora estava instalado no chalé por pelo menos uma semana; pois por mais que outros compromissos o pudessem solicitar, era impossível que um período menor fosse dedicado ao deleite da companhia de Elinor ou bastasse para dizer metade do que precisava ser dito sobre o passado, o presente e o futuro; pois embora pouquíssimas horas despendidas na árdua labuta de uma conversa incessante são capazes de despachar bem mais do que os assuntos que podem realmente existir em comum num par qualquer de criaturas racionais, com apaixonados é diferente. Entre *eles* nenhum assunto está terminado, nenhuma comunicação sequer se completa, até que tudo seja retomado pelo menos vinte vezes.

O casamento de Lucy, o espanto ininterrupto e razoável entre todos eles, formou naturalmente uma das primeiras discussões dos apaixonados; e o particular conhecimento que Elinor tinha de cada parte fazia com que a união lhe parecesse, sob todos os pontos de vista, uma das circunstâncias mais extraordinárias e inexplicáveis de que jamais ouvira falar. De que modo eles puderam esbarrar um no outro, e que tipo de atração tinha sido capaz de induzir Robert a se casar com uma garota sobre cuja beleza ela mesma o ouvira falar sem qualquer admiração – uma garota, além disso, já comprometida com seu irmão, e por conta de quem esse irmão havia sido expulso de casa por sua família –, tais questões se colocavam além da compreensão de Elinor. Em seu próprio coração o caso era delicioso; em sua imaginação, era inclusive ridículo; mas em sua razão, em seu julgamento, era um completo enigma.

Edward pôde apenas arriscar uma explicação supondo que num primeiro encontro acidental, talvez, a vaidade de um tivesse sido tão estimulada pela bajulação do outro que os dois acabaram progredindo, aos poucos, por todas as demais etapas. Elinor recordou o que Robert lhe dissera em Harley Street, sua opinião sobre o resultado que sua própria mediação poderia ter obtido nos afazeres de seu irmão, caso aplicada no tempo certo. Ela o repetiu a Edward.

– *Isso* foi muito típico de Robert – foi a imediata observação do jovem. – E *essa* – ele logo acrescentou – talvez fosse a intenção *dele* quando os dois se conheceram. E num primeiro momento, talvez, Lucy pretendeu apenas obter seus bons ofícios em meu favor. Outros planos podem ter surgido mais adiante.

Se precisasse adivinhar desde quando essa relação vinha sendo desenvolvida entre eles, no entanto, Edward estaria tão perdido quanto Elinor; pois em Oxford, onde havia permanecido por opção desde que saíra de Londres, não tivera como receber notícias dela senão através dela mesma, e as cartas que a garota mandava, até a última, não eram menos frequentes ou menos afetuosas do que de costume. Nem mesmo a menor suspeita, portanto, jamais lhe passou pela cabeça, em antecipação ao que viria; e quando afinal o fato lhe foi anunciado de súbito, numa carta da própria Lucy, ele ficara durante certo tempo, segundo acreditava, meio estupefato entre o espanto, o terror e a felicidade de tal libertação. Edward colocou a carta nas mãos de Elinor.

Caro Senhor,
Estando muito certa que faz muito perdi seu afeto, julguei ter liberdade de conceder o meu para outro, e não tenho nenhuma dúvida que serei tão feliz com ele quanto eu costumava pensar que poderia ser com o senhor; mas abstenho de aceitar uma mão se o coração pertence a outra pessoa. Sinceramente desejo que o senhor seja feliz em sua escolha, e não será culpa minha se não formos sempre bons amigos, como fica conveniente agora, no relacionamento próximo que teremos. Posso dizer com segurança que não o considero com maus olhos, e tenho certeza que o senhor é generoso demais para querer nos tratar mal. Seu irmão conquistou meus afetos por inteiro e, como não poderíamos viver um sem outro, acabamos de retornar do altar e estamos agora em nosso caminho para Dawlish por algumas semanas, um lugar que o seu querido irmão tem grande curiosidade para ver, mas pensei em primeiro incomodá-lo com estas poucas linhas, e serei sempre

      Sua sincera benquerente, amiga e irmã,
         Lucy Ferrars.

Eu queimei todas as suas cartas, e vou devolver seu retrato na primeira oportunidade. Destruir por favor os meus rabiscos – mas o anel com meu cabelo, esse o senhor pode ficar à sua vontade se quiser guardá-lo.

Elinor leu e devolveu a carta sem qualquer comentário.

– Não vou pedir sua opinião sobre o texto enquanto composição – disse Edward. – Por nada no mundo eu teria permitido que *você* visse uma carta dela em tempos passados. Numa irmã isso é ruim o bastante, mas numa esposa! Como corei sobre as páginas de sua escrita! E acredito poder dizer que desde o primeiro semestre do nosso tolo... negócio... esta é a única carta que jamais recebi dela cuja substância me proporcionou alguma reparação pelo defeito do estilo.

– Não importa como possa ter acontecido – disse Elinor, depois de uma pausa –, eles estão certamente casados. E a sua mãe atraiu para si mesma uma punição mais do que adequada. A independência que ela estabeleceu para Robert, por causa de um ressentimento contra você, colocou nas mãos dele o poder de fazer sua própria escolha; e na verdade ela subornou um filho com mil por ano para que cometesse o mesmo ato que a fez deserdar o outro porque este o quis cometer. Ela dificilmente ficará menos magoada por Robert se casar com Lucy, suponho, do que teria ficado se você tivesse casado com ela.

— Vai ficar mais magoada, porque Robert sempre foi seu favorito. Vai ficar mais magoada, e pelo mesmo princípio vai perdoá-lo bem mais depressa.

Edward não fazia ideia da situação em que se mantinha o caso entre eles de momento, pois não tentara fazer nenhuma comunicação com qualquer pessoa de sua família. Ele saíra de Oxford dentro de 24 horas após a chegada da carta de Lucy; tendo apenas um objetivo diante de si – percorrer a estrada mais curta para Barton –, não lhe sobrara tempo para formular qualquer plano de conduta que não apresentasse a mais íntima conexão com essa estrada. Nada poderia fazer até que se visse seguro quanto a seu destino com a srta. Dashwood; e por sua rapidez na perseguição de *tal* destino é de se supor, apesar do ciúme que sentira do coronel Brandon no passado, apesar da modéstia com a qual avaliava seus próprios méritos e da delicadeza com que falava de suas dúvidas, que não esperou, de modo geral, uma recepção muito cruel. Era tarefa sua, no entanto, dizer que *esperou*, e ele o disse de uma maneira muito bonita. O que teria para dizer sobre o assunto depois de doze meses deve ser remetido à imaginação de maridos e esposas.

Que Lucy certamente quisera enganar, sair-se com um floreio de malícia contra ele em sua mensagem através de Thomas, isso ficou perfeitamente claro para Elinor. E o próprio Edward, agora completamente esclarecido quanto ao caráter da jovem, não teve escrúpulos em acreditar que ela era capaz da máxima baixeza de uma índole maldosa e traiçoeira. Embora seus olhos estivessem abertos havia muito tempo, desde antes mesmo de ele ter conhecido Elinor, à ignorância de Lucy e à exígua liberalidade de algumas de suas opiniões, eles tinham igualmente passado a levar em conta sua educação exígua. Até receber a última carta, Edward sempre enxergara nela uma garota bem-intencionada, de bom coração, e completamente afeiçoada por ele. Nada senão essa persuasão poderia ter evitado que ele desse fim a um noivado que, muito antes do descobrimento que o deixara exposto à raiva de sua mãe, provara ser uma contínua fonte de inquietação e desgosto para ele.

— Pensei que era meu dever – disse ele –, independente de meus sentimentos, conceder para Lucy a opção de prosseguir ou não com o noivado quando fui renunciado por minha mãe e fiquei, segundo todas as aparências, sem um amigo sequer no mundo para me socorrer. Numa situação como aquela, na qual não parecia existir nada que pudesse tentar a avareza ou a vaidade de qualquer criatura viva, de que modo eu poderia supor, quando ela insistiu com tanto ardor e tanta intensidade em compartilhar o meu destino, fosse ele qual fosse, que outra coisa senão o mais desinteressado carinho a induzia? E mesmo agora não consigo entender com que motivo Lucy agiu, ou que vantagem imaginária podia ver em se deixar prender a um homem por quem não tinha nem um mínimo de consideração e que tinha somente

2 mil libras neste mundo. Lucy não podia prever que o coronel Brandon me daria um benefício eclesiástico.

– Não; mas podia supor que algo ocorreria que o favorecesse; que a sua própria família poderia ceder com o tempo. E de qualquer modo ela não perderia nada prosseguindo com o noivado, pois provou que nem sua inclinação e nem suas ações se deixaram prender. A conexão era sem dúvida respeitável, e provavelmente lhe granjeou consideração entre seus amigos; além disso, se nada de mais vantajoso ocorresse, para ela seria melhor casar com *você* do que permanecer solteira.

Edward ficou, é claro, imediatamente convencido de que nada poderia ter sido mais natural do que a conduta de Lucy, ou mais incontestável do que a motivação de tal conduta.

Elinor o repreendeu, no tom áspero com que as damas sempre repreendem a imprudência que as lisonjeia, por ter passado tanto tempo com elas em Norland quando deveria ter notado sua própria inconstância.

– Seu comportamento foi sem dúvida muito incorreto – disse ela –, porque, para não falar da minha própria convicção, nossos parentes foram todos levados com isso a fantasiar e aguardar *algo* que, com a sua situação *naquele momento*, jamais poderia ocorrer.

Ele pôde apenas alegar uma ignorância de seu próprio coração e uma confiança equivocada na força de seu noivado.

– Eu fui simplório a ponto de pensar que, porque a minha *fé* estava comprometida com outra, não poderia existir nenhum perigo em ficar com você; e que a consciência do meu noivado manteria meu coração tão seguro e sagrado quanto minha honra. Senti que eu admirava você, mas disse a mim mesmo que era somente amizade; antes de começar a fazer comparações entre você e Lucy, não tive noção do quanto eu avançara. Depois disso, suponho, foi *de fato* incorreto de minha parte permanecer por tanto tempo em Sussex, e os argumentos através dos quais me reconciliei com a conveniência da estadia não foram melhores do que estes: o perigo é todo meu, e não estou causando dano a ninguém senão a mim.

Elinor sorriu e sacudiu a cabeça. Edward ouviu com prazer que o coronel Brandon estava sendo esperado no chalé, uma vez que realmente desejava não somente adquirir mais familiaridade com ele, mas também ter oportunidade de convencê-lo de que não mais se ressentia por ter ganhado dele o benefício eclesiástico de Delaford.

– O qual, a esta altura – disse ele –, depois de agradecimentos tão indelicadamente prestados como foram os meus na ocasião, o coronel deve pensar que eu jamais o perdoei por oferecer.

E *agora* ele mesmo se sentiu atônito por ainda não ter comparecido ao local. Mas tão pouco interesse ele tomara pela matéria que devia todo seu conhecimento sobre casa, quintal e gleba, extensão da paróquia, condição da terra e taxa dos dízimos justamente a Elinor, que depois de tanto ouvir o coronel Brandon falar a respeito, e de ouvir com a maior atenção, já dominava o assunto por inteiro.

Uma única questão além dessa restava indecisa entre eles, uma única dificuldade precisava ser superada. Os dois estavam unidos por afeto mútuo, com a mais ardente aprovação de seus verdadeiros amigos; o conhecimento íntimo que tinham um do outro parecia tornar sua felicidade certa – e eles apenas necessitavam de uma quantia com a qual viver. Edward possuía 2 mil libras, e Elinor mil, montante que, com o benefício de Delaford, era tudo que podiam chamar de seu; pois era impossível que a sra. Dashwood pudesse avançar qualquer soma; e nenhum dos dois estava tão apaixonado a ponto de pensar que 350 libras por ano lhes propiciariam os confortos da vida.

Edward não perdera totalmente a esperança por alguma mudança favorável em sua mãe com relação a ele; e *nisso* ele se apoiava para garantir o restante da futura renda. Mas Elinor não contava com tal solução; pois na medida em que Edward seria incapaz ainda de se casar com a srta. Morton, e sendo que a opção por ela mesma tinha sido qualificada em linguagem lisonjeira pela sra. Ferrars como somente um mal menor do que a opção por Lucy Steele, ela temia que a ofensa de Robert não serviria para nenhum outro propósito exceto enriquecer Fanny.

Cerca de quatro dias após a chegada de Edward, o coronel Brandon apareceu para completar a satisfação da sra. Dashwood e lhe dar a dignidade de ter consigo, pela primeira vez desde que ela se mudara para Barton, mais visitantes do que sua casa conseguia suportar. Edward teve permissão de reter o privilégio de haver chegado primeiro, e o coronel Brandon, portanto, caminhava todas as noites até o velho alojamento no parque, de onde ele normalmente retornava bem cedo na manhã, o suficiente para interromper o primeiro tête-à-tête dos apaixonados antes do desjejum.

Uma residência de três semanas em Delaford, onde, ao menos em suas horas noturnas, ele tinha pouco a fazer senão calcular a desproporção entre 36 e 17 anos, o trouxera para Barton numa disposição de espírito que precisava do imenso aprimoramento dos olhares de Marianne, da imensa bondade de seu acolhimento cordial e do imenso incentivo da linguagem de sua mãe para torná-la jovial. Entre tais amigos, no entanto, e com tamanha bajulação, o coronel de fato reavivou-se. Nenhum rumor do casamento de Lucy alcançara seus ouvidos ainda – ele não sabia nada do que se passara; e as primeiras horas de sua visita foram, consequentemente, despendidas em ouvir e sentir espanto. Tudo lhe foi explicado pela sra. Dashwood, e ele teve renovado motivo para se rejubilar no que fizera pelo sr. Ferrars, considerando que, no fim das contas, isso promovia o interesse de Elinor.

Será desnecessário dizer que os cavalheiros avançaram na boa opinião que tinham um do outro à medida que avançavam no conhecimento um do outro, porque não poderia ser diferente. Sua semelhança em bons princípios e bom senso, em temperamento e modo de pensar, provavelmente teria sido suficiente para uni-los em amizade sem quaisquer outras atrações; mas a circunstância de que estavam apaixonados por duas irmãs, e duas irmãs que gostavam uma da outra, tornou inevitável e imediato esse respeito mútuo que poderia ter esperado pelo efeito do tempo e do julgamento.

As cartas da cidade, que poucos dias antes teriam feito com que todos os nervos do corpo de Elinor vibrassem de furor, chegavam agora para ser lidas com menos emoção do que alegria. A sra. Jennings escreveu para contar a história espantosa, para desabafar sua honesta indignação com a coquete garota e emanar sua compaixão pelo pobre sr. Edward, o qual, ela tinha certeza, ficara bastante enamorado por essa mocinha imprestável, e agora estava em Oxford, segundo todos os relatos, com o coração quase partido. "Eu creio", continuava ela, "que nada tão ardiloso jamais foi perpetrado; pois não foi senão dois dias antes que Lucy me visitou e sentou algumas horas comigo. Criatura nenhuma suspeitava de nada, nem mesmo Nancy, que, pobrezinha, veio até mim chorando no dia seguinte, totalmente apavorada, com medo da sra. Ferrars, e sem saber como poderia chegar a Plymouth; pois Lucy, ao que parece, pegou emprestado tudo que ela tinha de dinheiro antes de fugir para se casar, com o propósito de ter o que ostentar, segundo supomos, e a pobre Nancy não tinha sete xelins neste mundo; por isso de muito bom grado eu lhe dei cinco guinéus para que ela fosse até Exeter, onde ela pretende permanecer três ou quatro semanas com a sra. Burgess, na esperança, como eu digo a ela, de topar com o doutor novamente. E devo dizer que a perfídia de Lucy em não levá-la junto com eles na carruagem é pior do que tudo. Pobre sr. Edward! Não consigo tirá-lo da cabeça, mas a senhorita precisa mandar chamá-lo a Barton, e a srta. Marianne precisa tentar confortá-lo."

As lamentações do sr. Dashwood foram mais solenes. A sra. Ferrars havia se tornado a mais infeliz das mulheres – a pobre Fanny tinha sofrido agonias de sensibilidade – e a existência de ambas era considerada por ele, sob um golpe como esse, com grato assombro. A ofensa de Robert era imperdoável, mas a de Lucy era infinitamente pior. Nenhum dos dois jamais poderia ser mencionado novamente diante da sra. Ferrars; e até mesmo se ela pudesse vir a ser induzida no futuro a perdoar seu filho, a esposa dele nunca seria reconhecida como sua filha e tampouco teria permissão de aparecer em sua presença. O segredo com que tudo havia sido conduzido entre eles era racionalmente tratado como algo que aumentara enormemente o crime, porque, tivesse qualquer suspeita ocorrido aos outros, medidas adequadas teriam sido tomadas para evitar o casamento; e ele apelava para que Elinor se juntasse a ele no ato de deplorar que o noivado de Lucy com Edward não tivesse sido antes cumprido, em lugar de ela servir, assim, como meio de disseminar a miséria mais ainda na família. Ele assim continuava:

"A sra. Ferrars ainda não chegou a mencionar o nome de Edward, o que não nos surpreende; contudo, para nossa grande perplexidade, sequer uma linha nos veio dele na ocasião. Talvez, no entanto, ele se mantenha em silêncio por medo de ofender, e vou portanto lhe sugerir, através de uma mensagem para Oxford, que sua irmã e eu pensamos que uma carta de adequada submissão por parte dele, endereçada talvez a Fanny, e por ela mostrada para sua mãe, pode não obter mau resultado; porque todos nós sabemos o quanto existe de ternura no coração da sra. Ferrars, e que nenhum desejo seu é maior do que o de se ver em bons termos com seus filhos."

Esse parágrafo foi de alguma importância quanto às perspectivas e à conduta de Edward. Ele determinou-se a tentar uma reconciliação, embora não exatamente no modo apontado por seu irmão e sua irmã.

– Uma carta de adequada submissão!? – repetiu ele. – Eles querem que eu peça o perdão da minha mãe por causa da ingratidão de Robert *com ela* e da violação de honra *comigo*? Não posso me permitir nenhuma submissão... Não fiquei nem vexado e nem arrependido com o que se passou. Eu fiquei muito feliz; mas isso não interessaria. Não sei de nenhuma submissão que seja *de fato* adequada no meu caso.

– Você pode certamente pedir para ser perdoado – disse Elinor –, porque você ofendeu; e creio que *agora* você poderia inclusive se aventurar a professar alguma consternação por ter chegado a formar o noivado que o fez ser alvo da raiva de sua mãe.

Edward concordou que poderia.

– E quando ela o tiver perdoado, talvez um pouco de humildade pode ser conveniente no reconhecimento de um segundo noivado que será quase tão imprudente aos olhos *dela* quanto foi o primeiro.

Edward não teve nada por obstar contra isso, mas ainda resistiu à ideia de uma carta de adequada submissão; e portanto, para que lhe fosse mais fácil, já que ele declarava uma disposição muito maior em fazer desprezíveis concessões por palavra falada do que por papel, ficou resolvido que, em vez de escrever a Fanny, ele partiria para Londres e rogaria pessoalmente os bons ofícios dela em seu favor.

— E se eles *realmente* tiverem interesse – disse Marianne, em seu novo caráter de candura – em promover uma reconciliação, eu haverei de pensar que até mesmo John e Fanny não são inteiramente desprovidos de mérito.

Depois de uma visita do coronel Brandon que durou somente três ou quatro dias, os dois cavalheiros deixaram Barton juntos. Eles seguiriam diretamente para Delaford, de modo que Edward pudesse obter algum conhecimento pessoal de seu futuro lar e ajudar seu protetor e amigo na decisão sobre quais melhorias eram necessárias na casa; e de lá, após permanecer por algumas noites, ele prosseguiria em sua viagem à cidade.

Capítulo 50

Depois de uma devida resistência por parte da sra. Ferrars, violenta e firme na medida certa para preservá-la do opróbrio no qual ela sempre parecia temerosa de incorrer, o opróbrio de ser muito amável, Edward foi admitido em sua presença, e pronunciado como sendo novamente seu filho.

Sua família vinha se mostrando flutuante ao extremo nos últimos tempos. Por muitos anos de sua vida ela teve dois filhos; mas o crime e a posterior aniquilação de Edward algumas semanas antes lhe tinham roubado um; a similar aniquilação de Robert a deixara por duas semanas sem nenhum; e agora, com a ressuscitação de Edward, ela tinha um outra vez.

Muito embora lhe fosse permitido viver mais uma vez, mesmo assim ele não sentiu que a continuidade de sua existência estava segura enquanto não revelou seu presente noivado; porque a publicação de tal circunstância, ele temia, poderia causar um revés repentino em sua constituição e levá-lo à morte tão rapidamente quanto antes. Com apreensiva cautela, portanto, foi efetuada tal revelação, e Edward foi ouvido com inesperada calma. A princípio a sra. Ferrars tentou razoavelmente dissuadi-lo de se casar com a srta. Dashwood, lançando mão de todos os argumentos em seu poder; lhe disse que na srta. Morton ele teria uma mulher de classe mais alta e maior fortuna, e reforçou tal asserção assinalando que a srta. Morton era filha de um nobre com 30 mil libras, enquanto que a srta. Dashwood era somente filha de um cavalheiro comum com não mais do que *três*; mas quando constatou que, embora perfeitamente admitisse a verdade de sua representação, ele não estava de forma nenhuma inclinado a ser guiado por ela, julgou ser mais sábio, em vista da experiência pretérita, submeter-se; e portanto, depois do mais indelicado retardamento que julgou ser necessário para sua própria dignidade, e que serviu para suprimir qualquer suspeita de boa vontade, a sra. Ferrars emitiu seu decreto de consentimento quanto ao casamento de Edward e Elinor.

O que ela se comprometeria em fazer no sentido de aumentar a renda do casal foi o próximo tópico a ser considerado; e aqui ficou plenamente claro que, embora Edward fosse agora seu único filho, ele não era de forma nenhuma o filho mais velho; pois enquanto Robert foi inevitavelmente dotado de mil libras por ano, sequer uma mínima objeção foi feita contra Edward ser ordenado para garantir 250 no máximo; e tampouco nada foi prometido, presente ou futuramente, além das mesmas 10 mil libras que haviam sido concedidas para Fanny.

Foi tanto quanto era desejado por Edward e Elinor, porém, e mais do que era esperado; e a própria sra. Ferrars, com suas desculpas evasivas, pareceu ser a única pessoa surpresa com o fato de que ela não desse mais.

Com uma renda mais do que suficiente para suas necessidades assim assegurada, eles não tiveram nada por esperar, depois que Edward tomou posse do benefício eclesiástico, senão a disponibilidade da casa, na qual o coronel Brandon, com ansioso desejo de acomodar Elinor, fazia melhorias consideráveis; e após esperar por algum tempo que todas pudessem ser concluídas, após experimentar, como de costume, mil desapontamentos e atrasos devido à inexplicável morosidade dos trabalhadores, Elinor, como de costume, rompeu a prévia resolução positiva de não casar até que tudo estivesse pronto, e a cerimônia foi realizada em Barton Church no começo do outono.

O primeiro mês depois do casamento foi passado em companhia do amigo na mansão, de onde eles podiam supervisionar o progresso do presbitério e dirigir todos os detalhes como bem quisessem no local, podiam escolher papéis, projetar plantações de arbustos e inventar uma entrada em curva para carruagens. As profecias da sra. Jennings, ainda que um tanto misturadas, foram cumpridas em sua maior parte; pois ela foi capaz de visitar Edward e sua esposa no presbitério deles por volta do dia de São Miguel, e pôde encontrar em Elinor e seu marido, como realmente acreditava, um dos casais mais felizes do mundo. Eles não tinham, na verdade, nada por desejar a não ser o casamento do coronel Brandon com Marianne, e pastagens um tanto melhores para suas vacas.

Eles foram visitados, quando primeiro instalaram-se, por quase todos os seus parentes e amigos. A sra. Ferrars veio inspecionar a felicidade que ela quase sentia vergonha de ter autorizado; e inclusive os Dashwood assumiram a despesa de uma viagem desde Sussex para lhes prestar as honras.

– Não vou dizer que fiquei decepcionado, minha cara irmã – disse John, enquanto eles caminhavam juntos, certa manhã, diante dos portões de Delaford House. – *Isso* seria um exagero, porque certamente você foi uma das jovens mais afortunadas deste mundo, afinal de contas. Mas eu confesso que me daria grande prazer poder chamar o coronel Brandon de meu irmão.

A propriedade dele aqui, seu lugar, sua casa, tudo está numa condição tão respeitável e tão excelente! E o bosque dele! Nunca vi madeira como essa em nenhum lugar em Dorsetshire, igual a essa que viceja em Delaford Hanger agora! E se bem que, talvez, Marianne possa não parecer exatamente a pessoa capaz de atraí-lo... Mas eu creio que seria de todo aconselhável que agora elas viessem frequentemente ficar com você, porque uma vez que o coronel Brandon parece estar em casa quase sempre, ninguém sabe o que pode acontecer... Porque, quando as pessoas acabam se vendo juntas por bastante tempo, e pouco contam com qualquer outra companhia... E sempre vai estar em seu poder apresentá-la de maneira vantajosa, e assim por diante. Em suma, você pode muito bem lhe dar uma chance... Você entende o que eu quero dizer.

Mas ainda que a sra. Ferrars tenha *de fato* aparecido para vê-los, e os tenha sempre tratado com o fingimento de um afeto decente, eles jamais foram insultados por aquilo que verdadeiramente mereceu seus favores e sua preferência: *isso* consistiu no desatino de Robert e nas artimanhas de sua esposa, e eles o conquistaram antes que muitos meses tivessem passado. A egoísta sagacidade desta última, que a princípio colocara Robert em apuros, foi também para ele o principal instrumento de libertação. Porque a respeitosa humildade de Lucy, suas atenções assíduas e bajulações infindáveis, assim que a menor abertura surgiu para que fossem exercitadas, reconciliaram a sra. Ferrars com essa escolha do filho, e o restabeleceram completamente em seus favores.

O comportamento de Lucy como um todo ao longo do caso e a prosperidade que o coroou podem ser tomados, portanto, como exemplos muitíssimo encorajadores do quanto uma fervorosa e incessante atenção pelo interesse pessoal, por mais que seu progresso possa ser aparentemente obstruído, acaba por auxiliar na obtenção de todas as vantagens da fortuna, com nenhum outro sacrifício exceto de tempo e de consciência. Quando Robert primeiro procurou conhecê-la e lhe fez uma visita particular em Bartlett's Buildings, foi apenas com a meta imputada nele por seu irmão. Ele queria meramente persuadir Lucy a desistir do noivado; e como não poderia se suceder nada senão o carinho de ambos, ele naturalmente imaginou que uma ou duas entrevistas resolveriam a questão. Nesse ponto, entretanto, e nesse apenas, ele errou; pois embora Lucy logo lhe tenha dado esperança de que sua eloquência no devido *tempo* a convenceria, uma outra visita, uma outra conversa, era sempre exigida para produzir essa convicção. Sempre restavam na mente dela, quando eles despediam-se, certas dúvidas que só poderiam ser removidas através de outra meia hora de diálogo com o próprio Robert. Seu comparecimento foi por esse meio garantido, e o resto decorreu com naturalidade. Em vez de falar de Edward, eles começaram gradualmente a falar apenas de Robert, um assunto sobre o qual ele sempre tinha mais a dizer do que sobre qualquer outro, e no qual ela logo traiu um interesse até mesmo igual ao dele; em suma, ficou logo evidente para ambos que ele suplantara completamente seu irmão. Ele ficou orgulhoso de sua conquista, orgulhoso por enganar Edward, e muito orgulhoso por se casar em segredo, sem o consentimento de sua mãe. O que se seguiu imediatamente é conhecido. Eles passaram alguns meses em Dawlish com grande felicidade; pois ela tinha muitos parentes e velhos conhecidos para ignorar – e ele desenhou diversas plantas para magníficos chalés; e de lá retornando à cidade, granjearam o perdão da sra. Ferrars com o simples expediente de pedir por ele, adotado por instigação de Lucy. Num primeiro momento esse perdão, de fato, como era razoável, estendeu-se somente a Robert; e Lucy, que não tinha nenhuma obrigação com a mãe dele, e portanto não poderia ter cometido nenhuma transgressão, permaneceu sem perdão por mais algumas semanas. Mas a perseverança em humildade de conduta e mensagens, em autocondenação pela ofensa de Robert e gratidão pela indelicadeza com a qual era tratada, granjeou-lhe com o tempo as altivas atenções que a dominaram devido a tanta graciosidade, e propiciou logo em seguida, em rápido progresso, o mais elevado estado de afeto e influência. Lucy tornou-se tão necessária na vida da sra. Ferrars quanto Robert ou Fanny; e ao passo que Edward jamais foi cordialmente perdoado por ter no passado pretendido se casar com ela, e Elinor, mesmo sendo superior a ela em fortuna e nascimento, fosse mencionada como intrusa, *ela* foi em todos os aspectos considerada, e sempre abertamente reconhecida, como uma filha favorita. Eles estabeleceram-se na cidade, receberam assistência muito generosa da sra. Ferrars, relacionaram-se nos melhores termos imagináveis com os Dashwood; e deixando de lado as invejas e a má vontade continuamente subsistentes entre Fanny e Lucy, na qual seus maridos naturalmente tomavam parte, bem como as frequentes divergências domésticas entre os próprios Robert e Lucy, nada podia exceder a harmonia em que todos viviam juntos.

    Muitas pessoas teriam ficado intrigadas em descobrir o que Edward fizera para perder o direito de filho mais velho; e o que Robert fizera para sucedê-lo no posto as teria intrigado ainda mais. Tratou-se de um arranjo, no entanto, justificado em seus efeitos, se não em sua causa; pois nada jamais transpareceu no estilo de vida de Robert ou em suas conversas para gerar uma suspeita de que ele lamentasse a extensão de sua renda, fosse por deixar muito pouco para seu irmão ou por trazer demais para ele mesmo; e se Edward pode ser julgado em função do pronto cumprimento de seus deveres em todos os sentidos, de um crescente afeto por sua esposa e sua casa e da regular jovialidade de seu espírito, será de se supor que ele era não menos contente com seu destino, não menos livre de qualquer desejo por uma troca.

O casamento de Elinor a separou tão pouco de sua família quanto bem poderia ser concebido – sem tornar inteiramente inútil o chalé em Barton –, porque sua mãe e suas irmãs passavam muito mais do que metade de seu tempo com ela. A sra. Dashwood agia sob motivos tanto de política quanto de prazer na frequência de suas visitas a Delaford, porque seu desejo de unir Marianne e o coronel Brandon era dificilmente menos ardoroso, mas um pouco mais liberal do que aquele que John expressara. Esse era o seu mais querido objetivo agora. Por mais preciosa que lhe fosse a companhia de sua filha, para ela nenhuma vontade era maior do que abrir mão de sua constante fruição em benefício do estimado amigo; e ver Marianne instalada na mansão era igualmente o desejo de Edward e Elinor. Os três sentiam as tristezas do coronel e o que lhes cabia por obrigação, e Marianne, sob consenso geral, deveria ser a recompensa para todas.

Com tal confederação contra ela – com um conhecimento tão íntimo da bondade do coronel – com uma convicção de seu apego apaixonado por ela mesma, o qual por fim, embora já fosse observável para todos os outros havia muito tempo, irrompeu diante dos olhos dela – o que Marianne poderia fazer?

Marianne Dashwood nasceu para ter um destino extraordinário. Nasceu para descobrir a falsidade de suas próprias opiniões, e para contrariar, com sua conduta, suas mais favoritas máximas. Nasceu para superar um afeto formado muito tarde na vida, aos dezessete anos, e para voluntariamente, com nenhum sentimento superior a forte estima e amizade animada, entregar sua mão para outro! E *esse* outro, um homem que sofrera não menos do que ela mesma no desenrolar de um envolvimento anterior, um homem que dois anos antes ela tinha considerado velho demais para se casar, e que ainda se valia da salvaguarda constitucional de um colete de flanela!

Mas foi assim. Em vez de cair em sacrifício por uma paixão irresistível, como na expectativa com a qual ela tinha chegado a se lisonjear, em vez até mesmo de permanecer para sempre com sua mãe e buscar seus únicos prazeres no recolhimento e no estudo, como mais tarde em seu julgamento mais calmo e sóbrio ela determinara que faria, Marianne se viu aos dezenove anos aceitando novas afeições, assumindo novos deveres, situada num novo lar, uma esposa, senhora de uma família e soberana de um vilarejo.

O coronel Brandon agora estava tão feliz quanto todos aqueles que melhor o amavam acreditavam que ele merecia ser; em Marianne ele foi consolado por todas as aflições passadas; o carinho e a companhia da esposa restauraram em sua mente o entusiasmo, e no seu espírito a jovialidade; e que Marianne encontrava sua própria felicidade formando a dele, nisso incidiam igualmente a persuasão e o deleite de cada observador amigo. Marianne nunca seria capaz de amar pela metade; e o seu coração se tornou de todo, com o tempo, tão devotado a seu marido quanto já tinha sido a Willoughby.

 Willoughby não pôde ouvir falar do casamento dela sem uma pontada de dor; e sua punição tornou-se logo depois completa no perdão voluntário da sra. Smith, a qual, declarando seu casamento com uma mulher de caráter como a causa de sua clemência, lhe deu razão para crer que, tivesse ele se comportado de forma honrosa com Marianne, poderia de uma só vez ter sido feliz e rico. Que o arrependimento por sua má conduta, acarretando assim uma punição isolada, foi sincero, não há de gerar dúvida; nem que ele muito pensava no coronel Brandon com inveja, e em Marianne com remorso. Mas que Willoughby tenha permanecido para sempre inconsolável, que tenha fugido da sociedade, ou contraído uma melancolia recorrente no temperamento, ou morrido de um coração partido, com nada disso se pode contar – pois ele não fez nenhuma dessas coisas. Ele viveu para ser ativo, e para frequentemente se divertir. Sua esposa não estava sempre de mau humor, nem sua casa era sempre desconfortável; e na sua criação de cavalos e cães, e em desportos de todo tipo, ele encontrou um grau nada desprezível de felicidade doméstica.

 Por Marianne, no entanto – apesar de sua incivilidade em sobreviver à perda dela –, ele sempre reteve a decidida consideração que o fazia interessar-se por qualquer novidade que ocorresse a ela, e que a tornou seu modelo secreto de perfeição numa mulher; e várias beldades ascendentes seriam por ele menosprezadas em dias vindouros, por serem incomparáveis com a sra. Brandon.

 A sra. Dashwood foi prudente o bastante para permanecer no chalé, sem tentar fixar residência em Delaford; e afortunadamente para Sir John e a sra. Jennings, quando Marianne foi tirada deles, Margaret tinha chegado a uma idade mais do que adequada para dançar, e não muito inelegível para que se esperasse dela ter um namorado.

 Entre Barton e Delaford, persistiu a constante comunicação que uma forte afeição familiar naturalmente ditaria; e entre os méritos e a felicidade de Elinor e Marianne, que não seja classificado como menos considerável que, embora fossem irmãs e vivessem quase ao alcance da vista uma da outra, elas puderam viver sem discordâncias entre si, e sem produzir frieza entre seus maridos.

Orgulho e preconceito

Tradução de Celina Portocarrero
Apresentação de Ivo Barroso

Apresentação

Jane Austen, a "boa tia de Steventon"

Ivo Barroso[1]

EM 1817, FALECIA EM Winchester, no condado de Hampshire, no sudeste da Inglaterra, uma frágil solteirona de 41 anos, de parcos dotes físicos, mas desenvolta dançarina nos saraus da província, que, com o correr dos tempos, se tornaria conhecida como uma das mais importantes escritoras da língua inglesa. Chamava-se Jane Austen e começou a escrever histórias apenas para a distração de seus inúmeros sobrinhos, chegando mais tarde a publicar alguns livros, o primeiro deles sob pseudônimo. O que se tornou mais famoso, precisamente este *Orgulho e preconceito* (*Pride and Prejudice*, em inglês), numa enquete organizada pela BBC de Londres, em 2003, sagrou-se como o segundo "Livro mais amado pelos leitores do Reino Unido".

Com base em suas narrativas, têm sido feitas inúmeras adaptações cinematográficas, algumas bem recentes até, daí falar-se num *revival* de Jane Austen – mas a expressão é inadequada, pois a autora de *Razão e sentimento* (1811), *Orgulho e preconceito* (1813), *Mansfield Park* (1814) e *Emma* (1816) nunca esteve literariamente morta, embora tenha falecido para o mundo há quase dois séculos. Seus leitores – e não só os de língua inglesa – têm sido fiéis, constantes e crescentes em todos estes anos que viram a obra literária da "boa tia de Steventon" atingir fabulosas tiragens, comparáveis apenas com as da Bíblia e de Shakespeare.

Usando a narrativa como veículo para uma acerba crítica da sociedade em que vivia, defensora incontornável da moral mas sem arroubos moralistas, preferindo a ironia ao sermão, Jane Austen conseguiu criar personagens vivos e inesquecíveis com sua arte de pintar em subtons e nas entrelinhas o mundo provincial onde transcorreu sua pobre e curta existência. Somente através de uma observação vívida poderia essa "boa tia" transcender os parcos limites do serão familiar para projetar seus personagens na galeria dos grandes vultos criados pela tinta negra. E a despojada forma de seu estilo os preserva ainda hoje, saborosos e latentes, em meio aos milhares de poderosos vultos que nestes 190 anos vieram enriquecer a literatura mundial.

Mas, antes de mais nada, em que consiste esse famoso estilo? Jane Austen não está sozinha na galeria de mulheres escritoras da literatura inglesa de

---

1. Ver nota da p. 9.

seu tempo: em 1847, Charlotte Brontë publica *Jane Eyre*, e sua irmã, Emily, *O morro dos ventos uivantes*; em 1860, George Eliot (pseudônimo de Mary Ann Evans) lança seu "romance novo" (*The Mill on the Floss*). São todas obras-primas da literatura romântica, sendo que o livro de Eliot inova o gênero com suas preocupações morais e psicológicas. No entanto, nenhuma delas conseguiu ser tão apreciada quanto Jane Austen, talvez por lhes faltar esse ingrediente que é uma das pedras de toque da literatura inglesa: o humor. Jane é espirituosa, é sarcástica, é gozadora. Os aspectos cômicos da pequena aristocracia inglesa são por ela expostos ao ridículo por meio das fraquezas vocabulares e das gafes. Em seus livros abundam as futricas e os mal-entendidos. Neles quase não há descrições; estão praticamente ausentes de paisagens, mesmo porque a autora muito pouco viajou. Toda a ação se passa no interior das residências, é induzida através dos diálogos ou das cartas. Mas que maneira espantosa de reproduzir tais diálogos ou de escrever tais cartas! Por eles, mesmo em tradução, Jane Austen nos permite avaliar o grau de educação ou a ignorância do personagem e situá-lo na escala social. No romance *Razão e sentimento*, por exemplo, quase todas as falas da sra. Jennings são antológicas, meras tentativas frustradas de o personagem aparentar o que não é, deixando sempre escapulir, pela tangente, um termo, uma expressão menos adequada ou um cacoete vocabular, que denunciam sua real personalidade ou sua formação cultural. Outro recurso estilístico de que Jane Austen se valeu de maneira exemplar foi o da inclusão de cartas no decorrer da narrativa. Na época em que viveu, a correspondência desempenhava um papel de relevância na vida familiar, não só por ser o veículo transmissor das notícias, mas igualmente por determinar o caráter do signatário; nela, o missivista punha à mostra o seu grau de instrução, seu conhecimento da língua e das boas maneiras sociais e, principalmente, a nobreza de seus sentimentos, que as convenções preconizavam fossem contidos ou dissimulados. Em Jane Austen, o trecho em que transcreve uma carta vale por uma longa descrição de fatos ou por uma demorada análise do comportamento do subscritor.

    Tendo vivido no ambiente limitado de uma pequena paróquia de que seu pai era o *rector* (uma espécie de pároco-professor), Jane escreve sobre o que vê e conhece: as tentativas de ascensão na escala social, o valor das pessoas determinado pela sua renda anual ("considera-se gentleman todo aquele que se mantém sem recorrer ao trabalho manual"), o grau de ignorância dos falsos nobres, a maldade das pessoas boas e, mais que tudo, a luta das mulheres para se casarem, única porta de saída para a modificação (ainda que precária) de seu *status* de animal doméstico. Mas o que ainda hoje mais nos surpreende nas deliciosas narrativas de Jane Austen – o atrativo estilístico que lhe tem proporcionado tamanha popularidade – é sem dúvida seu tom

APRESENTAÇÃO

"moderno", a agilidade, o suspense, e mesmo o "gancho", que imprime à sua narrativa um sabor de telenovela, naturalmente de alto nível. Apesar das anquinhas e das anáguas que revestiam todo o corpo das mulheres, os calções amarrados da cintura aos calcanhares; as blusas de punhos cerrados; as luvas, as golas altas; os amplos chapéus, as boinas e bonés, que transformavam a mulher num pacote de gesso ou porcelana, encouraçando-a contra qualquer tentativa de carícia, para nem pensar em algo mais, a mulher, a personagem feminina de Jane, é uma explosão de vitalidade, e seus olhos – única possibilidade de comunicação – transmitem todos os sentimentos, todas as emoções, todo o grande frêmito de vida amorosa não realizada, que certamente foi o grande drama pessoal da novelista inglesa. Em sua contenção emotiva, determinada pelo puritanismo da época, as personagens femininas não deixam, no entanto, de ser criaturas vivas e vibráteis, e mesmo quando contrapostas aos seus modelos antitéticos, racionais, essa racionalidade sabe compreender e equacionar os anseios da paixão e os desvarios da mente. Seus personagens e diálogos parecem (pratos) feitos para o cinema: os textos dos romances são verdadeiros *scripts*. Não é de se admirar que tantos filmes já tenham transposto para as telas as suas histórias aparentemente ingênuas, dando vida a personagens que já eram, nos romances, a configuração de tipos inesquecíveis. Aqui, em *Orgulho e preconceito*, a lenta caracterização da figura de Fitzwilliam Darcy, evoluindo de uma pessoa antipática e pretensiosa para, num *timing* perfeito, se mostrar magnânimo e providencial na reabilitação de Lydia (irmã mais nova de Elizabeth Bennet, a principal personagem feminina); a guinada transcendente que nos leva a reconsiderar sua atitude reservada e distante dos primeiros momentos, capaz de provocar em nós, como leitores, uma certa aversão por esse nobre afetado, ao sabermos finalmente que ele foi, desde o início, um enamorado precavido e respeitoso, compensando, no fim, a heroína Elizabeth por todo o sofrimento e as dúvidas que teve a seu respeito – todas essas fabulações e artimanhas de Jane Austen, esses enredos e quiproquós que animam os seus relatos, e que foram, depois dela, utilizados milhares de vezes para movimentar as novelas e os folhetins – servem para evidenciar seu talento de escritora, seu espírito de observação, sua penetração psicológica, ou, reafirmamos, ainda que possa parecer paradoxal, sua "modernidade". Embora tenha sido publicado em 1813 como seu segundo livro, *Orgulho e preconceito* é, na verdade, a primeira tentativa de Jane para ver um manuscrito seu impresso. Com o título inicial de *First Impressions* (Primeiras impressões), a novela, composta entre outubro de 1796 e agosto de 1797, não chegou a realizar aquele sonho, tendo sido recusada pelo editor Thomas Cadell. Durantue retrabalhados, os originais, sob a nova denominação de *Pride and Prejudice*, foram finalmente vendidos ao editor Thomas Egerton, que os publicou em três volumes encadernados, dezesseis anos depois.

Apresentação

Mas, na verdade, esse primeiro livro já pode ser tido como a súmula do que seria a temática e a estilística pessoais de Jane Austen ao longo de sua criação literária: a apresentação minuciosa da vida corriqueira de uma cidadezinha interiorana, a organização das famílias na sociedade aristocrática da Inglaterra da virada do século XVIII para o século XIX, as irmãs casadoiras cuja única esperança de realização é conseguir um casamento "confortável", ou seja, com um militar ou um pastor anglicano (cujos rendimentos anuais eram públicos), já que os nobres ("amores impossíveis"), com suas posses e moradias senhoriais, só se casavam com pretendentes do mesmo nível econômico. Com base nesse esquema simplista e simplório, Jane Austen, no entanto, povoa seu mundinho com pessoas sensíveis e ardorosas, belas e bem dotadas intelectualmente, embora compense esse quadro idealístico também com personagens caricatos e alguns histriões de caráter duvidoso. Embora os críticos mais exigentes considerem *Persuasão* (*Persuasion*), sua obra póstuma de 1917, o seu melhor romance, e por mais distante que o cenário austiano possa parecer em relação à vida atual, a leitura de *Orgulho e preconceito* tem conquistado a preferência dos leitores de todo o mundo, talvez porque represente o núcleo gerador de todo um universo de sonho e de beleza.

Há críticos que estranham a inexistência, nos livros de Jane Austen, de quaisquer menções políticas relacionadas aos acontecimentos universais de sua época. Embora dois de seus irmãos pertencessem à Armada britânica durante as Guerras Napoleônicas, não há em toda a sua obra a mais leve referência a esses conflitos que perturbavam o mundo e atingiam inclusive (e de maneira significativa) a Inglaterra. Seu silêncio sobre a Revolução Francesa pode, em parte, ser explicado pelo drama que sofreu sua prima Eliza, casada com um nobre francês, o conde de Feuillide. Ela costumava passar temporadas em Steventon com os Austen; quinze anos mais velha que Jane, devia ser para esta um motivo permanente de encanto pela alta posição que conquistara com o casamento (embora ela também tivesse posses) e um modelo perfeito para a observação estudiosa de uma jovem escritora. Eliza gostava de representar, e sua permanência em 1787 com os Austen ficou assinalada por ter movimentado os dotes dramático-amadorísticos da família, ensejando frequentes encenações de esquetes de autoria das jovens no grande celeiro contíguo à propriedade rural. Durante sua estadia, a vida das irmãs Jane e Cassandra se animou com leituras em voz alta e narração de histórias, não só em proveito das crianças da casa, mas igualmente de parentes e vizinhos que vinham se deleitar com as brincadeiras e a música. Mas em 1794, ocorreu o grande choque, que tornaria Eliza viúva e provocaria em Jane um estado de pânico toda vez que se pronunciava diante dela o nome da França. O conde de Feuillide, tendo corrido em defesa de seu amigo,

APRESENTAÇÃO

o marquês de Marlboeuf, perseguido pela Revolução, acabou sendo igualmente incriminado e morreu na guilhotina em Paris. Tal acontecimento dramático na vida de uma escritora de grande sensibilidade pode ter criado em Jane Austen uma aversão ou temor pelos acontecimentos mundiais.

Jane Austen nasceu em Steventon, no Hampshire (Inglaterra) a 16 de dezembro de 1775, penúltima dos oito filhos do reverendo George Austen (1731-1805) e de sua mulher Cassandra Leigh Austen (1739-1827), que exerciam funções presbiteriais da Igreja Anglicana nas pequenas paróquias de Steventon e Deane. Dois anos depois dela, nasceria o último dos filhos, Charles John, que, como o irmão Francis William, iria distinguir-se na Armada de Nelson, ambos chegando ao posto de almirante. Dois outros de seus irmãos, James e Henry, seguiram a carreira eclesiástica do pai; George, o segundo filho, que viveu permanentemente afastado do lar, internado em casas de repouso talvez devido a seus distúrbios mentais, faleceu com a avançada idade de 72 anos; Edward, adotado por um longínquo parente abastado, conseguiu alcançar a nobreza como proprietário de terras herdadas do tutor, e será em sua propriedade de Chawton que as irmãs Austen irão residir depois da morte do pai; Cassandra Elizabeth, a irmã única, morreu aos 73 anos, solteira, como Jane. Segundo o costume inglês, cabia-lhe o designativo de Miss Austen, por ser a mais velha, tratamento este que passaria a Jane caso Cassandra viesse a casar-se, e, como tal não aconteceu, Jane costumava brincar dizendo ser ela "a outra Miss Austen". (Oportuno esclarecer que, segundo aquele costume, a escritora devia ser chamada por Miss Jane, omitindo-se o nome de família.) Vítima de moléstia que hoje se supõe fosse a doença de Addison, um distúrbio hormonal, então fatídico, que destruía totalmente as glândulas suprarrenais, a maioria das vezes por lesão tuberculosa, Jane veio a falecer aos 41 anos, na vizinha cidade de Manchester, para onde fora levada em tratamento. Todos os irmãos, exceto Edward, casaram-se duas vezes e tiveram muitos filhos. Jane e Cassandra adoravam os sobrinhos e é da primeira a frase "It's better to be a loving aunt than a famous writer" (é melhor ser uma tia amorosa que uma escritora de fama). Cassandra foi sempre sua grande amiga e confidente; chegou a ficar noiva, aos 24 anos, do reverendo Thomas Fowle, que acabou morrendo de febre amarela, nas Índias Ocidentais, antes do casamento. Jane teve uma paixonite por Thomas Lefroy, seu primo longínquo, irlandês, que passava as férias em Hampshire; em seu regresso à Irlanda, ele se casou com outra, exerceu o alto cargo de Lord Chief Justice (uma espécie de promotor público) e, na velhice, muitos anos depois do falecimento de Jane, confessou "ter amado a grande Jane Austen... mas fora um amor de juventude" [*a boy's love*]. Sabe-se também que em 1802, durante umas férias em Manydown, Harris Bigg-Wither a pediu em casamento; Jane, que tinha 27 anos, assumiu na hora o compromisso, mas fugiu com a irmã nessa mesma noite, voltando para a casa dos pais em Bath, sem que se soubessem as razões tanto da aceitação quanto da recusa, certamente esclarecidas em cartas à irmã, que foram por esta destruídas depois da morte da autora. No entanto, numa carta à sobrinha Fanny, filha mais velha de seu irmão Edward, Jane fala a respeito de amor e conveniência no casamento: "voltando ao assunto, quero lhe suplicar para não se comprometer demasiadamente, e nem pensar em aceitá-lo a menos que realmente goste dele. Tudo pode ser suportado, menos um casamento sem Afeto." Isto pode explicar sua ruptura com Harris Bigg-Wither, com quem, aliás, manteve amizade mesmo depois do desentendimento.

A família Austen era abastada; o pai, além dos estipêndios que usufruía devido às suas funções paroquiais, preparava alunos, às vezes na condição de internos, para os exames da Universidade de Oxford. Jane passou os primeiros 27 anos de sua vida em Steventon, ausentando-se em duas pequenas ocasiões: em 1782 foi com a irmã para o pensionato da sra. Cawley, em Oxford, onde já estudava sua prima Jane Cooper. No pensionato, Jane contraiu crupe (difteria), doença então conhecida na Inglaterra pelo nome de "ferida pútrida na garganta". Se não fosse pela advertência aos pais de Jane e Cassandra, a autora teria morrido nessa ocasião. Posteriormente, em 1785/87, as irmãs Austen foram estudar no pensionato de madame Latournelle, em Reading. Mas a formação literária de Jane só se deu realmente quando, na volta de Reading, começa a estudar com o pai e os irmãos mais velhos. Ela escrevia abundantemente: cartas, peças de teatro, poesia, farsas, novelas. Em 1802, o pai se jubilou de suas atividades eclesiásticas e a família foi morar em Bath. Nessa época, Jane já havia composto as versões iniciais de três novelas que iria mais tarde reescrever e publicar. Em 1803, o sr. Seymor, empregado de seu irmão Henry, enviou seus manuscritos de *Susan* para os editores Crosby & Co., que os adquiriram por dez libras para publicação. No entanto, passados seis anos, a novela não havia saído; Jane, usando o pseudônimo de mrs. Ashton Dennis, consegue recuperar os originais e os transforma em *A abadia de Northanger* (*Northanger Abbey*), publicado postumamente.

Em 1805, o pai, George Austen, morre. Jane e Cassandra assumem o papel de tias, vivendo sempre rodeadas de sobrinhos. Seu relacionamento maior é com o irmão mais velho, o reverendo James Austen, cujo filho, James Edward, iria publicar em 1870 sua *Memória de Jane Austen*. Em 1811, sai sua primeira obra impressa, *Razão e sentimento* (*Sense and Sensibility*), assinada *By a Lady* (por uma Senhora). Durante toda a sua vida Jane manteve o anonimato. Nos últimos anos, já enferma, escreveu *Persuasão* e reviu *Northanger Abbey*. Deixou inacabado o último livro, *Sanditon*, ao morrer a 18 de julho de 1817. O irmão Henry foi quem revelou a identidade da autora e supervisionou a publicação destas duas últimas novelas completas, em 1818.

Orgulho e preconceito

Capítulo 1

É VERDADE UNIVERSALMENTE RECONHECIDA que um homem solteiro em posse de boa fortuna deve estar necessitado de esposa.

Por menos conhecidos que possam ser os sentimentos ou pontos de vista de tal homem em seus primeiros contatos com um novo ambiente, essa verdade está tão enraizada nas mentes das famílias vizinhas que o recém-chegado é considerado propriedade de direito das moças do lugar.

– Meu caro sr. Bennet – disse-lhe a esposa um dia –, o senhor já soube que Netherfield Park foi afinal alugada?

O sr. Bennet respondeu que não.

– Pois foi – retrucou ela –, a sra. Long aqui esteve há pouco e me contou tudo a respeito.

O sr. Bennet não lhe deu resposta.

– O senhor não quer saber quem a alugou? – exclamou a mulher, impaciente.

– *A senhora* quer me dizer, e não tenho objeções quanto a ouvir.

Como convite, foi o bastante.

– Mas, meu caro, o senhor precisa saber, a sra. Long me disse que Netherfield foi alugada por um jovem de grande fortuna, do norte da Inglaterra; que ele veio na segunda-feira, numa pequena carruagem puxada por quatro cavalos, para ver o lugar, e ficou tão encantado que no mesmo instante fechou negócio com o sr. Morris; que ele deve se instalar antes da Festa de São Miguel, e que alguns criados são esperados na casa no final da próxima semana.

– Como ele se chama?

– Bingley.

– Casado ou solteiro?

– Oh! Solteiro, meu caro, com certeza! Um homem solteiro e de grande fortuna, quatro ou cinco mil libras por ano. Que ótimo para nossas meninas!

– Por quê? Como isso pode afetá-las?

– Meu caro sr. Bennet – respondeu a mulher –, como pode ser tão irritante! Deve saber que estou pensando em casá-lo com uma delas.

– É esta a intenção dele ao se instalar aqui?

– Intenção! Bobagem! Como pode dizer uma coisa dessas? Mas é muito provável que ele *possa* se apaixonar por uma delas, portanto, o senhor deve ir visitá-lo assim que chegar.

– Não vejo necessidade. A senhora e as meninas podem ir, ou pode mandá-las sozinhas, o que talvez seja ainda melhor, já que, sendo tão bonita quanto elas, o sr. Bingley poderia achá-la a melhor de todas.

— Está me lisonjeando, meu caro. Sem dúvida eu *tive* minha cota de beleza, mas não tenho pretensões de ser excepcional hoje em dia. Quando uma mulher tem cinco filhas adultas, deveria desistir de pensar em sua própria beleza.

— Em tais casos, a mulher nem sempre tem muita beleza na qual pensar.

— Mas, meu caro, o senhor realmente precisa visitar o sr. Bingley quando ele vier a ser nosso vizinho.

— Isso é mais do que sou capaz de prometer, posso lhe garantir.

— Mas pense em suas filhas. Reflita um pouco sobre a situação que isso representaria para uma delas. Sir William e Lady Lucas estão decididos a ir exatamente pela mesma razão, pois em geral, como bem sabe, os dois não visitam recém-chegados. Precisa mesmo ir, pois será impossível *nós* o visitarmos se o senhor não o fizer.

— A senhora está sendo escrupulosa demais, sem dúvida. Acredito que o sr. Bingley ficará muito contente em vê-la; e vou mandar-lhe algumas linhas assegurando meu cordial consentimento para que se case com qualquer de nossas filhas, à sua escolha, embora deva incluir uma recomendação a respeito de minha pequena Lizzy.

— Desejo que não faça tal coisa. Lizzy não é em absoluto melhor do que as outras; e tenho certeza de que ela não tem a metade da beleza de Jane, nem a metade do bom humor de Lydia. Mas é sempre a *ela* que o senhor dá preferência.

— Nenhuma delas tem muito que as recomende — retrucou ele —, são todas bobas e ignorantes como as outras moças, mas Lizzy tem um pouco mais de perspicácia do que as irmãs.

— Sr. Bennet, como *pode* dizer tais coisas a respeito de suas próprias filhas? O senhor sente prazer em implicar comigo. Não tem qualquer compaixão pelos meus pobres nervos.

— Engano seu, minha cara. Tenho o maior respeito pelos seus nervos. Eles são meus velhos amigos. Pelo menos nos últimos vinte anos, ouço-a, com todo o respeito, mencioná-los.

— Ah, o senhor não sabe como sofro.

— Mas espero que se recupere e viva para ver muitos rapazes com renda anual de quatro mil libras chegarem à vizinhança.

— Não nos servirá de muita coisa se vinte deles chegarem, uma vez que o senhor não irá visitá-los.

— Pode ter certeza, minha cara, de que, quando houver vinte deles, visitarei todos.

O sr. Bennet era uma mistura tão singular de rapidez de raciocínio, humor sarcástico, retraimento e caprichos, que a experiência de 23 anos não fora o bastante para que a esposa lhe compreendesse o caráter. A mente *dela* era de interpretação menos difícil. Era mulher de inteligência medíocre, poucos conhecimentos e temperamento instável. Quando contrariada, fazia-se de nervosa. O objetivo de sua vida era casar as filhas; animava-se com visitas e novidades.

Capítulo 2

O SR. BENNET FOI um dos primeiros a se apresentar ao sr. Bingley. Sempre pretendera visitá-lo, embora continuasse, até o fim, a garantir à esposa que não o faria; e até a noite posterior à visita consumada ela não tinha conhecimento do fato. Tudo foi então revelado da seguinte maneira. Ao observar sua segunda filha ocupada em enfeitar um chapéu, ele de repente se dirigiu a ela:

— Espero que o sr. Bingley goste, Lizzy.

— Não temos como saber do *quê* o sr. Bingley gosta – disse a mãe da moça, ressentida –, já que não vamos visitá-lo.

— Mas a senhora se esquece, mamãe – disse Elizabeth –, que o encontraremos em festas e que a sra. Long prometeu apresentá-lo.

— Não acredito que a sra. Long vá fazer tal coisa. Ela mesma tem duas sobrinhas. É uma mulher egoísta e hipócrita e não a tenho em boa conta.

— Nem eu – disse o sr. Bennet –, e fico contente por saber que a senhora não depende de seus serviços.

A sra. Bennet não se dignou a dar qualquer resposta, mas, incapaz de se conter, começou a repreender uma de suas filhas.

— Não continue tossindo assim, Kitty, pelo amor de Deus! Tenha um pouco de pena dos meus nervos. Você os faz em pedaços.

— Kitty não é discreta em sua tosse – disse o pai –, não sabe a hora certa de tossir.

— Não tusso para me divertir – retrucou Kitty irritada. – Quando será seu próximo baile, Lizzy?

— Dentro de quinze dias, a contar de amanhã.

— Oh, é isso mesmo – exclamou a mãe –, e a sra. Long não estará de volta antes da véspera, portanto será impossível que ela o apresente, pois ela mesma não o terá conhecido.

— Então, minha cara, a senhora poderá fazer melhor do que a sua amiga e apresentar *a ela* o sr. Bingley.

— Impossível, sr. Bennet, impossível, uma vez que eu mesma não o conheço. Como o senhor pode ser tão irritante?

— Respeito sua prudência. Um conhecimento de quinze dias é sem dúvida muito recente. Não se pode saber como é na verdade um homem ao final de uma quinzena. Mas se *nós* não nos aventurarmos, alguém mais o fará; e, afinal de contas, a sra. Long e suas sobrinhas merecem uma oportunidade; sendo assim, e como ela considerará isso um ato de gentileza, eu mesmo me encarregarei de fazê-lo, caso a senhora decline de suas funções.

As moças encararam o pai. A sra. Bennet disse apenas:

— Bobagens, bobagens!

— Que sentido pode ter tal enfática observação? — exclamou ele. — A senhora considera bobagens as formalidades de apresentação e o desgaste que envolvem? Não posso concordar consigo *neste* ponto. O que me diz, Mary? Porque bem sei que você é uma jovem de reflexões profundas, que lê bons livros e faz resumos.

Mary quis dizer algo sensato, mas não soube como.

— Enquanto Mary ajusta suas ideias — continuou ele —, voltemos ao sr. Bingley.

— Não aguento mais o sr. Bingley — exclamou sua esposa.

— Lamento ouvir *isso*; mas por que não me disse antes? Se eu soubesse, com certeza não teria ido esta manhã à casa dele. É muita falta de sorte; mas como já fiz a visita, não podemos agora nos furtar a essa relação.

A perplexidade das damas era exatamente o que ele queria. Talvez mais do que todas a da sra. Bennet, ainda que, depois de acalmado o tumulto de alegria inicial, ela começasse a declarar que era isso o que esperara todo o tempo.

— Como foi gentil de sua parte, meu caro sr. Bennet! Mas eu sabia que conseguiria convencê-lo. Tinha certeza de que o amor por suas filhas era muito grande para que desprezasse tais relações. Ah! Como estou satisfeita! E também, que peça formidável nos pregou, tendo ido lá esta manhã e não nos dizendo uma palavra a respeito até agora.

— Agora, Kitty, pode tossir o quanto quiser — disse o sr. Bennet e, enquanto falava, saiu da sala, cansado dos arroubos da esposa.

— Que pai maravilhoso vocês têm, meninas! — disse ela, quando a porta se fechou. — Não sei como poderão compensá-lo algum dia por sua bondade. Nem eu, aliás. A esta altura de nossas vidas não é assim tão agradável, posso afirmar-lhes, travar novas relações todos os dias, mas, por vocês, faríamos qualquer coisa. Lydia, minha querida, embora você *seja* a mais nova, é bem provável que o sr. Bingley dance com você no próximo baile.

— Oh! — disse Lydia resoluta. — Não tenho medo, pois apesar de *ser* a mais moça, sou a mais alta.

O resto da noite foi gasto em conjeturas sobre quando ele retribuiria a visita do sr. Bennet e decidindo quando deveriam convidá-lo para jantar.

Capítulo 3

Entretanto, por mais que a sra. Bennet, com o auxílio de suas cinco filhas, tentasse descobrir a respeito, nada foi suficiente para arrancar do marido uma descrição satisfatória do sr. Bingley. Elas o atacaram de diversas maneiras – com perguntas indiscretas, teorias engenhosas e pressuposições longínquas; mas ele se esquivou à lábia de todas, e elas se viram afinal obrigadas a aceitar os préstimos de segunda mão de sua vizinha, Lady Lucas. Seu relatório foi altamente favorável. Sir William ficara encantado com o rapaz. Era bastante jovem, muitíssimo bonito, agradável ao extremo e, para culminar, pretendia comparecer à próxima festa com um grande grupo de amigos. Nada poderia ser mais encantador! Gostar de dançar era um passo certo na direção de se apaixonar, e grandes esperanças foram acalentadas em relação ao coração do sr. Bingley.

– Se eu puder ao menos ver uma de minhas filhas instalada e feliz em Netherfield – disse a sra. Bennet ao marido – e todas as outras igualmente bem casadas, nada mais terei a desejar.

Em poucos dias, o sr. Bingley retribuiu a visita do sr. Bennet e passou com ele dez minutos na biblioteca. Tivera esperanças de que lhe fosse concedida a visão das jovens, de cuja beleza muito ouvira falar, mas viu apenas o pai. As moças foram de certa forma mais felizes, pois tiveram a vantagem de vislumbrar, por uma janela no andar superior, que ele usava um casaco azul e montava um cavalo negro.

Um convite para jantar foi logo depois enviado, e a sra. Bennet já havia planejado as compras que fariam jus às suas qualidades de boa dona de casa quando chegou uma resposta que adiou tudo. O sr. Bingley era obrigado a ir à cidade no dia seguinte e, em consequência, não teria condições de aceitar a honra do convite etc. A sra. Bennet ficou um tanto desconcertada. Não conseguia imaginar que negócios ele poderia ter na cidade tão pouco tempo depois de sua chegada a Hertfordshire e começou a recear que ele pudesse estar sempre se deslocando de um lugar para outro e nunca se instalasse em Netherfield como deveria. Lady Lucas dissipou-lhe um pouco os temores apresentando a possibilidade de ele ter ido a Londres apenas para convidar um grande número de amigos para o baile; e logo se seguiram rumores de que o sr. Bingley deveria trazer consigo doze damas e sete cavalheiros para a festa. As moças lamentaram um número tão grande de damas, mas consolaram-se na véspera do baile ao ouvir que, em vez de doze, ele trouxera apenas seis de Londres – suas cinco irmãs e uma prima. E quando o grupo entrou no salão somava apenas cinco pessoas – o sr. Bingley, suas duas irmãs, o marido da mais velha e outro rapaz.

O sr. Bingley era bonito e tinha ares de cavalheiro, seu rosto era agradável e suas maneiras descontraídas e sem afetação. As irmãs eram mulheres belas, com aparência de indubitável elegância. O cunhado, o sr. Hurst, parecia apenas um cavalheiro comum, mas seu amigo, o sr. Darcy, logo chamou a atenção do salão pela figura alta e elegante, belos traços, ar nobre e pelo rumor, que circulou por toda parte cinco minutos após sua entrada, de que sua renda chegava a dez mil por ano. Os cavalheiros afirmaram ser ele um belo espécime de homem, as senhoras declararam que ele era muito mais bonito do que o sr. Bingley, e assim o sr. Darcy foi observado com muita admiração até a metade da noite, quando suas maneiras provocaram uma decepção que mudou o curso de sua popularidade, pois se descobriu que era orgulhoso, considerava-se superior aos demais e era incapaz de se sentir bem naquele ambiente. Nem mesmo os amplos domínios em Derbyshire poderiam compensar a expressão extremamente antipática e desagradável estampada em seu rosto; não era digno de comparação com o amigo.

O sr. Bingley logo travou relações com as principais pessoas no salão; era cheio de vida e extrovertido, dançou todas as danças, aborreceu-se ao ver o baile terminar tão cedo e falou em dar uma festa em Netherfield. Qualidades tão agradáveis falavam por si mesmas. Que contraste entre ele e o amigo! O sr. Darcy dançou apenas uma vez com a sra. Hurst e outra com a srta. Bingley, dispensou ser apresentado a qualquer outra moça e passou o resto da noite andando pelo salão, vez ou outra falando com alguém de seu próprio grupo. Seu caráter estava definido. Ele era o mais orgulhoso, o mais desagradável homem do mundo, e todos esperavam que nunca mais aparecesse por ali. Entre as opiniões mais violentas a seu respeito estava a da sra. Bennet, cujo desagrado com seu comportamento em geral exacerbou-se a ponto de se transformar em ressentimento pessoal diante da atitude de desrespeito do rapaz para com uma de suas filhas.

Elizabeth Bennet fora obrigada, pela escassez de cavalheiros, a ficar sentada em duas danças, e, durante parte desse tempo, o sr. Darcy estivera de pé perto o suficiente para que ela ouvisse uma conversa entre ele e o sr. Bingley, que parou de dançar por alguns minutos a fim de insistir com o amigo para que participasse do baile.

– Vamos, Darcy – disse ele. – Preciso que dance. Detesto vê-lo parado aí sozinho dessa maneira. Faria muito melhor se dançasse.

– Com certeza não dançarei. Sabe o quanto detesto dançar, a não ser que conheça bem meu par. Numa festa como esta, seria insuportável. Suas irmãs estão comprometidas e não há qualquer outra mulher neste salão cuja companhia não fosse para mim um castigo.

— Eu não seria tão exigente assim – exclamou o sr. Bingley –, caramba! Palavra de honra, nunca conheci tantas moças agradáveis na vida como nesta noite, e você pode ver que há várias excepcionalmente atraentes.

— *Você* está dançando com a única moça bonita do salão – disse o sr. Darcy, olhando para a mais velha das meninas Bennet.

— Ah! Ela é a criatura mais bela que já contemplei! Mas há uma de suas irmãs, sentada bem atrás de você, que é muito bonita e, atrevo-me a dizer, muito agradável. Deixe-me pedir à minha parceira de dança que a apresente a você.

— De quem você está falando? – e dando meia-volta olhou por um instante para Elizabeth, até que, atraindo-lhe o olhar, desviou o seu e disse com frieza: – Ela é aceitável, mas não é bonita o bastante para *me* tentar, não estou com disposição para dar atenção a mocinhas deixadas de lado pelos outros homens. Você faria melhor voltando para sua dama e aproveitando-lhe os sorrisos, porque está perdendo tempo comigo.

O sr. Bingley seguiu o conselho. O sr. Darcy saiu de onde estava, e Elizabeth ficou com sentimentos não muito cordiais em relação a ele. Contou a história, entretanto, com muita graça, para as amigas, pois tinha um temperamento vivo e brincalhão e se deliciava com tudo o que fosse ridículo.

A noite revelou-se agradável para toda a família. A sra. Bennet viu a filha mais velha ser muito admirada pelo grupo de Netherfield. O sr. Bingley dançou com ela duas vezes e as irmãs dele trataram-na com amabilidade. Jane ficou tão satisfeita com isso quanto a mãe, ainda que de um jeito mais reservado. Elizabeth percebeu o prazer de Jane. Mary soube ter sido mencionada para a srta. Bingley como a moça mais prendada das vizinhanças, e Catherine e Lydia tiveram a sorte de nunca ficar sem par, o que, até onde haviam aprendido, era tudo com que se deveriam preocupar num baile. Voltaram, portanto, de bom humor para Longbourn, a aldeia em que viviam e da qual eram os habitantes mais ilustres. Encontraram o sr. Bennet ainda de pé. Com um livro nas mãos ele perdia a noção do tempo e, no presente momento, tinha uma boa cota de curiosidade em relação aos acontecimentos de uma noite que gerara tão esplêndidas expectativas. Chegara a acreditar que sua mulher ficaria decepcionada com o forasteiro, mas logo descobriu que ouviria uma história bem diferente.

— Oh! Meu caro sr. Bennet – dizia ela ao entrar na sala –, tivemos uma noite das mais encantadoras, um baile dos mais excepcionais. Gostaria que o senhor tivesse ido. Jane foi tão admirada, nada poderia ser melhor. Todos comentaram como ela estava bem, e o sr. Bingley achou-a muito bonita e dançou com ela duas vezes! Pense *nisso*, meu caro, ele dançou duas vezes com ela! E ela foi a única criatura no salão que ele convidou para dançar uma segunda vez. A primeira que ele convidou foi a srta. Lucas. Fiquei tão mortificada ao vê-lo diante dela! Mas, de qualquer forma, ele de modo algum a admirou; na verdade, ninguém consegue admirá-la, o senhor sabe, e ele pareceu muito impressionado por Jane quando a viu dançar. Então perguntou quem era ela e foi apresentado e convidou-a para as duas danças seguintes. Depois dançou as duas terceiras com a srta. King e as duas quartas com Maria Lucas e as duas quintas com Jane outra vez e as duas sextas com Lizzy, e o *boulanger*[2]...

— Se ele tivesse tido alguma piedade de *mim* – exclamou o marido, impaciente –, não teria dançado nem a metade! Pelo amor de Deus, não enumere mais seus pares. Ah, se ele tivesse torcido o tornozelo na primeira dança!

— Oh! Meu caro, estou muito satisfeita com ele. É tão absurdamente bonito! E suas irmãs são encantadoras. Nunca em minha vida vi algo mais elegante do que seus vestidos. É bem provável que a renda do traje da sra. Hurst...

Foi outra vez interrompida. O sr. Bennet protestava contra qualquer descrição de enfeites. Viu-se, portanto, obrigada a dar outro rumo à conversa e relatou, com muita amargura e algum exagero, a chocante rudeza do sr. Darcy.

— Mas posso assegurar – acrescentou – que Lizzy não perdeu muito por não cair no gosto *dele*, porque ele é um homem horrível, muito desagradável, a quem não vale a pena contentar. Tão arrogante e tão cheio de si que não há como suportá-lo! Andava para lá, andava para cá, achando-se muito importante! Não era bonita o bastante para dançar com ele! Gostaria que o senhor estivesse lá, meu caro, para lhe dar uma de suas respostas atravessadas. Detesto mesmo esse homem.

Capítulo 4

Quando Jane e Elizabeth se viram sozinhas, a primeira, que havia antes sido cautelosa em seus elogios ao sr. Bingley, expôs à irmã o quanto o admirava.

— Ele é exatamente como um rapaz deve ser – disse ela –, sensato, bem-humorado, jovial. E nunca vi maneiras tão corretas! Tanta naturalidade, com uma educação tão apurada!

— E é também bonito – retrucou Elizabeth –, o que um rapaz também deve ser, sempre que possível. A personalidade dele é, portanto, perfeita.

— Fiquei muito lisonjeada quando ele me convidou para dançar pela segunda vez. Não esperava tanto cavalheirismo.

---

2. Dança de salão em que os pares se movimentavam em círculo, trocando de parceiros até que todos tenham dançado entre si. (N.T.)

— Não? Pois eu esperava. Mas essa é uma das grandes diferenças entre nós. Elogios sempre pegam *você* de surpresa, e *a mim* nunca. O que poderia ser mais natural do que ele a convidar de novo? Ele não poderia deixar de ver que você era pelo menos cinco vezes mais bela do que qualquer outra mulher no salão. Não há por que lhe agradecer o galanteio. Bem, ele é sem dúvida muito agradável e eu lhe dou permissão para gostar dele. Você já gostou de criaturas mais estúpidas.

— Lizzy, querida!

— Ora, você sabe que tem grande tendência a gostar das pessoas em geral. Nunca vê defeitos nos outros. O mundo todo é bom e agradável aos seus olhos. Nunca ouvi você falar mal de um ser humano em toda a sua vida.

— Eu não gostaria de ser precipitada ao censurar alguém, mas sempre digo o que penso.

— Eu sei que você é assim, e é *isto* o que torna tudo incrível. Com o *seu* bom senso, ser tão absolutamente cega às loucuras e absurdos dos outros! Uma sinceridade afetada é comum demais, pode-se encontrá-la em qualquer lugar. Mas ser sincera sem ostentação ou segundas intenções – destacar o lado bom do caráter de todas as pessoas e torná-lo ainda melhor, sem nada dizer a respeito do lado mau – isso é uma exclusividade sua. E você também gostou das irmãs desse homem, não gostou? As maneiras das duas não são iguais às dele.

— Com certeza não são... a princípio. Mas são mulheres muito agradáveis quando se conversa com elas. A srta. Bingley deverá morar com o irmão e cuidar da casa; ou muito me engano ou teremos nela uma vizinha bastante encantadora.

Elizabeth ouvia em silêncio, mas não estava convencida. A intenção daquelas moças na festa não fora de modo algum a de serem agradáveis; e, dotada de um poder de observação mais aguçado e espírito menos maleável do que a irmã e de um senso crítico despojado de qualquer benevolência consigo mesma, estava muito pouco inclinada a aprová-las. Tratava-se de fato de moças muito finas, não desprovidas de bom humor quando satisfeitas, nem do poder de se tornarem agradáveis quando assim desejavam, mas orgulhosas e esnobes. Eram bastante atraentes, haviam sido educadas num dos melhores colégios particulares da cidade, possuíam uma fortuna de vinte mil libras, tinham o hábito de gastar mais do que deveriam e de se ligar a pessoas importantes e, em consequência, tinham todo o direito de pensar muito bem de si mesmas e mal dos outros. Pertenciam a uma respeitável família do norte da Inglaterra, circunstância mais profundamente gravada em sua memória do que o fato de ter sido a fortuna do irmão, como a sua própria, obtida através de transações comerciais.

O sr. Bingley herdara bens no valor de cerca de cem mil libras do pai, que pretendia comprar terras, mas não viveu o suficiente para fazê-lo. As intenções do sr. Bingley eram semelhantes e algumas vezes sua escolha recaía sobre seu condado, mas como ele agora vivia numa boa casa e tinha as regalias de um proprietário rural, a maioria dos que bem conheciam seu temperamento tranquilo acreditava ser provável que ele passasse o resto de seus dias em Netherfield e deixasse tal compra para a geração seguinte.

As irmãs estavam ansiosas para que ele tivesse casa própria, mas, ainda que ele agora fosse apenas um locatário, de modo algum a srta. Bingley se furtava a presidir-lhe a mesa, nem estava a sra. Hurst, que se tinha casado com um homem com mais beleza do que fortuna, menos disposta a considerar a casa do irmão como seu lar, quando assim lhe convinha. O sr. Bingley chegara à maioridade há menos de dois anos quando foi tentado, por uma recomendação acidental, a visitar a mansão de Netherfield. Examinou-a por dentro e por fora durante meia hora, aprovou a localização e os quartos principais, deu-se por satisfeito com os elogios feitos pelo proprietário e assumiu ali mesmo a locação.

Entre ele e Darcy havia uma amizade muito sólida, a despeito da grande diferença de temperamentos. Bingley ganhara a simpatia de Darcy pela simplicidade, transparência e maleabilidade de sua maneira de ser, embora nenhuma natureza pudesse contrastar mais com a sua e ainda que consigo mesmo Darcy nunca parecesse descontente. Na força do olhar do amigo, Bingley tinha a mais absoluta confiança e, a respeito de seu critério, a melhor opinião. Em inteligência, Darcy era o melhor. Bingley de modo algum deixava a desejar, mas Darcy era mais esperto. Era ao mesmo tempo altivo, reservado e perspicaz e, embora bem-educado, não era simpático. Sob esse aspecto, o amigo o superava em muito. Bingley tinha certeza de ser benquisto onde quer que se apresentasse, Darcy era sempre desagradável.

A maneira como falaram a respeito da reunião de Meryton foi bastante característica. Bingley nunca conheceu gente mais encantadora ou moças mais bonitas em sua vida; todos haviam sido extremamente gentis e atenciosos para com ele; não houve qualquer formalidade ou frieza; logo se sentiu à vontade entre todos; e, quanto à srta. Bennet, não poderia conceber anjo mais belo. Darcy, pelo contrário, viu um grupo de pessoas entre as quais havia pouca beleza e nenhum refinamento, por ninguém sentiu o mais leve interesse e de ninguém recebeu qualquer atenção ou prazer. Reconhecia ser bonita a srta. Bennet, mas ela sorria demais.

A sra. Hurst e a irmã concordaram que assim fosse – mas ainda a admiravam e gostavam dela, e afirmaram ser uma moça adorável, a quem não se importariam de conhecer melhor. A srta. Bennet foi, portanto, considerada uma moça adorável, e o sr. Bingley sentiu-se, diante de tal aprovação, autorizado a pensar nela como bem desejasse.

Capítulo 5

NÃO MUITO LONGE DE Longbourn vivia uma família com a qual os Bennet mantinham relações de amizade especialmente estreitas. Sir William Lucas havia tido, no passado, negócios em Meryton, onde fez razoável fortuna e foi alçado à dignidade de cavaleiro por petição feita ao rei durante o período em que foi prefeito da cidade. A distinção talvez lhe tenha subido um pouco à cabeça. Passou a sentir-se insatisfeito com sua loja e com sua residência numa pequena cidade comercial e, abandonando ambas, mudou-se com a família para uma casa a uma milha de Meryton, a partir de então denominada Lucas Lodge, onde podia refletir com prazer sobre sua própria importância e, desvinculado dos negócios, ocupar-se apenas em ser cordial com todas as pessoas. Pois, ainda que exultante com sua posição social, não se tornara arrogante; pelo contrário, cumulava todos de atenções. De natureza inofensiva, amigável e prestativa, sua apresentação em St. James[3] tornara-o também cortês.

Lady Lucas, embora não muito atilada, era o tipo perfeito de mulher para ser uma vizinha de grande valia para a sra. Bennet. O casal tinha vários filhos. A mais velha, moça sensata e inteligente, beirando os 27 anos, era amiga íntima de Elizabeth.

Que as senhoritas Lucas e Bennet se encontrassem para conversar a respeito de um baile era absolutamente necessário; e a manhã seguinte à reunião levou as primeiras a Longbourn para ouvir e opinar.

— *Você* começou bem a noite, Charlotte – disse a sra. Bennet à srta. Lucas, com polido autocontrole. – *Você* foi a primeira escolha do sr. Bingley.

— É, mas ele pareceu preferir a segunda.

— Oh! Você quer dizer Jane, imagino, porque ele dançou com ela duas vezes. Sem dúvida, *pareceu* que ele a apreciasse... aliás, acredito que *tenha* apreciado... ouvi alguma coisa a respeito... mas não sei ao certo... alguma coisa sobre o sr. Robinson.

— Talvez a senhora se refira à conversa que pude ouvir, entre ele e o sr. Robinson, já não lhe contei? Sobre o sr. Robinson perguntando se ele apreciava nossas festas de Meryton e se não achava que havia muitas moças

---

3. O Palácio de St. James, então sede da corte britânica, onde se realizavam as cerimônias de sagração de damas e cavaleiros do reino e onde os jovens eram formalmente apresentados à sociedade. (N.T.)

bonitas no salão e *qual* lhe parecia a mais bela? E ele respondendo no mesmo instante à última pergunta: "Oh! A mais velha das Bennet, sem dúvida; não pode haver mais de uma opinião a respeito."

— Mal posso acreditar! Bem, é sem dúvida muito claro... pelo menos assim parece... Mas, enfim, tudo isso pode dar em nada, você sabe.

— A conversa que *eu* ouvi foi melhor do que a *sua*, Eliza – disse Charlotte. – Escutar o sr. Darcy não vale tanto a pena quanto o amigo, não é mesmo?... Pobre Eliza!... Ser apenas *aceitável*.

— Peço-lhe que não dê a Lizzy ideias de ficar aborrecida com a grosseria daquele homem, porque ele é tão desagradável que seria mesmo horrível ser apreciada por ele. A sra. Long me disse ontem à noite que ele esteve sentado a seu lado por meia hora sem mover os lábios uma única vez.

— A senhora tem certeza?... Não há aí algum engano? – disse Jane. – Tenho certeza de que vi o sr. Darcy falando com ela.

— É... porque ela lhe perguntou afinal o que achava de Netherfield e ele não teve como não responder, mas ela disse que ele pareceu um tanto aborrecido por ter sido interpelado.

— A srta. Bingley me contou – disse Jane – que ele nunca fala muito, a não ser entre amigos íntimos. Com *eles*, é extremamente agradável.

— Não acredito numa só palavra disso, minha cara. Se ele fosse assim tão agradável, teria conversado com a sra. Long. Mas posso imaginar o que houve; todos dizem que esse rapaz é um poço de orgulho, e ouso afirmar que ele de algum modo ouviu dizer que a sra. Long não tem coche e foi ao baile numa carruagem alugada.

— Não me importa se ele não falou com a sra. Long – disse a srta. Lucas – mas eu gostaria que tivesse dançado com Eliza.

— Numa próxima vez, Lizzy – disse a mãe –, eu não dançaria com *ele*, se fosse você.

— Acredito poder tranquilamente prometer-lhe *jamais* dançar com ele.

— O orgulho dele – disse a srta. Lucas – não *me* ofende tanto quanto de costume, porque nesse caso há uma desculpa. É plausível que um rapaz tão atraente, com família, fortuna, tudo a seu favor, tenha a si mesmo em alta conta. Se me perdoam por me expressar desta forma, ele tem o *direito* de ser orgulhoso.

— Isso é bem verdade – retrucou Elizabeth. – E eu poderia com facilidade perdoar o orgulho *dele* se o *meu* não tivesse sido atacado.

— O orgulho – observou Mary, que se envaidecia da solidez de suas reflexões – é uma falha muito comum, acredito. Por tudo o que já li, estou convencida de que, na verdade, é bastante frequente, de que a natureza humana é especialmente propensa a ele e de que há muito poucos entre nós que não acalentam um sentimento de autoadmiração em relação a alguma qualidade, real ou imaginária. Vaidade e orgulho são coisas diferentes, embora as palavras sejam com frequência usadas como sinônimos. Uma pessoa pode ser orgulhosa sem ser vaidosa. O orgulho tem mais a ver com nossa opinião a respeito de nós mesmos, a vaidade, com o que desejamos que os outros pensem de nós.

– Se eu fosse tão rico quanto o sr. Darcy – exclamou um dos meninos Lucas, que tinha acompanhado as irmãs –, eu não me importaria em ser orgulhoso ou não. Eu teria uma parelha de perdigueiros e beberia uma garrafa de vinho por dia.

– Pois então você beberia muito mais do que deveria – disse a sra. Bennet – e, se eu o visse fazendo isso, lhe arrancaria a garrafa das mãos no mesmo instante.

O menino protestou, dizendo que ela não o faria, ela continuou a afirmar que faria. E a discussão só terminou com o fim da visita.

Capítulo 6

AS SENHORAS DE LONGBOURN logo visitaram as de Netherfield. A gentileza foi de pronto retribuída como deve ser. As maneiras agradáveis da srta. Bennet aumentaram a simpatia da sra. Hurst e da srta. Bingley e, embora a mãe fosse considerada intolerável e as irmãs menores indignas de atenção, o desejo de travar relações com *elas* foi expresso em relação às duas mais velhas. Por Jane, tal atenção foi recebida com o maior prazer, mas Elizabeth ainda via arrogância no modo como tratavam todos, mal abrindo exceção para sua irmã, e não conseguia gostar delas, ainda que a gentileza de ambas para com Jane, em si, fosse importante por derivar, com toda probabilidade, da influência da admiração do irmão. Era bastante evidente, onde quer que se encontrassem, que ele *realmente* a admirava e, para *ela*, era também evidente que Jane se curvava à preferência que começara a manifestar por ele desde o início e estava a caminho de se apaixonar de verdade, mas observou com prazer que não era provável que tudo isso fosse descoberto pelo mundo em geral, já que Jane unia, com grande força de caráter, uma atitude reservada e um comportamento sempre alegre que a mantinham a salvo das suspeitas dos mais impertinentes. Assim comentou com a amiga, a srta. Lucas.

– Talvez seja agradável – respondeu Charlotte – ser capaz de se controlar perante o público em casos assim; mas tanta discrição pode ser uma desvantagem. Se uma mulher, com o mesmo cuidado, oculta seu afeto do objeto desse afeto, pode perder a oportunidade de conquistá-lo e de pouco consolo servirá acreditar então que também o mundo tudo ignora. Há tanta gratidão ou vaidade em quase todos os relacionamentos amorosos que não é prudente deixá-los à deriva. Podemos todos *começar* livremente... uma leve preferência é bem natural. Mas são muito poucos os que têm coragem de se apaixonar de verdade sem algum encorajamento. Em nove de cada dez casos, uma mulher fará melhor demonstrando *mais* afeto do que sente. Bingley aprecia sua irmã, sem dúvida, mas pode nunca passar desse sentimento, se ela não o encorajar.

– Mas ela o encoraja, tanto quanto permite a sua natureza. Se eu sou capaz de perceber os sentimentos dela em relação a ele, ele precisaria ser realmente muito tolo para não descobri-los também.

– Lembre-se, Eliza, de que ele não conhece Jane como você.

– Mas se uma mulher estiver interessada num homem e não tentar ocultar tal interesse, ele acabará por descobrir.

– Talvez descubra, estando com ela muitas vezes. Mas, embora Bingley e Jane se encontrem com razoável frequência, nunca passam muitas horas juntos. E como sempre se veem em festas onde há muita gente é impossível que possam dispor de todos os momentos para conversar um com o outro. Jane deveria, portanto, aproveitar ao máximo cada meia hora em que pudesse atrair-lhe a atenção. Quando estiver certa dos sentimentos dele, ela terá tempo suficiente para se apaixonar o quanto quiser.

– Seu plano é bom – respondeu Elizabeth –, quando nada mais está em jogo além do desejo de se casar bem, e, estivesse eu determinada a conseguir um marido rico, ou qualquer marido, seria provável que o adotasse. Mas não são esses os sentimentos de Jane, ela não tem segundas intenções. Por enquanto, ela nem mesmo pode ter certeza da intensidade do seu próprio interesse, nem de sua razão de ser. Ela só o conhece há quinze dias. Dançou quatro músicas com ele em Meryton, viu-o uma vez pela manhã em visita à casa dele e desde então compareceu a quatro jantares em que ele estava presente. Isso não é suficiente para conhecer-lhe o caráter.

– Não como você descreve. Tivesse ela simplesmente *jantado* com ele, poderia ter apenas descoberto se tem um bom apetite, mas você precisa se lembrar de que durante quatro reuniões os dois tiveram a companhia um do outro... e quatro reuniões podem significar muito.

– É, essas quatro reuniões deram a ambos a certeza de que preferem o jogo de vinte-e-um ao *commerce*[4], mas, em relação a qualquer outra característica importante, não acredito que possam ter descoberto muita coisa.

– Bem – disse Charlotte –, desejo sucesso a Jane, de todo o coração. E, se ela se casasse com ele amanhã, acho que teria tanta chance de felicidade quanto se passasse um ano inteiro estudando-lhe o caráter. A felicidade no

---

4. Jogo de cartas que deu origem ao pôquer. (N.T.)

casamento depende apenas da sorte. Se as inclinações de cada um forem do total conhecimento do outro ou mesmo se forem semelhantes de antemão, sua felicidade não está de modo algum garantida: sempre continuarão a se distanciar o bastante para gerar sua cota de frustração; e é melhor conhecer o mínimo possível os defeitos da pessoa com quem você passará a vida.

– Você me faz rir, Charlotte, mas isso não faz sentido. Você sabe que não faz sentido e que você mesma nunca agiria assim.

Ocupada em observar as atenções do sr. Bingley para com a irmã, Elizabeth nem de longe suspeitava que começava a se tornar objeto de algum interesse aos olhos do amigo de Bingley. A princípio, o sr. Darcy mal quis admitir que ela fosse bonita; no baile, olhara para ela sem qualquer admiração e, quando se encontraram pela segunda vez, olhou-a apenas para criticar. Mas, mal havia declarado, a si mesmo e aos amigos, não haver um só traço de beleza no rosto da moça, começou a achar que a bela expressão dos olhos escuros dava a ela um ar de excepcional inteligência. A essa descoberta sucederam-se algumas outras igualmente embaraçosas. Embora houvesse detectado, com olhar crítico, mais de uma falha na perfeita simetria de suas formas de moça, era forçado a admitir que sua silhueta era graciosa e agradável e, a despeito de ter declarado que suas maneiras não eram as de uma pessoa refinada, sentia-se atraído pela jovialidade de Elizabeth. De tudo isso ela não fazia ideia; para ela, ele era apenas o homem que não fazia questão de ser agradável e que não a considerara atraente o bastante para ser tirada para dançar.

Ele começou a querer saber mais a respeito da moça e, como que se preparando para conversar com ela, passou a ouvir sua conversa com os outros. Tal atitude chamou a atenção de Elizabeth. Aconteceu em casa de Sir William Lucas, onde um grande grupo estava reunido.

– O que pretende o sr. Darcy – disse ela a Charlotte –, ouvindo minha conversa com o coronel Forster?

– Esta é uma pergunta que só o sr. Darcy pode responder.

– Mas, se ele continuar com isso, eu sem dúvida o informarei de que percebo o que anda fazendo. O olhar dele é irônico demais e, se eu não passar a ser também impertinente, logo começarei a ter medo dele.

Quando, logo depois, ele se aproximou das duas, ainda que sem parecer ter qualquer intenção de falar, a srta. Lucas desafiou a amiga a tocar no assunto e, provocada, Elizabeth no mesmo instante virou-se para ele e disse:

– O senhor não acha, sr. Darcy, que me expressei com raro acerto ainda há pouco, quando desafiei o coronel Forster a nos oferecer um baile em Meryton?

– Com muito entusiasmo; mas esse é sempre um assunto que entusiasma as senhoras.

— O senhor é severo conosco.

— Logo será a vez *dela* ser desafiada – disse a srta. Lucas. – Vou abrir o piano, Eliza, e você sabe o que vem a seguir.

— Você é um tipo muito estranho de amiga!... Sempre querendo que eu toque e cante na frente de todos! Se eu tivesse aspirações musicais, você seria inestimável, mas, do modo como sou, na verdade preferiria não me apresentar diante de pessoas com certeza acostumadas a ouvir os melhores intérpretes.

Diante da insistência da srta. Lucas, entretanto, ela acrescentou:

— Muito bem, se assim tem que ser, que assim seja.

E, lançando um olhar sério ao sr. Darcy:

— Diz um antigo ditado, familiar a todos daqui: "Poupe seu fôlego para esfriar o mingau". Pouparei o meu para cantar melhor.

Sua apresentação foi agradável, embora de modo algum extraordinária. Depois de uma ou duas canções e antes que pudesse atender os diversos pedidos para que cantasse mais uma vez, foi logo substituída ao piano por Mary que, por ser a única sem graça da família, se esforçava muito para adquirir conhecimentos e habilidades e estava sempre impaciente para exibi-los.

Mary não tinha talento ou bom gosto e, ainda que a vaidade lhe tivesse dado dedicação, deu-lhe também um ar pedante e modos afetados, que empanariam um grau de excelência superior ao que alcançara. Elizabeth, calma e sem pretensões, havia sido ouvida com muito mais prazer, embora não tocasse tão bem. E Mary, ao final de um longo concerto, teve a sorte de conseguir elogios e agradecimentos por algumas árias escocesas e irlandesas a pedido de suas irmãs mais moças que, com algumas das meninas Lucas e dois ou três oficiais, dançavam com entusiasmo num dos cantos do salão.

O sr. Darcy parou perto deles, em silenciosa indignação perante tal forma de passar a noite, com a exclusão de qualquer possibilidade de conversa, e estava por demais absorto em seus pensamentos para perceber Sir William Lucas a seu lado, até que Sir William começou a falar:

— Que encantadora diversão para os jovens, sr. Darcy! Não há nada melhor do que a dança, afinal. Considero-a um dos maiores requintes da sociedade elegante.

— Por certo, senhor. E com a vantagem de também estar na moda entre as sociedades menos elegantes do mundo. Qualquer selvagem sabe dançar.

Sir William apenas sorriu.

— Seu amigo o faz muito bem – continuou ele depois de uma pausa, ao ver Bingley se juntar ao grupo –, e não duvido de que o senhor também seja perito na matéria, sr. Darcy.

— Acredito que o senhor tenha me visto dançar em Meryton.

— É verdade, e não foi pequeno meu prazer ao observá-lo. Dança com frequência em St. James?

— Nunca, senhor.

— Não acha que seria uma homenagem adequada ao lugar?

— É uma homenagem que nunca presto a lugar algum, se puder evitar.

— O senhor tem uma casa na capital, imagino.

O sr. Darcy concordou com uma inclinação da cabeça.

— Já pensei em me instalar na cidade, porque gosto muito de conviver com a alta sociedade, mas não tenho muita certeza de que o ar de Londres seja adequado para Lady Lucas.

Fez uma pausa na esperança de uma resposta, mas seu interlocutor não estava disposto a comentários e, ao perceber Elizabeth que vinha em sua direção, ocorreu-lhe a ideia de fazer uma galantaria e chamou-a:

— Minha cara srta. Eliza, por que não está dançando? Sr. Darcy, permita-me apresentar-lhe esta jovem como um excelente par. Estou certo de que o senhor não pode se recusar a dançar tendo diante de si tanta beleza.

E, tomando-lhe a mão, a teria entregue ao sr. Darcy que, embora extremamente surpreso, não tencionava recusá-la, quando ela no mesmo instante recuou e disse, um tanto desconcertada, a Sir William:

— Na verdade, senhor, não tenho a menor intenção de dançar. Suplico-lhe que não imagine que me dirigi para este lado com ideias de conseguir um par.

O sr. Darcy, solene e correto, pediu que lhe fosse concedida a honra de uma dança, mas em vão. Elizabeth estava decidida, nem mesmo Sir William abalou sua determinação ao tentar persuadi-la.

— A senhorita dança tão bem que é crueldade negar-me a alegria de admirá-la. E, ainda que este cavalheiro não costume apreciar este entretenimento, estou certo de que não veria inconveniente em nos ser agradável durante meia hora.

— O sr. Darcy é sempre muito gentil — disse Elizabeth, sorrindo.

— É sim, sem dúvida, mas considerando o incentivo, minha cara srta. Eliza, não podemos nos surpreender com a sua concordância... Quem recusaria tal par?

Elizabeth lançou-lhes um olhar malicioso e se afastou. Sua resistência não a indispôs com o cavalheiro e ele pensava nela com alguma complacência quando foi assim abordado pela srta. Bingley:

— Posso adivinhar o motivo de seu devaneio.

— Acho que não.

— Está pensando em como seria insuportável passar muitas noites desta maneira... em tal companhia, e na verdade sou da mesma opinião. Nunca me aborreci tanto! A insipidez, a despeito do barulho... a nulidade, a despeito da presunção de todas estas pessoas! O que eu não daria para ouvir suas críticas a respeito delas!

— Sua conjetura está totalmente equivocada, posso garantir. Minha mente tinha ocupações mais agradáveis. Tenho meditado sobre o enorme prazer que pode proporcionar um par de belos olhos no rosto de uma linda mulher.

A srta. Bingley no mesmo instante fixou seus olhos no rosto dele e desejou que ele lhe dissesse que dama tinha o mérito de lhe inspirar tais reflexões. O sr. Darcy respondeu com grande entusiasmo:

— A srta. Elizabeth Bennet.

— A srta. Elizabeth Bennet! — repetiu a srta. Bingley. — Estou perplexa. Desde quando ela é sua favorita?... E, diga-me, quando poderei lhe desejar felicidades?

— Esta era exatamente a pergunta que eu esperava. A imaginação de uma mulher é muito rápida; ela pula da admiração ao amor e do amor ao matrimônio, num só instante. Eu sabia que me desejaria felicidades.

— Ora, se está falando sério, considerarei o assunto absolutamente decidido. O senhor terá uma sogra encantadora, com certeza. E, é claro, ela estará sempre em Pemberley.

Ele a ouviu com total indiferença enquanto ela quis se divertir daquela maneira e, como sua reserva a convencesse de que não corria perigo, ela deu asas a seu senso de humor.

Capítulo 7

Os BENS DO SR. BENNET consistiam quase inteiramente numa propriedade que lhe rendia duas mil libras por ano e que, infelizmente para as filhas, seria transferida, na falta de herdeiros do sexo masculino, para um parente distante; e a fortuna da mãe, embora mais do que suficiente para sua sobrevivência, mal poderia suprir a falta dos recursos paternos. O pai da sra. Bennet havia sido advogado em Meryton e lhe deixara quatro mil libras.

A sra. Bennet tinha uma irmã casada com o sr. Phillips, que trabalhara com o sogro e o sucedera nos negócios, e um irmão instalado em Londres, funcionário de uma respeitável empresa comercial.

A aldeia de Longbourn ficava a apenas uma milha de Meryton, uma distância bastante conveniente para as moças, que em geral se sentiam tentadas a ir até lá três ou quatro vezes por semana, a fim de visitar a tia e uma chapelaria que ficava bem no caminho. As duas mais jovens, Catherine e Lydia, eram as visitantes mais assíduas; suas mentes eram mais ociosas do que as das irmãs e, quando nada melhor surgia, uma ida a Meryton era necessária para ocupar as horas matinais e fornecer conversas para a tarde; por mais desprovido de novidades que possa em geral ser o campo, as duas sempre conseguiam obter algo com a tia. No momento, aliás, estavam ambas bem supridas de notícias e alegria com a recente chegada de um regimento militar aos arredores, que ali deveria permanecer por todo o inverno, sendo Meryton o quartel-general.

As visitas à sra. Phillips eram agora fonte das mais interessantes informações. Cada novo dia acrescentava algo a respeito dos nomes e conexões dos oficiais. O alojamento não era mais segredo e aos poucos começaram a conhecer os próprios oficiais. O sr. Phillips frequentava todas as casas, e isso abriu para suas sobrinhas um manancial de felicidade até então desconhecido. Seu único assunto eram os oficiais; e a grande fortuna do sr. Bingley, cuja menção tanto entusiasmava a mãe, nada valia a seus olhos quando comparada ao uniforme de um alferes.

Depois de ouvir, numa manhã, o entusiasmo das filhas a respeito do tema, o sr. Bennet observou com frieza:

– De tudo o que posso deduzir por sua maneira de falar, vocês devem ser as duas moças mais tolas do país. Eu já suspeitava disso há algum tempo, mas agora estou convencido.

Catherine ficou desconcertada e nada respondeu, mas Lydia, com total indiferença, continuou a manifestar admiração pelo capitão Carter e esperança de vê-lo ao longo do dia, pois ele iria para Londres na manhã seguinte.

– Fico pasma, meu caro – disse a sra. Bennet – com sua pronta disposição para considerar tolas as próprias filhas. Se eu quisesse pensar de forma ofensiva a respeito das filhas de alguém, não seria das minhas.

– Se minhas filhas são tolas, espero ter sempre consciência do fato.

– Sim... mas acontece que são todas muito inteligentes.

– Este é o único ponto, felicito-me, a respeito do qual não concordamos. Eu esperava que nossos sentimentos coincidissem em todos os detalhes, mas devo a partir de agora discordar da senhora quanto a considerar nossas duas filhas mais moças extraordinariamente tolas.

– Meu caro sr. Bennet, o senhor não pode esperar que meninas como elas tenham o bom senso dos pais. Quando chegarem à nossa idade, é provável que não pensem em oficiais mais do que nós dois pensamos. Lembro-me da época em que eu também apreciava muito uma túnica vermelha... e, na verdade, ainda aprecio. E se um esperto jovem coronel, com cinco ou seis mil de renda anual, vier a desejar uma de minhas meninas, eu não lhe direi não. E o coronel Forster pareceu-me muito distinto em seu uniforme, na outra noite, em casa de Sir William.

— Mamãe – exclamou Lydia –, minha tia diz que o coronel Forster e o capitão Carter não visitam tanto a srta. Watson quanto faziam logo que chegaram; ela agora os vê com frequência na livraria dos Clarke.

A sra. Bennet foi impedida de responder pela entrada do mensageiro com um bilhete para a srta. Bennet; vinha de Netherfield, e o criado esperava a resposta. Os olhos da sra. Bennet brilhavam de prazer e ela exclamava com entusiasmo, enquanto a filha lia:

— Então, Jane, de quem é? Do que se trata? O que diz? Então, Jane, apresse-se e nos conte, rápido, querida.

— É da srta. Bingley – disse Jane, e passou a ler em voz alta.

Minha caríssima amiga,
Se não tiver bom coração para jantar hoje à noite com Louisa e comigo, correremos o risco de nos odiar pelo resto de nossas vidas, porque um dia inteiro em que duas mulheres se veem a sós uma com a outra nunca pode terminar sem discussão. Venha tão logo possa, depois de receber este bilhete. Meu irmão e os outros senhores deverão jantar com os oficiais.
Saudações,
Caroline Bingley

— Com os oficiais! – exclamou Lydia. – Pergunto-me por que minha tia não nos falou a respeito *disso*.

— Jantando fora – disse a sra. Bennet. – É muita falta de sorte.

— Posso levar a carruagem? – perguntou Jane.

— Não, querida, você fará melhor indo a cavalo, porque é provável que chova, e assim você precisará ficar e passar a noite.

— Este seria um bom esquema – disse Elizabeth –, se a senhora tivesse a certeza de que elas não se ofereceriam para mandá-la de volta.

— Oh! Mas os cavalheiros usarão o coche do sr. Bingley para levá-los a Meryton e os Hurst não possuem cavalos para os seus.

— Eu preferiria ir com a carruagem.

— Mas, querida, seu pai não pode dispor dos cavalos, estou certa. Eles são indispensáveis à fazenda, não é mesmo, sr. Bennet?

— São indispensáveis à fazenda mais vezes do que posso cedê-los.

— Se puder cedê-los hoje – disse Elizabeth –, os desejos de minha mãe serão satisfeitos.

Ela conseguiu afinal obter do pai uma declaração de que os cavalos estavam comprometidos. Jane se viu assim obrigada a ir a cavalo e a mãe acompanhou-a até a porta com muitos e entusiasmados prognósticos de um dia bastante feio. Suas esperanças se concretizaram; Jane não estava muito longe quando começou a chover forte. As irmãs se preocuparam com ela, mas a mãe estava encantada. A chuva continuou a cair por toda a tarde, sem interrupção. Jane certamente não poderia voltar para casa.

– Foi uma boa ideia a minha, ora se foi! – disse a sra. Bennet mais de uma vez, como se o crédito de fazer chover fosse todo dela. Até a manhã seguinte, entretanto, ela não tomou conhecimento de toda a felicidade de seu estratagema. O café da manhã mal havia terminado quando um criado de Netherfield trouxe o seguinte bilhete para Elizabeth:

Lizzy, minha querida:
Estou muito indisposta esta manhã, o que, suponho, deve ser creditado ao fato de ter me molhado muito ontem. Minhas boas amigas não querem ouvir falar em me deixar voltar para casa até que eu esteja melhor. Insistem também para que eu me consulte com o sr. Jones – portanto, não se alarmem se souberem que ele veio me ver – e, exceto dores de garganta e de cabeça, não há nada sério comigo. Sua... etc.

– Bem, minha cara – disse o sr. Bennet quando Elizabeth terminou de ler o bilhete em voz alta –, se sua filha ficasse seriamente doente, se morresse, seria um consolo saber que tudo foi para conquistar o sr. Bingley e por ordem sua.

– Ora! Não tenho medo que ela morra. As pessoas não morrem de resfriadinhos sem importância. Ela será bem cuidada. Enquanto estiver lá, tudo está muito bem. Eu iria até lá para vê-la, se pudesse usar a carruagem.

Elizabeth, realmente preocupada, estava decidida a ir ver a irmã, embora não houvesse carruagem disponível; e, como não era boa amazona, andar era sua única alternativa. Declarou sua intenção.

– Como pode ser tola – exclamou a mãe – a ponto de pensar em tal coisa, com toda esta lama? Você não estará nada apresentável quando chegar lá.

– Estarei apresentável para ver Jane... que é tudo o que quero.

– Isso é uma indireta, Lizzy? – perguntou o pai. – Para que eu mande buscar os cavalos?

– De modo algum, não pretendo evitar a caminhada. A distância nada importa quando se tem um motivo; são só três milhas. Estarei de volta à hora do jantar.

– Admiro a extensão de sua boa vontade – observou Mary –, mas todo impulso emocional deveria ser guiado pela razão e, na minha opinião, o esforço deveria ser sempre proporcional à necessidade.

— Iremos com você até Meryton — disseram Catherine e Lydia.

Elizabeth aceitou a companhia e as três jovens saíram juntas.

— Se nos apressarmos — disse Lydia enquanto andavam —, talvez possamos ver o capitão Carter antes que se vá.

Em Meryton, separaram-se; as duas mais moças dirigiram-se ao alojamento de uma das esposas dos oficiais e Elizabeth continuou seu caminho sozinha, atravessando campo após campo em passo rápido, pulando cercas e saltando poças com gestos impacientes, até se ver afinal diante da casa, com tornozelos doloridos, meias sujas e o rosto afogueado pelo calor do exercício.

Foi levada à saleta do café da manhã, onde todos, menos Jane, estavam reunidos e onde seu aparecimento provocou muita surpresa. Que ela houvesse caminhado três milhas, tão cedo, com um tempo tão ruim e sozinha, era quase incrível para a sra. Hurst e a srta. Bingley; e Elizabeth tinha certeza que a desprezavam por isso. Foi, de qualquer modo, muito bem recebida por elas, e nas maneiras do irmão havia algo melhor do que polidez; havia bom humor e amabilidade. O sr. Darcy falou muito pouco, e o sr. Hurst, nada. O primeiro estava dividido entre a admiração pelo brilho que o exercício havia dado à pele da moça e a dúvida se a situação justificava sua vinda sozinha de tão longe. O outro pensava apenas em seu café da manhã.

As perguntas de Elizabeth a respeito da irmã não receberam respostas muito favoráveis. A srta. Bennet dormira mal e, embora de pé, estava bastante febril e sem condições de sair do quarto. Elizabeth alegrou-se por ser levada até ela no mesmo instante, e Jane, que só se controlara pelo medo de causar alarme ou ser inconveniente expressando em seu bilhete o quanto ansiava por sua visita, ficou encantada ao vê-la. Não tinha, porém, disposição para muita conversa e, quando a srta. Bingley as deixou a sós, pouco conseguiu dizer além de expressar gratidão pela extraordinária gentileza com que estava sendo tratada. Elizabeth permaneceu a seu lado, em silêncio.

Terminado o café da manhã, as irmãs a elas se reuniram, e Elizabeth começou também a gostar delas, quando viu quanto afeto e solicitude demonstravam em relação a Jane. O farmacêutico chegou e, tendo examinado a paciente, disse, como se poderia esperar, que ela estava com um forte resfriado e que deveriam tudo fazer para curá-la. Aconselhou-a a voltar para a cama e prometeu trazer-lhe alguns xaropes. O conselho foi seguido à risca, pois os sintomas da febre se agravaram e a dor de cabeça aumentou. Elizabeth não saiu do quarto nem por um instante, e as outras moças pouco se ausentaram: estando os cavalheiros fora de casa, elas, na verdade, nada mais tinham a fazer.

Quando o relógio bateu três horas, Elizabeth achou que deveria ir e, muito a contragosto, disse o que pensava. A srta. Bingley ofereceu-lhe a carruagem e ela só precisava de alguma insistência para aceitar quando Jane manifestou tanta determinação em partir com a irmã que a srta. Bingley se viu obrigada a transformar a oferta do coche num convite para que permanecesse por mais tempo em Netherfield. Elizabeth aceitou, agradecida, e um criado foi despachado para Longbourn a fim de informar à família sua decisão e trazer de lá um suprimento de roupas.

Capítulo 8

ÀS CINCO DA TARDE, as duas moças se retiraram para mudar de traje, e, às seis e meia, Elizabeth foi chamada para o jantar. Às perguntas solícitas que então se multiplicaram, e entre as quais teve o prazer de observar o alto grau de interesse do sr. Bingley, não pôde dar respostas encorajadoras. Jane não estava melhor. As irmãs, ao ouvirem tal afirmativa, repetiram três ou quatro vezes o quanto lamentavam, o quão terrível era sofrer com um resfriado e o quanto detestavam ficar doentes; depois não pensaram mais no assunto: e sua indiferença em relação a Jane quando não estavam diante dela devolveu a Elizabeth o prazer de toda a sua antipatia inicial.

O irmão das moças era, na verdade, o único do grupo para quem ela podia olhar com alguma satisfação. Sua preocupação com Jane era evidente e as atenções para com ela mesma bastante agradáveis, impedindo que se sentisse tão intrusa como acreditava estar sendo considerada pelos outros. Ninguém além dele lhe deu muita atenção. A srta. Bingley concentrava-se no sr. Darcy e sua irmã apenas um pouco menos. Quanto ao sr. Hurst, ao lado de quem Elizabeth estava sentada, era um homem indolente, que vivia apenas para comer, beber e jogar cartas e que, ao descobrir que ela preferia um prato simples a um elaborado ensopado, nada mais encontrou para lhe dizer.

Quando o jantar chegou ao fim, Elizabeth voltou no mesmo instante para perto de Jane, e a srta. Bingley começou a criticá-la tão logo ela saiu da sala. Suas maneiras foram acusadas de ser realmente péssimas, um misto de orgulho e impertinência; ela não tinha assuntos de conversa, nem estilo, nem beleza. A sra. Hurst achava o mesmo e acrescentou:

— Em resumo, não há nada que a recomende, exceto o fato de ser uma excelente andarilha. Nunca me esquecerei de sua aparência hoje pela manhã. Ela sem dúvida parecia quase selvagem.

— Parecia mesmo, Louisa. Mal consegui me conter. Que coisa mais sem sentido ter vindo! Que necessidade tinha *ela* de sair saltitando pelo campo porque a irmã se resfriou? E o cabelo, tão despenteado, tão mal-arrumado!

— É mesmo. E a anágua; espero que tenham visto a anágua, uns quinze centímetros cobertos de lama, tenho certeza absoluta. E a saia do vestido, puxada para baixo para esconder a sujeira, não dava conta do recado.

— Sua descrição pode ser muito exata, Louisa — disse Bingley —, mas tudo isso me passou despercebido. Achei que a srta. Elizabeth Bennet parecia muito bem quando entrou na sala hoje pela manhã. Mal me dei conta da anágua suja.

— *O senhor* observou, sr. Darcy, tenho certeza — disse a srta. Bingley. — E estou inclinada a pensar que não gostaria de ver a *sua* irmã fazer semelhante papel.

— Claro que não.

— Caminhar três milhas, ou quatro, ou cinco, ou quantas forem, com lama pelos tornozelos, e sozinha, completamente sozinha! O que ela pretende com isso? A mim parece demonstrar uma abominável espécie de presunçosa independência, uma indiferença ao decoro bem típica do campo.

— Demonstra um afeto pela irmã que é muito agradável — disse Bingley.

— Receio, sr. Darcy — observou a srta. Bingley num quase sussurro —, que essa aventura tenha afetado bastante sua admiração pelos belos olhos.

— Nem um pouco — foi a resposta. — Eles brilhavam mais devido ao exercício.

Uma curta pausa seguiu-se a essa declaração e a sra. Hurst recomeçou:

— Tenho uma enorme consideração pela srta. Jane Bennet, ela é sem dúvida um amor de moça e eu desejaria de todo coração que tivesse muita sorte. Mas com pais como aqueles e parentes tão mal situados, receio que não tenha muitas oportunidades.

— Acho que ouvi você dizer que o tio delas é advogado em Meryton.

— É. E há outro, que vive em algum lugar perto de Cheapside.

— Isso é essencial — acrescentou a irmã, e ambas riram a mais não poder.

— Se elas tivessem tios em número suficiente para *lotar* Cheapside — exclamou Bingley —, isso não as tornaria de modo algum menos agradáveis.

— Mas com muita lógica reduziria suas chances de se casarem com homens de alguma posição social — retrucou Darcy.

A essa observação Bingley não deu resposta, mas suas irmãs concordaram encantadas e se divertiram por algum tempo às custas dos parentes vulgares de sua caríssima amiga.

Num gesto de renovada ternura, entretanto, ao deixar a sala de refeições voltaram ao quarto onde estava Jane e lhe fizeram companhia até serem chamadas para o café. Ela estava ainda muito fraca, e Elizabeth não quis de maneira alguma deixá-la, até bem mais tarde, quando teve a alegria de vê-la adormecer e quando lhe pareceu mais adequada do que agradável a ideia de que deveria descer. Ao entrar na sala de estar encontrou todo o grupo entretido num jogo de *loo*[5], e foi imediatamente convidada a se juntar a eles; mas, suspeitando que fizessem apostas altas, recusou e, usando a irmã como desculpa, disse que se distrairia com um livro, no pouco tempo de que dispunha para estar ali. O sr. Hurst olhou-a com perplexidade.

– Prefere ler a jogar? – disse ele. – Isto é um tanto inusitado.

– A srta. Elizabeth Bennet – disse a srta. Bingley – despreza as cartas. Ela é uma grande leitora e nada mais lhe dá prazer.

– Não mereço nem tal elogio nem tal censura – exclamou Elizabeth. – *Não* sou uma grande leitora e muitas coisas me dão prazer.

– Tenho certeza de que cuidar de sua irmã lhe dá prazer – disse Bingley –, que espero seja em breve ainda maior, por vê-la restabelecida.

Elizabeth agradeceu de coração e andou em direção à mesa onde havia alguns livros. Ele de imediato se ofereceu para ir buscar outros... todos os que havia em sua biblioteca.

– E eu gostaria que minha coleção fosse maior, para seu proveito e meu próprio crédito, mas sou um preguiçoso e penso que, mesmo não tendo muitos, tenho mais do que já abri.

Elizabeth garantiu-lhe que ficaria perfeitamente satisfeita com os que havia na sala.

– Surpreende-me – disse a srta. Bingley – que meu pai nos tenha deixado uma coleção de livros tão pequena. Que encantadora biblioteca o senhor tem em Pemberley, sr. Darcy!

– Tem que ser boa – respondeu ele. – É obra de muitas gerações.

– E o senhor também acrescentou muita coisa, já que está sempre comprando livros.

– É incompreensível que se negligencie uma biblioteca familiar nos dias em que vivemos.

– Negligenciar! Estou certa de que o senhor não negligencia coisa alguma capaz de aprimorar a beleza daquele nobre lugar. Charles, quando você construir a *sua* casa, espero que tenha a metade do encanto de Pemberley.

– Também espero.

– Mas eu, na verdade, o aconselharia a comprar algo naquelas redondezas e tomar Pemberley como modelo. Não há melhor condado na Inglaterra do que Derbyshire.

– Com toda certeza! Comprarei a própria Pemberley se Darcy a vender.

– Estou falando de coisas possíveis, Charles.

– Palavra de honra, Caroline, acho mais possível obter Pemberley pela compra do que pela imitação.

---

5. Jogo de cartas a dinheiro, com número variável de participantes. (N.T.)

Elizabeth estava tão entretida com o que era dito que muito pouca atenção lhe restava para dar ao livro e logo, deixando-o de lado, dirigiu-se para perto da mesa de jogos e parou entre o sr. Bingley e sua irmã mais velha, para observar o jogo.

— A srta. Darcy cresceu muito desde a primavera? — perguntou a srta. Bingley. — Ficará tão alta quanto eu?

— Acho que sim. Ela tem agora a altura da srta. Elizabeth Bennet, ou talvez um pouco mais.

— Como eu gostaria de vê-la de novo! Nunca encontrei alguém que me encantasse tanto. Que comportamento, que modos! E tão prendada para a idade! Seu desempenho ao piano é sublime!

— Fico impressionado — disse Bingley — com a paciência que têm as jovens para se tornarem tão prendadas como são todas.

— Todas as jovens são prendadas? O que é isso, meu caro Charles?

— É, todas sim, eu acho. Todas elas pintam mesas, forram biombos e tecem bolsas. Não conheço nenhuma que não saiba fazer tudo isso e tenho certeza de que nunca ouvi uma moça ser mencionada pela primeira vez sem ser informado de que era muito prendada.

— Sua lista das habilidades mais comuns — disse Darcy — é bem verdadeira. A palavra prendada tem sido aplicada a mais de uma mulher que só a merece por saber tecer uma bolsa ou forrar um biombo. Mas estou longe de concordar com você quanto à sua opinião sobre as senhoras em geral. Não posso me vangloriar de conhecer mais do que meia dúzia, entre todas as minha relações, que sejam realmente prendadas.

— Nem eu, com certeza — disse a srta. Bingley.

— Sendo assim — observou Elizabeth —, devem ser muitas as suas exigências para que considere uma mulher prendada.

— Sim, são muitas as exigências.

— Oh! Sem dúvida — exclamou sua fiel colaboradora — ninguém pode ser considerado realmente prendado se não superar em muito o que se encontra na maioria. Uma mulher deve ser profunda conhecedora de música, canto, desenho, dança e línguas modernas para merecer tal adjetivo. E, além de tais dotes, deve possuir um algo mais em suas atitudes e modo de andar, no som de sua voz, em seu vocabulário e no modo como se expressa, ou o termo seria apenas parcialmente merecido.

— Tudo isso ela deve possuir — acrescentou Darcy —, e a tudo isso ela deve ainda somar algo mais substancial, com o aperfeiçoamento do intelecto através de muita leitura.

— Já não me surpreende mais que o senhor conheça *apenas* seis mulheres prendadas. Agora me pergunto se realmente conhece *alguma*.

— Será a senhorita tão severa em relação a seu próprio sexo a ponto de duvidar da possibilidade de tudo isso?

— Nunca vi uma mulher assim. Nunca vi tanta habilidade, bom gosto, determinação e elegância juntas, como descreveu.

Tanto a sra. Hurst quanto a srta. Bingley protestaram contra a injustiça de sua dúvida implícita e afirmavam ambas que conheciam muitas mulheres que corresponderiam àquela descrição quando o sr. Hurst chamou-as à ordem, com queixas amargas pela sua desatenção para com o que importava. Cessando então toda a conversa, Elizabeth deixou a sala pouco depois.

— Elizabeth Bennet — disse a srta. Bingley, quando a porta se fechou atrás dela — é uma dessas jovens que tentam se valorizar perante o outro sexo desacreditando o seu próprio. E é bem provável que, com muitos homens, isso funcione. Mas, na minha opinião, esse é um expediente mesquinho, um recurso muito baixo.

— Sem dúvida — retrucou Darcy, a quem a observação era especialmente dirigida — há baixeza em *todos* os artifícios que as senhoras se prestam a usar tendo como meta a sedução. Tudo o que beira a astúcia é desprezível.

A srta. Bingley não ficou assim tão satisfeita com a resposta a ponto de levar adiante o assunto.

Elizabeth voltou à companhia deles apenas para dizer que Jane estava pior e que não poderia deixá-la sozinha. Bingley insistiu para que mandassem buscar imediatamente o sr. Jones, enquanto suas irmãs, convencidas de que nenhuma ajuda profissional do campo poderia ter qualquer utilidade, recomendaram que se despachasse um mensageiro à capital para trazer um dos mais eminentes médicos. Tal sugestão ela não quis aceitar, mas não descartou a ideia do irmão das moças e ficou acertado que iriam buscar o sr. Jones cedo pela manhã, se a srta. Bennet não estivesse francamente melhor. Bingley estava bastante perturbado, suas irmãs declararam-se desoladas. Elas, entretanto, procuraram compensar seu infortúnio com duetos após a ceia, enquanto ele não encontrou melhor consolo para sua inquietação do que dar à governanta instruções para que todos os cuidados fossem prestados à jovem doente e sua irmã.

Capítulo 9

Elizabeth passou a maior parte da noite no quarto da irmã e, pela manhã, teve o prazer de poder dar uma resposta satisfatória às perguntas que recebeu logo cedo do sr. Bennet através de uma criada e, algum tempo depois, às duas elegantes damas que serviam suas irmãs. Apesar da melhora, contudo, ela pediu que levassem um bilhete a Longbourn, manifestando o desejo de que a mãe fosse ver Jane e desse sua própria opinião a respeito de seu estado. O bilhete foi imediatamente despachado e as providências também não tardaram. A sra. Bennet, acompanhada das duas filhas menores, chegou a Netherfield pouco depois do almoço da família.

Tivesse encontrado Jane em perigo aparente, a sra. Bennet teria ficado muito abatida; mas, satisfeita por constatar que a situação não era alarmante, não desejou que a moça se recuperasse de imediato, pois seu restabelecimento com certeza a tiraria de Netherfield. Não deu ouvidos, portanto, à proposta da filha para que fosse levada para casa; também o farmacêutico, que chegou quase ao mesmo tempo, não achou aconselhável. Depois de passar algum tempo ao lado de Jane, a mãe e três das filhas aceitaram o convite da srta. Bingley para se juntarem a ela na sala do café. Bingley foi então ao seu encontro com votos de que a sra. Bennet não tivesse encontrado a filha pior do que imaginava.

– Na verdade, encontrei, senhor – foi a resposta. – Ela está mesmo doente demais para ser transportada. O sr. Jones disse que não podemos pensar em levá-la conosco. Somos obrigadas a abusar um pouco mais da sua gentileza.

– Transportá-la! – exclamou Bingley. – De modo algum se deve pensar nisso. Minha irmã, estou certo, não aceitará a ideia de que ela seja levada daqui.

– Pode ter certeza, minha senhora – disse a srta. Bingley com fria cortesia –, de que a srta. Bennet receberá todos os cuidados possíveis enquanto permanecer conosco.

A sra. Bennet não poupou agradecimentos.

– Tenho certeza – acrescentou – de que, se não fosse por tão bons amigos, não sei o que lhe teria acontecido, porque ela está mesmo muito doente e seu sofrimento é grande, embora o enfrente com a maior paciência do mundo, que é como sempre age, porque seu temperamento é, sem exceções, o mais adorável de que já tive notícia. Sempre digo às minhas outras meninas que elas nada são comparadas a Jane. O senhor tem aqui uma sala muito agradável, sr. Bingley, com uma encantadora vista para a alameda de entrada. Não conheço um só lugar na região que se compare a Netherfield. O senhor não pretende abandoná-la às pressas, espero, ainda que só a tenha alugado por pouco tempo.

– Tudo o que faço é feito às pressas – respondeu ele –, portanto, se eu me decidir a sair de Netherfield, é provável que o faça em cinco minutos. No momento, entretanto, considero-me perfeitamente instalado aqui.

– Esta é exatamente a ideia que eu fazia a seu respeito – disse Elizabeth.

– A senhorita começa a me compreender, não é verdade? – exclamou ele, virando-se para ela.

– Ah, sim, compreendo-o muito bem.

– Eu gostaria de tomar isso como um elogio, mas temo que seja lamentável ser assim tão transparente.

– De fato, quando é o caso. O que não significa que um caráter profundo e intrincado seja mais ou menos respeitável do que os que são como o seu.

– Lizzy! – exclamou a mãe. – Lembre-se de onde está e não comece com esse comportamento selvagem que você se permite ter em casa.

– Eu não sabia – continuou Bingley imediatamente – que a senhorita era uma estudiosa de personalidades. Deve ser um estudo interessante.

– É, mas personalidades intrincadas são as *mais* interessantes. Elas têm pelo menos esta vantagem.

– O campo – disse Darcy – deve, em geral, oferecer poucos objetos para tal estudo. Entre os habitantes do campo, o ambiente em que as pessoas se movem é um tanto confinado e invariável.

– Mas as próprias pessoas mudam tanto que sempre há algo novo a ser observado em cada uma delas.

– É isso mesmo – exclamou a sra. Bennet, ofendida pela maneira com que ele se referiu aos habitantes do campo. – Posso lhe garantir que no campo esse tipo de *coisa* acontece tanto quanto na cidade.

Todos ficaram surpresos e Darcy, depois de olhar para ela por um instante, afastou-se em silêncio. A sra. Bennet, que imaginou ter obtido sobre ele uma vitória esmagadora, levou adiante seu sucesso:

– Eu, pessoalmente, não creio que Londres tenha grandes vantagens sobre o campo, com exceção das lojas e dos lugares públicos. O campo é muitíssimo mais agradável, não é, sr. Bingley?

– Quando estou no campo – respondeu ele – nunca desejo deixá-lo e quando estou na cidade acontece-me mais ou menos o mesmo. Cada local tem suas vantagens, e posso ser tão feliz num quanto no outro.

– Claro, porque o senhor tem boa índole. Mas aquele cavalheiro – olhando para Darcy – pareceu considerar que o campo não tem qualquer valor.

– Na verdade, mamãe, a senhora está enganada – disse Elizabeth, enrubescendo com a atitude da mãe. – A senhora compreendeu muito mal o sr. Darcy. Ele quis apenas dizer que não havia tão grande variedade de pessoas a ser encontrada no campo quanto na cidade, com o que a senhora não pode deixar de concordar.

– Sem dúvida, querida, ninguém disse isso; mas, quanto a não haver muita gente nesta região, acredito que há poucas aldeias maiores do que a nossa. Sei que frequentamos 24 famílias.

Nada além da consideração por Elizabeth poderia fazer com que Bingley mantivesse a compostura. Sua irmã era menos delicada e dirigiu os olhos para o sr. Darcy com um sorriso bem expressivo. Elizabeth, numa tentativa de dizer algo que desviasse os pensamentos da mãe, perguntou então se Charlotte Lucas havia estado em Longbourn desde que *ela* saíra.

– Sim, ela passou ontem, com o pai. Que homem agradável é Sir Willliam, não é mesmo, sr. Bingley? Um homem tão distinto! Tão elegante e amável! Ele sempre tem algo a dizer a todos. *Esta* é minha definição de boas maneiras. Pessoas que se consideram muito importantes e nunca abrem a boca estão totalmente equivocadas.

– Charlotte jantou lá?

– Não, ela preferiu ir para casa. Imagino que precisavam dela para os bolos de carne. Eu, pessoalmente, sr. Bingley, sempre mantenho criados que saibam cuidar do próprio trabalho; as *minhas* filhas são educadas de modo muito diferente. Mas cada um é juiz do que faz, e as meninas Lucas são excelentes moças, posso lhe garantir. É uma pena que não sejam bonitas! Não que eu considere Charlotte assim *tão* feia... mas, enfim, ela é muito nossa amiga.

– Parece-me uma jovem muito agradável.

– Oh, meu caro, é sim! Mas o senhor deve reconhecer que ela é muito feia. A própria Lady Lucas já me disse isso muitas vezes, invejando a beleza da minha Jane. Não gosto de me vangloriar de minha própria filha, mas para ser honesta, Jane... não se vê muita gente mais bonita do que ela. É o que todos dizem. Não confio em minha própria parcialidade. Quando Jane estava com apenas quinze anos, havia um senhor em casa de meu irmão Gardiner na cidade tão apaixonado por ela que minha cunhada estava certa de que ele lhe faria uma proposta antes que viéssemos embora. Mas ele não fez. Talvez por achá-la jovem demais. Ainda assim, escreveu para ela alguns poemas, e eram muito bonitos.

– E assim terminou seu interesse – disse Elizabeth com impaciência. – Muitos foram, imagino eu, os que o superaram da mesma forma. Pergunto-me quem foi o primeiro a descobrir a eficácia da poesia para afastar o amor.

– Acostumei-me a considerar a poesia como o *alimento* do amor – disse Darcy.

– De um grande amor, um amor sincero, sólido, pode ser. Tudo nutre o que já é forte. Mas quando tudo não passa de um leve e tênue interesse, estou convencida de que um bom soneto faria com que morresse à míngua.

Darcy apenas sorriu; e a pausa geral que se seguiu fez com que Elizabeth tremesse de medo que sua mãe se expusesse ao ridículo outra vez. Gostaria de falar, mas não conseguiu pensar em algo para dizer; e, depois de uns instantes de silêncio, a sra. Bennet começou a repetir seus agradecimentos ao sr. Bingley por sua gentileza com Jane, com desculpas por incomodá-lo também com Lizzy. O sr. Bingley foi sinceramente cortês em sua resposta e fez com que sua irmã mais moça também o fosse e dissesse o que a ocasião pedia. Ela cumpriu seu papel sem muita cordialidade, mas a sra. Bennet estava satisfeita e logo depois pediu a carruagem. A esse sinal, sua filha mais moça se adiantou. As duas meninas tinham estado cochichando entre si durante toda a visita e, como resultado, a menor deveria cobrar do sr. Bingley a promessa que fizera, em sua primeira ida ao campo, de dar um baile em Netherfield.

Lydia era uma mocinha decidida e bem desenvolvida para seus quinze anos, de aparência graciosa e atitudes bem-humoradas; a favorita da mãe, que por afeto a havia apresentado à sociedade cedo demais. Era bastante impulsiva e tinha uma espécie de autoconfiança natural que, com a atenção dos oficiais a quem a recomendavam os bons jantares do tio e suas próprias maneiras agradáveis, se transformara em segurança. Era, portanto, a indicada para se dirigir ao sr. Bingley a propósito do baile e sem rodeios cobrar-lhe a promessa, acrescentando que seria a coisa mais vergonhosa do mundo se ele não a cumprisse. A resposta dele a esse súbito ataque foi um deleite para os ouvidos de sua mãe:

— Estou inteiramente disposto, garanto-lhe, a manter meu compromisso, e, quando sua irmã se restabelecer, a senhorita me fará a gentileza de escolher o dia do baile. Mas por certo não terá vontade de dançar estando ela doente.

Lydia declarou-se satisfeita.

— Oh! Claro... será muito melhor esperar até que Jane esteja bem e, então, será bem provável que o capitão Carter esteja de volta a Meryton. E, quando o senhor tiver dado o *seu* baile – ela acrescentou –, insistirei para que eles também deem um. Direi ao coronel Forster que será uma vergonha se ele não o fizer.

A sra. Bennet e filhas partiram então, e Elizabeth voltou no mesmo instante para perto de Jane, deixando seu próprio comportamento e o de sua família como assunto de comentários das duas moças e do sr. Darcy; este último, entretanto, não foi convencido a se juntar às censuras a *ela*, a despeito de todas as ironias da srta. Bingley a respeito de *belos olhos*.

Capítulo 10

O DIA TRANSCORREU MUITO parecido com o anterior. A sra. Hurst e a srta. Bingley passaram algumas horas da manhã com a doente, que continuava, embora aos poucos, a melhorar; à noite, Elizabeth juntou-se ao grupo na sala de estar. A mesa de *loo*, porém, não se repetiu. O sr. Darcy escrevia, e a srta. Bingley, sentada perto, observava o progresso de sua carta interrompendo-o diversas vezes com recados para sua irmã. O sr. Hurst e o sr. Bingley jogavam *piquet*[6] e a sra. Hurst os observava.

Elizabeth dedicou-se a costurar um pouco e tinha diversão suficiente prestando atenção ao que acontecia entre Darcy e sua companheira. Os inúmeros comentários da moça, fossem a respeito de sua caligrafia ou de como eram niveladas as linhas por ele escritas ou sobre o tamanho da carta, somadas à absoluta indiferença com que seus elogios eram recebidos, formavam um curioso diálogo que em tudo confirmava sua opinião a respeito de cada um.

– Como a srta. Darcy ficará satisfeita ao receber esta carta!

Ele não deu resposta.

– O senhor escreve incrivelmente rápido.

– Engano seu. Escrevo até bem devagar.

– Quantas cartas o senhor deve escrever ao longo de um ano! Cartas comerciais, também! Como as considero detestáveis!

– É uma sorte, então, que escrevê-las seja minha incumbência e não sua.

– Diga por favor à sua irmã que anseio por vê-la.

– Já lhe disse uma vez, a seu pedido.

– Receio que a ponta da pena não esteja a seu gosto. Deixe-me consertá-la. Faço pontas em penas admiravelmente bem.

– Obrigado, mas sempre faço eu mesmo as pontas das minhas penas.

– Como é possível que sua escrita seja tão uniforme?

Ele ficou em silêncio.

– Diga à sua irmã que estou encantada por saber de seus progressos na harpa; e por favor lhe diga que estou extasiada com o belo esboço por ela desenhado para uma mesa e que o considero infinitamente superior ao da srta. Grantley.

– Permita-me adiar seus arroubos até a próxima carta. No momento, não tenho espaço para lhes fazer justiça.

– Oh! Não tem importância. Eu a verei em janeiro. Mas o senhor sempre escreve à sua irmã cartas tão longas e encantadoras, sr. Darcy?

– Em geral são longas, mas se são sempre encantadoras não me cabe afirmar.

– Trata-se de uma regra para mim: alguém que tem facilidade para escrever uma longa carta não pode escrever mal.

– Isso não vai funcionar como elogio para Darcy, Caroline – exclamou seu irmão –, porque ele *não* tem facilidade para escrever. Ele faz questão de encontrar palavras com quatro sílabas. Não é verdade, Darcy?

– Meu estilo é muito diferente do seu.

---

6. Jogo para duas pessoas, em que são usadas 32 cartas do baralho. (N.T.)

— Oh! – exclamou a srta. Bingley. – Charles escreve do modo mais descuidado que se possa imaginar. Deixa as frases pela metade e rasura o resto.

— Minhas ideias fluem tão depressa que não tenho tempo para exprimi-las... o que faz com que às vezes minhas cartas não transmitam ideia alguma ao destinatário.

— Sua humildade, sr. Bingley – disse Elizabeth –, deve desarmar qualquer censura.

— Nada é mais ilusório – disse Darcy – do que a aparência de humildade. Muitas vezes não passa de pouco caso e, em outras, de uma arrogância indireta.

— E qual dos casos se aplica à *minha* recente demonstração de modéstia?

— A arrogância indireta; pois você na verdade se orgulha de suas falhas ao escrever, porque as considera decorrentes de uma rapidez de pensamento e de um descuido na execução que você reputa, se não elogiáveis, pelo menos bastante interessantes. A capacidade de fazer algo com rapidez é sempre muito apreciada por quem a possui, e com frequência sem qualquer atenção à imperfeição da execução. Quando você disse hoje pela manhã à sra. Bennet que se algum dia resolvesse sair de Netherfield iria embora em cinco minutos, sua intenção era a de que isso fosse uma espécie de panegírico, de elogio a você mesmo... e, no entanto, o que há de tão louvável numa precipitação que pode deixar incompletos assuntos importantes e não oferece qualquer vantagem real para você mesmo ou qualquer outra pessoa?

— Ora! – exclamou Bingley. – Isso é demais, lembrar-se à noite de todas as tolices ditas pela manhã. E além do mais, palavra de honra, acredito que o que eu disse a meu respeito seja verdade e disto estou certo neste momento. Pelo menos, em assim sendo, não assumi a atitude de precipitação inconsequente apenas para me exibir diante das senhoras.

— É provável que você acredite, mas de modo algum estou convencido de que você partiria com tanta afobação. Sua conduta dependeria do acaso tanto quanto a de qualquer homem que eu conheça; e se, quando você estivesse cavalgando, um amigo dissesse, "Bingley, você deveria ficar até a próxima semana", você com certeza ficaria, você com certeza não iria... e, diante de outra frase, poderia ficar mais um mês.

— Suas observações apenas provaram – exclamou Elizabeth – que o sr. Bingley não fez justiça a seu próprio temperamento. O senhor mostrou-o agora sob um ângulo muito melhor do que ele mesmo havia feito.

— Fico-lhe extremamente grato – disse Bingley – por converter as palavras do meu amigo num elogio à mansidão da minha natureza. Mas temo que lhes esteja dando uma interpretação na qual ele sequer pensou; pois a opinião deste cavalheiro a meu respeito seria sem dúvida melhor se eu, em tais circunstâncias, respondesse com um redondo não e partisse o mais rápido possível.

— Consideraria então o sr. Darcy perdoada a inconsequência de sua intenção inicial pela sua insistência em mantê-la?

— Honestamente, não lhe posso dar uma boa explicação; Darcy deve falar por si mesmo.

— Você espera que eu justifique opiniões que decidiu me atribuir, mas que nunca admiti ter. Supondo que assim fosse, entretanto, para nos mantermos coerentes com sua interpretação, srta. Bennet, deve lembrar-se de que o amigo que lhe sugeriria a volta para casa e o adiamento de seus planos apenas sugeriu que assim fosse e pediu-lhe que assim fizesse, sem apresentar argumento algum a favor de seu pedido.

— Ceder com presteza... com facilidade... à *persuasão* de um amigo não tem qualquer mérito a seus olhos.

— Ceder sem convicção não é elogio ao discernimento de ninguém.

— Parece-me, sr. Darcy, que o senhor não dá qualquer importância à influência da amizade e do afeto. A consideração pelo solicitante faria muitas vezes com que alguém cedesse prontamente ao que lhe foi solicitado, sem esperar por argumentos que o justificassem. Não falo apenas de casos como o que imaginou para o sr. Bingley. Talvez possamos até mesmo esperar que tais circunstâncias se apresentem antes de discutir a propriedade de seu comportamento. Mas em casos genéricos e corriqueiros entre dois amigos, quando um deles deseja que o outro altere uma decisão de pouca relevância, pensaria o senhor mal dessa pessoa por aquiescer ao desejo sem esperar ser convencida por argumentos?

— Não seria aconselhável, antes de prosseguir neste assunto, determinar com maior precisão o grau de importância que deve ter tal solicitação, assim como o grau de intimidade existente entre as partes?

— Mas com certeza! — exclamou Bingley. — Vamos ouvir todos os pormenores, não nos esquecendo de comparar alturas e tamanhos; pois isso, srta. Bennet, dará à discussão mais peso do que se pode imaginar. Asseguro-lhe que, se Darcy não fosse um camarada tão alto, em comparação a mim, eu não o trataria com a metade da deferência com que o trato. Declaro não conhecer sujeito mais apavorante do que Darcy, em determinadas ocasiões, e em alguns lugares; sobretudo em sua própria casa e num domingo à tarde, quando ele não tem o que fazer.

O sr. Darcy sorriu, mas Elizabeth imaginou perceber que ele estava um tanto ofendido e, com isso, conteve o riso. A srta. Bingley, bastante irritada com a indignidade de que Darcy fora alvo, apresentou seus calorosos protestos ao irmão por dizer tanta bobagem.

– Percebo sua intenção, Bingley – disse o amigo. – Você não gosta de discussões e quer encerrar esta.

– É possível. Discussões são muito parecidas com brigas. Se você e a srta. Bennet quiserem adiá-la até que eu esteja fora da sala, ficarei muito grato; e você poderá, então, dizer de mim o que quiser.

– Acatar seu pedido – disse Elizabeth – não é para mim qualquer sacrifício; e o sr. Darcy faria melhor terminando sua carta.

O sr. Darcy aceitou o conselho e terminou a carta.

Estando completa a tarefa, ele pediu à srta. Bingley e a Elizabeth a gentileza de um pouco de música. A srta. Bingley encaminhou-se com certa pressa para o piano e, após um polido oferecimento a Elizabeth para que se apresentasse em primeiro lugar, que a outra recusou com a mesma polidez e maior sinceridade, sentou-se.

A sra. Hurst cantou com a irmã e, enquanto estavam ambas assim ocupadas, Elizabeth não pôde deixar de observar, enquanto folheava alguns livros de música que havia sobre o instrumento, que com alguma frequência os olhos do sr. Darcy se fixavam nela. Era-lhe difícil imaginar que pudesse ser objeto de admiração de um homem tão importante; por outro lado, que ele a olhasse por não gostar dela seria ainda mais estranho. Conseguiu entretanto supor que, afinal, lhe chamava a atenção por haver nela algo mais inconveniente e repreensível, diante do que era por ele considerado adequado, do que em qualquer outra pessoa presente. Tal suposição não a magoou. Gostava muito pouco dele para se preocupar com sua aprovação.

Depois de algumas canções italianas, a srta. Bingley mudou o clima executando uma alegre balada escocesa, e logo a seguir o sr. Darcy, aproximando-se de Elizabeth, lhe disse:

– Não se sente bastante tentada, srta. Bennet, a aproveitar esta oportunidade para dançar uma quadrilha?

Ela sorriu, mas não deu resposta. Ele repetiu a pergunta, um tanto surpreso com o silêncio.

– Oh! – disse ela. – Ouvi o que disse, mas não fui capaz de determinar de imediato o que responder. O senhor gostaria, bem sei, que eu respondesse "Sim", para ter o prazer de criticar meu gosto; mas sempre aprecio virar ao contrário esse tipo de jogo e frustrar alguém em seu premeditado desprezo. Decidi, portanto, dizer-lhe que de modo algum desejo dançar qualquer quadrilha – e agora me menospreze, se ousar.

– De fato, não ouso.

Elizabeth, imaginando tê-lo insultado, ficou perplexa com tal galanteria. Mas havia em suas maneiras um misto de doçura e malícia que lhe tornava difícil insultar quem quer que fosse; e Darcy nunca estivera tão enfeitiçado por mulher alguma como estava por ela. Ele realmente acreditava que, não fosse a inferioridade dos parentes da moça, estaria correndo perigo.

A srta. Bingley viu, ou suspeitou, o bastante para sentir ciúmes; e a grande ansiedade pelo restabelecimento de sua caríssima amiga Jane recebeu algum incentivo do desejo de se ver livre de Elizabeth.

Tentava com frequência provocar em Darcy antipatia por sua hóspede, falando a respeito de um suposto casamento entre ambos e planejando a felicidade dele em tal aliança.

– Espero – disse ela enquanto andavam juntos pelas aleias de arbustos no dia seguinte – que você dê à sua sogra, quando esse desejável evento se realizar, algumas sugestões a respeito das vantagens de segurar a língua; e, se conseguir, evite que as meninas mais moças corram atrás de oficiais. E, se posso mencionar assunto tão delicado, faça o possível para refrear aquele pequeno tom, beirando a arrogância e a impertinência, que possui a sua dama.

– Alguma outra proposta para minha felicidade doméstica?

– Ah! Tenho, sim. Deixe que os retratos dos tios Phillips sejam colocados na galeria de Pemberley. Coloque-os ao lado de seu tio-avô juiz. Estão todos na mesma profissão, como sabe, só que em linhas diferentes. Quanto ao retrato da sua Elizabeth, não deve mandar fazê-lo, pois que pintor faria justiça àqueles belos olhos?

– Não seria fácil, realmente, captar-lhes a expressão, mas a cor e o formato, bem como os cílios, tão delicados, poderiam ser copiados.

Nesse momento se viram, no cruzamento com outra aleia, diante da sra. Hurst e da própria Elizabeth.

– Não sabia que vocês pretendiam caminhar – disse a srta. Bingley um tanto confusa, receando terem sido ouvidos.

– Vocês se portaram muito mal conosco – respondeu a sra. Hurst –, desaparecendo sem nos dizer que iam sair.

Então, segurando o braço livre do sr. Darcy, deixou Elizabeth andando sozinha. O caminho só permitia a passagem de três pessoas. O sr. Darcy percebeu a indelicadeza e no mesmo instante disse:

– Esta aleia não é larga o suficiente para nosso grupo. Deveríamos ir para a alameda.

Mas Elizabeth, que não sentia a menor vontade de continuar com eles, respondeu rindo:

– Não, não, fiquem onde estão. Os três formam um grupo encantador e parecem perfeitos assim. Uma quarta pessoa estragaria todo o quadro. Até logo.

Afastou-se feliz, alegrando-se, enquanto caminhava, com a esperança de estar de volta à sua casa dentro de um ou dois dias. Jane já se recuperara o bastante para desejar sair do quarto por algumas horas naquela noite.

Capítulo 11

QUANDO AS SENHORAS SE retiraram após o jantar, Elizabeth subiu correndo ao quarto da irmã e, vendo-a bem agasalhada contra o frio, acompanhou-a à sala de estar, onde foi recebida por suas duas amigas com muitas demonstrações de prazer; e Elizabeth nunca as tinha visto tão gentis como durante a hora que se passou antes da vinda dos cavalheiros. Sua desenvoltura na arte de conversar era considerável. Sabiam descrever um espetáculo em detalhes, contar histórias com graça e zombar dos conhecidos com senso de humor.

Mas, ao entrarem os cavalheiros, Jane deixou de ser o centro das atenções; os olhos da srta. Bingley voltaram-se no mesmo instante para Darcy e ela tinha algo a lhe dizer antes que ele pudesse dar alguns passos à frente. Ele se dirigiu à srta. Bennet, cumprimentando-a com cortesia; o sr. Hurst também lhe fez uma leve reverência e disse estar "muito contente", mas as efusões e o entusiasmo ficaram por conta do cumprimento de Bingley, cheio de alegria e atenções. A primeira meia hora foi gasta em avivar o fogo, a fim de que Jane não sofresse com a mudança da temperatura entre os cômodos; e ele insistiu que a acomodassem do outro lado da lareira, para que ficasse distante da porta. Sentou-se então a seu lado e mal falou com qualquer outra pessoa. Elizabeth, costurando no outro canto da sala, observava tudo aquilo com grande prazer.

Terminado o chá, o sr. Hurst insinuou à cunhada a mesa de jogos... mas em vão. Ela intuíra que o sr. Darcy não estaria interessado em cartas, e o sr. Hurst logo viu rejeitado seu pedido, mesmo quando feito às claras. Ela lhe garantiu que ninguém pretendia jogar, e o silêncio de todo o grupo diante do assunto pareceu lhe dar razão. O sr. Hurst nada pôde fazer além de se esticar num dos sofás e adormecer. Darcy apanhou um livro, a srta. Bingley fez o mesmo, e a sra. Hurst, ocupada sobretudo em brincar com suas pulseiras e anéis, participava de vez em quando da conversa do irmão com a srta. Bennet.

A atenção da srta. Bingley estava tão voltada para a observação dos progressos que o sr. Darcy fazia no livro *dele* quanto para a leitura do que tinha nas mãos; e durante todo o tempo perguntava algo ou olhava a página lida por ele. Não conseguiu, entretanto, envolvê-lo em qualquer conversa; ele apenas respondia às suas perguntas e continuava a ler. Afinal, um tanto exausta pela tentativa de se distrair com seu próprio livro, que só tinha escolhido por ser o segundo volume do dele, ela deu um grande bocejo e disse:

— Como é agradável passar uma noite desta maneira! Declaro que, sem dúvida, não há prazer como a leitura! Como nos cansa depressa qualquer outra coisa que não seja um livro! Quando eu tiver minha própria casa, ficarei desolada se não tiver uma excelente biblioteca.

Ninguém lhe deu qualquer resposta. Ela então bocejou mais uma vez, deixou de lado o livro e passou os olhos pela sala em busca de alguma diversão; ao ouvir o irmão mencionar à srta. Bennet um baile, voltou-se de repente para ele e disse:

— Aliás, Charles, você está mesmo pensando seriamente em dar um baile em Netherfield? Eu o aconselharia, antes de se comprometer, a pedir a opinião dos presentes; ou muito me engano ou há entre nós alguns para quem um baile seria mais um castigo do que um prazer.

— Se você se refere a Darcy — exclamou o irmão —, ele pode ir dormir, se preferir, antes que a festa comece. Mas, quanto ao baile, já é coisa decidida, e, tão logo Nicholls tenha preparado a sopa branca[7], distribuirei os convites.

— Eu gostaria muito mais de bailes — retrucou ela — se fossem organizados de outra maneira; mas há algo insuportavelmente entediante no modo como em geral transcorre esse tipo de reunião. Seria sem dúvida muito mais racional se a ordem do dia fosse conversar em vez de dançar.

— Muito mais racional, minha querida Caroline, com certeza, mas não se pareceria muito com um baile.

A srta. Bingley não respondeu e, logo depois, levantou-se e andou pela sala. Seu porte era elegante e ela andava bem, mas Darcy, a quem tudo isso se destinava, continuava inabalável em sua leitura. Em desespero de causa, decidiu-se por mais um esforço e, voltando-se para Elizabeth, disse:

— Srta. Eliza Bennet, deixe-me convencê-la a seguir meu exemplo e dê uma volta pelo salão. Garanto-lhe que é muito revigorante depois de se estar tanto tempo sentada na mesma posição.

Elizabeth ficou surpresa, mas concordou de imediato. A srta. Bingley atingiu o real objetivo de sua amabilidade: o sr. Darcy olhou para cima. Ele tinha tanta consciência da novidade daquele tipo de gentileza quanto poderia ter a própria Elizabeth e, sem perceber, fechou o livro. Foi diretamente convidado para se juntar a elas, mas recusou, observando que só conseguia imaginar dois motivos para que ambas decidissem andar juntas de um lado para outro da sala e, qualquer que fosse, sua presença só atrapalharia. "O que estaria ele insinuando?" A srta. Bingley morria de vontade de saber o que ele pretendia dizer com aquilo e perguntou a Elizabeth se ela fazia ideia.

— A menor ideia — foi a resposta —, mas esteja certa de que ele pretende nos criticar, e a melhor maneira de frustrá-lo será nada perguntar a respeito.

A srta. Bingley, contudo, era incapaz de frustrar o sr. Darcy fosse no que fosse e insistiu em pedir uma explicação dos dois motivos.

---

7. No original, *white soup*. Antiga receita inglesa, preparada com caldo de vitela ou frango, gemas de ovo, amêndoas moídas e creme; servida com vinho adoçado e quente, era habitualmente oferecida nos bailes como bebida revigorante. (N.T.)

— Não faço a menor objeção em explicá-los – disse ele, tão logo ela o deixou falar. – Ou as duas escolheram esta maneira de passar a noite porque são confidentes uma da outra e têm assuntos secretos para discutir ou porque têm perfeita noção de que sua silhueta é mais atraente quando andam; no primeiro caso, eu as atrapalharia e, no segundo, posso admirá-las muito mais estando sentado junto à lareira.

— Mas que absurdo! – exclamou a srta. Bingley. – Jamais ouvi algo tão abominável. Como podemos puni-lo por dizer tais coisas?

— Nada mais fácil, se é apenas o que pretende – disse Elizabeth. – Todos podemos atormentar e punir uns aos outros. Irrite-o... ria dele. Sendo tão sua amiga, deve saber como fazê-lo.

— Mas, palavra de honra, eu *não* sei. Asseguro-lhe que minha amizade ainda não me ensinou *isto*. Irritar a atitude tranquila e a presença de espírito! Não, não... Sinto que ele pode nos vencer nesse terreno. E quanto a rir, não vamos nos expor, por favor, tentando rir sem motivos. O sr. Darcy só tem do que se orgulhar.

— Não é possível rir do sr. Darcy! – exclamou Elizabeth. – Este é um raro privilégio e espero que raro continue, pois seria para *mim* uma grande perda conhecer muitas pessoas assim. Adoro rir.

— A srta. Bingley – disse ele – deu-me mais mérito do que é cabível. O melhor e mais sábio homem... não, as melhores e mais sábias ações de um homem... podem ser tornadas ridículas por alguém cujo objetivo primordial na vida é a zombaria.

— Com certeza – retrucou Elizabeth – há pessoas assim, mas espero não ser uma *delas*. Espero jamais ridicularizar o que é sábio e bom. Tolices e bobagens, extravagâncias e inconsistências *sem dúvida* me divertem, confesso, e rio delas sempre que posso. Mas tais atributos, suponho, são exatamente os que não lhe são característicos.

— Talvez isso não seja possível para todos, mas tenho me dedicado a evitar essas fraquezas que com frequência expõem ao ridículo grandes inteligências.

— Tais como vaidade e orgulho.

— É, vaidade é realmente uma fraqueza. Mas o orgulho... Quando há uma genuína superioridade de espírito, o orgulho está sempre sob controle.

Elizabeth virou-se para ocultar um sorriso.

— Sua avaliação do sr. Darcy terminou, suponho – disse a srta. Bingley. – E qual o resultado?

— Estou absolutamente convencida de que o sr. Darcy não tem defeitos. Ele mesmo o confessa sem dissimulações.

— Não — disse Darcy. — Não tive tal pretensão. Tenho defeitos de sobra, mas não são, espero, de discernimento. Ao meu temperamento, não dou grande crédito. Ele é, acredito, muito pouco condescendente... sem dúvida pouco demais... com as convenções sociais. Não consigo esquecer as tolices e fraquezas alheias tão depressa quanto deveria, nem as ofensas que me são feitas. Meus sentimentos não se esvaem diante de qualquer tentativa de demovê-los. Meu temperamento poderia talvez ser chamado de rancoroso. Minha consideração por alguém, uma vez perdida, está perdida para sempre.

— *Esta* é com certeza uma falha! — exclamou Elizabeth. — O ressentimento implacável *é* uma mancha num caráter. Mas o senhor escolheu bem a sua imperfeição. Realmente não posso *rir* disso. De mim, o senhor está salvo.

— Existe, acredito, em todas as naturezas uma tendência para um determinado pecado... um defeito natural, que nem mesmo a melhor educação pode extinguir.

— E o *seu* defeito é odiar todas as pessoas.

— E o seu — respondeu ele com um sorriso — é propositalmente interpretá-las mal.

— Vamos a um pouco de música — exclamou a srta. Bingley, cansada de uma conversa da qual não participava. — Louisa, você não se importa se eu acordar o sr. Hurst?

A irmã não fez a menor objeção, e o piano foi aberto. Darcy, depois de alguns momentos de reflexão, não lamentou o fato. Começava a perceber o perigo de dar demasiada atenção a Elizabeth.

Capítulo 12

Como resultado de um acordo entre as irmãs, Elizabeth escreveu na manhã seguinte à mãe, pedindo que a carruagem lhes fosse mandada no decorrer do dia. Mas a sra. Bennet, que calculara que a estada de suas filhas em Netherfield se estenderia até a quinta-feira seguinte, o que teria dado a Jane uma semana, não se disporia de bom grado a tê-las de volta antes. Sua resposta, portanto, não foi favorável, pelo menos não aos desejos de Elizabeth, que estava impaciente por se ver em casa. A sra. Bennet escreveu-lhes que não seria possível ter a carruagem antes de quinta e, ao final do bilhete, estava dito que, se o sr. Bingley e sua irmã insistissem para que ficassem por mais tempo, poderia dispor das duas sem problemas. Contra a ideia de ficar por mais tempo, entretanto, Elizabeth estava determinada, além de não esperar tal insistência; e, pelo contrário, receando serem consideradas intrusas por lá permanecerem sem necessidade, insistiu com Jane para que pedisse imediatamente emprestada a carruagem do sr. Bingley, e ficou então decidido que sua intenção original de deixar Netherfield naquela manhã seria apresentada e o pedido, feito.

O comunicado gerou diversas demonstrações de interesse e muito foi dito sobre desejarem que ficassem pelo menos até o dia seguinte para que cuidassem mais de Jane; e por um dia sua partida foi adiada. A srta. Bingley lamentou então ter feito tal proposta, pois seu ciúme e antipatia por uma das irmãs em muito excedia o afeto pela outra.

O dono da casa lamentou com sinceridade saber que se iriam tão depressa e por diversas vezes tentou convencer a srta. Bennet que isso não seria prudente, que ela ainda não estava totalmente curada, mas Jane era firme quando sentia que fazia o que era correto.

Para o sr. Darcy, a informação foi bem-vinda. Elizabeth já ficara tempo suficiente em Netherfield. Ela o atraía mais do que gostaria... e a srta. Bingley era descortês com *ela* e, com ele, mais irônica do que de hábito. Decidiu-se, sensatamente, a tomar especial cuidado para que nenhum sinal de admiração lhe escapasse *agora*, nada que pudesse aumentar nela a esperança de influenciar sua felicidade; consciente de que tal ideia havia sido sugerida, seu comportamento durante o último dia seria crucial para confirmá-la ou destruí-la. Firme em seu propósito, mal lhe dirigiu dez palavras durante todo o sábado e, embora tivessem sido uma vez deixados a sós por meia hora, concentrou-se com mais afinco em seu livro e sequer olhou para ela.

No domingo, depois da missa matinal, deu-se a separação, agradável para quase todos. A cortesia da srta. Bingley em relação a Elizabeth aumentou bem depressa, assim como seu afeto por Jane; e, quando as duas partiram, depois de reafirmar à última o prazer que sempre lhe daria estar com ela fosse em Longbourn ou em Netherfield e de abraçá-la com ternura, chegou a apertar a mão da primeira. Elizabeth despediu-se de todo o grupo com o melhor dos humores.

Em casa, não foram recebidas com muita cordialidade pela mãe. A sra. Bennet surpreendeu-se com a sua chegada e achou que tinham feito muito mal em se dar tanto trabalho, além de ter certeza de que Jane se resfriara outra vez. Mas o pai, embora muito lacônico em suas demonstrações de prazer, ficou realmente feliz ao vê-las; ele percebera a importância de ambas no ambiente familiar. As conversas noturnas, quando todos se reuniam, haviam perdido grande parte da animação e quase todo o sentido com a ausência de Jane e Elizabeth.

Encontraram Mary, como sempre, mergulhada no estudo do baixo contínuo e da natureza humana e precisaram apreciar alguns trechos e ouvir novas observações a respeito de antigos conceitos morais. Catherine e Lydia tinham informações de outro tipo. Muito havia sido feito e muito havia sido dito no regimento desde a quarta-feira anterior; diversos oficiais jantaram com seu tio, um soldado fora açoitado e corria o boato de que o coronel Forster ia se casar.

Capítulo 13

– Espero, minha cara – disse o sr. Bennet à sua esposa enquanto tomavam o café da manhã no dia seguinte –, que a senhora tenha mandado preparar um bom jantar para hoje, porque tenho motivos para crer que alguém se juntará ao nosso grupo familiar.

– O que quer dizer com isso, meu caro? Não há convidado algum, tenho certeza, a não ser que Charlotte Lucas apareça de repente... e espero que *minha* comida seja satisfatória para ela. Não acredito que tenha sempre coisa igual em casa.

– A pessoa de quem falo é um cavalheiro. E um estranho.

Os olhos da sra. Bennet soltaram faíscas.

– Um cavalheiro e um estranho! É o sr. Bingley, tenho certeza. Mas Jane... você não disse uma palavra a respeito... que menina sonsa! Bem, tenho certeza de que ficarei muitíssimo feliz recebendo o sr. Bingley. Mas... Santo Deus! Que falta de sorte! Não há como conseguir um pedaço de peixe para hoje. Lydia, meu amor, toque a campainha, preciso falar com Hill agora mesmo.

– Não é o sr. Bingley – disse o marido. – É uma pessoa que nunca vi em toda a minha vida.

Isso provocou a perplexidade geral e ele teve o prazer de ser avidamente interrogado pela mulher e pelas cinco filhas ao mesmo tempo.

Depois de se divertir por algum tempo com tanta curiosidade, explicou:

– Há cerca de um mês recebi esta carta e há uns quinze dias respondi, pois considerei o caso um tanto delicado e achei que lhe deveria dar atenção. É carta do meu primo, o sr. Collins, que, com a minha morte, poderá mandar todas vocês saírem desta casa quando bem entender.

– Oh, meu caro! – exclamou a sr. Bennet. – Não aguento ouvi-lo mencionar este assunto. Por favor, não fale nesse homem odioso. Acho a pior coisa do mundo que seus bens sejam tomados de suas próprias filhas; e tenho certeza de que, se estivesse em seu lugar, eu já teria tentado há muito tempo fazer algo a respeito.

Jane e Elizabeth tentaram explicar-lhe o que era um legado inalienável. Já haviam tentado fazê-lo diversas vezes, mas este era um assunto a respeito do qual a sra. Bennet não conseguia raciocinar, e ela continuava a se enfurecer amargamente com a crueldade de se tirar a herança de uma família de cinco filhas em prol de um homem com quem ninguém se importava.

– Não há dúvidas de que se trata de uma enorme injustiça – disse o sr. Bennet –, e nada pode isentar o sr. Collins da culpa por herdar Longbourn. Mas, se ouvir a carta dele, talvez possa se sentir um pouco melhor, pelo modo como ele se expressa.

– Não, estou certa que não e acho que é muito impertinente por parte dele lhe escrever, e também muito hipócrita. Odeio esses falsos amigos. Por que não continuar de relações cortadas com o senhor, como fazia o pai dele?

– Boa pergunta. Ele parece ter tido alguns escrúpulos filiais a respeito, como vão ouvir:

Hunsford, perto de Westerham, Kent, 15 de outubro.

Prezado Senhor,
O desentendimento existente entre o senhor e meu falecido e honrado pai sempre me provocou muito constrangimento e, desde que tive a desventura de perdê-lo, mais de uma vez desejei consertar as coisas. Fui, porém, durante algum tempo refreado por minhas próprias dúvidas, receando que pudesse parecer desrespeitoso à sua memória o fato de eu me relacionar em bons termos com alguém com quem ele sempre preferiu estar em desacordo.
– Aí está, sra. Bennet!
Decidi-me agora, porém, a respeito, pois, ao ser ordenado padre na Páscoa, tive o privilégio de ser agraciado com o patronato da Mui Honorável Lady Catherine de Bourgh, viúva de Sir Lewis de Bourgh, cuja generosidade e beneficência me escolheram para a inestimável reitoria desta paróquia, onde todos os meus esforços se concentrarão em servir Sua Senhoria com gratidão e respeito e estar sempre pronto para presidir os ritos e cerimônias instituídos pela Igreja da Inglaterra. Ademais, como clérigo, sinto ser meu dever promover e consolidar a bênção da paz em todas as famílias ao alcance de minha influência, e por isso me parabenizo por serem minhas proposições altamente recomendáveis e por acreditar que o fato de ser eu o próximo na linha de sucessão de Longbourn será gentilmente considerado irrelevante e não o levará a rejeitar este oferecimento do ramo de oliveira. Não posso deixar de estar consternado por ser o instrumento que virá a lesar suas amáveis filhas e rogo-lhe que me permita lamentar o fato,

bem como assegurar-lhe minha disposição de fazer quaisquer reparações possíveis... a partir de agora. Se não tiver objeções quanto a me acolher em sua casa, reservo-me o prazer de ser recebido pelo senhor e sua família na segunda-feira, dia 18 de novembro, por volta das quatro horas da tarde, e talvez abuse de sua hospitalidade até a noite do sábado seguinte, o que posso fazer sem qualquer inconveniência, pois Lady Catherine não fará restrições à minha eventual ausência num domingo, desde que outro clérigo se comprometa a realizar o ofício do dia.

Apresento-lhe, caro senhor, meus respeitosos cumprimentos, extensivos à sua esposa e filhas. Seu devotado amigo,

William Collins

— Às quatro horas, portanto, podemos esperar esse cavalheiro apaziguador — disse o sr. Bennet dobrando a carta. — Ele parece ser um jovem bastante conscencioso e educado, palavra de honra, e não tenho dúvidas de que este poderá ser um valioso relacionamento, sobretudo se Lady Catherine for generosa o bastante para deixar que ele nos visite outras vezes.

— Há algum bom senso no que ele diz a respeito das meninas, seja como for, e se ele estiver disposto a fazer-lhes reparações, não serei eu quem o desencorajará.

— Mesmo sendo difícil — disse Jane — adivinhar de que modo ele pretende nos conceder o que acredita merecermos, tal desejo sem dúvida fala a seu favor.

Elizabeth estava sobretudo impressionada pela extraordinária deferência com que o rapaz se referia a Lady Catherine e por sua virtuosa intenção de batizar, casar e enterrar seus paroquianos sempre que necessário.

— Ele deve ser um excêntrico, imagino — disse ela. — Não consigo formar uma opinião... Há algo pomposo demais em seu estilo... E o que pretende ao se desculpar por ser o próximo na linha de sucessão?... Não devemos supor que faria algo, se fosse possível... Acredita que ele seja um homem sensato, meu pai?

— Não, meu bem, não acredito. Tenho grandes esperanças de descobrir nele exatamente o oposto. Há em sua carta um misto de servilismo e presunção que promete muito. Estou impaciente para conhecê-lo.

— Quanto à redação — disse Mary —, a carta não parece ter defeitos. A ideia do ramo de oliveira talvez não seja muito nova, mas acho que foi bem colocada.

Para Catherine e Lydia, nem a carta nem seu autor tinham qualquer interesse. Beirava o impossível que seu primo aparecesse num casaco escarlate, e há algumas semanas não se sentiam atraídas pela companhia de um homem cujo traje fosse de qualquer outra cor. Quanto à mãe, a carta do sr. Collins apagara muito de sua má vontade e ela se preparava para recebê-lo com uma calma que deixava atônitos o marido e as filhas.

O sr. Collins foi pontual e recebido com grande cortesia por toda a família. O sr. Bennet pouco disse, na verdade, mas as senhoras estavam bem dispostas a conversar e o sr. Collins também não parecia precisar de encorajamento nem estar inclinado a se calar. Tratava-se de um rapaz alto e robusto, de 25 anos. Seu ar era grave e imponente e suas maneiras muito formais. Não se passou muito tempo após sua chegada sem que ele cumprimentasse a sra. Bennet por ter filhas tão bonitas; disse que ouvira falar muito da beleza das moças, mas que naquele caso a fama não fazia justiça à verdade; e acrescentou que não tinha dúvidas de que as veria todas casadas a seu devido tempo. Tal galanteio não foi muito do agrado de algumas de suas ouvintes, mas a sra. Bennet, que não se aborrecia com elogios, respondeu com presteza:

– O senhor é muito gentil, estou certa. E desejo de todo o coração que assim seja, pois de outro modo elas ficariam bastante desamparadas. As coisas são dispostas de formas estranhas.

– A senhora talvez se refira à sucessão desta propriedade.

– Ah! É verdade, meu senhor. Deve concordar que este é um assunto doloroso para minhas pobres filhas. Não que eu tencione culpar *o senhor*, pois sei que neste mundo tais coisas são questão de sorte. Não há como saber quem se beneficiará de uma herança a partir do momento em que os bens tenham sido vinculados.

– Sou muito sensível, minha senhora, à provação de minhas lindas primas e teria muito a dizer sobre o assunto, mas não gostaria de parecer petulante ou precipitado. Posso, porém, garantir às jovens que vim preparado para admirá-las. No momento nada mais direi; mas, talvez, quando nos conhecermos melhor...

Foi interrompido pelo aviso de que o jantar estava servido; e as moças sorriram entre si. Não foram elas o único objeto de admiração por parte do sr. Collins. O vestíbulo, a sala de refeições e todos os móveis foram examinados e elogiados, e seus comentários teriam tocado o coração da sra. Bennet, não fosse pela mortificante suposição de que ele considerasse tudo aquilo sua futura propriedade. O jantar também foi, a seu tempo, muitíssimo apreciado, e ele pediu que lhe dissessem a qual de suas lindas primas se devia a excelência de seu preparo. Mas foi devidamente posto em seu lugar pela sra. Bennet, que lhe afirmou com alguma aspereza que eram perfeitamente capazes de manter um bom cozinheiro e que as filhas nada tinham a fazer na cozinha. Ele pediu perdão por tê-la desagradado. Num tom mais suave, ela declarou não estar ofendida, mas ele continuou a se desculpar por mais quinze minutos.

Capítulo 14

DURANTE O JANTAR, o sr. Bennet praticamente não falou; mas, ao se retirarem os criados, achou que era hora de conversar um pouco com o hóspede e deu início a um assunto no qual esperava que o rapaz brilhasse, observando que ele parecia ter tido muita sorte em termos de benfeitora. A consideração de Lady Catherine de Bourgh pelos desejos do rapaz e o cuidado com seu conforto pareciam notáveis. O sr. Bennet não poderia ter escolhido melhor. O sr. Collins foi eloquente em seus elogios. O assunto levou-o a assumir uma postura ainda mais solene do que de hábito e, dando-se ares mais importantes, declarou que "nunca em toda a sua vida testemunhara tal comportamento numa pessoa de alto nível, ou tanta cordialidade e condescendência, como tinha para com ele Lady Catherine. Ela fora extremamente amável ao aprovar os dois sermões que já tivera a honra de pronunciar diante dela. Convidara-o também duas vezes para jantar em Rosings e só requisitara sua presença, no sábado anterior, para completar sua mesa de quadrilha[8] daquela noite. Lady Catherine era considerada orgulhosa por muitas pessoas de suas relações, mas *ele* nunca percebera nela algo que não fosse cordialidade. Sempre falara com ele como falaria com qualquer outro cavalheiro; não fizera a menor objeção quanto à sua participação na sociedade dos arredores nem a um eventual afastamento da paróquia por uma ou duas semanas, para visitas à família. Dignara-se até mesmo a aconselhá-lo a se casar o mais depressa possível, desde que fosse discreto em sua escolha; e fora uma vez visitá-lo em sua humilde casa paroquial, onde aprovara totalmente todas as alterações por ele feitas e até condescendera em sugerir algumas, como prateleiras no gabinete do segundo andar".

– Tudo isso é muito adequado e cortês, sem dúvida – disse a sra. Bennet –, e ouso afirmar ser ela uma mulher muito agradável. É uma pena que as grandes damas em geral não se comportem como ela. Ela mora perto do senhor?

– Apenas uma alameda separa o jardim no qual se situa minha humilde morada de Rosings Park, a residência de Sua Senhoria.

– Creio tê-lo ouvido dizer que ela é viúva. Tem família?

– Uma filha única, a herdeira de Rosings e suas extensíssimas terras.

– Ah! – disse a sra. Bennet, sacudindo a cabeça. – Então sua situação é bem melhor do que a de muitas moças. E que tipo de jovem é ela? Atraente?

– Uma senhorita deveras encantadora. A própria Lady Catherine diz que, no que se refere à verdadeira beleza, a srta. De Bourgh é muito superior às mais atraentes de seu sexo, porque há em seus traços aquele algo mais que

---

8. Jogo de cartas popular na Inglaterra do século XVIII, para o qual eram necessários quatro participantes. (N.T.)

distingue as moças de berço nobre. Infelizmente, sua constituição é doentia, o que a impediu de fazer progressos em diversos setores nos quais se sairia muito bem se assim não fosse, conforme fui informado pela senhora que supervisiona sua educação e que ainda mora com elas. Mas é muito amável e muitas vezes se digna a ir até minha humilde morada em seu pequeno coche puxado por pôneis.

— Ela já foi apresentada à sociedade? Não me lembro de seu nome entre as damas da corte.

— A saúde frágil, infelizmente, impede-a de ir à capital e, por este motivo, como eu disse um dia a Lady Catherine, privou a corte britânica de um de seus adornos mais brilhantes. Sua Senhoria pareceu apreciar a ideia; e a senhora deve imaginar que é para mim um prazer aproveitar todas as oportunidades para fazer esses pequenos e delicados cumprimentos sempre apreciados pelas damas. Mais de uma vez observei a Lady Catherine que sua encantadora filha parecia nascida para ser uma duquesa e que o mais alto dos títulos, em vez de lhe conferir importância, seria por ela embelezado. São essas pequenas coisas que agradam Sua Senhoria, e é o tipo de gentileza que me considero especialmente obrigado a ter para com ela.

— Muito correto de sua parte — disse o sr. Bennet —, e é ótimo para o senhor que possua o talento de elogiar com delicadeza. Permita-me perguntar se essas gentis atenções derivam do impulso da ocasião ou são o resultado de um estudo prévio.

— Originam-se em sua maior parte do que esteja acontecendo no momento e, embora algumas vezes eu me divirta criando e ensaiando alguns pequenos cumprimentos elegantes que podem ser adaptados a situações comuns, sempre procuro fazê-los com o ar menos estudado possível.

As esperanças do sr. Bennet se concretizavam. Seu primo era tão absurdo quanto desejara e ele o ouvia com o maior entusiasmo, mantendo ao mesmo tempo a mais firme expressão de compostura; a não ser por um ocasional olhar para Elizabeth, não precisava de cúmplices para se divertir.

Na hora do chá, contudo, a dose já havia sido suficiente, e o sr. Bennet deu-se por satisfeito ao levar seu hóspede mais uma vez até a sala de estar e, terminado o chá, convidá-lo para ler em voz alta para as senhoras. O sr. Collins concordou prontamente, e um livro lhe foi apresentado; mas, ao vê-lo (pois tudo indicava ter vindo de uma biblioteca circulante), ele recuou e, pedindo desculpas, afirmou que jamais lia romances. Kitty o encarou e Lydia deixou escapar uma exclamação. Outros livros foram apresentados e, depois de alguma deliberação, ele escolheu os Sermões de Fordyce. Lydia bocejou quando ele abriu o volume, e antes que, com monótona solenidade, tivessem sido lidas três páginas, ela o interrompeu dizendo:

— Sabe, mamãe, meu tio Phillips pretende despedir Richard e, se ele o fizer, o coronel Forster vai empregá-lo. Minha tia me contou pessoalmente no sábado. Vou até Meryton amanhã saber mais a respeito e perguntar quando o sr. Denny voltará da cidade.

Lydia foi advertida pelas duas irmãs mais velhas para que se calasse, mas o sr. Collins, muito ofendido, pôs de lado o livro e disse:

— Tenho observado com frequência quão pouco as mocinhas se interessam por livros de boa qualidade, apesar de escritos apenas para o seu bem. Isso me surpreende, confesso, pois, sem dúvida, nada pode haver de mais vantajoso para elas do que a instrução. Mas não continuarei a importunar minha jovem prima.

Então, virando-se para o sr. Bennet, ofereceu-se para ser seu adversário numa partida de gamão. O sr. Bennet aceitou o desafio, observando que ele agira com muita sensatez ao deixar as meninas se distraírem com suas próprias frivolidades. A sra. Bennet e as filhas se desculparam com muita cortesia pela interrupção de Lydia e prometeram que aquilo nunca mais aconteceria, caso ele desejasse voltar a seu livro; mas o sr. Collins, depois de assegurar que não guardava rancor da jovem prima e que jamais consideraria sua atitude ofensiva, sentou-se à outra mesa com o sr. Bennet e se preparou para o gamão.

Capítulo 15

O SR. COLLINS NÃO ERA um homem inteligente, e tal deficiência de sua natureza recebera muito pouca ajuda da educação ou da vida social; a maior parte de sua existência transcorrera sob a orientação de um pai inculto e mesquinho e, mesmo tendo cursado uma universidade, mal absorvera os termos essenciais, sem com isso ganhar qualquer conhecimento útil. A opressão com que fora educado pelo pai lhe dera, a princípio, uma grande humildade de atitudes, agora um tanto neutralizada pela arrogância derivada de uma mente vazia, da vida em retiro e dos sentimentos decorrentes de uma prosperidade prematura e inesperada. Um acaso providencial o recomendara a Lady Catherine de Bourgh quando o presbiterado de Hunsford estava vago, e o respeito que ele nutria por sua posição social e a veneração por ela como sua benfeitora, somados ao alto conceito de si mesmo e a seus direitos como reitor, faziam dele um misto de orgulho e subserviência, presunção e modéstia.

Possuindo agora uma boa casa e renda suficiente, pretendia se casar e, ao buscar a reconciliação com a família de Longbourn, tinha como objetivo uma esposa, pois sua intenção era escolher uma das filhas, se as considerasse tão atraentes e amáveis como eram descritas por todos. Tal era seu projeto de desculpas – de reparação – por herdar a propriedade do pai delas; plano que considerava excelente, em tudo legítimo e apropriado e excessivamente generoso e desinteressado de sua parte.

Suas intenções não se alteraram ao vê-las. O rosto encantador da srta. Bennet confirmou suas previsões e corroborou todas as suas severas noções do direito de primogenitura. Na primeira noite, *ela* foi sua escolha. Na manhã seguinte, contudo, houve uma alteração: depois de quinze minutos a sós com a sra. Bennet antes do café da manhã, uma conversa que começou com sua casa paroquial e evoluiu naturalmente para a confissão de suas esperanças de encontrar em Longbourn uma senhora para tal casa, provocou nela, entre sorrisos muito complacentes e encorajamento geral, uma restrição contra a própria Jane pela qual ele se havia decidido. "Quanto às filhas *mais novas*, ela não poderia afirmar, não poderia dar uma resposta positiva, mas não tinha *conhecimento* de quaisquer propostas; sua filha *mais velha*, era preciso mencionar, por acreditar ter o dever de avisá-lo, muito provavelmente ficaria noiva em breve."

Ao sr. Collins só restava passar de Jane para Elizabeth, o que foi logo feito, enquanto a sra. Bennet atiçava o fogo. Elizabeth, que se seguia a Jane em idade e beleza, seria sem dúvida a segunda escolha.

A sra. Bennet acatou a insinuação e acalentou a esperança de ter em breve duas filhas casadas; e o homem de quem ela não suportava ouvir falar na noite anterior caía agora em suas graças.

A intenção de Lydia, de ir a pé até Meryton, não foi esquecida; todas as irmãs exceto Mary concordaram em ir com ela, e o sr. Collins deveria acompanhá-las, a pedido do sr. Bennet, que estava um tanto ansioso para se ver livre dele e ter a biblioteca apenas para si; pois para lá o seguira o sr. Collins depois do café da manhã e lá teria continuado, oficialmente interessado num dos maiores in-fólios da coleção, mas na verdade falando com o sr. Bennet, com raros intervalos, de sua casa e seu jardim em Hunsford. Tal comportamento perturbava por demais o sr. Bennet. Na biblioteca ele sempre tivera garantia de lazer e tranquilidade e, embora preparado, como disse a Elizabeth, para lidar com bobagens e vaidades em qualquer outro cômodo da casa, costumava ali estar livre delas; sua cortesia, assim sendo, logo se manifestou para convidar o sr. Collins a acompanhar suas filhas no passeio. E o sr. Collins, na verdade muito mais inclinado a andar do que a ler, teve enorme prazer em fechar aquele grande livro e sair com as moças.

Em falas pomposas e vazias por parte dele e polidas concordâncias das primas passou o tempo até chegarem em Meryton. Deixou então de se voltar para ele, a atenção das mais jovens, cujos olhos passaram no mesmo instante a vagar pela rua em busca dos oficiais e, a não ser um belíssimo chapéu ou um novo tipo de musselina numa vitrine, nada mais as interessava.

Mas a atenção de todas as moças foi logo atraída por um rapaz, que nunca antes haviam visto, de aparência cavalheiresca, caminhando ao lado de outro oficial na calçada oposta. O oficial era o próprio sr. Denny cuja volta de Londres Lydia viera investigar e que acenou à sua passagem. A todas impressionou a aparência do estranho, todas se perguntaram quem poderia ser; e Kitty e Lydia, decididas a descobrir, se possível, adiantaram-se para atravessar a rua sob o pretexto de desejarem algo numa das lojas e, por sorte, acabavam de pisar a calçada quando os dois cavalheiros, dando meia-volta, chegavam ao mesmo ponto. O sr. Denny dirigiu-se diretamente a elas e pediu permissão para lhes apresentar o amigo, o sr. Wickham, que viera com ele da cidade na véspera e, para sua alegria, aceitara um posto comissionado em seu regimento. Era exatamente como devia ser, pois ao rapaz só faltava um uniforme para ser absolutamente encantador. Sua aparência era muito favorável; ele possuía o que de melhor existe em beleza, um bom porte, um belo rosto e maneiras muito agradáveis. Feitas as apresentações, logo se dispôs a conversar, numa atitude ao mesmo tempo correta e despretensiosa; e todo o grupo estava ainda de pé e trocando ideias com muita cordialidade quando o som de cavalos chamou sua atenção e Darcy e Bingley foram vistos descendo a rua. Reconhecendo as moças do grupo, os dois cavalheiros encaminharam-se no mesmo instante até lá e tiveram início as saudações de praxe. Bingley foi o que mais falou e a srta. Bennet a principal interlocutora. Ele estava, como disse, a caminho de Longbourn com o objetivo de ter notícias a seu respeito. O sr. Darcy confirmou com um aceno e começava a se decidir a não deixar seus olhos se prenderem a Elizabeth quando eles foram de repente atraídos pela visão do estranho e, tendo Elizabeth observado a expressão de ambos ao olhar um para o outro, ficou bastante surpresa com o efeito do encontro. Os dois mudaram de cor, um ficou branco, o outro rubro. O sr. Wickham, depois de alguns instantes, tocou o chapéu, numa saudação que o sr. Darcy mal se dignou retribuir. O que poderia significar aquilo? Era impossível imaginar; era impossível não desejar saber.

No minuto seguinte o sr. Bingley, não parecendo ter percebido o que acontecera, despediu-se e se afastou com o amigo.

O sr. Denny e o sr. Wickham caminharam com as jovens até a porta da casa do sr. Phillips e lá apresentaram seus cumprimentos, a despeito da insistência da srta. Lydia para que entrassem e mesmo depois de ter a sra. Phillips aberto a janela do vestíbulo e confirmado em voz alta o convite.

A sra. Phillips sempre se alegrava ao ver suas sobrinhas, e as duas mais velhas, devido à sua recente ausência, eram especialmente bem-vindas. Ela manifestava com ênfase sua surpresa pela repentina volta à casa das duas moças, da qual, uma vez que sua própria carruagem não as tinha ido buscar, nada saberia não fosse por se ter encontrado na rua com o balconista do sr. Jones, que lhe dissera não mais estarem enviando drágeas a Netherfield porque as moças Bennet tinham ido para casa, quando sua atenção se voltou para o sr. Collins, que lhe era apresentado por Jane. Ela o recebeu com a maior cortesia, que ele retribuiu da mesma forma, desculpando-se pela intrusão sem qualquer aviso prévio, fato que não o colocava sob uma luz favorável mas podia, contudo, ser justificado por seu parentesco com as jovens senhoras que a ela o apresentavam. A sra. Phillips ficou impressionada com tamanha demonstração de boa educação, mas suas reflexões a respeito daquele estranho foram logo abafadas pelas exclamações e perguntas a respeito do outro, de quem, entretanto, só podia dizer às sobrinhas o que já sabiam: que o sr. Denny o trouxera de Londres e que ele deveria assumir um posto comissionado de tenente em ...shire. Ela o estivera observando durante a última hora, contou, enquanto ele andava de um lado para o outro pela rua e, tivesse o sr. Wickham reaparecido, Kitty e Lydia sem dúvida teriam ocupado seu lugar, mas infelizmente ninguém olhava vitrines agora exceto alguns oficiais que, em comparação com o estranho, se tornaram "camaradas tolos e desagradáveis". Alguns deles deveriam jantar com os Phillips no dia seguinte, e a tia prometeu fazer o marido entrar em contato com o sr. Wickham e convidá-lo também, se a família de Longbourn viesse à sua casa à noite. Assim foi combinado, e a sra. Phillips afirmou que lhes ofereceria um agradável e barulhento jogo de víspora seguido de uma leve ceia quente. A perspectiva de tais delícias era animadora e todos se despediram de excelente humor. O sr. Collins reapresentou suas desculpas ao deixar a sala, e lhe foi garantido com inesgotável cortesia serem elas absolutamente dispensáveis.

No caminho para casa, Elizabeth contou a Jane o que presenciara entre os dois cavalheiros; teria defendido um dos dois ou ambos, caso aparentassem ter culpa, também ela não foi capaz de explicar tal comportamento.

O sr. Collins, ao voltar, deliciou a sra. Bennet elogiando as maneiras e a amabilidade da sra. Phillips. Afirmou ele que, à exceção de Lady Catherine e sua filha, nunca conhecera mulher mais elegante; pois ela não só o tinha recebido com a maior cortesia como fez questão de incluí-lo pessoalmente em seu convite para a noite seguinte, mesmo sendo ele um total desconhecido. Supunha ele que tal atitude se devesse a seu parentesco, mas ainda assim nunca fora recebido com tanta gentileza em toda a sua vida.

Capítulo 16

Como nenhuma objeção foi feita ao compromisso dos jovens com a tia e todos os escrúpulos do sr. Collins quanto a abandonar o sr. e a sra. Bennet por uma única noite durante sua estadia foram rejeitados com firmeza, na hora adequada a carruagem o conduziu, com suas cinco primas, a Meryton; e as meninas tiveram o prazer de saber, ao entrarem na sala de estar, que o sr. Wickham havia aceito o convite do tio e já estava na casa.

Quando tal informação foi dada e todos ocuparam seus lugares, o sr. Collins ficou à vontade para olhar ao seu redor e apreciar, tendo ficado tão impressionado com o tamanho e mobiliário do apartamento que declarou que poderia se imaginar na saleta do café da manhã de verão em Rosings; uma comparação que a princípio não provocou muito entusiasmo; mas, quando a sra. Phillips soube por ele o que era Rosings e quem era sua proprietária, quando ouviu a descrição de apenas uma das salas de estar de Lady Catherine e tomou conhecimento de que só o mantel da lareira custara oitocentas libras, percebeu toda a intensidade do elogio e não teria se importado com uma comparação com o quarto da governanta.

Descrevendo para ela toda a grandeza de Lady Catherine e sua mansão, com ocasionais digressões a favor de sua própria humilde morada e das melhorias lá sendo realizadas, o sr. Collins passou bons momentos até que os cavalheiros se juntassem a eles e encontrou na sra. Phillips uma ouvinte muito atenta, cuja boa impressão a seu respeito aumentava com o que ouvia e que se dispunha a transmitir tudo aquilo a suas vizinhas assim que possível. Para as meninas, que não suportavam o primo e nada tinham a fazer além de desejar ter nas mãos um instrumento musical e examinar com indiferença suas próprias imitações de porcelana sobre a lareira, o tempo de espera parecia enorme. Afinal, chegou ao fim. Os cavalheiros se aproximaram e, quando o sr. Wickham entrou na sala, Elizabeth sentiu que não o observara antes, nem pensara nele desde então, com suficiente admiração. Os oficiais de ...shire formavam em geral um grupo de cavalheiros muito agradáveis, e os melhores entre eles estavam presentes; mas o sr. Wickham era tão superior a todos em aparência, atitude, postura e modo de andar quanto *eles* superavam o bochechudo e aborrecido tio Phillips, recendendo a vinho do Porto, que os acompanhou ao salão.

O sr. Wickham era o felizardo para quem todos os olhares femininos se voltavam, e Elizabeth foi a afortunada ao lado de quem ele afinal se sentou; e a forma agradável como ele começou no mesmo instante a conversar, embora se limitasse a comentar a noite úmida, fez com que ela sentisse que o mais comum, mais tolo, mais batido assunto do mundo poderia se tornar interessante graças aos dotes do orador.

Diante de concorrentes pela atenção geral como o sr. Wickham e os oficiais, o sr. Collins pareceu mergulhar na insignificância; para as moças, com certeza, ele nada representava, mas ainda encontrava, por momentos, uma gentil ouvinte na sra. Phillips e foi por ela atenciosa e abundantemente servido de café e bolinhos. Ao serem armadas as mesas de jogo, teve a oportunidade de retribuir a gentileza, sentando-se para uma partida de uíste.

– Conheço pouco deste jogo – disse ele –, mas ficarei feliz em me aprimorar, pois na minha posição...

A sra. Phillips ficou muito satisfeita com sua atitude, mas não tinha tempo para esperar os motivos.

O sr. Wickham não jogava uíste e foi recebido com entusiasmo na outra mesa, entre Elizabeth e Lydia. A princípio, parecia haver o risco de que Lydia o absorvesse por completo, pois conversava muito; mas sendo também grande apreciadora de víspora, logo se interessou apenas pelo jogo, ansiosa demais por fazer apostas e declarar seus ganhos para dar atenção a qualquer pessoa.

Exceto pelas exigências naturais do jogo, o sr. Wickham tinha então inteira disponibilidade para conversar com Elizabeth e ela, muito desejo de ouvi-lo, embora não esperasse ouvir o que mais queria saber, a história de suas relações com o sr. Darcy. Ela sequer ousou mencionar tal cavalheiro. Sua curiosidade foi, contudo, inesperadamente satisfeita. O próprio sr. Wickham tocou no assunto. Perguntou a que distância ficava Meryton de Netherfield e, recebida a resposta, perguntou com alguma hesitação há quanto tempo lá estava o sr. Darcy.

– Cerca de um mês – disse Elizabeth.

E, não querendo mudar de assunto, acrescentou: – Ele possui grande extensão de terras em Derbyshire, pelo que ouvi.

– É verdade – retrucou o sr. Wickham. – Sua propriedade é respeitável e lhe rende dez mil libras líquidas por ano. Não poderia estar diante de alguém mais capacitado a lhe dar informações acuradas a respeito do que eu, pois desde a infância estou de certo modo ligado à família dele.

Elizabeth não pôde evitar parecer surpresa.

– É natural que se surpreenda, srta. Bennet, com tal declaração, depois de ter observado, como provavelmente fez, nossa atitude muito fria no encontro de ontem. Conhece bem o sr. Darcy?

– Mais do que gostaria – exclamou Elizabeth com ênfase. – Passei quatro dias sob o mesmo teto que ele e o considero muito desagradável.

– Não tenho o direito de dar a *minha* opinião – disse Wickham – quanto a ele ser ou não agradável. Não estou qualificado para tanto. Conheço-o há muito tempo e bem demais para ser um bom juiz. É impossível, para *mim*, ser imparcial. Mas acredito que a sua opinião a respeito dele deixaria muita gente perplexa e que talvez não a expressasse com tanta ênfase em outros lugares. Aqui, a senhorita está em família.

— Dou-lhe a minha palavra que não digo *aqui* nada que não pudesse dizer em qualquer casa das redondezas, exceto em Netherfield. Ninguém o estima em Hertfordshire. Todos se ressentem de seu orgulho. O senhor não encontrará quem tenha melhor opinião a respeito dele.

— Não tenho intenção de lamentar — disse Wickham depois de breve pausa — que ele ou qualquer outro homem não seja apreciado mais do que merece, mas acredito que, com *ele*, isso não seja frequente. O mundo se deixa cegar por sua fortuna e importância, ou amedrontar por suas maneiras altivas e imponentes, e só o vê como ele deseja ser visto.

— Eu o tomaria, mesmo com *minha* pouca experiência, por um homem de mau gênio.

Wickham apenas balançou a cabeça.

— Pergunto-me — disse ele na próxima oportunidade de conversa — se ele pretende ficar por muito tempo nesta região.

— Não faço ideia; mas nada *ouvi* sobre sua intenção de partir quando estive em Netherfield. Espero que seus planos relativos a ...shire não sejam afetados pela presença dele nos arredores.

— Oh! Não. Não seria *eu* quem se desviaria do sr. Darcy. Se *ele* desejar evitar a *minha* presença, pode ir embora. Não estamos nos melhores termos, e me é sempre penoso encontrá-lo, mas não tenho qualquer outra razão para me esquivar *dele* além da que posso proclamar perante todo o mundo, um sentimento de imenso desagrado e doloroso pesar por ele ser como é. Seu pai, srta. Bennet, o falecido sr. Darcy, foi um dos melhores homens que já existiram e o mais fiel amigo que jamais tive; e nunca posso estar na companhia desse sr. Darcy sem que me doam na alma centenas de ternas recordações. Seu comportamento em relação a mim foi escandaloso; mas acredito sinceramente que poderia lhe perdoar toda e qualquer atitude, menos que frustrasse as esperanças e desgraçasse a memória do pai.

Elizabeth viu crescer seu interesse pelo assunto e ouviu com a maior atenção, mas sua delicadeza impediu maiores perguntas.

O sr. Wickham começou a falar de temas mais gerais, Meryton, os arredores, a vida social, parecendo muito satisfeito com tudo o que já vira e falando a respeito do último assunto com gentil mas inequívoco cavalheirismo.

— Foi a perspectiva de uma vida social intensa e de boa qualidade — acrescentou ele — o meu principal incentivo para servir em ...shire. Eu sabia tratar-se de uma corporação agradável e de boa reputação, e meu amigo

Denny tentou-me ainda mais ao descrever suas atuais acomodações, as grandes atenções por ele recebidas e as excelentes relações que travou em Meryton. A vida social, confesso, me é necessária. Sou um homem que passou por desilusões, e minha mente não suportaria a solidão. Eu *preciso* de ocupação e de companhia. Não esperava entrar para a vida militar, mas as circunstâncias me fizeram escolhê-la. A Igreja *deveria* ter sido minha profissão – fui educado para a Igreja e deveria ter agora um importante vicariato, se assim tivesse desejado o cavalheiro de que falávamos há pouco.

– Não me diga!

– É verdade. O falecido sr. Darcy legou-me a indicação para o melhor vicariato de seus domínios. Ele era meu padrinho e extremamente afeiçoado a mim. Jamais poderei fazer justiça à sua bondade. Pretendia me deixar bastante amparado e pensou tê-lo feito, mas, quando o vicariato ficou vago, foi entregue a outra pessoa.

– Santo Deus! – exclamou Elizabeth. – Mas como algo *assim* pode ter acontecido? Como podem ter desrespeitado o testamento? Por que não buscou amparo legal?

– Os termos do legado eram tão informais que não me permitiram recorrer à justiça. Um homem honrado não teria contestado sua intenção, mas o sr. Darcy preferiu contestá-la, ou tratá-la como uma simples recomendação condicional, e afirmar que eu havia perdido o direito de reclamá-la por extravagância ou imprudência... enfim, por tudo e por nada. O fato é que o vicariato ficou vago há dois anos, exatamente quando eu tinha a idade certa para assumi-lo, e foi dado a outro homem; como é também fato que não posso me acusar de ter feito algo para merecer perdê-lo. Tenho um gênio esquentado e sincero e devo ter dado minha opinião *a respeito* dele e *para* ele com excessiva liberdade. Não me lembro de nada pior que isso. Mas a realidade é que somos tipos diferentes de homem e que ele me odeia.

– Isso é um tanto chocante! Ele merece ser publicamente desacreditado.

– Algum dia *será*, mas não por *mim*. Enquanto eu não puder esquecer seu pai, nunca poderei desafiá-lo ou desmascará-lo.

Elizabeth respeitou-o por tais sentimentos e achou-o mais atraente do que nunca enquanto os expressava.

– Mas quais – disse ela, depois de uma pausa – podem ter sido seus motivos? O que o levaria a se portar com tanta crueldade?

– Uma absoluta e profunda aversão por mim, uma aversão que só posso atribuir, em alguma medida, a ciúmes. Tivesse o falecido sr. Darcy gostado menos de mim, seu filho talvez me aceitasse melhor; mas a invulgar ligação de seu pai comigo o irritou, acredito, desde muito cedo. Seu temperamento

não lhe permitia suportar o tipo de competição que tínhamos, o tipo de preferência que muitas vezes me era dado.
— Eu não supunha o sr. Darcy tão mau... embora nunca o tenha apreciado. Não pensava tão mal dele. Supunha que desprezasse as outras pessoas em geral, mas não suspeitei que descesse a uma vingança tão maldosa, a tanta injustiça, a tanta desumanidade assim.

Depois de alguns minutos, entretanto, ela continuou:
— Eu me *lembro* de ouvi-lo se vangloriar, um dia, em Netherfield, da implacabilidade de seus ressentimentos, do fato de ter uma natureza rancorosa. Deve ter péssimo gênio.
— Não me atrevo a dar uma opinião — respondeu Wickham. Não consigo ser justo em relação a ele.

Elizabeth mergulhou mais uma vez em seus pensamentos e, depois de algum tempo, exclamou:
— Tratar dessa maneira o afilhado, o amigo, o favorito do pai!
Poderia ter acrescentado "Um rapaz como *o senhor*, cuja amabilidade pode ser atestada pelo seu próprio rosto ", mas contentou-se em dizer:
— E que talvez tenha sido o companheiro de infância com quem, como acredito tê-lo ouvido dizer, foi criado com toda a intimidade!
— Nascemos na mesma paróquia, dentro da mesma propriedade; passamos juntos a maior parte de nossa juventude; crescemos na mesma casa, compartilhando brincadeiras, sob o mesmo olhar paterno. O *meu* pai começou a vida na mesma profissão que seu tio, o sr. Phillips, parece honrar tanto, mas abandonou tudo para ser útil ao falecido sr. Darcy e dedicou todo o seu tempo aos cuidados da propriedade de Pemberley. Gozava da mais alta estima do sr. Darcy, era seu melhor amigo, íntimo e confidente. O sr. Darcy admitia com frequência dever muito à eficiente administração de meu pai, e quando, pouco antes da morte de meu pai, o sr. Darcy lhe fez a voluntária promessa de prover minha subsistência, estou convencido de que a fez tanto pela dívida de gratidão que tinha para com *ele* quanto pelo afeto que me dedicava.
— Que estranho! — exclamou Elizabeth. — Que coisa abominável! Surpreende-me que o próprio orgulho desse sr. Darcy não o tenha obrigado a ser justo consigo! Que, se não por melhor motivo, seu enorme amor-próprio lhe permitisse ser desonesto. Porque desonestidade é o nome que dou a tal atitude.
— É *mesmo* surpreendente — retrucou Wickham —, pois todas as atitudes dele podem ser creditadas ao orgulho; e o orgulho foi muitas vezes o seu melhor amigo. Ele o colocou mais perto da virtude do que qualquer outro sentimento. Mas nenhum de nós é consistente, e em seu comportamento em relação a mim houve impulsos ainda mais fortes do que o orgulho.
— Pode tão abominável orgulho lhe ter feito algum bem?

– Pode, sim. Muitas vezes o levou a ser liberal e pródigo, a distribuir seu dinheiro com generosidade, a demonstrar hospitalidade, a ajudar seus colonos e socorrer os pobres. Orgulho familiar e orgulho *filial*, pois ele se orgulha muito do que era seu pai, fizeram-no agir desse modo. Não dar a impressão de desonrar seu nome, afastar-se das características familiares ou perder a influência da Mansão Pemberley é uma razão poderosa. Há também o orgulho *fraterno* que, somado a *alguma* afeição fraterna, faz dele um guardião gentil e atento da irmã. E a senhorita ouvirá referências a ele como o mais cuidadoso e melhor dos irmãos.

– Que tipo de menina é a srta. Darcy?

Ele sacudiu a cabeça.

– Gostaria de poder dizer que é amável. É doloroso, para mim, falar mal de um membro dos Darcy. Mas ela se parece demais com o irmão. Orgulhosa, muito orgulhosa. Quando criança, era afetuosa e agradável, e gostava muito de mim. Dediquei-me por horas e horas a diverti-la. Mas, hoje, nada representa para mim. É uma jovem atraente, aos quinze ou dezesseis anos, e, pelo que sei, muitíssimo prendada. Desde a morte do pai, mora em Londres, onde uma dama vive com ela e supervisiona sua educação.

Depois de muitas pausas e diversas tentativas de outros assuntos, Elizabeth não pôde deixar de voltar mais uma vez ao primeiro, dizendo:

– Estou perplexa com a intimidade dele com o sr. Bingley! Como pode o sr. Bingley, que me parece o bom humor em pessoa e é, acredito, realmente amável, ser amigo de tal homem? Como podem se dar bem? O senhor conhece o sr. Bingley?

– Não.

– É um homem encantador, amável, de boa índole. Não deve saber quem é o sr. Darcy.

– Talvez não; mas o sr. Darcy sabe agradar quando quer. Não lhe faltam talentos. Ele pode ser um ótimo interlocutor se achar que vale a pena. Com os do seu próprio nível social, é um homem muito diferente do que em relação aos menos prósperos. O orgulho nunca o abandona, mas com os ricos ele tem ideias liberais, é justo, sincero, racional, honrado e talvez agradável, algum mérito devendo-se a sua fortuna e aparência.

Dissolvendo-se logo depois a mesa de uíste, os jogadores juntaram-se à outra mesa e o sr. Collins acomodou-se entre sua prima Elizabeth e a sra. Phillips. A última lhe fez as perguntas de praxe sobre a sorte no primeiro jogo. Não havia sido muito grande, perdera todas as rodadas; mas, quando a sra. Phillips começou a expressar consternação, ele assegurou-lhe com a mais honesta seriedade que isso não tinha a menor importância, que considerava o dinheiro uma ninharia, e rogou-lhe que não se preocupasse.

— Sei muito bem, minha senhora – disse ele –, que quando as pessoas se sentam a uma mesa de jogos, correm esse tipo de risco. E felizmente não estou na situação de considerar cinco xelins muito importantes. Não há dúvida de que há alguns que não podem dizer o mesmo, mas, graças a Lady Catherine de Bourgh, estou bem longe de precisar me importar com coisas menores.

A atenção do sr. Wickham havia sido atraída e, depois de observar o sr. Collins por alguns momentos, ele perguntou a Elizabeth, em voz baixa, se seu parente era muito íntimo da família dos De Bourgh.

— Lady Catherine de Bourgh – respondeu ela – entregou-lhe há pouco tempo um vicariato. Não sei bem como o sr. Collins foi apresentado a ela, mas com certeza não se trata de um conhecimento de muito tempo.

— A senhorita sem dúvida sabe que Lady Catherine de Bourgh e Lady Anne Darcy eram irmãs e que, em consequência, ela é tia do atual sr. Darcy.

— Não, na verdade eu não sabia. Nada sei a respeito dos parentes de Lady Catherine. Nunca tinha ouvido falar nela até dois dias atrás.

— A filha, a srta. De Bourgh, terá grande fortuna, e acredita-se que ela e o primo unirão as duas propriedades.

Essa informação fez Elizabeth sorrir, pois pensou na pobre srta. Bingley. Inúteis então eram todas as suas atenções, inútil e vão seu afeto pela irmã do sr. Darcy e seus elogios ao próprio, se ele já se tinha destinado a outra.

— O sr. Collins – disse ela – tem em alta conta tanto Lady Catherine quanto a filha; mas, por alguns detalhes por ele revelados a respeito de Sua Senhoria, suspeito que sua gratidão o iluda e que, apesar de ser sua protetora, ela seja uma mulher arrogante e vaidosa.

— Acredito que seja as duas coisas, em alto grau – retrucou Wickham. – Não a vejo há muitos anos, mas lembro-me bem de que jamais gostei dela e que suas maneiras eram ditatoriais e insolentes. Ela tem a reputação de ser notavelmente sensível e esperta; mas na verdade acredito que parte de suas qualidades derivam de sua posição e fortuna, parte de sua atitude autoritária e o resto do orgulho que tem do sobrinho, que acha que todos os que se relacionam com ele devam ter uma inteligência de primeira linha.

Elizabeth confessou que ele dera uma explicação bastante racional e continuaram conversando, com mútua satisfação, até que a ceia pôs fim aos jogos e deu ao resto das senhoras sua cota das atenções do sr. Wickham. Não podia haver conversas com o vozerio da reunião da sra. Phillips, mas seus modos o recomendavam diante de todos. Tudo o que ele dizia era dito corretamente; tudo o que fazia era feito com graça. Elizabeth foi para casa com os pensamentos tomados por ele. Durante todo o caminho de volta, não conseguiu desviá-los do sr. Wickham e do que ele lhe contara; mas não houve tempo para que chegasse a mencionar seu nome, pois nem Lydia nem o sr. Collins se calaram por um instante. Lydia falava sem cessar dos cartões de véspora, da ficha que perdera e da ficha que ganhara; e o sr. Collins, descrevendo a cortesia do sr. e da sra. Phillips, afirmando que de modo algum lamentava suas perdas no uíste, enumerando todos os pratos da ceia e repetidas vezes reafirmando seu receio de incomodar os primos, tinha mais a dizer do que conseguiu até que a carruagem parasse diante da Mansão Longbourn.

Capítulo 17

ELIZABETH CONTOU A JANE no dia seguinte o que se passara entre o sr. Wickham e ela. Jane ouviu com perplexidade e preocupação; não sabia como acreditar que o sr. Darcy pudesse ser tão indigno da consideração do sr. Bingley e, ainda assim, não era de sua natureza questionar a veracidade de um jovem de aparência tão amável como Wickham. A possibilidade de ele ter sofrido tal crueldade era o bastante para despertar todos os seus ternos sentimentos; assim, nada mais havia a ser feito além de pensar bem de ambos, defender a conduta de cada um deles e colocar na conta de acidente ou erro tudo o que não pudesse ser de outro modo explicado.

– É bem provável – disse ela – que ambos tenham sido enganados, de algum modo, por alguma razão da qual não podemos fazer ideia. Pessoas interesseiras talvez os tenham intrigado. Em resumo, é impossível para nós conjeturarmos as causas ou circunstâncias que os podem ter afastado, sem que haja culpa real de qualquer dos lados.

– É bem verdade, com certeza; e agora, minha cara Jane, o que você tem a dizer a favor das pessoas interesseiras que talvez se tenham envolvido no assunto? Inocente-as também, ou seremos obrigadas a pensar mal de alguém.

– Zombe o quanto quiser, mas sua zombaria não me fará mudar de opinião. Lizzy, querida, por favor considere sob que luz desonrosa isso coloca o sr. Darcy, ter tratado desse modo o favorito do pai, alguém de quem o pai havia prometido cuidar. É impossível. Ninguém com alguma humanidade, ninguém que tivesse algum apreço por seu caráter, seria capaz disso. Poderiam seus amigos mais íntimos estar a tal ponto enganados? Ah! Não.

– É muito mais fácil para mim acreditar que o sr. Bingley esteja iludido do que pensar que o sr. Wickham inventaria uma história como a que me contou ontem à noite; nomes, fatos, tudo mencionado de modo tão direto. Se não for assim, deixemos que o sr. Darcy o contradiga. Ademais, havia verdade em seu rosto.

– É mesmo muito difícil... é lamentável. Não se sabe o que pensar.

– Ora, por favor; sabe-se exatamente o que pensar.

Mas Jane só conseguia pensar com clareza num único ponto. Que o sr. Bingley, acaso *tivesse* sido iludido, sofreria muito quando o caso se tornasse público.

As duas moças foram chamadas no arvoredo, onde se passava essa conversa, para receber as próprias pessoas das quais falavam; o sr. Bingley e irmãs chegavam para entregar seu convite pessoal para o tão esperado baile em Netherfield, que havia sido marcado para a quinta-feira seguinte. As senhoras ficaram encantadas por ver outra vez a amiga, afirmaram que um século parecia ter passado sem que se encontrassem e por diversas vezes perguntaram o que tinha feito desde sua separação. Ao resto da família deram pouca atenção, evitando a sra. Bennet tanto quanto possível, pouco falando com Elizabeth e nada com os outros. Logo se foram, levantando-se das cadeiras com uma presteza que pegou o irmão desprevenido e apressando-se em sair como se quisessem fugir das cortesias da sra. Bennet.

A perspectiva do baile de Netherfield foi extremamente agradável para todas as mulheres da família. A sra. Bennet preferiu considerar que a festa era dada em honra de sua filha mais velha e sentia-se especialmente lisonjeada por ter recebido o convite das mãos do próprio sr. Bingley e não apenas acompanhado de um formal cartão de visitas. Jane imaginou para si mesma uma noite feliz na companhia das duas amigas e com as atenções do irmão de ambas; Elizabeth pensou com prazer em dançar mais de uma vez com o sr. Wickham e em buscar uma confirmação de tudo no olhar e no comportamento do sr. Darcy. A felicidade antecipada por Catherine e Lydia dependia menos de qualquer fato ou qualquer pessoa em especial pois, embora cada uma delas, como Elizabeth, pretendesse dançar metade da noite com o sr. Wickham, ele não era de modo algum o único parceiro que as satisfaria e um baile era, de qualquer maneira, um baile. Até mesmo Mary chegou a garantir à família que não era avessa à ideia de ir.

– Desde que eu possa ter as manhãs para mim mesma – disse ela –, isso me basta... Acho que não é um sacrifício comparecer às vezes a compromissos noturnos. A vida social nos faz exigências, e admito estar entre os que consideram intervalos de recreação e diversão desejáveis para todos.

O humor de Elizabeth era tão bom nessa ocasião que, embora quase não falasse com o sr. Collins sem necessidade, não pôde deixar de perguntar se ele pretendia aceitar o convite do sr. Bingley e, caso o fizesse, se consideraria adequado participar da festa. E ficou um tanto surpresa ao descobrir que ele não nutria quaisquer escrúpulos naquele sentido e estava bem longe de temer uma repreensão, fosse do arcebispo ou de Lady Catherine de Bourgh, por se atrever a dançar.

– De modo algum considero, garanto-lhe – disse ele –, que um baile deste tipo, oferecido por um jovem responsável a pessoas respeitáveis, possa ter qualquer tendência perniciosa; e estou tão longe de me recusar a dançar que espero ter a honra de bailar com todas as minhas belas primas no decorrer da noite. E aproveito a oportunidade para lhe pedir, srta. Elizabeth, que me conceda em especial as duas primeiras danças, uma preferência que acredito será atribuída por minha prima Jane a uma causa justa e não a qualquer desrespeito por ela.

Elizabeth sentiu-se completamente frustrada. Imaginara comprometer-se com o sr. Wickham para aquelas mesmas danças; e ter, em vez dele, o sr. Collins! Nunca escolhera pior momento para demonstrar alegria. Não havia o que fazer, entretanto. A felicidade do sr. Wickham e a sua própria foi assim adiada um pouco mais, e a proposta do sr. Collins aceita com tanta graça quanto conseguiu. Não lhe agradou também sua galantaria, pela impressão deixada de que havia algo mais. Pela primeira vez assaltou-lhe a ideia de que *ela* havia sido escolhida entre suas irmãs como digna de ser a senhora do Presbitério Hunsford e requisitada para compor uma mesa de quadrilha em Rosings, na ausência de visitantes mais ilustres. A ideia logo se transformou em convicção, à medida que observava as crescentes cortesias para com ela e ouvia as frequentes tentativas de elogio por seu senso de humor e vivacidade; e, embora mais perplexa do que grata por tal efeito de seus encantos, não se passou muito tempo até que a mãe insinuasse que a probabilidade de tal casamento era muitíssimo atraente para *ela.* Elizabeth, contudo, preferiu se fazer de desentendida, bastante consciente de que uma séria discussão poderia resultar de qualquer resposta. O sr. Collins poderia nunca fazer o pedido e, até que fizesse, era inútil discutir a respeito.

Não houvesse um baile em Netherfield para o qual se preparar e a respeito do qual falar, as meninas Bennet passariam por momentos muito difíceis, pois, desde o dia do convite até o do baile, houve tal sucessão de chuvas que as impediu de ir a Meryton por uma vez que fosse. Nem tia nem oficiais ou novidades puderam ser procuradas, e mesmo os laços dos sapatos a serem usados em Netherfield precisaram ser encomendados às lojas. Até Elizabeth teve sua paciência posta à prova num clima que interrompeu por completo os progressos de sua amizade com o sr. Wickham; e apenas uma dança na quinta-feira poderia tornar suportáveis para Kitty e Lydia uma sexta, um sábado, um domingo e uma segunda como aqueles.

Capítulo 18

ATÉ QUE ELIZABETH ENTRASSE na sala de estar de Netherfield e buscasse em vão pelo sr. Wickham entre todas as túnicas vermelhas ali reunidas, não lhe tinha ocorrido qualquer dúvida quanto à sua presença. A certeza de encontrá-lo não fora questionada por aquelas recordações que poderiam não sem razão tê-la alertado. Vestira-se com cuidado maior do que o habitual e se preparara com o melhor dos ânimos para a conquista de tudo o que ainda houvesse a conquistar no coração do rapaz, acreditando que não seria impossível fazê-lo naquela noite. Mas num instante surgiu a terrível suspeita de que ele tivesse sido excluído do convite dos Bingley aos oficiais com o intuito de agradar ao sr. Darcy e, embora não fosse esse o caso, o motivo real de sua ausência foi revelado por seu amigo Denny, que Lydia interrogou com ansiedade e que lhes disse que Wickham fora obrigado a ir à cidade a negócios no dia anterior e ainda não voltara, acrescentando com um sorriso expressivo:

– Não imagino que negócios o teriam feito se afastar exatamente agora, se ele não quisesse evitar certo cavalheiro.

Esta parte de seu comentário, apesar de não ouvida por Lydia, foi registrada por Elizabeth e, certificando-se de que Darcy não era menos responsável pela ausência de Wickham do que seria devido à sua primeira suspeita, todos os sentimentos de desprazer em relação ao primeiro foram tão aguçados por seu imediato desapontamento que mal conseguiu responder com um mínimo de civilidade às cordiais perguntas que ele logo depois se aproximou para fazer. Qualquer atenção, tolerância ou paciência em relação a Darcy seria injuriosa a Wickham. Decidiu-se contra todo tipo de conversa com ele e afastou-se com um grau de mau humor que não conseguiu superar por completo nem mesmo ao falar com o sr. Bingley, cuja parcialidade cega a irritava.

Mas Elizabeth não era de natureza a ficar mal-humorada e, mesmo destruídos todos os seus projetos pessoais para a noite, depressa se recuperou e, tendo contado todas as mágoas a Charlotte Lucas, que não via há uma semana, logo foi capaz de, por conta própria, levar o assunto para as esquisitices do primo e mostrá-lo à amiga. As primeiras duas danças, contudo, trouxeram de volta a angústia; foram danças de penitência. O sr. Collins, desajeitado e solene, desculpando-se em vez de prestar atenção e com frequência errando o passo sem se dar conta, proporcionou-lhe toda a vergonha e desespero que podem ser proporcionados por um parceiro desagradável em duas danças seguidas. O momento em que se viu livre dele foi de êxtase.

Dançou a seguir com um oficial, e foi um alívio falar de Wickham e ouvir que todos o estimavam. Ao fim dessas danças, voltou para Charlotte Lucas e conversava com ela quando se viu subitamente abordada pelo sr.

Darcy, que a apanhou tão desprevenida ao pedir que aceitasse ser seu par numa próxima música que, sem saber o que fazia, aceitou. Ele afastou-se no mesmo instante, e ela pôde lamentar sua própria falta de presença de espírito; Charlotte tentou consolá-la:

– É bem provável que você o ache muito agradável.

– Pelos céus! *Isso* seria o pior de tudo! Achar agradável um homem que se decidiu odiar! Não me deseje tanto mal.

Quando, entretanto, a música recomeçou e Darcy se aproximou para tomar-lhe a mão, Charlotte não conseguiu deixar de lhe recomendar num sussurro que não fosse tola e não permitisse que seu capricho por Wickham a tornasse desagradável aos olhos de um homem dez vezes mais importante que ele. Elizabeth não deu resposta e foi ocupar sua posição no salão, atônita com a honra de ter sido escolhida para fazer par com o sr. Darcy e lendo igual perplexidade no olhar das pessoas próximas. Passaram algum tempo sem falar, e ela começou a imaginar se aquele silêncio se estenderia pelas duas danças, a princípio decidida a não quebrá-lo, até que, imaginando de repente que o maior castigo para seu parceiro seria obrigá-lo a falar, fez ligeiras observações a respeito da música. Ele respondeu e de novo silenciou. Depois de uma pausa de alguns minutos, ela se dirigiu a ele pela segunda vez:

– É a *sua* vez de dizer algo, sr. Darcy. Falei sobre a música, e *o senhor* deve fazer algum comentário a respeito do tamanho do salão, ou do número de pares.

Ele sorriu e assegurou-lhe que diria tudo o que ela desejasse.

– Muito bem. Tal resposta é suficiente por enquanto. Talvez mais adiante eu observe que os bailes particulares são muito mais agradáveis do que os públicos. Mas *agora* devemos ficar em silêncio.

– Então a senhorita fala por obrigação, quando dança?

– Às vezes. É preciso falar um pouco, o senhor sabe. Pareceria estranho passar meia hora em silêncio ao lado de alguém, ainda que, em prol de *alguns*, a conversa deva ser conduzida de modo a que possam dizer o mínimo possível.

– Está expressando seus próprios sentimentos no caso presente, ou imagina estar beneficiando os meus?

– Ambos – retrucou Elizabeth, maliciosa –, pois sempre percebi grande afinidade em nosso modo de pensar. Somos os dois de natureza antissocial e taciturna e não gostamos de falar, a não ser que esperemos dizer algo que surpreenderá todo o salão e ficará para a posteridade com todo o brilho de um provérbio.

– Isso não tem qualquer semelhança com seu próprio temperamento, tenho certeza – disse ele. – O quanto se aproxima do *meu*, não posso dizer. Sem dúvida, na *sua* opinião, trata-se de um retrato fiel.

— Não devo julgar meu próprio desempenho.

Ele não deu resposta e ficaram outra vez em silêncio até o final da dança, quando ele perguntou se ela e as irmãs iam com frequência passear em Meryton. Ela respondeu com uma afirmativa e, incapaz de resistir à tentação, acrescentou:

— Quando nos encontrou outro dia, acabávamos de travar mais uma relação.

O efeito foi imediato. Uma intensa sombra de altivez cobriu seus traços, mas ele não disse uma palavra e Elizabeth, mesmo se censurando por sua própria fraqueza, não pôde ir adiante. Afinal, Darcy, com ar constrangido, disse:

— O sr. Wickham é dotado de tantas bênçãos que pode *fazer* amigos com facilidade... Que seja também capaz de *conservá-los*, não se pode garantir.

— Ele teve a infelicidade de perder a *sua* amizade — retrucou Elizabeth com ênfase —, e de uma forma cujas consequências sofrerá por toda a vida.

Darcy não deu resposta e pareceu ansioso para mudar de assunto. Nesse momento, Sir William Lucas surgiu a seu lado com a intenção de atravessar o salão, mas, ao perceber o sr. Darcy, parou e, com toda cortesia, cumprimentou-o por sua maneira de dançar e por sua parceira.

— Estou muitíssimo encantado, meu caro senhor. Não se vê com frequência alguém dançar tão bem. Fica evidente que o senhor pertence aos mais altos círculos. Permita-me observar, contudo, que sua bela parceira não fica atrás e que devo esperar ver este prazer se repetir, sobretudo quando se realizar um evento esperado, minha cara Eliza — disse ele voltando os olhos para Jane e o sr. Bingley. — Inúmeras serão as congratulações! Apelo para o sr. Darcy. Mas não me permita interrompê-lo, senhor. Não me agradecerá por privá-lo da sedutora conversa dessa jovem, cujos olhos brilhantes também me censuram.

A última parte da frase mal foi ouvida por Darcy, mas a alusão de Sir William a seu amigo pareceu chocá-lo bastante e seus olhos se dirigiram com expressão um tanto séria para Bingley e Jane, que dançavam juntos. Controlando-se, porém, logo a seguir, voltou-se para sua parceira e disse:

— A interrupção de Sir William me fez esquecer do que falávamos.

— Não acredito que falássemos de alguma coisa. Sir William não poderia ter interrompido duas pessoas no salão que menos tivessem a se dizer. Já tentamos dois ou três assuntos sem sucesso e não imagino sobre o que possamos falar a seguir.

— O que acharia de livros? — disse ele sorrindo.

— Livros... Oh! Não! Estou certa de que nunca lemos a mesma coisa, ou pelo menos não com os mesmos sentimentos.

— Lamento que pense assim, mas se for esse o caso, ao menos não nos faltará assunto. Podemos comparar nossas diferentes opiniões.

— Não. Não posso falar de livros num salão de baile, tenho a cabeça sempre ocupada com outras coisas.

— O *presente* sempre a mantém ocupada em tais situações, não é mesmo? — disse ele com olhar de dúvida.

— Sempre — ela respondeu sem saber o que dizia, pois seus pensamentos estavam longe dali e logo depois se revelaram através de uma repentina exclamação: — Lembro-me de ouvi-lo dizer uma vez, sr. Darcy, que o senhor raramente perdoava, que seu ressentimento, uma vez despertado, não podia ser aplacado. O senhor toma muito cuidado, suponho, para que não *seja despertado*.

— Sem dúvida — disse ele com voz firme.

— E nunca se permite ser ofuscado pelo preconceito?

— Espero que não.

— É especialmente importante, para os que nunca mudam de opinião, estar seguro de fazer um julgamento acertado da primeira vez.

— Posso lhe perguntar qual a intenção dessas perguntas?

— Apenas ilustrar o *seu* temperamento — disse ela, esforçando-se para afastar qualquer seriedade. — Estou tentando decifrá-lo.

— E até onde foi?

Ela balançou a cabeça.

— Não cheguei a lugar algum. Ouço tantas descrições diferentes a seu respeito que acabo confusa.

— Posso muito bem acreditar — respondeu ele, sério — que as informações a meu respeito variem bastante. E permito-me desejar, srta. Bennet, que não delineie meu caráter neste momento, pois há motivos que me fazem recear que tal representação não me seria favorável.

— Mas se eu não traçar o esboço agora, posso nunca mais ter outra oportunidade.

— De modo algum eu a privaria de qualquer prazer — retrucou ele com frieza.

Ela nada mais disse, e eles terminaram a dança seguinte e se separaram em silêncio e ambos insatisfeitos, embora não no mesmo grau, pois no peito de Darcy havia, em relação a ela, um sentimento bastante intenso que logo a perdoou e dirigiu sua raiva contra outra pessoa.

Mal se tinham separado quando a srta. Bingley veio na direção dela e, com expressão de polido desdém, a interpelou:

— Então, srta. Eliza, ouvi dizer que está muito encantada por George Wickham! Sua irmã esteve falando comigo a respeito dele e me fazendo mil perguntas, e descobri que o rapaz se esqueceu de lhe dizer, entre outros comunicados, que era o filho do velho Wickham, administrador do falecido sr. Darcy. Deixe-me recomendar, entretanto, como amiga, que não confie por completo em tudo o que ele diz pois, quanto ao sr. Darcy tê-lo tratado mal, isso é completamente falso e, pelo contrário, sempre foi admiravelmente gentil com ele, embora George Wickham tenha tratado o sr. Darcy de um modo infame. Não conheço os detalhes, mas sei muito bem que o sr. Darcy não tem qualquer culpa nesse caso, que não suporta ouvir o nome de George Wickham e que, embora meu irmão achasse que não poderia deixar de incluí-lo em seu convite aos oficiais, ficou por demais satisfeito ao descobrir que o outro se afastara. Sua vinda para o campo já é em si uma insolência, e me pergunto como ele foi capaz. Lamento muito, srta. Eliza, por esta revelação da culpa de seu favorito, mas na verdade, considerando suas origens, não se poderia esperar muito mais.

– Sua culpa e suas origens parecem ser a mesma coisa, na sua opinião – disse Elizabeth zangada. – Pois eu a ouvi acusá-lo apenas de ser o filho do administrador do sr. Darcy e *isso*, posso lhe garantir, ele mesmo me informou.

– Queira me desculpar – retrucou a srta. Bingley afastando-se com um risinho zombeteiro. – Perdão pela interferência... Foi com boas intenções.

"Garota insolente!", disse Elizabeth consigo mesma. "Você está muito enganada se pensa me influenciar com um ataque tão mesquinho. Tudo o que vejo nele é sua própria ignorância teimosa e a malícia do sr. Darcy."

Foi então em busca da irmã mais velha, que se ocupara em investigar o mesmo assunto junto a Bingley. Jane veio ao seu encontro com um sorriso tão doce de boa vontade e o brilho de uma expressão tão feliz que foi o bastante para mostrar o quanto estava satisfeita com os acontecimentos da noite. Elizabeth leu no mesmo instante seus sentimentos, e naquele momento a solicitude para com Wickham, o ressentimento contra seus inimigos como tudo o mais desapareceram diante da esperança de estar Jane no melhor caminho para a felicidade.

– Quero saber – disse ela com ar não menos sorridente que a irmã – o que você ouviu a respeito do sr. Wickham. Mas talvez você tenha estado muito agradavelmente ocupada para pensar em qualquer outra pessoa, nesse caso pode contar com o meu perdão.

– Não – respondeu Jane –, eu não o esqueci; mas não tenho nada agradável para lhe contar. O sr. Bingley não conhece toda a história e ignora as circunstâncias que tanto ofenderam o sr. Darcy; mas ele atesta a boa conduta, a probidade e a honra do amigo e está absolutamente convencido de que o sr. Wickham merece muito menos atenção do sr. Darcy do que tem recebido; e lamento dizer que, na sua opinião como também na de sua irmã, o sr. Wickham não é de modo algum um rapaz respeitável. Receio que ele tenha sido muito imprudente e tenha merecido perder a consideração do sr. Darcy.

— O sr. Bingley não conhece o sr. Wickham?

— Não, nunca o tinha visto até aquela manhã em Meryton.

— Então tudo o que diz resulta do que lhe contou o sr. Darcy. Estou satisfeita. Mas o que ele disse a respeito do vicariato?

— Ele não se lembra das circunstâncias exatas, embora mais de uma vez as tenha ouvido do sr. Darcy, mas acredita que lhe tenha sido deixado apenas *condicionalmente*.

— Não tenho qualquer dúvida quanto à sinceridade do sr. Bingley — disse Elizabeth com ênfase —, mas você precisa me desculpar por não me deixar convencer apenas por convicções. A defesa do amigo feita pelo sr. Bingley foi muito hábil, acredito; mas, como ele não tem conhecimento de diversas partes da história e soube do resto por esse mesmo amigo, corro o risco de continuar a pensar do mesmo modo a respeito dos dois cavalheiros.

Mudou então de assunto para um mais agradável para ambas e no qual não poderia haver discrepância de sentimentos. Elizabeth ouviu deliciada as esperanças felizes, embora modestas, que Jane alimentava em relação ao sr. Bingley e fez tudo o que pôde para aumentar sua confiança nas mesmas. Juntando-se a elas o próprio sr. Bingley, Elizabeth foi ao encontro da srta. Lucas, a cujas perguntas sobre a amabilidade de seu último par mal conseguiu responder antes que o sr. Collins se aproximasse e lhe dissesse com grande júbilo que acabara de ter a enorme sorte de fazer uma importante descoberta.

— Descobri — disse ele —, por um curioso acaso, que há neste salão um parente próximo da minha benfeitora. Pude ouvir o próprio cavalheiro mencionar à jovem senhora que faz as honras da casa os nomes de sua prima a srta. De Bourgh e sua mãe, Lady Catherine. Como é maravilhoso que possam ocorrer tais coisas! Quem poderia imaginar que eu me encontraria, nesta festa, com um provável sobrinho de Lady Catherine de Bourgh! Estou tão grato que tal descoberta tenha sido feita a tempo de apresentar meus respeitos ao mesmo, o que vou fazer agora, e acredito que ele irá me desculpar por não tê-lo feito antes. Minha total ignorância do parentesco pode corroborar minhas desculpas.

— O senhor não vai se apresentar sozinho ao sr. Darcy!

— Na verdade, vou. Pedirei perdão por não tê-lo feito mais cedo. Acredito que ele seja *sobrinho* de Lady Catherine. Terei a possibilidade de lhe assegurar que Sua Senhoria passava muito bem quando com ela estive pela última vez.

Elizabeth tentou com insistência dissuadi-lo de tal atitude, garantindo-lhe que o sr. Darcy consideraria sua atitude de se dirigir a ele sem prévia apresentação um atrevimento e uma impertinência, muito mais do que um cumprimento à sua tia, que não era minimamente necessário que tomassem conhecimento de sua mútua presença e que, se assim fosse, caberia ao sr. Darcy, de nível social superior, tomar a iniciativa. O sr. Collins a ouviu com a expressão determinada de quem seguiria seus próprios impulsos e, quando ela parou de falar, retrucou:

— Minha cara srta. Elizabeth, tenho a mais alta opinião do mundo quanto a seu excelente julgamento a respeito de todos os assuntos dentro do escopo de seu conhecimento; mas permita-me dizer que há uma enorme diferença entre as fórmulas de etiqueta entre leigos e as que regulam o clero; pois, permita-me observar que considero o ofício clerical no mesmo nível de dignidade da mais alta posição no reino... desde que uma adequada humildade de comportamento seja simultaneamente mantida. A senhorita deve me permitir, assim, seguir os ditames de minha consciência na presente ocasião, que me levam a um comportamento que avalio ser uma questão de dever. Perdoe-me negligenciar os benefícios de seus conselhos, que em qualquer outro assunto serão meu constante guia, visto que na situação com que nos deparamos me considero, por educação e estudos costumeiros, mais capacitado a opinar sobre o que é adequado do que uma moça como a senhorita.

E, com profunda reverência, ele a deixou para abordar o sr. Darcy, cuja recepção a seus avanços ela observou com avidez e cujo sobressalto ao ser interpelado daquela maneira foi bastante evidente. O primo iniciou sua fala com uma solene mesura e, embora não pudesse ouvir uma palavra do que era dito, sentiu como se tudo escutasse e leu no movimento de seus lábios as palavras "desculpas", "Hunsford" e "Lady Catherine de Bourgh". Envergonhou-se por vê-lo se expor a tal homem. O sr. Darcy o olhava com indisfarçado assombro e quando, afinal, o sr. Collins lhe permitiu falar, respondeu com ar de distante civilidade. O sr. Collins, entretanto, não se deixando desencorajar, falou novamente, e o desprezo do sr. Darcy parecia crescer cada vez mais diante da extensão de seu segundo discurso; e, quando o outro terminou, ele apenas fez uma leve inclinação e se afastou. O sr. Collins voltou então para Elizabeth.

— Não tenho motivos, posso lhe assegurar — disse ele —, para me queixar da recepção. O sr. Darcy pareceu muito satisfeito com minha atenção. Respondeu-me com a maior cortesia e até me fez um cumprimento dizendo que tinha tanta confiança no discernimento de Lady Catherine que tinha a certeza de que ela jamais concederia seus favores a quem não fosse digno dos mesmos. Foi sem dúvida de um belo pensamento. De modo geral, estou bastante satisfeito com ele.

Como Elizabeth não tinha mais qualquer interesse pessoal a que se dedicar, voltou sua atenção quase total para a irmã e o sr. Bingley, e a sequência de agradáveis reflexões nascidas de sua observação deixou-a talvez tão feliz quanto Jane. Viu-a, em pensamento, instalada naquela mesma casa, com toda a felicidade que um casamento de verdadeiro afeto pode proporcionar; e sentiu-se capaz de, em tais circunstâncias, chegar até mesmo a gostar das duas irmãs de Bingley. Percebeu que os pensamentos da mãe seguiam a mesma direção e decidiu não se arriscar a ficar por perto, receando que ela pudesse falar demais. Ao se sentarem para a ceia, entretanto, considerou uma cruel falta de sorte terem sido colocadas uma ao lado da outra e ainda mais constrangida ficou ao descobrir que a mãe falava com outra pessoa (Lady Lucas), livre e abertamente, de nada menos do que sua esperança de ver Jane em breve casada com o sr. Bingley. O assunto era fascinante, e a sra. Bennet parecia incapaz de se cansar de enumerar as vantagens de tal união. O fato de ele ser um rapaz tão encantador e tão rico e morar a três milhas de distância de sua casa eram os primeiros motivos para se congratular; e depois era tão tranquilizador pensar no quanto as duas irmãs gostavam de Jane e ter certeza de que deveriam desejar o enlace tanto quanto ela mesma. Ademais, era muito promissor para suas outras filhas, pois, casando-se Jane tão bem, isso as colocaria diante de outros homens ricos; e finalmente, era muito agradável, na sua idade, a ideia de poder confiar as filhas solteiras aos cuidados da irmã e não precisar acompanhá-las mais do que gostaria. Era preciso considerar tal circunstância uma fonte de prazer, pois em tais ocasiões é preciso obedecer à etiqueta, mas ninguém apreciava mais do que a sra. Bennet o conforto de ficar em casa em qualquer momento da vida. Concluiu fazendo os melhores votos de que Lady Lucas pudesse ter em breve a mesma sorte, embora acreditando, clara e triunfantemente, que isso não seria possível.

Em vão tentou Elizabeth reprimir o fluxo das palavras da mãe ou convencê-la a descrever sua felicidade num sussurro menos audível; pois, para seu inexprimível constrangimento, podia observar que a maior parte do que era dito podia ser ouvido pelo sr. Darcy, que se sentava em frente a elas. A mãe apenas a repreendeu por ser tão absurda.

– Ora por favor, quem é o sr. Darcy para que eu deva ter medo dele? Estou certa de que não lhe devemos qualquer favor especial para que não possamos dizer nada que *ele* talvez não goste de ouvir.

– Pelo amor de Deus, senhora, fale mais baixo. Que vantagens lhe poderia trazer uma ofensa ao sr. Darcy? Ele nunca irá recomendá-la ao amigo, se assim for!

Nada do que ela dissesse, porém, teria qualquer influência. Sua mãe continuaria a expor suas opiniões no mesmo tom audível. Elizabeth enrubesceu e voltou a enrubescer de vergonha e constrangimento. Não podia evitar lançar com frequência um olhar para o sr. Darcy, embora cada vez que o fizesse se convencesse do que temia; pois, apesar de ele não estar sempre olhando para a sra. Bennet, ela estava convencida de que sua atenção era invariavelmente atraída para lá. A expressão do rosto dele mudou, aos poucos, de um desdém indignado para uma seriedade controlada e imperturbável.

Finalmente, entretanto, a sr. Bennet não teve mais o que dizer e Lady Lucas, que há muito bocejava diante da repetição de maravilhas das quais não via possibilidade de compartilhar, foi deixada às compensações do frango e do pernil frio. Elizabeth começou então a respirar. Mas não foi longo seu intervalo de tranquilidade pois, finda a ceia, o canto foi mencionado e ela ficou mortificada ao ver Mary, depois de pouquíssimos pedidos, preparar-se para entreter o grupo. Por meio de olhares veementes e rogos silenciosos, tentou impedir tal demonstração de falta de recato, mas em vão; Mary não compreendeu; sentia-se lisonjeada por aquela oportunidade de exibição e começou a cantar. Os olhos de Elizabeth fixaram-se nela com os mais dolorosos sentimentos e observaram seus progressos através das várias árias com uma impaciência que foi ao final mal recompensada; pois Mary, ao receber, entre os agradecimentos da plateia, a insinuação de uma esperança de que pudesse ser convencida a brindá-los mais uma vez, recomeçou após uma pausa de meio minuto. As aptidões de Mary não estavam de modo algum à altura de tal exibição; sua voz era fraca e seus modos, afetados. Elizabeth vivia uma agonia. Olhou para Jane, para ver como reagia, mas Jane estava muito entretida em sua conversa com Bingley. Olhou para as duas irmãs e as viu trocando gestos sarcásticos. E olhou para Darcy, que continuava, porém, sério e imperturbável. Olhou para o pai, para pedir sua interferência, ou Mary continuaria a cantar durante toda a noite. Ele compreendeu sua intenção e, quando Mary terminou a segunda apresentação, disse em voz alta:

— Isso é o bastante, minha filha. Você já nos encantou por tempo suficiente. Permita que as outras moças tenham tempo para se apresentar.

Mary, mesmo fingindo não ter ouvido, ficou um tanto desconcertada, e Elizabeth, com pena dela e lamentando a fala de seu pai, receou que sua ansiedade tivesse sido inútil. Outras jovens foram requisitadas.

— Se eu – disse o sr. Collins – fosse afortunado a ponto de saber cantar, teria tido grande prazer, estou certo, em obsequiar os presentes com uma canção, pois considero a música uma diversão bastante inocente e perfeitamente compatível com a profissão de clérigo. Não pretendo, contudo, afirmar que podemos nos justificar por devotar tempo demais à música, pois há sem dúvida outras coisas às quais se dedicar. O reitor de uma paróquia tem muitos afazeres. Em primeiro lugar, precisa fazer um ajuste dos dízimos que lhe seja favorável sem ser ofensivo ao seu benfeitor. Precisa escrever seus próprios sermões, e o tempo que sobra nunca será suficiente para cumprir as obrigações paroquiais e se ocupar do trato e aprimoramento de sua morada, que não pode descuidar de tornar o mais confortável possível. E não acredito ter pouca importância o fato de que precise ter atitudes atentas e conciliatórias em relação a todos, sobretudo para com aqueles a quem deve seu encargo. Não posso isentá-lo desse dever, nem poderia ter em bom conceito um homem que deixasse passar uma ocasião de apresentar seus respeitos a alguém ligado àquela família.

E, com uma reverência ao sr. Darcy, concluiu sua fala, que havia sido feita em voz alta a ponto de ser ouvida por metade do salão. Muitos o olharam fixo, muitos sorriram; mas ninguém pareceu mais divertido do que o próprio sr. Bennet, enquanto sua mulher cumprimentava seriamente o sr. Collins por ter falado com tanta sensatez e observava num semissussurro para Lady Lucas que se tratava de um rapaz excepcionalmente inteligente e bom.

A Elizabeth parecia que, tivesse sua família feito um acordo para se expor o máximo possível no decorrer da noite, teria sido impossível para cada um representar seu papel com mais desenvoltura ou maior sucesso; e pensou que, felizmente para Bingley e Jane, parte dessa exibição não havia sido percebida por ele e que seus sentimentos não pareciam propensos a ser muito perturbados por quaisquer bobagens que ele pudesse ter presenciado. De qualquer modo, que as irmãs Bingley e o sr. Darcy tivessem tal oportunidade para ridicularizar seus parentes já era ruim o bastante. E ela não conseguia definir o que era mais insuportável, se o desdém silencioso do cavalheiro ou os insolentes sorrisos das damas.

O resto da noite pouca distração lhe trouxe. Foi perseguida pelo sr. Collins, que insistiu em continuar a seu lado e, mesmo não conseguindo convencê-la a dançar com ele mais uma vez, não a deixou livre para dançar com outros. Em vão ela o incentivou a se colocar ao lado de outra pessoa e se ofereceu para apresentá-lo a qualquer moça no salão. Ele assegurou-lhe que de modo algum tinha interesse pelas danças; que seu objetivo principal era, por meio de delicadas atenções, fazer-se agradável a seus olhos e que tencionava marcar pontos ficando perto dela durante toda a noite. Não havia argumentos contra tal proposta. Seu único alívio foi trazido pela amiga Charlotte Lucas, que por diversas vezes se juntou a eles e de boa vontade entreteve o sr. Collins com sua conversa.

Isso ao menos a livrou da afronta de receber novas atenções do sr. Darcy; mesmo ficando com frequência a pouca distância dela, sem interlocutores, nunca se aproximou o bastante para falar. Ela considerou tal atitude uma provável consequência de suas alusões ao sr. Wickham e alegrou-se com isso.

A família de Longbourn foi a última a sair e, por uma manobra da sra. Bennet, precisou esperar a carruagem por quinze minutos depois que todos os outros se haviam retirado, o que lhes deu tempo de ver com que intensidade sua partida era desejada por alguns dos anfitriões. A sra. Hurst e sua irmã mal abriram a boca, exceto para se queixar de cansaço, e estavam evidentemente impacientes para ter a casa para si mesmas. Repeliram todas as tentativas de conversa da sra. Bennet e, com isso, baixou sobre todo o grupo uma melancolia, que pouco conseguiram afastar os longos discursos do sr. Collins ao cumprimentar o sr. Bingley e suas irmãs pela elegância da festa e pela hospitalidade e cortesia que haviam marcado seu comportamento para com os convidados. Darcy não disse uma só palavra. O sr. Bennet, em igual silêncio, divertia-se com a cena. O sr. Bingley e Jane estavam juntos, um pouco longe dos outros, e conversavam apenas entre si. Elizabeth manteve um silêncio tão obstinado quanto o da sra. Hurst ou da srta. Bingley, e mesmo Lydia estava cansada demais para pronunciar mais do que a eventual exclamação de "Céus, como estou cansada!" acompanhada de um violento bocejo.

Quando afinal se levantaram para sair, a sra. Bennet insistiu em demonstrar com excessiva cortesia sua esperança de receber em breve toda a família em Longbourn e dirigiu-se em especial ao sr. Bingley para lhe afirmar o quanto ele os deixaria felizes participando de um jantar familiar em sua casa a qualquer momento, dispensando-se as cerimônias de um convite formal. Bingley agradeceu encantado e no mesmo instante se comprometeu a visitá-la na primeira oportunidade ao voltar de Londres, para onde era obrigado a ir, por pouco tempo, no dia seguinte.

A sra. Bennet deu-se por satisfeita e deixou a casa com a sedutora convicção de que, considerando o tempo necessário para a elaboração do acordo, a compra de novas carruagens e o preparo do enxoval, veria sua filha instalada em Netherfield ao final de três ou quatro meses. Ter outra filha casada com o sr. Collins era algo em que pensava com igual certeza e considerável, embora não igual, prazer. Elizabeth era a filha de quem menos gostava e, mesmo sendo o homem e o enlace bem aceitáveis para *ela*, seu valor era eclipsado pelo sr. Bingley e Netherfield.

Capítulo 19

O DIA SEGUINTE INAUGUROU um novo cenário em Longbourn. O sr. Collins fez sua declaração formal. Decidido a fazê-la sem perda de tempo, já que sua licença se estendia apenas até o sábado seguinte, e não tendo sentimentos de timidez que o inibissem nem mesmo naquele momento, começou sua tarefa com absoluta organização, obedecendo a todas as formalidades que supunha serem de praxe. Ao encontrar a sra. Bennet, Elizabeth e uma das irmãs mais moças juntas, logo após o café da manhã, dirigiu-se à mãe nestes termos:

— Posso contar, minha senhora, com seu interesse por sua bela filha Elizabeth, quando solicito a honra de uma audiência privada com ela no decorrer desta manhã?

Antes que Elizabeth tivesse tempo de reagir, a não ser enrubescendo de surpresa, a sra. Bennet respondeu de imediato:

— Oh! Sem dúvida, meu caro. Estou certa de que Lizzy ficará muito feliz... E estou certa de que ela não fará objeções. Vamos, Kitty, preciso de você lá em cima.

E, juntando suas coisas, apressava-se a sair quando Elizabeth a chamou:

— Minha cara senhora, não saia. Imploro que não saia. O sr. Collins deve me desculpar. Ele nada tem a me dizer que os outros não possam ouvir. Sairei eu.

— Não, não, que bobagem, Lizzy. Desejo que fique onde está.

E, vendo que Elizabeth parecia realmente, com ar constrangido e embaraçado, a ponto de fugir, acrescentou:

— Lizzy, eu *insisto* que fique e ouça o sr. Collins.

Elizabeth não se oporia a tal imposição e, tendo um momento de reflexão feito com que considerasse ser mais inteligente acabar com aquilo o mais depressa e calmamente possível, voltou a sentar-se e tentou ocultar, mantendo-se ocupada, os sentimentos que se dividiam entre angústia e diversão. A sra. Bennet e Kitty saíram e, tão logo se foram, o sr. Collins começou:

— Acredite, minha cara srta. Elizabeth, que sua modéstia, longe de prestar-lhe algum desserviço, só faz somar-se às suas outras perfeições. A senhorita teria sido menos agradável a meus olhos caso *não* houvesse essa pequena relutância; mas permita-me assegurar-lhe que tenho permissão de sua respeitável mãe para esta entrevista. É difícil que não imagine a intenção de minhas palavras, embora sua natural delicadeza possa levá-la a não aparentar; minhas atenções têm sido muito insistentes para serem mal compreendidas. Praticamente no momento em que entrei nesta casa, eu a escolhi como a companheira de minha vida futura. Mas antes que continue a expor meus sentimentos a respeito, talvez seja mais aconselhável declarar as razões pelas quais devo me casar e, ademais, pelas quais vim a Hertfordshire com a intenção de escolher uma esposa, como sem dúvida fiz.

A ideia do sr. Collins, com toda a sua pose solene, sendo arrastado pelos sentimentos, deu a Elizabeth tanta vontade de rir que ela não conseguiu aproveitar aquela pequena pausa com qualquer tentativa de interrompê-lo, e ele continuou:

— Minhas razões para casar são, primeiro, que penso ser a coisa certa, para qualquer clérigo em circunstâncias favoráveis (como é meu caso) dar o exemplo do casamento a seus paroquianos; segundo, porque estou convencido de que isso contribuirá em muito para minha felicidade; e terceiro, que talvez eu devesse ter mencionado antes, porque tal é o conselho e a recomendação da mui nobre dama a quem tenho a honra de chamar de benfeitora. Por duas vezes ela condescendeu em me dar sua opinião (não solicitada!) em relação ao assunto e, no próprio sábado à noite antes que eu saísse de Hunsford, durante o jogo de quadrilha e enquanto a sra. Jenkinson posicionava melhor o tamborete sob os pés da srta. De Bourgh, ela disse: "Sr. Collins, o senhor precisa se casar. Um clérigo como o senhor precisa se casar. Escolha com acerto, escolha uma moça que atenda às *minhas* exigências; e, para o *seu* próprio bem, permita-lhe ser uma pessoa ativa e útil, que não tenha sido criada com muitos mimos e sim que saiba fazer bom uso de pequenos ganhos. Este é o meu conselho. Encontre uma mulher assim o mais depressa possível, traga-a a Hunsford e irei visitá-la". Permita-me, aliás, observar, minha bela prima, que não considero a atenção e a bondade de Lady Catherine de Bourgh a menor das vantagens que me cabem oferecer. A senhorita verá que sua maneira de ser está acima de qualquer descrição que eu possa fazer e, acredito, sua própria agudeza de espírito e vivacidade serão por ela bem aceitas, sobretudo quando temperadas com o silêncio e o respeito que inevitavelmente serão impostos pelo alto nível de Sua Senhoria. Assim é quanto à minha intenção geral a favor do matrimônio; resta ser dito por que meu olhar se dirigiu para Longbourn e não a meus próprios arredores, onde posso lhe assegurar existirem muitas jovens admiráveis. Mas o fato é que, devendo eu herdar esta propriedade após a morte de seu honorável pai (que ele possa, porém, viver ainda por muitos anos), eu não ficaria tranquilo se deixasse de escolher uma esposa entre suas filhas, para que a perda das mesmas seja a menor possível quando o melancólico evento vier a ocorrer... e que, porém, como eu já disse, possa não acontecer ainda por muitos anos. Esse foi o meu motivo, minha bela prima, e congratulo-me por achar que ele não me tornará menos merecedor de sua estima. E agora nada me resta senão afirmar-lhe, com palavras enfáticas, toda a intensidade de meu afeto. À fortuna sou absolutamente indiferente e não farei qualquer pedido desta natureza a seu pai, já que tenho plena consciência de que não poderia ser atendido; e aquelas mil libras a quatro por cento, que só serão suas quando do falecimento de sua mãe, são tudo a que a senhorita tem direito. Quanto a este assunto, entretanto, manterei absoluto silêncio e pode ter certeza de que nenhuma recriminação pouco generosa jamais escapará de meus lábios quando estivermos casados.

Era absolutamente necessário interrompê-lo agora.

– O senhor se precipita demais – exclamou ela. – Esquece-se de que não lhe dei resposta. Deixe-me fazê-lo sem maior perda de tempo. Aceite meus agradecimentos pela honra que me concede. Fico muito lisonjeada com o privilégio de sua proposta, mas é impossível para mim qualquer outra atitude senão recusá-la.

— Tenho pleno conhecimento — retrucou o sr. Collins com um gesto formal — de que é comum que as moças rejeitem o pedido do homem que em segredo desejam aceitar, quando de sua primeira tentativa; e que por vezes tal recusa se repete uma segunda ou até uma terceira vez. Não me sinto, portanto, de modo algum desencorajado pelo que acaba de dizer e espero em breve conduzi-la ao altar.

— Palavra de honra, meu senhor — exclamou Elizabeth —, sua esperança é um tanto excepcional depois de minha declaração. Garanto-lhe que não sou uma dessas moças (se é que existem tais moças) que são tão ousadas a ponto de pôr em risco sua felicidade pelo desejo de serem pedidas em casamento uma segunda vez. Minha recusa é feita com seriedade. O senhor não poderia *me* fazer feliz e estou convencida de que sou a última mulher do mundo que faria o mesmo pelo senhor. E mais, quando sua amiga Lady Catherine me conhecer, tenho certeza de que me considerará desqualificada, sob todos os sentidos, para a situação.

— Se assim pudesse pensar Lady Catherine... — disse o sr. Collins, muito circunspecto. — Mas não consigo imaginar como Sua Senhoria a desaprovaria. E pode estar certa de que, quando eu tiver a honra de estar com ela mais uma vez, descreverei com os melhores termos sua modéstia, senso de economia e outras admiráveis qualidades.

— Na verdade, sr. Collins, qualquer elogio a meu respeito será desnecessário. O senhor precisa me deixar julgar por mim mesma e me fazer a gentileza de acreditar no que digo. Desejo-lhe muita felicidade e muita riqueza e, ao recusar a sua mão, faço tudo o que posso para que não se dê o oposto. Ao me fazer tal oferta, o senhor deve considerar satisfeita a delicadeza de seus sentimentos em relação à minha família e pode tomar posse do espólio de Longbourn tão logo venha a ser possível, sem qualquer escrúpulo. Este assunto pode, portanto, ser considerado encerrado.

E, levantando-se enquanto falava, ela teria saído da sala, não tivesse o sr. Collins se dirigido a ela:

— Quando eu me der a honra de voltar a este assunto consigo, espero receber uma resposta mais favorável do que agora; embora eu esteja longe de acusá-la de crueldade no momento presente, porque sei ser hábito estabelecido entre seu sexo recusar um homem no primeiro pedido e que talvez a senhorita tenha dito o que disse até mesmo para encorajar minha insistência, como seria consistente com a verdadeira delicadeza do caráter feminino.

— Realmente, sr. Collins! — exclamou Elizabeth com certa veemência. — O senhor me deixa por demais perplexa. Se o que eu disse até agora pode lhe parecer um encorajamento, não sei como expressar minha recusa de modo a convencê-lo de que é real.

— Deve me permitir a presunção, minha cara prima, de que sua recusa a meu pedido não passa de uma questão de princípios. Minhas razões para acreditar nisso são, em resumo, as que seguem: não me parece que minha mão seja indigna de ser aceita, ou que a situação que lhe posso oferecer seja menos do que altamente desejável. Minha posição na vida, minhas relações com a família De Bourgh e meu parentesco com a sua são circunstâncias que pesam muito a meu favor. E a senhorita deveria levar em consideração que, a despeito de seus inúmeros atrativos, não é de modo algum garantido que outra oferta de casamento lhe venha a ser feita. Seu dote é infelizmente tão pequeno que com toda probabilidade anulará os efeitos de seu encanto e suas admiráveis qualidades. Como devo, a partir daí, concluir que não fala sério ao me rejeitar, escolho atribuí-la ao seu desejo de aumentar meu amor através da expectativa, conforme a prática usual entre mulheres elegantes.

— Asseguro-lhe, meu senhor, que não tenho quaisquer pretensões a esse tipo de elegância que consiste em atormentar um homem respeitável. Prefiro que me dê a honra de acreditar na minha sinceridade. Reitero uma vez mais meus agradecimentos pela honra que me concede com sua proposta, mas de modo algum posso aceitá-la. Meus sentimentos me impedem, sob todos os aspectos. Posso ser mais clara? Não me considere agora como uma mulher elegante com intenções de torturá-lo, e sim como uma criatura racional, exprimindo a verdade de seu coração.

— Seu encanto é inabalável! — exclamou ele com ar de constrangida galanteria. — E estou convencido de que, quando sancionada pela expressa autoridade de seus excelentes pais, minha proposta não deixará de ser aceita.

A tal perseverança numa teimosa ilusão Elizabeth não daria resposta e, em silêncio, retirou-se no mesmo instante, decidida, caso ele insistisse em considerar suas repetidas recusas como encorajamentos aduladores, a apelar para o pai, cuja negativa deveria ser dada de modo a ser definitiva e cujo comportamento não poderia, afinal, ser tomado por afetação e capricho de mulher elegante.

Capítulo 20

O SR. COLLINS NÃO FOI deixado por muito tempo na silenciosa contemplação de amor bem-sucedido, pois a sra. Bennet, que se deixara ficar no vestíbulo para aguardar o final da entrevista, tão logo viu Elizabeth abrir a porta e se dirigir a passos rápidos para a escada, entrou na saleta do café da manhã e parabenizou a ele e a si mesma em termos calorosos pela feliz perspectiva do estreitamento de seu parentesco. O sr. Collins recebeu e retribuiu tais felicitações com igual prazer e passou então a relatar os detalhes de sua conversa, cujo resultado acreditava poder considerar muito satisfatório, desde que a recusa que a prima sistematicamente lhe dera originava-se, como era natural, de sua tímida modéstia e da genuína delicadeza de seu temperamento.

Essa informação, entretanto, sobressaltou a sra. Bennet; ela gostaria de estar também satisfeita com o fato de que sua filha pretendera encorajá-lo ao rejeitar sua proposta, mas não podia acreditar naquilo e foi incapaz de se calar.

– Mas, confie nisto, sr. Collins – acrescentou –, que Lizzy será chamada à razão. Falarei pessoalmente com ela. Ela é uma menina tola e teimosa e não sabe o que lhe convém, mas eu *farei* com que saiba.

– Perdoe-me interrompê-la, minha senhora – exclamou o sr. Collins –, mas se ela é realmente teimosa e tola, não sei se seria afinal uma esposa muito desejável para um homem na minha posição, que naturalmente busca a felicidade no matrimônio. Se ela, portanto, insistir em rejeitar meu pedido, talvez seja melhor não forçá-la a me aceitar, porque, dada a tais falhas de caráter, não contribuirá muito para minha felicidade.

– O senhor me compreendeu mal – disse a sra. Bennet, alarmada. – Lizzy só é teimosa em assuntos como esse. Em tudo o mais ela é mais dócil do que qualquer outra moça. Falarei diretamente com o sr. Bennet e muito em breve teremos acertado tudo com ela, tenho certeza.

Ela não lhe deu tempo para responder e, correndo na mesma hora até o marido, convocou-o tão logo entrou na biblioteca:

– Oh! Sr. Bennet! Preciso imediatamente do senhor; temos um grande problema. O senhor deve intervir e fazer com que Lizzy se case com o sr. Collins, pois ela jura que não se casará com ele e, se o senhor não se apressar, ele mudará de ideia e não se casará com *ela*.

O sr. Bennet ergueu os olhos do livro quando ela entrou e os fixou em seu rosto com um desinteresse tranquilo que em nada se alterou com seu comunicado.

– Não tenho o prazer de entendê-la – disse, quando ela terminou. – De que está falando?

– Do sr. Collins e de Lizzy. Lizzy declara que não se casará com o sr. Collins e o sr. Collins começa a dizer que não se casará com Lizzy.

– E o que devo fazer diante disso? Parece-me um caso perdido.

– Converse com Lizzy. Diga-lhe que insiste para que ela se case com ele.

– Vamos chamá-la. Ela ouvirá minha opinião.

A sra. Bennet tocou a campainha e a srta. Elizabeth foi convidada a ir à biblioteca.

— Venha cá, menina — exclamou o pai quando ela apareceu. — Mandei chamá-la por um motivo importante. Eu soube que o sr. Collins lhe fez uma proposta de casamento. É verdade?

Elizabeth respondeu que sim.

— Muito bem. E essa proposta de casamento foi recusada?

— Foi, sim, senhor.

— Muito bem. Chegamos agora ao ponto. Sua mãe insiste em que o aceite. Não é assim, sra. Bennet?

— É, ou nunca mais a verei.

— Uma triste alternativa está à sua frente, Elizabeth. Deste dia em diante será uma estranha para um de seus pais. Sua mãe nunca mais a verá se *não* se casar com o sr. Collins e eu nunca mais a verei *caso* se case.

Elizabeth não pôde deixar de sorrir diante de tal conclusão para aquela introdução, mas a sra. Bennet, que se tinha convencido de que o marido trataria do assunto como ela desejava, ficou muitíssimo desapontada.

— O que pretende, sr. Bennet, falando dessa maneira? O senhor me prometeu *insistir* para que ela se casasse com ele.

— Minha cara — respondeu o marido —, tenho dois pequenos favores a pedir. Primeiro, que me permita o livre uso de meus critérios na situação que se apresenta; e, segundo, de meus aposentos. Ficarei feliz por ter a biblioteca apenas para mim assim que possível.

Apesar de desapontada com o marido, porém, não desistiria ainda a sra. Bennet de seu ponto de vista. Continuou a insistir com Elizabeth, alternando lisonjas e ameaças. Tentou aliciar Jane a seu favor, mas Jane, com toda a brandura possível, recusou-se a interferir; e Elizabeth, às vezes com real honestidade e às vezes com divertida alegria, respondia a seus ataques. Ainda que sua reação se alternasse, sua decisão não se alterou.

O sr. Collins, enquanto isso, meditava solitário sobre o que acontecera. Pensava bem demais de si mesmo para compreender que motivos levariam a prima a recusá-lo e, mesmo com o orgulho ferido, não sofria. Seu afeto por ela era um tanto imaginário e a possibilidade de ela merecer a censura da mãe impedia que sentisse qualquer culpa.

Enquanto a família vivia tal confusão, Charlotte Lucas chegou para passar o dia. Foi recebida no vestíbulo por Lydia que, voando até ela, exclamou quase num sussurro:

— Estou contente que tenha vindo, porque está tudo muito divertido por aqui! Você não imagina o que aconteceu hoje de manhã! O sr. Collins pediu a mão de Lizzy e ela não aceitou.

Charlotte mal teve tempo de responder antes que surgisse Kitty, que vinha contar a mesma novidade, e mal acabavam de entrar na saleta, onde estava sozinha a sra. Bennet, quando ela começou o mesmo assunto, invocando a compaixão da srta. Lucas e implorando para que convencesse Lizzy a ceder aos desejos de toda a família.

– Por favor, interceda, minha cara srta. Lucas – acrescentou ela em tom melancólico –, pois ninguém está do meu lado, ninguém concorda comigo. Sou cruelmente explorada, ninguém se compadece de meus pobres nervos.

Charlotte foi poupada de uma resposta pela entrada de Jane e Elizabeth.

– Ai, aí vem ela – continuou a sra. Bennet –, com esse ar despreocupado e não nos dando maior atenção do que se estivéssemos em York, desde que ela possa seguir seu próprio caminho. Mas vou lhe dizer, srta. Lizzy, se puser na cabeça essa ideia de recusar desta maneira todas as propostas de casamento, nunca chegará a ter um marido... e sem dúvida não sei quem irá mantê-la quando seu pai morrer. Eu não poderei sustentá-la... estou avisando. A senhorita não existe mais para mim a partir de hoje. Eu lhe disse na biblioteca, como sabe, que nunca mais lhe dirigirei a palavra e manterei minha promessa. Não sinto prazer algum em falar com filhas desobedientes. Não que eu, na verdade, sinta prazer em falar com alguém. Pessoas que, como eu, sofrem de problemas nervosos não são muito inclinadas a falar. Ninguém sabe o quanto sofro! Mas é sempre assim. Os que não se queixam não recebem compaixão.

Suas filhas ouviram em silêncio aquela explosão, conscientes de que qualquer tentativa de argumentar ou acalmá-la só lhe aumentaria a irritação. Ela continuou, então, sem ser interrompida por qualquer das moças, até a chegada do sr. Collins, que entrou na sala com um ar mais imponente do que o habitual e, vendo de quem se tratava, disse às filhas:

– Agora, faço questão que me ouçam, quero que todas vocês, todas mesmo, se calem e deixem que o sr. Collins e eu tenhamos uma pequena conversa a sós.

Elizabeth saiu em silêncio da sala, Jane e Kitty a seguiram, mas Lydia ficou onde estava, decidida a ouvir tudo o que pudesse; e Charlotte, retida a princípio pelo sr. Collins, cujas perguntas a respeito dela mesma e de toda a sua família foram muito minuciosas, e depois por alguma curiosidade, optou por andar até a janela e fazer de conta que não ouvia. Com voz desconsolada, a sra. Bennet começou a esperada conversa:

– Oh! Sr. Collins!

– Minha cara senhora – respondeu ele –, silenciemos para sempre quanto a este assunto. – Que longe de mim esteja – continuou então, numa voz que acentuava seu desagrado – ressentir-me com o comportamento de sua filha. A resignação perante males inevitáveis é o inevitável dever de todos nós, intrigante dever de um jovem que tão afortunado foi, como eu, no início da carreira, e acredito estar resignado. Talvez, contudo, assim me sinta por perceber uma dúvida em relação à minha conclusiva felicidade caso minha prima me tivesse honrado com seu aceite; pois tenho com frequência observado que a resignação nunca é tão perfeita quanto quando as bênçãos negadas começam a perder parte de seu valor em nossa apreciação. A senhora não me considerará, espero, de modo algum desrespeitoso em relação à sua família, minha cara senhora, por retirar assim minha pretensão à mão de sua filha, sem ter solicitado a si e ao sr. Bennet a gentileza de colocar sua autoridade a meu favor. Minha conduta pode, receio, ser questionada por ter eu aceito a recusa dos lábios de sua filha e não dos seus. Mas somos todos sujeitos a erros. Minha intenção foi a melhor possível durante todo o ocorrido. Meu objetivo foi assegurar para mim mesmo uma companhia agradável, com a devida consideração pelas vantagens para toda a sua família e, se minhas *atitudes* foram de algum modo repreensíveis, rogo-lhe que aceite minhas desculpas.

Capítulo 21

AS DISCUSSÕES QUANTO À proposta do sr. Collins chegavam quase ao final, e a Elizabeth só restou ter que lidar com os sentimentos de desconforto inevitáveis desse tipo de situação e, ocasionalmente, com algumas alusões irritadas da mãe. Quanto ao próprio cavalheiro, *seus* sentimentos foram demonstrados com clareza, não por embaraço ou rejeição, ou por tentar evitá-la, mas pela atitude distante e por um silêncio ressentido. Mal voltou a falar com ela e as assíduas atenções que considerava tão importantes foram transferidas durante o resto do dia para a srta. Lucas, cuja cortesia ao ouvi-lo foi um oportuno alívio para todos, sobretudo para sua amiga.

A manhã seguinte não trouxe melhoras para o mau humor ou a saúde da sra. Bennet. O sr. Collins também continuava a sofrer do mesmo mal de orgulho ferido. Elizabeth tivera esperanças de que seu ressentimento abreviasse a visita, mas os planos do jovem não pareceram afetados. Ele deveria partir no sábado e até sábado pretendia ficar.

Depois do café da manhã, as moças foram a Meryton descobrir se o sr. Wickham estava de volta e lamentar sua ausência no baile de Netherfield. Encontraram-no à entrada da cidade e foram por ele acompanhadas até a casa da tia, onde foram longamente expostas suas desculpas e motivos, bem como o desapontamento geral. Para Elizabeth, entretanto, ele confessou ser o *único* responsável por seu afastamento.

– Percebi – disse ele –, à medida que se aproximava o dia do baile, que seria melhor para mim não me encontrar com o sr. Darcy; que estar no mesmo salão, na mesma festa que ele por tantas horas, poderia ser mais do que eu conseguiria suportar e que cenas desagradáveis não só para mim poderiam ser provocadas.

Ela aprovou com ênfase seu autocontrole, e tiveram a oportunidade de discutir a respeito desse tema e de trocar tantas amabilidades quanto lhes permitiu sua cortesia quando Wickham e outro oficial as acompanharam de volta até Longbourn e, durante o trajeto, ele lhe deu especial atenção. Sua companhia teve uma dupla vantagem; ela percebeu o elogio que aquilo significava e aquela foi uma ocasião mais do que adequada para apresentá-lo aos pais.

Logo depois de sua volta, uma carta foi entregue à srta. Bennet. Vinha de Netherfield. O envelope continha uma folha de papel elegante, pequena e acetinada, coberta por bela e fluente letra feminina; e Elizabeth viu a expressão de sua irmã mudar enquanto lia e a viu deter-se intencionalmente em determinados trechos. Jane logo se recompôs e, guardando a carta, tentou participar com sua habitual jovialidade da conversa geral; mas Elizabeth percebeu na irmã uma ansiedade que lhe desviou a atenção até de Wickham e, nem bem tinham ele e seu companheiro partido, um olhar de Jane convidou-a a segui-la ao andar de cima. Ao chegarem ao próprio quarto, Jane, mostrando a carta, disse:

— É de Caroline Bingley e seu conteúdo me surpreendeu muitíssimo. Todo o grupo deixou Netherfield e estão todos a caminho da cidade... sem intenções de voltar. Ouça o que ela diz.

Leu então em voz alta a primeira frase, que continha a informação de que acabavam de decidir acompanhar o irmão à cidade e sua intenção de jantar em Grosvenor Street, onde o sr. Hurst tinha uma casa. O que vinha a seguir era assim exposto:

"Não vou fingir que lamento ter deixado algo em Hertfordshire, exceto o seu convívio, minha caríssima amiga; mas esperemos, num futuro não muito distante, poder repetir várias vezes os deliciosos momentos que passamos juntas e, nesse meio-tempo, podemos mitigar a dor da separação através de uma correspondência frequente e sem reservas. Conto consigo para tanto."

A tais expressões pomposas Elizabeth reagiu com toda a insensibilidade do descrédito e, apesar de surpresa pela precipitação daquela partida, nada via naquilo para realmente lamentar. Não se devia supor que sua ausência em Netherfield impedisse a vinda do sr. Bingley e, quanto à perda de seu convívio, estava convencida de que Jane logo deixaria de se preocupar, diante da presença do irmão.

— É uma falta de sorte — disse ela depois de uma ligeira pausa — que você não tenha podido estar com suas amigas antes que deixassem o campo. Mas não devemos esperar que o período de felicidade futura que tanto deseja a srta. Bingley chegue mais cedo do que ela imagina e que os deliciosos momentos que tiveram como amigas sejam retomados com ainda maior satisfação como irmãs? O sr. Bingley não será retido em Londres por elas.

— Caroline diz claramente que ninguém do grupo voltará a Hertfordshire neste inverno. Vou ler para você: "Quando meu irmão nos deixou ontem, imaginava que os negócios que o levavam a Londres estariam concluídos em três ou quatro dias; mas, como estamos certos de que isso não acontecerá e, ao mesmo tempo, convencidos de que quando Charles chegasse à cidade não teria pressa de deixá-la, decidimos segui-lo, para que ele não seja obrigado a passar o tempo livre num desconfortável hotel. Muitas de minhas amizades já lá estão para o inverno; gostaria de saber que você, minha caríssima amiga, teria qualquer intenção de se juntar a elas... mas nisso não creio. Espero sinceramente que seu Natal em Hertfordshire seja repleto das alegrias em geral trazidas por essa época do ano e que seus admiradores sejam tão numerosos a ponto de impedi-la de sentir a perda dos três dos quais a privamos."

— Fica evidente com isso — acrescentou Jane — que ele não volta neste inverno.

— Só fica evidente que a srta. Bingley não acredita que ele *deva*.

— Por que pensa assim? Isso deve ser coisa dele. Ele não deve satisfações a ninguém. Mas você não ouviu *tudo*. Eu *vou* ler o trecho que me magoou em especial. Com *você*, não terei segredos.

"O sr. Darcy está impaciente para ver a irmã e, para confessar a verdade, *nós* não estamos menos ansiosos por encontrá-la mais uma vez. Realmente não acho que Georgiana Darcy tenha rivais em beleza, elegância e dotes; e o afeto que ela inspira em Louisa e em mim converte-se em algo ainda mais interessante, com a esperança que ousamos acalentar de que ela venha a se tornar nossa irmã. Não sei se cheguei a mencionar meus sentimentos em relação a este assunto, mas não deixarei o campo sem lhe fazer tais confidências, confiando em que não as achará insensatas. Meu irmão já a admira muito e terá agora oportunidades frequentes de conviver com ela com mais intimidade; toda a família dela deseja essa união tanto quanto a dele, e não é deslumbrada pela parcialidade que considero Charles capaz de conquistar o coração de qualquer mulher. Com todas essas circunstâncias a favor de uma ligação e nada para impedi-la, estaria eu errada, minha caríssima Jane, ao me entregar à esperança de um acontecimento que fará a felicidade de tantos?"

— O que você acha *deste* trecho, Lizzy querida? — disse Jane ao terminar. — Não é bastante óbvio? Não deixa bem claro que Caroline não espera nem deseja me ter como irmã, que ela está totalmente convencida da indiferença do irmão em relação a mim e que, se suspeita da natureza dos meus sentimentos por ele, quer (com a maior gentileza!) me pôr em guarda? Pode haver qualquer outra opinião a respeito?

– Pode, pode sim, pois a minha é completamente diferente. Quer ouvi-la?

– Com o maior prazer.

– Você a terá em poucas palavras. A srta. Bingley percebe que o irmão está apaixonado por você e quer casá-lo com a srta. Darcy. Ela o segue à capital na esperança de prendê-lo por lá e tenta convencê-la de que ele nada sente por você.

Jane sacudiu a cabeça.

– É verdade, Jane, você precisa acreditar em mim. Ninguém que os tenha visto juntos pode duvidar do carinho dele por você. A srta. Bingley, com certeza, não pode. Não é assim tão tola. Tivesse ela visto metade desse amor por parte do sr. Darcy por ela mesma e teria mandado fazer o enxoval. Mas o caso é o seguinte: não somos ricos o bastante ou importantes o bastante para eles; e ela está ainda mais ansiosa para unir a srta. Darcy ao irmão pela ideia de que, depois de realizado *um* casamento entre as famílias, será menos difícil para ela conseguir um segundo; pensamento esse sem dúvida um tanto ingênuo, mas que talvez pudesse dar frutos caso não houvesse a srta. De Bourgh em seu caminho. Mas, Jane querida, você não pode imaginar seriamente que, porque a srta. Bingley lhe diz que o irmão admira muito a srta. Darcy, ele esteja agora de algum modo menos interessado nos *seus* encantos do que quando se despediu de você na quinta-feira, ou que ela tenha o poder de convencê-lo de que, em vez de estar apaixonado por você, ele esteja caindo de amores pela amiga dela.

– Se nossa opinião a respeito da srta. Bingley fosse a mesma – respondeu Jane –, o quadro que você traçou de tudo isso me deixaria mais tranquila. Mas sei que o embasamento é injusto. Caroline é incapaz de enganar alguém de propósito; e tudo o que posso acreditar é que, neste caso, esteja enganando a si mesma.

– Está bem. Você não poderia ter chegado a uma conclusão mais feliz, já que a minha não lhe serve. Acredite que ela está enganada, por favor. Assim você fica de bem com ela e não precisa mais se preocupar com o resto.

– Mas, minha querida irmã, como posso ser feliz, mesmo se acreditar no melhor, aceitando um homem cujas irmãs e todos os amigos desejam ver casado com outra?

– Você deve decidir sozinha – disse Elizabeth. – E se, depois de maduras reflexões, descobrir que a tristeza de desagradar as duas irmãs é maior do que a felicidade de ser mulher dele, meu conselho é que o recuse sem rodeios.

– Como pode falar assim? – disse Jane, com um meio sorriso. – Você deve saber que, mesmo me arriscando a ser bastante magoada pela desaprovação delas, eu não poderia hesitar.

– Não imaginei que pudesse. E, sendo este o caso, não posso considerar sua situação digna de piedade.

– Mas se ele não voltar neste inverno, minha escolha jamais será necessária. Milhares de coisas podem acontecer em seis meses.

A ideia de que ele não voltasse foi tratada por Elizabeth com o máximo desprezo. Parecia-lhe não passar de sugestão dos desejos interesseiros de Caroline, e ela não podia supor por um só momento que tais desejos, mesmo que declarados ou dissimulados, pudessem influenciar um rapaz tão independente.

Explicou à irmã da maneira mais convincente possível o que sentia a respeito e logo teve o prazer de comprovar o bom efeito de suas palavras. Não era feitio de Jane se entregar à melancolia, e ela foi aos poucos tomada pela esperança, embora a dúvida quanto ao seu afeto sobrepujasse às vezes tal esperança, de que Bingley voltasse a Netherfield e correspondesse a todos os anseios de seu coração.

Concordaram quanto à sra. Bennet ser informada apenas da partida da família, sem qualquer alarme em relação à conduta do cavalheiro; mas mesmo tal comunicação parcial lhe deu muita preocupação e ela considerou excessiva má sorte que as damas partissem logo agora que se tornavam tão íntimas. Entretanto, depois de lamentar por algum tempo, consolou-se com a ideia de que o sr. Bingley logo estaria de volta e logo jantaria em Longbourn. E o fim de tudo aquilo foi a satisfatória declaração de que, mesmo tendo sido ele convidado apenas para um jantar familiar, ela trataria de ter dois pratos principais.

Capítulo 22

Os Bennet foram convidados a jantar com os Lucas e, uma vez mais, durante a maior parte do tempo, a srta. Lucas teve a bondade de dar atenção ao sr. Collins. Elizabeth aproveitou uma oportunidade para lhe agradecer por isso.

– Isso o deixa de bom humor – disse ela – e você nem imagina o quanto lhe sou grata.

Charlotte garantiu à amiga que ficava feliz por ser útil e que isso a compensava amplamente pelo pequeno sacrifício de seu tempo. Tal atitude era muito amável, mas a gentileza de Charlotte ia muito além do que Elizabeth poderia conceber; seu objetivo não era outro senão evitar que o sr. Collins voltasse a importuná-la com suas atenções, atraindo-as para si mesma. Tal era o plano da srta. Lucas, e os frutos foram tão bons que, quando todos se foram à noite ela quase teria certeza do sucesso não tivesse ele que deixar Hertfordshire tão em breve. Mas julgou mal seu temperamento fogoso e independente, que o levou a, na manhã seguinte, sair às escondidas da mansão de Longbourn com admirável destreza e correr a Lucas Lodge para se atirar a seus pés. Ele quis a todo custo evitar que os primos percebessem sua saída, com a convicção de que, se o vissem partir, não poderiam deixar de imaginar suas intenções e não desejava que sua tentativa fosse conhecida até que seu sucesso também o fosse; pois, apesar de se sentir quase seguro, e com razão, pois Charlotte havia sido um tanto encorajadora, ressentia-se de alguma insegurança desde a aventura de quarta-feira. A recepção, porém, foi das mais lisonjeiras. A srta. Lucas, de uma janela do andar de cima, avistou-o andando na direção da casa e no mesmo instante tratou de descer para encontrá-lo casualmente na alameda. Mas não teria ousado esperar que tanto amor e eloquência a aguardassem ali.

Num prazo tão curto quanto permitiram as longas falas do sr. Collins, tudo foi acertado entre ambos para mútua satisfação e, ao entrarem na casa, ele lhe pediu solenemente que escolhesse o dia em que faria dele o mais feliz dos homens. Ainda que tal solicitação devesse ser por enquanto posta de lado, a dama não se sentiu inclinada a zombar de sua felicidade. A estupidez com que a natureza o favorecera tirava de sua corte qualquer encanto que poderia fazer uma mulher desejar que a mesma se prolongasse; e a srta. Lucas, que só o aceitara pelo puro e desinteressado desejo de um comprometimento, não se preocupava com o prazo em que tal compromisso se efetivaria.

Sir William e Lady Lucas foram logo consultados quanto ao seu consentimento, que lhes foi concedido com toda presteza e alegria. A atual situação do sr. Collins tornava-o um excelente partido para sua filha, a quem pouca fortuna poderiam deixar; e as perspectivas de futura prosperidade eram mais do que consideráveis. Lady Lucas começou a calcular diretamente, com mais interesse do que o assunto jamais despertara, quantos anos mais deveria viver o sr. Bennet. E Sir William deu sua firme opinião de que, quando o sr. Collins estivesse de posse da propriedade de Longbourn, seria muitíssimo conveniente que ambos, ele e a esposa, se apresentassem em St. James. Toda a família, enfim, ficou satisfeitíssima com o acontecido. As meninas mais jovens tiveram esperanças de *ser apresentadas* um ano ou dois antes do que poderiam até então esperar; e os rapazes ficaram livres de sua preocupação de que Charlotte morresse solteirona. Charlotte, pessoalmente, estava bem tranquila. Alcançara seu objetivo, com tempo para avaliá-lo. Suas reflexões foram, de modo geral, satisfatórias. O sr. Collins, a bem dizer, não era sensato nem agradável; sua companhia era maçante e a paixão por ela devia ser imaginária. Mas ainda assim seria seu marido. Sem esperar muito dos homens ou do matrimônio, o casamento sempre fora seu objetivo; era a única solução para moças bem-educadas de pouca fortuna e, embora incerta garantia de felicidade, era o mais atraente arrimo contra a necessidade. Tal arrimo ela agora possuía. E aos 27 anos, sem jamais ter sido bonita, considerava-o uma grande sorte. O menos agradável em tudo aquilo seria a surpresa que o fato provocaria em Elizabeth Bennet, cuja amizade ela valorizava mais do que qualquer outra. Elizabeth se surpreenderia e talvez a censurasse; e, embora sua decisão não viesse a ser abalada, seus sentimentos poderiam sofrer com tal desaprovação. Resolveu dar a notícia pessoalmente e, para tanto, encarregou o sr. Collins, quando ele voltou a Longbourn para o jantar, de não deixar escapar perante membro algum da família qualquer informação sobre o que se passara. Uma promessa de segredo foi, é claro, feita com devoção, mas não pôde ser mantida sem alguma dificuldade, pois a curiosidade despertada por sua longa ausência explodiu, quando de sua volta, em perguntas tão diretas que muita astúcia foi necessária para conseguir escapar. E aquilo foi também para ele um penoso exercício de abnegação, pois ansiava por tornar público seu sucesso amoroso.

Como ele deveria começar sua viagem na manhã seguinte, cedo demais para estar com qualquer membro da família, a cerimônia de despedida foi realizada quando as senhoras se recolheram para a noite; e a sra. Bennet, com grande cortesia e amabilidade, disse o quão felizes se sentiriam recebendo-o mais uma vez em Longbourn, sempre que suas obrigações lhe permitissem visitá-los.

— Minha cara senhora — respondeu ele —, este convite é particularmente agradável, porque é o que eu desejava receber; e a senhora pode ter certeza de que dele me valerei tão logo me seja possível.

Ficaram todos perplexos e o sr. Bennet, que de modo algum gostaria de uma volta tão rápida, disse no mesmo instante:

— Mas não há o perigo da desaprovação de Lady Catherine, meu senhor? Talvez seja melhor negligenciar seus parentes do que se arriscar a ofender sua benfeitora.

— Meu caro senhor — retrucou o sr. Collins —, fico-lhe especialmente grato por este amável cuidado, e pode confiar que não darei passo tão arriscado sem a anuência de Sua Senhoria.

— Não deve de modo algum baixar a guarda. Arrisque-se a qualquer coisa menos a incorrer em seu desagrado; e, se sentir que há probabilidades de despertá-lo com uma vinda à nossa casa, o que considero até bastante provável, fique tranquilo em casa e esteja certo de que *nós* não nos sentiremos ofendidos.

– Acredite, meu caro senhor, minha gratidão é muito grande por tão afetuosa atenção e confie nisso, o senhor receberá em pouco tempo uma carta de agradecimento por esta e por todas as outras demonstrações de sua consideração durante minha estada em Hertfordshire. Quanto a minhas belas primas, embora minha ausência possa não ser tão demorada a ponto de tornar tais votos necessários, devo agora tomar a liberdade de desejar-lhes saúde e felicidade, não excetuando minha prima Elizabeth.

Com as devidas saudações as senhoras então se retiraram; todas igualmente surpresas com aquela intenção de breve retorno. A sra. Bennet quis acreditar que com isso ele pensava em se interessar por uma de suas meninas mais moças, e Mary deveria ser instruída a aceitá-lo. Ela estimava suas qualificações superiores às de qualquer outro; havia em suas ponderações uma solidez que muitas vezes a assombrava e, embora de modo algum tão inteligente quanto ela, considerava que, se encorajado a ler e se aperfeiçoar seguindo exemplos como o dela, ele poderia vir a se tornar um companheiro muito agradável. Mas na manhã seguinte, todas as esperanças desse tipo foram postas abaixo. A srta. Lucas chegou logo após o café da manhã e, numa conversa privada com Elizabeth, relatou os acontecimentos da véspera.

A possibilidade do sr. Collins se imaginar apaixonado por sua amiga já ocorrera a Elizabeth nos últimos dois dias, mas que Charlotte pudesse encorajá-lo parecia uma possibilidade tão longínqua quanto a de que ela própria o encorajasse e, em consequência, sua perplexidade foi grande a ponto de ultrapassar, a princípio, os limites do decoro, e ela não conseguiu deixar de exclamar:

– Noiva do sr. Collins! Minha querida Charlotte... Impossível!

A seriedade adotada pela srta. Lucas ao contar a história deu lugar a uma momentânea confusão, ao receber recriminação tão direta; ainda assim, como não esperava outra coisa, logo recuperou a calma e respondeu com tranquilidade:

– Por que se surpreende, Eliza querida? Acha impossível que o sr. Collins seja capaz de despertar o interesse de uma mulher porque não foi bem-sucedido ao tentar fazê-lo com você?

Mas Elizabeth já se tinha controlado e, fazendo um grande esforço, foi capaz de garantir com razoável firmeza que as perspectivas de sua união lhe eram muito agradáveis e que lhe desejava toda a felicidade com que pudesse sonhar.

– Imagino o que esteja sentindo – retrucou Charlotte. – Você deve estar surpresa, muito surpresa mesmo... há bem pouco tempo o sr. Collins queria se casar com você. Mas quando tiver tempo de pensar a respeito, espero que fique satisfeita com o que fiz. Não sou romântica, você bem sabe; nunca fui. Só peço uma casa confortável e, considerando o caráter, as relações e a posição do sr. Collins, estou convencida de que minha chance de ser feliz com ele é tão boa quanto a da maioria das pessoas ao começar a vida matrimonial.

Elizabeth respondeu "Sem dúvida" em voz baixa e, depois de uma pausa constrangida, as duas voltaram para onde estava o resto da família. Charlotte não se demorou por muito tempo, e Elizabeth foi então deixada a refletir sobre o que tinha ouvido. Muito tempo se passou antes que ela se reconciliasse com a ideia de um casal tão incompatível. A estranheza do fato de ter o sr. Collins feito duas propostas de casamento em três dias nada era em comparação com o fato de ter sido aceito. Ela sempre percebera que a opinião de Charlotte em relação ao casamento não era exatamente como a sua, mas não imaginava ser possível que, no momento de agir, ela sacrificasse todos os seus melhores sentimentos em favor das convenções sociais. Charlotte como esposa do sr. Collins era uma imagem por demais humilhante! E à agonia de ver uma amiga se degradar e cair no seu conceito somava-se a angustiante convicção de que seria impossível para essa amiga ser razoavelmente feliz com o futuro que escolhera.

Capítulo 23

ELIZABETH ESTAVA SENTADA COM a mãe e as irmãs, refletindo sobre o que ouvira e sem saber se estava autorizada a comentar, quando o próprio Sir William Lucas apareceu, mandado pela filha, para anunciar seu noivado à família. Com muitos cumprimentos aos amigos e muitas demonstrações de alegria pela perspectiva de um parentesco entre as famílias, ele revelou o fato... perante uma plateia não apenas atônita, mas incrédula, pois a sra. Bennet, mais teimosa do que cortês, protestou que ele deveria estar completamente enganado; e Lydia, sempre indiscreta e muitas vezes rude, exclamou com ímpeto:

– Santo Deus! Sir William, como pode dizer tal coisa? O senhor não sabe que o sr. Collins quer se casar com Lizzy?

Só mesmo a benevolência de um fidalgo poderia ter suportado sem raiva tal tratamento, mas a boa educação de Sir William lhe serviu de escudo contra tudo aquilo e, embora reafirmando seu pedido para que acreditassem na verdade de suas informações, ouviu toda aquela impertinência com imperturbável cortesia.

Elizabeth, sentindo que era seu dever livrá-lo de tão desagradável situação, adiantou-se então para confirmar seu relato, mencionando seu prévio conhecimento de tudo através da própria Charlotte; e conseguiu colocar um ponto final nas exclamações de sua mãe e irmãs com a seriedade de seus parabéns a Sir William, no que foi prontamente seguida por Jane, e com a série de observações que fez quanto à felicidade que deveria decorrer daquela união, o excelente caráter do sr. Collins e a conveniente distância de Hunsford a Londres.

A sra. Bennet ficou de fato por demais acabrunhada para dizer muita coisa enquanto Sir William ali permaneceu; mas, tão logo ele se retirou, seus sentimentos transbordaram. Em primeiro lugar, insistia em não acreditar em toda aquela história; segundo, tinha toda a certeza de que o sr. Collins caíra numa armadilha; terceiro, acreditava que aqueles dois nunca seriam felizes juntos; e quarto, que o compromisso poderia ser rompido. A duas conclusões, porém, se podia chegar com facilidade: uma, que Elizabeth era a causa real da desgraça, e outra, que ela própria fora tratada de forma indigna por todos eles; e esses dois pontos ela repisou pelo resto do dia. Nada poderia consolá-la e nada foi capaz de acalmá-la. Nem aquele dia foi o bastante para apagar seu ressentimento. Uma semana se passou antes que ela pudesse ver Elizabeth sem censurá-la, um mês se passou antes que pudesse falar com Sir William ou Lady Lucas sem ser rude e muitos meses transcorreram antes que conseguisse perdoar de todo a filha de ambos.

A reação do sr. Bennet foi muito mais tranquila diante dos fatos e, tão logo deles se inteirou, considerou-os bastante agradáveis; pois era gratificante, disse ele, descobrir que Charlotte Lucas, que ele costumava considerar razoavelmente sensata, era tão tola quanto sua esposa e ainda mais tola do que sua filha!

Jane confessou-se um pouco surpresa com o noivado, mas falou menos de sua perplexidade do que de seus sinceros votos de felicidade, sem que Elizabeth conseguisse convencê-la de que isso seria improvável. Kitty e Lydia estavam longe de invejar a srta. Lucas, pois o sr. Collins era apenas um clérigo e aquilo só as interessava como uma novidade a espalhar em Meryton.

Lady Lucas não conseguiu ficar insensível à vitória de poder responder à altura à sra. Bennet sobre o conforto de ter uma filha bem casada; e foi a Longbourn com mais frequência do que de costume para dizer o quanto estava feliz, embora os olhares atravessados e comentários desagradáveis da sra. Bennet pudessem acabar com sua felicidade.

Entre Elizabeth e Charlotte havia um constrangimento que as mantinha silenciosas quanto ao assunto; e Elizabeth se convenceu de que nenhuma verdadeira confiança poderia continuar a existir entre ambas. Seu desapontamento com Charlotte fez com que se aproximasse ainda mais da irmã, com a certeza de que, quanto à sua retidão e delicadeza, nunca veria ser abalada sua opinião, e cuja felicidade desejava cada vez com mais ansiedade, pois fazia já uma semana que Bingley se fora e nada mais se ouvira sobre sua volta.

    Jane mandara a Caroline uma imediata resposta à sua carta e contava os dias até que fosse razoável esperar por mais notícias. A prometida carta de agradecimento do sr. Collins chegou na quinta-feira, dirigida a seu pai e escrita com toda a solene gratidão que se justificaria por um ano de hospitalidade no seio da família. Depois de assim tranquilizar sua consciência, ele passava a discorrer, nos mais enlevados termos, sobre sua felicidade por ter conquistado o afeto de sua amável vizinha, a srta. Lucas, e explicava então que apenas ao propósito de gozar de sua companhia se devia o fato de aceder com tanta presteza a seu gentil convite de tê-lo novamente em Longbourn, para onde esperava poder retornar em duas semanas, na segunda-feira; pois Lady Catherine, acrescentava ele, aprovara tão cordialmente seu casamento que desejava que se realizasse o quanto antes, o que ele acreditava ser um irrefutável argumento para que sua adorável Charlotte definisse uma data próxima para fazer dele o mais feliz dos homens.

    A volta do sr. Collins a Hertfordshire não era mais motivo de prazer para a sra. Bennet. Pelo contrário, ela estava mais do que disposta a se queixar disso com o marido. Era muito estranho que ele fosse para Longbourn e não para Lucas Lodge; era também muito inconveniente e terrivelmente perturbador. Ela detestava ter visitas em casa quando sua saúde estava tão deficiente, e enamorados eram de longe os seres mais desagradáveis. Tais eram os gentis resmungos da sra. Bennet, que só cediam lugar à angústia cada vez maior com a persistente ausência do sr. Bingley.

    Nem Jane nem Elizabeth estavam confortáveis com aquele assunto. Dia após dia se passava sem que dele chegassem quaisquer notícias além dos boatos que logo correram em Meryton de que ele não voltaria a Netherfield durante todo o inverno; boatos que muito exasperavam a sra. Bennet e que ela nunca deixava de contradizer, afirmando serem uma escandalosa falsidade.

    Até Elizabeth começou a recear não que Bingley fosse indiferente, mas que suas irmãs tivessem sucesso em mantê-lo longe. Por mais que relutasse em admitir uma ideia tão destrutiva para a felicidade de Jane e tão desonrosa da estabilidade de seu amado, não podia evitar que lhe ocorresse com frequência. Os esforços conjuntos das duas insensíveis irmãs e de seu todo-poderoso amigo, secundados pelos atrativos da srta. Darcy e pelas diversões de Londres, poderiam ser, receava ela, fortes inimigos de sua fidelidade.

    Quanto a Jane, *sua* ansiedade diante desse suspense era, é claro, mais dolorosa do que a de Elizabeth, mas, sentisse o que sentisse, desejava guardar só para si e, assim sendo, o assunto nunca era mencionado entre ela e a irmã. Mas, como tais delicadezas não refreassem sua mãe, dificilmente se passava uma hora sem que ela falasse de Bingley, expressasse impaciência por sua chegada ou mesmo quisesse que Jane confessasse que, se ele não voltasse, ela se sentiria muito explorada. Toda a firme suavidade de Jane era necessária para enfrentar aqueles ataques com razoável serenidade.

    O sr. Collins chegou pontualmente na segunda-feira marcada, mas sua recepção em Longbourn não foi nem de perto tão gentil quanto a de sua primeira visita. Ele estava feliz demais, contudo, para requerer muita atenção e, felizmente para os outros, os assuntos do coração os pouparam de grande parte de sua companhia. A maior parte dos dias foi passada em Lucas Lodge, e ele às vezes só voltava para Longbourn a tempo de se desculpar pela ausência, pouco antes de a família se retirar para dormir.

    A sra. Bennet estava realmente em estado lastimável. Qualquer menção de algo relativo ao noivado lançava-a nas agonias do mau humor e, fosse onde fosse, podia ter certeza de ouvir falar do assunto. A visão da srta. Lucas lhe era odiosa. Como sua sucessora naquela casa, encarava-a com ciumenta ojeriza. Se Charlotte ia visitá-los, concluía que a moça antecipava a hora da posse e, quando falava em voz baixa com o sr. Collins, convencia-se de que falavam do espólio de Longbourn e decidiam expulsá-la com as filhas da casa tão logo morresse o sr. Bennet. De tudo isso queixava-se amargamente com o marido.

    – Na verdade, sr. Bennet – dizia ela –, é muito duro pensar que Charlotte Lucas virá a ser dona desta casa, que eu serei obrigada a ceder lugar a *ela* e a viver para vê-la ocupar seu posto aqui!

    – Minha cara, não se permita pensamentos tão sombrios. Esperemos coisas melhores. Alegremo-nos com a ideia de que posso ser eu o sobrevivente.

    Isso não servia de muito consolo para a sra. Bennet e assim, em vez de fazer qualquer pergunta, ela continuou como antes.

    – Não consigo suportar a ideia de que eles devam ficar com toda esta propriedade. Não fossem as cláusulas sucessórias, eu não me importaria.

    – Não se importaria com quê?

    – Não me importaria com coisa alguma.

    – Sejamos gratos à sucessão por poupá-la de tal insensibilidade.

    – Nunca poderei ser grata, sr. Bennet, a qualquer coisa relativa à sucessão. Como pode alguém ter a coragem de tirar a posse dos bens das próprias filhas do proprietário, não consigo compreender; e ainda por cima tudo em prol do sr. Collins! Por que deverá ser *ele*, mais do que qualquer outro, o dono de tudo isso?

    – Deixo essa resposta a seu cargo – disse o sr. Bennet.

Capítulo 24

A CARTA DA SRTA. BINGLEY chegou e pôs fim a uma dúvida. A primeira frase comunicava a certeza de que estavam todos instalados em Londres para o inverno e concluía com as desculpas de seu irmão por não ter tido tempo de apresentar seus respeitos aos amigos em Hertfordshire antes de deixar o campo.

As esperanças estavam perdidas, por completo. E quando Jane conseguiu ler o resto da carta, pouco encontrou, além do alegado afeto da autora, que lhe pudesse servir de algum consolo. Os elogios à srta. Darcy ocupavam sua maior parte. Seus muitos atrativos eram mais uma vez descritos, e Caroline se vangloriava feliz de sua crescente intimidade e se aventurava a prever a realização dos desejos que haviam sido declarados em sua carta anterior. Escrevia também com grande prazer sobre seu irmão estar hospedado na casa do sr. Darcy e mencionava com enlevo alguns planos desse último em relação a novos móveis.

Elizabeth, a quem Jane logo comunicou a maior parte de tudo isso, ouviu em silenciosa indignação. Seu coração se dividia entre os cuidados com sua irmã e o ressentimento por todos os outros. À afirmativa de Caroline sobre o irmão estar interessado na srta. Darcy, não deu crédito. Que ele estivesse realmente apaixonado por Jane ela continuava a não duvidar e, por mais que sempre tivesse estado disposta a gostar dele, não podia pensar sem raiva, ou mesmo sem desprezo, naquela fraqueza de caráter, naquela falta de determinação que agora o tornava escravo de amigos manipuladores e o levava a sacrificar sua própria felicidade aos caprichos de seus desejos. Fosse sua própria felicidade, entretanto, o único sacrifício, ele poderia ser autorizado a brincar com ela como melhor lhe aprouvesse, mas sua irmã estava envolvida e ela acreditava que ele deveria levá-la também em consideração. Esse era um assunto, em resumo, ao qual se poderia dedicar muita reflexão, que talvez fosse inútil. Não conseguia pensar em outra coisa; e tivesse o interesse de Bingley realmente desaparecido ou sido suprimido pela interferência dos amigos, tivesse ele consciência dos sentimentos de Jane ou pudessem eles ter escapado à sua observação, fosse qual fosse o caso, embora sua opinião a respeito dele pudesse ser bastante afetada pela diferença, a situação de Jane permanecia a mesma e sua paz igualmente perturbada.

Um dia ou dois se passaram antes que Jane tivesse a coragem de falar de seus sentimentos com Elizabeth; mas afinal, tendo a sra. Bennet as deixado a sós depois de uma irritação mais longa do que o normal a respeito de Netherfield e seu proprietário, ela não se conteve:

– Ah! Se minha cara mãe tivesse mais controle sobre si mesma! Ela não faz ideia da dor que me provocam suas contínuas observações a respeito dele. Mas não vou me queixar. Isso não pode durar muito. Ele será esquecido e voltaremos todos a ser como éramos antes.

Elizabeth olhou para a irmã com incrédula solicitude, mas nada disse.

– Você não acredita em mim – exclamou Jane enrubescendo um pouco –, mas não tem razão. Ele pode viver nas minhas lembranças como o homem mais amável que já conheci, mas é tudo. Não tenho qualquer esperança ou temor e dele não tenho queixas. Graças a Deus! Não sofro com *essa* dor. Um pouco de tempo, portanto, e sem dúvida tentarei melhorar.

Com voz mais forte, logo acrescentou:

– Tenho o conforto imediato de saber que tudo não passou de uma fantasia da minha imaginação, que não magoou senão a mim mesma.

– Minha querida Jane! – exclamou Elizabeth. – Você é boa demais. Sua doçura e desinteresse são realmente angelicais; não sei o que dizer. Sinto-me como se nunca lhe tivesse feito justiça, ou a amado como merece.

A srta. Bennet protestou com veemência contra qualquer mérito extraordinário e atribuiu os elogios da irmã a seu caloroso afeto.

– Não – disse Elizabeth –, isso não é justo. *Você* prefere achar que o mundo todo é respeitável e magoa-se se falo mal de alguém. Basta que eu queira achar que *você* é perfeita e você é contra. Não tenha medo de que eu me exceda ou abuse dos privilégios de sua boa vontade universal. Não precisa temer. São poucas as pessoas de quem realmente gosto, e menos ainda as que tenho em bom conceito. Quanto mais observo do mundo, mais me decepciono; e cada dia que passa confirma minha crença na inconsistência do caráter humano e na pouca confiança que se deve ter nas aparências de mérito ou sensatez. Deparei-me ultimamente com duas situações; uma não vou mencionar, a outra é o casamento de Charlotte. É inexplicável! Sob qualquer ponto de vista, é inexplicável!

– Minha querida Lizzy, não se entregue a sentimentos desse tipo. Eles arruinarão sua felicidade. Você não dá qualquer margem às diferenças de situação ou de temperamento. Considere a respeitabilidade do sr. Collins e o caráter firme e prudente de Charlotte. Lembre-se de que ela vem de uma família grande; que ele, em relação à fortuna, é um partido muito desejável; e disponha-se a acreditar, para o bem de todos, que ela pode sentir algo como consideração e estima pelo nosso primo.

– Para agradá-la, tentarei acreditar em quase tudo, mas ninguém mais pode se beneficiar com uma crença desse tipo; pois estivesse eu convencida de que Charlotte sentisse qualquer consideração por ele, só poderia pensar pior de sua inteligência do que penso hoje de seu coração. Minha querida Jane, o sr. Collins é um homem vaidoso, pomposo, obtuso e idiota; você sabe que ele é assim, tanto quanto eu; e você deve sentir, como eu, que a mulher que se casar com ele não pode estar em seu juízo perfeito. Você não vai defendê-la só porque se trata de Charlotte Lucas. Você não vai, em prol de uma única pessoa, alterar o significado de princípios e integridade nem tentar se convencer, ou a mim, de que egoísmo é prudência ou que insensibilidade perante o perigo é garantia de felicidade.

— Você há de convir que usa palavras fortes demais ao se referir aos dois — retrucou Jane —, e espero que se convença disso vendo-os felizes juntos. Mas chega deste assunto. Você falou de algo mais. Mencionou *duas* situações. Sei a que se refere, mas suplico, Lizzy querida, que não me amargure achando que *aquela pessoa* é culpada e dizendo que ele caiu no seu conceito. Não devemos nos precipitar ao imaginar que fomos intencionalmente magoadas. Não devemos esperar que um rapaz jovial seja sempre reservado e circunspecto. Com muita frequência somos enganadas apenas por nossa própria vaidade. As mulheres idealizam a admiração mais do que deveriam.

— E os homens cuidam bem para que assim seja.

— Se isso é feito de propósito, eles não têm justificativas; mas não tenho certeza de que exista tanta premeditação no mundo como acreditam algumas pessoas.

— Longe de mim atribuir alguma parcela da conduta do sr. Bingley à premeditação — disse Elizabeth —, mas sem intenção de cometer erros, ou de fazer os outros infelizes, erros podem ser cometidos e sofrimentos, provocados. Inconsciência, descaso em relação aos sentimentos alheios e falta de determinação podem ter os mesmos resultados.

— E você atribui a atitude dele a alguns desses motivos?

— Atribuo ao último. Mas, se continuar insistindo, acabarei por aborrecê-la dizendo o que penso de pessoas que você estima. Interrompa-me enquanto pode.

— Você insiste, então, em acreditar que as irmãs o influenciam?

— Insisto, junto com o amigo dele.

— Não posso acreditar. Por que tentariam influenciá-lo? Só podem querer a felicidade dele; e, se ele se afeiçoou a mim, nenhuma outra mulher pode proporcioná-la.

— Sua primeira colocação é falsa. Eles podem querer muitas coisas além da felicidade dele; podem querer que aumente sua fortuna e importância; podem querer casá-lo com uma moça que traz consigo toda a importância decorrente de se ter dinheiro, bons relacionamentos e orgulho.

— Sem dúvida, elas *querem* que ele escolha a srta. Darcy — retrucou Jane —, mas pode ser por motivos melhores do que você supõe. Elas a conhecem há muito mais tempo do que a mim; não é de estranhar que gostem mais dela. Mas, sejam quais forem seus próprios desejos, é muito pouco provável que se oponham aos do irmão. Que irmã se sentiria à vontade para fazer isso, a menos que haja algo muito indesejável? Se elas o imaginassem interessado por mim, não tentariam nos separar; se ele realmente se importasse, elas não teriam sucesso. Supondo tais intenções, você coloca todos agindo errado e de modo antinatural. E me deixa mais infeliz. Não me angustie com tal ideia. Não tenho vergonha de ter sido enganada... ou, pelo menos, muito pouco, nada em comparação ao que sentiria pensando mal dele ou de suas irmãs. Deixe-me encarar os fatos da melhor maneira, da maneira como devem ser compreendidos.

Elizabeth não podia se opor a tal desejo. E, desse momento em diante, o nome do sr. Bingley pouco foi mencionado entre elas.

A sra. Bennet continuava a estranhar e a resmungar sobre ele não voltar e, embora não se passasse um dia no qual Elizabeth não expusesse os fatos com clareza, pouca chance havia de que ela os encarasse com menos perplexidade. A filha tentava convencê-la do que ela mesma não acreditava, de que as atenções dele para com Jane eram resultado apenas de um interesse comum e passageiro, que deixou de existir quando ele não mais a viu; mas, embora a probabilidade de tal afirmação tivesse sido admitida, ela continuaria a repetir a mesma história todos os dias. O maior consolo da sra. Bennet era a volta do sr. Bingley no verão.

O sr. Bennet lidava com o assunto de outra maneira.

– Então, Lizzy – disse ele um dia –, sua irmã teve uma decepção amorosa, acho eu. Dou-lhe os parabéns. Exceto casar-se, o que uma moça mais gosta é de sofrer um pouco por amor de vez em quando. É algo em que pensar e lhe dá uma espécie de distinção entre suas companheiras. Quando será a sua vez? Você não pode passar muito tempo sendo suplantada por Jane. Aproveite a oportunidade. Há oficiais suficientes em Meryton para desapontar todas as jovens do condado. Deixe Wickham ser o *seu* homem. Ele é um camarada agradável e lhe daria um passa-fora honroso.

– Obrigada, meu pai, mas eu me satisfaria com um homem menos atraente. Nem todas podem querer a sorte de Jane.

– É verdade – disse o sr. Bennet –, mas é um consolo pensar que, aconteça o que acontecer nesse sentido, você tem uma mãe extremosa que tirará o maior proveito da situação.

A companhia do sr. Wickham foi bastante útil para dissipar a nuvem negra que os últimos funestos episódios haviam atirado sobre muitos habitantes de Longbourn. Eles o viam com frequência, e às suas outras recomendações acrescentava-se agora a de uma absoluta franqueza. Tudo o que Elizabeth já ouvira, as queixas a respeito do sr. Darcy e de todo o sofrimento que ele lhe causara era agora de conhecimento público e tema de discussões abertas. E todos se compraziam ao observar o quanto já desgostavam do sr. Darcy antes de tomar conhecimento do assunto.

Jane Bennet era a única criatura que poderia imaginar existirem quaisquer circunstâncias atenuantes no caso, desconhecidas da sociedade de Hertfordshire; sua honestidade suave e firme sempre advogou a favor da tolerância e apontava a possibilidade de enganos, mas por todos os demais o sr. Darcy foi condenado como o pior dos homens.

Capítulo 25

DEPOIS DE UMA SEMANA vivida entre declarações de amor e planos de felicidade, o sr. Collins foi alertado por sua adorável Charlotte para a proximidade do sábado. A dor da separação, entretanto, seria minorada para ele pelos preparativos para a recepção de sua noiva; pois ele estivera certo ao esperar que, pouco depois de sua volta a Hertfordshire, seria marcado o dia que faria dele o mais feliz dos homens. Ele se despediu dos parentes em Longbourn com tanta solenidade quanto antes; desejou mais uma vez a suas belas primas saúde e felicidade e prometeu ao sr. Bennet outra carta de agradecimento.

Na segunda-feira seguinte, a sra. Bennet teve o prazer de receber seu irmão e a mulher, que vinham em geral passar o Natal em Longbourn. O sr. Gardiner era um homem sensato e cavalheiresco, muito superior à irmã, tanto em índole quanto em maneiras. As senhoras de Netherfield achariam difícil acreditar que um homem que vivia do comércio e só se ocupava de seus próprios armazéns pudesse ser tão bem educado e agradável. A sra. Gardiner, muitos anos mais moça do que a sra. Bennet e a sra. Phillips, era uma mulher amável, inteligente e elegante, muito querida por todas as sobrinhas de Longbourn. Entre as duas mais velhas e ela, sobretudo, havia especial afeição. As moças haviam se hospedado diversas vezes em sua casa na cidade.

A primeira parte dos afazeres da sra. Gardiner ao chegar foi distribuir presentes e descrever a última moda. Isso feito, seu papel diminuiu. Era sua vez de ouvir. A sra. Bennet tinha muitas reclamações a fazer e muito do que se queixar. Todas tinham passado por maus pedaços desde seu último encontro. Duas de suas filhas estiveram a ponto de se casar e, afinal, nada acontecera.

— Não censuro Jane — continuou ela —, pois Jane teria segurado o sr. Bingley se tivesse tido chance. Mas Lizzy! Ah, minha irmã! É muito difícil admitir que ela poderia agora ser a esposa do sr. Collins, não fosse por sua própria crueldade. Ele lhe propôs casamento nesta mesma sala e ela o recusou. A consequência é que Lady Lucas terá uma filha casada antes de mim e o espólio de Longbourn está mais gravado do que nunca. Os Lucas são mesmo muito ardilosos, irmã. Só pensam em tirar vantagem de tudo. Lamento dizer isso deles, mas assim são os fatos. Fico muito nervosa e desapontada por ser frustrada desse modo por minha própria família e por ter vizinhos que pensam em si mesmos antes de qualquer outra coisa. Enfim, sua vinda exatamente agora é o maior dos consolos, e estou muito satisfeita com o que nos contou sobre as mangas compridas.

A sra. Gardiner, a quem os fatos principais já haviam sido relatados nas cartas de Jane e Elizabeth, deu à irmã uma resposta evasiva e, em consideração às sobrinhas, mudou de assunto.

Ao ficar a sós com Elizabeth, mais tarde, falou mais a respeito:

— Parece que se tratava de um partido bem desejável para Jane – disse ela. – Lamento que não tenha dado certo. Mas essas coisas acontecem tanto! Um rapaz como o sr. Bingley, pela sua descrição, apaixona-se com muita facilidade por uma moça bonita por algumas semanas e, quando acidentes os separam, esquece-a com a mesma facilidade. Esse tipo de inconsistência é muito frequente.

— De certo modo isso é um bom consolo – disse Elizabeth –, mas não funcionará para *nós*. Não estamos sofrendo devido a um *acidente*. Não acontece com tanta frequência que a interferência de amigos convença um jovem rico e independente a deixar de pensar numa moça pela qual estava violentamente apaixonado poucos dias antes.

— Mas essa expressão "violentamente apaixonado" é tão antiquada, tão duvidosa, tão indefinida, que não me esclarece muito. Aplica-se tanto a sentimentos nascidos de um contato de meia hora quanto a um afeto real e profundo. Por favor, explique-me que tipo de *violência* havia no amor do sr. Bingley?

— Nunca vi preferência mais promissora; ele se tornava cada vez mais desatento em relação às outras pessoas e totalmente absorto por ela. A cada vez que se encontravam, isso era mais acentuado e visível. Em seu próprio baile ele ofendeu duas ou três moças, não dançando com elas; e eu mesma falei com ele duas vezes, sem receber resposta. Poderia haver sintomas mais claros? Não é a desatenção geral a própria essência do amor?

— Ah, é sim! Desse tipo de amor que imagino ter sido o dele. Pobre Jane! Sinto por ela, porque, com seu temperamento, ela não deve superar logo tudo isso. Seria melhor que tivesse acontecido com *você*, Lizzy; você teria rido de si mesma bem mais depressa. Mas acha que ela se deixaria convencer a voltar conosco? Uma mudança de cenário seria benéfica... e talvez um pequeno descanso de casa possa ser útil.

Elizabeth ficou satisfeitíssima com aquele convite e estava convencida da pronta concordância da irmã.

– Espero – acrescentou a sra. Gardiner – que nenhuma ideia a respeito desse rapaz a influencie. Vivemos numa parte tão diferente da cidade, todas as nossas relações são tão diferentes e, como você bem sabe, saímos tão pouco, que é muito improvável que se encontrem, a não ser que ele realmente vá visitá-la.

– E *isso* é um tanto impossível; pois ele agora está sob a custódia do amigo, e o sr. Darcy não lhe permitiria visitar Jane naquela parte de Londres! Minha cara tia, como pode pensar nisso? O sr. Darcy talvez tenha *ouvido falar* de um lugar como Gracechurch Street, mas dificilmente consideraria um mês de abluções suficiente para limpá-lo de suas impurezas caso devesse um dia pisar lá; e, tenha certeza, o sr. Bingley nunca dá um passo sem ele.

– Tanto melhor. Espero que não se encontrem de modo algum. Mas Jane não se corresponde com a irmã do rapaz? *Ela* não terá como não visitá-la.

– Ela romperá quaisquer laços.

Mas, apesar da certeza que Elizabeth pretendia ter a respeito, e a despeito da ideia ainda mais interessante de que Bingley tivesse sido impedido de ver Jane, ela sentia por todo aquele assunto um carinho que a convenceu, após examiná-lo, de que nada deveria ser considerado irremediável. Era possível, e chegou a considerar provável, que o afeto do rapaz pudesse ser reavivado e a influência dos amigos derrotada pela influência mais natural dos atrativos de Jane.

A srta. Bennet aceitou com prazer o convite da tia; e, não deixando os Bingley de estar em seus pensamentos, esperou que, considerando que Caroline não morava com o irmão, talvez pudessem passar uma manhã juntas sem correr qualquer risco de vê-lo.

Os Gardiner passaram uma semana em Longbourn e, entre os Phillips, os Lucas e os oficiais, não houve um dia sem compromissos. A sra. Bennet providenciara com tanto cuidado diversões para o irmão e a irmã que nem uma vez jantaram em família. Quando as reuniões eram em sua casa, alguns oficiais faziam parte do grupo e, entre tais oficiais a presença do sr. Wickham era garantida. Nessas ocasiões, a sra. Gardiner, de espírito prevenido pela calorosa recomendação de Elizabeth, observou ambos de perto. Sem acreditá-los, pelo que percebia, seriamente apaixonados, sua mútua preferência foi clara o bastante para deixá-la um pouco desconfortável e ela resolveu falar com Elizabeth a respeito antes de deixar Hertfordshire e fazê-la considerar a imprudência que seria encorajar tal ligação.

Para a sra. Gardiner, Wickham tinha um atrativo especial, independente de seus poderes de sedução. Há cerca de dez ou doze anos, antes de se casar, ela passara um período considerável naquela mesma região de Derbyshire à qual ele pertencia. Tinham, portanto, várias relações comuns e, embora Wickham pouco tenha estado lá desde a morte do pai de Darcy, ainda era capaz de lhe dar mais notícias de seus antigos amigos do que ela poderia obter por outras fontes.

A sra. Gardiner estivera em Pemberley e conhecera muito bem a fama do falecido sr. Darcy. Aí estava, então, um assunto inesgotável de conversa. Comparando suas recordações de Pemberley com as minuciosas descrições que Wickham podia dar e prestando seu tributo de admiração ao caráter de seu antigo proprietário, ela encantava a si mesma e a seu interlocutor. Ao ser informada do tratamento a ele dispensado pelo atual sr. Darcy, tentou recordar-se de algumas informações a respeito do cavalheiro quando menino que pudessem levá-la a concordar com o que ouvia e por fim teve certeza de se lembrar ter ouvido dizer que o sr. Fitzwilliam Darcy era já apontado como um menino muito orgulhoso e de má índole.

Capítulo 26

As recomendações da sra. Gardiner a Elizabeth foram pontual e gentilmente feitas na primeira ocasião favorável em que conversaram a sós; depois de dizer com honestidade o que pensava, ela foi adiante:

– Você é uma menina sensata demais, Lizzy, para se apaixonar apenas porque foi avisada contra isso, portanto não tenho medo de falar sem rodeios. Sinceramente, você deveria se precaver. Não se deixe envolver nem tente envolvê-lo numa relação que a falta de dinheiro tornaria por demais imprudente. Nada tenho a dizer contra *ele*; é um rapaz muito interessante e, se tivesse a fortuna que merece, eu acharia que você não poderia escolher melhor. Mas diante dos fatos, você não pode se deixar dominar por fantasias. Você tem juízo e todos nós esperamos que dele faça bom uso. Seu pai confia em *sua* firmeza e boa conduta, tenho certeza. Não desaponte seu pai.

– Querida tia, isto está ficando muito sério.

– É verdade, e espero convencê-la a levar o assunto também muito a sério.

– Bem, então, a senhora não tem com que se preocupar. Tomarei conta de mim mesma e do sr. Wickham também. Ele não se apaixonará por mim, se eu puder impedir.

– Elizabeth, você não está falando sério agora.

– Peço-lhe perdão, tentarei novamente. No momento presente, não estou apaixonada pelo sr. Wickham; não, com certeza não estou. Mas ele é, sem comparação, o homem mais agradável que já conheci e, se ele realmente se afeiçoar a mim, acredito que seria melhor se não o fizesse. Vejo a imprudência de tudo isso. Ah! *Aquele* abominável sr. Darcy! A opinião do meu pai me honra muitíssimo e eu ficaria desolada se a desmerecesse. Meu pai, entretanto, é favorável ao sr. Wickham. Em resumo, querida tia, eu lamentaria muito ser fonte de sofrimento para qualquer um dos dois; mas, se vemos todos os dias que raras são as vezes em que a imediata falta de dinheiro desencoraja os jovens a criar laços recíprocos, como posso prometer ser mais sensata do que tantas outras criaturas se me vier tal tentação, ou até mesmo como poderei saber se seria mais sábio resistir-lhe? Tudo o que posso prometer, agora, é não ter pressa. Não me apressarei a acreditar que sou o objeto principal das atenções desse rapaz. Quando estiver com ele, não alimentarei fantasias. Enfim, farei o possível.

— Talvez também fosse melhor se o desencorajasse a vir aqui com tanta frequência. Pelo menos, você poderia não *lembrar* sua mãe de convidá-lo.

— Como fiz um dia desses — disse Elizabeth com um sorriso sem graça. — É verdade, será adequado controlar-me *nesse* ponto. Mas não imagine que ele vem aqui tanto assim. Foi por sua causa que ele foi convidado tantas vezes esta semana. A senhora conhece as ideias de minha mãe quanto à necessidade de companhia constante para seus amigos. Mas na verdade, e lhe dou a minha palavra, tentarei fazer o que considerar mais sensato; e agora espero que esteja satisfeita.

A tia garantiu-lhe que estava e, tendo Elizabeth agradecido a gentileza dos conselhos dela, separaram-se, num admirável exemplo de como opinar sem criar ressentimentos.

O sr. Collins voltou para Hertfordshire logo após a partida dos Gardiner e de Jane; mas tendo ele se hospedado com os Lucas, sua chegada não representou grande inconveniência para a sra. Bennet. O casamento se aproximava depressa e ela, àquela altura, já chegava a considerá-lo inevitável e até mesmo a repetir muitas vezes, num tom mal-humorado, que "*esperava* que pudessem ser felizes". Quinta-feira seria o dia das bodas e, na quarta, a srta. Lucas fez sua visita de despedida; e, quando ela se levantou para sair, Elizabeth, envergonhada pelos votos indelicados e relutantes de sua mãe e sinceramente emocionada, acompanhou-a até a porta. Enquanto desciam juntas as escadas, Charlotte disse:

— Espero ter notícias suas com bastante frequência, Eliza.

— Com *isso* você pode contar.

— E tenho outro favor a lhe pedir. Você irá me visitar?

— Nos encontraremos bastante, espero, em Hertfordshire.

— Não devo sair de Kent por algum tempo. Prometa-me, portanto, ir a Hunsford.

Elizabeth não poderia recusar, embora pouco prazer antevisse em tal visita.

— Meu pai e Maria irão me ver em março — acrescentou Charlotte —, e espero que você concorde em se juntar a eles. Na verdade, Eliza, você será tão bem-vinda quanto qualquer um dos dois.

A cerimônia de casamento foi realizada; a noiva e o noivo viajaram para Kent diretamente da porta da igreja e todos tiveram muito a dizer, ou a ouvir, sobre o assunto, como de hábito. Elizabeth logo recebeu notícias da amiga, e sua correspondência foi tão regular e frequente como sempre havia sido; que fosse igualmente sem reservas era impossível. Elizabeth nunca foi capaz de se dirigir a ela sem o sentimento de que todo o bem-estar e a intimidade não mais existiam e, mesmo decidida a não ser uma correspondente relapsa, assim agia em consideração ao passado, e não ao presente. As primeiras cartas de Charlotte foram recebidas com grande dose de ansiedade; não podia deixar de estar curiosa para saber o que ela diria de sua nova casa, o que achara de Lady Catherine e até que ponto ousaria se declarar feliz; quando, porém, as cartas foram lidas, Elizabeth sentiu que Charlotte se expressava, a respeito de cada ponto, exatamente como se esperaria que fizesse. Escrevia com animação, parecia cercada de conforto e nada mencionava que não pudesse elogiar. Casa, mobília, arredores e estradas, tudo a agradava, e o comportamento de Lady Catherine era muito amistoso e cortês. Era o mesmo retrato que o sr. Collins fizera de Hunsford e Rosings, racionalmente esmaecido; e Elizabeth sentiu que precisaria esperar por sua própria visita para saber o resto.

Jane já havia escrito umas poucas linhas à irmã para anunciar sua chegada sã e salva a Londres e, quando escrevesse outra vez, Elizabeth esperava que pudesse dizer algo sobre os Bingley.

A impaciência pela segunda carta foi tão bem recompensada como em geral o é a impaciência. Jane estava já há uma semana na cidade sem ver ou ter notícias de Caroline. Ela, porém, explicava o acontecido com a suposição de que sua última carta à amiga, enviada de Longbourn, de algum modo se perdera.

"Minha tia", continuava ela, "irá amanhã àquele lado da cidade e terei então a oportunidade de me apresentar em Grosvenor Street."

Ela escreveu mais uma vez depois da visita feita, e tinha estado com a srta. Bingley.

"Não achei Caroline bem-humorada", foram suas palavras, "mas ela ficou muito contente ao me ver e me censurou por não lhe ter avisado sobre minha vinda a Londres. Eu estava certa, portanto, minha última carta nunca chegou às suas mãos. Perguntei-lhe sobre o irmão, é claro. Ele vai bem, mas tão ocupado com o sr. Darcy que elas mal o viam. Eu soube que a srta. Darcy era esperada para o jantar. Gostaria de poder vê-la. Minha visita não foi demorada, pois Caroline e a sra. Hurst iam sair. Acredito que em breve as receberei aqui."

Elizabeth sacudiu a cabeça diante dessa carta. Estava convencida de que só um acaso poderia fazer com que o sr. Bingley soubesse que Jane estava na cidade.

Quatro semanas se passaram e Jane nada soube a respeito do rapaz. Tentou se convencer de que não lamentava, mas não podia mais continuar cega à desatenção da srta. Bingley. Depois de esperar em casa, todas as manhãs, durante uma quinzena e inventar a cada tarde uma nova desculpa para ela, a visitante afinal apareceu; mas o pouco tempo que lá ficou e, ainda mais, sua mudança de atitude, não permitiram que Jane continuasse a se iludir. A carta que escreveu então para a irmã demonstraria o que sentiu.

A minha querida Lizzy, estou certa, será incapaz de se vangloriar de seu melhor julgamento, às minhas custas, quando eu confessar ter estado totalmente iludida quanto ao afeto da srta. Bingley para comigo. Mas, querida irmã, mesmo tendo os acontecimentos provado que você estava certa, não me considere teimosa se ainda afirmo que, considerando o comportamento dela, minha confiança era tão natural quanto suas suspeitas. De modo algum compreendo suas razões para me querer como amiga, mas, caso se repetissem as mesmas circunstâncias, estou certa de que me enganaria outra vez. Caroline só retribuiu minha visita ontem e nenhum bilhete, nenhuma linha, me foi enviada nesse meio-tempo. Quando veio, era bem evidente que não o fazia por prazer; deu uma ligeira e formal desculpa por não ter aparecido antes, não disse uma só palavra sobre querer me ver novamente e demonstrou ser, sob todos os aspectos, uma pessoa tão diferente que, quando se foi, eu estava absolutamente decidida a não mais manter essa amizade. Lamento, embora não possa deixar de censurá-la. Ela fez muito mal me dando atenção como fez; posso dizer com segurança que todos os avanços de amizade partiram dela. Mas tenho pena dela, porque deve sentir que agiu mal e porque estou certa de que a preocupação com o irmão foi a causa de tudo. Não preciso me explicar mais, e, embora *nós* saibamos ser desnecessária tal preocupação, se ela a alimentava temos aí uma boa explicação para seu comportamento; e sendo ele tão merecedor do amor da irmã, qualquer preocupação por parte dela em relação a ele é natural e louvável. Não posso, porém, deixar de me perguntar a razão de tais medos agora, porque, se ele se importasse um pouco comigo, deveríamos ter nos encontrado já há muito tempo. Ele sabe que estou na cidade, tenho certeza, por algo que ela mesma disse; e mesmo assim parecia, pela sua maneira de falar, que ela se quisesse convencer de que ele está realmente interessado na srta. Darcy. Não consigo compreender. Se não receasse fazer um julgamento duro demais, quase ficaria tentada a dizer que há uma forte aparência de duplicidade em tudo isso. Mas tentarei afastar todos os pensamentos dolorosos e me concentrar apenas no que me fará feliz: o seu afeto e a invariável bondade de meus queridos tios. Dê-me notícias suas sem tardar. A srta. Bingley disse algo relacionado a ele nunca mais voltar a Netherfield, a desistir da casa, mas não havia ali qualquer certeza. Melhor não mencionarmos isso. Fico extremamente contente que você tenha recebido tão boas notícias de seus amigos em Hunsford. Rogo-lhe que vá visitá-los, com Sir William e Maria. Tenho certeza de que se sentirá muito bem lá. Sua... etc.

Esta carta entristeceu Elizabeth um pouco; mas seu ânimo voltou quando ela avaliou que Jane não seria mais enganada pelos Bingley, não por Caroline, ao menos. Quaisquer expectativas em relação ao rapaz estavam agora perdidas. Elizabeth sequer desejava que ele voltasse a procurar a irmã. Sua opinião quanto ao caráter do rapaz diminuía a cada vez que pensava no assunto; e como um bom castigo para ele, assim como uma possível vantagem para Jane, desejou seriamente que ele se casasse em breve com a irmã do sr. Darcy, já que, pelos relatos de Wickham, ela o faria lamentar bastante o que havia jogado fora.

A sra. Gardiner, mais ou menos na mesma ocasião, lembrou a Elizabeth sua promessa em relação a esse cavalheiro e pediu notícias; e o que Elizabeth tinha a contar talvez fosse mais agradável para a tia do que para si mesma. Seu aparente interesse se desvanecera, as atenções desapareceram, ele era o admirador de outra pessoa. Elizabeth era observadora o bastante para perceber tudo isso, mas conseguia perceber e escrever a respeito sem se entristecer. Seu coração só fora tocado de leve e sua vaidade se satisfazia com a crença de que *ela* seria a única escolha do rapaz, se assim permitisse sua fortuna. Uma súbita herança de dez mil libras era o encanto mais apreciável da jovem a quem ele agora tratava de ser agradável; mas Elizabeth, talvez menos perspicaz neste caso do que no de Charlotte, não discutiu com ele seu desejo de independência. Pelo contrário, nada parecia mais natural e, mesmo supondo que lhe custaram algumas lutas internas para desistir dela, estava pronta a considerar aquela uma atitude sensata e desejável para ambos e era capaz de sinceridade ao lhe desejar felicidades.

Tudo isso foi comunicado à sra. Gardiner e, depois de expor a situação, ela continuou:

"Estou convencida, querida tia, de que nunca estive apaixonada; pois, tivesse eu realmente sentido essa pura e nobre paixão, detestaria agora qualquer menção a seu nome e lhe desejaria toda sorte de desgraças. Mas meus sentimentos não são apenas cordiais em relação a *ele*; são até mesmo imparciais para com a srta. King. Não percebo em mim qualquer ódio por ela e de modo algum deixo de pensar nela como uma boa moça. Não pode haver amor nisso tudo. Meus cuidados têm sido eficazes e, embora sem dúvida eu me tornasse um assunto muito mais interessante para todos os conhecidos caso estivesse loucamente apaixonada por ele, não posso dizer que lamento minha relativa insignificância. A importância pode, às vezes, sair muito cara. Kitty e Lydia levam tal afastamento muito mais a sério do que eu. Elas são novatas em assuntos mundanos e ainda não despertaram para a humilhante certeza de que belos rapazes precisam, tanto quanto os feios, ter do que viver."

Capítulo 27

Sem maiores acontecimentos na família de Longbourn e sem diversões outras além de caminhadas até Meryton, às vezes enlameadas e às vezes frias, passaram-se janeiro e fevereiro. Março deveria levar Elizabeth a Hunsford. Ela, a princípio, não pensara seriamente em viajar, mas logo descobriu que Charlotte contava com ela e aos poucos aprendeu a pensar em sua ida com maior prazer e também com maior certeza. A ausência aumentara seu desejo de rever Charlotte e diminuiu sua repulsa pelo sr. Collins. Seria uma novidade a planejar, e como, com aquela mãe e aquelas irmãs nada companheiras, não sentiria falta de casa, uma pequena mudança não deixava de ser bem-vinda. Ademais, seria uma oportunidade de dar uma olhada em Jane e, em resumo, à medida que o tempo passava, sentia que lamentaria caso fosse preciso adiá-la. Mas tudo correu bem e a viagem foi acertada de acordo com os primeiros planos de Charlotte. Ela acompanharia Sir William e sua segunda filha. A vantagem adicional de passarem uma noite em Londres foi acrescentada a tempo, e os planos se tornaram os mais perfeitos que se poderia desejar.

A única tristeza seria deixar o pai, que sem dúvida sentiria falta dela e que, quando chegou a hora, gostou tão pouco de vê-la partir que lhe pediu que escrevesse e quase prometeu responder-lhe.

A despedida entre ela e o sr. Wickham foi perfeitamente amistosa; ainda mais por parte dele. Seu interesse atual não era suficiente para fazê-lo esquecer que Elizabeth havia sido a primeira a despertar e merecer sua atenção, a primeira a ouvir e se apiedar, a primeira a ser admirada; e, na forma como lhe disse adeus, desejando que se divertisse, recordando o que deveria esperar de Lady Catherine de Bourgh e confiando em que suas opiniões a respeito dela, suas opiniões a respeito de tudo, sempre coincidiriam, havia tal solicitude, tal interesse, que ela se sentiu ainda mais ligada a ele por um afeto sincero. E partiu convencida de que, casado ou solteiro, sempre o consideraria um exemplo de pessoa cordial e agradável.

    Os companheiros de viagem de Elizabeth, no dia seguinte, não eram os mais indicados para tornar sua lembrança menos atraente. Sir William Lucas e sua filha Maria, moça bem-humorada mas tão cabeça de vento quanto o pai, nada tinham a dizer que valesse a pena ouvir com mais prazer do que o rangido da carruagem. Elizabeth adorava disparates, mas conhecia Sir William há tempo demais. Nada havia de novo que ele pudesse lhe contar sobre as maravilhas de sua apresentação à corte e sua elevação à dignidade de *Sir*, e suas amabilidades eram tão ultrapassadas quanto o que tinha a dizer.

    Era uma viagem de apenas 24 milhas e começou tão cedo que ao meio-dia já estavam em Gracechurch Street. Quando se aproximaram da porta da casa do sr. Gardiner, Jane os observava da janela da sala de estar; ao atravessarem a alameda, lá estava ela para recebê-los, e Elizabeth, examinando-lhe cuidadosamente o rosto, teve o prazer de encontrá-lo saudável e encantador como sempre. No alto da escadaria havia uma tropa de meninos e meninas cuja animação com o aparecimento da prima não lhes permitiu esperar na sala de estar e cuja timidez, pois não a viam há doze meses, impediu-os de descer. Tudo era alegria e gentileza. O dia transcorreu da maneira mais agradável possível, a tarde cheia de correrias e compras e a noite num dos teatros.

    Elizabeth conseguiu então sentar-se perto da tia. O primeiro assunto da conversa foi a irmã, e ela ficou mais triste do que surpresa ao ouvir, em resposta às suas minuciosas indagações, que embora Jane continuasse a se esforçar para manter o ânimo, havia períodos de depressão. Era razoável, entretanto, esperar que isso não durasse por muito tempo. A sra. Gardiner deu também suas impressões quanto à visita da srta. Bingley a Gracechurch Street e a várias conversas, em diversas ocasiões, entre Jane e ela, que provaram que a primeira havia, em seu coração, desistido daquela amizade.

    A sra. Gardiner brincou então com a sobrinha sobre a deserção de Wickham e cumprimentou-a por lidar tão bem com o caso.

    – Mas, minha querida Elizabeth – acrescentou ela –, que tipo de moça é a srta. King? Eu lamentaria imaginar que nosso amigo é um interesseiro.

    – Por favor, querida tia, qual a diferença, em assuntos matrimoniais, entre interesse e prudência? Onde termina a cautela e onde começa a avareza?

No último Natal, a senhora temia que ele se casasse comigo, porque isso seria imprudente; e agora, porque ele tenta se aproximar de uma moça com apenas dez mil libras, quer descobrir se é interesseiro.

– Se você me disser que tipo de moça é a srta. King, saberei o que pensar.

– Uma boa moça, acredito. Nada sei que deponha contra ela.

– Mas ele não lhe deu a menor atenção, até que a morte do avô da jovem a deixou senhora de sua fortuna.

– Não... Por que deveria? Se não lhe era permitido merecer o *meu* afeto porque eu não tinha dinheiro, que razões poderia haver para que ele fizesse a corte a uma moça por quem não se interessava e que era também pobre?

– Mas parece uma indelicadeza que ele tenha dirigido para elas suas atenções tão pouco tempo depois do ocorrido.

– Um homem em situação desesperadora não tem tempo para esses elegantes decoros que outras pessoas podem observar. Se *ela* não faz objeções, por que faríamos *nós*?

– O fato de que *ela* não faça objeções não justifica o comportamento *dele*. Só demonstra que a ela falta algo... bom senso ou sensibilidade.

– Bem – exclamou Elizabeth –, a escolha é sua. Que seja *ele* interesseiro e *ela* tola.

– Não, Lizzy, isso é o que *não* escolho. Eu lamentaria, você bem sabe, pensar mal de um rapaz que viveu tanto tempo em Derbyshire.

– Oh! Se é só por isso, tenho péssima opinião de rapazes que viveram em Derbyshire; e seus amigos íntimos que vivem em Hertfordshire não são muito melhores. Estou cansada de todos eles. Graças a Deus! Vou amanhã para um lugar onde encontrarei um homem que não tem uma só qualidade agradável, a quem não recomendam nem as atitudes nem o bom senso. Os homens estúpidos são os únicos que valem a pena, afinal.

– Cuidado, Lizzy, essa frase cheira demais a decepção.

Antes que se separassem ao final da peça, ela teve o inesperado prazer de um convite para acompanhar os tios numa viagem de recreio que se propunham fazer no verão.

– Não decidimos ainda até onde ela nos levará – disse a sra. Gardiner –, mas talvez até os Lagos.

Nenhum plano poderia ser mais atraente para Elizabeth, e ela aceitou o convite com presteza e gratidão.

– Ah! Minha tia tão querida – exclamou num arroubo –, que maravilha! Que felicidade! Seu convite me dá vida nova e novo ânimo. Adeus decepções e melancolia. O que são rapazes comparados a rochas e montanhas? Oh! Que horas maravilhosas passaremos! E quando *voltarmos*, não faremos como outros viajantes, incapazes de dar uma ideia precisa de coisa alguma. Nós *saberemos* onde estivemos, nós *recordaremos* o que vimos. Lagos, montanhas e rios não se embaralharão em nossas lembranças, nem, ao tentar descrever determinado cenário, começaremos a discutir sua localização relativa. Possam *nossas* primeiras impressões ser menos insuportáveis do que as da maioria dos viajantes.

Capítulo 28

TUDO, NA VIAGEM DO dia seguinte, era novo e interessante para Elizabeth, e sua animação era das melhores, pois vira a irmã bem disposta a ponto de afastar qualquer receio por sua saúde, e a perspectiva de uma viagem ao norte do país era constante fonte de alegria.

Quando saíram da estrada principal para entrar na via que levava a Hunsford, todos os olhares buscavam a casa paroquial e cada volta do caminho era uma expectativa de vê-la. As estacas da cerca de Rosings Park limitavam um dos lados. Elizabeth sorriu com a lembrança de tudo o que ouvira a respeito de seus habitantes.

Enfim podia-se divisar a casa paroquial. O jardim descendo até a rua, a casa mais acima, a cerca verde e a sebe de loureiros, tudo anunciava que haviam chegado. O sr. Collins e Charlotte surgiram à porta e a carruagem parou no pequeno portão do qual partia uma pequena aleia de cascalho, entre os acenos e sorrisos de todos. Logo desceram todos do veículo, alegrando-se com o encontro. A sra. Collins recebeu a amiga com imenso prazer, e Elizabeth ficava cada vez mais satisfeita por ter vindo ao se ver recebida com tanto carinho. Percebeu de imediato que as maneiras do primo não se haviam alterado com o casamento; a cortesia formal era a mesma de antes, e ele a deteve por alguns minutos no portão para ouvir e responder suas perguntas a respeito de toda a família. Foram então, sem mais atrasos exceto por ele chamar a atenção para a limpeza da entrada, levados para o interior da casa e, tão logo chegaram ao vestíbulo, ele lhes deu pela segunda vez as boas-vindas, com grandiosa formalidade, à sua humilde morada e diligentemente repetiu todos os oferecimentos de sua esposa para que se pusessem à vontade.

Elizabeth estava preparada para vê-lo em sua glória; e não podia deixar de imaginar que, ao mencionar as boas proporções da sala, seu aspecto e sua mobília, ele se dirigia sobretudo a ela, como desejando fazê-la perceber o que perdera ao recusá-lo. Mas, ainda que tudo parecesse limpo e confortável, ela não foi capaz de presenteá-lo com qualquer sinal de arrependimento e olhava para a amiga perguntando-se como ela podia ter um ar tão animado com aquele tipo de companheiro. Quando o sr. Collins dizia algo de que a mulher poderia, com razão, se envergonhar, o que sem dúvida não era raro, ela involuntariamente dirigia o olhar para Charlotte. Uma ou duas vezes, percebeu um leve rubor; mas em geral Charlotte, sensata, nada ouvia. Depois de estarem sentados por tempo suficiente para apreciar todas as peças de mobília da sala, do aparador ao guarda-fogo, fazer um relatório da viagem e de tudo o que acontecera em Londres, o sr. Collins convidou-os para uma volta pelo jardim, que era grande e bem traçado e do qual ele se encarregava pessoalmente de cuidar. Trabalhar no jardim era um de seus prazeres mais respeitáveis; e Elizabeth admirou o ar sério com que Charlotte observou como era saudável aquele exercício e confessou encorajá-lo ao máximo. Ali, conduzindo-os através de todas as aleias e atalhos, pouco lhes permitindo um intervalo para que lhe fizessem os elogios que pedia, ressaltava cada detalhe com minúcias capazes de suplantar qualquer beleza. Ele podia enumerar os campos em todas as direções e dizer quantas árvores havia no trecho mais distante. Mas, de todas as paisagens de que se podia orgulhar seu jardim, a região, ou o reino, nada se comparava à visão de Rosings, descortinada por uma abertura entre as árvores que margeavam o parque, quase defronte à sua casa. Era uma bela e moderna edificação, bem situada numa elevação do terreno.

Do jardim, o sr. Collins os teria levado a percorrer seus dois pastos; mas as senhoras, sem os sapatos adequados para enfrentar os restos de uma geada, deram meia-volta; e, enquanto Sir William o acompanhava, Charlotte levou a irmã e a amiga até a casa, muitíssimo contente, era provável, por ter a oportunidade de mostrá-la sem a ajuda do marido. Era um tanto pequena, mas bem construída e adequada, e tudo estava disposto e arrumado com uma ordem e limpeza que Elizabeth creditou inteiramente a Charlotte. Quando era possível esquecer o sr. Collins, havia em tudo um ar de grande conforto e, pela evidente satisfação de Charlotte, Elizabeth imaginou que ele deveria ser esquecido com alguma frequência.

Já lhe tinham dito que Lady Catherine ainda estava no campo. O assunto voltou enquanto jantavam, quando o sr. Collins, juntando-se aos outros, observou:

— Pois então, a srta. Elizabeth terá a honra de ver Lady Catherine de Bourgh no próximo domingo, na igreja, e não preciso dizer que ficará encantada. Tudo nela é amabilidade e condescendência, e não duvido que a senhorita seja honrada com alguma atenção por parte dela depois de terminado o ofício. Praticamente não hesito em dizer que ela a incluirá, com minha irmã Maria, em todos os convites com que nos honrará durante sua estada conosco. Seu comportamento para com minha cara Charlotte é encantador. Jantamos duas vezes por semana em Rosings e nunca temos permissão para voltar a pé. A carruagem de Sua Senhoria é regularmente posta a nosso serviço. *Melhor* seria dizer, *uma* das carruagens de Sua Senhoria, pois ela possui diversas.

— Lady Catherine é mesmo uma mulher muito respeitável e cordata — acrescentou Charlotte — e uma vizinha muito solícita.

— Muito acertado, minha cara, é isso exatamente o que digo. Ela é o tipo de mulher em relação à qual nunca se pode ter suficiente deferência.

A maior parte da noite se passou em comentários sobre as novidades de Hertfordshire e na repetição do que já havia sido escrito. Quando findou, Elizabeth, na solidão de seu quarto, precisou meditar sobre o grau de contentamento de Charlotte para compreender sua habilidade em orientar o marido e sua serenidade para lidar com ele, reconhecendo que fazia tudo muito bem. Previu também como transcorreria sua visita, o calmo teor das ocupações que teriam, as aborrecidas interrupções do sr. Collins e as alegrias das idas a Rosings. Sua fértil imaginação logo planejou tudo.

Pela metade do dia seguinte, quando estava no quarto aprontando-se para um passeio, um ruído repentino pareceu colocar toda a casa em confusão; e, depois de prestar atenção por alguns instantes, ouviu alguém subindo os degraus com muita pressa e chamando-a em voz alta. Abriu a porta e no patamar da escada viu Maria que, sem fôlego e agitada, exclamou:

— Oh! Minha querida Eliza! Por favor se apresse e venha à sala de refeições, porque há algo que precisa ser visto! Não vou lhe dizer o que é. Corra e desça agora mesmo.

Elizabeth fez perguntas em vão; Maria nada mais lhe diria. E correram as duas para a sala de refeições, que dava para a alameda, à procura daquela maravilha: eram duas senhoras num pequeno coche parado ao portão do jardim.

— E é só isto? — exclamou Elizabeth. — Eu esperava pelo menos que os porcos tivessem invadido o jardim e vejo apenas Lady Catherine e a filha.

— Ei, querida! — disse Maria, um tanto chocada com o engano. — Não é Lady Catherine. A velha senhora é a sra. Jenkinson, que vive com elas, a outra é a srta. De Bourgh. Olhe bem para ela. É uma criaturinha muito pequena. Quem poderia imaginar que ela fosse assim tão magra e frágil?

— Ela é terrivelmente rude mantendo Charlotte do lado de fora com essa ventania. Por que não entra?

— Oh! Charlotte disse que ela nunca faz isso. É a maior honraria, quando a srta. De Bourgh entra numa casa.

— Gosto da aparência dela — disse Elizabeth, absorta em outros pensamentos: "Parece doente e deprimida. É, ela servirá muito bem para ele. Dará uma esposa muito adequada."

O sr. Collins e Charlotte estavam de pé junto ao portão, conversando com as senhoras; e Sir William, para diversão de Elizabeth, estava parado à soleira da porta, em solene contemplação da nobreza à sua frente, curvando-se a cada vez que a srta. De Bourgh olhava naquela direção.

Afinal nada mais havia a ser dito; as damas se afastaram e os outros voltaram para a casa. Mal o sr. Collins viu as duas moças começou a felicitá-las por sua boa sorte, o que Charlotte explicou dizendo terem sido todos convidados para jantar em Rosings no dia seguinte.

Capítulo 29

O TRIUNFO DO SR. COLLINS, resultante de tal convite, era completo. Poder exibir a grandeza de sua benfeitora aos seus maravilhados visitantes e permitir que vissem sua cortesia para com ele e sua esposa era exatamente o que sonhara. E que a oportunidade de fazê-lo lhe fosse dada tão depressa era tamanho exemplo da benevolência de Lady Catherine que sua admiração não tinha limites.

– Confesso – disse ele – que não teria ficado de modo algum surpreso se Sua Senhoria nos convidasse para tomar chá e passar a tarde de domingo em Rosings. Até mesmo esperava, conhecedor que sou de sua amabilidade, que isso acontecesse. Mas quem poderia prever uma gentileza como esta? Quem poderia imaginar que receberíamos um convite para jantar lá (e além do mais um convite que incluísse todo o grupo) tão imediatamente depois de sua chegada!

– Sou quem menos se surpreende com o que houve – retrucou Sir William –, devido ao conhecimento de como são as atitudes dos realmente grandes que minha posição na vida me permitiu adquirir. Entre os da corte, tais exemplos de elegância de maneiras não são incomuns.

Durante todo o dia ou na manhã seguinte, quase nenhum outro assunto surgiu além da visita a Rosings. O sr. Collins os instruía com muito cuidado a respeito do que deveriam esperar, a fim de que a visão de tantos quartos, tantos servos e de tão esplêndido jantar não os deixasse boquiabertos.

Quando as damas se retiraram para se preparar, ele disse a Elizabeth:

– Não fique constrangida, minha cara prima, quanto a seus trajes. Lady Catherine nem de longe requer de nós a elegância no vestir com que ela e a filha se apresentam. Eu a aconselharia a simplesmente usar o que houver de melhor entre suas roupas – não é ocasião para algo mais. Lady Catherine não pensará o pior a seu respeito por estar vestida com simplicidade. Ela gosta de preservar as diferenças de nível.

Enquanto se vestiam, ele foi duas ou três vezes bater às diversas portas para recomendar-lhes que se apressassem, pois Lady Catherine tinha sérias objeções a que a fizessem esperar pelo jantar. Tão formidáveis observações relativas a Sua Senhoria e seu estilo de vida apavoraram bastante Maria Lucas, que pouco frequentara a sociedade, e a moça aguardava sua entrada em Rosings com a mesma apreensão que sentira seu pai quando de sua apresentação à corte em St. James.

Como fazia bom tempo, fizeram uma agradável caminhada pelo parque, de quase meia milha. Cada parque tem sua beleza e suas paisagens, e Elizabeth teve muito a apreciar, embora não compartilhasse do deslumbramento que o sr. Collins esperava que o cenário inspirasse e pouco tenha sido afetada por sua enumeração das janelas na fachada da casa e sua narrativa de quanto todo aquele espetáculo custara a Sir Lewis de Bourgh.

Ao subirem os degraus para o vestíbulo, o alarme de Maria crescia a cada instante e mesmo Sir William não parecia de todo calmo. A coragem de Elizabeth não a abandonou. Ela nada ouvira a respeito de Lady Catherine que lhe atribuísse extraordinários talentos ou virtudes miraculosas e acreditava poder testemunhar sem qualquer nervosismo uma simples ostentação de dinheiro ou nível social.

Do saguão de entrada, cujas belas proporções e bem acabados ornamentos o sr. Collins ressaltou com ar enlevado, o grupo seguiu os criados, através de uma antecâmara, até a sala onde se encontravam Lady Catherine, a filha e a sra. Jenkinson. Sua Senhoria, com grande condescendência, ergueu-se para recebê-los e, como a sra. Collins combinara com o marido que as formalidades da apresentação lhe caberiam, tudo foi feito da maneira adequada, sem quaisquer desculpas e agradecimentos que ele consideraria necessários.

Apesar de ter estado em St. James, Sir William estava tão absolutamente aterrado com a suntuosidade que o circundava que mal teve coragem para fazer uma grande reverência e sentou-se sem dizer uma palavra; sua filha, apavorada a ponto de quase perder os sentidos, sentou-se na ponta da cadeira, não sabendo para onde olhar. Elizabeth pouco se abalou com a cena e foi capaz de observar com calma as três damas à sua frente. Lady Catherine era uma mulher grande e alta, de traços muito marcantes, que devia ter sido bela. Seu ar não era conciliatório, nem a forma com que os recebia permitia aos visitantes esquecer pertencerem a um nível inferior. Não eram os silêncios que a tornavam terrível, mas o que quer que dissesse era proferido num tom tão autoritário que sublinhava sua arrogância, o que, no mesmo instante, trouxe o sr. Wickham à lembrança de Elizabeth; e, pela observação do dia, ela acreditou que Lady Catherine era exatamente como ele havia descrito.

Quando, depois de examinar a mãe, em cujas atitudes e comportamento logo descobriu alguma semelhança com o sr. Darcy, voltou os olhos para a filha, quase partilhou da mesma perplexidade de Maria ao vê-la tão magra e tão pequena. Não havia, fosse no corpo ou no rosto, qualquer semelhança entre as duas damas. A srta. De Bourgh era pálida e doentia; seus traços, embora não feios, eram insignificantes; e ela falava muito pouco, a não ser, em voz baixa, com a sra. Jenkinson, cuja aparência nada tinha de notável e que estava totalmente absorta ouvindo o que ela dizia e arrumando a posição de um biombo para lhe proteger os olhos.

Depois de alguns minutos sentados, foram todos levados a uma das janelas para apreciar a vista, com o sr. Collins se encarregando de salientar seus encantos e Lady Catherine gentilmente informando-os de que o verão tornava tudo aquilo muito mais atraente.

O jantar foi ainda melhor do que o previsto, com a presença de todos os criados e todos os objetos de prata prometidos pelo sr. Collins; e, como também previra, ele se sentou à cabeceira da mesa, a pedido de Sua Senhoria, e parecia sentir-se como se a vida nada pudesse lhe oferecer de melhor. Trinchou, comeu e elogiou com maravilhado entusiasmo; e cada prato era aplaudido, primeiro por ele e a seguir por Sir William, então recomposto o suficiente para fazer eco a tudo o que dizia o genro, de uma forma que Elizabeth se perguntou se Lady Catherine seria capaz de suportar. Mas Lady Catherine parecia satisfeita com a excessiva admiração e deu vários sorrisos graciosos, sobretudo quando qualquer prato à mesa representava para eles uma novidade. Os temas de conversa não eram muitos. Elizabeth dispunha-se a falar sempre que havia uma abertura, mas estava sentada entre Charlotte e a srta. De Bourgh, a primeira dedicando-se a ouvir Lady Catherine e a segunda sem dizer uma palavra durante toda a refeição. A sra. Jenkinson ocupava-se sobretudo em observar o pouco que comia a srta. De Bourgh, insistindo para que provasse mais um prato e receando que a moça estivesse indisposta. Para Maria, falar estava fora de cogitação, e os cavalheiros nada fizeram além de comer e admirar.

Quando as damas voltaram à sala de estar, pouco havia a ser feito além de ouvir Lady Catherine falar, o que ela fez sem qualquer interrupção até que veio o café, dando sua opinião a respeito de todos os assuntos de uma forma tão definitiva que deixava claro não estar acostumada a ter seu julgamento contestado. Interrogou Charlotte quanto a seus afazeres domésticos com familiaridade e em detalhes, deu-lhe um sem-número de conselhos sobre como lidar com todos eles, disse-lhe como tudo deveria ser tratado numa família pequena como a dela e instruiu-a quanto aos cuidados com as vacas e as aves. Elizabeth percebeu que não escapava à atenção daquela grande dama qualquer tema que lhe desse a oportunidade de ditar ordens. Nos intervalos de sua conversa com a sra. Collins, ela fez uma série de perguntas a Maria e Elizabeth, mas sobretudo à última, cuja família não conhecia e que observou à sra. Collins ser uma moça muito gentil e bonita. Perguntou-lhe, em momentos diversos, quantas irmãs tinha, se eram mais velhas ou mais moças, se alguma deveria se casar em breve, se eram belas, onde haviam sido educadas, que tipo de carruagem tinha seu pai e qual o sobrenome de solteira de sua mãe. Elizabeth sentiu toda a impertinência contida naquelas perguntas, mas respondeu com muita serenidade. Lady Catherine observou então:

– Os bens de seu pai serão herdados pelo sr. Collins, creio. No que lhe concerne – disse voltando-se para Charlotte –, fico feliz por isso; mas de outro modo não vejo razão para que se deserde a descendência feminina. Isso não foi considerado necessário na família de Sir Lewis de Bourgh. Sabe tocar e cantar, srta. Bennet?

– Um pouco.

– Oh! Então... um dia desses teremos prazer em ouvi-la. Nosso instrumento é excelente, provavelmente superior ao... Terá oportunidade de experimentá-lo em breve. Suas irmãs tocam e cantam?

– Uma delas.

– Por que todas não aprenderam? Deveriam ter todas aprendido. Todas as moças Webb tocam e o pai delas não tem uma renda tão boa quanto o seu. Sabem desenhar?

– Não, de modo algum.

– Como? Nenhuma de vocês?

– Nenhuma.

– Isso é muito estranho. Mas imagino que não tiveram oportunidade. Sua mãe deveria tê-las levado à cidade em todas as primaveras, para que se aperfeiçoassem.

– Minha mãe não teria objeções, mas meu pai detesta Londres.

– Sua preceptora as abandonou?

– Nunca tivemos preceptora.

– Sem preceptora! Como foi possível? Cinco filhas criadas em casa sem uma preceptora! Nunca ouvi tal coisa. Sua mãe deve ter sido uma verdadeira escrava de sua educação.

Elizabeth mal conseguiu deixar de sorrir ao afirmar que não havia sido o caso.

– Então, quem as educou? Quem cuidou de vocês? Sem uma preceptora, vocês devem ter sido negligenciadas.

– Em comparação a algumas famílias, acredito que fomos; mas, entre nós, às que quiseram aprender nunca faltaram os meios. Sempre fomos encorajadas a ler e tivemos todos os professores necessários. As que preferiram o ócio foram deixadas por conta própria.

– Sim, sem dúvida; mas é isso o que uma preceptora pode evitar e, se eu tivesse conhecido sua mãe, teria insistido muitíssimo para que contratasse uma. Eu sempre disse que nada pode ser feito em termos de educação sem um direcionamento constante e regular; e somente uma preceptora é capaz disso. É maravilhoso saber quantas famílias pude ajudar dessa forma. Sempre fico contente vendo uma jovem bem colocada. Quatro sobrinhas da sra. Jenkinson estão extremamente bem empregadas por meu intermédio; e não faz muito tempo que recomendei outra jovem, que me tinha sido mencionada por mero acaso e com quem a família está encantada. Sra. Collins, já lhe contei que Lady Metcalf me visitou ontem para agradecer? Ela achou a srta. Pope um tesouro. "Lady Catherine", disse ela, "a senhora me deu um tesouro." Alguma de suas irmãs foi apresentada à sociedade, srta. Bennet?

– Sim, senhora. Todas.

– Todas! Como, as cinco de uma vez? Muito estranho! E a senhorita é apenas a segunda. As mais moças apresentadas antes de se casarem as mais velhas! Suas irmãs menores devem ser muito jovens.

– Sim, a mais moça ainda não completou dezesseis. Talvez *ela* seja jovem demais para frequentar a sociedade. Mas, na verdade, senhora, acredito ser muito cruel para com as irmãs menores não lhes permitir sua cota de vida social e diversões, caso as mais velhas não tenham meios ou inclinação para se casarem cedo. A caçula tem tanto direito aos prazeres da juventude quanto a primogênita. E ser mantida em casa por *esse* motivo! Acredito que não seria uma boa maneira de incentivar a amizade fraterna ou a delicadeza de sentimentos.

– Ora, palavra de honra – disse Sua Senhoria –, para alguém tão jovem, suas opiniões são dadas com muita firmeza. Diga, que idade tem?

– Com três irmãs menores já crescidas – retrucou Elizabeth, sorrindo –, Vossa Senhoria não deve esperar que eu a declare.

Lady Catherine pareceu um tanto perplexa por não receber uma resposta direta e Elizabeth suspeitou ter sido a primeira criatura capaz de ousar não levar a sério tão majestosa impertinência.

– Não pode ter mais de vinte anos, estou certa, portanto não precisa esconder a idade.

– Ainda não fiz 21.

Quando os cavalheiros se juntaram a elas e terminou o chá, armaram-se as mesas de jogo. Lady Catherine, Sir William e o casal Collins sentaram-se à de quadrilha e, como a srta. De Bourgh preferiu jogar cassino, as duas moças tiveram a honra de ajudar a sra. Jenkinson a compor as duplas.

A mesa foi superlativamente aborrecida. Raríssimas sílabas foram pronunciadas que não se relacionassem com o jogo, salvo quando a sra. Jenkinson expressava seus temores por estar a srta. De Bourgh com muito calor ou muito frio, ou ser a luz excessiva ou insuficiente. Muito mais aconteceu na outra mesa. Lady Catherine falou a maior parte do tempo, apontando os erros dos três outros ou contando alguma história sobre si mesma. O sr. Collins ocupava-se concordando com tudo o que dizia Sua Senhoria, agradecendo-lhe por qualquer ficha que ganhasse e desculpando-se quando acreditava ter ganho demais. Sir William não disse muito, armazenando na memória casos e nomes nobres.

Quando Lady Catherine e a filha consideraram ter jogado o quanto queriam, as mesas foram desfeitas e a carruagem oferecida à sra. Collins, aceita com gratidão e mandada preparar no mesmo instante. Agruparam-se então todos junto à lareira para ouvir Lady Catherine determinar que tempo faria no dia seguinte. Dessas informações foram arrancados pela chegada do coche e, com muitos discursos de agradecimento por parte do sr. Collins e outras tantas reverências de Sir William, partiram todos. Tão logo chegaram à porta de casa, Elizabeth foi chamada pelo primo para dar uma opinião a respeito de tudo o que vira em Rosings e, pelo bem de Charlotte, tornou-a mais favorável do que na verdade considerava. Mas seus comentários, mesmo lhe tendo custado algum esforço, de modo algum satisfizeram o sr. Collins, que logo se sentiu obrigado a tomar a seu cargo os louvores a Sua Senhoria.

Capítulo 30

SIR WILLIAM PASSOU APENAS uma semana em Hunsford, mas a visita foi longa o bastante para convencê-lo de que a filha estava instalada com muito conforto e possuía um marido e uma vizinhança como não se veem muitas. Enquanto Sir William esteve com eles, o sr. Collins dedicou as manhãs a levá-lo a passear em seu cabriolé e mostrar-lhe a região; mas, quando ele se foi, toda a família voltou a seus afazeres habituais, e Elizabeth ficou grata ao descobrir que, com essa mudança, não veriam muito o primo, pois a maior parte do tempo entre o café da manhã e o jantar ele passava agora ocupando-se do jardim, lendo e escrevendo, ou olhando pela janela de sua própria biblioteca, que dava para a estrada. A sala na qual ficavam as senhoras dava para os fundos. Elizabeth se perguntara a princípio se Charlotte não deveria preferir para uso comum a saleta de almoço, maior e de aspecto mais agradável, mas logo compreendeu que a amiga tinha uma excelente razão para o que fazia, pois o sr. Collins teria sem dúvida passado muito menos tempo em seus próprios aposentos caso ela escolhesse um cômodo igualmente interessante; e aprovou Charlotte por aquele arranjo.

Da sala de estar elas nada viam da alameda e deviam ao sr. Collins a informação de quantas carruagens haviam saído e sobretudo quantas vezes a srta. De Bourgh passara por lá em seu coche, o que ele nunca deixava de ir lhes contar, mesmo que isso acontecesse quase todos os dias. Não era raro que parasse defronte à casa paroquial e conversasse por alguns minutos com Charlotte, mas praticamente nunca foi convencida a apear.

Muito poucos eram os dias em que o sr. Collins não ia a pé até Rosings e não eram muito menos aqueles em que sua esposa não considerasse necessário fazer o mesmo; e, até conjecturar que deveria haver outros assuntos familiares a serem discutidos, Elizabeth não conseguia compreender o sacrifício de tantas horas. De vez em quando, eram honrados com uma visita de Sua Senhoria e nada do que se passava na sala durante tais visitas escapava à sua observação. Ela examinava o que faziam, fiscalizava o trabalho e aconselhava-os a fazer de outro modo; descobria erros na arrumação dos móveis ou detectava negligências da criada e, se aceitava algum prato, parecia fazê-lo apenas pelo prazer de descobrir que os pesos de carne da sra. Collins eram grandes demais para sua família.

Elizabeth logo percebeu que embora aquela grande dama não ocupasse o cargo de juiz de paz do condado, exercia ativamente as funções de magistrado em sua própria paróquia, cujas minúcias lhe eram transmitidas pelo sr. Collins; e, sempre que algum paroquiano se mostrava belicoso, descontente ou pobre demais, ela corria à aldeia para acalmar os ânimos, silenciar as queixas e restabelecer a harmonia e a fartura.

Os convites para jantar em Rosings repetiam-se cerca de duas vezes por semana e, excetuando-se a ausência de Sir William e o fato de haver apenas uma mesa de jogos, cada uma dessas noites foi idêntica à primeira. Seus outros compromissos eram poucos, pois o estilo de vida nas vizinhanças estava em geral além das possibilidades do sr. Collins. Isso, entretanto, não representava qualquer problema para Elizabeth que, de modo geral, passava seus dias bastante bem; havia momentos de agradáveis conversas com Charlotte e o tempo estava tão bom para a época do ano que era muito aprazível passear ao ar livre. Seu lugar favorito, para onde ia com frequência enquanto os outros visitavam Lady Catherine, era um arvoredo que margeava aquele lado do parque, onde havia uma simpática aleia coberta que ninguém mais parecia apreciar e onde ela se sentia fora do alcance da curiosidade de Lady Catherine.

Dessa maneira tranquila, logo transcorreu a primeira quinzena de sua visita. Aproximava-se a Páscoa, e a semana que a precedeu traria um acréscimo à família de Rosings, o que, em tão pequeno círculo, seria importante.

Elizabeth soube, pouco depois de sua chegada, que a vinda do sr. Darcy era esperada no decorrer de algumas semanas e, embora houvesse muitos outros conhecidos cuja presença preferisse, sua presença traria alguma novidade às reuniões em Rosings e ela se divertiria vendo o quão inúteis eram as esperanças da srta. Bingley em relação a ele, por seu comportamento diante da prima, para quem sem dúvida fora destinado por Lady Catherine, que falava de sua vinda com imensa satisfação, referia-se a ele com a maior admiração e pareceu quase zangada ao descobrir que a srta. Lucas e ela já o tinham visto várias vezes.

A notícia de sua chegada logo alcançou a casa paroquial, pois o sr. Collins, a fim de ser o primeiro a saber, passou toda a manhã inspecionando as cabanas que davam para Hunsford Lane e, ao ver a carruagem entrar no parque, fez sua reverência e disparou para casa com a grande notícia. Na manhã seguinte, correu a Rosings para apresentar seus respeitos. Havia dois sobrinhos de Lady Catherine a quem cumprimentar, pois o sr. Darcy trouxera com ele um coronel Fitzwilliam, o filho mais moço de seu tio, o Lorde de ..., e, para grande surpresa de todos, quando o sr. Collins voltou, os cavalheiros o acompanharam. Charlotte, pela janela do quarto do marido, os viu atravessando a estrada e no mesmo instante correu à sala e contou às moças a honra que deveriam esperar, acrescentando:

— Devo a você, Eliza, essa mostra de cortesia. O sr. Darcy nunca teria vindo aqui tão cedo apenas para me cumprimentar.

Elizabeth mal teve tempo de negar qualquer merecimento antes que sua chegada fosse anunciada pela campainha da porta, e pouco depois os três cavalheiros entravam na sala. O coronel Fitzwilliam, que vinha na frente, tinha cerca de trinta anos, não era bonito, mas em aspecto e maneiras se evidenciava um cavalheiro. O sr. Darcy era exatamente o mesmo que sempre fora em Hunsford; apresentou seus cumprimentos, com a habitual reserva, à sra. Collins e, quaisquer que pudessem ser seus sentimentos em relação à sua amiga, aparentou ao vê-la total impassibilidade. Elizabeth apenas se inclinou diante dele, sem uma palavra.

O coronel Fitzwilliam, com a presteza e a naturalidade de um homem bem-educado, começou a conversar sem rodeios e falou de modo agradável; mas o primo, depois de dirigir à sra. Collins uma rápida observação a respeito do jardim e da casa, sentou-se por algum tempo sem falar com ninguém. Aos poucos, entretanto, sua cortesia acabou despertando a ponto de interrogar Elizabeth sobre a saúde de sua família. Ela respondeu da forma habitual e, depois de um momento de pausa, acrescentou:

— Minha irmã mais velha está na cidade há três meses. O senhor não chegou a vê-la?

Ela sabia perfeitamente que a resposta era negativa; mas quis ver se ele deixaria escapar algo do que se passara entre os Bingley e Jane, achando que ele pareceu um pouco confuso ao responder que nunca tivera o prazer de encontrar a srta. Bennet. O assunto não se prolongou e logo depois os cavalheiros se retiraram.

Capítulo 31

O MODO DE SER DO coronel Fitzwilliam foi muito admirado na casa paroquial, e todas as moças sentiram que ele seria um acréscimo considerável aos prazeres de seus compromissos em Rosings. Passaram-se alguns dias, contudo, antes que recebessem um convite para se apresentarem, pois, enquanto houvesse visitas na casa, elas não seriam necessárias, e somente no domingo de Páscoa, quase uma semana após a chegada dos cavalheiros, foram honradas com tal cortesia e, ainda assim, apenas lhes foi dito, ao saírem da igreja, que lá estivessem no final da tarde. Durante a última semana, pouco tinham visto Lady Catherine ou a filha. O coronel Fitzwilliam fora mais de uma vez à casa paroquial, mas o sr. Darcy só foi avistado na igreja.

O convite foi obviamente aceito e, na hora adequada, todos se juntaram ao grupo já na sala de estar de Lady Catherine. Sua Senhoria recebeu-os com polidez, mas estava claro que sua companhia não era de modo algum tão grata quanto quando não havia ninguém mais, e ela, na verdade, ocupou-se quase todo o tempo dos sobrinhos, conversando com ambos, sobretudo com Darcy, muito mais do que com qualquer outra pessoa na sala.

O coronel Fitzwilliam pareceu realmente alegre por vê-los; em Rosings, tudo era para ele um alívio e a linda amiga da sra. Collins muito o interessara. Sentava-se agora ao lado dela, e foi tão simpático ao falar de Kent e Hertfordshire, de viajar e de estar em casa, de novos livros e música, que o tempo de Elizabeth nunca antes havia transcorrido de modo tão agradável naquele salão; e conversavam os dois com humor e animação capazes de chamar a atenção da própria Lady Catherine, bem como do sr. Darcy. Os olhos *dele* já se tinham voltado mais de uma vez para ambos com um toque de curiosidade, e que Sua Senhoria, depois de algum tempo, compartilhasse de tal sentimento foi reconhecido de forma mais óbvia, pois ela não teve escrúpulos de perguntar:

— O que você está dizendo, Fitzwilliam? De que estão falando? O que está contando à srta. Bennet? Deixe-me ouvir também.

— Falamos sobre música, minha senhora — disse ele quando não foi mais possível evitar uma resposta.

— De música! Então por favor fale alto. De todos os assuntos este é o meu preferido. Preciso ter minha cota de conversa, se estão falando de música. Há poucas pessoas na Inglaterra, suponho, que mais apreciem a música do que eu, ou que tenham gosto mais apurado. Tivesse eu estudado, seria muito talentosa. E da mesma forma Anne, se sua saúde permitisse. Estou certa de que ela seria uma excelente intérprete. Como tem se saído Georgiana, Darcy?

O sr. Darcy falou com admiração e afeto dos progressos da irmã.

— Fico muito contente ao ouvir tantos elogios a ela — disse Lady Catherine — e, por favor, diga-lhe de minha parte que ela não se superará se não praticar muito.

— Asseguro-lhe, minha senhora — respondeu ele —, que ela não precisa de tais conselhos. Ela pratica com muita constância.

— Tanto melhor. Nunca será demais. E, da próxima vez que eu lhe escrever, insistirei para que não negligencie sua prática por motivo algum. Muitas vezes digo às mocinhas que a excelência em música jamais é adquirida sem a prática constante. Já disse diversas vezes à srta. Bennet que ela nunca tocará realmente bem se não praticar mais; e, como a sra. Collins não possui um instrumento, ela é muito bem-vinda, como eu já disse a ela várias vezes, se quiser vir a Rosings todos os dias para tocar piano nos aposentos da sra. Jenkinson. Ela não incomodaria ninguém, você sabe, naquela parte da casa.

O sr. Darcy pareceu um pouco envergonhado com a falta de educação da tia e não lhe deu resposta.

Quando o café foi servido, o coronel Fitzwilliam lembrou Elizabeth de ter prometido tocar para ele, e ela sentou-se então ao piano. Ele levou uma cadeira para perto dela. Lady Catherine ouviu meia canção e então recomeçou a falar, como antes, com seu outro sobrinho, até que Darcy se afastou dela e, dirigindo-se com sua habitual premeditação para o piano, posicionou-se de modo a ter uma perfeita visão do rosto da bela intérprete. Elizabeth viu o que ele fazia e, na primeira pausa possível, virou-se para ele com um sorriso maroto e disse:

— O senhor pretende me intimidar, sr. Darcy, vindo me ouvir com tanta pompa? Não me deixarei alarmar, embora sua irmã *saiba* tocar tão bem. Há em mim uma obstinação que nunca me permite ser assustada pela vontade alheia. Minha coragem sempre emerge diante de tentativas para me acovardar.

— Não vou dizer que está enganada — respondeu ele —, porque a senhorita não pode acreditar realmente que eu alimente qualquer desejo de assustá-la, e tenho o prazer de conhecê-la há tempo bastante para saber que tem muito prazer em às vezes emitir opiniões que de fato não são suas.

Elizabeth riu de boa vontade diante desse retrato dela mesma e disse ao coronel Fitzwilliam:

— Seu primo lhe dará uma boa noção a meu respeito e lhe ensinará a não acreditar numa palavra do que digo. É muita falta de sorte encontrar uma pessoa tão capacitada a expor meu real caráter, numa parte do mundo da qual eu esperava sair com algum crédito. Realmente, sr. Darcy, é muito pouco generoso de sua parte mencionar tudo o que descobriu de desabonador a meu respeito em Hertfordshire... e, permita-me dizer, muito pouco político também... pois isso me provoca a retaliar, e podem vir à tona coisas que escandalizariam seus parentes.

— Não tenho medo da senhorita — disse ele, sorridente.

— Por favor, deixe-me saber o que tem contra ele — exclamou o coronel Fitzwilliam. — Eu gostaria de saber como ele se comporta entre estranhos.

— Saberá, então... mas prepare-se para algo muito horrível. Na primeira vez que o vi em Hertfordshire, como deve imaginar, foi num baile... e nesse baile, o que pensa que ele fez? Dançou apenas quatro vezes, mesmo sendo poucos os cavalheiros; e, tenho certeza absoluta, mais de uma jovem estava sentada por falta de par. Não poderá negar isso, sr. Darcy.

— Eu não tinha a honra, naquela época, de conhecer moça alguma daquela festa, a não ser as de meu próprio grupo de amigos.

— É verdade; e ninguém jamais pode ser apresentado a alguém num salão de baile. Bem, coronel Fitzwilliam, o que devo tocar agora? Meus dedos aguardam suas ordens.

— Talvez — disse Darcy — eu devesse ter pensado melhor e pedido para ser apresentado, mas não tenho facilidade para me dar a conhecer a estranhos.

— Devemos perguntar a seu primo a razão? — disse Elizabeth, ainda se dirigindo ao coronel Fitzwilliam. — Devemos perguntar-lhe por que um homem de bom senso e boa educação, que vive em sociedade, não tem facilidade para se dar a conhecer a estranhos?

— Posso responder à sua pergunta — disse Fitzwilliam — sem recorrer a ele. É porque ele não se daria ao trabalho de fazê-lo.

— Com certeza não tenho o talento que alguns possuem — disse Darcy — de conversar livremente com pessoas que nunca vi antes. Não consigo acertar o tom da conversa, ou parecer interessado em seus assuntos, como vejo tantas vezes ser feito.

— Meus dedos — disse Elizabeth — não se movem sobre este instrumento da maneira primorosa como já vi acontecer com muitas mulheres. Eles não têm a mesma força ou rapidez e não produzem a mesma impressão. Mas sempre supus que isso fosse por minha própria culpa... porque não me dou ao trabalho de praticar. Não porque eu não acredite serem *meus* dedos tão capazes quanto os de qualquer outra mulher mais habilidosa.

Darcy sorriu e disse:

– Tem toda razão. Seu tempo foi muito melhor empregado. Ninguém que tenha o privilégio de ouvi-la pode pensar que lhe falta algo. Nenhum de nós toca diante de estranhos.

Nesse ponto, foram interrompidos por Lady Catherine, que os chamou para perguntar sobre o que falavam. Elizabeth no mesmo instante recomeçou a tocar. Lady Catherine se aproximou e, depois de ouvir por alguns minutos, disse a Darcy:

– A srta. Bennet não tocaria de todo mal se praticasse mais e poderia se beneficiar de um professor de Londres. Ela tem uma excelente noção de como dedilhar, ainda que suas preferências não sejam iguais às de Anne. Anne teria sido uma pianista encantadora caso sua saúde lhe tivesse permitido estudar.

Elizabeth olhou para Darcy para ver o quanto ele concordava com o elogio à prima; mas nem nesse momento nem em qualquer outro foi capaz de perceber algum sinal de amor, e, de todas as atitudes dele para com a srta. De Bourgh, fez uma dedução que consolaria a srta. Bingley: a de que ele consideraria do mesmo modo um casamento com *ela*, fosse ela de sua família.

Lady Catherine continuou a comentar a interpretação de Elizabeth, acrescentando diversas instruções sobre execução e repertório. Elizabeth recebeu-as com toda paciência e cortesia e, a pedido dos cavalheiros, continuou a tocar até que a carruagem de Sua Senhoria estivesse pronta para levá-los para casa.

Capítulo 32

Elizabeth estava sozinha na manhã seguinte e escrevia para Jane enquanto Maria e a sra. Collins faziam compras na aldeia, quando foi perturbada pela campainha da porta, sinal certo de visita. Como não ouvira barulho de carruagem, achou que não seria impossível ser Lady Catherine e, com essa apreensão, guardava sua carta não-terminada a fim de escapar a todas as perguntas impertinentes quando a porta se abriu e, para sua maior surpresa, o sr. Darcy, e apenas o sr. Darcy, entrou na sala.

Ele pareceu também surpreso por encontrá-la sozinha e se desculpou pela intrusão, explicando ter compreendido que todas as damas estariam ali.

Sentaram-se então e, feitas as perguntas sobre Rosings, pareceram correr o risco de mergulhar em total silêncio. Era absolutamente necessário, portanto, pensar em alguma coisa e, curiosa para saber o que ele teria a dizer sobre sua repentina partida, ela observou:

— Como foi repentina a partida de todos de Netherfield em novembro último, sr. Darcy! Deve ter sido uma agradável surpresa para o sr. Bingley ver todos a seu lado tão cedo; pois, se bem me recordo, ele viajara na véspera. Ele e as irmãs estavam bem, espero, quando o senhor saiu de Londres?

— Muito bem, obrigado.

Ela achou que não iria receber outra resposta e, depois de uma curta pausa, acrescentou:

— Acredito ter compreendido que o sr. Bingley não tem intenções de voltar a Netherfield, nunca mais.

— Nunca o ouvi dizer isso; mas é provável que ele passe muito pouco tempo lá, no futuro. Ele tem muitos amigos e esta é uma fase da vida em que amigos e compromissos aumentam sem parar.

— Se ele pretende ir muito pouco a Netherfield, seria melhor para a vizinhança que desistisse por completo do lugar, pois então talvez pudéssemos ter uma família instalada ali. Mas é provável que o sr. Bingley não tenha ocupado a casa tanto para a conveniência da vizinhança quanto para a sua própria, e devemos esperar que ele a mantenha ou a deixe de acordo com os mesmos princípios.

— Eu não ficaria surpreso — disse Darcy — se ele desistisse tão logo recebesse uma proposta de compra adequada.

Elizabeth não deu resposta. Estava com medo de falar demais de seu amigo e, nada tendo a dizer, estava agora determinada a deixar para ele o trabalho de encontrar um assunto.

Ele percebeu a manobra e logo começou com:

— Esta parece ser uma casa muito confortável. Lady Catherine, acredito, fez muito por ela quando o sr. Collins veio para Hunsford.

— Acredito que sim... E estou certa de que ela não teria encontrado alguém mais grato a quem dar provas de sua bondade.

— O sr. Collins parece ter tido muita sorte na escolha de uma esposa.

— Teve, realmente, seus amigos podem se regozijar por ele ter encontrado uma das poucas mulheres sensatas que o teriam aceito, ou que o fizessem feliz caso assim fosse. Minha amiga tem excepcional bom senso, embora eu não tenha certeza de que considero o seu casamento com o sr. Collins como a coisa mais inteligente que ela já tenha feito. Ela parece, porém, perfeitamente feliz e, sob uma luz prudente, esta é sem dúvida uma boa situação para ela.

— Deve ser muito agradável para ela estar instalada a tão pouca distância de sua própria família e amigos.

– Pouca distância, o senhor diz? São quase cinquenta milhas.

– E o que são cinquenta milhas numa boa estrada? Pouco mais de meio dia de viagem. Sim, considero isso uma distância *muito* pequena.

– Eu nunca teria considerado a distância como uma das *vantagens* da situação – exclamou Elizabeth. – Eu nunca teria dito que a sra. Collins está instalada *perto* de sua família.

– O que é uma prova de sua própria ligação com Hertfordshire. Qualquer coisa além dos próprios arredores de Longbourn, imagino, seria considerada distante.

Quando ele disse isso, havia uma espécie de sorriso que Elizabeth acreditou ter compreendido; ele devia supor que ela estava pensando em Jane e Netherfield e ela enrubesceu ao responder:

– Não pretendo dizer que uma mulher não possa viver sem estar perto da família. Perto e longe são conceitos relativos e dependem de diversas circunstâncias. Quando há fortuna suficiente para que não se dê importância às despesas de viagem, as distâncias não são problema. Mas não é *este* o caso. O sr. e a sra. Collins têm uma renda confortável, mas não o suficiente para lhes permitir viagens frequentes... e estou convencida de que minha amiga não se consideraria *perto* da família se a distância não fosse inferior à *metade* da atual.

O sr. Darcy aproximou um pouco sua cadeira da dela e disse:

– A *senhorita* não pode ter direito a tão intensa ligação local. Não é possível que tenha vivido sempre em Longbourn.

Elizabeth olhou-o surpresa. As emoções do cavalheiro se alteraram, ele recuou a cadeira, apanhou um jornal da mesa e, passando os olhos por ele, disse numa voz mais fria:

– Está gostando de Kent?

Seguiu-se um curto diálogo a respeito da região, calmo e conciso de ambas as partes, logo encerrado com a entrada de Charlotte e sua irmã, que acabavam de voltar do passeio. A conversa dos dois a sós surpreendeu-as. O sr. Darcy relatou o engano que ocasionara sua intrusão e, depois de se sentar por mais alguns minutos sem muito a dizer, se foi.

– O que isso pode significar? – disse Charlotte tão logo ele partiu. – Eliza, minha querida, ele deve estar apaixonado por você, ou nunca teria vindo nos visitar dessa maneira tão informal.

Mas quando Elizabeth falou de seu silêncio, não pareceu ser esse o caso, mesmo para as esperanças de Charlotte; e, depois de diversas conjecturas, só puderam afinal supor que a visita se devia à dificuldade de encontrar algo para fazer, o que era o mais provável para aquela época do ano. Todos os esportes campestres estavam encerrados. Dentro de casa havia Lady Catherine, livros e uma mesa de bilhar, mas cavalheiros não podem passar todo o tempo em casa e, fosse pela proximidade da casa paroquial, pelo prazer de caminhar até lá, ou pelas pessoas que ali viviam, os dois primos se sentiram tentados, a partir de então, a ir lá quase todos os dias. Apareciam nas mais diversas horas da manhã, às vezes um de cada vez, às vezes juntos e de quando em quando acompanhados da tia. Era claro para eles que o coronel Fitzwilliam os visitava porque tinha prazer na sua companhia, uma impressão que o recomendava ainda mais; e Elizabeth, devido à sua própria satisfação por estar com ele, bem como a evidente admiração dele por ela, lembrou-se de seu antigo favorito George Wickham e embora, ao compará-los, percebesse nas maneiras do coronel Fitzwilliam menos delicadezas que a cativavam, acreditava ver nele um espírito mais culto.

Mas por que o sr. Darcy ia com tanta frequência à casa paroquial era mais difícil de entender. Não poderia ser pela companhia, pois ele muitas vezes passava dez minutos sentado sem mover os lábios; e, quando falava, parecia ser mais por necessidade do que por escolha, um sacrifício à correção, não um prazer pessoal. Raramente parecia animado. A sra. Collins não sabia o que fazer dele. O fato de que o coronel Fitzwilliam zombasse às vezes do seu ar de tolo era a prova de que ele agia, em geral, de outra maneira. Seu próprio conhecimento a respeito dele não lhe permitia saber mais e, por querer acreditar ser tal mudança originada pelo amor e ser o objeto desse amor sua amiga Eliza, dedicou-se com afinco a fazer o possível para descobrir. Observava-o sempre que estavam em Rosings e sempre que ele ia a Hunsford; mas sem muito sucesso. Ele sem dúvida olhava muito para Eliza, mas a expressão de seus olhos era ambígua. Era um olhar intenso e persistente, mas ela muitas vezes se perguntou se havia ali muita admiração, e às vezes parecia nada haver além de pensamentos distantes.

Sugerira uma ou duas vezes a Elizabeth a possibilidade de ele estar interessado nela, mas Elizabeth sempre ria da ideia, e a sra. Collins não considerava correto forçar o assunto, pelo risco de despertar expectativas que só poderiam terminar em decepção, pois era de opinião que não poderia haver sombra de dúvida de que toda a antipatia da amiga se dissiparia se ela viesse a imaginar tê-lo em seu poder.

Em seus gentis projetos para Elizabeth, às vezes planejava um casamento com o coronel Fitzwilliam. Ele era, sem comparação, o mais agradável dos homens, com certeza a admirava e sua posição na vida era mais do que adequada; mas, para contrabalançar essas vantagens, o sr. Darcy tinha um considerável apoio da Igreja, e o primo poderia não ter nenhum.

Capítulo 33

MAIS DE UMA VEZ Elizabeth, em sua perambulação pelo parque, encontrou inesperadamente o sr. Darcy. Ela sentiu todo o absurdo da falta de sorte que o levava onde ninguém mais era levado e, para evitar que acontecesse de novo, tomou o cuidado de informá-lo antes de tudo que aquele era seu recanto favorito. Que acontecesse uma segunda vez, porém, era muito estranho. Mas aconteceu, e até uma terceira. Parecia uma crueldade proposital, ou uma penitência voluntária, pois tais ocasiões não se limitavam a poucas perguntas formais e uma terrível pausa e então adeus, mas ele achava necessário dar meia-volta e caminhar a seu lado. Nunca ele disse muita coisa, nem ela se deu ao trabalho de falar ou ouvir muito, mas surpreendeu-a que, durante o terceiro encontro, ele fizesse algumas estranhas perguntas desconexas... sobre o prazer de estar em Hunsford, seu amor por caminhadas solitárias e sua opinião a respeito da felicidade do casal Collins; e que, ao falar de Rosings e de ela não conhecer totalmente a casa, ele parecia esperar que, quando ela voltasse a Kent, ele também estivesse *ali*. Suas palavras pareciam deixar isso implícito. Poderia ele estar pensando no coronel Fitzwilliam? Ela imaginou que, se ele queria dizer algo, que pudesse querer fazer uma alusão ao que poderia acontecer naquele sentido. Isso a perturbou um pouco, e ela ficou bem contente ao se ver diante do portão da cerca em frente à casa paroquial.

Dedicava-se um dia, enquanto andava, a examinar a última carta de Jane, detendo-se em algumas passagens que revelavam estar Jane deprimida ao escrever, quando, em vez de ser mais uma vez surpreendida pelo sr. Darcy, viu, ao levantar os olhos, que o coronel Fitzwilliam vinha ao seu encontro. Guardando imediatamente a carta e forçando um sorriso, disse:

– Não sabia que o senhor costumava andar por este lado.

– Estive dando a volta ao parque – respondeu ele –, como em geral faço todos os anos, e tenciono terminá-la com uma visita à casa paroquial. Pretende seguir adiante?

– Não, eu daria meia-volta daqui a pouco.

E assim dizendo deu meia-volta e eles caminharam juntos em direção à casa paroquial.

– O senhor deve deixar Kent no sábado? – perguntou ela.

– Sim... se Darcy não adiar outra vez. Mas estou à disposição dele. Ele decide as coisas como bem entende.

– E, se não consegue ficar satisfeito com o que decidiu, ele tem pelo menos o prazer do grande poder de escolha. Não conheço ninguém que pareça apreciar mais o poder de fazer o que bem entende do que o sr. Darcy.

— Ele gosta bastante de fazer o que quer — retrucou o coronel Fitzwilliam. — Mas todos nós gostamos. Acontece apenas que ele tem mais oportunidades de fazê-lo do que muitos outros, porque é rico e muitos outros são pobres. Falo por experiência. Um filho mais moço, como sabe, deve se habituar ao desprendimento e à dependência.

— Na minha opinião, o filho mais moço de um conde pode muito bem dispensar tais atributos. Agora, a sério, o que o senhor sabe a respeito de desprendimento e dependência? Quando foi impedido, por falta de dinheiro, de ir onde quisesse ou de comprar algo que gostasse?

— Estas são perguntas pessoais... e talvez eu não possa dizer que enfrentei muitas dificuldades desta natureza. Mas em questões de maior peso, posso me ressentir da falta de dinheiro. Filhos mais moços não podem se casar com quem gostariam.

— A não ser que gostem de mulheres ricas, o que, imagino, façam com muita frequência.

— Nossos hábitos dispendiosos nos tornam dependentes demais, e não há muitos do meu nível social que possam se permitir casar-se sem dar alguma atenção ao dinheiro.

"Será isso", pensou Elizabeth, "uma indireta para mim?" E ruborizou-se diante da ideia, mas, recompondo-se, disse num tom animado:

— E, por favor, qual é o preço habitual para o filho mais moço de um conde? A não ser que o irmão mais velho seja muito doente, imagino que não peçam mais de cinquenta mil libras.

Ele respondeu no mesmo tom, e o assunto morreu. Para interromper um silêncio que poderia fazê-lo pensar ter sido ela afetada pelo que havia sido dito, logo depois ela disse:

— Acredito que seu primo o trouxe com ele sobretudo pelo desejo de ter alguém à disposição. Pergunto-me por que ele não se casa, para garantir a permanência desse tipo de situação. Mas talvez a irmã lhe baste no momento e, estando ela exclusivamente aos seus cuidados, ele pode fazer com ela o que quiser.

— Não — disse o coronel Fitzwilliam —, esta é uma vantagem que ele é obrigado a dividir comigo. Somos ambos tutores da srta. Darcy.

— É mesmo? E, por favor me diga, que tipo de tutores são? Sua responsabilidade lhes dá muito trabalho? Mocinhas da idade dela às vezes são difíceis de controlar e, se ela tiver o verdadeiro espírito Darcy, talvez goste de seguir o próprio caminho.

Enquanto falava, percebia que ele a olhava com intensidade e, pelo modo como imediatamente perguntou por que imaginava que a srta. Darcy lhe pudesse dar algum trabalho, convenceu-se de que de algum modo chegara bem perto da verdade. Respondeu sem rodeios:

— Não precisa ficar alarmado. Nunca ouvi nada que a desabonasse e acredito que seja uma das criaturas mais afáveis do mundo. Ela é a grande favorita de algumas senhoras de minhas relações, a sra. Hurst e a srta. Bingley. Acho que já o ouvi dizer que as conhece.

— Conheço pouco. O irmão dela é um cavalheiro muito agradável... é um grande amigo de Darcy.

— Ah! É sim – disse Elizabeth secamente. – O sr. Darcy é extraordinariamente gentil com o sr. Bingley e cuida dele com extrema dedicação.

— Cuida dele! É, acredito que Darcy cuide *mesmo* dele, nos assuntos que requerem cuidados. De algo que ele me contou em nossa estada aqui, tenho razões para acreditar que Bingley lhe seja muito devedor. Mas talvez eu deva me desculpar, pois não tenho o direito de supor que fosse Bingley a pessoa a quem ele se referia. São apenas conjeturas.

— O que quer dizer?

— É uma situação que Darcy poderia não querer que se soubesse, porque seria muito desagradável se algo chegasse aos ouvidos da família da moça.

— Pode ter certeza de que nada direi a respeito.

— E lembre-se de que não tenho razões para supor que se trate de Bingley. O que ele me disse foi apenas isto: que ele se congratulava por ter, nos últimos tempos, salvo um amigo da inconveniência de um casamento bastante imprudente, mas sem mencionar nomes ou qualquer outro detalhe, e só suspeitei tratar-se de Bingley por acreditar ser ele o tipo de rapaz capaz de entrar nesse tipo de enrascada e por saber que os dois estiveram juntos durante todo o verão passado.

— O sr. Darcy lhe deu razões para sua interferência?

— Compreendi que havia algumas sérias objeções em relação à moça.

— E que artes ele usou para separá-los?

— Ele não me falou de suas próprias artes – disse Fitzwilliam sorrindo. – Só me contou o que eu agora lhe contei.

Elizabeth não fez perguntas e continuou a andar, o coração cheio de indignação. Depois de observá-la um pouco, Fitzwilliam perguntou por que estava tão pensativa.

— Estou pensando no que acaba de me dizer – respondeu ela. – A conduta de seu primo não me parece adequada. Por que deveria ser ele o juiz?

— Está inclinada a considerar sua interferência uma intromissão?

— Não vejo com que direito decidiria o sr. Darcy quanto à propriedade da inclinação de seu amigo ou por que, baseado apenas em seu próprio julgamento, deveria ele determinar e decidir de que modo o amigo deve ser feliz.

Mas – continuou ela, controlando-se –, como não sabemos quaisquer detalhes, não é justo condená-lo. Não se deve supor que houvesse muito afeto em jogo.

– Sua dedução não é improvável – disse Fitzwilliam –, mas reduz de um modo muito triste as honras da vitória do meu primo.

Isso foi dito como um gracejo, mas pareceu a Elizabeth um retrato tão fiel do sr. Darcy que ela achou melhor não insistir numa resposta e, assim, mudou de repente de assunto e abordou coisas desinteressantes até chegarem à casa paroquial. Lá, fechada em seu próprio quarto tão logo o visitante os deixou, pôde pensar sem interrupções sobre tudo o que ouvira. Não se devia supor tratar-se de quaisquer outras pessoas senão aquelas às quais estava ligada. Não poderiam existir no mundo *dois* homens sobre os quais o sr. Darcy tivesse tão ilimitada influência. Que ele estivesse envolvido nas medidas tomadas para separar Bingley e Jane ela nunca duvidara; mas sempre atribuíra à srta. Bingley o planejamento e o papel principal na execução das mesmas. Ainda que sua própria vaidade o estivesse iludindo, de qualquer modo era ele a causa, seu orgulho e capricho eram a causa de tudo o que Jane sofrera e continuava a sofrer. Ele destruíra, por algum tempo, qualquer esperança de felicidade para o mais afetuoso e generoso coração do mundo. E ninguém poderia dizer por quanto tempo perduraria o mal por ele causado.

"Havia algumas sérias objeções em relação à moça", foram as palavras do coronel Fitzwilliam; e era provável que essas sérias objeções fossem o fato de ter ela um tio advogado no interior e outro comerciante em Londres.

"Contra a própria Jane", exclamou consigo mesma, "não poderia haver qualquer possibilidade de objeção; toda beleza e bondade como ela é... extrema inteligência, espírito cultivado e maneiras cativantes. Nem algo poderia ser atribuído a meu pai, que, mesmo com algumas peculiaridades, tem atributos que o próprio sr. Darcy não desdenharia e uma respeitabilidade que ele provavelmente jamais conseguiria." Quando pensou na mãe, sua confiança cedeu um pouco; mas ela não acreditava que quaisquer objeções *nesse* sentido tivessem peso para o sr. Darcy, cujo orgulho, ela estava convencida, sairia mais ferido pela falta de importância dos parentes do amigo do que pela sua falta de bom senso; e afinal quase se convenceu de que ele fora em parte movido por esse terrível tipo de orgulho e em parte pelo desejo de reservar o sr. Bingley para sua própria irmã.

A agitação e as lágrimas provocadas pelo assunto resultaram numa dor de cabeça, e o mal-estar piorou tanto até a tarde que, somado à pouca vontade de encontrar o sr. Darcy, levou-a a decidir não acompanhar os primos a Rosings, onde deveriam tomar chá. A sra. Collins, vendo que ela não estava mesmo bem, não insistiu para que fosse e evitou ao máximo que o marido a pressionasse, mas o sr. Collins não conseguiu ocultar o receio de cair no desagrado de Lady Catherine o fato de ela ter ficado em casa.

Capítulo 34

Quando todos saíram, Elizabeth, como se pretendesse se irritar o máximo possível com o sr. Darcy, decidiu ocupar o tempo com o exame de todas as cartas que recebera da irmã durante sua estada em Kent. Não havia nelas qualquer queixa, nem qualquer rememoração dos acontecimentos passados ou qualquer alusão a um sofrimento presente. Mas em todas, e em cada linha de cada uma delas, havia a falta daquele entusiasmo que sempre fora característico do estilo de Jane e que, vindo da serenidade de uma mente em paz consigo mesma e benevolente em relação a todos, poucas vezes fora ofuscado. Elizabeth avaliou cada frase que transmitia alguma sensação de desconforto com uma atenção que não tivera na primeira leitura. A vergonhosa arrogância do sr. Darcy ao divulgar quanto sofrimento havia sido capaz de infligir deu-lhe uma compreensão mais profunda do sofrimento da irmã. Servia de algum consolo pensar que sua visita a Rosings deveria terminar em dois dias e, mais ainda, que em menos de quinze dias ela própria estaria outra vez com Jane, disposta a contribuir para que recobrasse os ânimos, com todo o afeto de que era capaz.

Não podia pensar em Darcy deixando Kent sem se lembrar de que o primo partiria com ele; mas o coronel Fitzwilliam deixara claro que não tinha quaisquer intenções em relação a ela, e, por mais agradável que ele fosse, ela não pretendia ficar infeliz por causa dele.

Enquanto definia esse ponto, foi de repente alertada pelo som da campainha da porta e seu humor melhorou um pouco com a ideia de ser o próprio coronel Fitzwilliam, que aparecera uma vez no final da tarde e poderia estar vindo saber dela. Mas tal ideia foi logo abandonada e sua reação foi bem diversa quando, com a maior perplexidade, viu o sr. Darcy entrar na sala. De modo apressado ele começou no mesmo instante a perguntar por sua saúde, atribuindo a visita a um desejo de saber se estava melhor. Ela respondeu com fria civilidade. Ele se sentou por alguns momentos e, levantando-se, andou pela sala. Elizabeth estava surpresa, mas nada disse. Depois de um silêncio de vários minutos, ele foi na sua direção com gestos agitados e começou a falar:

– Tenho lutado em vão. Não adianta. Meus sentimentos não serão reprimidos. Precisa me permitir dizer-lhe com que intensidade eu a admiro e amo.

A perplexidade de Elizabeth era indescritível. Ela o olhou, enrubesceu, duvidou e silenciou. Tal atitude foi por ele considerada suficiente encorajamento e logo produziu a confissão de tudo o que ele sentia, e sentia há muito tempo, por ela. Ele falava bem; mas havia sentimentos outros que não os do coração a serem descritos, e ele não foi mais eloquente ao falar de ternura do que ao falar de orgulho. A percepção da inferioridade dela, de tal fato representar para ele uma degradação, dos obstáculos familiares que ele sempre opusera a seus sentimentos, foram expostos com uma ênfase que parecia resultante de seu sofrimento, mas que não parecia adequada para referenciar a corte que lhe fazia.

A despeito de sua tão arraigada antipatia, ela não podia ficar insensível à demonstração de afeto vinda de um homem como aquele e, embora seus sentimentos não se alterassem nem por um instante, lamentou a princípio o sofrimento que lhe causaria; então, levada ao ressentimento pelas palavras que se seguiram, viu toda a sua compaixão se transformar em raiva. Tentou, porém, controlar-se para responder com paciência, quando ele terminasse. Ele concluiu descrevendo a força de um afeto que, a despeito de todos os esforços, descobrira ser impossível superar. E manifestando a esperança de ser agora recompensado quando ela aceitasse sua mão. Enquanto ele falava, ela podia perceber com facilidade que ele não tinha dúvidas quanto a uma resposta favorável. Ele *falava* em apreensão e ansiedade, mas sua expressão traduzia segurança. Tal atitude apenas conseguiu exasperá-la ainda mais, e, quando ele se calou, o rubor coloriu suas faces, e ela disse:

— Em casos como este, acredito ser adequada a expressão de um sentimento de reconhecimento pelos sentimentos confessados, mesmo que não possam ser correspondidos. É natural que exista tal reconhecimento e, se eu pudesse *sentir* gratidão, eu agora lhe agradeceria. Mas não posso... nunca desejei sua consideração e o senhor sem dúvida a concedeu com bastante má vontade. Lamento ter causado sofrimento a alguém. Foi, porém, provocado de forma inconsciente e, espero, será de curta duração. Os sentimentos que, como o senhor me disse, por muito tempo impediram a admissão de seu interesse, não terão grande dificuldade para apagar qualquer dor depois desta explicação.

O sr. Darcy, que se apoiava na lareira com os olhos fixos no rosto da moça, parecia receber aquelas palavras com não menos ressentimento do que surpresa. Seu rosto ficou pálido de raiva, e a perturbação de sua mente era visível em todos os seus traços. Ele se debatia em busca de uma aparência de tranquilidade e não abriria a boca até que acreditasse tê-la conseguido. A pausa foi terrível para os sentimentos de Elizabeth. Finalmente, tendo na voz uma calma forçada, ele disse:

— E esta é toda a resposta que terei a honra de receber! Devo, talvez, esperar ser informado da razão pela qual, com tão pouca *consideração* dada à cortesia, sou assim rejeitado. Mas isso é de somenos importância.

— Devo do mesmo modo questionar — retrucou ela — por que, com tão evidente desejo de me ofender e insultar, o senhor resolveu me dizer que gostou de mim contra a sua vontade, contra o seu bom senso e até contra o seu caráter? Não seria esta uma desculpa para a descortesia, caso eu *fosse* descortês? Mas tenho outras provocações. O senhor sabe que tenho. Não tivessem meus sentimentos se decidido contra o senhor... tivessem sido indiferentes, ou mesmo tivessem alguma vez sido favoráveis, o senhor acredita que alguma consideração me tentaria a aceitar o homem que foi a causa da ruína, talvez para sempre, da felicidade da mais amada das irmãs?

Ao ouvi-la pronunciar tais palavras, o sr. Darcy mudou de cor; mas a emoção durou pouco, e ele ouviu sem tentar interrompê-la quando ela continuou:

— Tenho todas as razões do mundo para pensar mal do senhor. Nenhum motivo pode desculpar o injusto e mesquinho papel que o senhor representou *nesse caso*. Não ousará negar, não pode fazê-lo, ter sido o principal, se não o único, causador da separação dos dois, da exposição do sr. Bingley à censura de todos por seu capricho e instabilidade e da exposição de Jane à angústia de verem frustradas suas esperanças, atirando ambos à pior das misérias.

Ela fez uma pausa e percebeu, não com pouca indignação, que ele a ouvia com um ar que demonstrava não haver qualquer sentimento de remorso. Chegava mesmo a olhar para ela com um sorriso de falsa incredulidade.

— Pode negar que tenha feito isso? – repetiu.

Com implícita tranquilidade, ele então respondeu:

— Não tenho qualquer intenção de negar que fiz tudo o que estava em meu poder para separar meu amigo de sua irmã, nem que me alegre com meu sucesso. Em relação a *ele*, fui muito mais generoso do que em relação a mim mesmo.

Elizabeth não se permitiu transparecer ter compreendido essa cortês reflexão, mas seu significado não lhe escapou, nem foi suficiente para apaziguá-la.

— Mas esse não é o único caso – continuou – em que se baseia minha antipatia. Muito antes de acontecer, minha opinião a seu respeito estava formada. Seu caráter me foi desvendado por um relato que ouvi muitos meses atrás do sr. Wickham. Sobre este assunto, o que tem a dizer? Que imaginário ato de amizade apresenta em sua defesa? Ou sob que falsa alegação pode, neste caso, impor sua vontade sobre os outros?

— É enorme o seu interesse pelos assuntos desse cavalheiro – disse Darcy, num tom menos tranquilo e com mais cor no rosto.

— Quem, conhecendo os infortúnios do sr. Wickham, pode deixar de se interessar por ele?

— Infortúnios! – repetiu Darcy com desprezo. – É, os infortúnios foram realmente muitos.

— E o senhor os causou — exclamou Elizabeth com energia. — O senhor o reduziu ao seu atual estado de pobreza... de relativa pobreza. O senhor negou-lhe os benefícios que, deve saber, a ele haviam sido destinados. Nos melhores anos de sua vida, o senhor o privou da independência à qual tinha não só direito como merecimento. O senhor fez tudo isso! E ainda assim reage à menção de infortúnio com desprezo e zombaria.

— E esta — exclamou Darcy, andando pela sala a passos rápidos — é sua opinião a meu respeito! É esta a avaliação que faz de mim! Agradeço-lhe por me explicar com tanta clareza. Meus erros, de acordo com tal julgamento, são realmente graves! Mas talvez — acrescentou, parando de andar e se virando para ela — tais delitos pudessem ter sido tolerados, não tivesse o seu orgulho sido ferido pela minha honesta confissão dos escrúpulos que por tanto tempo me impediram de tomar qualquer decisão. Essas amargas acusações poderiam ter sido suprimidas tivesse eu, com mais habilidade, ocultado meus conflitos e a levado a acreditar que havia sido impelido por um interesse irrestrito e imoderado, pela razão, pela reflexão, por qualquer coisa. Mas abomino disfarces de qualquer tipo. E não me envergonho dos sentimentos que confessei. Eram naturais e justos. Pode esperar que eu me alegre com a inferioridade de seus parentes? Que me parabenize com a esperança de relações com pessoas cujo nível de vida é tão absolutamente inferior ao meu?

Elizabeth sentia a raiva aumentar a cada instante; ainda assim tentou ao máximo falar com calma quando disse:

— Engana-se, sr. Darcy, se supõe que os termos de sua declaração me afetaram desta ou daquela maneira, ou que me teria sido poupado o mal-estar que eu pudesse sentir ao recusá-lo caso se tivesse comportado de forma mais cavalheiresca.

Ela percebeu seu sobressalto, mas ele nada disse e ela continuou:

— Não haveria maneira alguma de me oferecer sua mão que me deixasse tentada a aceitá-la.

Mais uma vez era óbvia a perplexidade do rapaz, que a olhava com um misto de incredulidade e mortificação. Ela continuou:

— Desde o início, quase posso dizer desde o primeiro momento em que travamos conhecimento, suas maneiras, incutindo-me a forte noção de sua arrogância, sua presunção e seu desdém egoísta pelos sentimentos alheios, foram suficientes para lançar os alicerces de desaprovação sobre os quais posteriores acontecimentos construíram tão irremovível antipatia; e não havia um mês que nos conhecíamos quando percebi que o senhor seria o último homem do mundo com quem eu poderia ser convencida a me casar.

— Já disse o suficiente, minha senhora. Compreendo perfeitamente seus sentimentos e só devo agora me envergonhar do que foram os meus.

Perdoe-me por ter tomado tanto do seu tempo e aceite meus melhores votos de saúde e felicidade.

E, com essas palavras, saiu apressado da sala e Elizabeth ouviu-o, no momento seguinte, abrir a porta da frente e deixar a casa.

O tumulto dentro dela era agora dolorosamente grande. Ela não sabia como se acalmar e, de pura fraqueza, sentou-se e chorou durante meia hora. Sua perplexidade, ao pensar sobre o que acontecera, aumentava a cada reflexão feita. Que ela pudesse receber uma proposta de casamento do sr. Darcy! Que ele pudesse estar apaixonado por ela há tantos meses! Apaixonado a ponto de querer se casar com ela a despeito de todas as objeções que o haviam levado a impedir o casamento de seu amigo com Jane, e que deveriam surgir com igual intensidade em seu próprio caso!... Era quase inacreditável! Era gratificante ter inspirado inconscientemente um afeto tão intenso. Mas o orgulho dele, aquele abominável orgulho... a despudorada confissão do que fizera a Jane... sua imperdoável altivez ao admiti-lo, mesmo não podendo justificar, e a maneira insensível com que se referira ao sr. Wickham, para com quem não tentara negar sua crueldade, logo sobrepujaram a compaixão por um momento despertada pela ideia de seu afeto. Continuou em conturbadas reflexões até que o som da carruagem de Lady Catherine mostrou-lhe não estar em condições de enfrentar as observações de Charlotte e levou-a às pressas para o quarto.

Capítulo 35

ELIZABETH DESPERTOU NA MANHÃ seguinte para os mesmos pensamentos e meditações com os quais, afinal, fechara os olhos. Ainda não conseguia se recuperar da surpresa do que acontecera; era impossível pensar em qualquer outra coisa e, incapaz de se dedicar a qualquer atividade, resolveu, logo após o café da manhã, permitir-se um pouco de ar livre e exercício. Encaminhava-se diretamente para seu recanto favorito quando a lembrança do sr. Darcy ter às vezes estado lá a deteve e, em vez de entrar no parque, subiu o atalho que seguia em direção contrária à estrada principal. A cerca do parque limitava um dos lados, e ela logo atravessou um dos portões de acesso à propriedade.

Depois de dar uma ou duas voltas por aquele atalho, ficou tentada, pela beleza da manhã, a parar diante dos portões e olhar para o parque. As cinco semanas que até agora passara em Kent fizeram grande diferença na paisagem, e cada dia acrescentava mais verde às árvores prematuras. Estava a ponto de continuar o passeio quando divisou o vulto de um cavalheiro no arvoredo que margeava o parque; ele se movia em sua direção e, receosa de que fosse o sr. Darcy, retrocedeu no mesmo instante. Mas a pessoa que avançava estava agora perto o bastante para vê-la e, adiantando-se com decisão, pronunciou seu nome. Ela dera meia-volta mas, ao se ouvir chamar, mesmo numa voz que provava ser do sr. Darcy, caminhou de volta até o portão. Ele também já o alcançara e, entregando-lhe uma carta, que ela instintivamente tomou nas mãos, disse com ar de altiva desenvoltura:

– Estou há algum tempo andando pelo arvoredo na esperança de encontrá-la. A senhorita me daria a honra de ler esta carta?

E, com uma leve inclinação, voltou a andar na direção da fazenda e logo desapareceu.

Sem qualquer expectativa de prazer, mas com a maior curiosidade, Elizabeth abriu a carta e, para sua crescente surpresa, encontrou um envelope contendo duas folhas de papel de carta, quase completamente cobertas por uma letra bem pequena. O próprio envelope estava todo escrito. Continuando seu caminho pelo atalho, começou então a ler. A data era Rosings, oito horas da manhã, e o texto era:

> Não se deixe intimidar, minha senhora, ao receber esta carta, pela apreensão de que ela contenha qualquer repetição daqueles sentimentos ou renovação daquelas propostas que ontem à noite lhe causaram tanta repugnância. Escrevo sem qualquer intenção de perturbá-la, ou de me humilhar, alongando-me em desejos que, para o bem de ambos, não podem ser tão logo esquecidos; e o esforço a que a confecção e a cuidadosa leitura desta carta nos obriga poderia ser poupado não tivesse meu caráter exigido que ela fosse escrita e lida. A senhorita deve, assim, perdoar a liberdade com que peço sua atenção; seus sentimentos, bem sei, a concederão com relutância, mas eu a peço em nome da justiça.
>
> Dois delitos de natureza bem diversa, e de modo algum de igual magnitude, atribuiu-me a senhorita ontem à noite. O primeiro a ser mencionado foi que, indiferente aos sentimentos de ambos, eu havia separado o sr. Bingley de sua irmã Jane. E o outro de que eu havia, desafiando diversos direitos legais, desafiando a honra e a humanidade, arruinado a imediata prosperidade e destruído os planos de futuro do sr. Wickham. Ter repudiado de forma intencional e torpe o companheiro de minha juventude e o favorito declarado de meu pai, um rapaz que dificilmente teria qualquer outro meio de vida além de nosso patronato e que fora criado na expectativa de recebê-lo, seria uma perversão com a qual a separação de dois jovens, cujo afeto só brotara há poucas semanas, não

se poderia comparar. Mas da severidade das censuras que me foram tão irrestritamente feitas ontem à noite em relação às duas situações espero estar a salvo no futuro, quando o relato de minhas atitudes e seus motivos tiverem sido lidos. Caso, na exposição dos mesmos, que me obrigo a dar, tiver eu a necessidade de expressar sentimentos que possam ser ofensivos aos seus, só posso dizer que lamento. Tal necessidade deve ser obedecida e pedidos adicionais de desculpas seriam absurdos.

Não estava eu há muito tempo em Hertfordshire quando observei, como outros, que Bingley preferia sua irmã mais velha a qualquer outra jovem da região. Mas, até a noite do baile em Netherfield, nenhuma apreensão houve de que existisse qualquer seriedade em seu interesse. Já o vira apaixonado muitas vezes antes. Naquele baile, enquanto eu tinha a honra de dançar consigo, tomei conhecimento pela primeira vez, por uma acidental informação de Sir William Lucas, de que as atenções de Bingley à sua irmã haviam dado origem à expectativa geral de um casamento entre ambos. Ele se referiu ao fato como uma certeza, da qual apenas a data era ignorada. Daquele momento em diante observei atentamente o comportamento do meu amigo e pude então perceber que sua preferência pela srta. Bennet estava além do que eu jamais testemunhara nele. Observei também sua irmã. Sua aparência e atitude eram francas, alegres e atraentes como sempre, mas sem qualquer sintoma de interesse especial, e assim me convenci, a partir das análises daquela noite, de que, embora ela recebesse as atenções dele com prazer, não as estimulava com qualquer demonstração de sentimentos. Se *a senhorita* não se enganou a respeito, *eu* devo ter incorrido em erro. Seu maior conhecimento de sua irmã torna provável a última hipótese. Se assim for, se fui por tal erro levado a magoá-la, seu ressentimento não é indevido. Mas não terei escrúpulos em afirmar que a serenidade das expressões e do comportamento de sua irmã era tal que teria dado ao mais arguto observador a convicção de que, por mais afetuoso que fosse o seu temperamento, seu coração não parecia de fácil conquista. Que eu estivesse desejoso de acreditar na indiferença da srta. Bennet é verdade, mas ousarei dizer que minha investigação e decisões não são em geral influenciadas por minhas esperanças ou temores. Não a acreditei indiferente porque assim desejei; acreditei por imparcial convicção, tanto quanto racionalmente desejei que assim fosse. Minhas objeções ao casamento não eram apenas as que reconheci ontem à noite como só superáveis pela força maior da paixão, como no meu próprio caso; a falta de boas relações não poderia ser mais prejudicial a meu amigo do que a mim. Mas havia outros motivos para minha oposição; motivos que, embora ainda existentes, e existindo com a mesma intensidade nas duas situações, me propus a esquecer, porque não me afetariam de imediato. Tais causas devem ser relatadas, mesmo em resumo. A situação da família de sua mãe, embora questionável, nada era em comparação à absoluta falta de decoro com tanta frequência e em quase todas as situações demonstrada por ela própria, pelas suas três irmãs mais moças e, ocasionalmente, até por seu pai. Perdoe-me. Magoa-me ofendê-la. Mas que, em meio ao constrangimento provocado pelos defeitos de seus parentes mais próximos e seu desprazer por esta descrição dos mesmos, lhe sirva de consolo pensar que, por se terem ambas conduzido de modo a evitar qualquer parcela de semelhante censura, elogios proporcionais são feitos por todos a si e à sua irmã mais velha, meritórios ao bom senso e ao comportamento de ambas. Acrescentarei apenas que os acontecimentos daquela noite confirmaram minha opinião a respeito de todos e intensificaram qualquer impulso que já poderia me motivar a preservar meu amigo do que eu considerava uma aliança bastante infeliz. Ele partiu de Netherfield para Londres na manhã seguinte, como a senhorita sem dúvida se recorda, com a intenção de voltar em breve.

O papel que representei será agora apresentado. O desconforto das irmãs Bingley era tão grande quanto o meu; nossos sentimentos coincidentes logo vieram à tona e, considerando todos que não havia tempo a perder para afastar seu irmão, em pouco tempo decidimos nos juntar a ele em Londres. Assim fizemos... e aqui eu me dediquei prontamente ao ofício de enumerar para meu amigo os indubitáveis perigos de sua escolha. Descrevi-os e reforcei-os com sinceridade. Mas, por mais que tal exposição possa ter abalado ou adiado sua decisão, não suponho que tivesse impedido o casamento, não fosse secundada pela declaração, que não hesitei em fazer, da indiferença de sua irmã. Acreditava ele até então ser seu afeto retribuído com sincero, se não igual, interesse. Mas Bingley é por demais modesto e tem mais confiança no meu julgamento do que no seu próprio. Convencê-lo, portanto, de que se iludira, não foi difícil. Persuadi-lo a não voltar a Hertfordshire, uma vez assumida tal convicção, não foi trabalhoso. Não posso me censurar por ter feito o que fiz. Há apenas um ponto em minha conduta, durante todo esse caso, que não me satisfaz; é que eu tenha condescendido em usar de artifícios para ocultar dele o fato de sua irmã estar na cidade. Eu sabia, bem como a srta. Bingley, mas seu irmão até hoje o ignora. Que eles pudessem ter se encontrado sem maiores consequências talvez fosse provável, mas seu interesse não me parece suficientemente extinto para que ele a possa ver sem correr riscos. Talvez tal artifício, tal dissimulação, seja indigno de mim; mas está feito, e foi feito com a melhor das intenções. Em relação a este assunto nada mais tenho a dizer, nem outras desculpas a apresentar. Se ofendi os sentimentos de sua irmã, foi por desconhecimento, e, ainda que as razões que me motivaram possam naturalmente lhe parecer insuficientes, ainda não as posso condenar.

Em relação àquela outra acusação, mais grave, de ter prejudicado o sr. Wickham, só posso refutá-la descortinando a seus olhos toda a relação dele com a minha família. Do que ele *especialmente* me acusa não tenho conhecimento, mas da verdade do que irei relatar posso apresentar mais de uma testemunha fidedigna.

O sr. Wickham é filho de um homem muito respeitável, que por muitos anos administrou todos os bens de Pemberley e cuja boa conduta no desempenho de suas funções levou meu pai a naturalmente lhe ser grato. E, por essa razão, sua consideração com George Wickham, que era seu afilhado, foi ilimitada. Meu pai custeou seus primeiros estudos e mais tarde colocou-o em Cambridge, contribuição ainda mais importante, pois seu próprio pai, sempre pobre devido às extravagâncias da esposa, teria sido incapaz de lhe dar uma educação digna de um cavalheiro. Meu pai não apenas gostava da companhia desse rapaz, cujas maneiras sempre foram cativantes; tinha também a melhor opinião a seu respeito e, desejando que seguisse carreira na Igreja, tencionava encaminhá-lo nessa direção. Quanto a mim, muitos, muitos anos se passaram sem que eu começasse a encará-lo com outros olhos. As tendências corruptas e a falta de princípios, que ele cuidadosamente mantinha longe do conhecimento de seu melhor amigo, não poderiam escapar à observação de um jovem quase da sua idade e que tinha chances de vê-lo em momentos descontraídos, o que não acontecia com o sr. Darcy. Mais uma vez lhe causarei sofrimento – em que grau só a senhorita poderá dizer. Mas sejam quais forem os sentimentos despertados pelo sr. Wickham, uma suspeita quanto à natureza dos mesmos não me deve impedir de expor-lhe seu verdadeiro caráter, até lhe acrescenta mais um motivo.

Meu excelente pai morreu há cerca de cinco anos, e seu sentimento de amizade para com o sr. Wickham foi até o final tão intenso que, em seu testamento, ele me recomendou explicitamente que eu encorajasse ao máximo seus progressos na carreira escolhida; e, caso ele se ordenasse, recomendou que um importante vicariato familiar lhe fosse entregue tão logo estivesse vago. Havia também um legado de mil libras. Seu próprio pai não sobreviveu ao meu por muito tempo e, meio ano após esses acontecimentos, o sr. Wickham me escreveu para informar que, tendo afinal se decidido contra a ordenação, esperava que eu não considerasse exorbitante que ele esperasse alguma vantagem pecuniária mais imediata, em lugar da nomeação da qual não se poderia beneficiar. Tinha alguma intenção, acrescentava ele, de estudar Direito, e eu deveria ser sabedor que os juros de mil libras seriam então uma ajuda bastante insuficiente. Eu mais desejei do que acreditei que ele fosse sincero; mas, de qualquer forma, estava mais que disposto a concordar com sua proposta. Eu sabia que o sr. Wickham não seria um clérigo; logo foi então firmado o acordo. Ele renunciou a qualquer reivindicação de ajuda por parte da Igreja, ainda que algum dia viesse a estar em posição de recebê-la, e aceitou em troca três mil libras. Qualquer ligação entre nós parecia então desfeita. Minha opinião a seu respeito era muito má para que o recebesse em Pemberley ou aceitasse sua companhia na cidade. Acredito que tenha vivido a maior parte do tempo na capital, mas estudar Direito era mera desculpa e, estando então livre de qualquer freio, levava uma vida de ócio e dissipação. Por três anos mal ouvi falar dele; mas, com o falecimento do titular do vicariato que lhe havia sido destinado, ele me escreveu nova carta apresentando-se para a indicação. Sua situação, afirmou ele, e não me foi difícil acreditar, era incrivelmente ruim. Ele descobrira ser o Direito um estudo muito pouco lucrativo e estava agora absolutamente decidido a se ordenar sacerdote, caso eu lhe desse o vicariato em questão, não acreditando poder haver dúvidas quanto a isso, pois estava bem informado de que eu não tinha outra pessoa para indicar e sabia que eu não poderia ter esquecido as intenções de meu honrado pai. A senhorita não poderá me censurar por me recusar a ceder a esse pedido, ou a resistir a todas as insistências no mesmo sentido. Seu ressentimento foi proporcional à precariedade de sua situação... e ele foi sem dúvida tão violento em suas denúncias a terceiros quanto nas acusações que me fez pessoalmente. Depois dessa ocasião, todas as relações foram cortadas. Como ele viveu, não sei. Mas no verão passado sua existência se fez notar de forma muito dolorosa para mim.

Devo agora mencionar uma circunstância da qual eu mesmo gostaria de esquecer e que nenhuma outra situação que não a presente me levaria a revelar a qualquer ser humano. Tendo dito isso, não duvido que mantenha secretas estas palavras. Minha irmã, que é mais de dez anos mais moça do que eu, foi deixada sob minha tutela e a do sobrinho de minha mãe, o coronel Fitzwilliam. Há cerca de um ano, terminado o colégio, foi levada a se aprimorar numa instituição em Londres e seguiu, no último verão, na companhia da diretora dessa escola, para Ramsgate; e para lá foi também o sr. Wickham, sem dúvida com segundas intenções, pois ficou provado ter havido um acordo anterior entre ele e a sra. Younge, cujo caráter infelizmente nos decepcionou muitíssimo; e com sua conivência e ajuda, ele tão bem se apresentou perante Georgiana, cujo coração afetuoso guardava uma forte impressão de sua gentileza para com ela quando criança, que a convenceu a se acreditar apaixonada e a concordar em fugir para se casar. Ela tinha apenas quinze anos, o que lhe pode servir de desculpa, e, depois de mencionar sua imprudência, fico feliz por acrescentar que devo o conhecimento desses fatos a ela mesma. Fui ao seu encontro, inesperadamente, um ou dois dias antes da planejada fuga, e então Georgiana, incapaz de suportar a ideia de magoar e ofender um irmão que quase considerava um pai, confessou-me tudo. Pode imaginar o que senti e como agi. O respeito à honra e aos sentimentos de minha irmã impediram qualquer exposição pública; mas escrevi ao sr. Wickham, que deixou no mesmo dia o local, e a sra. Younge foi evidentemente destituída de suas funções. O objetivo principal do sr. Wickham era sem sombra de dúvida a fortuna de minha irmã, que é de trinta mil libras; mas não posso deixar de supor que a esperança de se vingar de mim lhe tenha servido de incentivo. Sua vingança teria sido realmente completa.

Esta, minha senhora, é uma narrativa fiel de todos os eventos nos quais estivemos ambos envolvidos; e, se não a rejeitar como absolutamente falsa, irá, espero, me isentar daqui por diante da acusação de crueldade em relação ao sr. Wickham. Não sei de que maneira, sob que forma de falsidade ele conquistou sua atenção, mas seu sucesso talvez não deva ser questionado. Ignorante como estava a senhorita de todos os fatos, a detecção da verdade não lhe seria possível e certamente a suspeita não é uma de suas características.

Talvez possa a senhorita se perguntar por que tudo isso não lhe foi dito ontem à noite; mas eu não tinha então suficiente controle de mim mesmo para saber o que poderia ou deveria ser revelado. A favor da verdade do que foi aqui relatado, posso apelar para o testemunho do coronel Fitzwilliam, que, por parentesco próximo e constante intimidade e, ainda mais, como um dos executores do testamento de meu pai, tem sido inevitavelmente mantido a par de todos os detalhes dessas transações. Se sua antipatia por *mim* é capaz de tornar sem valor *minhas* declarações, não pode pelo mesmo motivo deixar de confiar em meu primo; e, para que lhe seja possível consultá-lo, tratarei de encontrar uma oportunidade de colocar esta carta entre suas mãos ainda durante a manhã. Acrescentarei apenas que Deus a abençoe.

Fitzwilliam Darcy

Capítulo 36

Se Elizabeth, quando o sr. Darcy lhe entregou a carta, não esperava que ela contivesse uma reiteração de sua proposta, não criara qualquer expectativa quanto a seu conteúdo. Mas, diante dele, pode-se compreender com que avidez a percorreu e quantas emoções contraditórias foram por ela despertadas. Seus sentimentos durante a leitura dificilmente poderiam ser definidos. Com perplexidade, ela a princípio deduziu que ele acreditava ser possível apresentar alguma desculpa; e com inabalável certeza considerou que ele não poderia dar qualquer explicação que não fosse encoberta por um justificado sentimento de vergonha. Com grande predisposição contra tudo o que ele pudesse dizer, começou a ler o relato do que acontecera em Netherfield. Leu com uma ansiedade que mal lhe permitia compreender e, pela impaciência de saber o que traria a próxima frase, era incapaz de apreender o sentido da que tinha sob os olhos. No mesmo instante considerou falsa a crença de Darcy na insensibilidade de Jane e sua exposição das reais e piores objeções à união deixaram-na furiosa demais para ter qualquer desejo de lhe fazer justiça. Nenhum arrependimento por ele expresso a satisfazia; seu estilo não era penitente, e sim arrogante. Tudo era orgulho e insolência.

Mas quando a esse assunto seguiu-se a narrativa a respeito do sr. Wickham, quando ela leu com um pouco mais de clareza e atenção a sequência de fatos que, se verdadeiros, derrubariam qualquer opinião acalentada em relação a ele e que tinham tão alarmante afinidade com a história que ele próprio contara, seus sentimentos foram ainda mais intensamente dolorosos e de mais difícil definição. Perplexidade, apreensão e até mesmo horror a oprimiram. Desejou não acreditar em coisa alguma, exclamando várias vezes, "Isto deve ser falso! Isto não pode ser verdade! Isto deve ser uma enorme calúnia!" E, quando chegou ao final da carta, embora quase nada retendo da última página, ou das duas últimas, guardou-a depressa, afirmando que não pensaria mais a respeito, que nunca mais olharia para aquilo.

Em seu estado de perturbação mental, com pensamentos que não encontravam descanso, continuou a andar; mas não adiantaria; em meio minuto a carta foi mais uma vez desdobrada e, controlando-se como podia, recomeçou a mortificante leitura de tudo o que se relacionava a Wickham e obrigou-se agora a examinar o significado de cada frase. O relato de sua ligação com a família de Pemberley era exatamente como ele próprio contara; e a bondade do falecido sr. Darcy, embora ela ainda não conhecesse sua extensão, também se igualava às palavras do rapaz. Até aí as narrativas se confirmavam mas, quando ela chegou ao testamento, a diferença era grande. O que Wickham dissera a respeito do vicariato estava fresco em sua memória e, à medida que recordava seus comentários, era impossível não sentir que havia uma enorme duplicidade em ambos os lados. E, por alguns momentos, ela se regozijou por não se ter enganado. Mas quando leu e releu com maior cuidado, os detalhes que se seguiam, sobre a renúncia de Wickham a qualquer pretensão ao vicariato, sobre ele ter recebido em troca a vultosa soma de três mil libras, foi mais uma vez obrigada a hesitar. Deixou de lado a carta, sopesou cada circunstância com o que pretendia ser imparcialidade, considerou a probabilidade de cada declaração, mas com pouco sucesso. Dos dois lados havia apenas afirmações. Mais uma vez releu; mas cada linha provava com mais clareza que o assunto, que acreditava impossível ter sido desfigurado por alguma artimanha que tornaria a conduta do sr. Darcy no mínimo infame, fosse passível de uma reviravolta que o eximiria de qualquer culpa.

A extravagância e a licenciosidade geral que ele não tinha escrúpulos de atribuir ao sr. Wickham chocaram-na em excesso; ainda mais por não poder apresentar qualquer prova de injustiça. Nunca ouvira falar dele antes de seu ingresso na milícia de ...shire, na qual fora levado a se engajar pelo jovem que, ao encontrá-lo por acaso na cidade, reatara uma relação superficial. De seu modo de vida anterior nada se soube em Hertfordshire além do que ele mesmo contou. Quanto a seu verdadeiro caráter, caso pudesse ter tido acesso a informações, nunca sentira vontade de investigar. Sua aparência, voz e maneiras haviam-no feito de imediato possuidor de todas as virtudes. Ela tentou recordar algum exemplo de bondade, algum evidente traço de integridade ou benevolência que pudesse salvá-lo dos ataques do sr. Darcy ou, ao menos, pela predominância da virtude, compensar aqueles erros fortuitos, como ela gostaria de considerar o que o sr. Darcy descrevera como anos de contínua ociosidade e devassidão. Mas nenhuma recordação veio a seu favor. Ela o podia ver diante dela, encantador em seu ar e seu jeito, mas não conseguia lembrar qualquer sinal expressivo de bondade além da aprovação geral da vizinhança e da consideração que seu trato social gerara no regimento. Depois de se deter nesse ponto por um tempo considerável, ela mais uma vez continuou a ler. Mas que pena! A história que se seguia, de suas intenções em relação à srta. Darcy, era de certa forma confirmada pelo que se passara entre o coronel Fitzwilliam e ela mesma na manhã do dia anterior e, no final, havia a menção de poderem ser todos os detalhes da verdade referendados pelo próprio coronel Fitzwilliam, de quem ela recebera antes a informação de seu envolvimento em todos os negócios do primo e cujo caráter não tinha motivos para questionar. Por um momento, quase se decidiu a recorrer a ele, mas a ideia foi afastada pelo absurdo da situação e completamente abandonada pela convicção de que o sr. Darcy nunca se arriscaria a fazer tal proposta sem a absoluta certeza da ratificação por parte do primo.

 Lembrava-se muito bem de tudo o que houvera de conversa entre Wickham e ela, na primeira noite, em casa do sr. Phillips. Muitas frases ainda estavam frescas em sua memória. Chamava-lhe *agora* a atenção a impropriedade de tais comunicados feitos a uma estranha e perguntou-se como isso lhe escapara antes. Percebeu a indelicadeza de se autopromover como ele havia feito e a inconsistência entre suas declarações e sua conduta. Lembrou-se de que ele se vangloriara de não ter medo de enfrentar o sr. Darcy, que o sr. Darcy poderia se afastar do campo, mas que *ele* não fugiria do confronto; contudo, evitara o baile em Netherfield logo na semana seguinte. Lembrou-se também que, até que a família de Netherfield deixasse o campo, ninguém além dela conhecera sua história, mas que, depois que se foram, o caso foi discutido em toda parte; que ele não tivera reservas, nem escrúpulos, para denegrir o caráter do sr. Darcy, mesmo lhe tendo afirmado que o respeito pelo pai sempre o impediria de expor o filho.

 Como tudo o que se relacionava com ele parecia agora diferente! As atenções para com a srta. King eram agora consequência de objetivos exclusiva e odiosamente mercenários; e a mediocridade da fortuna da moça não mais provava a moderação de seus desejos, e sim sua ânsia de agarrar o que pudesse. Seu comportamento em relação a ela não poderia agora ter qualquer motivo tolerável; ou ele se iludira a respeito de sua fortuna ou estivera alimentando sua vaidade ao encorajar a preferência que ela acreditava ter cometido a imprudência de demonstrar. Qualquer remanescente argumento a favor dele empalidecia cada vez mais; e, para maior defesa do sr. Darcy, ela não podia deixar de reconhecer que o sr. Bingley, quando interrogado por Jane, havia há muito tempo afirmado sua inocência no caso; que, por mais orgulhosas e repulsivas que fossem suas maneiras, ela nunca vira, em todo o decorrer de sua convivência, uma convivência que nos últimos tempos os aproximara bastante e lhe permitira uma espécie de intimidade com sua maneira de ser, na qual nada vira que o acusasse de falta de princípios ou injustiça, nada que indicasse ter ele hábitos heréticos ou imorais; que entre suas próprias amizades ele era estimado e apreciado, que até Wickham lhe reconhecera mérito como irmão, e que ela o ouvira diversas vezes falar com tanto afeto da irmã, prova de que era capaz de *algum* sentimento de amor; que, fossem suas ações como as havia pintado o sr. Wickham, tão grande violação de tudo o que era correto dificilmente poderia permanecer oculto aos olhos do mundo; e que a amizade entre uma pessoa capaz disso e um homem tão agradável como o sr. Bingley seria incompreensível.

Envergonhava-se cada vez mais de si mesma. Era incapaz de pensar em Darcy ou em Wickham sem sentir que havia sido cega, parcial, preconceituosa, absurda.

– De que modo desprezível agi! – exclamou. – Eu, que me orgulhava de meu discernimento! Eu, que me congratulava por minhas habilidades! Que tantas vezes desdenhei a generosa candura de minha irmã e gratifiquei minha vaidade com desconfianças inúteis ou censuráveis! Como é humilhante esta descoberta! Mas como é merecida esta humilhação! Estivesse eu apaixonada e não poderia estar mais desgraçadamente cega! Mas foi a vaidade, e não o amor, a minha insensatez. Lisonjeada com a preferência de um e ofendida com o desprezo do outro, pouco depois de nos conhecermos, alimentei em relação a ambos o fascínio e a ignorância e abandonei a razão. Até este momento, eu não me conhecia.

Dela mesma para Jane, de Jane para Bingley, seus pensamentos seguiram uma linha que logo lhe trouxe à lembrança que a justificativa do sr. Darcy para *aquilo* lhe parecera muito insuficiente, e ela releu o trecho. Muitíssimo diferente foi o efeito de uma segunda leitura. Como poderia negar crédito às suas declarações num caso, quando havia sido obrigada a acreditar no outro? Ele se declarava não suspeitar em absoluto do interesse de sua irmã, e ela não poderia deixar de se lembrar da opinião de Charlotte. Nem seria possível negar a justiça de sua descrição de Jane. Sentiu que os sentimentos de Jane, embora ardentes, eram pouco demonstrados e que havia em sua expressão e maneiras uma constante benevolência nem sempre associados a uma grande sensibilidade.

Quando chegou à parte da carta na qual sua família era mencionada e censurada em termos tão humilhantes, ainda que merecidos, seu sentimento de vergonha foi grande. A justiça do ataque chocou-a demais para ser negada, e as circunstâncias às quais ele em especial se referia como tendo ocorrido no baile de Netherfield e confirmado toda a sua desaprovação inicial não poderiam tê-lo impressionado mais do que a ela.

O elogio feito a ela mesma e à irmã não passou despercebido. Aplacou, mas não a consolou pelo desprezo nele contido ao resto de sua família; e, ao considerar que a decepção de Jane fora de fato causada por seus parentes mais próximos e ao refletir a que ponto poderia a reputação de ambas ser afetada por conduta tão imprópria, sentiu-se deprimida como nunca antes na vida.

Depois de duas horas andando a esmo pelo atalho, permitindo-se todo tipo de pensamentos, reconsiderando eventos, definindo probabilidades e recuperando-se, da melhor maneira possível, de uma mudança tão repentina e tão importante, o cansaço e a conscientização de estar há muito tempo ausente fizeram com que afinal voltasse para a casa; e entrou com a esperança de parecer animada como de costume e decidida a reprimir quaisquer reflexões que a tornariam incapaz de conversar.

Disseram-lhe no mesmo instante que os dois cavalheiros de Rosings tinham estado lá durante sua ausência; o sr. Darcy apenas por alguns minutos, para se despedir, mas que o coronel Fitzwilliam se demorara pelo menos uma hora, esperando sua volta e quase se decidindo a sair à sua procura até encontrá-la. Elizabeth só conseguiu *fingir* lamentar não tê-lo visto; na verdade alegrou-se por isso. O coronel Fitzwilliam não mais a interessava; só conseguia pensar na carta.

Capítulo 37

OS DOIS CAVALHEIROS DEIXARAM Rosings na manhã seguinte e, estando o sr. Collins à espera de ambos junto às cabanas, para lhes fazer a mesura de despedida, pôde levar para casa a agradável informação de que pareciam ambos em boa saúde e em estado de espírito bastante tolerável depois da melancólica cena dos últimos instantes em Rosings. Para Rosings, então, apressou-se em ir, a fim de consolar Lady Catherine e a filha, e de lá trouxe, com grande satisfação, um recado de Sua Senhoria, informando que estava tão entediada que desejava muito receber todos para o jantar.

Elizabeth não pôde ver Lady Catherine sem lembrar que, caso tivesse aceito, já teria sido àquela altura apresentada a ela como sua futura sobrinha; nem pôde deixar de pensar, sem sorrir, na indignação de Sua Senhoria. "O que teria dito? Como teria se comportado?", foram perguntas que a divertiram.

O primeiro assunto foi a redução do grupo de Rosings.

— Asseguro-lhes que lamento muitíssimo — disse Lady Catherine —, acredito que ninguém sente a perda de amigos tanto quanto eu. Mas sou especialmente afeiçoada a esses dois rapazes e sei que eles também me estimam muito! Estavam desolados por partir! Mas sempre ficam. Nosso querido coronel controlou-se bem até o fim, mas Darcy pareceu sofrer muito com a partida, ainda mais, creio eu, do que no ano passado. É sem dúvida maior o seu apego a Rosings.

O sr. Collins fez um elogio e com ele uma alusão, recebida com um sorriso gentil por mãe e filha.

Lady Catherine observou, após o jantar, que a srta. Bennet parecia desanimada e, imediatamente concluindo do que se tratava, ao supor que ela não gostaria de voltar para casa tão cedo, acrescentou:

— Mas sendo esse o caso, deve escrever para sua mãe e pedir para ficar um pouco mais. Estou certa de que a sra. Collins terá muito prazer na sua companhia.

— Fico muito grata a Vossa Senhoria pelo gentil convite — respondeu Elizabeth —, mas não me é possível aceitar. Preciso estar na capital no próximo sábado.

— Mas, sendo assim, a senhorita só terá passado seis semanas aqui. Eu esperava que ficasse dois meses. Disse isso à sra. Collins antes de sua vinda. Não pode haver razão para que parta tão cedo. A sra. Bennet pode sem dúvida dispensá-la por mais uma quinzena.

— Mas meu pai não pode. Ele me escreveu na semana passada, pedindo-me que apressasse meu retorno.

— Oh! Seu pai com certeza pode dispensá-la, se sua mãe pode. Filhas nunca são tão importantes para um pai. E, se ficar aqui outro *mês* inteiro, terei possibilidade de levá-la até Londres, pois estarei indo para lá no início de junho, por uma semana; e como Dawson não se importa em ocupar o assento do cocheiro, haverá bastante lugar para uma de vocês, e até mesmo, se fizer frio, eu não teria objeções quanto a levar ambas, já que nenhuma das duas é gorda.

— É muito gentil, minha senhora; mas acredito que precisaremos nos ater ao plano original.

Lady Catherine pareceu resignar-se.

— Sra. Collins, a senhora deve mandar um criado com elas. A senhora sabe que sempre digo o que penso e não suporto a ideia de duas jovens viajando sozinhas numa diligência. É altamente impróprio. A senhora precisa providenciar alguém. Esta é uma das coisas que mais me desagradam. Mulheres jovens devem ser adequadamente acompanhadas e protegidas, de acordo com sua posição na vida. Quando minha sobrinha Georgiana foi para

Ramsgate no último verão, fiz questão absoluta de que dois criados homens a acompanhassem. Seria muito impróprio que a srta. Darcy, a filha do sr. Darcy, de Pemberley, e de Lady Anne, fosse vista de outra maneira. Sou muitíssimo atenta a todas essas coisas. Deve mandar John com as moças, sra. Collins. Estou satisfeita por me ter ocorrido mencionar isto, pois seria realmente muito pouco recomendável para *a senhora* deixá-las ir sozinhas.

– Meu tio deverá nos mandar um criado.

– Oh! Seu tio! Pois não é que ele mantém um criado? Alegro-me que a senhorita tenha alguém que pense nessas coisas. Onde deverão trocar os cavalos? Oh!, em Bromley, é claro! Serão bem servidas, se mencionarem meu nome no The Bell.

Lady Catherine tinha muitas outras perguntas a respeito da viagem e, como nem sempre dava ela mesma todas as respostas, era preciso prestar atenção, o que Elizabeth considerou uma sorte, pois, absorta em tantos pensamentos, poderia se esquecer de onde estava. Reflexões deviam ser reservadas para momentos de solidão; sempre que estava sozinha, entregava-se a elas com alívio; e não se passou um dia sem um passeio solitário, no qual podia se dedicar ao prazer de desagradáveis recordações.

Estava quase a ponto de saber de cor a carta do sr. Darcy. Estudava cada frase, e seus sentimentos em relação ao autor variavam muito. Quando se lembrava do modo como lhe fizera a proposta ainda ficava cheia de indignação; mas, quando considerava quão injusta fora sua condenação e censura, sua raiva voltava-se contra ela mesma e o desapontamento do rapaz tornava-se objeto de compaixão. Seu interesse despertava gratidão e seu caráter, respeito, mas ela não o aprovava; nem por um momento arrependeu-se de sua recusa ou sentiu alguma vez qualquer desejo de vê-lo de novo. Em seu próprio comportamento passado havia uma constante fonte de constrangimento e remorso e, nos desastrosos defeitos de sua família, um motivo de tristeza ainda maior. Não havia remédio. O pai, limitando-se à zombaria, nunca se esforçaria para coibir a leviandade selvagem das filhas menores; e a mãe, ela própria com maneiras tão pouco satisfatórias, era totalmente insensível a tais erros. Elizabeth inúmeras vezes se juntava a Jane num esforço para refrear a imprudência de Catherine e Lydia; mas, enquanto encontrassem apoio na indulgência materna, que chances de melhora poderia haver? Catherine, de caráter fraco, irritadiça e totalmente dominada por Lydia, ofendia-se sempre com seus conselhos; e Lydia, voluntariosa e negligente, mal lhes dava ouvidos. Eram ambas ignorantes, preguiçosas e fúteis. Enquanto houvesse um oficial em Meryton, flertariam com ele, e enquanto fosse possível ir a pé de Longbourn a Meryton, continuariam a andar até lá.

A ansiedade em relação a Jane era outra preocupação constante; e a explicação do sr. Darcy, ao devolver a Bingley o bom conceito no qual o tinha antes, aumentava sua consciência do que Jane perdera. Ficou provado que os sentimentos do rapaz eram sinceros e sua conduta isenta de qualquer culpa, a não ser que alguma pudesse ser imputada à sua tácita confiança no amigo. Como era doloroso o pensamento de que, de uma situação tão desejável sob todos os aspectos, tão cheia de vantagens, tão promissora em termos de felicidade, Jane fora privada pela insensatez e falta de decoro de sua própria família!

Quando a tais recordações somava-se a revelação do caráter de Wickham, pode-se compreender com facilidade que o bom humor que poucas vezes a abandonara estivesse agora abalado a ponto de tornar quase impossível qualquer aparência de alegria.

Os compromissos em Rosings foram tão frequentes na última semana de sua estada quanto haviam sido no início. A última noite foi passada lá, e Sua Senhoria mais uma vez questionou minuciosamente os detalhes da viagem, deu-lhes instruções quanto ao melhor método de acondicionar seus pertences e insistiu tanto na necessidade de arrumar os vestidos da única maneira correta possível que Maria se sentiu obrigada, ao voltar, a desfazer o trabalho da manhã e refazer todo o seu baú.

Quando se despediram, Lady Catherine, com grande condescendência, desejou-lhes boa viagem e convidou-as a voltar a Hunsford no ano seguinte; e a srta. De Bourgh conseguiu reunir forças para fazer uma mesura e estender a mão a ambas.

Capítulo 38

NA MANHÃ DE SÁBADO Elizabeth e o sr. Collins encontraram-se para o café da manhã poucos minutos antes dos outros aparecerem, e ele aproveitou a oportunidade para lhe apresentar as cordiais despedidas que considerava absolutamente indispensáveis.

– Não sei, srta. Elizabeth – disse ele –, se a sra. Collins já lhe expressou gratidão pela sua gentileza em ter ficado conosco; mas tenho a certeza de que a senhorita não deixará a casa sem que ela lhe agradeça. O privilégio de sua companhia foi muito apreciado, asseguro-lhe. Sabemos quão poucos atrativos há em nossa humilde morada. Nossa maneira simples de viver, nossos pequenos quartos e poucos criados, além da pouca vida social que temos, deve tornar Hunsford extremamente tediosa para uma jovem como a senhorita; mas espero que acredite que somos gratos por sua condescendência e que fizemos tudo o que estava em nosso poder para evitar que passasse seu tempo de forma desagradável.

Elizabeth foi enfática em seus agradecimentos e ao afirmar ter sido feliz ali. Passara seis semanas com a maior satisfação; e o prazer de estar com Charlotte, somado às gentilezas que recebera, fazia com que *ela* se sentisse grata. O sr. Collins ficou lisonjeado e, com uma solenidade mais sorridente, retrucou:

— É um grande prazer para mim ouvi-la dizer que não passou o seu tempo de maneira desagradável. Fizemos sem dúvida o melhor que pudemos; e, ainda mais afortunados por poder apresentá-la a pessoas da mais alta sociedade e, em virtude de nossas relações com Rosings, ter meios de variar com frequência nosso humilde cenário doméstico, acredito podermos nos parabenizar por sua visita a Hunsford não ter sido totalmente maçante. Nossa posição perante a família de Lady Catherine representa na verdade extraordinárias vantagens e bênçãos que poucos podem alardear. A senhorita viu o tipo de relações que temos. Viu com que frequência somos convidados. Devo na verdade reconhecer que, com todas as desvantagens desta humilde casa paroquial, não creio que quem quer que nela habite seja digno de compaixão, quando compartilha de nossa intimidade em Rosings.

Palavras eram insuficientes para a grandeza de seus sentimentos; e ele foi obrigado a andar pela sala, enquanto Elizabeth tentava combinar cortesia e verdade em algumas frases curtas.

— Minha cara prima poderá, de fato, levar a Hertfordshire um relato muito favorável. Lisonjeia-me, ao menos, saber que poderá fazê-lo. Das grandes atenções de Lady Catherine para com a sra. Collins, a senhorita foi testemunha diária; e de modo geral acredito que não pareça que sua amiga tenha atraído um desventurado... mas sobre este ponto será melhor silenciar. Permita-me apenas assegurar-lhe, minha cara srta. Elizabeth, que posso de todo o coração desejar-lhe igual felicidade no casamento. Minha cara Charlotte e eu temos uma só opinião e uma única maneira de pensar. Há entre nós, sob todos os aspectos, uma extraordinária semelhança de caráter e ideias. Parecemos ter sido feitos um para o outro.

Elizabeth não encontrou problemas para dizer que isso, quando acontecia, era uma grande felicidade e com a mesma sinceridade acrescentou que acreditava firmemente e se alegrava com sua paz doméstica. Não lamentou, entretanto, ter seu diálogo interrompido pela senhora que a proporcionava. Pobre Charlotte! Era melancólico deixá-la naquela companhia! Mas ela a escolhera de olhos abertos e, mesmo lamentando claramente a partida de suas hóspedes, não parecia pedir sua compaixão. Seu lar e os cuidados domésticos, a paróquia, sua criação de aves e todos os afazeres deles decorrentes ainda não haviam perdido o encanto.

Chegou afinal a diligência, os baús foram amarrados, os pacotes, arrumados e veio o aviso de que tudo estava pronto. Depois de uma afetuosa despedida entre as amigas, Elizabeth foi levada à carruagem pelo sr. Collins e, enquanto desciam o jardim, ele a incumbia de apresentar seus melhores respeitos a toda a família, sem esquecer seus agradecimentos pela gentileza que recebera em Longbourn no inverno e seus cumprimentos ao sr. e sra. Gardiner, mesmo não os conhecendo. Ajudou-a então a subir, Maria entrou depois e a porta estava a ponto de ser fechada quando ele de repente lembrou a ambas, com alguma consternação, que se haviam esquecido de deixar qualquer mensagem para as senhoras de Rosings.

— Mas — acrescentou — sem dúvida desejarão ter seus humildes respeitos transmitidos a ambas, com seu cordial agradecimento pela gentileza com que foram tratadas enquanto aqui estiveram.

Elizabeth não fez objeção; a porta pôde então ser fechada e o veículo partiu.

— Valha-me Deus! — exclamou Maria, após alguns minutos de silêncio. — Parece que chegamos há um ou dois dias! E, no entanto, quanta coisa aconteceu!

— Muitas, sem dúvida — disse sua companheira com um suspiro.

— Jantamos nove vezes em Rosings e duas vezes fomos tomar chá! Quanta coisa terei para contar!

Elizabeth acrescentou para si mesma: "E quanto terei eu a ocultar!"

A viagem transcorreu sem muita conversa e sem incidentes; quatro horas depois de terem deixado Hunsford chegaram à casa do sr. Gardiner, onde deveriam permanecer alguns dias.

Jane parecia bem e Elizabeth teve poucas oportunidades de observar seu estado de espírito em meio aos diversos compromissos que a gentileza de sua tia lhes reservara. Mas Jane deveria ir para casa com ela e, em Longbourn, haveria tempo bastante para observações.

Não foi sem algum esforço, entretanto, que conseguiu esperar chegarem a Longbourn para contar à irmã a proposta do sr. Darcy. Saber que tinha o poder de revelar algo que deixaria Jane tão absurdamente perplexa e, ao mesmo tempo, alimentaria por demais o que ainda lhe restava de vaidade era uma tentação tão grande de desabafo que nada poderia ter refreado senão o estado de indecisão em que permanecia quanto até onde deveria contar e o medo de que, uma vez abordado o assunto, fosse levada a repetir algo a respeito de Bingley capaz de magoar ainda mais a irmã.

Capítulo 39

ERA A SEGUNDA SEMANA de maio, quando as três jovens partiram juntas de Gracechurch Street para a cidade de ..., em Hertfordshire; e, à medida que se aproximavam da estalagem na qual a carruagem do sr. Bennet iria ao seu encontro, logo avistaram, como prova da pontualidade do cocheiro, Kitty e Lydia observando-as de uma janela da sala de refeições no segundo andar. As meninas lá estavam há mais de uma hora, alegremente entretidas em visitar a chapeleira da loja em frente, observar o sentinela de plantão e preparar o molho para uma salada de alface e pepino.

Depois de dar as boas-vindas às irmãs, as duas exibiram, triunfantes, uma mesa posta com todos os tipos de frios em geral existentes na despensa das estalagens, exclamando:

– Não está bonito? Não é uma agradável surpresa?

– E pretendemos convidar todas vocês – acrescentou Lydia –, mas vocês precisam nos emprestar dinheiro, pois acabamos de gastar o nosso na loja ali do outro lado.

E, mostrando as compras:

– Vejam só, comprei este chapéu. Não acho que seja muito bonito, mas achei que tanto fazia comprar como não comprar. Vou desmanchá-lo assim que chegar em casa e ver se consigo deixá-lo melhor.

Quando as irmãs declararam que era feio, ela continuou, com total indiferença:

– Ah! Mas havia dois ou três muito mais feios na loja; e quando eu tiver comprado um pedaço de cetim numa cor mais bonita para enfeitá-lo acho que vai ficar bem tolerável. Além disso, não vai ter muita importância o que usar no verão, depois que a guarnição de ...shire sair de Meryton, e eles vão embora daqui a quinze dias.

– É mesmo? – exclamou Elizabeth com a maior satisfação.

– Vão acampar perto de Brighton; e quero que papai nos leve todas para lá no verão! Seria um arranjo delicioso; e acredito que não custaria nada. Mamãe também adoraria ir! Se não, pensem só no verão horroroso que teremos!

"É," pensou Elizabeth, "*este* seria mesmo um delicioso arranjo, e acabaria de nos destruir. Santo Deus! Brighton e um acampamento cheio de soldados, para nós, que já ficamos transtornadas com um pobre regimento de milícia e com os bailes mensais de Meryton!"

– Agora tenho algumas novidades para contar – disse Lydia quando se sentaram à mesa. – O que estão pensando? São excelentes notícias, notícias fundamentais, e sobre uma determinada pessoa de quem todas gostamos!

Jane e Elizabeth se entreolharam, e o garçom foi dispensado. Lydia riu e disse:

— Ai, vocês e sua formalidade e discrição. Vocês acham que o garçom não deve ouvir, como se ele se importasse! Garanto que ele ouve muitas vezes coisas bem piores do que o que vou dizer. Mas ele era muito feio! Fico contente que tenha saído. Eu nunca tinha visto um queixo tão grande na minha vida. Bem, vamos à minha novidade: é sobre o querido Wickham, bom demais para o garçom, não é? Não há perigo de Wickham se casar com Mary King. O caminho está livre! Ela foi para a casa do tio em Liverpool: foi para ficar. Wickham está salvo.

— E Mary King está salva! — acrescentou Elizabeth. — Salva de uma união insensata que só aconteceria por interesse.

— Ela é uma grande idiota indo embora, se gostava dele.

— Mas espero que não houvesse laços fortes de nenhum dos lados — disse Jane.

— Tenho certeza de que, do lado *dele*, não havia. Posso garantir, ele nunca deu dois tostões por ela... e quem daria, por uma coisinha horrorosa e sardenta daquelas?

Elizabeth escandalizou-se ao pensar que, mesmo incapaz de empregar uma *expressão* tão grosseira, a grosseria do *sentimento* diferia muito pouco do que seu próprio coração abrigara, acreditando ser liberal!

Tão logo todas terminaram de comer e as mais velhas pagaram, a carruagem foi chamada e, depois de algumas arrumações, todo o grupo, com suas caixas, cestas de costura e embrulhos, além do importuno acréscimo das compras de Kitty e Lydia, nela se instalou.

— Como é bom estarmos assim atulhadas de coisas — exclamou Lydia. — Estou contente por ter comprado meu chapéu, nem que seja pelo prazer de ter mais uma chapeleira! Bem, agora vamos ficar bastante confortáveis e aconchegadas, falando e rindo por todo o caminho de volta. E, em primeiro lugar, vamos ouvir o que aconteceu com vocês todas desde que partiram. Conheceram algum homem agradável? Flertaram com alguém? Eu tive grandes esperanças de que uma de vocês arranjasse um marido antes de voltar. Jane logo, logo vai virar uma solteirona, ouçam o que eu digo. Ela já tem quase 23! Céus, como eu teria vergonha de não estar casada antes dos 23! Minha tia Phillips diz que, para arrumar maridos, não se deve pensar. Ela diz que Lizzy deveria ter ficado com o sr. Collins; mas *eu* acho que isso não teria a menor graça. Céus! Como eu gostaria de me casar antes de vocês; então eu seria sua acompanhante em todos os bailes. Valha-me Deus! Nós nos divertimos tanto dia desses na casa do coronel Forster. Kitty e eu devíamos passar o dia lá, e a sra. Forster tinha prometido um pouquinho de dança à noite (aliás, diga-se de passagem, a sra. Forster e eu somos *tão* amigas!), e daí ela pediu às duas Harrington que também fossem, mas Harriet estava doente e daí Pen foi obrigada a ir sozinha; e então, o que vocês pensam que fizemos? Vestimos o Chamberlayne com roupas de mulher para que ele passasse por uma moça, pensem só que divertido! Ninguém sabia, só o coronel e a sra. Forster e Kitty e eu, além de minha tia, porque fomos obrigadas a pegar emprestado um de seus vestidos; e vocês não podem imaginar como ele ficou bem! Quando Denny, Wickham e Pratt, mais uns dois ou três homens chegaram, não o reconheceram de jeito nenhum. Oh, céus! Como eu ri! E a sra. Forster também. Pensei que eu fosse morrer. E *isso* fez os homens suspeitarem de alguma coisa, daí eles logo descobriram o que havia.

Com esse tipo de histórias de suas festas e brincadeiras, Lydia, ajudada pelos palpites e acréscimos de Kitty, tentou divertir as companheiras durante todo o trajeto até Longbourn. Elizabeth ouvia o mínimo possível, mas não havia como escapar das frequentes menções ao nome de Wickham.

Sua recepção em casa foi das mais gentis. A sra. Bennet alegrou-se por ver Jane bonita como sempre e, durante o jantar, mais de uma vez o sr. Bennet disse espontaneamente a Elizabeth:

— Estou contente por você estar de volta, Lizzy.

O grupo que se reuniu na sala de refeições era grande, pois quase todos os Lucas foram encontrar Maria e ouvir as novidades. E muitos foram os assuntos de que se ocuparam: Lady Lucas interrogava Maria quanto ao bem-estar e as aves do galinheiro de sua filha mais velha; a sra. Bennet estava duplamente ocupada, de um lado ouvindo de Jane, sentada numa cadeira mais baixa, informações sobre a última moda e, do outro, repassando-as para as meninas Lucas; e Lydia, em voz bem mais alta do que a de todos, enumerava os vários prazeres daquela manhã para quem quer que a ouvisse.

— Ah, Mary! – disse ela. – Eu queria que você tivesse ido conosco, porque nos divertimos tanto! Na ida, Kitty e eu fechamos as cortinas e fingimos que a carruagem estava vazia; e eu teria ido assim até o fim, se Kitty não tivesse ficado enjoada; e quando chegamos ao George, acho que nos comportamos muito bem, porque oferecemos às outras três o mais lindo almoço frio do mundo e, se você tivesse ido, teríamos oferecido a você também. E então, na volta, foi tão divertido! Achei que nunca caberíamos na carruagem. Eu quase morria de rir. E depois estávamos todas tão alegres a caminho de casa! Falamos e rimos tão alto que qualquer um poderia nos ouvir a dez milhas de distância!

A isso Mary respondeu muito séria:

— Longe de mim, querida irmã, depreciar tais prazeres! São, sem dúvida, adequados à maioria das mentes femininas. Mas confesso que não teriam para *mim* quaisquer encantos, eu preferiria mil vezes um livro.

Mas dessa resposta Lydia não ouviu uma só palavra. Mal ouvia alguém por mais do que meio minuto e nunca dava atenção alguma a Mary.

À tarde, Lydia insistiu com o resto das moças para que andassem até Meryton e vissem como estavam todos; mas Elizabeth opôs-se firmemente ao plano. Não seria comentado que as senhoritas Bennet não podiam passar meio dia em casa sem que saíssem em busca dos oficiais. Havia outra razão para sua oposição. Tinha pavor da ideia de reencontrar o sr. Wickham e estava decidida a evitá-lo ao máximo. O conforto que representava para *ela* a próxima transferência do regimento era indescritível. Dentro de uma quinzena todos teriam partido e, uma vez longe, ela esperava que nada mais a respeito dele pudesse afetá-la.

Não estava há muitas horas em casa quando descobriu que os planos para a ida a Brighton, aos quais Lydia se referira na estalagem, eram motivo de frequente discussão entre seus pais. Elizabeth percebeu que seu pai não tinha qualquer intenção de ceder, mas as respostas por ele dadas eram ao mesmo tempo tão vagas e ambíguas que a mãe, embora às vezes desanimada, ainda não perdera as esperanças.

Capítulo 40

A impaciência de Elizabeth para contar a Jane o que acontecera não podia mais esperar; e afinal, decidida a suprimir qualquer detalhe que se referisse à irmã e preparando-a para a surpresa, expôs na manhã seguinte os principais pontos da cena entre o sr. Darcy e ela.

A perplexidade da srta. Bennet logo cedeu ao grande afeto fraterno, que fazia com que qualquer admiração por Elizabeth parecesse perfeitamente natural; e toda a surpresa logo se perdeu em meio a outras emoções. Ela lamentou que o sr. Darcy tivesse demonstrado seus sentimentos de forma tão pouco adequada; mas ficou ainda mais triste com a provável infelicidade dele diante da recusa da irmã.

— Ele fez mal em estar tão certo do sucesso — disse ela —, e sem dúvida não o deveria ter demonstrado; mas imagine o quanto isso aumentou seu desapontamento.

— É verdade — retrucou Elizabeth —, lamento muitíssimo por ele; mas ele tem outros sentimentos, que provavelmente logo desviarão de mim sua atenção. Você não me censura, então, por tê-lo recusado?

— Censurá-la? Oh! Não.

— Mas me censura por ter falado de Wickham com tanto ardor?

— Não. Não sei por que você estaria errada dizendo o que disse.

— Mas você *vai* saber, quando eu contar o que aconteceu no dia seguinte.

Falou então a respeito da carta, repetindo todo o seu conteúdo no que dizia respeito a George Wickham. Que golpe foi para a pobre Jane! Ela que com prazer teria passado pelo mundo sem acreditar na existência, entre todos os seres humanos, de tanta maldade como agora via concentrada num só indivíduo. Nem a argumentação de Darcy, embora a tranquilizasse, foi capaz de consolá-la de tal descoberta. Com todas as forças esforçou-se para encontrar uma probabilidade de engano, tentando inocentar um sem incriminar o outro.

— Isso não vai funcionar – disse Elizabeth –, você nunca vai conseguir dar razão a ambos. Faça uma escolha, mas terá que se satisfazer com um só. Entre os dois, só há mérito suficiente para um único homem de bem; e ultimamente ele tem mudado de mãos vezes demais. Quanto a mim, estou inclinada a acreditar que pertence a Darcy; mas você escolhe como achar que deve.

Algum tempo se passaria, entretanto, antes que um sorriso pudesse ser arrancado de Jane.

— Não sei o que mais me choca – disse ela. – Wickham ser tão cruel! É quase impossível de acreditar. E coitado do sr. Darcy! Lizzy, querida, pense só no que ele deve ter sofrido. Que desapontamento! E ficar sabendo da péssima opinião que você tem dele! E ter que contar uma coisa dessas a respeito da própria irmã! É realmente muito triste. Tenho certeza de que você sente o mesmo.

— Ah, não! Meu remorso e minha compaixão desaparecem ao ver você tão cheia deles. Sei que você vai lhe fazer tanta justiça que ficarei a cada momento mais despreocupada e indiferente. A abundância dos seus sentimentos poupa os meus; e, se você continuar a lamentá-lo por muito tempo, meu coração ficará leve como uma pluma.

— Pobre Wickham! Há tanta expressão de bondade em seu rosto! Tanta franqueza e gentileza em suas maneiras!

— Com certeza houve uma má distribuição na educação desses dois rapazes. Um deles ficou com toda a bondade e o outro com toda a aparência de bondade.

— Nunca achei o sr. Darcy tão deficiente em *aparência* de bondade quanto você costumava achar.

— E ainda por cima eu me achava tão absurdamente esperta resolvendo ter tanta antipatia por ele, sem qualquer razão. É tão estimulante para o intelecto, tão provocante para o senso de humor sentir uma antipatia desse tipo. Pode-se ofender alguém todo o tempo sem dizer coisas justas; mas não se pode zombar de um homem sem esbarrar de vez em quando numa frase espirituosa.

— Lizzy, tenho certeza de que, quando leu aquela carta pela primeira vez, você não foi capaz de lidar com o assunto como faz agora.

— É verdade, não fui. Eu estava desconfortável demais; deveria dizer infeliz demais. E, sem alguém para conversar sobre o que eu sentia, sem Jane para me confortar e me dizer que eu não tinha sido tão patética e vaidosa e irracional como eu achava! Ah! Como eu quis você por perto!

— Foi uma pena você ter usado expressões tão fortes ao falar de Wickham com o sr. Darcy, porque agora elas parecem *mesmo* completamente indevidas.

— Com certeza. Mas essa desgraça de ter falado com amargura foi a consequência natural dos preconceitos que eu alimentei. Há um ponto no qual quero seu conselho. Quero que me diga se devo, ou não devo, alertar nossos conhecidos quanto ao caráter de Wickham.

A srta. Bennet silenciou por um instante e depois respondeu:

— Pode não haver motivos para expô-lo tanto. O que você acha?

— Que não deveria. O sr. Darcy não me autorizou a tornar público o que me contou. Pelo contrário, eu deveria, na medida do possível, guardar só para mim todos os detalhes relativos a Georgiana. E se eu tentar desacreditar o resto de sua conduta junto às pessoas, quem acreditará em mim? O preconceito geral contra o sr. Darcy é tão violento que, para a metade das pessoas de bem em Meryton, seria mortal tentar colocá-lo sob uma luz favorável. Isso não está ao meu alcance. Wickham logo irá embora, portanto interessará a ninguém daqui quem ele realmente é. Daqui a algum tempo tudo virá à tona e então poderemos rir da estupidez de todos por não terem descoberto antes. No momento, nada direi.

— Você está certa. Tornar públicos seus erros poderá arruiná-lo para sempre. Talvez ele agora esteja arrependido do que fez e ansioso para se emendar. Não podemos fazer com que se desespere.

O tumulto dos pensamentos de Elizabeth foi aplacado por essa conversa. Livrara-se de dois dos segredos que há uma quinzena lhe pesavam e tinha a certeza de encontrar em Jane uma ouvinte de boa vontade sempre que quisesse voltar a falar neles. Mas ainda havia algo oculto, cuja revelação era impedida pela prudência. Ela não ousava falar da outra metade da carta do sr. Darcy, nem explicar à irmã a sinceridade dos sentimentos de seu amigo. Eram informações que ninguém poderia partilhar; e ela tinha consciência de que nada menos do que um perfeito entendimento entre as partes poderia justificar que ela se libertasse daquele último ônus de mistério. "E então", pensou, "caso venha a acontecer esse fato tão improvável, repetirei apenas o que o próprio Bingley poderá dizer de forma muito mais agradável. O privilégio desse comunicado não pode ser meu até que tenha perdido todo o seu valor!"

Estava agora, instalada em casa, à vontade para observar o real estado de espírito da irmã. Jane não era feliz. Ainda sentia muita ternura por Bingley. Nunca antes se tendo sequer imaginado apaixonada, seu olhar tinha todo o calor do primeiro amor e, por sua idade e temperamento, mais firmeza do que em geral possuem as primeiras paixões; e com tanta intensidade valorizava a lembrança do rapaz e o preferia a qualquer outro homem que todo o seu bom senso e todo o cuidado com os sentimentos dos amigos eram necessários para que não se entregasse àquela dor que poderia ser prejudicial à sua própria saúde e à tranquilidade alheia.

– Bem, Lizzy – disse a sra. Bennet um dia – qual é a sua opinião *atual* a respeito do triste caso de Jane? Por mim, estou decidida a nunca mais falar nisso com alguém. Foi o que eu disse à minha irmã Phillips outro dia. Mas não consigo descobrir se Jane o viu em Londres. Bem, ele é um rapaz muito pouco digno e não acredito que haja a menor chance no mundo de ela voltar a se encontrar com ele. Não há notícias de que ele venha a Netherfield no verão, e isso já perguntei a todos os que poderiam saber.

– Não acredito que ele volte a viver em Netherfield algum dia.

– Muito bem! Que seja como ele bem entender. Ninguém quer que ele venha. Mesmo assim, continuarei a dizer que ele tratou minha filha muitíssimo mal; e, se eu fosse ela, não fecharia os olhos. Bem, meu consolo é que tenho certeza de que Jane vai morrer de coração partido, e então ele se arrependerá do que fez.

Mas Elizabeth, como não via consolo em tal expectativa, não deu resposta.

– Bem, Lizzy – continuou a mãe, pouco depois –, então os Collins vivem com muito conforto, não vivem? Bem, bem, só espero que dure. E que tipo de comida servem? Não duvido de que Charlotte seja uma excelente administradora. Se ela tiver a metade da habilidade da mãe, está economizando bastante. Não há extravagância alguma no modo de vida *deles*, imagino.

– Não, absolutamente nada.

– Boa parte de uma boa administração depende disso. É, é. *Eles* tomarão cuidado para não gastar mais do que devem. *Eles* nunca terão problemas de dinheiro. Bem, que façam bom proveito! E, acredito, falam muito sobre tomarem posse de Longbourn quando seu pai morrer. Já a consideram sua propriedade, acho eu, aconteça o que acontecer.

– Eles nunca abordariam este assunto na minha frente.

– Não, seria estranho se abordassem; mas não tenho dúvidas de que falam sempre nisso entre eles. Bem, se eles se sentem bem com uma propriedade que não é oficialmente sua, tanto melhor. Eu me envergonharia de herdar algo que só fosse meu por uma cláusula testamentária.

Capítulo 41

PASSOU DEPRESSA A PRIMEIRA semana depois da volta. Começou a segunda. Era a última da permanência do regimento em Meryton, e todas as moças das vizinhanças estavam desoladas. A tristeza era quase geral. Apenas as duas senhoritas Bennet mais velhas eram ainda capazes de comer, beber, dormir e manter o ritmo normal de seus afazeres. Inúmeras vezes foram censuradas por sua insensibilidade por Kitty e Lydia, cujo sofrimento era extremo e que não eram capazes de compreender que membros da família tivessem o coração tão duro.

– Santo Deus! O que vai ser de nós? O que faremos? – exclamavam ambas com frequência, na amargura da desgraça. – Como você pode estar sorrindo, Lizzy?

Sua mãe extremosa compartilhava de toda aquela dor; lembrava-se do quanto sofrera em ocasião semelhante, 25 anos antes.

– Tenho certeza – disse ela –, chorei dois dias inteiros quando o regimento do coronel Miller partiu. Achei que meu coração estava despedaçado.

– Tenho certeza de que o *meu* está – disse Lydia.

– Se ao menos pudéssemos ir a Brighton!

– Ah, é! Se ao menos pudéssemos ir a Brighton! Mas papai é tão desagradável!

– Alguns banhos de mar me curariam para sempre.

– E minha tia Phillips tem certeza de que a *mim* fariam muito bem – acrescentou Kitty.

Assim eram as reclamações ecoando todo o tempo na Mansão Longbourn. Elizabeth tentou se divertir com elas, mas qualquer sentimento de prazer perdia-se diante da vergonha. Percebia uma vez mais a justiça das objeções do sr. Darcy; e nunca esteve tão disposta a perdoar sua interferência nos planos do amigo.

Mas as nuvens negras sobre os planos de Lydia foram logo dissipadas pelo convite que recebeu da sra. Forster, a esposa do coronel do regimento, para acompanhá-la a Brighton. Essa inestimável amiga era uma mulher muito jovem e casada há pouquíssimo tempo. A semelhança de seu temperamento alegre e bem-humorado as atraíra e, *dois* meses depois de se terem conhecido há *três*, eram amigas íntimas.

O deslumbramento de Lydia nessa ocasião, sua adoração pela sra. Forster, a alegria da sra. Bennet e a mortificação de Kitty eram quase indescritíveis. Absolutamente indiferente aos sentimentos da irmã, Lydia andava pela casa em agitado êxtase, pedindo parabéns a todos e rindo e falando ainda mais alto do que de hábito, enquanto a desventurada Kitty continuava na saleta, queixando-se da sorte em termos tão irracionais quanto o mau humor que a consumia.

– Não sei por que a sra. Forster não *me* convidou junto com Lydia – dizia ela –, mesmo que eu *não* seja sua amiga íntima. Tenho tanto direito quanto ela de ser convidada, ainda mais porque sou dois anos mais velha.

Em vão tentou Elizabeth incutir-lhe um pouco de sensatez, e Jane alguma resignação. Na própria Elizabeth, aquele convite estava longe de despertar os mesmos sentimentos que na mãe e em Lydia, pois o considerava a sentença de morte para qualquer possibilidade de bom senso para a irmã. E, por mais detestável que tal passo, se descoberto, pudesse torná-la, não pôde deixar de em segredo aconselhar o pai a não deixá-la ir. Expôs a ele toda a impropriedade do comportamento habitual de Lydia, a pouca vantagem que ela poderia obter daquela amizade com uma mulher como a sra. Forster e a probabilidade de que ela fosse ainda mais imprudente com aquele tipo de companhia em Brighton, onde as tentações seriam maiores do que em casa. Ele a ouviu atentamente e disse então:

– Lydia nunca ficará bem até que faça algum papel triste em público, e não podemos esperar que isso aconteça com menor dano ou inconveniência para a família como nas atuais circunstâncias.

– Se o senhor soubesse – disse Elizabeth – das enormes desvantagens para todos nós que podem resultar da opinião pública quanto aos modos imprudentes e indiscretos de Lydia... que já resultaram, tenho certeza de que o senhor pensaria de outro modo.

– Já resultaram? – repetiu o sr. Bennet. – O quê? Ela já afugentou alguns dos seus namorados? Pobre Lizzy! Mas não se deixe abater. Esses rapazes delicados a ponto de não suportarem a proximidade de algumas bobagens não valem a pena. Venha, deixe-me ver a lista dos pobres coitados que foram afastados pela insensatez de Lydia.

– O senhor me entendeu mal. Não sofri esse tipo de perda. Não me queixo de um prejuízo específico, e sim de um dano geral. Nossa reputação, nossa respeitabilidade perante a sociedade pode ser afetada por essa volubilidade selvagem, pela arrogância e pelo desprezo a quaisquer limites que são a marca do caráter de Lydia. Desculpe-me, mas preciso falar claro. Se o senhor, meu caro pai, não se der ao trabalho de refrear os modos exuberantes de minha irmã e ensiná-la que seus interesses atuais não são o objetivo de sua vida, ela logo estará fora de controle. Seu caráter estará formado e ela será, aos dezesseis anos, a mais incorrigível namoradeira que já cobriu de ridículo ela mesma e toda a família; uma namoradeira também no pior e mais baixo sentido do termo, sem qualquer outro atrativo além de juventude e razoável aparência; e, pela ignorância e futilidade de seus pensamentos, totalmente incapaz de evitar o desrespeito geral provocado por sua ânsia de admiração. E Kitty corre o mesmo risco. Ela seguirá o caminho ditado por Lydia. Inútil, ignorante, vazia e absolutamente descontrolada! Ah!, meu querido pai, o senhor acha possível que não sejam censuradas e desprezadas onde quer que seja, e que suas irmãs também não sejam, na maioria das vezes, atingidas por essa desgraça?

O sr. Bennet viu que ela falava de todo o coração e, segurando-lhe a mão com carinho, respondeu:

– Não se preocupe, meu bem. Onde quer que você e Jane se apresentem, serão respeitadas e apreciadas; e não parecerão ter menos valor por ter duas, ou talvez eu deva dizer três, irmãs muito tolas. Não teremos paz em Longbourn se Lydia não for a Brighton. Deixe-a ir. O coronel Forster é um homem sensato e irá mantê-la afastada de qualquer perigo real; e ela é, felizmente, pobre demais para ser objeto de cobiça de alguém. Em Brighton, ela terá menos importância, mesmo com fama de namoradeira, do que aqui. Os oficiais encontrarão mulheres bem mais dignas de atenção. Esperemos, portanto, que sua estada lá possa lhe mostrar sua própria insignificância. De qualquer maneira, ela não pode fazer coisas muito piores sem nos autorizar a trancá-la em casa pelo resto da vida.

Diante dessa resposta, Elizabeth foi obrigada a se conformar; mas sua opinião continuou a mesma e ela se afastou do pai, desapontada e triste. Não era do seu feitio, entretanto, remoer sofrimentos e com isso aumentá-los. Tinha a certeza de ter cumprido seu dever e angustiar-se diante de males inevitáveis ou aumentá-los pela ansiedade não eram características suas.

Tivessem Lydia e a mãe conhecimento do teor de sua conversa com o pai, a inconstância de ambas não seria bastante para expressar sua indignação. Na imaginação de Lydia, uma ida a Brighton representava toda a possibilidade de felicidade terrena. Ela via, com o olhar criativo da fantasia, as ruas daquele alegre balneário cobertas de oficiais. Via a si mesma como objeto da atenção de dez ou vinte deles, até então desconhecidos. Via todas as glórias do acampamento, as barracas armadas em belas e regulares fileiras, repletas de rapazes alegres, num resplandecente escarlate; e, para completar a imagem, via-se sentada numa das barracas, flertando ternamente com pelo menos seis oficiais de uma só vez.

Tivesse ela sabido que sua irmã pretendia arrancá-la de tais visões e de tais realidades, como teria se sentido? A única capaz de compreendê-la seria a mãe, que teria quase a mesma reação. A ida de Lydia a Brighton era só o que a consolava da melancólica convicção de que o marido nunca pretendera ir.

Mas não tinham qualquer conhecimento do que se passara, e ambas continuaram em êxtase, com pequenas interrupções, até o dia marcado para a viagem de Lydia.

Elizabeth deveria então ver o sr. Wickham pela última vez. Tendo-o encontrado diversas vezes desde que voltara, suas emoções estavam sob controle, e qualquer agitação devida a antigas preferências totalmente superada. Aprendera até mesmo a detectar, nas mesmas gentilezas que antes a deliciavam, uma afetação e uma mesmice repugnantes e tediosas. Em seu comportamento atual em relação a ela, ademais, havia uma nova fonte de desagrado, pois o interesse, logo manifestado, em renovar as intenções que haviam marcado a primeira fase de suas relações serviam apenas, depois de tudo o que acontecera, para irritá-la. Ela perdeu qualquer consideração por ele ao se ver assim escolhida como o objeto de tão fútil e frívola galanteria; e, ao mesmo tempo que o repelia, não podia deixar de sentir nele a censura contida na certeza de que, não importando o tempo nem as causas de terem sido suas atenções desviadas, ela deveria se sentir envaidecida e ter seu interesse renovado a qualquer momento em que fossem renovadas.

No último dia da permanência do regimento em Meryton, ele jantou, com outro oficial, em Longbourn; e tão pouco disposta estava Elizabeth a se despedir dele de bom humor que, diante de alguma pergunta sobre como ela havia passado o tempo em Hunsford, mencionou terem o coronel Fitzwilliam e o sr. Darcy passado três semanas em Rosings e lhe perguntou se ele conhecia o primeiro.

Ele pareceu surpreso, aborrecido, alarmado; mas logo se refazendo e com o sorriso de volta aos lábios, respondeu que outrora o via com frequência; e, depois de observar que se tratava de um cavalheiro muito fino, perguntou-lhe o que achara dele. A resposta foi dada com entusiasmo e simpatia. Com ar indiferente, ele logo depois acrescentou:

– Por quanto tempo disse que ele ficou em Rosings?
– Quase três semanas.
– E o viu com frequência?
– Quase todos os dias.
– Suas maneiras são bem diferentes das do primo.
– São, sim, muito diferentes. Mas acho que o sr. Darcy ganha bastante à medida que o conhecemos melhor.
– Não diga! – exclamou o sr. Wickham com um olhar que não lhe escapou. – E, por favor, posso perguntar...?

Mas, controlando-se, acrescentou com expressão mais divertida:
– Será na maneira de falar que ele ganha? Terá ele se dignado a acrescentar alguma cortesia ao seu estilo habitual? Pois não ouso esperar – continuou, num tom mais baixo e mais sério – que ele tenha melhorado em essência.
– Oh! Não! – disse Elizabeth. – Em essência, creio eu, ele é exatamente o que sempre foi.

Enquanto ela falava, Wickham parecia não saber bem se era o caso de se alegrar com suas palavras ou desconfiar de seu significado. Havia algo na expressão dela que o fez ouvir com atenção intrigada e ansiosa quando ela acrescentou:

– Quando eu disse que o sr. Darcy ganha à medida que o conhecemos melhor, não quis dizer que sua mente ou maneiras estejam melhores, e sim que, conhecendo-o melhor, compreendemos melhor seu caráter.

O alarme de Wickham era agora evidente na pele ruborizada e no olhar agitado; por alguns minutos ele ficou em silêncio até que, vencendo seu embaraço, voltou-se outra vez para ela e disse no mais gentil dos tons:

– A senhorita, que tão bem conhece meus sentimentos em relação ao sr. Darcy, logo compreenderá quão sinceramente devo me rejubilar que ele seja sensato o bastante para chegar a assumir a *aparência* do que é correto. Seu orgulho, nesse sentido, pode ser útil, se não a ele, a muitos outros, pois só pode evitar que se conduza com tanta perfídia como agiu comigo. Só receio que tais precauções às quais, imagino, a senhorita aludiu, sejam apenas adotadas em suas visitas à tia, cujo bom conceito e julgamento ele muito teme. Sei que o medo que ele tem dela sempre se manifesta quando estão juntos; e boa parte dele deve ser imputada ao seu desejo de não comprometer sua união com a srta. De Bourgh, o que, tenho certeza, ele leva muito a sério.

Diante disso, Elizabeth não conseguiu disfarçar um sorriso, mas respondeu apenas com uma leve inclinação de cabeça. Percebia que ele desejava arrastá-la para o antigo assunto de suas queixas e não estava disposta a compactuar. O resto da noite transcorreu, para ele, com a *aparência* de sua habitual animação, mas sem novas tentativas de dar especial atenção a Elizabeth; e despediram-se afinal com mútua cortesia e talvez um desejo mútuo de nunca mais se encontrarem.

Quando o grupo se desfez, Lydia seguiu com a sra. Forster para Meryton, de onde deveriam partir cedo na manhã seguinte. A separação entre ela e a família foi mais barulhenta do que emocionada. Kitty foi a única que derramou lágrimas, mas chorava de raiva e inveja. A sra. Bennet foi profusa em votos de felicidades para a filha e eloquente em sua insistência para que não perdesse qualquer oportunidade de se divertir ao máximo, conselho que, tudo levava a crer, seria seguido à risca. E, na ruidosa felicidade da própria Lydia ao se despedir, os adeuses mais gentis de suas irmãs foram expressos sem serem ouvidos.

Capítulo 42

Fossem todas as opiniões de Elizabeth formadas a partir de sua própria família, sua ideia de felicidade conjugal ou conforto doméstico não seria das mais agradáveis. O pai, cativado pela juventude, pela beleza e por aquela aparência de bom humor que em geral acompanha a juventude e a beleza, casara-se com uma mulher cuja pouca inteligência e espírito intolerante em pouco tempo destruíram todo o afeto que sentira por ela. Respeito, estima e confiança desapareceram para sempre, e toda esperança de felicidade doméstica foi abandonada. Mas o sr. Bennet não tinha propensão para buscar conforto para o desapontamento causado por sua própria imprudência em nenhum daqueles prazeres que tantas vezes consolam os desafortunados por sua loucura ou devassidão. Ele gostava do campo e de livros; e dessas preferências brotaram suas maiores alegrias. À esposa, ao contrário, pouco devia, além da diversão provocada pela ignorância e pela loucura. Não é esse o tipo de felicidade que, em geral, um homem deseja atribuir à própria mulher; mas, onde se fizer sentir a falta de outras possibilidades de prazer, o verdadeiro filósofo extrairá benefícios do que se apresentar.

Elizabeth, entretanto, nunca fora cega à impropriedade do comportamento do pai enquanto marido. Sempre sofreu com isso, mas, respeitando suas qualidades e grata pelo afetuoso tratamento que ele lhe dispensava, tentava esquecer o que não podia deixar de perceber e afastar do pensamento a contínua transgressão das obrigações conjugais e a falta de decoro que, por expor a mulher ao desprezo de suas próprias filhas, era tão altamente condenável. Mas nunca antes sentira tanto como agora as desvantagens que podem atingir os filhos de um casamento tão inadequado, nem tivera tanta consciência dos males originados por tão imprudente condução de habilidades; habilidades que, bem usadas, poderiam ter ao menos preservado a respeitabilidade de suas filhas, mesmo se incapazes de ampliar a mentalidade da esposa.

Tendo Elizabeth se alegrado com a partida de Wickham, poucas outras razões de satisfação se deveram à perda do regimento. As festas em casas de amigos eram menos variadas do que antes e, em casa, havia a mãe e a irmã, cujos constantes resmungos contra o tédio em relação a tudo o que as rodeava projetavam uma verdadeira sombra sobre o círculo familiar; e, embora Kitty pudesse, com o tempo, recuperar seu natural bom senso, já que as causas de perturbação do seu cérebro haviam sido removidas, sua outra irmã, cujo temperamento fazia recear grandes males, arriscava-se a ter sua insensatez e arrogância alimentadas pelas circunstâncias duplamente perigosas de um balneário e um acampamento. De modo geral, portanto, ela descobriu o que já foi algumas vezes descoberto: que um fato esperado com impaciente ansiedade não trazia, ao acontecer, toda a satisfação que ela mesma se prometera. Era preciso, portanto, marcar alguma outra época para o início da verdadeira felicidade... ter algum outro ponto no qual poderiam se apoiar seus desejos e esperanças e, outra vez gozando do prazer da antecipação, consolar-se do presente e preparar-se para outra decepção. A viagem aos Lagos era agora o objeto de seus pensamentos mais felizes; era o melhor consolo para todas as horas desconfortáveis que o descontentamento da mãe e de Kitty tornavam inevitáveis; e, se pudesse incluir Jane em seus planos, tudo seria perfeito.

"Mas é uma sorte", pensou ela, "que eu tenha alguma coisa para desejar. Se tudo estivesse perfeito, meu desapontamento estaria garantido. Mas assim, levando comigo uma incessante fonte de tristeza pela ausência de minha irmã, posso razoavelmente esperar ver realizadas todas as minhas expectativas de prazer. Um esquema em que todas as partes prometem delícias nunca pode ser bem-sucedido; e a decepção geral só pode ser evitada pela existência de pequenas contrariedades."

Quando Lydia partiu, prometeu escrever muitas vezes e com muitos detalhes para a mãe e para Kitty; mas as cartas, sempre muito curtas, sempre se faziam esperar. As que se destinavam à mãe pouco diziam além de terem acabado de voltar da biblioteca, onde tais e tais oficiais estavam à espera e onde ela vira enfeites tão bonitos que quase enlouquecera; que tinha um vestido novo, ou uma nova sombrinha, que descreveria melhor, mas era obrigada a sair com muita pressa, pois a sra. Forster a estava chamando e as duas iam para o acampamento; e da correspondência com a irmã, havia ainda menos a ser aproveitado... pois as cartas para Kitty, embora mais longas, continham entrelinhas demais para serem tornadas públicas.

Depois da primeira quinzena, ou de três semanas de sua ausência, a saúde, o bom humor e a animação começaram a reaparecer em Longbourn. Tudo tinha um ar mais feliz. As famílias que tinham ido passar o inverno na cidade estavam de volta e começavam a surgir os trajes e os compromissos de verão. A sra. Bennet voltara à habitual serenidade rabugenta e, em meados de junho, Kitty estava recuperada a ponto de poder entrar em Meryton sem lágrimas, acontecimento tão promissor que fez Elizabeth esperar que no Natal seguinte ela poderia ser toleravelmente razoável para não mencionar o nome de um oficial mais de uma vez por dia, a não ser que, por alguma cruel e maldosa determinação do Departamento de Guerra, outro regimento fosse alojado cm Meryton.

O dia marcado para a viagem ao Norte aproximava-se depressa, e faltava apenas uma quinzena para o início quando chegou uma carta da sra. Gardiner, ao mesmo tempo adiando o passeio e encurtando sua duração. Os negócios do sr. Gardiner o impediam de se ausentar por mais duas semanas, até julho, e ele precisaria estar de volta a Londres um mês depois; e, como esse período era curto demais para irem tão longe e visitar todos os lugares que se tinham proposto, ou pelo menos visitar com a liberdade e o conforto que planejaram, eram obrigados a desistir dos Lagos e substituir a viagem por uma mais curta; assim, de acordo com o plano atual, não deveriam ir além de Derbyshire. Naquele condado havia atrações suficientes para preencher a maior parte das três semanas; e, para a sra. Gardiner, um atrativo especial. A cidade onde ela passara alguns anos de sua vida e onde agora deveriam passar alguns dias era provavelmente um objeto de curiosidade tão grande quanto todas as famosas belezas de Matlock, Chatsworth, Dovedale ou o Peak.

Elizabeth ficou desapontada demais; tinha preparado seu coração para ver os Lagos e ainda pensava que poderia haver tempo suficiente. Mas era do seu feitio se conformar... e com certeza do seu temperamento ser feliz; e logo tudo estava certo outra vez.

À menção a Derbyshire havia muitos pensamentos conectados. Era impossível ver a palavra sem pensar em Pemberley e em seu proprietário. "Mas com certeza", pensou, "posso entrar em seu condado impunemente e roubar alguns mastros petrificados sem ser percebida."

O período de expectativa havia sido duplicado. Quatro semanas deveriam se passar antes da chegada dos tios. Mas elas passaram, e o sr. e a sra. Gardiner, com seus quatro filhos, apareceram afinal em Longbourn. As crianças, duas meninas de seis e oito anos e dois meninos menores, seriam deixados aos especiais cuidados da prima Jane, que era a favorita de todos e cujo bom senso e temperamento doce tornavam ideal para se ocupar deles em todos os sentidos, estudar com eles, brincar com eles e amá-los.

Os Gardiner dormiram apenas uma noite em Longbourn e partiram na manhã seguinte com Elizabeth, em busca de novidade e diversão. Um prazer era garantido, o de serem companheiros adequados; uma adequação que envolvia saúde e bom humor para superar inconveniências, entusiasmo para tornar maiores os prazeres, e afeto e inteligência que os consolariam caso surgissem decepções.

Não é o objetivo desta obra fazer uma descrição de Derbyshire, nem de qualquer dos lugares famosos pelos quais passariam; Oxford, Blenheim, Warwick, Kenilworth, Birmingham e outros são suficientemente conhecidos. Uma pequena parte de Derbyshire é tudo o que interessa no momento. Depois de apreciarem todas as principais maravilhas da região, encaminharam-se os três para a cidadezinha de Lambton, cenário da antiga residência da sra. Gardiner e onde há pouco soubera viverem ainda alguns conhecidos; e Elizabeth foi informada pela tia de que Pemberley se situava a cinco milhas de Lambton. Não ficava em seu caminho, mas não precisariam se desviar mais do que uma ou duas milhas. Conversando sobre o trajeto na noite anterior, a sra. Gardiner expressou o desejo de rever o local. O sr. Gardiner se declarou a favor, e a aprovação de Elizabeth foi solicitada.

– Meu amor, você não gostaria de conhecer um lugar do qual já ouviu falar tanto? – disse a tia. – Um lugar ao qual, também, tantos conhecidos seus estão ligados? Wickham passou toda a juventude lá, você sabe.

Elizabeth ficou desolada. Sentia que não tinha o que fazer em Pemberley e foi obrigada a confessar sua relutância em ir. Precisou admitir que estava cansada de ver grandes mansões; depois de ter ido a tantas, belos tapetes e cortinas de cetim realmente não lhe davam prazer algum.

A sra. Gardiner declarou que ela dizia bobagens.

– Se fosse apenas uma bela casa ricamente mobiliada – disse –, eu mesma não me interessaria em ir; mas as terras são maravilhosas. Eles têm alguns dos mais belos bosques do país.

Elizabeth nada mais disse... mas sua alma não conseguiu concordar. A possibilidade de encontrar Darcy, ao visitar o lugar, ocorreu-lhe no mesmo instante. Seria terrível! Enrubesceu só de pensar e achou que seria melhor falar francamente com a tia do que correr tal risco. Mas contra isso via inconvenientes e ela afinal decidiu que aquele seria seu último recurso, caso suas investigações particulares quanto à ausência da família recebessem respostas desfavoráveis.

Assim pensando, ao se recolher à noite, perguntou à camareira se Pemberley não seria um lugar muito bonito, qual o nome do proprietário e, não sem algum pânico, se a família lá estava passando o verão. Uma mais que bem-vinda resposta negativa foi dada à última pergunta e, agora sem preocupações, ela ficou à vontade para alimentar uma enorme curiosidade de conhecer a casa; e, quando o assunto foi retomado na manhã seguinte e ela mais uma vez consultada, pôde responder prontamente e com o adequado ar de indiferença que realmente não fazia objeções. Para Pemberley, portanto, deveriam seguir.

Capítulo 43

Elizabeth, no caminho, aguardava com alguma perturbação a primeira visão dos Bosques Pemberley; e, quando afinal passaram pela guarita, seu alvoroço era enorme.

O parque era muito amplo e continha grande variedade de terras. Eles entraram por um dos pontos mais baixos e seguiram por algum tempo por uma bela mata que ocupava grande extensão do terreno.

A mente de Elizabeth estava ocupada demais para lhe permitir conversar, mas ela viu e admirou todos os esplêndidos recantos e paisagens. Subiram devagar uma ladeira de meia milha e viram-se então no alto de um amplo platô, onde terminava a mata, e de onde o olhar era no mesmo instante atraído pela Mansão Pemberley, situada do lado oposto a um vale em cuja direção a estrada dobrava um tanto abruptamente. Tratava-se de uma grande e bela construção em pedra, destacando-se num outeiro e tendo ao fundo as encostas de altas colinas arborizadas; e, à sua frente, um arroio não muito caudaloso se avolumava, sem com isso ganhar qualquer aparência artificial. Suas margens não eram regulares nem falsamente enfeitadas. Elizabeth estava maravilhada. Nunca vira um lugar em que a natureza fosse mais generosa, ou onde a beleza natural tivesse sido tão pouco alterada por alguma ideia inconveniente. Estavam todos embevecidos; e naquele momento ela percebeu o que significaria ser a senhora de Pemberley!

Desceram a colina, atravessaram a ponte e se encaminharam para a porta; e, enquanto examinavam mais de perto a casa, Elizabeth sentiu reviver todo o receio de encontrar seu dono. Apavorava-se com a ideia de que a camareira estivesse enganada. Ao pedir permissão para visitar o local, foram admitidos no vestíbulo; e, à espera da governanta, ela teve tempo de se perguntar o que fazia ali.

A governanta se apresentou; uma senhora de certa idade e aspecto respeitável, muito menos atraente e mais cortês do que ela a imaginaria. Seguiram-na à sala de refeições. Era um cômodo grande e bem proporcionado, belamente mobiliado. Elizabeth, depois de passar os olhos pela peça, foi a uma das janelas apreciar a vista. A colina, coberta pelo bosque por onde haviam descido, tornada mais abrupta pela distância, era um belo espetáculo. Toda a disposição do terreno era bela, e ela examinou deliciada toda a paisagem, o rio, as árvores semeadas pelas encostas e as curvas do vale, até onde o olhar alcançava. À medida que passavam a outras salas, as peças do cenário mudavam de posição, mas de todas as janelas havia belezas a serem apreciadas. Os cômodos eram impressionantes e belos e a mobília adequada à fortuna do proprietário; mas Elizabeth observou, admirando seu bom gosto, que nada era extravagante ou excessivo; havia ali menos fausto e mais elegância do que no mobiliário de Rosings.

"E deste lugar", pensou ela, "eu poderia ter sido dona! Com estas salas eu poderia estar agora familiarizada! Em vez de visitá-las como uma estranha, eu poderia me alegrar por serem meus e neles receber, como visitas, meu tio e minha tia. Mas não", refletiu, "isto não aconteceria; meus tios estariam perdidos para mim; eu não teria permissão para convidá-los."

Foi uma reflexão oportuna... salvou-a de algo muito parecido com remorso.

Ela ansiava por perguntar à governanta se o patrão estava mesmo ausente, mas não tinha coragem. A pergunta, porém, foi depois feita pelo tio; e ela se voltou, assustada, quando a sra. Reynolds respondeu que sim, acrescentando:

— Mas estamos à espera dele para amanhã, com um grande grupo de amigos.

Qual não foi o alívio de Elizabeth por não ter sua viagem sido adiada!

A tia chamou-a para olhar um quadro. Ela se aproximou e viu o retrato do sr. Wickham, pendurado, entre várias outras miniaturas, acima da lareira. A tia perguntou, sorrindo, o que achava da pintura. A governanta se aproximou e lhes disse que era um retrato de um jovem, filho do administrador de seu falecido patrão, de cuja criação se havia encarregado.

— Ele agora entrou para o Exército — acrescentou —, mas receio que se tenha tornado rebelde demais.

A sra. Gardiner olhou para a sobrinha com um sorriso, mas Elizabeth não teve como retribuir.

— E este — disse a sra. Reynolds mostrando outra miniatura — é o meu patrão... e lhe faz justiça. Foi pintado na mesma ocasião... há cerca de oito anos.

— Ouvi falar muito sobre a distinção de seu patrão — disse a sra. Gardiner, olhando para o retrato —, é um belo rosto. Mas, Lizzy, você pode nos dizer se está ou não parecido.

O respeito da sra. Reynolds por Elizabeth pareceu aumentar com a menção de que ela conhecia o patrão.

— Esta jovem conhece o sr. Darcy?

Elizabeth enrubesceu e disse:

— Um pouco.

— E não o considera um cavalheiro muito atraente, minha senhora?

— Sim, muito atraente.

— Tenho a certeza de que não conheço ninguém tão atraente; mas na galeria do andar superior as senhoras verão um quadro melhor e maior. Esta sala era a sala favorita do meu falecido patrão, e estas miniaturas estão exatamente como costumavam estar. Ele gostava muito delas.

Isso deu a Elizabeth o porquê do retrato do sr. Wickham entre elas.

A sra. Reynolds chamou-lhes então a atenção para o da srta. Darcy, pintado quando ela estava com oito anos.

— E a srta. Darcy é tão bela quanto o irmão? — perguntou a sra. Gardiner.

— Ah! É sim! A jovenzinha mais bela que jamais se viu; e tão prendada! Ela toca e canta o dia todo. Na próxima sala há um novo instrumento que acabou de chegar para ela, um presente do meu patrão; ela virá com ele amanhã.

A sra. Gardiner, cujas maneiras eram muito delicadas e agradáveis, encorajava a conversa com perguntas e observações; a sra. Reynolds, tanto por orgulho quanto por afeição, tinha evidentemente muito prazer em falar do patrão e da irmã...

– Seu patrão passa muito tempo em Pemberley durante o ano?

– Não tanto quanto eu gostaria, senhor; mas posso dizer que passa metade do seu tempo em casa; e a srta. Darcy sempre está aqui nos meses de verão.

"A não ser", pensou Elizabeth, "quando vai para Ramsgate."

– Se seu patrão se casasse, a senhora o veria mais.

– Sim, senhor; mas não sei quando *isso* acontecerá. Não conheço ninguém que o mereça.

O sr. e a sra. Gardiner sorriram. Elizabeth não conseguiu se impedir de dizer:

– O mérito é todo dele, estou certa, se a senhora pensa assim.

– Não digo mais do que a verdade, e todos que o conhecem dirão o mesmo – retrucou a outra.

Elizabeth pensou que aquilo era ir longe demais; e ouviu com crescente perplexidade a governanta acrescentar:

– Nunca, em toda a vida, ouvi dele uma palavra agressiva. E eu o conheço desde que ele tinha quatro anos de idade.

Esse elogio, de todos o mais extraordinário, era o mais contrário à ideia que fazia. Que ele não era um homem bem-humorado havia sido sua opinião mais firme. Toda a sua atenção foi despertada; queria ouvir mais e foi grata ao tio por dizer:

– Há muito pouca gente de quem se possa dizer tal coisa. A senhora tem muita sorte por ter tal patrão.

– Sim, senhor, sei que tenho. Se eu desse a volta ao mundo, não encontraria melhor. Mas sempre observei que aqueles que têm boa índole quando crianças também a têm quando adultos; e ele sempre foi o menino mais amável e bondoso do mundo.

Elizabeth quase não conseguiu deixar de encará-la.

"Pode ser o mesmo sr. Darcy?", pensou.

– Seu pai era um excelente homem – disse a sra. Gardiner.

– Era sim, senhora, era mesmo; e seu filho será exatamente como ele... tão bom para os pobres quanto o pai.

Elizabeth ouvia, surpreendia-se, duvidava e queria mais. A sra. Reynolds não conseguiu interessá-la por qualquer outro assunto. Ela descreveu os motivos dos quadros, as dimensões dos quartos e o preço da mobília, tudo em vão. A sra. Gardiner, muitíssimo divertida com a parcialidade familiar à qual atribuía aqueles excessivos elogios ao patrão, logo voltou ao assunto; e a outra continuou a enumerar com veemência seus muitos méritos enquanto todos subiam a grande escadaria.

– Ele é o melhor dos senhores de terras e o melhor dos patrões – disse ela – que já existiram; não como os jovens rebeldes de hoje, que só pensam em si mesmos. Não há um só de seus colonos ou criados que não se refira a ele em bons termos. Algumas pessoas dizem que ele é orgulhoso; mas tenho certeza que nunca vi nada disso. Na minha opinião, isso é só porque ele não é falastrão como outros rapazes.

"Sob que luz favorável ela o coloca!", pensou Elizabeth.

– Essa bela descrição dele – cochichou sua tia enquanto andavam – não é muito consistente com seu comportamento em relação ao nosso pobre amigo.

– Talvez estejamos enganadas.

– Não é muito provável; nossa fonte era muito boa.

Ao chegarem ao espaçoso saguão superior, lhes foi mostrada uma graciosa sala de estar, recentemente decorada com mais elegância e leveza do que os aposentos do andar de baixo; e foram informados de que a peça acabava de ser preparada para dar prazer à srta. Darcy, que se encantara com a sala em sua última estada em Pemberley.

– Ele é sem dúvida um bom irmão – disse Elizabeth enquanto se dirigia a uma das janelas.

A sra. Reynolds antecipava o prazer da srta. Darcy ao entrar naquele cômodo.

– E ele é sempre assim – acrescentou. – O que quer que possa dar algum prazer à irmã é preparado num instante. Não há o que ele não faça por ela.

A galeria de quadros e dois ou três dos quartos principais eram tudo o que restava a ser visto. Na primeira havia excelentes pinturas; mas Elizabeth nada conhecia de arte; e das que havia para ver no andar de baixo ela de bom grado se afastara para examinar alguns desenhos da srta. Darcy, a crayon, cujos temas eram em geral mais interessantes e também mais compreensíveis.

Na galeria havia muitos retratos de família, mas pouco interesse tinham para prender a atenção de um estranho. Elizabeth andava, à procura do único rosto cujos traços lhe seriam conhecidos. Afinal um deles a fez parar e ela contemplou aquela extraordinária semelhança com o sr. Darcy, trazendo no rosto um sorriso como ela se lembrava de ter às vezes visto quando ele a olhava. Ficou por muitos minutos parada diante do quadro, em profunda contemplação, e voltou a ele antes de deixarem a galeria. A sra. Reynolds informou que fora pintado quando o pai ainda vivia.

Brotou sem dúvida naquele momento, no espírito de Elizabeth, um sentimento mais gentil em relação ao original do que jamais sentira durante todo o tempo em que o tinha conhecido. Os louvores a ele feitos pela sra.

Reynolds nada tinham de triviais. Que elogio é mais valioso do que o elogio de um criado inteligente? Como irmão, proprietário, patrão, considerou ela, de quantas pessoas era ele o guardião da felicidade! Quanto prazer ou dor estava em suas mãos proporcionar! Quanto bem ou quanto mal poderia ser feito por ele! Todas as informações fornecidas pela governanta eram favoráveis ao seu caráter; e, enquanto estava diante da tela no qual ele era representado e que fazia seus olhos a fitarem, ela pensou naquele olhar com um profundo sentimento de gratidão que nunca antes se manifestara; lembrou-se do seu ardor e abrandou a impropriedade de suas expressões.

Quando foram vistas todas as partes da casa abertas à visitação pública, desceram a escadaria e, despedindo-se da governanta, foram entregues ao jardineiro, que os encontrou à porta do saguão.

Enquanto caminhavam pela alameda que seguia até o rio, Elizabeth se virou para olhar mais uma vez a mansão; o tio e a tia pararam também e, enquanto o primeiro fazia conjecturas quanto à data da construção, o proprietário em pessoa surgiu de repente, vindo do caminho que, atrás da casa, levava às estrebarias.

Havia cerca de vinte jardas de distância entre eles, e tão repentino foi seu aparecimento que foi impossível evitar que os visse. Seus olhos se encontraram no mesmo instante e o rosto de ambos foi coberto pelo mais intenso rubor. Ele teve um evidente sobressalto e por um momento pareceu imobilizado com a surpresa; mas logo se recuperando adiantou-se até o grupo e falou com Elizabeth, se não em termos de total desenvoltura, ao menos com perfeita cortesia.

Ela se afastara instintivamente; mas, parando ao vê-lo se aproximar, recebeu seus cumprimentos com indisfarçável embaraço. Tivesse sido seu aparecimento, ou sua semelhança com o retrato que há pouco examinavam, insuficiente para assegurar aos outros dois que agora viam o sr. Darcy em pessoa, a expressão de surpresa do jardineiro ao ver o patrão lhes teria dito de quem se tratava. Mantiveram-se um pouco à parte enquanto ele falava com sua sobrinha que, perplexa e confusa, mal ousava levantar os olhos para o rosto dele e não sabia que resposta dar às educadas perguntas a respeito de sua família. Perturbada pela mudança de atitude dele desde que se tinham despedido, cada frase que ele pronunciava aumentava seu constrangimento; e voltando-lhe à mente a ideia de quão impróprio era ela ser vista ali, os poucos minutos que se seguiram foram dos mais desconfortáveis de sua vida. Também ele não parecia muito mais à vontade; quando falou, seu tom nada tinha de sua habitual seriedade; e ele repetia as perguntas sobre o dia em que ela saiu de Longbourn e sobre sua estada em Derbyshire, tantas vezes e de um modo tão apressado, que era evidente a agitação de seus pensamentos.

Afinal, todas as ideias pareceram abandoná-lo e, depois de alguns minutos diante dela sem dizer uma palavra, ele de repente se recompôs e se despediu.

Os outros então se aproximaram dela e expressaram sua admiração pela aparência do rapaz, mas Elizabeth nada ouvia e, totalmente absorta em seus próprios sentimentos, seguiu-os em silêncio. Estava arrasada de vergonha e constrangimento. Ter ido lá fora a coisa mais importuna, a mais imprudente do mundo! Como deve ter parecido estranho a ele! Sob que luz degradante a veria um homem tão vaidoso! Devia parecer como se ela, de propósito, se colocasse outra vez em seu caminho! Oh! Por que viera? Ou por que veio ele um dia antes do que era esperado? Tivessem saído apenas dez minutos antes e estariam fora do alcance de seus olhos; pois era evidente que chegara naquele momento... que descera naquele momento do cavalo ou da carruagem. Ruborizou-se inúmeras vezes, pelo absurdo do encontro. E o comportamento dele, tão visivelmente alterado... o que poderia significar? O simples fato de falar com ela era surpreendente! Mas falar com tanta cortesia, perguntar pela família! Nunca na vida ela vira nele tanta falta de solenidade em seus gestos, nunca ele lhe tinha falado com tanta gentileza como naquele encontro inesperado. Que contraste com suas últimas palavras no parque, em Rosings, quando lhe pôs a carta nas mãos! Não sabia o que pensar, ou como explicar.

Acabavam de entrar num belo caminho à beira d'água e cada passo os levava para mais perto de um declive de terreno mais aprazível, ou de uma vista mais esplêndida dos bosques dos quais se aproximavam; mas foi preciso algum tempo para que Elizabeth percebesse alguma coisa; e, mesmo respondendo maquinalmente aos repetidos apelos de seus tios e parecendo voltar os olhos para alguns objetos que lhe indicavam, nada distinguia da paisagem. Todos os seus pensamentos estavam fixos naquele ponto da Mansão Pemberley, fosse qual fosse, onde se encontrava agora o sr. Darcy. Ansiava por saber o que se passava neste instante na mente dele... de que modo pensava nela e se, a despeito de tudo, ela ainda lhe era cara. Talvez ele tivesse sido educado apenas por estar tranquilo; embora houvesse *aquilo* na voz dele que não parecia tranquilidade. Se ele sentira amargura ou prazer ao vê-la, ela não saberia dizer, mas sem dúvida não a vira com indiferença.

Aos poucos, entretanto, as observações dos companheiros sobre sua falta de atenção a despertaram e ela percebeu a necessidade de se recompor.

Entraram no bosque e, despedindo-se por algum tempo do rio, subiram até um dos terrenos mais altos, dos quais, em pontos de onde as clareiras permitiam aos olhos perambular, descortinavam-se diversas e encantadoras visões do vale, das colinas opostas com uma longa fileira de árvores ocultando tantas outras e, ocasionalmente, de parte do arroio. O sr. Gardiner expressou o desejo de dar a volta em todo o parque, mas receou que não se pudesse fazê-lo a pé. Com um triunfante sorriso lhes foi dito que seriam dez milhas. Isso resolveu a questão e prosseguiram com o circuito convencional, o que, depois de algum tempo, levou-os de volta, numa descida por entre bosques inclinados, à beira do curso d'água, num de seus trechos mais estreitos. Atravessaram-no por uma ponte simples, adequada ao aspecto geral da paisagem. Era um local mais despojado do que qualquer outro que haviam visitado; e o vale, aqui reduzido a uma bocaina, dava passagem apenas ao arroio e a um estreito caminho por entre o arvoredo agreste que o margeava. Elizabeth gostaria muito de explorar seus meandros; mas ao cruzar a ponte e constatar sua distância da casa, a sra. Gardiner, que não era grande andarilha, não podia continuar e só pensava em voltar o mais depressa possível para a carruagem. Sua sobrinha foi então obrigada a se submeter, e todos se dirigiram à casa do outro lado do rio, pelo caminho mais curto; mas a volta foi demorada, pois o sr. Gardiner, embora poucas vezes pudesse se permitir fazê-lo, adorava pescar e estava tão ocupado em observar as trutas eventualmente visíveis na água e conversar com o homem a respeito delas, que avançava muito pouco. Caminhando nesse ritmo lento, foram mais uma vez surpreendidos, e o choque de Elizabeth foi quase igual ao primeiro, com a visão do sr. Darcy que se aproximava, já não muito distante. Sendo aquele trecho menos protegido do que o outro lado, permitiu-lhes vê-lo antes que se encontrassem. Elizabeth, embora perplexa, estava pelo menos mais preparada para um confronto do que antes e decidiu portar-se e falar com calma, caso ele realmente pretendesse ir até eles. Por alguns momentos, na verdade, acreditou que ele seguiria por algum outro caminho. Essa ideia persistiu enquanto uma curva no atalho o ocultou; terminada a curva, ele estava diante deles. Num relance, viu que ele nada perdera de sua recente amabilidade; e, para imitar sua cortesia, começou, ao se encontrarem, a admirar a beleza do lugar; mas não tinha passado das palavras "adorável" e "encantador" quando algumas recordações infelizes a perturbaram e ela imaginou que elogios a Pemberley vindos dela poderiam ser mal-interpretados. Seu rosto mudou de cor e ela nada mais disse.

    A sra. Gardiner estava parada um pouco atrás e, aproveitando a pausa, ele perguntou se Elizabeth não lhe daria a honra de ser apresentado a seus amigos. Aquele era um gesto de cortesia para o qual ela estava um tanto despreparada; e mal foi capaz de ocultar um sorriso ao vê-lo agora procurando se relacionar com algumas daquelas mesmas pessoas contra quem seu orgulho se revoltara por ocasião de sua proposta. "Qual será sua surpresa", pensou, "ao saber quem são? Ele agora as toma por pessoas importantes."

A apresentação, entretanto, foi feita no mesmo instante e, ao mencionar sua consanguinidade, ela o olhou de soslaio, para ver como reagia e não sem a expectativa de que ele abandonasse o mais depressa possível tão vergonhosa companhia. Que tenha ficado *surpreso* com o parentesco foi evidente; mas ele se refez com bravura e, longe de seguir adiante, deu meia-volta e começou a conversar com o sr. Gardiner. O sentimento de Elizabeth só podia ser de prazer, só podia ser de triunfo. Era consolador que ele soubesse que de alguns de seus parentes ela não precisava se envergonhar. Ouviu com toda a atenção tudo o que se passava entre eles e rejubilou-se a cada expressão, a cada frase do tio, que ressaltava sua inteligência, seu bom gosto ou suas boas maneiras.

A conversa logo se encaminhou para a pesca; e ela ouviu o sr. Darcy convidá-lo, com a maior cortesia, para pescar ali sempre que desejasse enquanto estivesse nos arredores, oferecendo-se ao mesmo tempo para fornecer o necessário equipamento e indicando os trechos do arroio onde em geral havia mais profusão de peixes. A sra. Gardiner, que caminhava de braços dados com Elizabeth, lançou-lhe um expressivo olhar de surpresa. Elizabeth nada disse, mas estava muitíssimo satisfeita; a gentileza era sem dúvida para com ela. Sua perplexidade, entretanto, era extrema, e ela continuava a se perguntar, "Por que ele está tão mudado? Qual será a razão? Não pode ser por *mim*... não pode ser por *minha* causa que suas maneiras estejam assim tão mais cordatas. Minhas recriminações em Hunsford não poderiam ter provocado tamanha transformação. É impossível que ele ainda me ame."

Depois de andar por algum tempo daquele modo, as duas senhoras à frente, os dois cavalheiros atrás, ao retomarem a caminhada depois de uma descida até a margem do rio para melhor examinarem alguma planta aquática mais curiosa, houve a possibilidade de uma pequena alteração. Deveu-se o fato à sra. Gardiner que, cansada pelo exercício matinal, considerou o braço de Elizabeth inadequado para se apoiar e, em consequência, preferiu o do marido. O sr. Darcy assumiu seu lugar junto à sobrinha e passaram a andar lado a lado. Depois de um curto silêncio, a moça foi a primeira a falar. Quis que ele soubesse que se tinha assegurado de sua ausência antes de ir até lá e, do mesmo modo, observou que sua chegada fora muito inesperada.

— Pois sua governanta — acrescentou — nos informou que o senhor certamente não estaria aqui antes de amanhã; e, na verdade, antes de sair de Bakewell, soubemos que sua presença na região não era esperada para breve.

Ele reconheceu a verdade de tudo aquilo e disse que assuntos com o administrador motivaram sua vinda algumas horas antes do resto do grupo com o qual estivera viajando.

— Eles se juntarão a mim amanhã — continuou —, e entre eles há alguns que afirmarão conhecê-la: o sr. Bingley e suas irmãs.

Elizabeth respondeu apenas com um leve aceno de cabeça. Seus pensamentos foram no mesmo instante levados de volta ao momento em que o nome do sr. Bingley fora pronunciado pela última vez entre eles; e, a julgar pelo tom de seu rosto, a cabeça *dele* não estava em outro lugar.

– Há também outra pessoa no grupo – prosseguiu ele depois de uma pausa – que nutre um especial desejo de conhecê-la. Poderá me permitir, ou será pedir muito, apresentar-lhe minha irmã durante sua estada em Lambton?

A surpresa de tal pedido era de fato enorme; enorme demais para que ela soubesse como reagir. Sentiu imediatamente que qualquer vontade de conhecê-la que pudesse ter a srta. Darcy se devia ao irmão e, sem maiores indagações, ficou satisfeita; era agradável saber que o ressentimento não o levara a pensar mal dela.

Andavam agora em silêncio, ambos mergulhados em seus pensamentos. Elizabeth não estava à vontade, seria impossível; mas estava lisonjeada e contente. O desejo dele de que a irmã a conhecesse era uma honra sem igual. Logo se distanciaram dos outros e, ao chegarem à carruagem, o sr. e a sra. Gardiner estavam meio quarto de milha para trás.

Ele convidou-a então a entrar na casa... mas ela declarou não estar cansada e esperaram juntos no gramado. Naquele momento muito poderia ter sido dito, e o silêncio era aterrador. Ela queria falar, mas para qualquer assunto parecia haver um empecilho. Afinal, lembrou-se de que tinha estado viajando e os dois conversaram com muita insistência a respeito de Matlock e Dovedale. Mas o tempo e sua tia andavam devagar, e sua paciência e imaginação quase se esgotaram antes do fim da conversa. Com a chegada do sr. e sra. Gardiner, Darcy insistiu para que entrassem e aceitassem uma bebida; mas o convite foi declinado e despediram-se todos com a maior cortesia de parte a parte. O sr. Darcy ajudou as senhoras a subir na carruagem e, ao se afastar, Elizabeth observou-o encaminhando-se devagar para a casa.

Começaram então as observações dos tios; e ambos o declararam infinitamente superior a tudo o que pudessem ter esperado.

– Ele é perfeitamente bem educado, cortês e despretensioso – disse o tio.

– A bem da verdade, *há* alguma pompa nele – retrucou a tia –, mas isso se limita à sua aparência e não lhe fica mal. Posso concordar agora com a governanta que, embora alguns o chamem de orgulhoso, não vi nada disso.

– O que mais me surpreendeu foi sua atitude conosco. Foi mais do que polida, foi mesmo atenciosa; e não havia necessidade de tanta atenção. Seu relacionamento com Elizabeth é muito superficial.

– A bem da verdade, Elizabeth – falou a tia –, ele não é tão bonito quanto Wickham; ou melhor, não é tão expressivo quanto Wickham, pois seus traços são bem harmoniosos. Mas por que você me disse que ele era tão desagradável?

Elizabeth desculpou-se como pôde; disse que gostara mais dele quando se encontraram em Kent do que antes e que nunca o vira tão simpático quanto naquela manhã.

— Mas talvez ele seja um pouco extravagante em suas gentilezas — observou o tio. — Os grandes homens em geral o são; portanto não o levarei ao pé da letra, pois ele pode mudar de ideia e, num outro dia, expulsar-me de suas terras.

Elizabeth sentiu que eles nada haviam compreendido da personalidade dele.

— Do que vimos dele — continuou a sra. Gardiner —, eu realmente não poderia acreditar que ele tenha se comportado de forma tão cruel com alguém como fez com o pobre Wickham. Ele não parece uma pessoa má. Pelo contrário, há algo agradável em seu modo de falar. E há uma dignidade em seu rosto que a ninguém daria uma impressão desfavorável de seu coração. Mas, a bem da verdade, a boa senhora que nos mostrou a casa atribuiu-lhe uma natureza das mais ardentes! Eu, às vezes, mal conseguia me controlar para não rir alto. Mas suponho que ele seja um patrão liberal, e *isso*, aos olhos de um criado, engloba todas as virtudes.

Elizabeth, agora, sentia-se na obrigação de dizer algo em defesa do comportamento dele em relação a Wickham; assim, da maneira mais reservada que pôde, deu-lhes a entender que, pelo que ouvira de seus parentes em Kent, seus atos podiam ser interpretados de modo muito diverso e que seu caráter de modo algum era tão falho, nem o de Wickham tão perfeito, quanto o haviam considerado em Hertfordshire. Em confirmação ao que dizia, relatou os pormenores de todas as transações pecuniárias nas quais ambos estiveram envolvidos, sem informar sua fonte, mas assegurando ser tal fonte digna de toda a confiança.

A sra. Gardiner ficou surpresa e interessada; mas, como se aproximavam do cenário de seus antigos encantos, todos os pensamentos cederam lugar ao prazer das recordações; e ela se envolveu por demais em mostrar ao marido todos os aspectos interessantes de seus arredores para pensar em qualquer outra coisa. Mesmo cansada como estava do passeio matinal, mal almoçaram e ela saiu em busca de antigos conhecidos; e a tarde se passou em meio às alegrias de relações reatadas após muitos anos de interrupção.

Os acontecimentos do dia haviam sido por demais interessantes para que Elizabeth pudesse dar muita atenção a qualquer desses novos amigos, e não foi capaz de qualquer outra coisa senão pensar, e pensar com assombro, na cortesia do sr. Darcy e, acima de tudo, em seu desejo de apresentá-la à irmã.

Capítulo 44

Elizabeth imaginara que o sr. Darcy traria sua irmã para visitá-la no dia seguinte à ida da moça para Pemberley e, em consequência, decidiu não se ausentar da hospedaria durante toda a manhã. Mas enganara-se em sua suposição pois, na manhã mesmo de sua chegada a Lambton, as visitas apareceram. Tinham estado passeando pelo lugar com alguns de seus novos amigos e acabavam de voltar à hospedaria a fim de se vestir para o almoço com a mesma família quando o som de uma carruagem os levou à janela e viram um cavalheiro e uma dama numa charrete subindo a rua. Elizabeth, reconhecendo de imediato a libré, adivinhou o que significava e transmitiu grande parte de sua surpresa aos parentes ao lhes informar a honra que a esperava. O pasmo de seus tios foi total, e o constrangimento por ela demonstrado enquanto falava, somado à própria situação e a muitas outras do dia anterior, abriu-lhe os olhos para novos aspectos do caso. Nada antes sugerira algo assim, mas os dois concluíram que não havia outra razão para atribuir tais atenções por parte de alguém como ele do que supondo um interesse pela sua sobrinha. Enquanto essas novíssimas impressões lhes passavam pela cabeça, a perturbação dos sentimentos de Elizabeth crescia a cada momento. Ela mesma estava um tanto surpresa com o próprio descontrole, mas, entre outras causas de inquietação, apavorava-se com a ideia de que o interesse do irmão pudesse ter-lhe atribuído qualidades demais e, mais do que nunca ansiosa por agradar, receava naturalmente que lhe faltassem todos os recursos.

Afastou-se da janela, com medo de ser vista, e, enquanto andava de um lado para outro pela sala, tentando se recompor, percebeu que as expressões de interrogativa surpresa dos tios tornavam tudo ainda pior.

A srta. Darcy e o irmão apareceram e deu-se aquela fantástica apresentação. Com assombro, Elizabeth percebeu que sua nova conhecida estava pelo menos tão constrangida quanto ela. Desde que chegara a Lambton, ouvira dizer que a srta. Darcy era excessivamente orgulhosa, mas a observação de poucos minutos convenceu-a de que era apenas excessivamente tímida. Foi difícil extrair dela qualquer palavra que não fosse um monossílabo.

A srta. Darcy era alta, bem mais alta do que Elizabeth; e, mesmo não tendo dezesseis anos completos, seu corpo já estava formado e sua aparência era feminina e graciosa. Era menos bela do que o irmão, mas havia sensatez e bom humor em seu rosto e seus gestos eram despretensiosos e gentis. Elizabeth, que esperava encontrar uma observadora tão perspicaz e desenvolta quanto o sr. Darcy, sentiu-se bastante aliviada ao perceber nela sentimentos bem diversos.

Não estavam juntos há muito tempo quando o sr. Darcy lhe disse que Bingley também viria cumprimentá-la, e ela mal teve tempo de expressar sua satisfação e se preparar para tal visita quando os passos rápidos de Bingley se fizeram ouvir na escada e, num momento, ele entrou na sala. Toda a raiva de Elizabeth em relação a ele desaparecera há muito; mas, sentisse ainda alguma, seria difícil mantê-la diante da sincera cordialidade por ele expressa ao vê-la de novo. Ele perguntou em tom amistoso, embora vago, por sua família e, pelo aspecto e modo de falar, parecia estar tão à vontade e bem-humorado como sempre fora.

Para o sr. e a sra. Gardiner ele era um personagem tão interessante quanto para ela mesma. Há muito tempo desejavam vê-lo. Todo o grupo diante deles, na verdade, despertava intensa curiosidade. As recentes suspeitas relacionadas ao sr. Darcy e sua sobrinha dirigiam seu olhar a cada um dos dois com profunda embora discreta análise; e logo, de tais análises, obtiveram total convicção de que pelo menos um deles sabia o que era amar. Quanto às emoções da dama ainda havia dúvidas, mas que o cavalheiro transbordava de admiração era por demais evidente.

Elizabeth, por sua vez, tinha muito a fazer. Queria averiguar os sentimentos de cada uma das visitas; queria dominar os seus e causar boa impressão a todos; e em seu último objetivo, no qual mais receara falhar, tinha maiores chances de sucesso, pois aqueles aos quais se esforçava por agradar estavam predispostos a seu favor. Bingley estava propenso, Georgiana disposta e Darcy determinado a admirá-la.

Ao ver Bingley, seus pensamentos voaram naturalmente para a irmã; e como desejaria saber se os dele seguiam a mesma direção! Em alguns momentos quis acreditar que ele falava menos do que em ocasiões anteriores e uma ou duas vezes alegrou-se com a impressão de que, quando a olhava, ele tentava buscar semelhanças. Mas, embora isso pudesse ser imaginário, não podia se enganar quanto ao comportamento dele em relação à srta. Darcy, que fora colocada como a rival de Jane. Nenhum olhar havia, dos dois lados, que sugerisse um interesse especial. Nada se passava entre ambos que pudesse justificar as esperanças da irmã dele. Nesse sentido, logo ficou satisfeita; e dois ou três pequenos detalhes, antes que partissem, demonstraram, em sua ansiosa interpretação, uma lembrança de Jane não destituída de ternura e um desejo de dizer algo que, se ele ousasse, o levaria a mencioná-la. Ele observou, num momento em que os outros conversavam entre si e num tom que expressava real tristeza, que "há muito tempo não tinha o prazer de vê-la"; e, antes que Elizabeth pudesse responder, acrescentou:

– São mais de oito meses. Não nos encontramos desde 26 de novembro, quando dançávamos todos em Netherfield.

Elizabeth gostou de perceber nele uma memória tão exata; e ele ainda encontrou um momento para lhe perguntar, quando ninguém prestava atenção, se *todas* as suas irmãs estavam em Longbourn. Nada havia de especial na pergunta, nem no comentário anterior, mas havia um olhar e uma expressão que lhes davam significado.

Não foram muitas as vezes em que ela conseguiu dirigir o olhar para o sr. Darcy; mas, sempre que relanceou os olhos para ele, viu uma expressão de simpatia geral e, em tudo o que ele disse, ouviu um tom tão distante de qualquer *altivez* ou desdém por seus companheiros que a convenceu de que a mudança de atitude que testemunhara na véspera, por mais temporária que fosse, sobrevivera ao menos mais um dia. Quando o via assim buscando a companhia e tentando angariar o bom conceito de pessoas com quem qualquer contato, há alguns meses, teria sido uma desgraça, quando o via assim cortês, não só com ela mas com os mesmos parentes que abertamente desdenhara, e se recordava de sua última e acalorada cena na casa paroquial de Hunsford, a diferença, a mudança era tão grande e tinha tão grande impacto em sua mente, que mal podia impedir a transparência de sua perplexidade. Nunca, nem mesmo com seus caros amigos em Netherfield, ou seus importantes parentes em Rosings, ela o vira tão desejoso de agradar, tão livre de qualquer arrogância ou posições rígidas como agora, quando nada importante poderia resultar do sucesso de seu comportamento e quando o simples convívio com aqueles a quem se dirigiam suas atenções seria motivo de ridículo e censura pelas damas, tanto em Netherfield quanto em Rosings.

As visitas se demoraram por cerca de meia hora e, quando se levantaram para partir, o sr. Darcy pediu à irmã que se juntasse a ele para expressar seu desejo de receber o sr. e a sra. Gardiner, além da srta. Bennet, para jantar em Pemberley antes que deixassem a região. A srta. Darcy, embora com um acanhamento que sublinhava sua pouca experiência em fazer convites, obedeceu sem hesitar. A sra. Gardiner olhou para a sobrinha, desejosa de saber como *ela*, a quem mais se dirigia o convite, se dispunha a aceitá-lo, mas Elizabeth virara o rosto para o outro lado. Presumindo, entretanto, que aquele estudado subterfúgio falava mais de um constrangimento momentâneo do que de qualquer desagrado com o convite, e vendo no marido, que adorava vida social, total disposição para aceitá-lo, arriscou-se a concordar em ir e ficaram acertados para dois dias depois.

Bingley expressou grande satisfação pela certeza de ver Elizabeth mais uma vez, tendo ainda muito a conversar com ela e muitas perguntas a fazer a respeito de todos os seus amigos de Hertfordshire. Elizabeth, compreendendo essas palavras como um desejo de ouvir falar de sua irmã, ficou contente e, por conta disso, além de outras coisas, viu-se, quando as visitas saíram, capaz de pensar na última meia hora com algum prazer, embora pouco tivesse aproveitado enquanto ela transcorria. Ansiosa por ficar sozinha e receosa das perguntas ou observações dos tios, ficou com eles apenas o tempo suficiente para ouvir sua opinião favorável a respeito de Bingley e apressou-se a ir trocar de roupa.

Mas não tinha motivos para temer a curiosidade do sr. e sra. Gardiner; não era intenção deles forçá-la a falar. Era evidente que ela conhecia o sr. Darcy muito mais do que haviam pensado; era evidente que ele estava muito apaixonado por ela. Tinham visto muita coisa interessante, mas nada que justificasse um interrogatório.

Ter uma boa opinião a respeito do sr. Darcy era agora fonte de ansiedade; e, até onde puderam perceber, não havia defeitos a encontrar. Não podiam ser insensíveis à sua cortesia e, tivessem traçado seu caráter de acordo com seus próprios sentimentos e as observações da serviçal, sem a interferência de qualquer outra opinião, o ambiente em Hertfordshire no qual ele era conhecido não teria nele reconhecido o sr. Darcy. Havia agora, porém, um empenho em acreditar na governanta; e logo se deram conta de que a autoridade de uma criada que o conhecia desde os quatro anos de idade, e cujos próprios modos indicavam respeitabilidade, não deveria ser rejeitada às pressas. Nem nada acontecera, de acordo com seus amigos em Lambton, capaz de desacreditá-la. Nada tinham para acusá-lo além de orgulho; orgulho que ele talvez tivesse e, se não, lhe seria sem dúvida imputado pelos habitantes de uma cidadezinha comercial não frequentada pela família. Era sabido, porém, que ele era um homem liberal e que muito fazia pelos pobres.

Em relação a Wickham, os viajantes logo descobriram não ser merecedor de muita estima; pois mesmo que sua principal queixa em relação ao filho de seu patrono fosse mal-interpretada, era fato notório que, ao sair de Derbyshire, ele deixara muitas dívidas que o sr. Darcy mais tarde saldara.

Quanto a Elizabeth, seus pensamentos estavam em Pemberley, naquela noite mais do que na anterior. Ainda que o tempo parecesse longo, não foi longo o bastante para definir seus pensamentos em relação a *alguém* naquela mansão, e ela passou duas horas inteiras acordada tentando se decidir. Com certeza não o odiava. Não, o ódio há muito tempo se desvanecera e por muito tempo também ela se envergonhara de ter algum dia tido por ele alguma antipatia, se esse era o nome do que sentira. O respeito originado pela convicção de suas valiosas qualidades, embora a princípio admitido com relutância, já deixara de ser uma ideia repugnante e evoluíra agora, devido aos testemunhos a ele tão favoráveis, para algo de natureza mais amistosa, colocando suas atitudes sob uma luz bastante agradável, como acontecera na véspera. Mas, mais do que tudo, mais do que respeito e estima, havia um motivo para sua boa vontade que não poderia ser negligenciado. Era gratidão; gratidão não apenas por tê-la amado um dia, mas por amá-la ainda a ponto de perdoar toda a petulância e a amargura de suas palavras ao rejeitá-lo e todas as injustas acusações que acompanharam sua recusa. Aquele que, como estivera convencida, a evitaria como sua maior inimiga, pareceu, naquele encontro acidental, ansioso por preservar seu relacionamento e, sem qualquer demonstração de indelicadeza ou qualquer afetação em seus gestos, em situações que apenas a ambos diziam respeito, tentara causar uma boa impressão em seus amigos e fizera questão de apresentá-la à irmã. Tal mudança num homem tão orgulhoso gerava não apenas assombro mas também gratidão, pois ao amor, um amor ardente, deveria ser atribuída. E, como tal, sua impressão sobre ela era do tipo a ser encorajada como de modo algum desagradável, ainda que não pudesse ser definida com clareza. Ela o respeitava, o estimava, era grata a ele, interessava-se de fato pelo seu bem-estar; e tudo o que queria saber era até que ponto desejava que tal bem-estar dependesse dela e até que ponto seria importante para a felicidade de ambos que ela usasse o poder, que sua fantasia lhe dizia ainda ter, de levá-lo a renovar sua proposta.

Ficara acertado durante a tarde entre tia e sobrinha que uma cortesia tão grande como a da srta. Darcy tê-las visitado no mesmo dia de sua chegada a Pemberley, pois só chegara em casa a tempo de um café da manhã tardio, deveria ser imitada, ainda que não pudesse ser igualada, com alguma demonstração de polidez por parte delas; e, em consequência, que seria altamente conveniente ir a Pemberley na manhã seguinte. Assim foi, portanto, decidido. Elizabeth estava satisfeita; ainda que, quando se perguntava a razão, pouco tivesse a se dar como resposta.

O sr. Gardiner deixou-as logo após o café da manhã. O convite para a pesca fora renovado no dia anterior e marcado o seu encontro com alguns dos cavalheiros de Pemberley para antes do meio-dia.

Capítulo 45

CONVENCIDA COMO ELIZABETH AGORA estava de que a antipatia da srta. Bingley por ela se devia a ciúmes, não poderia deixar de sentir como seria para ela desagradável sua ida a Pemberley e estava curiosa para saber com quanta amabilidade por parte daquela dama seriam suas relações agora retomadas.

Ao chegar à casa, foram conduzidas pelo saguão até o salão, cuja posição ao norte tornava-o muito agradável no verão. As janelas que se abriam para o bosque ofereciam uma visão refrescante das altas colinas arborizadas atrás da casa e dos belos carvalhos e castanheiras espanholas espalhados pelo gramado intermediário.

Foram recebidas nesse salão pela srta. Darcy, que lá estava com a sra. Hurst, a srta. Bingley e a dama com quem vivia em Londres. A recepção de Georgiana foi muito cortês, mas acompanhada por todo o embaraço que, mesmo proveniente de timidez e do medo de errar, daria facilmente aos que se sentem inferiores a impressão de ser ela orgulhosa e reservada. A sra. Gardiner e a sobrinha, entretanto, fizeram-lhe justiça e se compadeceram da moça.

Pela sra. Hurst e pela srta. Bingley foram recebidas apenas com uma mesura; e, sentando-se ambas, uma pausa, terrível como sempre são tais pausas, teve lugar por alguns momentos. Quem primeiro a quebrou foi a sra. Annesley, mulher gentil e de bela aparência, cuja tentativa de introduzir algum tipo de conversa provou ser ela mais bem-educada que qualquer uma das outras; e entre ela e a sra. Gardiner, com ocasionais contribuições de Elizabeth, os assuntos se sucederam. A srta. Darcy parecia querer ter coragem para se juntar a elas e algumas vezes se aventurou a frases curtas, quando havia menos perigo de ser ouvida.

Elizabeth logo percebeu estar sendo observada de perto pela srta. Bingley e que não podia dizer uma palavra, sobretudo para a srta. Darcy, sem lhe chamar a atenção. Tal observação não a impediria de tentar conversar com a menina, não estivessem ambas sentadas a inconveniente distância; mas não lamentava ser poupada da necessidade de falar demais. Seus próprios pensamentos a ocupavam. Imaginava que a qualquer momento alguns cavalheiros poderiam entrar na sala. Desejava e receava que o dono da casa estivesse entre eles e não conseguia se decidir se mais desejava ou mais receava.

Depois de estar assim sentada por quinze minutos sem ouvir a voz da srta. Bingley, Elizabeth surpreendeu-se ao receber dela uma fria indagação quanto à saúde de sua família. Respondeu com igual indiferença e concisão, e as outras nada mais disseram.

O próximo episódio ocorrido durante a visita deveu-se à entrada de criados com frios, bolo e uma variedade das melhores frutas da estação; mas isso só aconteceu depois de diversos olhares e sorrisos significativos da sra. Annesley para a srta. Darcy, a fim de lembrar-lhe de sua posição. Havia agora ocupação para todo o grupo; pois, embora não pudessem todas falar, podiam todas comer; e as belas pirâmides de uvas, ameixas e pêssegos logo as reuniram em torno da mesa.

Assim ocupada, Elizabeth teve uma boa oportunidade de decidir se mais receava ou desejava o aparecimento do sr. Darcy, pelos sentimentos que prevaleceram diante de sua entrada na sala; e então, embora um momento antes acreditasse que seu desejo predominaria, começou a lamentar a chegada do rapaz.

Ele estivera por algum tempo com o sr. Gardiner que, com dois ou três outros cavalheiros da casa, se dedicava ao rio e só o deixara ao saber que as senhoras da família tencionavam visitar Georgiana naquela manhã... Mal ele surgiu e Elizabeth decidiu com sensatez mostrar-se perfeitamente à vontade e sem constrangimentos; uma decisão muito necessária de ser tomada, mas talvez não mantida com muita facilidade, porque ela viu que as suspeitas de todo o grupo se voltaram para eles e que não houve um só olhar que não observasse o comportamento dele quando entrou na sala. Em nenhuma expressão havia atenta curiosidade mais aparente do que na da srta. Bingley, a despeito dos sorrisos que se abriam em seu rosto sempre que falava com quem os provocava, pois o ciúme ainda não a tinha feito desesperar e suas atenções ao sr. Darcy não se haviam extinguido. A srta. Darcy, com a entrada do irmão, obrigou-se a falar mais e Elizabeth viu que ele estava ansioso para que a irmã e ela se conhecessem melhor, encorajando ao máximo toda tentativa de conversa de ambos os lados. A srta. Bingley também percebeu; e, com a imprudência da raiva, aproveitou a primeira oportunidade para dizer, com sarcástica cortesia:

– Diga, srta. Eliza, é verdade que o regimento de ...shire foi removido de Meryton? Deve ter sido uma grande perda para a *sua* família.

Na presença de Darcy ela não ousou mencionar o nome de Wickham, mas Elizabeth compreendeu de imediato que ele estava presente em seus pensamentos; e as diversas recordações ligadas a ele a angustiaram por um momento; mas, obrigando-se a repelir o ataque mal-intencionado, respondeu à pergunta num tom razoavelmente indiferente. Enquanto falava, um olhar involuntário revelou-lhe Darcy, ruborizado, observando-a intensamente, e sua irmã bastante desconcertada e incapaz de levantar os olhos. Tivesse a srta. Bingley sabido a dor que causava à sua queridíssima amiga, sem dúvida se absteria daquela observação; mas pretendera apenas desconcertar Elizabeth trazendo à tona a lembrança de um homem pelo qual a considerava interessada a fim de fazê-la trair uma emoção que a poderia denegrir aos olhos de Darcy e, talvez, lembrá-lo de todos os disparates e absurdos que ligavam parte da família de Elizabeth àquela corporação. Nem uma sílaba chegara até ela a respeito da planejada fuga da srta. Darcy. A ninguém aquilo havia sido revelado e o sigilo foi absoluto, exceto para Elizabeth; e de todos os parentes de Bingley, o irmão da moça tinha especial interesse em ocultar o fato, devido ao desejo, que Elizabeth há tempos lhe atribuía, de que aquela família viesse um dia a ser a dela. Ele sem dúvida tivera tal intenção e, sem que fosse essa a causa de sua tentativa de separar Bingley e a srta. Bennet, era provável que acrescentasse algo ao seu vivo interesse pelo bem-estar do amigo.

A serenidade de Elizabeth, entretanto, logo acalmou as emoções de Darcy; e como a srta. Bingley, mortificada e desapontada, não ousasse qualquer alusão mais direta a Wickham, Georgiana também se refez, embora não o bastante para conseguir falar. O irmão, cujo olhar receava encontrar, mal percebeu seu interesse no caso, e o próprio incidente que se destinava a desviar seus pensamentos de Elizabeth pareceu tê-los fixado nela com ainda maior prazer.

A visita não continuou por muito tempo depois da pergunta e resposta acima mencionadas; e, enquanto o sr. Darcy as acompanhava à carruagem, a srta. Bingley extravasava seus sentimentos em críticas à aparência, comportamento e roupas de Elizabeth. Mas Georgiana não lhe fez eco. A recomendação do irmão era suficiente para garantir sua boa vontade: seu julgamento não poderia estar errado. E ele falara de Elizabeth em termos tais que Georgiana só poderia considerá-la encantadora e amável. Quando Darcy voltou ao salão, a srta. Bingley não conseguiu deixar de repetir para ele parte do que estivera dizendo à irmã.

— Como estava mal a srta. Eliza Bennet esta manhã, sr. Darcy! — exclamou. — Nunca na vida eu vi alguém mudar tanto quanto ela desde o inverno. Ela está tão morena e com um ar tão grosseiro! Louisa e eu concordamos que não a teríamos reconhecido.

Por menos que o sr. Darcy tenha apreciado tal comentário, contentou-se em responder com frieza que ele não percebera qualquer outra alteração a não ser estar ela um tanto bronzeada, consequência nada espantosa de uma viagem no verão.

— No que me diz respeito — insistiu ela — devo confessar que nunca vi beleza alguma nela. O rosto é fino demais, a pele não tem brilho e seus traços não são harmoniosos. Ao nariz falta caráter... nada impressiona em suas linhas. Os dentes são toleráveis, mas nada fora do comum; e, quanto aos olhos, que já foram algumas vezes chamados de belos, nunca considerei extraordinários. Têm uma expressão penetrante e impertinente, da qual não gosto nem um pouco; e em toda ela há uma autossuficiência sem elegância, o que é intolerável.

Convencida como estava a srta. Bingley de que Darcy admirava Elizabeth, aquela não era a melhor forma de se fazer agradável; mas pessoas zangadas nem sempre são sensatas e, ao vê-lo afinal um pouco irritado, conseguiu tudo o que pretendia. Mas ele continuava decididamente calado e, determinada a fazê-lo falar, ela prosseguiu:

— Lembro-me, quando a vi pela primeira vez em Hertfordshire, como ficamos todos admirados ao descobrir que ela era famosa pela beleza. E eu me recordo sobretudo de ouvi-lo dizer uma noite, depois que elas jantaram em Netherfield, "*Ela*, uma beleza? Mais fácil seria chamar a mãe de espirituosa". Mas depois ela parece ter subido no seu conceito, porque acredito que já o ouvi dizer uma vez que a achava bem bonita.

– É verdade – retrucou Darcy, que não conseguiu mais se conter –, mas *aquilo* foi quando a vi pela primeira vez, pois há muitos meses eu a considero uma das mulheres mais belas que conheço.

Ele então se afastou e a srta. Bingley foi deixada com a satisfação de tê-lo obrigado a dizer o que só fez mal a ela mesma.

A sra. Gardiner e Elizabeth, na volta, falaram de tudo o que se passara durante a visita, exceto do que mais interessava a ambas. O aspecto e o comportamento de todos que tinham visto foi discutido, exceto da pessoa que mais lhes atraíra a atenção. Falaram de sua irmã, suas amigas, sua casa, suas frutas... tudo menos dele próprio; embora Elizabeth ansiasse por saber o que a sra. Gardiner pensava dele e a sra. Gardiner tivesse apreciado muitíssimo se a sobrinha abordasse o assunto.

Capítulo 46

ELIZABETH FICARA MUITO DESAPONTADA ao não encontrar uma carta de Jane ao chegarem a Lambton; e tal desapontamento se repetiu a cada manhã que lá passaram; mas na terceira suas queixas foram esquecidas e a irmã, desculpada com o recebimento de duas cartas simultâneas, numa das quais havia o aviso de que havia sido extraviada. Elizabeth não se surpreendeu, porque Jane escrevera o endereço todo errado.

Preparavam-se para um passeio quando as cartas chegaram, e os tios, deixando-a tranquila para ler, saíram sozinhos. A extraviada precisava ser lida primeiro – fora escrita cinco dias antes. O início continha um relato de todas as pequenas festas e compromissos, com todas as novidades que o campo podia ter; mas a segunda metade, datada do dia seguinte e escrita em evidente agitação, dava notícias mais importantes. Eis o que dizia:

> Desde que escrevi o que está acima, querida Lizzy, aconteceu uma coisa de natureza mais inesperada e séria, mas tenho medo de assustá-la – saiba que estamos todos bem. O que vou contar refere-se à pobre Lydia. Chegou uma mensagem urgente à meia-noite de ontem, logo depois de termos ido todos para a cama, do coronel Forster, para nos informar que ela havia fugido para a Escócia com um de seus oficiais; para dizer a verdade, com Wickham! Imagine nossa surpresa. Para Kitty, entretanto, não pareceu assim tão

inesperado. Lamento muito, muito mesmo. Que união mais imprudente, dos dois lados! Mas quero esperar o melhor e desejar que tenhamos avaliado mal o caráter dele. Posso considerá-lo inconsequente e indiscreto, mas este passo (e alegremo-nos com isso) não caracteriza um coração perverso. Ao menos sua escolha é desinteressada, pois ele deve saber que meu pai nada tem para dar a ela. Nossa pobre mãe está arrasada. Papai suporta melhor. Como sou grata por nunca lhes termos contado o que foi dito contra ele; nós mesmas devemos esquecer tudo. Eles fugiram no sábado, por volta da meia-noite, como se acredita, mas sua falta não foi sentida até ontem pela manhã, às oito horas. A mensagem expressa foi enviada no mesmo instante. Lizzy querida, eles devem ter passado a dez milhas daqui. O coronel Forster diz que devemos esperá-lo dentro em breve. Lydia deixou algumas linhas para sua esposa, informando o que pretendia, ou pretendiam, fazer. Preciso terminar, pois não posso deixar minha pobre mãe muito tempo sozinha. Receio que você não consiga entender tudo isto, mas já nem sei o que escrevi.

Sem se dar tempo para refletir, e mal sabendo o que sentia, Elizabeth, ao terminar essa carta, agarrou imediatamente a outra e, abrindo-a com a maior impaciência, leu o que continha. Fora escrita um dia depois da conclusão da primeira.

A esta altura, querida irmã, você já recebeu minha apressada carta; espero que esta seja mais inteligível, mas, embora não pressionada pelo tempo, minha cabeça está tão perturbada que não posso me responsabilizar por sua coerência. Queridíssima Lizzy, mal sei o que já escrevi, mas tenho más notícias para você e isso não pode ser adiado. Por mais imprudente que tenha sido o casamento entre o sr. Wickham e nossa pobre Lydia, estamos agora ansiosos para ter certeza de que se realizou, pois há inúmeras razões para temer que eles não tenham ido à Escócia. O coronel Forster chegou ontem, tendo saído de Brighton na véspera, não muitas horas depois de sua mensagem. Embora o bilhete de Lydia para a sra. F. lhes tenha feito acreditar que os dois iriam para Gretna Green, Denny deixou escapar sua crença de que W. nunca pretendera ir até lá, nem mesmo se casar com Lydia, o que chegou aos ouvidos do coronel F., que, no mesmo instante dando o alarma, saiu de B. com a intenção de ir em seu encalço. Seguiu seus rastros sem problemas até Clapham, mas não mais; pois os dois, ao lá chegarem, transferiram-se para um coche de aluguel e dispensaram a diligência que os levara de Epsom. Tudo o que se sabe a partir de então é que foram vistos seguindo pela estrada de Londres. Não sei o que pensar. Depois de todas as investigações possíveis naquela parte de Londres, o coronel F. veio para Hertfordshire, repetindo-as intensamente por todas as estradas e em todas as hospedarias em Barnet e Hatfield, mas sem qualquer sucesso: ninguém os viu passar. Muitíssimo preocupado, veio a Longbourn e apresentou-nos seus receios com toda a pureza e honradez de seu coração. Lamento profundamente por ele e pela sra. F., mas ninguém pode acusá-los de coisa alguma. Nossa angústia, querida Lizzy, é muito grande. Meus pais acreditam no pior, mas não consigo pensar tão mal dele. Muitas circunstâncias podem tê-los levados a se casar em segredo na cidade, em vez de levarem adiante seu plano inicial; e mesmo se *ele* pudesse ter tais intenções contra uma jovem bem relacionada como Lydia, o que não é provável, como posso imaginar que *ela* tenha perdido a cabeça a tal ponto? Impossível! Afligi-me ao descobrir, entretanto, que o coronel F. não está disposto a acreditar em tal casamento: ele sacudiu a cabeça quando expressei minhas esperanças e disse recear que W. não era um homem confiável. Minha pobre mãe está realmente doente e não consegue sair do quarto. Se ela fizesse um esforço, seria melhor, mas não se pode esperar por isso. E, quanto a meu pai, nunca na vida o vi tão abalado. A pobre Kitty está furiosa por ter mantido o namoro dos dois em segredo; mas era uma questão de confiança, não se pode censurá-la. Estou satisfeita, querida Lizzy, que você tenha sido poupada dessas cenas penosas; mas, agora que passou o primeiro choque, posso confessar que torço para que volte? Não sou tão egoísta, porém, para apressá-la, se for inconveniente. Adeus! Tomo uma vez mais a pena para fazer o que acabei de dizer que não faria; mas as circunstâncias são tais que não posso deixar de pedir a vocês todos que venham para cá o mais depressa possível. Conheço tão bem meus queridos tio e tia que não tenho medo de lhes pedir isto, embora tenha algo mais a pedir ao primeiro. Meu pai está indo agora mesmo a Londres com o coronel Forster, para tentar encontrá-la. Do que ele pretende não estou bem certa, mas sua enorme angústia não lhe permitirá tomar qualquer medida do modo mais adequado e mais sensato, e o coronel Forster é obrigado a estar amanhã à tarde em Brighton. Diante de tal exigência, o conselho e o apoio de meu tio significariam tudo no mundo; ele compreenderá imediatamente o que estou sentindo, e confio em sua bondade.

— Oh! Onde está meu tio? — exclamou Elizabeth, pulando da cadeira ao acabar a carta, desesperada para ir atrás dele, sem perder um momento daquele tempo tão precioso; mas quando chegou à porta ela foi aberta por um criado e o sr. Darcy apareceu. O rosto pálido e a atitude impetuosa da jovem assustaram-no e, antes que ele pudesse se recuperar e falar, ela, em cuja mente qualquer pensamento era superado pela situação de Lydia, exclamou apressada:

— Desculpe, mas preciso deixá-lo. Preciso encontrar o sr. Gardiner neste momento, por um assunto que não pode ser adiado; não tenho um minuto a perder.

— Santo Deus! O que aconteceu? — exclamou ele, com mais sentimento do que cortesia; e depois, controlando-se: — Não vou detê-la, mas deixe que eu, ou o criado, vá procurar o sr. e a sra. Gardiner. A senhorita não está bem, não pode ir sozinha.

Elizabeth hesitou, mas seus joelhos tremiam e ela sentiu que não teria qualquer sucesso em sua tentativa de ir atrás deles. Chamando de volta o criado, portanto, ela o encarregou, embora tão sem fôlego que sua voz era quase inaudível, de trazer seus patrões imediatamente de volta à casa.

Quando o rapaz saiu da sala ela sentou, incapaz de se sustentar e parecendo tão miseravelmente doente que foi impossível para Darcy deixá-la ou se impedir de dizer, em tom de gentileza e compaixão:

— Deixe-me chamar sua camareira. Existe algo que eu possa fazer para melhorar seu estado? Um copo de vinho... ajudaria se eu fosse buscar? A senhorita está muito mal.

— Não, obrigada — respondeu ela, tentando se controlar. — O problema não é comigo. Estou bem; só estou angustiada com algumas notícias terríveis que acabo de receber de Longbourn.

Explodiu em lágrimas ao se referir àquilo e, por alguns instantes, não foi capaz de dizer mais. Darcy, amargurado e confuso, só conseguia manifestar de modo vago sua preocupação e observá-la num silêncio compadecido. Afinal, ela voltou a falar.

— Acabei de receber uma carta de Jane, com notícias pavorosas. Não há como esconder. Minha irmã mais moça abandonou todos os amigos... fugiu; atirou-se nos braços do... do sr. Wickham. Os dois fugiram juntos de Brighton. *O senhor* o conhece bem para imaginar o resto. Ela não tem dinheiro, nem parentes, nada que possa tentá-lo... ela está perdida para sempre.

Darcy estava imóvel de assombro.

— Quando penso — acrescentou ela num tom ainda mais agitado — que eu poderia ter evitado tudo isso! Eu, que sabia quem era ele. Se eu tivesse contado ao menos um pouco... um pouco do que eu sabia, para minha própria família! Se o caráter dele fosse revelado, isso poderia não ter acontecido. Mas é tarde... tarde demais agora!

— Estou realmente desolado — exclamou Darcy —, desolado... chocado. Mas isso é verdade... verdade absoluta?

— Ah! É, sim! Eles saíram juntos de Brighton no domingo à noite e seu rastro foi seguido quase até Londres, mas não além; com certeza não foram para a Escócia.

— E o que já foi feito, o que já foi tentado para recuperá-la?

— Meu pai foi para Londres, e Jane escreveu para implorar a ajuda imediata do meu tio; e iremos embora, espero, dentro de meia hora. Mas nada pode ser feito... sei muito bem que nada pode ser feito. Como pode um homem como aquele ser levado a agir com decência? Como poderão ao menos ser descobertos? Não tenho a menor esperança. É tudo horrível demais!

Darcy balançou a cabeça em silenciosa concordância.

— Quando *meus* olhos foram abertos para o verdadeiro caráter dele... Ah! Se eu soubesse o que deveria, o que poderia fazer! Mas eu não soube... tive medo de ir longe demais. Maldito, maldito engano!

Darcy não respondeu. Mal parecia ouvi-la e andava de um lado para outro da sala em profunda meditação, sobrancelhas contraídas, expressão sombria. Elizabeth logo percebeu e no mesmo instante compreendeu. Seu poder sobre ele desaparecia; tudo *deveria* desaparecer sob tal prova de fraqueza familiar, sob tal garantia da mais profunda desgraça. Ela não poderia se surpreender ou condenar, mas a crença no autodomínio dele nenhum consolo lhe trouxe, nenhum alívio para sua angústia. Pelo contrário, tudo era exatamente calculado para fazê-la compreender seus próprios desejos; e nunca, com tanta honestidade, sentira que poderia tê-lo amado como sentia agora, quando qualquer amor era em vão.

Mas o que lhe dizia respeito, embora se manifestasse, não a absorveria. Lydia, a humilhação, a desgraça que ela trazia sobre todos logo afastaram qualquer preocupação pessoal; e, cobrindo o rosto com um lenço, Elizabeth logo esqueceu qualquer outra coisa. E, depois de uma pausa de vários minutos, só foi trazida de volta à realidade pela voz de seu companheiro, num tom que, embora piedoso, soava também controlado e dizia:

— Receio que a senhorita há muito tempo deseje minha ausência e nada posso apresentar como desculpas por ter ficado senão uma verdadeira, embora impotente, preocupação. Quisessem os céus que algo pudesse ser por mim dito ou feito capaz de lhe oferecer consolo para tal angústia! Mas não a atormentarei com desejos inúteis, que podem parecer apenas um desejo de despertar seus agradecimentos. Esse infeliz acontecimento, acredito, impedirá que minha irmã tenha o prazer de recebê-la hoje em Pemberley.

— Oh! É verdade. Queira ter a gentileza de nos desculpar com a srta. Darcy. Diga que assuntos urgentes nos obrigam a voltar imediatamente. Oculte a triste verdade ao máximo. Sei que não poderá ser por muito tempo.

Ele prontamente afirmou que manteria segredo; mais uma vez expressou sua consternação pela sua angústia, desejou um final melhor do que se poderia esperar no momento e, pedindo-lhe que cumprimentasse por ele os tios, despediu-se apenas com um olhar sério.

Quando ele saiu da sala, Elizabeth sentiu o quanto seria improvável que viessem a se ver outra vez em termos tão cordiais como os que marcaram seus diversos encontros em Derbyshire e, lançando um olhar retrospectivo sobre todo o seu relacionamento, tão cheio de contradições e mudanças, lamentou a tirania dos sentimentos que agora gostariam de lhe dar continuidade e antes se alegrariam com seu término.

Se gratidão e estima são bons alicerces do afeto, a transformação dos sentimentos de Elizabeth não é improvável ou condenável. Mas se, ao contrário, o interesse despertado por tais fontes for irracional ou antinatural, em comparação com o que é tantas vezes descrito como nascendo de um primeiro encontro com o objeto afetivo e mesmo antes que duas palavras tenham sido trocadas, nada haveria a ser dito a seu favor, exceto que ela de certa forma tentara o último método em seu interesse por Wickham e que todo o seu insucesso talvez pudesse autorizá-la a buscar aquela outra forma menos interessante de afeição. Seja como for, ela o viu partir com tristeza e, nesse primeiro exemplo do que poderia acarretar a infâmia de Lydia, descobriu novas agonias ao refletir sobre aquele caso vergonhoso. Nunca, desde a leitura da segunda carta de Jane, acalentou qualquer esperança de que Wickham pretendesse se casar com sua irmã. Só mesmo Jane, pensou, poderia se iludir com tal expectativa. A surpresa foi o menor de seus sentimentos diante dos fatos. Enquanto o conteúdo da primeira carta ocupou sua mente, ela era toda surpresa... toda perplexidade com a ideia de que Wickham se casaria com uma menina com quem seria impossível se casar por dinheiro; e como Lydia poderia tê-lo conquistado parecera incompreensível. Mas agora era tudo muito natural. Para uma conquista daquele tipo ela possuía atrativos suficientes e, mesmo não acreditando que Lydia se envolveria de propósito numa fuga sem intenção de casamento, não via dificuldades em acreditar que nem a virtude nem a inteligência fariam dela uma presa menos fácil.

Ela nunca percebera, enquanto o regimento esteve em Hertfordshire, que Lydia tivesse qualquer interesse por ele, mas estava convencida de que Lydia só precisava de encorajamento para se ligar a alguém. Às vezes um oficial, às vezes outro, era o favorito, as atenções que lhes dispensavam fazendo-os subir ou descer em seu conceito. Os apegos flutuavam todo o tempo, mas nunca sem um alvo. O mal que podem causar a uma menina como aquela a negligência e o excesso de benevolência... Ah! Com que dor percebia isso agora!

Estava louca para chegar em casa... para ouvir, ver, estar lá para dividir com Jane os cuidados que agora estavam todos nas mãos dela, numa família tão confusa, um pai ausente, uma mãe sem energia, exigindo cuidados constantes; e mesmo quase convencida de que nada poderia ser feito por Lydia, a interferência do tio parecia de suma importância e até que ele entrasse na sala sua impaciência foi grande. O sr. e a sra. Gardiner correram alarmados, supondo pela descrição do criado que a sobrinha tivesse caído doente; mas, tranquilizando-os no mesmo instante, ela logo e avidamente comunicou por que os tinha chamado, lendo em voz alta as duas cartas e insistindo no final da última com trêmula energia. Ainda que Lydia nunca tivesse sido muito apreciada por eles, o sr. e a sra. Gardiner não poderiam evitar um profundo abalo. Não apenas Lydia, mas todos estavam envolvidos naquilo; e, depois das primeiras exclamações de surpresa e horror, o sr. Gardiner prometeu fazer tudo o que estivesse ao seu alcance. Elizabeth, embora não esperando menos, agradeceu com lágrimas de gratidão; e, imbuídos os três do mesmo espírito, tudo o que se relacionava com a viagem foi providenciado com rapidez. Sairiam o mais depressa possível.

– Mas o que faremos com Pemberley? – exclamou a sra. Gardiner. – John nos disse que o sr. Darcy estava aqui quando você o mandou à nossa procura. É isso mesmo?

– É, e eu lhe disse que não poderíamos manter nosso compromisso. *Isto* já está resolvido.

"O que está resolvido?", pensou a outra, enquanto corria ao quarto para se preparar. "E em que termos estão os dois para que ela lhe contasse a verdade? Ah, se eu soubesse!"

Mas seus desejos eram inúteis ou, pelo menos, serviriam apenas para distraí-la na pressa e confusão da hora seguinte. Tivesse Elizabeth tempo livre, teria tido certeza de que qualquer ocupação seria impossível para alguém tão desgraçada quanto ela; mas, como a tia, tinha sua cota de trabalho a fazer e, entre outras coisas, havia bilhetes a serem escritos para todos os amigos em Lambton, com falsas desculpas para sua súbita partida. Em uma hora, porém, tudo estava pronto e, tendo o sr. Gardiner acertado as contas na hospedaria, nada restava a ser feito além de partir; e Elizabeth, depois de toda a infelicidade daquela manhã, viu-se, num espaço de tempo mais curto do que imaginaria, sentada na carruagem e a caminho de Longbourn.

Capítulo 47

– Estive pensando mais uma vez, Elizabeth – disse o tio enquanto se afastavam da cidade –, e na verdade, depois de sérias considerações, estou muito mais inclinado do que antes a concordar com sua irmã mais velha. Parece-me tão improvável que qualquer rapaz tenha más intenções em relação a uma menina que não é desprotegida ou desamparada e que, além disso, estava morando com a família do coronel do seu regimento, que estou fortemente inclinado a esperar pelo melhor. Poderia ele imaginar que os amigos dela não interviriam? Poderia esperar ser aceito de volta no regimento, depois de tal afronta ao coronel Forster? A tentação não é proporcional ao risco!

– O senhor acredita mesmo? – exclamou Elizabeth, iluminando-se por um instante.

– Por Deus! – disse a sra. Gardiner. – Começo a concordar com seu tio. É realmente uma violação grande demais de decência, honra e interesse para que ele seja culpado. Não consigo pensar tão mal de Wickham. Será você capaz, Lizzy, de mudar de opinião a respeito dele a ponto de acreditá-lo capaz disto?

– Talvez não capaz de negligenciar seus próprios interesses, mas de qualquer outra negligência eu o acredito capaz. Se realmente pudesse ser como dizem! Mas não ouso esperar tanto. Por que, se assim fosse, não iriam para a Escócia?

– Em primeiro lugar – retrucou o sr. Gardiner –, não há qualquer prova de que não tenham ido para a Escócia.

– Oh! Mas terem passado da diligência para um coche de aluguel é tão revelador! E, além disso, nenhum traço deles foi encontrado na estrada de Barnet.

– Bem, então... suponha que estejam em Londres. Devem estar lá, apenas com o propósito de se esconderem, sem qualquer outra intenção. Não é provável que o dinheiro seja muito abundante de nenhum dos lados e pode lhes ter ocorrido ser mais econômico, embora menos rápido, casarem-se em Londres e não na Escócia.

– Mas por que todo esse sigilo? Por que o medo de serem descobertos? Por que deveria o casamento ser secreto? Ah! Não, não... não faz sentido. Seu melhor amigo, como viram pelo relato de Jane, estava convencido de que ele nunca pretendeu se casar com ela. Wickham nunca se casará com uma mulher sem dinheiro. Não pode se dar a tal luxo. E que méritos tem Lydia, que atrativos oferece ela, além de juventude, saúde e bom humor, para fazer com que ele, por ela, renuncie a todas as oportunidades de se beneficiar através de um bom casamento? Até que ponto o risco de cair em desgraça no regimento poderia fazê-lo desistir de uma fuga desonrosa com ela, não sou capaz de julgar, pois nada sei dos efeitos que pode ocasionar tal atitude. Mas, quanto à sua outra objeção, receio que não se sustente. Lydia não tem irmãos que possam interferir; e ele deve imaginar, pelo comportamento de meu pai, pela indolência e pela pouca atenção que esse pai sempre pareceu dar ao que se passava em sua família, que *ele* faria tão pouco e pensaria tão pouco a respeito quanto qualquer pai nessa situação.

– Mas você imagina que Lydia esteja tão perdida de amor a ponto de consentir em viver com ele em outros termos que não o casamento?

– Assim parece; e é realmente muito chocante – respondeu Elizabeth, com lágrimas nos olhos – que o senso de decência e virtude de uma irmã possa admitir alguma dúvida a respeito. Mas, na verdade, não sei o que dizer. Talvez eu não lhe esteja fazendo justiça. Mas ela é jovem demais; nunca foi ensinada a pensar em coisas sérias e, nos últimos seis meses, não, doze meses, abandonou tudo o que não fosse diversão e vaidade. Permitiram que usasse seu tempo do modo mais fútil e frívolo possível e a seguir quaisquer opiniões que lhe apresentassem. Desde que o regimento de ...shire se instalara em Meryton, nada além de amor, namoros e oficiais esteve em sua cabeça. Ela vinha fazendo tudo o que podia para pensar e falar no assunto, para aumentar... como posso dizer?... a suscetibilidade de suas emoções, que já são por natureza bastante intensas. E todos nós sabemos que Wickham tem encantos de sobra, em termos de figura e maneiras, para conquistar uma mulher.

– Mas você vê que Jane – disse a tia – não pensa mal de Wickham a ponto de acreditá-lo capaz de tal atitude.

– De quem Jane já pensou mal na vida? E quem, fosse qual fosse a conduta anterior, ela consideraria capaz de tal atitude, até haver provas suficientes? Mas Jane sabe, tanto quanto eu, que tipo de homem é Wickham. Nós duas sabemos que ele tem sido devasso em toda a acepção da palavra; que ele não tem integridade ou honra; que ele é tão falso e mentiroso quanto é insinuante.

– E você sabe realmente tudo isto? – exclamou a sra. Gardiner, cuja curiosidade para saber de onde vinham aquelas informações era muito grande.

– Realmente sei – respondeu Elizabeth, corando. – Eu já lhes falei, outro dia, sobre o comportamento infame dele para com o sr. Darcy; e a senhora mesma, da última vez que esteve em Longbourn, ouviu como ele se referia ao homem que agiu em relação a ele com tanta tolerância e liberalidade. E há outras circunstâncias que não estou autorizada... que não vale a pena relatar; mas as mentiras desse rapaz relativas a toda a família de Pemberley são infindáveis. Pelo que ele dizia da srta. Darcy eu estava preparada para uma menina orgulhosa, fechada e desagradável. Embora ele soubesse que não era assim. Deve saber que ela é amável e despretensiosa, como constatamos.

– Mas Lydia sabia de alguma coisa? É possível que ela não tenha ideia de tudo o que você e Jane parecem conhecer tão bem?

– Ah! Pode sim... e isto é o pior de tudo. Até minha estadia em Kent, quando me encontrei muito com o sr. Darcy e seu primo, o coronel Fitzwilliam, eu também não fazia ideia da verdade. E quando voltei para casa, o regimento sairia de Meryton dentro de uma semana, ou uma quinzena. Diante disso, nem Jane, a quem contei tudo, nem eu julgamos necessário tornar público o que sabíamos, pois de que serviria a alguém se fosse destruída a boa impressão que toda a vizinhança tinha dele? E, mesmo quando ficou acertado que Lydia iria com a sra. Forster, nunca me ocorreu a necessidade de abrir-lhe os olhos em relação ao caráter de Wickham. Que *ela* pudesse correr o risco de se decepcionar nunca me passou pela cabeça. Que uma consequência como *esta* fosse possível, como bem podem imaginar, foi algo que nunca aflorou em meus pensamentos.

– Quando todos foram para Brighton, então, vocês não tinham qualquer razão, suponho, para acreditar que os dois se gostassem.

– Nem de longe. Não consigo me lembrar de qualquer sintoma de afeto em nenhum dos lados; e, tivesse algo desse gênero sido perceptível, devem saber que a nossa não é uma família na qual isso passaria despercebido. Quando ele entrou para a corporação, ela estava bem disposta a admirá-lo; mas também estávamos todas. Qualquer moça que vivesse em Meryton ou nos arredores perdeu a cabeça por ele nos primeiros dois meses; mas ele nunca deu a *ela* qualquer atenção especial; assim, depois de um curto período de admiração selvagem e extravagante, seu capricho por ele desapareceu, e outros oficiais, que a tratavam melhor, voltaram a ser seus favoritos.

Pode-se facilmente compreender que embora pouco pudesse ser acrescentado aos medos, esperanças e conjecturas de todos em relação àquele importante assunto, por sua incessante discussão, nenhum outro seria capaz de desviá-los dele por muito tempo durante toda a viagem. Dos pensamentos de Elizabeth, nunca saiu. Presa da maior das angústias, a autocensura, ela não teve um só instante de paz ou esquecimento.

Viajaram o mais depressa possível e, dormindo uma noite na estrada, chegaram a Longbourn para o jantar do dia seguinte. Era um conforto para Elizabeth pensar que Jane não se desgastaria devido a uma longa espera.

Os pequenos Gardiner, atraídos pela visão de um coche, estavam parados nos degraus da casa quando entraram no pátio e, quando a carruagem parou à porta, a alegre surpresa que iluminou seus rostos e se manifestou por todos os corpos, numa variedade de pulos e tremeliques, foi sua primeira e sincera manifestação de boas-vindas.

Elizabeth saltou e, depois de dar a cada criança um beijo apressado, correu para o vestíbulo onde Jane, que descera depressa dos aposentos da mãe, logo a encontrou.

Elizabeth, beijando-a com carinho, enquanto lágrimas enchiam os olhos de ambas, não perdeu um momento sem perguntar se havia novidades dos fugitivos.

– Ainda não – respondeu Jane. – Mas agora que meu querido tio chegou, espero que tudo fique bem.

– Meu pai está na cidade?

– Está, foi para lá na terça-feira, como lhe escrevi.

– E tem dado notícias?

– Só duas vezes. Ele me escreveu algumas linhas na quarta para dizer que tinha chegado bem e me dar o endereço de onde estava, coisa que eu lhe pedira muito para fazer. Acrescentou apenas que não escreveria outra vez até ter algo importante a dizer.

– E minha mãe, como está? Como estão vocês todas?

– Mamãe está razoavelmente bem, acredito; embora seu ânimo esteja muito abatido. Ela está lá em cima e ficará muito satisfeita vendo todos vocês. Ainda não sai do quarto de vestir. Mary e Kitty, graças a Deus, estão muito bem.

– Mas você... como você está? – exclamou Elizabeth. – Parece pálida. Por quanta coisa você passou!

A irmã, entretanto, garantiu estar perfeitamente bem; e sua conversa, que se passara enquanto o sr. e a sra. Gardiner se entretinham com os filhos, chegou ao fim com a aproximação de todo o grupo. Jane correu para os tios, deu-lhes as boas-vindas e agradeceu a ambos, entre sorrisos e lágrimas alternados.

Estando todos na sala de estar, as perguntas que Elizabeth já fizera foram, é claro, repetidas pelos outros, que logo perceberam não ter Jane qualquer novidade a contar. No entanto, o corajoso otimismo proveniente da benevolência de seu coração ainda não a abandonara; ela continuava a acreditar que tudo acabaria bem e que cada nova manhã traria uma carta, de Lydia ou do pai, explicando o comportamento da moça e, talvez, anunciando o casamento.

A sra. Bennet, a cujos aposentos se dirigiram todos depois de alguns minutos de conversa, recebeu-os exatamente como se esperaria; com lágrimas e manifestações de pesar, ataques à infame conduta de Wickham e queixas de seus próprios sofrimentos e de tudo o que a faziam passar; culpando todos menos a pessoa a cuja equivocada tolerância se devia a maior parte dos erros da filha.

– Se eu tivesse conseguido – disse ela – fazer valer minha vontade de ir para Brighton com toda a minha família, *isso* não teria acontecido; mas não havia ninguém para tomar conta da pobrezinha da Lydia. Por que os Forster a perderam de vista? Tenho certeza de que houve grande negligência por parte de alguém, porque ela não é o tipo de moça que faria uma coisa dessas se cuidassem direito dela. Sempre achei que eles não tinham capacidade para tomar conta dela; mas passaram por cima da minha opinião, como sempre acontece. Pobre criança! E agora lá se foi o sr. Bennet, e sei que ele vai se bater com Wickham, onde quer que o encontre, e então vai ser morto, e o que será então de todas nós? Os Collins nos despejarão antes que seu corpo tenha esfriado no túmulo e, se você, meu irmão, não se apiedar de nós, não sei o que faremos.

Todos protestaram contra aquelas ideias terríveis; e o sr. Gardiner, depois das devidas garantias de afeto por ela e toda a família, disse-lhe que pretendia estar em Londres já no dia seguinte e daria assistência ao sr. Bennet em todas as tentativas de encontrar Lydia.

– Não se entregue a pânicos inúteis – acrescentou ele –, ainda que seja bom estar preparado para o pior, não há motivo para considerá-lo garantido. Não se passou ainda uma semana desde que deixaram Brighton. Dentro de mais alguns dias podemos ter alguma notícia deles e, enquanto não soubermos que não estão casados, ou que não há intenção de casamento, não consideremos o caso perdido. Tão logo eu chegue à cidade irei ao encontro de meu irmão e o levarei para casa comigo em Gracechurch Street; então estudaremos juntos o que pode ser feito.

– Oh! Meu querido irmão – respondeu a sra. Bennet –, isto é tudo o que eu mais desejo. E agora, por favor, ao chegar à cidade, encontre-os onde quer que estejam; e, se ainda não se casaram, *faça* com que se casem. E, quanto ao enxoval, não os deixe esperar, mas diga a Lydia que, se preferir, ela terá o mesmo dinheiro para comprá-lo depois do casamento. E, acima de tudo, impeça que o sr. Bennet entre num duelo. Diga-lhe em que estado terrível eu me encontro, que estou mais do que apavorada, e que tenho tantos tremores, tantas palpitações, por todo o corpo, tantos espasmos e tantas dores de cabeça, e tanta agitação no coração que não consigo descansar nem de dia, nem de noite. E diga à minha querida que não tome qualquer providência em relação a roupas antes de me encontrar, porque ela não sabe quais são as melhores lojas. Ah, irmão, como você é bom! Sei que vai resolver tudo.

Mas o sr. Gardiner, mesmo reafirmando que faria todas as tentativas possíveis, não deixou de lhe recomendar moderação tanto em esperanças quanto em medos; e, depois de conversar com ela nesse sentido até que o jantar estivesse servido, todos a deixaram extravasar seus sentimentos com a governanta, que a servia na ausência das filhas.

Embora persuadidos de que não havia motivo real para tal isolamento da família, seu irmão e irmã não fizeram qualquer objeção, pois sabiam que ela não teria sensatez suficiente para segurar a língua diante dos criados, enquanto serviam a mesa, e julgaram melhor que apenas *um* membro da criadagem, a pessoa em quem mais confiavam, compartilhasse de todos os medos e preocupações da patroa.

Na sala de refeições logo foram a seu encontro Mary e Kitty, que tinham estado por demais ocupadas em seus respectivos aposentos para se apresentarem antes. Uma vinha de seus livros, a outra de sua toalete. Os rostos de ambas, entretanto, estavam razoavelmente calmos e nenhuma alteração era visível nas duas, a não ser que a perda da irmã favorita, ou a raiva por estar ela própria envolvida naquele assunto, tivesse tornado mais irritadiços do que sempre os modos de Kitty. Quanto a Mary, era bastante senhora de si para sussurrar a Elizabeth, com expressão grave e logo após se terem sentado à mesa:

— Este assunto é muito desagradável e talvez ainda seja objeto de muita discussão. Mas devemos combater a maré de hostilidade e deixar fluir em nossos corações feridos o bálsamo do consolo fraterno.

Então, não percebendo em Elizabeth qualquer inclinação para respostas, acrescentou:

— Por mais infeliz que seja tal evento para Lydia, podemos extrair dele esta proveitosa lição: que a perda da virtude numa mulher é irrecuperável; que um passo em falso a envolve em infinita ruína; que sua reputação não é menos frágil do que bela; e que ela nunca será suficientemente cautelosa em seu comportamento perante a indignidade do outro sexo.

Elizabeth ergueu os olhos perplexa, mas estava oprimida demais para dar qualquer resposta. Mary, entretanto, continuou a se consolar com esse tipo de máximas morais extraídas do mal que as atingira.

À tarde, as duas moças Bennet mais velhas conseguiram ficar meia hora a sós, e Elizabeth, no mesmo instante, aproveitou a oportunidade para fazer mais perguntas, que Jane estava também ávida para responder. Depois de se solidarizar com os lamentos gerais quanto às terríveis consequências do fato, que Elizabeth considerava inevitáveis e a srta. Bennet não foi capaz de garantir serem impossíveis, a primeira continuou o assunto, dizendo:

— Mas conte-me tudo o que ainda não sei. Dê-me mais detalhes. O que disse o coronel Forster? Não tiveram quaisquer suspeitas antes que ocorresse a fuga? Os dois devem ter sido vistos juntos muitas vezes.

— O coronel Forster chegou a confessar que mais de uma vez suspeitou de algum interesse, sobretudo por parte de Lydia, mas nada que o alarmasse. Lamento tanto por ele! Seu comportamento foi atencioso e gentil ao máximo. Ele *estava* a caminho daqui, para nos comunicar sua preocupação, antes de qualquer ideia de que os dois não tivessem seguido para a Escócia: quando essa possibilidade surgiu, apressou-se ainda mais.

— E Denny estava convencido de que Wickham não se casaria? Sabia de sua intenção de fugir? O coronel Forster esteve pessoalmente com Denny?

— Esteve sim; mas, quando questionado por *ele*, Denny negou saber algo de seus planos e não deu sua verdadeira opinião a respeito. Não repetiu sua convicção de que não se casariam... e, por *isso*, fico inclinada a esperar que ele não tenha se expressado bem antes.

— E até que o coronel Forster viesse aqui, nenhuma de vocês teve dúvida alguma, suponho, quanto a eles estarem casados?

— Como seria possível que tal ideia passasse pelas nossas cabeças? Eu me senti um pouco desconfortável... um pouco apreensiva quanto à felicidade da minha irmã casando-se com ele, porque sabia que a conduta desse rapaz nem sempre fora correta. Meus pais nada sabiam a respeito; só consideraram aquela união imprudente. Kitty então confessou, com um orgulho muito natural por saber mais do que o resto de nós, que na última carta de Lydia ela a havia preparado para tal passo. Ela já sabia, ao que parece, que os dois estavam apaixonados há muitas semanas.

— Mas não antes que fossem para Brighton?

— Não, acho que não.

— E o coronel Forster parecia ter boa opinião a respeito de Wickham? Conhece seu verdadeiro caráter?

— Devo confessar que ele não falou tão bem de Wickham como fazia antes. Considerava-o imprudente e extravagante. E, depois desse triste acontecimento, soube-se que ele deixou Meryton bastante endividado; mas espero que isso seja falso.

— Ah, Jane, tivéssemos nós guardado menos segredo, tivéssemos dito o que sabíamos dele, nada disso teria acontecido!

— Talvez tivesse sido melhor — retrucou a irmã. — Mas expor faltas antigas de alguém sem saber quais são seus atuais sentimentos pareceu injustificado. Agimos com a melhor das intenções.

— O coronel Forster foi capaz de repetir os detalhes do bilhete de Lydia à esposa?

— Ele o trouxe consigo para que o víssemos.

Jane tirou-o então de dentro de um livro e entregou-o a Elizabeth. Assim estava escrito:

Minha querida Harriet,

Você vai rir quando souber para onde fui, e não posso deixar de rir também imaginando sua surpresa amanhã pela manhã, quando sentir minha falta. Estou indo para Gretna Green, e, se você não adivinhar com quem, vou achar que você é uma tonta, pois só existe um homem no mundo que eu amo, e ele é um anjo. Eu nunca seria feliz sem ele, então acho que não tem problema estar indo. Você não precisa mandar avisar Longbourn da minha ida, se não quiser, pois isso fará a surpresa ser maior, quando eu lhes escrever e assinar 'Lydia Wickham'. Será uma maravilha! Mal posso escrever, de tanto rir. Por favor apresente minhas desculpas a Pratt por não manter minha palavra de dançar com ele hoje à noite. Diga que espero que me desculpe quando souber de tudo; e diga que dançarei com ele no próximo baile em que nos encontrarmos, com muito prazer. Mandarei buscar minhas roupas quando chegar a Longbourn; mas quero que você diga a Sally para consertar um rasgão em meu velho vestido de musselina antes de guardá-lo. Adeus. Lembranças ao coronel Forster. Espero que brindem à nossa boa viagem.

Sua amiga sincera,
Lydia Bennet

— Oh! Insensata, insensata Lydia! — exclamou Elizabeth ao terminar. — Que carta é esta, para ser escrita num momento desses! Mas ao menos mostra que *ela* levava a sério o objetivo de sua viagem. O que quer que ele possa ter feito para convencê-la, não partiu dela um *plano* de infâmia. Meu pobre pai! Como deve ter sofrido!

— Nunca vi alguém tão chocado. Ele não conseguiu dizer uma palavra por dez minutos. Minha mãe passou mal no mesmo instante, e toda a casa era só confusão!

— Oh, Jane! — exclamou Elizabeth. — Haverá um só criado nesta casa que não soubesse de toda a história antes do fim do dia?

— Não sei. Espero que sim. Mas ser discreto num momento desses é muito difícil. Minha mãe estava histérica e, por mais que eu tentasse lhe dar o máximo de assistência possível, receio não ter feito tanto quanto deveria! Mas o horror do que poderia ter acontecido quase me fez perder a cabeça.

— Seus cuidados com ela foram demais para você. Você não parece bem. Ah! Se eu estivesse aqui! Todo o trabalho e a ansiedade que você suportou sozinha!

— Mary e Kitty foram muito gentis e teriam dividido comigo todo o cansaço, tenho certeza; mas não achei justo com nenhuma das duas. Kitty é frágil e delicada; e Mary estuda tanto que suas horas de descanso não deveriam ser perturbadas. Minha tia Phillips veio a Longbourn na terça, depois que meu pai viajou, e foi boa a ponto de ficar comigo até quinta. Foi de grande ajuda e consolo para todos nós. E Lady Lucas tem sido muito gentil; caminhou até aqui na quarta pela manhã para nos consolar e ofereceu seus serviços, ou de quaisquer de suas filhas, se nos pudessem ser úteis.

– Ela faria melhor ficando em casa – exclamou Elizabeth. – Talvez a *intenção* tenha sido boa, mas, numa desgraça como esta, o melhor é que não se vejam os vizinhos. Ajudas são impossíveis, e condolências, insuportáveis. Que triunfem sobre nós de longe, e se regozijem.

Passou então a indagar que medidas o pai pretendia tomar, quando na cidade, para encontrar a filha.

– Acredito que ele pretenda – respondeu Jane – ir a Epsom, onde pela última vez trocaram de cavalos, conversar com os pontilhões e tentar obter deles alguma informação. Seu principal objetivo deve ser descobrir o número do coche de aluguel que os levou a partir de Clapham e que havia trazido um passageiro de Londres. Como ele acredita que o fato de um cavalheiro e uma dama mudando de uma carruagem para outra pode ter sido alvo de observação, pretende fazer tais perguntas em Clapham. Se de algum modo conseguir descobrir em que casa o cocheiro havia deixado o passageiro, está determinado a continuar lá sua investigação, e talvez não seja impossível descobrir o número do coche e seu ponto de parada. Não sei que outros planos ele arquitetou, mas ele estava com tanta pressa de ir e num estado de espírito tão alterado, que me foi difícil descobrir até mesmo isso.

Capítulo 48

TODO O GRUPO TINHA esperanças de receber uma carta do sr. Bennet na manhã seguinte, mas o correio chegou sem trazer uma só linha. A família sabia que ele era, em situações triviais, um correspondente negligente e procrastinador, mas, numa ocasião como aquela, esperavam algum esforço. Foram obrigados a concluir que ele não tinha qualquer notícia agradável a dar; mas, mesmo *disso* gostariam de ter certeza. O sr. Gardiner só esperara pelas cartas para se pôr a caminho.

Quando ele se foi, tiveram todos pelo menos a certeza de receber constantes informações sobre os acontecimentos, e o tio, ao partir, prometeu fazer com que o sr. Bennet voltasse para Longbourn o mais depressa possível, para grande consolo da irmã, que considerava ser essa a única garantia de o marido não ser morto num duelo.

A sra. Gardiner e as crianças deveriam ficar em Hertfordshire por mais alguns dias, pois sua presença poderia ser útil às sobrinhas. Dividiu com elas os cuidados com a sra. Bennet e foi de grande consolo para as moças em seus momentos de descanso. Sua outra tia também as visitava com frequência e sempre, como dizia, com o intuito de animá-las e encorajá-las... embora, como nunca chegasse sem relatar algum novo exemplo de esbanjamento ou falcatrua de Wickham, poucas vezes as deixava menos acabrunhadas do que as encontrara.

Meryton inteira parecia determinada a denegrir o homem que, há apenas três meses, era quase um anjo de luz. Declaravam estar ele em débito com todos os comerciantes locais, e suas intrigas, sempre honradas com o título de sedução, estenderam-se às famílias de todos os negociantes. Todos declaravam ser ele o rapaz mais perverso do mundo; e todos começaram a descobrir ter sempre desconfiado de sua aparente bondade. Elizabeth, mesmo não dando crédito à metade do que era dito, acreditava o suficiente para consolidar sua certeza inicial quanto à ruína da irmã; e até Jane, que ainda acreditava menos, quase perdia as esperanças, sobretudo agora quando, passado o tempo em que, se tivessem ido para a Escócia, como insistia em acreditar, já seria mais do que provável terem recebido alguma notícia dos dois.

O sr. Gardiner saiu de Longbourn no domingo; na terça-feira, a esposa recebeu uma carta que lhes dizia que, ao chegar, encontrara no mesmo instante o irmão e o convencera a ir para Gracechurch Street, que o sr. Bennet estivera em Epsom e Clapham antes de sua chegada, mas sem obter qualquer informação satisfatória, e que ele estava agora decidido a investigar todos os principais hotéis da cidade, pois o sr. Bennet achava possível que tivessem ido para algum deles ao chegar a Londres, antes de procurarem acomodações. O sr. Gardiner, pessoalmente, não esperava muito sucesso dessa providência, mas, como o irmão insistia, pretendia ajudá-lo em sua busca. Acrescentava que o sr. Bennet parecia, no momento, muito pouco disposto a deixar Londres e prometia escrever outra vez em breve. Havia também um adendo nos seguintes termos:

> Escrevi para o coronel Forster solicitando que descobrisse, se possível, com algum dos amigos do rapaz no regimento, se Wickham tinha algum parente ou amigo que pudesse saber em que parte da cidade ele se escondia. Se houvesse alguém a quem se pudesse consultar com probabilidades de obter tal informação, isso poderia ter extrema importância. Até agora, nada temos em que nos basear. O coronel Forster fará, acredito, tudo o que estiver a seu alcance para

nos ajudar. Mas, pensando melhor, talvez Lizzy, melhor do que qualquer outra pessoa, possa nos dizer que parentes vivos ele pode ter.

Elizabeth não podia deixar de compreender de onde provinha tal deferência à sua autoridade, mas não tinha meios de dar qualquer informação capaz de lhe fazer justiça. Nunca ouvira uma palavra a respeito dele ter quaisquer parentes, salvo pai e mãe, ambos falecidos há muitos anos. Era possível, entretanto, que alguns de seus colegas de regimento fossem capazes de fornecer mais dados; e, embora não alimentasse grandes expectativas, aquela consulta era uma boa ideia.

Todos os dias em Longbourn eram agora dias de ansiedade; mas a ansiedade maior ficava por conta da hora da vinda do correio. A chegada das cartas era o grande motivo da impaciência matinal. Através das cartas viria o comunicado do que pudesse haver de bom ou ruim, e de cada novo dia se esperava que trouxesse algumas notícias relevantes.

Mas antes que soubessem algo mais do sr. Gardiner, uma carta chegou para o seu pai, escrita de outro lugar, pelo sr. Collins. E, como Jane recebera instruções para abrir tudo o que chegasse para ele em sua ausência, abriu-a e leu; e Elizabeth, sabendo que tais cartas eram sempre curiosas, olhou por cima de seu ombro e leu também. Dizia o seguinte:

Caro senhor,
Senti-me no dever, por nosso parentesco e pela minha posição na vida, de exprimir meus sentimentos na terrível aflição pela qual está passando e de que fomos ontem informados por carta de Hertfordshire. Esteja certo, meu caro senhor, que a sra. Collins e eu mesmo nos solidarizamos sinceramente com o senhor e toda a sua respeitável família em sua atual mortificação, que pode ser das mais amargas, por provir de causa que o tempo não poderá apagar. Não podem existir, de minha parte, argumentos capazes de minorar infortúnio tão grave, ou que possam confortá-lo nestas circunstâncias que, de quaisquer outras, são as mais duras para um coração paterno. A morte de sua filha seria uma bênção em comparação a isto. E mais razão há para lamentar, pois tudo leva a crer, como me informa minha cara Charlotte, que tal licenciosidade de comportamento de sua filha deriva de excessivo grau de indulgência; embora ao mesmo tempo, para seu próprio consolo e da sra. Bennet, eu me incline a pensar que a própria índole da jovem deve ser naturalmente má, ou ela não seria culpada de tamanha enormidade, em idade tão tenra. Quaisquer que sejam as circunstâncias,

porém, o senhor é digno de grande piedade; e é esta também a opinião não apenas da sra. Collins, mas também de Lady Catherine e sua filha, a quem dei ciência do caso. Elas concordam comigo que tomar conhecimento desse passo em falso de uma filha será prejudicial para o destino de todas as outras; pois quem, como a própria Lady Catherine se dignou dizer, quem se ligará a tal família? E esta consideração me leva ainda mais a refletir, com maior satisfação, sobre certo evento ocorrido em novembro último; pois, fosse de outro modo, eu estaria envolvido em toda a sua tristeza e desgraça. Deixe-me então aconselhá-lo, caro senhor, a se conformar ao máximo, a arrancar sua indigna filha de seu coração para sempre e a deixá-la colher os frutos de seu próprio crime hediondo.

Subscrevo-me, caro senhor, etc. etc.

O sr. Gardiner não escreveu novamente até ter recebido uma resposta do coronel Forster e, quando o fez, nada tinha de agradável a dizer. Não se sabia que Wickham tivesse algum conhecido com que mantivesse relações, e era certo que não tivesse qualquer parente vivo. Seus relacionamentos antigos eram numerosos, mas, desde que entrara para a milícia, não parecia ter mantido qualquer relação de amizade com algum deles. Não havia ninguém, portanto, que pudesse dar qualquer informação a seu respeito. E, no lamentável estado de suas próprias finanças, havia razões muito poderosas para se manter em segredo, somadas ao medo de ser descoberto pelos parentes de Lydia, pois era notícia recente que deixara para trás dívidas de jogo de valor considerável. O coronel Forster acreditava que mais de mil libras seriam necessárias para cobrir suas despesas em Brighton. Ele devia muito na cidade, mas os débitos de honra eram ainda maiores. O sr. Gardiner não tentou ocultar tais detalhes da família de Longbourn. Jane leu com horror.

– Um jogador! – exclamou. – Isto é totalmente inesperado. Eu não fazia ideia.

O sr. Gardiner acrescentava, na carta, que elas podiam esperar ter o pai em casa no dia seguinte, que seria sábado. Desanimado com o insucesso de todos os seus esforços, cedera à insistência do cunhado para que voltasse para a família e deixasse a seu cargo decidir quando seriam mais favoráveis as circunstâncias para continuarem a busca. Quando a sra. Bennet soube disso, não demonstrou tanta satisfação quanto esperavam as filhas, considerando a ansiedade anterior pela vida do marido.

– O quê? Ele está vindo para casa, e sem a pobre Lydia? – exclamou. – Com certeza ele não vai sair de Londres antes de encontrar os dois. Quem vai enfrentar Wickham e fazê-lo casar-se com ela, se ele vier embora?

Quando a sra. Gardiner começou a desejar estar em casa, ficou acertado que ela e as crianças iriam para Londres na mesma ocasião em que o sr. Bennet viesse de lá. A carruagem, portanto, levou-os na primeira parte de seu trajeto e trouxe o patrão de volta a Longbourn.

A sra. Gardiner se foi com a mesma perplexidade em relação a Elizabeth e seu amigo de Derbyshire que a atingira naquela parte do mundo. O nome dele nunca foi voluntariamente mencionado na sua frente pela sobrinha; e o tipo de semiexpectativa criada pela sra. Gardiner, de receberem dele uma carta, resultara em nada. Elizabeth não recebera, desde seu regresso, carta alguma vinda de Pemberley.

A triste situação familiar atual tornaria desnecessária qualquer outra desculpa para seu estado de abatimento. Nada, portanto, poderia ser conjecturado a partir *daquilo*, embora Elizabeth, que a esta altura conhecia bastante bem seus próprios sentimentos, tivesse plena consciência de que, se nada soubesse de Darcy, teria suportado um pouco melhor o pavor da infâmia de Lydia. Isso lhe teria poupado, imaginava, uma noite de insônia a cada duas.

Quando o sr. Bennet chegou, tinha sua habitual aparência de serenidade filosófica. Falou tão pouco quanto de costume, não fez qualquer menção ao que o levara a viajar, e algum tempo se passou antes que as filhas tivessem coragem de mencionar algo.

Só à tarde, quando ele se juntou a elas para o chá, Elizabeth se aventurou a tocar no assunto; e então, tendo ela de imediato manifestado tristeza pelo que ele deveria ter passado, o pai respondeu:

– Não diga nada. Quem passaria por isso se não eu? Foi minha própria culpa, e eu deveria pagar por ela.

– Não deve ser tão severo consigo mesmo – retrucou Elizabeth.

– Talvez você deva me alertar contra um erro tão grande. A natureza humana é tão propensa a repeti-lo! Não, Lizzy, deixe-me uma vez na vida perceber o tamanho da minha culpa. Não tenho medo de ser esmagado por esta constatação. Dentro de pouco tempo, tudo isto terá passado.

– O senhor acredita que estejam em Londres?

– Acredito. Onde mais poderiam se esconder tão bem?

– E Lydia costumava querer ir para Londres – acrescentou Kitty.

– Então ela está contente – disse o pai com frieza –, e sua estada lá talvez dure algum tempo.

Depois de um curto silêncio, ele continuou:

– Lizzy, não lhe guardo rancor por ter tido razão no conselho que me deu no último mês de maio, o que, considerando os fatos, demonstra alguma sagacidade.

Foram interrompidos pela srta. Bennet, que foi buscar o chá da mãe.

— Isto é um espetáculo — exclamou ele — que faz bem aos olhos; isto dá elegância ao infortúnio! Dia desses farei o mesmo: vou me sentar na biblioteca, de gorro de dormir e bata, e darei todo o trabalho que puder; ou talvez eu deva deixar para fazê-lo quando Kitty fugir.

— Eu não vou fugir, papai — disse Kitty, nervosa. — Se eu alguma vez fosse a Brighton, me comportaria melhor do que Lydia.

— *Você*, ir a Brighton! Eu não confiaria em você para ir nem a Eastbourne! Não, Kitty, eu afinal aprendi a ser cauteloso, e você sentirá os efeitos disso. Nenhum oficial entrará outra vez em minha casa, nem mesmo a caminho da aldeia. Bailes serão absolutamente proibidos, a não ser que você fique ao lado de uma de suas irmãs. E você nunca sairá de casa sem ter antes provado que passou dez minutos por dia de modo sensato.

Kitty, que levou a sério todas essas ameaças, começou a chorar.

— Bem, bem — disse ele —, não fique tão infeliz. Se você for uma boa menina durante os próximos dez anos, eu a levarei, no final, para assistir a uma parada.

Capítulo 49

Dois dias depois da volta do sr. Bennet, quando Jane e Elizabeth andavam juntas pelo arvoredo atrás da casa, viram a governanta vindo na sua direção e, deduzindo que a mãe tinha mandado buscá-las, adiantaram-se ao seu encontro; mas, em lugar do esperado chamado, quando se aproximaram, ela disse à srta. Bennet:

— Peço-lhe desculpas, minha senhora, por interrompê-la, mas eu tinha esperanças de que a senhora tivesse alguma boa notícia vinda da cidade, portanto tomei a liberdade de vir perguntar.

— Do que está falando, Hill? Não tivemos qualquer notícia da cidade.

— Minha cara senhora — exclamou a sra. Hill com grande surpresa —, então não sabe que chegou um mensageiro urgente do sr. Gardiner para o patrão? Ele esteve aqui há meia hora e o patrão recebeu uma carta.

Para casa correram as moças, ansiosas demais por entrar para terem tempo de responder. Voaram do vestíbulo à saleta de refeições; de lá, à biblioteca; o pai não estava, e elas estavam a ponto de procurá-lo no andar de cima com a mãe, quando encontraram o mordomo, que disse:

— Se está procurando o patrão, minha senhora, ele está andando em direção ao pequeno bosque.

Diante dessa informação, as duas voltaram a passar pelo vestíbulo e correram pelo gramado atrás do pai, que seguia decidido na direção da pequena mata de um dos lados do pasto.

Jane, que não era tão leve nem tão acostumada a correr como Elizabeth, logo ficou para trás, enquanto a irmã, ofegante, chegou até ele e chamou ansiosa:

— Ah! Papai, o que há... o que há de novo? Notícias de meu tio?
— É, recebi uma carta dele por mensageiro expresso.
— Bem, e que notícias traz... boas ou más?
— O que se pode esperar de bom? – disse ele, tirando a carta do bolso. – Mas talvez você queira ler.

Elizabeth, impaciente, tirou o papel de sua mão. Jane já havia chegado.

— Leia em voz alta – disse o pai –, pois eu mesmo mal sei do que se trata.

Gracechurch Street, segunda-feira, 2 de agosto.

CARO IRMÃO,
Afinal posso mandar alguma notícia de minha sobrinha e espero que, tudo levado em consideração, lhe traga satisfação. Logo depois de sua partida no sábado, tive bastante sorte para descobrir em que parte de Londres os dois estavam. Os detalhes, deixarei para quando nos encontrarmos; basta agora saber que foram descobertos. Estive com os dois...

— Então é como sempre esperei – exclamou Jane. Estão casados! Elizabeth continuou:

Estive com os dois. Não estão casados, nem descobri que houvesse qualquer intenção neste sentido; mas, se estiver disposto a cumprir o compromisso que tomei a liberdade de assumir em seu nome, espero que não tardem a fazê-lo. Tudo o que exigem é que seja assegurada à sua filha, por doação, sua cota proporcional das cinco mil libras destinadas às suas filhas após o seu falecimento e o de minha irmã; e, além disso, comprometer-se a lhe entregar, enquanto viver, cem libras por ano. São condições que, considerando a situação, não hesitei em aceitar, por acreditar ter autoridade para tanto. Mando esta carta pelo correio expresso, pois nenhum tempo deve ser perdido para que me envie sua resposta. Você logo compreenderá, por estes detalhes, que a situação do sr. Wickham não é tão desesperadora quanto se acreditava. Estavam todos enganados a respeito e fico feliz por dizer que haverá algum dinheiro, mesmo quando seus débitos forem quitados, a ser doado à minha sobrinha, além de sua própria fortuna. Se, como deduzo que será o caso, você me der plenos poderes para agir em seu nome até o fim deste assunto, darei imediatas instruções a Haggerston para preparar os devidos documentos. Não haverá a menor necessidade de que você volte à cidade; portanto fique quieto em Longbourn e confie em meu empenho e zelo. Mande sua resposta o mais depressa possível e tenha o cuidado de ser bastante explícito no que escrever. Achamos melhor que minha sobrinha se case nesta casa, o que espero que aprove. Ela virá hoje para cá. Escreverei novamente assim que tudo estiver mais decidido. Seu, etc. etc.,

Edw. Gardiner

— Será possível? — exclamou Elizabeth, ao terminar. — Pode ser possível que ele se case com ela?

— Wickham não é tão indigno como imaginávamos, então — disse a irmã. — Meu caro pai, eu o felicito.

— E o senhor já respondeu à carta? — exclamou Elizabeth.

— Não, mas é preciso que isso seja feito logo.

Com insistência ela lhe pediu que não perdesse mais tempo.

— Ah! Meu querido pai — exclamou ela —, volte e escreva imediatamente. Pense como cada momento é importante num caso como este.

— Deixe-me escrever para o senhor — disse Jane —, se o trabalho o aborrece.

— Aborrece-me muito — respondeu ele —, mas precisa ser feito.

Assim dizendo, deu meia-volta com elas e andou em direção à casa.

— E posso perguntar... — disse Elizabeth —, mas... suponho que é preciso concordar com os termos.

— Concordar! Só tenho vergonha por ele ter pedido tão pouco.

— E eles *precisam* se casar! Mesmo sendo ele *este* tipo de homem!

— É, é, eles precisam se casar. Não há outra coisa a ser feita. Mas há duas coisas que quero muito saber; uma é quanto dinheiro o seu tio pagou para chegar a este acordo; e a outra é como vou poder pagar a ele.

— Dinheiro! Meu tio! — exclamou Jane. — O que o senhor quer dizer com isso?

— Quero dizer que homem algum, em seu juízo perfeito, se casaria com Lydia tentado por uma quantia tão insignificante quanto cem libras por ano enquanto eu viver e cinco mil quando eu me for.

— Isso é bem verdade — disse Elizabeth —, embora não me tenha ocorrido antes. Seus débitos sendo pagos, e ainda sobrará algum! Oh! Isso deve ser coisa do meu tio! Homem generoso e bom, receio que ele tenha se sacrificado. Uma pequena quantia não resolveria tudo.

– Não – disse o pai. – Wickham seria um idiota se ficasse com ela por menos de dez mil libras. Eu não gostaria de pensar tão mal dele, logo no começo de nossas relações.

– Dez mil libras! Deus nos livre! Como pode ser restituída sequer a metade de tal quantia?

O sr. Bennet não deu resposta, e todos, mergulhados em seus pensamentos, continuaram em silêncio até chegarem à casa. O pai foi então à biblioteca, para escrever, e as moças se dirigiram à saleta de café da manhã.

– E eles vão mesmo se casar! – exclamou Elizabeth assim que ficaram sozinhas. – Como é estranho! E ainda devemos agradecer por *isso*. Por se casarem, com tão pouca chance de felicidade e tendo ele um caráter tão abjeto, ainda somos obrigadas a nos alegrar. Ah, Lydia!

– Eu me consolo com o pensamento – retrucou Jane – de que ele com certeza não se casaria com Lydia se não tivesse um afeto real por ela. Embora nosso bondoso tio tenha feito algo para convencê-lo, não acredito que dez mil libras, ou algo assim, tenham sido adiantadas. Ele tem seus próprios filhos e ainda pode ter mais. Como poderia dispor da metade de dez mil libras?

– Se pudéssemos descobrir a quanto somavam os débitos de Wickham – disse Elizabeth – e de quanto foi o dote que estipulou para nossa irmã, saberíamos exatamente o que o sr. Gardiner fez por eles, porque Wickham não tem dois tostões de seus. Nunca poderemos recompensar a bondade de meus tios. O fato de levarem-na para sua casa e garantirem-lhe sua proteção pessoal e sustento é tamanho sacrifício feito por ela que anos de gratidão não serão suficientes para compensar. A esta hora ela já está com eles! Se tanta bondade não a deixar envergonhada, ela não merece ser feliz! Que humilhação para ela, quando se defrontar com minha tia!

– Precisamos nos esforçar para esquecer tudo o que aconteceu, de parte a parte – disse Jane. – Espero e acredito que sejam felizes. Que ele consinta em se casar com ela é uma prova, quero crer, de que ele está no bom caminho. Sua afeição recíproca lhes dará equilíbrio. E confio em que vão sossegar e viver de um modo tão sensato que com o tempo toda a imprudência será esquecida.

– A conduta desse rapaz foi tal – retrucou Elizabeth – que nem você, nem eu, nem ninguém jamais poderá esquecer. É inútil falar nisso.

Ocorreu então às moças que a mãe estava em total ignorância do que acontecera. Foram à biblioteca, portanto, e perguntaram ao pai se não desejava que elas a informassem. Ele estava escrevendo e, sem erguer a cabeça, respondeu com frieza:

– Como quiserem.

– Podemos levar a carta de meu tio e ler para ela?

— Levem o que quiserem e saiam daqui.

Elizabeth apanhou a carta da escrivaninha e as duas subiram juntas. Mary e Kitty estavam com a sra. Bennet: um só comunicado seria, então, feito para todas. Depois de uma rápida preparação para as boas novas, a carta foi lida em voz alta. A sra. Bennet mal se continha. Tão logo Jane leu sobre a esperança do sr. Gardiner de que Lydia logo estaria casada, sua alegria explodiu e cada frase seguinte aumentava sua exuberância. A felicidade a deixava agora numa impaciência tão intensa quanto fora sua perturbação devida à ansiedade e à vergonha. Saber que a filha iria se casar já era o bastante. Não a preocupava qualquer receio quanto à sua felicidade nem a humilhava qualquer lembrança de sua leviandade.

— Minha querida, querida Lydia! — exclamou. — Isto é realmente maravilhoso! Ela se casará! Eu a verei novamente! Ela se casará aos dezesseis anos! Meu bom e gentil irmão! Eu sabia que seria assim. Eu sabia que ele consertaria tudo! Como desejo vê-la! E ver o querido Wickham também! Mas as roupas, o enxoval! Vou escrever a respeito diretamente para a minha irmã Gardiner. Lizzy, querida, corra lá embaixo e pergunte ao sei pai quanto vai dar a ela. Espere, espere, eu mesma vou. Toque a campainha, Kitty, chame Hill. Vou me vestir num instante. Minha querida, querida Lydia! Como ficaremos felizes quando nos encontrarmos!

A filha mais velha tentou atenuar um pouco o ímpeto daqueles arroubos, dirigindo seus pensamentos às obrigações devidas por todos eles ao comportamento do sr. Gardiner.

— Pois devemos atribuir este final feliz — acrescentou — em grande parte à bondade dele. Estamos convencidos de que ele se empenhou em ajudar o sr. Wickham com dinheiro.

— Bem — exclamou a mãe —, está tudo certo; quem poderia fazer isso senão seu tio? Se ele não tivesse tido sua própria família, eu e minhas filhas ficaríamos com todo o dinheiro dele, vocês sabem; e esta é a primeira vez que recebemos algo dele, a não ser uns poucos presentes. Bem! Estou tão feliz! Dentro de pouco tempo terei uma filha casada. Sra. Wickham! Como é bonito! E ela só fez dezesseis anos em junho. Minha querida Jane, estou tão agitada que tenho certeza de que não serei capaz de escrever; então vou ditar e você escreverá por mim. Depois nos entenderemos com seu pai quanto ao dinheiro; mas as coisas precisam ser imediatamente encomendadas.

Ela começou então a discorrer sobre todos os detalhes de morins, musselinas e cambraias e teria rapidamente mandado fazer algumas encomendas imensas se Jane, com alguma dificuldade, não a tivesse convencido a esperar até que seu pai pudesse ser consultado. Um dia de atraso, observou ela, não faria muita diferença; e a mãe estava feliz demais para ser tão teimosa quanto de costume. Outros planos, também, vieram-lhe à cabeça.

– Vou a Meryton – disse ela – assim que estiver vestida e darei essas notícias maravilhosas à minha irmã Phillips. E, na volta, posso passar em Lady Lucas e na sra. Long. Kitty, corra lá embaixo e mande preparar a carruagem. Um pouco de ar fresco me fará muito bem, tenho certeza. Meninas, há algo que eu possa fazer por vocês em Meryton? Oh! Aí vem Hill! Minha cara Hill, você já ouviu as boas novas? A srta. Lydia vai se casar; e todos vocês terão uma jarra de ponche para festejar as bodas.

A sra. Hill começou no mesmo instante a manifestar alegria. Elizabeth recebeu suas felicitações junto com as outras e então, enjoada com aquela loucura, buscou refúgio em seu próprio quarto, para poder pensar em paz.

A situação da pobre Lydia era, na melhor das hipóteses, bastante ruim; mas ela precisava ser grata por não ser ainda pior. Assim se sentia; e ainda que, olhando para o futuro, não se pudesse na verdade esperar para a irmã nem uma razoável felicidade nem alguma prosperidade material, ao olhar para trás, para tudo o que temiam apenas duas horas antes, percebeu todas as vantagens do que haviam conseguido.

Capítulo 50

Mais de uma vez, em outras épocas, o sr. Bennet desejara que, em vez de ter gasto toda a sua renda, tivesse posto de lado uma quantia anual para melhor amparo de suas filhas, e da esposa, se a ele sobrevivesse. Agora desejava isso mais do que nunca. Tivesse ele cumprido com esse dever, Lydia não precisaria estar em débito com o tio por qualquer honra ou crédito que agora precisassem ser comprados para ela.

A satisfação de convencer um dos piores rapazes da Inglaterra a ser seu marido estaria então em seu devido lugar.

Ele estava seriamente preocupado com o fato de que uma causa tão pouco vantajosa para todos devesse ser levada adiante apenas a expensas de seu cunhado e estava decidido a, se possível, descobrir a extensão de seu auxílio e se desincumbir, tão logo pudesse, daquela obrigação.

Logo que o sr. Bennet se casou, a economia foi considerada totalmente inútil, pois, é claro, deveria haver um filho. O filho entraria na partilha do legado tão logo chegasse à maioridade, e assim estariam garantidas a viúva e as crianças menores. Cinco filhas vieram sucessivamente ao mundo, mas o filho continuava por vir, e a sra. Bennet, por muitos anos depois do nascimento de Lydia, tinha certeza de que ainda viria. Perderam-se afinal as esperanças de que isso acontecesse, mas era então tarde demais para poupar. A sra. Bennet não tinha vocação para economia, e só o amor do marido pela independência impediu que ultrapassassem sua renda.

Cinco mil libras foram destinadas, pelo contrato de casamento, à sra. Bennet e seus filhos. Mas em que proporções seriam divididas entre os últimos dependeria da vontade dos pais. Esse era um ponto que deveria agora ser definido, pelo menos em relação a Lydia, e o sr. Bennet não podia hesitar em concordar com a proposta apresentada. Em termos de grato reconhecimento pela gentileza do irmão, mesmo expressos de forma um tanto concisa, ele colocou então no papel sua total aprovação a tudo o que havia sido feito e sua disposição de cumprir os compromissos assumidos em seu nome. Nunca antes ele imaginara que, caso Wickham fosse convencido a se casar com sua filha, isso se daria em termos tão convenientes para ele mesmo do que os do presente acordo. Não chegaria a perder dez libras por ano com as cem que lhes deveria entregar; pois somadas a mesada e as despesas que dava em casa, mais os contínuos presentes em dinheiro que a ela chegavam pelas mãos da mãe, os gastos com Lydia chegavam mais ou menos àquela quantia.

Que isso fosse feito sem o menor esforço de sua parte era também uma surpresa muito bem-vinda; pois seu desejo agora era ter tão pouco trabalho quanto possível com esse caso. Quando se esgotaram os primeiros ímpetos de raiva que o lançaram à procura dela, ele voltou naturalmente a toda a sua antiga indolência. A carta foi logo despachada; pois, embora relapso para tomar decisões, era rápido para executá-las. Solicitava maiores detalhes de seus débitos ao irmão, mas estava zangado demais com Lydia para lhe mandar qualquer recado.

A boa nova espalhou-se depressa pela casa e, com velocidade proporcional, correu pela vizinhança. Foi recebida pela última com civilizada filosofia. A bem da verdade, teria sido mais interessante para as conversas se a srta. Lydia Bennet tivesse caído na vida ou, como alternativa mais feliz, se estivesse isolada da sociedade, em alguma fazenda distante. Mas havia muito a ser dito sobre o casamento; e os bem-intencionados votos de que ela estivesse bem, apresentados antes por todas as velhas senhoras invejosas de Meryton, pouco perderam de seu espírito com a mudança da situação, pois com tal marido a desgraça era considerada garantida.

Há uma quinzena a sra. Bennet não saía de seus aposentos, mas nesse dia feliz ela voltou a ocupar seu lugar à cabeceira da mesa, e com os ânimos terrivelmente agitados. Nenhum sentimento de vergonha obscurecia seu triunfo. O casamento de uma filha, principal objeto de seus desejos desde que Jane completara dezesseis anos, estava agora prestes a se realizar, e seus pensamentos e palavras continuavam fixos nos complementos de bodas elegantes, musselinas finas, novas carruagens e criados. Estava ocupadíssima buscando pelos arredores uma boa moradia para a filha e, sem saber ou se preocupar com sua renda, rejeitava diversas por não terem tamanho e valor adequados.

– Haye Park estaria bem – disse ela – se os Goulding a quitassem. Ou a grande casa em Stoke, se a sala de estar fosse maior; mas Ashworth é longe demais! Eu não suportaria tê-la a mais de dez milhas de distância; e, quanto a Pulvis Lodge, os sótãos são horríveis.

O marido a deixou falar sem interrupção enquanto os criados estavam presentes. Mas quando eles se retiraram, disse-lhe:

– Sra. Bennet, antes que a senhora escolha uma ou todas essas casas para seu filho e filha, vamos chegar a um acordo. Em *uma* das casas destas redondezas eles jamais serão admitidos. Não encorajarei o descaramento de ambos recebendo-os em Longbourn.

Uma longa discussão seguiu-se a essa declaração; mas o sr. Bennet foi firme. Logo outra teve início, e a sra. Bennet descobriu, com assombro e horror, que o marido não lhe daria um tostão para comprar roupas para a filha. Ele afirmou que ela não receberia dele qualquer demonstração de afeto naquela ocasião. A sra. Bennet não conseguia compreender. Que sua raiva chegasse ao ponto daquele inconcebível ressentimento que recusava à filha um privilégio sem o qual o casamento mal pareceria válido ultrapassava tudo o que ela poderia considerar possível. Afetava-a muito mais a desgraça que a falta de roupas novas faria às bodas de sua filha do que qualquer sentimento de vergonha por ela ter fugido e vivido com Wickham por uma quinzena antes que elas se realizassem.

Elizabeth estava agora ainda mais arrependida por ter, no desespero do momento, deixado que o sr. Darcy soubesse de seus receios em relação à irmã; pois já que o casamento daria tão depressa à fuga um final adequado, talvez fosse possível ocultar seu desfavorável início de todos os que não estivessem diretamente envolvidos.

Ela não receara que o segredo se espalhasse por indiscrição dele. Poucas pessoas havia em cujo sigilo ela mais confiasse; mas, ao mesmo tempo, não havia outra pessoa cujo conhecimento da fraqueza de uma irmã a mortificasse tanto... não, porém, por temer qualquer desvantagem para si mesma, pois, de qualquer modo, parecia haver entre ambos um abismo intransponível. Tivesse o casamento de Lydia se realizado nos termos mais honrosos, não se poderia supor que o sr. Darcy se ligaria a uma família que, a todas as outras objeções, somaria agora a aliança e o mais íntimo parentesco com um homem que ele com tanta razão desprezava.

Diante de tal associação ela não se surpreenderia que ele fugisse. O desejo de despertar seu interesse, que ela percebera ser seu intuito em

Derbyshire, não poderia, numa expectativa racional, sobreviver a um golpe como aquele. Sentia-se humilhada, sentia-se acabrunhada; arrependia-se, embora mal soubesse de quê. Desejava seu afeto, agora que não mais podia esperar ser por ele contemplada. Queria saber dele, agora que parecia não haver qualquer possibilidade de receber notícias. Estava convencida de que poderia ter sido feliz com ele, agora que talvez nunca mais se encontrassem.

Que triunfo para ele, como ela várias vezes pensou, se soubesse que as propostas que ela orgulhosamente rejeitara há apenas quatro meses seriam agora recebidas com alegria e gratidão! Ele era tão generoso quanto o mais generoso dos homens, disso ela não duvidava; mas, sendo mortal, sentiria o triunfo.

Começava agora a compreender que ele era exatamente o homem que, em natureza e talentos, mais lhe conviria. Sua inteligência e temperamento, embora diferentes do dela, corresponderiam a todos os seus desejos. Era uma união que traria vantagens para ambos: com a espontaneidade e alegria dela, o gênio dele se suavizaria, suas maneiras melhorariam; e, com o raciocínio, a cultura e o traquejo social que ele possuía, os benefícios dela seriam ainda maiores.

Mas não haveria tal casamento feliz para ensinar à multidão admirada como era a felicidade conjugal. Uma união de outro tipo, excluindo a possibilidade da outra, logo se estabeleceria em sua família.

Como Wickham e Lydia seriam mantidos em tolerável independência, ela não conseguia imaginar. Mas não lhe era difícil conjecturar que um casal unido apenas por serem suas paixões mais fortes do que suas virtudes não poderia se manter feliz senão por muito pouco tempo.

O sr. Gardiner logo voltou a escrever para o irmão. Aos agradecimentos do sr. Bennet respondeu com poucas palavras, afirmando seu empenho em promover o bem-estar de qualquer membro de sua família, e concluiu com pedidos de que o assunto não mais fosse mencionado. O objetivo principal da carta era informá-los de que o sr. Wickham decidira deixar a milícia. E acrescentava:

> Era meu forte desejo que ele assim fizesse tão logo o casamento estivesse marcado. E acredito que você concordará comigo, considerando muito aconselhável sua saída daquela corporação, tanto por ele quanto por minha sobrinha. É intenção do sr. Wickham entrar para o Exército regular, e entre seus antigos amigos ainda há alguns capazes e dispostos a apoiá-lo na carreira militar. Prometeram-lhe um posto no regimento do general ..., agora alojado no Norte. É

uma vantagem que esteja tão distante desta parte do reino. Ele promete se portar bem; e espero que, entre novas pessoas, numa situação em que cada um deles deverá ter uma imagem a preservar, sejam ambos mais prudentes. Escrevi ao coronel Forster para informá-lo de nossos últimos arranjos e pedir-lhe que tranquilize os vários credores do sr. Wickham em Brighton e arredores com garantias de pronto pagamento, no que me empenharei pessoalmente. E poderá você se dar ao trabalho de transmitir segurança semelhante aos seus credores em Meryton, dos quais anexo uma lista conforme as informações de Wickham? Ele confessou todas as dívidas; espero que pelo menos não nos tenha enganado. Haggerston tem nossas instruções e tudo estará regularizado dentro de uma semana, quando então os dois se apresentarão no novo regimento, a não ser que sejam primeiro convidados para ir a Longbourn; e sei pela sra. Gardiner que minha sobrinha está muito desejosa de rever toda a família antes de deixar o Sul. Ela está bem e pede que seus respeitos sejam apresentados aos pais. Seu, etc.

E. GARDINER

O sr. Bennet e as filhas viram todas as vantagens da saída de Wickham de ...shire com tanta clareza quanto o sr. Gardiner. Mas a sra. Bennet não ficou tão contente assim. Lydia ser instalada no Norte, logo quanto esperava tanto prazer e orgulho com sua companhia, pois de modo algum desistira de seu plano para que residissem em Hunsford, era um terrível desapontamento. Além disso, era uma grande pena que Lydia fosse afastada de um regimento em que conhecia todo mundo e tinha tantos amigos.

– Ela gosta tanto da sra. Forster – disse a mãe. – Será um choque abandoná-la! E há também diversos rapazes que ela aprecia tanto. Os oficiais do regimento do general ... podem não ser tão agradáveis.

O pedido da filha, pois assim deveria ser considerado, de ser admitida na família antes de partir para o Norte recebeu a princípio uma absoluta negativa. Mas Jane e Elizabeth, que concordavam, para o bem dos sentimentos e do futuro da irmã, que seu casamento deveria ser oficialmente participado e aceito pelos pais, insistiram com tanto empenho, embora com tanta sensatez e doçura, que a recebessem com o marido em Longbourn tão logo se casassem, que ele foi convencido a pensar como elas e a agir como desejavam. E a mãe teve o prazer de saber que poderia exibir a filha casada pela vizinhança antes que ela fosse banida para o Norte. Quando o sr. Bennet voltou a escrever para o irmão, portanto, deu permissão para que viessem; e ficou determinado que, tão logo terminasse a cerimônia, eles partiriam para Longbourn. Elizabeth, porém, surpreendeu-se com a concordância de Wickham com tais planos e, tivesse consultado apenas seus próprios sentimentos, qualquer encontro com ele seria o último de seus desejos.

Capítulo 51

O DIA DO CASAMENTO da irmã chegou; e Jane e Elizabeth se preocuparam com ela talvez mais do que ela se preocupava consigo mesma. A carruagem foi mandada a ... para buscá-los e eles deveriam estar em casa para o jantar. Sua chegada era esperada com apreensão pelas duas moças Bennet mais velhas, em especial por Jane, que atribuía a Lydia os sentimentos que ela mesma teria caso fosse culpada e sentia-se mal com o pensamento do quanto a irmã deveria estar sofrendo.

Chegaram. A família estava reunida na saleta de refeições para recebê-los. Sorrisos cobriram o rosto da sra. Bennet quando a carruagem se aproximou da porta; o marido parecia imperturbável e sério; as filhas, preocupadas, ansiosas, desconfortáveis.

A voz de Lydia se fez ouvir no vestíbulo; a porta foi escancarada e ela correu para a sala. A mãe se adiantou, beijou-a e deu-lhe as boas-vindas extasiada; estendeu a mão, com um sorriso afetuoso, para Wickham, que vinha atrás da esposa, e lhes desejou boa sorte com um entusiasmo que não deixava dúvidas quanto à felicidade de ambos.

Sua recepção pelo sr. Bennet, para quem então se voltaram, não foi tão cordial. O semblante do pai tornou-se ainda mais austero e ele mal moveu os lábios. A atitude despreocupada do jovem casal, na verdade, bastava para provocá-lo. Elizabeth estava enojada, e até a srta. Bennet estava chocada. Lydia continuava a ser Lydia; indomável, petulante, selvagem, barulhenta e afoita. Foi de irmã a irmã, pedindo parabéns, e, quando afinal todos se sentaram, passou os olhos ávidos pela saleta, percebeu algumas pequenas alterações e observou, com uma risada, que muito tempo se passara desde que lá estivera.

Wickham também não estava absolutamente menos à vontade do que ela, mas suas maneiras eram sempre tão agradáveis que, fosse sua índole e aquele casamento exatamente o que todos desejavam, seu sorriso e sua atitude desembaraçada ao declarar seu parentesco teriam encantado os presentes. Elizabeth nunca antes o acreditara capaz de tal segurança; mas sentou-se, decidindo-se a, no futuro, nunca traçar limites para a insolência de um homem insolente. Ela enrubesceu, e Jane enrubesceu; mas as faces dos dois que as constrangiam não sofreram qualquer alteração de cor.

Não havia falta de assunto. Entre a noiva e a mãe não se sabia quem falava mais depressa; e Wickham, que acabara sentado ao lado de Elizabeth, começou a perguntar por seus conhecidos na região com uma desenvoltura bem-humorada que ela se considerou incapaz de igualar em suas respostas. Ambos pareciam ter as melhores lembranças do mundo. Nenhum fato passado era recordado com tristeza; e Lydia abordava voluntariamente assuntos em que suas irmãs não tocariam por nada deste mundo.

– Pensem só que já se passaram três meses – exclamou ela – desde que me fui; parece não ser mais de quinze dias; e olhem que muitas coisas aconteceram nesse tempo. Deus seja louvado! Quando eu parti, com certeza não fazia ideia de estar casada quando voltasse! Embora eu achasse que seria engraçado demais se isso acontecesse.

O pai ergueu os olhos. Jane estava desesperada. Elizabeth deu um olhar significativo para Lydia; mas ela, que nunca ouvia nem via algo a que preferisse ser insensível, continuou alegremente:

– Ah, mamãe! As pessoas por aqui já sabem que eu me casei hoje? Eu estava com medo que não soubessem; e, quando passamos por William Goulding em sua charrete, resolvi que ele precisava saber e então baixei o vidro do lado dele, tirei a luva e deixei a mão solta sobre a moldura da janela para que ele pudesse ver o anel e então acenei e sorri como se nada houvesse.

Elizabeth não conseguiu mais suportar. Levantou-se e saiu da sala; não voltou até ouvi-los passando pelo saguão em direção à sala de refeições. Juntou-se então a eles a tempo de ver Lydia, muito aflita, se colocar à direita da mãe e de ouvi-la dizer à irmã mais velha:

– Ah! Jane, agora eu fico com o seu lugar e você tem que ir mais para longe, porque eu sou uma mulher casada.

Não era de se supor que o tempo desse a Lydia o constrangimento que tanto lhe faltara no início. Sua desenvoltura e animação aumentaram. Ela estava louca para ver a sra. Phillips, os Lucas e todos os outros vizinhos, e para se ouvir chamar de "sra. Wickham" por todos; e, enquanto não o fazia, foi depois do jantar se vangloriar de estar casada e mostrar o anel à sra. Hill e às duas arrumadeiras.

– Bem, mamãe – disse ela, quando todos voltaram à primeira saleta –, e o que você acha do meu marido? Não é um homem encantador? Tenho certeza de que minhas irmãs estão com inveja de mim. Só espero que tenham a metade da minha sorte. Precisam ir todas para Brighton. É o lugar para arranjar marido. Que pena, mamãe, que não tenhamos ido todas.

– É verdade; e se fosse pela minha vontade, teríamos ido. Mas, minha querida Lydia, não gosto nem um pouco de você ir para tão longe. Precisa ser assim?

— Oh, meu Deus! É claro! Não tem nada de mais. É do que eu mais gosto. A senhora e papai, e minhas irmãs, precisam ir lá nos visitar. Ficaremos em Newcastle o inverno todo, e acredito que haverá alguns bailes, e eu tratarei de arrumar alguns bons pares para todas elas.

— Eu adoraria isso mais do que tudo! — disse a mãe.

— E então, quando se forem, podem deixar uma ou duas das minhas irmãs comigo; e ouso dizer que arrumarei maridos para elas antes do final do inverno.

— Agradeço pela parte que me toca — disse Elizabeth —, mas não gosto muito da sua maneira de conseguir maridos.

Os hóspedes não deveriam ficar mais de dez dias com eles. O sr. Wickham fora recrutado antes de deixar Londres e deveria se apresentar ao regimento ao final de uma quinzena.

Ninguém além da sra. Bennet lamentou que sua estada fosse tão curta; e ela passou a maior parte do tempo fazendo visitas com a filha e dando frequentes festas em casa. Essas festas eram oportunas para todos; evitar uma reunião familiar era ainda mais desejável para os que pensavam do que para os que não pensavam.

O afeto de Wickham por Lydia era exatamente como Elizabeth imaginara que seria; nada parecido com o de Lydia por ele. Ela não precisaria da observação atual para ter certeza, por razões óbvias, de que a fuga dos dois se devia mais à força do amor dela do que ao dele; e se perguntaria por que, sem gostar tanto assim dela, ele preferira fugir com ela e não com outra, se não estivesse convencida de que sua fuga se tornara necessária por trágicas circunstâncias; e, sendo esse o caso, ele não era homem capaz de resistir a uma oportunidade de ter uma companheira.

Lydia estava muitíssimo apaixonada por ele. Ele era seu querido Wickham em todas as ocasiões; ninguém competiria com ele. Ele fazia tudo melhor do que todos no mundo; e ela tinha certeza de que ele mataria mais pássaros no dia 1º de setembro[9] do que qualquer outra pessoa em todo o país.

Uma manhã, logo após sua chegada e estando com as duas irmãs mais velhas, ela disse a Elizabeth:

— Lizzy, acho que nunca contei a *você* como foi meu casamento. Você não estava na sala quando o descrevi à mamãe e às outras. Não está curiosa para saber como foi?

— Realmente não — respondeu Elizabeth —, acho que quanto menos se falar neste assunto, melhor será.

— Ih! Você é tão estranha! Mas eu preciso contar como foi tudo. Nós nos casamos, como sabe, na igreja de St. Clement, porque a residência de

---

9. O início da estação de caça aos pássaros na Inglaterra. (N.T.)

Wickham era naquela paróquia. E ficou acertado que todos deveríamos estar lá às onze horas. Meu tio, minha tia e eu fomos juntos e os outros deveriam nos encontrar na igreja. Bem, chegou a manhã de segunda-feira e eu estava tão angustiada! Eu tinha muito medo, você sabe, de que alguma coisa pudesse acontecer e adiar tudo, e aí eu teria ficado muito desesperada. E tinha a minha tia, durante todo o tempo em que eu me vestia, fazendo recomendações e falando sem parar como se estivesse fazendo um discurso. De qualquer maneira, eu não ouvia uma palavra em cada dez, porque estava pensando, como você pode imaginar, no meu querido Wickham. Estava louca para saber se ele se casaria de uniforme azul. Pois bem, então tomamos o café da manhã às dez como de costume; achei que nunca fosse acabar; porque, aliás, você tem que entender, meus tios foram terrivelmente desagradáveis todo o tempo em que estive com eles. Você não vai acreditar, eu não botei o pé na rua, mesmo tendo ficado lá uma quinzena. Nenhuma festa, nem passeio, nada. Para dizer a verdade, Londres estava bem desanimada, mas, de qualquer maneira, o Little Theatre estava aberto. Bem, e então, no instante em que a carruagem chegou à porta, meu tio foi chamado para cuidar de negócios com aquele horrível sr. Stone. E então, você sabe, quando os dois se juntam, aquilo não tem fim. Bem, eu estava tão apavorada que não sabia o que fazer, porque era meu tio quem me levaria ao altar; e se nos atrasássemos não poderíamos nos casar naquele dia. Mas, felizmente, ele voltou em dez minutos e então fomos todos. Entretanto, fiquei sabendo depois que se ele não tivesse podido ir, o casamento não precisaria ser adiado, porque o sr. Darcy entraria no lugar dele.

— O sr. Darcy! — repetiu Elizabeth, em absoluto assombro.

— Ah, é! Ele deveria levar Wickham, você sabe. Mas Deus do céu! Eu me esqueci! Eu não deveria dizer uma palavra a respeito disso. Prometi tanto a eles! O que Wickham vai dizer? Era para ser um segredo tão grande!

— Se era para ser segredo — disse Jane —, não diga mais uma palavra sobre o assunto. Pode confiar que não perguntaremos mais nada.

— Oh! Com certeza — disse Elizabeth, mesmo ardendo de curiosidade —, não vamos fazer mais perguntas.

— Obrigada — disse Lydia. — Porque, se fizessem, eu com certeza iria contar tudo e Wickham ficaria zangado.

Diante de tal encorajamento, Elizabeth foi obrigada a se impedir de abusar, fugindo dali.

Mas viver na ignorância daquele detalhe era impossível; ou pelo menos era impossível não tentar obter informações. O sr. Darcy estivera no casamento de Lydia. Aquele era o tipo de cena em que ele, ao que tudo indicava, nada tinha a fazer, e com o tipo de pessoas com as quais ele não teria interesse de estar. Conjecturas quanto ao que aquilo significava, rápidas e violentas, passaram por sua cabeça; mas nenhuma a satisfez. As que mais a agradavam, colocando a conduta dele sob uma luz de nobreza, pareciam muito improváveis. Ela não aguentaria tamanha expectativa e, tomando depressa de uma folha de papel, escreveu à tia uma pequena carta, pedindo uma explicação para o que Lydia deixara escapar, caso fosse compatível com o segredo envolvido.

> A senhora compreenderá facilmente – acrescentou – o quanto fiquei curiosa ao saber que uma pessoa sem qualquer ligação com nenhum de nós, e (falando de modo relativo) estranha à nossa família, estava a seu lado numa ocasião daquelas. Por favor, escreva-me agora mesmo e ajude-me a compreender o que houve, a não ser que, por razões muito fortes, tudo deva ser mantido no sigilo que Lydia parece considerar necessário; e então tratarei de me satisfazer com minha ignorância.

"Não que eu *vá* fazer isso, afinal", disse consigo mesma, ao terminar a carta; "e, minha querida tia, se a senhora não me contar tudo de maneira honrada, serei sem dúvida obrigada a apelar para truques e estratagemas para descobrir."

O delicado senso de honra de Jane não lhe permitiria falar com Elizabeth a sós sobre o que Lydia deixara escapar; Elizabeth ficava satisfeita com isso; enquanto parecesse que suas dúvidas não seriam esclarecidas, era melhor que não tivesse uma confidente.

Capítulo 52

ELIZABETH TEVE A SATISFAÇÃO de receber uma resposta ao seu bilhete o mais depressa possível. Mal tomou posse da carta e, correndo para o arvoredo, onde era menos provável que a interrompessem, sentou-se num dos bancos e preparou-se para ser feliz, pois a extensão da carta convenceu-a de que não continha uma negativa.

> *Gracechurch Street, 6 de setembro.*
>
> Querida sobrinha,
>
> Acabei de receber sua carta e dedicarei toda a manhã a respondê-la, pois prevejo que *algumas* linhas não serão suficientes para o que tenho a lhe dizer. Devo me confessar surpresa com seu pedido;

eu não o esperava vindo de *você*. Não acredite, entretanto, que eu esteja zangada, porque só quero que saiba que eu não imaginava ser tal pedido necessário de *sua* parte. Se você prefere não me compreender, perdoe minha impertinência. Seu tio está tão surpreso quanto eu... e nada senão a crença no seu envolvimento teria lhe permitido agir como agiu. Mas, estando você realmente inocente e na ignorância de tudo, preciso ser mais explícita.

No mesmo dia em que voltei de Longbourn, seu tio recebeu uma visita das mais inesperadas. Esteve aqui o sr. Darcy e ficaram os dois a sós por várias horas. Tudo aconteceu antes que eu chegasse; então minha curiosidade não foi tão horrivelmente espicaçada como a *sua* parece ter sido. Ele veio dizer ao sr. Gardiner que havia descoberto onde estavam Lydia e o sr. Wickham e que falara com ambos; com Wickham diversas vezes, com Lydia uma. Pelo que pude entender, ele saiu de Derbyshire um dia depois de nós e veio para a cidade decidido a encontrá-los. O motivo confessado foi sua convicção de que se culpava por não ter sido o pouco valor de Wickham suficientemente alardeado para que qualquer moça de caráter considerasse impossível amá-lo ou confiar nele. Com generosidade, atribuiu toda a culpa a seu equivocado orgulho e confessou ter antes pensado não ser digno dele tornar pública sua vida particular. Seu caráter deveria falar por si mesmo. Considerava, portanto, seu dever tomar a iniciativa e tentar remediar um mal que fora causado por ele mesmo. Se *havia outro* motivo, estou certa de que não deporia contra ele. Ele passou alguns dias na cidade, antes de conseguir descobri-los; mas tinha algo que direcionava sua busca, o que era mais do que *nós* tínhamos; e saber disso fora mais uma razão para que se dispusesse a nos procurar.

Há uma senhora, parece, uma certa sra. Younge, que foi durante algum tempo acompanhante da srta. Darcy e que havia sido demitida de suas funções devido a alguma desaprovação, embora ele não tenha dito qual. Ela se instalou, nessa ocasião, numa grande casa na Edward Street e desde então se mantinha alugando quartos. Essa sra. Younge era, ele sabia, intimamente ligada ao sr. Wickham; e ele foi a ela perguntar por ele tão logo chegou à cidade. Mas dois ou três dias se passaram antes que ele pudesse arrancar dela o que queria. Ela não trairia o amigo, acredito, sem suborno e corrupção, pois realmente sabia onde ele poderia ser encontrado. Wickham, na verdade, fora à sua procura no mesmo dia em que chegou a Londres e, tivesse ela cômodos suficientes, teriam se hospedado em sua casa. Afinal, porém, nosso bom amigo conseguiu o desejado endereço. Estavam na rua ... Ele foi ter com Wickham e depois insistiu em ver Lydia. O primeiro objetivo do sr. Darcy, ele confessou, era convencê-la a abandonar sua atual situação desonrosa e voltar para a companhia dos amigos tão logo pudessem ser persuadidos a recebê-la, oferecendo sua ajuda até onde fosse necessário. Mas encontrou Lydia firmemente decidida a continuar onde estava. Não se preocupava com nenhum de seus amigos; não queria qualquer ajuda; não queria ouvir falar em deixar Wickham. Tinha certeza de que se casariam algum dia e não importava muito quando. Já que era assim que ela se sentia, só restava, pensou o sr. Darcy, garantir e apressar um casamento que, na primeira conversa com Wickham, ele logo soube nunca ter sido intenção *dele*. Ele confessou ter sido obrigado a deixar o regimento, em razão de algumas dívidas de honra, todas muito urgentes; e não teve escrúpulos em atribuir exclusivamente à própria insensatez de Lydia todas as infelizes consequências de sua fuga. Pretendia renunciar de imediato a seu cargo comissionado e pouco se preocupava com sua futura situação. Deveria ir para algum lugar, mas não sabia onde e sabia que não tinha com que se manter.

O sr. Darcy perguntou-lhe por que não havia se casado logo com a moça. Embora não se imaginasse o sr. Bennet muito rico, ele teria sido capaz de fazer algo por ele e sua situação se beneficiaria com o casamento. Mas descobriu, na resposta a essa pergunta, que Wickham ainda alimentava a esperança de, com mais sucesso, fazer fortuna pelo casamento em algum outro país. Diante das circunstâncias, entretanto, não parecia plausível que ele resistisse à tentação de uma solução imediata.

Encontraram-se diversas vezes, pois havia muito a ser discutido. Wickham, é claro, queria mais do que poderia conseguir; mas aos poucos foi obrigado a ser razoável.

Tudo tendo sido arranjado entre ambos, o próximo passo do sr. Darcy seria dar ciência da situação a seu tio, e ele veio pela primeira vez a Gracechurch Street na noite antes de minha chegada. Mas o sr. Gardiner não pôde ser localizado, e o sr. Darcy soube, fazendo mais perguntas, que seu pai ainda estava com ele, mas deixaria a cidade na manhã seguinte. Ele não julgava ser o seu pai alguém que pudesse ser tão adequadamente consultado quanto seu tio, portanto adiou a visita até depois da partida do primeiro. Não deixou seu nome e até o dia seguinte só soubemos que um cavalheiro o tinha procurado para tratar de negócios.

No sábado, ele voltou. Seu pai partira, seu tio estava em casa e, como eu disse antes, os dois passaram muito tempo conversando. Encontraram-se outra vez no domingo, e então *eu* também o vi. Nada ficou acertado antes de segunda: tão logo isso aconteceu, o correio expresso foi mandado a Longbourn. Mas nosso visitante era muito obstinado. Acredito, Lizzy, que a obstinação é seu verdadeiro defeito de caráter, afinal de contas. Ele tem sido acusado de muitas coisas, em momentos diferentes, mas *este* é o verdadeiro problema. Nada deveria ser feito sem que ele próprio fizesse; embora eu tenha certeza (e não digo isso para que me agradeçam, portanto não toque neste assunto) que seu tio teria prontamente resolvido tudo.

Os dois discutiram por muito tempo, mais do que mereciam o cavalheiro ou a dama envolvidos. Mas, afinal, seu tio foi obrigado a ceder e, em vez de ter permissão para ser útil à sobrinha, foi forçado a aceitar apenas ter o provável crédito por tudo, com o que concordou muito a contragosto. E eu realmente acredito que sua carta desta manhã lhe tenha dado muito prazer, pois pedia uma explicação que o despojaria de suas indevidas plumas e daria o mérito a quem é de direito. Mas, Lizzy, isso não pode chegar ao conhecimento de ninguém mais além de você, ou, no máximo, ao de Jane. Você sabe bastante bem, suponho, o que foi feito pelo jovem par. As dívidas estão sendo pagas, somando, acredito, bem mais do que mil libras; outras mil a serem dadas a *ela* como acréscimo ao dote. E a patente no Exército foi comprada. A razão pela qual tudo isso deveria ser feito apenas pelo sr. Darcy era a que já mencionei acima. Era culpa dele, de sua reserva e falta de adequado entendimento o fato de ter sido tão mal interpretado o caráter de Wickham; e, em consequência, de ter sido recebido e tratado como foi. Talvez haja *nisso* alguma verdade, embora eu duvide que a reserva *dele*, ou de *alguém*, possa ser responsável pelo que houve. Mas, a despeito de todas essas palavras bonitas, querida Lizzy, você pode ter absoluta certeza de que seu tio nunca teria cedido se não lhe tivéssemos dado crédito por *outros interesses* neste caso.

Quando tudo foi resolvido, ele voltou para os amigos, que continuavam em Pemberley; mas ficou accrtado que retornaria a Londres por ocasião da cerimônia de casamento, quando todos os assuntos financeiros seriam então finalizados.

Acredito ter agora contado tudo. É um relato que, pelo que você me disse, lhe proporcionará uma grande surpresa, e espero pelo menos que não lhe traga qualquer contrariedade. Lydia veio para nossa companhia e Wickham tinha constante acesso à casa. *Ele* era exatamente o mesmo que conheci em Hertfordshire; mas eu não lhe diria o quanto me desagradou o comportamento dela enquanto esteve conosco se não tivesse percebido, pela carta de Jane da última quarta-feira, que sua conduta ao chegar em casa foi exatamente a mesma, portanto o que lhe digo agora não lhe causará novos aborrecimentos. Falei inúmeras vezes com ela, da maneira mais séria possível, mostrando-lhe toda a desgraça do que tinha feito e toda a infelicidade que tinha causado à família. Se ela me ouviu, foi por pura sorte, pois tenho certeza de que não me ouvia. Irritei-me algumas vezes, mas então eu me lembrava de minhas queridas Elizabeth e Jane e, pelo seu bem, fui paciente com ela.

O sr. Darcy foi pontual em sua volta e, como Lydia contou, assistiu ao casamento. Jantou conosco no dia seguinte e deveria deixar a cidade na quarta ou quinta-feira. Mesmo que se zangue comigo, querida Lizzy, aproveito a oportunidade para dizer (o que nunca tive coragem de dizer antes) o quanto gosto dele. Seu comportamento conosco tem sido, sob todos os aspectos, tão agradável quanto quando estivemos em Derbyshire. Seu discernimento e opiniões me despertam tal simpatia; nada lhe falta além de um pouco de vivacidade, e *isso*, se ele fizer uma *boa escolha* ao se casar, sua esposa pode ensinar. Acho-o muito dissimulado; ele mal mencionou o seu nome. Mas a dissimulação parece estar na moda.

Por favor perdoe-me se eu estiver sendo insolente, ou pelo menos não me castigue a ponto de me excluir de P. Não serei completamente feliz até ter conhecido todo o parque. Um pequeno cabriolé, com um lindo par de pôneis, seria perfeito.

Mas não posso mais escrever. As crianças me chamam há meia hora.

Sua, com carinho,
M. Gardiner

O conteúdo da carta lançou Elizabeth em tal confusão de sentimentos que era difícil determinar se o prazer ou a dor ocupava maior espaço. As vagas e indistintas suspeitas derivadas da incerteza quanto ao que poderia ter o sr. Darcy feito para promover o casamento da irmã, que ela não quisera encorajar como uma demonstração de bondade grande demais para ser provável, e que ao mesmo tempo receara estar certa, pelo temor da obrigação, se tinham transformado numa realidade maior do que qualquer expectativa!

Ele os procurara pela cidade, assumira todo o trabalho e a mortificação decorrentes de uma busca como aquela; em que fora preciso pedir favores a uma mulher a quem ele devia abominar e desprezar e com quem se obrigara a encontrar... encontrar diversas vezes, argumentar, convencer e afinal subornar... o homem que ele sempre desejou evitar ao máximo e de quem apenas pronunciar o nome era um castigo. Ele fizera tudo aquilo por uma menina que não poderia respeitar ou estimar. O coração de Eliza lhe sussurrava que ele fizera aquilo por ela. Mas essa foi uma esperança logo questionada por outras considerações, e ela bem depressa sentiu que até mesmo sua vaidade era insuficiente quando chamada a acreditar que seu afeto por ela, por uma mulher que já o recusara, seria motivo para superar um sentimento tão natural quanto a repugnância por qualquer relacionamento com Wickham. Cunhado de Wickham! Qualquer tipo de orgulho se revoltaria com tal parentesco. Ele, sem dúvida, fizera muito. Ela se envergonhava de pensar o quanto. Mas ele dera uma razão bastante verossímil para sua interferência. Era razoável que ele sentisse que agira mal; ele era generoso e tinha meios para demonstrar sua generosidade. E, embora ela não se quisesse colocar como seu principal incentivo, talvez fosse capaz de acreditar que resquícios de seu interesse por ela contribuíram para o empenho de Darcy numa causa que em muito comprometia sua paz de espírito. Era doloroso, doloroso demais, saber que eram todos devedores a alguém que jamais receberia algo em troca. Deviam-lhe a reputação de Lydia, seu caráter, tudo. Oh! Como, de todo o coração, lamentava todos os sentimentos de desagrado que encorajara, todas as palavras insolentes que lhe havia dirigido. De si mesma, envergonhava-se; mas, dele, orgulhava-se. Orgulhava-se porque, numa causa de compaixão e honra, ele soubera dar o melhor de si. Mais de uma vez, releu os elogios que lhe fazia a tia. Mal lhe faziam justiça, mas a agradavam. Era até capaz de sentir algum prazer, embora mesclado de remorso, ao perceber a certeza que tanto ela quanto o tio tinham de que entre o sr. Darcy e ela continuavam a existir afeto e confiança.

Foi arrancada do banco, e de suas reflexões, pela aproximação de alguém; e antes que pudesse fugir por algum atalho, foi abordada por Wickham.

– Receio interromper seu passeio solitário, minha cara irmã – disse ele ao se aproximar.

– Sem dúvida interrompe – respondeu ela com um sorriso –, o que não significa que a interrupção não seja bem-vinda.

– Eu lamentaria muito, se assim fosse. Sempre fomos bons amigos; e agora somos ainda mais.

– É verdade. Os outros também saíram para andar?

— Não sei. A sra. Bennet e Lydia estão indo de carruagem a Meryton. E então, minha cara irmã? Eu soube, pelos seus tios, que estiveram os três em Pemberley.

Ela respondeu que sim.

— Quase lhes invejo o prazer. Acredito até que, não fosse demais para mim, conheceria essa alegria a caminho de Newcastle. E imagino que tenham conhecido a velha governanta. Pobre Reynolds, ela sempre gostou demais de mim. Mas com certeza ela não lhes mencionou meu nome.

— Mencionou sim.

— E o que disse?

— Que o senhor tinha entrado para o Exército e que receava que não... estivesse se saindo muito bem. A uma distância *daquelas*, o senhor sabe, as coisas são estranhamente deturpadas.

— Sem dúvida — respondeu ele, mordendo os lábios.

Elizabeth esperava tê-lo silenciado, mas ele logo depois disse:

— Fiquei surpreso por ver Darcy na cidade no mês passado. Cruzamos diversas vezes um com o outro. Pergunto-me o que estaria ele fazendo por lá.

— Talvez se preparando para seu casamento com a srta. De Bourgh — disse Elizabeth. — Deve ter sido algo muito especial, para levá-lo lá nesta época do ano.

— Com toda certeza. Estiveram com ele durante sua visita a Lambton? Acredito ter ouvido dos Gardiner que sim.

— É verdade; ele nos apresentou à irmã.

— E gostou dela?

— Muito.

— Ouvi dizer, de fato, que ela melhorou bastante nos últimos dois anos. Da última vez que a vi, não prometia grande coisa. Fico muito contente que tenha gostado dela. Espero que fique bem.

— Acredito que sim; ela já passou da idade mais difícil.

— Passaram pela aldeia de Kympton?

— Não me lembro.

— Eu a menciono porque é a paróquia que eu deveria ter recebido. Um lugar encantador! Excelente casa paroquial! Sob todos os aspectos, me teria servido muito bem.

— Teria então gostado de fazer sermões?

— Muitíssimo. Consideraria parte de minhas obrigações e logo não representaria qualquer esforço. Ninguém se deve queixar... mas, a bem da verdade, teria sido maravilhoso para mim! A quietude, o isolamento desse tipo de vida corresponderia a todos os meus ideais de felicidade! Mas não era para ser. Alguma vez ouviu Darcy mencionar os fatos, quando esteve em Kent?

— Ouvi de fonte fidedigna, que reputo *muito boa*, que a paróquia lhe foi deixada sob condições e subordinada à decisão do atual proprietário.

— A senhorita ouviu. É, há alguma verdade *nisso*; eu mesmo lhe contei da primeira vez, como deve se lembrar.

— Eu também *ouvi* que houve um tempo em que fazer sermões não lhe era tão aceitável quanto parece ser agora; que o senhor na verdade declarou sua intenção de jamais entrar para o serviço religioso e que houve um acordo nesse sentido.

— É mesmo? E não foram dados totalmente sem fundamento. Deve se lembrar que tocamos nesse ponto, quando lhe falei sobre isso da primeira vez.

Estavam agora quase à porta de casa, pois ela andara depressa para se livrar dele; e não querendo, pelo bem da irmã, provocá-lo, retrucou apenas, com um sorriso bem-humorado:

— Vamos, sr. Wickham, somos irmão e irmã agora. Não vamos discutir sobre o passado. No futuro, espero que estejamos sempre de acordo.

Ela lhe estendeu a mão; ele a beijou com galante cortesia, embora mal soubesse que expressão assumir, e entraram na casa.

Capítulo 53

O SR. WICKHAM FICOU tão satisfeito com aquela conversa que nunca mais se angustiou nem provocou sua querida irmã Elizabeth abordando o assunto; e ela ficou contente por achar que havia dito o suficiente para mantê-lo quieto.

O dia em que ele e Lydia deveriam partir logo chegou, e a sra. Bennet foi obrigada a se conformar com a separação que, não tendo seu marido de modo algum concordado com seus planos de irem todos para Newcastle, deveria durar por pelo menos doze meses.

— Oh! Lydia, minha querida! — exclamou ela. — Quando nos veremos de novo?

— Oh, Deus! Não sei. Talvez não nos próximos dois ou três anos.

— Escreva com frequência, querida.

— Com a frequência que eu puder. Mas você sabe que mulheres casadas nunca têm muito tempo para escrever. Minhas irmãs podem escrever para *mim*. Elas não terão o que fazer.

As despedidas do sr. Wickham foram muito mais carinhosas do que as de sua esposa. Ele sorriu, foi encantador e disse muitas coisas agradáveis.

— Ele é um dos melhores sujeitos que já vi — disse a sra. Bennet assim que os dois saíram. — Ele dá sorrisinhos todo o tempo e flerta com todas nós.

Estou absurdamente orgulhosa dele. Desafio até o próprio Sir William Lucas a ter um genro melhor.

A perda da filha deixou a sra. Bennet sem ânimo por vários dias.

— Muitas vezes acho — disse ela — que não há nada pior do que se separar dos amigos. Fica-se tão desamparado sem eles.

— É este o resultado, como pode sentir, de se casar uma filha — disse Elizabeth. — A senhora deve se alegrar por ter as outras quatro ainda solteiras.

— Não é este o caso. Lydia não me deixou por estar casada, mas apenas porque o regimento do marido fica tão longe daqui. Fosse mais perto e ela não teria ido embora tão cedo.

Mas o triste estado em que esse acontecimento a deixou logo desapareceu e sua mente abriu-se outra vez para a agitação da esperança trazida por uma novidade que logo começou a circular. A governanta de Netherfield recebera ordens para se preparar para a vinda do patrão, que deveria chegar dentro de um ou dois dias para uma temporada de caça de várias semanas. A sra. Bennet ficou agitadíssima. Olhava para Jane e sorria e sacudia a cabeça, tudo ao mesmo tempo.

— Bem, bem, com que então o sr. Bingley está de volta, irmã! — pois foi a sra. Phillips quem trouxe a notícia — Bem, tanto melhor. Não que eu me importe com isso, afinal. Ele nada representa para nós, você sabe, e tenho certeza de que *eu* nunca vou querer vê-lo de novo. Mas, de qualquer modo, ele é muito bem-vindo a Netherfield, se gostar de lá. E quem sabe o que *pode* acontecer? Mas isso não tem nada a ver conosco. Você sabe, irmã, há muito tempo concordamos não dizer uma palavra a respeito. Então, a vinda dele é mesmo garantida?

— Pode ter certeza — respondeu a outra —, pois a sra. Nicholls esteve em Meryton ontem à noite; eu a vi passar e saí também de propósito para saber a verdade, e ela me disse que não havia qualquer dúvida. Ele chegará no máximo na quinta-feira, talvez na quarta. Disse-me que estava indo ao açougueiro, a fim de encomendar carne para quarta, e que tinha lá meia dúzia de patos prontos para serem mortos.

A srta. Bennet não conseguiu ouvir falar de sua vinda sem mudar de cor. Havia já muitos meses que não mencionava o nome dele para Elizabeth, mas agora, assim que ficaram a sós, disse:

— Vi seu olhar para mim hoje, Lizzy, quando minha tia nos deu a notícia; e sei que pareci perturbada. Mas não imagine que foi por algum motivo tolo. Só fiquei confusa por um instante, porque senti que *todos* iriam olhar para mim. Garanto a você que a novidade não me afetou, seja com prazer ou com dor. Estou contente por um motivo, que ele vem sozinho; porque o veremos o mínimo possível. Não que eu tenha medo de *mim*, mas me apavoram as observações das outras pessoas.

Elizabeth não sabia o que fazer com aquilo. Não o tivesse visto em Derbyshire, poderia acreditá-lo capaz de ir para lá sem qualquer outro motivo além do que se sabia; mas ela ainda acreditava no interesse dele por Jane e hesitava entre a maior possibilidade de ele estar indo *com* a permissão do amigo e a de que fosse audacioso o bastante para ir por decisão própria.

"Embora seja um absurdo", pensava ela às vezes, "que esse pobre homem não possa vir para uma casa por ele legalmente alugada sem despertar toda esta especulação. *Vou* parar de pensar nisto."

A despeito do que a irmã declarara, e no que realmente acreditava, sobre como se sentia à espera da chegada de Bingley, Elizabeth podia sem dificuldade perceber que seus ânimos estavam afetados. Estavam mais alterados, mais inconstantes do que de costume.

O assunto que com tanta ênfase fora discutido por seus pais cerca de um ano antes voltava agora à tona.

– Assim que o sr. Bingley chegar, meu caro – disse a sra. Bennet –, o senhor irá visitá-lo, é claro.

– Não, não. A senhora me obrigou a visitá-lo ano passado e me prometeu, se eu fosse, que ele se casaria com uma das minhas filhas. Mas tudo acabou em nada e eu não serei mandado para fazer papel de tolo outra vez.

A esposa explicou-lhe ser indispensável tal atenção por parte de todos os cavalheiros das redondezas, diante do retorno do sr. Bingley a Netherfield.

– O tipo de etiqueta que desprezo – disse ele. – Se ele quiser nossa companhia, que a procure. Ele sabe onde moramos. Não vou passar horas correndo atrás de meus vizinhos a cada vez que partem e voltam.

– Bem, tudo o que sei é que será uma abominável grosseria se o senhor não for visitá-lo. Mas, de qualquer modo, isso não impedirá que eu o convide para jantar aqui, estou decidida. Devemos receber em breve a sra. Long e os Goulding. Isso nos dará, contando conosco, treze à mesa, portanto haverá exatamente um lugar para ele.

Consolada por sua decisão, sentia-se melhor para suportar a falta de civilidade do marido; embora fosse desolador saber que, por culpa dele, todos os seus vizinhos veriam antes *deles* o sr. Bingley. Ao se aproximar a data da chegada:

– Começo a lamentar que ele venha – disse Jane à irmã. – Nada significaria, eu poderia vê-lo com total indiferença, mas mal consigo suportar ouvir falar nisso o tempo todo. Minha mãe não faz por mal, mas ela não sabe, ninguém pode saber, o quanto eu sofro com o que ela diz. Ficarei feliz quando se encerrar essa temporada dele em Netherfield!

– Eu gostaria de poder dizer algo para consolá-la – retrucou Elizabeth –, mas está fora do meu alcance. Você deve saber; e a costumeira satisfação de recomendar paciência a um sofredor me foi negada, porque você sempre a tem de sobra.

O sr. Bingley chegou. A sra. Bennet, com a ajuda dos criados, conseguiu receber os primeiros ecos, de modo que o período de ansiedade e impaciência por parte dela fosse o mais longo possível. Ela contava os dias que deveriam se passar antes que pudesse mandar o convite, desesperançosa de vê-lo antes. Mas, na terceira manhã após a chegada do rapaz em Hertfordshire, ela o viu, da janela de seu quarto de vestir, passar pela cancela e cavalgar em direção à casa.

As filhas foram chamadas com urgência para compartilhar de sua alegria. Jane, resoluta, continuou sentada, mas Elizabeth, para agradar à mãe, foi à janela. Olhou... Viu com ele o sr. Darcy e voltou a se sentar ao lado da irmã.

– Há um cavalheiro com ele, mamãe – disse Kitty –, quem pode ser?

– Algum conhecido, meu bem, eu imagino; tenho certeza de que não conheço.

– Ora! – retrucou Kitty. – Parece aquele homem que costumava estar sempre com ele. O sr. esqueci-o-nome. Aquele alto e orgulhoso.

– Santo Deus! O sr. Darcy! E é ele mesmo, juro. Bem, qualquer amigo do sr. Bingley sempre será bem-vindo aqui, a bem da verdade; mas devo dizer que detesto a simples visão desse homem.

Jane olhou para Elizabeth com surpresa e preocupação. Ela pouco sabia do encontro de ambos em Derbyshire, assim sendo, imaginava o constrangimento que deveria sentir a irmã por vê-lo praticamente pela primeira vez depois de ter recebido sua carta explicativa. As duas irmãs estavam bastante desconfortáveis. Cada uma se preocupava com a outra e, é claro, por si mesmas; e a mãe continuava a falar da antipatia pelo sr. Darcy e da decisão de só ser cortês com ele por ser amigo do sr. Bingley, sem ser ouvida por nenhuma das duas. Mas Elizabeth tinha motivos de embaraço jamais suspeitados por Jane, a quem nunca tivera a coragem de mostrar a carta da sra. Gardiner, ou de confessar sua própria mudança de sentimentos em relação a ele. Para Jane, ele poderia não passar de um homem cuja proposta ela recusara e cujos méritos avaliara mal; mas para ela, cujas informações eram maiores, ele era a pessoa a quem toda a família devia o mais importante de todos os favores e que ela própria olhava com um interesse, se não exatamente terno, pelo menos tão razoável e justo como o que Jane sentia por Bingley. Seu assombro diante da vinda dele... da vinda a Netherfield, a Longbourn e do fato de que por vontade própria a procurasse, era quase igual ao que sentira ao presenciar pela primeira vez sua mudança de comportamento em Derbyshire.

A cor que lhe fugira do rosto voltou por meio minuto com um brilho mais intenso, e um sorriso de prazer acrescentou luz a seus olhos, enquanto ela pensou, pelo mesmo espaço de tempo, que os sentimentos e desejos dele poderiam estar inalterados. Mas não tinha certeza.

"Verei primeiro como ele se comporta", disse consigo mesma, "haverá então tempo para esperanças".

Concentrou-se ao máximo em seu trabalho, determinada a se acalmar e sem ousar erguer os olhos, até que uma ansiosa curiosidade levou-os ao rosto da irmã quando o criado se aproximou da porta. Jane parecia um pouco mais pálida do que o normal, mas mais serena do que Elizabeth esperaria. Quando surgiram os cavalheiros, seu rubor aumentou, e ainda assim ela os recebeu com razoável tranquilidade e uma elegância de maneiras sem qualquer sintoma de ressentimento ou qualquer desnecessário exagero de amabilidades.

Elizabeth falou tão pouco quanto permitiria a cortesia e voltou a sentar-se, dedicando-se ao trabalho com um afinco que não lhe era muito comum. Aventurara-se apenas a lançar um rápido olhar a Darcy. Ele parecia sério, como sempre; e, pensou ela, mais como era em Hertfordshire do que como o tinha visto em Pemberley. Mas talvez ele não pudesse, na presença de sua mãe, ser o mesmo que era diante de seus tios. Essa era uma conjectura dolorosa, mas não improvável.

Observara também Bingley por um instante e, nesse curto período, viu-o parecendo tanto satisfeito quanto embaraçado. Ele foi recebido pela sra. Bennet com um grau de amabilidade que deixou suas duas filhas envergonhadas, sobretudo quando contrastado com a fria e cerimoniosa polidez da mesura e das palavras dirigidas ao amigo.

Elizabeth, principalmente, sabedora de que sua mãe devia ao último a salvação de sua filha favorita da irremediável infâmia, sentiu-se magoada e angustiada ao extremo por uma distinção tão mal aplicada.

Darcy, depois de lhe perguntar como passavam o sr. e a sra. Gardiner, pergunta à qual ela não conseguiu responder sem constrangimento, mal disse algo mais. Não estava sentado a seu lado, o que talvez fosse a razão de seu silêncio, mas não tinha sido assim em Derbyshire. Lá ele conversava com seus parentes, quando não podia falar com ela. Mas agora, vários minutos se passavam sem que se ouvisse o som de sua voz; e quando, ocasionalmente, incapaz de resistir ao impulso da curiosidade, ela erguia os olhos para seu rosto, o via muitas vezes olhando para Jane e para ela mesma e outras tantas apenas para o chão. Mais contemplação e menos ansiedade para agradar do que da última vez que se encontraram, era o que exprimia sua atitude. Ela estava desapontada e zangada consigo mesma por se sentir assim.

"E poderia eu esperar que fosse de outro modo?", pensou. "Mas, então, por que ele veio?"

Não tinha vontade de conversar com ninguém além dele, e com ele mal tinha coragem de falar.

Perguntou por Georgiana, mas não conseguiu fazer mais do que isso.

— Passou-se muito tempo, sr. Bingley, desde que o senhor se foi – disse a sra. Bennet.

Ele concordou prontamente.

— Eu começava a temer que o senhor não voltasse. Chegou a ser *dito* que o senhor pretendia abandonar por completo o lugar até a Festa de São Miguel; mas, mesmo assim, espero que não seja verdade. Muitas coisas aconteceram nas vizinhanças desde que o senhor se foi. A srta. Lucas casou e mudou-se. E uma de minhas próprias filhas. Suponho que o senhor tenha ouvido dizer; na verdade, deve ter visto nos jornais. Saiu no *The Times* e no *The Courier*, que eu saiba; embora não tenha sido publicado como deveria. Só dizia, "Há poucos dias, George Wickham, Esq.[10], com a srta. Lydia Bennet", sem uma sílaba a respeito do pai dela, ou do lugar onde vivia, ou fosse o que fosse. Foi meu irmão Gardiner quem redigiu, e me pergunto como ele foi fazer uma coisa tão sem graça. O senhor leu?

Bingley respondeu que sim e apresentou seus cumprimentos. Elizabeth não ousou levantar os olhos. Que expressão tinha o sr. Darcy, portanto, ela não saberia dizer.

— É uma coisa maravilhosa, a bem da verdade, ter uma filha bem casada – continuou a mãe. – Mas, ao mesmo tempo, sr. Bingley, é muito triste vê-la levada para tão longe de mim. Eles foram para Newcastle, um lugar muito ao norte, parece, e lá devem ficar por não sei quanto tempo. O regimento dele está lá; pois suponho que o senhor soube que ele deixou a milícia do distrito e entrou para o Exército regular. Graças a Deus! Ele tem alguns amigos, embora talvez não tantos quanto mereça.

Elizabeth, sabendo que aquilo se dirigia ao sr. Darcy, sentiu uma vergonha tão desesperadora que mal conseguia se manter sentada. Aquilo, porém, deu-lhe forças para falar, como nada antes conseguira; e ela perguntou a Bingley se ele pretendia agora se demorar no campo. Algumas semanas, acreditava ele.

— Quando o senhor tiver matado todos os seus próprios pássaros, sr. Bingley – disse a mãe –, peço que venha aqui e atire em quantos quiser nas

---

10. Esquire, título equivalente a senhor, aposto aos nomes masculinos em documentos oficiais na Inglaterra da época. (N.T.)

terras do sr. Bennet. Tenho certeza de que ele ficará imensamente feliz lhe fazendo esse obséquio. E deixaremos para o senhor as melhores ninhadas.

O desespero de Elizabeth crescia diante dessas gentilezas tão desnecessárias, tão intrometidas. Pudessem agora voltar a brotar as mesmas esperanças de sucesso do ano anterior, ela tinha certeza, tudo se precipitaria para a mesma vergonhosa conclusão. Naquele instante, ela sentiu que anos de felicidade não poderiam ressarcir Jane e ela desses momentos de tão dolorosa confusão.

"O primeiro desejo do meu coração", disse consigo mesma, "é nunca mais estar na presença de um deles. Seu convívio não nos pode dar prazer algum que compense uma desgraça como esta! Que eu nunca mais veja um dos dois!"

Mas o desespero, para o qual anos de felicidade não ofereceriam compensação, recebeu logo depois considerável alívio, pela observação de como a beleza da irmã reacendia a admiração de seu antigo namorado. Logo que ele entrou, pouco falou com ela; mas a cada cinco minutos parecia lhe dar um pouco mais de atenção. Ele a via tão bela quanto no ano anterior; igualmente agradável e espontânea, embora menos falante. Jane estava ansiosa para que nenhuma diferença transparecesse em sua maneira de ser e estava mesmo convencida de que conversava tanto quanto antes. Mas seus pensamentos estavam tão ocupados que ela nem sempre percebia seu próprio silêncio.

Quando os cavalheiros se levantaram para sair, a sra. Bennet não deixou passar sua planejada cortesia e ambos foram convidados e se comprometeram a jantar em Longbourn dentro de alguns dias.

– O senhor me deve uma visita, sr. Bingley – acrescentou ela –, pois quando foi para a cidade no inverno passado prometeu comparecer a um jantar familiar aqui em casa, assim que voltasse. Não me esqueci, como vê; e lhe digo mais, fiquei muito desapontada por o senhor não ter voltado e mantido sua promessa.

Bingley pareceu um pouco confuso diante dessa observação e disse alguma coisa sobre ter sido retido por negócios. Os dois, então, se foram.

A sra. Bennet estivera muito inclinada a convidá-los para ficar e jantar naquele mesmo dia; mas, embora sempre tivesse uma ótima mesa, não acreditava que nada menos do que dois pratos principais seria o bastante para um homem em quem depositava tantas ansiosas esperanças, ou para satisfazer o apetite e o orgulho de alguém que tinha dez mil libras de renda anual.

Capítulo 54

ASSIM QUE SE FORAM, Elizabeth saiu para recobrar a paz de espírito; ou, em outras palavras, para meditar sem interrupção naqueles assuntos que poderiam acabrunhá-la ainda mais. O comportamento do sr. Darcy deixou-a surpresa e irritada.

"Por que ele veio, afinal, se veio apenas para ficar em silêncio, sério e indiferente?", pensou.

Não conseguia uma resposta que a satisfizesse.

"Ele continuou amável, continuou agradável com meu tio e minha tia quando esteve na cidade; e por que não comigo? Se tem medo de mim, por que vir aqui? Se não se importa mais comigo, por que o silêncio? Irritante, que homem irritante! Não pensarei mais nele."

Sua decisão foi por pouco tempo involuntariamente mantida pela aproximação da irmã, que se juntou a ela com um ar animado que demonstrava estar mais feliz com tais visitas do que Elizabeth.

– Agora – disse ela – que esse primeiro encontro acabou, estou perfeitamente tranquila. Conheço minha própria força e nunca mais me sentirei constrangida com a presença dele. Fico contente por ele vir jantar na quinta-feira. Assim todos verão que, de ambas as partes, nós nos encontramos apenas como dois conhecidos comuns e indiferentes.

– É, muito indiferentes mesmo – disse Elizabeth, rindo. – Ah, Jane! Tome cuidado.

– Lizzy, querida, você não pode me achar tão fraca a ponto de estar correndo riscos.

– Acho que você corre o enorme risco de deixá-lo mais apaixonado por você do que nunca.

Os cavalheiros não tornaram a ser vistos antes de quinta-feira. E a sra. Bennet, nesse meio-tempo, permitia-se todos os felizes planos que o bom humor e a amabilidade habitual de Bingley, em meia hora de visita, haviam reavivado.

Na quinta, havia um grande grupo reunido em Longbourn; e os dois mais ansiosamente esperados, fazendo jus à sua pontualidade de desportistas, chegaram na hora marcada. Quando se encaminharam para a sala de refeições, Elizabeth observou ansiosa se Bingley se colocaria no lugar em que, em todas as festas anteriores, lhe pertencera, ao lado de Jane. Sua prudente mãe, com os mesmos pensamentos, absteve-se de convidá-lo para sentar ao seu lado. Ao entrar na sala, ele pareceu hesitar; mas Jane olhava em volta e sorria: tudo foi decidido. Ele se colocou a seu lado.

Elizabeth, com uma sensação de triunfo, olhou na direção de seu amigo. Ele presenciou tudo com nobre indiferença e ela teria imaginado se Bingley recebera seu aval para ser feliz, não tivesse visto seus olhos também se voltarem na direção do sr. Darcy com uma expressão de alarme meio divertida.

Durante o jantar, o comportamento do rapaz em relação a Jane e a demonstração de sua admiração por ela, mesmo mais discreta do que antes, convenceram Elizabeth de que, dependendo apenas dele, a felicidade de Jane e a dele próprio logo estariam garantidas. Embora não ousasse confiar nos resultados, era um prazer observar sua atitude. Isso lhe deu toda a alegria possível, já que seu humor não era dos melhores. O sr. Darcy sentava-se tão longe dela quanto permitia o tamanho da mesa. Estava ao lado de sua mãe. Sabia que tal arranjo pouco prazer dava a qualquer dos dois e que dali não adviria vantagem alguma para ambos. Não estava perto o suficiente para ouvir o que diziam, mas podia ver que poucas vezes falaram um com o outro e como era formal e fria sua atitude sempre que o faziam. A descortesia da mãe tornava a consciência do quanto lhe deviam ainda mais dolorosa para Elizabeth; e ela teria, em alguns momentos, dado qualquer coisa para ter o privilégio de lhe dizer que sua bondade não era ignorada ou desprezada por toda a família.

Ela tinha esperanças de que a noite trouxesse alguma oportunidade para que ficassem juntos; que toda a visita não se passasse sem lhes permitir momentos de conversa um pouco mais profunda do que as simples saudações cerimoniosas da entrada. Agitado e desconfortável, o tempo passado na sala de estar antes da vinda dos cavalheiros foi frustrante e aborrecido a ponto de quase torná-la descortês. Ela ansiava pela sua volta como se todas as possibilidades de prazer naquela noite disso dependessem.

"Se ele não vier falar comigo", pensou, "*então* desistirei dele para sempre."

Os cavalheiros vieram; e ela achou que ele parecia ter ouvido seus desejos; mas, que pena!, as senhoras se reuniram em torno da mesa em que a srta. Bennet preparava o chá e Elizabeth servia o café, num grupo tão fechado que não havia espaço algum para mais uma cadeira. E, à aproximação dos cavalheiros, uma das jovens convidadas moveu-se para ainda mais perto dela e disse num sussurro:

– Os homens não vão nos separar, estou decidida. Não queremos nenhum deles, não é?

Darcy afastara-se para outro lado da sala. Ela o seguiu com os olhos, invejou todos com quem ele falava, mal tinha paciência para ajudar alguém com o café; e depois ficou furiosa consigo mesma por ser tão estúpida!

"Um homem que já fora recusado! Como posso ser tola a ponto de esperar um novo despertar de seu amor? Há alguém desse sexo que não proteste contra a fraqueza de fazer uma segunda proposta à mesma mulher? Não há indignidade mais abominável para seus sentimentos!"

Animou-se um pouco, porém, quando ele foi em pessoa devolver a xícara de café; e aproveitou a oportunidade para dizer:

– Sua irmã ainda está em Pemberley?
– Está sim, ela ficará lá até o Natal.
– E sozinha? Todas as suas amigas já se foram?
– A sra. Annesley está com ela. As outras foram passar estas três semanas em Scarbourough.

Ela não conseguia pensar em outra coisa para dizer. Se ele quisesse começar uma conversa, talvez tivesse mais sucesso. Mas ele continuou em silêncio a seu lado por alguns minutos e então, quando mais uma vez a jovem convidada sussurrou algo a Elizabeth, afastou-se.

Quando os apetrechos do chá foram removidos e as mesas de jogo arrumadas, todas as senhoras se levantaram e Elizabeth desejou então que ele logo se aproximasse, mas todas as suas esperanças desmoronaram ao vê-lo cair vítima da ganância da mãe, que o colocava entre os jogadores de uíste, e, logo depois, se viu sentada com outro grupo. Perdeu então qualquer perspectiva de prazer. Estavam confinados, pelo resto da noite, a mesas diferentes, e ela nada mais podia desejar além de que seus olhos se voltassem com tanta frequência para o seu lado da sala que isso o fizesse jogar tão mal quanto ela.

A sra. Bennet pretendia contar com os dois cavalheiros de Netherfield para a ceia, mas infelizmente sua carruagem foi chamada antes de qualquer outra e ela não teve como retê-los.

– Bem, meninas – disse ela, assim que ficaram a sós –, o que me dizem? Para mim, tudo saiu excepcionalmente bem, tenho certeza. O jantar foi dos melhores que já vi serem servidos. O assado de veado estava perfeito... e todos disseram nunca ter visto um pernil tão gordo. A sopa era cinquenta vezes melhor do que a servida nos Lucas semana passada; e até o sr. Darcy concordou que as perdizes estavam admiráveis. E imagino que ele deva ter dois ou três cozinheiros franceses, pelo menos. E Jane, minha querida, nunca vi você tão bonita. A sra. Long também achou, pois perguntei a ela se não era verdade. E o que você acha que ela também disse? "Ah, sra. Bennet! Vamos afinal vê-la em Netherfield!" Disse sim. Acho a sra. Long a melhor das criaturas... e suas sobrinhas são moças muito bem-educadas e nada bonitas. Gosto demais delas.

A sra. Bennet, em resumo, estava na maior das alegrias; tinha visto o suficiente do comportamento de Bingley em relação a Jane para se convencer de que ela o conquistaria afinal; e as expectativas de vantagens para sua família, quando de bom humor, eram tão absolutamente insensatas que ficaria bastante desapontada quando não o visse de volta no dia seguinte para fazer o pedido.

— Foi uma festa muito agradável — disse a srta. Bennet a Elizabeth. — O grupo me pareceu tão seleto; todos se deram tão bem. Espero que possamos nos reunir muitas outras vezes.

Elizabeth sorriu.

— Lizzy, não faça assim. Não deve pensar mal de mim. Isso me magoa. Garanto-lhe que agora aprendi a gostar da companhia dele como um rapaz agradável e sensível, sem quaisquer segundas intenções. Estou perfeitamente convencida, pelo modo como me trata agora, de que ele nunca teve qualquer intenção de conquistar meu afeto. Acontece que ele é abençoado com maneiras mais afetuosas e um desejo maior de agradar do que qualquer outro homem.

— Você é muito cruel — disse a irmã. — Você não quer me deixar sorrir, mas fica me provocando a cada instante.

— Como é difícil se fazer acreditar em algumas situações!

— E como é impossível em outras!

— Mas por que você quer me convencer de que eu sinto mais do que confesso?

— Esta é uma pergunta cuja resposta é um tanto difícil. Todos nós gostamos de dar lições, embora só possamos ensinar o que não vale a pena saber. Perdoe-me; e, se insistir na indiferença, não faça *de mim* sua confidente.

Capítulo 55

Poucos dias depois daquela visita, o sr. Bingley voltou, sozinho. Seu amigo partira para Londres naquela manhã, mas deveria estar de volta em dez dias. Esteve com elas por cerca de uma hora e estava de excelente humor. A sra. Bennet convidou-o para jantar, mas, com muitas desculpas, ele confessou ter outro compromisso.

— Da próxima vez que vier — disse ela —, espero que tenhamos mais sorte.

Ele ficaria muito feliz em qualquer dia etc. etc., e se ela assim permitisse, voltaria a visitá-las na primeira oportunidade.

— Pode vir amanhã?

Sim, ele não tinha compromisso algum para amanhã, e o convite foi aceito com entusiasmo.

Ele chegou, e tão cedo que nenhuma das senhoras estava vestida. A sra. Bennet correu ao quarto da filha, de camisola e com o cabelo por pentear, exclamando:

— Querida Jane, ande logo e desça depressa. Ele chegou... o sr. Bingley chegou. Chegou sim, é ele mesmo. Aqui, Sarah, venha para a srta. Bennet neste momento e ajude-a com o vestido. Deixe para lá o cabelo da srta. Lizzy.

— Desceremos assim que pudermos — disse Jane —, mas acredito que Kitty já se adiantou a todas nós, pois já subiu as escadas há meia hora.

— Ah! Esqueça Kitty! O que ela tem a ver com isso? Vamos, depressa, depressa! Onde está sua faixa, meu bem?

Mas, quando a mãe saiu, ninguém convenceu Jane a descer sem uma das irmãs.

A mesma ansiedade para deixá-los a sós foi outra vez visível à tarde. Depois do chá, o sr. Bennet retirou-se para a biblioteca, como era seu costume, e Mary subiu para seus instrumentos. Dois obstáculos dos cinco estando assim removidos, a sra. Bennet passou um tempo considerável sentada, olhando e piscando para Elizabeth e Catherine, sem obter delas qualquer reação. Elizabeth não a olhava e, quando Kitty finalmente o fez, disse com toda a ingenuidade:

— Qual é o problema, mamãe? Por que a senhora fica piscando para mim? O que quer que eu faça?

— Nada, criança, nada. Não estou piscando para você.

Sentou-se então por mais cinco minutos; mas, incapaz de desperdiçar ocasião tão preciosa, levantou-se de repente e, dizendo a Kitty, "Venha cá, meu bem, preciso falar com você", tirou-a da sala. Jane, no mesmo instante, lançou a Elizabeth um olhar que falou de seu desgosto com aquela premeditação e sua súplica para que *ela* não cedesse. Alguns minutos depois, a sra. Bennet entreabriu a porta e chamou:

— Lizzy, meu bem, quero falar com você.

Elizabeth foi obrigada a ir.

— Podemos muito bem deixar os dois sozinhos, você sabe — disse a mãe assim que ela chegou ao saguão. — Kitty e eu vamos subir para nos sentarmos em meu quarto de vestir.

Elizabeth não fez qualquer tentativa de argumentar com a mãe, mas continuou calmamente no saguão até que ela e Kitty desapareceram e então voltou para a sala de estar.

Os esquemas da sra. Bennet para aquele dia foram infrutíferos. Bingley foi o mais encantador possível, mas não como o suposto namorado da filha. Sua naturalidade e alegria fizeram dele uma agradável aquisição para a reunião da noite; e ele suportou todas as improcedentes intromissões da mãe e ouviu todos os comentários tolos com uma tolerância e uma serenidade especialmente gratas à filha.

Ele mal esperou um convite para ficar para a ceia; e, antes que se fosse, um compromisso foi assumido, de comum acordo entre ele e a sra. Bennet, que ele voltaria na manhã seguinte para caçar com seu marido.

Depois daquele dia, Jane não falou mais em indiferença. Nem uma palavra foi trocada entre as irmãs a respeito de Bingley; mas Elizabeth foi para a cama com a feliz crença de que logo tudo estaria decidido, a não ser que o sr. Darcy voltasse antes da data marcada. Pensando com seriedade, porém, ela estava razoavelmente convencida de que tudo aquilo acontecia com a concordância daquele cavalheiro.

Bingley foi pontual, e ele e o sr. Bennet passaram a manhã juntos, como combinado. O último foi muito mais agradável do que esperava seu companheiro. Nada havia de presunçoso ou insensato em Bingley que estimulasse a zombaria do anfitrião ou o mergulhasse em irritado silêncio; e o sr. Bennet foi mais comunicativo e menos excêntrico do que o outro jamais vira. Bingley, é claro, voltou com ele para jantar e, à noite, a engenhosidade da sra. Bennet foi mais uma vez posta em prática para afastar todos de perto dele e de Jane. Elizabeth, que tinha uma carta para escrever, foi logo após o chá para a saleta com essa intenção; pois, como todos os outros se sentariam para jogar cartas, ela não era necessária para neutralizar os planos da mãe.

Mas, ao voltar à sala de estar, quando terminou a carta, percebeu, com infinita surpresa, que havia razões para recear que a mãe fosse engenhosa demais para ela. Ao abrir a porta, viu a irmã e Bingley de pé juntos ao lado da lareira, como se entretidos em profunda conversa; e, não bastasse isso para levantar suspeitas, os rostos de ambos, quando apressadamente deram meia-volta e se afastaram um do outro, teriam dito tudo. A situação dos dois era um tanto embaraçosa; mas ela pensou que a *sua* era ainda pior. Ninguém esboçou uma sílaba; e Elizabeth estava a ponto de sair quando Bingley, que, como sua irmã, se tinha sentado, levantou-se de repente e, sussurrando algumas palavras para Jane, fugiu da sala.

Jane não podia ter segredos para Elizabeth num assunto cujas confidências lhe davam prazer; e, beijando-a no mesmo instante, confessou, com a maior emoção, que era a criatura mais feliz do mundo.

– É demais! – acrescentou. – Demais mesmo. Eu não mereço. Oh! Por que não estão todos felizes assim?

Os parabéns de Elizabeth foram dados com uma sinceridade, uma ternura e uma alegria que palavras seriam pobres para exprimir. Cada frase gentil era uma nova fonte de felicidade para Jane. Mas ela não poderia se permitir ficar com a irmã ou dizer tudo o que havia para ser dito no momento.

– Preciso ir ter agora mesmo com minha mãe – exclamou. – Não posso de modo algum fazer pouco de sua afetuosa solicitude, ou deixar que ela a ouça de outra pessoa que não eu mesma. Ele já foi falar com meu pai. Oh, Lizzy! Saber que o que tenho a contar dará tanto prazer a toda a minha querida família! Como poderei suportar tanta felicidade?

Saiu então apressada em busca da mãe, que de propósito desfizera o grupo de jogos e estava no andar de cima com Kitty.

Elizabeth, deixada sozinha, sorria agora diante da rapidez e facilidade com que fora afinal resolvido um caso que proporcionara a todos tantos meses de expectativa e frustração.

"E isto", pensou, "é o fim de toda a ansiosa circunspecção de seu amigo! De toda a falsidade e maquinação de suas irmãs! O final mais feliz, mais sensato e mais razoável!"

Em poucos minutos Bingley, cuja conversa com seu pai fora curta e objetiva, juntou-se a ela.

– Onde está sua irmã? – disse ele apressado, ao abrir a porta.

– Com minha mãe, lá em cima. Imagino que descerá num instante.

Ele então fechou a porta e, indo até ela, pediu-lhe os votos de felicidades e o afeto de uma irmã. Elizabeth, com honestidade e de coração aberto expressou sua alegria com a ideia de seu parentesco. Apertaram-se as mãos com grande cordialidade; então, até que sua irmã descesse, ela precisou ouvir tudo o que ele tinha a dizer de sua própria felicidade e sobre as perfeições de Jane; e, mesmo estando ele apaixonado, Elizabeth considerou sensatas todas as suas expectativas de felicidade, porque se baseavam em excelente compreensão e no mais que perfeito temperamento de Jane, além da plena afinidade de sentimentos e gostos.

Foi uma noite de incomum alegria para todos; a satisfação da alma da srta. Bennet dava a seu rosto o brilho de tão doce entusiasmo que a fazia parecer mais bela do que nunca. Kitty sorria e dava risinhos, desejando que sua vez logo chegasse. A sra. Bennet não conseguiu dar seu consentimento ou demonstrar sua aprovação em termos suficientemente calorosos para expressar seus sentimentos, mesmo tendo falado com Bingley por nada menos que meia hora; e, quando o sr. Bennet se juntou a eles para a ceia, sua voz e postura não deixavam dúvidas quanto à sua felicidade.

Nem uma palavra, entretanto, saiu de seus lábios em alusão ao fato até que seu visitante se despediu; mas, tão logo ele saiu, ele se voltou para a filha e disse:

– Jane, eu a felicito. Você será uma mulher muito feliz.

Jane se aproximou dele no mesmo instante, beijou-o e agradeceu sua bondade.

– Você é uma boa moça – respondeu ele –, e me dá muito prazer pensar em você tão bem casada. Não tenho quaisquer dúvidas quanto aos dois se darem muito bem. Seus temperamentos não são diferentes. Vocês são ambos tão cordatos que nenhuma decisão será definitiva; tão amáveis que todos os criados os enganarão; e tão generosos que sempre excederão sua renda.

– Espero que não. Imprudência e desleixo em assuntos financeiros seriam imperdoáveis em mim.

– Exceder sua renda! Meu caro sr. Bennet – exclamou a esposa –, do que o senhor está falando? Porque ele tem quatro ou cinco mil por ano, e talvez mais.

Então, voltando-se para a filha:

– Ah! Minha querida Jane, estou tão feliz! Tenho a certeza de que não dormirei um só instante esta noite. Eu sabia que seria assim. Pelo menos, eu sempre disse que deveria ser. Eu tinha a certeza de que você não podia ser tão bonita à toa! Eu me lembro, assim que o vi, quando ele veio pela primeira vez a Hertfordshire no ano passado, eu pensei como era provável que vocês dois ficassem juntos. Oh! Ele é o rapaz mais bonito que jamais existiu!

Wickham, Lydia, tudo estava esquecido. Jane era, sem comparação, sua filha favorita. Naquele momento, nenhuma outra importava. As irmãs mais moças logo começaram a se interessar pelos objetos de prazer que ela poderia lhes proporcionar no futuro.

Mary pediu permissão para usar a biblioteca de Netherfield, e Kitty implorou muito para que alguns bailes se realizassem lá a cada inverno.

Bingley, como seria natural, foi dali em diante uma visita diária em Longbourn, chegando muitas vezes antes do café da manhã e sempre ficando até depois da ceia; exceto se algum terrível vizinho, que nunca seria detestado o bastante, lhe tivesse feito um convite para jantar que ele se considerara obrigado a aceitar.

Elizabeth tinha agora muito pouca oportunidade de conversar com a irmã, pois, quando ele estava presente, Jane não tinha atenção para dar a qualquer outra pessoa; mas ela se viu consideravelmente útil a ambos naqueles momentos de separação que podem às vezes ocorrer. Na ausência de Jane, ele sempre se aproximava de Elizabeth, pelo prazer de falar dela; e, quando Bingley se ia, Jane muitas vezes buscava a mesma fonte de consolo.

– Ele me fez tão feliz – disse ela uma noite – ao me dizer que não fazia ideia da minha presença na capital na primavera passada. Eu não imaginava que fosse possível.

– Eu suspeitava – retrucou Elizabeth. – Mas como explicou não saber disso?

– Deve ter sido coisa das irmãs dele. Elas na verdade não gostavam do interesse dele por mim, o que não posso estranhar, pois ele poderia ter feito escolhas mais vantajosas sob muitos aspectos. Mas quando virem, como acredito que acontecerá, que seu irmão está feliz comigo, saberão que devem se conformar e ficaremos em bons termos outra vez; embora nunca mais possamos ser como éramos antes.

– Esta é a frase mais rancorosa – disse Elizabeth – que já a ouvi pronunciar. Muito bem! Eu ficaria realmente irritada se a visse sendo outra vez enganada pela falsa consideração da srta. Bingley.

– Você pode acreditar, Lizzy, que ele me amava de verdade quando foi para a cidade em novembro e que apenas a insinuação da *minha* indiferença o impediu de voltar?

– Ele cometeu um pequeno engano, sem dúvida; mas podemos creditá-lo à sua modéstia.

Isso, é claro, introduziu um panegírico de Jane à timidez de Bingley e ao pequeno valor que ele dava às próprias virtudes. Elizabeth ficou satisfeita por descobrir que ele não revelara a interferência do amigo; pois, embora Jane tivesse o coração mais generoso e magnânimo do mundo, ela sabia que essa era uma circunstância que poderia dar margem a algum preconceito contra Darcy.

– Sou com certeza a criatura mais afortunada que jamais existiu! – exclamou Jane. – Oh, Lizzy! Por que sou eu a escolhida da família e mais abençoada do que todas? Se eu ao menos pudesse ver *você* tão feliz assim! Se *existisse* pelo menos outro homem assim para você!

– Se você pudesse me dar quarenta homens assim, eu nunca seria tão feliz quanto você. Sem o seu temperamento e a sua bondade, eu jamais posso ter a sua felicidade. Não, não, deixe-me como estou; e talvez, se tiver muita sorte, eu acabe um dia encontrando outro sr. Collins.

Os novos acontecimentos da família de Longbourn não poderiam permanecer por muito tempo em segredo. A sra. Bennet teve o privilégio de cochichá-los para a sra. Phillips e ela se permitiu, sem qualquer permissão, fazer o mesmo com todas as vizinhas em Meryton.

Os Bennet foram logo declarados a família mais venturosa do mundo, ainda que poucas semanas antes, por ocasião da fuga de Lydia, tivessem dado provas cabais de estarem marcados pelo infortúnio.

Capítulo 56

UMA MANHÃ, CERCA DE uma semana depois do noivado de Bingley e Jane, quando ele e as mulheres da família estavam juntos na sala de refeições, sua atenção dirigiu-se de repente para a janela, pelo som de uma carruagem; e avistaram um landau puxado por quatro cavalos subindo a alameda. Era cedo demais para visitas e, além disso, o veículo não se parecia com o de nenhum dos vizinhos. Os cavalos eram de aluguel; e nem a carruagem, nem a libré do criado que a precedia lhes eram familiares. Como não havia dúvidas, porém, de que alguém chegava, Bingley no mesmo instante convenceu a srta. Bennet, para evitar que fossem perturbados por tal intrusão, a caminhar com ele pelo arvoredo. Os dois saíram e as conjecturas das três restantes continuaram, sem muito sucesso, até que a porta foi aberta e a visita entrou. Era Lady Catherine de Bourgh.

Estavam todas, é claro, preparadas para uma surpresa; mas seu assombro superou qualquer expectativa; e, por parte da sra. Bennet e de Kitty, embora aquela dama lhes fosse totalmente desconhecida, não se comparou ao que sentiu Elizabeth.

Ela entrou na sala com um ar ainda mais desagradável do que de costume, não deu outra resposta à saudação de Elizabeth além de uma leve inclinação da cabeça e sentou-se sem proferir uma palavra. Elizabeth mencionara seu nome para a mãe, à entrada de Sua Senhoria, ainda que nenhum pedido de apresentação tivesse sido feito.

A sra. Bennet, mais do que perplexa, embora lisonjeada por receber uma visita tão importante, recebeu-a com toda cortesia. Depois de se sentar por um momento em silêncio, ela se dirigiu com secura a Elizabeth:

– Espero que esteja bem, srta. Bennet. Esta senhora, suponho, é sua mãe.

Elizabeth, sem se alongar, respondeu que sim.

– E *esta*, suponho, é uma de suas irmãs?

– Sim, senhora – disse a sra. Bennet, encantada por falar com alguém como Lady Catherine. – É minha penúltima filha. Minha caçula casou-se há pouco e minha mais velha está em algum lugar no bosque, caminhando com um jovem que em breve, acredito, será parte da família.

– Vocês têm um parque muito pequeno aqui – continuou Lady Catherine depois de um curto silêncio.

– Não é nada, comparado a Rosings, minha senhora, sem sombra de dúvida; mas garanto-lhe que é muito maior do que o de Sir William Lucas.

– Esta sala de estar deve ser muito inconveniente à noite, no verão; as janelas dão todas para o oeste.

A sra. Bennet assegurou-lhe que nunca permaneciam ali após o jantar e depois acrescentou:

– Posso tomar a liberdade de perguntar à Vossa Senhoria se deixou bem o sr. e a sra. Collins?

– Sim, muito bem. Eu os vi na noite de anteontem.

Elizabeth esperava agora que ela fosse lhe entregar uma carta de Charlotte, pois esse poderia ser o único motivo provável de sua visita. Mas nenhuma carta surgiu e ela ficou ainda mais confusa.

A sra. Bennet, com grande polidez, pediu a Sua Senhoria que aceitasse um lanche, mas Lady Catherine, com muita determinação e não muita cortesia, declinou qualquer oferecimento; e então, levantando-se, disse a Elizabeth:

– Srta. Bennet, pareceu-me ver uns graciosos arbustos selvagens de um dos lados do seu gramado. Eu gostaria de dar uma volta por lá, se a senhorita me der o prazer de sua companhia.

– Vá, minha querida – exclamou a mãe –, e mostre a Sua Senhoria os vários caminhos. Acredito que ela gostará de ver a ermida.

Elizabeth obedeceu e, correndo ao quarto para buscar a sombrinha, desceu ao encontro da nobre visitante. Ao passarem pelo vestíbulo, Lady Catherine abriu as portas para o salão de jantar e a sala de estar e declarando, após rápido exame, serem cômodos apresentáveis, seguiu adiante.

A carruagem continuava à porta e Elizabeth viu que a dama de companhia lá estava. Andaram em silêncio pela alameda de cascalho que levava ao bosque. Elizabeth estava decidida a não fazer qualquer esforço para conversar com uma mulher agora, mais do que nunca, insolente e desagradável.

"Como pude imaginar que ela se parecesse com o sobrinho?", pensou, olhando seu rosto.

Tão logo entraram no bosque, Lady Catherine começou a falar da seguinte maneira:

– Não lhe deve ser difícil, srta. Bennet, compreender a razão de minha vinda. Seu próprio coração, sua própria consciência, lhe devem dizer por que vim.

Elizabeth a olhou com verdadeiro assombro.

– Na verdade, a senhora está equivocada. De modo algum sou capaz de atinar com a razão da honra de vê-la aqui.

– Srta. Bennet – retrucou Sua Senhoria em tom zangado –, deve saber que não gosto de brincadeiras. Mas, por mais dissimulada que *a senhorita* prefira ser, não *me* verá fazendo o mesmo. Meu caráter sempre foi conhecido por sua sinceridade e franqueza e, num assunto tão importante como este, com certeza não me afastarei dessas virtudes. Uma notícia de natureza por demais alarmante chegou a mim dois dias atrás. Disseram-me que não apenas sua irmã estava a ponto de fazer um casamento dos mais atraentes, mas também que a senhorita, que a srta. Elizabeth Bennet, estaria, ao que tudo indicava, em breve casada com meu sobrinho, meu próprio sobrinho, o sr. Darcy. Embora eu *saiba* que só pode se tratar de uma escandalosa calúnia, embora eu não o queira ofender a ponto de supor que possa haver aí alguma verdade, no mesmo instante resolvi partir para este lugar a fim de lhe dar ciência de meus sentimentos.

— Se a senhora acredita impossível ser verdade — disse Elizabeth corando de espanto e desprezo —, pergunto-me por que se deu ao trabalho de vir até aqui. O que pretende com isso Vossa Senhoria?

— De imediato insistir em ver tais notícias universalmente desmentidas.

— A sua vinda a Longbourn, para me ver e visitar minha família — disse Elizabeth com frieza — seria mais uma confirmação de tudo isso; se é que de fato existem tais notícias.

— Se! Com que então pretende dizer que ignora? Não foi tudo diligentemente divulgado por todos vocês? Não sabe então que tais notícias foram espalhadas por toda parte?

— Nunca soube.

— E pode também declarar que não há qualquer fundamento para elas?

— Não tenho pretensões de ser tão franca quanto Vossa Senhoria. A senhora pode fazer perguntas às quais eu preferirei não responder.

— Assim não é possível! Srta. Bennet, eu insisto em saber de tudo. Acaso ele, acaso meu sobrinho, lhe fez uma proposta de casamento?

— Vossa Senhoria declarou ser isso impossível.

— Deveria ser, precisa ser, enquanto ele mantiver o uso da razão. Mas suas artes e sortilégios podem, num momento de paixão, tê-lo feito esquecer o que deve a si mesmo e a toda a sua família. A senhorita deve tê-lo enfeitiçado.

— Se assim fosse, eu seria a última pessoa a confessar a verdade.

— Srta. Bennet, a senhorita sabe quem sou eu? Não estou acostumada a este tipo de linguagem. Sou quase a parente mais próxima que ele tem no mundo e tenho o direito de conhecer seus assuntos mais íntimos.

— Mas não tem o direito de conhecer os meus; e uma atitude como esta jamais me levaria a ser explícita.

— Deixe-me ser bastante clara. Esta união, à qual tem a pretensão de aspirar, jamais se realizará. Jamais. O sr. Darcy está comprometido com minha filha. Agora, o que tem a dizer?

— Apenas isto: que, se é assim, a senhora não tem qualquer razão para supor que ele me fará uma proposta.

Lady Catherine hesitou por um momento e depois retrucou:

— O compromisso entre eles é de um tipo especial. Desde crianças, foram destinados um ao outro. Este era o maior desejo da mãe *dele*, bem como da dela. Ambos ainda no berço, planejamos a união: e agora, no momento em que o desejo das duas irmãs se realizaria com o casamento dos dois, vê-lo ser impedido por uma jovem de origem inferior, sem qualquer importância social e completamente estranha à família! Não tem a senhorita consideração alguma pelos desejos dos amigos dele? Pelo seu tácito noivado com a srta. De Bourgh? Desconhece qualquer sentimento de dignidade e delicadeza? Não me ouviu dizer que desde suas primeiras horas de vida ele foi destinado à prima?

– Ouvi, e já ouvira antes. Mas o que significa isso para mim? Se não há qualquer outra objeção ao meu casamento com o seu sobrinho, eu com certeza não serei impedida por saber que sua mãe e tia queriam casá-lo com a srta. De Bourgh. Ambas fizeram o que puderam para planejar as bodas. A execução depende de outras pessoas. Se o sr. Darcy não se sente preso à prima nem pela honra nem pelo sentimento, por que não faria ele outra escolha? E, se sou eu tal escolha, por que não devo aceitá-lo?

– Porque a honra, o decoro, a prudência, até o interesse o proíbem. É, srta. Bennet, o interesse; pois não espere ser aceita pela família ou pelos amigos dele, se insistir em agir contra a preferência de todos. A senhorita será censurada, insultada e desprezada por todas as pessoas ligadas a ele. Sua aliança será uma desgraça; seu nome jamais será sequer mencionado por qualquer um de nós.

– Essas são enormes desventuras – respondeu Elizabeth. – Mas a esposa do sr. Darcy deve ter tão extraordinárias fontes de felicidade necessariamente incorporadas à sua posição que poderia, no cômputo geral, não ter razões de queixa.

– Menina intransigente e voluntariosa! Tenho vergonha de você! É esta a sua gratidão pelas minhas atenções da última primavera? Nada me deve por tudo aquilo? Vamos nos sentar. Precisa compreender, srta. Bennet, que vim aqui com a firme determinação de levar a cabo meu propósito; não serei dissuadida. Não estou acostumada a me submeter aos caprichos de quem quer que seja. Não tenho o hábito de tolerar desapontamentos.

– *Isto* tornará a atual situação de Vossa Senhoria ainda mais lamentável; mas não fará qualquer efeito sobre mim.

– Não vou ser interrompida. Ouça-me em silêncio. Minha filha e meu sobrinho são feitos um para o outro. Descendem os dois, pelo lado materno, da mesma linhagem nobre; e ele, do paterno, de famílias respeitáveis, honradas e antigas, embora sem títulos. Sua fortuna, de ambos os lados, é esplêndida. Estão destinados um ao outro pela voz de todos os membros de suas respectivas casas; e o que há entre eles? As presunçosas pretensões de uma jovem sem família, sem relações e sem fortuna. Pode ser algo assim tolerado? Mas não pode, não será. Para o seu próprio bem, não deveria desejar deixar a classe na qual foi criada.

– Casando-me com o seu sobrinho, eu não me consideraria deixando essa classe. Ele é um cavalheiro; eu sou a filha de um cavalheiro; assim sendo, somos iguais.

— É verdade. A senhorita *é* a filha de um cavalheiro. Mas quem era sua mãe? Quem são seus tios e tias? Não acredite que ignoro a situação de todos.

— Sejam quem forem os meus parentes — disse Elizabeth —, se seu sobrinho não faz objeções a eles, não *lhe* devem interessar.

— Diga-me de uma vez por todas, está noiva dele?

Embora Elizabeth não quisesse, pelo simples fato de não condescender com Lady Catherine, responder a essa pergunta, não teve outra saída senão dizer, depois de refletir por um instante:

— Não estou.

Lady Catherine pareceu satisfeita.

— E vai me prometer que nunca aceitará tal compromisso?

— Não farei qualquer promessa deste tipo.

— Srta. Bennet, estou chocada e perplexa. Esperava encontrar uma moça mais razoável. Mas não se iluda com a crença de que poderei mudar de ideia. Não irei embora até que me dê a garantia que exijo.

— E eu, com certeza, *jamais* a darei. Não me deixo intimidar por algo tão absolutamente insensato. Vossa Senhoria quer que o sr. Darcy se case com sua filha; mas, se eu lhe fizesse essa ambiciosa promessa, acaso seria tal casamento mais provável? Supondo-o interessado em mim, faria minha recusa em aceitar sua mão com que ele desejasse oferecê-la à prima? Permita-me dizer, Lady Catherine, que os argumentos nos quais a senhora fundamentou sua extraordinária exigência foram tão frívolos quanto foi inadequada a exigência. A senhora se enganou por completo quanto ao meu caráter, se pensa que posso ser convencida por esse tipo de persuasão. Até que ponto pode o seu sobrinho aprovar sua intromissão nos assuntos dele não sei dizer; mas a senhora não tem qualquer direito de interferir nos meus. Devo pedir-lhe, portanto, que não mais me importune a respeito deste assunto.

— Não tão depressa, por favor. Ainda não terminei. A todas as objeções que já apresentei, ainda tenho uma a acrescentar. Não desconheço os detalhes da infame fuga de sua irmã mais moça. Sei de tudo; que o rapaz aceitou se casar com ela por um arranjo às custas de seu pai e seus tios. E uma garota dessas ser irmã do meu sobrinho? E o marido, o filho do intendente de seu falecido pai, ser seu irmão? Por todos os santos... o que tem na cabeça? Devem os ancestrais de Pemberley ser a tal ponto profanados?

— A senhora agora não deve ter nada mais a dizer — respondeu ela, ressentida. — Já me insultou de todas as formas possíveis. Devo lhe solicitar que voltemos à casa.

E levantou-se enquanto falava. Lady Catherine ergueu-se também e as duas voltaram. Sua Senhoria estava furiosa.

— Você não tem qualquer respeito, então, pela honra e pelo crédito de meu sobrinho! Garota insensível, egoísta! Não pensa que uma relação com você pode desgraçá-lo aos olhos de todos?

— Lady Catherine, nada mais tenho a dizer. A senhora conhece meus sentimentos.

— Está então decidida a ficar com ele?

— Eu não disse tal coisa. Estou apenas decidida a agir da forma que, no meu modo de ver, me proporcionará a felicidade, sem consultar a *sua* opinião ou a de qualquer pessoa que nenhuma ligação tenha comigo.

— Muito bem. Recusa-se, então, a fazer o que desejo. Recusa-se a obedecer às exigências do dever, da honra e da gratidão. Está determinada a destruí-lo perante todos os amigos e torná-lo digno do desprezo da sociedade.

— Nem o dever, nem a honra, nem a gratidão — respondeu Elizabeth — têm qualquer direito sobre mim, na situação presente. Nenhum destes princípios seria violado pelo meu casamento com o sr. Darcy. E, em relação ao ressentimento de sua família ou à indignação da sociedade, se o primeiro *fosse* provocado pelo fato de ele se casar comigo, não me causaria um minuto de preocupação... e a sociedade em geral teria bom senso suficiente para não fazer eco a tal desdém.

— E é esta a sua atitude! Esta é sua decisão final! Muito bem. Sei agora como agir. Não imagine, srta. Bennet, que sua ambição colherá quaisquer frutos. Vim aqui para testá-la. Esperava que fosse razoável; mas, pode confiar, a vitória será minha.

Desta maneira Lady Catherine continuou a falar até chegarem à porta da carruagem quando, virando-se de repente, acrescentou:

— Não me despeço, srta. Bennet. Não mando cumprimentos à sua mãe. Vocês não merecem tal atenção. Estou seriamente descontente.

Elizabeth não deu resposta e, sem tentar convencer Sua Senhoria a voltar à casa, caminhou em silêncio até lá e entrou sozinha. Ouviu a carruagem se afastar enquanto subia as escadas. Sua mãe, impaciente, encontrou-a à porta do quarto de vestir, para perguntar por que Lady Catherine não entrara para descansar.

— Ela preferiu não fazê-lo — disse a filha —, ela se foi.

— Ela é uma mulher de aparência muito distinta! E vir até aqui foi prodigiosamente cortês! Pois ela só veio, imagino, nos dizer que os Collins estão bem. Ela está viajando para algum lugar, imagino, e ao passar por Meryton pensou que poderia muito bem vir vê-la. Suponho que não tivesse nada de especial a lhe dizer, não é, Lizzy?

Elizabeth foi obrigada aqui a recorrer a uma pequena mentira; pois dar a conhecer a essência de sua conversa era impossível.

Capítulo 57

O ESTADO DE NERVOS em que essa extraordinária visita lançou Elizabeth não seria facilmente controlado; nem ela foi capaz de, por muitas horas, deixar de pensar todo o tempo naquilo. Lady Catherine, ao que parecia, havia mesmo se dado ao trabalho de fazer aquela viagem desde Rosings com o único objetivo de romper seu suposto noivado com o sr. Darcy. Era um plano coerente, sem dúvida, mas de onde se poderiam ter originado as notícias de seu noivado, Elizabeth não tinha meios de imaginar; até que se lembrou que, sendo *ele* amigo íntimo de Bingley e sendo *ela* a irmã de Jane, isso era suficiente, numa época em que a expectativa de um casamento fazia todos ansiarem por outro, para criar aquela ideia. Ela mesma não deixara de pensar que o casamento da irmã deveria fazer com se encontrassem com mais frequência. E, em assim sendo, os vizinhos em Lucas Lodge (pois através de sua correspondência com os Collins, concluiu ela, a informação chegara a Lady Catherine) apenas concluíram ser quase certo e imediato algo que ela esperava ser possível em algum dia mais distante.

Refletindo sobre as expressões de Lady Catherine, porém, ela não podia deixar de se sentir pouco à vontade com as possíveis consequências de sua interferência, caso ela a levasse adiante. Do que ela dissera sobre a decisão de impedir seu casamento, ocorreu a Elizabeth que ela poderia planejar uma abordagem ao sobrinho; e como *ele* reagiria a tal exposição dos males ligados a uma união de ambos era algo que não ousava afirmar. Não sabia o grau exato da afeição dele pela tia, nem o quanto confiava em seu julgamento, mas era natural supor que ele tivesse por Sua Senhoria muito mais consideração do que *ela* e era certo que, ao enumerar as desgraças de um casamento com *alguém* cujos parentes próximos eram tão diferentes dos dele, sua tia o atacaria pelo ponto mais fraco. Com suas noções de honra, ele talvez considerasse que os argumentos que a Elizabeth pareceram frágeis e ridículos contivessem razoável bom senso e lógica consistente.

Se ele, antes, hesitara quanto ao que deveria fazer, o que mais de uma vez parecera provável, o conselho e o pedido de um parente tão próximo poderiam dirimir quaisquer dúvidas e convencê-lo de imediato a ser tão feliz quanto lhe permitiria uma dignidade imaculada. Lady Catherine poderia estar com ele ao passar pela capital; e o compromisso com Bingley de voltar a Netherfield iria por água abaixo.

"Se, portanto, uma desculpa por não manter a promessa chegar ao seu amigo dentro de poucos dias", completou ela o raciocínio, "saberei como interpretá-la. Desistirei então de qualquer expectativa, de qualquer esperança de fidelidade. Se ele se conformar em apenas lamentar minha perda, quando poderia ter obtido meu afeto e minha mão, logo deixarei de lamentar a sua."

A surpresa do resto da família ao saber quem os viera visitar foi muito grande, mas contentaram-se todos em acreditar no mesmo tipo de suposição que tranquilizara a curiosidade da sra. Bennet; e Elizabeth foi poupada de muitas indagações a respeito.

Na manhã seguinte, ao descer as escadas, encontrou-se com o pai que vinha da biblioteca com uma carta nas mãos.

– Lizzy – disse ele –, eu ia à sua procura; venha ao meu quarto.

Ela o seguiu até lá e sua curiosidade para saber o que ele teria a lhe dizer cresceu com a suposição de que o assunto estivesse de algum modo ligado à carta que segurava. De repente, assaltou-lhe a ideia de que pudesse ser de Lady Catherine; e ela antecipou, acabrunhada, todas as consequentes explicações.

Seguiu o pai até a lareira e ambos se sentaram. Ele, então, disse:

– Recebi esta manhã uma carta que me surpreendeu demais. Como seu conteúdo diz respeito, sobretudo, a você, você deve saber do que se trata. Eu não fazia ideia de que tinha duas filhas a caminho do matrimônio. Deixe-me lhe dar os parabéns por tão importante conquista.

O rubor subiu agora ao rosto de Elizabeth com a instantânea convicção de se tratar de uma carta do sobrinho, e não da tia; e ela não se decidia quanto a estar contente por ele se ter afinal decidido ou ofendida por não ter sido aquela carta endereçada a ela mesma, quando o pai continuou:

– Você parece ter compreendido. As moças têm grande intuição em assuntos como este; mas acho que devo desafiar até a *sua* sagacidade para que descubra o nome do seu admirador. Esta carta é do sr. Collins.

– Do sr. Collins! E o que *ele* tem a dizer?

– Algo muito a propósito, é claro. Ele começa com congratulações pelas próximas bodas de minha primogênita, das quais, ao que parece, tomou conhecimento por alguma das bem-intencionadas e fofoqueiras Lucas. Não abusarei da sua paciência lendo o que ele diz a respeito. O que se refere a você é o seguinte:

> Tendo dessa forma lhe apresentado as sinceras congratulações da sra. Collins e minhas próprias por esse feliz evento, permita-me agora acrescentar um breve comentário a respeito de outro, do qual tomei conhecimento pela mesma fonte. Sua filha Elizabeth, presume-se, não usará por muito tempo o nome dos Bennet, depois que sua irmã mais velha a ele tiver renunciado, e o compa-

nheiro de vida por ela escolhido pode sem questionamentos ser considerado um dos mais ilustres personagens deste país.

– Você consegue adivinhar, Lizzy, quem é assim qualificado?

Esse jovem cavalheiro é abençoado, de modo peculiar, com todas as coisas a que pode aspirar o coração dos mortais: esplêndida propriedade, berço nobre e extensos investimentos. Mas, mesmo a despeito de todas essas tentações, permita-me advertir minha prima Elizabeth, e o senhor, dos perigos em que podem incorrer por uma precipitada aceitação da proposta desse cavalheiro, a qual, é claro, estarão inclinados a considerar vantajosa.

– Você faz alguma ideia, Lizzy, de quem é tal cavalheiro? Mas já veremos:

Meus motivos para alertá-los são os que seguem. Temos razões para acreditar que sua tia, Lady Catherine de Bourgh, não olhe com bons olhos essa união.

– O *sr. Darcy*, veja você, é o homem! Agora, Lizzy, acho que *eu* a surpreendi. Poderia ele, ou os Lucas, terem escolhido algum homem em todo o círculo de nossas relações cujo nome melhor desmentisse o que afirmam? O sr. Darcy, que nunca olha para qualquer mulher senão para encontrar defeitos e que provavelmente jamais olhou para você na vida! É admirável!
Elizabeth tentou tomar parte na brincadeira, mas só conseguiu se obrigar a um sorriso muito tímido. Nunca a espirituosidade do pai se manifestara de forma tão pouco agradável para ele.
– Você não está achando graça?
– Ah! Estou sim. Por favor, continue a ler.

Depois de mencionar a probabilidade desse casamento a Sua Senhoria ontem à noite, ela no mesmo instante, com sua habitual altivez, expressou o que sentia, quando ficou evidente que, fundamentada em algumas objeções familiares relativas à minha prima, ela jamais daria seu consentimento ao que chamou de união infeliz. Acreditei ser meu dever dar imediata ciência disso à minha prima, pois ela e seu nobre admirador precisam ter conhecimento da situação e não se atirarem apressados num casamento não devidamente sancionado.

E o sr. Collins ainda acrescenta:

Rejubilo-me deveras por ter o triste caso de minha prima Lydia sido tão bem rematado e preocupo-me apenas com o fato de terem os dois vivido juntos antes do casamento ter sido de conhecimento público. Não devo, porém, negligenciar os deveres de meu posto, ou me privar de declarar meu assombro ao ouvir que o senhor recebeu o jovem casal em sua casa tão logo se casaram. Isso foi um encorajamento da devassidão e, fosse eu o reitor de Longbourn, teria me oposto enfaticamente. O senhor deve sem dúvida perdoá-los, enquanto cristão, mas jamais admitir tê-los sob seus olhos ou permitir que seus nomes sejam pronunciados na sua presença.

– Assim é a interpretação que ele faz do perdão cristão. O resto da carta fala apenas do estado de sua querida Charlotte e sua espera por um jovem ramo de oliveira. Mas, Lizzy, você não parece estar se divertindo. Espero que não vá se comportar como uma *mulherzinha* e fingir estar ofendida por coisa tão sem importância. Para que vivemos, senão para dar aos vizinhos motivo de caçoada e zombar deles por nossa vez?

– Oh! – exclamou Elizabeth. – Estou muitíssimo divertida. Mas é tão estranho!

– É... e *isso* é que torna tudo engraçado. Tivessem eles escolhido outro homem e não teria importância; mas a perfeita indiferença *dele* e a *sua* declarada antipatia tornam tudo deliciosamente absurdo! Por mais que eu abomine escrever, não desistiria da correspondência com o sr. Collins por motivo algum. E mais, quando leio uma carta dele, não tenho como não lhe dar preferência até mesmo sobre Wickham, por mais que eu valorize a impertinência e a hipocrisia de meu genro. E, por favor, Lizzy, o que disse Lady Catherine a respeito dessa notícia? Veio aqui para lhe recusar seu consentimento?

A essa pergunta, sua filha respondeu apenas com uma risada; e, como havia sido formulada sem a menor suspeita, ela não se importou que tivesse sido feita. Elizabeth nunca tivera tanta dificuldade para fazer com que seus sentimentos parecessem o que não eram. Era preciso rir, quando gostaria de ter chorado. Seu pai a mortificara do modo mais cruel com o que dissera sobre a indiferença do sr. Darcy, e tudo o que ela podia fazer era se surpreender diante de tal falta de discernimento, ou recear que, em vez de ter ele visto tão pouco, talvez tivesse ela fingido demais.

Capítulo 58

EM LUGAR DE RECEBER qualquer carta de desculpas do amigo, como Elizabeth de certa forma receava fosse acontecer com o sr. Bingley, ele teve a oportunidade de levar Darcy a Longbourn antes que transcorressem muitos dias da visita de Lady Catherine. Os cavalheiros chegaram cedo e, antes que a sra. Bennet tivesse tempo de lhe dizer que tinham estado com sua tia, o que sua filha por instantes temeu, Bingley, que queria ficar a sós com Jane, propôs que dessem uma volta. Assim foi acertado. A sra. Bennet não costumava caminhar; Mary nunca tinha tempo; mas os cinco restantes saíram juntos. Bingley e Jane, porém, logo permitiram que os outros os ultrapassassem. Ficaram para trás, deixando Elizabeth, Kitty e Darcy entregues uns aos outros. Muito pouco foi dito por todos; Kitty tinha medo demais dele para falar; Elizabeth tomava em segredo uma decisão desesperada; e talvez ele pudesse estar fazendo o mesmo.

Caminharam na direção da residência dos Lucas, pois Kitty queria visitar Maria; e Elizabeth, não vendo razão para que o fizessem todos, seguiu audaciosamente adiante a sós com ele quando Kitty os deixou. Chegara o momento de colocar em prática sua decisão e no mesmo instante, antes que a coragem a abandonasse, disse:

– Sr. Darcy, sou uma criatura muito egoísta; e, a fim de tranquilizar meus próprios sentimentos, não me importo com o quanto possa ferir os seus. Já não posso por mais tempo deixar de lhe agradecer por sua incomparável bondade para com minha pobre irmã. Desde que soube de tudo, tenho estado ansiosa para lhe confessar o quanto lhe sou grata. Fosse seu gesto do conhecimento de toda a minha família, eu não teria apenas minha própria gratidão para expressar.

– Lamento, lamento demais – retrucou Darcy num tom de surpresa e emoção – que tenha chegado ao seu conhecimento algo que, se mal interpretado, poderia lhe causar constrangimento. Não imaginei que a sra. Gardiner fosse tão pouco confiável.

– Não deve censurar minha tia. A falta de decoro de Lydia foi o que primeiro me revelou sua interferência no caso; e, é claro, eu não descansaria até saber dos detalhes. Deixe-me agradecer-lhe mais uma vez, em nome de toda a minha família, por essa generosa compaixão que o levou a ter tanto trabalho e suportar tantas mortificações para descobrir o paradeiro dos dois.

– Se faz *questão* de me agradecer – ele respondeu –, que seja apenas em seu nome. Não tentarei negar que o desejo de lhe proporcionar felicidade somou-se a outros estímulos que me levaram a agir. Mas sua *família* nada me deve. Por mais que os respeite, importei-me apenas *consigo*.

Elizabeth estava muito embaraçada para conseguir falar. Depois de uma pequena pausa, seu companheiro acrescentou:

– A senhorita é demasiado generosa para brincar comigo. Se seus sentimentos ainda forem os mesmos que me revelou em abril, diga-me agora mesmo. Os *meus* afetos e desejos não mudaram, mas uma palavra sua me silenciará para sempre a este respeito.

Elizabeth, sentindo todo o excepcional constrangimento e nervosismo da situação em que ele se encontrava, obrigou-se agora a falar; e no mesmo instante, embora sem muita fluência, deu-lhe a entender que seus sentimentos haviam sofrido tamanha mudança, desde a época a que ele se referira, que a faziam agora receber com gratidão e prazer suas atuais declarações. A felicidade ocasionada por essa resposta era algo que sem dúvida ele jamais sentira; e ele se expressou então com tanta sensibilidade e ardor quanto se pode esperar de um homem violentamente apaixonado. Pudesse Elizabeth ver seus olhos, teria percebido o quanto o embelezava a expressão de profunda felicidade refletida em todo o seu rosto; mas, embora não pudesse ver, podia ouvir, e ele lhe falou de seus sentimentos que, demonstrando tudo o que ela representava para ele, tornavam seu afeto mais valioso a cada instante.

Continuaram a andar, sem saber em que direção. Havia muito a ser pensado, e sentido, e dito, para que dessem atenção a qualquer outra coisa. Ela logo soube que deviam seu atual bom entendimento aos esforços da tia dele, que fora vê-lo ao passar por Londres e relatara a ida a Longbourn, seus motivos e a essência de sua conversa com Elizabeth, insistindo com ênfase em todas as reações dessa última que, na interpretação de Sua Senhoria, eram peculiares à sua perversidade e audácia, na crença em que tal relatório deveria ajudá-la a obter do sobrinho o que ela se recusara a dar. Mas, para a infelicidade de Sua Senhoria, seu efeito foi absolutamente oposto.

– Isso me permitiu ter esperanças – disse ele – como jamais me permiti. Conheço seu temperamento bastante bem para ter a certeza de que, caso estivesse total e irrevogavelmente decidida contra mim, teria dito isso a Lady Catherine, com franqueza e sem rodeios.

Elizabeth corou e riu ao responder:

– É verdade, o senhor conhece bastante bem minha franqueza para me crer capaz *disso*. Depois de tê-lo ofendido pessoalmente de modo tão abominável, eu não teria escrúpulos em ofendê-lo perante todos os seus parentes.

– Mas o que disse de mim, que eu não merecesse? Pois, apesar de terem sido suas acusações infundadas, formadas sobre falsas premissas, meu comportamento para consigo na época mereceria as mais severas censuras. Era imperdoável. Não posso pensar naquilo sem me horrorizar.

— Não vamos discutir sobre quem recairia a maior parte de culpa naquela noite – disse Elizabeth. – A conduta de nenhum dos dois, se bem avaliada, seria irrepreensível; mas desde então, espero, melhoramos ambos em termos de cortesia.

— Não consigo me reconciliar comigo mesmo com tanta facilidade. A recordação do que eu disse naquela ocasião, minha conduta, minha atitude, a maneira como me exprimi, tudo isso é hoje para mim, como tem sido há vários meses, indescritivelmente doloroso. Jamais esquecerei sua reprimenda, tão bem aplicada: "caso se tivesse comportado de forma mais cavalheiresca". Foram as suas palavras. Não tem como, não pode sequer imaginar o quanto elas me torturaram, embora algum tempo se tenha passado, confesso, antes que eu fosse sensato o bastante para lhes reconhecer a justiça.

— Longe de mim a intenção de deixar uma impressão tão forte. Não fazia a menor ideia de que minhas palavras pudessem provocar tal reação.

— Posso acreditar. Tenho certeza de que me considerava então destituído de quaisquer bons sentimentos. Nunca me esquecerei da expressão em seu rosto ao dizer que não haveria maneira alguma de lhe oferecer minha mão que a tentasse a aceitá-la.

— Oh! Não repita o que eu disse. Essas lembranças não nos levarão a lugar algum. Garanto-lhe que por muito tempo senti imensa vergonha de tudo aquilo.

Darcy mencionou a carta.

— Terá ela feito – disse ele –, terá feito com que pensasse melhor de mim? Chegou a dar algum crédito a seu conteúdo, quando a leu?

Ela explicou qual fora o efeito e como foram aos poucos todos os seus antigos preconceitos removidos.

— Sei – disse ele – que o que escrevi deve lhe ter causado muita dor, mas era preciso. Espero que tenha destruído a carta. Detesto a ideia de que possa reler tudo aquilo, sobretudo um trecho, no início. Posso me lembrar de algumas frases que poderiam fazê-la, com razão, me odiar.

— A carta será sem dúvida queimada, se acreditar que isso é essencial para a preservação de meus sentimentos; mas, ainda que tenhamos ambos razões para pensar que minhas opiniões não são imutáveis, espero que não mudem com tanta facilidade como pretende dar a entender.

— Quando escrevi aquela carta – retrucou Darcy –, eu me acreditava totalmente calmo e frio, mas desde então me convenci de que foi escrita com terrível amargura.

— A carta talvez comece amarga, mas não termina do mesmo modo. A despedida é pura compaixão. Mas não pense mais na carta. Os sentimentos da pessoa que a escreveu e da pessoa que a recebeu são agora tão diferentes do que eram então que qualquer circunstância desagradável a ela relacionada deve ser esquecida. O senhor precisa aprender um pouco da minha filosofia. Só pense no passado se sua recordação lhe trouxer prazer.

— Não lhe posso dar crédito por qualquer filosofia deste tipo. Seus retrospectos devem ser tão absolutamente isentos de censura que a satisfação oriunda deles não vem da filosofia e sim, o que é muito melhor, da inocência. Mas, comigo, não é o que acontece. Vêm à tona dolorosas recordações, que não podem ser repelidas. Tenho sido um ser egoísta durante toda a vida, na prática, ainda que não em sentimentos. Quando criança, ensinaram-me o que era correto, mas não como corrigir meu gênio. Recebi bons princípios, mas me deixaram praticá-los com orgulho e arrogância. Infelizmente único filho (e por muitos anos filho único), fui mimado por meus pais, que, embora bons (meu pai, sobretudo, era todo benevolência e amabilidade), permitiram, encorajaram, quase me ensinaram a ser egoísta e altivo; a não considerar pessoa alguma fora do círculo familiar; a desprezar o resto do mundo; a acreditar, pelo menos, serem sua inteligência e valores inferiores quando comparados aos meus. Assim fui, dos oito aos vinte e oito anos; e assim poderia ainda ser não fosse por minha querida, amada Elizabeth! O que não lhe devo? Consigo aprendi uma lição, dura a princípio, é verdade, mas muito proveitosa. Por suas mãos, fui merecidamente humilhado. Aproximei-me sem qualquer dúvida quanto a ser aceito. Sua resposta me mostrou como eram insuficientes todas as minhas pretensões de agradar a uma mulher digna de todos os agrados.

— Estava então convencido de que eu o aceitaria?

— Estava, sim. O que vai pensar da minha vaidade? Eu a imaginava desejando, esperando minha proposta.

— Meu comportamento pode não ter sido dos melhores, mas não foi intencional, garanto-lhe. Nunca pretendi enganá-lo, mas meu temperamento muitas vezes me leva a agir mal. Como deve ter me odiado depois *daquela* tarde.

— Odiá-la? Talvez eu tenha me zangado no início, mas minha raiva logo foi canalizada na direção certa.

— Quase tenho medo de perguntar o que pensou de mim, quando nos encontramos em Pemberley. Censurou-me por ter ido?

— De modo algum; meu único sentimento foi o de surpresa.

— Sua surpresa não poderia ter sido maior do que a *minha* ao receber sua atenção. Minha consciência me dizia que eu não merecia tão extraordinária cortesia e confesso que não esperava receber *mais* do que o devido.

— Meu objetivo — retrucou Darcy — foi então demonstrar-lhe, por meio de toda a amabilidade possível, que eu não era tão mau a ponto de me ressentir do passado; e esperei obter o seu perdão e atenuar sua má impressão, fazendo-a perceber que suas críticas haviam sido levadas em consideração. Quando surgiram quaisquer outros desejos não sei dizer, mas acredito que meia hora depois de tê-la visto.

Ele falou então do prazer que Georgiana sentiu ao conhecê-la e de seu desapontamento pela súbita interrupção de seus encontros; o que, levando-os à causa de tal interrupção, fez com que ela logo soubesse que sua decisão de segui-la desde Derbyshire em busca de sua irmã fora tomada antes que ele deixasse a hospedaria e que sua seriedade e ar pensativo de então se deveram apenas aos esforços para a elaboração de tal intento.

Ela expressou mais uma vez sua gratidão, mas tratava-se de um assunto por demais doloroso para que nele se detivessem.

Depois de caminharem por várias milhas, sem pressa e ocupados demais para se preocuparem com isso, descobriram afinal, ao olhar o relógio, que já deveriam estar em casa.

– O que foi feito do sr. Bingley e de Jane?

Foi esse o pensamento que deu início à conversa a respeito de ambos. Darcy estava encantado com o noivado; seu amigo já lhe dera as últimas notícias.

– Devo perguntar se ficou surpreso? – disse Elizabeth.

– De modo algum. Quando viajei, imaginei que isso logo aconteceria.

– O que quer dizer que deu sua permissão. Pude calcular.

E, mesmo tendo ele protestado contra a expressão, ela achou que tinha sido mesmo esse o caso.

– Na noite anterior à minha ida a Londres – disse ele –, fiz a ele uma confissão, que acredito deveria ter feito há muito tempo. Contei-lhe tudo o que havia acontecido para provocar minha absurda e impertinente interferência em seus assuntos. Sua surpresa foi grande. Ele jamais tivera a menor suspeita. Disse-lhe ainda que acreditava estar enganado ao supor, como fizera, que Jane nada sentia por ele; e, ao perceber que seu interesse por ela continuava inabalável, não tive dúvidas de que seriam felizes juntos.

Elizabeth não pôde deixar de sorrir diante da facilidade com que ele manipulava o amigo.

– Falou a partir de sua própria observação – perguntou ela – ao dizer que minha irmã o amava, ou apenas pela minha informação dada na primavera?

– Pelo que vi. Observei-a de perto durante as duas visitas que fiz à sua casa e me convenci de seus sentimentos.

– E sua segurança a respeito, suponho, levou à imediata convicção de seu amigo.

— Assim foi. Bingley é modesto ao extremo. Sua timidez o impedia de confiar em seu próprio julgamento num caso tão importante, mas sua confiança no meu torna tudo mais fácil. Fui obrigado a confessar algo que, por algum tempo, e não sem razão, o ofendeu. Eu não poderia me permitir ocultar que sua irmã passara três meses na cidade no último inverno, que eu soube e de caso pensado não lhe contei. Ele ficou zangado. Mas sua raiva, tenho certeza, não durou mais do que até desaparecerem quaisquer dúvidas quanto aos sentimentos de sua irmã. Agora, já me perdoou de todo o coração.

Elizabeth morreu de vontade de observar que o sr. Bingley era um amigo dos melhores; tão bem manipulado que seu valor era inestimável; mas se conteve. Lembrou-se de que ele ainda precisava aprender a aceitar ironias e que era cedo demais para começar a ensinar. Antecipando a felicidade de Bingley, que com certeza só seria inferior à dele próprio, ele continuou a conversar até chegarem à casa. No saguão, separaram-se.

Capítulo 59

— LIZZY QUERIDA, POR onde estiveram andando? — foi a pergunta que Elizabeth ouviu de Jane tão logo entrou no quarto e de todas as outras quando se sentaram à mesa. Só tinha a responder que andaram a esmo, não saberia dizer até onde foram. Enrubesceu ao responder; mas nem isso, nem qualquer outra coisa, despertou suspeitas quanto à verdade.

A tarde transcorreu tranquila, sem qualquer fato extraordinário. Os namorados oficiais conversaram e riram, os não-oficiais ficaram em silêncio. Darcy não tinha um temperamento no qual a felicidade transborda em alegria; e Elizabeth, agitada e confusa, mais *sabia* que estava feliz do que se *sentia* assim; pois, além do imediato constrangimento, havia outros problemas à sua espera. Previa o que sentiria sua família quando a situação se revelasse; sabia que ninguém além de Jane gostava dele; e até receava que, nos outros, se tratasse de uma antipatia que nem toda a sua fortuna e importância poderiam apagar.

À noite, abriu seu coração para Jane. Ainda que a suspeita não fosse uma atitude comum aos hábitos da srta. Bennet, sua incredulidade foi total.

— Esta brincando, Elizabeth! Noiva do sr. Darcy! Não, não, você não vai me enganar. Sei que é impossível.

— Este é realmente um péssimo começo! Você era minha única esperança; e tenho certeza de que ninguém mais vai acreditar em mim, se você não o fizer. Mas, por favor, estou sendo honesta. Estou dizendo apenas a verdade. Ele ainda me ama e nós estamos noivos.

Jane a olhou em dúvida.

– Ah! Não pode ser, Lizzy! Sei o quanto você o detesta.

– Você não sabe coisa alguma. Tudo *aquilo* já está esquecido. Talvez eu nem sempre o tenha amado tanto quanto agora. Mas, em casos como este, uma boa memória é imperdoável. Esta é a última vez em que me lembrarei disso.

A srta. Bennet ainda parecia perplexa. Elizabeth mais uma vez, e ainda mais séria, garantiu-lhe ser tudo verdade.

– Santo Deus! Será mesmo possível? Mas preciso acreditar em você! – exclamou Jane. – Minha querida, querida Lizzy, eu lhe daria... eu lhe dou os parabéns... mas você tem certeza... desculpe-me a pergunta... tem mesmo certeza de que poderá ser feliz com ele?

– Não pode haver dúvida quanto a isso. Já foi combinado entre nós que seremos o casal mais feliz do mundo. Mas você fica contente, Jane? Gostará de ter este irmão?

– Muito, muito mesmo. Nada poderia dar a Bingley ou a mim mesma mais alegria. Mas considerávamos, falávamos nisso como impossível. E você realmente o ama muito? Oh, Lizzy! Faça qualquer coisa mas não se case sem afeto. Você tem mesmo certeza de que sente o que deve sentir?

– Ah, tenho! Você só vai achar que sinto *mais* do que deveria, quando eu lhe contar tudo.

– O que quer dizer?

– Porque devo confessar a você que gosto mais dele do que de Bingley. Tenho medo de que você se zangue.

– Minha querida irmã, agora, *seja* séria. Quero falar muito sério com você. Conte-me tudo o que devo saber, sem demora. Vai me contar a quanto tempo você o ama?

– Tudo foi acontecendo tão devagar que não sei bem quando começou. Mas acredito que deva ter sido quando vi pela primeira vez os lindos campos de Pemberley.

Outra insistência para que falasse sério, entretanto, produziu o efeito desejado e ela logo satisfez Jane com solenes garantias quanto a seu sentimento. Uma vez convencida, a srta. Bennet nada mais tinha a desejar.

– Agora estou mesmo feliz – disse ela – porque você vai ser tão feliz quanto eu. Eu sempre o apreciei. Ainda que não fosse senão pelo seu amor por você, devo tê-lo estimado desde sempre; mas agora, como amigo de Bingley e seu marido, só mesmo Bingley e você mesma me são mais queridos. Mas Lizzy, você foi muito sonsa, muito reservada comigo. Como me contou pouco do que tinha se passado em Pemberley e Lambton! Devo tudo o que sei a outra pessoa, não a você.

Elizabeth contou-lhe todos os motivos de seu segredo. Estivera evitando mencionar Bingley; e a indecisão de seus próprios sentimentos fizera com que evitasse também o nome de seu amigo. Mas agora não ocultaria mais dela o papel por ele representado no casamento de Lydia. Tudo ficou entendido e metade da noite se passou em conversas.

— Deus do céu! — exclamou a sra. Bennet ao se pôr à janela na manhã seguinte. — E não é que aquele desagradável sr. Darcy está vindo de novo para cá com o nosso querido Bingley? O que ele pretende, sendo tão cansativo com esta história de vir sempre aqui? Não faço ideia, mas ele poderia ir caçar, ou fazer outra coisa, e não nos perturbar com a sua companhia. O que faremos com ele? Lizzy, você precisa ir passear com ele outra vez, para que ele não fique no caminho de Bingley.

Elizabeth mal conseguiu controlar o riso diante de proposta tão conveniente, embora ficasse realmente irritada por sua mãe estar sempre se referindo a ele daquela forma.

Tão logo entraram, Bingley deu-lhe um olhar tão significativo e apertou-lhe a mão com tanto ardor que não deixou dúvidas sobre saber das boas notícias; e logo depois disse em voz alta:

— Sra. Bennet, não teria a senhora mais alamedas nas quais Lizzy possa se perder novamente hoje?

— Aconselho o sr. Darcy, e Lizzy, e Kitty — disse a sra. Bennet — a andarem para o lado do monte Oakham esta manhã. É um longo e agradável passeio, e o sr. Darcy nunca apreciou aquela vista.

— Pode ser muito bom para os outros — retrucou o sr. Bingley —, mas estou certo de que será demais para Kitty. Não é mesmo, Kitty?

Kitty confessou que preferiria ficar em casa. Darcy expressou grande curiosidade para ver a vista do monte e Elizabeth consentiu em silêncio. Quando subiu as escadas para se aprontar, a sra. Bennet a seguiu, dizendo:

— Sinto muito, Lizzy, por você ser forçada a aguentar sozinha aquele homem desagradável. Mas espero que não se importe: é tudo para o bem de Jane, você sabe. E não é preciso conversar com ele, só de vez em quando mesmo. Então, não faça grandes esforços.

Durante o passeio, ficou resolvido que o consentimento do sr. Bennet seria pedido durante a tarde. Elizabeth reservou para si mesma a explicação à mãe. Não fazia ideia de como a mãe receberia a notícia; às vezes duvidava até se toda a riqueza e nobreza de Darcy seriam bastantes para superar sua antipatia pelo homem. Mas, ficasse ela furiosamente contra o casamento, ou furiosamente encantada, era certo que seus modos seriam da mesma forma inadequados; e Elizabeth não suportaria que o sr. Darcy ouvisse os primeiros arroubos de alegria, ou as primeiras explosões de desaprovação da sra. Bennet.

 À tarde, tão logo o sr. Bennet se retirou para a biblioteca, ela viu o sr. Darcy também se levantar para segui-lo e sua agitação diante de tal cena foi extrema. Ela não temia a oposição do pai, mas ele ficaria infeliz; e seria por causa dela; que *ela*, sua filha favorita, o angustiasse devido à sua escolha, que lhe trouxesse temores e dúvidas por se separar dela, eram pensamentos desoladores. E permaneceu sentada, sentindo-se miserável, até que o sr. Darcy reapareceu, quando, ao olhar para ele, ficou um pouco aliviada com o seu sorriso. Em poucos instantes ele se aproximou da mesa onde ela estava com Kitty e, fingindo admirar seu trabalho, disse num sussurro:

 – Vá ter com seu pai, ele a quer na biblioteca.

 Ela foi direto para lá.

 O pai andava pela sala, parecendo grave e ansioso.

 – Lizzy – disse ele –, o que está fazendo? Perdeu a razão, aceitando este homem? Você não o odiou desde sempre?

 Com que intensidade ela desejou então que suas primeiras opiniões tivessem sido mais razoáveis, suas expressões mais moderadas! Isso a teria poupado de explicações e declarações terrivelmente embaraçosas; mas elas eram agora necessárias e ela afirmou ao pai, com alguma confusão, seu interesse pelo sr. Darcy.

 – Ou, em outras palavras, você está decidida a tê-lo. Ele é rico, sem dúvida, e você poderá ter mais roupas finas e melhores carruagens do que Jane. Mas será que tudo isso vai fazê-la feliz?

 – O senhor tem qualquer outra objeção – disse Elizabeth –, além de sua crença em minha indiferença?

 – Nenhuma. Todos nós sabemos que ele é um tipo de homem orgulhoso e desagradável, mas isso nada significaria se você realmente gostasse dele.

 – Eu gosto, eu gosto dele – respondeu ela, com lágrimas nos olhos. – Eu o amo. Na verdade ele não é assim tão orgulhoso. É perfeitamente amável. O senhor não sabe como ele é; então, por favor, não me magoe falando dele nesses termos.

 – Lizzy – disse o pai –, eu dei a ele o meu consentimento. Ele é o tipo de homem a quem eu, de fato, nunca ousaria recusar coisa alguma que ele se dignasse pedir. Agora eu o dou a *você*, se estiver resolvida a se casar com ele. Mas deixe-me aconselhá-la a pensar melhor. Conheço o seu temperamento, Lizzy. Sei que você não poderia ser feliz ou respeitável a não ser que realmente estimasse seu marido; a não ser que o considerasse superior a você. Seus muitos talentos a colocariam em grande perigo num casamento desigual.

Você dificilmente escaparia do descrédito e do infortúnio. Minha filha, não me permita ter a infelicidade de ver *você* incapaz de respeitar seu parceiro de vida. Você não faz ideia do que a espera.

Elizabeth, ainda muito abalada, foi honesta e sincera em sua resposta e, aos poucos, com repetidas afirmações de que o sr. Darcy era realmente o objeto de sua escolha, explicando a gradual mudança pela qual havia passado seus sentimentos por ele, relatando sua absoluta certeza de que o afeto dele não era coisa de um dia, mas passara pelo teste de vários meses de incerteza, e enumerando com paixão todas as boas qualidade de Darcy, ela venceu a incredulidade do pai e reconciliou-o com a ideia do casamento.

— Bem, querida — disse ele quando ela parou de falar —, não tenho mais o que dizer. Se tudo é assim, ele a merece. Eu não me separaria de você, minha Lizzy, por alguém que valesse menos.

Para completar a impressão favorável, ela contou então o que o sr. Darcy fizera voluntariamente por Lydia. Ele a ouviu perplexo.

— Esta é uma tarde de assombros, realmente! Com que então Darcy fez tudo; arrumou o casamento, deu o dinheiro, pagou as dívidas do camarada e lhe arrumou um certificado de reservista! Tanto melhor. Isso vai me economizar um mundo de problemas e dinheiro. Tivesse sido coisa do seu tio, eu precisaria e *iria* pagar a ele; mas esses rapazes enamorados e arrebatados fazem tudo do seu jeito. Vou me oferecer amanhã para pagar; ele vai vociferar e bradar seu amor por você e será o final da história.

Ele então se lembrou do constrangimento dela alguns dias antes, quando lia a carta do sr. Collins, e, depois de zombar dela por algum tempo, permitiu que saísse, dizendo, quando ela deixava a sala:

— Se aparecer algum rapaz interessado em Mary ou em Kitty, mande entrar, pois não tenho mesmo o que fazer.

A cabeça de Elizabeth estava agora aliviada de um enorme peso e, depois de meia hora passada em silenciosa reflexão em seu próprio quarto, foi capaz de se juntar aos outros com razoável tranquilidade. Tudo era recente demais para que houvesse alegria, mas a tarde passou em paz; não havia mais o que temer, e o bem-estar da calma e da familiaridade viria a seu devido tempo.

Quando a mãe subiu para seu quarto de vestir, à noite, ela a seguiu e fez o importante comunicado. Seu efeito foi o mais extraordinário; pois, ao ouvir, a sra. Bennet sentou-se muito rígida e incapaz de pronunciar uma sílaba. Passaram-se muitos, muitos minutos até que ela conseguisse compreender o que ouvira; ainda que em geral não demorasse a reconhecer qualquer coisa que representasse vantagens para sua família ou que viesse na forma de um pretendente para alguma das filhas. Começou aos poucos a se recuperar, a se remexer na cadeira, levantou-se, voltou a sentar, duvidou e se benzeu.

— Deus do céu! Que o Senhor me abençoe! Imagine só! Ai, meu Deus! O sr. Darcy! Quem diria! E é verdade mesmo? Oh! Minha doce Lizzy! Como você será rica e poderosa! Quantas mesadas, quantas joias, quantas carruagens você terá! Jane não é nada perto disso... nada mesmo. Estou tão contente... tão feliz. Um homem tão encantador! Tão bonito! Tão alto! Ah! Minha querida Lizzy! Por favor me desculpe por tê-lo detestado tanto antes. Espero que ele não se importe. Querida, querida Lizzy. Uma casa na capital! Tudo o que há de encantador! Três filhas casadas! Dez mil libras por ano! Oh, Senhor! O que será de mim? Não sei o que pensar.

Isso foi o bastante para provar que sua aprovação não deixava dúvidas. E Elizabeth, agradecida por ter sido tamanha efusão ouvida apenas por ela, logo se foi. Mas antes que estivesse há três minutos em seu próprio quarto, surgiu a mãe.

— Minha filha querida — exclamou ela. — Não consigo pensar em outra coisa! Dez mil por ano! E provavelmente mais! É tão bom quanto um lorde! E uma licença especial. Você deve e vai se casar por licença especial. Mas, meu amorzinho, diga-me de que prato o sr. Darcy mais gosta, que vou mandar fazer amanhã.

Era um mau presságio do que poderia ser o comportamento de sua mãe para com o cavalheiro; e Elizabeth achou que, embora certa de sua calorosa afeição e segura do consentimento dos parentes, havia ainda algo a desejar. Mas a manhã transcorreu bem melhor do que esperava; pois a sra. Bennet, por sorte, portava-se com tanta reverência diante do futuro genro que não se aventurava a falar com ele, exceto se estivesse em seu poder prestar-lhe algum favor ou sublinhar seu respeito por suas opiniões.

Elizabeth teve a satisfação de ver o pai se esforçando para se dar bem com ele; e o sr. Bennet logo garantiu-lhe que a cada momento o noivo subia mais em seu conceito.

— Admiro muitíssimo meus três genros — disse ele. — Wickham talvez seja meu favorito; mas acho que gostarei do *seu* marido tanto quanto do de Jane.

Capítulo 60

COM O HUMOR DE Elizabeth logo voltando à habitual vivacidade, ela quis que o sr. Darcy lhe contasse como se apaixonara por ela.

— Como tudo começou? — perguntou ela. — Posso compreender que, depois do primeiro impulso, tudo tenha ido adiante sem problemas, mas o que despertou seus sentimentos em primeiro lugar?

— Não posso determinar a hora, ou o lugar, o olhar, as palavras, em que tudo se baseou. Foi há muito tempo. Eu já estava a meio caminho antes de compreender que já *tinha* começado.

— Minha beleza foi logo descartada e, quanto às minhas maneiras... meu comportamento *consigo* foi, no mínimo, quase grosseiro; e eu nunca lhe dirigi a palavra sem alguma vontade de feri-lo. Agora, seja sincero, foi minha impertinência que lhe despertou admiração?

— Foi a vivacidade de seu espírito.

— Pode chamar logo de impertinência. Era pouco menos que isso. O fato é que o senhor estava cansado de cortesias, deferências, atenções intrometidas. Estava farto das mulheres todo o tempo falando, olhando e pensando apenas em busca da *sua* aprovação. Eu me destaquei e o interessei por ser tão diferente *delas*. Não fosse sua índole tão amável, teria me odiado por isso; mas, a despeito do trabalho que teve para mascará-los, seus sentimentos sempre foram nobres e justos; e, em seu coração, sempre houve desprezo pelas pessoas que com tanta assiduidade o cortejavam. Pronto! Já lhe poupei o esforço da explicação e, de fato, pensando bem, começo a achá-la bastante razoável. A bem da verdade, não era do seu conhecimento qualquer das minhas virtudes... mas ninguém pensa *nisso* quando se apaixona.

— Não havia virtude em seu comportamento afetuoso com Jane quando ela esteve doente em Netherfield?

— Querida Jane! Quem não faria o mesmo por ela? Mas faça disso uma virtude, sem problemas. Minhas boas qualidades estão sob sua proteção e pode exagerá-las o quanto quiser; e, em troca, tenho o direito de descobrir ocasiões para provocá-lo e discutir o quanto puder; e começarei agora mesmo perguntando por que tanta indecisão para esclarecer tudo. Por que tanta timidez, quando veio nos visitar, e depois, quando jantou aqui? Por que, sobretudo, quando veio, pareceu pouco se importar comigo?

— Porque sua atitude era grave e silenciosa, sem me dar qualquer encorajamento.

— Mas eu estava constrangida.

— E eu também.

— Poderia ter conversado mais comigo, quando veio jantar.

— Um homem menos emocionado poderia.

— Uma pena serem suas respostas sempre tão sensatas. E que eu seja sensata a ponto de admitir isso! Mas me pergunto por quanto tempo *teria* insistido naquela atitude, se tivesse sido deixado por sua conta. Pergunto-me quando *teria* falado, se eu não perguntasse! Minha decisão de agradecer sua bondade em relação a Lydia sem dúvida fez um grande efeito. Grande *demais*, receio; pois o que acontece com a moral, se nosso bem-estar brotou de uma quebra de promessa? Pois eu não deveria ter mencionado o assunto. Isto não vai funcionar.

– Não precisa se angustiar. A moral estará perfeitamente bem. Os injustificáveis empenhos de Lady Catherine para nos separar foram os responsáveis pela remoção de todas as minhas dúvidas. Não devo minha atual felicidade ao seu ávido desejo de expressar gratidão. Eu não estava disposto a esperar qualquer abertura de sua parte. O relatório de minha tia me dera esperanças e logo me decidira a esclarecer tudo.

– Lady Catherine tem sido uma ajuda inestimável, o que deve deixá-la feliz, pois ela adora ser útil. Mas, diga-me, o que veio fazer em Netherfield? Apenas para cavalgar até Longbourn e ficar constrangido? Ou eram mais sérias as suas intenções?

– Meu real objetivo era *vê-la* e avaliar, se possível, que esperanças poderia ter de me fazer amado. O que confessei, ou o que confessei para mim mesmo, era ver se sua irmã ainda estava interessada em Bingley e, se estivesse, confessar a ele o que eu fizera.

– Terá algum dia a coragem de anunciar a Lady Catherine o que a espera?

– É provável que eu queira mais tempo do que coragem, Elizabeth. Mas isso precisa ser feito e, se me der uma folha de papel, eu o farei agora mesmo.

– E se eu não tivesse também uma carta para escrever, poderia me sentar a seu lado e admirar a homogeneidade de sua caligrafia, como outra jovem fez um dia. Mas tenho também uma tia, que não pode ser negligenciada por mais tempo.

Por não desejar confessar o quanto sua intimidade com o sr. Darcy havia sido exagerada, Elizabeth não respondera ainda à longa carta da sra. Gardiner; mas agora, sabendo como seria muito bem recebido *aquilo* que tinha a comunicar, quase se envergonhou ao pensar que seus tios já haviam perdido três dias de felicidade e no mesmo instante escreveu o que segue:

> Eu lhe teria agradecido antes, querida tia, como deveria ter feito, por sua longa, gentil e satisfatória explanação dos detalhes; mas, para dizer a verdade, estava irritada demais para escrever. Sua suposição ia além da realidade. Mas *agora* pode supor tanto quanto quiser; solte as rédeas de sua fantasia, permita-se todos os possíveis voos de sua imaginação originados pelo assunto e, a não ser que me acredite já casada, não poderá errar por muito. Deve me escrever outra carta em breve e elogiá-lo muito mais do que fez na última. Agradeço-lhe, cada vez mais, por não termos ido para os Lagos. Como pude ser tão tola a ponto de desejar aquela viagem! Sua ideia

dos pôneis é deliciosa. Percorreremos o parque todos os dias. Sou a criatura mais feliz do mundo. Talvez outras pessoas já tenham dito isso antes, mas nenhuma com maior propriedade. Sou até mais feliz do que Jane; ela apenas sorri, eu rio. O sr. Darcy envia-lhes todo o carinho do qual me possa privar. Devem ir todos a Pemberley para o Natal. Sua... etc.

A carta do sr. Darcy para Lady Catherine foi num estilo diferente; e ainda mais diferente foi a que o sr. Bennet enviou ao sr. Collins, em resposta à dele.

Prezado Senhor,
Devo perturbá-lo uma vez mais pedindo-lhe congratulações. Elizabeth logo será a esposa do sr. Darcy. Console Lady Catherine o quanto possa. Mas, se eu estivesse no seu lugar, me colocaria ao lado do sobrinho. Ele tem mais a oferecer.
Cordialmente, etc. etc.

Os parabéns da srta. Bingley ao irmão, pelo casamento próximo, foram absolutamente afetuosos e falsos. Ela chegou a escrever a Jane na ocasião, para expressar sua alegria e repetir todas as antigas declarações de amizade. Jane não se deixou enganar, mas comoveu-se; e, embora não confiando nela, não pôde deixar de escrever uma resposta bem mais gentil do que sabia ser merecida.

A felicidade expressa pela srta. Darcy ao receber semelhante informação foi tão sincera quanto a do irmão ao enviá-la. Quatro páginas foram insuficientes para conter todo o contentamento da jovem e todo o seu sincero desejo de ser amada pela irmã.

Antes que qualquer resposta pudesse chegar do sr. Collins, ou quaisquer felicitações a Elizabeth vindos de sua esposa, a família de Longbourn soube que os Collins viriam pessoalmente a Lucas Lodge. A razão da súbita viagem logo ficou evidente. Lady Catherine ficara tão absurdamente zangada com o conteúdo da carta do sobrinho que Charlotte, alegrando-se com aquela união, ficou ansiosa para se afastar até passada a tempestade. Num momento como aquele, a chegada da amiga causou sincero prazer a Elizabeth, ainda que em seus encontros precisasse às vezes considerar o custo desse prazer um tanto caro, ao ver o sr. Darcy exposto a todas as bombásticas e subservientes cortesias do marido da outra. Mas ele as suportou com admirável calma. Foi até capaz de ouvir Sir William Lucas, que o cumprimentou por ter conquistado a mais bela joia campestre e expressou sua esperança de que se encontrassem com frequência em St. James com absoluta compostura. Se deu de ombros, foi apenas depois, quando Sir William não mais podia vê-lo.

A vulgaridade da sra. Phillips foi outra, e talvez a maior, provação para sua tolerância. E mesmo tendo a sra. Phillips assumido, como a irmã, uma atitude reverente demais para poder conversar com a familiaridade que o bom humor de Bingley encorajava, ainda assim *qualquer* coisa que ela dissesse era vulgar. Nem era seu respeito por ele, embora a deixasse mais quieta, de modo algum passível de torná-la mais elegante. Elizabeth fez o que estava ao seu alcance para protegê-lo das frequentes atenções de ambas e mostrou-se mesmo ansiosa por mantê-lo perto dela e dos membros da família com os quais ele pudesse conversar sem mortificação. E, apesar de terem os desconfortáveis sentimentos oriundos de tudo isso privado de grande parte do prazer o período de noivado, acrescentaram esperanças para o futuro; e ela esperava encantada o tempo em que, livres daquela convivência tão pouco prazerosa para ambos, estariam no conforto e elegância de seu círculo familiar em Pemberley.

Capítulo 61

Bem-aventurado foi, para todos os seus sentimentos maternais, o dia em que a sra. Bennet se viu livre de suas duas filhas mais prestativas. Pode-se imaginar com que encantado orgulho ela mais tarde visitava a sra. Bingley e conversava com o sr. Darcy. Eu gostaria de poder dizer, para o bem da família, que a realização de seu sincero desejo de ter tantas filhas bem situadas na vida produziu o feliz efeito de torná-la uma mulher sensata, amável e bem-informada pelo resto de sua vida; embora talvez tenha sido melhor para o marido, que talvez não apreciasse forma tão incomum de felicidade doméstica, que ela ainda demonstrasse ser eventualmente nervosa e invariavelmente tola.

O sr. Bennet sentiu muitíssimo a falta da segunda filha; seu afeto por ela tirou-o de casa com mais frequência do que qualquer outra coisa. Ele adorava ir a Pemberley, sobretudo quando menos o esperavam.

O sr. Bingley e Jane ficaram em Netherfield por apenas um ano. Tanta proximidade da mãe e dos parentes de Meryton não era desejável nem para o bom gênio *dele* nem para o afetuoso coração *dela*. O acalentado desejo das irmãs dele foi então realizado: ele comprou uma propriedade num condado vizinho a Derbyshire, e Jane e Elizabeth, além de todas as outras fontes de felicidade, passaram a viver a trinta milhas de distância.

Kitty, para seu próprio bem, vivia a maior parte de seu tempo com as duas irmãs mais velhas. Em convivência tão superior à que em geral conhecera, seus progressos foram grandes. Seu temperamento não era tão rebelde quanto o de Lydia e, distante da influência do exemplo da irmã, tornou-se, com atenção e orientação corretas, menos irritável, menos ignorante e menos insípida. De outras desvantagens da convivência com Lydia ela foi sem dúvida cuidadosamente protegida, e, embora a sra. Wickham insistisse em convidá-la, com promessas de bailes e rapazes, o pai jamais permitiu que fosse.

Quanto a Wickham e Lydia, nada em seu caráter se alterou com o casamento das irmãs. Ele encarou com filosofia a certeza de que Elizabeth conhecia agora todas as facetas de sua ingratidão e falsidade anteriores ao seu conhecimento; e, a despeito de tudo, não perdeu por completo as esperanças de que Darcy pudesse ser ainda convencido a fazer sua fortuna. A carta de congratulações que Elizabeth recebeu de Lydia por ocasião do casamento mostrou que, por sua esposa ao menos, se não por ele mesmo, tal esperança era alimentada. A carta era nestes termos:

> Minha querida Lizzy,
> Desejo-lhe felicidade. Se seu amor pelo sr. Darcy for a metade do que sinto pelo meu querido Wickham, você deve estar muito feliz. É um grande conforto saber que está rica e, quando não tiver mais o que fazer, espero que pense em nós. Tenho certeza de que Wickham gostaria muito de um lugar na corte, e não creio que teremos muito dinheiro para viver sem alguma ajuda. Qualquer lugar serve, onde se tenha umas três ou quatro mil libras por ano; mas de qualquer modo não diga nada ao sr. Darcy, se *achar* melhor.
> Sua... etc.

Como Elizabeth *achava* melhor não dizer, tentou, na resposta, colocar um ponto final em qualquer tentativa ou expectativa naquele sentido. Alguma ajuda, contudo, na medida em que estava em seu poder providenciar, através do que poderia ser chamado de economia de suas despesas pessoais, ela enviava com frequência. Sempre fora evidente para ela que uma renda como a deles, sob a administração de duas pessoas com gostos tão extravagantes e pouco preocupadas com o futuro, deveria ser muito insuficiente para se manterem; e, sempre que mudavam de quartel, Jane ou ela podiam ter certeza de que receberiam um pequeno pedido de auxílio para a quitação de algumas dívidas. Seu modo de viver, mesmo quando a restauração da paz lhes permitiu morar numa casa, era desregrado ao extremo. Estavam sempre se mudando de um lugar para outro, em busca de algo mais barato, e sempre gastando mais do que deveriam. O afeto dele por ela logo se transformou em indiferença; o dela durou um pouco mais; e, a despeito de sua juventude e maneiras, ela conservou a boa reputação obtida através do casamento.

Embora Darcy nunca recebesse *aquele* rapaz em Pemberley, ajudou-o, em consideração a Elizabeth, a progredir na carreira. Lydia os visitava às vezes, quando o marido partia para se divertir em Londres ou Bath; e em casa dos Bingley ambos costumavam ficar por tanto tempo que nem o bom humor de Bingley foi capaz de suportar e ele chegou até mesmo a insinuar que deveriam partir.

A srta. Bingley ficou profundamente arrasada com o casamento de Darcy; mas, como achou aconselhável conservar o direito de visitar Pemberley, engoliu todo o ressentimento, aproximou-se ainda mais de Georgiana, foi quase tão atenciosa com Darcy quanto antes e saldou todas as antigas dívidas de cortesia com Elizabeth.

Pemberley era agora a casa de Georgiana, e a ligação das irmãs era exatamente a que Darcy esperara. Conseguiram gostar uma da outra tanto quanto desejaram. Georgiana tinha a melhor opinião do mundo a respeito de Elizabeth; embora no início muitas vezes ouvisse com um assombro beirando o alarme sua maneira espontânea e zombeteira de falar com seu irmão. Ele, que sempre lhe inspirara um respeito quase superior ao afeto, era agora visto por ela como objeto de brincadeiras. Com a ajuda de Elizabeth, começou a compreender que uma mulher pode tomar com o marido liberdades que um irmão nem sempre permitiria a uma irmã mais de dez anos mais moça do que ele.

Lady Catherine ficou muitíssimo indignada com o casamento do sobrinho e, ao dar vazão a toda a genuína franqueza de seu caráter na resposta à carta que lhe anunciava o noivado, fez observações tão ofensivas, sobretudo a Elizabeth, que por algum tempo qualquer contato foi interrompido. Mas aos poucos, por insistência de Elizabeth, ele se deixou convencer a esquecer as ofensas e buscar uma reconciliação; e, depois de alguma pequena resistência por parte da tia, seu ressentimento deu lugar ou à sua afeição por ele ou à curiosidade para ver como sua esposa se conduzia e ela condescendeu em ir visitá-los em Pemberley, apesar da poluição que seus bosques haviam recebido, não apenas pela presença de tal senhora, mas pelas visitas de seus tios da capital.

Com os Gardiner, sempre estiveram nos melhores termos. Darcy, tanto quanto Elizabeth, realmente gostava deles; e ambos sempre foram sensíveis à mais profunda gratidão para com aqueles que, levando-a a Derbyshire, foram responsáveis pela sua união.

L&PM Série Ouro

Clássicos do horror: Drácula, Frankenstein, O médico e o monstro
Garfield: 2.582 tiras
A interpretação dos sonhos – Sigmund Freud
Jane Austen: obras escolhidas
Livro dos poemas: antologia
Machado de Assis: três romances
Memória do fogo: Os nascimentos, As caras e as máscaras, O século do vento
 – Eduardo Galeano
Shakespeare: obras escolhidas

Próximos lançamentos:

Fernando Pessoa: poesia
Kafka: Ficções escolhidas & Carta ao pai
Nietzsche: obras escolhidas
Odisseia – Homero (bilíngue)
Oscar Wilde: obras escolhidas
Sherlock Holmes: todos os romances – Sir Arthur Conan Doyle

Impressão e Acabamento

Prol